KB177505

마거릿 미첼(1900~1949)

▲기자 활동 조지아 공대 학생들에게 둘러싸여 인터뷰하고 있는 미첼은 1922년부터 페기 미첼이란 필명으로 미국 일간지 〈애틀랜타 저널〉의 기자로 활동하며 129편의 특집기사와 85편의 뉴스를 비롯, 다수의 서평 등을 썼다.

◀적십자 활동 《바람과 함께 사라지다》 이후 더 이상의 집필을 하지 않고 판권 및 저작권 관리만을 해오던 미첼은 제2차 세계대전이 일어나자 미국적십자 후원을 위해 작품 판매수익을 기부하며 적십자 활동을 했다.

▲애틀랜타 시내 퍼레이드 영화 〈바람과 함께
사라지다〉에 출연한 배우들은 공항부터 극장
까지 리무진 퍼레이드를 가졌는데 30만 명으
로 추산되는 인파가 11km나 늘어서 행사를 구
경했다. 그러나 흑인배우들은 영화 시사회에
참석이 허용되지 않아 해티 맥대니얼은 행사
에 참여할 수 없었다. 클라크 케이블은 이를
부당하게 생각해 행사를 보이콧하려 했으나
당사자인 맥대니얼이 적극 만류하자 시사회에
참석했다.

▶아카데미 여우조연상 영화 〈바람과 함께 사
라지다〉의 해티 맥대니얼은 아프라카게 미국
인 최초로 아카데미상 수상자가 되었다. 극중
에서 스칼렛의 하녀 매미 역을 맡아 비비안
리 다음가는 연기라는 호평을 받았다.

목화 농장에서 일하는 흑인 노예들 미국 남부 지역은 노예 노동에 기반한 플랜테이션 농업이 주를 이루며 목화를 수출해 이익을 얻었기 때문에 농장에서 일할 많은 노예가 필요했다.

섬터 요새 1860년 링컨이 대통령에 당선되자, 노예제를 반대하는 세력에 연방정부의 통제권이 넘어갈 것을 우려한 남부 주들이 모여 연합을 형성, 미합중국으로부터의 분리를 선언하고, 1861년 4월 12일 남부군이 찰스턴 항구의 섬터 요새를 공격하면서 남북전쟁이 시작되었다.

게티즈버그 전투 1863년 7월 1~3일까지 3일 동안 치러진 전투. 남북전쟁의 전환점이 된 가장 중요한 전투로 남부군이
패하고 말아 남부의 독립을 승인받고 전쟁을 끝내고자 했던 전략은 실패로 돌아갔다.

애틀랜타 포위 공격 투르 디 툴스트럽. 1888.
전쟁 막바지에 스칼렛은 애틀랜타의 불타는 도시와 맹렬한 폭격과 포위에서 레트의 도움을 받아 갓 출산한 멜라니
를 데리고 고향인 타라의 농장으로 피난한다.

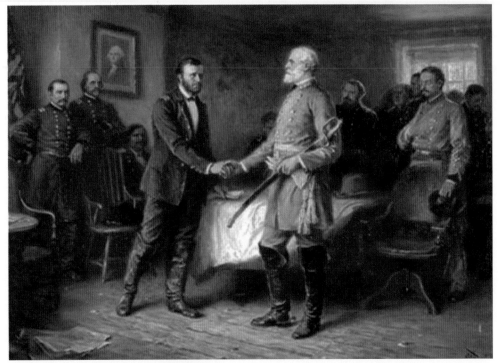

▲**항복** 북부의 그랜트 장군과 남부의 리 장군은 멕시코와의 전쟁에서 같이 싸우던 동료였다. 그랜트는 장교와 장병들에게 처벌을 면하게 해주고 어떠한 제제도 받지 않고 귀향하는 것을 허락했다. 1865년 4월 10일 리는 휘하 장교와 장병들에게 이별을 고하고 4월 12일에는 항복문서에 서명했다.

◀**카펫배거** 남북 전쟁 뒤 재건 시대에 남부로 이주한 북부인을 말한다. 카펫 원단으로 만든 카펫백이라는 값싼 여행 가방에 소지품을 넣고 다녀 카펫배거라 불렸다. 카펫배거는 흑인 표를 이용해 권력을 잡으려는 협잡꾼을 말한다.

보니 블루 플래그 악보 표지 해리 매카시. 1861.
윌리엄 셰익스피어의 희곡 '헨리 5세'에서 유래된 "우리는 형제들이다"로 시작되는 보니 블루 플래그는 남북전쟁 기간
중 남부에서 가장 많이 불린 군가이다.

쿠 클럭스 클랜(KKK단) 전쟁이 끝난 뒤 1866년 남부 백인들은 급진적인 지하 저항세력인 KKK단을 조직해 얼굴에 하얀 복면을 쓰고 흑인과 그에 동조하는 세력을 구타하거나 집을 불태웠다. 작품 속 스칼렛의 남편 케네디는 아내가 흑인 슬럼가에서 성추행당한 일에 복수하기 위해 KKK단에 관계하다가 비명에 죽는다.

세계문학전집091
Margaret Mitchell
GONE WITH THE WIND

바람과 함께 사라지다 II

마거릿 미첼/장왕록 옮김

동서문화사

디자인 : 동서랑 미술팀

바람과 함께 사라지다 II
차례

주요인물

스칼렛 자신의 사랑을 위해서는 물불을 가리지 않는, 타라 농장주 제럴드
　의 맏딸.

제럴드 아일랜드 태생의 호방한 대농장주며 오하라 집안의 주인. 전쟁의
　패배와 아내의 죽음으로 실의에 빠진다.

엘렌 제럴드의 아내, 스칼렛의 어머니. 프랑스계의 우아한 부인이나 전쟁
　중 전염병에 걸려 죽는다.

레트 버틀러 남북 전쟁을 배경으로 대부호가 된 호남으로 스칼렛의 세 번
　째 남편이다.

마미 엘렌이 시집을 때 데리고 온 흑인 하녀. 말이 많으나 유모로서 스칼렛
　을 진심으로 보살핀다.

애쉴리 윌크스 시와 음악을 좋아하는 윌크스 집안의 맏아들. 스칼렛의 적
　극적인 구애에 끌리면서도 자신과 성격이 비슷한 사촌누이 멜라니와 결혼
　한다.

멜라니 천사 같은 마음과 관용의 미덕을 지닌 여자. 애쉴리의 아내이며 찰
　스의 누이동생.

찰스 해밀턴 해밀턴 집안의 맏아들. 스칼렛과 결혼했으나 종군하여 남캐롤
　라이나에서 전염병에 걸려 죽는다.

프랭크 케네디 애틀랜타 출신의 목재상. 수엘렌의 약혼자였으나 스칼렛의
　두 번째 남편이 된다.

제4부

31

1866년 1월 어느 추운 날 오후, 스칼렛은 사무실에서 피티 시고모 앞으로 편지를 쓰고 있었다. 자기도, 멜라니나 애쉴리도, 애틀랜타로 돌아가서 고모님과 함께 지낼 수 없다는 사유를 자세하게 적는 것은 이번으로 열 번째였다. 사실 편지를 쓰는 것도 썩 내키지 않았다. 왜냐하면 아무리 편지를 써보았자 피티 시고모는 언제나 편지 첫머리만 읽고는 '하지만, 나는 혼자 지내기가 무섭단다!' 하고 또 슬프게 답장을 써 보내리라는 것을 잘 알고 있었기 때문이다.

손이 차가워졌으므로 그녀는 펜을 놓고 두 손을 비비며, 발을 싼 낡은 이불 속으로 좀더 깊숙이 두 발을 밀어넣었다. 슬리퍼 바닥이 다 닳아 버렸으므로 융단 조각을 바닥으로 대었다. 융단은 발이 곧장 마룻바닥에 닿는 것은 막아 주었지만, 발을 따뜻하게 해 주지는 못했다. 그날 아침, 윌은 말에게 편자를 박아 주러 존즈버러에 갔다. 스칼렛은, 말에게는 신을 신기면서도 사람은 개처럼 맨발로 지내야 하다니 정말 한심한 노릇이라고 울적하게 생각했다.

편지를 마저 쓰려고 다시 펜을 집어들었으나 뒷문으로 들어오는 윌의 발소리가 났으므로 그대로 내려놓았다. 마룻바닥을 딛는 떨걱떨걱하는 의족 소리가 사무실 밖에서 멎었다. 잠깐 그가 들어오기를 기다렸으나, 아무리 기다려도 기척이 없으므로 이쪽에서 그를 불러 보았다. 그는 추워서 두 귀가 발갛게 되어 담홍색 머리를 흐트러뜨린 채 들어오더니 입가에 익살스러운 미소를 희미하게 띠고 서서 그녀를 내려다보았다.

"스칼렛 씨" 그는 물었다. "지금 현금을 얼마나 갖고 계신가요?"

"돈을 목적으로 내게 결혼 신청이라도 할래요, 윌?" 그녀는 약간 샐쭉해서 되물었다.

"아뇨, 그러나 좀 알아 두고 싶군요."

그녀는 의아한 듯이 그를 바라보았다. 진지해 보이지는 않았다. 하지만 언제나 진지한 얼굴을 해 본 적이 없는 사나이였다. 아무튼 무언가 난처한 일이 생긴 모양이라고 그녀는 느꼈다.

"금화로 10달러가 있어요." 그녀는 말했다. "그 북군 병사의 돈이 남은 거죠."

"그래요? 그걸로는 모자라겠는데."

"뭣에 모자라죠?"

"세금 내는 데 모자랍니다."

그는 난로 옆으로 걸어가서 몸을 구부리고 빨개진 양손을 불에 쬐었다.

"세금?" 그녀는 되풀이했다. "농담하지 말아요, 월! 우린 벌써 세금을 다 냈어요."

"그렇죠, 하지만 그들은 그걸로는 아직 모자란다고 하더군요. 오늘 존즈버러에서 듣고 왔는데 말이죠."

"하지만 월, 나는 이해가 안 가네요. 도대체 무슨 소리예요?"

"스칼렛 씨, 나는 걱정거리가 많은 당신에게 더는 걱정을 끼치고 싶지 않아요. 그러나 이야기를 하지 않을 수가 없게 되었어요. 그들은 당신이 낸 것보다도 더 많은 세금을 바치지 않으면 안 된다고 말했습니다. 타라에 대한 산정액을 터무니없이 높게 계산하고 있는 거지요. 이 군의 어느 곳보다도 높게 계산하고 있는 셈이죠."

"하지만 한 번 내 버린 이상 거기다 더 내라고 하지야 않겠죠?"

"스칼렛 씨, 당신은 좀처럼 존즈버러에 가시지 않지만, 안 가시는 게 다행이에요. 요즈음은 숙녀가 갈 곳이 못됩니다. 당신도 가끔 가시게 되면 아시게 될 줄 압니다만, 스캘러왜그나 공화당원이나 북부에서 온 카펫배거들이 멋대로 날뛰고 있어요. 당신 같으면 당장 울화통이 터져서 때려죽이고 싶어질 겁니다. 그런데다 검둥이란 놈들까지 백인을 보도에서 밀어젖히려 하고, 더욱이……."

"하지만, 그것이 우리의 세금과 무슨 관계가 있어요?"

"그걸 이제부터 이야기하려는 겁니다, 스칼렛 씨. 무언가 속셈이 있는지 그 악당들은 타라가 목화를 천 짝씩이나 생산하고 있는 것처럼 타라의 세금을 터무니없는 고액으로 올렸답니다. 그런 이야기를 들었으므로 술집을 넌지시 어슬렁거리면서 소문을 주워 모아 보았습니다. 아무래도 당신은 추징금을 내지 못할 것이므로 그때 강제 경매에 오르게 될 타라를 싸게 낙찰시켜서 손아귀에 넣으려는 놈이 있는 것 같아요. 당신이 이 이상의 세금을 내지 못할 것은 누구나 빤히 아는 사실입니다. 이 농장을 탐내는 놈이 어느 놈인지 그건 아직 저도 몰라요. 뚜렷하게 알아낼 수가 없었어요. 그러나 캐들린 씨와 결혼한 겁쟁이 녀석, 그 힐튼인가 하는 사나이는 알고 있는 모양이더군요. 내가 떠보았더니 녀석이 기분 나쁘게 묘한 웃음을 웃던걸요."

월은 소파에 앉아서 절단한 다리의 상처 자국을 주물렀다. 날씨가 추워지면 쑤신 데다 나무 의족도 잘 맞지 않아서 기분이 좋지 않은 것이다. 스칼렛은 그를 사납게 보았다. 타라의 종말을 알려 주는 태도치고는 너무나도 태평스러웠다. 강제 경매에 붙여져서 팔리게 된다고? 어림도 없지! 그런 일은 생각조차 할 수 없어. 그녀는 여태까지 타라의 생산을 늘리는 데에만 골몰해 있어서, 세상 형편 같은 것에는 조금도 주의를 기울이지 않았다. 특히 요즈음은 월과 애쉴리가 있으므로 존즈버러나 페이엇빌에 가야 할 볼일 같은 것은 모두 두 사람에게 맡기고, 좀처럼 농장을 떠나는 일이 없었다. 전쟁 전에도 아버지의 전쟁 이야기 따위는 별로 귀담아 듣지도 않았지만, 지금도 저녁 식사를 마친 식탁에서 월과 애쉴리가 전후의 '재건'에 대하여 토론을 해도 주의하여 들으려고도 하지 않았다.

물론 그녀도 '스캘러왜그'라는 것은 알고 있다. 이익을 위하여 절개를 굽히고 공화당으로 전향한 남부 사람들이다. '카펫배거'라는 것도 알고 있다. 남군이 항복하자마자 전재산을 카펫으로 만든 백(손가방) 하나에 쑤셔넣고 독수리처럼 남부로 밀려 들어와서 한몫 보려는 양키들인 것이다. 또 노예 해방국에 대해서는 그녀도 여러 번 좋지 않은 생각을 한 적이 있다. 그리고 해방된 흑인종에 어지간히 건방진 놈이 있으리라는 것도 짐작이 간다. 그러나 태어난 이래 건방진 흑인이라는 것을 본 적이 없는 그녀로서는 그것이 거의 믿어지지 않았다.

그러나 월과 애쉴리가 서로 짜고, 그녀에게 알리지 않으려고 한 일도 많았다. 전쟁의 재난에 뒤이어 거기에는 더욱 나쁜 '재건'의 재난이 있었으나, 그러한 정세에 관하여 집에서 의논을 할 때는 두 사람 다 될 수 있는 대로 그녀를 놀라게 할 만한 자세한 일은 똑같이 건드리지 않기로 하고 있었다. 그런데 스칼렛은 설혹 두 사람의 이야기를 듣는 수가 있어도, 그들의 이야기는 대개 한쪽 귀로 듣고 한쪽 귀로 대수롭지 않게 흘려 버리고 마는 것이었다.

애쉴리가 남부는 피정복지로서의 대우를 받고 있다든가, 보복정신이 정복자의 통치 방침이라든가 하는 것을 말해도, 스칼렛에게는 아무런 뜻도 없는 이야기에 지나지 않았다. 정치는 남자들의 일인 것이다.

북부는 바야흐로 남부의 재기를 막으려 한다는 윌의 말을 들은 적이 있어도 스칼렛은 다만 남자란 언제나 뭔가 부질없는 일로 골치를 썩이고 있다고 생각했을 뿐이다. 그녀는 북군 따위에게 당해 본 기억이 한 번도 없다. 그러니까 이번에도 화를 당하는 일은 없을 것이다. 당장 급한 일은 북부의 통치 방침 따위에 골치를 썩일 것이 아니라 그저 악마처럼 일하는 것이다. 어쨌든 전쟁은 끝난 것이다.

스칼렛은 게임의 규칙이 모두 바뀌어 버려서 정직한 노동이 어느덧 그에 알맞은 만큼의 수입을 얻을 수 없게 되었다는 것을 알지 못했다. 조지아 주는 지금 실질적으로 계엄령 아래에 있는 것이나 마찬가지여서, 북부 군대가 각지에 주둔하고, 노예 해방국이 매사를 완전히 지배하고, 규칙도 그들 형편에 맞도록 멋대로 만들고 있었던 것이다.

노예의 처지에서 해방된, 게으르고 잔뜩 흥분한 흑인들을 돌봐 주기 위해 연방 정부의 손으로 조직된 이 노예 해방국은 각 농장에서 몇천 명이고 그러한 흑인을 마을이나 도시로 불러 모으고 있었다. 해방국은 그들을 먹여 살리면서 빈둥빈둥 놀게 놓아 둠으로써 그들의 마음속에 예전 소유주에 대한 적의를 불어넣어 주고 있었던 것이다.

일찍이 제럴드의 농장 감독이었던 조나스 윌커슨이 이 지방의 해방국 지부 주임일 뿐만 아니라, 그 부주임으로 있는 것이 캐들린 캘버트의 남편 힐튼이었다. 이들 둘은 '남부 사람과 민주당은 호시탐탐 흑인을 이전의 노예로 만들 기회를 노리고 있다, 이 운명에서 흑인들이 벗어날 수 있는 유일한 희망은 오로지 해방국과 공화당이 내민 보호의 손길에 의지하는 도리밖에 없다'느니 하는 소문을 열심히 퍼뜨리고 있었다.

윌커슨과 힐튼은 다시 흑인을 향하여, 제군들은 모든 점에 있어서 백인에게 못지않은 훌륭한 인간이니까, 끝내는 백인과 흑인과의 결혼도 허락될 것이며, 또 머지않아서 제군들의 전 소유주의 농장이 분할되어서 모든 흑인은 40에이커의 토지와 노새 한 마리씩을 받게 될 것이라는 둥 소문을 퍼뜨렸다. 그리고 남부 사람이 흑인에게 가하는 잔악한 처사 따위를 들어 계속 선동하였으므로, 오랫동안 노예와 그 소유주의 사이가 두터운 애정으로 맺어져 있기로 이름났던 지방에도 차츰 증오와 질투가 생기게 되었다.

해방국은 군대가 뒤를 보아 주고, 군 당국은 피정복자의 행동을 단속하기 위하여 갖가지 서로 모순된 규칙을 발표하고 있었다. 해방국 관리에게 욕지거리만 해도 당장 끌려갔다. 학교에 관해서도, 위생시설에 관해서도, 옷에 어떠한 단추를 다느냐에 대해서도, 상품 매매에 대해서도, 거의 모든 것에 대하여 군의 명령이 내려져 있었다. 윌커슨과 힐튼은 스칼렛이 하는 어떠한 거래에 대해서도 일일이 간섭을 할 수 있었고, 그녀가 사고파는 물건 값을 멋대로 정할 수도 있었다.

다행스럽게도 스칼렛은 이 두 남자와 만날 기회가 매우 드물었다. 왜냐하면 윌이, 당신은 농장 관리에 전념하고 거래는 내게 맡겨 두시오, 하고 설득하였기 때문이다. 윌은 타고난 부드러운 태도로 이러한 종류의 까다로운 난관을 여러 번 해결해 주었고, 그 일에 대해서는 그녀에게 아무 말도 하지 않았던 것이다. 부득이한 경우에는 카펫배거들과 양키의 비위를 맞출 수도 있었던 윌이지만 이번 경우에 관한 한 자신이 혼자서 처리할 수 없는 문제라고 판단했던 것이다. 추징금의 과세, 또는 타라를 잃느냐 지키느냐 하는 일은 스칼렛에게 알리지 않으면 안 되는 문제였고, 그리고 몹시 서둘러야 하는 문제였다.

그녀는 반짝이는 눈길로 그를 쳐다보았다.

"빌어먹을 양키들!" 그녀는 외쳤다. "우리를 골탕먹여서 가난으로 몰아넣고, 불한당들까지 보낼 게 뭐람!"

전쟁이 끝나고 평화가 선언되었어도 아직 양키는 그녀의 것을 빼앗을 수 있고 굶주림에 시달리게 할 수도 있으며, 집에서 내쫓을 수도 있는 것이다.

몇 달 동안의 궁핍 속에서도 봄까지만 참고 기다리면 모든 것이 잘되리라고 참아 온 자신이 얼마나 어리석었던가. 거기에 희망을 걸고, 한 해 동안 등뼈가 부러지도록 일해 온 마지막 판에 모조리 짓뭉개 버리는 거나 다름없는 소식을 윌이 가지고 왔으니 한 가닥 희망마저도 사라져 버린 셈이다.

"어쩌면 윌, 전쟁만 끝나면 근심 걱정은 모두 끝나는 줄 알았는데!"

"웬걸요" 하고 윌은 턱이 깡마른 시골뜨기 같은 얼굴을 쳐들고 그녀를 물 끄러미 바라보았다. "근심 걱정은 이제부터 시작되는 겁니다."

"도대체 추징금은 얼마를 내라는 거죠?"

"3백 달러요."

그녀는 기겁하여 한참 동안 말조차 할 수 없었다. 3백 달러! 그것은 3백 만 달러라고 하는 것이나 마찬가지였다.

"그럼," 그녀는 당황하여 말했다. "그럼 그럼, 우리는 어떻게 하든지 3백 달러를 만들어야 한다는 거군요."

"그렇지요…… 이 다음에는 무지개와 달도 마련해야 될걸요."

"그렇지만 윌, 아무리 그들이라도 타라를 팔지는 못할 거예요. 어딜……."

그의 부드럽고 엷은 눈빛이 그녀로선 생각지도 못했을 정도의 증오와 고 뇌를 나타냈다.

"그들이 못할 거라고요? 천만에, 하고도 남지요. 합니다, 신이 나서 해치 울 거요. 스칼렛 씨, 솔직히 말하면 이 나라는 완전히 지옥 밑바닥에 떨어진 겁니다. 그 카펫배거나 스캘러왜그들은 투표할 수 있지만, 우리 민주당 대부 분은 투표할 수 없어요. 이 주의 민주당원으로서 1865년에 2천 달러 이상의 수입이 있었다고 납세 대장에 기재되어 있는 사람은 투표할 수 없게 되어 있 어요. 그러니까 당신 아버님도, 탈레턴 씨도, 맥레이 댁도, 폰테인 댁 청년 들도 모두 제외당하는 축이죠. 그리고 전시중에 영관급 이상의 지위에 있었 던 사람도 투표하지 못한답니다, 스칼렛 씨. 그리고 이 주는 남부동맹 중에 서 어느 주보다도 영관급 사람이 많았습니다. 게다가 남부정부의 관리였던 사람도 투표권을 빼앗겼으니, 공증인에서 판사에 이르기까지 모두 제외되지 요. 이 고장에는 그런 사람이 많아요. 결국 양키는, 그 특사를 받기 위한 서 약서라는 것을 꾸며 내어, 전쟁 전에 상당한 인물이었던 사람은 누구나 절대 로 투표할 수 없는 방법을 취한 거요. 그러니까 똑똑한 사람, 지위가 있는 사람, 부유한 사람은 모조리 밀려나 버린 셈입니다. 조금만 더 이야기하겠어 요. 나도 그 아니꼬운 서약서에다 서명만 하면 투표할 수 있어요. 나는

1865년에 돈을 가지고 있지 않았었고, 분명히 영관급도 아니었고, 하등 눈에 띄는 존재도 아니었으니까요. 그러나 나는 그 서약서에 서명할 생각은 없어요. 누가 그따위 서약을 한답니까? 만약 북부의 처사가 정당했다면 귀순하는 선서는 했을지도 모르지만, 이젠 절대로 안 해요. 나를 연방으로 복귀시킬 수는 있어도, 절대로 나를 개조해서 연방에 두드려 맞출 수는 없어요. 비록 다시는 투표를 못하게 되더라도 서약서에 서명할 생각은 없어요. 그러나 힐튼 같은 인간 쓰레기나, 조나스 윌커슨 같은 악당이나 슬래터리 같은 가난뱅이 백인, 매킨토시 같은 형편없는 놈들은 투표할 수 있지요. 게다가 매사를 지배하고 있는 것은 놈들이에요. 놈들이 추징금을 받아 내려고만 하면 열 번이고 열두 번이고 당신에게서 받아 낼 수 있는 겁니다. 그와 마찬가지로 검둥이가 백인을 죽여도 교수형을 받지 않게 되고, 또는……."

여기서 그는 잠시 난처해서 말을 끊었다. 러브조이 근처의 쓸쓸한 농장에서 혼자 살던 백인 부인이 당했던 어느 사건에 대한 기억이 두 사람의 마음속에 되살아난 것이었다.

"그러니 검둥이들은 우리에게 어떤 짓이라도 할 수 있어요. 노예 해방국과 군대가 총을 들고 그들의 뒤를 보아 주고 있는 겁니다. 뿐만 아니라 우리들은 투표권도 없고, 속수무책이지."

"투표권!" 그녀는 외쳤다. "투표권이라니? 도대체 투표권이 일과 어떤 관계가 있다는 거지요, 월? 우리는 세금 이야기를 하고 있는 중이에요, 월. 타라가 얼마나 훌륭한 농장인가는 모르는 사람이 없어요. 그러니까, 끝끝내 어떻게 해 볼 방법이 없다면 이 토지를 저당 잡히면 어떨까요? 그럼 세금을 낼 만한 돈은 어떻게 될 것같이 생각되는데요."

"스칼렛 씨, 당신은 매우 현명하신데 가끔 바보 같은 소리를 하시는군요. 이 토지를 저당 잡고 빌려 줄 만한 사람이 있겠소? 당신에게서 타라를 빼앗으려는 카펫배거 말고 어디에 그런 사람이 있겠소? 토지는 누구나 다 가지고 있어요. 그리고 누구의 토지나 황폐해 있어요. 거저 준대도 가질 사람이 없을 거요."

"그 북군 병사가 가지고 있었던 다이아몬드 귀걸이 말이에요, 그걸 팔면 어떨까요?"

"스칼렛 씨, 이 근처에 귀걸이 같은 것을 살 만한 돈을 가지고 있는 사람이 있겠소? 찬거리 살 돈도 없는데 패물 따위를 쳐다볼 사람은 없어요. 만약 당신이 금화로 10달러를 가지고 계신다면 아마 당신이 가장 부자일 거요."

두 사람은 다시 입을 다물고 말았다. 스칼렛은 돌벽에 머리를 부딪치고 있는 것 같은 느낌이었다. 이 1년 동안에 머리를 부딪친 돌벽이 얼마나 많았던가.

"어떡하지요, 스칼렛 씨?"

"모르겠어요."

그녀는 될 대로 되어라 하는 생각으로 힘없이 대답했다.

이번 돌벽은 너무나 단단하다. 갑자기 그녀는 엄청난 피로가 느껴지며 뼈가 아파왔다. 그녀는 무엇 때문에 이토록 일을 하고, 고생을 하고, 스스로를 기진맥진하게 만들어야만 하는 것일까? 뿐만 아니라 그러한 고생 끝에는 언제나 반드시 그녀를 비웃기 위해 패배가 기다리고 있는 것처럼 생각되었다.

"모르겠어요." 그녀는 거듭 말했다. "하지만 아버지께 알려서는 안 돼요. 걱정만 끼칠 뿐이니까요."

"말씀드리지 않겠소."

"다른 사람에게 말했어요?"

"아뇨, 곧장 당신에게로 왔는걸요."

그렇다, 하고 그녀는 생각했다. 모든 나쁜 소식은 곧장 그녀에게로 들고 오는 것이다. 그녀는 이제 그런 것에 넌더리가 났다.

"윌크스 씨는 어디 계신지 몰라요? 그분에게는 뭔가 좋은 생각이 있을지도 몰라요."

윌은 그녀를 부드러운 눈길로 바라보았다. 그녀는 그 눈을 보자, 애쉴리가 돌아온 첫날부터 느낀 것처럼 이 사나이는 모든 것을 다 알고 있구나 하고 새삼 느꼈다.

"그분은 과수원에서 울타리에 가로대로 쓸 나무를 깎고 계시더군요. 제가 아까 말을 매고 있을 때, 도끼소리가 나더군요. 그러나 그분도 우리 이상으로 많은 돈을 가지고 있지는 않을 겁니다."

"내가 그분과 의논하고 싶다면 한다고 해도 상관없겠지요? 안 되나요?" 화난 것처럼 말하며 그녀는 발에 감고 있던 이불을 차 던지고 일어섰다.

윌은 기분이 상한 것 같지도 않고 여전히 불 앞에서 손을 비벼 대고 있었다.

"숄을 두르고 나가시는 것이 좋을 겁니다. 스칼렛 씨. 밖은 지독하게 추워요."

그러나 그녀는 숄도 두르지 않은 채 나갔다. 숄은 2층에 있었으나 빨리 애쉴리를 만나서 걱정을 털어놓고 싶은 기분에 쫓겨 가지러 갈 만한 여유가 없었다.

만약 그가 혼자 있다면 얼마나 좋을까! 그가 돌아온 뒤로, 단 한 번도 그녀는 단둘이서 이야기를 할 수가 없었다. 언제나 가족 가운데 누군가가 그의 곁에 붙어 있었고, 더욱이 멜라니는 그가 정말 존재한다는 것을 확인이라도 하려는 것처럼 줄곧 애쉴리의 소매에 매달려 있었기 때문이다. 그런 멜라니의 행복한 모습과 제것처럼 구는 태도를 보면 스칼렛의 마음에는 애쉴리가 죽었을지도 모른다고 생각하던 무렵에는 잠들어 있던 질투어린 적의가 다시금 머리를 쳐드는 것이었다.

이제 그녀는 그와 단둘이서 만나리라고 결심했다. 오늘이야말로 누구의 방해도 받지 않고 단둘이 이야기하는 것이다.

잎이 다 떨어진 과수원의 가지 밑을 빠져나가자, 축축한 잡초가 발을 적셨다. 노랫소리가 들려왔다. 애쉴리가 늪지에서 끌고 온 통나무를 쪼개서, 울타리의 가로대를 만들고 있는 것이다. 적이 장난삼아 태워 버린 울타리를 본디대로 만드는 것은 시간이 걸리고 힘이 드는 일이었다. 모든 것이 시간이 걸리고 힘드는 일이라고 그녀는 울적하게 생각했다. 그녀는 일에 싫증이 났다. 지치고 싫증이 나서 아무것도 하기 싫었다. 만약 애쉴리가 멜라니의 남편이 아니고 그녀의 남편이라면 그의 곁으로 달려가서 그 어깨에 얼굴을 묻고 울며 걸머진 무거운 짐을 그에게 떠맡기고, 그에게 사건을 해결해 달라고 할 수 있을 테니 얼마나 좋을까.

찬바람에 헐벗은 가지들이 떨고 있는 석류나무 숲을 돌아가자, 도끼를 짚고 서서 손등으로 이마의 땀을 씻고 있는 애쉴리의 모습이 보였다. 그는 낡은 호두빛 바지를 입고, 제럴드의 와이셔츠를 입고 있었다. 그 주름이 있는 와이셔츠는 제럴드의 화려했던 시절에는 재판이 있는 날이라든가 바비큐파티에 갈 때가 아니면 입지 않았던 고급품이었는데, 지금 소유주인 애쉴리에게는 너무 짧았다. 일을 해서 더운 모양인지 윗옷은 벗어서 옆에 있는 나뭇가지에 걸어 놓고 있었다. 그녀가 가까이 갔을 때는 마침 쉬려고 한숨 돌리던 참이었다.

누더기를 입고 손에 도끼를 들고 있는 애쉴리를 보자 그녀의 가슴은 물결치는 애정과 운명에 대한 노여움으로 들끓었다. 품위 있고 잘생긴 애쉴리가 누더기 차림으로 일하는 모습을 보는 것은 견딜 수가 없었다. 그의 손은 노동하기 위하여 만들어진 손이 아니며, 그의 몸은 고급 옷감이나 질 좋은 리넨 말고 다른 것을 입을 몸이 아니었다.

신은 그를 커다란 저택에서 살면서 유쾌한 사람들과 즐겁게 이야기하고, 피아노를 치고, 아무런 뜻이 없을지라도 아름다운 울림을 지닌 것을 쓰도록 만드신 것이다.

그녀는 자기 아들이 부대로 만든 앞치마를 둘렀거나 동생들이 더럽고 낡은 깅엄 옷을 입은 것은 참을 수 있었다. 또 윌이 들일하는 노예보다 심한 노동을 하는 것도 견딜 수 있었다. 그러나 애쉴리만은 달랐다. 그러한 꼴을 당하게 하기에는 그는 너무나 우아했고, 너무나 소중한 사람이었다. 그에게 통나무를 쪼개게 하여 가슴 아픈 생각을 할 바엔 차라리 자기가 대신 하고 싶었다.

"링컨은 먼저 통나무를 패는 일부터 시작했다고 하더군요." 그녀가 가까이 오는 것을 보고 그는 말했다. "그러면 나는 어느 정도 훌륭하게 될까요? 좀 생각해 보십시오."

그녀는 얼굴을 찌푸렸다. 그는 언제나 이런 투로 그들의 고생을 대수롭지 않게 넘겨 버리는 것이 보통이었다. 내게는 생사가 달린 중대한 문제인데, 하고 생각하면 그의 그러한 어조가 가끔 노엽기조차 했다.

그녀는 간결하고 짤막하게 윌에게서 들은 이야기를 불쑥 꺼냈다. 말하는 동안 어쩐지 마음이 편해졌다. 애쉴리는 반드시 뭔가 도움을 줄 것이다. 그는 아무 말도 하지 않았다. 그러나 그녀가 떨고 있는 것을 보자 자기 윗옷을 가져다가 어깨에 걸쳐 주었다.

"그러니까," 그녀는 마지막으로 말했다. "결국 어디선가 돈을 마련해야 되겠다고 생각되지 않아요?"

"그렇게 생각하죠." 그는 말했다. "그러나 어디서 마련하지요?"

"그걸 당신에게 묻는 거예요." 그녀는 조급한 듯이 말했다. 무거운 짐을 내려놓고 후련해질 생각은 사라져 버렸다. 설사 어떻게 해볼 도리가 없을지라도 '아, 참 안됐군요' 하는 단지 그 한 마디만이라도 해 주면 좋잖은가.

그는 미소지으며 말했다.

"글쎄요, 내가 여기 돌아오고서 몇 달 동안 들은 바로는, 정말로 돈을 갖고 있는 사람은 레트 버틀러 한 사람뿐이던걸요."

일주일쯤 전, 피티 시고모에게서 멜라니한테 온 편지에 의하면, 레트는 마차와 훌륭한 말 두 마리와 주머니에 그린백 지폐를 불룩하게 넣고 애틀랜타로 돌아와 있다는 것이었다. 그러나 그런 것들을 그가 정당한 수단으로 얻은 것 같지는 않다고 고모는 넌지시 비치고 있었다. 피티 시고모의 의견은 대부분 애틀랜타 일반 사람들의 의견과 같은 것이었는데, 그 견해에 의하면, 레트는 남부정부의 금고에 있었던 몇 백만 달러라는 막대한 재물을 협잡질했다는 것이다.

"그 사람 이야기 따위는 그만둬요." 스칼렛은 잘라 말했다. "속이 뒤집히는 인간이란 게 바로 그런 사람이에요. 그보다 대체 우리는 어떻게 될까요?"

애쉴리는 도끼를 놓고 먼 곳을 바라보았다. 그 눈은 그녀 따위는 도저히 따라갈 수 없는 아주 먼 나라를 떠돌고 있는 것처럼 생각되었다.

"나는 이것이 궁금합니다." 그는 말했다. "타라에 살고 있는 우리가 어떻게 될 것인가 하는 것만이 아니고, 도대체 남부 여러 주의 사람들은 모두 어떻게 될 것인가 하고 말이죠."

그녀는 듣자마자 '남부 사람들이야 모두 어떻게 되든 상관없어요! 그보다 도대체 우리는 어떻게 되는 거예요!' 하고 쏘아붙이고 싶었다. 그러나 그녀는 잠자코 있었다.

갑자기 전에 없이 격심한 피로감이 다시 엄습해 왔기 때문이다. 애쉴리는 전혀 아무런 의지도 되지 못하는구나.

"하나의 문명이 무너질 경우에 늘 일어나는 일이 끝판에 가서는 일어나게 되리라고 생각합니다. 두뇌와 용기가 있는 사람만이 이것을 헤치고 나가 살아남게 되고, 그것이 없는 사람은 흔들려 떨어지는 겁니다. 하나의 괴터데머룽 (^{'신들의 황혼'이란 뜻. 신의 세계가 멸망}하고 신세계가 생긴다는 복구 신화)을 목격하는 것은 그다지 유쾌한 일은 아닐지 모르지만, 적어도 흥미 있는 일이긴 하지요."

"하나의 뭐라고요?"

"신들의 황혼입니다. 불행하게도 우리 남부의 여러 주 사람들은 스스로를 신으로 생각하고 있었던 겁니다."

"부탁이에요, 애쉴리 윌크스! 태평스럽게 우두커니 서서 그런 바보스러운 이야기는 그만둬 주세요. 우리가 흔들려 떨어지려고 하는 처지예요!"

그녀의 터뜨릴 길 없는 분노 속에 포함된 무언가가 그의 마음을 꿰뚫어 먼 곳을 헤매던 그의 마음을 불러들였는지, 그는 상냥하게 그녀의 손을 잡고 손바닥을 뒤집어 거기에 박힌 굳은살을 바라보았다.

"나는 이처럼 아름다운 손을 본 적이 없어요." 이렇게 말한 그는 두 손바닥에 가볍게 키스했다. "이 손이 아름다운 것은 이 손이 억세기 때문이오. 굳은살은 말하자면 훈장이란 말이오, 스칼렛. 그리고 하나하나의 물집은 용기와 자기희생의 상패란 말이오. 이 손은 우리 전체를 위해서, 당신 아버님과 동생들과 멜라니, 아기, 흑인들, 그리고 나를 위해서 거칠어졌소. 나도 당신이 생각하고 있는 것을 알아요. 당신은 이렇게 생각하고 있소. '산 사람이 위험에 놓여 있는 판인데, 여기 우두커니 서 있는 이 비현실적인 바보는 죽은 신들이 어쩌고저쩌고 하면서 쓸데없는 잠꼬대를 하고 있다.' 그렇지요?"

그녀는 고개를 끄덕였다. 그리고 언제까지나 그가 손을 잡고 있어 주었으면 하고 생각했다. 그러나 그는 곧 손을 놓았다.

"그리고 내가 당신에게 무슨 힘이라도 되어 주지 않을까 해서 이리로 오셨소. 하지만 나는 아무것도 할 수가 없군요."

그는 침통한 눈길로 도끼와 통나무더미를 바라보았다.

"나는 집을 잃고, 가지고 있다고 의식한 적도 없을 정도로 가지는 것이 당연하다고 생각했던 돈도 몽땅 잃어버리고 말았소. 이 세상에서 내게 어울리는 것은 모두 다 없어졌소. 내가 속해 있던 세계가 없어졌기 때문이오. 스칼렛, 나로서는 될 수 있는 대로 엉뚱한 짓은 하지 않기로 노력해서 서툰 농부가 되는 길밖에는 당신에게 도움될 수가 없소. 그러나 그것으로는 당신을 위하여 타라를 유지할 수는 없을 거요. 여기서 당신의 자비로 살아가고 있는 우리의 괴로운 처지를 내가 모른다고 생각하시오? 그렇소, 스칼렛, 당신의 자비요. 당신은 나와 내 처자에게 여러 가지로 친절을 다해 주었소. 그러나 나는 그것에 보답할 길이 없소. 나는 날이 갈수록 절실하게 그것을 느끼고 있소. 그리고 우리 모두에게 찾아든 것에 대해서 얼마나 나 자신이 무력한가 하는 것을 날이 갈수록 절감하게 된 거요. 현실에서 꽁무니를 빼려는 내 저주스러운 성격은 날이 갈수록 새로운 현실에 맞닥뜨리는 것을 곤란하게 할 뿐이오. 내가 말하는 뜻을 아시겠소?"

그녀는 고개를 끄덕였다. 그가 말하는 뜻을 그렇게 또렷이 안 것은 아니었지만, 숨을 죽이고 그 말에 귀를 기울이고 있었다. 손이 닿지 않는 먼 곳에 있는 것같이 느껴지던 그가 마음속에 품고 있는 생각을 말해 준 것은 이것이 처음이었다. 그녀는 새로운 발견의 고갯길에 서 있는 것처럼 흥분했다.

"저주를 받고 있는 거요, 적나라한 현실을 보지 않으려는 성격 따위는. 전쟁 전까지 내게 있어서 인생은 커튼 뒤의 그림자놀이 이상으로 현실적인 것은 아니었소. 뿐만 아니라 나는 오히려 그것을 바라고 있었소. 나는 모든 사물의 윤곽이 너무 뚜렷한 것을 좋아하지 않았거든. 무엇이고 부드럽고 흐릿한, 다소 애매한 것이 좋았던 거요."

그는 말을 끊고 보일 듯 말 듯하게 웃었다. 찬바람이 그의 엷은 와이셔츠 속을 헤집고 지나갔다. 그는 추운 듯이 몸을 떨었다.

"표현을 바꾸어 말하면 스칼렛, 나는 비겁한 사람이오."

그림자놀이니 애매한 윤곽이니 하는 말은 그녀에게는 아무런 뜻도 없었지만, 마지막 말만은 그녀가 이해할 수 있는 범위의 말이었다. 그러나 그 말은 진실이 아니었다. 그에게는 비겁함은 없다. 그 우아한 육체 하나하나의 곡선이 조상들에게서 물려받은 용기와 용맹을 말해 주고 있지 않은가. 그리고 스칼렛은 전시에 그의 무공의 기록도 마음 깊이 새겨 두고 있었다.

"그럴 리 없어요! 비겁한 분이었다면 어떻게 게티스버그에서 대포에 기어올라가 부하를 격려할 수가 있었겠어요. 비겁한 분이었다면 사령관이 손수 멜라니에게 편지를 보내 주시거나 하는 일이 어떻게 있을 수 있겠어요? 그리고……."

"그것은 용기가 아니죠." 그는 약간 짜증스런 듯이 말했다. "전투는 샴페인 같은 거요. 비겁한 사람이나 영웅이나 똑같이 취하게 만들고 말아요. 용감하지 않으면 죽게 되는 싸움터에서는 아무리 못난 인간이라도 용감해지는 법이오. 그러나 나는 그것과는 다른 것을 말하고 있는 거요. 나 같은 종류의 비겁은 처음으로 대포 쏘는 소리를 듣고 달아나는 것보다도 훨씬 더 질이 나쁜 거요."

그는 이런 말을 하는 것이 고통스러운 일인 것처럼 천천히 억지로 말을 이어갔다. 그리고 자기가 한 말을 슬픈 마음으로 곁에서 바라보고 있는 것처럼 보였다. 만약 애쉴리 말고 다른 사람이 그런 말을 했다면, 스칼렛은 짐짓 꾸미는 겸손, 칭찬이 듣고 싶어서 하는 말로 알고 경멸하며 무시해 버리고 말았을 것이다.

그러나 애쉴리의 태도는 너무나 진지했고, 그의 눈에는 무언가 그녀로서는 잡을 수 없는 표정이 있었다. 공포도 변명도 아닌, 압도적으로 밀어닥치는 피할 수 없는 고뇌에 대하여 태세를 갖추고 있는 표정이었다. 찬바람이 젖은 발뒤꿈치에 불어 댔다. 그녀는 또 한 번 몸을 떨었다. 그러나 그 떨림은 바람 때문이라기보다도 그가 한 말로 생겨난 두려움 때문이었다.

"애쉴리, 당신은 무엇을 두려워하는 거죠?"

"뭐라고 표현할 수 없소. 말로 표현한다면 정말 바보스럽게 들릴 것이오. 그 대부분은, 인생이 갑작스럽게 너무나 현실적이 돼버려서, 인생의 단순한 여러 가지 사실 가운데 몇 가지와 개인적인, 너무나 개인적인 접촉을 갖게 되었다는 데서 오는 거요. 그러나 나는 이처럼 이 진흙 속에서 통나무를 쪼개는 그 자체가 문제가 아니라, 그것이 무엇을 뜻하고 있느냐가 문제인 거요. 나는 내가 사랑한 옛 생활의 아름다움이 사라진 것에 대하여 무척 마음이 쓰이는 거요. 스칼렛, 전쟁 전까지는 인생은 아름다웠소. 거기에는 매력이 있었고, 그리스의 예술을 보는 것 같은 완성과 균형과 조화가 있었소. 모두가 그렇지는 않았을지도 모르지요. 그것을 나는 최근에야 알았소. 내게 있어서 트웰브 오크스의 생활에는 인생의 참다운 아름다움이 있었소. 나는 그런 인생에 속해 있었소. 나는 그 일부분이었지. 그러나 그 같은 인생은 가버렸소. 그리고 이 새로운 인생에는 내가 차지할 곳이 없소. 그러니까 나는 두려운 거요. 지금 나는 옛날 내가 지켜보고 있었던 것이 그림자놀이에 불과했다는 것을 알았소. 나는 그림자가 아닌 것은 모두 피해 왔소. 사람이건 처지이건 너무 현실적인 것, 너무나 활력적인 것은 모두 피해 왔소. 그런 것이 주제넘게 참견하는 것을 모두 싫어했소. 스칼렛, 나는 당신마저도 피하려고 했던 거요. 당신은 너무나 활력에 넘쳐 있었고 너무나 현실적이었소. 그래서 나는 비겁하게도 그림자와 꿈을 택했던 거요."

"하지만…… 하지만…… 멜라니는?"

"멜라니는 꿈 중에서도 가장 정다운 꿈, 내 꿈의 일부분이오. 전쟁만 일어나지 않았다면, 나는 트웰브 오크스의 저택에 파묻혀 흘러가는 인생을 만족스럽게 바라보면서 그 일부분이 되는 일 없이 행복하게 생애를 보냈을 거요. 그런데 전쟁이 일어나자 인생은 그 생긴대로의 현실 모습을 내게 안겨다 주었던 것이오. 나는 처음으로 전투에 참가해서, 기억하시겠지요, 그것은 불런의 싸움이었소. 소년 시절부터의 친구가 가루되어 날아가는 것을 보고, 다 죽어 가는 말의 비명을 듣고, 자기가 쏜 총알에 사람이 넘어져서 피를 흘리는 것을 보았을 때의 뭐라고 나타낼 수 없는 섬뜩한 무서운 기분을 맛보았소. 그러나 스칼렛, 전쟁에 있어서의 최악은 그것이 아니었소. 전쟁 중에 함께 생활하지 않으면 안 되었던 사람들에 관한 것, 그것이 전쟁에 있어서의 최악이었소. 나는 온 생애를 세상 사람들로부터 떨어져 살면서 아주 적은 친구를 조심스럽게 선택했소. 그런데 전쟁은 나에게, 내가 꿈의 인간들이 살고 있는 혼자만의 세계를 만들고 있었다는 것을 가르쳐 주었소. 그리고 나에게 인간 현실의 참모습이 어떤 것인가를 가르쳐 주었소. 그러나 그 사람들과 어떻게 하면 함께 살아갈 수 있을까에 대해서는 가르쳐 주지 않았소. 아마 나는 그것을 배울 수 없겠지요. 지금 나는 처자를 먹여 살리기 위해서는 나와 아무런 공통점도 없는 사람들의 세계에서 나 자신의 길을 개척해 나가지 않으면 안 된다는 것을 알고 있소. 스칼렛, 당신은! 인생의 뿔을 움켜잡고 당신의 뜻대로 그것을 휘두르고 있소. 그러나 나는 도대체 이 세상 어디에다 자신을 들이밀면 좋겠소? 내가 무섭다고 말한 것은 바로 그 점이오."

나지막하게 듣기 좋게 울리는 그의 목소리가 그녀로서는 이해할 수 없는 감정을 동반하고 흐르는 동안, 스칼렛은 그 말의 여기저기를 붙잡아 그 의미를 알아보려고 애썼다. 그러나 그 말은 들새처럼 그녀의 손에서 달아나 버렸다. 무엇인가가 그를 몰아 대고 있다. 잔인한 몽둥이로 몰아 대고 있다. 그러나 그것이 무엇인지 그녀는 알 수가 없었다.

"스칼렛, 내가 나만의 사적인 그림자놀이가 끝났다는 차가운 자각에서 잠을 깬 것이 언제였는지, 그것은 나도 알지 못하오. 아마도 처음 내가 죽인 사나이가 땅에 쓰러지는 것을 본 불런 전투에서의 최초 5분간이었던 것 같소. 어쨌든 그림자놀이는 끝나고, 나는 이미 구경꾼이 아니라는 것을 깨달았소. 그뿐 아니라, 나는 돌연 나 자신이 배우로서 무대 위에서 부질없는 몸짓을 해 보이고 있다는 것을 발견한 거요. 내 보잘것없는 내부 세계는, 나와는 다른 사상을 가지고 그 행동이 나하고는 호텐토트 사람들만큼이나 인연이 먼 사람들에게 침략당하여 허물어져 가고 있었소. 그들은 흙발로 나의 세계를 마구 짓밟고, 정세가 도저히 견딜 수 없게 되었을 경우에 마지막 도피처마저 남겨 주지 않았소. 그래도 또, 포로수용소에 있었을 때는, 전쟁만 끝나면 다시 옛날의 생활, 옛날의 꿈으로 돌아가서 또 그림자놀이를 구경할 수 있을 것으로 생각하고 있었소. 그러나 스칼렛, 나와서 보니 이미 내가 돌아갈 곳은 사라져 버렸더군요. 그리고 지금 우리 모두가 맞닥뜨리고 있는 것은 전쟁이나 포로수용소보다도 훨씬 나쁜, 그리고 내게 있어서는 죽음보다도 더 나쁜 것이오…… 그러니까 당신도 알았겠지요. 스칼렛, 나는 두려움에 대한 벌을 받고 있는 것이오."

"그렇지만 애쉴리," 그녀는 곤혹의 수렁에서 허우적거리며 입을 열었다. "만약 우리가 굶주릴까 봐 두려워한다면, 그것은…… 그쯤은…… 오오, 애쉴리, 어떻게든 뚫고 나갈 수 있을 거예요. 기어코 뚫고 나가겠어요."

한순간 그의 커다란 수정처럼 투명한 회색빛 눈이 그녀에게로 되돌아왔다. 거기에는 감탄의 빛이 어려 있었다. 그러나 그 빛은 갑자기 다시 멀리 가버리고 말았다. 그녀는 그가 생각했던 것이 굶주림이 아니었다는 것을 알자 마음이 무거워졌다. 그들은 언제나 서로 다른 나라 말로 이야기하고 있는 두 인간 같았다. 그러나 그녀는 그를 몹시 사랑하고 있었다. 그래서 그가 지금처럼 갑자기 자기 세계 속으로 들어가 버리면, 따뜻한 태양이 져 버리고 찬 어스름녘 이슬을 맞으면서 혼자만 남겨진 것 같은 쓸쓸함을 느끼는 것이었다. 그녀는 그의 어깨를 잡아 끌어안고서 자기가 피와 살로 된 인간이지 그가 읽거나 또는 꿈꾸는 것과 같은 따위는 아니라는 것을 깨닫게 해 주고 싶었다. 아득한 옛날, 그가 유럽에서 돌아와 타라의 층계에 서서 그녀를 쳐다보며 미소지은 그날 이후 그녀가 애타게 갈구했던 한 가지 생각, 그와 자기가 하나라는 생각에 지금 잠길 수만 있다면!

"굶는다는 것이 유쾌한 일은 못돼요." 그는 말했다. "나도 굶은 경험이 있기 때문에 잘 알고 있소. 그러나 나는 그것을 두려워하는 것이 아니오. 이미 지나간 우리의 옛 세계의 그 차분한 아름다움, 그것이 없는 인생에 맞닥뜨리게 되는 것을 두려워하고 있는 거요."

스칼렛은 멜라니라면 그가 말하는 뜻을 틀림없이 알 수 있을 것이라고 절망적으로 생각했다. 멜라니와 그는 언제나 이런 우스꽝스러운 것들, 시니 책이니 꿈이니 달빛이니 별이니 그런 것들만 이야기하고 있기 때문이다. 그는 그녀가 두려워하고 있는 것, 텅텅 빈 뱃속의 괴로움, 겨울 찬바람의 매서움, 타라에서 쫓겨나는 것 따위를 두려워하고 있는 것은 아니다. 그는 그녀가 이해할 수도 상상할 수도 없는 어떤 공포 앞에 떨고 있는 것이다. 그러나 이 황폐한 세계에서 굶주림과 추위와 집을 잃는 것 말고 또 어떤 두려운 일이 있단 말인가? 그래도 열심히 듣노라면, 애쉴리에게 대답할 말을 알게 되지 않을까 하고 그녀는 생각했다.

"아!" 그녀는 탄성을 질렀다. 그 소리에는 아름답게 포장한 꾸러미를 끌러 보고, 그것이 빈껍데기인 것을 발견한 어린아이와 같은 실망의 울림이 있었다. 그 울림에 그는 마치 사과라도 하는 것처럼 서글프게 미소지었다.

"용서하시오, 스칼렛. 이런 얘기를 해서. 당신은 공포라는 말의 뜻을 모르오. 그러니까 나는 당신에게 알려 줄 수가 없는 거요. 당신은 사자 같은 마음을 가졌고, 상상력이란 것이 전혀 없소. 나는 그 두 가지 성질을 둘 다 부럽게 생각하오. 당신은 현실에 맞닥뜨리는 것을 대수롭게 생각하지 않고, 나처럼 현실에서 달아나려고 생각하지도 않고 있소."

"달아난다구요!"

이거야말로 그가 한 말 가운데 단 하나 이해할 수 있는 말처럼 생각되었다. 그러면 애쉴리도 자기와 마찬가지로 괴로운 싸움에 지쳐서 달아나고 싶다고 생각하는 것일까? 그녀의 숨결이 갑자기 빨라졌다.

"아, 애쉴리!" 그녀는 외쳤다. "당신 생각은 잘못이에요. 나도 달아나고 싶어요. 나도 모든 것에 완전히 지쳐 버린걸요!"

그는 의아한 듯이 눈썹을 추켜세웠다. 그녀는 뜨거운 손을 재빨리 그의 팔에 걸었다.

"들어 주세요." 그녀는 재빨리 말하기 시작했다.

한 마디에 이어 다음 한 마디가 뒤를 쫓아 굴러나왔다.

"난 정말 모든 일에 지쳐 버렸어요. 피로가 뼛속까지 스며들어서 이젠 더는 견뎌 볼 엄두가 안나요. 나는 먹을 것을 얻고 돈을 벌기 위해서 죽어라 하고 일을 했고, 풀을 뽑고, 가래질을 했고, 목화 따기도 했어요. 이젠 더 이상 1분도 견딜 수 없을 만큼 기를 쓰고 밭도 갈았어요. 애슐리, 남부는 이미 죽어 버렸어요. 죽어 버린 거예요! 북부 사람이나, 해방된 검둥이나, 카펫배거들이 이 근처를 완전히 망쳐 버려서 우리에게는 아무것도 남아 있지 않아요. 애슐리, 달아나요!"

그는 그녀의 얼굴을 똑똑히 보려고 머리를 숙이고 뚫어지게 들여다보았다. 그녀의 얼굴은 벌겋게 타고 있었다.

"그래요. 도망가요, 모두 남겨 놓고! 이젠 가족들을 위해서 일하는 것에 지쳐 버렸어요. 그들의 뒷바라지는 누군가가 해줄 거예요. 자기가 자기 앞을 닦지 못하는 사람들에게는 언제나 누군가가 뒤를 보살펴 줄 사람이 있게 마련이에요. 자, 애슐리, 달아나요. 당신과 나 단둘이서. 맥시코라면 갈 수 있어요. 멕시코 군대에서 지금 장교를 모집하고 있다니까, 우리는 그곳에 가면 퍽 행복해질 거예요. 당신을 위해서라면 죽도록 일하겠어요. 애슐리, 당신을 위해서라면 무엇이든지 하겠어요. 당신이 멜라니를 사랑하지 않는다는 것은 당신도 알고 계시잖아요……."

그는 무엇인가 말하려고 했다. 그 얼굴엔 한 대 얻어맞은 것 같은 표정이 서려 있었다. 그러나 그녀는 세차게 흐르는 물처럼 빠른 말로 그의 말을 눌러 버렸다.

"그녀보다도 나를 사랑하고 있다고, 당신은 그날 말씀하셨어요. 아, 그날 일은 당신도 기억하고 계시겠죠! 나는 지금도 당신 마음이 변하지 않은 것을 알고 있어요! 그래요, 절대로 변하지 않았어요! 그리고 지금도 그녀는 꿈에 지나지 않는다고 말씀했어요. 자, 애슐리, 달아나요! 나는 당신을 정말로 행복하게 해드릴 수 있어요. 그리고 어차피……." 그녀는 독살스럽게 덧붙였다. "멜라니는 당신을 행복하게 할 수가 없어요. 폰테인 선생도 그러셨어요. 멜라니는 더는 아기를 낳아서는 안 된다고. 하지만 나 같으면 당신을 위해서……."

그의 손이 그녀의 어깨를 움켜잡았다. 그 아픔에 그녀는 숨을 쉴 수가 없어서 말을 끊었다.

"우리는 트웰브 오크스 저택에서 있었던 그날 일은 잊어버려야 하오."

"나에게서 그것이 잊힐 거라고 생각되세요? 당신은 잊으셨나요? 당신은 나를 사랑하지 않는다고 분명히 잘라서 말씀하실 수 있어요?"

그는 숨을 깊이 들이마시고 나서 곧 대답했다.

"할 수 있소. 나는 당신을 사랑하지 않소."

"거짓말이에요!"

"비록 그렇더라도" 애쉴리는 말했다. 그 목소리는 죽음처럼 조용했다. "그것은 입 밖에 내서 따질 일이 아니오."

"그럼 당신은……."

"설사 미워했다 한들, 내가 멜라니나 아기를 내버리고 달아날 수 있을 것 같소? 멜라니의 마음을 아프게 할 수가? 아내와 자식을 친구들의 동정에 매달리게 할 수 있을 것 같소? 스칼렛, 당신은 정신이 나갔단 말이오? 당신에게는 성실이라는 게 없소? 당신도 아버님과 동생들을 내버려 둔다는 것은 용납되지 않소. 당신에게는 그 사람들을 부양할 책임이 있소. 마치 멜라니와 보가 내 책임인 것처럼 말이오. 당신이 지쳤든 지치지 않았든 그 사람들은 여기에 있는 거요. 당신은 그들을 지고 가야만 하는 거요."

"아니에요, 나는 그들을 버려두고 갈 수 있어요. 나는 그들이라면 이젠 지긋지긋해요. 아주 넌더리가 나버렸어요."

문득 그는 그녀에게로 몸을 숙였다. 순간 그녀는 자기를 안아 주는가 해서 숨을 죽였다. 그러나 안아 주지는 않고 그녀의 팔을 가볍게 두드리며, 마치 어린아이라도 달래는 것처럼 말하는 것이었다.

"당신이 지쳐서 울적해 있는 것은 나도 알고 있소. 그래서 그런 엉뚱한 소리를 꺼낸 거요. 당신은 남자 세 사람 몫을 지고 있소. 하지만 나도 앞으로는 도와줄 거요. 나라고 언제까지나 그렇게 서툴지는 않을 테니."

"나를 도와주실 길은 단 하나뿐이에요." 그녀는 느릿하게 말했다. "그것은 나를 여기서 데려가 어디선가 우리가 행복해질 수 있도록 새로운 생활을 시작해 주시는 거예요. 우리를 여기에 붙잡아 두는 것은 아무것도 없잖아요?"

"아무것도 없지요." 그는 조용히 대답했다. "아무것도 없소. 도덕상의 의무를 제외하고는."

그녀는 기대에 어긋난 동경의 눈으로 그를 보았다. 그리고 마치 처음 보는 것처럼, 초승달을 떠올리게 하는 그의 속눈썹이 여문 밀알처럼 얼마나 소담한 황금빛을 띠고 있는지, 그의 머리가 드러난 목 위에 얼마나 품위 있게 얹혀 있는지, 우스꽝스러운 누더기를 입었을지언정 그 날씬하고 단정한 몸매에 얼마나 고귀한 혈통과 위엄이 드러나 있는지를 보았다. 눈과 눈이 마주쳤다. 그녀의 눈에는 애원의 빛이 절실하게 나타나고, 그의 눈은 잿빛 하늘 아래 가로누워 있는 산속의 호수처럼 아득하고 고요하게 가라앉아 있었다. 그 애쉴리의 눈 속에서, 그녀는 자기의 거친 꿈, 미칠 것만 같은 욕망이 여지없이 패배당하고 만 것을 보았다.

아픈 마음과 피로가 그녀의 온몸을 후려쳤다. 그녀는 두 손으로 얼굴을 가리고 울었다. 그는 지금껏 그녀가 우는 것을 본 적이 없었다. 그녀처럼 강한 기질의 여성에게도 눈물이 있을 줄은 몰랐다. 애처로움과 회한이 홍수처럼 그를 휩쓸었다. 문득 그녀의 곁으로 다가선 다음 순간에는 그녀를 팔에 안고 있었다. 그리고 그녀의 검은 머리를 자기 가슴에 대고 달래듯이 흔들며 속삭였다.

"착하지! 당신은 강하오! 울면 안 되오! 울면 못써요!"

그녀의 육체에 닿아 있는 동안 그는 자기 포옹 속에서 그녀에게 변화가 일어난 것을 느꼈다.

그가 안고 있는 날씬한 육체에는 광기와 마술이 들어 있고, 그를 쳐다보는 푸른 눈에는 뜨겁고 상냥한 빛이 있었다. 홀연 황량한 겨울은 아니었다. 애쉴리에게는 다시 봄이, 신록이 바람에 나부끼는 반쯤 잊혀져 가던 향긋한 봄이, 안일과 향락의 봄이, 청춘의 욕망에 몸이 달았던 분방한 나날들이 되살아났다. 그 뒤로 계속된 고난의 세월은 자취를 감추었다. 그는 자기를 향한 입술이 빨갛게 떨고 있는 것을 보았다. 그는 그녀에게 키스했다.

그녀의 귀에는 조개껍데기를 귀에 대었을 때처럼 이상한 낮은 울림이 들렸다. 그리고 그 울림을 통해서 가슴의 고동이 높게 울리는 것을 어렴풋이 들었다. 그녀의 육체는 그의 육체 속으로 녹아들어가는 것 같았다. 시간을 초월한 시간을 두 사람은 하나로 녹아 서 있었다. 그의 입술은 만족할 줄을 모르는 것처럼 탐욕스럽게 그녀의 입술을 정신없이 빨고 있었다.

갑자기 그가 그녀의 몸을 풀었을 때 그녀는 혼자서는 서 있을 수 없을 것 같아서 울타리를 잡고 몸을 가누었다. 그리고 승리와 사랑에 타는 눈으로 그를 쳐다보았다.

"당신은 나를 사랑하고 있어요! 나를 사랑하고 있는 거예요! 말씀해 주세요, 사랑한다고 말해 주세요!"

그의 두 손은 아직 그녀의 어깨 위에 있었다. 그의 손이 떨리고 있는 것을 느꼈다. 그녀에게는 그것이 기뻤다. 그녀는 또다시 안타깝게 몸을 가까이 붙였다. 그러나 그는 동떨어진 곳으로 달아나 버린 눈, 고뇌와 절망에 시달리고 있는 눈으로 그녀를 바라보면서 그녀의 몸을 밀어냈다.

"안 돼!" 그는 말했다. "안 돼! 그런 짓을 하면 지금 나는 여기서 당신을 내 것으로 만들어 버릴지도 모르오."

그녀는 자기의 입술에 남은 그의 입술을 기억할 뿐, 시간도 공간도 모든 것을 다 잊은, 빛나는 것 같은 뜨거운 미소를 지었다.

느닷없이 그는 그녀를 흔들었다. 검은 머리카락이 흩어져 어깨에 떨어질 때까지 흔들었다. 그녀에게 대해서, 그리고 자기 자신에게 대해서 미치도록 화를 내는 것처럼 흔들고 또 흔들었다.

"이런 짓을 해서는 안 돼!" 그는 말했다. "절대로 이런 짓을 해서는 안 돼!"

다시 한 번 흔들었다면 그녀의 목은 부러지고 말았을지도 모른다. 머리카락이 얼굴을 뒤덮어서 앞을 볼 수도 없는 채로 그녀는 이 갑작스러운 그의 행동에 넋을 잃었다. 그의 손에서 몸을 비틀어 빼고 뚫어지게 그를 바라보았다. 그의 이마에는 조그만 땀방울이 솟아 있고, 주먹은 고민하는 듯이 새발톱처럼 쥐어져 있었다. 그는 똑바로 그녀를 바라보았다. 그 잿빛 눈은 찌를 듯이 날카로웠다.

"모두 내 잘못이었소. 당신 탓은 아니오. 그러나 두 번 다시 이런 일은 일어나지 않을 거요. 왜냐하면 나는 멜라니와 아기를 데리고 나갈 테니까 말이오."

"나가요?" 그녀는 괴로운 듯이 외쳤다. "당치도 않은 소리예요."

"아니, 나가겠소! 이런 짓을 저지르고서 태연히 여기 있을 수 있을 것 같소? 만약 이런 일이 또 한 번 있게 되면⋯⋯."

"하지만 애쉴리, 못가요. 왜 떠나야 한다는 거죠? 당신은 나를 사랑하고 있고⋯⋯."

"끝내 내게 그것을 실토시키고 싶은 모양이군. 좋소, 말하지요. 나는 당신을 사랑하고 있소."

그는 별안간 거칠게 그녀에게 다가섰다. 그녀는 저도 모르게 울타리 쪽으로 몸을 움직였다.

"나는 당신을 사랑하고 있소. 당신의 용기를, 당신의 끈기를, 당신의 굳센 기질을, 당신의 완전한 무자비를. 그렇소, 내가 얼마나 당신을 사랑하고 있는지 모르오. 바로 조금 전에, 나와 가족을 부양해 준 이 댁의 후한 대접을 짓밟고, 일찍이 아무도 가져 본 적 없을 만큼 좋은 아내를 잊고, 이 진창 속에서 당신을 범했을지도 모를 만큼 그토록 사랑하고 있소."

그녀의 머릿속이 뒤범벅이 되어 몸부림쳤다. 가슴에 마치 고드름으로 꿰뚫린 것처럼 차가운 아픔이 있었다.

그녀는 더듬거리며 말했다. "그렇게 생각하고 계시면서…… 나를 당신 것으로 만들지 않는 것은…… 역시 나를 사랑하지 않기 때문이에요."

"나는 도저히 내 마음을 당신에게 알릴 도리가 없소."

두 사람은 잠자코 서로의 얼굴을 지켜보고 있었다. 문득 스칼렛이 부르르 몸을 떨었다. 그리고 마치 긴 여행에서 돌아왔을 때처럼 갑자기 주위가 겨울이 되고 드러난 밭들은 황폐하고 그루터기만 남아 있는 것을 보았다. 그리고 몹시 추워졌다. 그와 동시에 애쉴리의 얼굴이 언제나 익히 보아 온 접근하기 어려운 표정으로 돌아간 것을 보았다. 그것 또한 메마른 겨울 표정이었고, 상심과 후회로 황량했다.

그녀는 그만 숨어 버리고 싶어 그를 그곳에 남겨 둔 채 집으로 들어가 버리려고 했으나, 너무 지쳐서 움직일 수가 없었다. 말하는 것조차 괴롭고 힘들었다.

"아무것도 남아 있지 않군요." 그녀는 가까스로 중얼거렸다. "내게는 아무것도 남아 있지 않아요. 사랑도, 사랑을 위해서 싸워야 할 아무런 필요도 없어요. 당신은 떠나버리고 타라는 빼앗기고."

그는 오랫동안 그녀를 지켜보고 있었다. 그리고 몸을 구부려 땅바닥에서 붉은 흙덩이를 집어 들었다.

"아니오, 당신에게 남겨진 것이 여기 있소." 그는 말했다. 언제나 마찬가지인 뚜렷하지 않은 미소의 그림자가 그 얼굴로 되돌아와 있었다. 그것은 그 자신을 비웃는 동시에, 그녀까지도 비웃는 미소였다. "당신은 느끼지 못했는지 모르지만, 당신이 나보다도 사랑하는 것이 여기에 있소. 당신은 아직도 타라를 가지고 있소."

그는 힘없이 축 늘어진 그녀의 손을 잡아 그 위에 젖은 흙덩이를 올려 놓고 손가락을 굽혀서 쥐여 주었다. 이미 그의 손에도, 그녀의 손에도 열은 식어 있었다. 그녀는 잠깐 붉은 흙덩이를 바라보고 있었다. 그러나 아무런 감흥도 느낄 수 없었다. 그녀는 그를 보았다. 그리고 아무리 그녀의 정열적인 손으로도, 아니 어떤 손으로도, 도저히 찢을 수 없는 맑고 깨끗한 정신이 그의 마음속에 있다는 것을 어렴풋이나마 느낄 수가 있었다.

설사 죽게 되는 한이 있더라도 그는 결코 멜라니를 버리지 않을 것이다. 비록 죽는 날까지 스칼렛을 생각하며 가슴을 태울지라도, 그는 결코 그녀를 자기 것으로 만들려 하지 않고, 일정한 거리를 유지하려고 싸울 것이다. 그녀는 이제 두 번 다시 그의 갑옷을 꿰뚫을 수 없을 것이다. 그에게는 융숭한 대접, 성실, 염치, 이런 말들이 그녀가 생각하는 것 이상으로 훨씬 더 중대한 뜻이 있는 것이다.

흙덩이의 촉감은 차가웠다. 그녀는 다시 그것을 바라보았다.

"그래요." 그녀는 말했다. "나는 아직 이것을 갖고 있어요."

처음에 그 말은 아무런 뜻도 없었다. 흙덩이는 단순한 붉은 흙에 지나지 않았다. 그러나 문득 타라의 저택을 둘러싸고 있는 붉은 진흙 바다를 생각하고, 그것이 얼마나 사랑스러운 것인가, 그것을 유지하기 위해 얼마나 노력해 왔는가, 만약 그것을 앞으로도 유지해 나가려면 얼마나 고생해야 할 것인가를 생각했다. 그녀는 다시 그를 바라보았다. 그리고 자기의 그 정열의 홍수는 어디로 가 버린 것일까, 이상스럽게 생각했다. 모든 감정이 메말라 버렸는지 그에 대해서도, 타라에 대해서도 생각할 수는 있어도 느낄 수는 없었다.

"떠나실 필요는 없어요." 그녀는 또렷이 말했다. "나는 나를 당신에게 내던졌다는 이유로 당신들을 굶기지는 않아요. 이제 이런 일은 두 번 다시 일어나지 않을 거예요."

그녀는 홱 돌아서서 집 쪽으로 되돌아갔다. 흐트러진 머리를 목덜미에서 묶으면서 거친 밭을 지나 걸어갔다. 그런 그녀를 지켜보고 있던 애쉴리는,

그녀가 걸어가면서 여윈 어깨를 바짝 세우는 것을 보았다. 그 태도에는 그녀의 입에서 나온 어느 말보다도 그의 가슴을 세게 울리는 무엇이 있었다.

32

현관 층계를 올라갈 때, 그녀는 아직도 붉은 흙덩이를 손에 쥐고 있었다. 조심하기 위해서 뒷문으로 들어가는 것을 피했다. 마미의 날카로운 눈이 분명히 무슨 커다란 실수를 저지른 것을 알아차릴 것 같았기 때문이다. 마미만이 아니라 다른 누구와도 만나고 싶지 않았다. 누구와 만나는 일도, 누구와 이야기하는 것도 그녀는 도저히 견디지 못할 것 같았다. 부끄럽다거나 실망했다거나 고통스럽게 느끼는 것이 아니라, 다만 무릎의 힘이 쪽 빠져 버리고, 가슴속이 텅 비었을 뿐이다. 흙덩이를 주먹 속에서 부서져 흘러 떨어질 만큼 힘껏 움켜쥐면서 그녀는 앵무새처럼 똑같은 말만 되풀이하며 중얼대고 있었다.

"내게는 아직 이게 있어. 그렇다, 내게는 아직 이것이 있다!"

이 밖에는 아무것도 없다. 이 붉은 땅이 있을 뿐이다. 바로 몇 분 전, 낡은 손수건처럼 헌신짝처럼 버리려고 했던 이 땅이 있을 뿐이다. 지금은 그것이 다시 소중하게 생각되어서 그처럼 소홀하게 다루어 버리다니 무슨 미친 짓이었던가, 울적하게 생각했다. 만약 애쉴리가 그녀의 뜻에 따라 주었다면, 그녀는 아무런 미련 없이 가족이고 친구들이고 다 남겨 둔 채 그와 함께 달아나고 말았을 것이다. 그러나 공허한 상태에 있으면서도 정든 황토 언덕과 오랫동안 비바람에 씻겨 온 도랑, 말라 비틀어진 검은 소나무 따위와 헤어진다는 것은 정말 가슴을 찢기는 것처럼 쓰라릴 것이 틀림없음을 깊이 깨달았다. 만약 이 땅을 버리고 갔다면 그녀의 마음은 죽는 날까지 굶주린 것처럼 이러한 경치들을 애타게 그리워했을 것이다. 타라를 잃어버리고 난 그녀의 마음의 공간은 비록 애쉴리라 할지라도 메우지 못할 것이다. 애쉴리는 어쩌면 그렇게 현명했을까! 어떻게 그토록 그녀를 잘 알고 있었던 것일까! 그는 젖은 흙을 그녀의 손에 쥐어 준 것만으로도 그녀를 제정신으로 돌아오게 한 것이었다.

복도로 들어와서 문을 닫으려고 했을 때, 문득 말발굽 소리가 들려왔으므로 그녀는 마찻길 쪽을 돌아보았다. 하필이면 이런 때 방문객을 맞는다는 것은 생각만 해도 견딜 수 없었다. 그녀는 급히 자기 방으로 들어가 머리가 아프다고 핑계대고 만나지 않아야겠다고 생각했다.

그러나 가까이 오는 마차를 보자 그녀는 너무나 놀라서 피해 들어갈 생각도 잊었다. 아주 새 마차인데 갓 칠한 바니시가 번쩍번쩍 빛나고 있었다. 마구도 새것이어서 여기저기에 놋장식이 번쩍이고 있었다. 낯선 사람이 분명했다. 그녀가 알고 있는 사람 가운데에는 이런 훌륭한 마차를 살 만큼 돈을 가진 사람은 한 사람도 없었다.

그녀는 문어귀에 선 채 바라보고 있었다. 젖은 복숭아뼈에 휘감기는 치마를 찬바람이 스치고 지나갔다. 이윽고 집 앞에 마차가 멎더니 조나스 윌커슨이 내려섰다. 스칼렛은 일찍이 자기 집에 있었던 농장감독이 이런 훌륭한 마차를 타고 값비싼 외투를 입고 있는 것을 보자, 순간 자기 눈을 의심했다. 조나스가 노예 해방국의 새로운 일자리를 얻은 뒤로 무척 형편이 좋아진 모양이라는 것은 윌한테서 들은 적이 있다. 윌은 또 그가 검둥이를 속이거나 정부를 속이거나 혹은 남부 정부의 소유라고 하면서 각처의 민가로부터 목화를 몰수하고 다니면서 거액의 돈을 벌었다고도 했다.

이런 불경기에 정직하게 일해서 그렇게 많은 돈을 번 것이 아니라는 것은 뻔하다.

그 조나스가 여기 나타나서 호화로운 마차에서 내려 빈틈없이 차려 입은 부인을 부축하며 마차에서 내리도록 하고 있는 것이다. 스칼렛은 그 의상이 천하게 보일 만큼 요란한 빛깔임을 대번에 보고 알았다. 그러나 그 눈은 탐욕스럽게 그 의상을 살피고 있었다. 최신 유행의 옷을 보는 것이 참으로 오랜만이었다. 어머나! 올해는 테가 그다지 넓지 않구나, 하고 그녀는 붉은 격자무늬의 가운을 자세히 살펴보면서 생각했다. 검정 벨벳 외투를 벗는 것을 보니, 어쩌면 윗옷이 그토록 짧아졌단 말인가! 그리고 얼마나 공들인 모자인가! 보닛은 이미 유행에 뒤떨어진 것이었다. 그 모자는 붉은 벨벳으로 만든 것으로서 이상할 정도로 작고 납작해서, 마치 굳은 팬케이크처럼 정수리에 얹혀 있었다. 리본은 보닛의 그것처럼 턱 밑에서 매지 않고, 뒤로 늘어뜨린 곱슬머리 밑에 매어 있었다. 그 곱슬머리의 빛깔이나 윤기가 이 여자의 본디 머리카락과 전혀 다른 것에 스칼렛은 주의하지 않을 수 없었다.

여자가 마차에서 내려 집 쪽을 바라보았을 때, 그 뽀얗게 분을 바른 토끼 같은 얼굴이 스칼렛은 어디선가 본 적이 있는 것 같은 느낌이 들었다.

"아니, 에미 슬래터리 아냐!" 그녀는 너무나 놀라서 저도 모르게 큰 소리로 외치고 말았다.

"네, 나예요." 에미는 고개를 끄덕이며 애교를 떠는 듯한 미소를 띠고 층계 쪽으로 걸어왔다.

에미 슬래터리! 지저분한 아마빛 머리의 난잡한 여자가 아닌가. 엘렌이 그 사생아에게 세례를 주었는데, 장티푸스를 옮겨 엘렌을 죽게 한 에미가 아닌가. 이 천박하게 차려 입은, 교양없이 자라고 불결한 가난뱅이 백인 계집이 해죽해죽 웃으면서 몸을 뒤로 젖히고 마치 이 집 사람이라도 되는 것처럼 타라의 층계를 올라오는 것이다. 스칼렛은 어머니를 생각했다. 그러자 텅 비었던 그녀의 마음에 갑자기 격렬한 감정이 솟구쳤다. 마치 말라리아에라도 걸린 것처럼 그녀의 온몸을 떨게 했을 만큼 강렬한 살인적인 분노였다.

"층계에서 내려가. 이 더러운 계집!" 그녀는 외쳤다. "이 땅을 밟지 마! 나가란 말야!"

에미는 급히 턱을 숙이고, 눈썹을 찡그리며 올라오는 조나스 쪽을 흘끗 보았다. 그는 노여움을 감추고 애써 위엄을 보이려 했다.

"집사람에게 그렇게 말씀하시면 곤란한데요." 그는 말했다.

"집사람?" 스칼렛은 그렇게 말하고 마치 찢는 것 같은 경멸적인 웃음을 터뜨렸다. "알맞은 때, 이 여자를 여편네로 삼았군. 네가 내 어머니를 돌아가시게 해 놓고 너희의 다른 애들은 누구에게 세례를 받고 있지?"

"오!" 허둥지둥 층계를 뛰어내려가 마차 안으로 도망치려는 에미의 팔을 조나스가 거칠게 움켜잡고 끌어당겼다.

"우리는 방문을 위해 이리 온 겁니다. 친구로서 방문하기 위해서." 그는 신음하듯이 말했다. "그리고 옛 친구들과 잠깐 사업에 대한 이야기를 하려고 생각하고 말이죠."

"친구들?" 스칼렛의 목소리는 채찍질하듯이 날카로웠다. "언제 우리가 너희와 친구가 된 적이 있었지? 슬래터리네 식구들은 우리 집 신세를 지고 살던 주제에 그 보답으로 어머니를 죽게 했지. 그리고 너는…… 너는, 우리 아버지가 에미의 사생아 때문에 너를 내쫓지 않았느냔 말이다. 친구? 벤틴 씨나 윌크스 씨를 부르기 전에, 여기서 썩 나가란 말이다!"

이 말에 에미는 남편의 손을 뿌리치고 마차 쪽으로 달아나 버렸다. 그리고 붉은 술이 달린, 위가 빨간 에나멜 신을 번쩍거리며 마차 속으로 빨려 들어갔다.

조나스도 이제는 스칼렛과 마찬가지로 분노에 몸을 떨고 있었다. 그의 누런 얼굴은 칠면조가 성났을 때처럼 시뻘겠다.

"여전히 도도하고, 잘난 체하시는군. 좋아, 당신네 사정은 나는 무엇이든 다 알고 있소. 신을 신발이 없을 만큼 가난하다는 것도 알고 있지. 당신 아버지가 멍청이가 되어 버린 것도 알고 있어."

"나가!"

"흥, 잘난 체하고 짖어 대는 것도 지금뿐이야. 나는 당신들이 파산한 것도 알고 있고. 세금을 내지 못하리라는 것도 알고 있소. 다만 에미가 이 집에서 살고 싶다고 하기에 이 타라를 사줄까 하고 온 거요. 웬만하면 아주 높은 값을 쳐서 사줄까 하고 말이오. 그러나 이렇게 된 이상 절대로 단 1센트에도 사줄 수 없어! 이 우쭐대는 아일랜드 천민! 세금을 못 내고 집이 경매를 당하게 되면 이 지방을 지배하고 있는 것이 누군지 아마 당신들도 생각나게 될 거요. 그때는 내가 여기를 모조리, 가구고 무엇이고 다 사가지고 이 집에서 사는 거란 말요."

옳거니, 그랬구나. 타라를 탐내고 있었던 것이 조나스 윌커슨이었구나, 조나스와 에미가 비뚤어진 생각에서 일찍이 자기들이 천대받았던 집에 들어앉아 여봐란 듯이 뽐내려고 꾸민 짓이다.

그녀는 북군 병사의 텁석부리 얼굴에다 권총을 겨누고 방아쇠를 당기던 그날처럼 온 신경이 증오로 울부짖고 있었다. 그리고 지금 그 권총이 여기 있었으면 좋겠다고 바랐다.

"너희가 한 발이라도 이 집에 들여 놓기 전에 내가 이 집 돌을 하나하나 뽑아서 부숴 버리고 불질러 버릴 테다. 그리고 밭에는 단 1에이커도 남기지 않고 소금을 뿌려서 농작물이 자라지 못하도록 만들 테다. 자, 나가! 나가란 말야!"

조나스는 그녀를 흘겨보며 뭐라고 마주 고함을 치려다가 생각을 돌리고 잠자코 마차 쪽으로 걸어갔다. 그리고 흐느껴 울고 있는 에미 곁으로 올라가더니 말머리를 돌렸다. 마차가 떠나는 것을 바라보며 스칼렛은 그 뒷모습에 침을 뱉어 주고 싶었다. 그리고 정말로 침을 뱉었다. 천하고 점잖지 못한 짓인줄은 알고 있었지만, 그 덕택에 웬만큼 마음이 후련해졌다. 그러면서 둘이 보는 앞에서 뱉어 줄 것을 그랬다고 생각했다.

검둥이 노예를 애호한다고 자칭하는 그 저주받을 인간이 여기까지 찾아와서 나의 가난을 비웃다니! 그 비열한 녀석은 타라를 꽤 높은 값으로 사고 싶어서 교섭하려고 온 것이 아니다. 놈은 그런 것을 구실삼아서 그 자신과 에미가 돈이 많다는 것을 자랑하려고 온 것이다. 더러운 스캘러왜그! 형편없는 쓰레기 가난뱅이 녀석! 그따위 녀석이 타라에서 살겠다고 지껄이다니!

그러나 그녀는 갑자기 공포에 사로잡혔다. 그리고 노여움도 사라지고 말았다. 신의 잠옷이여! 저들은 정말 여기에 와서 살 것이다! 저들이 타라를 사들이려고 한다면 그녀는 지켜내기 위해 할 수 있는 것이 없다. 그들은 경대며 책상이며 침대며, 엘렌이 늘 쓰던 마호가니나 자단 가구 등 비록 북군의 약탈 부대들에 의해서 상처투성이가 되었을지언정 그녀에게는 그 하나하나가 소중한 생활용품인 것을 모조리 경매해 버릴 것이 틀림없다. 로빌라드 집안에서부터 전해 내려온 은그릇도 경매에 붙여질 것이다. 아니다, 그런 짓을 하게 내버려 둘 수는 없다. 스칼렛은 모질게 생각했다. 여기를 태워 버리더라도 그런 짓은 못하게 해야겠다! 어머니가 거닐던 마루 판자 한 장이라도 에미 슬래터리 따위에게 한 발짝이라도 밟게 할 수 있겠는가!

그녀는 문을 닫고 기대어 섰다. 극심한 공포가 느껴졌다. 서먼 부대 병사들이 집에 침입해 왔을 때보다도 심한 공포였다. 그날 그녀가 가장 두려워했던 것은 타라가 자기의 머리 위에서 타 버리지나 않을까 하는 것이었다. 그러나 이번은 그보다도 한층 더 나쁘다. 그런 하찮은 인간이 이 집에 살면서 마찬가지로 하찮은 패거리에게 거만한 오하라 집안을 어떻게 해서 내쫓았는가 하는 이야기를 자랑스럽게 지껄여 댈 것이 틀림없다. 틀림없이 놈들은 흑인까지 이리로 데리고 와서 식사를 시키기도 하고 잠도 재워 줄 것이 뻔하다. 윌의 이야기로는, 조나스는 흑인과 자기들이 평등하다는 것을 보여 주기 위하여 열을 올려, 함께 식사도 하고, 흑인들의 집을 방문하며, 마차에 함께 태워도 주고, 그들의 어깨에 손을 얹기도 한다는 것이다.

그렇게 결정적인 모욕이 타라에 주어질 가능성을 생각하면 그녀의 가슴은 격한 흥분으로 숨쉬기조차 힘들었다. 어떻게든지 활로를 찾아 보려고 그 문제에 마음을 모으려고 했지만 그때마다 새로운 분노와 공포가 밀어닥쳐서 방해를 하는 것이었다. 반드시 무슨 살 길이 있을 것이다. 어디 누군지 모르지만 자기에게 돈을 빌려 줄 사람이 틀림없이 있을 것이다. 돈은 증발해 버릴 턱도 없고, 바람에 불려 날아가 버릴 일도 없는 것이다. 누군가가 가지고 있을 것이 틀림없다. 이때, 문득 애쉴리가 아까 웃으면서 하던 말이 생각났다.

'레트 버틀러 정도지요……. 돈을 가지고 있는 사람은.'

레트 버틀러. 그녀는 부랴부랴 객실로 들어가 방문을 닫아걸었다. 덧창이 내려져 있어 방은 어두침침한 데다가 겨울날 황혼빛의 어스름이 그녀를 감쌌다. 아무도 여기까지는 찾으러 오지 않을 것이다. 그녀는 아무에게도 방해받지 않고 생각할 시간을 갖고 싶었던 것이다. 방금 생각해 낸 것은 너무나 간단한 일이었으므로 그녀는 어째서 진작 좀 이에 생각이 미치지 못했을까, 이상하게 생각했을 정도였다.

'레트에게서 돈을 끌어내자, 다이아몬드 귀걸이를 그 사람에게 팔자. 그렇지 않으면 돈을 꾸고 귀걸이는 돈을 갚을 때까지 저당으로 잡게 해 두자.'

잠깐 그녀는 너무나 마음을 푹 놓아 버렸으므로 긴장이 풀려 축 늘어지고 말았다. 세금을 내고 조나스 윌커슨을 눈 앞에서 비웃어 주는 거다. 그러나 이 즐거운 궁리에 이어 현실적인 자각이 용서 없이 뒤쫓아 왔다.

'세금을 낼 돈이 필요한 것은 금년만이 아니다. 내년에도, 아니 평생토록 해마다 올 것이다. 어떻게 해서 이번만은 낸다 하더라도, 그들은 우리를 내쫓을 때까지 계속 세금을 올릴 것이다. 목화의 수확이 좋으면 좋다고 해서 세금을 과하게 안겨 내 손에는 아무것도 남지 않게 만들 것이고, 잘못하다가는 남부정부의 소유라고 하면서 공공연하게 목화를 몰수해 버릴지도 모른다. 북부 놈들과 짜고 한다면, 그 악당들은 내게 무슨 짓이든지 할 수 있는 것이다. 나는 한평생 살아 있는 한, 놈들이 어떤 수를 쓰든지 나를 꼼짝 못하게 잡고 말 것이라는 것을 두려워하며 지내야 할 것이다. 나는 평생토록 돈 때문에 마음을 졸이며 죽도록 일해야만 할 것이다. 그러고도 그것은 헛고생에 지나지 않고, 목화를 도둑맞는 곤경을 당하게 될 뿐인 것이다……. 지금 세금 3백 달러를 꾸어 와 봤자, 그것은 겨우 임시변통에 지나지 않는다.

내가 바라는 것은 이 곤경에서 아주 벗어나서 편안하고 즐거워지는 것이다. 그리고, 내일이 어떻게 될 것인가, 내달은 내년은, 하는 걱정 없이 밤에도 편안히 잠잘 수 있게 되고 싶은 것이다.'

그녀의 마음은 착실하게 걸음을 내디뎌 갔다. 머릿속에서 냉정하게 논리적으로 하나의 생각이 짜여져 갔다. 레트의 생각을 하고 있었던 것이다.

거무스름한 피부에 빛나는 흰 이, 그녀를 애무하는 검고 놀리는 듯한 눈길이 눈앞을 스쳐갔다. 애틀랜타의 그 더운 밤 일을 떠올렸다. 애틀랜타가 함락되기 직전의 일이었다. 피티 시고모 댁 베란다에서 여름밤의 어둠에 반쯤 몸을 숨기듯이 그는 앉아 있었다. '나는 다른 어떤 여성을 탐냈을 때보다도 강하게 당신을 탐내고 있소. 다른 어떤 여성을 기다렸던 것보다도 오래 당신을 기다렸소' 하며 그녀의 팔에 걸쳤던 그의 뜨거운 손을 그녀는 다시금 느꼈다.

'그와 결혼해야겠다.' 그녀는 냉정하게 생각했다. '그러면 이제 다시는 돈 같은 것을 걱정하지 않아도 된다.'

두 번 다시 돈 걱정을 하지 않아도 된다는 것, 타라가 안전하다는 것, 가족들이 생활에 쪼들리지 않는다는 것, 돌벽에 몸을 부딪쳐서 상처입을 필요도 없다는 것. 아아, 그 얼마나 고마운 생각인가! 천국의 희망보다도 더 감미로운 생각이다.

갑자기 그녀는 몹시 나이를 든 것같이 느껴졌다. 이날 오후의 여러 가지 사건들이 그녀한테서 모든 감정을 휩쓸어 가고 만 것이다. 첫째로 세금에 대한 놀라운 소식이 있었고, 다음에 애쉴리와의 일이 있었고, 마지막엔 조나스 윌커슨에 대한 살인적인 격분이 있었다. 이미 그녀에게는 아무런 감정도 남아 있지 않았다. 만약 사물을 느끼는 능력이 이렇게까지 없어지지 않았다면, 이런 계획이 마음속에 꾸며지고 있는 데 대해서 무언가 반발하는 것이 있었을 것이다. 왜냐하면 그녀는 이 세상에서 레트처럼 싫은 사람은 없었으니까. 그러나 그녀는 느낄 수가 없었다. 다만 생각이 날 뿐이었고 그 생각은 무척 실제적인 것이었다.

'그가 우리를 도중에서 내팽개치고 가 버리던 날 밤, 나는 심한 욕을 그에게 퍼붓고 말았다. 그러나 그것은 잊어버리게 할 테야.'

지금은 아직 그를 매혹시킬 수 있다고 확신하고 있으므로, 그녀는 얕잡아 생각했다. '이번에 만날 때는 시치미를 딱 잡아떼야지. 나는 늘 그를 사랑하고 있었고, 그날 밤은 공포로 제정신이 아니었다고 생각하게 해 주어야겠다. 사내들이란 자만심이 강하니까 비위만 맞춰 주면 무슨 소리든지 곧이듣기 마련인 것이다……. 우리가 어떤 곤경에 빠져 있는지는 조금도 알려서는 안 된다! 그를 손아귀에 넣을 때까지는 절대로 알려선 안 된다! 만약 우리가 얼마나 가난한지 조금이라도 눈치채면 내가 바라고 있는 것이 그 자신이 아니라 돈이라는 것을 금방 알게 될 것이다. 피티 시고모도 이렇게까지 고생하고 있는 줄은 알지 못하니까, 그가 알 턱은 없다. 그리고 결혼해 버리면 그는 싫더라도 우리를 돕지 않을 수 없겠지. 아내의 식구들을 굶길 수는 없을 테니까 말야.'

그의 아내, 레트 버틀러 부인. 그녀의 냉정한 사고의 밑바닥 깊숙이 묻혀 있던 무언가 반발심이 희미하게 꿈틀거렸으나, 곧 사라졌다. 그녀는 찰스와의 짧은 신혼생활의 계면쩍고 불쾌한 일들을 떠올렸다. 그의 어설픈 손길, 그의 거북스러움, 이해할 수 없는 감정, 그리고 웨이드 해밀턴의 탄생.

'지금 그런 것을 생각하는 것은 그만두자. 그런 것에 머리를 쓰는 것은 그와 결혼하고 나서 해도 된다…….'

그와 결혼하고 나서? 순간 기억이 경종을 울렸다. 등골이 오싹해졌다. 피티 시고모 댁 현관에서의 그날 밤 일을 또다시 생각해 낸 것이다.

결혼을 신청하는 거냐고 물었을 때, 밉살스럽게 웃으면서 '천만에, 나는 결혼을 할 만한 인물이 아니오' 하던 말을 기억해 낸 것이다.

만약 또 결혼을 할 인물이 아니라고 한다면? 만약 온갖 매력을 기울이고 있는 속임수를 다해도 결혼을 거부한다면? 만약…… 아, 생각만 해도 두렵다! 만약 그 사나이가 나 따위는 까맣게 잊어버리고 다른 여자의 꽁무니라도 쫓아다닌다면?

'나는 다른 어떤 여성을 탐냈던 것보다도 당신을 탐내고 있소…….'

스칼렛은 손톱이 손바닥을 파고들 정도로 힘주어서 주먹을 움켜 쥐었다.

'만약 그가 나를 잊고 있다면 기어코 생각이 나도록 해 줄 테다. 그리고 다시 내가 탐나도록 만들어 줄 테다.'

그리고 만약, 지금도 나를 탐내고는 있지만 결혼하고 싶지는 않다고 한다면 돈을 뺏어 내는 방법은 있다. 뭐니뭐니해도 일찍이 그는 정부가 되어 달라고 말한 적이 있지 않은가.

객실의 어둑한 어스레함 속에서 그녀는 자기 영혼을 무엇보다도 강하게 묶고 있는 세 가지 굴레—어머니 엘렌의 기억, 어머니의 종교적 교훈, 애쉴리에 대한 사랑—이 세 가지와 재빨리 결정적인 싸움을 했다. 멀고 먼 따뜻한 천국에 계실 어머니는 멀리 떨어져 있어도 딸이 지금 생각하고 있는 것을 분명히 옳지 못한 일이라고 생각하실 것이다. 그녀는 간음이 죽음과 맞먹는 죄악이라는 것도 알고 있었다. 또 이렇게까지 애쉴리를 사랑하면서 지금과 같은 계획을 실행하는 것은 이중의 매음적인 행위라는 것도 알고 있었다.

그러나 이러한 죄악감도, 그녀의 마음의 무자비한 차가움과 인정사정없는 세상의 공격 앞에서는 무력했다. 뭐니뭐니해도 엘렌은 죽은 것이다. 죽음은 어머니가 모든 것을 이해하도록 해 줄 것이다.

종교는 지옥의 불로써 간음을 금하고 있지만, 만약 교회가 타라를 구하고 가족을 굶주림에서 구해 내기 위한 이 궁여지책을 그녀가 포기할 것으로 생각한다면 좋다, 교회는 마음대로 낯을 찌푸려도 좋다. 그녀는 아무렇지도 않다. 적어도 현재는 아무렇지도 않았다. 그리고 애쉴리는, 애쉴리는 그녀를 갖고 싶어하지 않는다. 아니, 실제로는 갖고 싶어하고 있다. 아직도 입술에 남은 듯한 따뜻한 그의 숨결이 똑똑히 그것을 말해 주고 있다. 그러나 그는 끝내 그녀와 단둘이서 달아나려고는 하지 않았다. 아무튼 이상한 것은, 애쉴리와 함께 달아나는 것은 조금도 죄악으로 생각되지 않는데, 레트의 경우에는……

겨울날 오후의 어슴푸레한 황혼 속에서, 그녀는 애틀랜타가 무너지던 날 밤부터 시작된 긴 여행의 끝에 이르렀던 것이다. 그녀는 귀염받고 응석부리고 고생을 모르는 아가씨로서, 젊음이 가득 차고 정열에 넘쳐 까닭도 없이 인생에 대하여 마음이 흔들리기 쉬운 아가씨로서 이 길에 첫발을 들여 놓았던 것이다. 그러나 지금 이 길의 끝에 다다른 그녀에게는 그러한 아가씨의 모습은 무엇 하나 남아 있지 않았다. 굶주림과 중노동과 공포와 끊임없는 긴장과 전쟁의 위협과 재건의 위협이 따뜻함도 젊음도 부드러움도 그녀에게서 앗아가고 만 것이다. 그동안 그녀 삶의 핵심 주위에는 딱딱한 껍질이 싸이고, 이 밑도끝도없이 계속된 세월 동안 조금씩 한 층 또 한 층 두꺼워졌던 것이다.

그러나 최근까지는, 아직도 두 개의 희망이 그녀를 버텨 주고 있었다. 전쟁이 끝나면 생활이 옛날처럼 될 것이라고 그녀는 바라고 있었다. 또 애쉴리가 돌아오면 무언가 인생에 산 보람을 가져다줄 것이라고 바라고 있었다. 그런데 바야흐로 그 두 가지 희망이 함께 사라져 버리고 말았다. 조나스 윌커슨이 타라의 현관 앞 보도에 모습을 나타냈다는 것은 그녀에게도 남부 여러 주에게도, 전쟁이 아직 끝나지 않았다는 것을 인식시켰다.

가장 치열한 싸움, 가장 잔인한 복수는 지금 막 시작된 참이다. 그리고 애쉴리는 어떠한 수용소보다도 튼튼한 '말'에 의하여 영구히 갇혀 있는 것이다.

평화는 그녀를 실망케 했다. 애쉴리 또한 그녀를 실망케 했다. 양쪽이 한꺼번에 일어난 것이다.

그것은 흡사 껍질에 남아 있던 마지막 틈이 막히고 마지막 층이 굳어져 버린 것과 같은 것이다. 폰테인 댁 할머니가 타이르던 것, 최악을 경험해서 아무것도 무서운 것이 없는 여자가 되어 버린 것이다. 인생도, 어머니도, 사랑의 상실도, 세상의 평판도, 이미 그녀는 무섭지가 않았다. 오직 굶주림과 굶주림의 악몽만이 무서울 뿐이었다.

옛날의 나날들, 옛날의 스칼렛과 이어지는 모든 것에 대해서 차갑게 감정이 굳어 버린 그녀는 이상하게도 경쾌하고 자유로운 기분이 넘쳤다.

그녀는 나아갈 방향을 결정했다. 그리고 고맙게도 거기에는 공포를 느끼지 않았다. 잃을 것이라고는 아무것도 없었다. 그녀는 결심했다.

달콤한 말로 레트를 꾀어서 용케 결혼을 해 버리면 그 이상 좋은 일은 없다. 만약 그렇게 되지 않는다면? 좋다, 그렇더라도 역시 돈만은 손에 넣고 말겠다. 잠깐 그녀는 남의 일에 대한 것 같은 호기심을 가지고, 도대체 정부한테는 어떤 것이 요구되는 것일까 하고 생각해 보았다. 와틀링이라는 여자를 들어앉혔다는 소문이 있는데, 레트는 나도 애틀랜타에 들어앉히려 할까? 만약 애틀랜타에 데려다 둔다면 수당도 듬뿍 받지 않으면 안 된다. 그녀가 타라에서 일하지 못하는 대가를 충분히 보상해 주어야 한다. 스칼렛은 남자들 생활의 가려진 반쪽을 전혀 알지 못했으므로, 그럴 경우엔 어떤 결정이 행해지는지 도무지 알 길이 없었다. 그리고 만약 아이가 태어다면, 하고도 생각해 보았다. 아이가 태어난다는 것은 두렵다.

'하지만 그런 것을 지금 생각하는 것은 그만두자. 나중에 생각하기로 하자.'

그녀는 자신의 결심이 흔들릴까 봐 겁이 나서 유쾌하지 못한 생각은 마음 한쪽 구석으로 밀어붙이기로 했다. 가족에게는 돈을 마련하기 위해서, 부득이한 경우에는 농장을 저당하고 돈을 꾸기 위해서 오늘 밤에라도 애틀랜타로 갈 작정이라고 말하기로 하자. 그들이 실은 그렇지 않았다는 눈치를 챌 그 반갑지 않은 날이 올 때까지는 그 이상의 이야기를 할 필요는 없다.

실행할 결심이 생기자 그녀는 머리를 번쩍 쳐들고 어깨를 쭉 폈다. 이 일이 마음먹은 대로 잘 되어 가리라고는 그녀도 미처 생각하지 못했다. 이전에는 레트가 그녀의 권력 앞에 비위를 맞추려는 처지에 있었다. 그러나 이번에는 거지처럼 빌붙는 것은 그녀 쪽이다. 거지가 조건을 들고 나갈 수는 없는 것이다.

'그러나 나는 거지처럼 그 사나이 앞에 머리를 숙이거나 하지는 않을 테다. 은총을 베푸는 여왕처럼 행동해 보일 테다. 어차피 그 사나이는 내 마음 속을 알지 못할 테니까.'

그녀는 창 사이의 벽에 걸려 있는 길쭉한 거울 앞으로 걸어가서 머리를 똑바로 들고 자신의 모습을 바라보았다. 잔금이 간 도금한 틀에 끼워진 거울 속에 비쳐진 것은 전혀 낯선 사람의 모습이었다. 이 1년 동안 그녀가 정말로 주의해서 자신의 모습을 본 것은 이것이 처음이었다.

얼굴이 때묻지는 않았는지, 머리가 헝클어져 있지나 않은지 하고 매일 아침 반드시 습관적으로 거울을 들여다보고는 있었지만, 언제나 여러 가지 다른 일에 정신이 팔려서 차분히 자기 모습을 바라보는 일은 없었던 것이다. 그러나 아무리 그렇더라도 이것은 처음 보는 사람이다! 이 여위고 볼이 움푹 파인 여자가 스칼렛 오하라일 리가 없다! 스칼렛 오하라는 예쁘고 애교를 머금은 발랄한 얼굴을 가지고 있었다. 그런데 그녀가 지금 바라보고 있는 얼굴은 예쁘기는커녕 그녀가 잘 알고 있는 매력의 한 조각조차 볼 수 없었다. 창백하게 긴장하여 눈초리가 올라간 녹색 눈 위의 검은 눈썹이, 깜짝 놀라서 날아오르는 새의 날개처럼 창백한 피부 위에 치올라가 있었다. 그리고 마치 쫓기고 있는 것 같은 괴로운 표정이 얼굴에 감돌았다.

'나는 이미 그 사람을 사로잡을 만큼 아름답지가 않다.' 그녀는 생각했다.

다시금 절망적인 생각에 사로잡혔다. '나는 야위고 말았다. 아아, 이렇게 심하게 야위고 말았다!'

두 볼을 쓰다듬었다. 그리고 미친 듯이 쇄골을 만져 보았다. 윗옷 위로 뼈가 튀어나온 것이 느껴졌다. 가슴도 멜라니의 것과 그다지 틀리지 않을 만큼 조그맣다. 가슴에 옷주름이라도 접어 넣어서 풍만해 보이도록 해야겠다. 이제까지는 그런 눈가림으로 빈약한 가슴을 숨기려는 아가씨들을 늘 경멸해 왔는데 말이다. 주름! 그러자 다른 일이 염려되기 시작했다. 드레스! 그녀는 기운 드레스를 두 손으로 펴보았다. 레트는 아름다운 차림을 한 여자, 유행하는 옷차림을 한 여자를 좋아했다. 그녀는 상복을 벗어 버리고 처음으로 입었던 주름 장식이 있는 초록 드레스를 동경하듯이 떠올렸다. 그때는 레트가 가져다준 초록빛 깃털 장식이 있는 보닛을 썼었는데, 그녀는 그때, 레트가 칭찬해 주던 것도 생각해냈다. 그녀는 또 질투와 날 선 증오심으로 에미 슬래터리의 붉은 격자무늬 드레스와 위가 붉고, 그리고 붉은 술이 달린 신과 팬케이크 같은 모자를 생각해 냈다. 그것은 몹시 천박스러운 것이기는 했지만 새로운 것이었고, 유행하는 옷차림이었고, 사람의 눈을 끄는 것인 것만은 확실했다. 그리고 그녀는 사람의 눈을 끌기를 얼마나 바라고 있는가! 특히 레트 버틀러의 눈을 끌고 싶었다! 만약 그녀가 헌옷 따위를 입은 것을 보면 그는 타라가 곤란받고 있다는 것을 단박 알아차릴 것이 틀림없다. 그것을 눈치채게 하면 안 된다.

이렇게 앙상한 목과 굶주린 들고양이 같은 눈과 누더기를 걸친 차림으로 애틀랜타로 가서 그를 구슬릴 수 있을 거라고 생각을 하다니, 그녀는 어쩌면 이다지도 바보같은가! 한창 아름다울 때, 가장 예쁜 옷을 입고 있었을 때에도 그에게 결혼 신청을 하게 만들지 못했는데, 미워지고, 게다가 초라한 옷을 입고 있는 지금, 무슨 수로 구혼하게 할 수 있겠는가? 피티 시고모님의 이야기가 사실이라면 그는 애틀랜타에서는 누구보다도 돈을 많이 갖고 있을 테니까, 보나 마나 밉건 곱건 간에 어떤 여자라도 마음대로 골라잡을 것이 뻔하다. 그것도 좋겠지, 하고 그녀는 앙칼지게 생각했다. 나는 다른 아름다운 여자들이 갖지 못한 것을 갖고 있다. 그것은 그녀를 이루고 있는 정신이다. 아아, 내게 아름다운 옷 한 벌만 있다면……

타라에는 아름다운 옷은 한 벌도 없다. 두 번씩이나 뒤집은 것이거나 기운 것뿐이다.

'이 일을 어떻게 한다?' 하고 생각하면서 그녀는 슬픈 듯이 마룻바닥을 내려다보았다. 엘렌의 황록색 벨벳 융단이, 무수한 사람들이 그 위에서 뒹굴어 얼룩이 지고, 발을 끌고 다녀 닳아서 떨어져 있는 것을 보았다. 타라도 자기와 마찬가지로 누더기를 두르고 있다고 생각하자 더욱 가슴이 아팠다. 방 안의 어둠이 기분을 우울하게 했으므로 그녀는 창가로 가서 창문을 밀어올리고 덧창을 열어서 저물어 가는 겨울 석양의 마지막 빛을 방으로 들었다. 그리고 다시 창문을 닫고 벨벳 커튼에 머리를 기대면서 황량한 목장 저 너머 묘지가 있는 삼나무 숲 근처를 바라보았다.

황록색 벨벳 커튼이 그녀의 뺨에 가슬가슬하면서도 부드럽게 스쳤다. 그녀는 고양이처럼 기분 좋은 듯이 얼굴을 커튼에 비벼 댔다. 그러다가 갑자기 그 커튼을 올려다보았다.

다음 순간, 그녀는 대리석을 댄 무거운 책상을 마루를 가로질러 끌고 있었다. 녹이 슨 책상다리의 바퀴가 움직이지 않으려고 끽끽 소리를 냈다.

책상을 창밑에까지 끌어오자 그녀는 치마를 걷어올리고 책상 위로 기어올라갔다. 그리고 발돋움을 하고 서서 무거운 커튼이 걸린 가로대에 손을 대려고 했다. 겨우 손이 닿을까 말까 하는 높이였다. 그녀는 짜증이 나서 힘껏 잡아당겼다. 그 순간 못이 빠지면서 커튼도 가로대도 모두 함께 마룻바닥에 떨어지며 쿵 소리를 냈다.

그때 마술이라도 부린 것처럼 객실의 문이 열리면서 마미의 넓적하고 검은 얼굴이 나타났다. 그 얼굴의 주름살 하나하나에 극도의 호기심과 깊은 의심이 엿보였다. 그녀는 책상 위에서 치마를 무릎 위까지 걷어올리고, 지금이라도 마루 위로 뛰어내리려고 몸을 가누고 있는 스칼렛을 나무라듯이 바라보았다. 스칼렛 얼굴에는, 마미가 당장의 의심을 한층 더 돋울 만큼 상기된 의기양양한 표정이 떠올라 있었다.

"엘렌 마님의 커튼을 어쩌실 작정이십니까요?" 마미는 따질 듯이 말했다.

"문 밖에서 엿듣다니 유모야말로 어떻게 된 거지?" 사뿐히 마루 위로 뛰어내려 먼지 나는 무거운 벨벳 커튼을 끌어당기면서 스칼렛은 되물었다.

"그런 건 지금 문제삼을 필요가 없습죠." 전투 준비를 갖추면서 마미도 역습을 가했다. "아씨는 무슨 필요가 있어서 엘렌 마님의 커튼을 가로대까지 떼 내면서 먼지투성이인 마룻바닥에 펼쳐 놓는 겁죠? 엘렌 마님은 그 커튼을 무척 소중히 하셨어요. 제가 알뜰히 청소를 해 둔 것도 아씨께서 그런 짓을 못 하시도록 하려고 생각해서였습죠."

스칼렛은 녹색 눈을 마미에게로 돌렸다. 그 눈은 매우 즐거운 듯이 반짝반짝 빛나고 있었다. 그것은 행복했던 옛날에 마미를 곧잘 한숨짓게 만들던 장난꾸러기 소녀 시절의 눈과 너무 비슷했다.

"얼른 다락방에 뛰어가서 드레스 본이 들어 있는 상자를 가지고 와요!" 외치면서 그녀는 마미의 몸을 슬쩍 떼밀었다. "새 드레스를 만들어야겠어."

다락방은 고사하고 어디이건 이 2백 파운드나 나갈 몸으로 뛰어가라는 것이 이치에 닿기나 한 말이냐는 그 분노와 고개를 들기 시작한 강렬한 의혹으로 마미는 몹시 마음이 혼란해져 버렸다. 그래서 잽싸게 커튼을 스칼렛에게서 낚아채 그것을 마치 성스러운 유품이나 되는 것처럼 살이 축 처진 우람한 가슴에 끌어안았다.

"엘렌 마님의 커튼으로 새 드레스를 만들다니 당치도 않은 말씀이와요. 제 몸에 숨이 붙어 있는 한 그런 짓은 못하게 하겠어요."

그 순간, 마미가 늘 '고집불통 아가씨'라고 마음속으로 부르던 표정이 이 젊은 아씨의 얼굴에 떠올랐다. 그러나 곧 그것은 마미의 반격을 막아 버리는 상냥한 미소로 변했다.

그러나 그것도 이 할멈을 속여 넘길 수는 없었다. 그녀는 스칼렛이 그렇게 웃는 얼굴을 하는 것은 자기를 속여 넘길 작전이라는 것을 알고 있으므로 곧 속임수에 넘어갈까 보냐고 결심한 것이다.

"마미, 심술 부리지 말아요. 나는 돈을 빌리러 애틀랜타엘 가야 해. 그러니까 아무래도 새 드레스가 필요하단 말야."

"새 드레스 따위는 필요 없어요. 어디 부인이고, 요새 세상에 새 드레스를 입은 사람이 있을라구요. 모두 헌 드레스를 입고도 떳떳하게 다니죠. 엘렌 마님의 따님들이 자신만 참으신다면 누더기를 입었대서 나쁠 건 없습니다. 비단옷을 입으신 것과 다름없이 누구나 존경할 겁니다요."

다시금 '고집불통 아가씨'의 표정이 스칼렛 얼굴에 되돌아왔다. 마미는 마음속으로 중얼거렸다. '어쩌면 참 이상도 하지. 스칼렛 아씨는 나이가 드실수록 제럴드 나리를 닮아가고, 엘렌 마님과는 영 딴판이 되어 가니.'

"마미. 이번 토요일에 패니 엘싱이 결혼한다는 편지가 피티 고모님한테서 온 걸 할멈도 알잖아? 물론 나도 그 결혼식에 가는 거야. 그러니까 아무래도 새 드레스가 있어야 해."

"지금 아씨께서 입으신 드레스도 틀림없이 패니 아가씨의 결혼식 복장만 큼이나 훌륭할 겁니다요. 피티 마님께서는 엘싱 댁이 무척 가난하게 지낸다고 적어 보내시지 않았습니까."

"하지만 나는 새 드레스가 꼭 필요한걸, 마미! 할멈은 우리가 지금 얼마나 돈에 몰리고 있는지 모르겠지만, 어쨌든 세금이……."

"아뇨, 세금에 관한 것쯤 잘 알고 있습죠. 그렇지만……."

"알고 있어?"

"알고 있습죠. 하느님은 제게 귀를 주셨거든요. 이걸로 잘 들으라고 말입죠. 게다가 윌 씨는 문을 닫지 않으려 하시니까요."

그러면 마미는 모든 것을 다 들어 버렸단 말인가? 걸을 때마다 마루가 쿵쿵 울리는 거대한 육체가, 그 육체의 주인공이 엿듣고 싶을 때만은 어떻게 야만인처럼 발소리도 안 내고 움직이는지 스칼렛으로선 신기하기 그지없었다.

"그래? 그렇게 모든 걸 다 들었다면 아마 유모도 알고 있겠네, 조나스 윌커슨과 그 에미의 일도……."

"알고 있습죠." 대답한 마미의 눈은 타는 것 같은 분노로 번쩍이고 있었다.

"그럼, 노새처럼 고집을 부리는 것은 그만두어요, 마미. 할멈도 내가 애틀랜타로 가서 세금을 마련하지 않으면 안 되는 이유를 알게 아니야? 난 어떻게 해서든지 마련해 와야 돼. 무슨 일이 있어도 말이야!" 그녀는 조그만 주먹을 쥐고 자기 손바닥을 쳤다. "알겠지, 마미. 그들이 우리를 한길바닥으로 내쫓으면 우리가 도대체 어디로 갈 수가 있을 거라고 생각해? 어머니를 죽인 그 에미 슬래터리 같은 더러운 계집이 이 집에 들어와서 어머니가 주무시던 침대에서 자려고 하는데, 할멈은 어머니가 쓰시던 커튼 정도의 하찮은 물건 때문에 나에게 반대할 작정이야?"

마미는 가만히 있을 수 없게 된 코끼리처럼 한쪽 다리에서 다른 다리로 그 중심을 옮겼다. 아무래도 속임수에 넘어갈 것만 같은 예감이 어렴풋이 드는 모양이었다.

"아니죠, 저도 엘렌 마님 댁에 그런 더러운 계집을 들이고 싶지는 않아요. 우리가 한길바닥으로 쫓겨나는 것도 달갑지 않구요. 하지만……" 말을 꺼내려다가 갑자기 책망하는 듯한 눈초리로 스칼렛을 노려보았다. "새 드레스를 입고 가야 한다고 하시는데, 대체 스칼렛 아씨, 누구한테서 돈을 꾸실 작정이십니까요?"

"그건" 하고 말했으나 제아무리 스칼렛이라도 당황했다. "내가 알아서 할 일 아니겠어?"

마미는, 스칼렛이 어렸을 적에 잘못을 저지르고는 그것을 교묘히 속여 넘기려다 성공하지 못했을 때 곧잘 노려보았던 것처럼, 마음속까지 꿰뚫어보는 듯한 눈으로 그녀를 노려보았다. 마미에게 속마음을 들키지 않았나 싶어서 스칼렛은 마음과는 달리 눈을 떨어뜨리지 않을 수가 없었다. 비로소 지금 계획하고 있는 행위가 죄악이라는 느낌이 스며들었다.

"그럼, 돈을 꾸시기 위해서 예쁜 새 드레스가 필요하다는 말씀이군요. 그건 내게는 옳게 들리지 않는뎁쇼. 그 돈을 어디서 꾸실 작정인지 그걸 말씀해 보세요."

"그걸 말할 필요까진 없잖아!" 스칼렛은 화를 냈다. "유모가 참견할 일은 아니야. 자, 그 커튼을 이리 주고 드레스 만드는 걸 거들어 줄 테야?"

"하죠." 마미는 이번엔 스칼렛이 오히려 좀 이상하다고 의심할 만큼 갑자기 굽히고 나왔다. "거들어 드립죠. 그리고 그 커튼의 안을 받친 공단으로 페티코트를 만들고, 레이스 커튼으로 팬털렛을 만들기로 할까요?"

마미는 벨벳 커튼을 스칼렛에게 도로 돌려주고 얼굴 가득히 교활한 미소를 띠었다.

"멜라니 아씨께서도 함께 애틀랜타로 가십니까요, 스칼렛 아씨?"

"아니, 나 혼자 가는 거야." 마미의 마음을 짐작할 수 있었기 때문에 스칼렛은 퉁명스럽게 대답했다.

"그럴 생각이셨군요." 마미는 단정하는 것처럼 말했다. "새 드레스를 입으신 아씨하고 제가 함께 갑지요. 아무렴요, 제가 모시고 따라가얍죠."

잠시 스칼렛은 애틀랜타에 가서 레트와 이야기하고 있을 때, 커다랗고 검은 케르베로스(지옥 문을 지키는 개)처럼 눈을 번쩍이는 마미가 등 뒤에서 지키고 서 있는 장면을 그려 보았다. 그래서 그녀는 다시 상냥한 미소를 지으며 마미의 팔에 손을 얹었다.

"마미, 함께 가서 나를 도와주겠다는 마음은 고맙지만, 유모가 집을 비우면, 집사람들은 어떻게 될 것 같아? 할멈이 이 타라를 한손에 쥐고 있는 터인데 말야."

"그만두세요." 마미는 말했다. "그럴 듯하게 말씀하셔도 소용없습니다요, 스칼렛 아씨. 저는 아씨께서 첫 기저귀를 차실 적부터 알고 있으니까요. 애틀랜타까지 모시고 간다고 한 이상, 저는 어떤 일이 있어도 모시고 갑니다요. 아씨께서 북부 사람이나, 해방된 검둥이나, 돼먹지 않은 인간들이 우글거리는 그 시에 혼자서 가셨다는 걸 아시면 엘렌 마님이 무덤 속에서 애를 태우실 겁니다요."

"하지만 나는 피티 고모 댁에 묵을 텐데 뭘." 스칼렛은 기를 쓰고 말했다.

"그야 물론 피티 마님은 훌륭하신 분이고, 그분 자신은 무엇이든지 아시는 줄 알고 계시지만, 사실은 아무것도 모릅지요."

미미는 그렇게 말하고, 이것으로 회담은 끝났다는 것처럼 위엄 있는 태도로 복도로 나갔다. 그리고 마룻바닥이 울릴 듯한 목소리로 외쳤다.

"프리시! 다락방으로 뛰어가서 스칼렛 아씨의 옷본 상자를 가져오너라. 그리고 가위도. 밤새도록 꾸물거리지 말고!"

'어처구니 없는 실수를 저지르고 말았구나.' 스칼렛은 실망하면서 생각했다. '이대로 가다가는 머잖아 사냥개에게 끌려다니는 꼴이 되겠어.'

저녁 식탁의 접시가 치워지자 스칼렛과 마미는 그 식탁 위에 옷본을 펼쳤다. 그동안 수엘렌과 캐린은 부지런히 커튼의 공단 안을 뜯고 있었고, 멜라니는 깨끗한 머릿솔로 벨벳의 먼지를 털고 있었다.

제럴드와 윌과 애쉴리는 옆에 앉아 담배를 피우면서 여자들이 법석을 떠는 것을 웃으며 바라보았다. 스칼렛에게서 발산되는 것 같은 유쾌한 흥분이 모든 사람들을 지배하고 있었다. 그러나 그 흥분이 무엇이었는지 그들은 알 수가 없었다. 스칼렛 얼굴에는 붉은 기가 돌고 눈은 반짝반짝 빛났으며, 그리고 잘 웃었다.

그녀가 진심으로 유쾌하게 웃은 것은 몇 달 만이었으므로 이 웃음은 모두를 기쁘게 했다. 특히 제럴드는 매우 기뻐하고 있었다. 그는 여느 때보다도 또렷한 눈으로 온 방 안을 설치고 돌아다니는 스칼렛의 모습을 좇으면서, 그녀가 그의 손이 닿을 수 있는 곳에 오면 반가운 듯이 손을 내밀어서 어루만져 주기도 했다. 여자들은 마치 자기들이 무도회에 입고 나갈 무도회 드레스라도 지을 때처럼 열심으로 천을 뜯기도 하고, 재단도 하고 시침질을 하기도 했다.

스칼렛이 돈을 빌리기 위해서 필요하면 타라를 잡히고서라도 돈을 빌리러 애틀랜타에 가려는 것이라고 모두 알고 있었다. 그러나 결국 저당이란 어떤 것일까? 스칼렛은 내년의 목화 농사로 충분히 갚을 수 있을 것이고 돈도 얼마간 남을 것이라고 말하지만, 그 설명이 반문할 수 없을 만큼 단호했으므로 아무도 캐물어 볼 마음이 생기지 않았다. 그리고 도대체 누구한테서 돈을 빌어 오겠느냐고 물으면 "공연한 걱정은 말아요" 하고 장난기 섞인 투로 받아넘겼으므로 모두 웃음을 터뜨리고, 그 백만장자 친구가 누구일까 하고 그녀를 놀리는 것이었다.

"아마 레트 버틀러 선장일 거예요." 멜라니가 알아냈다는 듯이 말하자 너무나 엉뚱한 추측이기 때문에 모두 손뼉을 치며 웃어 댔다. 왜냐하면 스칼렛은 그 사나이를 무척 싫어해서 그의 말이라면 '망나니 같은 레트 버틀러'라고밖에는 말하지 않는 것을 모두 알고 있기 때문이었다.

그러나 스칼렛은 그때 웃지 않았다. 애쉴리도 마미가 힐끗 스칼렛 쪽을 주의 깊게 슬쩍 건너다보는 것을 보자 금세 웃음을 그쳤다.

들떠 있는 그 자리의 분위기에 휩쓸려서 인심이 후해진 수엘렌은 좀 낡기는 했지만 아직도 예쁜 아일랜드 레이스의 깃 장식을 스칼렛에게 선물하겠다고 했다. 캐린은 자기 신발을 신고 애틀랜타에 가 달라면서 조르는 것처럼 말했다. 타라 안에서는 그녀의 신발이 아직 가장 좋은 형편이었기 때문이다.

멜라니는 그녀의 닳아빠진 보닛의 테를 고칠 수 있을 만큼 벨벳 조각을 조금만 남겨 달라고 마미에게 부탁했다. 그리고 늙은 수탉은 지금 당장 늪지로 달아나지 않으면 그 아름다운 청동색과 암녹색의 꼬리깃과 헤어지지 않으면 안 될 것이라는 말을 해서 사람들은 폭소를 터뜨렸다. 스칼렛은 부지런히 놀리는 손가락 끝을 보고 웃음소리를 들으면서, 고통과 경멸감을 애써 누른 채 사람들을 바라보았다.

'이들은 나와 그들 자신에게, 남부 전체에 어떤 일이 일어나려 하고 있는지 아무것도 모르고 있는 것이다. 이런 상태인데도 불구하고 자기들이 오하라 집안, 윌크스 집안, 해밀턴 집안 사람이므로 자기들에게는 정말 무서운 일 같은 건 일어날 리 없다고 생각하고 있다. 흑인들마저도 그렇게 생각하고 있다. 어쩌면 이렇게 둔한 사람들만 모였단 말인가! 그런 것에 전혀 신경이 가지 않는 것이다. 이들은 지금까지와 마찬가지로 생각하고, 생활해 갈 것이다. 그 무엇도 그것을 변하게 하지는 못할 것이다. 멜라니는 누더기를 걸치고 목화를 따기도 하고, 내가 사람을 죽이는 것을 거들어 주기도 했다. 그러나 옛날과 달라지지는 않았다. 여전히 내성적이고 교양 있는 윌크스 부인이며 나무랄 데 없는 귀부인이다. 애쉴리는 망설이는 법 없이 전쟁을 보고, 죽음을 보고, 부상을 입고, 수용소에 들어갔다가 빈틸터리로 되돌아왔는데도 트웰브 오크스 저택을 배경으로 지니고 있던 시대와 조금도 다름없는 신사다. 그러나 윌은 다르다. 윌만은 사물의 진실을 보고 있다. 그러나 그는 특별히 잃어버릴 만큼 많은 것을 갖고 있지 않았다. 수엘렌과 캐런은 숫제 이것을 그저 일시적인 것으로 생각하고 있다. 이런 일은 모두 금방 지나가 버린다고 생각하고 있으므로 변화하는 환경에 순응하기 위하여 자신을 변화시키지 않는다. 하느님이 그녀들을 위하여 특별히 기적을 행하시어 도와주실 거라고 생각하고 있는 것이다. 그러나 하느님은 그런 일은 하시지 않는다. 이 지방에서 행하시려고 하는 단 한 가지 기적은, 내가 레트 버틀러에게 하려는 일뿐이다. 이 사람들은 변하지 않는다. 아마 변할 수 없을 것이다. 변한 것은 나뿐이다. 하긴, 나도 변하지 않아도 될 수만 있었다면 변하지 않았을 것이다!'

마침내 마미는 남자들을 식당에서 몰아내고, 언제든지 시침 바느질이 시작될 수 있도록 방문을 닫아걸었다. 포크는 제럴드를 부축해서 2층 침실로 데리고 가고, 애쉴리와 윌은 현관 복도의 램프 밑에 남았다. 두 사람은 잠시 동안 말이 없었다. 윌은 순한 반추동물처럼 담배를 씹었다. 그러나 언제나 온화하던 그의 표정은 그것과는 거리가 멀었다.

"이번 애틀랜타로 가는 것 말인데요." 마침내 윌은 여유 있는 목소리로 말했다. "나는 도무지 찬성할 수 없어요, 조금도 찬성할 수가 없어요."

애쉴리는 흘끔 윌의 얼굴을 보고 얼른 눈길을 돌렸다. 입 밖에 내지는 않앉지만, 그럼 윌도 역시 자기가 지금 괴로워하는 것처럼 무서운 의혹을 품고 있는 것이 아닐까 하고 의심했던 것이다.

그러나 그런 일은 있을 수가 없다. 윌은 그날 오후 과수원에서 일어났던 일을 모르므로 그로 인해 스칼렛이 얼마나 절망에 쫓기고 있는지 알 리가 없다. 그리고 윌은 레트 버틀러의 이름이 나왔을 때의 마미의 표정도 눈치채지 못했을 것이고, 뿐만 아니라 레트가 부자라는 것도, 그의 악평에 대해서도 모를 것이다. 어쨌든 그런 것들을 윌이 알고 있을 리는 없지만, 그러나 타라에 돌아온 뒤로 애쉴리는 윌이 마미와 마찬가지로 말할 수 없는 일들을 알고 있고, 일이 벌어지기 전에 그것을 예감하는 것 같다는 것은 알고 있었다. 애쉴리는 딱 꼬집어낼 수는 없지만 어쨌든 무언가 불길한 예감을 느끼고 있었다. 그러나 스칼렛을 그곳에서 구해 낼 능력은 그에게는 없었다. 그녀는 그날 밤 한 번도 그와 눈길을 마주치지 않았다. 그녀가 그에게 보여 준 터무니없이 밝고 명랑한 태도에는 그를 불안하게 하는 것이 있었다. 지금 그를 괴롭히고 있는 의혹은 말로 나타낼 수 없을 정도로 무서운 것이었다. 그것이 사실인지 아닌지 물어 그녀를 모욕할 권리는 그에게 없다. 그는 주먹을 불끈 쥐었다. 그녀에 관한 한 어떤 일에 대해서나 그는 아무런 권리도 없는 것이다. 오늘 오후, 그는 영원히 그것을 잃은 것이다. 그는 그녀를 도울 수가 없다. 아마 아무도 그녀를 도울 수는 없을 것이다. 그러나 문득 마미 생각, 벨벳 커튼에 가위질을 하면서 굳은 결의의 빛을 보이고 있던 검은 얼굴을 생각하자 다소 마음이 놓였다. 마미는 스칼렛이 좋아하든 말든 아랑곳하지 않고 주인의 몸을 지킬 것이다.

'모두가 나 때문이다.' 그는 절망적으로 생각했다. '내가 그녀를 이 지경에 몰아넣은 것이다.'

그는 그날 오후, 그녀가 여윈 어깨를 추켜올리면서 그의 옆을 떠났을 때의 뒷모습을 생각해냈다. 머리를 똑바로 곧추세운 완강한 끈기를 생각해 냈다. 자신의 무력함을 슬퍼하던 그의 심장은 그녀에 대한 감탄으로 그녀에게 쏠렸다. 그녀의 어휘에 용맹이라는 말 따위가 없다는 것을 그는 알고 있었다. 만약 자신이, 당신이야말로 내가 아는 사람들 가운데 가장 용맹스러운 부인이라고 말하더라도 그녀는 그저 자기를 멍하게 바라볼 뿐이라는 것을 알고 있었다.

그녀를 용맹한 여성이라고 생각한다는 것은 얼마나 뛰어난 장점을 그녀가 가지고 있는지를 찬미하는 셈이지만, 아마 그녀는 그것을 이해하지 못하리라는 것도 알고 있었다. 그녀는 어떠한 인생이라도 받아들이고, 어떠한 장애가 있을지라도 그 늠름한 정신으로 이와 맞서서, 패배를 인정하지 않을 결의로 싸우며, 패배가 불가피하다고 생각될 경우라 하더라도 오히려 싸움을 계속할 여성이라는 것을 알고 있었다.

그러나 지난 4년 동안 그는 이 밖에도 패배를 인정할 것을 거절한 사람들, 용맹한 인간이므로 틀림없이 재난이 있는 곳에 용감하게 뛰어들어간 사람들을 보았다. 그리고 그들은 결국 역시 패배했다.

그는 어두침침한 현관 복도에서 윌의 얼굴을 바라보면서 어머니의 벨벳 커튼으로 만든 옷을 몸에 감고 수탉의 꼬리깃을 머리에 꽂고, 세계 정복의 길에 오르려 하고 있는 스칼렛 오하라의 용맹스러움 같은 용맹은 여태껏 본 적이 없었다고 생각했다.

33

이튿날 오후, 애틀랜타에서 스칼렛과 마미가 기차에서 내렸을 때는 찬바람이 몰아치고, 슬레이트와 같은 짙은 잿빛의 어두운 구름이 머리 위를 어지럽게 떠돌고 있었다. 역은 시내가 불탄 뒤로 복구되어 있지 않았으므로, 두 사람은 일찍이 그곳에 역이 있었다는 것을 나타내는, 새까맣게 그을은 폐허 위에 2, 3야드의 높이로 쌓아올려진 잿더미와 진창 속에 내려섰다. 오래전부터의 습관대로 스칼렛은 피터 할아범과 피티 댁 마차를 찾느라고 주위를 둘러보았다. 전시 중에는 그녀가 타라에서 애틀랜타로 돌아오면 반드시 피터 할아범이 마차로 마중을 나와 있었기 때문이다. 그러나 이내 그녀는 자신의 미련함을 깨닫고 코웃음을 쳤다. 피티 고모에게 미리 알리지도 않고 다급하게 찾아왔으니 피터 할아범이 마중 나와 있지 않은 것은 당연한 일이었다. 게다가 언젠가 고모의 편지에 남부가 항복하고 나서, 고모를 메이컨에서 애틀랜타로 태워 오기 위하여 피터가 구해 온 늙은 말은 죽어 버렸다고, 눈물겹게 씌어 있었던 것을 생각해 냈다.

그녀는 정거장 부근의 차바퀴 자국으로 파인 주위를 둘러보면서, 누구든 옛날 친구나 아는 사람의 마차라도 있으면 피티 고모 댁까지 태워다 달래려고 하였으나, 흑인이고 백인이고 아는 얼굴은 하나도 눈에 띄지 않았다. 피티 고모의 편지가 사실이라면 아마 그녀의 옛날 친구들은 요즈음은 아무도 이미 마차 같은 걸 가지고 있진 않을 것이다. 이토록 어려운 시절에 사람도 먹을 것과 잠잘 자리로 고생하는데, 동물 따위를 먹여 살릴 수는 없을 것이다. 요즈음 피티 고모의 친구들은 거의가 걸어다닌다고 했다.

화차 있는 곳, 짐을 싣고 부리는 몇 대의 짐마차와 난폭하게 생긴 알지 못하는 사나이가 고삐를 잡은 이륜마차가 몇 대 진흙을 튕기고 있었지만, 승합마차는 단 두 대밖에 없었다. 한 대는 유개마차였고, 또 한 대의 포장마차에는 옷차림이 훌륭한 부인과 북군 장교가 타고 있었다. 스칼렛은 그 푸른 군복을 보자 화다닥 놀라 숨을 들이마셨다. 애틀랜타에는 주둔군이 있어서 거리에 병사들이 득실거린다고 피티 고모의 편지에 적혀 있었지만, 처음으로 북군의 푸른 옷을 보았을 때는 놀랍고도 무서웠다. 전쟁은 끝나고, 북군 병사들도 이제는 자기들을 쫓아오거나 약탈하거나 모욕하거나 하는 일이 없다는 사실이 당장에는 좀처럼 믿어지지 않았다.

열차 주위가 비교적 텅 비어 있는 것을 보자 그녀는 1862년 그날 아침, 나이 어린 미망인으로서 검은 크레이프 상복을 입고 무료함에 짜증을 내면서 애틀랜타에 왔었던 일을 생각해 냈다. 그리고 이 빈터에 얼마나 많은 짐마차, 승합마차, 상이병 운반차 따위가 득실거렸으며, 마부들이 요란스럽게 고함을 치고, 친구들과 인사를 주고받는 사람들의 목소리가 얼마나 시끄러웠던가를 떠올렸다. 그녀는 전쟁 때의 들뜬 흥분을 생각하곤 한숨을 내쉬고, 걸어서 피티 고모댁까지 가야 할 일을 생각하고 다시 한숨을 내쉬었다. 그러나 피치트리 거리까지 가면 틀림없이 누군가 마차를 태워 줄 사람을 만나게 될 것이라고 희망을 갖고 있었다.

그녀가 그곳에 서서 주위를 둘러보고 있으려니까, 마치 안장 가죽 같은 피부색을 한 중년 흑인이 그녀의 곁에 유개마차를 들이대고 마부석에서 상반신을 내밀고 물었다.

"마차를 찾으십니까요, 아씨, 애틀랜타면 어디고 25센트로 갑죠."

마미는 살기 어린 눈초리를 그 사나이에게 던졌다.

"역마차인가!" 그녀는 중얼거렸다. "이봐, 우리가 어떤 사람인지 알기나 하나?"

마미는 시골에서 자란 흑인이기는 했지만, 1년 내내 시골에서만 지낸 건 아니었으므로 점잖은 부인은 집안 남자와 함께가 아닌 한, 역마차에—특히 유개마차 따위에—타는 것이 아니라는 것을 알고 있었다. 흑인 하녀가 따르고 있다는 정도로는 옛날부터의 관습을 만족시킬 수는 없는 일이었다. 마미는 아쉬운 듯이 역마차를 바라보고 있는 스칼렛을 흘겨보았다.

"자, 가십시다요, 스칼렛 아씨! 역마차에다 해방 노예라! 흥, 아주 걸맞게 짝지어졌군!"

"나는 해방된 노예는 아니란 말요." 마부가 화가 나서 말했다. "나는 탤벗 노마님 댁 사람이오. 이것도 노마님의 마차요. 나는 돈을 벌기 위해 여기서 손님을 기다리고 있는 거야."

"어느 탤벗 마님 말인가?"

"밀리지빌의 수잔나 탤벗 마님이지. 우리는 큰나리께서 전사하셨기 때문에 이리로 옮겨왔단 말이오."

"그런 분을 알고 계십니까요, 스칼렛 아씨?"

"몰라." 스칼렛은 분한 듯이 말했다. "밀리지빌에는 아는 분이 적어."

"그럼, 우리는 걸읍시다요." 마미는 사정없이 말했다. "저리 가, 검둥이."

그녀는 스칼렛의 새 벨벳 옷과 부인용 모자와 잠옷이 들어 있는 융단으로 만든 가방을 들자, 자기 물건들을 싼 깨끗한 보퉁이를 겨드랑이에 끼고 스칼렛을 독촉해서 젖은 잿더미 위를 가로질러 갔다. 스칼렛은 마차에 타고 싶었지만 마미와 다투고 싶지 않았던만큼 싸우지 않기로 했다. 어제 오후, 벨벳 커튼에 손을 대는 그녀를 발견한 뒤로, 마미의 눈에서는 빈틈없는 경계의 빛이 번득이고 있어서 그것이 스칼렛의 비위를 건드렸다. 마미의 감시로부터 벗어나기가 점점 어려워져서 스칼렛은 반드시 다투어야 할 필요가 생길 때까지는 될 수 있는 대로 마미의 투쟁심을 건드리고 싶지 않았던 것이다.

좁은 보도를 피치트리 거리 쪽으로 걸어 가면서 스칼렛은 놀랐고 서글퍼졌다. 그만큼 애틀랜타는 황폐해져서 전혀 옛 모습을 찾아볼 수 없었기 때문이다. 두 사람은 레트와 헨리 시백부가 머물렀던 적이 있는 애틀랜타 호텔이 있었던 근처를 지났으나, 그 말쑥하던 호텔 자리에는 새까맣게 탄 담장 일부와 뼈대만이 남아 있을 뿐이었다. 철도 선로를 따라 4분의 1마일이나 걸쳐서 잇닿아 있던 무수한 군수품이 가득 들어찬 창고도 타 버린 채여서 직사각

형의 주춧돌만 어두운 하늘 아래 쓸쓸하게 남아 있었다. 양쪽으로 늘어서 있던 건물과 역이 없어졌으므로 철도 선로가 환히 드러나 있다. 이 폐허 속에 어디가 그것인지 확실치는 않지만, 찰스가 남긴 재산의 하나인 그녀의 창고 자리도 있을 것이다. 헨리 시백부가 그녀 대신 작년의 세금은 지불해 주었지만, 그것도 언젠가는 갚아 주어야 한다. 이것도 그녀에게는 걱정거리였다.

거리 모퉁이를 돌아서 피치트리 거리로 들어왔을 때, 그녀는 파이브 포인트 쪽을 바라보고 저도 모르게 놀란 소리를 질렀다. 프랭크한테서 온 시내가 초토가 되어 버렸다고 듣기는 했지만, 이렇게까지 완전히 파괴돼 버렸으리라고는 생각하지 못했던 것이다. 마음속으로는 이 사랑하는 거리에 아직 훌륭한 상점과 주택들이 즐비하게 서 있을 것으로 생각했는데 지금 눈 앞에 보는 피치트리 거리는 중요한 건물이 아무것도 남아 있지 않았고, 마치 처음 보는 거리처럼 느껴졌다. 전쟁이 한창이던 때 몇천 번이나 마차를 몰았고, 포위를 당했을 때는 터지는 포탄에 목을 움츠리면서 공포에 쫓겨 걸음을 재촉했던 이 진창길, 남군이 철수하던 그날에는 더위와 당황과 고민 속에서 바라보았던 이 거리가 울고 싶을 만큼 변해 버리고 만 것이다.

셔먼 부대가 초토화한 시로부터 철수하고 다시 남군이 들어온 이후 1년 동안 새로운 상점이 많이 건축되었으나, 그래도 아직 파이브 포인트 근처엔 넓은 빈터가 남아 있어서 꽤 많은 쓰레기가 쌓여 있었다. 잡초나 쇠풀은 마르고, 검게 탄 쓰레기 속에 깨진 벽돌 조각이 흩어져 있었다. 그녀가 기억하고 있는 상점도 몇 갠가 남아 있었으나 그 지붕 없는 벽돌벽 사이에는 부연 햇살이 비쳐들고, 유리 없는 창이 입을 크게 벌리고, 굴뚝만이 쓸쓸하게 솟아 있었다. 그녀의 눈은, 포탄에도 화재에도 피해를 입지 않은 낯익은 상점을 여기저기서 발견하고 반가웠으나 갓 수선된 새 벽돌의 붉은 광택이 그을은 낡은 벽에 뚜렷이 표가 나 보였다. 새 점포의 입구나 새 사무소의 창에는 그녀가 아는 사람들의 정다운 이름도 보였지만 낯선 이름이 더 많았다. 특히 의사나 변호사나 목화상 가운데 토박이가 아닌 사람의 문패가 붙어 있는 것이 눈에 띄었다. 누구 한 사람 모르는 사람이 없었던 애틀랜타에서 이처럼 많은 낯선 이름들을 보고 마음이 무거워졌다. 그러나 거리 양쪽으로 처마를 잇대어 새로운 상점이 세워지고 있는 것을 보니 기운이 솟았다.

새로운 상점이 많이 서고 개중에는 3층 건물도 몇 채 있지 않은가! 곳곳에서 건축이 진행되고 있다. 이 신생 애틀랜타에 그녀가 마음을 적응케 하려고 거리를 바라보니 망치며 톱소리가 유쾌하게 울리고, 운반통에 인부들이 벽돌을 어깨에 메고 사다리를 올라가는 것이 보였다. 그렇게 사랑하던 거리를 바라보고 있는 동안 그녀의 눈이 조금 흐려졌다.

'애틀랜타여, 그들은 너를 태웠구나' 하고 그녀는 생각했다. '그들은 너를 넘어뜨렸다. 그러나 너는 지지 않았다. 너를 굴복시킬 수는 없다. 너는 다시 여태까지처럼 크고 훌륭하게 자라는 것이다!'

뒤뚱거리면서 따라오는 마미를 거느리고 피치트리 거리를 걸어가다 보니 보도는 전쟁이 한창이던 때와 마찬가지로 북적거리고 있었다. 이 부활하고 있는 시가지에는 아주 옛날, 그녀가 처음으로 피티 시고모를 찾아왔을 때, 그녀의 피를 끓게 했던 것과 같은 혼잡스러움과 북적임이 있었다. 남군의 부상병 운반차가 보이지 않을 뿐이지 그 당시와 똑같이 무수한 마차와 짐마차가 진흙길에 붐비고 있었고, 상점 차양 앞 말뚝에는 여전히 많은 말과 노새가 매여 있었다. 보도는 혼잡했지만 그곳에서 보는 사람의 얼굴은 머리 위의 간판과 마찬가지로 낯선 사람이 많았다. 어느 사람이나 새로 흘러들어 온 사람들일 것이다. 난폭하게 생긴 사나이와 화려한 옷차림의 여자가 많았다. 빈둥거리는 흑인이 벽에 기대거나 보도 경계석에 걸터앉아서 서커스의 행진을 구경하는 아이들의 천진스러운 호기심을 갖고, 길가는 마차 따위를 넋 놓고 보느라 어디나 시꺼맸다.

"해방된 시골 검둥이 놈들일 겝니다요." 마미는 씨근거렸다. "놈들은 변변한 마차 따위는 본 일이 없는 거죠. 게다가 얼마나 뻔뻔스러운 놈들입니까요."

뻔뻔스럽다는 말에는 스칼렛도 동감이었다. 정말 뻔뻔스럽게 그녀를 아래위로 훑어보았기 때문이다. 그러나 이윽고 새로 눈에 띈 푸른 군복에 놀라서 금세 흑인에 대해서는 잊고 말았다. 북군의 병사가, 말을 탄 사람, 걷는 사람, 군용마차를 모는 사람, 거리를 어슬렁거리는 사람, 비틀비틀 술집에서 나오는 사람 등, 거리에 가득히 넘쳐 있는 것이다.

나는 언제까지나 이 병사들을 태연한 기분으로 볼 수는 없을 거라고, 주먹을 움켜쥐면서 그녀는 생각했다. 절대로 그렇게는 안 될 것이다! 그녀는 어깨너머로 마미에게 말을 걸었다.

"서두르자, 마미. 얼른 이 사람들 속에서 빠져나가자."

"당장 이 거치적거리는 검둥이들을 걷어차 버리겠어요." 마미는 일부러 큰 소리로 대답하면서 그 앞을 어슬렁거리며 걷고 있는 흑인 남자에게 가방을 부딪쳐 옆으로 밀어붙였다. "전 이 도시가 싫어요, 스칼렛 아씨. 북부 사람과 천한 해방 노예들로 꽉 차 있어서 말이죠."

"하지만 이렇게 혼잡하지 않은 곳이면 좀 나을 거야. 파이브 포인트를 지나면 그다지 나쁘지 않을 거야."

두 사람은 디케이터 거리의 진창 속에 놓인 미끄러운 징검다리를 건너서 사람이 차차 덜 붐비는 곳을 지나 피치트리 거리를 계속해서 걸어갔다. 1864년의 그날, 그녀가 미드 의사를 데리러 달려나가던 도중 잠시 멈춰서서 숨을 돌리던 웨슬리 교회당 앞에 다다르자 그녀는 그 건물을 올려다보며 야릇한 웃음을 짧게 터뜨렸다. 늙기는 했어도 약삭빠른 마미의 눈이 의아스러운 듯이 그녀의 눈을 더듬었으나 그 호기심은 채워지지 않았다. 스칼렛은 그날 그녀를 덮쳤던 공포를 경멸하는 마음으로 기억해 낸 것이다. 그날 그녀는 공포에 사로잡힌 채 적군의 내습을 두려워하고, 보의 출산이 임박한 것을 무서워하고 있었다. 지금 생각하면 마치 큰 소리에 놀라서 펄쩍 뛰어오르는 어린아이처럼 어째서 그렇게까지 놀랐는지 이상했다. 그뿐 아니라 그녀는 정말 어린애들처럼 적의 내습과 화재와 패배를 자기에게 일어날 수 있는 최악의 것이라고 생각하고 있었던 것이다. 그런 것은 엘렌의 죽음, 제럴드가 폐인이 된 것, 굶주림, 추위, 등뼈가 휠 정도의 노동, 악몽과 같은 생활의 불안에 비하면 얼마나 보잘것없는 일인지 몰랐다. 지금의 그녀라면 침입군에 대해서도 얼마든지 용감하게 행동할 수 있다. 그러나 타라를 위협하는 위험에 맞닥뜨리는 것은 얼마나 고통스러운 일인가. 아니, 그녀에게는 이미 가난 말고는 무서운 것이라곤 아무것도 없었다.

피치트리 거리로 한 대의 유개마차가 오고 있었다. 피티 시고모님 댁까지는 아직도 몇 구역이 남았으므로 스칼렛은 보도와 도로를 구별하는 경계석까지 가서 열심히 타고 있는 사람을 확인하려고 했다. 그녀와 마미가 차도로 윗몸을 내밀고 가까이 다가오는 마차에 하마터면 웃으면서 인사를 할 뻔했을 때, 눈 앞의 창으로 여자의 얼굴이 보였다. 고급 털모자 밑으로 무척 새빨간 머리가 빛나고 있었다. 서로가 서로의 모습을 알아보고 움찔했다. 스칼렛은 한 걸음 물러섰다. 벨 와틀링이었다. 창으로 내민 벨의 얼굴이 사라지기 전에, 그녀의 콧구멍이 반감으로 벌름거리는 것을 흘끗 스칼렛은 보았다. 이 도시에 와서 처음 만난 낯익은 얼굴이 벨이라니 이 무슨 얄궂은 일인가.

"저건 누구입니까요?" 마미가 의아한 듯이 물었다. "아씨를 알고 있는 모양이었는데 그쪽에서는 인사도 하지 않더군요. 저는 그런 빛깔의 머리카락은 난생처음 보았는뎁쇼. 탈레턴 댁에도 저런 건 없었잖아요. 저건 물들인 거라고 저는 대번에 알았다굽쇼."

"물들인 거야." 스칼렛은 짤막하게 대답하고 발길을 서둘렀다.

"머리를 물들인 여자를 알고 계십니까요? 저건 뭣하는 여자죠?"

"거리의 나쁜 여자야." 스칼렛은 짧게 대답했다. "내가 저런 여자를 알 리가 있어? 그러니까 그만 잠자코 있어요."

"아이구 맙소사!" 마미는 신음 소리를 냈다. 그리고 입을 벌린 채 호기심 가득 찬 눈으로 마차 뒤를 지켜보았다. 그녀는 20여 년 전에 엘렌 부인과 함께 서배너를 떠난 뒤로 창부를 본 일이 없었으므로 벨을 좀더 똑똑히 보아 둘 걸 그랬다고 몹시 분해 했다.

"저 계집은 매우 좋은 옷을 입고 훌륭한 마차며 마부를 가지고 있구먼요." 마미는 중얼거렸다. "우리 같은 착한 사람은 배를 굶주리고 맨발로 걸어다니는데, 대관절 하느님은 무슨 생각으로 저런 못된 계집에게 저토록 호사를 하게 내버려 두는 건지 모르겠어."

"하느님은 벌써 여러 해 전부터 우리를 생각하시지 않게 된 거야." 스칼렛은 거친 투로 말했다. "그렇지만 마미 '그런 소릴 하면 어머님이 무덤 속에서 깜짝 놀라실 겁니다요' 하는 말 따위는 하지 말아 줘."

그녀는 벨보다는 자신이 훌륭하고 도덕적이기도 하다고 생각하고 싶었지만 그럴 수가 없었다. 만약 그녀의 계획이 제대로 진행되면 그녀 또한 같은 처지에 놓이게 되고, 같은 사내의 부양을 받아야 한다. 결심한 것은 털끝만큼도 뉘우치고 있지 않은데 그것을 진실의 빛 앞에 드러내 놓고 보면 그녀도 그다지 유쾌하지 못했다. '그러나 그런 것을 지금 생각하는 것은 그만두자.' 스스로를 타이르며 그녀는 발걸음을 서둘렀다.

이윽고 미드 댁의 불탄 자리 앞을 지나게 되었다. 그곳에는 쓸쓸하게 돌층계가 남아 있고 현관길도 있었으나, 그 앞에는 아무것도 없었다. 화이팅 댁

이 있던 곳은 텅 빈 공터가 되어 있었다. 주춧돌도 벽돌 굴뚝도 없고, 어디로 실어 갔는지 짐차의 바퀴 자국만이 남아 있었다. 엘싱 댁 벽돌 건물은 옛날대로였고 지붕과 2층이 새로 고쳐져 있었다.

보넬 댁은 서툴게 고쳐져 있었다. 지붕 널빤지 대신으로 거칠게 깎은 널빤지로 지붕을 덮어 보기에도 몹시 흉했고 겨우 비와 이슬만을 막을 형편이었다. 그리고 어느 집 하나 창문으로 내다보는 얼굴은 없었고, 현관에도 사람 그림자조차 얼씬거리지 않았으므로 스칼렛은 다행스럽게 생각했다. 오늘은 아무하고도 이야기하고 싶지 않았던 것이다.

이윽고 피티 시고모님의 댁 새 슬레이트 지붕과 붉은 벽돌담이 눈에 들어오자 스칼렛의 가슴은 몹시 두근거렸다. 이 집이 고칠 수조차 없을 정도로 형편 없이 부서져 있지 않은 것을 그녀는 하느님께 감사했다. 이때 앞뜰에서 나온 것은 피터 할아범이었다. 장바구니를 들고 있었다. 스칼렛과 마미가 무거운 발을 끄는 것처럼 하면서 걸어오는 것을 보자 그의 검은 얼굴에는 믿어지지 않는 기쁨으로 활짝 웃음이 퍼졌다.

이 어리석은 흑인 할아범에게 키스해 주어도 좋다고 생각할 만큼 나는 기쁘다. 스칼렛은 그렇게 생각하면서 반갑게 불렀다.

"빨리 고모님에게 강심제를 갖다드려요, 피터! 정말로 나야!"

그날 밤, 피티 고모의 저녁 식탁에는 요즘 어느 집 식탁에나 나오게 마련인 옥수수죽과 말린 완두콩이 나왔다. 스칼렛은 그것을 먹으면서, 이번에 돈을 마련하게 되면 이 두 가지 음식만은 절대로 그녀의 식탁에 올려놓지 않겠다고 마음속으로 다짐했다. 그리고 비록 어떠한 대가를 치르더라도 돈을, 타라의 세금을 치르고도 넉넉히 남을 만한 돈을 손에 넣어야겠다고 생각했다. 어떻게든지 해서, 만약 살인을 해야 한다면 사람을 죽이고서라도 큰 부자가될 결심인 것이다.

식당의 누런 램프 불 밑에서, 그녀는 거의 가망은 없지만, 혹시 찰스의 가족들로부터 그녀가 필요로 하는 돈을 꿀 수 있을지도 모른다는 생각이 문득 났다. 그래서 피티 시고모에게 재정 형편을 물어 보았다. 어지간히 예의 없는 질문이었으나, 피티 시고모로서는 오래간만에 가족의 한 사람과 이야기할 수 있는 기쁨으로 가득 차 있었으므로 실례되는 질문쯤은 염두에 두지 않았다. 그리고 금세 눈물을 글썽거리면서 자신의 불행을 자세하게 이야기하기 시작했다. 그에 의하면 어떻게 해서 그렇게 되었는지는 모르지만, 하여간 그녀가 시골에 가지고 있었던 농장과 시내의 부동산이며 현금은 알지 못하는 사이에 모조리 사라져 버린 모양이다. 적어도 오빠인 헨리는 그렇게 말한다는 것이었다. 헨리는 피티팻의 부동산에 대한 세금을 낼 수가 없어서 피티 시고모가 현재 살고 있는 이 집 말고는 몽땅 없어지고 말았다는 것이다. 피티는 이 집이 결코 자기의 것이 아니고, 멜라니와 스칼렛의 공동 재산이라는 생각을 버리지 않는 모양이었다. 헨리는 이 집의 세금을 내는 것이 고작이라는 것이다. 그리고 그녀에게 생활비로서 매달 얼마간의 돈을 보내 주고 있는데, 그에게서 돈을 받는다는 것은 무척 굴욕적이지만 안 받을 수가 없다는 것이다.

"헨리는 자기가 무거운 짐을 지고 있는데다가 세금이 너무나 많아서 어떻게 꾸려 나가야 할지 모르겠다는 둥 하지만, 보나마나 그런 소린 거짓말일 거야. 돈을 잔뜩 가지고 있지만 나한테는 넉넉히 보내 주고 싶지 않은 거겠지."

스칼렛은 헨리 시백부가 거짓말하고 있지 않다는 사실을 알고 있었다. 그것은 찰스의 유산에 대해 적어 보낸 몇 통의 시백부 편지에 나타나 있었다. 이 노변호사는 이 잔해 속에서도 무엇인가 웨이드와 스칼렛을 위해 남겨 주려고, 이 집과 창고가 있던 상공업지대의 소유지를 남의 손에 넘겨주지 않으려고 있는 힘을 다하고 있었던 것이다. 스칼렛은 시백부가 커다란 희생을 치러 가면서 그녀 대신 이 집의 세금을 물어 주고 있는 것을 알고 있었다.

'물론 시백부도 돈이 없겠지.' 스칼렛은 체념하듯 생각했다. '할 수 없지. 시백부와 피티 고모님은 대상에서 제외하기로 하자. 그러면 결국은 레트만이 남게 된다. 역시 그에게 손 내밀 도리밖엔 없겠어. 어떤 일이 있어도 그렇게 해야 하는 거야! 하지만 지금 그런 생각을 하는 것은 그만두자……. 그보다도 고모님에게 레트의 이야기를 꺼내도록 잘 구슬러서 내일 그를 이리로 초대하도록 해야 한다.'

그녀는 미소를 띠고 피티 고모의 두툼한 손을 잡고 그것을 자기의 두 손 사이에 꼈다.

"저, 고모님, 구차한 돈 이야기는 그만두고, 뭔가 좀더 유쾌한 이야기를 해요. 우리의 옛 친구들 소식이라도 말씀해 주세요. 메리웨더 부인은 어떻게 되었어요? 그리고 메이벨은요? 맞다, 메이벨의 남편인 그 조그만 크레올 (프랑스계 이민의 자손, 여기에서는 르네 피칼을 말함) 은 무사히 돌아왔다지요? 엘싱 댁 사람들과 미드 선생 내외 분은 어떻게 되셨어요?"

피티 고모는 화제가 바뀌었으므로 갑자기 생기가 돌아서 그 갓난아기 같은 천진스러운 얼굴은 이미 눈물로 떨고 있지는 않았다. 그녀는 옛 친구들이 무엇을 하고 있는지, 무엇을 입고, 무엇을 먹고, 어떤 생각을 하고 있는가를 자세하게 이야기하기 시작했다. 그리고 사뭇 공포에 찬 투로 르네 피칼이 전쟁에서 돌아올 때까지 메리웨더 부인과 메이벨은 파이를 구워다가 북군 병사들에게 팔아 살림을 꾸려가고 있었다고 말했다.

"생각해 보렴! 어떤 때는 스무 명도 넘는 북군 병사들이 메리웨더 댁 뒤 뜰에 서서 파이가 구워지기를 기다린 적도 있었단다. 지금은 르네가 돌아왔으므로 그가 헌 짐마차를 몰고 날마다 북군 캠프에 가서, 케이크며 파이며 비스킷을 팔고 있단다. 메리웨더 부인은 조금만 더 돈이 모이면 상공업 지대에 빵집을 차리겠노라고 한다. 나는 남의 일을 이러쿵저러쿵 평하고 싶지는 않지만 말이다. 만약 나 같으면 북군을 상대해서 장사할 바엔 차라리 굶어 죽는 편이 낫겠다. 난 말이다. 북군 병사와 마주칠 때마다 반드시 아주 경멸하는 눈초리를 지어 보이고 될 수 있는 대로 모욕하는 태도로 길 건너편으로 피하기로 하고 있단다. 하지만 비라도 오는 날에는, 어쨌든 길을 건너가야 하기 때문에 여간 불편한 일이 아니란다."

피티 고모로서는 남부동맹 정부에 대한 충성을 나타내기 위해서는 어떠한 희생도, 신이 진흙투성이가 되더라도 지나친 희생이라고는 할 수 없다고 생각하는 모양이다. 스칼렛은 그렇게 추측했다.

미드 선생님과 부인은 북군이 거리에 불을 질렀을 때에 집을 잃었고 게다가 필과 다시가 전사했으므로 집을 다시 지을 비용은 고사하고 그럴 기력마저도 없었다. 미드 부인은 이제는 숫제 집 같은 건 갖고 싶지도 않다, 아들이나 손자가 없는 가정이 뭐가 되겠느냐고 말하고 있다 한다. 그러나 너무 쓸쓸해서 지금은 엘싱 댁에서 함께 지내고 있다. 엘싱 댁에서는 부서진 부분을 수리해서 살고 있지만, 화이팅 부부도 마찬가지로 엘싱 댁에 세들어 있고, 보넬 부인도 자기 집을 용케 북군 장교에게라도 세놓게 되면, 엘싱 댁으로 옮기고 싶다고 말하고 있다.

"하지만 어떻게 그렇게 많은 사람이 살 수 있을까요?" 스칼렛이 큰 소리로 말했다. "엘싱 부인과 패니와 휴도 있을 텐데 말이에요."

"엘싱 부인과 패니는 객실에, 휴는 다락방에서 잔단다." 피티는 설명했다. 그녀는 친구들의 가정 내막을 잘 알고 있었다. "저, 나는 이런 얘기를 하는 것은 싫지만 말이다. 엘싱 부인은 그 사람들을 '실비 손님'이라고 부르고 있단다. 그렇지만," 피티는 목소리를 낮추었다. "그 사람들이 실제로는 하숙인밖에 더 되겠니. 엘싱 부인이 하숙을 치다니! 정말 기막힌 일이 아니고 뭐겠니."

"아니에요. 썩 잘하는 일이라고 생각해요." 스칼렛은 짧게 말해 버렸다. "전 작년 한 해 동안 타라에 공짜 하숙인 대신 하다못해 '실비 손님'이라도 와 주었더라면 하고 생각했어요. 그랬으면 우리는 이렇게까지 고생하지 않아도 좋았을 거예요."

"스칼렛, 어떻게 너는 그런 소리를 할 수가 있니? 타라에 온 손님한테서 돈을 받다니, 생각하기만 해도 마음씨 고우신 너의 어머니가 무덤 속에서 깜짝 놀라시겠구나! 물론 엘싱 부인은 어쩔 수 없으니까 저러고 있는 것뿐일 거야. 부인은 삯바느질 일을 맡고, 패니는 사기 그릇에 그림을 그리고, 휴는 장작 행상을 해서 벌고 있지만, 그것 가지고는 살림이 되지 않는단다. 생각해 보렴, 휴가 장작 행상을 해야만 하는 거야! 훌륭한 변호사가 되려던 그 애가 말이다! 우리가 아는 청년들이 형편없이 몰락해 버린 것을 보면 나는 울음이 나온단다."

스칼렛은 구릿빛으로 빛나는 타라의 하늘 아래 목화밭 이랑을 생각하고, 그 위에 꾸부리고 있노라면 얼마나 등이 아팠는지를 생각했다. 그리고 서툴고 물집이 생긴 손에 삽자루를 쥐었을 때의 괴로움을 생각하면 휴 엘싱이라고 특별히 동정할 것은 없다고 생각하는 것이었다. 늙고 어리석은 피티는 어쩌면 이다지도 세상 물정을 모른단 말인가. 모든 것이 엉망이 된 가운데에서 살고 있으면서, 아직도 사람들로부터 보호를 받고 있다니!

"행상이 싫으면 어째서 그는 변호사 일을 하지 않지요? 혹시 애틀랜타에는 이미 변호사 일이 없어졌나요?"

"없어지기는커녕 변호사 일이라면 얼마든지 있단다. 요즈음은 너나없이 누군가를 상대로 소송을 일으키고 있다고 해도 좋을 정도니까. 몽땅 타 없어져서 토지 경계선까지 없어져 버렸으므로 누구도 자기 소유지가 어디서 어디까지였는지를 모르는 거야. 그래서 송사를 일으키는 건데 누구나 다 빈털터리이므로 그 비용을 받을 수가 없다는구나. 그러니까 휴는 행상을 하고 있는 거다. 아참, 내가 까맣게 잊고 있었구나! 너한테 편지로 알렸던가? 패니 엘싱이 내일 밤 결혼하게 되어 있다는 거 말이다. 너도 물론 참석해야만 해요. 네가 여기에 와 있는 줄 알면 엘싱 부인은 무척 반가워하면서 너를 초대할 거다. 그 옷 말고 갈아입을 다른 것을 가져왔더라면 좋으련만. 그 옷도 나쁘지는 않다만, 조금 밝은 것 같아서 말이다. 그래? 따로 깨끗한 옷을 가지고 왔다구? 아이구, 그것 마침 잘되었구나. 어찌 됐든 이 시가 불타고 나서 애틀랜타에서 처음 하는 버젓한 결혼식이니까 말이다. 식이 끝나면 과자도 술도 나오고, 댄스도 있다더라만, 엘싱 댁은 퍽 곤란을 받는다는데 그런 비용을 어떻게 마련했는지 모르겠구나."

"패니는 누구와 결혼하지요? 댈러스 맥루어가 게티스버그에서 전사하고 나서……."

"패니의 이야기를 이러쿵저러쿵 해서는 못 쓴다. 네가 찰스에게 대하듯이 누구나가 다 죽은 사람에게 충실할 수는 없는 일이니까 말이다. 가만 있자, 그게 뭐라는 이름이더라? 나는 언제나 사람의 이름을 잊어서 탈이구나. 톰……뭐라든가 했는데. 어쨌든 그 사람의 어머니에 대해서는 잘 알고 있단다. 라그랑지 여학원에 함께 다니던 사이란다. 그 사람은 라그랑지의 톰린슨 댁 태생이고, 그리고 그 사람의 어머니는, 가만 있자…… 퍼킨스였던가? 아니, 파킨슨이던가? 파킨슨이다! 스파르타 출신인데 아주 훌륭한 집안이지. 하지만 그런데도, 이런 말을 해서는 안 될지 모르지만 난 패니가 어째서 그런 사람과 결혼할 생각이 났는지 알 수가 없구나."

"술주정꾼인가요? 아니면……."

"아니다. 아주 훌륭한 인격자지. 하지만 포탄으로 하반신을 다쳐서 다리가 이상하게 되어 버리고, 그 때문에…… 난 이런 말을 입 밖에 내는 건 싫다만, 그 때문에 가랑이를 벌리지 않으면 걸을 수가 없게 돼 버렸단다. 그래서 걸을 때 아주 모양이 흉해서 말이다. 어쨌든 그리 보기 좋은 건 아니란다. 왜 그 애가 그런 남자와 결혼할 마음이 생겼는지 도대체 알 수가 없단 말이다."

"하지만 여자는 누구하고든 결혼해야 하니까요."

"그런 말이 어디 있니!" 고모는 화를 냈다. "나 같은 사람은 구태여 그럴 필요는 없었다."

"어머나, 고모님도. 고모님 말씀을 드린 건 아니에요! 고모님이 얼마나 평판이 좋았는지는 누구든지 알고 있어요. 지금도 마찬가지예요. 하지만 캔턴 노판사가 고모님을 보시는 눈이라니, 얼마나 정이 넘쳤는지 저는……."

"아이구 스칼렛, 그만둬라! 그따위 늙은이 이야기는!" 피티는 킥킥 웃으면서 기분이 풀어졌다. "하지만 패니도 평판이 좋은 아이니까, 좀더 나은 상대를 구할 수 있었을 텐데, 그리고 나는 그 애가 그 톰 뭐라고 하는 사나이를 사랑한다고는 도저히 생각되지 않아. 그 애가 전사한 댈러스 맥루어를 잊었다고는 생각하지 않지만, 그렇더라도 너와는 다르다. 너는 귀찮을 만큼 재혼할 기회가 있었는데도 여전히 찰스에 대해 정절을 지키고 있지 않느냐 말이다. 난 늘 멜라니와 이야기했었다만, 세상에서는 흔히 너를 매정하고 남자 호리는 계집처럼 말하지만, 찰스를 어쩌면 그렇게 충실하게 생각하느냐고 말이다."

스칼렛은 이러한 어설픈 신임 따위는 한쪽 귀로 흘려 버리고 교묘하게 피티 고모를 잘 조종해서 차례차례 친구들의 이야기를 하게 했다. 그러는 동안에도 이야기가 레트에게로 돌아오기를 초조하게 기다렸다. 오자마자 불쑥 그의 얘기를 묻는다는 것은 서툰 것이다. 그런 짓을 하면 이 노부인은 건드리고 싶지 않은 방향으로 엉뚱하게 지레짐작을 하게 될 것이다. 레트가 결혼을 거절한 뒤라면, 피티가 어떤 의심을 품든지 그것은 상관없는 일이다.

피티 고모는 들어 줄 상대가 있는 것을 기뻐하는 아이들처럼 기쁜 듯이 다음 화제로 넘어가 이야기에 활기를 띠었다. 공화당원들이 못된 짓만 하므로, 애틀랜타는 최악의 상태에 빠져 있다. 그들이 하는 짓은 이루 다 말할 수가 없지만, 그중에서도 가장 나쁜 것은 어리석은 흑인들의 머릿속에 공연한 소리를 불어넣는 것이다.

"그쪽 사람들은 흑인한테도 투표권을 준다고 하지만, 그런 바보 같은 소리를 들어 본 적이 있니? 잘은 모르지만, 생각해 보면 피터 할아범 쪽이 내가 여태까지 만나 본 그 공화당원보다 상식이 있고 예의도 알고 있단 말이다. 물론 훨씬 교양이 있으니까 투표권을 바라지는 않지만, 그래도 다른 흑인들은 투표할 수 있다고 듣자 벌써 손을 댈 수 없을 만큼 건방져졌단다. 개중에는 아주 무례한 놈들이 있으므로 어두워진 뒤에는 안심하고 거리를 나다닐 수도 없구나. 대낮에는 점잖은 부인들을 보도에서 진창 속으로 떼밀어 버리고 하니까 말이다. 그리고 그것을 비난하는 신사가 있으면 당장 체포해 버리고, 그리고 아 참, 내가 버틀러 선장이 감옥에 들어가 있다는 얘기를 했던가?"

"레트 버틀러가요?"

뜻밖의 이야기였지만, 스칼렛은 피티 시고모가 생각해 내준 덕택에, 자기 쪽에서 그의 이름을 꺼내지 않고 넘기게 된 것에 감사했다.

"그래. 그렇단다!" 피티 고모는 너무나 흥분해서 볼을 복숭앗빛으로 물들이고 등을 꼿꼿이 폈다. "그 사람은 흑인을 죽였다고 지금 감옥에 들어가 있단다. 교수형을 받을지도 모른단다! 버틀러 선장이 교수형을 받다니 생각해 보렴!"

잠깐 스칼렛은 가슴이 괴로운 듯이 숨이 턱 막혔다. 그리고 자기 이야기의 효과가 당장에 나타난 것을 매우 기뻐하고 있는 뚱뚱한 노부인을 그저 망연히 바라볼 수밖에 없었다.

"아직 증거는 확실치 않지만, 백인 부인을 능욕한 흑인을 죽인 사람이 있다는구나. 요즈음 돼먹지 않은 흑인들이 여러 놈 살해당했기 때문에 북부 사람들은 몹시 당황했단다. 버틀러 선장이라는 증거는 없지만, 누군가를 본보기로 처벌해야만 하기 때문이라고 미드 박사님이 말씀하시더라. 그렇더라도 만약 그들이 그 남자를 교수형에 처한다면 양키로서는 처음으로 괜찮은 일을 하는 거라고 박사는 말씀하시지만, 나는 잘모르겠다. 버틀러 선장은 일주일쯤 전에 이리로 찾아와서 내게, 아주 귀엽고 희한한 메추라기를 선물로 주더구나. 그리고 너에 대해서 여러 가지를 물으면서 포위전 때는 너를 몹시 화나게 한 일이 있기 때문에, 아마 용서받지 못할 텐데, 그것이 걱정이라는 둥 하더라."

"얼마 동안이나 감옥에 들어가 있게 될까요?"

"그거야 누군들 알겠니. 어쩌면 교수형을 당할 때까지일지도 모르고, 어쩌면 결국 범인이라는 증거를 잡지 못하게 될지도 모르니까 말이다. 하지만 북군은 죄가 있든 없든 그런 건 아무래도 상관없는 거야. 누군가를 교수형에 처할 수만 있다면 되는 거니까." 피티 고모는 어마어마한 이야기인 것처럼 목소리를 낮추었다. "왜냐하면 북부에서는 KKK단(남북전쟁 뒤 흑인과 북부 사람들을 축출하기 위해서 남부 각 주에 결성된 극우 비밀 결사) 때문에 무척 당황하고 있으니 말이다. 시골엔 KKK단 같은 건 없니? 아니, 틀림없이 있을 거다. 있어도 애쉴리가 너희에게는 얘기하지 않겠지. KKK단 이야기는 절대로 입 밖에 내서는 안 되기로 되어 있다니까 말이다. 단원은 밤만 되면 유령 같은 차림으로 마차를 타고 돌아다니면서, 도둑놈 같은 카펫배거나, 돼먹지 않은 흑인들을 습격한단다. 그리고 위협을 해서 애틀랜타에서 물러가도록 충고하기도 하고, 또 시키는 말을 듣지 않으면 채찍으로 후려 갈기기도 하고," 고모는 한층 더 목소리를 낮추었다. "때로는 그들을 죽이고 거기에다 KKK라고 쓴 카드를 붙여서 사람 눈에 잘 띄는 장소에 버려 둔단다……. 그래서 북군측에서는 울화통이 터져서 누군가를 사형에 처하여 그 본보기를 삼으려는 거야……. 그러나 휴 엘싱의 이야기로는 버틀러 선장이 돈 있는 데를 알면서도 그것을 자백하지 않는다고 양키들은 보고 있기 때문에, 아마 사형은 되지 않을 거라고 하더라. 북군은 어떠한 일이 있어도 기어코 자백을 받고 싶어하는 거야."

"돈이라니요?"

"원, 몰랐니? 내가 편지로 말하지 않았던가? 정말 너도 타라에 어지간히 파묻혀 있었구나. 버틀러 선장이 좋은 말과 마차와 그리고 주머니에 돈을 잔뜩 가지고 이곳에 돌아왔을 때는 온 시내가 야단법석이었단다. 어찌 됐든 우리는 모두 다음 끼니마저 어떻게 할지 모르는 고생들을 할 때였으니까 말이다. 우리가 모두 다 고생하고 있는데, 언제나 남부동맹을 깎아내리던 투기꾼이 그런 큰돈을 가지고 있기 때문에 모두 무척 화가 났던 거야. 사람들은 어떻게 그런 큰 돈을 벌었는지 알고 싶어서 왁자지껄했지만, 그것을 대놓고 그에게 물을 용기는 아무도 없었어. 나를 빼놓고는 말이다. 나는 물어 보았었지. 그러자 그는 그저 웃으면서 '정직한 방법으로 손에 넣은 게 아니라는 것만은 뚜렷합니다' 하더구나. 그 사람에게서 올바른 대답을 끌어내기가 얼마나 어려운가는 너도 알지 않니?"

"하지만 보나마나 그 사람은 밀수로 돈을 벌었겠죠 뭐."

"물론 그걸로도 벌었지, 그중의 일부분은 말이다. 그런데 그런 건 그 사람이 실지로 가지고 있는 액수에 비하면 마치 양동이 속의 물 한 방울만도 못한 거야. 누구나, 북군도, 그 사람이 남부동맹 정부의 금화 수백만 달러를 어딘가에 감춰 두고 있다고 믿고 있단다."

"수백만 달러! 금화로요?"

"그렇단다. 우리 남부동맹 정부의 돈이 대체 어디로 가 버렸겠니? 누군가가 가졌을 것이 틀림없어요. 그리고 버틀러 선장은 그중 한 사람인 거야. 처음에 북군에서는 데이비스 대통령이 리치먼드에서 물러났을 때 가지고 간 줄로 생각하고 있던 모양이더라만, 그를 잡고 보니 거의 한 푼도 가지고 있지 않았대요. 전쟁이 끝나고 보니 남부동맹의 재무성에는 한 푼의 돈도 남아 있지 않았다니까, 모두 밀수업자들 가운데 누군가가 그것을 움켜쥐고 시치미를 딱 잡아떼고 있는 줄로 생각하고 있는 거야."

"금화로 수백만 달러! 그렇지만 어떻게……."

"버틀러 선장은 남부동맹 정부를 위해서 몇천 짝이나 되는 목화를 영국이나 나소로 가지고 가서 팔지 않았니?" 피티는 자랑스러운 듯이 말했다. "자기 목화뿐만 아니라 정부의 목화까지도 말이다. 전쟁 동안 영국으로 수출된 목화가 어떤 값으로 거래되었는지 너도 알지! 이쪽에서 부르는 것이 값이었단다! 그 사람은 정부를 위해서 어떤 일이든 할 수 있는 대리인으로서 목화를 팔고, 그 돈으로 무기를 사서 그것을 봉쇄를 뚫고 보내 주었는데, 이윽고 봉쇄가 엄중해져서 무기를 보낼 수 없게 되었거든. 목화 대금의 백분의 1이란 돈도 무기를 살 수 없게 되었을 테니까, 영국 은행에는 버틀러 선장이나 그 밖의 밀수업자들이 봉쇄가 풀릴 때까지 기다릴 작정으로 맡긴 돈이 아마도 수백만 달러는 되었을 거야. 그리고 설마 그 사람들이, 남부정부의 이름으로 예금했으리라고는 너도 생각하지 않을 거다. 모두 자기 이름으로 예금하고 그것이 그대로 영국 은행에 남아 있을 거야. 너나 할 것 없이 전쟁이 끝난 뒤에는 그런 소문만 숙덕거리면서 밀수꾼들의 욕을 하고 있으니, 흑인 살해의 혐의로 버틀러 선장을 체포한 북군도 이 소문을 듣고 있었던 게지. 여태까지도 돈을 어디에 감춰 두었느냐고 버틀러 선장을 무던히 족친 모양이더라. 우리 남부동맹의 돈은, 지금은 모두 북부의 것이 됐기 때문에……. 적어도 북부에서는 그렇게 믿고 있으니까 말이다. 그런데도 버틀러 선장은 아무것도 모른다고 버티고 있는 거야……. 미드 박사님은 어찌 됐든 그런 녀석은 교수형에 처해야 할 것이고, 그런 도둑 폭리취득자에게는 교수형도 과분할 정도라는 둥 말씀하시지만……. 아니, 왜 그러니? 얼굴빛이 이상하구나. 속이라도 불편하냐? 이런 이야기를 했기 때문에 기분이 나빠진 거냐? 그 사람이 옛날에 너의 찬미자 가운데 한 사람이었다는 건 알고 있다마는 벌써 옛날에 네가 차 버리지 않았니. 개인적으로 나는 그 사람을 좋아하지 않아요. 왜냐하면 그 사람은 무뢰한이고……."

"그 사람, 제 친구는 아니에요." 스칼렛은 가까스로 말을 했다. "전 고모님이 메이컨으로 가시고 나서 북군에게 포위당했을 때 싸우고 말았어요. 지금 그 사람은 어디에 있죠?"

"공설 광장 옆 소방서에 있다고 하더라!"

"소방서에요?"

피티 고모는 기침을 해 가며 웃었다. "그래, 소방서에 있단다. 북군이 지금은 그것을 군사 감옥으로 쓰고 있단다. 북군은 그 광장의 시청 주위에 숙영하고 있으니까 바로 그 근처라서 감옥으로 쓰고 있는 거겠지. 그래서 버틀러 선장은 거기 갇혀 있는 거야. 그리고 스칼렛, 나는 어제 버틀러 선장에 대해서 아주 재미있는 이야기를 들었단다. 누구에게 들었던가는 잊어버렸지만 말이다. 너는 그 사람이 늘 얼마나 단정한 차림을 하고 있었는지 알고 있겠지……. 정말 멋쟁이였지. 그런데 북군이 소방서에 처넣어 두고 목욕을 시키지 않으니까 매일처럼 목욕탕에 보내 달라고 졸라 대서 끝내 감옥에서 내놓기로 했었다는 거야. 그곳 광장에는 말에게 물을 먹이기 위한 긴 물탱크가 있는데, 한 연대의 병사 전부가 물도 갈지 않고 들어갔다 나온 다음에 데리고 가서, '자, 들어가 목욕을 해도 좋다'고 했더니 그는 '싫다. 북군의 때보다는 손수 만든 남부의 때가 낫다'면서……."

스칼렛은 유쾌한 듯한 고모의 목소리가 계속되는 것을 듣고 있기는 했으나, 얘기의 내용은 조금도 듣고 있지 않았다. 그녀의 마음속에는 오직 두 가지 생각밖에는 없었다. 레트는 그녀가 바라는 것보다 더 많은 돈을 가지고 있다는 것과 지금 감옥에 들어가 있다는 것이었다.

그러나 감옥에 들어가 있는 데다 경우에 따라서는 교수형을 받게 될지도 모른다는 사실이 약간 문제의 형태를 바꾸어 놓았으므로, 사실 다소 밝은 기분이 되었다. 레트가 교수형을 받는다는 점에 대해서는 거의 아무런 감정도 일어나지 않았다. 돈이 다급하게 필요해서 절박한 나머지 그의 최후의 운명 따위를 마음에 둘 겨를은 없었다. 더구나 그녀 역시 미드 박사님의 의견에는 거의 찬성이어서, 교수형도 그에게는 과분할 정도라고 생각하고 있었다. 어떤 사나이든 한밤중에 양쪽 군사들 사이에 부인을 버려 두고, 이미 수명이 다한 정부의 '대의'를 위해서 싸우러 가는 인간은 교수형에 처하는 것이 당연하다고 생각했다…… 만약 어떻게든지 해서 그가 감옥에 있는 동안에 결혼해 버리면, 형이 집행된 다음엔 그 수백만 달러의 돈이 모조리 그녀 한 사람의 것이 되는 것이다. 만약 옥중 결혼이 불가능하다면 그가 풀려났을 때 결혼한다는 약속으로 돈을 빌릴 수 있을 것이다. 어떤 약속인들 상관 있겠는가? 그가 교수형을 당하기만 하면 어떤 약속이라도 실행할 날은 영원히 오지 않는 것이다.

잠깐 그녀의 공상은 북부정부의 친절한 배려에 의하여 레트가 처형되고, 자기가 미망인이 되었을 경우를 생각하며 활활 타올랐다. 금화로 수백만 달러! 타라를 수리하고 사람을 두어 몇 마일이고 목화를 심을 수 있다. 아름다운 옷을 만들 수도 있다. 먹고 싶은 것은 무엇이든지 먹을 수 있다. 수엘렌이나 캐린에게도 똑같이 그렇게 해 줄 수 있다. 웨이드에게는 영양분이 많은 것을 먹여서 야윈 뺨을 살찌게 할 수도 있고, 따뜻한 옷을 입힐 수도 있다. 가정교사도 둘 수 있고, 나중에는 대학에도 보낼 수 있다…… 가난한 농부처럼 맨발로 배우지 못한 채 자라지 않아도 된다. 아버지도 좋은 의사에게 맡길 수가 있고, 애쉴리에겐, 애쉴리에게도 될 수 있는 대로 무슨 일이라도 해주어야겠다.

혼자 떠들어 대던 피티 고모의 이야기가 갑자기 그쳤다. "뭐지, 마미?" 하고 묻는 소리에 스칼렛은 꿈에서 깨어나, 문어귀에 선 채 손을 앞치마 밑에 넣고 눈을 빛내고 있는 마미의 모습을 보았다. 그녀는 마미가 언제부터 거기에 와 있었으며, 지금 이야기들을 얼마나 듣고 어느 정도로 관찰했을까 하고 의심했다. 마미의 늙은 눈의 광채로 보아 아무래도 모조리 알아 버린 것 같았다.

"스칼렛 아씨는 피로하신 것 같아요. 주무시는 편이 좋겠는뎁쇼."

"전 정말 고단해요." 스칼렛은 일어나서 마미의 눈을 어린애처럼 불안하게 마주 보았다. "감기가 든 것 같아요. 피티 고모님, 저, 내일은 고모님과 같이 방문을 가지 않고 좀 누워 있어도 괜찮을까요? 방문은 언제든지 할 수 있고, 게다가 내일 저녁 패니의 결혼식에는 꼭 가고 싶은데, 감기가 심해지면 갈 수 없게 될 테니까 말이에요. 하루 누워 있게 해 주시는 것이 제게는 제일 반가운 대접이에요."

마미는 스칼렛의 손을 쥐어 보았다. 그리고 약간 걱정스러운 듯이 그녀의 얼굴을 들여다보았다. 분명히 좀 다른 것 같았다. 여러 가지 생각에서 오는 흥분이 갑자기 가시자 그녀의 얼굴은 창백해지고 몸이 떨리기 시작했다.

"손이 마치 얼음 같습니다요, 아씨. 어서 자리에 드시는 것이 좋겠어요. 땀이 나도록 새서프러스(녹나무과에 속하는 낙엽 교목)를 달인 차와 벽돌을 따뜻하게 데워서 넣어 드릴 테니까요."

"나도 참 어쩌면 그렇게도 눈치를 못 챘을까?" 하고 소리치더니 뚱뚱한 노처녀는 의자에서 벌떡 일어나서 스칼렛의 팔을 어루만졌다. "수다만 떠느라고 네 생각을 못하다니. 내일 하루는 침대에서 푹 쉬어라. 누워 있어도 얘기는 할 수 있으니까 말이다. 아이구, 안 되겠구나! 내일은 네 곁에 못 있겠구나. 내일은 보넬 부인 곁에 있기로 약속이 되어 있어. 유행성 감기로 누워 있거든. 그 집 요리사도 같은 병으로 누워 있단다. 마미, 자네가 함께 와 주길 잘했구먼. 자네가 내일 아침, 나와 함께 가서 좀 도와주게."

마미는 차가운 손과 얇은 신에 대해서 투덜거리며 스칼렛을 재촉하여 어두운 층계를 올라갔다.

스칼렛은 고분고분 하자는 대로 했다. 은근히 만족스러워하고 있었던 것이다. 마미의 의심을 조금 더 딴 데로 돌리고, 아침나절에 이 집에서 멀리 떨어져 있게만 하면 모든 것이 잘 되는 것이다. 그러면 북군 감옥으로 가서 레트를 만날 수가 있다. 층계를 올라가노라니 희미한 천둥소리가 들려왔다. 층계 중턱에 멈춰서서, 똑똑히 기억에 남아 있는 포위전 당시의 대포소리와 너무 비슷하다고 생각했다. 그녀는 몸을 떨었다. 그녀에게 천둥소리는 언제나 대포와 전쟁을 뜻했던 것이다.

34

이튿날 아침은 개었다 흐렸다 하는 날씨로, 세찬 바람이 태양의 얼굴을 스치고 검은 구름을 빠르게 달리게 하면서 창문 유리를 덜컹거리게 하며 집 둘

레에 아련한 신음 소리를 던졌다. 스칼렛은 밤새 오던 비가 개었으므로 짤막한 감사의 기도를 올렸다. 어젯밤 드러누워 빗소리를 들으면서, 이래 가지고는 벨벳 드레스도 새 모자도 형편없이 돼 버리겠다고 걱정했기 때문이다. 가끔 볕이 드는 것을 보고 한결 기운이 났다. 피티 고모가 마미와 피터 할아범을 데리고 보넬 부인 댁으로 갈 때까지 침대에 꼼짝하지 않고 드러누워, 초췌한 얼굴 모습으로 꺼져가는 목소리를 내지 않으면 안 되었으므로 그것이 고통스러웠다. 이윽고 바깥문 닫히는 소리가 나고, 부엌에서 노래를 부르는 요리사 말고는 아무도 없게 되자 침대에서 뛰어내려 옷장에 걸어놓은 새 드레스를 꺼냈다.

잠은 그녀의 원기를 회복시켜 주고 기운이 나게 했다. 마음 밑바닥의 차고 단단한 중심부에서 그녀는 용기를 끌어냈다. 이제부터 남자와—어떤 남자라도 좋다—지혜 겨루기를 한다고 생각하니 패기가 넘쳤다. 특히 이제까지 몇 달이나 숱한 방해와 싸워 온 지금, 마침내 그녀 자신의 노력으로 이겨낼 수 있을지도 모르는 적수와 얼굴을 마주친다고 생각하니 갑자기 마음이 긴장되었다.

남의 손을 빌리지 않고 옷을 입기란 여간 힘들지 않았지만 겨우 입은 뒤엔 화려한 깃털 장식이 달린 모자를 쓰고, 피티 시고모의 방으로 뛰어들어가 큰 거울 앞에서 옷매무시를 고쳤다. 이 얼마나 아름답게 보이는가! 닭의 깃털도 멋있게 느껴지고, 암녹색 벨벳 모자는 그녀의 눈에 거의 에메랄드 빛으로 화사한 광채를 주고 있었다. 드레스도 호사스럽고 우아하며, 게다가 기품이 있어 더할 나위 없다. 또다시 이런 아름다운 드레스를 입게 되다니, 아아 정말 좋아. 그녀는 자기가 아름답고 매혹적으로 보이는 것을 알고 여간 기쁘지 않았다. 문득 충동적으로 몸을 굽혀 거울에 비친 자신의 모습에 입맞추고, 정신이 들자 스스로의 어리석음을 웃었다. 그녀는 엘렌의 낡은 페이즐리 숄을 걸쳐 보았으나, 그 낡아빠진 빛깔이 드레스의 암녹색과 어울리지 않고, 어쩐지 그녀를 초라하게 만들었다. 그래서 피티 고모의 옷장을 열어 검정색의 고급 나사 외투를 꺼내 입었다. 그것은 얇은 듯한 가을 외투로, 피티가 주일날밖엔 안 입으며 무척 아끼는 것이다. 다음에 그녀는 타라에서 가져온 다이아몬드 귀걸이를 구멍이 뚫린 귀에 걸고, 그 효과를 보기 위해 고개를 흔들어 보았다. 귀걸이가 기분 좋은 소리를 내어 그녀는 몹시 만족했다. 그러고는 레트와 만나면 잊지 말고 가끔 고개를 흔들리라 마음먹었다. 흔들리는 귀걸이는 언제나 사나이를 끌며 여자에게 생기발랄한 운치를 주는 것이다.

피티 고모가 오늘 그 통통한 손에 끼고 나간 장갑밖에 장갑이 하나도 없다는 것은 정말 유감스러운 일이다! 여자란 누구든지 장갑 없인 귀부인다운 티가 나지 않는데, 스칼렛은 애틀랜타를 떠난 뒤로 장갑을 가져보지 못했다. 그리고 타라에서의 오랜 심한 노동은 그녀의 손을 거칠게 해서 인사로라도 아름답다고는 할 수 없게 만들어 버렸다. 그러나 방법이 없다. 피티 고모의 작은 바다 표범 머프(^{부인용} ^{대형 손토시})를 집어들어 그 속에 손을 감추기로 했다. 이제야 우아한 매무시의 마지막 손질이 끝났다고 그녀는 느꼈다. 이러한 그녀를 본다면 누구도 그 어깨 위에 빈곤과 궁핍이 얹혀 있다고는 생각지 않을 것이다.

버틀러가 눈치채게 해서는 큰일이다. 그저 인정에 끌려 찾아와 준 것이라고 생각하게 해야 한다.

그녀는 발끝으로 2층에서 살금살금 내려와 요리사가 무심히 부엌에서 노래를 부르고 있는 틈에 집을 빠져나왔다. 그리고 근처 사람들의 호기심에 찬 눈을 피해 부랴부랴 베이커 거리로 내려와 아이비 거리의 타 버린 집 앞에 남아 있는 노둣돌에 걸터앉았다. 마차나 짐마차가 지나가면 태워다 달라고 할 생각으로 기다리는 것이었다. 태양은 흐르는 구름 뒤로 나타났다 숨었다 하며, 가끔 부드러운 빛으로 길을 비췄으나 조금도 따뜻하지는 않고 바람이 레이스의 팬털렛을 펄럭였다. 생각했던 것보다 추워서 그녀는 피티 시고모의 얇은 외투에 싸여 초조해 하며 몸을 떨었다. 기다리다 못해 북군 병영까지의 먼 길을 걸어갈 각오로 발을 옮겨 놓는데, 한 대의 포장 마차가 나타났다. 비바람에 시달린 얼굴에 갈색 볕가리개 모자를 쓰고, 입술에 코담배 가루를 잔뜩 묻힌 노파가 다 늙어빠진 노새를 몰고 있었다. 노파도 시청 쪽으로 가는 참이어서 마지못해 스칼렛을 태워 주었다. 노파는 분명히 스칼렛의 드레스와 모자와 머프가 마음에 안 들었던 것이다.

'나를 굴러먹은 계집으로 아는구나.' 스칼렛은 생각했다. '하지만 그게 맞는지도 모르지!'

마침내 광장에 닿자 시청의 희고 둥근 지붕이 우뚝 솟아 보였다. 그녀는 인사를 하고 마차에서 내려, 그 시골 노파의 사라져 가는 모습을 바라보고 있었다. 그리고 조심스럽게 주위를 둘러보고 자기를 보는 사람이 없는 것을 확인한 다음 붉게 만들기 위해 볼을 꼬집고, 역시 붉게 보이도록 아플 정도로 입술을 깨물고, 모자를 고쳐 쓰고, 머리를 매만지며 광장을 훑어보았다. 붉은 벽돌 2층집인 시청은 전화를 벗어났으나, 잿빛 하늘 아래 초라하고 어설퍼 보였다. 시청을 중심으로 그 건물 주위를 둘러 싸고, 광장에는 빈틈없이 그을고 흙탕물을 뒤집어쓴 군대용 막사가 열을 지어 늘어서 있었다. 북군 병사들이 여기저기 어슬렁대고 있어, 스칼렛은 문득 그들을 보고 있는 동안 용기가 약간 꺾이는 것 같았다. 이 적진에서 어떻게 하면 레트를 찾아낼 수 있을까!

소방서 쪽을 바라다보니 커다란 아치형의 문이 닫혀 얼씬도 못하게 빗장이 질려 있었는데, 위병 둘이 건물 양쪽을 왔다 갔다 하고 있었다. 레트는 저 안에 있는 것이다. 한데 북군 병사에게 뭐라고 해야 좋을까? 그들은 나더러 뭐라고 할까? 그녀는 어깨를 추어올렸다. 북군 병사 한 사람 죽이기를 두려워하지 않았던 그녀가 같은 북군 병사와 이야기하는 것쯤 가지고 무얼 두려워할 게 있을까.

위태로운 걸음으로 디딤돌을 딛고 진흙탕 길을 가로지른 뒤 바람을 막기 위해 푸른 외투 단추를 꼭꼭 채운 위병 하나가 누구냐고 소리칠 때까지 멈추지 않고 걸어갔다.

"무슨 볼일이십니까, 부인?" 그 목소리에는 귀에 익지 않은 중서부 지방의 사투리가 섞여 있었으나 예의바르고 정중했다.

"이 안에 있는 사람을 만나러 왔는데요…… 죄수예요."

"글쎄요, 난 모르겠는데요." 위병은 머리를 긁적거리며 대답했다. "방문 온 사람에 대해서는 여간 까다로워야지요. 게다가……." 그는 잠시 말을 끊고 그녀의 얼굴을 물끄러미 바라보았다. "이거 참, 부인! 울지 마십시오! 저쪽 위병 본부로 가서 사관에게 부탁해 보십시오. 틀림없이 만나게 해 줄 겁니다."

처음부터 울 작정은 아니었던 스칼렛은 그에게 미소를 던졌다. 그러자 그는 자기 순회 구역을 천천히 왔다 갔다 하고 있던 다른 위병 쪽을 돌아보며 소리쳤다.

"여보게, 빌. 이리 좀 와."

푸른 외투 깃에서 거무스름한 악한 같은 구레나룻을 내민 몸집이 큰 제2의 위병이 진창길을 건너 이쪽으로 다가왔다.

"이 부인을 본부로 안내해 주게."

스칼렛은 인사를 하고 그 위병 뒤를 따라갔다.

"이 디딤돌에 발목을 삐지 않도록 조심하십시오." 위병은 그녀의 팔을 잡아 주었다. "진흙이 묻지 않게 치마를 조금 쳐드는 편이 좋을 거요."

구레나룻 속에서 나오는 목소리 역시 코먹은 소리이긴 했으나, 친절하고 기분 좋게 들렸다. 그녀의 팔을 잡아준 손도 억세고 예의발랐다. 어머, 북군도 아주 나쁜 사람만 있는 것은 아니구나! 스칼렛은 생각했다.

"부인들이 외출하기에는 좀 추운 날씨입니다." 그는 말했다. "멀리서 오셨습니까?"

"네, 시 저쪽 변두리에서 왔어요." 그의 목소리에 담긴 호의를 즐겁게 생각하며 그녀는 대답했다.

"오늘은 부인들께서 외출할 만한 날씨가 못 됩니다." 그는 나무라듯 말했다. "유행성 감기가 쫙 퍼져 있으니까요. 자, 여기가 위병 본부입니다. 아니 부인, 왜 그러십니까?"

"이 집이, 이 집이 당신들의 본부예요?" 스칼렛은 광장에 잇닿은 아름다운 옛날 그대로의 건물을 쳐다보자 울고 싶어졌다. 그녀는 전시 중에 이 건물 안에서 열렸던 파티에 몇 번이나 참석했었다. 그 무렵은 화려하고 아름다운 곳이었는데, 지금은…… 지붕 위에 커다란 북부 연방의 국기가 펄럭이고 있는 것이다.

"왜 그러십니까?"

"아무것도 아니에요. 그저……그저…… 전에 살고 있던 사람들을 알고 있어서요."

"그렇군요. 그거 안됐습니다. 안은 싹 달라졌으니까 아마 그 사람들이 보아도 모를 겁니다. 들어가시지요, 부인. 그리고 대위님께 부탁해 보십시오."

그녀는 부서진 흰 난간을 손으로 쓸면서 계단을 올라가 정면의 문을 밀었다. 복도는 굴 속처럼 어둡고 썰렁했다. 위병 하나가 떨면서 전성시대에는 식당이었던 방의 문 앞에 기대서서 지키고 있었다.

"대위님을 뵈러 왔는데요." 그녀는 말했다.

문을 열어 주었으므로 방 안으로 들어갔다. 어색함과 흥분으로 심장이 마구 뛰놀고, 얼굴이 상기되었다. 그 방에는 자욱한 담배 연기, 가죽, 젖은 모직 군복, 목욕하지 않은 몸뚱이가 빚어 내는 냄새 따위가 뒤섞여 숨이 막힐 것 같았다. 벽지가 떨어진 벽과 못에 걸린 푸른 외투와 죽 걸려 있는 가장자리가 부드러운 군모며, 한창 타오르는 불과, 서류가 흩어져 있는 긴 책상, 금단추가 달린 푸른 군복의 사관들 따위가 혼란한 인상을 주었다.

침을 한 번 꼴깍 삼키고 나서 겨우 소리를 낼 수 있었다. 이 북군 사람들에게 그녀가 무서워하고 있다는 것이 알려져서는 안 된다. 그녀는 가장 아름답게 보이고, 가장 태연한 모습을 보여 주어야 한다.

"대위님이신가요?"

"나도 대위의 한 사람이긴 합니다만." 윗옷 단추를 끌러 놓은 뚱뚱한 사나이가 대답했다.

"저, 수감 중인 레트 버틀러 선장을 만나고 싶은데요."

"또 버틀러야? 그 사내는 인기가 대단하군." 대위는 씹고 있던 엽궐련을 입에서 떼며 웃었다. "당신은 친척이십니까, 부인?"

"네……그의……그의 누이동생입니다."

그는 또 웃었다.

"그 친구는 굉장히 많은 누이동생을 가지고 있군. 어제도 한 사람 찾아왔었는데."

스칼렛은 얼굴을 붉혔다. 레트와 관계가 있는 여자 가운데 한 사람이겠지. 틀림없이 그 와틀링일 것이다. 한데 여기 있는 북군들은 그녀마저 그런 여자의 하나라고 생각하고 있는 것이다. 그렇게 생각하니 그녀는 약이 올랐다. 비록 타라를 위해서일지라도, 여기서 잠시라도 그런 모욕을 견뎌낼 수는 없다. 화가 나서 문이 있는 데로 되돌아가 손잡이에 손을 대자, 이때 재빨리 한 사관이 그녀의 곁으로 성큼성큼 다가왔다. 말쑥하게 수염을 깎은 청년 사관으로 쾌활하고 친절해 보이는 눈을 하고 있었다.

"잠깐만 기다리십시오, 부인. 이 불 옆으로 앉으시지요. 따뜻합니다. 제가 가서 어떻게 주선을 해 보지요. 성함이 어떻게 되십니까? 버틀러 씨는 어제 찾아왔던 부인에게는 면회를 거절했습니다만."

그녀는 권하는 의자로 가 앉자 멋쩍은 듯한 아까 그 뚱뚱한 대위를 흘기며 이름을 대 주었다. 친절한 젊은 사관은 외투를 걸치고 방을 나갔다. 다른 사람들은 책상 저쪽 끝머리에 모여, 낮은 소리로 이야기를 하기도 하고 서류를 뒤적이기도 했다. 그것을 다행으로 여기며 그녀는 발을 난로 쪽으로 쭉 뻗었다. 그제야 비로소 두 발이 몹시 얼었던 것을 알고, 구멍이 뚫린 쪽 신 바닥에 두꺼운 종이를 깔았더라면 좋았을 걸, 하고 생각했다. 조금 지나자 문 밖에서 와자지껄 떠드는 소리가 났다. 스칼렛은 레트의 웃음소리를 들었다. 문이 열리며 찬바람이 방 안으로 몰아쳐 들어옴과 동시에 모자도 쓰지 않고 긴 케이프를 아무렇게나 어깨에 걸친 레트가 모습을 나타냈다. 그는 추레하게 수염도 깎지 않고 넥타이도 매지 않은 모습이면서도 어쩐지 밝아 보였고, 그 검은 눈은 그녀의 모습을 알아 보자 기쁜 듯이 빛났다.

"스칼렛!"

그는 그녀의 두 손을 덥석 잡았다. 그의 손에는 여느 때와 마찬가지로, 어딘가 자극적이고 생명력 있는 정열적인 것이 느껴졌다. 그녀가 미처 정신을 차리기도 전에 얼른 몸을 굽혀 그녀의 볼에 입을 맞추었다. 윗수염이 그녀의 뺨을 간지럽혔다.

깜짝 놀라 몸을 움츠리려는 그녀의 몸의 움직임을 느낀 그는 그녀의 어깨를 끌어안고 "귀여운 내 누이!" 하고 말했다. 그리고 그녀가 그의 애무에 저항하지 못하는 것을 즐기기라도 하듯이, 그녀를 굽어보고 싱긋 웃었다. 이렇게까지 끌려들고 보니, 그녀도 마주 웃지 않을 수 없었다. 이인 정말 장난꾸러기야! 감옥에 갇혔어도 그는 조금도 변하지 않았다.

뚱뚱한 대위가 엽궐련을 입에 문 채 쾌활한 눈의 사관에게 말을 걸었다.

"아주 파격적인 대우로군. 그는 소방서에 있지 않으면 안 되는 거야. 자네도 명령은 알고 있을 텐데 그래."

"제발 그렇게 불뚝거리지 말게, 헨리. 그런 헛간 같은 데서는 부인들은 얼어죽고 말 걸세."

"그래, 알았어, 알았어! 자네 책임이니까."

"여러분, 안심하십시오." 레트는 여전히 스칼렛의 어깨를 잡은 채 그들 쪽을 돌아보며 말했다. "내 누이동생은 나의 탈옥을 돕기 위해 톱도 줄도 가지고 오지 않았으니까."

모두가 웃었다. 그 틈에 그녀는 재빨리 주위를 둘러보았다. 어쩌나! 나는 이제 북군 장교가 여섯 명이나 있는 앞에서 레트와 이야기해야 하는 것일까? 그는 감시의 눈을 뗄 수 없을 만큼 위험한 죄수란 말인가? 그런 그녀의 근심스런 눈빛을 보고, 친절한 젊은 사관은 한쪽 방문을 밀어 젖혔다. 그리고 벌떡 일어나 부동자세를 취한 두 병사에게 낮은 소리로 짤막하게 뭐라고 분부했다.

두 병사는 총을 들고 방문을 닫은 다음 복도 쪽으로 나갔다.

"뭣하면 이 당직실에서 이야기를 해도 상관없습니다." 젊은 대위가 말했다. "하지만 그 문으로 빠져나가려고 해서는 안 됩니다. 방문 바로 밖에 부하가 있으니까."

"얼마나 내가 위험한지 알았겠지, 스칼렛." 레트가 말했다. "고맙소. 대위님, 너무나 감사합니다."

그는 머리를 끄덕 숙이고는 스칼렛의 팔을 잡아 더럽고 지저분한 당직실로 밀어넣었다. 그녀는 그 방이 좁고 침침하고 별로 따뜻하지 못하며, 파손된 벽에 글씨를 쓴 종이가 핀으로 꽂혀 있고, 털이 아직 붙어 있는 소의 생가죽을 깐 의자가 있었던 것밖에 기억할 수 없었다.

그는 문을 닫고 단둘이 되자 냉큼 곁으로 와서 그녀에게 몸을 구부렸다. 그녀는 그가 바라는 것을 알고 머리를 돌렸으나, 그러면서도 눈초리로 도발적인 미소를 지었다.

"지금 다시 키스하면 안 되겠소?"

"이마에라면. 착한 오빠처럼." 그녀는 얌전히 대답했다.

"그럼 사양하겠어. 보다 좋은 일을 기대하며 기다리기로 하지." 그의 눈은 그녀의 입술을 보며 잠시 그곳에 머물렀다. "그런데 나를 만나러 와 주다니 당신은 정말 좋은 여자야, 스칼렛! 내가 갇힌 뒤로 존경하는 시민으로서 나를 찾아준 사람은 당신이 처음이오. 감옥에 있으면 친구가 그리워진다오. 그런데 당신은 언제 애틀랜타로 왔소?"

"어제 오후예요."

"그리고 오늘 아침에 여기 와 주었구료? 그건 좋은 것 이상이오." 그는 그녀를 굽어보며 미소지었다. 그의 얼굴에 정직하게 기쁨이 드러나는 표정을 본 것은 처음이었다. 스칼렛은 됐구나 싶어 두근거리는 가슴속으로는 웃으면서도 멋쩍은듯이 고개를 숙였다.

"물론 전 곧장 이리로 온 거예요. 피티 고모에게서 어젯밤 당신 애기를 듣고, 나…… 나는 이 얼마나 무서운 일인가 하고, 걱정스런 생각에 간밤에는 잠 한숨 못 잤어요. 레트, 나는 몹시 괴로웠어요!"

"정말이오? 스칼렛!"

그의 목소리는 나긋했으나 떨리고 있었다. 그의 거무스름한 얼굴을 쳐다보았으나, 거기에는 그녀가 잘 알고 있는 회의적인 표정도 없거니와 비웃는 듯한 기색도 찾아볼 수 없었다. 그의 진지한 눈길에, 이번에는 정말로 그녀가 당황해서 눈을 내리깔았다. 사태는 그녀가 바라고 있던 것보다 훨씬 잘되어 가고 있었다.

"당신과 다시 만나게 된 데다 그런 말까지 듣게 되다니 감옥에 갇힌 보람이 있군. 그들이 당신 이름을 대었을 때, 나는 정말 내 귀를 믿을 수가 없었소. 러프 앤 레디 근처의 큰길에서, 그날 밤 내가 취했던 애국적인 행동을 당신이 용서해 주리라고는 꿈에도 생각지 않았던 거요. 그런데 이렇게 찾아 주었소. 용서해 준 걸로 해석해도 괜찮겠소?"

그날 밤 일을 생각하면 그녀는 언제나 격렬한 분노가 끓어오름을 느꼈지만, 그 노여움을 억누르고 머리를 저어 귀걸이를 살짝 흔들었다.

"아뇨, 난 당신을 용서하지 않을래요." 그녀는 토라진 듯이 입술을 삐죽내밀었다.

"이거 참, 또 희망이 깨졌군. 한몸을 나라에 바치고 프랭클린에서는 눈속에서 맨발로 싸우고, 당신이 들은 적도 없을 만큼 지독한 이질에 걸려서 죽을 뻔했는데도!"

"난 당신의 죽을 뻔한 이야기 같은 건 듣고 싶지 않아요." 그녀는 말했다. 아직도 토라져 있기는 했으나, 치붙은 눈초리로 미소를 짓고 있었다. "지금도 그날 밤의 당신을 밉살스럽다고 생각해요. 당신을 용서할 수 있으리라고는 생각 못해요. 내가 어떻게 될지도 모르는 마당에 버려 두고 가다니!"

"하지만 당신에겐 아무 일도 일어나지 않았잖소. 그러니까 당신에 대한 나의 확신은 틀림이 없었다는 말이 되는 거요. 나는 당신이 무사히 타라로 돌아갈 수 있으리라는 것, 그리고 당신이 가는 앞을 방해하는 북군 병사가 있으면 하느님이 도와주시리라는 것을 알고 있었던 거요."

"레트, 대체 당신은 어떻게 그런 바보짓을 했죠? 남군이 질 것이 분명한 마지막 순간에 군대에 들어가다니. 더욱이 당신은 그때까지 전쟁에 나가 전사하는 사람들을 멍청이라고 몰아세우던 터에 말이에요!"

"스칼렛, 그것만은 말하지 말아 줘요. 나는 지금도 그 일을 생각하면 부끄러워 견딜 수가 없소."

"어머, 내게 그런 짓을 한 걸 당신이 부끄럽게 여긴다니, 오히려 기뻐요."

"오해해선 곤란한데요. 안됐지만, 당신을 버려둔 데 대해서는 나는 조금도 양심의 가책을 느끼지 않소. 하지만 군에 참가한 일은…… 에나멜 부츠를 신고, 흰 리넨 와이셔츠를 걸치고, 결투용 권총 두 자루를 가졌을 뿐인 무장으로 군대에 참가한 일을 생각하면…… 그리고 신발이 닳아 떨어져 찬 눈 속을 몇 마일이고 하염없이 걸은 일이나, 외투도 없고 먹을 것조차 없었던 것을 생각하면 왜 달아나지 않았던지 나도 모르겠소. 그거야말로 완전히 미쳤던 거요. 피의 유전이겠지요. 남부 사람들이란 승산이 없어도 굽히고 들어갈 줄을 모르죠. 하지만 이유 같은 건 아무래도 좋아. 내가 용서를 받았다는 걸로 충분하니까."

"용서 못해요. 나는 당신을 비열한 사람이라 생각하고 있어요." 그러나 그녀는 이 비열한 사람이란 말을 '귀여운 사람'이라는 말로 들어도 좋을 만큼 애정을 담아 말했다.

"거짓말하지 말아요. 당신은 나를 용서하고 있는 거요. 멀쩡한 젊은 여자가 자선 사업으로 북군 위병에게 죄수를 만나게 해 주십시오, 하고 감히 부탁할 까닭이 있어야지. 거기다가 벨벳이니, 깃털 장식이니, 바다 표범 머프 따위로 모양을 내고서까지 말이야. 스칼렛, 당신은 정말 아름다워! 당신이 누더기나 상복을 입지 않은 것을 나는 하느님께 감사해! 볼품없는 낡은 옷을 입거나, 내내 크레이프 상복을 입는 여자가 난 정말 메스꺼워. 마치 뤼드 라 페에서 쑥 뽑아낸 것 같은데. 한 바퀴 돌아서 내게 잘 보여 줘요."

역시 그는 드레스를 알아차렸던 것이다. 물론 그런 것을 알아차리는 것은 레트다웠다. 그녀는 가벼운 흥분을 느끼고 웃으면서 두 팔을 벌리고 발끝으로 빙글 한 바퀴 돌면서 치맛자락을 흔들어 레이스로 테를 두른 팬털렛을 살짝 드러내 보였다. 그의 검은 눈은 단번에 그녀의 모자에서부터 신발까지 무엇 하나 빼놓지 않고 훑어보았다. 언제나 그녀를 오싹하게 하는, 사람을 발가벗겨 놓고 보는 것 같은 무례한 눈길이었다.

"당신은 매우 경기가 좋아 보이는군. 그리고 옷차림도 아주 나무랄 데가 없고. 정말 꼴깍 삼키고 싶을 정도야. 만약 방 밖에 북군 병사만 없다면 말이지. 하지만 걱정할 건 없소. 자, 앉아요. 지난번에 만났을 때처럼 버릇없이 굴지는 않을 테니까." 그는 후회하는 체하며 자기 뺨을 문질렀다. "사실 말해서 스칼렛, 당신도 그날 밤은 좀 멋대로였다고 생각되지 않소? 내가 얼마나 당신을 위해 애썼는지 생각 좀 해보시오. 목숨을 걸고 말을 훔치고, 게다가 그런 말을…… . 그리고 나는 우리 영광스런 대의를 지키기 위해 전장으로 달려갔던 거요! 한데 내 노고는 무엇으로 보답받았던가! 약간의 지독한 욕설과 얼굴에 너무나 따끔한 따귀를 얻어맞기밖에 더 했어!"

그녀는 앉았다. 이야기가 어쩐지 그녀가 바라는 쪽으로 가 주지 않았다. 처음에 그녀를 보았을 때 그는 무척 기분 좋아 보이고 그녀가 온 것을 진심으로 기뻐하는 듯이 보였다. 그리고 그녀가 잘 알고 있는 비뚤어지고 심술궂은 악당이 아니라 보통 사람에 가깝다고 생각되었는데.

"당신은 언제나 자기의 수고에 대해서는 꼭 보수를 바라나요?"

"그야 물론이지! 나는 당신도 알다시피 이기심 덩어리요. 나는 내가 준 것에 대해서는 언제나 대가를 기대하고 있소."

이 말을 듣자 그녀는 마음에 희미한 오한을 느꼈으나, 기운을 차려 다시 귀걸이를 흔들었다.

"어머, 당신은 사실 그렇게 나쁘지는 않아요, 레트. 당신은 나쁜 사람인 체하기를 좋아하는군요."

"아니 이거, 당신은 변했구료" 하고 그는 웃었다. "무엇이 당신을 크리스천으로 만들었을까? 나는 피티 아주머니에게서 당신 소식은 늘 듣고 있었지만, 그분은 당신이 이렇게 여자답게 상냥해졌다는 말은 조금도 비치지 않았소. 어디, 당신에 관한 이야기를 좀더 들려 주시오, 스칼렛. 지난번에 헤어진 뒤로 어떤 일을 하고 있었소?"

늘 그렇듯 그를 만나면 치미는 울화와 적개심이 가슴속에 들끓어 뭐라고 몹쓸 소리를 퍼부어 주고 싶었다. 하지만 그렇게 하는 대신 미소를 지었으므로 볼에 보조개가 패었다. 그가 그녀의 곁으로 의자를 끌어다 붙이자, 그녀는 몸을 내밀어 무심결에 그의 팔에 다정하게 자기 손을 얹었다.

"덕분에 잘 지내고 있어요. 타라도 요즘은 다 잘 돼 가고 있어요. 물론 셔먼 부대가 지나간 바로 뒤에는 아주 형편없었지만, 뭐니뭐니해도 집이 타지 않았고, 흑인들이 가축을 늪지로 몰아내 주었기 때문에 여간 도움이 되지 않았어요. 그리고 작년 가을에는 꽤 많은 수확이 있었어요. 목화가 스무 짝 나왔어요. 타라의 생산 능력으로 보아 물론 아무것도 아니지만, 농장의 일손이 모자라 하는 수가 없었어요. 아버지도 내년엔 생산을 좀더 올려야겠다고 말씀하세요. 하지만, 레트. 요즘 시골 생활은 정말 따분해요! 생각해 보세요. 무도회도 없고 바비큐파티도 없고, 모두 한다는 이야기란 으레 불경기에 대한 것뿐이니까! 정말 싫증나 죽겠어! 끝내 지난주에 더는 도저히 참을 수 없게 되었죠. 그러자 아버지가, 여행이라도 해서 좀 기분전환이라도 하면 좋을 거라고 하시기에, 옷이라도 좀 장만할 생각으로 애틀랜타로 오게 됐어요. 이제부터 찰스턴에 계신 이모님을 찾아갈 작정이에요. 다시 무도회에 나가게 된다고 생각하니 기뻐요.”

어머나! 이렇게 말이 술술 잘 나오네. 그렇게 생각하며 그녀는 사뭇 자랑스러웠다. 그다지 돈이 있는 것 같지도 않겠지만 그렇다고 절대로 가난하지는 않다고 레트가 생각하게 됐을 거야.

“무도회 드레스를 입으면 당신은 정말 아름다워. 스스로도 그것을 알고 있어서 좀 다루기가 까다롭지. 당신이 외출하는 진짜 이유는 마을 청년들에게 싫증이 나 버려 먼 곳에서 새로운 상대를 찾아내기 위해서라고 보고 있는데?”

스칼렛은 레트가 몇 달을 해외에서 보내고 극히 최근에 애틀랜타로 돌아온 참이라는 것을 감사했다. 그렇지 않으면 이런 얼토당토 않은 소리를 할 리가 없다. 그녀는 시골 청년들을 잠시 생각해 보았으나, 누더기를 입고 원통해하는 폰테인 댁 청년도, 가난에 쪼들린 먼로 댁 형제도, 존즈버러와 페이엇빌의 젊은이들도, 모두 밭을 갈고 통나무를 쪼개고 늙은 가축의 병 시중들기에 바빠서, 무도회니 즐거운 이성과의 교제 따위는 까맣게 잊어버리고 있었다. 하지만 그녀는 그런 기억을 밀어내고, 정말 잘 알아맞혔다는 듯이 짐짓 소리 없이 웃어 보였다. 그리고 “어머나, 아무리!” 하고 부인하듯 말했다.

“당신은 냉정한 사람이군요, 스칼렛. 물론 그것이 당신의 매력의 일부이겠지만서도.” 그는 늘 하는 식으로 한쪽 입가를 아래로 일그러뜨리고 미소지었다. 그러나 그녀는 그 말이 레트의 입에 발린 겉치레라는 것을 알고 있었다. "왜냐하면 당신은 자신이 법률이 허락하는 이상의 매력을 가지고 있다는 것을 알고 있기 때문이오. 거기에 길이 들어 꽤 신경이 무뎌진 나조차 그렇게 느끼는 거요. 나는 가끔 이상스럽게 생각했지. 당신보다 아름답고, 당신보다 확실히 영리하고, 도덕적으로도 당신 이상으로 정직하고 친절한 여성을 많이 알고 있는데, 대체 당신의 무엇이 이렇게까지 당신을 생각케 하는 건지 말이오. 어쨌든 나는 늘 당신을 생각해. 남부가 항복한 뒤의 몇 달 동안, 내가 프랑스와 영국에 가 있어서 당신을 만나는 일도 없고 당신의 소문도 듣지 못하며, 아름다운 부인들에게 둘러싸여 유쾌한 나날을 마음껏 즐기고 있었을 때조차 나는 늘 당신을 생각하고, 당신이 어떻게 지내고 있나 하는 것을 생각하고 있었으니 말이오."

그녀보다도 아름답고 영리하고 친절한 여자가 있다는 말에 그녀는 조금 분개했으나, 그가 그녀를, 그리고 그녀의 매력을 잊지 않았다고 고백한 기쁨에 그것은 한순간의 불꽃으로 사라졌다. 역시 이 사람은 나를 잊지 않았다! 그렇다면 일은 쉽다. 더욱이 오늘 그의 태도는 여간 좋지 않다. 이럴 경우에 신사라면 이렇게 하리라는 바로 그런 태도다. 그래서 이번에는 그녀 쪽에서 화제를 그에게로 돌려, 그녀 또한 그를 잊을 수가 없었다고 비치고, 그 다음에……. 그녀는 살며시 그의 팔을 잡으며 다시 보조개를 지으며 미소지었다.

"어쩌면 레트, 당신은 나 같은 시골 여자를 놀려서 뭘 할 거예요! 그날 밤 나를 내 버리고 간 뒤로, 당신이 나 같은 건 조금도 생각하지 않고 있었다는 것쯤 잘 알고 있어요. 아름다운 프랑스나 영국 부인들에게 둘러싸여 있으면서 나를 생각했다니 그런 소리는 아예 하지도 말아요. 하지만 나는 멀리 여기까지, 당신이 내게 그런 우스꽝스러운 소릴 하는 것을 들으려고 온 건 아니에요. 내가 온 건…… 내가 온 이유는……."

"뭐요?"

"오, 레트. 나는 당신이 걱정되어서 견딜 수 없었기 때문이에요! 난 당신이 어떻게 될까 봐 몹시 불안했어요! 언제쯤이면 이런 무서운 곳에서 나오게 되는 거예요?"

그는 재빨리 그녀의 손 위에 자기 손을 포개고, 그것을 꽉 잡아 팔에 갖다 대었다.

"당신의 그런 걱정은 당신의 신용을 높이는 거요. 언제 나가게 될지 그건 알 수 없소. 아마도 그들이 좀더 밧줄을 늦춰 줄 때가 되겠지."

"밧줄이라니요?"

"그렇소, 아마도 나는 밧줄 한 끝을 거머쥐고 여기서 나가게 될 것으로 생각하고 있소."

"설마 그들이 정말로 당신을 교수형에 처할 작정은 아니겠지요?"

"좀더 내게 불리한 증거를 잡게 되면 할 거요."

"어쩌면, 레트." 외치며 그녀는 손으로 가슴을 안았다.

"가엾다고 생각해 주는 거요? 만약 진정 슬퍼해 준다면 내 유언장에 당신의 이름을 써 넣겠소."

그의 검은 눈은 그녀를 보며 거리낌없이 웃었다. 그리고 그녀의 손을 꼭 쥐었다. 그의 유언장! 그녀는 들킬 것이 두려워 얼른 눈을 내리깔았으나 이미 늦었는지, 그의 눈이 돌연 호기심에 번득였다.

"북군 녀석들이 말하는 대로라면 나는 굉장한 유언장을 만들게 될 거요. 내 재산에 대해 현재 꽤 흥미들을 가지고 있는 모양이오. 매일 나는 이곳저곳으로 각각 다른 조사위원회에 끌려나가 터무니없는 질문을 받고 있소. 내가 그 신화적인 남부정부의 금화를 훔쳐 갖고 내뺐다는 소문이 떠돌고 있는 모양이오."

"당신은 정말로 그런 일을 하셨어요?"

"당치 않은 유도심문! 당신도 남부정부가 금화를 만드는 대신 인쇄기만 돌리고 있었다는 것은 잘 알고 있을 텐데."

"당신은 어떻게 돈을 버셨어요? 투기로? 고모님의 이야기로는……."

"정말 철저하게 캐묻는구료!"

젠장! 그는 돈을 가지고 있다. 그녀는 흥분하여 더 이상 상냥한 투로 말할 수가 없게 되었다.

"레트, 나는 당신이 여기 있는 것이 불안해 견딜 수가 없어요. 당신은 나갈 기회가 있다고 생각해요?"

"'니힐 데스페란둠(라틴어로서 '실망하지 말라'라는 뜻), 이것이 나의 좌우명이오."

"무슨 뜻이죠?"

"'아마도'라는 뜻이오, 나의 아름다운 이그노라무스(라틴어로 '무식한' / 인간'이라는 뜻)."

그녀는 검은 속눈썹을 깜박거리면서 그를 쳐다보고, 또 그것을 깜박깜박하며 눈을 내리깔았다.

"당신은 빈틈이 없으니까, 그들 마음대로 교수형이 되지는 않을 거예요! 틀림없이 그들을 골탕먹이고 여기를 나갈 좋은 방법을 생각하고 있을 거예요! 당신이 여기를 나오면……."

"내가 여기서 나가면?" 그는 더욱 몸을 가까이 붙이고 상냥하게 물었다.

"그렇게 되면 나……." 그녀는 난처한 듯한 애교를 부리며 볼을 붉혔다. 아까부터 숨가쁜 생각으로 심장이 마구 두근거리고 있었으므로 볼을 붉히는 정도는 조금도 어려울 것이 없었다.

"레트, 정말 당신에게 미안하다고 생각하고 있어요. 그날 밤…… 그날 밤, 당신에게 한 말을, 러프 앤 레디에서 난…… 너무 무서워서 제정신이 아니었고, 게다가 당신은 너무…… 너무……" 그녀는 눈을 내리깔았다. 그리고 그의 갈색 손이 힘차게 그녀의 손을 꼭 쥐는 것을 보았다. "그리고 난 그때 절대로 절대로 당신을 용서하지 않겠다고 생각했던 거예요! 한데 피티 고모님이 어제, 당신이…… 교수형이 될지도 모른다고 하기에 갑자기 나……나……." 그녀는 애타는 심정을 눈초리에 담아 살짝 그의 눈을 쳐다보았다. 가슴이 터질 것만 같은 비통함도 그 안에 담았다. "오, 레트, 당신이 교수형을 당한다면 나 죽어 버릴 거예요! 난 그런 건 견딜 수 없어요! 아시죠? 나……." 그녀는 그의 눈에 일렁이는 격렬한 빛을 이겨 내지 못해 또 깜박거리며 눈을 내리깔았다.

그녀는 흥분과 놀라움의 폭풍 속에서 당장 울음이 터질 것만 같다고 생각했다. 우는 편이 좋을지 몰라. 그 편이 오히려 자연스럽게 보이지 않을까?

그는 재빨리 말했다. "오, 스칼렛, 당신 설마……." 그러더니 그녀의 손 위에 포갠 손에 힘을 주어 아플 정도로 꽉 쥐었다.

그녀는 눈물을 짜 내려고 눈을 꽉 감았다. 그러나 얼굴을 약간 위로 젖혀 그가 키스하기 쉽도록 하는 것을 잊지 않았다. 이제 곧 그의 입술이 그녀의 입술로 다가올 것이다! 문득 그녀는 그날 밤 그의 격렬하고도 집요한 입술을 생생하게 생각해 내고 힘이 빠져 몸이 축 늘어졌다. 그러나 그는 키스하지 않았다. 그러자 이상하게도 실망감이 밀려와 실눈을 뜨고 그를 살짝 바라보았다. 그의 검은 머리는 그녀의 두 손 위에 숙이고 있었는데, 보고 있노라니 한쪽 손을 들어올려 그것에 입맞추고 다음엔 다른 손을 잡더니 잠시 그것을 자기 볼에 대었다.

거친 애무를 예상하고 있었는데, 이 부드럽고 애인이 하는 것 같은 몸짓에 그녀는 그만 깜짝 놀랐다. 그가 어떤 얼굴을 하고 있는지 보고 싶었으나 수그리고 있어서 볼 수가 없었다.

그가 갑자기 얼굴을 쳐들어 이쪽 표정을 읽게 되면 안 되겠다고 생각했으므로 그녀는 얼른 시선을 떨어뜨렸다. 온몸에 물결치고 있는 승리감이 똑똑히 눈에도 나타나 있을 것이 틀림없다고 생각됐기 때문이다. 곧 그는 결혼해 달라고 말해 올 것이었다. 적어도 그녀를 사랑하고 있다고 고백하리라. 그때는……그녀가 속눈썹 사이로 지켜보고 있노라니 그는 그녀의 손을 뒤집어 손바닥을 위로 하여 거기도 입을 맞추더니 갑자기 빠르게 숨을 들이켰다. 그녀도 눈길을 돌려 자기 손바닥을 바라보았다. 최근 1년 동안 곰곰이 자기 손을 들여다보는 것은 처음이었다. 그녀는 가라앉는 것 같은 싸늘한 공포에 사로잡혔다. 그것은 낯선 사람의 손이었고, 스칼렛 오하라의 부드럽고 흰, 오목 우물이 파인 고운 손은 아니었다. 노동으로 거칠어지고, 갈색으로 그을어 주근깨가 잔뜩 나 있었다. 손톱은 갈라져서 보기 흉한 꼴이 되고 손바닥의 부드러운 살에는 못이 박이고 엄지손가락에는 거의 나아가는 물집이 남아 있었다. 지난달, 끓는 기름이 튀어 생긴 붉은 흉터가 보기 싫게 번들거렸다. 보고 있는 동안 그녀는 두려운 생각이 들어 그만 손바닥을 오므리고 말았다.

그는 아직 머리를 들지 않았다. 그러므로 여전히 그의 표정을 살필 수는 없었다. 그는 잔인할 만큼 그녀의 오므린 손을 억지로 펴고 그것을 들여다보고 이어 또 다른 손을 끌어가 양쪽을 나란히 하여 물끄러미 들여다보았다.

"나를 보시오." 마침내 그는 얼굴을 들고 말했다. 무척 조용한 목소리였다. "그리고 그 얌전한 척하는 표정은 집어치우시지."

마지못해 그녀는 그의 눈을 보았다. 그녀의 얼굴에 반항과 낭패의 빛이 역력했다. 레트는 검은 눈썹을 곤두세우고 눈을 번득거렸다.

"그래, 당신은 타라에서 더 바랄 것 없는 생활을 하고 있다는 거지? 방문 여행을 다닐 만큼 목화로 돈을 마련했다는 거지? 이 손으로 무얼 했소, 밭이라도 갈았단 말이오?"

손을 움츠리려 했으나, 그는 꽉 쥐고 놓지 않으며 엄지손가락으로 굳은살을 만지고 있었다. 그러더니 "이것은 숙녀의 손이 아니야" 하며 그녀의 무릎에 내동댕이쳤다.

"닥쳐요!" 그녀는 소리쳤다. 이제야 겨우 자기 감정대로 지껄이게 되었으므로 그 순간 몹시 마음이 홀가분해졌다. "내가 내 손으로 무엇을 하든 무슨 참견이에요?"

나는 왜 이렇게도 바보스러울까 하고 그녀는 몹시 뉘우쳤다. 피티 고모의 장갑을 빌리거나 훔치거나 했으면 됐을 텐데. 그러나 나는 내 손이 이토록 보기 흉하게 돼 있는 줄은 미처 몰랐어. 이래서야 물론 그가 알아채는 것도 당연하다. 게다가 기어코 울화통을 터뜨리고 말았다. 모든 것이 허사다. 아, 마침내 그가 사랑을 고백하려던 찰나에 이런 일이 일어나다니!

"당신 손이 어떻든 분명 내가 알 바는 아니지." 레트는 쌀쌀맞게 말하더니 아무렇게나 의자에 기댔다. 얼굴은 조용하고 아무런 표정도 없었다.

이렇게 되면 그는 다루기 힘들게 된다. 그러나 이 대실패에서 승리를 잡을 생각이라면 마음은 무척 내키지 않지만 얌전하게 참아야 한다. 그래, 달콤한 말을 속삭인다면⋯⋯.

"내 가엾은 손을 내동댕이치다니 당신은 정말 매정한 사람이군요! 다만 지난주에 장갑도 안 끼고 멀리 말을 달렸더니 아주 손을 망쳐 버렸어요."

"말을 달려? 하! 웃기시는군!" 그는 여전히 조용한 소리로 말했다. "당신은 그 손으로 노동을 하고 있었던 거요. 마치 검둥이 노예처럼 일하고 있었던 거요. 뭐라고 답변하시겠소? 그건 그렇다 치고 뭣 때문에 당신은, 타라는 만사가 순조롭게 되어 가고 있다느니 하며 거짓말을 하는 거요?"

"이봐요, 레트."

"진실을 말하기로 합시다. 당신이 여기를 들른 진정한 목적이 뭐요? 나도 당신의 교태에 걸려들어, 나에 대해 신경을 써 주는구나, 나를 딱하게 여기고 있는 거로구나 하고 하마터면 속을 뻔했으니."

"마음 아프게 생각하고 있어요! 정말로⋯⋯."

"아냐, 그렇게 생각지 않아. 내 목에 올가미가 씌워져 하면 (페르시아 왕 크세르크세스의 대신 유대인을 박해한 죄로 교수형에 처해졌다) 보다 더 높이 매달린다 해도 당신은 아무렇게도 생각지 않아. 극심한 노동이 당신 손에 써놓은 것처럼 당신 얼굴에는 똑똑히 그렇게 써어 있어. 내게서 무언가 얻고 싶은 것이 있어. 연극을 하면서까지 손에 넣고 싶을 정도로 갖고 싶은 것이 있어. 왜 처음부터 진작 털어놓고, 무엇이 필요한지 말하지 않은 거요? 그렇게 하는 편이 그것을 손에 넣는 데 훨씬 나은 방법이었을 텐데. 왜냐하면 내가 부인에 대해 가치를 인정하는 단 한 가지 미덕은 솔직 그것이니까. 그런데 당신은 이 사람이다 하고 점찍은 손님을 상대하는 창부처럼 귀걸이를 흔들어 보이고 토라져 보이고 지분거려 보이니 말이오."

창부라는 말을 입 밖에 낼 때도 그는 별로 소리를 크게 내지 않았다. 그러나 그 말은 채찍처럼 스칼렛의 마음을 때렸다. 그리고 그에게 결혼 신청을 하게 하려던 야망이 어이없이 사라져 버린 것을 절망과 함께 알았다. 만약 그가 다른 남자들처럼 노여움과 상처입은 허영심에서 고함을 친다든가 그녀를 면박하는 거라면 달리 다루는 방법도 있을 것이다. 그러나 그 목소리의 죽음과도 같은 고요는 그녀를 위협하고 어떻게 하면 좋을지 모를 정도로 완전히 어리둥절하게 만들었다. 그는 죄수이며, 저쪽 방에는 북군 병사가 대기하고 있지만, 이 레트 버틀러라는 남자는 충돌하게 되면 심히 위험한 상대라는 것이 문득 떠올랐다.

"내 기억력에 금이 간 모양이지. 당신이란 인간은 나와 마찬가지로 공리적인 동기가 없으면 어떤 일도 하지 않는다는 것을 생각해 냈어야 했어. 자, 말해 보시오. 대체 무슨 계획을 감추고 있소, 해밀턴 부인? 설마 내가 결혼 신청이라도 할 걸로 생각하는 그런 엄청난 오산을 한 건 아니겠지요?"

그녀의 얼굴이 새빨개졌다. 그러나 아무 대답도 하지 않았다.

"나는 결혼할 만한 인간은 아니라고 가끔 말씀을 드렸을 텐데, 잊으셨던가요?" 그래도 잠자코 있자 그는 갑자기 거친 소리를 질렀다. "잊지는 않았겠지요? 대답하시오."

"잊지 않았어요." 그녀는 참담한 기분으로 차분하게 대답했다.

"당신은 엄청난 도박사야. 스칼렛." 그는 비웃었다. "내가 감옥에서 여자들과 멀어져 있으니까, 당신을 보면 송어가 벌레에게 달려들듯이 당신에게 달려들리라 생각하고 거기에 운명의 저울대를 걸어 보았던 모양이구료."

그리고 당신은 그러지 않았죠, 하고 마음속으로 분노를 느끼며 스칼렛은 생각했다. 만일 이 손만 거칠어져 있지 않았더라면……

"자, 이제는 당신이 찾아온 까닭을 빼놓고 나머지는 대체로 진실이 파악되었소. 왜 당신이 나를 결혼으로 끌어들이고자 했는지 바른 대로 이야기해 줄 수 없겠소?"

그의 목소리가 은근하고, 거의 비웃는 투였으므로 그녀도 기운을 다시 차렸다. 아직 한 가닥의 희망이 없지도 않다. 물론 결혼의 희망은 모두 무너지고 말았지만, 실망하면서도 그녀는 기뻐했다. 이 다루기 힘든 사나이에게는 무언가 그녀를 불안하게 하는 것이 있고, 지금은 결혼하는 것이 무서워지기도 했다. 그러나 만약 영리하게 굴어서 그의 동정과 추억을 환기시키면 어쩌면 돈을 꿀 수도 있을 것이다. 거기서 그녀는 얼굴에 화해를 청하는 어린아이 같은 표정을 지었다.

"레트, 당신은 나를 정말 잘 도울 수 있어요. 당신이 친절하게 해 준다면."

"나는 친절하게 하는 것보다 더 좋아하는 것은 없소."

"레트, 옛 친구의 정으로 청이 있어요."

"하아, 마침내 손가죽이 딱딱한 숙녀께서 진짜 임무를 말씀하기 시작하셨구료. 아무래도 '병들었을 때 돌보았고 옥에 갇혔을 때 와서 보았노라' _(〈마태복음〉제 25장 36절)라는 역할은 당신에게 어울리는 배역이 아닌데 이상하다 싶었소. 무엇을 원하시오? 돈이오?"

이 노골적인 질문에 문제를 슬그머니 감상적으로 몰고 가려던 그녀의 희망은 완전히 물거품이 되었다.

"심술 부리지 말아요, 레트." 그녀는 그를 달래며 말했다. "돈이 필요해요. 3백 달러쯤, 빌려줄 수 없어요?"

"마침내 진실을 털어놓으셨군. 사랑을 속삭이며 돈을 생각한다, 그야말로 여성의 전형이오. 그 돈은 급박하게 필요한가요?"

"네…… 아뇨, 몹시랄 것은 없지만 그래도 쓸 곳은 있어요."

"3백 달러, 꽤 큰돈이군요. 대체 무엇에 필요한 거요?"

"타라의 세금을 치를 거예요."

"그래서 돈을 꾸고 싶다는 거로군요. 좋아요, 당신이 사무적으로 된 이상 나도 사무적으로 나갑시다. 어떤 담보를 내놓으시겠소?"

"어떤, 뭐라고요?"

"담보 말이오. 내 투자에 대한 보증 말이오. 물론 나도 그 돈을 전부 없애 버리고 싶지는 않으니까 말이오."

그의 목소리는 사람의 마음을 호릴 듯이 거의 비단처럼 매끄러웠다. 그러나 그녀는 그것을 알아채지 못했다. 결국 모든 것이 순조롭게 되어 간다고 생각하고 있었다.

"내 귀걸이는 어떨지?"

"귀걸이 같은 것에는 흥미가 없는데요."

"그러면 타라를 저당 잡히겠어요."

"내가 농장 같은 걸 가져서 무엇에 씁니까?"

"하지만 당신은…… 당신은…… 좋은 농장이에요. 손해될 일은 없어요. 내년 목화 수확으로 갚겠어요."

"그건 확신할 수 없지요."

그는 의자에 버티고 앉아 두 손을 주머니에 찔렀다.

"목화 값은 떨어져 가고 있고, 게다가 힘든 시대이고 돈은 꽉 묶여 있으니까."

"어머, 레트, 당신은 나를 놀리고 계시는군요. 당신은 수백만 달러나 갖고 있으면서."

그녀를 훑어보는 그의 눈에는 격렬하게 일렁이는 적의가 있었다.

"모든 것이 순조롭군요. 당신도 그렇게까지 돈이 필요한 것은 아니고. 흠, 그런 말을 들으니 나도 무척 기쁘군요. 나는 옛 친구들이 잘 지내고 있다는 소리를 듣는 것을 좋아하거든요."

"어머나, 레트, 제발 좀……." 그녀는 용기와 자제심이 허물어져 절망적이 되기 시작했다.

"목소리를 낮추시오. 당신도 북부놈들이 듣는 건 싫겠지. 누가 당신의 눈을 고양이 같다, 어둠 속의 고양이 같다고 말하지 않았던가요?"

"레트, 그러지 말아요! 전부 이야기하겠어요. 실은 몹시 돈이 필요한 거예요. 나…… 다 잘돼 간다고 한 것은 거짓말이에요. 아니, 모든 게 더할 나위 없이 비참하게 되어 있어요. 아버지는…… 제정신이 아니에요. 어머니가 돌아가신 뒤로 정신이 이상해져서 내게 전혀 도움이 되지 않아요. 꼭 어린애 같아요. 목화밭에서 일할 일손은 하나도 없고, 게다가 부양해야 할 가족이 열셋이나 돼요. 세금은 여간 높은 게 아니에요. 레트, 모조리 말하겠어요. 이 1년 동안, 우리는 먹는지 굶는지 모를 형편이었어요. 당신은 알지 못할 거예요. 아실 게 뭐예요. 우리는 배불리 먹어 본 적이 없어요. 배고픔에 잠을 깨고, 허기에 지쳐 잠든다는 건 무서운 일이에요. 게다가 따뜻한 옷가지 하나 없고, 어린애들은 늘 추위에 떨며 병만 앓고, 더욱이⋯⋯."

"그러면 당신의 그 아름다운 옷은 어떻게 된 거요?"

"어머니의 커튼으로 만든 거예요." 그녀는 대답했다. 절망한 나머지 그런 수치를 감추기 위해 거짓말을 할 수조차 없을 정도였다. "배고프고 추운 것은 참을 수 있었지만, 이번은⋯⋯ 북부에서 건너온 카펫배거들이 세금을 잔뜩 올려 버린 거예요. 당장 그 돈을 치르지 않으면 안 되는데, 나는 5달러짜리 금화 한 닢밖에 갖고 있지 않아요. 어떻게든지 세금 낼 돈을 마련하지 않으면 안 돼요. 아시겠어요? 그것을 치르지 못하면, 나는, 우리는 타라를 내놓아야만 해요. 하지만 타라를 잃을 수는 없어요! 그것을 버릴 수는 없어요."

"왜 처음부터 모두 털어놓지 못하고⋯⋯ 아름다운 부인의 일이라면 언제나 약한 나의 이 너무나 여린 마음을 낚으려 들었단 말이오! 못 써요, 스칼렛, 울지는 말아요. 당신은 눈물 한 가지만 내놓고는 모든 속임수를 다 써 본 것인데 눈물에는 나도 견뎌낼 것 같지가 않군요. 이미 내 감정은, 당신이 원하고 있는 것은 나의 돈일 뿐 이 매력 있는 나 자신이 아니라는 것을 알고, 그 절망으로 갈기갈기 찢기고 있으니까요."

그가 비웃듯 말하면서 남과 자기 자신조차 비웃을 때는 가끔 자신의 진실을 드러내 놓았던 것을 알고 있었으므로 그녀는 얼른 그를 쳐다보았다. 정말 이 사람은 감정을 상했을까? 정말 이 사람은 나를 생각하고 있는 것일까? 내 손바닥을 보기 전까지는 정말 결혼 신청을 할 생각이었을까? 아니면 이미 두 번이나 말한 적이 있는 그 혐오스러운 신청을 할 작정이었던 것일까? 만약 정말 나를 생각하고 있다면, 어쩌면 그를 달랠 수 있을지도 몰라. 하지만 그녀를 내려다보는 그의 검은 눈은 사랑하는 사람다운 데라곤 없이 조용히 웃고 있는 것이다.

"당신의 담보는 곤란한데요. 나는 농장주는 아니오. 그 밖에 뭐 제공할 것이 있습니까?"

아, 마침내 막바지까지 왔다. 말할 때는 지금이다! 그녀는 깊이 숨을 들이마시고 그의 눈을 정면으로 바라보았다. 가장 두려워하던 것에 가까이 가자 마음이 복받쳐 올라 교태나 꾸밈은 완전히 없어졌다.

"나는…… 나는, 나 자신을 제공하겠어요."

"당신 자신을?"

그녀의 턱선은 네모나게 단단해지고, 눈은 에메랄드 빛으로 반짝였다.

"포위전 때, 피티 고모님 댁 현관에서 만났던 날 밤의 일을 기억하고 계세요? 그때, 당신은 말했어요. 나를 원한다고 말했어요."

그는 아무렇게나 의자에 기대앉아 그녀의 긴장된 얼굴을 물끄러미 바라보았다. 그 거무스름한 얼굴의 표정은 도무지 파악할 수 없이 아리송했다. 눈 깊숙이 무언가 번득거렸으나, 그는 아무것도 말하려 하지 않았다.

"당신은 말했어요, 나를 원한 것만큼 절실하게 다른 여자를 원한 적이 없다고 말했어요. 만약 아직도 나를 원하고 계시다면 드리겠어요. 레트, 무엇이든 당신이 원하시는 대로 할 테니까 제발 어음을 써 주세요! 약속하겠어요. 맹세하겠어요. 절대로 약속을 깨뜨리지 않겠어요. 원하시면 각서라도 쓸게요."

그는 기묘한 표정으로 그녀를 바라보고 있었다. 그 표정은 여전히 판별이 되지 않았다. 그녀는 마음이 다급해서 그가 기뻐하는지 싫어하는지 판단할 수가 없었다. 무엇이든가, 무슨 말이라도 좋으니 말을 해 줬으면! 그녀는 볼이 뜨거워지는 것을 느꼈다.

"나는 지금 당장 돈이 필요해요, 레트. 그게 아니면 우리는 그들에게 쫓겨나게 되고, 아버지의 농장감독을 하던 그 저주스런 인간에게 타라를 빼앗기고 마는 거예요. 그리고……."

"잠깐만! 어떻게 당신은 내가 지금도 당신을 원하고 있다고 생각하는 거요? 또 어떻게 당신은 당신에게 3백 달러의 가치가 있다고 생각하는 거지요? 그런 값비싼 여자는 여간해서 없어요."

그녀는 온몸이 화끈거렸다. 그녀의 굴욕은 극에 이르렀다.

"어째서 그런 짓을 하는 겁니까! 왜 농장을 내놓고 피티팻 댁에서 살지 않는 거요. 그 집 반은 당신 것이 아닙니까?"

"어떻게 그럴 수가!" 그녀는 외쳤다. "당신은 바보예요? 나는 타라를 버릴 수가 없어요. 그것은 내 집이에요. 결코 버릴 수 없어요, 내게 숨이 붙어 있는 동안은!"

"아일랜드 사람이란," 그는 말하며 기대고 있던 의자 등에서 몸을 일으키고 주머니에서 손을 뺐다. "가장 터무니없는 인간들이야. 당치도 않은 일로 혼자 씨름하는 일이 많거든. 이를테면 토지요. 땅 위의 토지는 어느 토지고 다를 것이 없는데도. 한데, 스칼렛, 이걸 분명히 합시다. 당신은 한 가지 사무적인 제안을 들고 나를 찾아왔소. 내가 3백 달러를 제공하면 당신은 내 정부가 된다."

"그래요." 그 저속한 말이 일단 입 밖으로 나와 버리자 그녀는 어쩐지 홀가분해졌다. 희망이 다시 머리를 쳐들었다. 그는 '내가 3백 달러 제공한다'고 말했다. 그러나 그는 무엇인가 무척 재미있어 했는데, 그 눈 속에는 악마적인 광채가 번득였다.

"그러나 전에 내가 뻔뻔스럽게도 이 같은 제안을 했을 때에는 당신은 나를 집에서 쫓아냈소. 그리고 마구 욕설을 퍼부으며 기세당당하게 사생아 따위는 원하지 않는다고 말씀하셨소. 아니지, 아니야. 나는 절대로 그런 것을 들춰 내서 앙갚음을 하려는 것은 아니오. 다만 당신의 마음의 특이성이 신기할 뿐이오. 자신의 즐거움을 위해서는 하지 않지만, 굶주림을 문 밖으로 몰아내기 위해서라면 감히 그것을 한다. 그것은 모든 미덕이 단순히 가격의 문제에 불과하다는 내 견해를 증명하는 거요."

"레트, 당신은 잘도 이야기하시는군요! 나를 모욕하고 싶거든 얼마든지 하세요. 하지만 돈만은 주세요, 네?"

그녀는 어느 정도 숨을 편히 쉴 수 있었다. 레트는 이런 인간이니까, 과거에 그녀에게 받은 모욕과 아까 속을 뻔한 보복으로 가능한 한 그녀를 괴롭혀 주고 모욕 주고 싶어 하는 것은 무리가 아니라고 생각했다. 좋다, 참기로 하자. 어떤 일이라도 참을 수 있다. 타라는 그만한 가치가 있는 것이다. 잠시 동안 그녀는 한여름 오후의 푸른 하늘 아래, 클로버 우거진 타라의 잔디밭 위에 황홀하게 누워 있는 자신의 모습을 되살려 보았다. 하늘에는 온통 뭉게구름이 성처럼 피어오르고 코로 하얀 목화꽃 냄새를 맡으며, 귀로는 즐거운 듯 바삐 날아다니는 꿀벌의 윙윙거리는 소리를 듣는다. 오후의 정적이 깃든 가운데 멀리 구불거리는 황토 들판을 오는 짐마차 소리가 들린다. 타라에는 그만한 희생을 치를 가치가 있다. 그 이상의 가치가 있다.

그녀는 머리를 들었다.

"돈을 주실 거예요?"

그는 즐거워하고 있는 것처럼 보였다. 그러나 그가 입을 열었을 때 그 소리에는 상냥하면서도 잔인한 울림이 있었다.

"아니, 못 드리겠는걸요." 그가 대답했다.

그의 그 말이 잠깐 그녀에게는 똑똑히 이해가 가지 않았다.

"드리고 싶어도 드릴 수가 없는데요. 지금 나는 1센트도 몸에 지니고 있지 않소. 애틀랜타에는 내 돈이 1달러도 없어요. 나는 약간의 돈은 가지고 있지만, 이 고장에는 없습니다. 어디에 얼마 있느냐, 그것은 말할 수 없소. 만일 내가 어음 따위를 쓰기라도 한다면 북군 녀석들이, 풍뎅이를 본 오리처럼 삽시간에 달려들어 우리 두 사람의 손에는 그 돈이 들어오지도 못하게 되오. 그것을 어떻게 생각하시오?"

그녀의 얼굴은 딱할 만큼 파랗게 변하고 코 언저리의 주근깨가 갑자기 두드러져 보였다. 일그러진 입매는 제럴드가 격노했을 때와 너무 비슷했다. 그녀가 갑자기 의자에서 벌떡 일어나 뜻 모를 고함을 질렀으므로, 저쪽 방에서 와글대던 사람의 소리가 뚝 그쳤다. 그러자 레트는 표범처럼 날쌔게 그녀에게 다가와 두툼한 손으로 그녀의 입을 막고 다른 한 손으로는 그녀의 허리를 꽉 끌어 안았다. 그녀는 미친 것처럼 그에게 맞서며 손을 깨물려 들고, 발길질하고, 분노와 절망과 증오와 긍지에 상처받은 고통을 목이 찢어져라곤 외치려 했다. 그리고 몸부림을 치며 갖은 방법으로 그의 무쇠 같은 팔에서 몸을 떼내려 했다. 심장은 터질 것만 같고 바짝 졸라맨 코르셋 때문에 숨이 막힐 것만 같았다. 그는 아플 정도로 힘을 주어 억세고 난폭하게 그녀를 내리누르면서 그녀의 입을 막은 손은 사정없이 목으로 죄어들었다. 그는 거무스름한 얼굴이 하얘지더니 불안한 듯한 사나운 눈으로 그녀의 몸을 안고 의자에 앉았다. 그리고 몸부림치는 그녀를 무릎 위에 꽉 붙들었다.

"제발! 이러지 말아! 조용히 해요! 큰 소리를 내서는 안 돼. 그러면 당장 놈들이 들어와. 침착해요. 북부 녀석들에게 그런 추태를 보이고 싶소?"

누가 보게 되든, 어떻게 되든 상관없었다. 그녀는 그저 그를 죽여 버리고 싶을 정도로 분노에 떨 뿐이었다. 그런데 차츰 정신이 가물가물 멀어졌다.

숨을 쉴 수 없었던 것이다. 그가 숨을 틀어막고 있기 때문이다. 게다가 그녀의 코르셋은 쇠고리가 죄어들 듯 마구 가슴을 압박해 왔다. 그녀는 자기 몸을 부둥켜 안고 있는 그의 품 안에서 증오와 분노에 몸을 뒤틀었으나 꼼짝도 할 수 없었다. 그러자 그의 소리가 점점 가늘어지며 희미해졌다. 그녀 위에 있는 그의 얼굴이 메스꺼운 듯한 안개 속에서 빙빙 돌기 시작하다가 이윽고 점점 어두워져 가는 안개 속으로 사라져 갔으며 이어 아무것도 보이는 것이 없었다.

힘없이 허우적거리듯 몸을 움직여 정신을 차렸을 때는 뼛속까지 지치고 힘이 빠져 정신이 얼떨떨했다. 그녀는 모자를 벗고 의자에 기대어 있고, 레트는 그녀의 손목을 다독거리고 있었다. 그의 검은 눈은 걱정스레 그녀의 얼굴을 지켜보고 있었다. 그 친절한 젊은 사관이 브랜디를 그녀의 입에 흘려넣으려다가 목덜미에 엎질렀다. 다른 사관들은 어찌할 바를 모르고 방 안을 서성거리며 서로 수군대기도 하고 손을 흔들기도 하였다.

"제가…… 정신을 잃었었군요." 그녀는 말했다. 그 소리가 아득하게 들렸으므로 깜짝 놀랐다.

"이걸 마셔요." 레트는 컵을 들어 그녀의 입술에 대었다. 그제야 겨우 그녀는 아까 일을 생각해 내고 힘없이 그를 흘겨보았으나 너무 지쳐서 화낼 기운도 없었다.

"어서 마셔요."

그녀는 꿀꺽 마시고는 사레가 들려 콜록거렸다. 그러나 그는 다시 컵을 그녀의 입에 댔다. 이번엔 쭉 들이마셨다. 화끈한 액체가 흐르며 그녀의 목을 뜨겁게 했다.

"이제는 원기를 회복한 것 같습니다. 여러분!" 레트는 말했다. "참으로 감사합니다. 내가 처형되는 줄 알고 그녀는 견딜 수가 없어 흥분했었던 겁니다."

푸른 군복의 무리는 발을 움직거리기도 하고, 어리둥절한 얼굴로 마주 보기도 하고, 마른기침을 하기도 하다가 이윽고 방을 나갔다. 그 젊은 대위가 문어귀에서 발을 멈추었다.

"또 무슨 일이 있거든……."

"아니, 괜찮습니다."

사관은 방문을 닫고 나갔다.

"좀더 마셔요." 레트가 말했다.

"싫어요."

"마시라니까요."

한 모금 더 마시니 온기가 온몸에 퍼지며 떨리는 다리에도 차츰 힘이 났다. 컵을 밀치고 일어서려 하자 그가 어깨를 눌렀다.

"날 건드리지 말아요. 난 돌아갈래요."

"아직 안 되오. 조금만 기다려요. 또 기절할 테니."

"당신과 여기 있는 것보다는 거리에서 기절하는 편이 나아요!"

"그래도 나는 당신을 거리에서 기절시키고 싶지는 않아."

"내버려 두어요. 당신 따위 정말 싫어."

이 말을 듣더니 비로소 그의 얼굴에 어렴풋이 미소가 번졌다.

"그러는 편이 훨씬 당신답소. 이제 조금은 기분이 좋아진 모양이로군."

잠시 그녀는 허탈 상태에 빠졌다. 노여움으로 원기를 되찾고 힘을 내려 했다. 그러나 너무나 지쳐 있었다. 지친 나머지 무엇인가를 깊이 생각할 수도 증오심을 품을 수도 없었다. 패배감이 그녀의 마음을 납덩이처럼 무겁게 내리눌렀다. 그녀는 모든 것을 다 걸고 한꺼번에 잃었다. 긍지조차 이제 남아 있지 않았다. 이것이야말로 그녀의 마지막 희망이었던 것이다. 그것이 타라와 그곳 모든 사람의 최후인 것이다. 오래도록 그녀는 눈을 감은 채 의자에 기대어 있었다. 그의 무거운 숨결이 가까이 들렸다. 브랜디의 취기가 점점 몸에 퍼져서 일시적인 힘과 온기를 그녀에게 주었다. 다시 눈을 떠 그와 얼굴이 마주치자 다시금 분노가 치밀어올랐다. 그녀가 곤두선 눈썹을 떨며 씁쓸한 얼굴이 되자 레트 특유의 웃음이 되돌아왔다.

"지금이 훨씬 낫군. 그 성난 얼굴로 알 수 있거든."

"물론 문제없어요. 레트 버틀러, 당신은 가증스런 인간이에요. 당신 같은 쓰레기는 본 적이 없어요! 내가 말을 시작했을 때부터 당신은 내가 무슨 말을 할 것인지 다 알고 있었고, 또 돈을 줄 수 없다는 것도 알고 있었어요. 그러면서도 모른 척하고 내게 말을 시켰어요. 쓸데없는 말을 시키지 않았어도 좋았을 텐데."

"당신에게 말도 시키지 말고, 이런 이야기도 듣지 말았어야 했다는 말씀이오? 그건 무리요. 이곳에 있자니 심심풀이가 될 만한 일이 도무지 있어야지. 나도 이런 재미있는 이야기를 들을 수 있으리라고는 생각지 못했거든."

그는 웃었다. 예의 그 비웃는 듯한 웃음이었다. 그 소리를 듣자 그녀는 모자를 움켜쥐고 벌떡 일어났다.

갑자기 그가 그녀의 어깨를 내리눌렀다.

"아직 완전히 낫지 않았어요. 제대로 이야기를 할 수 있을 만큼 정신이 좋아지셨소?"

"가겠어요!"

"그 태도로 보아 완전히 좋아진 모양이군. 그럼 이것만은 대답해 주시오. 당신이 불 속에 던진 쇠는 나쁜가요?" 그의 눈은 날카롭고 빈틈없이 그녀의 표정 변화를 가만히 지켜보았다.

"그건 무슨 뜻이죠?"

"당신이 이런 짓을 시도한 사람이 나쁘냐는 뜻이오."

"그게 당신과 무슨 상관이 있어요!"

"당신이 생각하고 있는 이상으로 관계가 있지. 나 말고도 당신이 끈을 달아 둔 사나이가 있소, 없소? 말해 봐요!"

"없어요."

"믿을 수 없군. 당신이 다섯이나 여섯쯤 예비로 만들어 두지 않았다는 건 상상할 수 없어. 틀림없이 이제 당신의 그 흥미 있는 제안에 끌려들 녀석이 나타날 거요. 난 그렇게 확신하오. 내가 충고를 해드리고 싶은데."

"당신의 충고 따위는 듣고 싶지 않아요."

"듣기 싫어도 들려 주겠소. 현재 내가 해 드릴 수 있는 것은 충고뿐일 것 같아서 말이오. 그러지 말고 들어요. 좋은 충고니까. 사내에게서 뭔가 손에 넣으려고 할 때는 내게 한 것처럼 털어놓고 덤벼서는 안 돼. 보다 미묘하게, 보다 유혹적으로 해요. 그러는 편이 좋은 결과를 얻을 수 있소. 어떻게 할 것인가는 전부터 완전히 터득하고 있었을 텐데. 그런데 아까 당신이 내게 저당으로 당신의……그 뭐더라……보증 담보를 제공하겠다고 말했을 때는 당신은 마치 못처럼 굳어져 있었소. 나는 그 당신의 눈과 똑같은 눈을 스무 걸음쯤 떨어진 결투용 권총 위에서 본 적이 있지요. 아무튼 그다지 어울리는 풍경은 아니오. 그건 남자의 가슴에 아무런 정열도 불러일으키질 못하오. 남자를 조종하는 방법은 아니오, 아가씨. 당신은 아무래도 소녀시절의 훈련을 잊어버린 모양이야."

"내가 어떻게 행동하든 당신이 간섭할 필요는 없어요." 그녀는 말하고 힘없이 모자를 썼다. 제 목에 밧줄이 감겨져 있는 주제에, 게다가 그녀의 참담한 처지를 눈 앞에 보고 어쩌면 이토록 유쾌하게 농담을 할 수 있는지 그녀로서는 이상하기만 했다. 그녀는 그가 주머니에 찌른 두 손을, 마치 자기의 무능력을 뭉개 없애려는 듯이 꽉 움켜쥐고 있는 것을 몰랐다.

"기운 내시오." 그는 모자 끈을 매고 있는 그녀에게 말했다. "내 목에 올가미가 씌워질 때는 보러 오시오. 그러면 당신도 속이 아주 후련해질 거요. 내게 당한 당신의 오래된 원한들은 그걸로 충당되겠죠. 물론 오늘 몫도. 그리고 유언장에는 당신의 이름을 써 넣어 두지요."

"고맙지만, 그들이 세금을 제때 치르도록 당신 목을 매달아 주지 않을지도 모르죠." 갑자기 그녀도 그에게 지지 않을 만큼 악의를 가지고 말했다. 그녀는 진심으로 그렇게 생각하고 있었다.

35

본부 건물에서 나오자 비가 내리고 하늘은 잿빛으로 우중충했다. 광장에 있던 병사들도 막사 안으로 비를 피해 들어가고 거리에는 사람 그림자 하나 없었다. 아무리 둘러 보아도 탈 만한 것이 없었으므로 그녀는 집까지 먼 길을 걸어가야겠다고 생각하고 발걸음을 옮겨 놓았다.

브랜디의 술기운은 터벅터벅 걷는 동안 차츰 깨어 갔다. 찬바람이 그녀를 부르르 떨게 하고 찬 빗방울이 바늘같이 매섭게 얼굴을 찔렀다. 피티 시고모의 얇은 외투는 금방 비에 흠뻑 젖어 몸에 찰싹 달라붙었다.

벨벳 옷은 엉망이 되었고 모자의 장식깃은 그 털의 전주인이었던 수탉이 타라의 뒤뜰에서 비를 맞았을 때처럼 축 늘어져 있었다. 보도에 깐 포석은 깨져 있었고, 꽤 긴 거리에 전혀 깔려 있지 않은 곳도 있었다. 그런 곳에서는 진흙이 발목까지 빠지고 아교풀처럼 달라붙어 신이 발에서 벗겨지기도 했다. 신을 떼어 내려고 몸을 숙일 때마다 드레스 자락이 흙투성이가 되었다. 그녀는 물웅덩이도 피하려 하지 않고 멍하니 발을 디디면서 무거워진 치마를 질질 끌었다. 페티코트가 젖고 펜털렛이 복숭뼈에 닿아 차가웠으나, 그녀는 그처럼 많은 기대를 걸었던 옷이 형편없이 되는데도 전혀 마음에 두지 않았다. 냉담해진 데다 마음이 무거웠으며 절망하고 있었던 것이다.

그토록 큰 소리를 치고 왔는데 무슨 낯으로 타라로 돌아가 그들의 얼굴을 대할까, 모두 나가 줘, 그런 말을 어떻게 할 수 있는가. 황토밭, 우뚝 솟은 소나무, 어두침침하고 질벅거리는 늪지의 밭, 그리고 삼나무숲의 짙은 나무 그늘, 어머니 엘렌이 잠들어 있는 고요한 묘지를 어떻게 버릴 수 있는가.

미끄러운 길을 힘없이 걸으며 그녀의 가슴은 레트에 대한 증오로 불타올랐다. 어쩌면 그렇게 파렴치한 인간일까! 북군이 그를 교수형에 처해 주었으면 좋겠다고 생각했다. 그렇게 되면, 이 불명예와 굴욕을 알고 있는 그와 두 번 다시 만나지 않아도 된다. 물론 그는 자기만 그렇게 할 마음이 있었다면 그녀에게 얼마든지 돈을 변통해 줄 수 있었을 것이다. 그런 남자한테는 교수형도 과분해! 옷은 흠뻑 젖고 머리는 헝클어지고, 추위 때문에 이가 딱딱 부딪치는 자기의 이 꼴을 그가 보지 않은 것은 하느님의 은총이라고 생각했다. 어지간히 꼴사납게 보이겠지. 그는 얼마나 웃었을까.

그녀가 걸음을 재촉하면서 진흙 속에 미끄러지기도 하고 우뚝 서기도 하고 숨을 헐떡이며 벗겨진 신을 다시 신기도 하노라니까, 지나가던 흑인들이 무례하게도 그녀를 향해 이빨을 드러내 히죽히죽 웃고, 저희끼리 마주 보며 비웃었다. 웃다니, 이 버릇없는 검은 원숭이들 같으니! 이런 검은 원숭이들이 감히 타라의 스칼렛 오하라를 비웃다니! 그녀는 그들의 등을 피가 나도록 힘껏 채찍으로 갈겨 주고 싶었다. 이런 놈들을 해방시켜 멋대로 백인을 비웃게 만들다니 북쪽 사람들은 얼마나 악마 같은 놈들이란 말인가.

워싱턴 거리에서 그녀는 주위를 둘러보았다. 주위의 풍경은 그녀의 심정처럼 침울하고 살벌했다. 여기는 피치트리 거리에서 본 것 같은 혼잡도 발랄함도 없었다. 이 근처는 전에는 좋은 집들이 즐비했으나 개축된 것은 불과 몇 집 되지 않았다. 초석과, 요새 와서 '셔먼 장군의 파수병'이라고 불리는 새까맣게 탄 굴뚝이 기를 꺾으려는 것처럼 잔뜩 서 있었다. 전에 집이 있던 곳으로 들어가는 좁은 길은 잡초에 덮이고, 잔디밭에는 마른 풀이 뒤엉켜, 그녀가 잘 알고 있는 이름 새겨진 노둣돌과 두 번 다시 고삐를 맬 것 같지 않은 말뚝만이 눈에 띄었다. 찬바람, 찬비, 진창, 잎 떨어진 나무들, 그리고 적막과 황폐. 그녀의 발은 흠뻑 젖고 집까지 갈 길은 아직 아득하기만 했다.

뒤에서 말발굽 소리가 들려 왔으므로, 그녀는 그 이상 피티 고모의 외투에

흙을 튀기지 않으려고 좁은 보도 끝으로 몸을 피했다. 말 한 필이 끄는 마차
가 천천히 그녀 옆으로 다가왔다. 그녀는 마부가 만일 백인이면 태워 달라고
하려고 돌아서서 그것을 지켜보았다. 마차가 바로 옆에까지 와도 비에 가려
잘 보이지 않았지만, 마부가 흙막이 판자에서부터 둘러친 방수포 위로 얼굴
을 내밀고 있는 것이 보였다. 어쩐지 본 듯한 얼굴이어서 좀더 확인하려고
차도까지 나가자, 그 사나이는 거북한 듯이 잔기침을 하고 나서 귀에 익은
목소리로 기쁨과 놀라움에 들떠 소리쳤다.

"혹시 스칼렛 씨가 아니십니까?"

"어머나, 케네디 씨." 그녀는 그렇게 흙탕물을 튀기며 길을 가로질러 외투
가 더러워지는 것도 상관없이 흙투성이 차바퀴에 바싹 몸을 댔다. "여기서
아는 분을 만나다니, 정말 이렇게 반가운 일은 평생 처음이에요."

그녀의 말에 분명히 진심이 어려 있었으므로, 그는 기쁜 마음에 얼굴을 붉
히며 마차 저쪽을 향해 재빨리 씹는 담배 찌꺼기를 뱉어 버리고 가볍게 땅바
닥으로 뛰어내렸다. 그리고 힘차게 그녀의 손을 잡아 방수포를 쳐들고 그녀
를 마차에 태웠다.

"스칼렛 씨, 이런 데서 혼자서 무얼하고 있었습니까. 요즘 이 근처가 무척
위험하다는 것을 모르는군요. 게다가 이렇게 흠뻑 젖어 가지고. 자, 발을 이
무릎 덮개로 두르시지요."

그가 암탉처럼 수다를 떨면서 이것저것 돌봐 주는 바람에, 그녀는 남이 시
중을 들어 주는 즐거움에 몸을 맡겼다. 비록 노처녀가 바지를 입은 것 같은
프랭크 케네디긴 해도 남자가 이렇게 이것저것 돌봐 주는 것은 기분이 좋
았다. 더구나 레트한테서 그토록 잔인한 대우를 받은 바로 뒤였기 때문에 한
결 강하게 그것이 느껴졌다. 게다가 고향에서 멀리 떨어진 곳에서 고향 사람
을 만난다는 것은 얼마나 반가운 일인가. 자세히 보니까 그는 옷도 훌륭하고
마차도 새것이었다. 말도 젊고 살이 통통하게 쪘다. 그러나 프랭크는 나이보
다 늙어 보였다. 그 크리스마스 전날 밤, 부하를 데리고 타라에 왔을 때보다
도 훨씬 늙어 보였다. 얼굴은 마르고 누랬으며 그 누런 눈은 늘어진 살 속에
움푹 들어가 거슴츠레했다. 생강빛 수염은 전보다 적었고 씹는 담배진에 물
이 든 데다 계속 잡아 뽑았는지 전혀 고르지 못했다. 그러나 어디를 가도 슬
픔과 걱정과 피로에 지친 얼굴만이 있는 이때 그만은 명랑하고 활기차게 보

였다.

"만나 뵙게 돼서 정말 반갑습니다." 그는 열을 띠고 말했다. "당신이 시내에 와 계신 줄은 몰랐습니다. 지난주에 피티 아주머니를 만났는데 당신이 계시다는 말은 못들었습니다. 타라에서 누군가……그……누군가 또 오신 분이 계십니까?"

수엘렌을 가리키는 말이다. 얼빠진 늙은이 같으니라고.

"아뇨." 그녀는 따뜻한 무릎 덮개를 목 있는 데까지 끌어올리며 대답했다. "혼자 왔어요. 피티 시고모님한테는 온다는 걸 알리지 않았어요."

그는 말에게 소리를 쳤다. 말은 미끄러운 길을 조심조심, 천천히 움직이기 시작했다.

"타라에서는 모두 안녕하십니까?"

"네, 별일 없어요."

좀더 궁리를 해서 말해야지 생각했지만, 그녀는 말이 잘 나오지 않았다. 그녀의 마음은 패배로 무겁게 가라앉고, 지금 그녀가 바라는 것은 오직 이 따뜻한 무릎 덮개에 둘러싸여 마차 한구석에 몸을 맡기고 있는 것뿐이었다. 그녀는 자신에게 타일렀다. '타라에 대해서 지금 생각하지 말자. 좀더 있다가 마음이 이렇게 괴롭지 않을 때 생각하도록 하자.' 지금부터 집에 닿을 때까지 그가 혼자서 지껄일 수 있는 화제를 주어, 그녀는 다만 가끔 '어머, 멋져요'라든가 '당신은 정말 현명해요' 하고 맞장구나 칠 수 있으면 얼마나 좋을까 생각했다.

"케네디 씨, 당신을 만났을 때 전 정말 놀랐어요. 옛 친구들과 소식도 없이 지내는 것은 나쁘지만, 전 당신이 애틀랜타에 계시는 줄은 몰랐어요. 마리에타에 계신다는 말을 들었는데."

"마리에타에서 장사를 하고 있었습니다, 큰 장사를요." 그는 말했다. "제가 애틀랜타에 살게 됐다고 수엘렌 씨한테서 듣지 못했습니까? 우리 가게 얘기를 말하지 않던가요?"

그렇게 말하니 수엘렌이 프랭크와 그 가게에 대해 뭐라고 이야기하던 것이 흐릿하게 생각났지만, 그녀는 수엘렌이 하는 말 따위는 별로 귀 기울이지 않았다. 프랭크가 살아 있어서 골칫거리인 수엘렌을 언젠가 자기한테서 떼어가 주리라는 것을 알고만 있으면 그것으로 충분했던 것이다.

"아뇨, 아무 말도 하지 않던대요." 그녀는 거짓말을 했다. "가게를 차리셨어요? 어쩌면 당신은 그렇게 빈틈이 없으세요."

그는 수엘렌이 그 이야기를 모두에게 하지 않았다고 듣자 다소 감정이 상한 모양이었으나 칭찬을 받자 곧 기분이 좋아졌다.

"네, 가게를 차렸지요. 제 생각에도 제법 괜찮은 가게입니다. 모두 저보고 타고난 장사꾼이라고 하죠." 그는 기분이 좋은 듯 웃었다. 언제 들어도 기분이 나빠지는 예의 그 꼭꼭거리는 닭 울음소리 같은 웃음이었다.

다 늙어빠진 주제에 우쭐대는 사내라고 그녀는 생각했다.

"당신은 뭘 해도 성공하실 거예요, 케네디 씨. 그런데 도대체 어떻게 가게까지 차리게 되셨어요? 재작년 크리스마스에 만났을 때에는 당신은 한 푼도 없다고 하시지 않았어요?"

그는 귀에 거슬리게 헛기침을 하고 수염을 잡아당기면서 그 신경질적이고 소심한 미소를 띠었다.

"음, 여기엔 긴 얘기가 있죠, 스칼렛 씨."

살았다! 하고 그녀는 생각했다. 이 얘기로 충분히 집까지 갈 수 있겠다고 생각했다. 그래서 소리를 높여 말했다. "그 얘기 좀 들려 주세요."

"식량을 구하러 우리가 마지막으로 타라에 갔던 때 일을 기억하세요? 그런데 그 뒤 전 곧 현역으로 배치되었습니다. 실제 전투에 참가했다는 뜻이죠. 그 이상 병참부에 있지 않아도 괜찮게 됐습니다. 그보다도 병참부 같은 것이 이젠 그다지 필요없게 된 거죠, 스칼렛 씨, 징발할 물자가 거의 바닥이 났으니까요. 그리고 손발이 성한 사내라면 일선에 나가야 된다고 생각했던 겁니다. 그렇죠, 저는 한동안 기병대에 들어가 싸웠는데 포탄 파편에 어깨를 맞고 말입니다."

그는 무척 자랑스런 모양이었다. "어머, 저를 어째!" 스칼렛은 말했다.

"뭐, 대단한 것은 아니었어요. 약간 스치고 지나갔을 뿐이지요." 그는 섭섭한 듯 말했다. "저는 남쪽병원으로 보내졌습니다. 그리고 거의 다 나아갈 무렵에 북군의 유격대가 쳐들어왔습니다. 그건 보통 일이 아니었어요. 우리는 거의 예상하지 않고 있었거든요. 그래서 걸을 수 있는 사람들은 모두 동원해서 군수품이며 병원의 비품 같은 것을 운반해 가기 위해 열차에 실었습니다. 겨우 한 열차분을 싣고 나자 벌써 적이 시 변두리까지 와 있었습니다.

그래서 우리는 부랴부랴 시 반대쪽으로 달아났어요. 열차 지붕에 올라앉아 우리가 정거장에 남겨 두고 온 군수품을 북군이 불에 태우는 것을 바라보고 있으려니 정말 처량한 생각이 들더군요, 스칼렛 씨, 우리가 반 마일이나 철로를 따라 옮겨 쌓아 놓은 물자를 적은 조금도 아깝지 않게 다 태워 버렸으니까요. 우리는 겨우 몸만 빠져 달아났어요."

"아이 무서워라!"

"정말 말씀하신 그대롭니다. 무서웠어요. 마침 우리 군대가 다시 애틀랜타로 들어와 있었기 때문에 우리가 탄 열차도 애틀랜타로 들어올 수 있었습니다. 스칼렛 씨, 그리고 얼마 안 있어 전쟁이 끝났죠. 그런데 거기에 사기그릇이며 침대며 이불이며 모포 따위가 산더미같이 있는데 아무도 자기 것이라고 나서는 사람이 없었어요. 따지고 보면 북군의 물건인지도 모르죠. 항복 조건에 그런 것이 적혀 있었다고 생각되는데, 그렇지 않았던가요?"

"글쎄요." 스칼렛은 건성으로 대답했다. 점점 몸이 따뜻해지면서 조금씩 졸음이 왔다.

"지금도 제가 한 일이 옳은 일이었는지 어쩐지 모르겠습니다." 그는 넋두리조로 말했다. "하지만 제 생각엔 그런 물건은 북군에겐 아무 소용도 없을 것 같았어요. 아마 그들은 다 태워 버릴 것이다, 그러나 남부 사람들은 그것을 돈을 주고 산 것이다, 그러니까 지금도 역시 남부동맹 정부나 또는 남부 사람의 것이라고 해도 별로 틀림이 없다, 나는 이렇게 생각했던 것입니다. 이 이론을 이해하시겠습니까?"

"네."

"내 의견에 찬성해 주시니 기쁘군요, 스칼렛 씨. 한편으로 나도 다소 양심의 가책을 느끼고 있었습니다. '여보게 프랭크, 그까짓 것 다 잊어버리게' 하고 만나는 사람마다 말했지만 잊을 수가 없었습니다. 나도 내가 한 일이 옳지 못했다고 생각하면 얼굴을 들고 세상을 살아갈 수가 없게 돼요. 당신은 내가 한 일이 옳다고 생각하십니까."

"그럼요."

그녀는 말했으나 속으로는 이 늙다리 바보가 무슨 소리를 하고 있는 거냐고 비웃었다. 뭔가 양심의 가책을 받고 있는 모양이다. 프랭크 케네디 정도의 나이가 되면, 인간은 쓸데없는 일에 꼬치꼬치 매달리는 건 현명한 일이 아니라고 깨닫는 게 보통이다. 그런데 이 사나이는 언제나 신경질적이고 까다롭고 노처녀 같다.

"당신이 그렇게 말씀해 주시니 기쁘군요. 전쟁이 끝났을 때는 겨우 은화 10달러밖에 없었습니다. 그 밖에는 전혀 무일푼이었죠. 게다가 존즈버러도, 우리 집도, 가게도, 모두 북군들 때문에 어떻게 됐는지 당신도 잘 알고 계시잖아요? 처음 나는 어떻게 해야 좋을지 몰랐습니다. 하지만 나는 그 10달러로 전에 하던 파이브 포인트의 가게에 지붕을 해 이고, 병원에서 쓰던 기구들을 날라다가 그것을 팔기 시작했습니다. 침대며 사기그릇이며 이불은 누구에게나 다 필요했습니다. 게다가 나는 싸게 팔았거든요. 그것은 내것인 동시에 남부 사람 전체의 것이라고 생각했기 때문입니다. 그런데도 꽤 많은 돈이 벌리기에 그것으로 다시 물건을 사들이고, 이렇게 해서 가게는 차츰 번창해 갔던 겁니다. 경기가 좋아지면 이걸로 큰 돈을 벌 거라고 생각합니다."

'돈'이라는 말을 듣자 그녀의 정신은 갑자기 수정처럼 맑아져 그의 말에 끌려들어 갔다.

"돈을 버셨다고요?"

그녀의 흥미를 끌었다고 생각하자 그는 우쭐해졌다. 지금까지 수엘렌은 별도로 치고, 그에게 형식적으로나마 호의 이상의 것을 보여 준 여성은 좀처럼 없었으므로 스칼렛 같은, 일찍이 지방 제일의 인기인으로 날리던 부인이 자기 말에 마음이 끌렸다고 생각하자 무척 기뻤다. 그는 자기 이야기가 끝날 때까지는 피티 아주머니 집에 닿지 않도록 말의 걸음을 늦추었다.

"나는 백만장자는 아닙니다, 스칼렛 씨. 그리고 전에 내가 소유하고 있던 돈과 비교해서 그렇게 많은 돈이 아닙니다. 그러나 금년 한 해에 1천 달러를 벌었습니다. 물론 그중 5백 달러는 새로 물건을 사들이고, 가게를 고치고, 집세를 치르는 데 다 없어지고 말았지만, 그래도 5백 달러가 남았고 경기도 회복되어 가고 있기 때문에 내년엔 틀림없이 2천 달러는 벌 것으로 예상하고 있습니다. 그리고 또 지금 새 사업을 계획하고 있는 중이니까 이 돈을 한껏 유용하게 쓸 것입니다."

돈 이야기가 나오자 맹렬한 흥미가 솟아올랐다. 그녀는 자신의 눈빛을 짙은 속눈썹으로 감추고 그에게로 조금 몸을 붙였다.

"무슨 사업인데요, 케네디 씨?"

그는 웃으며 말등을 고삐로 때렸다.

"장사 이야기를 해서 지루하시지요, 스칼렛. 당신같이 아름답고 가냘픈 분은 장사 같은 건 알 필요가 없으니까요."

정말 얼마나 어리석은 늙은이인가!

"전 장사에 대해선 아무것도 모르지만, 그래도 무척 흥미를 가지고 있어요. 어서 자세히 이야기해 주세요. 그리고 모르는 점은 설명해 주세요."

"그럼 말씀드리겠는데, 내가 말한 새 사업이란 제재소입니다."

"그게 뭐예요?"

"목재를 깎기도 하고 판자를 만들기도 하는 공장말입니다. 아직 사지는 않았지만 사려고 하는 중입니다. 존슨이란 남자가 피치트리 큰길 가에 공장을 가지고 있는데, 그 공장을 팔려고 하고 있습니다. 급히 현금이 필요해서 내게 공장을 팔고 자기는 그대로 주급을 받으면서 일하고 싶다고 합니다. 이 근처에는 제재소가 아주 귀해요, 스칼렛 씨, 북군에게 대부분 파괴당해 버렸습니다. 요즘은 목재가 아무리 비싸게 불러도 팔리는 판이니까 제재소를 가지고 있는 것은 금광을 가지고 있는 거나 다름없어요. 북군이 이렇게 많은 집을 태워 버렸으니 살 집이 모자랍니다. 그래서 사람들은 모두 집을 짓느라고 야단법석이죠. 그러나 목재가 모자라서 그 뒤를 못 대는 형편입니다. 지방에는 흑인 노동자가 없기 때문에 농장을 경영해 나갈 수가 없고, 게다가 북부 사람들이나 카펫배거들이 조금이라도 숨이 붙어 있는 동안은 밑바닥까지 짜내려고 떼를 지어 모여 들기 때문에 모두 견뎌내지 못해 이 애틀랜타로 흘러들어오고 있습니다. 애틀랜타는 틀림없이 곧 큰 도시가 될 겁니다. 그들은 집을 짓기 위해 목재를 손에 넣지 않으면 안 됩니다. 그래서 나는 곧, 그렇지요, 꾸어 준 돈이 들어오면 곧 사들일 생각입니다. 내년 요맘때 쯤은 나도 돈 때문에 고통받는 일은 없게 될 겁니다. 내가 왜 급히 돈을 만들려고 서두르고 있는지 아마 당신은 아실 줄 믿습니다."

그는 얼굴을 붉히고 끼득끼득 닭처럼 웃었다. 수엘렌을 생각하고 있는 것이라고 느끼자 스칼렛은 속이 뒤틀렸다.

한순간 그녀는 3백 달러쯤 꾸어달라고 부탁해 볼까 했으나 마음이 내키지 않아 그 생각을 버렸다. 그는 난처해 하겠지. 어쩔 줄 몰라 쩔쩔매겠지. 뭐라고 변명하며 꾸어 주지 않겠지. 봄이 되면 수엘렌과 결혼하려고 그는 기를 쓰고 돈을 번 것이다. 그러니까 그 돈을 내놓게 되면 그의 결혼은 또 언제 할지 모르게 된다. 설혹 그의 동정심을 움직여 장래 가족에 대한 책임감을 호소하여 승낙을 받는다 해도, 수엘렌은 사실상 벌써 노처녀가 된 거나 다름없어 속을 태우며 고민하는 처지니까 결혼을 늦추거나 하는 일이 생긴다면 하늘이 무너지는 한이 있더라도 반대할 것이 틀림없다.

그 투덜투덜 불평만 늘어놓는 계집애의 어디가 좋아서 이 늙다리 바보는 포근한 보금자리를 만들어 주려고 이렇게까지 서둘러 대는 것일까. 수엘렌은 애정이 있는 남편, 가게와 제재소 같은 돈벌이를 가질 만한 가치가 있는 여자가 아니다. 얼마 안 되는 돈이나마 자유롭게 쓰게 되었을 때는 수엘렌은 차마 못 볼 정도로 거드름을 피우며, 타라를 유지하기 위해서는 단돈 한푼도 내놓지 않을 것이 뻔하다. 수엘렌은 안 된다! 고운 옷을 입고 이름에 '부인'이라는 것이 붙게 되면, 타라 같은 거야 어찌 되든, 설사 세금 때문에 빼앗기게 되든 없어지든 상관하지 않을 것이다.

수엘렌의 보장받은 미래를 생각하고 자신과 타라의 불안한 장래를 생각하자 스칼렛은 인생의 불공평에 분노의 불길이 타올랐다. 프랭크에게 그런 표정을 보이지 않으려고 그녀는 급히 눈길을 창밖 진흙투성이 거리로 보냈다. 자신은 가지고 있는 모든 것을 잃어 가고 있는데, 수엘렌은…… 문득 하나의 결심이 마음속에 생겼다.

수엘렌에게 프랭크와 그의 점포와 제재소를 넘겨주어서는 안 된다는 결심이었다.

수엘렌은 그런 것들을 받을 만한 가치가 없다. 스칼렛은 자기가 대신 받으리라 생각한 것이다. 그녀는 타라를 생각하며 방울뱀처럼 독이 있는 조나스 윌커슨이 타라의 현관 계단 밑에 서 있는 모습을 생각해 냈다. 그녀는 난파한 자기 인생에 밀려온 마지막 지푸라기를 잡은 것이다. 레트에게는 실패했지만 하느님은 여기 프랭크를 주신 것이다.

하지만 프랭크를 정말 자기 것으로 만들 수 있을까. 눈에 보이지도 않는 빗발에 눈길을 보내면서 그녀는 주먹을 부르쥐었다. 어떻게 해야 수엘렌을 잊고 빨리 나에게 청혼하도록 할 수 있을까. 레트도 마지막 한 발짝까지 끌고 갔으니까, 프랭크 따위는 문제도 아니다!

그녀는 눈을 깜박이며 그를 살폈다. 분명 이 사나이는 잘난 사내는 못된다고 냉정히 생각했다. 게다가 치아가 좋지 않고 숨쉴 때마다 냄새가 나고 아버지라 해도 좋을 만큼 나이를 먹었다. 거기다 신경질적이고 마음이 옹졸하고 어수룩해서 무릇 남자로서 가질 수 있는 모든 나쁜 특질을 다 가지고 있다. 그러나 적어도 그는 신사다. 같이 사는 데는 오히려 레트보다 나을는지도 모른다. 분명 이 사나이 쪽이 움직이기는 쉽다. 어쨌든 거지가 이것저것 가릴 수는 없다.

그가 수엘렌의 약혼자라는 점에 대해서는 전혀 양심의 가책을 느끼지 않았다. 스스로 애틀랜타까지 나와 레트를 만날 만큼 도의심이 타락해 버린 지금, 그녀에게 있어 동생의 약혼자를 빼앗는 정도는 사실 하찮은 일로서 신경이 쓰이지도 않았다.

새로 솟구친 희망 때문에 등이 뻣뻣해지고 발이 젖어 있는 것도 차디차진 것도 잊어버렸다. 그녀가 눈을 가늘게 뜨고 프랭크를 말끄러미 바라보자 그는 공연히 불안해져서 쩔쩔맸다. 그녀는, 나는 당신의 그 눈과 똑같은 눈을 결투용 권총 위에서 본 일이 있소……. 그것은 남자의 가슴에 아무런 열정도 불러일으키지 못하는 눈이오, 하고 말하던 레트의 말이 생각나서 급히 눈을 내리깔았다.

"왜 그러십니까, 스칼렛 씨. 한기가 드십니까."

"네" 그녀는 가냘프게 대답했다. "만일 괜찮으시다면……" 그녀는 일부러 수줍은 듯 더듬더듬 말했다. "괜찮으시다면 당신 외투의 주머니에 손을 넣게 해 주시지 않겠어요? 못견디게 추운데 머프가 젖어서요."

"네? 네……물론 괜찮고말고요. 장갑을 끼시지 않았군요. 당신이 추워서 불을 쬐고 싶어하시는 것도 모르고, 나 좀 봐, 이야기에 정신이 팔려서 능장을 부리다니, 이런 멍청이를 봤나, 이랴, 샐리! 그런데 스칼렛 씨, 내 이야기만 하느라고 당신 이야기는 묻지도 못했는데, 이런 날씨에 이런 곳에서 대체 무얼 하고 계셨습니까?"

"저, 북군 사령부에 갔었어요."

그녀는 잘 생각해 보지도 않고 불쑥 말해 버렸다. 그는 놀라 모래 빛 눈썹을 추켜세웠다.

"하지만 스칼렛 씨, 북군 병사한테…… 왜……."

'성모 마리아여, 제발 그럴듯한 거짓말을 가르쳐 주옵소서.' 그녀는 정신없이 빌었다. 레트를 만나고 온 것을 프랭크가 알면 재미없다. 프랭크는 레트를 악당 중에서도 가장 뱃속 검은 악당으로 생각하고 있는 것이다.

"제가 거기 간 건…… 면회하러 간 건……. 장교들이 고향에 있는 부인들에게 보낼 선물로 제가 부업 삼아 하고 있는 수놓은 것을 사 주지 않으려나 해서요. 전 수를 무척 잘 놓거든요."

그는 놀란 나머지 마부석 뒤로 몸을 젖혔다. 노여움과 얼떨떨함이 그의 마음속에서 무섭게 싸웠다.

"당신이 북군에게…… 정말입니까, 스칼렛 씨! 그런 곳은 당신이 가실 곳이 아닙니다. 어째서…… 그런 데를…… 틀림없이 당신 아버님은 모르시겠지요! 그리고 피티팻 씨도……."

"아이, 피티팻 고모에게 말씀하시면 난 죽어 버리고 말겠어요!" 그녀는 정말로 걱정이 되어 울기 시작했다. 춥고 슬펐으므로 우는 것은 쉬웠지만 그 효과는 놀랄 만큼 컸다. 설혹 그녀가 갑자기 발가벗기 시작했다고 해도 프랭크는 그 이상 쩔쩔매고 당황하지 않았으리라. 그는 몇 번이나 혀를 차고 "이런! 이런" 중얼거리며, 그녀에게 당황한 몸짓을 해보였다.

무조건 그녀의 머리를 끌어당겨 안고 어루만져 주었으면 하는 대담한 생각이 마음속을 스치고 지나갔으나, 그는 한 번도 부인들에게 그런 짓을 해본 일이 없었으므로 어떻게 해야 좋을지 몰랐다. 그토록 혈기왕성하고 아름다운 스칼렛이 이 마차 안에서 울고 있는 것이다. 기품 높은 부인들 가운데서도 가장 자존심 강한 스칼렛 오하라가 북군에게 바느질한 자수를 팔러 가다니……. 그의 가슴은 터질 것만 같았다.

그녀는 토막토막 뭔가 중얼거리며 울었다. 그 말로 그는 타라가 잘 되어 나가지 않고 있다는 것을 알았다. 오하라 씨는 지금도 정신이상 상태로 있고, 그 많은 식구들에게 돌아갈 식량도 없다. 그래서 그녀는 애틀랜타로 와서 자신과 아이들을 위해 약간이라도 돈을 벌려고 한 것이다. 프랭크는 다시 혀를 찼다. 그리고 문득 그녀의 머리가 그의 어깨에 파묻혀 있는 것을 깨달았다. 언제 그렇게 되었는지 그는 전혀 몰랐다. 분명 자기가 끌어당긴 건 아닌데 거기에 그녀의 머리가 있고, 스칼렛은 그의 여윈 가슴에 몸을 기대고 서럽게 울고 있는 것이었다. 그것은 그에게는 자극적이고 신기한 감각이었다. 처음에 그는 무서워하며 그녀의 어깨를 어루만졌으나 그녀가 거부하지 않는 것을 알자 차츰 대담해져 힘차게 쓰다듬기 시작했다. 이 얼마나 연약하고 아름답고 여성스러운 여자인가. 바느질로 돈을 벌려고 하다니, 얼마나 용기 있는 귀여운 바보인가. 그러나 북군을 상대로 한다는 건 절대로 안 될 애기다.

"피티 아주머니한테는 말하지 않겠어요. 하지만 스칼렛 씨, 두 번 다시 이런 일은 않겠다고 약속해 주십시오. 그처럼 훌륭하신 아버님의 귀한 따님으로……."

눈물에 젖은 그녀의 녹색 눈이 가련하게 그의 눈을 더듬었다.

"그렇지만 케네디 씨, 전 아무거라도 하지 않으면 안 돼요. 전 불쌍한 제 아들을 기르지 않으면 안 되는데, 지금은 아무도 우리를 돌봐 주는 사람이 없어요."

"당신은 정말 씩씩한 분입니다." 그가 말했다. "하지만 나는 당신에게 이런 일을 시키고 싶지는 않습니다. 집안 어른들이 아시면, 부끄러워 까무러치실 겁니다."

"그럼 저는 어떻게 하면 좋을까요?" 당신은 뭐든지 알고 있으니 당신의 말에만 의지하겠다는 듯 그녀는 눈물이 글썽거리는 눈으로 그를 보았다.

"글쎄올시다. 지금 당장은 저도 잘 모르겠습니다. 하지만 어디 한번 생각해 봅시다."

"당신이라면 그렇게 해 주실 거예요. 당신은 무척 현명하신 분이니까, 프랭크."

그녀는 지금까지 그의 이름을 프랭크라고 다정하게 불러 본 적이 없었으므로 그 울림은 그에게 기쁜 충격과 놀라움을 주었다. 가엾게도 스칼렛은 너무 마음이 산란해 이런 실언도 깨닫지 못하는 것이리라. 그는 그녀를 몹시 따뜻하게, 진심으로 보호해 주고 싶은 충동을 느꼈다. 수엘렌 오하라의 언니에 대해, 자기가 힘이 될 수 있는 일이라면 뭐든지 해 주고 싶다고 생각했다. 그는 빨간 꽃무늬가 박힌 손수건을 꺼내 그녀에게 건네주었다.

그녀는 눈물을 닦고 수줍은 듯 웃기 시작했다.

"전 정말 바보예요." 그녀는 사과하듯 말했다. "용서하세요."

"바보라니요, 갸륵하고 가엾은 여성인데다 지나치게 무거운 짐을 지고 있는 거죠. 피티 아주머니도 별로 당신의 도움이 되지 않을 겁니다. 재산은 대부분 없애 버린 모양이고, 헨리 해밀턴 씨 자신도 그리 넉넉하지 못하니까요. 가정을 가진 다음 거기에 당신을 모셔다가 보살펴 드리고 싶습니다. 스칼렛 씨, 부디 이것만은 알고 계십시오. 만일 수엘렌과 제가 결혼하게 되면, 우리 지붕 밑에는 언제든지 당신과 웨이드 해밀턴을 위한 자리가 마련되어 있다는 것을."

바로 이때다! 분명 성자나 천사가 그녀를 지키고 있어 하늘이 이런 좋은 기회를 마련해 준 것이리라. 그녀는 무척 놀라고 난처한 표정을 지으며 급히 뭔가 말을 하려다가 다시 돌연 입을 다물었다.

"올봄에 내가 당신 동생의 남편이 된다는 것을 설마 모르고 계시는 것은 아니겠지요." 그는 불안한 듯 익살맞게 말했다. 그리고 그녀의 눈에 눈물이 고여 있는 것을 보자 깜짝 놀라 물었다.

"왜 그러십니까. 혹시 수엘렌 씨가 병이라도 났습니까?"

"아뇨, 아뇨!"

"뭐 좋지 않은 일이 있는 모양인데 말씀해 주십시오."

"오, 저는 말할 수 없어요. 전 모르고 있었어요. 분명히 그 애가 편지를 드린 것으로 알고 있었는데…… 오, 어떻게 된 일일까요!"

"스칼렛 씨, 도대체 어떻게 됐다는 얘깁니까?"

"오, 프랭크. 전 이런 말, 입 밖에 낼 생각은 아니었는데, 저는 당신도 물론 알고 계시고 그 애가 편지를 드린 줄로만 알았기 때문에……."

"뭘 적어 보낸다고 하시는 겁니까?" 그는 떨고 있었다.

"당신 같은 훌륭한 분에게 그런 짓을 하다니!"

"그녀가 무얼 어떻게 했습니까?"

"그럼, 당신에게 편지를 드리지 않았었군요. 아마 부끄러워서 쓰지 못했을 거예요. 부끄럽게 생각하는 것이 당연하죠! 오, 그런 못된 동생을 가지고 있다니!"

이쯤 되자 프랭크는 입 밖에 내어 물을 수조차 없게 되고 말았다. 그의 얼굴은 잿빛으로 변하고, 고삐를 쥔 손에도 힘이 빠져 그저 멍하니 그녀를 바라보고 있을 뿐이었다.

"수엘렌은 다음날, 토니 폰테인하고 결혼할 예정이에요. 정말 당신에게는 안됐어요, 프랭크. 전 제 입으로 이런 말을 하는 게 정말 견딜 수 없이 괴로워요. 수엘렌은 그저 당신을 더 기다릴 수가 없었던 거예요. 노처녀가 되는 것이 무서웠던 거죠."

스칼렛이 프랭크의 도움을 받아 마차에서 내렸을 때, 마미는 현관 앞에 나와 서 있었다. 그녀는 벌써 꽤 오래 거기에 서 있은 듯 머리에 감은 천이 비에 젖고 단단히 몸에 감은 낡은 숄에도 빗방울 자국이 보였다. 그 주름투성이 검은 얼굴에는 분노와 불안이 달라붙어 있고, 그 아랫입술은 스칼렛이 일찍이 본 일이 없을 만큼 나와 있었다. 그녀는 재빨리 프랭크 쪽을 보고, 그것이 누군가를 알자 갑자기 표정이 변해 기쁨과 어리둥절함, 그리고 뭔가 자책에 가까운 표정을 얼굴 전체에 나타냈다. 그녀는 기쁜 듯 인사를 하고 뒤뚱뒤뚱 프랭크에게 다가가 벙글벙글 웃으며 그가 손을 잡자 허리를 굽혀 절을 했다.

"고향 분을 만나 반갑습니다요. 안녕하십니까, 프랭크 나리. 신수가 훤하고 아주 기운이 좋아 보이시는군요. 스칼렛 아씨가 나리와 같이 계신 줄 알았으면 저도 이렇게까지 걱정은 하지 않는 건데 말입죠. 안심할 수 있으니까요. 제가 돌아와 보니 아씨는 나가시고 안 계시지 않습니까. 글쎄, 해방된 검둥이들이 우글거리고 있는 시내를 아씨 혼자서 걸어다니신다고 생각하니까, 저는 모가지가 뚝 잘린 닭 모양으로 어떻게 할지 모르겠지 뭡니까요. 왜 아씨는 나가신다고 제게 말씀을 안 하셨습니까. 감기가 드셨다고 하시면서."

스칼렛은 살짝 프랭크에게 눈짓을 했다. 그는 방금 들은 언짢은 소식 때문에 기분이 우울해져 있었지만 그녀가 잠자코 있으라고 이르는 것임을 알고, 자기도 그 공모의 한패가 된 것이 기뻐 미소를 보냈다.

"빨리 가서 내가 갈아입을 옷을 준비해 줘, 마미!" 그녀는 말했다. "그리고 뜨거운 차도."

"아이구, 새 옷이 엉망진창이 되었구먼요." 마미는 투덜투덜 잔소리를 했다. "말리고 손질해서 오늘 밤 결혼식에 입고 가려면 무척 바쁘겠습니다요."

마미는 안으로 들어갔다. 스칼렛은 프랭크에게 착 달라붙어 속삭였다. "오늘 밤 식사에 와 주시지 않겠어요? 우린 적적해서 그래요. 그리고 식사가 끝나면 함께 결혼식에도 가요. 그리고 부디 피티 시고모님한테는 아무 소리도, 수엘렌 이야기고 뭐고 아무 말도 하지 말아 주세요. 시고모님은 틀림없이 슬퍼하실 거고, 저도 이런 건 고모님께 차마 알릴 수가 없어요, 내 동생이……."

"오, 말 안 해요, 안 하고 말고요!" 프랭크는 그 일을 생각하여 움찔거리며 빠르게 말했다.

"당신은 오늘 정말 친절하게 여러 모로 저를 돌봐 주셨어요. 덕분에 저는 정말 다시 용기를 얻게 되었어요." 그녀는 헤어질 무렵 그의 손을 힘껏 쥐며, 눈의 포문을 열고 그를 향해 모든 매력을 쏘았다.

문 바로 안쪽에서 기다리고 있던 마미는 도무지 짐작이 안 간다는 표정으로 그녀를 바라보다가 숨을 헉헉 내쉬며 그녀의 뒤를 따라 2층 침실로 올라갔다. 스칼렛의 젖은 옷을 벗기고 그것을 의자에 건 다음 그녀를 침대로 들여보낼 때까지 마미는 입을 열지 않았다. 뜨거운 차와 플란넬에 싼 뜨거운 벽돌을 가져왔을 때, 비로소 그녀는 스칼렛을 내려다보면서 입을 열었다. 그 목소리에는 지금까지 스칼렛이 들어 본 적이 없는 사죄에 가까운 것이 들어 있었다.

"아씨, 어째서 당신의 이 마미에게 모든 걸 말씀해 주시지 않습니까요. 그러면 그렇다고 말씀해 주시면, 저는 이 애틀랜타 구석까지 오지도 않았을 것인데. 나이는 먹고, 뚱뚱해서 꿈지럭거리기도 힘이 드는데 말이에요."

"무슨 소릴 하는 거야."

"아씨, 시침을 떼서도 소용없습니다요. 저는 아씨라는 분을 잘 알고 있으니까요. 프랭크 나리의 얼굴과 아씨의 얼굴을 보면, 저는 아씨의 마음을 목사가 성경을 읽듯이 똑똑히 읽을 수가 있습죠. 게다가 저는 아씨가 작은 소리로 그분에게 수엘렌 아씨의 이야기를 말씀하시는 것을 들었다구요. 아씨가 노리고 계신 분이 프랭크 나리인 줄 조금이라도 알았더라면, 저는 안심하고 타라에 남아 있었을 텐데 말입죠."

"그래." 스칼렛은 짧게 말했다. 그리고 모포 속으로 기분 좋게 몸을 밀어넣으면서 마미를 속이려고 해야 소용이 없다고 생각했다. "누구를 목표로 하고 왔다고 생각해, 할멈은?"

"저는 몰랐습니다요. 하지만 어제 아씨의 표정은 도무지 마음에 들지 않았습죠. 그래서 저는 피티 마님이 멜라니 아씨에게 보낸 편지에 그 악당인 버틀러가 돈을 많이 가지고 있다는 얘기가 적혀 있었던 것을 생각했죠. 저는 한 번 들은 것은 잊어버리지 않으니까요. 그런데 프랭크 나리는 잘난 분은 아니지만 신사답지요."

스칼렛은 날카롭게 마미를 살폈다. 마미는 무엇이고 꿰뚫어보고 있다는 듯 그 눈을 마주 보았다.

"그래서 어떻게 하겠다는 거야, 수엘렌에게 일러바치겠단 말이야?"

"상대가 프랭크 나리라면, 저도 가능한 한 아씨의 기분대로 도와드리겠습니다요." 마미는 이불을 스칼렛의 목 언저리까지 눌러 덮어 주며 말했다.

마미가 방 안에서 부스럭거리고 있는 동안 스칼렛은 조용히 누워 있었다. 마미에게는 이제 아무것도 말할 필요가 없다고 생각하자 안도의 느낌이 온 몸을 감쌌다. 마미는 묻지도 않거니와 혼내지도 않고 모든 것을 이해하고 잠 자코 있는 것이다. 스칼렛은 마미가 자신보다 훨씬 철저한 현실주의자라는 것을 발견했다. 그녀의 늙고 영리한 눈은 자기가 사랑하는 사람이 위험에 놓 이게 되자 곧 야만인과 어린애의 단순함을 가지고 양심 같은 것엔 조금도 구 애받음 없이 곧장 깊숙하고 또렷하게 사태를 꿰뚫어 본 것이다. 스칼렛은 그 녀의 아이이고, 원하는 것이라면 비록 남의 것일지라도 마미는 기꺼이 도와 서 그것을 손에 넣게 해 줄 것이다. 수엘렌과 프랭크 케네디의 권리 같은 것 은 마음에 두지 않고 또 두었다고 해도 그냥 속으로 히죽 웃고 말았으리라. 지금 스칼렛은 곤경에 빠져 안간힘을 쓰는 중이다. 그리고 스칼렛은 엘렌 부 인의 자식인 것이다. 그러니까 마미는 잠시의 망설임도 없이 그녀 편으로 달 려가야 하는 것이다.

스칼렛은 마미에게서 무언의 응원을 느꼈다. 그리고 발치에 넣어 둔 뜨거 운 벽돌로 몸이 따뜻해짐에 따라, 추위에 떨면서 마차로 돌아 오는 동안 어 렴풋이 깜빡이고 있던 희망의 빛이 이제 불길처럼 타오르는 것을 느꼈다. 그 것은 전신으로 퍼져 심장은 높이 뛰고, 피는 혈관 속을 큰 파도처럼 달렸다. 기운이 되살아나며 큰 소리로 웃고 싶을 정도로 대담무쌍한 흥분이 느껴졌 다. 아직 진 것은 아니라고 의기양양하게 그녀는 생각했다. "손거울 좀 줘, 마미." 그녀는 말했다. "모포 밖으로 어깨를 내놓으면 안 됩니다요." 마미는 말하고 손거울을 건네주면서 그 두툼한 입술에 미소를 띠었다.

스칼렛은 자기 얼굴을 들여다보았다. "꼭 유령같이 창백하네." 그녀는 말 했다. "게다가 머리는 꼭 말꼬리처럼 까칠하고."

"아씨의 입처럼 활기차게 보일 겁니다요."

"흠……비가 많이 와?"

"폭포수 같습니다요."

"괜찮아, 쏟아져도. 유모, 시내까지 심부름 좀 갔다 와."

"이런 빗속을, 전 싫사와요."

"그래, 유모가 싫다면 내가 직접 갈 테야."

"못 기다릴 만큼 급한 볼일이 계신가요? 오늘은 벌써 하루치 일을 충분히 하시지 않았습니까."

"내가 필요한 건," 스칼렛은 거울 속의 자기 얼굴을 찬찬히 들여다보면서 말했다. "향수야. 유모한테 머리를 감겨 달랜 뒤에 향수를 뿌리려고 그래. 그리고 머리를 차분하게 해야 하니까 마르멜로 열매로 만든 젤리를 좀 사다 줘."

"이런 날씨에 머리를 감는 게 아니와요. 그리고 천한 여자들처럼 머리에 향수 같은 걸 바르다니요. 내 몸뚱이가 숨을 쉬고 있는 동안은 절대로 안 됩니다요."

"그래도 난 할 테야. 지갑 속에서 5달러 금화를 꺼내 가지고 갔다 와요. 그리고…… 말이지, 마미. 시내에 가거든 그걸 사다 줄 수 없겠어? 루즈 말이야."

"뭐라고요?" 마미는 이상하다는 듯 물었다.

스칼렛은 본심과는 거리가 먼 냉정을 가장하고 마미의 눈을 쳐다보았다. 어느 정도까지 마미를 윽박질러야 좋을지 그것을 알 수가 없었던 것이다.

"알 것 없어. 그냥 루즈 달라고 해."

"전 뭔지도 모르는 것을 사러 갔다올 수는 없습니다요."

"그래. 그렇게 듣고 싶으면 말해 주지. 화장품이야, 얼굴에 바르는 거야. 그렇게 우두커니 두꺼비처럼 부어 있지 말고 빨리 다녀 와!"

"화장품이요?" 마미는 자기도 모르게 소리를 높였다. "얼굴에 바르는 것! 아씨가 그렇게 크지만 않다면 회초리로 때려 주겠어요. 전 이렇게 놀라 보기는 처음이라구요. 정신이 어떻게라도 되신 겁니까? 엘렌 마님께서 깜짝 놀라 무덤 속에서 움직이고 계십니다요. 얼굴에 바르다니 그 무엇처럼……."

"할멈도 잘 알고 있잖아. 로빌라드 할머니도 얼굴에 화장을 하셨어. 그리고……."

"알고 있습죠. 그리고 페티코트 하나만을 걸쳤는데, 다리 맵시를 보이느라고 그걸 물에 적셔서 찰싹 붙였다는 것 말씀입지요. 하지만 그렇다고 해서 아씨도 그런 걸 해도 좋다는 이유는 없잖아요! 할머니의 젊은 시절에는 상스런 일이 유행하고 있었지만요. 그러나 시대가 변한 만큼……."

"신이시여!" 스칼렛은 울화가 치밀어서 이불을 밀어젖히며 소리쳤다. "너 같은 거 당장 타라로 돌아가!"

"제가 가려고 하지 않는 한, 마음대로 저를 타라로 보낼 수는 없을 겁니다요. 전 자유로운 몸이니까요." 마미도 격분해서 말했다. "전 여기 있겠어요. 자, 침대로 들어가시라니까요. 폐렴에 걸리고 싶어요? 코르셋을 아래에다 내려놓으십쇼, 아씨. 이런 날씨에는 아무 데도 나갈 수 없습니다요. 정말 참, 어쩌면 아씨는 아버님을 그렇게 똑 닮으셨지요! 자, 자리로 드십쇼. 저는 화장품 따위는 사러 가지 않겠사와요. 제 귀여운 아씨께서 그런 것을 바른다고 남들이 다 알게 되면 전 남부끄러워 죽을 겁니다요. 스칼렛 씨, 그런 것 바르지 않으셔도 아씨는 무척 예쁘다구요. 더구나 그런 건 천한 여자들 쓰는 겁니다요."

"하지만 그들은 그만큼 결과를 얻잖아? 안 그래?"

"아이구, 무슨 말씀을 하시는갑쇼! 그런 천한 소리를 하는 게 아닙니다. 자, 젖은 양말은 아래로 내려놓고요. 그런 것을 사러 아씨를 이 빗속에 내보낼 순 없사와요. 엘렌 님이 유령으로 나타나실 거예요. 어서 자리로 드시라니까요. 제가 갔다오겠습니다요. 우리 얼굴을 모르는 가게가 어딘가 있겠습죠."

그날 밤, 엘싱 부인의 집에서는 패니의 결혼식이 무사히 끝나고 레비 노인과 그 악사들이 가락을 바꾸어 춤곡을 연주하기 시작했다. 스칼렛은 기쁨에 넘쳐 주위를 둘러보았다. 다시 파티에 왔다고 생각하자 가슴이 부풀어 올랐다. 게다가 또 자기가 따뜻한 마음으로 환영을 받게 된 것이 그녀에게는 무척 기뻤다. 프랭크의 팔에 매달려 그녀가 들어가자 사람들은 소리를 지르고 환영하며 달려와, 그녀에게 키스를 하고 손을 잡고, 그녀가 없어 무척 쓸쓸했다는 둥 이제 타라로 돌아가지 말라는 둥, 저마다 한 마디씩 해 주었다.

남자들은 지난날 그녀가 그들의 가슴을 아프게 하기 위해 온 힘을 다한 것을 사내답게 깨끗이 잊고, 여자들은 그녀가 있는 수단을 다해 애인을 유혹한 것을 다 잊어 주었다. 전쟁이 끝날 무렵 그렇게도 쌀쌀했었던 메리웨더 부인, 화이팅 부인, 미드 부인, 그 밖의 자존심 강한 부인들까지도 그녀의 가벼운 행동과 그것에 대한 반감을 잊고, 다만 그녀도 여러 사람들과 마찬가지로 공통된 패전의 운명에 시달리고, 피티의 조카딸이며 찰스의 미망인이라는 것만을 기억해 주었다. 부인들은 그녀에게 키스를 하고 눈에 눈물을 글썽이며, 그녀의 사랑하는 어머니의 죽음을 애석해 하고, 마지막엔 아버지와 동생들의 안부까지 물어 주었다. 모두 멜라니와 애쉴리의 소식을 묻고, 어째서 그들은 애틀랜타로 돌아오지 않느냐고 그 이유를 듣고 싶어 했다.

스칼렛은 이토록 환영을 받게 되자 기뻐 어쩔 줄을 몰랐으나, 다만 한 가지 약간 불안한 것이 있어 그것을 감추느라고 애태웠다. 그 불안이란 벨벳 드레스의 모양 때문이었다. 마미와 요리사가 미친 듯이 설치며, 가마솥 김을 쐬고 솔질을 하고 불에 말리고 했으나, 여전히 무릎까진 젖은 채 단에는 얼룩이 남아 있었다. 진흙 속으로 끌고 다녀서 더러워졌다고 누군가 눈치채지나 않을까, 그것이 단 한 벌밖에 안 되는 옷이라고 생각하지나 않을까, 그것이 걱정이었던 것이다. 그러나 다른 사람들의 차림새는 그녀보다 한결 나빴기 때문에, 그녀도 다소 마음을 놓았다. 어느 것을 보아도 낡고 알뜰히 기웠으며, 다리미로 모양을 다듬은 것들이었다. 적어도 그녀의 드레스는 젖긴 했어도 새것이고 깁진 않았다.

사실 패니의 흰 공단으로 만든 예복을 빼고는 그녀의 옷이 이 모임에서는 단 하나의 새 옷이었다. 피티 고모에게서 들은 엘싱 댁 형편을 생각하며 그녀는 이 공단 옷과 요리와 장식과 악사의 비용 같은 것을 어떻게 마련했는지 이상하게 여겼다. 꽤 많은 돈이 들었을 것이 틀림없다. 돈을 꾸었거나, 그렇지 않으면 엘싱 집안 사람들이 돈을 모아 패니를 위해 훌륭한 결혼식을 올려 준 것이리라. 이 어려운 시대에 이런 결혼식을 올린다는 것은 탈레턴 형제들의 묘석과 마찬가지로 지나친 사치라고 스칼렛은 생각했다. 그리고 탈레턴 댁 묘지 앞에 서 있을 때와 마찬가지로 짜증과 함께 도저히 찬성할 수 없는 무엇을 느꼈다. 태연히 돈을 뿌리는 시대는 지나간 것이다. 옛 시대는 지나갔는데 어째 이 사람들은 그 시대의 버릇을 잊지 못하는 것일까. 그러나 그녀는 곧 그런 불쾌한 생각을 떨어 버렸다. 그녀의 돈도 아니고 남의 어리석음을 탓하느라고 오늘 밤의 즐거움을 해치고 싶지도 않았기 때문이다.

그녀는 신랑이 자기가 잘 아는 사람이라는 것을 알게 됐다. 그는 스파르타의 토미 웰번으로서 1863년에 그가 어깨에 상처를 입었을 때 간호한 일이 있었다. 그 당시의 그는 키가 6피트나 되는 젊은 미남으로서 의학 공부를 집어치우고 기병대에 참가해 있었다. 그런데 지금 보니 허리의 상처로 몸은 구부러지고 마치 쇠약한 노인처럼 보였다. 걷는 것이 부자유스러운 듯 피티 시고모가 말한 대로 다리를 벌리고, 보기에 몹시 민망할 정도의 걸음걸이로 걸었다. 그러나 그는 자기 외모 같은 것은 조금도 염두에 없는 듯 걱정하는 기색도 없이 전혀 비굴한 태도는 보이지 않았다. 지금은 의학 공부를 아주 단념하고 도급업자가 되어 아일랜드 사람들을 고용해 새 호텔을 맡아서 짓는 중이라고 했다. 부자유스러운 몸으로 어떻게 그런 힘든 일을 할 수 있을까하고 스칼렛은 이상한 생각이 들었지만, 사람이 필요에 쫓기게 되면 무슨 일이든 할 수 있을 것이라고 스스로 납득했다.

춤을 추기 위해 의자며 가구들을 벽 쪽으로 치우고 있는 동안, 토미와 휴엘싱과 키가 작고 원숭이처럼 생긴 르네 피칼이 선 채 그녀와 이야기했다. 휴는 그녀가 1862년에 만났을 그때나 조금도 변하지 않았다. 여전히 여원 신경질적인 청년으로 옛날과 마찬가지로 엷은 밤색 머리칼을 이마에 내려뜨리고, 그녀가 잘 기억하고 있는 섬세하고 비실용적인 손도 옛날 그대로였다. 그러나 르네는 휴가를 얻고 돌아와 메이벨 메리웨더와 결혼했을 때와 비교해서 많이 달라져 있었다. 그 검은 눈에는 갤릭사람(프랑스 사람의 옛 호칭)다운 번쩍임이 있고, 인생에 대한 태도에도 크레올(루이지애나 주로 이주해 온 프랑스인의 자손)다운 면이 있었으나, 즐거운 듯이 웃는 그 얼굴에는 전쟁 초기에는 볼 수 없었던 뭔가 엄숙한 것이 있었다. 그리고 그 화려한 주아브 군복을 입고 있었을 당시 그를 둘러싸고 있던 건방진 멋도 전혀 찾아볼 수 없었다.

"장미 같은 뺨, 에메랄드 같은 눈!" 그는 스칼렛 손등에 키스를 할 때 그녀의 루즈 빛깔을 찬미했다. "처음 바자에서 만났을 때와 똑같이 아름답습니다. 기억하십니까, 나는 당신이 결혼반지를 내 광주리에 던질 때 일을 결코 잊지 못합니다. 당신은 용감하셨어요. 그러나 나는 당신이 이렇게 언제까지고 두 번째 결혼반지를 끼지 않으시리라고는 생각지 못했습니다."

그는 짓궂게 눈을 빛내며 팔꿈치로 휴의 옆구리를 찔렀다.

"그리고 저도 당신이 파이 실은 마차를 몰리라고는 생각지 못했어요. 르네 피칼." 그녀는 대답했다. 그는 현재의 몰락한 직업으로 면박을 당해 부끄러워할 줄 알았는데 뜻밖에도 기쁜 듯 큰 소리로 웃으며 휴의 등을 두드렸다.

"한 대 맞았는걸!" 그는 외쳤다. "우리 장모님인 메리웨더 부인이 시킨 겁니다. 경마용 말이나 기르고, 바이올린이나 켜며 썩어 버리고 말았을 이 르네 피칼이 난생처음으로 얻은 직업입니다. 지금은 오히려 파이 마차를 모는 것이 재미있게 됐어요. 장모님은 남자에게는 무엇이고 시킵니다. 만일 그분이 장군이었다면 우리가 전쟁에 이겼을지도 몰라. 안 그래, 토미?"

어머나! 하고 스칼렛은 생각했다. 그의 집안은 미시시피 강을 따라 10마일이나 뻗은 토지와 뉴올리언스에 굉장한 저택을 가지고 있다는데, 이 사나이는 파이 마차를 모는 것이 즐겁다고 말하고 있다!

"저 장모님들이 군대에 들어갔으면 1주일 안에 북군을 내쫓아 버렸을 거야." 토미는 새로 그의 장모가 된 엘싱 부인의 섬세하면서도 당차 보이는 모습을 바라보며 말했다. "우리가 그렇게 오래 버틴 것도, 실은 후방의 부인들이 굴복하려 하지 않았다는 이유 하나 뿐이야."

"절대로 굴복하지 않지." 휴가 고쳐 말했다. 그리고 자랑스런 듯 웃었지만 그 웃음에는 어딘지 일그러진 데가 있었다. "오늘 밤 여기 나와 있는 부인들은 모두 남자들이 애퍼매턱스에서 항복한 것 따위는 아랑곳하지 않고 단 한 사람도 항복하지 않은 사람들뿐이야. 항복은 우리보다도 부인들 쪽이 고통스러운 거야. 적어도 우리는 싸웠다는 것으로 위안을 받고 있지만."

"그리고 부인들은 북부를 미워하는 것으로 위안을 받고 있어." 토미가 이야기에 종지부를 찍었다.

"스칼렛, 그렇죠? 몰락한 남자들을 보고 가슴 아파하는 것은 그 몰락한 남자 자신들 보다도 오히려 부인들 쪽이에요. 휴는 재판관이 될 참이었고, 르네는 유럽의 머리에 왕관을 쓴 사람 앞에서 바이올린을 켤 참이었어요." 그는 르네가 때리려고 했으므로 살짝 머리를 피했다. "그리고 나는 의사가 될 생각이었죠. 그런데 지금은……"

"글쎄, 긴 안목을 두고 봐요!" 르네가 외쳤다. "그러면 나는 남부의 파이

왕이 될 겁니다. 그리고 우리 착한 휴는 땔감과 불쏘시개의 왕이 되고. 토미, 자네는 흑인 노예 대신 아일랜드 사람을 노예로 쓰게 될걸세. 대단한 변화들이지……. 재미있지 않은가. 스칼렛 씨와 멜라니 씨는 어떻게 될까. 우유 짜는 사람이나 목화 따는 사람이 될까요?"

"그런 일은 하지 않겠어요!" 스칼렛은 이런 고생을 하면서도 여전히 이처럼 유쾌한 르네의 태도를 이해할 수 없어 냉담하게 대답했다.

"그것은 흑인들이나 하는 일이에요."

"멜라니 씨는 아이에게 뷰리가드란 이름을 지어 주었다죠. 그분에게 전해 주세요. 르네는 찬성이라고. 예수라는 이름을 빼면, 그 이상 좋은 이름은 없다고 하더라고요."

말하면서 웃는 그의 눈은 그의 고향 루이지애나 출신인 이 용감한 영웅의 이름을 입에 올릴 때 자랑스러운 듯이 빛나고 있었다.

"그러나 로버트 에드워드 리(남군 총사령관)라는 굉장한 이름도 있지." 토미가 말을 꺼냈다. "뷰리가드 장군의 명성을 헐뜯는 건 아니지만, 나는 첫아들에게 '밥리 웰번'이라는 이름을 붙여 주기로 작정했어(밥은 로버트의 애칭)."

르네는 웃으며 어깨를 으쓱했다.

"우스운 이야기 하나 할까. 실제로 있었던 이야기야. 이걸 들으면 우리 크레올이, 우리 용감한 뷰리가드 장군과 자네들의 리 장군을 어떻게 생각하고 있는지 알 수 있을 걸세. 뉴올리언스 가까운 기차 속에서 리 장군의 부하였던 버지니아 주 사나이 가, 뷰리가드 지휘 아래 있던 한 크레올을 만났대. 버지니아 사나이는 리 장군이 이렇다는 둥 리 장군이 그렇게 말했다는 둥 마구 지껄여 댔지. 그러자 그 크레올은 정중한 태도로 뭔가 생각해 내려고 이마에 주름을 모으고 한참 있더니 드디어 웃으면서 이렇게 말하더래. "리 장군? 아, 그래, 나도 알고 있어요. 리 장군 말이죠, 뷰리가드 장군이 칭찬하던 사나이 말이죠?""

스칼렛도 덩달아 웃긴 했지만 크레올이 찰스턴이나 서배너 패들과 마찬가지로 우쭐대는 사람들이란 것 말고는 그 이야기의 요점을 알 수가 없었다. 뿐만 아니라, 그녀는 언제나 애쉴리의 아들은 역시 애쉴리라고 불러야 할 것이 아닌가 하고 생각하고 있었던 것이다.

악사들은 악기의 가락을 다 맞추자 갑자기 쿵하고 큰북을 울리더니 〈댄

터커 영감)을 연주하기 시작했다. 토미는 그녀 쪽을 돌아보았다.

"추시겠습니까, 스칼렛? 나는 상대를 못해 드리지만, 휴나 르네나……."

"아니에요, 고마워요. 하지만 전 아직 어머니의 상중이라," 스칼렛은 황급히 말했다. "앉아서 구경이나 하겠어요."

그녀는 눈짓으로 엘싱 부인 옆에 있는 프랭크 케네디를 불렀다.

"저 저쪽 구석에 있을 테니까, 뭐 시원한 마실 것 좀 갖다 주시지 않겠어요? 천천히 이야기라도 나누어요." 세 사람의 사나이가 걸음을 옮겨 가버리자 그녀는 프랭크에게 말했다.

그가 포도주 한 잔과 종이쪽처럼 엷게 썬 케이크 한 쪽을 가지러 재빨리 가자, 스칼렛은 응접실 구석의 작은 방으로 가서 보기 싫은 곳이 보이지 않도록 주의해 치마를 바로잡고 앉았다.

오늘 아침 레트와의 굴욕적인 사건도 많은 사람을 만나 다시 음악을 듣는 흥분으로 깨끗이 마음에서 쫓아내 버렸다. 내일이 되면 레트의 행동과 자신이 받은 굴욕을 생각하고 다시 노여움을 불태울지도 모른다. 내일이면 프랭크의 상처 입은 어지러운 마음에 자기가 어떤 인상을 주었는가 생각할지도 모른다. 그러나 오늘 밤은 아니다. 오늘 밤의 그녀는 손톱 끝까지 생기가 넘치고 모든 감각은 희망에 약동하며, 눈은 빛나고 있는 것이다.

그녀는 그 작은 방에서 넓은 응접실을 바라보고 춤추는 사람들을 보면서 전쟁 당시 처음으로 애틀랜타에 왔을 무렵, 이 방이 얼마나 아름다웠는가를 떠올려 보았다. 당시 단단한 나무로 깐 마룻바닥은 유리알처럼 빛나고, 머리 위의 샹들리에는 그 무수한 작은 프리즘에, 수십 개의 촛불 하나하나의 빛을 반사하여 방 안에 다이아몬드와 사파이어와 같은 광채를 던져 주고 있었다. 그리고 벽에 걸린 낡은 초상화는 기품이 있고 우아하며 상냥하게 반기는 듯한 태도로 손님들을 내려다보고 있었다. 자단으로 만든 소파, 그중에도 제일 큰 부드럽고 기분이 좋은 소파가 지금 그녀가 앉아 있는 작은 방에 영예의 자리를 차지하고 있었다. 파티 때 스칼렛이 즐겨 앉던 자리였다. 여기서는 응접실과 저쪽에 있는 식당이 한눈에 건너다보였다. 식당에는 스무 명 분의 좌석이 있는 타원형 마호가니 식탁, 그럴싸하게 벽가로 쭉 놓여 있는 스무 개의 날씬한 의자, 묵직한 은식기와 일곱 가지로 갈라진 촛대, 손잡이가 붙어 있는 술잔, 양념병과 술병, 번쩍번쩍 빛나는 작은 유리잔 따위가 얹혀 있는 묵직한 그릇장과 뷔페가 차려져 있었다. 전쟁 초기에 스칼렛은 곧잘 이 소파에 앉았다. 언제나 늠름한 장교들이 옆에 있었고, 바이올린이나 첼로나 아코디언이나 밴조 소리에 귀를 기울이며, 초를 먹여 윤을 낸 마룻청을 밟고 춤을 추는 부풀어오른 흥분의 발소리를 들었던 것이다.

지금 샹들리에는 불꺼진 채로 드리워져 있었다. 받침대는 휘어 구부러지고 프리즘은 대부분 부서져 있었다. 여기를 숙사로 삼고 있던 북군 병사들이 신발던지기 놀이의 표적으로라도 삼았던 것이리라. 지금은 석유 램프 하나와 몇 개의 촛불이 방을 비추고 있고, 가장 밝은 조명은 커다란 난로에서 소리 내며 타고 있는 불길이었다. 그 일렁거리는 빛이, 그을고 낡은 마룻바닥이 얼마나 손댈 수 없을 만큼 상처투성이인가 보여 주고 있었다. 퇴색한 벽지에는 전에 초상화가 걸려 있던 자리가 네모꼴로 남아 있고, 회벽의 커다란 균열은 포위전 동안 포탄이 집 위에서 터져서 지붕과 2층의 일부가 날아가 버리던 날을 떠올리게 했다. 그리고 낡고 무거운 마호가니 식탁은 지금도 여전히 텅 빈 식당을 위압하듯 서서 케이크며 술병 따위가 놓여 있었으나, 상처투성이 부러진 다리를 고친 자리가 볼품없이 남아 있었다. 그릇장도 은그릇도 날씬한 의자도 이미 없었다. 방 안쪽의 아치형 프랑스식 창문에 있던 은은한 황금빛 두꺼운 비단 커튼도 없어지고, 그 자리에는 깨끗하기는 하나 기운자리가 뚜렷한 레이스 커튼이 있을 뿐이었다.

전에 그녀가 그토록 좋아했던 조각이 새겨진 소파 대신에 아주 앉기가 거북한 나무 의자가 놓여 있었다. 이 꼴만 되지 않았어도 춤을 추는 건데 생각하면서, 그녀는 그 소파에 될 수 있는 대로 얌전히 앉았다.

다시 춤을 출 수 있으면 얼마나 좋겠는가. 그러나 물론 숨가쁜 릴을 추면서보다는 사람들의 눈에 띄지 않는 작은 방에 있는 편이 훨씬 프랭크를 유혹하기 쉬울 것이다. 이야기에 황홀히 취한 척하고 그를 충동해 어리석은 대비약을 감행하게 할 수가 있는 것이다.

그러나 음악은 역시 매혹적이었다. 그녀의 신발은 레비가 밴조를 타면서 릴의 각 절을 외치고 있는 동안 그의 커다란 마당발에 맞추어 부러운 듯이 가락을 맞추고 있었다. 줄로 나뉜 패가 서로 마주 보기도 하고, 떨어지기도 하고, 소용돌이처럼 돌기도 하고, 팔을 들어 아치 모양을 만들기도 하는데 사람들의 발은 갖가지 다른 소리를 내었다.

댄 터커 영감이 술이 취해서……
(상대방을 빙그르르 돌리고)
불 속에 떨어져 붉은 석탄을 걷어찼다네!
(부인들은 가볍게 뛰어오르고)

타라에서 따분하고 기진맥진한 몇 달을 보내고 온 뒤 다시 음악과 댄스의
발소리를 들으며 그립고 정다운 사람들의 얼굴이 희미한 불빛 속에서 웃기
도 하고, 묵은 농담과 유행어를 주고받기도 하고, 놀리기도 하고, 아양을 떠
는 것을 보는 일은 즐거웠다. 마치 한 번 죽었다가 다시 살아난 기분이었다.
5년 전의 그 유쾌한 나날이 그대로 다시 돌아온 것 같았다. 만일 그녀가 눈
을 감고, 몇 번이고 뜯어 고쳐 입어서 낡은 의상이며 가죽신 같은 것을 보지
않고, 지금은 릴의 행렬에서 모습을 볼 수 없게 된 청년들을 생각하지 않을
수만 있다면, 옛날과 달라진 건 아무것도 없다고 생각했으리라. 그러나 그녀
는 식당에서 술병을 둘러싸고 모여 있는 노인들과 손에 부채도 들지 않고 벽
쪽에 늘어 앉아 이야기하고 있는 부인들, 몸을 움직여 가볍게 춤추고 있는
젊은 사람들을 보고 있는 동안 갑자기 모든 것이 무섭게 변한 것을 느끼고,
마치 이들 낯익은 사람들의 얼굴이 모두 유령이기나 한 듯 소름 끼치는 싸늘
한 공포를 느꼈다.
　그들은 옛날과 다름없어 보인다. 그러나 변해 있다. 무엇이 변한 것일까.
나이가 다섯 살 더 먹어서 그런 것이 아닐까. 아니, 세월이 지났다는 이상의
그 무엇이 있다. 무엇인가가 그들로부터, 그들의 세계로부터 사라져 버린 것
이다. 5년 전에는 어떤 안정감이, 그들이 깨닫지 못한 안정감이 부드럽게 그
들을 감싸고 있었다. 그 덕택에 그들은 꽃 피어 있었던 것이다. 이제는 그것
이 사라지고 그것과 함께 옛날의 자극도, 바로 가까운 곳에 기쁨과 흥분이
있다는 옛날의 의식도, 옛날의 생활방식의 멋진 매력도 모두 사라져 버리고
만 것이다.
　그녀 역시 변한 것만은 사실이었다. 그러나 그들과는 변한 모습이 달랐다.
그것이 그녀에게는 이해되지 않았다. 거기에 앉아 그들을 보고 있으려니까
자기만이 이방인처럼 생각되었다. 마치 딴 세계에서라도 온 것처럼 그들에
게 모르는 말을 쓰고, 자신도 또 그들의 말을 모르는 듯한 고독과 쓸쓸함을

느꼈다. 그리고 그 느낌은 그녀가 애쉴리에 대해서 느끼는 것과 같은 것이라고 곧 깨달았다. 그와 그리고 그와 같은 종류의 사람들에 대해(그러한 사람들이 그녀의 세계의 대부분을 형성하고 있는 것이다) 그녀는 자신이 이해할 수 없는 어떤 거리감을 느꼈다.

그들의 얼굴은 다소 달라져 있었지만 그 태도는 조금도 변하지 않았다. 그러나 그녀에게는 이 두 가지만이 옛 친구들에게 남아 있는 전부인 것처럼 생각되었다. 세월도 변하게 할 수 없는 품위, 시대를 초월한 우아함이 지금도 여전히 그들에게는 남아 있었다. 그것은 어쩌면 죽을 때까지 붙어 떨어지지 않을는지 모르지만, 그들은 죽지 않는 고뇌, 말로 다 표현할 수 없는 깊은 고뇌를 무덤까지 가지고 가지 않으면 안 되는 것이다. 그들은 패배를 당했으면서도 졌다고 인정하지 않고, 부서졌는데도 여전히 꼿꼿이 서서 조용히 이야기하며, 지치기는 했으나 열렬한 마음을 가진 사람들인 것이다. 그들은 짓밟히고 구원 없는 정복된 고장의 시민들인 것이다. 그들은 사랑하는 국토가 적에게 짓밟히고, 악한들이 법률을 악용하며, 일찍이 그들이 부리고 있던 노예들에게 위협을 느끼고, 남자는 선거권을 박탈당하고, 여자는 모욕을 당하면서도 그저 방관하고 있지 않으면 안 되는 사람들인 것이다. 그들은 기억을 가지고 있는 비석인 것이다.

그들의 낡은 세계에서는 낡은 형식만을 제외하고는 모두가 변해 버렸다. 지금도 여전히 옛 습관이 행해지고 있고, 그것은 행해지지 않을 수 없다. 왜냐하면 형식만이 그들에게 남겨진 전부이기 때문이다. 그들은 지난날 그들이 가장 잘 알고 있던 것, 가장 깊이 사랑하고 있던 것, 한가롭게 놀며 즐기던 풍습, 예의, 여유 있는 교제, 그리고 그중에서도 특히 부인에 대한 남자들의 감싸는 태도 따위에 매달려 있는 것이다. 그들은 그들이 그 속에서 자라온 전통에 대해 충실하고, 부인에 대해서는 예의바르고 친절하며, 여성들의 눈에는 지나치게 거친 것, 보여 주기에 적당치 않은 모든 것으로부터 부인들을 보호해 주려는 분위기를 만드는 데 있어서는 거의 성공했다고 해도 좋았다. 그것을 스칼렛은 어리석은 일이라고 생각했다. 왜냐하면 지금 와서 볼 때, 아무리 거친 세파에서 보호를 받아 온 여자라도 이 5년 동안 보지 못하고 알지 못한 것이 거의 없기 때문이다. 그녀들은 부상자를 간호했고 죽어 가는 사람의 눈을 감겨 주었다. 전화와 화재와 약탈의 괴로움을 맛보았다.

공포와 도주와 기아도 알게 되었다.

그러나 어떤 광경을 보든, 어떤 천한 일을 하고 또 다음에도 해야 할지라도 역시 그들은 숙녀요 신사였다. 귀양살이하는 왕족들이었다. 고통을 안은 채 시대의 흐름에 초연하고, 야비한 호기심을 갖지 않으며 서로 친절하고, 금강석처럼 단단하고, 머리 위의 부서진 샹들리에의 수정처럼 밝고 여린 옛시대는 가버렸다. 그러나 그들은 지금도 여전히 옛 시대가 남아 있는 것처럼 즐겁고 여유 있게, 그리고 북부 사람처럼 1센트의 돈에도 눈빛을 달리하여 다투는 그런 짓은 하지 않으려고 다짐하며, 옛 양식의 어느 하나도 버리지 않겠다고 결심하고 살아가는 것이다.

스칼렛은 자신도 무척 변한 것을 알고 있었다. 그렇지 않다면 며칠 전 애틀랜타를 떠난 뒤로 해온 것과 같은 일을 할 수 없었을 것이다. 뿐만 아니라 지금 그녀가 절망적인 기분으로 하려는 일도 결심할 수가 없었을 것이다. 그러나 그들의 고집과 그녀의 그것과는 전혀 달랐다. 그러나 어디가 다른지는 그녀도 잘 몰랐다. 그것은 어쩌면, 그녀는 무엇이든지 과감하게 해치우는 데 반해 그들은 그렇게 하느니 차라리 죽음을 택하리라는 점에 있을 것이다. 어쩌면 그것은 그들이 희망이 없는데도 여전히 웃으면서 고개를 숙인 채 우아하게 지나가려는 데 있을 것이다. 스칼렛에게는 그것이 되지 않았다.

그녀는 인생을 무시할 수가 없었다. 그녀는 살아가야만 했다. 설사 그녀가 거친 인생을 웃으면서 얼버무리며 지나가려 해도 인생은 그녀에 대해서 너무나 잔혹하고 너무나 적대적이었다. 스칼렛은 그 우아함과 용기, 의연한 자존심 같은 것을 시도조차 할 수가 없었다. 사실을 보면서도 여전히 미소지으며 앞을 내다보길 거부하는 어리석은 고집만을 그녀는 그들에게서 보았다.

릴에 얼굴이 빨갛게 달아서 춤추고 있는 무리를 보면서 그녀는 이상하게 생각했다. 자기는 갖가지 일에 쫓기고 있는데 그들은 쫓기고 있지 않은 것일까. 연인은 죽고, 남편은 불구가 되고, 자식은 배고파 울고, 드넓은 토지는 사라지고, 사랑하는 내 집 지붕 밑에 낯선 사람이 산다는 사실에 쫓기고 있는 것이다! 그녀는 그들의 처지를 자신의 처지만큼이나 잘 알았다. 그들의 손실은 그녀의 손실이고, 그들의 궁핍은 그녀의 궁핍이며, 그들의 문제는 그녀 자신의 문제와 같은 것이다. 그러나 그들의 반응은 그녀와 다르다. 지금 그녀가 이 방에서 보고 있는 얼굴은 얼굴이 아니다. 가면이다. 영원히 벗겨지지 않을 정교한 가면인 것이다.

그러나 만일 그들도 역시 이 잔혹한 처지를 그녀와 마찬가지로 고민하고 있다면—고민하고는 있을 것이다—어떻게 그들은 이토록 명랑하게 즐거운 척 해 보일 수 있는 것일까. 정말, 어떻게 그렇게 할 생각이 나는 것일까. 그것은 그녀의 이해 밖의 일로, 그녀는 왠지 모르게 화가 치밀었다. 그녀는 그들의 흉내를 낼 수는 없었다. 그녀는 이 세계의 폐허에 마음 쓰지 않고서 무심코 태연을 가장하고 바라볼 수 없었다. 그녀는 쫓기는 여우였다. 사냥개에게 붙들리기 전에 빨리 굴로 달아나려고 가슴 터지도록 뛰는 여우인 것이다.

갑자기 그녀는 그들이 모두 미워졌다. 그들이 그녀와 다르기 때문이었다. 그들이 그녀가 가질 수 없는, 그리고 가지려고도 하지 않는 태도로 그들의 손실을 참고 견디고 있기 때문이었다. 그녀는 그들이 미웠다. 미소 띠고 가볍게 뛰노는 이방인을 미워하고, 잃은 것에 자랑을 느끼는 우쭐대는 바보들을 미워하고, 잃어버린 것 자체를 긍지로 여기는 그들을 미워했다. 여인들은 모두 귀부인처럼 행동하고 있다. 그녀는 그녀들이 매일 하는 일이란 하인들을 부리고, 다음 입을 옷은 어디서 구해 올지 그 출처조차 막연한 귀부인이라는 것을 알고 있다. 모두 귀부인인 것이다! 그러나 그녀는 벨벳 옷을 몸에 걸치고 머리에는 향수를 뿌리고, 그 배후에는 집안의 자부심을 지니고 일찍이 그 수중에 있던 부의 긍지까지 지니고 있는데도 불구하고, 자신을 귀부인이라고 생각할 수가 없었다. 타라의 붉은 땅과 거칠게 맞붙어 씨름을 한 뒤로는 귀부인이라는 의식은 그녀에게서 사라졌다. 그녀는 그녀의 식탁에 은식기며 크리스털 식기가 놓이고, 김이 나는 푸짐한 음식, 그녀 자신의 마차와 말이 마구간에 서 있고, 흰 손이 아닌 검은 손이 타라의 목화를 따게 되지 않는 한 결코 자기를 귀부인이라고 느낄 수 없다고 생각했다.

'아!' 그녀는 숨을 깊이 들이마시며 역겹게 생각했다. '이 점이 다른 점이다. 저 사람들은 아무리 가난해도 자신을 귀부인이라고 생각하지만 나는 그렇지 않다. 저 바보들은 돈이 없으면 귀부인이 될 수 없다는 것을 모르는 모양이다.'

갑자기 이러한 발견을 하면서도, 그녀는 그들이 바보이기는 하지만 그 태도는 옳은 것이 아닐까 하고 어렴풋이 생각했다. 어머니라면 그렇게 생각하겠지. 그것이 그녀를 당황하게 만들었다. 그녀는 사람들이 느끼는 대로 느껴야 한다고 생각했다.

그러나 그것이 그녀에게는 불가능했다. 그녀는 남들과 마찬가지로 날 때부터의 숙녀는 비록 가난하더라도 역시 숙녀라고 믿어야 한다고 생각했다. 그러나 지금 그녀에게는 도저히 그렇게 믿기지가 않았다.

태어나서부터 오늘날까지, 그녀는 북부 사람들이 교양 같은 것엔 조금도 중요성을 두지 않고 재산만 있으면 신사 행세를 할 수 있다고 해서 모두 함부로 욕지거리를 하는 것을 들어 왔다. 그러나 이 순간, 그녀는 이단적이기는 하나 북부 사람들이 비록 다른 모든 점에서 틀렸다곤 해도 이 점만은 옳다고 생각하지 않을 수 없었다. 숙녀이기 위해서는 돈이 필요한 것이다. 만일 딸이 이렇게 말하는 것을 들으면 어머니는 기절하고 말 것이라고 그녀는 생각했다. 아무리 가난하게 살아도 엘렌은 부끄럽다고 생각하지 않을 것이 틀림없다. 부끄러워한다! 바로 이것이 스칼렛이 느끼고 있는 것이었다. 가난에 괴로운 살림, 구두쇠가 되어 흑인이 할 일까지 하는 것이야말로 부끄러운 일이다.

그녀는 짜증이 나서 어깨를 으쓱했다. 아마도 이 사람들이 옳고 그녀가 틀린 것이리라. 그러나 어쨌든 이 자존심 높은 바보들은 온갖 신경을 곤두세워 명예도 명성도 위협 앞에 내맡기고, 잃었던 것을 되찾으려 하고 있는 그녀처럼 장래를 내다보고 있지는 않을 것이다. 돈 때문에 안달하는 것을 그들 대부분은 천한 것으로 생각하고 있다. 거칠고 힘든 시절이다. 따라서 그것을 이겨내려면 당연히 거칠고 혹독한 싸움을 해야만 한다. 많은 사람에게 돈을 버는 것이 목적인 그러한 싸움이 그들의 가정적 전통에 의해 엄하게 금지당하게 되리라는 것을 스칼렛은 알고 있었다. 그들은 모두 노골적으로 돈 버는 일과 돈 이야기를 하는 것조차 몹시 야비한 것으로 생각하고 있는 것이다. 물론 예외는 있다. 메리웨더 부인은 과자를 만들고, 르네는 파이 마차를 몬다. 휴 엘싱은 장작을 쪼개서 행상을 하고, 토미는 도급업을 하고 있다. 그리고 프랭크는 가게를 차릴 정도의 수완을 가지고 있다. 그러나 일반적으로는 어떠한가. 농장 주인은 얼마 안 되는 땅을 밭갈이해서 겨우 풀칠을 하고 있다. 변호사나 의사는 본래의 직업으로 돌아가 결코 올 리가 없는 손님을 기다린다. 그리고 그 밖에 일할 줄 모르고 그저 재산의 이익만으로 살아온 사람들은 어떻게 될 것인가?

그러나 그녀는 앞으로의 일생을 가난하게 지내고 싶지는 않았다. 멍하니 앉아서 자기를 도와줄 기적이 나타나기만을 언제까지나 기다릴 생각은 없었다. 인생 속으로 뛰어들어 거기에서 가능한 것들을 빼앗아 가지고 올 작정이었다. 그녀의 아버지는 가난한 이민 청년으로 출발해서 마침내 타라의 그 광대한 토지를 자기 것으로 만들었다. 아버지가 한 일이라면, 딸인 그녀가 못할 리 없다. 사라져 버린 남부의 대의에 모든 것을 걸었다가 그 대의에 지고도 어떤 희생이든 가치가 있는 것이라고 여전히 긍지를 가지고 운명에 만족하고 있는 사람들과 그녀는 전혀 달랐다. 그들은 용기를 과거에서 끌어당기고 있다. 그러나 그녀는 그 용기를 미래에서 끄집어내려 하고 있는 것이다. 지금은 프랭크 케네디가 그녀의 미래이다. 적어도 그는 가게를 가지고 있고 현금을 가지고 있다. 그녀가 그와 결혼하여 그 돈을 마음대로 쓸 수 있게 되면 앞으로 1년은 타라를 유지해 나갈 수 있다. 그리고 그 뒤에 프랭크는 제재소를 사야만 한다. 애틀랜타의 부흥 건축이 급속히 진행되고 있고, 그러면서도 상업상의 경쟁자가 없는 지금, 제재 사업을 일으킨다는 것은 금광을 갖는 거나 다름없다는 것을 그녀는 잘 알았다.

그때 문득 그녀는 마음 한구석에 전쟁 초기, 레트가 봉쇄 무역으로 번 돈에 대해 이야기하던 말이 떠올랐다. 그때는 그 말을 이해하려고도 하지 않았지만, 지금은 실로 그 의미를 뚜렷이 알 수 있었다. 그녀는 당시에 그 말을 이해할 수 없었던 것은 자신이 젊었던 까닭일까, 아니면 바보였기 때문일까 하고 이상하게 생각했다.

'하나의 문명이 건설될 때와 마찬가지로, 하나의 문명이 파괴될 때도 돈이 벌린다.'

'그가 예견한 파괴란 바로 이것이다.' 그녀는 생각했다. '그의 말이 옳다. 일하기를 두려워하지 않는 사람, 빼앗는 것을 두려워하지 않는 사람이면 누구나 아직도 얼마든지 돈을 벌 수 있다.'

프랭크가 한 손에 검정 딸기 술 컵을, 다른 손에 케이크 조각을 담은 접시를 들고 마루를 건너 이리로 오는 것이 보였으므로 스칼렛은 얼른 얼굴에 미소를 준비했다. 타라라는 땅이 프랭크와 결혼까지 할 만한 가치가 있는지 없는지에 관한 의문은 그녀에게는 일어나지 않았다. 그녀는 가치가 있다고 믿었고, 그것을 두 번 다시 생각하려 하지 않았다.

그녀는 검정 딸기 술을 조금씩 마시면서 자신의 뺨이 춤추고 있는 무리의 어느 누구보다도 매혹적인 장밋빛을 띠고 있다는 것을 알고 있었으므로 눈을 치켜뜨며 미소를 던졌다. 그를 위해 치마를 당겨 자기 옆에 앉게 하고, 향수 냄새가 은은히 그에게로 풍기게끔 천연스레 손수건을 만지작거렸다. 이 방 안에서 향수를 뿌린 여자는 아무도 없어 그녀는 그것이 자랑스러웠다. 프랭크도 그것을 눈치채고 있었다. 갑자기 그는 대담하게 당신은 장미 같은 분홍빛에 장미 같은 향기를 풍기고 있다고 속삭였다.

만일 그가 이처럼 소심스런 사람이 아니었다면! 그녀는 생각했다. 그는 마치 늙고 겁 많은 들토끼를 떠오르게 했다. 탈레턴 형제들만큼만 용기와 정열이 있어 주었으면. 하다못해 레트 버틀러와 같은 염치 좋고 뻔뻔스런 면이라도 있어 주었으면. 그러나 그가 그런 기질을 가지고 있었다면, 아마 그는 그녀의 수줍은 듯 깜박이는 눈까풀 바로 밑에 숨은 절망을 알아챌 만한 감각도 가졌을 것이 틀림없었다.

그러나 그는 현재 이런 인물이었고, 그녀가 지금 무엇을 생각하고 있는지 의심조차 하지 않을 만큼 여자에 대해서는 아는 것이 전혀 없었다. 이 점은 그녀에게 있어 다행이었다. 그러나 그렇다고 해서 그것이 그에 대한 존경을 높여 주는 것은 아니었다.

36

두 주일 뒤, 그녀는 프랭크 케네디와 결혼했다. 그녀가 얼굴을 붉히면서 그에게 고백한 바에 의하면, 그녀는 그의 회오리바람 같은 구애에 숨도 쉴 수 없게 되고, 더 이상 그의 정열을 거부할 수가 없었다는 것이다. 그 두 주일 동안, 그가 좀처럼 이쪽의 암시와 선동에 걸려들지 않으므로, 공교롭게 수엘렌에게서 편지라도 와서 모처럼 계획한 것이 소용없게 되지나 않을까 하고 그것을 걱정하면서 밤만 되면 스칼렛은 이를 악물고 방 안을 서성거리고 있었는데, 그것을 그는 알지 못했다. 동생이 글 쓰기를 몹시 싫어해서, 편지를 받는 것은 좋아하면서도 자기가 쓰는 것은 싫어하는 것을 그녀는 하느님께 감사했다. 그러나 우연이란 것이 있다. 글 쓰기 싫어하는 동생이 우연히 편지를 쓸 수도 있다. 그런 생각을 하면서, 그녀는 긴긴 밤을 엘렌의 낡은 숄을 잠옷 위에 두르고 침실의 차가운 마룻바닥 위를 왔다 갔다 했던 것이다. 윌한테서 간단한 편지가 왔는데, 조나스 윌커슨이 또 타라에 찾아왔다는 것, 그리고 그녀가 애틀랜타로 간 것을 알자 마구 소동을 피워 윌과 애쉴리가 둘이서 집 밖으로 끌어냈다는 것 등이 적혀 있었지만, 그것도 프랭크는 알지 못했다. 윌의 편지는 그녀가 이미 알고도 남는 일, 추징금을 납부해야 할 기일이 점점 다가오고 있다는 사실을, 쇠망치로 후려치듯 그녀의 가슴을 내리쳤다. 하루하루 지나감에 따라 그녀는 심한 절망에 사로잡혀, 가능한 일이라면 모래시계를 양손에 들고 흐르는 모래의 움직임을 멈춰 버리고 싶었다.

그러나 그녀는 교묘히 감정을 숨기고 노련한 연극을 했으므로, 프랭크는 조금도 의심을 품지 않았다. 그는 겉에 드러난 것밖에 보지 않았다. 매일 밤 피티 댁 객실에 그를 맞아들여, 그가 자기 가게의 장래 계획이며, 제재소를 사게 되면 어느 정도 벌 것이라는 둥 하는 얘기에 숨을 죽이고 감탄하면서 귀를 기울이는 아름답고 고독한 젊은 찰스 해밀턴의 미망인밖에 보지 않던 것이다. 그가 하는 말 한 마디 한 마디에 대해 그녀가 상냥하게 공감하고 눈을 빛내며 흥미를 보여 주는 것은 수엘렌이 자기를 배반했다는 생각으로 갈기갈기 찢어진 그의 상처난 마음에 큰 진통제가 되었다. 그의 심장은 수엘렌의 행동으로 인해 아프고 어지러웠으며, 자신이 여자에게 매력적이지 못함을 아는 독신 중년 남자의 수줍고 민감한 허영심은 깊은 상처를 입은 것이다. 수엘렌에게 편지를 띄워 그 배신을 책망하는 것도 그로서는 불가능했다. 그런 일은 생각만 해도 두려웠다. 그 대신 그는 스칼렛과 마주하여 수엘렌의 이야기를 함으로써 편안해질 수 있었다. 왜냐하면 그녀는 심한 말로 수엘렌을 헐뜯지는 않지만 동생이 그에게 얼마나 가혹한 짓을 했는가, 또 그의 가치를 아는 여자라면 그를 어떻게 대우해야 하는가 하는 얘기를 늘어놓았기 때문이다.

그의 눈에 비친 가련한 해밀턴 부인은, 자기의 불행한 운명에 슬픈 한숨을 내쉬고, 그가 기운을 돋워 주려고 농담을 하거나 하면 작은 은방울같이 밝고 아름답게 웃는 장밋빛 뺨의 아름다운 여성이었다. 마미가 곱게 손질한 그녀의 초록빛 옷은 가늘고 아름다운 그녀의 날씬한 몸매를 더할 나위 없이 돋보이게 했고, 또 끊임없이 그녀의 손수건과 머리에서 풍겨나는 향기는 완전히 그를 황홀하게 사로잡기에 충분했다! 이렇게 아름답고 가련한 여성이 그녀에게는 그 무서움이 어떤 건지 이해조차 안 되는 이 사회에서 의지할 곳 없이 고독을 한탄한다는 것은 얼마나 애처로운 일인가. 지켜 줄 남편도, 형제도, 아버지도, 지금의 그녀에게는 없다. 외톨이가 된 여성이 혼자 살아나가기에는 이 세상이 너무도 야만적이라고 프랭크는 생각했다. 그리고 스칼렛역시 입 밖에 내진 않았지만 그 생각에 공감하고 있었다.

그는 매일 밤 찾아왔다. 그것은 피티 댁의 분위기가 즐겁고 유쾌했기 때문이었다. 현관에서 맞아주는 마미의 미소는 상류계급의 방문객을 위해서만마련됨직한 미소였고, 피티는 브랜디를 가미한 커피를 내놓으며 열심히 대접해 주었으며, 스칼렛은 그의 말 한 마디 한 마디에 열심히 귀를 기울여 주었다. 오후에 장사 일로 나가게 되거나 할 때는 가끔 그는 스칼렛을 무개마차에 태우고 나갔다. 그럴 때면 그는 무척 유쾌했다. 그녀가 여러 가지 천진한 질문을 하기 때문이었다. '참으로 여자답다.' 그는 이렇게 생각하고 마음속으로 매우 흐뭇해했다. 장사에 대한 그녀의 무지에 그는 웃지 않을 수 없었다. 그러면 그녀도 웃으면서 이런 소리를 했다.

"하지만 저처럼 어리석고 어린 여자가 남자들이 하는 일을 알고 있으리라고 생각하는 것은 무리가 아니겠어요."

의지할 곳 없는 어리석은 여성을 지켜 주기 위해, 자신이 하느님에 의해다른 남자들보다 특별히 고귀하게 만들어진 억세고 훌륭한 남자라는 것을,그는 그 노처녀 같은 생애에서 처음으로 스칼렛에 의해 느끼게 되었던 것이다.

마침내 결혼하기로 되어 그녀의 믿음에 가득 찬 작은 손을 쥐고, 그 내리깐 속눈썹이 장밋빛 뺨에 짙고 검은 초승달을 그리는 것을 바라보았을 때에도, 대체 어떻게 해서 이런 결과가 되었는지 그는 알 수 없었다. 알고 있는것은 다만 자기가 난생처음으로 낭만적이고 흥미진진한 무엇인가를 했다는이었다. 자신이, 이 프랭크 케네디가 이 사랑스러운 여성을 채어다가 이 억센 팔 안으로 끌어당긴 것이다. 그것은 자극적인 느낌이었다.

결혼식에는 친구도 친척도 오지 않았다. 증인으로는 거리에서 낯선 얼굴을 불러들여 부탁했다. 스칼렛이 그렇게 고집했으므로, 하는 수 없이 그녀가말하는 대로 한 것이다. 그는 자매와 매부들을 존즈버러에서 불러오고 싶었다. 또 피티 댁 객실에서 행복을 비는 많은 친구에 둘러싸여 축복을 받게 되면 얼마나 기쁠까 하고 생각했으나, 스칼렛은 피티 고모가 출석하는 것조차 승낙하지 않았다.

"단둘이서만 말이에요, 프랭크." 그의 팔을 죄면서 그녀는 간청했다. "마치 정이 들어서 달아난 사람들처럼 말이에요. 난 늘 집에서 뛰쳐 나와서 결혼을 했으면 하고 생각했었어요! 네, 제발, 나를 위해서 그렇게 해 주세요, 네?"

지금도 아직 귀에 쟁쟁한 그런 속삭임, 애원하듯 그를 쳐다보는 담녹색 눈시울에서 반짝이며 넘쳐흐르는 눈물방울, 그것이 그를 정복한 것이다. 결국 남자는 신부에게 뭔가 양보해야 한다. 특히 결혼식 같은 것에 대해서는. 왜냐하면 여자는 결혼식을 감상적으로 생각하는 법이니까.

그리하여 분명하게 어떤 자각도 갖지 못한 채 그는 결혼해 버렸던 것이다.

프랭크는 다정하게 조르는 데 넘어가 결국 그녀에게 3백 달러를 내주었다. 이것을 주어 버리면, 제재소를 살 가망은 당분간 없어지므로 처음에는 마음이 내키지 않았지만, 그렇다고 처갓집 식구가 쫓겨나는 것을 잠자코 보고만 있을 수도 없었다. 그리고 그녀의 밝고 행복한 모습을 보자 그런 실망도 금방 사라지고, 그녀가 사랑스런 몸짓으로 그의 너그러움을 울고 싶을 만큼 고마워하는 것을 보자 그러한 기분은 완전히 날아가 버렸다. 프랭크는 지금까지 한 번도 여자가 그런 식으로 울고 싶을 만큼 고마워하는 것을 본 적이 없었으므로 결국은 가장 뜻있게 썼다고 생각하게 되었다.

스칼렛은 당장 마미를 타라로 보냈다. 그것은 윌에게 돈을 전해 주는 것, 그녀의 결혼을 알리는 것, 웨이드를 애틀랜타로 데리고 오는 것, 이 세 가지 목적을 가진 여행이었다. 이틀 뒤 윌에게서 간단한 편지가 왔다. 그녀는 기쁨에 벅차 그것을 몇 번이고 되풀이해 읽었다. 편지에는 세금을 치렀다는 것, 그것을 알고 조나스 윌커슨이 매우 난폭한 짓을 했지만 지금은 별로 위협적인 짓은 하지 않는다는 내용이 적혀 있었다. 그리고 마지막으로 윌은 형식에 따른 간단한 문구로 그녀의 행복을 빈다고 썼는데, 거기에는 아무런 수식도 없었다. 윌은 그녀가 한 일, 왜 그런 일을 했는가를 잘 알고 있으므로 비난도 하지 않거니와 칭찬도 하지 않는다는 것을 그녀는 알고 있었다. 그러나 애쉴리는 어떻게 생각할까? 그녀는 열심히 생각했다. 타라의 과수원에서 그런 말을 하고 아직 얼마되지도 않았는데, 이렇게 된 나를 그는 어떻게 생각하고 있을까?

수엘렌에게서도 편지가 왔다. 맞춤법은 틀려 있었지만, 무서운 독설을 늘어놓고 증오에 찬 눈물 자국이 있는 편지로서 스칼렛이 이것을 쓴 사람을 평생 잊지 못하고 용서하지 않으리라고 생각할 만큼 언니의 성격에 대한 적확한 관찰이 적혀 있었다. 그러나 그러한 수엘렌의 독설마저, 타라가 안전하게 되었다, 적어도 눈앞의 위기는 벗어나게 되었다는 그녀의 안도감을 흐리게 할 수는 없었다.

자기의 영주할 곳이 타라가 아니라 애틀랜타라는 것이 아무래도 납득이 가지 않았다. 세금을 마련하느라고 필사적으로 애쓸 때는 타라와 타라를 위협하는 운명 말고 다른 것은 아무것도 생각하지 않았다. 결혼 당시에도, 타라의 안전을 위한 대가로 자기는 영원히 타라에서 멀어지게 되리라는 것은 조금도 생각하지 않았다. 그런데 결혼한 지금 그것을 깨닫게 되자 간절하게 고향에 대한 그리움이 끓어올라 그녀의 가슴을 떠나지 않았다. 그러나 이렇게 돼 버린 이상 이제는 어쩔 수가 없었다. 스스로 흥정을 한 이상 그것을 실천할 수밖에 없었고, 또 그렇게 할 작정이었다. 그리고 타라를 구해 준 데 대해서는 프랭크에게 진심으로 감사하고 있었으므로, 이윽고 그녀는 그에 대한 따뜻한 애정과, 그로 하여금 결혼한 것을 뉘우치지 않도록 하려는 따뜻한 결심을 하기에 이르렀다.

애틀랜타의 부인들은 자신의 일과 거의 비슷하게 주위 사정을 잘 알고 있었고, 자기 일보다도 훨씬 많은 흥미를 가지고 있었다. 프랭크 케네디와 수엘렌 오하라의 사이에 몇 해 전부터 어떤 합의가 있었던 것은 그들도 다 알고 있는 사실이었다. 실제로 또 그의 쪽에서도 봄이 되면 결혼할 작정이라고 부끄러운 듯 공언하고 있었던 것이다. 때문에 바로 그가 스칼렛과 몰래 결혼한 것을 알자 자연히 갖가지 비판과 억측과 깊은 의혹들이 사람들 사이에 자주 오갔다. 어떤 방법이 있는 한, 오랫동안 호기심을 만족시키지 않고는 결코 배기지 못하는 메리웨더 부인은 자매의 한 사람과 약혼한 처지에 어떻게 또 다른 자매와 결혼했느냐고 단도직입적으로 케네디에게 물었다. 그러나 뒤에 부인이 엘싱 부인에게 알려 준 바에 의하면, 그처럼 고생해서 얻은 대답은 그의 얼굴에 떠오른 멍청한 표정뿐이었다고 한다. 그러나 제아무리 배짱 센 메리웨더 부인도 이 문제를 스칼렛에게만은 감히 들이대지 못했다.

그 무렵의 스칼렛은 얌전하고 온순했으나, 그녀의 눈에는 사람을 위압하는 듯한 여유와 침착함이 깃들어 있어서 누구에게도 주제넘은 참견은 용납하지 않는 도전적인 태도가 엿보였다.

애틀랜타가 자기 이야기를 하고 있다는 것을 그녀도 알고 있었지만, 그녀는 조금도 개의치 않았다. 누가 뭐래도 남자와 결혼한 것이 부도덕할 것은 없는 것이다. 타라는 안전하다. 떠들고 싶으면 얼마든지 떠들어라. 그녀에게는 달리 걱정할 것이 너무나 많다. 그중에도 가장 중요한 것은 가게에서의 이익을 높이기 위하여 프랭크를 설득하는 것이었다. 조나스 윌커슨에게 위협을 당한 뒤로는 자기와 프랭크에게 꽤 많은 돈의 여유가 생길 때까지는 그녀는 안심이 안 되었다. 불의의 사태가 생기지 않는다 하더라도 내년 세금에 지장이 없을 만큼 준비해 두려면 그것만으로도 프랭크는 수입을 늘릴 필요가 있었다. 그뿐만이 아니고, 제재소에 대해 프랭크가 한 말이 지금도 그녀의 마음속에 못박혀 있었다. 제재소가 손에 들어오면 프랭크는 훨씬 더 많은 돈을 벌게 되는 것이다. 목재가 그렇게 터무니없는 값으로 팔린다면 누구나 벌 수 있는 것이다. 그래서 타라의 세금을 치르고, 제재소를 살 만한 돈을 프랭크가 벌지 못하자 말없이 조바심 냈다. 그래서 어떻게든지 될 수 있는 대로 빨리 가게에서 보다 많은 이익을 올려, 누군가 다른 사람에게 가로채이기 전에 제재소를 사들이기로 결심했다. 그녀로 볼 때 그것은 분명히 횡재였다.

만일 자기가 남자라면, 가게를 저당 잡히고 돈을 꾸어서라도 제재소를 손에 넣으리라고 생각했다. 그러나 결혼 이튿날, 그녀가 그런 뜻을 고상하게 비치자 프랭크는 미소를 지으며, 당신의 그 사랑스럽고 아름다운 머리를 장사 같은 것으로 괴롭혀서는 안 된다고 말했다. 그녀가 저당이 어떤 것인가를 알고 있는 것조차 그를 놀라게 하기에 충분했다. 그는 처음에는 그것을 재미있어 했다. 그러나 결혼 뒤 얼마 안 되어 그런 재미있는 기분은 어느덧 사라지고, 그 대신 가슴이 뜨끔해 오는 충격을 느꼈다. 한 번 그는 무심결에 어떤 사람들(조심하느라 이름만은 언급하지 않았다)에게 외상을 주었는데 좀처럼 갚지를 않는다, 그러나 모두 옛날 친구들이고 신사이므로 물론 자기는 독촉할 생각 같은 것은 조금도 하지 않는다고 말했다. 그리고 금방 뉘우쳤다. 왜냐하면 그 뒤 그녀가 몇 번이고 그것을 그에게 물었기 때문이다.

그녀는 다시없이 순진하게 단순한 호기심에서 알고 싶어한다는 그런 태도로 누가 얼마나 가져갔느냐고 물었다. 그러나 그 문제에 대해 프랭크는 지극히 애매한 태도를 보였다. 신경질적으로 마른 기침을 하거나, 손을 흔들면서 당신 같은 그런 가냘프고 아름다운 머리로 그런 골치 아픈 것을 생각해서는 안 된다고, 예의 그 화나는 소리만 되풀이할 뿐이었다.

그러나 바로 그 사랑스럽고 아름답고 가냘픈 머리가 계산에도 날카롭다는 것이 드디어 그에게도 분명히 알려졌다. 사실 그녀의 머리는 그의 머리보다도 훨씬 뛰어났다. 그것을 알게 되자 그는 불안해졌다. 숫자가 세 자리 이상만 되어도 그에게는 종이와 연필이 필요한데, 그녀는 보다 많은 숫자도 암산으로 척척 해치웠다. 그것을 발견했을 때, 그는 벼락을 맞은 듯이 깜짝 놀랐다. 분수 문제도 그녀에게는 전혀 어렵지 않았다. 분수나 장삿속을 안다는 것은 여성에게 어울리지 않고, 또 설혹 불행하게도 그런 숙녀답지 못한 이해력을 가지고 태어난 사람은 당연히 그런 것을 나타내지 않아야 한다고 그는 믿고 있었던 것이다. 그런 이유로 그는 그녀와 장사에 대한 이야기를 하는 것을 결혼 전에 좋아했던 것만큼이나 싫어하게 되었다. 결혼 전에는, 그는 그런 것이 모두 그녀의 지적 이해력을 초과하는 것이라고 생각하고 여러 가지를 그녀에게 설명해 주는 것이 즐거웠다. 그러나 지금은 그녀가 지나칠 만큼 이해하고 있다는 것을 알았다. 그래서 그는 남성들이 여자에게 이중성이 있음을 느꼈을 때와 똑같은 것을 느끼고 분개했다. 그리고 여자에게도 머리가 있다는 것을 발견하고 남성들이 맛보는 것과 마찬가지의 환멸을 맛보았다. 스칼렛이 자기와 결혼하는 데 속임수를 썼다는 것을 프랭크가 알게 된 것은 과연 결혼 뒤 며칠이나 지나서였는지 그것은 아무도 모른다. 진상이 알려지게 된 것은 어쩌면 자유롭길 원하는 게 분명한 토니 폰테인이 볼일이 있어 애틀랜타에 왔을 때부터인지 모른다. 또는 존즈버러에 있는 그의 누이동생이 오빠가 결혼한 데 깜짝 놀라 직접 편지로 진상을 써 보냈을지도 모른다. 수엘렌한테서 아무 말도 듣지 않은 것만은 확실했다. 그녀는 한 번도 편지를 보내지 않았다. 그러므로 그도 편지를 써서 사정을 해명할 수 없었다. 그리고 일단 결혼해 버린 이상, 해명한들 무슨 소용이 있겠는가? 수엘렌은 일생 동안 진정한 내용을 모를 것이며, 틀림없이 자기가 매정하게 버렸다고 생각할 것이라고 그는 남몰래 고민했다. 아마 세상에서도 모두 그렇게 생각하고 그를 비난하고 있을 것이다. 확실히 그의 입장은 이상한 틈바구니에 끼고 만 것이다. 그러나 그에게는 변명할 방법이 없었다. 사내로서 여자 때문에 머리가 멍청해졌다고 떠들고 돌아다닐 수도 없는 일이었고, 또 신사로서 자기 아내에게 속은 사실을 광고하고 다닐 수도 없는 일이었다.

스칼렛은 그의 아내였고, 아내는 남편에게 성실을 요구할 권리가 있다. 더욱이 그녀가 자기에게 아무런 애정도 없이 차디찬 계산만으로 결혼했다고는 도저히 믿어지지 않았다.

그런 생각을 언제까지고 마음에 간직해 두는 것은 그의 남자로서의 자존심이 허락하지 않았다. 그보다는 그녀가 갑자기 자기를 사랑하게 되어 그를 손에 넣기 위해 감히 거짓말까지 했다고 생각하는 편이 훨씬 유쾌했다. 그러나 그렇다 해도 모든 것이 이해되는 것은 아니었다. 자기의 반밖에 안 되는 나이의 아름답고 현명한 여성에게 어울릴 멋진 결혼 상대가 아닌 것은 그도 너무나 잘 알고 있었다. 그러나 프랭크는 신사였으므로 이 알 수 없는 것을 자기만의 의문으로 간직해 두었다. 스칼렛이 자기의 아내인 이상 이상한 질문을 해서 그녀를 모욕할 수는 없었다. 어찌됐든 그것으로 사태가 좋아지는 건 아니니까.

게다가 프랭크가 볼 때 이 결혼은 행복하게 보였으므로 달리 사태를 개선할 마음이 나지 않았다. 그에게는 스칼렛이 여자로서 가장 매력이 있고 자극적이며, 고집센 점을 뺀다면 완전무결한 것처럼 여겨졌다. 그녀가 좋을 대로 내버려 두기만 하면 하루하루를 지극히 즐겁게 보낼 수 있다는 것을 프랭크는 결혼 직후 알게 되었다. 그러나 그녀에게 반대하게 될 경우, 마음대로 하게 내버려 두면 그녀는 어린애처럼 건방지게 굴고, 바보 같은 농담을 하며 그의 무릎 위에 올라앉아 그가 스무 살은 젊어졌다고 고백할 때까지 그의 수염을 잡아당기곤 했다. 하지만 가끔 의외일 정도로 상냥하게 세심한 주의를 기울여, 밤에 그가 돌아오면 실내화를 따뜻하게 해 두기도 하고, 젖은 발과 대수롭지 않은 두통을 다정하게 걱정하기도 하며, 그가 닭 내장을 좋아하는 것과 커피에는 설탕을 세 숟갈 넣는다는 것까지 잘 알고 있었다. 그렇다, 스칼렛과 함께 지내는 인생은 무척 감미롭고 즐겁다. 그녀가 제멋대로 하게만

놔둔다면.

결혼 뒤 2주일쯤 지나 프랭크는 유행성 감기에 걸려 미드 박사의 지시대로 자리에 눕게 됐다. 전쟁이 시작되던 해에 그는 폐렴으로 두 달이나 병원 생활을 한 적이 있으므로 또 폐렴에 걸리지 않을까 염려하여 곧장 의사의 명령대로 석 장을 겹쳐 놓은 모포 밑에서 땀을 흘리며 마미와 피티 고모가 한시간마다 가져다주는 뜨거운 탕약을 마셨다.

병은 좀처럼 낫지 않았다. 날이 감에 따라 프랭크는 가게 일이 걱정되기 시작했다. 가게를 맡기고 있는 점원 소년이 매일 밤 그날 매상을 보고하러 왔으나, 프랭크는 그걸로 만족할 수가 없었다. 그가 너무나 조바심을 하고 있자 그런 기회가 오기를 노리고 있던 스칼렛은 한 손을 그의 이마에 대면서 말을 꺼냈다. "여보, 당신이 그렇게 걱정하시면 전 마음이 편치가 않아요. 제가 가게로 가서 어떻게 되었나 보고 오겠어요."

그리고 그의 힘없는 항의를 틀어막고 미소 지으며 나갔다. 결혼하고 나서 세 주일 동안, 그녀는 그의 회계장부를 보고 돈의 출납이 어떻게 되어 있는지 알고 싶어서 견딜 수 없었다. 그가 병상에 누웠다는 것은 얼마나 다행한 일인가?

가게는 파이브 포인트 근처에 있었는데, 새 지붕이 그을은 낡은 벽돌벽 위에서 번쩍이고 있었다. 나무로 만든 차양이 보도를 덮어 차도 끝까지 쑥 나와 있고, 긴 쇠막대기가 말과 노새를 매는 말뚝에 닿아 있었다. 말과 노새는 등에 찢어진 모포와 방석을 걸치고, 찬 이슬비 속에 처량하게 고개를 숙이고 있었다. 가게 안은 존즈버러에 있는 블라드의 가게와 너무 비슷했는데, 거기에는 소리를 내며 벌겋게 달아오른 난로를 싸고 둘러앉아 담배 때문에 갈색으로 변한 침을 아무렇게나 모래 상자에 뱉어내는 한가한 무리들이 모여 있었으나, 여기에는 그런 광경은 볼 수 없었다. 블라드의 가게보다는 크고 어두웠다. 나무 차양 때문에 겨울 햇빛이 대부분 가려져 있고, 옆벽 높은 곳에 붙어 있는 파리똥투성이인 조그만 창문으로 약간의 광선이 겨우 들어오고 안은 음산하고 침침했다. 마룻바닥에는 진흙투성이 톱밥이 깔려 있고, 어디를 보나 먼지투성이에다 지저분했다. 가게 앞쪽만 다소 정돈이 되어 있어, 밝은 빛깔의 피륙이며 사기그릇이며 부엌 도구와 자질구레한 물건들을 쌓아

놓은 선반이 어둠 속에 서 있었다. 그러나 거기서 칸막이를 한 안쪽은 혼돈 그 자체였다.

가게에는 마룻바닥이 없고, 온갖 물건들이 밟아 다진 흙바닥 위에 뒤죽박 죽으로 쌓여 있었다. 상자·상품뭉치·쟁기·마구·안장·값싼 소나무 관 따위가 어둑어둑한 속에 보였다. 그 맞은편 어둠 속에는 낡은 가구들이 값싼 고무 제품에서부터 마호가니, 자단으로 된 것까지 있고, 닳아빠지기는 했으나 빛 깔이 선명한 금실 무늬 비단이며 말털을 섞어서 짠 천을 씌운 의자 따위가 그을린 주위와 어울리지 않게 빛나고 있었다. 흙바닥에는 사기 요강이며 대 접이며 물주전자 따위가 널려 있고, 사방 벽에는 속이 깊숙한 광주리가 걸려 있었는데, 너무 어두워서 그 위에 램프를 비추고서야 겨우 그 속에 씨앗이며 크고 작은 못, 목수 도구가 들어 있는 것을 알 수 있었다.

'프랭크는 노처녀처럼 꼼꼼한 사람이니까 상점을 좀더 깨끗이 정돈할 수 있었을 텐데.' 손수건으로 더러워진 손을 닦으면서 그녀는 생각했다.

'이거야말로 돼지우리 아니야. 이렇게 관리하는 가게도 있을까? 먼지를 모두 털어내고, 지나가는 사람에게 잘 보이도록 가게 앞에 내놓으면 여러 가 지 물건들이 훨씬 빨리 팔릴 텐데.'

물건이 이 모양이라면 대체 장부는 어느 정도일까?

아무튼 회계장부를 살펴봐야겠다고 그녀는 생각했다. 그리고 램프를 집어 들고 가게 앞쪽으로 나왔다. 점원 아이 윌리는 표지가 더러워진 커다란 장부 를 좀처럼 그녀에게 내주려 하지 않았다. 분명히 그는 아이이면서도, 여자는 사업 같은 것에 관여해서는 안 된다는 프랭크와 같은 의견을 가지고 있는 것 같았다. 그러나 스칼렛은 따끔한 소리로 그를 두말하지 못하게 하고 식사나 하라고 밖으로 내보냈다. 못마땅한 표정으로 옆에서 귀찮게 하느니 그게 더 나았다. 소년이 나가자 그녀는 마음이 가벼워졌다. 한창 타오르고 있는 난로 옆 그물의자에 앉아, 한쪽 다리를 의자 위에 접어올리고 무릎 위에 장부를 폈다. 마침 점심시간이어서 거리에는 지나는 사람이 없었다. 손님이 한 사람 도 오지 않았으므로 가게는 몽땅 그녀 혼자의 것이었다.

그녀는 천천히 장부를 넘기면서, 프랭크의 서툰 인쇄체 같은 필적으로 씌 어진 갖가지 이름과 숫자를 차근차근 살펴 나갔다. 역시 그녀가 예상한 대로 였다. 프랭크에게 장사 감각이 모자란다는 증거를 여기서 새로 발견하고 그녀는 눈썹을 찡그렸다. 외상은 적어도 5백 달러는 되었고, 개중에는 몇 달이 지난 것도 있었다. 그리고 거기에는 그녀가 잘 알고 있는 사람들의 이름, 메리웨더 댁, 엘싱 댁, 그 밖의 친숙한 사람들의 이름이 적혀 있었다. 프랭크가 외상을 지고 있는 그 사람들에 대해 말할 때, 아주 대수롭지 않은 투로 얘기하기에 대단찮은 액수로 그녀는 생각하고 있었다. 그런데 이게 어찌 된 일인가!

'이 사람들은 돈도 치르지 않으면서 왜 이렇게 사들이는 것일까?' 그녀는 화가 났다. '그리고 또 이 사람들이 돈을 치를 수 없는 걸 알면서 그는 또 왜 자꾸 주는 것일까, 프랭크가 받아내려고 수단만 쓰면 낼 사람은 많잖아. 예를 들어 엘싱 댁만 하더라도 패니의 새 공단 옷을 짓는다. 돈이 많이 드는 결혼식을 올리는 판이니까 틀림없이 낼 수 있을 것이다. 프랭크의 약한 마음을 모두 교묘하게 이용하는 거야. 받을 돈의 반만이라도 받을 수 있다면, 제재소를 사는 것도, 타라의 세금을 치르는 것도 문제없이 해결될 수 있을 텐데.'

그리고 그녀는 생각했다. '이런 식으로 프랭크가 제재소를 경영한다면 큰일이다. 이 가게도 이렇게 자선사업처럼 하고 있으니 제재소에서 이익을 올리기는 도저히 바랄 수 없지. 아마 한 달도 채 못가서 경매 처분을 당하고 말 것이 뻔해. 나라면 이 가게를 좀더 잘 경영할 수 있을 텐데! 제재소 역시, 나는 목재업에 대해서는 잘 모르지만 그래도 프랭크가 하는 것보다는 잘할 수 있겠어!'

그것은 놀랄 만한 생각이었다. 남자는 전지전능하고 여자는 다만 아름답기만 하면 된다는 전통 속에서 자란 스칼렛으로서, 여자도 남자와 마찬가지로, 또는 그 이상으로 훌륭하게 사업을 경영할 수 있다는 생각은 틀림없이 혁명적인 것이었다. 물론 그 전통이 남자에 대해서나 여자에 대해서나 잘못된 것임을 그녀는 이미 알고 있었지만, 그래도 아직은 그 예의바른 허구가 그녀의 마음에는 깃들어 있었다. 그러기에 이때까지 한 번도 그녀는 불손한 생각을 입 밖에 내지 않았던 것이다. 무거운 장부를 무릎에 펴놓고 놀란 나머지 입을 약간 벌리고 가만히 앉은 채 타라에서 지낸 고난의 몇 달을 떠올렸다. 자기는 남자의 일을 했다. 더군다나 훌륭하게 해냈다. 지금까지 그녀는 여자 혼자서는 아무것도 할 수 없다고 믿어 왔다. 그러나 그녀는 월이 올 때까지 남자 손을 빌지 않고 거뜬히 타라를 경영해 오지 않았던가. 정말이지, 하고 그녀는 감탄했다. 남자의 손을 빌리지 않더라도 이 세상에서 여자 혼자 안 될 일은 없는 것이다. 아이를 만들 수만은 없지만 그러나 하느님도 알고 계실 것이다. 만일 자식을 갖지 않아도 된다면 똑똑한 여자는 아무도 자식 같은 것을 가지려고 하지 않으리라는 것을.

자기에게 남자와 똑같은 능력이 있다고 생각하자 그녀는 문득 자랑스런 마음이 생겨 그것을 실제로 증명하고 싶은 욕망, 남자들이 돈을 벌듯이 자기도 돈을 벌어 보고 싶은 강한 욕망을 느꼈다. 그녀 자신의 돈, 남자에게 얻는 것이 아닌, 그리고 남자에게 용도를 설명하지 않아도 되는 돈.

"그 제재소를 내 것으로 만들 만한 돈이 있었으면." 그녀는 자기도 모르게 중얼거리고는 한숨을 몰아쉬었다. "정말 멋있게 해볼 텐데. 외상 같은 건 하나도 안 줄 테야."

그녀는 또 한숨을 쉬었다. 어디서도 돈을 만들 곳은 없다. 그러니까 그런 것을 생각해 봤자 아무 소용도 없는 것이다. 가장 손쉬운 방법은 프랭크가 깔아놓은 돈을 회수해 제재소를 사들이는 것이다. 그것만이 돈을 마련하는 가장 확실한 방법이다. 만일 그가 제재소를 갖게 되면 어떻게든지 방법을 세워 그에게 이 가게처럼 하지 말고 보다 사무적으로 행동하게끔 하리라.

그녀는 장부를 뒤져 최근 몇 달 동안 갚지 않고 있는 채무자의 이름을 베껴 쓰기 시작했다. 집에 돌아가면 곧 프랭크와 이 문제를 상의하자. 이 사람들은 그의 옛날 친구이니 돈을 독촉하는 것이 거북하겠지만, 회계만은 제대로 해야 한다고 프랭크를 설득하자. 프랭크는 깜짝 놀랄지도 모른다. 그는 마음 약하고 친구들의 호감을 사는 것을 좋아하는 인간이니까. 낯짝이 두껍지 못한 그는, 꾸어준 돈을 회수하며 사무적으로 굴 바에는 차라리 그 돈을 버리고 싶다고 말할 성격이다.

아마 그는 누구나 갚을 만한 여유가 없다고 말할는지도 모른다. 어쩌면 그럴지도 모른다. 모두가 가난하다는 것은 새삼 듣지 않아도 알고 있는 사실이다. 하지만 거의 사람들 대부분은 아직 얼마간의 은그릇과 보석 따위를 가지고 있고, 약간의 부동산도 틀어쥐고 있다. 그러니까 현금 대신 그런 물건들을 받으면 된다.

자기가 이런 의견을 꺼내면 프랭크가 얼마나 불평할지 떠올릴 수 있었다.

친구들의 보석과 재산을 뺏으란 말이야? 그는 징징댈 테지. 징징대려면 얼마든지 징징대라지. 그녀는 어깨를 으쓱했다. 당신은 우정을 위해 기꺼이 가난한 생활을 할지 모르지만 나는 싫어요, 하고 말해 줘야지. 프랭크도 좀더 세상 물정을 알지 않고는 세상을 살아갈 수 없다. 그렇다, 그는 세상을 살아가야만 하는 것이다! 그는 돈을 벌어야만 한다. 그를 그렇게 만들기 위해서는 남편을 깔아뭉개는 계집이란 소리를 들어도 하는 수 없다.

얼굴을 찌푸리고 혀를 깨물면서 그녀가 부지런히 옮겨 쓰고 있는데, 문이 열리며 찬바람이 가게 안으로 불어 들어왔다. 키가 큰 남자 하나가 인디언 같은 가벼운 발걸음으로 그을은 가게 안으로 들어와 섰다. 쳐다보니 뜻밖에도 레트 버틀러였다.

새로 만든 옷에 외투를 걸치고, 떡 벌어진 어깨로부터 뒤쪽으로 멋지게 케이프를 젖혀 넘긴 그는 눈이 부실 정도였다. 그녀와 눈이 마주치자 그는 실크모자를 벗고 한쪽 손을 티 한 점 묻지 않은 와이셔츠 가슴에 대며 정중하게 절을 했다. 그리고 거무스름한 얼굴에 놀랄 만큼 하얀 이를 반짝이며 예의 거침없는 눈길로 그녀를 바라보았다.

"친애하는 케네디 부인!" 그녀에게 다가오며 그가 말했다. "지극히 친애하는 케네디 부인!" 다시 이렇게 말하고 그는 큰 소리로 유쾌한 듯이 웃음을 터뜨렸다.

처음 그녀는 유령이 나왔는가 할 정도로 깜짝 놀랐다. 그러나 얼른 의자 위에 올려놓은 한쪽 발을 내리고, 등을 곧추세운 채 쌀쌀하게 그를 쏘아보았다.

"무슨 용건이시죠?"

"피티 아주머니를 찾아갔다가 우연히 당신의 결혼 이야기를 듣고 축하를 드리려고 온 길입니다."

그에게 받았던 모욕이 되살아나서 그녀는 부끄러움에 얼굴이 붉어졌다.

"뻔뻔스럽게도 어떻게 저와 얼굴을 마주할 생각이 나셨는지 알 수가 없군요!" 그녀는 소리쳤다.

"천만에, 오히려 그 반대죠. 당신이야말로 어떻게 뻔뻔스럽게 나와 얼굴을 마주할 수 있지요?"

"어머, 당신이란 사람은 정말……."

"휴전 나팔을 불도록 하는 게 어떨까요?" 그는 웃으며 내려다보았다. 그 것은 여유만만하고 거리낌 없는 웃음으로 거기에는 자기의 행동을 부끄러워 하는 빛도, 그녀를 비난하는 빛도 전혀 없었다. 그녀는 본의 아니게 웃지 않 을 수가 없었다. 그러나 쓸쓸하고도 불안한 웃음이었다.

"당신이 교수형을 받지 않은 게 유감이군요!"

"다른 녀석들도 그렇게 말할까 봐 무섭군요. 자, 스칼렛, 좀더 마음을 편 히 가지시오. 막대기라도 삼킨 것 같은 얼굴을 하고 있구료. 어울리지 않아 요. 세월이 흘렀으니까 당신도 이제 회복이 되었을 텐데. 그…… 나의 그, 대단찮은 장난에."

"장난이라고요? 하! 잊을 리가 있어요?"

"그래요. 잊었을 것이오. 당신이 화난 듯이 꾸미는 것은 그런 태도가 재치 있고 고상한 것이라고 생각하고 있기 때문일 거요. 그런데 앉아도 좋습니 까?"

"안 돼요."

그는 그녀의 옆 의자에 앉으며 빙그레 웃었다.

"당신은 겨우 두 주일도 나를 기다려 줄 수 없었군요." 그는 말하고 장난 치듯 한숨을 쉬었다. "변하기 쉬운 여자의 마음!"

그녀가 대답을 하지 않았기 때문에 그는 말을 이었다.

"이봐요, 스칼렛. 친구로서, 아주 옛날부터 무척 친한 친구로서 사실대로 말해봐요. 내가 감옥에서 나올 때까지 기다린 편이 현명했다고 생각하지 않 소? 아니면 나와의 비합법적인 관계보다 프랭크 케네디 영감과의 정식 결혼 이 끌렸던 거요?"

언제나 그녀는 그에게 놀림을 당하면 가슴에 노여움이 끓어올랐다. 그러 나 이 남을 비웃는 말투에는 노여움과 동시에 우스움을 느꼈다.

"어리석은 소리 하지 마세요."

"그럼 꽤 오랫동안 혼자 궁금해 하고 있던 한 가지에 대해 궁금증을 풀어 주시지 않겠소? 당신이 연애는 고사하고 애정도 느끼지 않은 사실에 대해 전혀 여자다운 혐오감, 또는 미묘한 반발을 느낀 적은 없소? 아니면 내가 우리 남부 각 주의 여성들의 미묘한 감정에 대해 알고 있는 것이 잘못된 것 일까요?"

"레트!"

"아, 이제 알았습니다. 나는 어릴 때부터 여자란 약하고 상냥하고 다정다감하다고 배워 왔습니다. 하지만 나는 여자에게는 남자가 이해할 수 없는 견고함과 참을성이 있다고 늘 느꼈소. 그러나 어쨌든 유럽의 예절에 의하면 남편과 아내가 금실이 좋다는 것은 예절에 어긋나는 걸로 되어 있소. 정말 아주 나쁜 취미라고들 해요. 이 점에 있어서 유럽 사람들의 생각이 옳다고 나는 늘 생각하고 있었소. 편의상 결혼하고 쾌락을 위해 연애한다, 그럴 듯한 제도요. 그렇게 생각하지 않습니까? 당신은 내가 생각한 것보다도 훨씬 유럽적이오."

'나는 편의를 위해 결혼한 게 아니야!' 하고 호통을 칠 수 있다면 얼마나 속시원할까. 그러나 불행히도 레트에게는 약점이 잡혀 있다. 결백을 변명하려 들면 점점 더 지독한 소리만 듣게 될 뿐이다.

"정말 혀가 잘도 도는군요." 그녀는 차갑게 말했다. 그리고 화제를 돌리려고 물었다. "감옥에서 어떻게 나오셨죠?"

"아, 그 이야기 말이오?" 그는 대수롭지 않은 듯한 태도로 대답했다. "그렇게 어려운 일은 아니오. 오늘 아침 풀려 나왔습니다. 워싱턴에는 내 친구가 있는데, 북부연방 정부의 최고 수뇌부에 있는 놈이죠. 그자에게 나는 협박이라는 점잖은 방법을 쓴 셈이지요. 훌륭한 인물로서 전쟁 당시, 내가 남부동맹을 위해서 소총과 치마의 후프 따위를 팔 수 있게 해 준 북부연방의 열렬한 애국자지요. 정당한 길을 통해서 내가 곤경에 빠져 괴롭다고 알려 주었더니, 그 친구가 허둥지둥 자기 세력을 이용해서 나를 놓아 주더군요. 권력이면 그만이니까요, 스칼렛. 당신도 체포되었을 때를 대비해서 알아 두시오, 권력만이 전부이고 죄를 졌느냐 안 졌느냐 하는 것은 공염불에 불과하다는 것을."

"나는 당신이 결백하지 않다고 맹세할 수 있어요."

"맞았소. 이젠 감옥에서 나왔으니까 솔직히 고백하건대 나는 카인 같은 죄인이오. 나는 검둥이를 죽였소. 그놈이 숙녀에게 무례한 짓을 했기 때문인데, 남부의 신사라면 그럴 수밖에 도리가 없잖겠소? 내친 김에 털어놓지만, 내가 북군 장교와 술집에서 말다툼한 끝에 그놈을 쏘아죽인 것도 인정해야 할거요. 내게 그 죄에 대해서는 문책하지 않았으니 오래전에 아마 어떤 가엾은 사람이 나 대신 목을 매달렸을 거요."

그는 사람을 죽인 이야기를 하면서도 유쾌한 모양이었다. 그러나 그녀는 피가 얼어붙는 느낌이었다. 도덕적인 분노의 말이 입에서 튀어나오려는 찰나, 그녀는 문득 타라의 포도덩굴 밑에 묻혀 있는 북군 병사가 생각났다. 그 남자를 죽인 것에 대해 그녀는 바퀴벌레를 밟아 죽인 것만큼도 양심의 가책을 받지 않았다. 자기도 그와 똑같은 죄인인 이상 레트를 심판할 자격은 없었다.

"여기까지 말해 버렸으니까 모두 말하겠소. 엄중히 비밀을 지킨다는 조건으로…… 피티 아주머니에게 말해서는 안 된다는 뜻이지요. 나는 돈을 가지고 있소. 안전하게 리버풀 은행에 예금해 두었소."

"돈이라고요?"

"그래요. 북군 녀석들이 무척 알고 싶어하는 돈 말이오. 스칼렛, 내가 당신이 원하는 돈을 주지 못한 것은 결코 비열해서가 아니오. 만일 내가 어음을 쓰기라도 하는 날이면 놈들은 어떻게든지 그것을 추적해서 틀림없이 당신 손에는 1센트도 돌아가지 못하게 했을 거요. 가만히 그대로 놓아 두는 것이 나의 유일한 희망이었소. 그 돈이 안전하다는 것은 알고 있었지요. 만일 사태가 최악에 이르러 놈들에게 그 돈의 소재가 발각되어 빼앗기게 되는 날이면 나는 전쟁 중, 내게 무기와 기계 따위를 팔아 준 북부 애국자들의 이름을 하나도 남기지 않고 다 폭로해 버릴 작정이었소. 그 가운데는 현재 워싱턴에서 높은 지위에 앉아 있는 사람도 적지 않으니까 그야말로 코를 들 수 없는 악취가 세상을 시끄럽게 했을 거요. 사실을 말한다면 내가 풀려난 것은 그들에 관한 것을 모조리 털어 놓겠다고 위협했기 때문이오. 나는……."

"그럼 당신은 남부동맹의 돈을 정말로 가지고 계신가요?"

"전부는 아니오. 맹세코 전부는 아니오. 나소와 영국과 캐나다에 깔려 있는 봉쇄 밀수 패들이 분명 50여 명 정도는 될 테니까요. 우리처럼 빈틈없이 움직이지 못했던 남부 사람들에게는, 우리는 무척 인기가 없소. 내가 가지고 있는 돈은 거의 50만 달러는 될 거요. 생각해 보시오, 스칼렛. 50만 달러란 말이오. 만일 당신이 조급한 마음을 누르고 두 번째 결혼으로 뛰어들지만 않았더라면 말이오!"

50만 달러. 그런 막대한 돈을 생각하자 그녀는 거의 육체적인 고통에 가까운 것을 느꼈다. 그가 놀리는 말은 머리 위로 지나가 버리고, 그녀에게 하나도 들리지 않았다. 이 야박하고 가난에 찌든 세상에 그런 막대한 돈이 있으리라고는 믿어지지 않았다. 그런 막대한 돈, 그런 터무니없이 큰돈을 누군가 가지고 있다. 게다가 그 사람은 그것을 대수롭지 않게 여기고 필요해 하지도 않는다. 그런데 그녀는 자기에게 적의를 가지고 있는 세상 풍파를 막는 방패로 겨우 나이 먹은 병든 남편과 이 지저분한 작은 가게가 있을 뿐인 것이다. 레트 버틀러 같은 무뢰한이 그런 큰돈을 가지고 있는데, 무거운 짐을 지고 고생하고 있는 그녀는 이런 하찮은 것밖에 가지지 못했다. 얼마나 불공평한 세상인가. 눈 앞에 말쑥하게 차려 입고 앉아 자기를 놀리고 있는 사나이를 그녀는 증오했다. 좋다. 그의 현명함을 칭찬해 더욱더 우쭐대게 해서는 안 된다. 그녀는 뭔가 그에게 상처를 줄 수 있는 신랄한 말을 던져 주어야 한다고 생각했다.

"당신은 남부동맹의 돈을 횡령한 것이 정직하다고 생각하시는군요. 하지만 그건 틀려요. 분명히 도둑질이에요. 당신도 그건 인정하실 거예요. 그런 양심에 부끄러운 짓, 나는 하고 싶지 않아요."

"이거 참, 오늘 포도는 신 것 같은데." 그는 얼굴을 찡그리며 소리쳤다. "대체 누구의 것을 훔쳤다는 겁니까?"

정말 누구의 것을 훔친 것일까 하고 그것을 생각하느라고 그녀는 잠자코 있었다. 그는 프랭크가 한 것을 대규모로 한 것에 지나지 않는 것이다.

"그 돈의 반은 정직하게 손에 넣은 겁니다." 그는 말을 이었다. "북부정부를 배경으로 10할의 이익을 보고 내게 물자를 판 정직한 북부 애국자들의 도움으로 정직하게 번 겁니다. 그 일부는 전쟁 초기, 얼마 안 되는 목화에 투자해서 번 겁니다. 영국 공장이 목화가 없어서 비명을 올리고 있을 때, 나는 그것을 싸게 사서 1파운드당 1달러씩에 판 것입니다. 또 일부분은 식료품의 투기로 번 겁니다. 대체 내가 무엇 때문에 이런 내 노동의 결정을 북부 놈들에게 빼앗겨야만 한다는 겁니까! 그러나 그 밖의 것은 남부동맹의 것이지요. 내가 봉쇄를 뚫고 리버풀로 싣고 나가 턱없이 높은 가격으로 판 남부동맹 정부의 목화값입니다. 그 목화는, 그것을 팔아서 그 대금으로 가죽과 기계 따위를 사기 위해 남부정부가 내게 위탁한 것인데, 내가 받은 명령은 나의 신용을 좋게 하기 위해 그 돈을 나 자신의 이름으로 영국 은행에 예금

해 두라는 것이었습니다. 나도 그 사명대로 할 생각으로 맡았던 건데, 당신
도 잘 알고 계시겠죠. 이윽고 봉쇄가 엄중해져서 나는 남부 항구에서 배를
낼 수도, 들여보낼 수도 없게 되었어요. 그래서 돈은 영국에 맡긴 채로 그
대로 내버려두었습니다. 이럴 경우 내가 도대체 어떻게 했어야만 한다고 생
각합니까? 바보처럼 그 예금을 몽땅 찾아내 그것을 윌밍턴까지 가지고 왔어
야 했을까요? 봉쇄가 엄중해진 것이 나 때문이었을까요? 물론 그 돈은 남부
동맹의 것입니다. 그러나 현재는 그 남부동맹이란 것이 존재하지 않습니다.
하긴 일부 사람들은 아직 존재하고 있는 것처럼 말하고 있습니다만. 내가 누
구에게 그 돈을 주어야 했을까요? 북부 정부일까요? 나는 나를 도둑으로 보
는 사람들을 미워합니다."

그는 주머니에서 가죽 케이스를 꺼내 긴 엽궐련을 뽑아들고는 맛있는 듯
냄새를 맡으며 어디까지나 그녀의 말을 중시하는 것 같은 태도로 그녀를 지
켜보았다.

이따위 녀석, 전염병이라도 걸렸으면, 하고 그녀는 생각했다. 이 사나이는
언제나 나보다 한 걸음씩 앞서서 걸어가고 있다. 이 사나이의 말에는 어딘가
이상한 데가 있기는 하지만, 어디가 틀렸는지 그녀는 똑똑히 지적할 수가 없
었다.

"당신은," 그녀는 위엄을 갖추며 말했다. "그 돈을 곤란한 사람들에게 나
눠 줄 수도 있잖아요. 남부동맹 정부는 이제 없어졌지만, 굶주림에 시달리고
있는 남부동맹 사람들이며 그 가족들은 많이 있어요."

그는 고개를 젖히고 껄껄 웃었다.

"그런 위선적인 말을 할 때처럼 당신이 아름답고 바보처럼 보이는 때는
없소." 그는 진정으로 유쾌한 듯 소리쳤다. "언제나 진실만을 말하시오, 스
칼렛. 당신은 거짓말을 할 수가 없어요. 아일랜드 사람이란 세계에서 제일
거짓말이 서툰 거요. 자, 솔직히 말해요. 당신은 사람들이 애석하게 여기는
망한 남부동맹을 위해서도 괴로워한 일 없고, 배고파 몸부림치는 남부동맹
사람들 따위는 더더구나 마음에 두지 않았소. 만일 내가 사자의 몫^(가장 좋은 몫)을
당신에게 주지 않고, 그 돈을 송두리째 어디에 기부라도 할 것처럼 말하면
당신은 아마 틀림없이 큰 소리로 불평을 늘어놓을 거요."

"난 당신 돈 같은 거 탐나지 않아요." 그녀는 싸늘하게 위엄을 보이며 말

했다.

"허허, 탐나지 않는다! 당신 손은 지금 돈이 갖고 싶어서 안절부절못하고 있소. 내가 25센트짜리 은화라도 내보이면 당신은 틀림없이 뛰어들걸."

"나를 모욕하거나 내 가난을 비웃기 위해 오셨다면 어서 돌아가 주세요." 그녀는 쏘아붙였다. 그리고 그 말에 권위를 세우기라도 하듯 일어나며 무릎 위에서 무거운 장부를 내려놓으려 했다. 그러자 그는 재빨리 몸을 일으켜 그녀 위로 몸을 구부리고 웃으면서 그녀를 의자로 밀어 앉혔다.

"언제나 돼야 당신은 진실을 말해도 금방 발끈하는 일이 없겠소? 남의 일은 진실을 말해도 태연한데 어째서 당신 자신에 대한 것만 말하면 금세 화를 내는 거요? 나는 당신을 모욕하는 게 아니오. 나는 취득성이라는 것을 아주 훌륭한 성질로 생각하고 있소."

취득성이란 것이 무엇인지 그녀는 똑똑히 알 수 없었지만 그가 칭찬하므로 어느 정도 기분이 풀어졌다.

"나는 당신의 가난을 비웃으려고 온 것이 아니라, 당신의 결혼이 끝까지 행복하도록 축하하러 온 거요. 그건 그렇고, 동생 수엘렌 씨는 당신의 절도 행위를 어떻게 생각하고 있죠?"

"나의 뭐라고요?"

"동생의 코앞에서 프랭크를 훔친 것 말이오."

"난 그런 짓 하지 않았어요."

"아, 좋소. 공연한 입씨름은 그만둡시다. 동생은 뭐라고 합디까?"

"아무 말도 하지 않았어요." 스칼렛은 말했다. 그 거짓말에 그는 눈을 빛냈다.

"그녀는 정말 이기적이 못되는군요. 그럼 이번엔 당신의 고생살이 이야기를 들려 주시오. 확실히 내게는 들을 권리가 있습니다. 당신의 방문을 감옥에서 맞이한 것은 그리 먼 옛날이 아니니까 말이오. 프랭크는 당신이 기대한 만큼 부자는 아니었던가요?"

그의 뻔뻔스러움은 정말 피할 길이 없었다. 그녀로서는 참고 상대해 주든가, 아니면 돌아가 달라든가 할 수밖에 없었다. 그러나 지금은 그를 돌려보내고 싶지 않았다. 그의 말에는 가시가 있었지만 그것은 진리의 가시였다. 그는 그녀가 한 일을 알고 있다. 왜 했는가를 알고 있다. 그렇다고 해서 그

너를 멸시하는 눈치는 아니었다. 그의 질문은 진저리가 날 정도로 노골적이었으나 우정에서 나온 것처럼 생각되었다. 그는 그녀가 진실을 말할 수 있는 오직 한 사람이었다. 지금까지 오랫동안 그녀는 자기가 한 일이며, 자기가 한 행동의 동기를 누구에게도 말한 적이 없었으므로 실토해 버리면 속이 후련해지리라 생각했다. 늘 그녀가 본심을 털어놓으면 다른 사람들은 모두 깜짝 놀란다. 레트와 이야기할 때의 기분을 비교할 수 있는 오직 한 가지는, 너무 작은 무도화를 신고 춤을 춘 다음 늘 신던 신으로 바꿔 신었을 때의 그런 홀가분하고 아늑한 느낌이었다.

"세금 낼 돈은 얻었습니까? 설마 타라의 문간에 아직도 이리가 서 있지는 않겠지요." 그 목소리에는 앞서와 다른 투가 있었다.

그의 검은 눈을 올려다본 그녀는 거기서 어떤 표정을 읽고 처음에는 깜짝 놀라 어리둥절했으나 다음에는 픽 웃음이 나왔다. 그것은 요즈음의 그녀 얼굴에는 좀처럼 나타나지 않는 상냥하고 매력적인 미소였다. 그는 얼마나 심술 사나운 악당인가. 그러나 가끔 무척 상냥할 때도 있다! 그가 찾아온 참다운 이유는 그녀를 괴롭히기 위해서가 아니다. 사실은 그녀가 절망적일 정도로 원하고 있던 돈을 얻었는지 어쨌는지 그것을 확인하기 위해서였다. 이제 그녀는 알았다. 아직도 그녀가 돈을 필요로 하고 있다면 그것을 빌려 줄 생각으로 석방되자마자 그는 부랴부랴, 그러나 조금도 서두르지 않는 척하며 찾아와 준 것이다. 그런데도 그는 그녀를 놀리고 모욕하고, 만일 그녀가 당신은 친절하게도 돈을 가지고 와 주셨죠, 하기라도 하면, 아니 그렇지 않소, 하고 부정할 것이 뻔하다. 정말 그는 본심을 알 수 없는 남자다. 그는 그 자신이 생각하고 있는 이상으로 정말 내 일을 걱정하고 있는 것일까? 아니면 뭔가 달리 동기가 있는 것일까? 아마 후자일 것이라고 그녀는 생각했다. 그러나 이 사나이의 본심은 아무도 알 수 없다. 그는 가끔 정말 이상한 짓을 하니까.

"네." 그녀는 말했다. "이리는 이젠 없어요. 돈을 마련했거든요."

"하지만 애썼겠지요, 알고 있습니다. 손가락에 결혼반지를 낄 때까지 자신을 억누를 수 있었습니까?"

자신의 그때까지의 행동을 너무도 정확하게 지적하는 바람에 그녀는 웃지 않으려고 애썼으나 자신도 모르게 보조개가 파이는 것을 어쩔 수 없었다. 그는 다시 앉아 길게 쭈욱 다리를 뻗쳤다.

"그럼 당신의 고생살이 얘기를 들어 봅시다. 그 프랭크란 녀석이 번드레한 소리를 해서 당신을 속였습니까? 의지할 데 없는 여성의 약점을 이용하다니 그 녀석 정말 돼먹잖은 녀석이야. 스칼렛, 모조리 말해 버리시오. 내게는 숨겨야 소용이 없소. 당신의 가장 나쁜 점까지 무엇이고 다 알고 있으니까."

"레트, 당신은 정말 고약해요. 글쎄 나는 뭔지 잘 모르겠지만요! 프랭크는 나를 속인 일은 없지만……." 갑자기 그녀는 마음에 쌓여 있는 것을 털어놓는 것이 즐거워졌다. "레트, 만일 프랭크가 남에게 빌려 준 돈을 받아 내기만 한다면 전 아무 걱정도 없어요. 그런데 레트, 돈을 내지 않은 사람이 오십 명이나 되는데도, 프랭크는 조금도 독촉하려 들지 않는 거예요. 무척 마음이 소심해요. 신사로서 신사에게 그럴 수는 없다는 거예요. 그러니까 몇 달이 지나도, 아니 언제까지라도 그 돈은 돌아오지 않는 거죠."

"그래서요? 그 돈을 받지 못하면 당장 먹고사는 문제에 지장이 있다는 겁니까?"

"그렇진 않아요. 하지만…… 사실, 전 당장 돈이 좀 필요한 데가 있어요." 제재소 건을 생각하자 그녀의 눈은 빛나기 시작했다. 그렇다. 경우에 따라서는……

"뭣에 필요하죠? 또 세금입니까?"

"하지만 그것이 당신에게 무슨 상관이죠?"

"상관있죠. 당신은 지금 내게 돈을 꾸려고 하고 있지 않습니까. 아니 아니, 알고 있어요. 빌려 드리죠. 그것도, 친애하는 케네디 부인, 저번에 당신이 제공하려던 담보도 없이 말입니다. 하기야 당신이 기어코 그것을 제공하겠다고 주장한다면 이야기는 다르지만."

"당신은 정말 염치없는……."

"천만에. 다만 당신을 안심시켜 주고 싶었던 것뿐이오. 당신은 틀림없이 그 일로 걱정할 테니까. 크게는 걱정하지 않겠지만 약간은 할 테니까요. 기꺼이 빌려 드리죠. 하지만 무엇에 쓰는지 그것을 알고 싶은데. 내게는 그런 권리도 있지요. 만일 그 돈으로 예쁜 옷이나 마차를 사는 것이라면 내 축복과 함께 그것을 받으십시오. 그러나 그것으로 애쉴리 윌크스의 새 승마복을 사는 것이라면 빌려 줄 수 없습니다."

그녀는 갑자기 화가 나서 발끈했다. 그리고 말이 나올 때까지 잠시 더듬거렸다.

"애쉴리 윌크스는 내게 돈 같은 거 한푼도 받지 않아요. 그이는 굶어 죽게 되더라도 절대로 받지 않을 거예요. 그이가 얼마나 명예를 중히 여기고, 얼마나 자존심이 높은지는 당신 같은 사람은 짐작도 못해요. 물론 당신 같은 이가 알 리가 없죠. 당신이란 사람은……"

"욕은 그만하기로 합시다. 나도 그에 못지않은 욕을 하고 싶어 지니까요. 그렇지만 당신은 내가 피티 아주머니를 통해 당신 이야기를 들었다는 것을 잊고 있군요. 사람 좋은 피티 씨는 귀담아들어 주는 사람에게는 무엇이고 모조리 이야기해 줍니다. 덕택에 나는 애쉴리가 록아일랜드에서 돌아온 뒤로 계속 타라에 있다는 것을 알았죠. 또 당신이 그의 부인과도 참고 같이 살고 있었던 것도 알고 있고요. 정말 당신에게는 괴로웠을 겁니다."

"애쉴리는……"

"아, 그야 뭐," 그는 손을 흔들며 말했다. "애쉴리는 나 같은 저속한 인간이 이해하기에는 너무 숭고하지요. 그러나 부디 잊지 마시오. 내가 그 트웰브 오크스 저택에서 당신과 그와의 고상한 장면을 목격한 사람이란 것을. 나는 그 뒤로 그가 조금도 변하지 않은 것처럼 생각되오. 당신도 역시 마찬가지지만. 만일 내 기억이 틀리지 않는다면, 그날 그의 태도는 그리 숭고한 것은 아니었소. 그리고 현재의 그가 더 숭고하다고도 생각되지 않소. 어째서 그는 처자와 함께 타라에서 나와 일자리를 찾지 않는 거죠? 왜 타라에 언제까지나 머물러 있는 겁니까? 물론 그것은 내 변덕일 뿐입니다만, 타라에 있는 그에게 대주기 위해서라면 당신에게는 1센트도 빌려 주지 않겠소. 남자들 사이에는 여자에게 업혀 지내는 사내를 부르는 아주 불쾌한 말들이 있소."

"어쩌면 그런 지독한 말을 할 수 있죠? 그이는 들일하는 노동자처럼 일하고 있어요!" 타오르는 분노 속에서도 울타리를 만들 통나무를 쪼개고 있던 애쉴리의 모습을 생각하고 그녀는 가슴이 찢어지는 것만 같았다.

"그는 몸무게만큼이나 황금의 가치가 있을 겁니다. 그러나 비료를 어떻게 처리하느냐 하는 점에서는……."

"그이는……."

"아니 뭐, 알고 있습니다. 그가 아주 지독한 노동을 하고 있다는 것을 서로 인정한다 하더라도, 나는 그가 그리 도움이 될 것 같진 않다고 생각되는군요. 윌크스 집 사람을, 들일이 되었든 그 밖의 일이 되었든, 실용면에 도움이 될 만한 사람으로 만들 수는 결코 없을 겁니다. 그 집안은 순전히 장식적인 혈통들입니다. 자, 당신도 흥분을 가라앉히고 긍지 높고 명예 있는 애쉴리에 대한 나의 상스러운 비평을 너그러이 보아 주시오. 그런 꿈이 당신처럼 똑똑한 부인에게까지 뿌리박혀 있다는 것은 정말 이상한 일입니다. 그런데 돈은 얼마나 필요합니까? 그리고 무엇에 쓰는 겁니까?"

그녀가 대답을 하지 않았으므로 그는 다시 한 번 되풀이했다.

"무엇 때문에 필요합니까? 될 수 있는 한 사실대로 말해 주십시오. 진실이란 것은 거짓말과 같은 효과가 있으니까요. 아니, 숫제 참말을 하는 편이 나아요. 아무리 당신이 거짓말을 해도 나는 기어코 그것을 알아차리고 마니까요. 그렇게 되면 뒷날 얼마나 거북하게 될지 생각을 좀 해 보시오. 이것만은 언제나 잊지 마시오, 스칼렛. 나는 거짓말 말고 다른 것이라면 당신의 그 어떤 것도 참을 수 있습니다. 당신이 아무리 나를 싫어하든, 화를 내든, 여우 같은 간계를 쓰든, 그런 것들은 견딜 수 있지만, 거짓말만은 안 되오. 자, 무엇 때문에 돈이 필요합니까?"

애쉴리에 대한 공격에 격분한 그녀는 그에게 침을 뱉어 주고, 이젠 돈 신세 같은 건 안 진다고 그 유들유들한 낯짝에 거절의 말을 당당히 던질 수만 있다면 아무것도 아까울 것이 없을 것이라고 생각했다. 순간, 정말 그렇게 할 뻔했으나 상식의 냉정한 손이 그녀를 붙들었다. 그래서 그녀는 어색하게 분노를 누르고, 밝고 위엄 있는 표정을 지어 보이려 했다. 그는 의자에 벌렁 몸을 젖히고, 발을 난로 쪽으로 뻗었다.

"이 세상에서 다른 어느 것보다도 재미있는 것 가운데 하나는," 그는 말했다. "당신의 마음속에서 원리 원칙의 정신적인 문제와 돈 같은 실제적인 문제가 서로 싸우고 있는 광경을 보는 거요. 물론 그럴 경우 승리를 얻는 것은 언제나 실질적인 편이라는 것은 알고 있지만. 그러나 나는 당신의 착한 본성이 언젠가는 개가를 올리지 않을까 하고, 그것이 보고 싶어 당신 주위를 서성거리고 있는 거요. 만일 그런 날이 오게 되면 나는 재빨리 짐을 꾸려 가지고 영원히 애틀랜타를 떠날 작정입니다. 언제나 착한 본성이 승리를 거두는 여성은 우리 주위에 너무나 많으니까요. 그건 그렇고, 자, 용건으로 돌아갑시다. 어느 정도, 또 무엇 때문에 돈이 필요합니까?"

"얼마나 필요한 건진 나도 똑똑히 몰라요." 그녀는 새침해지면서 말했다. "그런데 전 제재소를 사고 싶어요. 싸게 살 수 있거든요. 그리고 짐마차 두 대와 노새가 두 마리 필요해요. 꽤 좋은 노새가 아니면 안 돼요. 그리고 내가 타고 다닐 말과 사륜마차가 갖고 싶어요."

"제재소?"

"네, 만일 돈을 빌려주신다면 권리의 반을 드리겠어요."

"제재소 같은 걸 나보고 어떡하라는 겁니까?"

"돈을 벌 수 있어요! 많이 벌 수 있어요. 아니면 꾼 돈에 대한 이자를 치를까요? 적당한 이자면 어느 정도가 좋을까요."

"5할이면 그런대로 괜찮을 거요."

"5할이라고요? 어머나, 농담이겠죠! 웃기지 말아요. 악마 같으니, 남은 진심인데."

"그러니까 웃는 거죠. 사람을 현혹하는 당신의 그 상냥한 얼굴 뒤에 숨은 머릿속이 어떻게 움직이고 있는지 아는 것은 아마 나밖에 없을 겁니다."

"그럴까요. 하지만 그런 건 아무래도 좋아요. 자, 들어보세요, 레트. 이것이 좋은 사업이라고 생각되지 않으세요? 프랭크의 이야기로는, 피치트리 거리에 조그만 제재소를 가지고 있는 사람이 있는데, 그것을 팔고 싶어한다는 거예요. 급히 현금이 필요하다니까 틀림없이 싸게 팔 거예요. 현재 이 근처에는 제재소가 별로 없는데다가 모두들 집을 짓고 있으니까 목재는 무척 비싼 값으로 팔릴 거거든요. 그 사람은 그대로 제재소에 남아 월급으로 일하겠다는 거예요. 만일 돈이 있다면 프랭크 자신이 살 거예요. 아마도 내게 준 세금 치른 돈으로 살 작정이었나 봐요."

"프랭크 선생도 딱하게 됐군! 당신이 그를 앞질러 그 제재소를 샀다고 하면 그가 뭐라고 할까요. 그리고 또, 당신은 내게서 돈을 꾸었다고 소문이 날 것이 뻔한데, 그건 어떻게 설명할 작정입니까?"

제재소가 벌어 줄 돈만이 머리에 가득한 스칼렛은 그 점에 대해서는 조금도 생각하지 않았다.

"괜찮아요. 프랭크한테는 아무 말도 하지 않겠어요."

"하지만 설마 그도 당신이 수풀 속에서 돈을 주워 왔다고는 생각지 않겠죠?"

"어떻게든 적당히 말해 두겠어요. 그래요, 다이아몬드 귀걸이를 당신에게 팔았다고 하겠어요. 귀걸이를 당신에게 제공하겠어요. 나의…… 뭐라고 했던가? 그래, 그 담보라는 걸로 말이에요."

"나는 당신의 귀걸이 같은 건 받지 않아요."

"난 필요 없어요. 가지고 있기가 싫어요. 어쨌든 내 물건이 아니니까요."

"누구 거죠?"

전원의 깊은 정적에 싸인 고요한 타라의 무더운 한낮, 그리고 객실에 나가 떨어진 북군 병사의 푸른 군복 모습이 재빨리 그녀의 마음에 떠올랐다.

"어떤 사람이 두고 간 유품이에요. 그러니까 내 것임엔 틀림이 없어요. 부디 받아 주세요. 나는 필요 없어요. 그것보다 난 돈이 필요해요."

"맙소사!" 그는 견딜 수 없다는 듯 외쳤다. "당신은 돈밖에는 아무것도 생각하지 않습니까?"

"그래요." 그녀의 푸른 눈은 매섭게 그를 보며 단호히 말했다. "당신도 나 같은 경험을 하면 그렇게 될 거예요. 이 세상에서 가장 소중한 것은 돈이라는 것을 나는 알았어요. 맹세코 단언하지만, 난 다시는 돈 없는 생활은 하지 않겠어요."

트웰브 오크스 저택 뒤뜰, 흑인 오두막의 악취, 쓰러진 머리 아래의 부드러운 붉은 땅, 타는 듯한 햇볕을 그녀는 떠올렸다. 그리고 또 심장이 '두 번 다시 배고픈 일은 안 당하리라. 두 번 다시 배고픈 일은 안 당하리라' 하고 몇 번이고 고동치던 것도 생각했다.

"나는 언젠가는 꼭 돈을 벌고 말겠어요. 뭐든지 먹고 싶은 것을 마음대로 먹을 수 있을 만큼 실컷 돈을 벌겠어요. 그러면 다시는 옥수수 죽이나 말린 완두콩 따위 식탁에 늘어놓지 않게 될 거예요. 그리고 좋은 옷을 만들겠어요. 그 옷은 모두 실크로……."

"모두?"

"모두예요." 그녀는 짧게 대답했다. 질문의 참뜻을 알고 있었지만 얼굴을 붉히지도 않았다. "북부 사람들이 우리를 타라에서 내쫓지 못할 정도로 돈을 벌겠어요. 그리고 타라의 지붕을 고치고 새로 창고를 짓고, 보습을 끌 건강한 노새를 사서, 당신이 전에 본 일이 없을 만큼 많은 목화를 거두겠어요. 웨이드에게도 이제 갖고 싶은 것을 가질 수 없는 생활은 시키지 않겠어요. 이젠 절대로! 그 아이에겐 뭐든지 사 주겠어요. 가족들에게도 두 번 다시 배고픈 경험을 시키지 않겠어요. 나는 진지하게 말하고 있는 거예요. 한 마디도 진심이 아닌 말이 없어요. 당신은 자기만 아는 분이니까 내가 하는 말을 잘 모르실 거예요. 당신은 한 번도 카펫배거들에게 집에서 쫓겨날 뻔한 경험이 없고 또 떨어본 일도, 누더기를 입은 적도, 굶어 죽지 않기 위해 등뼈가 휘어지도록 일한 적도 없잖아요.”

그는 조용히 말했다. “나는 여덟 달 동안 남군에 참가했었소. 굶는 데 그보다 적당한 곳은 아마 없으리라고 생각하오.”

“군대! 흥! 당신은 한 번도 목화를 따거나, 김을 매본 적은 없잖아요. 당신은…… 웃지 마세요!”

그녀가 목소리를 높이자 그의 손이 다시 그녀의 손을 눌렀다.

“나는 당신을 보고 웃는 게 아니오. 그냥 당신의 겉모습과 진정한 마음속이 너무나 다른 것이 우스워 웃은 거요. 그리고 윌크스 댁 바비큐파티에서 처음으로 당신을 만났을 때의 일을 생각했소. 그때 당신은 녹색 드레스를 입고 작은 녹색 신발을 신고 많은 남자에 둘러싸여 무척이나 행복한 것 같았소. 내기를 해도 좋지만, 그때 당신은 아마 1센트 은화가 몇 개 있어야 1달러가 되는지조차도 몰랐을 거요. 당신은 오직 한 가지 일에만 완전히 마음을 빼앗기고 있었소. 그것은 유혹적인 애쉴…….”

그녀는 그의 손에서 손을 홱 뽑았다.

“레트, 만일 이 이상 서로 어색하게 되고 싶지 않거든 애쉴리 윌크스의 이야기는 삼가 주세요. 그이에 대한 일이라면 우리는 서로 의견이 맞을 리가 없어요. 당신은 그이를 이해할 수가 없으니까요.”

“그러면 당신은 그의 마음을 책이라도 읽듯이 알고 있다는 말이오?” 레트는 비꼬듯 말했다. “그러지 마시오. 스칼렛. 만일 당신이 내게서 돈을 꾼다면, 나는 내 멋대로 애쉴리 윌크스를 평할 수 있는 권리를 가지고 싶소. 꾸어준 돈의 이자를 포기하고라도 그 권리만은 잃고 싶지 않아요. 내게는 그 젊은이에 대해 알고 싶은 것이 너무 많으니까 말이오.”

"내가 그이에 대해 당신과 할 말은 아무것도 없어요." 그녀는 쌀쌀하게 대답했다.

"아니, 이야기를 해야겠소! 지갑의 끈을 쥐고 있는 것은 나니까 말이오. 이제 당신이 부자가 되면 당신도 다른 사람에게 똑같이 하게 될 거요. 당신이 지금도 여전히 그를 생각하고 있다는 것을 나는 똑똑히 알고 있소."

"그런 일은 없어요."

"아니, 당신이 그렇게 기를 쓰고 그를 변호하는 걸로 봐서도 그것은 명백하오. 당신은……."

"하지만 난 자기 친구가 웃음거리가 되는 걸 잠자코 듣고만 있을 수는 없어요."

"좋아요. 그럼 그것은 잠시 그렇다고 해 둡시다. 그러면 그쪽에서는 아직 당신을 생각하고 있습니까? 아니면 록아일랜드에 갔었기 때문에 당신을 잊어버리고 말았습니까? 아니면 보석 같은 윌크스 부인의 가치를 인제 겨우 알게 된 겁니까?"

멜라니 얘기를 듣자 스칼렛은 숨이 막히는 것만 같았다. 그리고 애쉴리와 멜라니가 부부로 남아 있는 것은 단순한 체면 때문이라고 마음속으로 생각하고 있던 것을 모조리 털어놓고 싶은 강한 충동을 억누를 수 없었다. 그녀는 말하려고 입을 열다가 곧 다시 다물었다.

"그런가요. 그렇다면 그는 아직 윌크스 부인의 가치를 알 만한 분별이 없는 모양이죠? 괴로운 수용소 생활도 당신에 대한 정열을 식힐 수는 없었던 모양이군요?"

"그런 거 말할 필요 없어요."

"나는 말하고 싶소." 레트가 말했다. 그 목소리에는 스칼렛으로선 뭔지 알 수 없으나 그녀가 듣고 싶지 않은 낮은 어조가 섞여 있었다. "누가 뭐래도 나는 말하고 싶소. 그리고 당신에게서 꼭 대답을 들어야만 되겠소. 그럼 그는 아직도 당신을 사랑하고 있소?"

"그게 사실이라면 어떻다는 거예요?" 발끈하면서 스칼렛은 소리쳤다. "내가 당신과 그이의 이야기를 하고 싶지 않은 까닭은 애쉴리라는 인물이나 그의 사랑의 형태를 당신은 이해하지 못하기 때문이에요. 당신이 알고 있는 연애란 결국 그 와틀링 같은 여자와의 관계 같은 그런 종류의 것뿐일 테니까 말이에요."

"호오." 레트는 조용히 말했다. "그러니까 나는 욕정적인 것밖엔 모른다는 말이군요?"

"그래요, 그게 사실이라는 것은 당신도 알고 계시잖아요."

"이것으로 나와 그 문제를 따지고 싶지 않은 당신의 기분을 알았습니다. 나의 불결한 손과 입술이 그의 사랑의 순결성을 더럽힌다는 말씀이군요."

"네, 말하자면…… 그런 거죠."

"그렇군요. 그런데 그게 그거죠."

"고약하게 굴지 마세요, 레트 버틀러. 당신은 비도덕적인 분이니까 우리들 사이에 뭔가 이상한 일이라도 있는 것으로 아는 모양인데……."

"아니, 그렇게 생각하지는 않았습니다. 정말이오. 그래서 나는 더 흥미를 가지는 거요. 그런데 대체 어째서 당신들 사이에는 이상한 일이 없었던 거죠?"

"애쉴리가 그런 짓을 할 것 같아요?"

"아, 그러니까 연애의 순결을 유지하기 위해 싸운 것은 당신이 아니라 바로 애쉴리였군요. 정말이지, 스칼렛, 그렇게 솜씨 없이 정체를 드러내면 안 돼요."

스칼렛은 혼란과 분노 속에서 그의 잔잔하고 감정이 나타나 있지 않은 얼굴을 바라보았다.

"그런 이야기는 이제 더 이상 하지 않을 거예요. 난 당신의 돈 따윈 필요 없어요. 나가 주세요!"

"아니, 필요하죠. 당신은 돈이 필요해요. 그리고 여기까지 얘기가 진전된 이상 그만둘 것도 없지 않습니까? 전혀 이상한 이야기도 아닌데, 이런 순결한 목가적인 연애를 좀 얘기했다고 해서 무슨 상관이 있습니까? 애쉴리는 당신의 마음과 영혼과 고귀한 성격을 사랑하고 있군요?"

그 말에 그녀는 몸부림쳤다. 물론 애쉴리는 그녀가 가진 그런 것들을 사랑하고 있다. 그녀 안에 깊숙이 묻혀 있는 그러한 아름다움을 애쉴리만은 알아주고, 체면에 구속을 받으면서도 자기를 사랑하고 있다고 생각하기에 이 인생을 참고 살아갈 수도 있는 것이 아닌가. 그러나 지금 레트에 의해서 그런 것들이 밝은 햇빛 속에 끌려 나오자 별로 아름답게 보이는 것 같지도 않았다. 더군다나 마음속에 야유를 감춘 기만적인 그의 번지르르한 목소리로 말하니까 조금도 아름답게 보이지 않았다.

"이 추악한 세상에 그런 연애가 존재할 수 있다고 생각하니 소년시절의 이상이 되살아나는 것 같군요." 그는 말을 이었다. "그렇다면 당신에 대한 그의 사랑에는 전혀 육체적인 것은 없다는 말입니까? 당신이 못생기고, 그런 흰 피부를 갖고 있지 않아도 그는 마찬가지로 당신을 사랑하겠군요? 당신을 두 팔로 꼭 껴안으면 어떨까 하는 생각을 남자들에게 품게 하는 그 초록빛 눈이 없어도, 아흔 살이 안 된 남자라면 누구나 마음이 뒤숭숭해지는 당신의 그 날씬한 허리가 없어도? 또 그 입술은 아니, 너무 내 욕망을 떠벌리는 소린 그만둡시다. 그런데 애쉴리에게는 그런 것이 전혀 보이지 않을까요? 그렇지 않으면, 보이긴 해도 전혀 흔들리지 않는 걸까요?"

자기를 안은 애쉴리의 손이 떨리고, 자기 입술에 포개진 그의 입술이 언제까지나 떨어지지 않으려는 듯 달아올랐던 그날 과수원에서의 일을 그녀의 마음은 자신도 모르게 떠올리고 있었다. 그 기억이 그녀의 얼굴을 붉게 물들였다. 레트는 그것을 놓치지 않았다.

"과연" 말하는 그의 목소리는 노여움 비슷한 울림에 떨리고 있었다. "알겠소. 오직 그는 당신의 마음만을 사랑하고 있다는 말이군요."

어째서 이 남자는 그녀의 삶에서 단 하나 아름답고 신성한 것을 불결한 손가락으로 마구 주무르며 더러운 것이라도 되는 듯 끄집어내 보지 않고는 견디지 못하는 것일까? 그는 냉정하고 결연한 태도로 그녀의 마지막 보물을 깨뜨리고 있는 것이다. 게다가 그가 알고 싶어하는 정보는 바로 가까운 곳에 있다.

"그래요. 바로 그대로예요!" 애쉴리의 입술의 기억을 마음 깊숙이 밀어넣고 그녀는 외쳤다.

"하지만 그는 당신이 마음을 품고 있다는 것조차 모르고 있소! 만일 그를 유혹한 것이 당신의 마음이라면, 그는 조금도 당신에 대해 고민할 필요가 없지. 그런데 그는 그 연애를 신성함이라고나 할까…… 신성하게 해 두기 위해 고민하는 거요. 명예 있는 신사로서, 또 성실한 남편으로서, 다른 어떤 여성의 마음과 영혼을 찬미하는 것은 조금도 상관이 없소. 그러니까 번민할 필요는 없는 거요. 그런데 그가 그처럼 당신의 육체를 탐한다면 그 점과 월크스 집 명예를 양립시키기는 무척 힘들 텐데."

"당신은 남의 마음을 자신의 불결한 마음으로 판단하고 있는 거예요."

"말씀하시는 뜻이 당신의 육체를 내가 탐내고 있다는 것이라면, 감히 나는 부정하지 않겠소. 그러나 다행히도 나는 명예 같은 것에 마음을 괴롭히지는 않소. 나는 갖고 싶은 것은 손에 넣을 수 있는 한 손에 넣는다는 주의요. 그러니까 나는 천사와도 악마와도 싸우겠소. 당신은 애쉴리에게 극심한 고통을 주고 있는 거요! 나까지 그가 딱한 생각이 드는군요."

"내가 그이를 위해 지옥을 만들었다고요?"

"그렇소! 당신이오! 그에게 당신은 끊임없는 유혹물이오. 그러나 그는 그런 인간의 대부분이 그렇듯이 그 어떤 풍부한 사랑보다도 이 고장에서 명예라는 이름으로 통하는 것을 중히 여기고 있소. 그리고 내가 보기에, 그 가엾은 사나이는 이제 자신을 열중시킬 명예도 사랑도 가지고 있지 않은 것 같소!"

"그이는 사랑을 가지고 있어요! 나를 사랑하고 있다는 뜻이에요!"

"그럴까요? 그렇다면 내 질문에 대답해 주시오. 이것으로 오늘은 그만 끝내기로 합시다. 돈을 드릴 테니 시궁창에 버리든지 말든지 마음대로 하시오."

레트는 일어나서 피우던 궐련을 침그릇에 던졌다. 그 동작에는 스칼렛이 애틀랜타가 무너지던 날 밤 발견한 것과 똑같은 이교도적인 분방함과 위압적인 힘이 있어 섬뜩하고 약간 두려웠다.

"만일 그가 당신을 사랑하고 있다면, 왜 당신이 세금을 마련하도록 이 애틀랜타로 보냈죠? 나 같으면 자기가 사랑하는 여자에게 그런 일을 시키기 전에……."

"그이는 몰랐어요! 생각지도 못했어요. 내가 무엇 때문에……."

"그가 알고 있을 거라고 당신은 생각한 적이 없나요?" 그 목소리에는 억압된 야성이 얼굴을 내밀고 있었다. "당신이 말한 것과 같은 뜻으로 당신을 사랑하고 있다면 막다른 골목에 빠져들었을 경우, 당신이 어떤 짓을 할 것인가 하는 정도는 그도 알고 있었을 거요. 당신을 이리로, 고르고 골라서 내게로 오게 만들 바에는 차라리 당신을 죽이고 말았을 거요!"

"하지만 그이는 몰랐어요!"

"말을 해야만 아는 그런 인간이라면 당신이나 당신의 귀중한 마음을 결코 알 리가 없소."

이 얼마나 멋대로 지껄이는 사나이인가! 마치 애쉴리를 독심술사나 되는 듯이 생각하고 있다. 알고 있었다면 애쉴리가 그녀를 붙들 수 있었다고 생각하고 있는 것일까. 그러자 문득 그녀는 정말로 애쉴리가 자기를 붙들 수 있었을 것이라는 생각이 들었다. 과수원에서 만났을 때, 이제 사정이 바뀔지도 모른다고, 그가 그저 조금이라도 암시만 해 주었어도, 그녀는 레트에게 갈 생각은 결코 하지 않았을 것이다. 기차를 타려고 했을 때, 정다운 말을 한마디만 해 주었어도, 작별의 포옹을 한 번만 해 주었어도 그녀는 나들이를 단념했을지도 모르는 것이다. 그러나 그는 단지 명예라는 말만을 했다. 그렇다면 레트가 하는 말이 옳지 않을까? 애쉴리는 과연 그녀의 마음을 알고 있었을까? 거기까지 생각하고 그녀는 얼른 그에 대한 그 같은 불신의 마음을 떨쳐 버렸다. 물론 그는 의심조차 하지 않았다. 그녀가 그런 부도덕한 짓을 하리라고는 그는 생각조차 하지 않았을 것이다. 그런 것을 생각하기에 애쉴리는 너무나 고상하다. 레트는 다만 그녀의 사랑을 부수어 버리려 하고 있을 뿐이다. 그녀에게 가장 소중한 것을 그는 갈기갈기 찢어 버리려 하고 있는 것이다. 언젠가—그녀는 적의에 불타 생각했다—가게가 훌륭하게 다시 서고 제재소도 잘돼서 돈이 많이 벌리면, 그때야말로 내게 비참한 생각을 갖게 하고, 모욕을 준 레트 버틀러에게 실컷 앙갚음을 해야지!

레트는 그녀 앞에 버티고 서서 재미있다는 듯이 그녀를 내려다보고 있었다. 그의 마음을 흥분시켰던 격정은 어느덧 말끔히 가셔 있었다.

"어쨌든 그게 당신과 무슨 관계가 있어요?" 그녀는 대들었다. "나와 애쉴리의 문제지 당신의 문제는 아녜요."

그는 어깨를 으쓱했다.

"하지만 이런 건 있어요. 즉 나는 당신의 그 강한 참을성에 대해 제삼자의 입장에서 깊은 감탄을 보내고 있어요, 스칼렛. 당신의 정신이 너무 많은 무거운 짐 때문에 짓눌려 버리는 걸 나는 가만히 보고 있을 수가 없어요. 우선 타라가 있소. 그것만으로도 넉넉히 남자 한 사람의 일은 되오. 게다가 병든 아버지가 계시오. 아버님은 이젠 전혀 당신의 도움이 될 수 없소. 그리고 동생들이 있고 흑인들이 있소. 게다가 남편의 뒷바라지도 해야 하오. 나중에는 피티 아주머니까지 당신이 보살펴 드리지 않으면 안 될 것이오. 애쉴리 월크스와 그의 처자까지 짊어지지 않더라도 당신의 무거운 짐은 너무 과하단 말이오."

"그이는 내게 업혀 있지는 않아요. 나를 거들어 주고……."

"아, 제발 부탁이니." 그는 짜증을 내며 말했다. "이제 그 이야기는 그만 두시오. 그는 당신의 도움이 되지 않소. 당신에게 업혀 있는 거요. 죽을 때까지 당신이나 그 밖의 누군가에게 업혀 지낼 인간이오. 개인적으로, 그의 이야기를 하는 것은 나는 달갑지 않소…… 돈은 얼마나 필요합니까?"

욕설이 입술까지 튀어나왔다. 여지없이 사람을 모욕하고 더욱이 그녀가 가장 소중히 여기는 것을 끌어내 짓밟은 다음, 그러고도 그녀가 돈을 받으리라고 생각하고 있다.

그러나 욕설은 입 밖에 나오지 않았다. 그의 제의를 비웃어 주고, 가게에서 나가라고 호통을 칠 수 있다면 얼마나 유쾌할까! 그러나 그런 사치가 허락되는 것은 정말로 부자나, 정말로 안정된 사람만 할 수 있는 일이다. 가난한 이상 이런 것도 참아 내지 않으면 안 된다. 그러나 부자가 되면 아아, 생각만 해도 얼마나 멋지고 훈훈한가! 부자가 되면, 그때는 싫은 것을 조금도 참지 않고 하고 싶은 것은 무엇이고 해서 미운 녀석들에게도 예의를 지키도록 해야지. 그리고 어디로 사라져 버리라고 호통을 치리라, 그녀는 생각했다. 그렇게 되면 맨 먼저 사라져야 할 사람은 레트 버틀러이다.

그렇게 생각하자 그녀는 즐거워져서 녹색 눈을 반짝이며 입술에 엷은 웃음을 띠었다. 레트도 미소 지었다.

"당신은 참 매력적인 사람이오, 스칼렛." 그는 말했다. "특히 뭔가 나쁜 계획을 꾸미고 있을 때는 말이오. 그 보조개를 보여 준 것만으로도 나는 당신이 원한다면 빵장수의 노새를 한 다스(^{빵장수의 한 다스}
는 열 셋이다)쯤 사 주겠소."

가게 문이 열리고 점원 아이가 이빨을 펜 끝으로 쑤시며 들어왔다. 스칼렛은 일어서서 숄을 몸에 두르고 모자끈을 단단히 턱 밑에 매었다. 그녀의 결심은 선 것이다.

"오늘 바쁘세요? 이제부터 저와 같이 가 주시지 않겠어요?" 그녀는 레트에게 물었다.

"어디로?"

"제재소까지 마차로 데려다 주셨으면 좋겠어요. 나 혼자서는 절대로 변두리에 가지 않는다고 프랭크와 약속했거든요."

"이렇게 비가 쏟아지는데 제재소로 가요?"

"그래요. 당신의 기분이 변하기 전에 당장 제재소를 사 버리고 싶어요."

그가 매우 큰 소리로 웃었으므로, 카운터 뒤에 있던 소년이 깜짝 놀라 이상한 듯이 이쪽을 바라보았다.

"당신은 결혼했다는 것을 잊으셨습니까? 사회에서 따돌림을 받고 있는 이 버틀러 같은 놈팡이와 교외로 마차를 달리는 것을 들키면 케네디 부인의 체면에 지장이 없을까요. 세상의 입이 두렵지 않습니까?"

"세상의 평판 같은 건 아무렇지도 않아요! 난 당신의 기분이 바뀌기 전에 제재소를 사고 싶어요. 그렇지 않으면 내가 사는 것을 프랭크에게 들키고 말아요. 굼벵이처럼 굴지 말아요, 레트. 이런 부슬비 정도야 어때요? 자, 어서 가세요!"

그 제재소! 그것을 생각할 때마다 프랭크는 앓는 소리를 했다. 그리고 그 얘기를 그녀에게 한 자기의 어리석음을 저주했다. 귀걸이를 어디 팔 데가 없어서 버틀러 선장에게 팔고, 남편과 상의 한 마디 없이 제재소를 산 것만으로도 나쁜데, 게다가 제재소 경영을 자기에게 맡기지 않겠다는 데 가서는 정말 기가 막혔다. 정말 괘씸하다. 그러고 보면 스칼렛은 남편인 자기, 혹은 자기의 사리판단을 믿지 않는다는 말이 아닌가.

프랭크는 그가 알고 있는 모든 남자와 똑같이 아내란 남편의 뛰어난 지식에 이끌려 그 의견에 전적으로 찬성하고, 독자적인 의견 따위를 가져서는 안 된다고 생각하고 있었다. 그는 대부분의 여자들에겐 그녀들 나름의 길이 있다고 여겼다. 여자들이란 재미있고 어린 존재에 지나지 않는다. 그러니까 그녀들의 대수롭지 않은 변덕을 달래 주는 것은 아무것도 아니다. 그는 천성적으로 온화하고 상냥하니까 아내가 하는 말을 거절하거나 할 위인이 아니었다. 약하고 가련한 인간의 변덕을 만족시켜 주거나, 아내의 어리석은 행동이나 낭비를 부드럽게 나무라는 것은 오히려 그에게 즐거운 일이다. 그러나 스칼렛의 결심은 정말 생각 밖이었다.

제재소만 해도 그렇다. 그녀가 그의 질문에 대답하면서 자기가 직접 경영할 작정이라고 천진하게 웃으며 말했을 때, 그는 생애 최대의 충격을 받았다. "나 혼자의 힘으로 제재업을 해 보겠어요." 이렇게 그녀가 말했던 것이다. 그 순간의 공포를 프랭크는 평생 잊지 못하리라. 자기 혼자서 사업을 하겠단다! 그것은 생각조차 할 수 없는 일이었다. 이 애틀랜타에서 여자답지 않게 사업을 벌이고 있는 여자는 한 사람도 없다. 사실 프랭크는 여자가 사업에 손을 댄다는 이야기는 들은 일도 없었다. 세상이 하도 각박하니까 더러 살림을 돕기 위해 하는 수 없이 얼마간의 돈벌이를 하는 불행한 부인이 없는 건 아니지만, 그녀들은 모두 얌전하고 여자답게 하고 있다. 메리웨더 부인처럼 과자를 만든다든가 엘싱 부인이나 패니처럼 사기그릇에 그림을 그린다든가, 바느질을 한다든가, 하숙인을 친다든가, 미드 부인처럼 공부를 가르친다든가, 보넬 부인처럼 음악 교수를 한다든가, 이 부인들은 모두 돈벌이를 하고 있기는 하지만 모두 여자답게 집 안에서 일을 하고 있다. 그런데 어떻게 여자의 신분으로 가정의 보호에서 벗어나, 거친 남자들의 세계로 뛰어들어 사업면에서 남자들과 경쟁하고, 남자들 틈에서 시달리고 모욕적인 말을 들어 가며, 화젯거리가 되는 속으로 뛰어들겠다는 말인가. 더구나 구태여 그런 일을 하지 않아도 될, 편안히 자기를 부양해 줄 남편이 있는데 말이다.

처음 프랭크는 그것을 그녀의 단순한 장난, 또는 농담—농담이라고 해도 미심쩍은데—이기를 바라고 있었다. 그러나 곧 그녀가 진심이라는 것을 알아냈다. 그녀는 정말로 제재소 경영을 시작한 것이다. 매일 아침, 그보다도 일찍 일어나 피치트리 거리로 마차를 달리고, 밤은 밤대로 그가 가게 문을 닫고 식사를 하기 위해 피티 아주머니 집으로 돌아올 때까지도 좀처럼 돌아오지 않는 일이 허다했다.

제재소까지 먼 거리를 다니는 그녀를 보호해 주는 사람은 이 일을 찬성하지 않는 피터 영감 한 사람뿐이고, 더구나 가는 길의 숲 속에는 해방된 노예와 북쪽에서 흘러들어온 백인 쓰레기들이 들끓고 있었다. 가게가 바빠 시간이 나지 않아서 프랭크는 그녀와 같이 갈 수 없었다. 그러나 그가 불평을 늘어 놓으면 그녀는 딱 잘라 말하곤 했다. "만일 내가 지켜 보지 않으면, 존슨은 약고 속임수가 능하니까 우리 목재를 몰래 팔아 돈을 가로챌 거예요. 앞으로 누군가 나 대신 공장을 감독해 줄 믿을 만한 사람이 생기면 그때는 자주 나가지 않아도 될 거예요. 그렇게 되면 그 시간을 이용해서 나는 시내에서 목재를 팔겠어요!"

시내에서 목재를 판다! 그거야말로 무엇보다도 나쁘다. 그녀는 가끔 제재소를 하루씩 쉬고 시내에서 목재를 팔았다. 그런 날은 프랭크는 가게 컴컴한 구석방에 처박혀 누구와도 얼굴을 마주하지 않을 수 있길 바랐다. 자기 마누라가 목재를 팔다니!

시내 사람들은 그녀의 욕을 하기 시작했다. 아마 아내에게 여자답지 못한 일을 시키고 있는 그에게도 틀림없이 욕을 할 것이다. 가게에서 카운터 너머로 손님과 얼굴을 맞대고 "방금, 어디 어디에서 댁의 부인을 뵈었습니다……" 하는 말을 들을 때가 그에게는 무엇보다도 고통스러웠다. 사람들은 일부러 그녀가 하고 있는 일을 그에게 들려 주었다. 새로 짓는 호텔 건축장에서 일어난 일을 모두들 이야기했다.

토미 웰번이 다른 사람에게서 목재를 사려 하고 있는 곳에, 마침 스칼렛이 지나가게 됐다. 그녀는 곧 마차에서 내려 기초공사를 하고 있는 난폭한 아일랜드 석공들 틈을 헤치고 들어가 토미에게, 당신은 속임수에 걸려들었다고 거침없이 주의를 주었다. 그리고 자기 집 목재는 물건도 좋고 값도 싸다고 하면서 그것을 증명하기 위해 암산으로 까다로운 계산을 해보이고, 즉석에서 견적을 내줬다고 한다. 생전 보지도 알지도 못하는 거친 노동자들 틈을 비집고 들어간 것만도 기막힐 일인데, 더더구나 여자의 몸으로 많은 사람 앞에서 그처럼 계산이 밝다는 것을 보여 준 것이다. 토미가 그녀의 견적에 만족해서 주문을 했는데도 스칼렛은 순순히 금방 돌아가려 하지 않고, 그 근처를 어슬렁거리며 아일랜드에서 온 석공 우두머리인 조니 갤러거와 이야기를 하다가 갔다는 것이다. 조니는 고집 센 땅딸보로 평판이 나쁜 인간이었다. 그 뒤 몇 주일 동안이나 시내는 이 소문으로 떠들썩했다.

나쁜 것 중에서도 가장 나쁜 것은 그녀가 정말 제재소를 해서 돈을 벌기 시작한 것이다. 자기 아내가 그런 여자답지 못한 일에 손을 대서 성공하면 누구나 그리 유쾌하지는 않을 것이다. 게다가 그녀는 번 돈의 전부, 또는 그 일부도 가게 밑천으로 그에게 융통해 주려고 하지 않았다. 그 대부분을 타라로 보내고, 윌 벤틴에게 긴 편지를 써서 어떻게 쓸 것인가 그 용도를 적어보냈다. 그뿐만 아니라 그녀는 또 프랭크에게 타라의 집수리가 완전히 끝나면 이번에는 담보를 잡고 돈놀이를 시작하겠다고 말했다.

"아!" 그 일을 생각할 때마다 프랭크는 신음했다. 여자는 담보란 것이 무엇인지 그것조차 알 필요가 없는 건데!

그 무렵 스칼렛은 여러 계획에 골몰해 있었는데, 프랭크가 볼 때는 어느 계획도 이전의 것보다 점점 더 나빠지는 것뿐이었다. 그녀는 셔먼 부대가 불을 지르기 전까지 창고가 있던 그녀의 소유지에 술집을 세울 계획까지 비쳤다. 프랭크는 금주론자는 아니었지만 그 계획에는 맹렬히 반대했다. 술집을 갖는다는 것은 천한 일이고 피해야 할 일로, 포주에게 집을 세주는 거나 다름없는 불명예스런 일이다. 그러나 어째서 나쁜가는 설명할 수 없었다. 그래서 불완전한 그의 이론에 그녀는 다음과 같은 한 마디 말로 반박해 버리고 말았다.

"당치도 않은 소리 마세요!"

"술집으로 세를 놓으면 무척 좋대요. 헨리 아저씨가 그러는데요," 그녀는 말했다. "집세도 또박또박 치른다고 해요. 들어 보세요, 프랭크. 술집 같은 건 팔리지 않는 값싼 목재로 세워서 비싼 세로 빌려 주는 거예요. 난 그 집세, 제재소 수입, 담보를 잡고 꾸어준 돈의 이자로 제재소를 또 하나 살까 해요."

"여보, 제재소 같은 걸 더 가져 뭘 하겠단 거요!" 프랭크는 깜짝 놀라 소리쳤다. "지금 가지고 있는 것도 팔아 버려요. 그런 건 당신을 피로하게만 만들고, 당신도 알다시피 해방된 흑인들을 고용해서 부리는 것이 얼마나 힘든 일인데."

"그래요, 해방된 흑인들은 확실히 쓸모가 없어요." 그녀는 동의했으나, 제재소를 파는 편이 좋다는 그의 의견에는 전혀 상대도 하려 하지 않았다. "존슨 씨 말에 따르면 매일 아침 공장에 와볼 때까진 흑인 노동자가 와 있는지 어쩐지 전혀 예상을 할 수가 없다는 거예요. 이제는 흑인은 전혀 믿을 수 없게 되고 말았어요. 하루나 이틀 일을 하고는 다음엔 돈이 떨어질 때까지 빈둥거리고 나오지 않으니까. 하룻밤 사이에 전부 날려 버리는 때도 있나 봐요. 노예 해방이 죄악이라는 것은 실제로 겪으면 겪어 볼수록 확실히 알 게 돼요. 흑인들을 아주 못 쓰게 만들어 버렸어요. 몇천 명이라는 흑인이 빈들빈들 놀고 있고, 우리 공장에서 일을 시키고 있는 패들만 해도, 게으름뱅이에 쓸모가 없어서 있으나 없으나 마찬가지예요. 그런데도 버릇을 고치려고 때리기라도 하는 날이면, 아니 조금 잔소리만 해도, 노예 해방 사무국이 마치 풍뎅이를 본 오리 모양으로 잡으러 오니까 말이에요.”

“설마 당신은 존슨 씨를 시켜서 그들을 때리는 건 아니겠지.”

“물론이죠.” 그녀는 귀찮은 듯 대답했다. “만약 그런 짓을 하게 되면, 당장 북부 관리들에게 붙잡혀 감옥에 들어간다고 방금 말하지 않았어요? ”

“당신 아버님은 아마 평생 흑인을 때린 일이 없었을 거요.” 프랭크는 말했다.

“아뇨, 꼭 한 번 있었어요. 온종일 사냥을 하고 돌아와서 마구간 보는 검둥이 아이가 말에 손질을 하지 않았을 때요. 하지만 프랭크, 그때는 지금과는 달랐단 말이에요. 해방된 흑인은 옛날 흑인과는 아주 딴판이에요. 그러니까 실컷 때려 주는 편이 오히려 그들을 위해 좋을지도 몰라요.”

아내의 의견이나 계획만이 프랭크를 놀라게 한 것이 아니었다. 결혼 뒤 불과 얼마 안 되는 몇 달 동안에 아내의 변화가 더욱 그를 놀라게 했다. 그녀는 이미 그가 아내로 삼은 그 상냥하고 사랑스럽고 여자다운 여성이 아니었다. 짧은 구애 기간 중 그는 그처럼 인생에 대한 태도가 순진하고 여성적이며, 그처럼 철부지이고 소심하고 연약한 여성은 없으리라고 생각하고 있었다. 그러나 지금 그녀의 인생에 대한 태도는 마치 남자의 자세와 다름없었다. 장밋빛 뺨과 보조개와 사랑스러운 미소는 그대로였지만, 말하고 행동하는 것은 그대로 남자였다. 목소리는 쾌활하고 또렷하며, 즉석에서 일을 결정짓고, 젊은 여자다운 우유부단한 구석은 없었다. 자기가 바라는 것이 무엇인가를 명확히 파악하고, 남자들처럼 가장 빠른 길을 달려서 그것을 쫓아갔다. 여성 특유의, 가만가만 뒤를 쫓아가는 방법은 결코 취하지 않았다.

프랭크가 지금까지 지배적인 여성을 보지 않은 것은 아니었다. 모든 남쪽 도시들과 마찬가지로 이 애틀랜타에도 사람들이 그 비위를 거스를세라 두려워하는 여걸이 꽤 많이 있었다. 예를 들면, 뚱뚱한 메리웨더 부인처럼 지배적이고, 우아한 엘싱 부인처럼 품위 있고, 은발에 상냥한 목소리를 내는 화이팅 부인처럼 교묘한 술책을 써서 목적을 달성한다는 것은 그 누구도 흉내낼 수 있는 일이 아니다. 그러나 이들 부인들이 목적을 달성하기 위해 어떤 계교를 부리든, 그것은 언제나 여자다운 계교였다. 설령 그녀들을 지도하고 있는 것이 남자들의 의견이든 아니든 간에, 적어도 남자들의 의견에 경의를 보이도록 하는 것에 중점을 두고 있었다.

남자들 말에 따르고 있는 것처럼 보이게 하는 미덕, 그것을 안다는 것이 중요한 것이었다. 그러나 스칼렛은 그녀 자신을 제외한 사람의 지도는 받지 않고, 남자와 같은 방법으로 사물을 처리해 간다. 그러니까 소문의 대상이 되는 것이다.

'그리고' 프랭크는 비참한 기분으로 생각했다. '여편네에게 그런 여자답지 못한 일을 시킨다고 사람들은 틀림없이 나를 비난하겠지.'

그 밖에 또 버틀러라는 사나이의 문제가 있었다. 그가 빈번히 피티 아주머니의 집을 찾아오는 것은 프랭크에게는 최대의 모욕이었다. 프랭크는 그가 싫지 않은 적이 한 번도 없었다. 전쟁 전 그와 상거래를 할 때부터 싫었다. 레트를 트웰브 오크스 저택으로 데리고 가서 친구들에게 소개한 날을 그는 두고두고 저주했다. 전쟁 중 소문이 났던 그의 냉혹한 행위에 대해서, 군대에 참가해 싸우지 않은 점에 대해서 그는 레트를 경멸해 왔다. 레트가 여덟 달 동안이나 남군에 가담해 싸웠다는 것을 알고 있는 것은 스칼렛뿐이었다. 그것은 레트가 공포에 질린 척하면서 자기의 그런 망신을 아무에게도 말하지 말라고 그녀에게 사정했기 때문이다. 특히 프랭크가 가장 그를 경멸한 것은, 벌록 제독을 비롯해, 그와 같은 처지에 있던 정직한 사람들이 몇천 달러라는 돈을 북부연방 정부에 반환했는데, 그는 오히려 남부동맹 정부의 돈을 착복해 버린 것이다. 그러나 프랭크가 좋아하든 싫어하든 상관없이 여전히 레트는 자주 찾아왔다.

표면상 그가 찾아오는 것은 피티 아주머니였고 또 피티 아주머니는 그 점을 의심하지 않을 만큼 민감하지 못했으므로 그의 방문을 으스대는 것이었다.

그러나 프랭크는 그를 끌어들이는 것이 아주머니가 아니라고 못마땅한 감정을 가지고 있었다. 어린 웨이드는 대부분의 사람에게는 수줍은 아이였지만, 레트만은 잘 따랐다. '레트 아저씨'라고까지 불러 프랭크를 괴롭혔다. 전쟁 내내 레트가 스칼렛과 함께 다녀, 당시 사람들의 입에 오르내린 것도 생각해 내지 않을 수 없었다. 요즘은 두 사람에 대해 더욱 나쁜 소문이 퍼졌을 거라고 그는 생각했다. 그의 친구들도 제재소에 관계되는 일이라면 스칼렛의 행동에 대개 거리낌 없이 이것저것 이야기를 하는데, 이런 종류의 일만은 어느 한 사람도 감히 입 밖에 내어 용기 있게 말하려는 사람이 없었다. 그러나 자기와 스칼렛이 전처럼 자주 만찬에 초대되지 않게 되고, 또 찾아오는 사람도 점점 줄어드는 것을 프랭크는 깨닫지 않을 수 없었다.

스칼렛은 이웃 사람들을 대개 싫어했다. 게다가 제재소 쪽 일이 바빠서 반가운 사람들과도 만날 수 없을 정도였으므로, 방문객이 적어진 것 따위에는 전혀 신경을 쓰지 않고 있었다. 그러나 프랭크에게 그것은 절실한 문제였다.

프랭크는 그 전생애를 '이웃 사람들이 뭐라고 할까?' 하는 것에 지배되어 왔다. 그러므로 이렇게 아내에게 예의 규범에 대해 자꾸만 무시당하게 되니 그 충격이 너무 커서 맞설 수가 없었다.

모든 사람이 스칼렛을 비난하고, 아내에게 남녀 구별도 없는 행동을 허락한다고 해서 자기까지 경멸하고 있는 것을 그는 느끼고 있었다.

그의 견해에 의하면 스칼렛은 남편으로서도 용납할 수 없는 많은 일을 감히 하고 있는 셈인데, 그가 그런 짓을 하지 말라고 명령하든가, 그것을 문제 삼거나 평하는 말을 하기만 해도 당장 폭풍우가 머리 위에서 불어닥치는 것이었다.

'아, 아!' 그는 어찌 할 바를 모르고 생각에 잠겼다. '그녀는 지금까지 본 어떤 여자보다도 화를 잘 내고, 오래도록 풀어지지도 않는다!'

일이 모두 순조롭게 진행되어 즐겁게 콧노래를 섞어 가며 집 안을 돌아다니던 애정 깊은 아내가, 순식간에 전혀 다른 인간이 돼 버리는 그 변화의 빠르고 완전함은 정말 놀랄 일이었다. "여보, 내가 만일 당신이었다면 그렇게는 안 할 거라고 생각되는데……" 하고, 이 한 마디만 해도 당장 폭풍이 일어나는 것이다.

그녀의 검은 눈썹이 코 위까지 내려와 날카로운 각도를 그린다. 그러면 프랭크는 어느덧 기가 죽고 만다. 그녀는 타타르인처럼 걸핏하면 화를 내고 살쾡이처럼 사나워진다. 그리고 그렇게 되면 하고 싶은 소리를 거침없이 내뱉고 그것이 상대방에게 얼마나 상처를 주는지 전혀 생각하지 않는다. 그럴 경우에 집 안은 금방 음산한 구름에 싸이고 만다. 프랭크는 아침 일찍 가게로 나가 늦게까지 돌아오지 않는다. 피티는 마치 굴로 달아나는 토끼처럼 침대 속으로 파고들어가 버린다. 웨이드와 피터 할아범은 마차간으로 숨어 버리고, 요리사는 부엌에서 나오려 하지 않고 하느님을 찬양하는 찬송가까지도 소리를 높이지 않으려고 애쓴다. 스칼렛의 화를 태연히 견딜 수 있는 것은 마미뿐이다. 마미는 오랜 세월 제럴드 오하라와 그의 성격에 단련을 받아 왔기 때문이다.

스칼렛도 굳이 화를 내려는 것은 아니었다. 프랭크가 싫은 것도 아니고, 또 타라를 구해 준 것을 고마워하고 있었으므로 정말 좋은 아내가 되려고 생각하고 있었다. 그러나 그의 편에서 가끔, 그리고 여러 모로 화를 내게끔 건드리는 것이다.

그녀는 자신을 귀찮게 하거나 소심한 남자를 존경할 수가 없었다. 그녀나 또는 다른 누구와 뭔가 좋지 못한 일이 생겼을 경우, 그가 보이는 겁 많고 소심한 태도는 그녀를 못견디게 짜증나게 했다. 그러나 돈 문제가 다소 해결된 요즘에는 그런 정도는 대범하게 보아 버릴 수도 있고 행복하기까지도 했으나, 프랭크가 뛰어난 사업가가 아니라는 점, 그리고 아내가 뛰어난 사업가라는 것을 좋아하지 않는 데서 생겨나는 갖가지 문제가 잇따라 그녀를 화나게 하고 있었다.

예상한 대로 그는 꾸어준 돈을 독촉하자는 그녀의 의견에 찬성하지 않았다. 그녀가 마구 몰아세우면 그는 마지못해 나가 변명을 해 가며 무척 열의 없이 돈을 받으러 다녔다. 이 경험은 결국, 그녀가 손에 넣으려고 결심한 돈은 자기 손으로 만들어 내야지 그렇지 않는 한 케네디 일가는 언제까지나 그날그날의 생활이나 겨우 해 나갈 거라는 결론의 마지막 증거가 되었다. 프랭크는 죽을 때까지 그 지저분한 작은 가게나 그런대로 해나가면 만족하리라. 안정을 기한다는 면에서 자기들이 가지고 있는 기반이 얼마나 무력한 것인지, 또 돈만이 언제 밀어닥칠지 모르는 재난에 대한 방패가 되는 이 혼란한 시대에 보다 많은 돈을 버는 것이 얼마나 중요한 것이라는 것도 그는 깨닫지 못하는 것 같았다.

전쟁 전의 여유 있는 시대라면, 프랭크도 사업가로서 성공했을지 모른다. 그러나 그녀가 본 견해로는 답답할 정도로 시대에 뒤떨어져 낡은 생활방식도 옛 시대도 이미 지나가 버렸는데, 그는 무슨 일이고 완고하게 옛날 방식으로만 해 나가려 하고 있었다. 이 새로운 고난의 시대에 필요한 적극성이 그에게는 전혀 없었다. 그런데 그 적극성을 그녀는 가지고 있었다. 그것을 그녀는 프랭크가 좋아하든 말든 구사하려 하고 있다. 그들은 돈이 필요했다.

그래서 그녀는 돈을 벌려는 것인데, 그것은 수월한 일이 아니었다. 그녀의 의견에 따르면 프랭크가 할 수 있는 최대의 일은, 현재 이익을 올리고 있는 그녀의 계획을 절대로 방해하지 않는 것뿐이었다.

경험이 없는 그녀에게 제재소의 경영은 결코 쉬운 일이 아니었다. 게다가 처음에 비해 요즘은 경쟁이 아주 심해서, 밤마다 집에 돌아올 때는 늘 피로와 짜증으로 화가 나 있었다. 때문에 프랭크가 조심조심 마른기침을 해가며, "나 같으면 그런 일은 하지 않아"라든가 "내가 당신이었다면 그렇겐 안했을 거야." 어쩌고 하는 소리를 들으면 맹렬하게 폭발하려는 화를 겨우 참는 것이었다. 그러다 가끔 참지 못할 때도 있었다. 밖에 나가 돈을 벌어올 만한 수완도 없는 주제에 어째서 그는 언제나 그렇게 남의 흥만 잡는 것일까? 게다가 그가 끈덕지게 늘어놓는 일이란 모두 실상 어리석기만 한 것들이다. 이런 시대에 그녀가 여자답지 못한 행동을 한다고 해서 그것이 어떻다는 것인가? 더구나 그녀가 여자의 몸으로 경영하는 제재소는, 그녀가, 그녀의 가족이, 타라가, 프랭크까지도 몹시 필요로 하는 돈을 벌어들이려고 하는 중인데.

프랭크는 휴식과 안정을 바라고 있었다. 그가 그처럼 양심적으로 참가했던 전쟁은 그의 건강을 파괴하고, 재산을 날리고, 그를 늙게 만들었다. 그러나 그는 그것을 조금도 한스럽게 생각하지 않았다. 4년 동안의 전쟁 뒤에, 그가 인생에서 찾은 것은 오직 평화와 애정으로서 주위의 정다운 얼굴을 바라보고 친구들에게 사랑을 받는 것이었다. 그리고 가정의 평화에는, 그만한 대가를 치러야 한다는 것을 그는 곧 알게 됐다. 대가라는 것은 스칼렛을 무슨 일이나 그녀 마음대로 하도록 내버려 두는 것이었다. 그래서 지칠 대로 지친 그는 그녀가 내건 조건으로 평화를 샀다. 그리고 그녀가 추운 황혼빛에 미소를 지으면서 현관문을 열어 줄 때, 그리고 귀라든가 코라든가 그 밖에 얼토당토 않은 곳에 입을 맞춰 줄 때, 또는 밤에 따뜻한 이불 속에서 어깨에 풀썩 기대오는 그녀의 머리를 느낄 때 등 그 대가는 결코 비싼 것이 아니라고 생각했다. 스칼렛을 마음대로 하게만 내버려 두면 가정생활은 이렇게 즐거운 것이 될 수 있는 것이다. 그러나 그가 손에 넣은 평화는 알맹이가 없는 것이었고, 단순한 껍데기에 불과했다. 왜냐하면 그것은 그가 생활에서 정당하다고 생각하는 모든 것을 희생해서 산 것이었기 때문이다.

'여자란 가정과 가족에 대해 보다 세심하게 마음을 써야 하고, 남자들처럼 밖으로 돌아다녀서는 안 된다.' 그는 생각했다. '그러나 만일 그녀에게 아이라도 생긴다면……'

아이 생각을 하면 자기도 모르게 미소가 떠올랐다. 그리고 그는 가끔 아이에 대해 생각했다. 스칼렛은 아이 따윈 필요 없다고 아주 거침없이 까놓고 말했다. 그러나 초청할 때까지 기다렸다가 나와 주는 아이는 별로 없다. 많은 여자들이 아이 같은 건 원하지 않는다고 한다. 그러나 그것은 모두가 어리석기 때문이며 무섭기 때문인 것이다. 만일 스칼렛에게 아기가 생긴다면, 그녀도 다른 여자들과 마찬가지로 아이를 귀여워하고 만족해서 집 안에서 보살필 것이다. 그러면 제재소도 팔아야 할 것이고, 절로 문제는 해결된다. 모든 여자는 그녀들의 행복을 완전하게 하기 위해서 아기가 필요한 것이다. 스칼렛이 행복하지는 않다는 것을 프랭크는 알고 있었다. 여자에 대해서는 아는 것이 없는 그이긴 했지만, 때때로 그녀가 불행하다는 것을 모를 만큼 눈이 어둡지는 않았다.

가끔 그는 밤중에 잠이 깨어, 베개에 엎드려서 소리를 죽이고 우는 들릴 듯 말 듯한 울음소리를 들었다. 맨 처음 침대가 떨리게 흐느껴 우는 소리를 듣고 잠이 깬 그는 깜짝 놀라 물었다.

"여보, 왜 그래?"

그러고는 격한 울음소리로 핀잔을 들었다.

"내버려 둬요!"

그렇다. 아이는 그녀를 행복하게 해줄 것이다. 그리고 그녀를 관여하지 않아야 할 많은 일로부터 벗어나게 해 줄 것이다. 가끔 프랭크는 한숨을 쉬며, 자기는 굴뚝새라도 충분했을 텐데 온몸이 불꽃과 보석으로 싸인 열대새를 잡은 거라고 생각했다. 사실 틀림없이 굴뚝새가 훨씬 좋았을 텐데.

37

4월의 폭우가 쏟아지던 어느 날 밤, 토니 폰테인이 존즈버러에서 기진맥진하여 땀투성이가 된 말을 타고 와서 현관문을 두들겼다. 스칼렛과 프랭크는 깜짝 놀라 벌떡 일어났다. 최근 넉 달 동안 그녀는 다시금 재건이란 무엇인가를 이날 밤에 또다시 현실적으로 느꼈다. 그리고 '우리의 곤란은 이제 겨우 시작됐을 뿐이오' 하고 말한 윌의 심정을 한층 똑똑히 알게 됐다. 타라의 황폐한 과수원에서 들은 애쉴리의 절망적인 말이 진실인 것도 깨닫게 되었다. '우리 모두가 직면하고 있는 것은 전쟁보다 더 나쁘고, 감옥보다도 심한, 죽음보다도 지독한 겁니다.'

그녀가 처음으로 재건의 가혹함과 정면으로 부닥친 것은 북부의 손을 빌린 조나스 윌커슨이 그녀들을 타라에서 쫓아낼 수도 있다는 것을 알았을 때였다. 그러나 이번 토니의 방문은 그보다 훨씬 무서운 방법으로 그것을 깨닫게 했다. 토니는 어두운 밤 퍼붓는 빗발 속에 찾아왔다가 금방 밤의 어둠 속으로 영원히 사라져 갔다. 그러나 그는 도착해서 떠날 때까지의 짧은 시간에 새롭고 무서운 한 장면의 막을 올리고 간 것이다. 그리고 이 막은 두 번 다시 내리지 않을 것이라고 그녀는 절망적으로 생각했다.

그 폭풍우가 불던 밤, 찾아온 사람이 황급히 문을 두들겼을 때, 그녀는 계단 층계참에 선 채 가운을 꼭 여미고 계단 밑 현관을 내려다보았다. 토니의 거무튀튀하고 음울한 얼굴이 힐끗 보이는가 싶더니 그는 얼른 몸은 내밀어 프랭크가 든 촛불을 불어 꺼버렸다. 그녀는 급히 어둠 속을 내려가 그의 차갑게 젖은 손을 움켜쥐었다. 그리고 그의 속삭이는 소리를 들었다.

"놈들에게 쫓기고 있어요. 이 길로 곧장 텍사스로 갈 참입니다. 말이 금방 죽을 것 같아요. 나도 배가 고파 죽을 지경이고. 애쉴리가 말했지만 당신들 …… 촛불을 켜면 안 돼요! 흑인들을 깨워서도 안 돼요……. 가능한 한 당신들에게 폐를 끼치고 싶지 않으니까요."

부엌 창문의 블라인드를 내리고 차양도 전부 내려 버리자, 그제야 그는 불을 켜게 하고 곧바로 빠른 말로 프랭크에게 이야기했다. 스칼렛은 그동안 부랴부랴 있는 것을 주워모아 식사 준비를 했다.

그는 외투도 입지 않아 온몸이 흠뻑 젖어 있었다. 모자도 쓰지 않아서, 검은 머리칼이 조그만 머리에 착 달라붙어 있었다. 그러나 폰테인네 형제 특유의 쾌활함을, 사실 그날 밤은 추워 보이는 쾌활함이었지만, 그 활발하게 움직이는 작은 눈에 띠우고, 그녀가 내놓은 위스키를 단숨에 들이켰다. 스칼렛은 피티 고모가 이 소리를 듣지 못한 채 2층에서 코를 골고 있는 것을 하늘이 도왔다고 생각했다. 이 무서운 방문객을 보았다면 고모는 틀림없이 졸도하고 말았을 테니까.

"얄미운 놈을 하나씩 해치우는 대로 남부의 스캘러왜그가 그만큼 줄어 가는 겁니다." 토니는 한 잔 더 달라고 잔을 내밀며 말했다. "정신없이 말을 달려왔어요. 빨리 여기까지 달아나 오지 않으면 이쪽 목숨까지 위험하니까요. 하지만 그만한 일을 저질렀으니 하는 수 없죠. 정말이오, 나는 이 길로 어떻게든지 텍사스로 가서 몸을 숨길 작정이오. 애쉴리하고는 존즈버러까지 같이 왔어요. 그가 이리로 가라고 말해 주더군요. 내게 말을 한 필 마련해 주지 않겠나, 프랭크. 이왕이면 돈도 좀. 내 말은 곧 쓰러질 지경이야. 여기 오는 동안 죽어라 하고 달려왔거든. 그리고 얼빠진 소리지만, 오늘 집을 나올 때 지옥에서 튀어나온 박쥐 모양으로 외투도 모자도, 돈도 한푼 안 가지고 나왔어. 하기는 우리 집에 대단한 돈이 있는 것은 아니지만."

그는 웃으며 찬 옥수수빵과 찬 순무 잎을 허겁지겁 먹었다. 순무 잎에는 기름기가 얼어서 하얀 조각이 되어 두껍게 붙어 있었다.

"내 말을 타고 가게." 프랭크가 조용히 말했다. "돈은 지금 가진 게 10달러밖에 없는데. 아침까지 기다릴 수 있으면……."

"지옥에 지금 불이 붙었는데 어떻게 기다리나!" 말투는 단호했으나 들뜬 어조였다. "놈들이 바로 뒤에까지 쫓아온 모양이야. 떠나오는데 시간이 걸려서 말이야. 애쉴리가 나를 거기서 끌어내 말을 태워 주지 않았으면, 나는 바보처럼 멍청하게 앉았다가 아마 지금쯤은 뻗어 버렸을 거야. 좋은 사람이야, 애쉴리는."

그렇다면 애쉴리도 역시 이 무서운 수수께끼 속에 끼여 있단 말인가. 스칼렛은 오싹해져 손을 목으로 가져갔다. 애쉴리는 지금쯤 양키들의 손에 붙잡힌 것이 아닐까? 어째서, 어째서 프랭크는 자세한 내용을 물으려 하지 않는 걸까? 어째서 저렇게 태연히 듣고만 있는 것일까. 마치 당연한 일인 것처럼 듣고 있다. 그녀는 어떻게든지 그것을 알아내려고 입을 열었다.

"어떤……." 그녀는 말을 꺼냈다. "누가……."

"당신 아버님이 부리던 늙다리 농장감독, 악당 조나스 윌커슨이오."

"당신이 그 남자를, 그 남자를 죽였나요?"

"건방진 소리 같지만, 스칼렛 오하라!" 토니는 성난 투로 말했다. "상대가 어느 놈이든, 내가 일단 해치우려고 덤벼든 이상 단도로 상대를 긁거나 하고 물러날 줄 아셨습니까? 천만에! 놈을 산산조각 내고 말았지요."

"그것 잘했군." 프랭크가 불쑥 말했다. "정말 얄미운 녀석이야."

스칼렛은 프랭크를 쳐다보았다. 평상시의 흐리멍덩한 프랭크와는 전혀 다른 모습이었다. 평상시의 남편은 공갈에 잘 넘어가고 신경질적으로 수염을 쥐어뜯는 사나이였다. 그런데 지금 보는 그는 뭔가 날카로운 냉혹함을 느끼게 했다. 뜻하지 않은 사건을 듣고도 필요 없는 소리 한 마디 하지 않았다. 결국 프랭크도 남자, 토니도 남자였다. 이런 난폭한 사건은 남자들이 하는 일이지, 여자가 나설 부분은 아닌 것이다.

"하지만 애쉴리는…… 그이는…….."

"아니, 애쉴리도 그 녀석을 해치우고 싶어 했지만, 그놈은 내 쪽에 권리가 있다고 내가 물려받았어요. 글쎄, 그렇잖습니까. 샐리는 내 형수니까요. 결국은 그도 납득했지요. 윌커슨에게 내가 당할 경우를 염려해서 애쉴리도 함께 존즈버러로 들어왔습니다. 하지만 애쉴리는 귀찮은 일은 일으키지 않을 거예요. 그렇게 되면 곤란하죠. 이 옥수수빵에 바를 잼은 없습니까. 그리고 아무거로나 도시락을 좀 싸 주세요."

"죄다 말해 주지 않으면 큰 소리를 치겠어요."

"잠깐, 그건 제가 갈 때까지 참아 주십시오. 그 뒤에는 소리치고 싶으면 쳐도 좋습니다. 프랭크가 안장을 차리는 동안 말씀을 드리죠. 그 악당 윌커슨이란 놈은, 지금까지 무척 사람들을 괴롭혀 왔습니다. 당신도 세금 때문에 지독히 혼이 나셨지요? 그것도 그 녀석의 그 야비한 행동 가운데 하나입니다. 그러나 가장 돼먹지 않은 것은 흑인들을 선동해서 소란을 일으키는 거예요. 일생 동안 내가 흑인을 미워하는 세상이 오리라고는 정말 누구도 생각 못했을 겁니다. 흑인이란 놈들도 괘씸해요. 놈들은 그 악당들이 하는 소리를 무엇이나 곧이듣고는 우리가 지금껏 해 준 것 같은 건 까맣게 잊고 있어요. 지금 양키들은 검둥이에게 선거권을 줄 것을 논의하고 있답니다. 그런데 우리에게는 선거권을 주려 하지 않거든요. 이 군 전체를 통틀어 선거에서 밀려나지 않은 민주당원은 손을 꼽을 정도밖에 없어요. 그럴 수밖에 없는 것이, 놈들은 남부동맹군에 참가한 사람들은 전부 명령을 내려 제외시켜 버렸거든요. 만일 놈들이 검둥이들에게 선거권을 주게 되면 우리는 이제 끝장입니다. 세상에 그런 법이 어디 있어요! 우리 주가 아닙니까! 북쪽 놈들의 것은 아니잖아요. 스칼렛, 이건 결코 가만히 있을 수 없는 일입니다! 절대로 못 참아요! 다시 전쟁이 나도 상관없어요. 뭔가 한번 본때를 보여 줄 필요가 있어요. 우물쭈물하고 있으면 그러는 동안에 검둥이 재판관이 생겨나고, 검둥이 의원이 생겨나게 될 겁니다. 정글에서 나온 검은 원숭이 주제에!"

"자, 부탁이에요. 빨리 말씀하세요! 당신들은 무슨 일을 하셨어요?"

"그 빵을 싸기 전에 한 쪽만 더 주시오. 그런데 그 윌커슨이 퍼뜨리는 말로는 그놈의 검둥이 평등운동도 좀 미치광이짓 같아요. 정말이오. 그놈은 시간을 정해 놓고 검둥이 바보 놈들에게 연설을 하고 있거든요. 낯가죽 두껍게도……." 토니는 하는 수 없이 그 대목을 얼른 말했다. "검둥이도 백인 여자와 결혼할 권리가 있다고."

"어머나, 토니 거짓말이겠죠? 그럴 수가!"

"하지만 사실이오. 당신이 깜짝 놀라는 것도 무리는 아니지만. 그런데 말이오, 스칼렛. 그런 것이 새삼 당신에게 새로운 뉴스는 아닐 텐데요. 이 애틀랜타에도 지금 그 이야기로 한창 아닌가요?"

"난 전혀 몰랐어요."

"그럼 프랭크가 당신에게 숨기고 있는 거겠죠. 어쨌든, 그래서 우리는 다함께 생각했어요. 윌커슨을 밤중에 몰래 찾아가서 충고해 주자고요. 그런데 그 기회를 잡기 전에, 왜 당신도 알고 계시죠, 우리 집 흑인 우두머리를 하고 있던 검둥이 유스티스를?"

"알고 있어요."

"그 녀석이 오늘 우리 집 부엌 문 앞에 찾아온 거예요. 때마침 샐리가 점심 준비를 하고 있었어요. 그리고 그 녀석이 그때 샐리에게 뭐라고 했는지 그건 모르겠어요. 지금도 짐작이 안 가요. 하여튼 뭐라고 했어요. 그녀의 비명이 들려서 급히 부엌으로 뛰어갔더니, 글쎄 그 녀석이 아무짝에도 쓸모없는 유랑극단 배우의 패거리 모양으로 취해 있는 게 아니에요? 아 실례, 스칼렛, 입을 함부로 놀려서……."

"그래서 어떻게 했어요?"

"내가 당장 그놈에게 한 방 먹였지요. 그리고 어머니가 달려와서 샐리를 간호하는 동안, 말을 집어타고 윌커슨을 찾으러 존즈버러로 갔던 겁니다. 그놈이야말로 원흉이니까요. 그 녀석이 없었으면 그런 괘씸한 검둥이 얼간이들이 그런 생각을 할 리가 없어요. 타라를 지나는데 도중에 애쉴리를 만났어요. 물론 그는 나와 동행했죠. 윌커슨이란 놈이 타라에 그런 짓을 했으니까 자기에게 맡기라고 애쉴리는 말했지만, 나는 듣지 않았습니다. 샐리는 내 죽은 형의 아내니까 내가 하는 것이 당연하다고 했지요. 내내 그와 나는 말다툼을 했습니다. 그런데 시내에 도착해 보니 글쎄 스칼렛, 제일 중요한 권총을 잊고 오지 않았겠어요. 마구간에서 잊어버리고 온 거지요. 그만큼 나는 분이 머리끝까지 치밀었던 거예요."

그는 말을 끊고 딱딱한 빵을 씹었다. 스칼렛은 부들부들 떨고 있었다. 폰테인 집안 사람의 살인적인 분노에 대해서는 이 이야기가 시작되기 훨씬 전부터 군 전체에 널리 알려져 있었다.

"그래서 하는 수 없이 칼로 상대하는 수밖에 없었죠. 놈은 술집에 있었어요. 애쉴리가 다른 녀석을 붙들고 있는 동안에 나는 놈을 방 한구석에 몰아넣고, 죽이기 전에 죽이는 이유를 들려 주었죠. 그리고 정신을 차렸을 때는 이미 일은 모두 끝나 있었어요." 토니는 그 일을 떠올리며 말했다. "정신을 차리니까 애쉴리가 나를 말에 태워 주며 당신들이 있는 이곳으로 가라고 하더군요. 애쉴리는 위기에도 강한 사나이오. 침착해요."

프랭크가 들어왔다. 팔에 걸쳤던 그레이트코트를 토니에게 건네주었다. 그것은 그의 한 벌밖에 없는 그레이트코트였지만, 스칼렛은 나무라지 않았다. 이 사건, 이 순수한 남자들 세계의 사건은 그녀가 도저히 관여할 수 없는 일인 것처럼 생각되었기 때문이다.

"하지만 토니, 댁에서는 당신이 없으면 곤란하잖아요? 돌아가서 사정을 이야기해 보면……."

"프랭크, 자네도 바보 마누라를 얻었군."

토니는 몹시 힘들여 외투를 입으며 싱글싱글 웃었다.

"스칼렛 씨는 검둥이 손에서 자기 집 여자들을 지킨 남자에게 양키 놈들이 표창이라도 해줄 줄 아는 모양이지. 하긴 줄지도 모르지, 즉결 재판과 교수형의 표창 말이야. 스칼렛, 내게 키스해 주지 않겠소? 뭐, 프랭크는 별로 언짢아하지 않을 거요. 이제 두 번 다시 만나지 못할지도 모르니까. 텍사스는 멀어요. 게다가 섣불리 편지도 낼 수 없어요. 그러니까 집사람들에게 여기까지는 무사히 왔다고 알려 주시오."

그녀는 토니에게 키스를 허락했다. 두 사나이는 장대같이 쏟아지는 빗속으로 나갔다. 뒷문 쪽에서 두 사람은 잠시 서서 이야기를 했다. 그리고 한참 뒤 돌연 말발굽에 물이 튀는 소리가 들렸다. 토니는 가 버렸다. 그녀는 문을 빠끔히 열었다. 프랭크가 축 늘어져 비틀거리는 말을 마구간으로 끌고 가는 것이 보였다. 그녀는 다시 문을 닫고 앉았다. 무릎이 와들와들 떨리고 있었다.

이제야 그녀는 재건이 무엇이라는 것을 깨달았다. 앞만 가린 벌거벗은 야만인들에게 집이 완전히 포위되어 있는 느낌이었다. 갖가지 생각이 한꺼번에 밀려들었다. 요즈음 전혀 생각도 못해본 일, 듣기는 들었으나 염두에도 두지 않았던 사람들의 이야기, 그 당시는 아무것도 아니라고 생각했던 사소한 일들, 무력한 피터 할아범밖에 보호해 줄 사람이 없는데 제재소로 마차를 타고 간다고 공연스레 투덜대던 프랭크의 충고, 그런 것들이 한꺼번에 떠올랐다. 지금 와서 생각해 보니 그런 것들 모두가 하나가 되어 한 장의 소름끼치는 그림이 되어 비쳤다.

그림 위쪽에는 흑인이 있다. 그 배경에는 북쪽 사람들의 총이 있다. 그녀를 죽이든 강간을 하든 그들 마음대로다. 게다가 무엇 하나 그것에 대해 손을 쓸 도리가 없는 것이다. 그리고 누구든, 그녀의 원수를 갚아 준 사람은 모두 양키의 손에 교수형을 당한다. 재판관과 배심원에 의한 정당한 재판절차를 거치지 않은 채 교수대에 서게 되는 것이다. 법률도 모르고, 정상참작 같은 건 더군다나 생각지도 않는 북군 장교들이니까 심리에 대한 변명도 아랑곳없이 남부 사람들의 목에 밧줄을 걸 수도 있을 것이다.

'그런데 우리가 할 수 있는 일이란 무엇인가?' 그녀는 생각하고 구원받을 길 없는 공포에 대한 고민으로 손을 쥐어짰다. '토니처럼 착한 사람이 집안 여자들을 보호하기 위해, 주정뱅이 흑인이나 비열한 스캘러왜그를 죽였다는 그 한 가지 이유만으로 교수형을 당한다. 그런데 그 악마에게 우리는 대체 무엇을 할 수 있단 말인가?'

참을 수 없는 일이라고 토니는 말했다. 그의 말이 옳았다. 정말 참을 수 없는 일이다. 하지만 어떻게 할 수도 없지 않은가. 참는 도리밖에 달리 방법이 없지 않은가? 와들와들 몸이 떨려왔다. 난생처음으로 그녀는 인간이니 사건이니 하는 것들을 자기로부터 떨어진 곳에 있는 것으로서 바라보았다. 그리고 그것이 공포와 절망 속에 있는 스칼렛 오하라만의 문제가 아니라는 것을 똑똑히 알았다. 자기 같은 여자가 남부에 몇천 명이나 있어 무서워하고 절망하고 있는 것이다. 애퍼매틱스에서 무기를 버리고 항복한 몇 천이라는 사나이가 다시 한 번 무기를 들고 남부 여자들을 지키라는 포고가 나오면 순식간에 생명을 걸고 일어나려 기다리고 있는 것이다.

토니의 얼굴에는 프랭크의 얼굴에 나타나 있던 것과 같은 것이 있었다. 그것은 그녀가 요즘 애틀랜타의 다른 모든 남자의 얼굴에서도 본 똑같은 표정이었다. 지금까지는 그 표정을 보기만 했지 그것이 무엇인지 캐내려고 깊이 생각해 보지 않았다. 그것은 항복 뒤 싸움터에서 철수해 오는 남자들의 얼굴에서 본 그 지친 절망과는 아주 다른 표정이었다. 그 당시 남자들은 내 집으로 돌아가는 것 말고는 아무것도 바라지 않았다. 그러나 지금 남자들은 다시 뭔가 초조해 하고 있는 것이다. 마비된 신경이 생기를 되찾고 옛날의 정기가 불타기 시작한 것이다. 그들은 다시금 냉혹할 만큼 애처롭게 애를 쓰고 있는 것이다. 그리고 토니와 마찬가지로 그들 또한 참고 있을 수 없다고 생각하고 있는 것이다.

그녀가 본 남부의 남자들이란 전쟁 전에는, 말소리는 상냥했지만 동시에 위험한 사람들이었다. 종전이 가까워 필사적일 때는 앞뒤 분간 못하는 고집쟁이였다. 그러나 방금 촛불 너머로 말없이 마주 보던 두 사나이의 얼굴에는 무언가 다른 것이 있었다. 무엇인가 그녀의 마음을 설레게 하면서 오싹 소름이 끼치게 하는 것이 있었다. 입 밖에 낼 수 없는 분노, 목적을 꼭 달성하고야 말겠다는 결의가 있었다.

처음으로 그녀는 주위에 있는 사람들과 이어져 있는 자신을 느꼈다. 공포와 고뇌와 결의를 품고 있는 사람들과 하나라는 느낌이었다. 그렇다, 결단코 참을 수 없는 일이다! 남쪽은 너무나 아름다운 땅이다. 이것을 선뜻 내버릴 수 있겠는가. 남쪽 사람들을 미워하고 있는 북쪽 패들은, 남쪽 사람들이 너무나 사랑하고 있으므로 그것을 짓밟고 재미있어 하고 있는 것이다. 그런 북쪽 놈들의 흙발에 내맡기고 견딜 수 있겠는가. 그것은 우리의 너무도 소중한 고향인 것이다. 그것을 위스키와 해방에 취한 무지한 흑인들에게 넘겨 주어도 될 것인가.

토니의 갑작스런 출현, 그리고 황급히 사라지던 모습을 생각하자 그에 대해 육친의 정 같은 것이 느껴졌다. 그녀는 자기 아버지의 옛 이야기를 생각해 냈던 것이다. 아버지가 자기 때문도 아니요, 가족들 때문도 아닌 살인을 저지르고, 그 밤중에 황급히 아일랜드를 탈출한 이야기다. 그녀의 몸에는 제럴드의 피가 흐르고 있다. 격렬한 피다. 그녀는 약탈하러 왔던 북군 병사를 쏘아 죽였을 때의 그 미칠 것 같았던 기쁨을 떠올렸다. 격렬한 피는 모든 사람의 몸속에 흐르고 있는 것이다. 아슬아슬할 정도로 표면에 가깝게, 친절하고 정중한 살갗 바로 밑에 숨어 있는 것이다. 그들 한 사람 한 사람, 그녀가 알고 있는 모든 남자, 온유한 눈매를 가진 애쉴리도, 침착성 없는 늙은 프랭크도 한꺼풀만 벗기면 밑은 다 똑같은 것이다. 여차할 때는 살인도 감히 사양치 않는 광포한 성격이 숨어 있는 것이다. 레트까지도 양심 같은 건 아예 없는 악당인 주제에 숙녀에게 무례하게 굴었다는 이유로 흑인을 죽인 것이다. 프랭크가 빗물을 뚝뚝 흘리면서 기침을 하고 들어오자 그녀는 벌떡 일어났다.

"아, 프랭크. 이런 일이 언제까지 계속될까요?"

"양키 놈들이 우리를 증오하는 한 계속될 거야, 여보."

"아무도 어떻게 할 수 없나요?"

프랭크는 피로한 손으로 젖은 수염을 쓸었다.

"우린 지금 하고 있어."

"어떤 일이에요?"

"해보지 않고는 뭐라고 말할 수 없어. 몇 년이 걸릴지 몰라, 아마 남부는 이제부터 쭉 이런 상태일 거야."

"오, 안 돼요!"

"자, 그만 잡시다. 춥지, 떨고 있잖아."

"언제 모든 것이 다 끝날까요?"

"우리 모두가 다시 옛날처럼 선거를 할 수 있을 때까지, 남부를 위해 싸운 사람들이 모두 대통령 선거에서 남부와 민주당을 위해 투표할 수 있게 될 때까지."

"대통령 선거라고요?"

그녀는 절망적인 투로 외쳤다.

"흑인들이 미쳐 날뛰고, 양키들이 흑인들에게 자꾸 맞서라고 나쁜 지혜를 불어넣어 준 다음, 그러고 나서 하는 대통령 선거가 무슨 소용이 있어요?"

프랭크는 그 참을성 있는 태도로 설명하기 시작했다. 그러나 대통령 선거가 자기들의 고난을 끝내 줄 것이라는 이론은 너무나 복잡하여 그녀에게는 잘 이해가 되지 않았다. 그녀는 다만 두 번 다시 조나스 윌커슨에게 타라의 집이 위협받지 않을 것이라는 것만이 고맙게 생각되었다. 그리고 토니를 생각했다.

"아, 가엾어라, 폰테인 댁 식구들!" 그녀는 소리쳤다. "남은 것은 알렉스 혼자뿐이고, 게다가 미모사 농장에는 일이 산더미같이 쌓여 손이 모자라 쩔쩔매는데, 어째서 토니는 밤중에 살짝 아무도 모르게 할 생각을 못했을까. 텍사스에서 살기보다는 봄 밭갈이를 돕는 편이 훨씬 수월할 텐데."

프랭크는 그녀를 끌어안았다. 보통 때는 언제나 쌀쌀하게 뿌리칠 것을 예상하며 조심스럽게 안았는데 오늘 밤은 먼 곳을 바라보는 눈으로 힘껏 그녀의 허리를 껴안았다.

"여보, 지금은 농사보다 더욱 중요한 일이 있어. 흑인들에게 겁을 주고 스캘러왜그들에게 본때를 보여 주는 것도 그 가운데 하나요. 토니같이 좋은 청년이 남아 있는 한 남부 일은 그렇게 걱정하지 않아도 될 거요. 자, 그만 잡시다."

"하지만, 프랭크……."

"우리가 단결해서 북부 놈들에게 한 걸음도 양보하지 않으면 언젠가는 이길 때가 올 거요. 당신의 귀여운 머리를 그런 걸로 썩여선 안 돼요. 그런 일은 남자들에게 맡겨 두면 돼. 승리는 우리 시대에 오지 않을지 모르지만 언젠가는 반드시 올 거요. 북부 놈들이 우리한테 항복을 받지 못하리란 걸 알게 되면 우리를 괴롭히는 일에도 싫증이 날 게 아니겠어? 그렇게 되면 전처럼 살기 좋은 평안한 세상이 되어 아이들도 마음놓고 기를 수 있게 될 거요."

그녀는 웨이드를 생각하고, 최근 몰래 가슴에 간직해 둔 비밀을 생각했다. 싫다, 싫다. 껍데기 밑에 증오와 불안, 고통과 광포와 소란이 숨어 있는 세상, 빈곤과 살을 저미는 듯한 생활고와 내일을 예측할 수 없는 불안한 세상에서 키워야 할 아이 같은 건 갖고 싶지 않다. 이렇게 세상에서 고통밖에 아무것도 맛볼 수 없는 때, 아이 같은 건 절대로 갖고 싶지 않다고 생각했다. 바라는 건 안정되고 조용하게 자리 잡은 세상, 장래를 내다보고 자식들의 앞

날에 편안한 미래가 있다고 생각되는 세상, 아이들이 오직 인정의 부드러움과 아름다운 의복과 맛있는 음식밖에 모르는 세상이었다.

프랭크의 생각에 따르면, 그러한 세상은 선거에 의해 이루어졌다고 한다. 선거에 의해서? 그것과 선거가 무슨 상관이 있단 말인가. 남부의 기품 있는 사람들은 이제 두 번 다시 투표하지 못할 것이다. 이 세상에서 운명이 가져다줄 수 있는 어떤 재난에도 버틸 확실한 보루는 오직 타라뿐이다. 그것은 돈이다. 어떻게든지 돈을 벌자. 비참한 생활에서 몸을 안전하게 지키기 위해 한껏 돈을 벌자 하고 그녀는 미친 듯이 생각했다. 그녀는 자기가 임신했다는 것을 프랭크에게 불쑥 말했다.

토니가 달아나고 나서 수주일 동안, 피티 시고모댁은 몇 차례나 북부 군대에게 가택 수색을 받았다. 그들은 아무 때나 상관없이, 또 아무런 예고도 없이 갑작스레 침입해 들어왔다. 우르르 방으로 들어와서는 심문을 하고 벽장을 열어 보고 옷 넣는 큰 상자를 총검으로 쿡쿡 쑤셔보고 침대 밑을 기웃거렸다. 군 당국에서는 토니가 피티의 집으로 가라는 충고를 받았다는 사실을 알고, 아직도 그 집이나, 아니면 그 근처 어딘가에 숨어 있을 거라고 믿고 있었다. 마침내 피티 고모는 장교가 인솔하는 한 무리의 병사들이 언제 자기 침실로 밀어닥칠지 모른다며 피터 할아범이 말하는 이른바 만성적인 흥분 상태에 빠지고 말았다. 프랭크도 스칼렛도, 토니가 급히 다녀간 것에 대해서는 한 마디도 하지 않았으므로, 이 늙은 부인으로서는 설령 실토하고 싶은 생각이 났다 해도 아무것도 할 말이 없었을 것이다. 토니 폰테인과는 지금까지 꼭 한 번밖에 만난 일이 없는데, 그것도 1862년 크리스마스 때였다고 조심조심 단언한 것도 그녀로서는 마음속에서 나온 정직한 고백이었던 것이다.

"게다가 그때는 그 사람이 아주 많이 취해 있었어요."

심문을 받을 때마다 몇 번이고 그녀는 북군 병사들을 기꺼이 도우려 노력하며 숨 가쁘게 덧붙이는 것이었다. 스칼렛은 임신 초기여서 참혹할 정도로 몸이 좋지 않은 데다 자기 방에 염치없이 들어와 자질구레한 물건들을 닥치는 대로 집어가 버리는 푸른 군복의 북부 병사들에게 울분을, 가눌 수 없는 증오를 느꼈다. 그런가 하면 또 토니 때문에 모두가 파멸해 버리는 것이 아닌가 하는 불안에 끊임없이 시달리기도 했다. 어느 감옥이나 하찮은 이유로 체포된 사람들로 가득 차 있었다. 아주 하잘것없는 일이라도 사실이 판명되기만 하면 그녀나 프랭크만이 아니라 아무것도 모르는 피티 고모까지도 감옥에 처넣으리라는 것을 그녀는 알고 있었다.

한때 워싱턴에서는 합중국의 전쟁 빚을 갚기 위해 반역자의 재산을 전부 몰수하라고 떠든 일이 있었다. 이런 소동 때문에 스칼렛은 끊임없이 고통스러울 정도로 불안에 사로잡혀 있었다. 더구나 이 무렵 애틀랜타에서는 군령 위반자의 재산을 몰수한다는 풍문이 떠돌고 있었다. 그래서 스칼렛은 프랭크와 함께 자기들의 자유뿐만이 아니라 집과 가게와 제재소까지 잃는 것이 아닌가 하고 전전긍긍하고 있었다. 재산이 군에 몰수되지 않는다 하더라도 그녀나 프랭크가 감옥에 들어가면 그것이 곧 재산을 잃는 거나 마찬가지였다. 왜냐하면 그들이 없는 동안 사업을 살펴 줄 사람이 아무도 없기 때문이었다.

그녀는 이런 걱정을 자기들에게 안겨 주었다는 이유로 토니를 원망했다. 왜 그 사람은 친구를 이런 지경으로 만들었는가. 어째서 애쉴리는 자기들에게 토니를 보낼 생각이 났던 것일까. 사람을 도와준 결과가 큰 호박벌 떼 같은 북부 놈들에게 습격받게 되는 줄 알았으니, 이제 다시는 그 누구도 절대로 돕지 않으리라. 누가 도움을 청하든 꼭 문을 닫고 있으리라. 물론 애쉴리만은 예외다. 토니가 급하게 다녀간 뒤 몇 주일 동안, 그녀는 바깥 길에서 조금만 무슨 소리가 나도 옅은 잠에서 깨어나, 혹시 애쉴리가 토니를 도와준 건으로 텍사스로 달아나고 있는 것이 아닌가 마음을 졸였다. 토니가 한밤중에 방문했던 것에 대해 타라의 집으로 섣불리 편지도 보내지 못했으므로 애쉴리가 어떻게 하고 있는지 전혀 몰랐다. 편지가 도중에서 북군의 손으로 들어가 타라까지 재난에 휩쓸릴 염려가 있기 때문이었다. 그러나 몇 주일이 지나도 나쁜 소문은 아무것도 들리지 않았으므로 애쉴리도 별일 없음을 알게 되었다. 그리고 마침내 북군 쪽에서도 귀찮게 조사하던 것을 그만두고 말았다.

그러나 일단 마음을 놓았지만, 스칼렛은 두려운 상태에서 벗어나지 못했다. 그 공포는 토니가 문을 두드리는 소리를 들었을 순간부터 일어난 것인데, 그것은 애틀랜타가 포위되고 포탄이 날아들 때 온몸의 솜털이 곤두서던 공포보다도 더했고, 전쟁 이전 며칠 동안 셔먼 부대에게서 받았던 공포보다 더욱 심한 것이었다. 그 폭우가 쏟아지던 밤 토니가 나타난 것은 자비로운 듯이 그녀의 눈을 가리고 있던 장막을 찢어 버리고 억지로 그녀의 삶의 불확실함을 그대로 보여 준 것과 같은 것이었다.

1866년 추운 봄, 스칼렛은 주위를 둘러 보고 자기와 남부 전체가 맞닥뜨리고 있는 것이 무엇인지를 깨달았다. 생활 계획이나 순서를 세우는 정도는 하려고 들면 할 수도 있을 것이다. 옛날 그녀 노예들의 일보다도 더 힘든 노동도 못할 것은 없었다. 어떤 고난도 어떻게든지 헤치고 나갈 수 있을 것이다. 처녀 시절에는 전혀 배우지도 않았지만, 각오만 있으면 여러 가지 문제를 처리해 나갈 수 있을 것이다. 그러나 아무리 노력을 하고 아무리 희생을 치러도, 아무리 지혜를 짜내 보아도 엄청나게 큰 희생을 치르고 겨우 손에 넣은 이 얼마 안 되는 토대를, 언제 어느 때 빼앗기게 될지도 모르는 것이다. 그런 변을 당하더라도 그녀에게는 법률상의 아무런 배상도 없고, 호소할 곳이라고는 겨우 토니가 쓰디쓴 말투로 욕하던 그 즉결 재판소나, 엉터리 권한을 쥐고 있는 군사 재판소뿐이었다. 현재는 권리와 배상이 있는 것은 흑인들뿐이었다. 북군은 남부를 억누르고 언제까지나 이런 상태로 만들어 둘 작정인 것이다. 남부는 커다란 악의에 찬 손에 의해 넘겨져 버리고 일찍이 지배세력이었던 사람은 그들이 부리던 노예들의 상태보다도 못한 비참한 처지로 떨어져 있었다.

조지아 주는 군대의 수비가 엄중했는데, 특히 애틀랜타는 필요 이상으로 삼엄했다. 각 시에 있는 북군 부대의 사령관들은 일반 시민에 대해 모든 권한을 가지고 있었다. 생사여탈의 권한까지 가지고, 실제로 그 권한을 행사하고 있었다. 이유여하를 불문하고, 경우에 따라서는 아무 이유 없이도 시민을 투옥하고 그 재산을 빼앗고 이들을 교수형에 처할 수 있었다. 시민의 영업 방법, 고용인에게 치를 급료, 공적 사적 장소에서의 말, 신문기사 쓰는 법 등 억압적인 규칙을 만들어 시민을 못살게 굴 수도 있었고, 또 실제로 행하고 있었다. 쓰레기는 어떤 식으로 언제 어디에 버려야 한다는 규칙도 만들었고, 또 전에 남부동맹에 소속되었던 사람들의 딸이나 부인들이 불러야 할 노래까지도 정했다. 그래서 〈딕시〉니 〈아름다운 푸른 깃발〉을 부르는 것은 반역죄보다 약간 가벼웠지만, 아무튼 큰 죄가 되었다. 또 누구든 엄숙한 서약을 하지 않고 우체국에서 우편물을 받아서는 안 된다는 규칙도 나왔고, 경우에 따라서는 부부가 되는 데도 지긋지긋한 선서를 하지 않으면 혼인 허가서를 발행해 주지 않았다.

신문에는 굳게 재갈이 물려 있어 군의 부정이나 약탈에 대해 항의의 여론이 일어날 수가 없었고, 또 개인의 항의는 투옥에 의해 묵살당했다. 감옥은 많은 병사로 우글거리고 그들은 곧 재판받을 희망도 없이 감옥에 매인 그대로 있었다. 배심 재판이나 인신 보호법은 사실상 정지되어 있었다. 민사 법정만은 겨우 그 기능만을 유지하고 있었지만, 그것도 군의 눈치를 살펴가며 움직이고 있었으므로 군은 법정 판결에 간섭할 수 있었고, 또 사실 간섭하고 있었다. 그 때문에 불행하게도 체포된 시민은 군 당국이 하는 대로 내맡겨진 거나 같았다. 게다가 체포되는 사람의 숫자는 어마어마했다. 정부를 반대하는 선동적인 언사를 쓴 혐의, KKK와 내통한 혐의, 혹은 백인이 흑인에게 거만하게 굴었다는 흑인들의 불평, 그러한 것들이 시민을 감옥에 처넣는 충분한 이유가 되었다. 증거나 증언은 아무 소용이 없었다. 고발만으로 충분했다. 노예 해방 사무국의 선동으로 흑인은 언제나 자진해서 고발할 수 있었던 것이다.

흑인에게는 아직 선거권은 주어지지 않았지만 북부연방은, 그들도 투표를 해야 하고, 동시에 그 투표는 북쪽에 우호적어야만 한다고 결정짓고 있었다. 이런 생각을 가지고 있었으므로 흑인에게는 대우가 극진했다. 북군은 무슨 일이든 흑인을 배후에서 성원하고, 멋대로 하게 놓아 두었다. 그러므로 백인들이 자기에게 재난을 가져오게 하는 가장 확실한 방법은 흑인에게 무엇이고 상관없이 마구 야단을 치는 일이었다.

전날의 노예는 이제 만물의 주인이 되었고, 북부의 지원을 얻어 어떤 천하고 무지한 흑인도 높은 자리에 올라갈 수가 있었다. 예전에 그들보다 윗계급에 속해 있던 흑인들은 해방에는 코도 내밀지 않고 그들이 섬기는 백인 주인과 마찬가지로 처량한 생각을 하고 있었다. 노예 중에서도 제일 지위가 높은 시종들은, 몇천 명이고 종전대로 백인들 집에 머물러 옛날 같으면 그들이 할 일이 아니었던 너절한 일들을 하고 있었다. 많은 충성스런 머슴들도 감히 새로운 해방에 편승하려고는 하지 않았다. 이와는 반대로 가장 시끄러운 불씨가 되고 있는 것은 무수한 해방이 낳은 쓰레기 같은 흑인들로, 그들은 대부분 들일하는 계급 출신들이었다.

　노예 제도가 존재하고 있을 때 이 천한 흑인들은, 가정이나 일터에서 일하는 흑인들로부터 망나니라 해서 사람 대우를 받지 못하고 있었다. 어머니 엘렌도 그러했지만, 남부 일대의 농장 주부들은 흑인을 어릴 때부터 길을 들여, 그중에서 가장 바탕이 좋은 자를 골라 차츰 책임이 무거운 지위를 주어 왔던 것이다. 들일로 돌려지는 것은 배우려는 의지도 정력도 없고, 또 정직함이라든가 믿음이라든가 하는 점에서도 가장 떨어지고 성질도 가장 나쁜 급이 낮은 흑인이었다. 그런데 지금은 이 패들, 흑인 사회의 계급에서도 가장 하급에 속하는 무리들이 남부의 생활을 참으로 비참하게 만들고 있는 것이다.

　노예 해방 사무국을 운영하는 부도덕한 무법자의 지원을 받고, 남부에 대해 거의 광신도적으로 불타는 듯한 북부의 증오에 설득당해 들일하던 흑인들은 하루아침에 권력자의 지위로 뛰어올랐다. 그 지위에 서서 그들은 지능 낮은 자들이 당연히 할 수 일들을 해내고 있었던 것이다. 원숭이나 철부지 아이들이 그들 머리로는 도저히 이해할 수 없는 귀중한 가치가 있는 보물 속에 내던져진 것처럼, 그들 천한 흑인들은 제멋대로 광포해졌다. 그것은 파괴의 사악한 쾌감에서든, 아니면 단순히 그들의 무지 때문이든, 그 어느 쪽엔가에 기인하는 것이었다.

　가장 지능 낮은 사람까지 포함해서, 흑인의 명예를 위해 덧붙여 두는데, 악의에 선동된 사람은 극히 소수로, 이들은 노예 제도가 있었을 무렵에도 대개가 망나니 검둥이들이었다. 그러나 그들은 전반적으로 어린아이 같은 지능 때문에 남의 꾀임에 빠지기 쉬웠는데, 이것도 명령만 받아 온 오랜 습관에 의한 것이었다. 즉 노예 해방 사무국과 욕심에 날뛰는 북쪽에서 흘러들어온 카펫배거들이 주인이 되어 다음과 같은 명령을 하고 있었던 것이다.

　'너희는 백인에게 조금도 뒤떨어지지 않으니 백인들과 똑같이 행동하라. 너희가 공화당 정책에 투표할 수 있게만 되면 백인들 재산은 곧 너희 것이 된다. 현재도 너희 것이 된 거나 마찬가지다. 손에 넣을 수 있는 것은 넣어 버려라!'

　이런 달콤한 이야기에 눈이 어두워 해방은 언제 끝날지도 모르는 피크닉으로 되어 버려, 일주일 내내 큰 잔치가 벌어지고 게으름과 강도질과 오만의 사육제로 화했다. 시골 흑인들은 농사짓는 일을 싫어하여, 그 고장을 버리고 도시로 흘러들어 왔다. 애틀랜타는 그런 패들로 들끓었고, 그들은 새 사상에 물들어 게을러지고 난폭해져서 여전히 몇백 명씩 줄을 지어 흘러들어 왔다. 더러운 오두막에 꽉꽉 들어차 있는 탓에 그들 가운데 천연두와 티푸스와 결핵이 발생했다. 노예였을 때는 병에 걸리면 언제나 안주인이 보살펴 주었으므로, 그들은 병이 들자 자기 자신과 병을 어떻게 다스려야 할지를 몰랐다. 또한 옛날엔 가족 중의 노인과 어린아이의 부양은 모두 주인에게 맡겨져 있었으므로 지금의 그들에게는 연약한 자에 대한 책임감이 전혀 없었다. 게다가 노예 해방 사무국은 정치면에만 관심을 쏟고 있어 전에 농장 주인이 해준 것 같은 부양까지는 전혀 신경 쓰지 못했다.

흑인들이 버린 아이들은 마치 겁먹은 동물처럼 거리를 떠돌고, 어쩌다 친절한 백인을 만나면 그 부엌에서 길러지는 형편이었다. 시골의 늙은 흑인들은 자식들에게 버림받고 혼잡한 거리에서 어쩔 바를 모르며 공포에 휩싸여 길가 경계석에 걸터앉아 지나가는 부인들에게 울며 매달리고 있었다.

"아가씨, 아씨, 제발 소원입니다요. 저의 옛주인에게 편지를 써 주십쇼. 저기 페이엇 군에 계십니다요. 주인 나리께서 이 늙어빠진 검둥이를 다시 데려가 주실 거구만입쇼. 정말 해방 같은 건 이제 지긋지긋합니다요."

노예 해방 사무국은 파도처럼 밀려든 이 무리들의 너무 많은 수효에 겁을 먹고, 늦게나마 일부 정책이 너무 지나쳤던 것을 시인하며 그들을 전 소유주에게로 되돌려 보내려 했다. 돌아가더라도 날품삯을 정한 계약서의 보호를 받는 자유 노동자로서 가는 것이라고, 흑인들은 관리들로부터 설명을 들었다. 늙은 흑인들은 기뻐하며 농장으로 돌아가, 그렇지 않아도 생활고에 시달리고 있는 농장주에게 전보다 더 무거운 부담을 주었다. 농장주들은 아무리 곤란해도 그들을 차마 쫓아 내지는 못했다. 그러나 젊은 패들은 애틀랜타에 머물러 있었다. 그들은 어디에 있든 일하고 싶지 않았던 것이다. 배만 부르면 일할 필요는 없다는 태도였다.

흑인들은 세상에 태어난 뒤 처음으로 마음껏 위스키를 마실 수 있었다. 노예였을 때는 위스키는 크리스마스 말고는 맛볼 수 없는 귀중한 것이었다. 크리스마스에는 선물과 함께 저마다 한 잔씩을 얻어 마셨던 것이다. 그런데 지금은 노예 해방 사무국의 선동자와 카펫배거들이 마음대로 마시게 해줄 뿐만 아니라 위스키 그 자체에도 유혹되어 있었다. 끝판에 가서는 으레 소동이 따르게 마련이었다. 이 패들에게 걸리면 생명이고 재산이고 안전한 것이 없었다. 그래서 백인들은 법률에 기대지도 못하고 공포에 빠져 있었다. 남자는 곤드레가 된 흑인들에게 거리에서 모욕을 당하고 밤이면 집과 창고가 불탔으며, 말과 소, 돼지, 닭이 대낮에 공공연히 도둑맞고, 온갖 범죄들이 들끓었지만, 그러고도 범인이 재판에 넘어가는 일은 거의 없었다.

그러나 이러한 굴욕과 수난도, 전쟁으로 남자의 보호의 손길을 뺏기고 도시 변두리나 인가가 드문 큰길가에 혼자 사는 많은 백인 부인들의 위험과 피해에 비하면 아무것도 아니었다. 여성에 대한 폭행은 놀랄 정도로 많이 일어나 누구나 아내와 딸의 안전에 대해 끊임없이 염려하는 형편이었다. 이 때문에 남자들은 냉혹하고 몸서리치는 분노에 사로잡혀, 마침내 하룻밤 사이 KKK가 생기는 결과에까지 이르렀다. 북부 신문이 요란스럽게 공격하기 시작한 것이 이 야간에 활동하는 비밀 결사에 대해서였는데, 신문은 비극적인 필요성에서 어쩔 수 없이 이 결사가 생겼다는 사정에 대해서는 조금도 아는 바가 없었다. 북부에서는 KKK 단원을 모조리 찾아내서 교수형에 처하라고 요구했다. 그렇게 된 것도 법률이나 규칙에 의한 정당한 소속 절차 같은 것이 침략자들로 인해 어디론가 날아가 버리고 만 때에 북부 사람들이 범죄의 처벌을 멋대로 자기 손아귀에 넣고 말았기 때문이었다.

여기에 국민의 반이 총검을 들이대고 다른 반수의 국민에게 흑인에 의한 지배를 강요하는 놀라운 광경이 벌어졌다. 게다가 그 흑인의 대부분은 아프리카의 밀림 속에서 나와서 아직 한 세대를 지났을까 말까 하는 무리인 것이다. 그들 흑인에게 투표권을 주지만 그 본디 소유주인 대다수에게는 주어서는 안 된다는 것이다. 남부는 미리부터 눌러 놓아야 한다. 그 한 가지 방법이 백인의 공민권 박탈이었다. 남부동맹을 위해 싸운 사람, 그 밑에서 공직에 종사하던 사람, 또는 이를 지원한 사람 대부분에게 투표권을 주어서는 안 된다.

관리의 선거에 선거권을 쓰게 해서는 안 된다. 모두 이방인들의 지배 밑에 두라는 것이었다. 다수의 사람은, 리 장군의 교훈을 진지하게 받아들여 서약을 하고 다시 시민이 되어 과거를 잊고 싶어 했다. 그러나 그 서약을 행하는 것이 허락되지 않았다. 또 한편, 서약에 대한 허가가 주어진 사람들은 분연히 서약할 것을 거부하고, 고의로 학대와 굴욕을 더하고 있는 정부에 대해 충성을 맹세하는 것을 멸시했다.

스칼렛은 이러한 소리를 수없이 듣고 있었으므로 나중에는 같은 소리를 듣게 되면 고함을 치고 싶을 지경이었다. 모두 정해 놓고 이런 말을 하는 것이었다.

"북부 놈들이 올바로 행동했다면 항복 직후에라도 그 아니꼬운 서약을 했을지도 모른다. 나를 연방으로 돌려보낼 수는 있다. 그러나 결코 나를 개조해서 연방에 맞춰 넣을 수는 없는 것이다!"

이렇게 불안한 낮과 밤을 보내면서 스칼렛은 겁에 질리고 말았다. 무도한 흑인과 북군 장병의 끊임없는 협박이 그녀의 마음을 괴롭히고, 언제 재산을 몰수당할지 모른다는 두려움이 쉴 새 없이 꿈속에까지 따라다녔다. 나중에는 더 심한 공포에 사로잡히는 것이 아닌가 하고 걱정했다. 자신도, 친지도, 남부 전체가 불안하게 압박을 당하고 있는 상태이다 보니, 요즘은 토니 폰테인이 무섭게 흥분한 투로 하던 말들이 자주 생각 나는 것도 이상할 것이 없었다.

"스칼렛, 이건 정말로 참을 수 없어요. 절대로 참을 수 없어요!"

전쟁, 화재, 그것에 뒤따른 재건에도 불구하고 애틀랜타는 다시 놀라울 정도로 호황을 누리는 도시가 되었다. 여러 가지 점에서, 남부동맹 초기의 번화하고 젊음에 넘치던 도시를 떠올리게 했다. 다만 다른 것은 득실거리는 군대가 낯선 군복을 입고, 다른 패들이 돈을 쥐고, 흑인들이 빈둥거리며 놀고 있는데 그전 주인들은 악착같이 고생하면서 굶주리고 있다는 것이었다.

한꺼풀 벗기면 비참한 공포가 있는데, 외면만은 모두 급속히 폐허에서 다시 일어나는 번영의 도시, 부산하게 웅성거리고 있는 도시였다. 애틀랜타는 어떤 처지에 놓여 있건 언제나 시끄럽지 않으면 안 되는 것처럼 생각되었다. 서배너, 찰스턴, 어거스타, 리치먼드, 뉴올리언스는 결코 이렇게까지는 부산스럽지 않았다. 이 도시만은 전부터 호들갑스러웠고, 게다가 성급히 양키화되어 있었다. 그러나 요즘의 애틀랜타는 전보다 더 질이 나빠졌고, 그리고 전무후무라 해도 좋을 만큼 양키식으로 되어 있었다. 새로운 사람들이 끊임없이 밀려들어와 거리는 숨이 막힐 것 같았고, 아침부터 밤중까지 시끌시끌

했다. 북군 장교의 부인들과, 신흥 재벌인 카펫배거들의 으리으리한 마차가 시민들의 삐걱거리는 이륜마차에 흙탕물을 튀기며 다녔다. 그리고 부유한 외부인들의 요란한 새 주택들이 전부터 살고 있는 주민들의 초라한 집 사이에 마구 들어서기 시작했다.

전쟁 때문에 남부에 있어서의 애틀랜타의 중요성은 한층 뚜렷해졌다. 지금까지는 눈에도 띄지 않았던 거리가 이제는 멀리 각 지방에까지 유명해졌다. 셔먼 지휘 아래의 부대가 여름내 전투의 목표로 삼아 수천의 전사자를 낸 철도는, 철도가 있음으로 해서 생긴 이 도시에 다시금 활기를 주었다. 애틀랜타는 파괴하기 전과 마찬가지로 다시 이 지방 활동의 중심이 되고, 시는 환영하는 사람이나 안 하는 사람이나 한꺼번에 와아 밀려드는 새 시민을 맞아들였다.

남부를 휩쓰는 카펫배거들은 애틀랜타를 본거지로 삼고, 역시 이 도시에서는 신참자인 남부의 가장 오래된 전통 있는 후계자들과 거리에서 으르렁거렸다. 셔먼 부대의 진격으로 불타 쫓겨나고, 게다가 노예를 잃어 이제는 더 이상 목화 농사로 살아갈 수도 없게 된 이 시골패들은 애틀랜타로 와서 살지 않을 수 없었다. 새 이주자들은 매일같이 테네시 주와 남북 두 캐롤라이나 주에서 몰려들어 왔다. 그 지방에서는 재건 공작의 손이 조지아 주보다도 한층 가혹했다. 북군에게 고용되어 싸운 아일랜드 사람들과 독일 사람 대다수도 제대하자 곧장 애틀랜타에 자리를 잡았다. 또 북부 주둔군 부인들과 딸들이 4년이나 계속된 전쟁이 끝나자 남부를 구경하고 싶은 호기심에 못이겨 찾아와 거리의 인구는 그만큼 불어갈 뿐이었다. 온갖 투기꾼들이 기회만 있으면 한밑천 잡으려고 떼지어 들어왔다. 그리고 지방의 흑인들도 여전히 몇백 명씩 떼지어 밀려들어 왔다.

시는 극도로 혼란했다. 변경에 있는 부락처럼 무정부 상태였고, 게다가 그 악덕과 죄악을 감추려고도 하지 않았다. 밤 동안 술집들이 흥청망청 꽃을 피웠는데, 한 구역에 두 집 혹은 세 집이나 술집이 있어, 밤만 되면 흑인과 백인 주정꾼이 거리에 넘쳐 나 담과 벽의 경계석 사이를 비틀비틀 왔다 갔다하고 있었다. 깡패, 소매치기, 매춘부들이 등불 없는 골목과 큰길 으슥한 곳에 숨어 있었다. 노름판은 크게 흥청거리고, 총질이나 칼부림 등 싸움이 벌어지지 않는 밤이 거의 없었다. 품행이 방정한 시민들은 애틀랜타에 번화한 큰 홍등가가 생기고 더구나 그것이 전시 때보다도 더 커지고 번영하는 것을 개탄했다. 밤새도록 덧문을 꽉꽉 닫은 문틈 사이로 피아노를 쾅쾅 치는 소리가 들리고 시끌시끌한 노랫소리와 웃음소리가 새어 나왔다. 때로는 그것이 비명과 권총소리로 멈추는 때도 있었다. 그런 집에 사는 사람들은 매춘부보다도 염치가 없어 뻔뻔스럽게도 창밖으로 몸을 내밀고 지나가는 사람을 불러 댔다. 그리고 일요일 오후라도 되면, 홍등가 마담들의 멋진 유개마차가 멋들어지게 차려입은 여자들을 가득 싣고 큰 거리로 몰려 나와서 나지막이 드리운 비단 커튼 너머로 밖의 공기를 마시고 있었다.

벨 와틀링은 그러한 마담들 가운데서도 가장 악명 높은 여자였다. 그녀는 새로 자기 가게를 열었는데, 커다란 2층 집으로서 이 지역의 어느 집도 이에 비하면 더러운 토끼집으로 보일 만한 것이었다. 아래층에는 멋있는 유화가 걸린 넓은 홀이 있고, 매일 밤마다 흑인 오케스트라의 연주가 있었다.

소문에 의하면 2층에는 최고급 벨벳을 씌운 가구, 묵직한 레이스의 커튼, 외국산 금테 거울 따위가 갖춰져 있다고 했다. 이 가게에 나와 있는 10여 명의 젊은 여자들은 곱게 화장하고 있을 땐 제법 미인들로서 다른 가게에 비하면 훨씬 얌전하기도 했다. 적어도 벨의 가게만은 경찰의 간섭도 거의 없는 것 같았다.

이 가게는 애틀랜타 부인들이 몰래 속삭이는 이야깃거리가 되고, 목사는 조심스러운 말로 죄악의 쓰레기통이라고 비난하는 설교를 했다. 벨 같은 타입의 여자가 이런 으리으리한 가게를 꾸밀 만한 돈을 스스로 마련할 수 없다는 사실은 누구의 눈에도 명백했다. 틀림없이 후원자가 있을 것이고 게다가 그는 부자임이 틀림없다. 그런데 레트 버틀러는 그녀와의 관계를 숨기고 체면 따위를 차리지 않아 그가 그녀의 후원자임을 모르는 사람이 없었다. 벨은 가끔 얼굴빛이 싯누런 건방진 흑인 마부를 데리고 유개마차를 타고 외출했는데 언뜻 보이는 그 모습이 제법 화려했다. 멋있는 밤색 말 두 필에 끌려 그녀가 지나가면, 어머니 손에서 용케 빠져나온 길가의 사내아이들은 전부 달려 나와 마차를 들여다보며 흥분해서 속삭이는 것이었다. "그 여자다. 저게 예전의 벨이야. 난 그 새빨간 머리칼을 봤어."

포탄으로 구멍투성이가 된 것을 헌 나무토막이나 연기에 그을린 벽돌을 써서 수리한 집을 밀어젖히듯, 카펫배거들과 전쟁 벼락부자의 훌륭한 주택들이 세워지고 있었다. 지붕은 이중 경사에 바람막이를 대고, 뾰족탑에 색유리창, 그리고 넓디넓은 잔디밭이 있었다. 밤마다 새로 지어진 집 창에는 가스등이 휘황찬란하게 켜지고 음악과 춤추는 소리가 문 밖에까지 흘러나왔다. 빛깔이 고운 값비싼 비단옷을 입은 여자들이 긴 베란다를 거닐고, 야회복을 입은 남자들이 곁에 붙어 있었다. 샴페인을 터뜨리는 소리가 신나게 들리고, 레이스 식탁보 위에는 일곱 가지의 요리가 코스별로 놓여 있었다.

포도주에 절인 햄, 납작하게 눌린 오리 고기, 거위간으로 만든 파이 요리, 제철 것과 제철 아닌 진기한 과일들이, 상이 비좁을 만큼 차려져 있었다.

그러나 옛날부터 있던 집의 일그러진 문의 안쪽에는 빈곤과 기아가 있었다. 그들이 이를 악물고 가난을 참아가며 신사의 체면을 지키고 있는 만큼 그것은 더욱 쓰라렸고, 물질적인 결핍에는 겉으로 초연한 척해 보이고 있는 만큼 그것은 한결 괴로웠다. 호화로운 저택 생활에서 하숙살이로 옮기고, 다시 하숙살이에서 뒷골목의 지저분한 방으로 전락한 가정의 비참한 실례를 미드 의사는 알고 있었다. 심장쇠약과 영양실조로 신음하는 부인 환자를 너무도 많이 보았기 때문이다. 의사는 바싹바싹 다가오는 굶주림이 병의 원인임을 알고 있었고, 환자들도 의사가 그 원인을 알고 있다는 것을 알았다. 그는 온 가족이 차례로 잇달아 폐병에 걸리는 것을 보았고, 전염성 피부병에 걸리는 가족들도 보았다. 이런 병은 옛날에는 가난한 백인만이 앓는 것이었는데, 지금은 애틀랜타 상류가정에도 나타나기 시작했다. 갓난아이의 다리는 비비 꼬일 정도로 여위고, 젖을 주지 못하는 어머니도 있었다. 늙은 의사는 전에는 갓난아이를 받아내는 것을 하느님께 감사했다. 그러나 지금은 새로 태어나는 생명도 그다지 은혜로 생각되지 않았다. 지금 세상은 연약한 갓난아이에겐 너무도 가혹하여 나서 두세 달만 되면 죽고 마는 아이가 많았기 때문이다.

여봐란 듯이 서 있는 큰 저택에는 등불이 밝게 빛나고, 술과 음악과 댄스와 눈부신 금실 무늬 비단, 최상품의 나사가 있건만, 한 발짝 모퉁이만 돌아서면 거기에는 굶주림과 추위가 바짝바짝 밀어닥치고 있었다. 정복자에게는 오만과 냉혹이 있었고, 피정복자에게는 무서운 고난과 정복자에 대한 증오가 있었다.

38

스칼렛은 이러한 모든 것을 눈으로 보고, 낮에는 이것과 함께 살고 밤에는 이것을 잠자리에까지 가지고 가서, 대체 앞으론 어떻게 될 것인가 불안해했다. 토니의 사건으로, 그녀도 프랭크도 이미 북군의 주의인물 리스트에 올라간 것을 알고 있었다. 그러므로 언제 어느 때 재난이 닥쳐올지 모르는 형편이다. 그러나 언제나 그렇듯이, 특히 지금 다시 출발점으로 되돌아간다는 것은 견딜 수 없었다. 더구나 머잖아 아기를 낳게 될 지금은. 제재소가 그럭저럭 순조롭게 되어 가고 가을이 되어 목화의 수확이 있을 때까지 타라가 경제적으로 그녀를 의지하고 있는 지금은 싫었다. 아, 만일 모든 것을 잃게 된다면 어떻게 할 것인가. 보잘것없는 무기밖에 갖지 못한 채, 어떻게 이 미치광이 같은 세상과 또다시 처음부터 싸워 나가야 할 것인가. 붉은 입술과 녹색 눈과 빈틈은 없으나 그리 현명하지도 못한 머리를 가지고, 북부 사람들과 그들이 뒤를 밀고 있는 모든 것들과 싸우지 않으면 안 되는 것이다. 공포에 지치고 지친 끝에 또다시 새 출발을 해야 할 지경이라면 차라리 자살하는 편이 낫다고 생각했다.

1866년 그해 봄의 폐허와 혼란 속에서 그녀는 한결같이 온 힘을 기울여 제재소의 수지를 맞추려고 애썼다. 애틀랜타에는 돈이 있었다. 건축 부흥의 물결이 그녀에게 바라는 기회를 주고 있었다. 그러므로 감옥에만 들어가지 않으면 얼마든지 벌 수 있다고 생각했다. 그러니까 앞으로는 신경질 부리지 않고 세상을 살아가며, 모욕을 받아도 상대하지 말고 얌전히 참으며, 부정에 눈을 감고, 흑인이든 백인이든 못되게 구는 상대에게 절대로 화내지 않으리라 몇 번이나 스스로에게 타일렀다. 그녀 역시 해방된 무례한 흑인에 대해서는 누구 못지않은 증오를 느끼고 있었다. 지나가는 길에 무례한 말이나, 높게 웃어 대는 소리를 들을 때마다 노여움이 온몸에 지글지글 끓었다. 그러나 그녀는 경멸하는 눈길조차 그들에게 던지지 않았다. 그녀는, 자기는 악전고투를 하고 있는데 힘 하나 안 들이고 돈을 버는 카펫배거와 스캘러왜그들을 미워했다. 그런데도 그들을 비난하는 말은 한 마디도 입에 담지 않았다. 아마 이 애틀랜타에서 그녀 이상으로 북부인을 미워하고 싫어하는 사람은 없으리라. 왜냐하면 그녀는 푸른 군복을 보기만 해도 분노로 구역질이 날 정도였기 때문이다. 그러나 그녀는 집안 식구끼리만 있는 데서도 그들의 욕을 입 밖에 내지 않았다.

나는 큰소리만 치는 바보가 되고 싶지는 않다. 그렇게 생각한 그녀의 마음은 용서없이 엄격했다. 옛날 일이나 다시 돌아오지 않는 남자들을 생각하고 슬퍼하는 것은 그들 마음대로다. 북군의 행위에 분노하고 대통령 선거의 투표권을 잃었다고 치를 떠는 것도 그들 마음대로다. 다른 사람들이야 본심을 털어놓은 죄로 감옥으로 가려면 가라지. KKK단에 가입했다가 교수형을 당하는 것도 괜찮겠지. (스칼렛에겐 그것은 정말 무서운 이름이었다. 흑인들도 그랬지만, 그녀도 그 이름만 들으면 소름이 오싹 끼쳤다) 다른 여자들이 자기 남편은 그 단원이라고 자랑하는 것도 그들 자유다. 다행히도 프랭크는 그런 것에는 조금도 관계하지 않는 것 같다. 자기들 손으로는 도저히 어쩔 수 없는 것에 대고 속을 태우고, 기를 쓰고, 음모를 꾸미고 계획을 짜거나 한다면 그것도 멋대로 하라지. 지나간 일들은 이 괴로운 현재와 믿을 수 없는 미래와 비교해 보면 아무것도 아니잖은가. 먹는 것과 사는 집과 감옥에 들어가지 않도록 하는 것만이 절실한 문제인 지금, 대통령 선거 따위가 무슨 상관이 있단 말인가. 아, 하느님, 6월까지만 제발 저를 재난에서 지켜 주십시오!

6월까지면 된다! 그때까지 피티 고모댁에 틀어박혀 있으면 된다. 아이를 낳을 때까지는 세상 사람들 눈을 피해야 한다는 것을 스칼렛은 알고 있었다. 세상에서는 벌써 이런 몸으로 사람들 앞에 나오는 그녀를 시끄럽게 비난하고 있었다. 숙녀된 사람은 임신하면 절대로 사람들 앞에 모습을 보여서는 안 되는 것이다. 프랭크와 피티 고모는 벌써부터 그녀에게나 자기들에게 망신이 되는 일은 하지 말아달라고 성가시게 읊어대고 있었다. 그전부터 그녀는 6월만 되면 일을 그만두겠다고 그들과 약속했던 것이다.

6월까지면 된다. 6월까지 완전히 제재소의 기초를 잡아 자기가 손을 떼도 지장이 없을 만큼 해 두어야 한다. 6월까지 뜻밖의 불행에 대비해 아쉬운 대로 얼마간이라도 신변을 지킬 만한 돈을 만들어 둬야만 한다. 해야 할 일은 산더미 같은데 시간은 너무나 모자랐다. 그녀는 하루의 시간이 좀 더 길었으면 싶고, 1분 1분을 세면서 열에 들뜬 것처럼 열심히 돈을 벌고, 그래도 모자라서 쉴 새 없이 돈을 탐냈다.

마음 약한 프랭크를 몰아세운 결과 가게 쪽도 이제는 순조롭게 되어 가고 묵은 외상을 받으러 다니기까지 했다. 그러나 그녀가 희망을 걸고 있는 것은 제재소였다. 요즘의 애틀랜타는 땅에 쓰러진 거목이 다시금 일어나 전보다 튼튼히 뿌리를 내리고, 전보다 울창하게 잎을 피우고, 전보다 많은 가지를 뻗고 있는 것과 같았다. 건축 자재의 수요는 공급이 뒤를 못댈 만큼 많았다. 목재, 벽돌, 석재 값은 터무니없이 뛰어올라 스칼렛은 이른 새벽부터 저녁때까지 계속 공장을 움직여야 했다.

매일 몇 시간은 공장에서 보내고 온갖 일을 보살피며, 도둑질을 막기 위해 최대의 노력을 기울였다. 그녀의 직감으로는 도둑을 맞고 있는 것이 거의 확실했기 때문이었다. 그러나 대부분의 시간은 시내를 마차로 돌아다니면서 건축주와 도급업자와 목수들을 차례로 찾아다녔고, 앞으로 집을 지을 계획이라는 소리만 들으면 그것이 전혀 모르는 사람일지라도 서슴없이 찾아가 자기에게서만 목재를 사도록 약속을 받아 냈다. 순식간에 그녀의 모습은 애틀랜타 시내에서 하나의 낯익은 풍경이 되었다. 위엄은 갖추었으나 불만스런 표정을 한 늙은 흑인 마부와 나란히 마차에 올라앉아 무릎가리개를 가슴까지 끌어올리고 장갑 낀 작은 손을 무릎 위에 깍지낀 그녀를 볼 수 있었다.

피티 고모가 만들어 준 예쁜 초록빛 짧은 외투가 그 몸을 사람의 눈에서 가려 주었고, 납작한 초록빛 모자가 녹색 눈과 잘 어울렸다. 그녀는 물건을 팔러 찾아갈 때는 언제나 어울리는 이 옷차림으로 갔다. 엷게 바른 볼연지와 그보다 한결 아련한 화장수 냄새가 이륜마차에서 내려서 온몸을 다 드러내지 않는 한, 그녀를 한폭의 고운 그림으로 만들었다. 그러나 마차에서 내릴 필요는 거의 없었다. 방긋 웃고 고개를 끄덕이기만 하면 남자들은 재빨리 마차까지 와주었고, 빗속에 모자도 쓰지 않고 선 채로 그녀와 흥정하는 일이 허다했다.

목재로 한밑천 잡을 기회를 노린 것은 그녀만이 아니었지만, 경쟁 상대 같은 것은 전혀 염두에 두지도 않았다. 누구에게도 지지 않을 자신의 약삭빠름을 그녀는 똑똑히 자각하고 긍지를 갖고 있었던 것이다. 그녀는 다름아닌 제럴드의 딸로서 아버지에게서 이어받은 빈틈없는 장사 솜씨가 지금은 필요에 의해 더욱 날카롭게 날이 서 있었던 것이다.

처음에 다른 업자들은 그녀를 비웃었다. 여자의 몸으로 장사에 손을 댔다는, 그 생각만으로 악의 없는 경멸감을 가지고 코웃음을 쳤다. 그러나 지금은 웃지 못했다. 그녀가 마차로 지나가는 것을 보면 그들은 속으로 욕을 퍼부었다. 여자란 경우에 따라서 매우 유리했다. 왜냐하면 필요할 때는 어디까지나 가련한 모습을 보이며 애원하여 그 마음을 녹일 수 있기 때문이다. 용감하게 보이지만 못된 세상 때문에 하는 수 없이 꼴사나운 흉내를 내야 하는 마음씨는 약한 부인, 목재를 사 주지 않으면 굶어 죽을지도 모르는 연약한 숙녀라는 인상을 암암리에 주기는 그녀로서 식은 죽 먹기였다. 한편 숙녀답게 보여서는 안 될 듯 싶으면 곧 냉담하게 사무적이 되었고, 흥정으로 새 손님이 생길 경우에는 손해를 보고서도 기꺼이 경쟁 상대보다 헐값으로 팔았다. 들키지 않을 듯하면 나쁜 물건도 좋은 목재 값을 받고 예사로 팔아넘겼다. 그러면서도 언제나 다른 목재상의 험담을 먼저 했고, 그러고도 양심의 가책은 전혀 느끼지 않았다. 사실을 폭로하는 것이 참으로 내키지 않는다는 태도를 꾸며 보이면서 살 기색이 있는 손님에게 한숨을 섞어 가며 경쟁 상대의 목재는 값이 비싼 데다가 썩었거나 옹이구멍투성이로, 한심스러울 정도로 나쁘다고 깎아내리는 것이었다.

스칼렛은 처음에는 이런 식의 거짓말을 하고 으레 당혹감과 죄책감을 느꼈다. 당황스러웠던 것은 거짓말이 정말 힘도 안 들고 자연스럽게 입 밖에 나왔기 때문이고, 죄책감을 느낀 것은 이것을 알면 어머니가 뭐라고 하실까 하는 생각이 언뜻 머릿속에 떠올랐기 때문이다.

거짓말을 하면서까지 약삭빠른 짓을 하고 있는 딸을 보고 엘렌이 뭐라고 할 것이가는 생각해 볼 필요도 없었다. 어이가 없어 아마 쉽게 믿으려고도 하지 않을 것이다. 그리고 말씨는 부드러우나 뼈에 사무치는 꾸중을 할 테지. 명예와 정직과 진실과 이웃에 대한 의무에 대하여 말할 것이다. 한순간 스칼렛은 어머니 얼굴에 나타난 표정을 그려 보고 움찔했다. 그러나 이내 그 환상은 흐려지고, 마침내 거칠고 부도덕하고 탐욕스런 충동 때문에 완전히 지워지고 말았다. 이러한 충동은 타라 농장이 어려울 때 생겨난 것으로, 이제는 불안한 생활 때문에 더욱더 강해진 것이다. 이리하여 그녀는 전에도 그러했듯이 이 이정표를 통과하고 말았다. 지금의 자기는 어머니 엘렌이 이렇게 되었으면 하고 바랐던 그런 모습이 아니라고 한숨을 내쉬며, 어깨를 흔들고 그 영험이 뚜렷한 주문을 다시 되풀이했다.

'이런 것들은 모두 이 다음에 생각하자.'

그러나 그녀는 두 번 다시 어머니를 자신의 장사 수법과 결부해서 떠올리진 않았다. 다른 목재상을 앞지르기 위해서는 어떤 수단을 쓰든 결코 뉘우치지 않았다. 그들에 대해 거짓말을 해도 절대 안전하다는 것을 알고 있었기 때문이다. 남부 특유의 신사도가 지켜 주었던 것이다. 남부에서는 부인이 신사에게 거짓말을 하는 것은 상관없으나 신사가 부인에게 거짓말을 하는 것은 허락되지 않았다. 게다가 부인을 거짓말쟁이라고 부르는 것은 더더구나 용납되지 않았다. 다른 목재상들은 고작 속으로 분통을 터뜨리고 가족들이 있는 데서나 분개하는 정도로, 5분 만이라도 좋으니 케네디 부인이 남자가 되어 주었으면 하고 억울해 했다.

디케이터 큰길에서 공장을 경영하고 있는 가난한 백인이 그녀의 무기에 대해 스칼렛에게 도전했다. 공공연히 그녀는 거짓말쟁이요 사기꾼이라고 떠들어 댔다. 그러나 이것은 그에게 득이 되기는커녕 오히려 재앙을 가져왔다. 설령 가난한 백인일망정 양갓집 숙녀에게 그 부인이 아무리 여자답지 못한 행동을 했다 하더라도, 그러한 돼먹잖은 소리를 지껄이는 것은 말도 안 된다고 사람들이 분개했기 때문이었다. 스칼렛은 그것에 대해서는 한 마디도 대꾸하지 않고, 잠자코 그 욕설을 참았다. 그리고 시간을 두고 모든 관심을 그와 그의 단골에게 돌렸다. 속으로 남몰래 이를 악물고 자기의 결백을 증명하기 위해, 가장 좋은 목재를 사정없이 그보다도 헐값으로 그의 단골에게 팔았다. 그 때문에 이윽고 그는 파산했다. 그녀는 승리의 환성을 지르고, 자기가 정한 값으로 그의 공장을 사들였다. 프랭크는 이것을 보고 몸서리를 쳤다.

공장이 일단 그녀의 것이 되자, 당장 그 관리를 맡길 만한 믿음직한 사람을 찾아야 한다는 어려운 문제가 생겼다. 존슨 같은 사람은 이젠 달갑지 않았다.

아무리 감시해도, 그가 여전히 스칼렛의 눈을 피해 목재를 팔아넘기고 있는 것을 그녀는 알고 있었다. 그러나 그렇게 애쓰지 않아도 적당한 남자가 곧 나설 것 같았다. 누구나 몹시 가난한 생활을 하고 있다. 거리에는 남자가 우글거리고, 그중에는 옛날엔 부자였지만 지금은 일자리가 없어 고생하고 있는 사람도 있을 것이 아닌가. 군대 출신으로 굶주리고 있는 사람에게 프랭크는 하루도 돈을 보태 주지 않는 날이 없었고, 피티 고모와 요리사는 말라빠진 거지에게 매일 먹을 것을 싸 주고 있는 형편이었다.

그러나 스칼렛은 무슨 까닭인지 자기도 알 수 없었지만 그런 패들을 고용하고 싶지는 않았다. '1년이나 지났는데 아직 아무런 일자리도 못 구하는 남자는 틀렸어.' 그녀는 생각했다. '아직도 평화에 순응하지 못하는 인간이라면 내 비위도 맞추지 못할 것이다. 게다가 그런 패들은 아주 근성이 야비해서 사람들에게 무시당하고 있어. 나는 남에게 무시당하는 인간은 싫다. 르네나, 토미 웰번이나, 켈스 화이팅이나, 또는 시몬스 형제 가운데 어느 쪽이나, 하여간 그런 부류에 속하는 기민하고 정력적인 남자가 필요해. 이 사람들에게는 항복 직후 군인들이 가지고 있던 그 될 대로 되라는 식의 자포자기적인 심리가 없거든. 무엇에나 무서운 의욕을 가지고 있는 것 같잖아.'

그러나 놀랍게도, 벽돌구이를 시작한 시몬스 형제도, 아무리 심한 흑인 곱슬머리라도 여섯 번만 바르면 펴진다고 보장하며 자기 어머니 부엌에서 약품을 만들어 팔고 있는 켈스 화이팅도, 미소를 띠고 감사의 뜻을 표하며 점잖게 그녀의 청을 거절했다. 그녀가 말을 건넨 다른 여남은 명도 역시 마찬가지였다. 화가 나서 급료를 듬뿍 주겠다고 해 보았지만 그래도 거절당했다. 메리웨더 부인의 조카 한 사람은 건방지게도 다음과 같은 의견을 내세웠다. 자기도 뭐 특별히 좋아서 짐마차를 굴리고 있는 것은 아니다. 그러나 어쨌든 이것은 자기 짐마차다. 스칼렛에게 고용되는 것보다는 어디서고 자기 손으로 일하는 편이 낫다.

어느 오후의 일이었다. 스칼렛은 르네 피칼의 파이를 실은 짐마차 옆에 자기 마차를 대고 르네와 절름발이가 된 토미 웰번에게 말을 걸었다. 토미는 르네의 차를 얻어타고 집으로 돌아가는 길이었다.

"이봐요 르네, 어째서 나를 도와주지 않는 거죠? 공장을 관리하는 편이 파이 마차를 끌고 다니는 것보다 훨씬 낫지 않아요? 그런 일을 하고 있는 것이 당신도 부끄럽죠?"

"나는 조금도 부끄럽게 생각하지 않아요." 르네는 빙긋 웃었다. "점잖게 보이고 싶은 생각은 조금도 없어요. 전쟁 덕택에 흑인과 마찬가지로 해방이 되기까지 스물네 시간 내내 점잔을 빼고 있었죠. 그러나 위엄을 갖추고 지루하게 앉아 있는다는 건 이제 지긋지긋해요. 나는 새처럼 자유롭고 싶어요. 나는 이 파이 마차가 좋아요. 이 노새가 좋단 말이오. 우리 장모님이 만들어주신 파이를 사 주는 친절한 북군 병사들도 좋아요. 스칼렛, 나는 기어코 파이 왕이 될 거요. 그것이 나의 운명인걸요. 나폴레옹처럼 나는 내 운명의 별에 따르겠어요." 그렇게 말하고 그는 연극이나 하듯 채찍을 휘둘렀다.

"하지만 파이를 파는 것으로는 여기서 더 이상 나아질 수 없을 거예요. 토미가 많은 난폭한 아일랜드 석공들 틈에 끼어 일하는 것보다 더 어렵죠. 내가 하고 있는 일은 좀더……."

"그리고 보면 당신은 아마 제재소를 경영하게끔 길러진 모양이죠." 토미가 입 꼬리를 일그러뜨리며 말했다. "그게 틀림없어. 내게는 어린 스칼렛이 어머니 무릎에 앉아 잘 돌아가지도 않는 혀로 되받아 말하는 모양이 눈에 선하거든. '나쁜 목재가 비싼 값에 팔리면 좋은 것은 절대로 팔아서는 안 된다'고 말이야."

이 말을 듣자 르네는 큰 소리로 웃으며, 고소해서 그 조그만 원숭이 같은 눈을 반짝이면서 몸을 꼬고 있는 토미의 등을 철썩 때렸다.

"실례되는 소리 하지 말아요." 스칼렛은 쌀쌀맞게 말했다. 토미가 한 말이 조금도 우습다고 생각되지 않았다. "물론 나는 제재소를 경영하게끔 키워지진 않았어요."

"실례되는 말을 하려고 한 건 아닙니다. 하지만 당신은 현재 제재소를 하고 있지 않습니까, 그것을 위해 길러졌거나 아니거나 말이오. 게다가 제법 재미도 보고 있소. 그런데 내가 아는 한 우리 중에는 지금 바로 하고 싶어하는 사람은 한 사람도 없는 것 같아요. 하지만 앞으로도 역시 마찬가질 거요. 인생이 예상하는 대로 정확히 안 된다고 해서 주저앉아 우는 것은 약한 인간, 약한 국민이 하는 짓이오. 사업욕이 왕성한 카펫배거들이라도 데려다가 시키면 되잖아요, 스칼렛? 숲 속에는 그런 녀석들이 얼마든지 있어요. 정말이오."

"카펫배거 따위는 싫어요. 그 녀석들은 시뻘겋게 단 것이나, 못질을 해 둔 것 말고는 무엇이고 훔치니까요. 그 패들은 조금이라도 돈이 생길 만하면 자기들이 좋아하는 곳에 자리를 잡고, 우리를 거들어 주러 오지도 않아요. 나는 지체 있는 사람들 가운데 친절한 사람을 원해요. 머리 좋고, 정력적이고, 그리고……."

"너무 지나친 욕심은 갖지 않는 편이 좋아요. 그리고 당신이 말하는 보수로는 좀 무리일거요. 심한 병신이 된 녀석이면 몰라도. 당신이 말하는 그런 사람은 이젠 모두 뭔가 일자리를 가지고 있으니까 말이오. 적당한 자리라곤 할 수 없어도, 어쨌든 모두 무언가 하고 있어요. 여자를 위해 일할 바에는 뭐든지 자기 일을 하는 게 낫지요."

"남자들이란 밑바닥에 떨어져 있어도 제대로 된 감각을 찾지 못하는 모양이죠?"

"그럴 거요. 하지만 긍지만은 소중하게 지니고 있지." 토미의 목소리는 진지했다.

"긍지라구요? 긍지란 굉장히 달콤한 거죠. 특히 껍질도 얇고, 달콤한 크림이라도 발린 경우에는." 스칼렛의 말은 날카로웠다.

두 사나이는 웃었다. 다소 불쾌한 것 같았다. 그녀는 두 사람이 남자답지 못하게 반발심을 품고 뭉쳐 있는 것으로 생각되었다. 토미가 한 말은 옳다고 그녀는 생각했다. 마음속에 지금까지 이미 말을 건네 본 남자들, 그리고 앞으로 건네 보려 하고 있는 남자들이 문득 생각났기 때문이었다. 그들은 모두 바쁜 것 같았다. 바쁜 듯이 무언가를 하고 있었다. 열심히 일하고 있었다. 전쟁 전에 상상했던 이상의 능력으로 일을 하고, 또 열심히 하고 있었다. 자기가 좋아하는 일을 하고 있는 것도 아니고, 가장 즐거운 일을 하고 있는 것도 아니고, 또 그것을 하기 위해 배워 온 일을 하고 있는 것도 아니었으나 어쨌든 무언가 일하고 있었다. 세상은 일자리를 골라잡는 것을 허용할 만큼 편안하지 못했다. 그들은 잃어버린 희망을 탄식하고 슬퍼하며, 잃어버린 옛 생활을 그리워하고 있는지도 몰랐다.

그러나 그것은 남이 알 바가 아니었다. 그들을 새로운 전쟁을 하고 있는 것이다. 그것은 먼첫번 전쟁보다도 더욱 격렬했다. 이제 그들은 다시 인생을 소중히 알기 시작했다. 전쟁이 그들의 인생을 둘로 갈라 놓기 전에 그들에게 활기를 주고 있던 것과 똑같은 긴장과 열의를 가지고 소중히 하고 있었다.

"스칼렛," 토미는 조심스럽게 말을 꺼냈다. "실례되는 말을 해서 뻔뻔스럽게 당신의 호의에 매달리려는 것은 아니지만, 역시 말을 안할 수가 없군요. 아무튼 당신에게도 도움이 될 테니까. 내 처남 휴 엘싱이 장작 행상을 하고 있는데 별로 신통치가 못해요. 북부 녀석들 말고는 누구나 자기네 땔감은 자기들이 주우러 다니니까요. 그래서 엘싱 댁은 무척 곤란을 받고 있어요. 나도 하는 데까지는 해 주고 있지만, 당신도 알다시피 패니를 데리고 있고, 더군다나 스파르타에는 돌봐 줘야 할 어머니와 과부가 된 두 누이동생까지 있어요. 휴는 친절한 사람이오. 당신은 친절한 사람이 좋다고 했는데, 알다시피 집안도 좋고, 정직한 남자입니다."

"하지만 휴는 수완이 별로 없잖아요. 그렇지 않다면 장작 장사도 꽤 재미를 봤을 텐데요."

토미는 어깨를 으쓱했다.

"당신은 무척 까다롭군요, 스칼렛." 그는 말했다. "하지만 휴를 좀더 좋게 봐줬으면 좋겠어요. 당신은 다르게 보실 수도 있지만, 도리어 그만 못할는지도 모르잖아요. 그의 정직과 자진해서 일을 해 보려는 열의는 수완이 모자란 것쯤은 채우고도 남을 거라고 생각되는데."

스칼렛은 대답하지 않았다. 너무 실례되는 소리는 하고 싶지 않았기 때문이었다. 그런 말을 들어도 그녀는 수완보다 더 좋은 특질은 없다고 생각했다.

온 시내를 돌아다니며 권유해 보아도 뜻대로 되지 않고, 또 많은 열의 있는 카펫배거들의 끈질긴 부탁을 물리친 끝에 결국 큰맘 먹고 토미의 권고에 따라 휴 엘싱에게 부탁하기로 결심했다. 그는 전쟁 중에는 용감하고 지혜가 뛰어난 장교였으나 두 번 중상을 입고, 전투를 4년이나 겪는 동안 그 머리도 완전히 말라 버려서 마치 어린아이처럼 어찌할 바를 모르는 채 가혹한 전후 세상과 맞닥뜨리고 있었다. 요즘 장작을 팔러 다니는 그의 눈에는 길 잃은 개와 같은 표정이 있었다. 그녀가 바라고 있는 것 같은 남자는 결코 아니었다.

'그 사람은 바보야,' 그녀는 생각했다. '장삿속도 모르고, 어쩌면 둘에다 둘을 더하는 덧셈도 못할지 몰라. 앞으로 알게 될지 어떨지는 모르지. 하지만 그저 정직해서 나를 속이지 않는 것만이 유일한 장점일 거야.'

스칼렛은 요즘 그녀 자신에게는 전혀 정직이라는 말 같은 걸 쓰지 않았다. 그러나 자기 쪽 정직을 가볍게 보면 볼수록, 다른 사람의 정직은 더 중요시하게끔 되었다.

'조니 갤러거가 토미 웰번하고 같이 그 건축 공사에 나가 있는 것이 유감이야' 하고 그녀는 생각했다. '그 사람이야말로 내가 바라는 남자인데, 못처럼 완고하면서 뱀처럼 빈틈이 없지. 그에 알맞은 보수를 주면 틀림없이 정직하게 해줄 거야. 성격도 내가 알고 있고, 상대방도 이쪽 성질을 알고 있으니까 같이 사업을 하면 아주 잘 돼 나갈 거야. 그 호텔 공사가 끝나면 그 사람을 오게 할 수도 있을지 몰라. 그때까지는 휴와 존슨 씨를 데리고 그럭저럭해 가는 수밖에 없어. 휴에게 새 제재소 관리를 시키고 존슨 씨에게 그전 제재소를 맡기게 되면, 나는 시내에서 판매만 도맡아 할 수 있어. 그동안 그 두 사람이 제재와 운반을 해 줄 거야. 하지만 내가 줄곧 시내에 있게 되면 조니가 올 때까지는 존슨이 마구 도둑질을 할 텐데. 그 사내가 도둑질만 안 한다면! 그동안 찰스가 남겨 놓은 땅 반에다가 목재 저장소를 만들어야지. 나머지 반에 술집을 세우는 것을 프랭크가 귀찮게 야단치지 않는다면! 하지만 프랭크가 아무리 야단쳐도 그만한 돈만 생기면 당장 술집을 세워야지. 프랭크가 그 모양으로 무기력하지만 않다면 얼마나 도움이 될까. 아, 하느님, 하필이면 이런 때, 아이만 생기지 않았더라도! 이제 얼마 안 있으면 밖에 나갈 수 없을 만큼 배가 부르겠지. 아, 하느님, 정말 아이만 낳지 않는다면! 그 얄미운 북군 녀석들이 나를 가만히 놓아 두기만 한다면! 만약……'

언제까지나 만약에 만약에다! 인생에는 만약이라는 가정이 너무도 많다. 무엇 하나 확실한 것이 없고, 무엇 하나 안정감 있는 것 없이, 시종 몽땅 잃어버리고 다시 추위와 굶주림에 시달리게 되는 아닐까 전전긍긍하고 있다. 물론 프랭크도 요즘은 다소 돈을 벌려고는 하고 있다. 그러나 늘 감기에 걸려 며칠씩이나 누워 있어야 하는 날이 허다하다. 만일 프랭크가 폐인이라도 된다면 어떻게 할까. 아니, 프랭크 같은 사람은 그다지 미덥지 못하다. 믿을 수 있는 것, 믿을 수 있는 사람은 나 말고는 없다. 그런데 내가 벌 수 있는 돈은 한심할 정도로 적다. 아! 만약 북부 녀석들이 밀어닥쳐 모조리 가져가 버리면 어떻게 할까. 만약에! 만약에! 만약에!

매달 그녀가 버는 돈의 반은 타라의 윌에게 송금되고, 일부는 꾼돈을 갚느라고 레트의 손으로 들어가며 나머지는 모아 두고 있었다. 어떤 수전노도 그녀보다 자주 돈 계산을 하지는 않을 것이고, 어떤 수전노도 그녀 이상으로 돈을 잃을까 무서워하지 않을 것이다. 그녀는 절대로 돈을 은행에 맡기지 않았다. 은행이 파산할지도 모르고, 북군이 몰수할지도 몰라 그것이 걱정되었기 때문이다. 그러므로 돈은 될 수 있는 대로 코르셋 속에 쑤셔 넣어 몸에서 떨어지지 않도록 간직했다. 또 난로 위 벽돌 틈이라든지, 자기의 일용품 주머니 속이라든지, 온 집 안에 작은 돈뭉치를 숨겨 두었다. 그리고 세월이 갈수록 그녀는 더욱더 조바심을 냈다. 모으는 돈이 불어나면 불어날수록 만약 재난이 닥치는 경우 잃는 돈이 많아지기 때문이었다.

프랭크도, 피티 고모도, 하인들까지도 제정신이 아닐 정도로 고분고분 그녀의 신경질을 참았다. 그 심한 신경질도 임신 탓이려니 하고, 참된 원인은 꿈에도 생각지 못했다. 몸이 무거운 여자를 건드려서는 못 쓴다는 것 정도는 프랭크도 알고 있었으므로 자기의 자존심 같은 건 주머니에 집어넣고, 그녀의 공장 경영에 대해서도, 그렇게 몸이 무거워 가지고 숙녀답지 않게 시내를 돌아다니는 것에 대해서도 전혀 입을 열지 않았다. 아내의 행위는 언제나 골칫거리였지만, 이제 조금만 참으면 된다고 생각하고 있었다. 아기만 낳으면 그가 환심을 사려고 애썼을 때처럼 상냥하고 여자다운 여자가 되리라고 생각하고 있었다. 그러나 아무리 그녀의 마음을 가라앉혀 주려고 해도 여전히 신경질은 가라앉지 않고, 마치 무엇에 홀리기라도 한 것 같은 행동으로 느껴질 때가 자주 있었다.

그녀가 정말로 무엇에 홀려 있는지, 미친 여자처럼 그녀를 내몰고 있는 원인이 무엇인지 짐작도 가지 않았다. 그것은 집에 들어앉기 전에 모든 것을 질서정연하게 해 두고 싶은 정열, 커다란 재난이 다시 밀어닥칠지도 모를 경우를 대비해서 될 수 있는 한 많은 돈을 준비해 두고 싶은 정열, 고조되어 가는 북부의 중오의 물결에 대비해서 현금의 방파제를 만들어 두고 싶은 정열이었다. 돈이야말로 요즘 그녀의 마음에 맹위를 떨치고 있는 강박관념이었다. 아기를 생각할 때도 형편이 나쁠 때만 태어난다는, 자기 앞길을 방해당한 분노를 가지고 생각할 뿐이었다.

'죽음과 세금과 출산! 이것만은 형편이 좋을 때가 절대로 없는 거야!'

스칼렛이 여자의 몸으로 제재소를 시작했을 때, 애틀랜타 시내 사람들은 말도 안 되는 일이라고 몹시 이를 비난했다. 시간이 지남에 따라 그녀가 하는 일에 한도가 없다는 데 사람들의 평이 일치했다. 사람들은 그녀의 약삭빠른 장사 수완에 입을 딱 벌렸다. 더욱이 그녀의 죽은 어머니가 로빌라드 집안 출신이라는 것을 생각하고, 누가 보아도 임신이 분명한 때에도 줄곧 시내를 돌아다니는 것이 얼마나 꼴사나운가 하는 것을 생각하고는 더한층 놀랄 수밖에 없었다. 점잖은 백인 부인이라면, 아니, 비록 흑인 여자일지라도 임신했다는 것을 알면 그 순간부터 한 걸음도 집 밖에 나가지 않는 법이다. 그러므로 메리웨더 부인 같은 이는 스칼렛이 하는 짓을 보고 저 여자는 아마도 길 한 복판에서 아이를 낳을 작정인 모양이라고 화를 못 참겠다는 투로 마구 떠들어 댈 정도였다.

그러나 그녀의 행동에 대한 지금까지의 비난 같은 것은 현재 시중에 퍼져 있는 뒷공론에 비하면 아무것도 아니었다. 스칼렛은 북부 사람들과 단순한 거래 뿐만 아니라 진심으로 그것을 좋아하는 모양이라고 소문이 나 있었다.

메리웨더 부인이나, 그녀 말고 많은 남부 사람도 역시 북부에서 새로 온 사람들을 상대로 장사하고 있었으나 스칼렛과 다른 점은, 그들은 좋아서 하고 있는 것이 아니고, 또 좋아서 하는 것이 아니라는 태도를 뚜렷이 보이고 있는 점이었다. 그런데 스칼렛은 좋아서 하고 있는 것이다. 또는 좋아서 하고 있는 것처럼 보이는 것이다. 그것은 어느 쪽이든 괘씸한 일임에는 틀림없었다. 현재 북군 장교 부인들과 함께 그 집에서 차를 대접받고 있잖은가! 사실 그녀는 자기 집에 북부 부인들을 초대하지 않는 것 말고는 무엇이든 하고 있었다. 그래서 시내 사람들은, 만일 피티 고모나 프랭크만 없었으면 북부 부인들을 자기 집에 초대하는 일도 감히 사양치 않으리라고 추측했다.

시중에서 자기에 대해 뭐라고 수군거리고 있는지 스칼렛은 알고 있었다. 그러나 조금도 신경 쓰지 않았다. 신경 쓸 여유도 없었다. 그녀가 지금도 무서운 증오심을 가지고 양키를 미워하는 기분은, 그들이 타라의 집을 불태우려 했던 그날과 조금도 다름이 없었다. 그러나 그녀는 그 증오를 숨기고 있었다. 돈을 버는 마당이라면 북부 녀석들에게서 짜내야만 한다고 그녀는 생각했다. 그리고 미소와 친절한 말로 따르는 것만이, 자기 공장을 위하고 그들로부터 한밑천 잡는 가장 확실한 방법이라고 알고 있었다.

언젠가 자기가 큰 부자가 되어 북쪽 놈들이 찾아낼 수 없는 곳에 돈을 감춰 둘 수 있게 되면 그때는 본심을 털어놓으리라. 내가 양키를 어떻게 생각하고 있고, 얼마나 무서운 증오와 혐오와 멸시를 가지고 있는가 하는 것을 그들에게 알려 주리라. 그렇게 되면 얼마나 통쾌할까! 그러나 그때가 올 때까지 그들과 사이좋게 지내야 한다는 것은 너무나 뻔한 상식이다. 만일 그것이 위선이라고 한다면 애틀랜타는 실컷 그 위선을 이용하면 되는 것이다.

북군 장교와 친해지는 것은 땅에 앉은 새를 쏘는 것만큼이나 쉬운 일이라는 것을 그녀는 깨달았다. 그들은 적지에 있는 고독한 망명자와 같았다. 그들 대부분은 존경할 만하고 예절바른 숙녀들과 교제하기를 무척 바라고 있었다. 그런데도 양갓집 여성들은 그들 옆을 지나갈 때는 치마를 바짝 여미고 침이라도 뱉어 주고 싶다는 표정으로 노려보았다.

그들에게 친절한 말을 거는 것은 오직 매춘부와 흑인 여자들뿐이었다. 그런데 스칼렛은 일은 하고 있을망정 엄연한 숙녀였고, 게다가 양갓집 여성이었다. 그만큼 그들은 살짝 비치는 그녀의 미소와 그 녹색 눈에 빛나는 정다운 반짝임에 가슴이 설렜다.

스칼렛은 마차에 올라앉아 보조개를 보이며 그들과 이야기하고 있을 때면 그들에 대한 혐오감이 울컥 치밀어올라 욕설을 퍼붓지 않고는 도저히 견딜 수 없을 정도로 싫은 때가 자주 있었다. 그런데도 기분을 아무렇지도 않은 듯이 억누르고 있었다. 그리고 손끝 하나로 북부의 사나이들을 농락하기는, 옛날 남부 사내들을 상대로 똑같이 하던 것보다 어렵지 않음을 깨달았다. 다만 양키를 상대할 경우에는 낙으로 하고 있는 것이 아니라 불쾌한 장삿속이었다. 그녀가 연출하고 있는 역할은 곤경에 빠진 남부의 세련되고 아름다운 숙녀였다. 위엄이 있는 겸손한 태도를 취함으로써 그녀는 그녀의 상대와 일정한 거리를 유지할 수가 있었다. 그래도 그녀의 태도에는 우아한 데가 있었고, 그 때문에 북군 장교들은 케네디 부인을 생각할 때마다 따뜻함이 가슴속에 솟아나는 것을 느꼈다.

이런 따뜻함은 그녀에게 대단한 이익을 가져다주었다. 스칼렛은 애당초부터 그런 속셈으로 나섰던 것이기는 했다. 주둔군 장교의 대부분은 언제까지 애틀랜타에 머물게 될지 모르므로 아내와 가족을 이곳에 불러다 두고 있었다.

호텔과 하숙집은 만원이어서 그들은 작은 주택을 세웠다. 그러므로 그들은 시내 그 누구보다도 정중한 대우를 해 주는 우아한 케네디 부인에게 기꺼이 목재를 샀다. 카펫배거들과 스캘러왜그들은 새로 모은 재산으로 훌륭한 주택, 점포와 호텔 따위를 세우고 있었는데, 그들도 그전 남부동맹의 병사를 상대하기보다는 그녀와 거래하는 것을 더 유쾌하게 생각했다. 군대 출신들은 그 태도는 정중했지만 그 정중함은 노골적인 증오보다도 형식적이었고,

그리고 보다 싸늘한 것이었다.

이리하여 그녀는 아름답고, 매력이 있고, 게다가 때로는 무척 가련하고 쓸 쓸하게까지 보여 그들은 기꺼이 그녀의 목재 창고며 프랭크의 가게까지도 후원을 해 주고, 변변치 못한 남편밖에 의지할 사람이 없는 용감한 젊은 여 성을 돕는 것이 자기들의 의무라고 생각했다. 한편 스칼렛은 사업이 커지는 것을 보자, 자신의 현재가 양키의 돈으로 안전하게 지켜지고 있을 뿐만 아니 라, 뒷날에도 양키 친구들에 의해 지켜지리라는 것을 느꼈다.

북부 장교들과 마음대로 교섭하는 것은 예상보다 쉬웠다. 그것은 그들 모 두가 남부 숙녀들에게 존경과 두려움을 가지고 있기 때문이었다. 그러나 스 칼렛은 머지않아 그들의 부인들이 그녀가 생각지도 못했던 문제가 되기 시 작했다는 것을 깨달았다. 북쪽 부인들과의 접촉은 그녀가 원하는 바가 아니 었다. 될 수만 있으면 피하고 싶었는데 그렇게 되지 않았던 것이다. 왜냐하 면 그 부인들 쪽에서 먼저 그녀와 사귀기로 작정하고 접근해 왔기 때문이었 다. 부인들은 남부와 남부 여인들에게 대단한 호기심을 품고 있었다. 그리하 여 스칼렛이 이 호기심을 만족시켜 주는 최초의 기회를 제공한 것이었다. 다 른 애틀랜타 여자들은 이들과는 절대 만남을 가지려 하지 않았고, 교회에서 만나도 인사하지 않았다. 그런 형편이었으므로 스칼렛이 장삿속으로 그녀들 집에 나타났을 때는 마치 그녀들의 소원이 이뤄진 것이나 다름이 없었다. 스 칼렛이 마차를 탄 채 북부 사람들의 집 앞에서, 그 집 주인과 기둥이니 지붕 판자에 대해서 이야기를 하고 있으면 부인이 나와서 이야기에 끼기도 하고, 기어코 들어와서 차라도 한 잔 들고 가라고 권하는 일이 가끔 있었다. 스칼 렛은 그것이 아무리 싫어도 좀처럼 거절한 일이 없었다. 왜냐하면 프랭크의 가게에서 물건을 살 수 있다는 것을 교묘한 말로 그녀들에게 비쳐 보일 기회 를 늘 노리고 있었기 때문이었다. 그러나 그녀의 자제력은 몇 번이나 심한 시련에 부딪쳤다. 그것은 그녀들이 개인적으로 자세한 이야기를 여러 가지 로 묻기도 하고, 남부 사람들에 대해 하나하나 경멸하는 듯한 태도를 보였기 때문이었다.

《톰 아저씨네 오두막》(스토우 부인의 소설, 노예)을 성경 다음가는 유일한 계시로 알 고 있는 북부 부인들은, 남부 사람이면 누구나 달아나는 노예를 쫓기 위해 기르고 있다는 블러드하운드(경찰)에 대해 알고 싶어했다. 그래서 그녀가 그런 개는 나서 이제까지 꼭 한 번밖에 본 일이 없고 또 그것은 조그맣고 온순한 개로 커다란 맹견이 아니라고 아무리 설명해도 아예 믿으려고 하지 않았다. 그녀들은 또 농장 주인이 노예의 얼굴에 표를 하기 위해 쓰는 무서운 쇠도장이라든지 노예를 때려죽이는 데 쓰는 채찍에 대해 얘기해 달라고 졸라댔다. 게다가 스칼렛이 느낀 바로는 그녀들은 노예 첩이라는 것에 대해 몹시 망측스럽고 추한 흥미를 가지고 있는 것 같았다. 북군 부대가 이 시에 주둔한 뒤 애틀랜타에 흑인과 백인의 혼혈아가 놀랄 만큼 불어난 것을 생각하고 스칼렛은 특히 이런 흥미에 심한 분노를 느꼈다.

다른 애틀랜타 여자였다면 아마 이런 미련하고 무식한 질문을 듣고 분해서 죽고 말았을지도 모른다. 그러나 스칼렛은 겨우 자신을 억누를 수 있었다. 억누를 수 있었던 것은 북쪽 부인들이 그녀의 가슴에 분노보다 경멸을 불러일으켜 주었기 때문이다. 결국 이들은 양키들이었고, 양키들이 하는 소리는 어차피 신통한 것이 없을 것이라고 생각했던 것이다. 그러므로 남부 부인, 남부의 도덕에 대한 북부의 어처구니없는 모욕은 제대로 받아들일 생각이 없었기에, 고작 가슴속에 모욕을 불러일으킬 정도였다. 그러나 마침내 한 사건이 일어났다. 그것은 속이 뒤집힐 정도로 그녀를 분개하게 만들었는데, 북부와 남부의 벌어진 틈이 얼마나 큰지, 거기에 다리를 놓기가 얼마나 힘든지를 똑똑히 증거로 보여 주었다.

어느 날 오후 피터 할아범과 마차를 타고 집으로 돌아오던 도중, 세 장교가 많은 식구를 거느리고 사는 집 앞을 지나게 되었다. 그들은 스칼렛의 목재로 각각 주택을 짓는 중이었다. 그녀가 지나가자, 세 부인이 마침 현관 앞길에 서 있다가 손을 흔들어 그녀를 멈추게 했다. 노둣돌 있는 데까지 다가오자 그녀들은 독특한 악센트로 인사를 했다. 그것은 그런 말투만 아니라면 북부인들의 어떤 짓도 대개 너그럽게 보아 줄 수 있겠다고 그녀가 생각할 정도로 듣기 싫은 사투리였다.

"마침 알맞은 때 와 주셨어요, 케네디 부인." 메인 주에서 온 키가 크고 마른 여자가 말했다. "이 미개한 도시에 대해서 좀 알고 싶은 것이 있어요."

스칼렛은 이 애틀랜타에 대한 모욕과 그 모욕에 심한 경멸을 느꼈지만, 아무 말 없이 애교 있는 웃음을 띠었다.

"무슨 일인데요?"

"우리집 유모 브리젯이 북부로 돌아가 버렸어요. 이 시의 검둥이들 속에서는 하루도 더 못 살겠다고 하면서 말이에요. 덕분에 나는 아이들 치다꺼리에 머리가 다 멍해졌어요. 그러니 어디로 가야 새 유모를 구할 수 있는지 꼭 좀 가르쳐 주세요. 어디에 부탁해야 될지 몰라서."

"그런 거라면 문제 없어요." 스칼렛은 말하고 웃었다. "아직 노예 해방 사무국의 영향으로 나빠지지 않은, 시골에서 갓 나온 흑인을 찾으시면 아주 훌륭한 하인을 구할 수 있을 거예요. 이 문간에 잠깐 서서 지나가는 흑인 여자들에게 차례로 물어 보시면 틀림없이······."

세 여자들은 화가 나 일제히 소리질렀다.

"어머, 당신은 우리가 아이들을 시커먼 검둥이에게 맡길 줄 아세요?" 메인 주 출신의 여자가 외쳤다. "나는 품성 좋은 아일랜드 여자를 구하고 싶은 거예요."

"애틀랜타에 아일랜드 하녀는 한 사람도 없을 거예요."

스칼렛은 쌀쌀한 목소리로 대답했다.

"저는 백인 하인 같은 건 한 번도 본 적이 없고, 또 내 집에 백인 하인을 두려고 생각해 본 일도 없어요. 그리고," 그녀는 자기도 모르게 어렴풋하게나마 비꼬는 투로 말하지 않을 수 없었다. "흑인들은 식인종이 아니라고 장담을 할 수 있어요. 정말 믿을 수 있답니다."

"아이구, 어림도 없어요! 검둥이 따위를 우리집에다 두다니 될 법이나 한 일이에요. 어림도 없지!"

"내가 이 눈으로 직접 보기 전에는 흑인 같은 건 도무지 믿을 수 없어요. 더구나 아이를 맡긴다는 것은······."

스칼렛은 엘렌과 자기와 웨이드를 보살피느라 거칠 대로 거칠어진, 다정하고 마디가 굵은 마미의 손을 생각했다. 이런 이방인들이 어떻게 흑인의 손 같은 걸 알겠는가. 그것이 얼마나 상냥하고, 얼마나 위안이 되며, 얼마나 알맞게 어루만져 주고, 토닥거려 주고, 얼러 주는 방법을 터득하고 있는지 이 따위 것들이 알 리가 있겠는가. 그녀는 짧게 웃었다.

"참 이상하군요. 그런 말씀을 하시는 당신네들이 흑인을 해방시키지 않으셨던가요?"

"어머, 내가 한 건 아니에요." 메인 주 출신 여자가 웃었다. "나는 남부로 올 때까지는 검둥이란 것을 한 번도 본 일이 없었어요. 그리고 이 이상 보고 싶지도 않고요. 검둥이를 보면 나는 온몸에 스물스물 소름이 끼쳐요. 검둥이 따위 하나도 믿을 수 없어요."

스칼렛은 아까부터 피터 할아범이 거친 숨소리를 내면서 몸을 똑바로 세우고 가만히 말의 귀만 지켜보고 있는 것을 눈치챘다. 메인 주 출신 여자가 갑자기 큰 소리로 웃으며 옆의 여자들에게 피터의 이야기를 하기 시작하는 바람에 스칼렛도 자연스레 할아범 쪽으로 주의가 쏠렸다.

"좀 보세요, 저 검둥이 영감, 꼭 두꺼비처럼 퉁퉁 부어 있죠?" 그녀는 킥킥거리며 웃었다. "아마도 저 검둥이는 당신들한테서 오냐오냐 하고 멋대로 길러진 모양이죠? 당신들 남부 사람들은 검둥이 다룰 줄을 모르시나 봐요. 몹시 건방지게 만들어 놓았으니 말이에요."

피터는 훅 숨을 들이마셨다. 그 주름투성이 이마에 깊은 골이 패었으나 눈은 여전히 똑바로 앞을 쏘아보고 있었다. 그는 태어나서 지금까지 백인에게 검둥이라고 불려 본 적이 한 번도 없었다. 다른 흑인들에게서 들은 일은 있지만 백인에게서 들은 일은 결코 없었다. 게다가 오랜 세월 해밀턴 댁의 당당한 기둥 노릇을 해온 그 피터가, 믿을 수 없다느니 오냐오냐 하고 멋대로 키워졌다느니 하는 소리를 들은 것이다.

상처 입은 자존심으로 그 검은 턱이 떨리기 시작한 것을 스칼렛은 보았다. 보았다기보다 느꼈다는 편이 옳았다. 그리고 상대를 죽이고 싶은 분노가 온몸에 솟구치는 것을 느꼈다. 이들 북부 여인들이 남군을 얕보거나, 제프 데이비스를 욕하거나, 남부 사람들이 노예를 죽이고 학대한다고 비난하는 동안은 그대로 온순하게 경멸하는 마음으로 듣고 있을 수 있었다. 만일 그것이 자기의 이익이 되는 것이라면 비록 자기의 정조나 결백이 모욕을 당했더라도 참았을 것이다. 그러나 이런 어리석은 비평으로 충실한 늙은 흑인에게 상처를 주었다고 생각하자 그녀는 마치 화약에 성냥불을 던진 것처럼 분노가 타올랐다. 힐끗 피터의 허리띠에 꽂혀 있는 커다란 기병 권총을 보았다. 그것을 뽑아 쥐고 싶어 손이 부들부들 떨렸다. 이 여자들, 이 무례하기 짝이 없는 무식하고 오만한 정복자들을 죽여 버리는 도리밖에 없다. 그러나 그녀는 턱의 힘줄이 튀어나올 정도로 이를 악물고, 양키에게 자기의 본심을 털어놓을 시기는 아직 오지 않았다고 스스로에게 타일렀다. 그 시기는 언젠가는 온다. 꼭 온다! 그러나 지금은 아직 그럴 때가 아니다.

"피터 할아범은 우리 가족의 한 사람이에요." 스칼렛의 목소리는 떨리고 있었다. "그럼 실례하겠어요. 자, 마차를 몰아요."

피터가 너무 갑작스럽게 채찍질을 했으므로 놀란 말이 느닷없이 앞으로 내달았다. 마차가 달리기 시작했을 때, 메인 주 여자가 잘 알아들을 수 없는 말투로 이렇게 말하는 소리가 들렸다.

"저 사람이 가족이라고? 설마 친척이라는 뜻은 아닐 테지. 까매도 너무 까맣잖아."

얼마나 괘씸한 여자들인가! 저런 것들을 이 땅에서 싹 쓸어내야 한다. 만일 내게 돈이 많이 모이면 저것들 낯짝에 모조리 침을 뱉어 주어야지! 나는 ......

그녀는 힐끗 피터를 보았다. 눈물 한 방울이 그의 코를 타고 떨어지고 있었다. 갑자기 뜨거운 애정이, 그의 굴욕에 대한 격렬한 슬픔이 가슴을 메어 왔다. 눈이 찌르는 듯이 아팠다. 마치 누군가가 무자비하게도 가엾은 어린아이에게 잔인한 짓을 한 것 같은 느낌이었다. 그 여자들이 피터 할아범을 해친 것이다. 멕시코 전쟁 중, 줄곧 해밀턴 노중령의 뒤를 따라다닌 피터, 주인이 전사했을 때 그를 품에 안고 있던 피터, 멜라니와 찰스를 길러 내고, 아무것도 못하는 어리석은 피티의 뒤를 보살피고, 그녀가 피란을 갈 때도 같이 가고, 항복 뒤에는 전쟁으로 황폐한 땅을 멀리 메이컨으로부터 피티를 말에 태워 데리고 온 피터가 아닌가. 그런데 그 여자들은 검둥이 같은 걸 믿을 수 있느냐고 말했다.

"피터 할아범." 그의 여윈 팔에 손을 얹자 스칼렛의 목소리는 떨려 나왔다. "바보같이 울기는. 그런 거 마음에 안 두는 게 좋아. 그런 것들 저주받을 양키들일 뿐이야."

"그 사람들은 나를 꼭 무슨 말귀도 못 알아 듣는 노새처럼 내 눈 앞에서 욕설을 해댔습니다요. 이 내가 아프리카 토인처럼 그 사람들의 하는 소리를 모르는 줄 알고서." 말하면서 피터는 커다랗게 코를 훌쩍거렸다. "게다가 그 사람들은 나를 검둥이라고 했잖습니까. 나는 백인 양반들한테서 아직 한 번도 검둥이란 소릴 들어본 적 없었다굽쇼. 그 사람들은 검둥이 같은 건 믿을 수 없다고 했지요. 이 내가 믿을 수 없다고 했굽쇼. 어림도 없는 소리, 큰 나리께서 돌아가실 때 제게 이렇게 말씀하셨다굽쇼. '이봐 피터, 아이들을 돌봐 주게. 어린 피티도 돌봐 주고, 그 애는 메뚜기처럼 아무것도 모르는 애 니까.' 저는 오랫동안 그분의 뒤를 보살펴 왔습니다요."

"가브리엘 대천사(위로와 좋은 소식을 보내는 천사)가 아니면 할아범보다 더 잘 할 수는 없다고 생각해." 스칼렛은 위로하듯 말했다. "우리가 이렇게 무사하게 지내는 것도 할아범이 있어 주었기 때문이야."

"친절하시게도, 스칼렛 아씨, 고맙군입쇼. 그건 저도 알고 있습니다요. 아 씨께서도 알고 계십지요. 그런데 저 북부 놈들은 모릅니다요. 알려고 하지도 않굽쇼. 어째서 그것들은 우리 일에 간섭하려 드는 걸깝쇼, 스칼렛 아씨? 그것들은 우리 남부동맹에 대해서는 아무것도 모르지 않습니까요."

스칼렛은 아무 말도 하지 않았다. 북부 여자들 앞에서 폭발시키지 못한 분 노가 아직도 가슴속에서 타고 있는 것만 같았기 때문이다. 두 사람은 아무말 없이 집으로 향해 말을 몰았다. 피터의 거친 숨결은 가라앉았으나, 그 아랫 입술은 점점 앞으로 나왔다. 마침내 무서울 정도로 나왔다. 처음의 굴욕감 이 가라앉자 그의 마음에는 분노가 끓어오르기 시작했던 것이다.

스칼렛은 생각했다. 양키들이란 어째서 그렇게 몰상식하고 돼먹잖은 인간 들일까. 그 여자들은 피터 할아범이 검다는 것만으로, 자기들과 마찬가지로 민감하게 남이 모욕하는 것을 알아듣는 귀도 감정도 없다고 생각하는 걸까. 흑인이란, 어린아이처럼 깨우쳐 주고 칭찬해 주고 귀여워해 주고 꾸짖고 하 면서 상냥하게 다루어야만 한다는 것을 모르고 있다. 흑인에 대해서, 흑인과 전 주인과의 관계에 대해서 아무것도 모르고 있다. 그 주제에 그것들은 흑인 을 해방하기 위해 전쟁을 했다. 그런데 막상 해방이 되니까 이제는 흑인과는 조금도 교류하려고 하지 않는다. 다만 남부인들에게 테러 행위를 할 때만 흑 인을 이용하고 있다.

흑인을 좋아하지 않고, 믿지도 않으며, 이해도 하지 못한다. 그 주제에 남 부 사람은 흑인과 사이좋게 지내는 방법을 모른다고 시끄럽게 떠들어 대고 있는 것이다.

흑인을 믿지 않는다니 무슨 소린가! 스칼렛은 대부분의 백인들보다도 흑 인 쪽을 훨씬 더 믿고 있었다. 어느 양키보다도 확실히 그들을 더 믿었다. 흑인에게는 아무리 쓰라린 고생을 시켜도 배반할 줄 모르고, 또 돈으로 살 수 없는 충실함과 인내성과 애정의 미덕이 있다. 북군의 침입을 눈앞에 두고 달아나려고 하면 달아날 수도 있고, 적군에 들어가 편한 생활을 하려면 그것도 할 수 있는 때가 되었는데도 아직 타라에 남아 있는 몇몇 충실한 흑인들을 그녀는 생각했다. 지금도 여전히 그들은 그대로 눌러 있는 것이다. 그녀는 자기와 함께 목화밭에 들어가 억척스레 일해 준 딜시를 생각했다. 그녀가 나쁜 짓을 못하도록 애틀랜타까지 함께 따라온 마미를 생각했다. 백인 주인들 곁에서 충실히 섬겨 온 이웃 가정의 하인들을 생각했다. 그들은 남자들이 전선에 나가 있는 동안 안주인을 지키고 무서운 전쟁의 불꽃에서 그녀들을 피란시키고, 상처입은 사람들을 간호하고, 죽은 사람을 장사 지내고, 유족들을 위로하고, 식탁에 음식이 떨어지지 않도록 일을 하고, 도둑질까지도 한 것이다. 지금도 노예 해방 사무국이 온갖 종류의 그럴 듯한 약속을 하고 있는데도 눈 하나 깜짝하지 않고 여전히 백인 주인 옆을 떠나지 않고, 노예였을 때보다도 더 충실히 일하고 있는 것이다. 그러나 양키는 그런 것들을 이해하지 못하고, 또 절대로 흑인을 이해하려고도 하지 않는다.

"그래도 그들이 할아범을 해방했잖아." 그녀는 큰 소리로 말했다.

"천만에요, 스칼렛 아씨. 저는 그 사람들에게 해방된 게 아닙니다요. 그런 쓰레기 같은 녀석들에게 해방시켜 달라고 하진 않았으니까요." 피터는 화가 나서 말했다. "저는 지금도 피티 마님의 것이군입쇼. 제가 죽으면 그분은 저를 해밀턴 묘지에다 묻어 주실 거구만입쇼. 거기가 제가 들어갈 곳인걸요…… 아씨께서 어떻게 북부 여자들에게 저를 모욕당하게 했는지를 피티 마님에게 말씀드려 보십쇼, 그분은 아마 틀림없이 호되게 야단치실 겁니다요."

"어머, 내가 언제 그런 짓을 했어!" 스칼렛은 깜짝 놀라 외쳤다.

"하셨잖습니까, 스칼렛 아씨." 피터는 말하더니 더욱 입술을 내밀었다. "결국 아씨나 저나 북부 것들과 상종을 하지 않았으면 이런 모욕은 당하지 않았을 거구만입쇼. 아씨께서 그것들과 이야기를 하시지 않았더라면 그것들은 저를 노새나 아프리카 토인처럼 취급하지는 않았을 겁니다요. 게다가 아씨께서는 제 역성을 들어 주시지도 않았구요."

"들어 주었잖아?" 스칼렛은 그의 비난에 발끈해서 말했다. "할아범을 가족 가운데 한 사람이라고 말해 주었잖아?"

"그건 역성을 들어 준 게 아닙니다요. 사실일 뿐입죠." 피터는 말했다.

"스칼렛 아씨, 구태여 양키들과 거래를 하실 필요는 없지 않습니까요. 다른 아씨들은 아무도 하는 분이 없습니다요. 아씨께서 아무리 말씀하셔봤자 그런 쓰레기 같은 것들에게는, 피티 마님 같으면 그분의 작은 신도 못 닦게 하실 겁니다요. 그것들이 저보고 뭐라고 했는지 피티 마님이 들으시면 꽤 기분 나빠 하실 거라굽쇼."

피터의 비난은 프랭크나 피티 고모나 이웃 사람들에게 뭐라고 말을 듣는 것보다 더 뼈저리게 느껴졌다. 이 늙은 흑인을, 이 없는 잇몸이 부딪쳐 딱딱 소리가 나도록 흔들어 주고 싶을 만큼 속이 탔다. 피터가 하는 말은 사실이었지만, 흑인에게, 비록 자기 집 흑인에게라도 그런 소리를 듣기는 싫었다. 하인의 의견에 초연할 수 없다는 것은 남부 사람에겐 굴욕이나 같았다.

"버릇없이 멋대로 길러 온 영감이라고 주둥이를 놀렸것다!" 피터는 툴툴거렸다. "이제 앞으로는 저더러 아씨를 모시고 다니게 하고 싶지 않다고, 피티 마님은 말씀하실 게 틀림없습니다요. 반드시 안 된다고 말씀하실 거구만입쇼."

"피티 고모님은 지금까지 하던 대로 같이 다니라고 하실 거야." 그녀는 위압적으로 말했다. "그러니까 이제 그 이야기는 그만둬."

"이거 등이 이상하게 아파 오는걸입쇼." 피터는 음침한 말투로 경고했다. "지금도 어찌나 아픈지 못 견디겠습니다요. 똑바로 앉아 있을 수가 없을 지경이굽쇼. 등뼈가 몹시 아파지면 피티 마님도 마차를 타라고는 하시지 않을 겁니다요. 스칼렛 아씨, 북군이나 그런 쓰레기 같은 것들하고 함부로 접촉하시는 것은 아씨를 위해서도 좋지 않습니다요. 집안 사람들도 아씨가 하는 일을 좋게 말씀 하시진 않더군입쇼."

이 말만큼 스칼렛의 처지를 정확히 말한 것은 없었다. 그녀는 화가 난 나머지 입을 꽉 다물고 말았다. 분명히 그대로였다. 정복자들은 그녀의 행동을 인정해 주고 있지만, 가족이나 이웃 사람들은 결코 그러지 않았다. 시내에서 자기를 뭐라고 하고 있는지 그녀는 죄다 알고 있었다. 그런데 이제는 피터까지도 그녀와 함께 많은 사람 앞에 나가지 않겠다고 비난하고 있는 것이다. 한 가닥 희망마저 잃어버린 느낌이었다.

지금까지 그녀는 세상의 평판 같은 것은 조금도 염두에 두지 않았다. 뿐만 아니라 어느 정도 경멸하기까지 했다. 그러나 피터의 말은 그녀의 가슴에 무서운 분노를 타오르게 하고 수세에 몰리게 하여 양키에 대한 혐오와 마찬가지로 이웃 사람들에 대해서도 역시 갑작스런 증오를 품게 하였다.

'어째서 그 사람들은 내가 하는 일에 일일이 신경을 쓰는 걸까.' 그녀는 생각했다. '그 사람들은 내가 좋아서 양키들과 접촉하고 있는 줄로 아는 모양이지. 들일하는 것처럼 일하고 있는 듯이 알고 있어. 그 사람들은 내게 괴로운 일을 더욱 괴롭게 만들고 있어. 하지만 그 사람들이 어떻게 생각하든 나는 상관없다. 신경 쓸 게 뭐람. 신경 쓸 시간조차 없어. 그러나 언젠가는…… 언젠가는……."

아, 언젠가는! 다시 그전처럼 그녀의 세계가 확고히 안정됐을 때는, 그때는 의젓하게 의자에 앉아 팔짱을 끼고, 어머니 엘렌처럼 훌륭한 귀부인이 되리라. 참다운 귀부인답게 가련하고, 남자들의 보호를 받는 부인이 되리라. 그렇게 되면 한 사람 빠짐없이 모두 그녀를 인정해 줄 것이다. 부자가 되면 그녀는 얼마나 훌륭한 여자가 될까! 그렇게 되면 어머니처럼 사람들에게도 그녀가 자진해서 친절하고 상냥하게 대해 줄 수 있을 것이다. 그리고 동정하고 예의범절도 지킬 것이다. 밤낮으로 불안에 시달리지도 않게 되겠지. 인생은 평온하고 여유 있는 것이 될 것이다. 아이들과 놀 여가도, 공부를 보살펴 줄 여유도 있을 것이다. 한가하고 따뜻한 오후에는 귀부인들이 찾아오겠지. 태피터의 페티코트가 사르락거리는 소리와 야자잎 부채가 즐겁게 펄럭이는 소리를 들으며, 차와 맛있는 샌드위치와 과자를 대접하면서 한가하게 세상 이야기를 하며 보내리라. 불행에 시달리는 사람들에게는 될 수 있는 대로 친절하게 해 주리라. 가난한 사람들에게는 광주리에 담은 선물을 보내 주고, 아픈 사람들에겐 수프와 젤리를 가져다주리라. 그다지 행복을 누리지 못하는 사람들은 내 멋있는 마차에 태워 소일 겸 산책에 데리고 가주리라. 어머니처럼 진정한 남부 부인다운 귀부인이 되리라. 그러면 사람들은 엘렌을 사랑한 것처럼 나를 사랑해 주겠지. 그리고 내가 얼마나 인정이 많은가를 칭찬하고 나를 자애로운 부인이라 부르겠지.

이렇게 미래에 대해 이것저것 공상하는 그녀의 즐거움은, 사실은 조금도 인정 많거나 자비로운 여자가 되고 싶어서가 아니었다. 그녀가 바라는 것은 이런 좋은 점이 있는 명성뿐이었다. 그러나 그녀의 두뇌의 그물눈은 이러한 세밀한 차이까지 포착하기에는 너무나 성글었다. 언젠가 부자가 되었을 때,

모두가 칭찬을 해 줄 것이라는 것만으로 그녀는 충분했던 것이다.

언젠가는! 그러나 지금은 아니었다. 남들이 뭐라고 하든 지금은 안 되었다. 지금은 훌륭한 귀부인이 될 여유가 없는 것이다.

과연 피터가 말한 대로였다. 피티 고모는 무척 흥분했다. 게다가 피터 할아범의 등의 통증은 하룻밤 사이에 두 번 다시 마차를 몰 수 없을 정도로 악화되었다. 그 뒤부터 스칼렛은 자기가 마차를 몰았다. 모처럼 부드러워지기 시작하던 손이 다시 전처럼 딱딱해지기 시작했다.

이리하여 봄철은 지나가고, 찬비 내리는 4월은 푸른 잎 향기로운 5월의 따뜻하고 부드러운 날씨로 바뀌었다. 한 주일 한 주일, 오직 악착같이 일하고, 근심하고, 산달이 가까워짐에 따라 여러 가지 장애가 일어났다. 옛날부터의 친구들은 점점 냉담해져 가고, 그와 반대로 가족들은 더욱 상냥해져서 말할 수 없이 아껴 주었다. 그러면서도 그녀를 몰아치고 있는 것에 대해서는 더욱더 모른 체했다. 이러한 불안과 고투를 겪는 요즘, 그녀의 세계에서 의지가 되고 이해해 주는 오직 한 사람이 있었다. 그것은 레트 버틀러였다. 하고 많은 사람 중에서 그가 그렇게 느껴진다는 건 이상한 일이었다. 왜냐하면 그는 마치 수은처럼 잡을 수 없었고, 지옥에서 뛰쳐나온 악마처럼 심술궂었기 때문이다. 그런데 그녀만은 동정해 주었다. 지금까지 누구에게서도 얻지 못한 것, 그에게서 얻으리라고는 생각지도 못한 것을 그녀에게 주었다.

때때로 그는, 저 뉴올리언스로 가는 수수께끼 같은 여행으로 시에서 자취를 감추고는 했다. 여행의 이유는 한 번도 가르쳐 주지 않았지만, 그녀는 다소 질투 비슷한 감정도 있고 하여, 그 여행은 정녕 어떤 한 여자나 아니면 몇 여자와 관계가 있는 것이라고 생각하고 있었다. 그러나 피터 할아범이 그녀의 마부가 되기를 거부한 뒤로 그가 애틀랜타에 있는 기간은 점점 길어졌다.

그는 시내에 있는 동안은 대개 술집 '현대 아가씨'의 2층 방에서 노름에 빠져 있거나, 아니면 벨 와틀링의 술집에서 양키들이며 카펫배거 벼락 부자 녀석들과 어울려 술을 마시면서 돈벌이 이야기를 하고 있었다. 그 때문에 사람들은 그 술친구들을 싫어하는 이상으로 그를 싫어했다. 요즘은 피티 댁을 찾아오는 일도 없었다. 아마 스칼렛이 임신 중인데 남자가 찾아다니면 프랭크나 피티가 기분 나빠할 거라고 생각한 것이리라. 그러나 그녀는 별로 약속한 것도 아닌데 매일같이 그와 만나게 되었다. 공장이 있는 피치트리 거리의 디케이터 큰길을 쓸쓸하게 그녀가 마차로 지나고 있노라면 그는 곧잘 말을 몰아 따라왔다. 언제나 고삐를 당기고 말을 건넸고, 때로는 그의 말을 마차 뒤에 붙들어매고 그녀의 마부 노릇을 해주기도 했다. 요즘 그녀는 전보다도 더 쉬 피로해지곤 했기 때문에 기꺼이 그가 하는 대로 내버려 두었다. 그가 고삐를 잡아 주면 언제나 마음속으로 고마워하고 있었던 것이다. 그는 으레 시내에 들어서기 직전에 헤어져 갔지만, 애틀랜타에서 둘이 만나고 있는 것을 모르는 사람이 없었고, 그 때문에 지금까지도 몇 번이고 적힌 스칼렛의 예의범절을 무시한 기록에 다시금 새로운 사건을 보태는 결과가 되었다.

그녀는 가끔 이렇게 자주 만나게 되는 것이 단순한 우연 이상의 것은 아닐까 하고 의심해 보는 일이 있었다. 날이 지남에 따라, 그리고 흑인의 폭행에 대한 도시의 불안이 높아감에 따라, 두 사람이 만나는 빈도는 점점 더 잦아졌다. 하필이면 지금처럼 내가 제일 보기 싫은 모양을 하고 있을 때 그는 나를 찾는 것일까. 전에는 다소 있었을지 모르지만, 지금은 자기에게 무슨 야심이 있을 턱이 없었다. 야심 같은 건 처음부터 가지고 있지 않았던 것이 아닐까 하는 의심마저 갖게 되었다. 그가 북군 감옥에서의 그 난처했던 일을 끄집어내어 놀리지 않게 된 지 벌써 몇 달이나 된다. 그리고 애쉴리나 애쉴리에 대한 그녀의 사랑에 대해서도 전혀 말하지 않게 되었다. 당신의 육체가 탐난다는 따위의 난폭하고 천한 소리도 전혀 하지 않게 되었다. 잠들어 있는 개는 그대로 가만히 두는 것이 상책이라고 그녀는 생각했다. 그래서 자주 만나게 되는 데 대해서도 그 까닭을 묻거나 하지는 않았다. 그리고 마지막에 그녀는 이렇게 판단했다. 그 사람은 노름 말고는 하는 것도 없고, 애틀랜타에는 그다지 재미있는 친구도 없으니까, 그저 친구를 겸해서 그녀를 찾고 있는 것이라고.

그 이유야 어쨌든 그와의 교제는 그녀에겐 가장 즐거운 일 같았다. 그는 단골을 잃어버린 불평, 빚에 대한 심한 푸념, 존슨 씨의 교활한 수법, 휴의 무능한 점에 대해서도 열심히 들어 주었다. 그녀가 다른 경쟁자를 앞질러 이긴 이야기 같은 건 매우 통쾌해 했다. 그럴 때 프랭크라면 그저 사람 좋은 웃음을 보여 줄 뿐이고 피티 시고모는 어이 없다는 듯 "아이구 저런!" 할 뿐이었으나 그는 가끔 자기에게 돈벌 기회를 주고 있다고 그녀는 생각했다. 왜냐하면 그는 돈 많은 양키며 카펫배거들과 누구 할 것 없이 친하게 지내고 있었기 때문이었다. 그래도 그는 별로 당신을 도와주려는 생각으로 그러는 것은 아니라고 늘 말했다. 그녀는 그가 어떤 남자라는 것을 알고 있었으므로 결코 그 말을 믿지는 않았다. 그러나 크고 새까만 말에 올라타고 그늘진 길모퉁이를 돌아 다가오는 그의 모습을 보면, 그녀는 언제나 기쁨에 넘쳐 기운이 솟아났다. 그가 마차로 옮겨타고 그녀의 손에서 고삐를 받아들며 두세 마디 거침없는 농담을 하고 나면 그녀는 모든 걱정과 불룩한 배도 다 잊고, 다시 옛날처럼 싱싱하고 쾌활하고 매력 있는 자신으로 되돌아가는 기분이었다. 그에게는 거의 무엇이나 털어놓을 수 있었다. 자기 생각의 진정한 동기조차 감출 필요가 없었다. 상대가 프랭크라면, 때로는 애쉴리라도, 자기 기분에 정직해야 할 경우라면 금방 이야깃거리가 끊기고 마는데, 레트에 대해서는 그렇지가 않았다. 애쉴리와 이야기하고 있을 때에는 당연한 일이기는 하지만, 명예를 위해 입 밖에 낼 수 없는 일, 두 사람 사이에는 절대로 말해서는 안 될 일들이 많이 있었다. 무슨 이유 때문인지는 알 수 없어도 레트가 그녀에 대해 훌륭한 태도를 취하려 하고 있는 지금은, 그런 친구가 있다는 것은 위안이 되었다. 친구라고 할 사람이 거의 없어진 지금의 그녀에겐 정말 커다란 위안이 아닐 수 없었다.

"레트" 피터 할아범한테 최후통첩을 받은 지 얼마 안 된 터라 그녀는 험악하게 물었다.

"어째서 이 도시 사람들은 나에 대해 그렇게 비열한 태도를 취하고, 이러니저러니 귀찮은 말들만 하는지 모르겠어요. 나나 카펫배거들이나 어느 쪽에 대해서 누가 가장 지독한 말을 할 수 있는지 내기라도 하고 있는 것 같아요! 나는 내 장사만 생각하고 다른 나쁜 것은 조금도 신경 쓰지 않았는데……."

"당신이 조금도 나쁜 짓을 안했다면 그건 그런 기회가 없었기 때문이오. 어쩌면 시내 사람들도 어렴풋이나마 그런 것을 알고 그러는 게 아닐까."

"아이, 진정으로 들어 주세요. 나는 여러 사람들 때문에 미칠 지경이에요. 내가 지금까지 해온 일이란 그저 돈 좀 벌어 보려고……."

"당신이 지금까지 해온 일은 다른 여자들과는 다른 일이오. 그리고 그것에 약간 성공했소. 앞서도 말한 적이 있지만 이것은 어느 사회에서도 용서할 수 없는 하나의 죄악이오. 남과 다른 사람에게 저주 있으라! 하는 거요, 스칼렛. 당신이 공장으로 무사히 성공했다는 단순한 그것이, 성공하지 못한 모든 남성들에 모욕이 되는 거요. 기억해요. 고상하게 자란 여성이 있어야 할 장소는 가정이니까. 이 시끄럽고 각박한 세상에 대해서는 아무것도 알아서는 안 되는 거요."

"하지만 만일 내가 집 안에 처박혀만 있었다면 살림할 집 따위는 없어졌을지도 몰라요."

"결론을 말한다면, 당신은 점잖게 그리고 긍지를 가지고 굶어 죽기를 기다려야 했던 거요."

"어머나, 기가 막혀서! 그러나 메리웨더 부인을 보세요, 그 여자는 북군에게 파이를 팔고 있잖아요. 그건 제재소를 경영하는 것보다 더 나빠요. 그리고 엘싱 부인은 바느질 일을 하고 하숙을 치고 있으며, 패니는 그 대단한 사기그릇에 그림을 그리고 있어요. 그런 건 아무도 갖고 싶어하지 않는데도, 모두 그 애를 도와주려고 팔아 주고……."

"아니, 요점을 놓쳤소. 그 사람들은 성공하지 못했소. 그러니까 남부 남자들의 무서운 긍지에 상처를 낸 건 아니오. 성공만 하지 못하면 남자들은 변함없이 이렇게 말할 수 있으니까요. '가엾게도 여자들이 열심히 일하고 있어. 그럼 어디 여자들에게, 그녀의 노력이 헛되지 않다는 것을 알게 해 줄까' 하고. 그래서 당신이 말하는 숙녀들은 하는 수 없이 마지못해 일하고 있는 거요. 누군가 남자가 찾아와서 여자답지 못한 일의 무거운 짐을 내려 줄 때까지, 마지못해 일하고 있는 척해 보이는 거요. 그러니까 모두 동정하는 거요. 그런데 당신은 아무리 보아도 일이 좋아서 하고 남자의 신세 같은 건 지지 않겠다는 태도가 역력히 보이니까 아무도 동정하지 않는 거요. 그래서 애틀랜타 사람들은 절대로 당신을 용서하려 들지 않소. 남을 동정한다는 것은 여간 유쾌한 일이 아니니까요."

"나는 가끔 당신이 좀 진지하게 굴어 주었으면 해요."

"동양 속담에 '개가 짖어도 행차는 간다'는 말이 있는데 아십니까? 모두 짖어 대라고 내버려 두십시오. 당신의 마차를 못 가게 할 사람은 아무도 없으니까요."

"하지만 어째서 사람들은 내가 돈을 좀 벌었다고 그렇게까지 못마땅해하는지 모르겠어요."

"이것저것 다 손에 넣으려면 안 돼요, 스칼렛. 당신이 지금 하고 있는 것처럼 숙녀답지 못한 방법으로 돈을 벌어 곳곳에서 냉대를 받든가, 아니면 가난하고 고상하게 굴어 많은 친구를 만들든가 어느 쪽 하나요. 그리고 당신은 벌써 그 가운데 하나를 택했소."

"가난 같은 건 싫어요." 그녀는 얼른 말했다. "하지만 내가 골라잡은 게 잘못된 게 아닌가 모르겠어요."

"만일 당신이 가장 원하는 것이 돈이라면 그래야지."

"그래요, 나는 세상에서 무엇보다도 돈을 가장 원해요."

"그렇다면 그것 하나밖에는 골라잡을 도리가 없지 않겠소. 그러나 거기에는 한 가지 벌이 딸려 있소. 원하는 것에는 대개 따르게 마련이지만 말이오. 즉 고독이라는 벌 말이오."

그 말을 듣자 그녀는 잠시 침묵을 지켰다. 확실히 그랬다. 잘 생각해 보면 확실히 뭔가 쓸쓸했다. 여자친구가 없다는 외로움이었다. 전시 중엔 우울해지면 엘렌을 찾아갈 수가 있었다. 엘렌이 죽은 뒤로는 언제나 멜라니가 있어주었다. 멜라니와의 사이에는 타라에서 같이 쓰라린 노동을 했다는 것 말고는 아무런 공통점도 없었지만. 그러나 지금은 아무도 없었다. 피티 시고모가 있다고는 해도 그녀는 자기의 좁은 이야기 범위 말고는 인생 같은 것은 아무것도 몰랐다.

"난…… 이렇게 생각해요." 그녀는 망설이듯 말했다. "나는 여자로서는 언제나 고독했다고요. 애틀랜타의 부인들이 나를 싫어하는 것은 내가 일하고 있다는 이유에서만이 아니에요. 어쨌든 내가 싫은 거예요. 나는 누구한테나, 정말로 여자들로부터 환영받은 일은 없어요. 어머니만은 예외지만. 동생들한테서도 그랬어요. 어쩌된 영문인지 전쟁 전에도, 찰스와 결혼하기 전에도, 여자들은 내가 하는 일은 무엇이고 마음에 들어하지 않았던 것 같아요."

"당신은 윌크스 부인을 잊고 있소." 레트는 말했다. 그 눈은 짓궂게 반짝이고 있었다. "그분은 언제나 당신이 하는 일을 진심으로 인정해 주고 있었소. 사람을 죽이는 건 몰라도, 당신이 하는 일이라면 무엇이든 인정해 줄 거요."

스칼렛은 '그녀는 살인도 인정했어.' 생각하자 오싹 소름이 끼쳤다. 그리고 비웃듯이 소리내어 웃었다.

"아, 멜라니!" 그녀는 원망스러운 듯이 말을 이었다. "멜라니가 나를 인정해 주는 유일한 여자라면 나는 정말 한심스러워요. 하지만 그녀는 색시닭 정도의 신경밖에는 없어요. 그녀에게 만약 조금이라도 감각이 있다면……." 하고 말을 하다가 재빨리 입을 다물었다.

"만약 그분에게 조금이라도 감각이 있다면, 좀더 세상 물정을 알아 당신이 하는 일에 찬성하지 않았겠죠." 레트가 대신 말을 했다. "하기야 그 점에 대해서는 나보다는 당신이 더 잘 알 테니까."

"어쩌면, 남이 싫어하는 일을 끄집어내고 너무해요."

"당신의 부당한 폭언은 까짓것 묵살하기로 하고, 처음 문제로 되돌아갑시다. 이 점만은 확실히 생각해 두시오. 만일 당신이 남과 다른 일을 하면, 당신은 같은 또래 사람들만이 아니라, 당신의 부모님이나 자식 대의 사람들에게까지 따돌림을 받게 되오. 그 사람들로부터 절대로 이해되지 못하고 당신이 무엇을 하든 깜짝 놀랄 거요. 다만 당신의 할아버지나 할머니는 당신을 자랑삼아 말하는지는 모르지요. '과연 우리 손녀다운 데가 있다'고 말이오. 또 당신 손자들은 부러운 듯 한숨을 내쉬며 말할 테지, '할머니는 좀 말괄량이었던 모양이야.' 그리고 당신의 흉내를 내려고 할 거요."

스칼렛은 재미있다는 듯이 웃었다.

"당신은 때때로 참말도 하시는군요. 그래요, 로빌라드 할머니가 생각나요. 마미는 내가 나쁜 짓만 하면 언제든지 꼭 할머니 이야기를 들려 주었어요. 할머니는 마치 고드름처럼 차가워서 자신은 물론 남의 행동에 대해서도 무척 까다로웠대요. 하지만 세 번이나 결혼을 해서 할머니 때문에 몇 번이나 결투 소동이 있었는지 모른대요. 루즈를 바르고, 깜짝 놀랄 만큼 가슴이 파인 드레스를 입고 있었대요. 그리고 전혀, 아니, 저, 속옷은 별로 입지 않으셨대요."

"그러니까 당신은 열심히 어머님을 따르려고 애쓰면서 속으로는 끔찍이도 할머니에게 반해 있었군. 우리 버틀러 집안에는 해적이었던 할아버지가 있었소."

"설마 그 눈을 가리고 널빤지 위를 걷게 하다 바다로 밀어넣었다는 그런 사람은 아니겠죠?"

"아니, 할아버지는 돈을 손아귀에 넣기 위해서는 능히 많은 사람에게 널빤지 위를 걷게 했을 거요. 어쨌든 우리 아버지가 큰부자가 될 만큼 재산을 남겼으니까. 그렇지만 집안 식구들은 언제나 조심스럽게 할아버지를 '선장'이라고 부르고 있었죠. 할아버지는 내가 태어나기 훨씬 전에 술집에서 싸움질을 하다가 살해되었소. 할아버지가 죽어서 크게 마음을 놓게 된 것은 말할 것도 없이 자식들이었소. 왜냐하면 그 노인은 대개 언제나 취해 있었고, 술이 들어가면 자기가 은퇴한 선장이란 것도 까맣게 잊고, 아이들의 머리털이 곤두설 것 같은 회고담만 늘어놓았으니 말이오. 그러나 나는 할아버지한테 반해서, 아버지보다도 훨씬 더 할아버지를 본받으려 했었지. 아버지는 훌륭한 습관을 많이 몸에 지닌, 믿음 깊은 존경할 만한 신사였소. 그러니까 나머지는 말 안 해도 알 거요. 스칼렛, 당신 아이들은 아마 메리웨더 부인이나 엘싱 부인이나, 혹은 그녀들의 아이들이 현재 당신을 인정하지 않는 이상으로 당신을 인정하지 않을 거요. 당신 아이들은 아마 얌전하고 신경질적인 인간이 될 거요. 말괄량이의 자식은 대개가 그러니까. 그리고 아이들에게 한층 나쁜 것은, 당신도 모든 어머니들처럼 자기가 경험한 고생을 자식들에게는 시키지 않으려고 결심하고 있는 모양인데, 그러나 그건 완전히 틀린 생각이오. 고생은 인간을 만들든가, 파괴시키든가 둘 중의 하나요. 그러니까 당신도 손자가 생겨서 그 손자에게 인정을 받을 때까지 기다리는 수밖에는 도리가 없는 거요."

"우리의 손자는 대체 어떨지 모르겠어요."

"아니, '우리'라고 하는 걸 보니, 당신과 나 사이에 생긴 손자라는 말인가요? 이거야말로, 케네디 부인!"

스칼렛은 불현듯 자기의 실언을 깨닫고 얼굴이 붉어졌다. 그녀를 부끄럽게 만든 것은 그의 농담만이 아니었다. 갑자기 자기의 커다란 배가 다시 마음에 걸렸던 것이다. 그의 농담에는 그녀의 몸의 이상을 비치는 구석은 조금도 없었고, 게다가 그녀는 그와 같이 있을 때는 언제나 따뜻한 날이라도 무릎 덮개를 겨드랑이 밑까지 높이 올리고 있었다. 이렇게 가려 두면 전혀 보이지 않는다고 믿고 보통 여자들처럼 안심하고 있었던 것이다. 그녀는 자기가 임신한 것이 갑자기 화가 치밀어, 그가 알았으면 어떻게 하나 하는 부끄럼 때문에 기분이 언짢았다.

"마차에서 내리세요. 당신은 정말 나쁜 사람이에요." 이렇게 말하는 소리
는 떨리고 있었다.

"아니, 절대로 내릴 수 없어요." 그는 조용히 대답했다. "당신이 집에 다
다르기 전에 어두워질 것이고, 또 이 다음 집 근처에는 내가 말한 적이 있
는, 천막과 움막집에 모여 사는 새로운 흑인 부락이 있으니까요. 그리고 성
급한 KKK단 패들이 오늘 밤 잠옷을 입고 말을 타고 뛰어나오는 소동의 실
마리를 굳이 당신이 만들지 않아도 된다고 생각되기 때문이오."

"내려 줘요!" 그녀는 소리치며 고삐를 낚아챘다. 그때 갑자기 울컥하고
구역질이 치밀어올랐다. 그는 재빨리 말을 세우고 깨끗한 손수건 두 장을 건
네주더니, 아주 익숙한 솜씨로 그녀의 머리를 마차 밖으로 밀어내 주었다.
새잎이 돋아난 나뭇가지 너머로 낮게 비스듬히 비추고 있는 오후의 햇빛이
순간 금빛과 초록빛 소용돌이로 변해 현기증이 나듯 빙글빙글 돌았다. 구역
질이 가라앉자 그녀는 두 손으로 얼굴을 싸고 진심으로 분해 울음을 터뜨렸
다. 단순히 남자가 보는 앞에서 토했다는 것만으로도 여자로서는 참기 어려
운 치욕이었다. 뿐만 아니라, 그것으로 임신했다는 굴욕적인 사실이 이제는
아주 뚜렷하게 돼버렸기 때문이었다. 다시는 그의 얼굴을 똑바로 볼 수 없을
것같이 생각되었다. 하고 많은 사람 가운데 하필이면, 그녀에게 조금도 존경
심을 품고 있지 않은 이 레트와 같이 있을 때 이런 추태를 보이고 만 것일
까, 그가 잊으려야 잊을 수 없는 무례한 야유를 퍼부으리라는 것을 각오하고
그녀는 울었다.

"바보 같은 짓은 말아요." 그의 말투는 조용했다. "부끄러워서 운다면 당
신은 바보요. 자, 스칼렛, 어린애 같은 짓은 말아요. 장님이 아닌 바에야,
당신이 임신하고 있다는 것쯤 나도 알고 있소. 당신도 그건 알고 있었을 텐
데."

그녀는 숨이 막히는 듯한 소리로 "오오!" 하고 부르짖으며 새빨개진 얼굴
을 손바닥에 묻었다. '임신'이란 말을 듣기만 해도 오싹했던 것이다. 프랭크
는 그녀가 임신한 것을 언제나 난처한 듯 '당신의 몸 형편'이라고 말했고,
제럴드는 그런 말을 꼭 해야만 할 경우에는 언제나 조심스럽게 둘러서 말했
다. 부인들은 점잖게 임신이란 말을 몸이 거북하다고 말하고 있었다.

"내가 몰랐다고 생각했다면 당신은 어린애야. 그런 더워서 못 견딜 무릎 덮개 같은 건 아무리 덮어봐야 소용없소. 물론 나는 알고 있었소. 그렇지 않았다면 당신은 내가 이렇게……."

그는 갑자기 입을 다물었다. 둘 다 잠자코 있었다. 그는 고삐를 뺏어들자 말에게 고함을 쳤다. 그는 다시 조용히 말을 계속했다. 그 여유 있는 말투가 그녀의 귀에 유쾌하게 울려와 수그린 얼굴에서 차츰 붉은 기가 사라져 갔다.

"당신이 그렇게 부끄러워할 줄은 몰랐소, 스칼렛, 좀더 철이 든 줄 알았는데 실망했는 걸. 당신 가슴속에 아직도 정숙한 구석이 남아 있다니 있을 수 없는 일이오. 그런 말을 한 이상 나도 신사가 아닐는지 모르오. 아니, 임신한 여자에게 뻔뻔하게 구는 것으로 보아 확실히 나는 신사가 아니오. 임신한 여자와 만나도 보통 사람을 대하듯이 하고, 땅바닥을 보거나 하늘을 쳐다보거나 그 밖에 이리저리 함부로 눈길을 돌리면서 여자의 허리께는 안 보는 체, 그러면서도 흘끔흘끔 훔쳐보는 그런 짓은 가장 천한 짓이라고 나는 늘 생각하고 있었소. 그런데 내가 그런 시시한 짓을 할 턱이 있겠소. 임신은 아주 정상적인 상태요. 유럽 사람들은 우리보다 훨씬 합리적이지. 그 사람들은 머잖아 어머니가 될 부인에게는 '축하합니다'라고 말하거든요. 거기까지 가야 한다는 건 아니지만, 우리처럼 보고도 못 본 척하는 것보다는 훨씬 양식이 있소. 임신은 정상적인 상태이고, 여자들은 그것에 긍지를 가져야 해요. 마치 죄라도 진 것처럼 집 안에 숨어 있지만 말고."

"긍지라고요!" 그녀는 가느다란 소리로 외쳤다. "긍지라고요! 하!"

"당신은 아기가 생긴다는 데 긍지를 느끼지 않습니까?"

"당치도 않아요. 전혀 느끼지 않아요! 아기 같은 건 아주 질색이에요!"

"그건, 프랭크의 아기라서?"

"아뇨, 누구의 아기든 마찬가지예요."

순간, 이 새로운 실언이 또 마음에 걸렸다. 그러나 그는 조금도 그런 것에는 생각이 미치지 않는 듯 천연스럽게 말을 계속했다.

"그렇다면 우린 서로 생각이 다르군요. 나는 아이를 좋아하죠."

"아이를 좋아한다고요?"

이 말을 듣자 그녀는 자기의 당황한 기분도 잊어버리고 놀라 얼굴을 들고 소리쳤다.

"거짓말 작작하세요!"

"나는 갓난아기도 좋아하고 좀 큰 어린아이들도 좋아해요. 그들이 자라서 거짓말을 하고 남을 속이고 추잡한 짓을 하는 어른들의 생각이나 어른들의 습관을 배워 익히기 전에는 말이오. 당신도 그만한 것쯤은 알고 계셨을 텐데, 내가 웨이드 해밀턴을 귀여워하는 것은 당신도 알고 있잖소. 그 애는 사내아이답진 않지만."

갑자기 이상한 기분에 사로잡히면서도 스칼렛은 확실히 그렇다고 생각했다. 그는 웨이드와 재미있게 놀아 주었고 곧잘 선물도 주었다.

"자, 이 진절머리 나는 문제는 뚜렷해졌고, 가까운 장래에 아기를 낳는다는 것을 당신도 인정했으니까 전부터 말하려던 것을 하겠소. 두 가지가 있는데, 첫째는 당신 혼자서 마차를 타고 돌아다니는 것은 위험하다는 것이오. 이 점은 당신도 알고 있을 거요. 벌써 몇 번이나 들었을 테니까 말이오. 당신 자신은 폭행을 당하든 당하지 않든 아무렇지 않다고 하더라도 그것이 미칠 영향을 생각해야 해요. 당신의 고집 센 성격 때문에 스스로 어떤 궁지로 빠지게 될지도 몰라요. 즉 의협심이 강한 당신의 이곳 친구들이 당신을 위해 원수를 안 갚을 수 없게 돼서 흑인 몇 명을 목졸라 죽일지도 모르오. 그렇게 되면 양키들은 그 사람들을 덮쳐 누군가가 교수형을 당하게 될 것이오. 부인들이 당신을 좋아하지 않는 한 가지 이유가 당신의 행동 때문에 자기들의 아들이나 남편의 목이 달아날지도 모른다는 두려움에서 오는 것이라고 생각해 본 적은 없소? 아니, 그것만이 아니오. 만일 KKK가 보다 많은 흑인을 해치우면 양키들은 셔먼 부대의 가혹한 행동도 천사 같았다고 생각될 만큼 애틀랜타를 족쳐 댈 거요. 나는 되는 대로 지껄이는 게 아니오. 나는 양키들과 친하니까 말이오. 부끄러운 일이지만, 놈들은 나를 저희 편으로 알고 내 앞에서 무엇이나 터놓고 말하고 있소. 놈들은, 비록 또 한 번 이 도시 전체를 불사르고 열 살 이상 된 남자를 모조리 목졸라 죽이는 한이 있어도 KKK단을 섬멸시키겠다고 말하고 있소. 그렇게 되면 당신은 호된 꼴을 당하게 될 거요, 스칼렛. 돈 같은 건 모두 헛일이 되고 말겠지요. 들판의 불이란 놈은 일단 붙기 시작하면 어디서 꺼질지 모르는 거요. 재산은 몰수되고 세금은 점점 올라만 가요. 혐의를 받게 된 부인은 벌금을 물게 되오. 놈들이 모두 이런 소리를 하고 있는 것을 들었소. KKK는……."

"KKK단 사람을 알고 계세요? 토미 웰번이라든가, 휴라든가, 그리고……."

그는 답답한 듯 어깨를 으쓱했다.

"알 턱이 없잖소? 나는 매국노에 배신자, 스캘러왜그란 딱지가 붙어 있소. 내가 알고 있을 것 같소? 하지만 나는 양키들이 혐의를 걸고 있는 사람은 몇 알고 있소. 그들은 조금이라도 서툰 짓을 하면 모두 목이 졸린 거나 같은 녀석들이오. 당신은 당신 이웃 사람이 교수대에 끌려가도 뉘우치지 않겠지만 자기 공장을 빼앗기게 되면 틀림없이 뉘우칠 거요. 그 얼굴에 나타나 있는 고집스런 태도를 보아도, 당신이 내 말을 믿지도 않고 내 말 따위는 돌 투성이 땅바닥에 흘려 버리고 있다는 것을 알 수 있소. 그러니까 나는 이것만을 말해 두겠소. 당신의 그 권총을 언제나 쓸 수 있게 해 둘 것, 그리고 내가 시내에 있을 때는 언제나 당신의 마부가 되어 드리겠소."

"레트, 당신은 그럼 나를 지켜 주기 위해서……."

"그렇소, 당신을 지켜 준다는 것도 천하에 널리 알려진 내 기사도 정신 때문이오."

비웃는 듯한 빛이 그의 검은 눈에서 춤을 추었다. 그와 동시에 진지한 표정은 그 얼굴에서 모조리 사라지고 말았다.

"그리고 또 있소. 당신에 대한 내 깊은 애정 때문이오, 케네디 부인. 그렇소. 나는 마음 깊이 당신을 갈구하고 있었소. 당신을 아주 멀리에서 숭배하고 있었소. 그러나 나는 애쉴리 윌크스 씨와 마찬가지로 훌륭한 인간이기 때문에 그것을 당신한테 감춰 왔소. 당신은 유감스럽게도 프랭크의 부인이 되었소. 그래서 명예심이 나에게 그런 말을 못하게 했던 거요. 그러나 윌크스 씨의 명예심까지 때때로 흔들리는 수가 있었으니, 하물며 나의 명예심이 흔들리기 시작한 지금, 나의 숨겼던 정열을 고백하고, 나의……."

"아, 제발 이제 그만 좀 해요!"

그가 자기를 자만심 강한 어리석은 여자로 다룰 때 스칼렛은 언제나 짜증이 나서 이렇게 그를 제지했다. 더구나 애쉴리와 그의 명예심이 화제에 오른다고 생각하자 견딜 수가 없었다. "당신이 말하고 싶다는 또 한 가지는 뭐예요?"

"아니 이거, 당신은 남이 안타깝게 사랑의 고백을 털어놓고 있는데 화제를 바꾸긴가요? 좋소, 그럼 나머지 한 가지를 얘기하리다."

그 눈에서 비웃는 빛은 다시 사라지고 어둡고 침착한 얼굴이 되었다.

"이 말은 어떻게 해야겠소. 이놈은 고집이 세고 입이 마치 쇠처럼 단단해요. 이놈의 고삐를 잡고 있으면 쉽게 피로해요. 안 그래요? 정말이지, 이놈이 제멋대로 내달리면 당신 손으로는 도저히 멈추게 하지 못할 겁니다. 마차가 도랑 속에라도 뒤집히는 날이면 아이와 함께 죽고 말 거요. 제일 무거운 재갈을 물리든가 아니면 내가 입이 좀더 부드럽고 순한 말과 바꿔 주든가 해야겠소."

그녀는 수염 없이 매끈한 그의 얼굴을 쳐다보았다. 그러자 갑자기 임신 이야기를 하고 나서 어색한 생각이 사라졌던 것과 마찬가지로 짜증스럽던 기분이 착 가시는 것을 느꼈다. 바로 조금 전에 그는 친절하게도, 죽어 버리고 싶다고까지 생각하고 있던 기분을 편하게 해 주었다. 그런데 이제 그는 또 더욱 친절해져서 말까지 걱정해 주고 있는 것이다. 그녀는 갑자기 고마운 생각이 들어서, 왜 이 사람은 늘 이렇게 못할까 하고 이상하게 생각했다.

"이 말은 정말 다루기 힘들어요." 그녀는 온순하게 말했다. "이걸 몰고 다니노라면 이따금 밤새도록 양팔이 아플 때가 있어요. 당신 좋으실 대로 해 주세요, 레트."

그의 눈은 심술궂게 번쩍였다.

"무척 상냥하고 여자다운 말씨를 쓰는군요, 케네디 부인. 평소처럼 버티는 구석이 전혀 없고 역시 제대로만 다루면 당신도 상냥하게 매달려 오는군요."

그녀는 샐쭉해졌다. 다시 화가 나기 시작했다.

"이번에야말로 정말 마차에서 내려 주세요. 내리지 않으면 이 채찍으로 때리겠어요. 어떻게 나는 당신이 하는 소리를 참고 듣고 있었는지 몰라요. 어떻게 당신 같은 사람에게 상냥하게 해 줄 생각이 났는지 몰라요. 당신은 예의를 모르는 사람이에요. 염치를 모르는 사람이에요. 당신은 꼭……. 자, 어서 내려요. 정말이에요."

그러나 그가 마차에서 내려 뒤에 매어 둔 말을 끌러 황혼이 깃든 길에 서서 약을 올리듯 싱글벙글 웃고 있는 것을 보자, 그녀는 마차를 몰면서 자기도 모르게 생긋 웃지 않을 수 없었다.

확실히 그는 난폭하고, 교활하고, 상대하기에 위험한 사나이였다. 무심코 그의 손에 넘겨 준 무딘 칼날도 언제 어떻게 잘 드는 날카로운 칼로 변할지 몰랐다. 그러나 뭐라고 할까, 그에게는 마치…… 그렇다, 몰래 마신 브랜디처럼 사람을 흥분케 하는 데가 있다.

몇 달 전부터 스칼렛은 브랜디를 마시는 것을 배웠다. 비에 젖든가, 오랜 시간 마차를 타고 돌아다녀서 온몸이 쑤시고 뻑적지근해져서 오후 늦게 돌아오든가 할 때, 무엇보다 기운 나게 해 주는 것은 자기 책상 제일 윗서랍에 감춰 둔 브랜디 병을 생각하는 일이었다. 마미의 날카로운 눈에 띄지 않게 자물쇠를 채워 두었다. 미드 박사는 임신 중에는 술 같은 것을 마셔서는 안 된다는 말을 그녀에게 할 생각도 못했다. 점잖은 부인이 백포도주보다 독한 걸 마시려니 하는 것은 생각조차 할 수 없었기 때문이었다. 물론 결혼 잔치의 샴페인이라든가, 심한 감기에 걸려 누워 있을 때 마시는 설탕 넣은 뜨거운 야자술 같은 것은 예외였다. 그러나 세상에는 제정신이 아닌 여자와 이혼한 여자 수잔 B. 앤터니(미국의 부인
참정권론자)처럼 부인에게도 참정권이 있다고 믿는 여성이 있는 것과 마찬가지로, 술을 마시고 영원히 집안 망신을 시키는 불행한 여자도 있었다. 그러나 의사가 허락하지 않는데 스칼렛이 멋대로 술을 마시리라고는 꿈에도 생각지 않았다.

스칼렛은 저녁식사 전 물을 타지 않은 브랜디 한 잔이 얼마나 원기를 회복시켜 주는지 알고 있었다. 그리고 언제나 술냄새를 없애기 위해 커피알을 씹거나, 화장수로 양치질을 했다. 남자는 마음내키는 대로 아무 때나 술을 마시고 기분을 내는데 왜 여자가 마시면 모두들 그토록 귀찮게 구는 것일까. 프랭크가 옆에서 코를 골며 정신없이 자고 있는데 그녀는 잠이 들지 못하고 가난에 대한 공포, 양키에 대한 공포, 타라에의 향수, 애쉴리에 대한 갈망으로 가슴이 미어지는 것 같아 엎치락뒤치락하고 있을 때, 그녀는 만일 브랜디가 없었다면 미쳐 버렸을지도 모른다고 생각하는 일이 가끔 있었다. 그리고 유쾌하고 정다운 훈훈한 기운이 그녀의 혈관 속으로 스며들면 온갖 걱정이 차례로 사라져 갔다. 석 잔만 마시면 언제나 이렇게 혼잣말을 할 수 있게 되었다.

"이런 건 내일 좀더 마음이 가라앉거든 생각하기로 하자."

그러나 브랜디를 마셔도 마음의 아픔이 좀처럼 가라앉지 않는 밤이 있었다. 그 아픔은 공장을 잃어버리지 않을까 하는 불안보다도 훨씬 심한 아픔, 타라를 다시 한 번 보고 싶은 아픔이었다. 혼잡하고, 새 집이 줄지어 서고, 낯선 얼굴이 불어나고, 좁은 거리는 말과 짐마차와 군중들로 소란하게 들끓고 있는 애틀랜타는 가끔 그녀를 질식시킬 것만 같았다. 그녀는 애틀랜타를 사랑하고 있었다. 그러나…… 아아, 그 타라의 부드러운 전원의 정적, 황토 밭과 그 주위의 시커먼 소나무들이 못 견디게 그리웠다. 아, 타라로 돌아가고 싶다. 아무리 생활이 괴로워도 좋다. 애슐리에게로 가고 싶다. 그저 만나기만 해도 좋다. 그의 목소리를 듣고 그의 사랑을 확인하고 힘을 얻고 싶다! 멜라니의 편지가 올 때마다 둘은 건강하게 지낸다고 적혀 있었다. 윌이 짤막한 편지로, 밭갈이와 모심기와 목화의 성장에 대하여 알려 줄 때마다 그녀는 그녀의 집으로 다시 돌아가고 싶은 뜨거운 욕망을 느끼곤 했다.

6월엔 집으로 돌아가자. 6월이 되면 여기 있어도 아무것도 할 수 없다. 두 달쯤 집에 가 있자.

그렇게 생각하면 기운이 솟았다. 그리고 정말로 그녀는 6월이 되자 고향으로 돌아갔는데, 그것은 그녀가 한결같이 돌아가고 싶어 했던 때가 되어 간 것이 아니라, 그달 초에 윌한테서 아버지 제럴드가 죽었다는 짤막한 소식이 왔기 때문이었다.

39

기차가 너무 늦게 도착했으므로, 스칼렛이 존즈버러에 내렸을 때는 6월의 푸른 저녁 햇살이 길게 그림자를 끌며 전원 전체를 뒤덮고 있을 무렵이었다. 노란 램프 불이 띄엄띄엄 남아 있는 이 마을의 상점과 민가에 켜져 있었다. 그러나 그것도 아주 드물었다. 포탄에 부서지거나 타 버린 큰길가 건물과 건물 사이에는 가는 곳마다 커다란 틈이 나 있었다. 지붕은 포탄 구멍투성이이고, 벽도 반쯤 날아가 버린 폐허가 된 집들이 조용하고 침울하게 그녀를 바라보고 있었다. 말과 노새 몇 마리가 불라드 댁 가게의 나무 차양 밖에 매여 있었다. 먼지투성이인 황톳길은 인기척 하나 없이 조용했다. 마을에서 들려오는 소리라곤 이따금 일어나는 커다란 고함 소리와 술취한 들뜬 웃음소리뿐이었는데, 그것은 큰길에서 훨씬 떨어져 있는 외딴 술집에서 고요한 저녁 공기를 타고 흘러오고 있었다.

정거장은 전쟁으로 불탄 뒤 아직 다시 세워지지 않았고, 그 자리에 겨우 널빤지로 지붕을 이었을 뿐이라 비바람을 막을 벽도 없었다. 스칼렛은 그 아래로 들어가 조그만 빈 통에 걸터앉았다. 그것은 분명히 의자 대신 거기에 놓여 있는 것이었다. 그녀는 큰길 여기저기를 살피며 윌 벤틴의 모습을 찾았다. 윌은 미리 마중을 나와 있어야만 했다. 제럴드가 죽었다는 그의 간단한 기별을 받고 나서 첫기차로 온다는 걸 알 테니까.

그녀는 너무 서둘러 나오는 바람에 작은 여행 가방에 갈아입을 속옷도 넣지 않고, 잠옷과 칫솔밖에 안 갖고 왔다. 상복 만들 틈도 없어서, 미드 부인에게 빌려 입었으므로 검은 옷이 꼭 끼어 거북해 견딜 수가 없었다. 미드 부인은 지금 여위었는데 스칼렛은 배가 불렀으므로 더더욱 맞지 않았다. 그녀는 제럴드의 죽음을 슬퍼하면서도, 현재의 자기 모양이 머리에서 떠나지 않아 혐오감을 갖고 자기 몸을 내려다보았다. 날씬한 맵시는 완전히 사라져 버리고, 얼굴과 발목은 부어 있었다. 지금까지 겉차림에 별로 신경을 쓰지 않았는데, 앞으로 한 시간 안에 애쉴리를 만난다고 생각하자 몹시 그것이 마음에 걸렸다. 가슴은 슬픔에 잠겨 있었지만, 또다시 다른 남자의 아이를 배고 그와 만난다고 생각하자 뭔가 망설여지는 것이었다. 그녀는 그를 사랑하고, 그도 그녀를 사랑하고 있다. 이 바라지도 않은 아이가 지금은 그 사랑에 대한 부정의 증거처럼 생각되었다. 그러나 날씬한 허리와 가벼운 발걸음을 잃은 모습을 그에게 보이는 것이 아무리 싫더라도 이제는 이미 어떻게 해볼 도리가 없는 것이다.

그녀는 초조한 듯 발을 굴렀다. 윌은 마중을 나와 있어야 했다. 물론 불라드 댁 가게까지 가서 그에 대해 물어 보고, 만일 그가 오지 못한다는 것을 알면 누군가 타라까지 마차로 데려다 줄 사람을 부탁할 수도 있다. 그러나 그녀는 불라드 댁 가게에는 가고 싶지 않았다. 마침 토요일 밤이니까 이 고을 사나이들의 반은 아마 그 가게에 와 있을 것이다. 불룩한 배를 안고, 몸을 감춰 주기는커녕 오히려 꼴사납게만 보이게 하는 이런 어울리지 않는 검정 옷을 입고 사람 앞에 나가기가 싫었다. 그리고 제럴드의 죽음에 대해 일제히 친절하게 동정의 말을 건네는 것도 싫었다. 동정 같은 건 받고 싶지도 않았다. 누가 아버지 이름만 불러도 울음이 터질 것만 같았다. 그녀는 절대로 울지 않겠다고 다짐했다.

일단 울기 시작하면 애틀랜타가 무너진 뒤 레트가 어두운 교외 큰길에 내버려두고 가던 그 무서운 밤, 말갈기를 잡고 흐느껴 울며 가슴이 메어질 듯이 무섭고 도무지 눈물이 그치지 않았을 때처럼 되리라는 것을 알고 있었기 때문이었다.

아니, 절대로 울지 말자! 목구멍에 다시 커다란 덩어리가 치밀어올랐다. 아버지의 부고를 받고 나서 몇 번이나 그랬다. 그러나 울어 보았자 아무 소용이 없는 것이다. 다만 머리만 어지러워지고 마음이 약해질 뿐이다. 아, 어째서 윌이고 멜라니고 동생들이고 아버지가 병이 난 것을 알리지 않았을까. 그랬으면 곧바로 기차로 타라에 달려와서 간호해 드릴 수도 있었을 텐데, 만일 필요하다면 애틀랜타에서 의사도 데려올 수 있었을 텐데. 그 사람들은 내가 없으면 아무것도 못하는가. 어쩌면 모두가 그렇게 바보들이람. 몸이 둘이 있는 것도 아니고 같은 시간에 양쪽에 있을 수 없지 않은가. 모두를 위해 애틀랜타에서 그토록 일하고 있는 것은 하느님도 알고 계신다.

윌이 여전히 나타나지 않으므로 마음이 초조해진 그녀는 통 위에서 안절부절못하고 있었다. 어찌된 셈일까 하고 생각했을 때, 뒤에서 철도선로의 석탄재를 밟는 소리가 났다. 뒤돌아보니 알렉스 폰테인이 선로를 가로질러 귀리 자루를 어깨에 메고 짐마차 쪽으로 다가오는 참이었다.

"아니, 스칼렛 아니오!"

그는 외치고 자루를 내려놓더니 달려와 그녀의 손을 잡았다. 그의 젊고 검게 탄 작은 얼굴에는 기쁜 빛이 가득 넘치고 있었다.

"잘 오셨군요. 윌은 대장간에서 말 편자를 박고 있어요. 기차가 늦어서 아직 시간이 있는 줄 안 모양이죠. 당장 달려가 데려올까요?"

"네, 부탁해요, 알렉스." 슬픔을 이기지 못하면서도 방긋 웃으며 그녀는 말했다. 낯익은 얼굴을 다시 만나 기뻤던 것이다.

"아…… 저어…… 스칼렛." 그는 여전히 손을 쥔 채 떠듬떠듬 말했다. "당신 아버지께선 정말 안됐습니다."

"고마워요." 그런 말 하지 않았으면 좋았을 텐데 생각하면서 그녀는 대답했다. 그의 말로 제럴드의 혈색 좋은 얼굴과 기운찬 목소리가 선하게 되살아났기 때문이다.

"당신을 위로하려는 건 아니지만, 스칼렛, 우리는 당신 아버님을 이 고장의 자랑으로 삼고 있었소." 알렉스는 그녀의 손을 놓고 말을 이었다. "아버님은…… 우리는, 당신 아버님이 군인의 본분을 다하고, 군인답게 돌아가셨다고 생각하고 있소."

대체 그게 무슨 뜻인가! 그녀의 생각은 어지러워지기 시작했다. 군인? 그렇다면 아버지가 누구에게 사살되기라도 했단 말인가? 토니처럼 스캘러왜그와 싸운 것일까? 그러나 그 이상 캐물어서도 안 되었다. 아버지 이야기를 하면 울게 된다. 울어서는 안 되는 것이다. 윌과 마차를 타고, 남이 아무도 보지 않는 교외로 나가 울어도 괜찮다고 생각되는 곳까지 가기 전에는 울어서는 안 된다. 윌이라면 상관없다. 그 사람은 동생이나 마찬가지니까.

"알렉스, 그 이야기는 말아 주세요." 그녀 무뚝뚝하게 말했다.

"나는 당신을 조금도 나무랄 생각은 없지만 말이오, 스칼렛." 알렉스는 노여움으로 얼굴을 확 붉히며 말했다. "그게 만일 내 누이동생이었다면 나는 아마…… 아마, 스칼렛, 나는 한 번도 여자에게 난폭한 말을 한 기억은 없지만, 내 심정을 말하면 누군가가 생가죽 채찍으로 수엘렌을 실컷 두들겨 주었으면 싶소."

지금 무슨 바보 같은 소리를 꺼내는 것일까, 그녀는 의아하게 생각했다. 수엘렌이 도대체 어떻게 했다는 말인가.

"이런 말을 하다니 미안하지만, 이 고장 사람들은 모두 그녀에게 같은 생각을 가지고 있소. 그녀의 편을 드는 사람은 윌뿐이오. 그야 물론 멜라니 씨가 있긴 하지만, 멜라니 씨는 성녀 같은 사람이어서 누구도 나쁘게 보는 법이 없으니까!"

"그 이야기는 말아 달라고 했잖아요!" 그녀는 쌀쌀맞게 말했지만 알렉스는 태연했다. 마치 그녀가 무례하다는 것은 이미 다 알고 있다는 그런 표정이었다. 그것이 오히려 화가 났다. 그녀는 다른 사람에게서 가족의 험담을 듣고 싶지 않았고, 또 자기가 사건에 대해 아무것도 모르고 있다는 것을 상대에게 알리고 싶지 않았다. 어째서 윌은 자세한 내용을 알려 주지 않은 것일까.

알렉스가 자꾸만 흘끔흘끔 보는 것이 싫었다. 그가 자기 몸의 이상을 알아챘다고 생각하자 몹시 거북했다. 그러나 땅거미 속에서 그녀를 보며 알렉스가 느낀 것은, 그녀가 스칼렛이라고는 도저히 알아볼 수 없을 정도로 얼굴이 완전히 변하고 말았다는 것이었다. 아마 그건 아기가 생긴 때문이리라. 이런 때는 여자란 마치 악마처럼 변하는 법이다. 거기엔 물론 죽은 오하라 노인을 몹시 슬퍼하고 있는 까닭도 있을 것이다. 그녀는 노인의 사랑하는 딸이었다. 아니, 이 변모는 더욱 심각하다. 요 먼젓번보다도 지금이 사실은 혈색이 좋아 보이긴 했다. 적어도 지금의 그녀는 하루 세끼 식사만은 충분히 취하고 있는 것처럼 보인다. 그리고 무언가에 쫓기는 듯한 날카로운 눈매도 얼마쯤 사라져 있다. 그전에는 공포에 떨고, 절망적이었던 눈이 지금은 확실히 가라앉아 있다. 웃을 때도 어딘가 위엄과 자신감과 의젓한 품격이 있다. 아마 프랭크와 즐거운 생활을 하고 있는 모양이지. 정말 그녀는 변해 버렸다. 분명히 아름답기는 한데, 그 사랑스럽고 포근한 상냥함이 그 얼굴에서 말끔히 가시고, 남자를 쳐다볼 때, 누구보다도 자기가 제일 잘 알고 있는 그 어리광 부리는 것 같은 데가 흔적도 없이 사라지고 말았다.

그러나 누구나 다 변한 것이 아닐까? 알렉스는 자기의 초라한 옷을 다시 보았다. 그 얼굴에는 또다시 여느 때의 그 괴로운 빛이 나타났다. 가끔 밤중에 잠이 오지 않을 때, 어머니는 그 일을 어떻게 할 작정인가 걱정하고, 가엾게 죽은 조의 아들을 어떻게 교육시킬 것인가 걱정하고, 노새 한 필을 더 살 돈을 어떻게 마련할까 생각하면서, 전쟁이 언제까지나 이어졌으면, 영원히 이어졌으면 좋았을 것이라고 생각하는 때조차 있었다. 그때는 모두가 자기의 운명 같은 것은 조금도 염두에 두지 않았다. 군대에는 비록 옥수수빵일망정 언제나 먹을 것이 있었고, 언제나 누군가 명령을 내리는 사람이 있었다. 이런 어떻게도 해볼 수 없는 문제에 부닥치는 고통 따위는 전혀 없었다. 군대에 있으면 죽는다는 것 말고는 아무 걱정도 없었다.

그리고 그 무렵에는 디머티 먼로도 있었다. 알렉스는 그녀와 결혼하고 싶었지만, 벌써 그때는 이미 많은 사람이 그를 의지하고 있어 도저히 결혼 같은 걸 생각할 수도 없었다. 그는 오랫동안 그녀를 사랑하고 있었지만, 이제는 벌써 그녀의 볼에서 장밋빛이 가시고 눈에도 청춘의 빛이 사라져 가고 있었다. 토니만 텍사스로 달아나지 않았어도 좋았을 것이다. 남자가 한 사람 더 있었으면 이 세상도 바뀌었을지 모른다. 신경질을 잘 부리는 그의 사랑스러운 동생은 빈털터리로 서부 어딘가에 있을 것이다. 정말이지, 모두 변해 버렸다. 그러니 변하는 것도 당연하지 않은가. 그는 깊은 한숨을 쉬었다.

"당신과 프랭크가 토니를 위해 애써 준 데 대해 아직 감사를 드리지 않았군요." 그는 말했다. "그가 무사히 달아난 것도 당신들 덕택이었어요. 친절하게도, 정말 감사해요. 듣자니 토니는 무사히 텍사스에 있다더군요. 당신들께 편지로 묻는 것도 걱정이 되고 해서. 그런데 혹시 토니가 당신이나 프랭크한테서 돈을 꾸어가지 않았는지요? 갚아드리고 싶은데……."

"아, 알렉스, 제발 조용히 해요. 지금은 안 돼요!" 스칼렛은 소리쳤다. 이때만은 돈 같은 건 생각하고 싶지 않았다.

알렉스는 잠시 아무 말도 하지 않았다.

"윌을 데려다 드리지요." 그는 말했다. "내일 장례식에서 모두 만나게 되겠군요."

그가 귀리 자루를 집어들고 떠나려고 할 때 덜거덕거리는 차바퀴 소리와 함께 짐마차가 옆 골목에서 나와 바퀴를 삐걱거리며 둘이 있는 곳으로 다가왔다. 윌이 고함쳤다. "늦어서 미안합니다. 스칼렛."

그는 마차에서 느릿느릿 내려오자 천천히 그녀 쪽으로 다가와 몸을 구부리고 그 뺨에다 키스했다. 윌은 지금까지 한 번도 그녀에게 키스 같은 것을 한 일이 없고, 이름에는 반드시 '씨'를 붙여서 불렀으므로, 그녀는 놀라면서도 오히려 정다운 느낌이 들어 무척 기뻤다. 그는 조심스럽게 그녀를 차바퀴 위로 안아올려 마차 안으로 밀어넣었다. 자세히 보니 그것은 그녀가 애틀랜타에서 달아날 때 있던 바로 그 덜걱거리는 낡은 마차였다. 용케도 부서지지 않고 오랫동안 견뎌냈구나. 아마 윌이 늘 알뜰히 손질을 한 것이리라. 이 마차를 보고 그날 밤 일이 생각나자 왠지 모르게 가슴이 아파 왔다.

신발을 벗고 맨발이 되는 한이 있더라도, 시고모의 식탁에 모르는 것이 줄어 드는 한이 있더라도 타라에 새 짐마차를 사 주어야겠다. 이 낡은 마차는 태워 버려야지.

윌은 처음에는 아무 말도 하지 않았다. 그 편이 스칼렛에게는 고마웠다. 그는 떨어진 밀짚모자를 마차 뒤쪽으로 집어던지고 말에게 고함쳤다. 마차는 움직이기 시작했다. 윌은 전과 조금도 달라진 데 없이 비쩍 마르고, 머리털은 불그레하고, 눈은 침착하게 가라앉아 마차 끄는 말처럼 참을성이 강했다.

마을을 뒤로 하고 타라로 향하는 황톳길로 굽어 들었다. 아직도 하늘 끝에는 어렴풋이 붉은빛이 남아 있었다. 푹신푹신한 깃털 같은 구름은 금빛과 연한 초록빛으로 물들어 조용한 들판의 황혼이 두 사람 주위로 내려와 기도처럼 마음을 평온하게 했다. 몇 달 동안이나 이곳을 떠나, 이 시골 공기의 싱그러운 향기, 갈아엎은 땅, 달콤한 여름밤을 못 보고 용케 견디었구나. 축축한 황토 냄새는 뭐라 말할 수 없을 만큼 기분이 상쾌하고 반갑고 정다웠다. 마차에서 내려 손에 듬뿍 움켜쥐어 보고 싶은 충동이 일었다. 황톳길 양쪽에 파인 도랑에 푸른 잎이 얽혀 늘어진 인동덩굴은 비가 갠 뒤에는 언제나 그렇듯 코가 찡할 만큼 세상에서 제일 기분좋은 향기를 떨치고 있었다. 머리 위에는 한 떼의 집제비가 날쌔게 날개를 퍼덕이며 날아갔다. 이따금 토끼가 놀라 깡충거리며 길을 가로질러 갔다. 흰 꼬리가 솜털로 만든 분첩 모양으로 살랑거리며 뛰어갔다. 푸른 관목 덤불이 무성한 황토 밭 옆 갈아 놓은 밭 사이를 지나가면서 목화가 잘 핀 것을 기쁜 마음으로 바라보았다. 모든 것이 어쩌면 이다지도 아름다운가! 낮은 늪지에 보얗게 부드러운 잿빛 안개, 붉은 땅에 무럭무럭 자라나고 있는 목화, 초록빛으로 줄지어 부드럽게 물결치고 있는 경사진 밭, 이런 것 뒤에 검은 담비 벽처럼 솟아 있는 시커먼 소나무 숲. 어떻게 그토록 오랫동안 애틀랜타 같은 데서 머물고 있었던 것일까?

"오하라 씨 이야기를 하기 전에 말이오, 스칼렛, 집에 닿기 전에 죄다 이야기하려는데…… 어떤 문제에 대해 당신의 의견을 듣고 싶은 것이 있습니다. 뭐니뭐니해도 이제는 당신이 가장이니까요."

"뭔데요, 윌?"

그는 순간 침착하고 진지한 눈길을 보냈다.

"다름이 아니라, 제가 수엘렌과 결혼하는 것을 승낙해 주었으면 합니다."

스칼렛은 뒤로 나가떨어질 정도로 놀라 자리를 꽉 움켜잡았다. 수엘렌과 결혼한다? 프랭크 케네디를 동생한테서 빼앗은 뒤로, 누가 수엘렌과 결혼하리라고는 생각지도 못했다. 수엘렌과 결혼하고 싶어 할 사람이 있겠는가.

"어머, 잘됐네요, 윌!"

"그럼 이의는 없다는 말씀이군요."

"이의? 없어요. 하지만 정말이지, 윌. 깜짝 놀랐어요! 당신이 수엘렌과 결혼을 하다니! 윌, 난 당신이 캐린을 좋아하는 줄로만 알고 있었는데요."

윌은 말없이 앞을 바라보면서 고개를 돌렸다. 그의 옆얼굴에는 아무런 변화도 없었지만 그가 어렴풋이 한숨을 쉰 것같이 느껴졌다.

"전에는 그랬죠." 그는 말했다.

"그럼 그 애 쪽에서 싫다고 했나요?"

"나는 한 번도 그녀에게 물어 본 적이 없습니다."

"어쩌면, 월, 바보시군요. 물어 보세요. 그 애는 수엘렌보다 갑절이나 값어치가 있어요."

"스칼렛, 타라에서 요즘 여러 가지 일이 있었다는 걸 당신은 모릅니다. 이 몇 달 동안 당신은 우리 생각을 너무나 해 주시지 않았습니다."

"내가 생각하지 않았다고요?" 그녀는 발끈했다. "대체 내가 애틀랜타에서 무엇을 하고 있다고 생각하세요? 네 마리가 모는 화려한 마차를 타고 무도회에라도 다닌 줄 아세요? 매달 꼬박꼬박 송금해 주었잖아요? 세금도 치러 주었고, 지붕도 이었고, 새 보습과 노새도 사주지 않았어요? 그리고 또……."

"자, 그렇게 흥분해서 화를 내지는 마시오." 그는 조용히 가로막았다. "당신이 한 것을 아는 사람이 있다면 그것은 바로 나일거요. 내가 가장 잘 알고 있어요. 남자 두 몫 일은 하셨으니까요."

다소 마음이 누그러져 그녀는 물었다. "그럼 뭐란 말이에요?"

"과연 지붕도 말끔히 갈아 주셨고, 찬장에는 잠시도 먹을 것이 떨어지지 않게 해주셨소. 그 점은 나도 부정하지 않아요. 그러나 당신은 이 타라에서 모두 어떤 생각을 하고 있는지 그 점에 대해서는 전혀 마음을 쓰신 일이 없잖습니까? 나는 당신을 탓하는 것이 아닙니다. 스칼렛. 당신은 그런 분이죠. 남의 생각 같은 것엔 전혀 관심을 갖지 않는 분이에요. 내가 말씀드리려는 것은, 내가 한 번도 캐린 씨에게 묻지 않았다는 점입니다. 물어 보았자 헛일이니까요. 그녀는 내게 누이동생과 같습니다. 그녀는 세상의 누구보다도 내게 모든 것을 숨기지 않고 말하죠. 그러나 그 전사한 청년을 잠시도 잊지 않고 있어요. 앞으로도 잊지 않을 거예요. 그리고 이건 미리 말해 두는 편이 좋다고 생각되는데, 그녀는 찰스턴의 수녀원으로 갈 작정입니다."

"농담하는 건가요?"

"아니, 농담할 리가 있습니까? 다만 한 가지 부탁하고 싶습니다. 스칼렛. 그 일로 그녀와 옥신각신하거나, 꾸짖거나 비웃지 말아 주시오. 가도록 해 주시란 겁니다. 그것이 지금 그녀의 소원의 전부입니다. 그녀는 몹시 슬픔에 빠져 낙담하고 있으니까요."

"신의 잠옷이여! 지금 슬픔에 빠져 낙담하고 있는 사람은 수없이 많아요. 그래도 아무도 수녀원으로 달려 가지는 않잖아요. 나를 보아요. 나도 남편을 잃었어요."

"하지만 당신은 슬픔에 낙심하진 않았습니다."

윌은 조용히 말하고 마차 바닥에서 짚을 집어 입에 물고 천천히 씹었다. 이런 말을 듣자 그녀도 진지해졌다. 진실한 소리를 들으면 언제나 그렇듯이, 그것이 아무리 듣기 싫은 소리라도 마음속으로 정직하게 그것이 진실이라고 인정하지 않을 수 없었다. 그녀는 잠시 아무 말도 하지 않고 캐린이 수녀가 된 모습을 떠올리려 했다.

"그녀를 괴롭히지 않겠다고 약속해 주십시오."

"네, 좋아요, 약속하죠." 말하고 그녀는 새삼 다시 보는 기분으로 그를 바라보고, 약간 놀라운 생각이 들었다. 윌은 아직도 캐린을 사랑하고 있다. 지금도 여전히 그녀의 편을 들어, 무사히 수녀원에 들어가도록 도와줄 만큼 사랑하고 있다. 그런데 수엘렌과 결혼하기를 바라고 있다.

"그럼 수엘렌은 어때요? 당신은 그 애 생각을 하지도 않았잖아요, 어때요?"

"아니, 그렇지는 않아요. 사랑하고 있다고 해도 좋겠죠." 그는 짚을 입에서 꺼내 그것이 마치 무척 재미있는 것이기나 한 듯 유심히 들여다보았다. "수엘렌은 당신이 생각하고 있는 것만큼 그렇게 나쁜 사람이 아닙니다, 스칼렛. 그녀와는 원만하게 지낼 수 있을 것이라고 생각해요. 현재 수엘렌에게 오직 하나 걱정이 되는 것은 남편과 아이가 없어서는 안 된다는 점입니다. 하기야 이것은 어떤 여자의 경우도 마찬가지겠지만."

마차는 한참 동안 바퀴 자국이 가득한 길을 덜거덕거리며 지나갔다. 그동안 두 사람은 아무 말도 하지 않았다. 스칼렛의 머리는 바쁘게 움직였다. 무언가 여기에는 겉에 나타난 이상으로 깊고 중대한 이유가 있는 것이 틀림없다. 그렇지 않으면, 이 얌전하고 온순한 윌이 수엘렌 같은 잔소리가 심하고 불평 많은 여자와 결혼하려고 할 리가 없다.

"당신은 진심을 숨기고 있군요, 윌. 내가 가장이라면 알 권리가 있어요."

"당연한 말씀입니다." 윌은 말했다. "당신은 알아 주실거요. 나는 타라를 떠날 수가 없습니다. 타라는 내게 고향이지요. 스칼렛, 타라만이 나의 참다운 고향입니다. 그 돌 하나하나까지도 나는 사랑하고 있소. 나는 그것이 내 것인 것처럼 그 위에서 일해 왔소. 당신도 무언가 한 가지 일을 계속하면 그것에 애착을 갖게 되지요. 내 말 아시겠소?"

그녀는 그 말을 잘 알았다. 이 사람도 역시 자기가 더없이 사랑하고 있는 것을 사랑한다는 것을 알자, 그에 대한 따뜻한 애정의 물결이 가슴속에 일어났다.

"그래서 나는 이렇게 생각해요. 당신의 아버님이 돌아가시고 캐린이 수녀원으로 가고 나면, 다음에 남는 사람은 나와 수엘렌뿐입니다. 그렇게 되면, 내가 앞으로도 계속 타라에서 살려면 수엘렌과 결혼하는 도리밖에 없소. 시끄러울 테니까."

"하지만 윌, 멜라니와 애쉴리가 있잖아요."

애쉴리의 이름이 나오자 그는 고개를 돌리고 그녀를 바라보았다. 그 엷은 눈빛은 무엇을 생각하고 있는지 짐작하기가 어려웠다. 윌이 자기와 애쉴리에 대해 모든 것을 알고 모든 것을 이해하고 있으면서 나무라거나 찬성하려고 하지 않는다 하고 옛날에 품었던 느낌이 되살아났다.

"그 사람들은 머잖아 떠납니다."

"떠난다고요? 어디로? 타라는 당신의 고향이기도 한 것처럼, 그 사람들의 고향이기도 해요."

"아니오, 그 사람들의 고향은 아닙니다. 애쉴리를 괴롭히는 것이 바로 그 점입니다. 타라는 그의 고향도 아니고, 그는 자기가 자기 먹을 것을 벌지 못한다고 생각하고 있습니다. 농사꾼으로는 돼먹지 않았고, 그것을 자신도 잘 알고 있는 겁니다. 그는 힘껏 하고 있지만, 원래가 농사꾼으로 태어나지 않았으니까요. 그건 나만큼이나 당신도 잘 알고 있겠지요. 장작을 쪼개고 있어도 자기 발을 찍을 것만 같고, 보습으로 밭을 갈아도 똑바로 되지 않아요. 보도 그 정도는 할 겁니다. 그 밖에도 그가 할 수 없는 것을 세려면 책으로 한 권은 될 거요. 그러나 그건 그의 죄는 아닙니다. 그렇게 자라지 못했을 뿐이죠. 하지만 그는 남자로서 여자의 동정으로 타라에 붙어 살며 이렇다 할 보답도 못한다고 울적해 하고 있어요."

"동정? 그분이 그런 말을 한 적이 있어요?"

"아뇨, 그런 말은 한 번도 하지 않았어요. 당신은 애쉴리가 어떤 사람인지 알지 않습니까. 하지만 나는 말 안 해도 압니다. 어젯밤 우리가 당신 아버님 옆에서 밤샘을 하고 있을 때 나는 애쉴리에게, 수엘렌에게 결혼 신청을 했더니 승낙해 주더라고 말했어요. 그러니까 애쉴리는 이제 안심했다. 실은 이대로 타라에 있는 것이 무척 비참하게 생각되었다. 그러나 오하라 씨가 돌아가시고 나면 나와 수엘렌을 두고 세상 사람들이 숙덕거리지 못하게, 오직 그것만을 위해 자기와 멜라니는 여기 머물러 있어야 할 거라고 생각하고 있었다고 말했어요. 이렇게 되었으니 이제 타라를 떠나서 일자리를 찾을 작정이라고 말하더군요."

"일? 어떤 일? 어디로 가죠?"

"어떻게 할 작정인지 자세히는 모르지만, 북부로 갈 작정이라고 하더군요. 뉴욕에 양키 친구들이 있는데, 그들에게서 그곳 은행에 일자리가 있다고 편지로 연락이 온 모양입니다."

"어머나, 안 돼요!"

스칼렛은 가슴 밑바닥에서부터 우러나온 소리로 외쳤다. 그것을 들어도 윌의 표정은 전혀 변하지 않았다.

"북쪽으로 가면 모든 일이 잘 되지 않을까요?"

"안 돼요! 안 돼요! 그럴 리 없어요!"

그녀는 머리를 세게 흔들었다. 애쉴리를 북부로 보내서는 절대 안 된다! 두 번 다시 만나지 못하게 되는지도 모른다. 비록 몇 달 동안 그의 모습을 보지 못했을망정, 그리고 과수원에서의 숙명적인 일이 있은 뒤로 한 번도 그와 단둘이 이야기를 나눈 일이 없을지라도 그를 하루도 생각지 않은 날이 없었고, 그가 자기 집에서 무사히 지내고 있다고 생각하면 그것만으로도 기뻤던 것이다. 윌에게 돈을 보내고 있는 것도, 그만큼 애쉴리의 생활이 바뀔까 싶어 그것이 즐거웠기 때문이었다. 물론 그가 농사꾼으로 도움이 될 리가 없었다. 애쉴리는 보다 훌륭한 일을 하기 위해 자란 것이다. 그녀는 긍지를 가지고 그렇게 생각했다. 그는 사람을 지휘하며 큰 저택에서 살고, 훌륭한 말을 타고 다니며, 시집을 읽고, 흑인에게 일을 시키게끔 태어난 것이다. 지금은 이미 저택도 말도 흑인도 없고, 책도 별로 없다고 하지만, 그것마저 변할 수는 없다. 애쉴리는 밭을 갈거나 장작을 패기 위해 자라지는 않았다. 타라를 떠나고 싶어하는 것도 당연한 일이다.

그러나 어떤 일이 있어도 그를 조지아 주에서 떠나게 해서는 안 된다. 필요하면 프랭크를 졸라서라도 가게 일을 애쉴리에게 맡기도록 하자. 프랭크가 지금 고용하고 있는, 카운터 뒤에 있는 그 젊은 점원을 내쫓도록 하자. 하지만, 안 돼. 카운터 뒤도 보습 뒤나 마찬가지로 애쉴리가 있을 곳은 아니야. 월크스 집안 사람이 점원이 돼? 아, 그런 건 절대로 안 돼! 뭔가 다른 것이 있을 거야. 그래. 내 공장이 좋겠다. 여기야말로 안성맞춤이다! 그녀는 그렇게 생각이 들자 마음이 푹 놓이고 자기도 모르게 미소를 띠었다. 그러나 그가 내 제안을 받아들여 줄까. 역시 동정이라고 생각하지 않을까. 어떻게 잘 말해서, 나를 위해서 하는 거라는 생각이 들게 해야겠다. 존슨 씨의 목을 자르고, 애쉴리에게 그전 공장을 맡기도록 하자. 휴에게는 새 공장을 맡겨 놓으면 된다. 프랭크는 병이 잦은 데다 가게 일이 무척 바빠 내 일까지 거들 수 없다고 그 이유를 말하자. 그리고 내가 이런 몸이니까 꼭 좀 도와달라고 사정을 하자. 어쨌든 지금은 애쉴리의 도움이 없이는 해 나갈 수 없다고 그런 식으로 그에게 납득을 시키자. 만일 그가 받아들이면 공장 이익을 절반씩 나누어도 좋다. 아무래도 좋으니까 그저 그를 내 옆에 놓아두고 싶다. 어떻게 되든 그가 활짝 밝게 웃는 것을 보고 싶다. 지금도 여전히 나를 사랑하고 있다는 증거를 잡을 기회를 얻고 싶다. 그러나 그녀는 스스로 굳게 맹세했다. 이제 두 번 다시 사랑이란 말을 억지로 하도록 만들지는 않으리라. 다시는 그가 그처럼 사랑보다도 소중하게 여기는 그 어리석은 명예심을 버리도록 강요하지 않으리라. 어쨌든 나의 이 새로운 결심을 넌지시 그에게 알려야만 한다. 그렇지 않으면, 예전의 그 무서운 장면을 다시 한 번 되풀이하지 않을까 겁이 나서 그가 거절할지도 모른다.

"그이를 위해 애틀랜타에서 뭔가 일자리를 구해 보겠어요." 그녀는 말했다.

"글쎄요, 그거야 당신과 애쉴리의 문제죠." 윌은 말하며 다시 짚을 입에 물었다. "자 가자, 셔먼! 그런데 스칼렛, 당신의 아버님 이야기를 하기 전에, 또 하나 당신에게 부탁해 두고 싶은 것이 있어요. 수엘렌을 야단치지 마세요. 그녀가 한 일은 이미 끝난 일입니다. 당신이 그녀를 아무리 혼내 보았자, 오하라 씨가 다시 살아날 리는 없으니까요. 그리고 그녀는 가장 좋은 일인 줄 알고 정직하게 생각하고 한 일이니까요."

"난 그게 듣고 싶었어요. 대체 수엘렌이 어쨌나요? 알렉스도 영문 모를 소리를 했어요. 채찍으로 때려 주어야 한다면서. 그 애가 어쨌다는 거죠?"

"그렇습니다. 주위에선 그녀에 대해 무척 분개하고 있습니다. 오늘 오후 존즈버러에 갔더니, 모두 이번에 만나면 그녀의 머리를 둘로 쪼개 놓겠다고 하더군요. 물론 녀석들은 그러다가 잊어버리겠지만. 자, 어쨌든 그녀를 야단치지 않겠다고 약속해 주십시오. 나는 오늘 밤, 객실에서 아버님의 유해를 앞에 놓고 자매끼리 싸우는 건 보고 싶지 않습니다."

나는 싸우는 걸 보고 싶지 않다? 스칼렛은 발끈하며 이렇게 생각했다. 마치 타라가 벌써 제것이나 된 것 같은 말투 아닌가?

그때, 객실에 유해로서 누워 있는 제럴드의 생각이 떠올랐다. 갑자기 그녀는 울기 시작했다. 애절하게 흐느껴 울었다. 윌은 그녀의 몸에 손을 돌려 위로하듯 끌어당겼으나 아무 말도 하지 않았다.

어두워지는 길을 천천히 흔들리면서, 보닛을 비스듬히 쓴 머리를 그의 어깨에 기대고 있으려니 다시는 돌아오지 않는 아내를 기다리며 문간에서 바깥을 바라보고 있던 정신나간 노인…… 이 두 해 동안 그러했던 제럴드의 모습은 머리에서 사라졌다. 머리에 떠오른 것은, 기운차고, 곱슬곱슬한 아름다운 백발을 한 쾌활한 노인, 꽥꽥 소리치는 밝은 목소리, 힘찬 신발 소리, 서툰 재담, 착한 마음씨 등이었다. 어릴 때 아버지가 세상에서 제일 훌륭한 사람으로 보이던 것이 생각났다. 그 곧잘 뽐내기 좋아하던 아버지는 그녀를 안장 앞에 태워 가지고 울타리를 뛰어넘기도 하고, 그녀가 나쁜 장난을 하면 엎어 놓고 볼기를 때리고, 그녀가 울면 달래기 위해 25센트짜리 은화를 손에 쥐여 주었다.

또 찰스턴이나 애틀랜타에서 아이들에게는 전혀 맞지도 않는 선물을 산더미처럼 싣고 돌아왔다.

그녀는 또, 눈물 속에 어렴풋이 미소를 띠고 아버지가 곧잘 존즈버러에서 재판이 끝난 다음 몹시 취해 울타리를 뛰어넘으며 우스꽝스러운 목청을 높여 '초록빛 옷을 몸에 두르고'를 부르면서 돌아오던 것을 생각했다. 그런 다음날 아침이면 엘렌 앞에 나온 그는 으레 아주 기가 죽어 있었다. 이제 그 아버지도 엘렌 곁으로 가버린 것이다.

"어째서 당신은 아버지가 병환이신 것을 알리지 않았어요? 그랬으면 당장에라도 달려왔을 텐데……."

"아버님은 단 1분도 앓지 않으셨습니다. 자, 이 손수건으로 눈물을 닦으세요. 이제 자세한 사정을 말씀드리지요."

그녀는 흰 바탕에 알록달록한 무늬가 있는 그의 손수건에 코를 풀었다. 손수건도 안 가지고 애틀랜타를 떠났던 것이다. 그리고 다시 윌의 가슴에 기댔다. 윌은 어쩌면 이렇게 믿음직한 남자인가. 어떤 일에도 이 남자는 당황하는 일이 없었다.

"실은 이렇습니다. 스칼렛. 당신이 꼬박꼬박 송금해 주신 덕택에 애쉴리와 나, 그래요, 우리는 세금도 치르고, 노새니 씨앗이니 하는 것들, 그리고 돼지며 닭도 좀 사들였답니다. 멜라니 씨는 암탉을 기르는 솜씨가 무척 좋답니다. 정말입니다. 훌륭한 분이에요, 멜라니 씨는. 뭐 어쨌든 타라에서 필요한 것들을 사들이고 나면 그 다음에는 조그만 것도 살 돈이 남지 않았어요. 그래도 불평을 하는 사람은 한 사람도 없었어요. 단지 수엘렌만은 예외였지만. 멜라니 씨와 캐린 씨는 집에서 낡은 옷을 입고 있어도 아무렇지 않았지만 수엘렌은 당신도 알다시피 그렇지 않습니다, 스칼렛. 융통성이 전혀 없는 사람이니까요. 존즈버러나 페이엇빌에 데리고 갈 때마다 헌옷으로 참고 가야 한다고 타이르느라 아주 진땀을 뺐습니다. 카펫배거들의 부인, 아니 여편네들이 언제나 예쁜 장식이 붙은 옷을 입고 거드럭거리는 통에 더욱 곤란했습니다. 노예 해방 사무국의 그 밉살스런 양키 여편네들의 몸치장은 또 어떤데요! 이 고을 부인들이 제일 초라한 옷을 입고 읍내에 간다는 것도 명예심과 관계되는 문제입니다. 옷차림이야 상관하지 않고, 낡은 옷을 입는 것을 자랑으로 안다는 것을 똑똑히 보여 주고 싶기 때문이지요. 그런데 수엘렌만은 그렇지 못해요. 그녀는 말과 마차도 갖고 싶다고 했어요. 당신도 마차를 가지고 있다는 거예요."

"마차라지만 내 것은 낡은 이륜마차예요." 스칼렛은 화가 나서 말했다.

"뭐 그런 건 아무래도 상관없습니다. 내가 말해 두고 싶은 것은 수엘렌은 아직도 당신이 프랭크 케네디와 결혼한 것에 앙심을 품고 있다는 겁니다. 그것도 무리는 아니라고 생각합니다. 말하자면 동생을 약삭빠르게 속인 것밖에 안 되니까요."

스칼렛은 그의 어깨에서 몸을 일으키고 당장에라도 덤벼들 듯 방울뱀처럼 무서운 얼굴을 했다.

"약삭빠르게 속였다고요? 고맙네요, 당신은 꽤 고상한 말을 알고 계시는군요, 윌 벤틴! 프랭크가 그 애보다 나를 더 좋아했다면 어쩔 수 없는 일이 아닌가요?"

"당신은 영리한 분입니다, 스칼렛. 프랭크가 당신을 좋아하지 않도록 하는 것도 가능했겠지요. 여자라면 누구나 할 수 있습니다. 그러나 당신의 경우는 그 사람을 적당히 구슬린 것이 아닙니까? 당신이라면 그럴 생각만 있으면 얼마든지 남자의 마음을 끌 수가 있으니까요. 어쨌든 뭐라고 해도, 그 사람은 수엘렌의 애인이었습니다. 당신이 애틀랜타를 떠나기 일주일 전에 그 사람이 수엘렌에게 편지를 보냈는데, 거기에는 무척 다정한 말들로 좀더 돈이 모이면 결혼하자는 내용이 자세히 씌어 있었어요. 수엘렌이 편지를 보여 주었기 때문에 나는 그걸 압니다."

스칼렛은 잠자코 있었다. 왜냐하면 그가 옳은 소리를 하고 있다는 것을 알고 있었고, 대답할 말이 얼른 생각나지 않았기 때문이다. 하필이면 윌한테서 이러한 비난을 받으리라고는 꿈에도 생각하지 못했다. 더욱이 프랭크를 속인 일에 대해서도 그녀는 그다지 양심의 가책을 느낀 일이 없었다. 애인의 마음을 붙들어 놓지 못하는 여자라면 남자에게 버림을 받아도 할 말이 없는 것이다.

"이봐요, 윌, 쓸데없는 소리는 이제 그만 해요." 그녀는 말했다. "수엘렌이 만일 그 사람과 결혼했다면 어땠을까요? 그 애가 우리를 위해 한 푼이라도 쓸 것 같아요?"

"아까도 말했지만, 당신은 그럴 생각만 있으면 뭐든지 차지하는 사람이니까요." 윌은 조용히 쓴웃음을 지으며 그녀 쪽을 보고 말했다. "물론 그렇게 되었다면 우리는 프랭크의 돈은 한 푼도 받지 못했겠지요. 그러나 그렇다고 해도 비겁한 속임수에는 변함이 없습니다. 하지만 당신이 수단으로라도 목적을 정당화하려고 한다면 나로서도 알 바 아니고 또 이의가 있을 수 없지요. 그러나 어쨌든 수엘렌은 그 뒤 호박벌 모양으로 손을 댈 수 없게 되었습니다. 아직도 프랭크를 깊이 생각하고 있는 건 아니지만, 말하자면 허영심을 다쳤다고나 할까요. 당신은 훌륭한 옷도 마차도 있고 애틀랜타에서 살고 있는데, 자기는 타라 같은 이런 시골에서 썩고 있다고 늘 말하고 있습니다. 그녀는 당신도 알다시피 누구를 찾아간다든지, 파티에 나간다든지, 화려한 옷을 입기를 무척 좋아합니다. 그렇다고 그녀를 나무랄 수도 없어요. 여자란 다 그런 거니까요. 그런데 한 달 쯤 전 일인데, 그녀를 데리고 존즈버러로 가서 그녀가 딴 곳에 들른 동안 나는 볼일을 마쳤어요. 그리고 나서 집으로 데리고 왔는데, 마치 생쥐처럼 얌전하더군요. 나는 곧 그녀가 몹시 흥분해서 당장에라도 폭발할 정도라는 것을 알았습니다. 하지만 아마 틀림없이 수엘렌이 누군가의, 아니, 뭔가 재미있는 소문이라도 들은 거구나 생각하고 별로 마음에도 두지 않았습니다. 그 뒤 그녀는 일주일쯤 집 안을 돌아다니며, 아주 우울하고 흥분해서 말도 별로 하지 않았어요. 그러다가 그녀는 캐들린 캘버트 씨 댁엘 갔는데, 스칼렛, 만일 당신이 캐들린 씨를 만나면 울고 말 거요. 가엾은 분입니다. 그 비겁한 양키 힐튼과 결혼하느니 차라리 죽는 게 나았을 거요. 그놈은 캘버트 댁 토지를 저당잡혔다가 빚을 갚지 못해 그만 담보를 빼앗기게 된 거죠. 그래서 캘버트 댁 사람들은 쫓겨나게 됐어요. 알고 계세요?"

"아뇨, 몰라요. 하지만 그런 거 알고 싶지 않아요. 내가 알고 싶은 건 아버지 일이에요."

"이제 차차 이야기하지요." 윌은 늑장을 부리며 말했다. "수엘렌이 캐들린 씨 집에서 돌아오더니 하는 말이, 모두 힐튼을 오해하고 있다고 말하더군요. 그러면서 그 녀석을 힐튼 씨라고 부르며 그 사람은 머리가 좋은 사람이라고 하는 거예요. 우리는 그저 웃었지요. 그 뒤로 매일같이 오후만 되면 수엘렌은 당신 아버님과 함께 산책을 나가는 거예요. 내가 밭에서 돌아오면 흔히 그녀가 무덤 근처 울타리에서 아버님과 나란히 앉아 있는 걸 볼 수 있었습니다. 뭔가 열심히 아버님께 이야기를 하며 손을 흔드는 거예요. 그러면 아버님은 뭔가 난처한 표정으로 머리를 흔들면서 그저 그녀를 바라보고 있을 뿐이었어요. 전에 아버님의 사정은 당신도 알고 계시죠. 최근엔 더욱 멍해지셔서, 자신이 어디에 있는지, 우리가 대체 누군지도 전혀 모르는 형편이었습니다. 언젠가 나는 수엘렌이 당신 어머님의 무덤을 가리키자 아버님이 우는 것을 보았습니다. 그런데 수엘렌은 집으로 돌아오더니 매우 즐거운 듯 흥분한 표정이었어요. 그래서 나는 톡톡히 나무라 주었어요. '수엘렌 씨, 대관절 당신은 어째서 가엾은 아버님께 어머님을 생각나게 해서 괴롭히는 거요? 모처럼 어머님께서 돌아가셨다는 것을 잊기 시작하셨는데, 당신은 끈덕지게 생각나게 하는 말을 하고 있지 않소' 하고 말입니다. 그러자 그녀는 그냥 머리만 홱 돌리고 웃으면서 '공연한 걱정 말아요. 언젠가는 모두 내가 지금 하고 있는 것을 기뻐할 때가 올 거예요.' 그렇게 말하지 뭡니까. 멜라니 씨한테서 어젯밤 들었는데, 수엘렌은 그 계획을 멜라니 씨한테만은 털어놓았다는 겁니다. 그러나 수엘렌이 설마 진심으로 그러랴 했다는 겁니다. 그 계획을 듣고 너무 놀라서 아무에게도 말하지 않았다고 멜라니 씨는 말하더군요."

"어떤 계획인데요? 언제쯤 돼야 요점을 얘기해 줄 작정이죠? 벌써 집까지 반은 왔잖아요. 난 아버님 얘기가 듣고 싶어요."

"지금 말하려는 참입니다." 윌은 말했다. "이제 곧 집이니까 이야기가 끝날 때까지 여기 마차를 세울까요?"

그는 고삐를 당겼다. 말은 걸음을 멈추고 코를 힝힝거렸다. 두 사람이 마차를 세운 곳은, 매킨토시네 집 땅을 에워싸고 저절로 무성하게 자란 고광나무 울타리 옆이었다. 어두운 나무 그늘에서 힐끗 쳐다본 스칼렛의 눈에, 적막한 빈터 위에 우뚝 괴물처럼 조용히 선 굴뚝이 보였다. 윌이 어딘가 좀더 적당한 곳에 세워 주었으면 좋았을 것이라고 생각했다.

"그녀의 생각을 간추려 말한다면 말입니다, 북부 놈들이 태운 목화, 놈들이 쫓아 흩어 버린 가축, 놈들이 부숴 버린 울타리와 곳간을 놈들에게 변상시키겠다는 겁니다."

"북군에게?"

"당신은 못 들었습니까? 북부정부는 남부의 연방지지자들의 파괴된 재산에 대해서는 손해를 배상하고 있습니다."

"물론 그건 들어서 알고 있어요." 스칼렛은 말했다. "하지만 그게 우리와 무슨 상관이 있죠?"

"수엘렌 씨의 의견으로는 상관이 있다는 겁니다. 내가 존즈버러로 데리고 갔던 그날, 그녀는 매킨토시 부인 댁에 갔었습니다. 거기에는 모두들 세상 이야기를 하고 있었어요. 수엘렌은 매킨토시 부인이 너무 화려한 옷을 입고 있자 그것이 궁금해 결국 참지 못하고 그 옷에 대해 물었답니다. 그러니까 매킨토시 부인이 아주 신이 나서 한바탕 늘어 놓더래요. 자기는 남부동맹에는 손톱때만큼도 조력이나 지원하지 않은 충실한 연방지지자였는데 재산을 파괴당했다면서 정부에다 손해 배상을 청구했다는 것입니다.”

“그 사람들은 다른 사람에게 조력이나 지원 같은 건 한 번도 한 일이 없어요.” 스칼렛은 씹어 뱉듯 말했다. “그 사람들은 스코틀랜드계 아일랜드 사람이에요!”

“뭐 그건 그럴지도 모르지만, 난 그 사람들을 몰라요. 어쨌든 정부는 배상금을 치렀습니다. 몇 천 달러였는지 그건 잊어버렸지만, 아무튼 상당한 액수였어요. 그래서 수엘렌도 가만히 있을 수가 없었던 거죠. 일주일 동안 골똘히 궁리했지만, 우리한테 말하면 웃음거리밖에 안 된다는 것을 알고 한 마디도 하지 않았던 겁니다. 그러나 아무한테라도 말하지 않고는 못 배기겠으니 캐들린 씨에게 갔던 거지요. 그런데 그 밉살스런 백인 힐튼이란 놈이 공연한 지혜를 불어넣어 준 겁니다. 당신 아버님은 이 나라에서 태어난 것도 아니고, 전쟁에도 나가지 않았으며, 전쟁에 내보낸 아들도 없고 남부동맹의 관직에 있은 적도 없다고 그렇게 가르친 겁니다. 그리고 또 오하라 씨가 충실한 연방지지자였다고 못할 것도 없다는 말도 일러주었어요. 어쨌든 이런 돼먹잖은 소리를 잔뜩 얻어 듣고 집에 들어오자 수엘렌 씨는 오하라 씨를 부추겨대기 시작했던 겁니다. 스칼렛, 내 목을 걸어도 좋소. 당신 아버님은 그녀가 하는 말을 반도 못 알아들었어요. 그 점이 그녀가 노린 것으로, 뭔가 영문도 모른 채 아버지에게 ‘엄숙한 서약’을 시키려 했던 것입니다.”

“아버지께서 그런 서약을 했다고요?” 스칼렛은 외쳤다.

“아니, 아버님은 요즘은 완전히 제정신이 아니었기 때문에 그녀는 그 점을 이용하려 했던 것입니다. 그러나 우리는 한 사람도 그런 걸 의심한 일조차 없었어요. 그녀가 뭔가 계획을 꾸미고 있는 것 정도는 알았지만, 당신의 돌아가신 어머님까지 들춰 가면서, 아버지는 북부정부에게 15만 달러나 받아낼 수 있는데 자기 딸에게 누더기를 걸치게 하는 법이 어디 있느냐고 몰아세우고 있는 줄은 우린 전혀 몰랐죠.”

“15만 달러!”

스칼렛은 중얼거렸다. 서약에 대한 공포는 사라져 갔다. 정말 대단한 금액이다! 합중국 정부에 대해 충성을 맹세하고 늘 정부를 지지하고, 그 적에 대해서는 절대로 조력이나 지원을 하지 않았다고 맹세하고 서명만 하면 그만 한 돈이 생기는 것이다.

15만 달러! 그 정도의 하찮은 거짓말을 하기만 하면 그런 큰 돈이 생기는 것이다. 그렇다면 수엘렌을 나무랄 수도 없지 않은가. 어림도 없지! 그런 일로 알렉스는 그녀를 생가죽 채찍으로 두들기고 싶다고 하니 무슨 당치 않은 생각인가. 군내 사람들은 그녀의 머리를 쪼개 버리겠다고 한다니 무슨 소리들을 하는 건가. 어쩌면 모두 이렇게 바보들인가. 그만한 돈이 있으면 뭐든지 할 수 있지 않은가. 군내 사람들도 못할 건 없지. 잠깐 거짓말을 한다고 그게 어떻단 말인가. 북부에서 얻어낼 수 있는 것이라면 어떤 방법을 취하든 정당한 돈이 아닌가.

"어제 점심때였어요. 애쉴리하고 내가 장작을 패고 있으려니까 수엘렌이 마차를 끌어내 아버님을 태워 가지고, 아무에게도 말하지 않고 읍내로 나갔어요. 멜라니 씨는 대강 알고 있었지만 그러다가 어떤 기회에 수엘렌의 생각이 달라지기를 빌며 우리에게는 잠자코 있었습니다. 설마 수엘렌이 그런 짓을 할 수 있으리라곤 꿈에도 생각 못했던 거죠. 나도 오늘에서야 모든 내용을 알았습니다. 그 비겁한 힐튼이란 놈이 읍내로 다른 스캘러왜그와 공화당 패들에게 공작을 해서 만일 놈들이 오하라 씨 건에 대해 서로 짜고, 충실한 연방지지자로 아일랜드 사람이며, 전쟁에 나가지 않았다는 것을 잘 꾸며 추천장에 서명만 해 주면 사례를—얼마인지 나는 모르지만—하기로 결정하고 거기에 수엘렌이 동의한 것입니다. 아버님이 선서를 하고 서류에 서명만 하면 서류를 워싱턴에 보내게 되어 있었던 것입니다. 놈들은 선서를 후딱 해치우고, 수엘렌은 잠자코 있는 아버님을 독촉하게끔 일이 진행됐습니다. 그런데 그때 아버님은 잠간이기는 하지만 제정신으로 돌아온 듯 머리를 저어 거절했습니다. 아버님은 사정을 안 것 같았지만 하여튼 싫었던 게 아니었을까 생각합니다. 그래서 수엘렌이 달래고 타이르고 했지만 끝내 서명을 하지 않으셨습니다. 승강이를 하다 못해, 수엘렌은 금방 울화통이 터질 지경이 되었습니다. 그래서 아버님을 사무소에서 데리고 나와 마차에 태워 길을 쓸데없이 왔다 갔다 하면서, 아버지는 자식들의 생활을 편하게 해 줄 수도 있는데도 자식들을 고생시키려 하고 있다. 어머님은 그렇게 생각하고 무덤 밑에서 울고 계시다고 설득을 했던 겁니다. 읍내 사람들의 이야기로는, 아버님이 마차에 앉은 채 어머니의 이름을 듣자 언제나 그랬듯이 마치 어린애처럼 엉엉 울고 계셨답니다. 읍내 사람들 모두가 보고 있었대요. 알렉스 폰테인도 무슨 일인가 하고 옆으로 갔었는데 수엘렌이 서슬이 시퍼래 가지고 공연한 참견 말라고 쏘아붙였으므로 화가 머리끝까지 나서 가 버리고 말았답니다. 어떻게 수엘렌이 그런 걸 생각해 냈는지는 모르겠지만, 그날 오후 조금 지나 그녀는 브랜디를 한 병 구해 들고 다시 오하라 씨를 사무소로 데리고 들어가서 그것을 아버님께 마구 마시게 했답니다. 스칼렛, 이 1년 동안 타라에 술 같은 건 전혀 없었어요. 다만 딜시가 만든 검정 딸기 술이나 백포도주가 조금 있을 정도였지요. 오하라 씨는 술을 안 마시던 터라 정신없이 취해 버렸던 겁니다. 수엘렌이 두 시간 정도 같은 수단으로 설득한 결과 마침내 아버님도 지고 말아, 좋다, 무엇이든 네가 좋은 대로 서명을 하마, 하고 말씀을 했대요. 다시 선서를 새로 하고 아버님이 펜을 들어 막 서명을 하려는 참이었는데 수엘렌이 실수를 했어요. '아, 이젠 슬래터리네나 매킨토시네가 으스대는 꼴을 안 보아도 되게 됐어' 하고 말해 버렸답니다. 스칼렛, 그 슬래터리네 사람들은 북군에게 불타 버린 그 보잘것없는 통나무 집으로 엄청난 큰 돈을 요구해서 에미의 남편이 감쪽같이 워싱턴 정부로부터 그것을 받아 내고 말았습니다. 사람들 말로는, 수엘렌이 그놈들의 이름을 입 밖에 내자 아버님은 엄숙한 표정으로 몸을 똑바로 세우고 어깨를 반듯이 한 다음 쏘는 듯한 눈으로 노려 보았다는 거예요. 그때는 이미 맑은 정신으로 돌아와서 '슬래터리와 매킨토시 패들도 이런 것에 서명했냐?' 하고 소리쳤대요. 수엘렌은 당황해서 그렇다는 건지 안 그렇다는 건지 종잡을 수 없는 대답을 했다더군요. 아버님은 큰 소리로 '뭐라구? 그 천벌맞을 오렌지 당원이랑 쓰레기 백인 녀석도 이런 것에 서명을 했다고?' 하고 호통을 쳤어요. 그러자 그 힐튼이란 녀석이 고양이 달래는 소리로 '네, 그래요. 그 사람들도 이렇게 해서 듬뿍 돈을 탔어요. 아저씨도 곧 타게 돼요' 하고 말했대요. 이 말을 듣자 아버님은 마치 황소처럼 울부짖었습니다. 알렉스 폰테인은 그때 읍사무소에서 뚝 떨어진 술집에 있었다는데 거기서도 들리더랍니다. 아버님은 심한 아일랜드 사투리로 '너희는 타라의 오하라 집안 사람이 천벌 맞을 오렌지 당원이나 쓰레기 백인 녀석들처럼 이런 더러운 짓을 할 줄 알았냐?' 그러면서 서류를 반으로 쭉 찢어 수엘렌의 얼굴에다 냅다 내던지고 '너는 이제 내 딸이 아니다' 하고 호통을 치시고는 순식간에 사무소에서 뛰어나와 버렸어요. 알렉스는 아버님이 황소 같은 기세로 밖으로 나오는 것을 보았다고 합니다. 그의 말로는, 어머님이 돌아가신 뒤로 다시 옛날처럼 그렇게 기운이 펄펄 나는 것은 처음 보았대요. 그리고 술이 취해 비틀비틀 하면서 목청껏 욕설을 퍼붓더랍니다. 알렉스는 그토록 속 시원한 욕설은 처음 들어 봤대요. 알렉스의 말이 마침 밖에 있었는데 아버님은 허락도 없이 느닷없이 흘쩍 뛰어올라 타더니, 숨도 못 쉴 정도로 흙먼지를 자욱이 일으키며 계속 욕설을 퍼붓고 마구 달려갔다고 합니다. 해질 무렵 애쉴리와 나는 현관 계단에 앉아 길 쪽을 바라보면서 무척 걱정하고 있었습니다. 멜라니 씨는 2층에서 침대에 엎드려 울면서 우리에게는 아무 말도 하지 않았어요. 이어 길 쪽에서 말발굽 소리가 나더니 누군가가 흡사 여우 사냥이라도 하듯 소리를 지르고 있잖겠어요. 그때 애쉴리는 이렇게 말했지요. '이상한데. 저건 오하라 아저씨가 전쟁 전에 집으로 말을 타고 올 때 흔히 지르던 소리 같은데.' 그러자 이윽고 아버님의 모습이 목장 저쪽에 보였습니다. 맞은편 울타리를 단숨에 뛰어넘어 온 것이 틀림없었어요. 마치 이 세상에 아무런 근심도 없다는 듯, 목청을 높여 노래를 부르면서 곧장 언덕을 뛰어올라 왔습니다. 아버님한테서 그런 소리가 나올 줄은 정말 몰랐어요. '포장 없는 마차 안의 페그'를 노래하면서 모자로 말을 때렸는데 말은 꼭 미친 것처럼 달리고 있었어요. 언덕 막바지까지 왔는데도 아버님은 고삐를 당기지 않고 목장 울타리를 뛰어넘을 기세였어요. 우리는 무척 걱정이 되어 벌떡 일어났습니다. 그때 아버님이 외쳤어요. '여보, 엘렌! 내 솜씨를 보구료!' 그러나 말은 울타리 앞에서 갑자기 딱 멈더니 뛰어넘으려고 하지 않았어요. 아버님은 그대로 곤두박이고 말았습니다. 괴롭고 뭐고도 없었지요. 우리가 달려갔을 때는 이미 운명하셨더군요. 목뼈가 부러졌던 모양입니다."

윌은 잠깐 그녀가 무슨 말을 할까 기다렸지만 아무 말도 하지 않자 고삐를 집어들었다. 그리고 "자 가자, 셔먼!" 하고 소리를 쳤다. 말은 집을 향해 걷기 시작했다.

40

스칼렛은 그날 밤 거의 자지 않았다. 새벽녘이 되어 태양이 동쪽 언덕의 우거진 검은 소나무 숲 위에 조금씩 얼굴을 내밀 무렵, 그녀는 구김살투성이가 된 침대에서 일어나 창가 의자에 걸터앉아 지친 머리를 팔로 괴고, 창고 앞마당과 타라의 과수원이며 목화밭을 바라보았다. 모든 것은 싱싱하고 이슬에 젖은 채 소리 없이 고요하고 푸르렀다. 목화밭을 보고 있노라니 괴로운 마음도 얼마간 위안이 되었다. 아침 햇빛을 받은 타라는 그 주인을 잃었음에도 아름답고 손질이 잘 되어 있어서 평화로운 풍경이었다. 투박한 통나무로 지은 닭장은 쥐나 족제비를 막기 위하여 찰흙으로 두텁게 다지고 흰 회칠이 곱게 칠해져 있었다. 커다란 마구간도 마찬가지였다. 옥수수, 노란 호박, 순무 등이 줄줄이 늘어서 있는 채소밭은 말끔히 김이 매여 있고, 참나무 쪼갠 것으로 단정하게 울타리가 둘러쳐져 있었다. 과수원은 깨끗이 밑가지를 쳐 주었고, 끝없이 이어진 과일나무 밑으로 데이지 꽃이 피어 있었다. 사과와 뽀얀 털이 있는 연붉은 복숭아가 푸른 잎 밑에서 햇빛을 받아 희미하게 빛나고 있었다. 그 뒤쪽에는 굽이굽이 잇닿아 있는 목화가 금빛 아침 하늘 아래 고요히 푸르렀다. 거위며 닭이 뒤뚱뒤뚱 묘하게 점잔을 부리면서 말 쪽으로 가고 있었다. 갈아엎은 부드러운 흙더미 밑으로 가면 그들이 가장 좋아하는 벌레와 민달팽이를 먹을 수 있기 때문이었다.

스칼렛의 가슴은 이 모든 일을 해 준 윌에 대한 애정과 감사하는 마음으로 부풀어 있었다. 애쉴리에게, 그가 정성을 바치고 있다고는 들었지만 이렇게 훌륭히 해냈으리라고는 믿지 않았다. 왜냐하면 타라가 훌륭한 것은 지주 귀족의 노동에 의한 것이 아니라, 자기 땅을 사랑하는 근면하고 지칠 줄 모르는 머슴의 노동에 의한 것이기 때문이었다. 지금의 타라는 말 두 필이 있는 농장이지 노새와 준마가 확 들어찬 목장, 눈이 미치는 데까지 목화와 옥수수밭이 펼쳐진 옛날의 당당한 큰 농장은 아니었다. 그러나 현재 농사 짓고 있는 것은 잘 되어 가고 있었고, 현재 묵혀 두고 있는 땅은 세월이 좋아지고 나서 다시 갈면 되는 것이다. 묵혀 두면 땅은 도리어 기름져질 것이다.

윌은 몇 에이커의 땅을 일구고 있을 뿐만 아니라, 조지아 주 농장주의 두 가지 장애물인, 애솔과 검정 딸기의 번식을 단단히 막고 있었다. 이것들은 무심히 있다 보면, 어느 틈엔가 채소밭이나 목장이나 목화밭, 잔디밭을 점령하고 염치없이 타라의 현관 옆에까지 번식해 들어온다. 그리고 그렇게 했다는 이 주 곳곳에 있는 수많은 농장을 버려 놓고 있었던 것이다.

타라가 하마터면 황무지가 될 뻔했다는 생각을 하니 스칼렛은 가슴이 철렁했다. 그러나 그것도 그녀와 윌 두 사람의 힘으로 그럭저럭 막아냈다. 양키를 막아내고, 카펫배거를 막아내고, 자연이 좀먹는 것을 막아낸 것이다. 거기에 무엇보다 다행스러웠던 것은 올해 가을 목화 수확만 끝나면 이제 돈을 보낼 필요가 없다는 윌의 말이었다. 다만 뜻밖의 카펫배거들이 눈독을 들여서 눈알이 툭 튀어나올 만큼 세금이라도 내게 된다면 별문제지만. 그녀의 원조가 없어지면 윌이 몹시 고생하리라는 것은 스칼렛도 알고 있었다. 그러나 그녀는 그의 독립심에 감탄하고 그것을 존경했다. 그가 고용인의 위치에 있는 한은 그녀에게서 돈을 받겠지만, 동생의 남편이 되어 집의 유일한 남자가 될 이 마당에, 그는 자기 힘만으로 해 나갈 작정인 것이다. 확실히 윌은 하느님이 주셨다고 해도 좋았다.

포크는 전날 밤, 엘렌의 무덤 바로 옆에다 구덩이를 팠다. 그리고 그는 지금 삽을 들고, 이제 다시 제자리로 떠 넣어야 할 축축한 붉은 찰흙 앞에 서 있었다. 스칼렛은 그의 등 뒤에 가지를 낮게 드리운 옹이투성이 삼나무의 성긴 나무 그늘에 서 있었다. 6월의 뜨거운 아침 햇빛을 얼룩지게 받으면서 그녀는 눈 앞의 황토 구덩이에서 자꾸만 눈을 돌리려 했다. 짐 탈레턴, 키 작은 휴 먼로, 알렉스 폰테인, 그리고 맥레이 노인의 막내 손자가 제럴드의 관을 두 개의 참나무 장대로 메고 집에서 작은 길을 따라 위태로운 발걸음으로 천천히 오고 있었다. 그 뒤에 조심스럽게 약간 떨어져서 초라한 차림을 한 많은 이웃 사람과 친구들이 묵묵히 따라왔다. 채소밭을 벗어나는 양지바른 작은 길을 지나서 그들이 가까이 오자 포크는 삽자루에 머리를 대고 울기 시작했다. 그 곱슬머리는 바로 얼마 전 그녀가 애틀랜타로 떠날 무렵에는 새까맸었는데, 지금은 벌써 반백이 된 것을 그녀는 놀라지도 않고 멍하니 보고 있었다.

전날 밤 눈물이 마르도록 울었으므로 지금은 똑바로 서서 눈물을 흘리지 않을 수 있는 것을, 피로를 느끼면서도 하느님께 감사했다. 바로 등 뒤 어깨께에서 들리는 수엘렌의 우는 소리가 못 견디게 짜증 나서, 뒤로 돌아 그 눈물로 부어오른 뺨을 찰싹 갈겨 주고 싶은 충동을 참느라고 주먹을 불끈 쥐고 있어야 했다. 고의였든 아니든 아버지가 돌아가신 원인은 수엘렌에게 있었다. 그러니까 수엘렌을 미워하는 이웃 사람들 앞에서는 흐트러진 꼴을 보이지 않도록 감정을 억눌러야 하는 것이다. 그날 아침은 한 사람도 그녀에게 말을 거는 사람도 없고, 동정의 눈길로 보는 사람도 없었다. 모두들 조용히 스칼렛에게 키스하기도 하고, 손을 잡기도 하고, 가만히 목소리를 낮추어서 정다운 말을 캐린과 포크에게까지 해 주었으면서도 수엘렌에 대해서는 마치 그녀가 그곳에 없는 것처럼 못 본 체하고 있었다.

그들의 눈으로 보면, 그녀는 아버지를 죽인 것보다 더 나쁜 짓을 한 것이다. 아버지를 속여 남부에 대한 배신 행위를 감행케 하려고 했던 것이다. 이 엄격하고 단결심 강한 고을로서는 그 행위는 고을 전체의 명예를 배반하려고 한 거나 마찬가지였다. 그녀는 이 군이 세상에 자랑하고 있는 견고한 전선을 깨뜨린 것이다. 북부 정부로부터 돈을 받으려고 꾀함으로써 그녀는 스스로를, 북군 병사보다도 가증스러운 적인 카펫배거나 스캘러왜그와 같은 대열에 서게 하였던 것이다. 충실한 남부동맹의 오래된 집안이자 대농장주 가족의 한 사람인 그녀가 적군에게 항복하려 하고, 그것으로 이 군의 모든 집안을 망신시킨 것이다.

조객들은 슬픔을 이기지 못하면서도 격분에 가슴을 떨고 있었다. 그중에서도 다음 세 사람의 분개하는 모습은 특히 대단했다. 훨씬 옛날, 서배너에서 이 변두리로 옮겨온 뒤 제럴드의 친구였던 맥레이 노인, 엘렌의 남편이기 때문에 그를 사랑했던 폰테인 댁 할머니, 입버릇처럼 제럴드는 이 군에서 종마와 거세마를 가려 낼 수 있는 단 한 사람이라고 하면서 이웃 사람 그 누구보다도 그와 친하게 지내던 탈레턴 부인이 그들이었다.

장례식 전, 제럴드의 유해가 안치된 어두침침한 객실에서 이 세 사람의 무서운 표정을 본 애쉴리와 윌은 어쩐지 걱정이 되어 엘렌의 사무실에 들어가서 의논했다.

"저 사람들 가운데 누군가가 수엘렌에 관한 일로 뭐라고 시비를 걸어 올 거요." 짚을 두 토막으로 물어 끊으면서 윌은 불쑥 말을 꺼냈다. "저 사람들은 시비를 할 만한 이유가 있다고 생각하고 있어요. 하기는 그것도 무리는 아니겠지요. 나는 이러니저러니 말하고 싶지 않아요. 그러니 애쉴리, 저 사람들이 옳건 옳지 않건 우리는 한 집의 남자로서 그런 일을 당한다면 아무래도 유쾌하지는 않을 겁니다. 이러쿵저러쿵 시끄러워질 테니 말이오. 저 맥레이 노인은 우체통처럼 귀머거리라 누가 무슨 소리를 해도 잠자코 물러서지 않기 때문에 골치거든요. 그리고 당신도 아시다시피 폰테인 댁 할머니가 화나서 떠들어 대기 시작하면, 그걸 다물게 할 사람은 아무도 없소. 게다가 탈레턴 부인은, 그분이 수엘렌을 볼 때마다 핏발선 눈을 부라리는 것을 아셨어요? 노발대발해서 절대로 더는 참을 수 없다는 태도입니다. 누군가 뭐라고 말을 꺼내면 이쪽에서도 대답하지 않을 수 없는 일이고, 그렇게 되면 자연히 이웃 사람들과 사이도 멀어져서 타라의 고생은 더욱 심해질 거요."

애쉴리는 난처해서 한숨을 쉬었다. 그는 월 이상으로 이웃 사람들의 기질을 알고 있었다. 전쟁터의 싸움이나 때마다 벌어지는 권총을 쏘아 대는 소동의 태반은, 죽은 이웃 사람의 관 앞에서 짤막한 인사를 하는 이 관습에서 일어났던 것을 떠올렸다. 대개는 고인을 극구 찬양하는 말이었으나 때로는 그렇지 못한 경우도 있었다. 최대의 경의를 담아서 한 인사말이 마음이 약해진 죽은 이의 집안 사람에게 오해를 받아 관 위에 마지막 흙을 미처 덮기도 전에 소동이 시작되는 일도 과히 드물지 않았다.

신부가 없으므로 애쉴리가 캐린의 기도서로 장례식을 치르기로 되어 있었다. 존즈버러나 페이엇빌의 감리교나 침례교 목사들은 눈치를 보며 집례를 거절하여 왔던 것이다. 캐린은 두 언니와 달리 열성적인 가톨릭 신자였던만큼, 스칼렛이 애틀랜타에서 신부를 데리고 오지 않은 것에 몹시 당황했으나, 월과 수엘렌의 결혼식에 신부가 왔을 때 제럴드의 인도를 부탁할 수 있다는 생각이 들어서 겨우 다소 마음을 놓았다. 근처에 있는 개신교 목사를 부르는 것에 반대하여 애쉴리에게 집례를 맡긴 것도 그녀였다. 그녀는 기도서에 그가 읽을 곳에 표를 해 주었다. 애쉴리는 낡은 사무 책상에 몸을 기대어 소동을 일어나기 전에 막을 책임이 자기에게 있다는 것을 알면서도 화를 잘 내는 이 군의 습성을 알고 있는 만큼 어떻게 해야 좋을지 방법을 모르고 있었다.

"아무래도 방법이 없소, 월." 그는 금발을 쥐어뜯으면서 말했다. "폰테인 댁 할머니나 맥레이 노인을 때려눕힐 수도 없고, 그렇다고 탈레턴 부인의 입에 뚜껑을 해 덮을 수도 없으니까 말이오, 가장 점잖은 말을 한다고 해도, 수엘렌이 살인자에 배반자이고, 수엘렌만 아니었더라면 오하라 씨는 아무 탈 없이 살아 계셨을 것이 틀림없다는 정도의 말은 할 거요. 죽은 사람 앞에서 이런 소릴 하는 풍습은 좋지 못한 거요. 야만적이거든."

"애쉴리." 월은 천천히 말했다. "나는 그 사람들이 어떻게 생각하든, 아무에게도 수엘렌의 험담을 하게 놓아 두고 싶지 않소. 내게 맡겨 주시오. 당신은 기도서를 다 읽고 기도가 끝난 다음 '어느 분이든 작별인사를 하고 싶으시면' 하고 말할 단계가 되거든 나를 바로 보아 주시오. 그러면 내가 맨 먼저 하겠소."

그러나 관을 멘 사람들이 애를 먹으면서 묘지의 좁은 어귀로 관을 옮기는 것을 보고 있던 스칼렛은 장례식 뒤에 일어날 소동 같은 것은 전혀 생각하고 있지 않았다. 그녀는 침울한 기분으로 제럴드가 묻히고 나면, 행복하고 아무 걱정도 없었던 옛날과 자기를 잇고 있던 마지막 사슬 고리 하나를 묻게 되는 것이라고 생각하고 있었던 것이다. 관을 멘 사람들은 겨우 관을 무덤 가까이 내려 놓고는 아픈 손가락을 오므렸다 폈다 하고 있었다.

애쉴리와 멜라니와 윌이 울타리 안으로 차례차례 들어와서 오하라네 자매들 뒤에 가 섰다. 친한 이웃 사람들이 들어올 수 있는 데까지 들어와서 그들 뒤로 늘어서고, 다른 사람들은 벽돌담 밖에 섰다. 스칼렛은 비로소 그들을 자세히 보고, 그 수가 많은 데 놀라기도 하고 감동도 했다. 교통이 몹시 불편해져 있었으므로 이처럼 많이 올 줄은 생각지 못했던 것이다. 조객들은 오륙십 명이나 되었고, 그중에는 이 장례식에 올 수 있을 만큼 어떻게 이 소식을 그렇게 빨리 들을 수 있었을까 하고 이상하게 생각될 만큼 멀리서 온 사람도 있었다. 존즈버러와 페이엇빌이나, 러브조이에서 집안이 모두 온 사람도 있었고, 흑인 하인까지 따라와 있는 사람도 드문드문 보였다. 강 건너 멀리서 온 가난한 농군도 많이 있었고, 산간벽지의 가난한 백인과 늪지대의 사람들도 섞여 있었다.

늪지에서 온 사람은 볼품없는 턱수염을 기른 허우대 큰 남자들이었는데, 손으로 짠 옷을 입고, 너구리 가죽으로 만든 모자를 쓰고, 라이플총을 느슨하게 팔에 기대 세우고 씹는 담배를 입에 물었을 뿐 씹지는 않았다. 그들의 아낙네들도 함께 와 있었는데, 맨발을 부드러운 황토에 묻고 아랫입술에는 코담배 가루가 잔뜩 달라붙어 있었다. 그녀들의 가리개 모자 밑으로 보이는 얼굴은 핏기가 없어서 말라리아라도 앓고 있는 얼굴빛이었으나, 그래도 반짝반짝 윤이 날 정도로 깨끗했고, 그리고 갓 다리미질을 한 캘리코옷은 풀을 먹여 빳빳했다.

이웃에 사는 사람들은 모두 모여 있었다. 늙어 털 빠진 새처럼 누렇게 쭈

그러들고 주름투성이가 된 폰테인 댁 할머니는 지팡이에 기대 있었으며, 그 뒤에는 샐리 먼로 폰테인과 그녀의 딸이 서 있었다. 이 두 사람은 할머니를 벽돌담에 앉히려고 낮은 목소리로 권하기도 하고 치마를 잡아당기기도 했으나, 할머니는 도무지 들으려 하지 않았다. 할머니의 남편인 늙은 의사는 없었다.

의사는 두 달 전에 죽었는데, 그 뒤로 할머니의 눈에서는 심술궂을 만큼 생생하고 명랑하던 빛이 거의 사라지고 없었다. 캐들린 캘버트 힐튼은 오늘의 비극을 낳게 된 것이 반은 자기 남편 때문이라는 생각에 그 아내답게, 혼자 떨어져서 색이 바랜 가리개 모자로 숙인 얼굴을 감추듯이 하고 서 있었다. 그 무명옷에 군데군데 기름 얼룩이 져 있고, 게다가 손은 주근깨투성이에다 깨끗하지 못한 것을 보고 스칼렛은 깜짝 놀랐다. 손톱 끝에는 검은 초승달 같은 때가 끼어 있었다. 지금은 이미 캐들린에게서 양갓집 처녀 같은 모습은 찾아 볼 수 없게 되어 있었다. 가난한 농군보다도 더 참혹한 몰골이었다. 야망이 없고 지저분하며 쓸모없는 가난뱅이 같은 모습이었다.

'이제 저 애는 사그라지고 말 것이다. 지금은 어떻게 겨우 버티고 있지만.' 스칼렛은 무서운 생각이 들었다. '어쩌면 저다지 몰락해 버렸을까!'

그녀는 오싹해져서 캐들린에게서 눈을 돌렸다. 그리고 상류층 사람과 가난한 사람의 차이 같은 것은 아주 하찮은 것이라고 곰곰이 생각했다.

'하지만 내게는 이만한 처세술이 있다'고 생각하면서 그녀와 캐들린이 종전 뒤 같은 조건으로, 맨손과 타고난 두뇌를 가지고 출발한 것이라고 생각하자 자부심이 솟아올랐다.

'그렇다고 내가 나쁜 짓을 한 것도 아니었지' 하고 생각하면서 턱을 내밀고 빙그레 웃었다.

그러나 탈레턴 부인의 극도로 분개한 눈길이 자신에게 향해 있다는 것을 깨닫자 미소도 중간에 사라지고 말았다. 울어서 눈언저리가 빨갛게 부어 있었으나 스칼렛을 비난하듯이 바라보고 나서, 다시 수엘렌에게 눈길을 돌렸다. 무섭게 화가 나서 바라보고 서 있는 그 눈매는 분명히 좋지 않은 전조를 암시하고 있었다. 부인과 그녀 남편의 등 뒤에는 딸들이 있었다. 그 붉은 머리는 엄숙한 장소에 어울리지 않을 정도로 눈에 띄었고, 그 적갈색 눈은 아직도 생기롭게 보여서 무서울 만큼 기운찬 젊은 짐승의 눈을 생각케 했다.

애쉴리가 캐린의 닳아빠진 기도서를 손에 들고 나오자, 발소리는 조용해지고, 사람들은 모자를 벗고 손을 포개고, 치맛자락이 조용히 사르락거렸다. 그는 잠시 말없이 고개를 숙인 채 있었다. 금발이 햇빛을 받아서 반짝반짝 빛났다. 조객들은 모두 묵묵히 서 있었다. 목련 잎을 살랑대는 바람소리가 모든 사람의 귀에 똑똑히 들릴 정도로 조용했다. 어디선가 멀리서 울어 대는 앵무새 소리가 견딜 수 없을 만큼 높아 어쩐지 슬프게 들려왔다. 애쉴리는 기도서를 읽기 시작했다. 그가 낭랑하고 아름다운 억양 있는 목소리로, 간결하고 엄숙한 기도의 구절을 읽어 나감에 따라서 사람들은 깊숙이 머리를 수그렸다.

'오!' 스칼렛은 목을 죄는 듯한 기분으로 생각했다. '얼마나 아름다운 목소리인가! 아버님을 위해 누군가에게 부탁해야 할 바에 애쉴리에게 부탁하기를 참 잘했다. 신부 따위보다는 애쉴리 쪽이 나아. 생면부지인 남에게 장례식을 맡아 달라는 것보다는 아버지가 아시는 분이 해 주셔서 참 잘됐어.'

연옥에 있는 영혼에 대하여 쓴 구절에 이르자 애쉴리는 갑자기 기도서를 덮었다. 캐린이 읽으라고 표시해 둔 곳이었다. 그곳을 빼 버린 것을 눈치챈 사람은 캐린뿐이었으므로, 그가 주기도문을 시작하자 그녀는 재빨리 얼굴을 들었다. 그곳에 있는 사람들 대부분은 연옥에 대해 들어본 적도 없었을 것이고, 들어본 사람은 비록 기도서일망정 오하라 씨처럼 훌륭한 사람도 곧장 천국으로는 가지 못한다고 말을 꺼내기라도 하면 개인적인 모욕으로 받아들일 것이다. 애쉴리는 그것을 알고 있었으므로, 사람들의 기분을 존중해서 연옥에 관한 대목은 전부 빼버린 것이다. 조객들은 진심으로 주기도문을 따라 외었다. 그런데 그가 성모경을 시작하자, 사람들의 목소리는 제각각으로 엇갈리더니 나중엔 난처한 듯이 잠잠해지고 말았다. 사람들은 한 번도 그런 기도 글귀를 들어본 적이 없었으므로 가만히 서로의 얼굴을 마주보고 있었으나, 그동안 오하라 자매들과 멜라니와 타라의 하인들은 답사를 외었다. "이제 와 우리 죽을 때에 우리 죄인을 위하여 비소서, 아멘."

그러고 나서 애쉴리는 머리를 들고 잠깐 망설이고 서 있었다. 이웃 사람들은 기다란 연설을 들을 것을 기대하면서, 자세를 편안히 하고 눈을 그에게로 집중했다. 누구나 그가 의식을 좀더 계속할 것으로 짐작하고 기다리고 있었다. 이것으로 가톨릭의 기도가 끝난 것이라고는 아무도 생각지 않았기 때문이다. 지방의 장례식은 언제나 길게 마련이었다. 집례하는 침례교회나 감리교 목사들은, 특별히 정해진 기도가 있는 것이 아니라 임기응변으로 즉석에서 기도하고, 조객들이 한결같이 눈물을 흘리고 고인의 집안 부인들이 슬퍼져서 울부짖기 전에는 좀처럼 의식을 그만두는 일이 없었던 것이다. 이렇게 맥빠진 기도만으로 모두가 사랑했던 고인의 장례식이 끝났다고 한다면, 조객들은 깜짝 놀라 불만스럽게 생각하고 분개하기 시작할 것이다. 애쉴리는 그것을 누구보다도 잘 알고 있었다. 이 문제는 몇 주일을 두고 저녁식사 때마다 화제에 오를 것이며, 오하라 댁 딸들은 아버지에 대하여 적절한 존경을 바치지 않았다는 것이 이 군의 일치된 의견이 될 것이다.

그래서 그는 용서를 비는 것처럼 캐린을 재빨리 흘끔 보고 나서 다시 머리를 숙이고, 트웰브 오크스 저택에서 노예가 죽었을 때 가끔 읽어 준 일이 있는 성공회의 매장기도를 외기 시작했다.

"나는 부활이요 생명이니…… 나를 믿는 자는…… 영원히 죽지 않으리라."

생각이 잘 나지 않았으므로 천천히 외었다. 때로는 글귀가 머리에 떠오를 때까지 잠자코 있는 일도 있었다. 그런데 이렇게 사이를 두어 가며 외는 이 기도가 도리어 깊은 감동을 주어 그때까지 눈물을 보이지 않았던 조객들도 손수건을 꺼내기 시작했다. 모두 완고한 침례교나 감리교 신자인 그들은 이것을 구교의 의식인 줄만 알고, 구교의 의식을 냉담하고 교황냄새나 풍기는 것으로만 생각하고 있었던 처음의 생각을 이내 바꾸고 말았다. 스칼렛과 수엘렌은 아무것도 모르면서 위로가 되는 아름다운 기도 구절이라고 생각하고 있었다. 멜라니와 캐린만은 열성적인 구교도였던 아일랜드 사람이 영국 교회의 의식으로 매장되고 있다는 것을 알아차렸다. 그러나 캐린은 슬픔과 애쉴리의 변절에 대한 원망으로 어리둥절해져서 말을 꺼낼 수조차 없는 형편이었다.

기도를 마치자 애쉴리는 슬픔에 잠긴 잿빛 눈을 크게 뜨고 조객들을 둘러보았다. 잠시 뒤 그는 윌을 보고 말했다. "어느 분이고 작별인사를 하시고 싶은 분은 안 계십니까?"

탈레턴 부인이 움직거리기 시작했으나 미처 그녀가 나오기 전에 갑자기 윌이 재빨리 걸어나와 관 머리께에 서서 말하기 시작했다.

"여러분!" 그는 억양 없는 조용한 목소리로 시작했다. "제가 오하라 씨를 모신 지 아직 1년 정도밖에 되지 않는 데 비해, 여러분은 벌써 20년이나, 그보다도 더 오래 친하게 지내 오셨습니다. 그런 제가 맨 먼저 나와서 말씀드린다는 것은 참으로 주제넘은 짓이라고 생각하실지 모르겠습니다. 그러나 이것도 용서를 받을 수 있으리라고 생각합니다. 왜냐하면, 오하라 씨가 앞으로 한 달쯤만 더 살아 계셨더라면 저는 오하라 씨를 아버님이라고 부를 자격이 있었을 것이기 때문입니다."

조객들은 놀란 것처럼 웅성거렸다. 귀엣말을 삼가는 정도의 예의는 차릴 줄 알고 있었으나, 모두 뒤를 돌아보고 고개를 떨어뜨리고 있는 캐린 쪽을 바라보았다. 그가 캐린을 사랑하고 있다는 것은 누구나 알고 있었다. 모든 사람의 눈길이 쏠리고 있는 쪽을 보면서, 윌은 아무것도 못 알아차린 척 말을 계속했다.

"애틀랜타에서 신부님이 오시는 대로 저는 수엘렌과 결혼하기로 되어 있으므로, 맨 먼저 말할 자격이 있지 않나 생각한 것입니다."

그의 이야기의 뒷부분은 희미하게 이 사이로 새는 중얼거림 같은 소리 속에 지워져 버렸다. 그것은 조객들 전체에 전해져 성난 벌이 윙윙거리는 것 같은 소리로 변했다. 거기에는 분개와 실망이 섞여 있었다.

모두 윌을 좋아했고, 타라를 위하여 애써 준 데 대하여 그에게 존경하는 마음을 품고 있었다. 그가 캐린에게 애정을 품고 있었던 것을 한 사람도 모르는 사람이 없었던만큼, 그녀하고가 아니라 망나니 같은 수엘렌과 결혼한다고 하자 화를 내기 시작한 것이다. 윌 같은 훌륭한 사람이 그런 얄밉고 비열한 수엘렌 오하라와 결혼한다는 것이다!

잠깐 긴장된 공기가 팽팽하게 들어찼다. 탈레턴 부인의 눈은 당장에라도 달려들 것만 같았고, 그 입은 소리도 없이 열렸다 닫혔다 하고 있었다. 매우 조용한 가운데 맥레이 노인이 손자를 바라보고, 윌이 뭐라고 하느냐고 묻고 있는 소리가 똑똑히 들려 왔다. 윌은 여전히 침착한 얼굴로 여러 사람들 쪽을 바라보고 있었으나, 그 엷푸른 눈에는 자기 아내가 될 사람에게 한 마디라도 시비를 거는 사람이 있다면 가만 놓아 두지 않겠다는 기백이 엿보였다. 잠깐 사람들이 윌에 대하여 품고 있는 진정한 호의와 수엘렌에 대한 경멸이 평형을 유지했다. 마침내는 윌에 대한 호의 쪽이 이겼다. 그는 그때까지 입을 다물고 있은 것이 자연스러운 일이었던 것처럼 천연스럽게 말을 이었다.

"저는 여러분들처럼 오하라 씨가 혈기왕성하시던 시절을 알지 못합니다. 제가 잘 알고 있는 것은, 머리가 약간 이상하셨던, 훌륭한 노신사로서의 오하라 씨입니다. 그러나 이전의 오하라 씨가 어떤 분이었나 하는 것은 여러분한테서 들어서 알고 있습니다. 그래서 저는 이렇게 말씀드리고 싶습니다. 오하라 씨는 용감한 아일랜드 사람이시고, 남부의 신사이시며, 누구에게도 못지않을 남부동맹의 충성스런 지지자이셨습니다. 이 세 가지보다 훌륭한 결합은 없습니다. 그러므로 고인과 같은 분은 이제는 좀처럼 볼 수 없지 않을까 하고 생각합니다. 그러한 분을 만들어낸 시대는 고인과 함께 사라져 버렸기 때문입니다. 고인은 외국에서 태어나셨지만, 오늘 우리가 여기에 묻어 드린 분은 이 장례식에 참석해 있는 우리 누구보다도 참으로 조지아 사람다운 조지아 사람이었습니다. 우리와 삶을 함께 나누고 우리의 땅을 사랑했던 것입니다. 그리고 여러분이 똑똑히 그것을 인정하셨을 때에는 이미 군인처럼 남부의 대의를 위하여 생명을 바치셨던 것입니다. 오하라 씨는 우리 남부 사람의 한 분이셨으며, 우리의 장점도 결점도, 우리의 강점이나 약점이나 다 갖고 계셨습니다. 그가 가지고 계셨던 남부의 장점이라는 것은, 한번 이렇다고 각오를 정하면 끝까지 밀고 나가서 어떤 상대도 무서워하시지 않았던 점입니다. 외부로부터의 위협에 굽힌 일은 한번도 없었던 것입니다. 오하라 씨는 영국 정부가 교수형을 처하라 했을 때도 눈 하나 깜짝 하시지 않았습니다. 오히려 보기 좋게 그들 손에서 벗어나서 본국을 벗어나셨던 겁니다. 이 나라에 오셨을 때는 가난했지만, 그것에 굽히시지 않고 노력해서 돈을 모으셨습니다. 이 근처 땅 태반이 아직 개척되지 않은 황무지로서, 바로 얼마 전까지 인디언이 출몰하고 있었다는데도 끄떡하시지 않고 이 땅을 손에 넣으셨습니다. 그리하여 황무지를 개척해서 큰 농장을 만드셨던 겁니다. 전쟁이 시작되어 모처럼 장만한 재산이 줄어들고 다시 가난하게 되었어도, 꿈쩍도 하시지 않았습니다. 이윽고 북군이 타라에 침입하여, 집을 불사르게 되느냐 생명을 빼앗기게 되느냐 하는 막바지에서도 전혀 두려워하시지 않고 굴하시지 않았던 겁니다. 꿋꿋이 땅을 밟은 채 떠나지 않았던 겁니다. 고인이 우리 남부의 장점을 가지고 계셨다고 하는 것은 앞에 말씀드린 이유에서입니다. 그러나 고인에게는 남부 사람으로서의 결점도 있었습니다. 그것은 안으로부터의 힘에는 굴복한다는 점입니다. 전 세계를 가지고도 굴복시킬 수 없었지만 자신의 마음에 대해서는 약하셨다는 것입니다. 오하라 씨 부인이 돌아가셨을 때, 오하라 씨의 마음도 죽고 말았던 겁니다. 오하라 씨는 굴복해 버린 것입니다. 그러니까 그 뒤로 이 땅을 걸어서 돌아다니시던 오하라 씨는 오하라 씨가 아니었던 것입니다."

윌은 말을 멈추고, 조용히 주위 사람들의 얼굴을 둘러보았다. 일동은 마치 마술에 의하여 대지에 묶여 있는 것처럼 뜨겁게 내리쬐는 태양 아래 서 있었다. 그리고 수엘렌에 대하여 품고 있었던 노여움 따위는 완전히 잊고 있었다. 윌의 눈은 한순간 스칼렛에게로 쏠렸다. 그리고 마치 마음속으로 그녀에게 위로의 미소를 보내기라도 하는 것처럼, 눈언저리에 희미한 미소를 지었다. 쏟아지려는 눈물을 겨우 참고 있는 스칼렛은 진심으로 위로를 받은 느낌이었다. 즐거운 저세상에서 다시 만나게 된다느니, 모든 것이 하느님의 뜻이니 하지 않고, 윌은 상식적인 이야기를 하고 있었다. 스칼렛은 언제나 상식적인 것에서 힘과 위안을 찾아내고 있었던 것이다.

"여기서 저는, 그분이 목뼈를 부러뜨리게 되셨다고 해서, 어느 분이고 오하라 씨를 어리석은 사람이라고 생각지 마시기를 부탁드립니다. 여러분이나 저나 모두 오하라 씨와 다를 바 없는 사람입니다. 우리는 같은 약점과 결점을 가지고 있는 것입니다. 우리는 오하라 씨 못지않게, 어떤 것에도 굴복하지 않을 만한 것을 가지고 있습니다. 양키들에게도, 탐욕스러운 카펫배거들에게도, 곤란한 시대에도, 무거운 세금에도, 무서운 굶주림에도 굴복하지 않는 겁니다. 그러나 우리 마음속에 있는 약한 점에는 눈이 어두워지는 수도 있고, 지는 일도 있습니다. 그러나 그것에 졌다고 해서 오하라 씨처럼 사랑하는 사람이 늘 죽기 마련인 것은 아닙니다. 여러 가지로 다르기는 할망정 저마다 사는 보람이라는 것이 있습니다. 그러므로 저는 이렇게 말씀드리고 싶습니다. 사는 보람을 잃은 사람은 죽는 편이 낫다고요. 요즈음 같은 세상에는 그런 사람들이 살 여지는 없습니다. 그런 사람들은 죽는 편이 행복할 겁니다……. 여러분이 오하라 씨의 죽음을 슬퍼하실 까닭은 없다고 말씀드리려고 하는 것도 그런 이유 때문입니다. 슬퍼하지 않으면 안 되었던 것은, 셔먼 부대가 침입해 와서 오하라 부인이 돌아가셨을 때였습니다. 오하라 씨의 육신이 자신의 영혼과 만나기 위하여 이 세상을 떠난 지금, 우리로서는 고약한 이기심이라도 있다면 모르거니와 탄식하고 슬퍼할 까닭은 없다고 생각합니다. 오하라 씨를 친아버지처럼 사랑했던 저인 만큼 이상과 같이 말씀드리는 바입니다……. 허락해 주신다면, 이걸로 저의 인사를 마치고 싶습니다. 유족 분들은 대단히 피로하시기 때문에 더 이상 이야기 한다는 것은 결코 이해심 있는 태도가 아니라고 생각합니다."

월은 말을 마치자, 탈레턴 부인 쪽을 향하여 나지막한 소리로 말했다. "부인, 스칼렛을 집으로 데려가 주실 수 없을까요. 햇볕 아래 너무 오래 세워두는 것은 좋지 않습니다. 그리고 절대로 실례되는 말씀을 드리려는 건 아닙니다만, 폰테인 할머니께서도 그다지 기력이 좋지 않으신 것 같으니 사양 마시고 들어가시는 게 좋겠습니다."

스칼렛은 갑자기 애도의 인사에서 자기에게 화제가 바뀌어 모든 사람의 눈이 자기한테 쏠리자 수줍어 빨개졌다. 어째서 월은 이미 누구나 다 알고 있는 자기의 임신을 새삼스럽게 알렸을까. 그녀는 부끄러워서 원망스러운 눈길을 그에게로 돌렸으나, 월의 부드러운 눈길과 마주치자 눈을 아래로 깔았다.

'부탁해요.' 그의 눈길은 말하고 있었다. '내가 뭘 하는지는 알고 있어요.'

이미 그는 이 집 남자인 것이다. 소란 같은 것은 일으키고 싶지 않은 것이다. 스칼렛은 하는 수 없이 탈레턴 부인 쪽을 보았다. 이 부인은 월의 계획대로 수엘렌에 대한 것을 금세 잊어버리고 스칼렛의 팔을 잡았다. 그녀는 동물이건 사람이건 보살피는 것에 대해서 언제나 기쁨을 느끼는 사람이었다.

"자, 집으로 돌아가자꾸나."

부인의 얼굴에는 무척 친절하고 정성스러운 표정이 나타나 있었다. 스칼렛은 사람들이 내주는 좁은 통로를 빠져나가는 것이 고통스러웠다. 그녀가 지나가자 동정어린 말이 속삭여지고, 몇 사람인가가 위로하는 표정으로 손을 내밀기도 하고, 어깨를 두드리기도 했다. 폰테인 댁 할머니 옆에 이르자, 노부인은 주름투성이인 손을 내밀고 "자, 네 손 좀 이리 다오" 하더니 샐리와 폰테인 쪽을 힐끗 보고 말을 덧붙였다. "아니다, 너희는 오지 않아도 좋아."

세 사람은 천천히, 비켜 주는 사람들 사이를 빠져나와 나무 그늘이 진 작은 길을 지나서 집 쪽으로 향했다. 탈레턴 부인이 너무도 알뜰히 스칼렛의 팔을 부축하고 있으므로, 그녀는 걸을 때마다 마치 땅에서 들어올려지는 듯한 느낌이 들었다.

"윌은 어째서 그런 소리를 했을까요?" 여러 사람에게 들리지 않는 데까지 오자 스칼렛은 볼멘소리로 외쳤다. "마치 보십시오, 저 사람은 이제 곧 아기를 낳게 됩니다, 하고 광고한 거나 다름없잖아요."

"저런, 그렇지만 실제로 그렇지 않아?" 탈레턴 부인이 말했다. "윌이 한 일은 당연한 거야. 기절해서 유산을 할지도 모르는데, 내리쬐는 뙤약볕 아래 세워 둔다는 건 말도 안 되거든."

"윌은 이 애가 유산될까 봐 걱정한 것은 아니야." 층계로 향하는 앞뜰을 겨우 지나가자 약간 가쁜 숨을 쉬면서 할머니는 말했다. 그 얼굴에는 못마땅한 듯한, 무엇이고 다 알고 있는 것 같은 미소가 떠올라 있었다. "윌은 머리 좋은 사내야. 자네나 나를 무덤 옆에 놓아 두고 싶지 않았던 거지, 베아트리스. 우리가 무슨 소리를 할지 모른다고 염려스러웠으니까, 우리를 쫓아 버리려면 이렇게 하는 도리밖에 없었던 거야……. 그것만이 아니지. 관 위에 흙 덮는 소리를 스칼렛에게 들려 주고 싶지 않았던 거야. 그건 잘한 일이지. 알겠니, 스칼렛. 그 끔찍한 소리만 듣지 않으면 죽은 사람도 정말로 죽었다고는 생각되지 않는 거다. 그러나 일단 그것을 듣고 나면…… 정말 그건 세상에서 제일 무서운 죽음의 소리니까 말이다……. 층계를 올라갈 테니 손을 빌려 다오, 스칼렛. 그리고 내 손을 좀 잡아 주어, 베아트리스. 스칼렛은 목발이 필요치 않은 것처럼 자네 팔도 필요치 않아. 그리고 나도 윌이 말한 것처럼 쇠약하진 않아……. 윌은 네가 아버지의 귀염을 받았다는 것을 알고 있었기 때문에, 이제 더 이상 슬프게 하고 싶지 않았던 거야. 너의 동생들은 문제없다고 생각한 모양이군. 수엘렌에게는 수치심이라는 지지대가 있고, 캐린에게는 하느님이 계시지만, 네게는 아무것도 부축해 줄 것이 없으니까 말이다. 안 그러냐?"

"그래요." 스칼렛은 대답하고 노부인을 부축해서 층계를 오르게 하면서, 이 갈대피리 같은 노파의 목소리에 진실이 담겨 있는 것에 살짝 놀랐다. "제겐 어머니 말고는 아무도 저를 붙들어 주는 사람이 없었어요."

"그렇지만 어머니가 안 계셔도 너도 혼자서 해 나갈 수 있다는 것을 알았지 않니? 세상에는 흔히 혼자서는 해 나가지 못하는 사람이 있단다. 너의 아버님도 그런 축이지. 월이 말한 대로야. 슬퍼할 것까지는 없어. 오하라 씨는 엘렌이 없어지자 해 나가지 못했으니까 말이야. 천국으로 가는 편이 행복해. 나도 마찬가지로 죽은 남편 곁으로 가는 편이 행복한 거야."

그렇게 말하면서도 조금도 동정을 구하는 기색은 없고, 다른 두 사람도 아무런 동정도 보이지 않았다. 할머니의 말하는 품은 마치 영감님이 아직 살아서 존즈버러에 계셔서 마차로 조금만 가면 금방 만날 수 있는 것처럼 쾌활하고 자연스러웠다.

할머니는 너무나 오래 살아서 많은 것을 경험해 왔으므로 죽음 같은 것은 전혀 무섭지 않았던 것이다.

"하지만 할머님도 혼자 해 나가실 수 있는 분이에요." 스칼렛은 말했다.

"그렇지, 하지만 때로는 정말 지겨울 때가 있단다."

"잠깐, 할머니." 탈레턴 부인이 옆에서 말참견을 했다. "그런 말씀을 스칼렛에게 하시면 안 되잖아요. 이 애는 벌써 마음이 어지러워져 있어요. 여기까지 먼 길을 온데다가 거북한 옷이며, 슬픔이며, 더위며, 이 이상 할머니께서 슬프고 우울한 말씀을 하시지 않아도 유산의 원인이 될 만한 일이 얼마든지 있단 말이에요."

"신의 잠옷이여!" 스칼렛은 짜증이 나서 외쳤다. "전 마음이 어지러워지거나 하지 않았어요! 그리고 그런 병약해서 유산 따위나 하는 못난이는 아니란 말이에요!"

"그렇게 말하면 안 된다." 탈레턴 부인은 다 안다는 듯이 말했다. "나는 황소가 우리 집 흑인을 뿔로 받는 것을 보고 첫아이를 유산했으니까 말이다. 넌 기억하겠지, 우리 집 붉은 암말 넬리 말이다. 그런 튼튼한 말은 없는 줄 알았는데, 그것이 신경질이고 성미가 괴팍스러워서 말이다. 만약 내가 잘 보살펴 주지 않아더라면 그건……."

"베아트리스, 이젠 그만 해요." 할머니는 말햇다. "스칼렛은 절대로 유산 따위는 하지 않아. 이 현관 복도에서 좀 쉬자구, 여기는 시원하니까. 바람이 잘 들어오는군 그래. 베아트리스, 부엌에 혹시 버터밀크가 있거든 한 잔 내게 갖다 주게나. 그렇잖으면 찬장을 열어 봐서 포도주가 있으면 그것도 괜찮아. 한 잔 하면 기운이 나니까 말이야. 모두들 작별인사를 하러 올 때까지 여기 있자구."

"스칼렛은 눕혀야만 해요." 탈레턴 부인은 임신이라면 하나에서 열까지 다 알고 있다는 듯이 익숙한 태도로 그녀의 몸을 훑어보았다.

"좀 가져다주게." 할머니는 지팡이로 가볍게 부인을 찔렀다. 탈레턴 부인은 아무렇게나 되는대로 모자를 식기장 위에 던져 놓고, 땀이 밴 붉은 머리카락을 쓸어넘기면서 부엌 쪽으로 갔다.

스칼렛은 의자에 깊숙이 앉자 꽉 조이는 바스크 단추를 두 개 풀었다. 천장이 높다란 현관 복도는 시원하고 어두침침했다. 뜨거운 양지에 있었던 뒤라, 뒤쪽에서 앞쪽으로 빠져나가는 변덕스러운 바람이 매우 상쾌했다. 제럴드의 유해가 안치되어 있었던 건너편 객실을 바라보자 비통한 생각이 떠올라, 난로 위에 걸려 있는 로빌라드 할머니의 초상을 올려다보았다. 머리를 높게 빗어 넘기고 가슴을 반쯤 드러내 보인 채 새침스럽게 얌전을 빼고 있는, 총검 자국이 난 초상을 보자 언제나처럼 기운이 솟아났다.

"아들들을 잃은 것과 말을 잃은 것 중 어느 쪽이 베아트리스 탈레턴 저 사람을 더 슬프게 했는지 모르겠어." 폰테인 댁 할머니가 말했다. "집이나 딸들에 대해서 한 번도 염려해 본 적이 없었으니까 말이야. 저 사람도 윌이 말한 것 같은 그런 축이야. 사는 보람을 잃어버린 거지. 가끔 나는 이렇게 생각할 때가 있어. 저 사람도 너의 아버님처럼 차라리 죽어버리는 게 어떨까 하고 말이야. 저 사람은 말이건 사람이건 무엇인가 보살펴 줄 것이 눈 앞에 없으면 결코 행복해지지 못하는 사람이거든. 그런데 딸들은 한 사람도 시집가지 않았고 앞으로도 이 근처에서는 사윗감을 찾아낼 것 같지도 않으니까, 지금은 아무 데도 마음을 붙일 곳이 없는 거란다. 원래가 저런 성질만 아니라면 저 사람도 여느 사람과 같이 지낼 수가 있을 텐데 말이야……. 그런데, 윌이 수엘렌과 결혼한다고 말한 것이 사실이냐?"

"네." 스칼렛은 노부인을 똑바로 보면서 말했다. 폰테인 댁 할머니를 무척 무섭다고 느낀 시절도 있었다는 것이 생각났다. 그 시절에 비하면 그녀도 어른이 되어 있었다. 만약 할머니가 타라에 대해서 공연한 말참견을 하더라도, 이놈의 할미 꺼져 버려라는 둥 말하지는 않을 것이다.

"쓸데없는 짓을 했군 그래." 할머니는 거침 없이 말했다.

"그럴까요?" 스칼렛은 거만하게 대답했다.

"그렇게 거드름 피우면 못 써, 아가씨." 노부인은 신랄한 투로 말했다.

"네 소중한 동생을 비난의 대상으로 삼자는 것은 아니다. 하기야 묘지에 있었으면 했을지도 모르지만 말이다. 결국 내가 말하고 싶은 것은, 이 근처에는 남자가 아주 모자라니까 윌은 어떤 처녀와도 결혼할 수 있었을 텐데 하는 거란다. 베아트리스에게는 말괄량이 딸이 넷 있고, 먼로 댁에도 딸들이 있어. 맥레이 댁에도……."

"윌은 수엘렌과 결혼할 생각인 거예요. 그것뿐이에요."

"그런 남자를 만났으니, 그 애도 운이 좋았어."

"타라로서도 그 사람을 만나서 운이 좋았다고 생각해요."

"너는 이 땅을 사랑하고 있는 거구나?"

"네."

"타라를 돌봐 주는 남자라면 자기 동생이 신분이 낮은 남자와 결혼해도 상관없다고 생각할 정도로 말이지?"

"신분이라고요?" 스칼렛은 그런 생각에 깜짝 놀라서 외쳤다. "신분요? 젊은 여자가 자기를 보살펴 줄 남편을 고를 수만 있다면, 지금 세상에 신분 같은 것이 무슨 소용이겠어요?"

"그것은 사람에 따라서 의견이 다른 문제지." 노부인은 말했다. "네 의견이 당연한 거라고 말할 사람도 있을 것이고, 또 개중에는 단 1인치일지라도 절대로 내려서는 안 될 가로대를 내렸다고 할 사람도 있을 것이다. 윌은 분명히 상류 사람은 아니다. 그리고 너희 집안에는 어엿한 가문의 어른이 계셨어."

할머니는 날카로운 눈초리로 로빌라드 할머니의 초상화를 바라보았다.

스칼렛은 쭉 뻗은 머리칼에 평범하고 무던하며 늘 짚을 씹고 있는 윌을 생각해 보았다. 실제로는 그렇지 않지만 전체적인 느낌이, 가난뱅이 백인들에게 흔히 있는 것처럼 어딘가 활력이 부족한 것같이 느껴졌다. 그에게는 대대로 이어져 내려오는 부와 지위가 있는 훌륭한 혈통의 조상이 있는 것도 아니었다. 윌의 첫 선조가 조지아 주에 발을 들여놓았을 때는, 아마 오글소프(영국의 장군으로, 조지아 주의 건설자) 마을의 빚에 허덕이는 패거리였거나, 계약 고용살이를 하는 머슴이거나 했을 것이다. 윌은 대학 교육도 받지 못했다. 사실 산간벽지의 초등학교에 다니던 4년 동안이 그가 받았던 교육의 전부였던 것이다. 정직하고 충실한 사나이로, 끈기 있고 매우 쓸모 있는 일꾼이기는 했으나, 상류 사람이 아닌 것만은 확실했다. 확실히 로빌라드 집안을 기준으로 한다면 수엘렌은 격이 내려지는 셈이었다.

"그래서 너는 윌이 친척이 되는 것을 승낙했니?"

"승낙했어요." 스칼렛은 한 마디라도 비난조로 나오면 당장 대들려고 잔뜩 힘을 주어 대답했다.

"내게 키스해 다오." 의외로 할머니는 그렇게 말하고, 사뭇 자기 뜻에 맞는다는 듯이 빙그레 웃었다. "나는 여태까지 너를 마음에 들어한 적은 한 번도 없었다, 스칼렛. 너는 언제나 마치 호두알처럼 딱딱했기 때문에 말이야. 아이 때도 그랬지. 나는 나 자신을 제외하곤 딱딱한 여자를 싫어해. 그렇지만 네가 일처리하는 건 마음에 들어. 설사 그것이 마음에 안 들더라도 하는 수 없다고 생각하면 앙탈하지 않는 태도가 좋아. 마치 훌륭한 사냥꾼처럼 울타리를 뛰어넘어 버리는 사람이야."

스칼렛은 애매한 미소를 띠며, 얌전하게 내민 주름살투성이인 볼에 살짝 입술을 댔다. 비록 무슨 소리인지 또렷이 알아들을 수는 없더라도 칭찬을 들으면 역시 싫지는 않았다.

"네가 수엘렌을 가난한 백인과 짝지어 주면 그걸 이러니저러니 말할 사람이 이 근방에도 많이 있을 게다. 설사 모두가 윌을 좋아한대도 말이다. 그 사내는 훌륭한 사람이라고 말하면서도, 뒷구멍으로는 오하라 댁 딸이 자기보다 신분이 낮은 남자와 결혼한다니 말도 안 된다고 할 것이다. 그러나 그런 일을 개의하면 안 된다."

"저는 남의 소문에 신경을 써본 일이 한 번도 없어요."

"그 말은 나도 들었어." 할머니의 목소리에는 다소 비아냥거리는 어조가 섞여 있었다. "뭐 남이 하는 소리에 신경쓸 건 없는 거야. 이 혼인은 틀림없이 원만히 돼나갈 거다. 물론 윌은 여전히 가난뱅이처럼 보일 테고, 결혼했다고 해서 그 사람의 말씨가 좋아질 리도 없지. 그리고 설사 돈이 듬뿍 생긴다 해도 너의 아버님과 달라서, 그 사람 때문에 타라가 번쩍거리는 일은 절대로 없을 게다. 가난뱅이란 화려하게 할 줄을 모르거든. 하지만 윌은 신사니까 엉뚱한 짓은 하지 않을 거다. 타고난 신사가 아니고서는 아무도 아까 윌이 묘지에서 한 말을 어디가 나쁘다고 타박할 수 없을 거야. 온 세계가 덤벼들어도 우리는 지지 않겠지만 이제 더 이상 바랄 수도 없는 것을 함부로 갖고 싶어 하거나, 함부로 생각하거나 하면 그것에 지고 마는 거야. 그렇지, 윌이면 수엘렌도 타라도 원만해질 거다."

"그럼 제가 그 두 사람을 결혼시키는 걸 할머니도 찬성해 주시는 거군요?"

"천만에!" 그 목소리는 지치고 억울해 하는 듯했으나, 그래도 기운이 있었다. "가난뱅이 백인이 이름 있는 집안 사람과 혼인하는 데 찬성을 하다니? 어림도 없지! 잡종이 순종과 어울리는 것을 내가 찬성할 수 있겠니? 가난뱅이 백인이라도 착하고, 똑똑하고, 정직한 사람이 있지만……."

"하지만 할머니는 이 혼인을 잘될 것으로 생각한다고 하셨잖아요!" 스칼렛은 갈피를 잡을 수가 없어서 외쳤다.

"그래, 그 점에서라면 수엘렌이 윌과 결혼하는 것은 좋은 일이라고 생각한다. 누구와 결혼하든 좋은 거야. 수엘렌도 남편을 얻어야만 되니까 말이다. 막상 남편감을 찾으려면 어디 다른 데서라도 찾아야 할 거다. 그리고 너로 말하더라도 타라의 좋은 관리인이 다른 곳에서 발견되리라고 생각하고 있지는 않겠지. 그렇다고 내가 너보다 이번 일을 기뻐하고 있다고는 볼 수 없을 거야."

그런 말씀을 하신대도 나는 무척 기뻐하고 있는 걸요, 하고 스칼렛은 노부인의 속마음을 알아내려고 하면서 생각했다. 나는 윌이 동생과 결혼하는 것을 기뻐하고 있다. 어째서 할머니는 내가 기뻐하지 않는 걸로 생각하고 있는 것일까. 마치 할머니와 마찬가지로 마음에 들지 않는 것이 당연한 것처럼 생각하고 있다.

그녀는 뭐가 뭔지 종잡을 수가 없어서 좀 부끄러운 생각이 들었다. 사람들이 자기들의 감정이나 동기를 그녀 역시 가지고 있으리라 단정하고 나올 때면 언제나 이런 기분이 드는 것이었다.

할머니는 야자잎 부채를 부치면서 기세 좋게 말을 계속했다. "나는 너보다 이 혼인에는 찬성하거나 하지는 않는다. 하지만 나는 실제적인 성질이라서 말이다. 너도 그렇지만 나 또한 마음에는 들지 않지만 아무래도 어쩔 수 없는 거면 울부짖거나 떠들거나 하는 바보짓은 하지 않는다. 그런다고 인생의 고빗길을 빠져나가게 되는 건 아니니까. 친정이고 시집이고 말할 수 없는 고비를 겪었기 때문에 잘 알고 있다. 만약 우리 집안에 가훈이 있다면 그건 이런 거다. '울부짖지 마라! 웃으며 시기를 기다려라.' 우리는 이렇게 웃으면서 시기를 기다렸다가 여러 가지 고비를 넘겨 왔단다. 그러니까 참고 넘기는 데는 익숙해졌지. 익숙해지지 않을 수가 없었거든. 우리는 언제나 지는 말에만 내기를 걸고 있었던 거야. 신교도와 함께 프랑스를 도망쳐 나오기도 하고, 왕당파와 같이 영국을 빠져나오기도 하고, 유쾌한 찰스 왕자와 함께 스코틀랜드를 도망쳐 나오기도 하고, 흑인들 때문에 아이티를 빠져나오기도 하고, 지금은 또 지금대로 양키 때문에 호된 꼴을 당하고 있다. 그러나 우리는 언제고 몇 년만 지나면 머리를 들고 일어나게 되는 거야. 왜 그런지 알겠니?"

할머니는 머리를 홱 뒤로 젖혔다. 스칼렛은 아는 것 많은 늙은 앵무새 같다고 생각했다.

"아뇨, 저는 모르겠어요." 그녀는 공손히 대답했다. 그러나 속으로는 넌더리가 났다. 훨씬 전에, 할머니가 크리크족의 반란에 대한 추억담을 시작했을 때도 역시 지루해서 혼났던 적이 있었다.

"그건 말이다. 이런 거란다. 우리는 도저히 피할 수 없는 것에는 머리를 숙인다. 우리는 밀이 아니라 메밀인 거야. 폭풍이 불면 여문 밀은 물기가 없어서 바람에 휘지 않으니까 쓰러지고 만다. 그러나 여문 메밀은 물기가 있으니까 휜단 말이다. 그리고 바람이 지나가면 다시 그전처럼 강하게 꼿꼿이 일어선단다. 우리는 완고한 인간은 아니니까 말이다. 심한 바람이 불 때에는 될 수 있는 대로 휘는 거야. 그러는 편이 이득이거든. 어려운 일이 닥치면, 도무지 피할 수 없는 일에는 아무 소리말고 머리를 숙이고 부지런히 일하며 웃으면서 시기를 기다리는 거지. 하찮은 녀석들하고도 함께 어울려서 그놈들에게서 뺏을 수 있는 것은 뺏어 내는 거야. 그리고 이쪽이 웬만큼 강해지면 매달렸던 놈들의 머리통을 걷어차 버리는 거야. 그것이 살아가는 비결이지." 이렇게 말하더니 잠시 숨을 돌리고 나서 덧붙였다. "이걸 네게 가르쳐 주마."

노부인은 자기가 한 말이 무척 재미있다는 듯이 킥킥 웃기 시작했다. 그러나 그 말에는 독기가 서려 있었다. 그녀는 스칼렛이 무슨 의견이라도 말하지 않을까 하고 기다리는 모양이었으나, 스칼렛은 무슨 말인지 도무지 알 수가 없어서 할 말이 생각나지 않았다.

"그래, 애야" 하고 할머니는 계속했다. "우리 집안은 쓰러졌다가도 다시 일어난다. 그런데 이 근처 사람들은 도무지 그러지 못하는 사람이 많아. 캐들린 캘버트를 보렴. 그 꼴이 뭐냐? 가난뱅이 백인이 되고 말았잖니, 결혼한 상대방 남자보다 더 비참하게 몰락해 버렸더구나. 맥레이 댁을 보렴. 형편없이 땅바닥에 주저앉아서 무엇을 해야 할지, 어떻게 해야 할지 모르는 꼴이야. 해보려고도 하지 않거든. 옛날에 잘살던 시절을 훌쩍거리면서 떠올리는 것으로 시간을 보내고 있지 않니? 그리고 또 보란 말이다. 그렇지, 우리 알렉스나, 샐리나, 너나, 짐 탈레턴과 누이동생들이나, 그 밖의 몇몇 사람을 빼고 이 군 대부분의 사람들을 보란 말이다. 모두가 몰락해 버렸잖니. 그것도 다 물기가 없었기 때문이야. 다시 일어날 만한 대처 능력이 없기 때문이야. 이 사람들이 가지고 있던 거라고는 돈과 흑인뿐이었어. 그런데 지금은 돈도 흑인도 없어지고 말았으니, 이 사람들은 다음 대에는 정말 가난뱅이가 되고 말 거다."

"할머니는 윌크스네 사람들을 잊고 계시군요."

"아니, 잊지야 않았지. 애쉴리는 이 집에 온 손님이라고 생각했기 때문에 예의상 그 사람들의 이름을 들먹이지 않았을 뿐이야. 네가 왜 그 이름을 꺼냈는지 알겠다마는, 그 사람들도 보렴. 듣자하니 인디어는 벌써 바싹 말라버린 노처녀가 되어, 스튜어트 탈레턴이 죽었다고 완전히 과부 행세를 하면서 죽은 사람을 언제까지나 잊으려 하지 않고, 다른 남자를 찾으려고도 하지 않는다는 거야. 그 애도 벌써 나이가 들었지만 그래도 해볼 생각만 있다면 많은 식구를 거느린 홀아비쯤은 구할 수 있을 거다. 그리고 그 불쌍한 하니는 색시닭 같은 바보 계집애인 주제에 노상 사내 꽁무니만 쫓아다녔지 뭐냐. 그리고 애쉴리만 해도 좀 보려무나."

"애쉴리는 퍽 훌륭한 사람이에요." 스칼렛은 샐쭉해서 말했다.

"훌륭하지 않다고는 말하지 않았다. 하지만 그 사람은 벌렁 뒤집어진 바닷거북처럼 아무짝에도 쓸모없는 사람이야. 윌크스 댁 사람들 가운데 이 어려운 시기를 어떻게 용케 뚫고 나갈 사람이 있다면, 그것은 멜라니야. 애쉴리는 아니지."

"멜라니라고요? 원 할머니도! 무슨 말씀을 하시는 거예요? 저는 멜라니와 오랫동안 함께 지내보았으니까 잘 알지만, 그 애는 몸이 약하고 마음도 약해서, 거위를 우 하고 쫓을 만한 주변도 없는 여자예요."

"도대체 거위에게 우우 해보고 싶은 사람이 어디 있다든? 그런 건 내가 볼 때 언제나 공연한 시간 낭비다. 멜라니는 거위보고는 우우 하지 않을지는 모르지만, 세상에 대해서나 북부 정부에 대해서나, 그 밖에 그 애의 소중한 애쉴리나, 아기나, 자기의 품위 있는 관념을 위협하는 것들에 대해서는 얼마든지 우 할 수 있을 거다. 그 애의 방법은 네 방법과는 다른 거야, 스칼렛. 또 내 것과도 다르다. 그것은 너의 어머니가 만약 살아 계셨다면 꼭 그렇게 하셨으리라고 생각되는 방법인 거다. 멜라니는 내게 너의 어머니의 젊은 시절을 생각나게 해 준다……. 틀림없이 멜라니가 윌크스 댁 집안을 이끌고 나갈 거다."

"어머나, 멜라니는 마음씨 착한 바보예요. 할머니는 애쉴리를 매우 오해하고 계셔요. 그 사람은……."

"천만에! 애쉴리는 책을 읽는 것밖에는 할 수 없도록 자라났어. 그런 건 우리가 지금 맞닥뜨린 어려운 생활을 이겨나가는 데에 아무 소용도 닿지 않는 거야. 남들의 얘기로는, 그 사람은 이 군에서도 제일 쓸모없는 농군이라고 하더구나. 그저 우리 알렉스와 비교해 보렴. 전쟁 전에 알렉스는 세상에서 제일 돼먹지 않은 건달로서, 새 크라바트라든가, 술 취하는 일이라든가, 누군가를 권총으로 쏘는 일이라든가, 변변치도 못한 계집애 뒤를 쫓아다니는 일 정도밖엔 생각한 적이 없었지. 그런데 지금의 그 애를 보렴. 농사일을 제대로 다 배우지 않니. 마지못해서 배운 거지만, 그러지 않았으면 저는 물론이고 우리까지 굶어 죽고 말았을 거다. 지금은 그 애가 이 군에서 제일 좋은 목화를 만들어내고 있어. 그렇지, 타라의 목화보다 훨씬 좋지! 그리고 돼지며 닭도 칠 줄 알거든, 정말이다! 그 애는 쉽게 불끈거리긴 하지만 훌륭한 젊은이야. 시기를 기다리며 임기응변으로 해 나가는 재주를 터득했어. 이 고통스러운 '재건' 시대가 지나면, 알렉스는 틀림없이 저의 아버지나 할아버지와 마찬가지로 부자가 될 거다. 하지만 애쉴리는……."

스칼렛은 애쉴리에 대한 경멸에 분개했다.

"그런 건 제게 시시한 걸로 생각돼요." 그녀는 쌀쌀맞게 말했다.

"그럴 리가 있나." 할머니는 날카로운 눈길로 스칼렛을 바라보며 말했다. "하지만 이와 꼭같은 일을 너는 애틀랜타에 간 이후 스스로 하고 있지 않느냐. 아무렴, 아무리 우리가 이런 시골에 틀어박혀 있다 해도, 네가 맹활약하고 있다는 것쯤은 듣고 있다. 너도 세상이 변하는 데 따라서 변하지 않았니. 너는 북군이나 백인 불량배와 벼락부자가 된 카펫배거들에게 아첨하면서 돈을 우려낸다며? 소문을 듣자니 그러면서도 무던히 얌전을 뺀다더구나. 뭐, 괜찮다. 얼마든지 해라. 그놈들한테서 짜낼 수 있는 데까지 짜내려무나. 하지만 돈이 넉넉하게 모이거든 그놈들의 낯짝을 걷어차 버리는 거야. 그 이상은 쓸모없으니까 말이다. 힘껏 해 봐, 잘 해보는 거야. 네 코트 자락에 돼먹지 못한 녀석들이 주렁주렁 매달려서 너를 망칠 수도 있으니까 말이다."

그 말을 이해해 보려고 이마에 주름을 지으면서 그녀는 할머니 얼굴을 바라보았다. 어떤 뜻인지 잘 알 수는 없었으나, 그래도 애쉴리를 뒤집힌 바닷거북이라고 한 말에는 아직도 화가 나 있었다.

"할머니는 애쉴리를 오해하고 계신다고 생각해요." 그녀는 느닷없이 말했다.

"스칼렛, 너는 말귀를 못 알아듣는구나."

"아마 그럴 거예요." 스칼렛은 이 할머니의 턱을 쥐어박아 줄 수 있다면, 하고 생각하면서 퉁명스럽게 말했다.

"너는 돈에는 무척 머리가 잘 돌아가는데 말이다. 그런 건 남자들의 꾀지. 너에게는 도무지 여자다운 꾀가 없어. 사람에 대해서는 전혀 머리가 돌지 않아."

스칼렛의 눈엔 확 불이 일었다. 그녀는 주먹을 쥐었다 폈다 했다.

"이거 네 비위를 몹시 건드린 모양이구나." 노부인은 미소를 지으면서 말했다. "그저 골을 좀 내게 해보고 싶었단다."

"어머나, 정말이세요? 어째서요?"

"그야 여러 가지 이유가 있지."

할머니는 의자의 등받이에 몸을 기댔다. 그때 스칼렛은 할머니가 몹시 피로하고, 깜짝 놀랄 만큼 늙었다는 것을 문득 깨달았다. 부채 위에 포갠 그 조그만 새발톱 같은 손은 죽은 사람의 손처럼 누렇고 마치 밀랍 같았다. 문득 어떤 생각이 떠오르자 스칼렛의 가슴에서 노여움이 사라졌다. 그녀는 몸을 일으켜서 할머니의 손을 잡았다.

"할머니는 무척 상냥한 거짓말쟁이시군요." 그녀는 말했다. "진심으로 이런 이야기를 하신 건 아니겠죠? 그저 아버지 생각에서 기분을 돌려 주시려고 하신 거지요?"

"놀리면 못 써요." 노부인은 손을 뿌리치면서 못마땅한 듯이 말했다. "한 가지는 그것도 있지만, 그뿐만 아니라 지금 내가 한 말이 진실이니까 그래서 말해 준 거다. 그런데 너는 바보니까 그걸 모르는 거야."

그러나 할머니는 자신이 한 말을 누그러뜨리려는 듯이 약간 웃어 보였다. 스칼렛의 마음속에 애쉴리 건에 대한 분개는 깨끗이 사라지고 말았다. 할머니가 진심으로 한 말이 아니라는 것을 알게 되자 기뻤다.

"그래도 고마워요, 친절하게 여러 가지 말씀을 해주셔서. 그리고 윌과 수엘렌의 일에 대해서는 제 편을 들어 주셔서 기뻐요. 아마 찬성하지 않는 분이 많이 계실 텐데요."

탈레턴 부인이 버터밀크 컵을 두 개 들고 들어왔다. 그녀는 집안 살림이라면 무엇이고 서툴러서 컵에서 우유를 질질 흘리고 있었다.

"저장고까지 가서 겨우 찾아냈어요." 부인은 말했다. "어서 마시세요. 인제 슬슬 모두들 돌아올 때가 되었으니까요. 스칼렛, 너는 정말로 수엘렌을 윌과 결혼시킬 작정이냐? 그 사람이 수엘렌과 어울리지 않는다는 건 아니지만, 뭐니뭐니해도 윌은 가난뱅이 백인이고……."

스칼렛의 눈이 할머니의 눈과 마주쳤다. 할머니의 눈에는 스칼렛이 생각하고 있는 것과 똑같은 대답이 짓궂은 빛으로 떠올라 있었다.

41

마지막 작별인사를 마치고 차바퀴와 말발굽 소리가 사라지자, 스칼렛은 엘렌의 사무실로 들어가서 사무용 책상 서류꽂이에 있는 누래진 서류 사이에서, 어젯밤에 숨겨 두었던 번쩍이는 것을 꺼냈다. 포크가 코를 훌쩍거리며 식당에서 저녁식사 준비를 하고 있는 소리를 듣고, 그를 불렀다. 그녀의 곁으로 다가온 검은 얼굴은 마치 주인을 잃은 집 없는 개처럼 서글퍼 보였다.

"포크," 그녀는 엄숙한 목소리로 말했다. "할아범이 또 울면, 나도…… 나도 울음이 나오니 울지 말아요."

"예, 안 울려고 하는데도, 울지 않으려고 하면 그럴 때마다 제럴드 나리가 생각이 나서……."

"그럼 생각을 말아요. 나는 다른 사람이라면 누가 울든 아무렇지 않지만, 할아범이 울면 괴로워. 알겠지?" 그녀는 갑자기 상냥하게 말했다. "왜 그런지 모르겠어? 할아범이 얼마나 아버님을 사랑했는지 알고 있기 때문에 난 할아범이 울면 괴로운 거야. 코를 풀어요, 포크. 할아범에게 줄 것이 있어."

커다란 소리를 내어 코를 풀면서도, 포크의 눈에 호기심이 스쳤다. 그것은 호기심이라기보다는 어떤 예의라는 편이 옳았다.

"할아범은 누구넨가 닭장에 도둑질 갔다가 총에 얻어맞은 그날 일을 기억하고 있어?"

"어떻게, 어떻게, 스칼렛 아씨! 저는 결코……"

"그랬다는 거 알아. 이렇게 오래 됐는데 내게 거짓말은 하지 마. 그때 내가 그처럼 우리를 위해서 생각해 준 인사로 시계를 주겠다고 약속한 걸 기억해?"

"네, 알고 있습죠. 저는 아씨야말로 잊으신 줄 알았습니다요."

"아냐, 잊지 않았어. 자, 이것이 그거야."

그녀는 전면에 조각이 되어 있는 묵직한 금시계를 내밀었다. 축 늘어진 줄에는 시곗줄과 도장이 매달려 있었다.

"아니, 이건, 스칼렛 아씨!" 포크는 소리쳤다. "제럴드 나리의 시계가 아닙니까! 나리께서 늘 그것을 들여다보시던 걸 저는 자주 보았습니다."

"그래, 아버님 시계야, 포크. 이걸 할아범에게 줄 테야. 자, 받아요."

"아이구 당치도 않습니다!" 포크는 무서운 듯이 뒷걸음질쳤다. "그것은 백인 나리들께서 가지는 시계고 더군다나 제럴드 나리 것이 아닙니까. 어째서 제게 주시려고 하십니까요, 스칼렛 아씨. 그 시계는 마땅히 웨이드 햄프턴 도련님이 가지셔야 하는 것입니다요."

"이건 할아범이 가져도 되는 거야. 도대체 웨이드 햄프턴이 아버님께 무얼 해 드렸다는 거야. 아버님께서 병환으로 쇠약하셨을 때 그 애가 병구완이라도 해드렸다는 건가? 아버님에게 목욕시켜 드리고, 옷 입혀 드리고, 수염을 깎아드리는 일을 그 애가 했다는 건가? 북군이 쳐들어왔을 때 아버님을 곁에 모시고 있어 드렸단 말인가? 아버님을 위해서 도둑질까지 했다는 건가? 바보 같은 소리를 하는 게 아니야, 포크. 이 시계를 받을 만한 일을 한 사람이 있다면 그건 할아범이야. 그것은 아버님도 인정해 주시리라고 생각해. 자아."

그녀는 새까만 손을 잡고 그 손에 시계를 놓았다. 포크는 황송한 듯이 그것을 들여다보고 있었으나, 이윽고 조금씩 그 얼굴에는 기쁜 빛이 퍼져 갔다.

"정말로 제게 주시는 겁니까, 아씨?"

"응, 정말이래도."

"이것, 정말…… 고맙습니다요, 아씨."

"난 그걸 애틀랜타로 가지고 가서 조각을 해다 줄까 하는데, 할아범은 어떻게 생각하지?"

"조각이라니 어떤 것인뎁쇼?" 포크의 목소리에는 의아스러운 빛이 있었다.

"그 뒤에 글자를 새기는 거야. 이를테면, '오하라 집안에서 포크에게—착하고 충실한 하인이었음을 감사하는 기념으로' 하는 글귀를 말야."

"웬걸입쇼, 괜찮습니다요, 아씨. 조각 같은 건 걱정하지 마십시오." 포크는 시계를 움켜쥐면서 한 걸음 물러섰다.

그녀는 입술을 일그러뜨리며 조금 웃었다.

"왜 그러지, 포크? 내가 그걸 돌려주지 않을까 봐 그러는 거야?"

"아닙니다요, 전 아씨를 신용합죠……. 다만, 저, 아씨의 생각이 변하지나 않을까 싶어섭죠."

"그렇지는 않아."

"그래도 파실지도 모릅죠. 돈을 많이 받을 수 있을 거 같은데요."

"내가 아버지 시계를 팔 것 같아?"

"네. 혹시 아씨께서 돈이 필요하게 되시면 말입니다요."

"그런 생각을 한다면 할아범은 맞아야 해. 그 시계를 도로 받아야겠는걸."

"아닙니다요, 아씨께선 그런 짓은 하지 않으십니다요!" 포크의 슬픔에 잠긴 얼굴에 그날 처음으로 희미한 미소가 나타났다. "저는 아씨의 마음씨를 알고 있으니까요. 그런데, 스칼렛 아씨……."

"왜, 포크?"

"만약 아씨께서 검둥이에게 해 주시는 반만큼이라도 백인 양반들께 해 주신다면, 틀림없이 그분들도 아씨께 좀더 잘해 드릴 거라고 저는 생각하는뎁쇼."

"무던히 해 주고 있어." 그녀는 말했다. "자, 애쉴리 씨를 찾아가서 곧 여기서 내가 뵙자고 한다고 말씀드려 줘."

애쉴리는 긴 몸을 웅크리고 엘렌의 부서질 것 같은 작은 사무용 의자에 앉은 채, 스칼렛의 공장의 이익을 절반 나눠 주겠다는 제의를 들었다.

그는 한 번도 그녀와 눈을 마주치지 않고, 도중에 한 마디도 끼어들지 않았다. 묵묵히 고개를 숙인 채 자기의 손을 마치 처음 보는 물건이기라도 한 것처럼 천천히 뒤집어서, 처음에는 손바닥을, 다음에는 손등을 찬찬히 살펴보고 있었다. 심한 노동을 하고 있음에도 불구하고, 그 손은 옛날과 다름없이 매끈하고 민감해 보였으며, 농사꾼의 손치고는 놀랄 만큼 손질이 잘 되어 있었다.

그가 고개를 숙인 채 잠자코 있는 것이 마음에 걸려서, 그녀는 배로 열을 올리며 공장 일을 좋게 생각하도록 했다. 갖은 미소와 눈웃음의 매력도 써보았으나 그가 눈을 들려고도 하지 않아 아무런 보람도 없었다. 그가 잠시라도 좋으니까 자기 쪽을 보아 주기만 한다면! 그녀는 애쉴리가 북쪽으로 갈 결심을 했다고 윌에게서 들은 것은 전혀 비추지 않고, 자신의 계획을 그가 찬성하는 데 있어서 아무런 장애도 있을 리 없다는 겉으로 보이는 추정만으로 이야기를 해 갔다. 그래도 그는 한 마디도 입을 떼지 않았으므로 마침내 그녀도 말끝을 얼버무리고 입을 다물어 버렸다. 그의 섬세하고 우아한 어깨에는 그녀가 뜻밖이라고 생각했을 만큼 단호한 결의가 나타나 있었다. 이 사람이 거절할까. 거절할 이유라고는 전혀 없지 않은가.

"애쉴리." 그녀는 다시 말을 시작하려다가 잠시 입을 다물었다. 처음 그녀는 의논을 하기 위하여 자기가 임신한 것을 이용할 마음은 털끝 만큼도 없었다. 이렇게 흉하게 배가 부른 꼴을 애쉴리가 본다고 생각만 해도 끔찍했기 때문이다. 그러나 다른 방법을 써서 설득하려 해도 아무런 효과가 없을 성싶자, 이제는 마지막 수단으로서 자기가 임신한 것과 의지할 곳 없는 허전함을 들고나오는 수밖에 없다고 결심했다.

"당신이 아무래도 애틀랜타로 와 주셔야만 되겠어요. 지금 저로서는 당신 도움이 꼭 필요하니까요. 저 자신이 공장을 돌볼 수가 없는걸요. 공장 일을 보게 되려면 아직 수개월 걸려야 할 테니까 말이에요. 글쎄…… 그 왜……

저······."

"제발!" 그는 거칠게 말했다. "세상에, 스칼렛!"

그는 일어서더니 느닷없이 창가로 가서 그녀에게 등을 돌리고는 앞뜰을 한 줄로 열을 지어 시끄럽게 걸어가는 오리의 행렬을 물끄러미 바라보고 있었다.

"그래서······ 그래서, 당신은 나를 보려고 하지 않았었군요." 그녀는 서글픈 듯이 말했다. "알고 있어요. 제가 어떤 꼴로 보이는지······."

그는 홱 돌아섰다. 그 회색 눈빛은 그녀가 저도 모르게 두 손으로 자기 목을 눌렀을 정도로 매섭게 그녀의 눈을 쏘아보았다.

"당신 모습이 어떻다는 거요!" 그는 재빠른 말로 거칠게 말했다. "당신이 어느 때고 내게는 아름답게 보인다는 것은 당신도 알고 있을 거요."

행복감이 치밀어올라서 그녀의 눈에서는 눈물이 핑 돌았다.

"그렇게 말씀해 주시다니 당신은 정말 상냥한 분이에요. 전 당신에게 이런 꼴을 보여야 하는 것이 무척 부끄러웠어요······."

"부끄럽다고요? 어째서 부끄럽다는 거요. 부끄럽게 생각해야 할 사람은 내 쪽이오. 사실 나는 부끄럽소. 내가 바보가 아니었던들, 당신은 이런 고통스러운 꼴을 당하지 않았을 거요. 프랭크와도 절대로 결혼하지 않았을 거요. 작년 겨울, 나는 당신을 타라에서 떠나지 못하게 했어야 옳았소. 나는 정말 바보였소. 나는 당연히 당신의 심정을 알았어야 했던 거요. 당신이 필사적으로 애쓴다는 것을 짐작했어야만 했소. 당신이 그토록 필사적이었으니까 나는 당연히, 당연히, 나는······." 그의 얼굴은 핼쑥해졌다.

스칼렛의 가슴은 마구 뛰었다. 그는 나와 함께 달아나지 않았던 것을 뉘우치고 있는 것이다!

"거지처럼 굴러 들어온 우리를 받아 주었으니, 적어도 나는 이 집을 나가 강도질을 해서든, 살인을 해서든, 당신을 위해서 세금 낼 돈을 만들어야만 했었소. 아아, 내가 모든 것을 엉망으로 만들어 버린 거요!"

실망 때문에 그녀는 가슴이 죄어들고 조금 전의 행복감도 얼마쯤 사라져 버렸다. 그런 말을 듣고 싶었던 것은 아니었기 때문이다.

"어쨌든 저는 역시 떠났을 거예요." 그녀는 실망해서 말했다. "그런 짓을 당신에게 시킬 수는 없으니까요. 그리고 아무튼 이미 지나간 일인걸요."

"그렇소, 이미 끝나 버린 일이오." 그는 느릿느릿 괴로운 듯이 말했다. "당신은 내게 불명예스러운 짓은 시키지 않았소. 그러나 당신은 스스로를 사랑하지도 않는 사나이에게 팔고 그 사나이의 자식을 배고 있소. 그것도 내 식구와 나를 굶기지 않기 위해서. 나의 무능함을 감싸 주다니 당신은 친절한 사람이오."

그 목소리에 담겨 있는 날카로움은 그의 가슴속을 쑤시는, 나을 수 없는 생생한 상처를 이야기하고 있었다. 그의 말을 듣자 그녀의 눈에는 무안한 빛이 떠올랐다. 그는 잽싸게 그것을 눈치채고 얼굴빛을 누그러뜨렸다.

"내가 당신을 책망한다고 생각하지는 마시오. 당치도 않은 일이오, 스칼렛. 책망을 하다니, 당신은 내가 아는 사람 가운데 가장 용기 있는 여자요. 꾸짖고 있는 것은 나 자신이오."

그는 다시 저쪽을 향하여 창 밖을 내다보았다. 그녀가 물끄러미 지켜보고 있는 그의 어깨에는 이미 조금 전의 결연한 구석은 볼 수 없었다. 스칼렛은 오랫동안 침묵한 채, 다시 한 번 애쉴리가 그녀의 아름다움을 칭찬해 줄 마음이 들기를, 자기 가슴속에 소중하게 간직해 두었던 말을 좀더 말해 주기를 바라면서 가만히 기다리고 있었다. 지금껏 그와는 꽤 오랫동안 만나지 못했었고, 그동안 추억에만 매달려 살아왔으므로, 이젠 그 추억도 시들어 버리고 말았던 것이다. 그녀는 애쉴리가 지금도 자기를 사랑하고 있다는 것을 알고 있었다.

그의 어떠한 태도에도, 그의 애처로운 자책의 말 하나하나에도, 프랭크의 자식을 배고 있는 일에 대한 분개에도, 사랑하고 있는 증거는 뚜렷했다. 그녀는 그것을 말로 해 주기를 바랐다. 자기 쪽에서도 그의 고백을 끌어낼 만한 말을 하고 싶었지만 그럴 용기는 없었다. 작년 겨울, 과수원에서 두 번 다시 그의 목에 매달리거나 하지는 않겠다고 맹세한 약속을 그녀는 잊지 않았다. 만약 애쉴리를 가까이 있게 잡아 둔다면 그 약속을 지켜야 한다는 것을 서글프게도 그녀는 알고 있었던 것이다. 사랑이나 그리움의 부르짖음을 한 마디라도 외친다면, 그의 포옹을 바라는 눈길을 한순간이나마 보인다면, 그것으로 영원히 끝나고 마는 것이다. 애쉴리는 아마도 뉴욕으로 가 버릴 것이다. 그러나 그를 가게 해서는 안 된다.

"제발, 애쉴리, 자책감은 갖지 말아 주세요! 어째서 당신이 나빴다는 결과가 되죠? 애틀랜타로 와서 저를 도와주지 않으시겠어요, 싫으세요?"

"그렇소."

"하지만 애쉴리." 그녀의 목소리는 고통과 실망으로 이지러질 것 같았다. "하지만 저는 당신을 믿고 있었어요. 그만큼 당신에게 도움을 받고 싶었어요. 프랭크는 저를 도울 수가 없는걸요. 그이는 가게 일이 무척 바빠요. 만약 당신이 와주시지 않는다면, 저는 달리 와달라고 할 사람이 없어요. 애틀랜타의 똑똑한 사람들은 모두 자기 일이 바쁘고, 그렇지 않은 사람은 전혀 쓸모가 없고, 그리고……."

"뭐라고 해도 소용없소, 스칼렛."

"그럼 당신은 애틀랜타로 가는 것보다 뉴욕에 가서 양키와 함께 지내는 편이 낫다는 말씀이신가요?"

"그런 걸 누구에게 들었소?" 그는 돌아서더니 약간 난처한 듯이 이마에 주름을 지으면서 그녀 쪽을 바라보았다.

"윌에게서요."

"그렇소, 나는 북부로 갈 결심을 했소. 전쟁 전 나와 함께 유럽 여행을 한 옛 친구가 그의 부친이 하고 있는 은행의 어떤 자리를 내게 권해 온 거요. 그러는 편이 좋소, 스칼렛. 나는 도무지 당신에게 도움이 되지 않소. 목재 장사에 대해서는 아무것도 모르니까."

"하지만 은행 일은 더 모르잖아요. 그 쪽이 훨씬 힘들 거예요! 그리고 제가 양키보다는 훨씬 당신의 무경험을 눈감아 줄 수 있어요!"

그가 쩔쩔매는 것을 보자 스칼렛은 언짢은 말을 했구나 하고 생각했다. 그는 다시 얼굴을 돌려 창 밖을 바라보았다.

"눈감아 주다니 바라고 싶지도 않아요. 나는 내 힘에 알맞게 스스로 해나가고 싶은 거요. 여태까지 나는 내 생활을 위해 무엇을 해 왔던가요? 지금이야말로 나 스스로 무언가를 해야만 되오. 그렇지 못하면 자신의 무능에 의해서 몰락하고 말 거요. 이미 너무 오랫동안 당신의 신세만 져왔으니까."

"하지만 저는 공장 이익을 절반씩 나누겠다는 거예요, 애쉴리! 그렇게 하면 당신은 자력으로 하는 셈이잖아요? 글쎄, 그건 당신 자신의 일이 된다니까요."

"그것도 마찬가지지요. 절반이라는 이익을 내 힘으로 사들이는 것이 아니라 선물로 받는 것이 되는 거요. 나는 이미 여태까지도 당신에게 지나치게 많이 받았소, 스칼렛. 먹는 것이며 사는 집이며, 그리고 나 자신과 멜라니와 아기의 옷까지 받고 있소. 그런데 나는 그 보답으로 아무것도 드린 것이 없소."

"어머나, 그렇지 않아요. 당신은 갚아 주고 계세요. 월 혼자서는 도저히 ······."

"나도 이제 장작 패는 것쯤은 아주 익숙해졌지요."

"어쩌면, 애쉴리!" 그의 빈정대는 것 같은 어조에 그녀는 서글퍼져서 눈에 눈물을 글썽거리면서 외쳤다. "제가 없는 동안에 무슨 일이 있었나요? 무척 심한 가시돋친 말씀을 하시는군요! 전에는 이렇지는 않았었는데."

"무슨 일이 있었느냐고요? 굉장한 일이 있었지요, 스칼렛. 나는 오늘까지 여러 가지로 생각했다오. 전쟁이 끝난 뒤부터 당신이 이곳을 떠났을 때까지 나는 정말로 사물에 대해서 생각한 일은 없었던 것 같소. 허탈한 상태가 돼버려서 무엇이든 먹을 것과 몸을 누일만한 잠자리가 있는 것만으로 만족하고 있었소. 그런데 당신이 남자가 져야 할 무거운 짐을 지고 애틀랜타로 갔을 때, 내가 남자 구실 하나 못하고······ 정말 여자만도 못하다는 것을 깨달았소. 그런 걸 생각하면서 지낸다는 것은 유쾌한 일이 못되었고, 이젠 그런 생각을 하며 지내는 것이 싫어졌단 말이오. 다른 사람들은 나보다도 훨씬 못한 처지로 전쟁에서 들아왔는데도, 지금 그들을 보시오. 그러니까 나는 뉴욕으로 갈 결심을 한 거요."

"하지만 저는 모르겠어요! 만약 당신이 일하기를 바란다면, 뉴욕으로 가건 애틀랜타로 가건 마찬가지가 아니겠어요. 그뿐 아니라 제 공장은······."

"아니오, 스칼렛. 이건 내 마지막 기회인 것이오. 나는 북부로 가겠소. 만약 내가 애틀랜타로 가서 당신을 위하여 일한다면 나는 영원히 쓸모없게 되오."

'쓸모없게 된다······ 쓸모없어진다······ 쓸모가 없어진다······.' 이 말이 마치 조종(弔鐘)처럼 무서운 소리를 내며 그녀의 가슴속에서 울려 퍼졌다. 그녀는 얼른 그의 눈을 바라보았다. 그 눈은 커다랗게 뜨여 있어 수정처럼 맑은 잿빛을 띠고는 그녀의 가슴속을 꿰뚫어 보고, 다시 더 멀고, 그녀에게는 보이지 않는, 이해할 수 없는 어떤 운명을 지켜보고 있었다.

"못 쓰게 되다니요? 그럼, 당신은 애틀랜타에서 무언가 북군에게 붙들릴 만한 일이라도 저질렀나요? 토니를 도와서 달아나게 했다든가, 아니면…… 아니면…… 아, 애쉴리, 당신은 KKK단에 들어 있는 것은 아니겠지요?"

그의 먼 데를 지켜보고 있던 눈길이 갑자기 그녀에게로 돌아왔다. 그리고 그는 살짝 미소 지었으나, 눈은 조금도 웃고 있지 않았다.

"나는 당신이 남의 말을 곧이곧대로 받아들이는 사람이라는 것을 까맣게 잊고 있었소. 아니, 내가 무서워하는 것은 양키가 아니오. 내가 말한 뜻은 만약 애틀랜타로 가서 또다시 당신 도움을 받게 되면 자립하려는 나의 희망 이 완전히 사라지고 만다는 거요."

"어머나!" 그녀는 금세 살아난 것처럼 한숨을 폭 쉬었다. "그것뿐이었군 요!"

"그렇소." 그는 다시 미소를 지었으나 그것은 아까보다도 더 음침한 미소 였다. "그것뿐이었소. 다만 나의 남자로서의 긍지, 나의 자존심, 그리고 만 약 당신이 그렇게 말하고 싶다면, 내 불멸의 영혼뿐이지요."

"하지만," 그녀는 다른 수단으로 공격해 갔다. "차츰 저한테서 공장을 사 들일 수도 있지 않겠어요. 그래서 완전히 당신 것이 되면 그때는……."

"스칼렛!" 그는 무서운 기세로 가로막았다. "절대로 안 되오! 다른 이유 도 있으니까."

"어떤 이유?"

"그 이유는 이 세상 어느 누구보다도 당신이 가장 잘 알고 있을 거요."

"어머, 그 일? 하지만 그 일이라면 아무 염려없어요." 그녀는 얼른 장담 하고 나섰다. "작년 겨울, 과수원에서 제가 약속하지 않았어요? 앞으로도 약속을 지킬 작정이에요. 그리고……."

"그렇다면 당신이 나보다 꿋꿋하오. 나는 그 약속이 지켜질 것 같지 않아 요. 이 문제는 말할 것이 못되지만 당신에게 분명히 해 두어야 하기에 말하 는 거요. 스칼렛, 나는 이 점에 대해서 더 이상 말하고 싶지 않소. 이야기는 이미 끝난 거요. 윌과 수엘렌이 결혼하면 나는 뉴욕으로 가겠소."

그의 커다랗게 뜬 격렬한 눈이 일순간 그녀의 눈과 마주쳤다. 그리고 나서 그는 빠른 걸음으로 방을 가로질러 갔다. 그의 손이 문의 손잡이를 쥐었다. 스칼렛은 괴로운 심정으로 그를 바라보았다. 회담은 끝났다. 그녀는 진 것이다. 오늘 하루의 긴장과 슬픔, 그리고 지금의 실망으로 갑자기 그녀는 맥이 탁 풀렸다. 별안간 신경이 이상하게 돼 버려서 "아, 애쉴리!" 하고 외쳤다. 그리고 용수철이 풀린 소파에 몸을 내던져 소리 내어 울기 시작했다.

그의 불안한 발소리가 문에서 되돌아오더니 머리 위에서 몇 번이고 그녀의 이름을 부르는 무력한 그의 음성이 들렸다. 부엌에서 현관 복도를 달려오는 발소리가 나더니, 멜라니가 놀라서 눈을 휘둥그렇게 뜨고 방 안으로 뛰어들어와다.

"스칼렛…… 아기를 어쩌려고……?"

스칼렛은 먼지 낀 소파에 얼굴을 묻고 또 한 번 외쳤다.

"애쉴리는…… 아주 나빠! 아주 심술쟁이야. 정말 미워!"

"어머나, 애쉴리, 당신 무슨 짓을 했지요?" 멜라니는 소파 옆으로 몸을 던지고 스칼렛을 끌어안았다. "당신, 무슨 소리를 했죠? 무슨 짓이에요! 유산할지도 모르는데! 자, 스칼렛! 내 어깨에 머리를 얹어요. 뭐가 잘못됐어요?"

"애쉴리가……고집쟁이에다 정말 미워!

"애쉴리, 당신 참 어이없는 분이군요! 이렇게 흥분시키다니, 홑몸도 아닌데다가 오하라 아저씨의 장례식이 막 끝난 참인데!"

"그분께 그렇게 너무 심하게 굴지 말아요!" 스칼렛은 종잡을 수 없는 소리를 하고 갑자기 멜라니의 어깨에서 머리를 들었다. 그녀의 굵고 새까만 머리카락이 헤어네트에서 삐져나와 있었다. 그 얼굴에는 몇 가닥의 눈물 자국이 나 있었다.

"그분은 자기 멋대로 하면 그만이야!"

"멜라니." 애쉴리는 얼굴이 새파래져서 말했다. "내가 설명하겠소. 스칼렛이 친절하게도 나를 애틀랜타에 있는 자기 공장의 지배인을 시켜 주겠다는 거야."

"지배인이라고요?" 스칼렛은 발끈해서 외쳤다. "이익을 반으로 나누자고 했어. 그랬더니 그는……."

"그래서 나는 이미 우리가 북부로 갈 준비를 끝냈다고 했지. 그랬더니 그녀는……."

"오!" 스칼렛은 외치고 다시 흐느껴 울었다. "나는 몇 번이나 말했어. 얼마나 애쉴리가 필요한지 말이야. 공장을 관리해 줄 사람은 아무도 없다고, 이제 곧 아이를 낳게 된다고 말이야. 그랬는데도 애쉴리는 거절하잖아! 그러니 이제, 이제 나는 공장을 파는 수밖에 없어. 제값을 받지 못할 건 뻔해. 그렇게 되면 파산해서 우리는 굶어 죽을지도 모른단 말이야. 그런데도 이이는 태연해. 너무 심술궂어!"

그녀는 다시 멜라니의 야윈 어깨에 얼굴을 묻었다. 가냘픈 희망이 솟아오르자 심한 괴로움도 얼마쯤 가셨다. 그녀는 멜라니의 순진한 마음이 자기편이라는 것을 짐작했다. 상대가 비록 사랑하는 자기 남편이라 하더라도 스칼렛을 울린 데 대해서 멜라니가 몹시 분노하고 있다는 것을 느낄 수 있었다. 멜라니는 결의를 굳힌 어린 비둘기처럼 난생처음으로 애쉴리에게 달려들어 그를 부리로 쪼아댔다.

"애쉴리, 어쩜 당신은 거절할 수가 있어요? 스칼렛은 우리를 위해서 죽도록 애써 주었잖아요. 당신이 그런 짓을 하면 우리는 배은망덕한 사람이 되는 거예요. 더욱이 스칼렛은 아기를 낳게 돼서 무척 난처한 거예요. 당신은 어쩌면 그렇게도 의협심이 없으시죠! 스칼렛은 우리가 도움을 청했을 때 구해 주지 않았어요? 그런데 당신은 스칼렛이 그토록 부탁하는 데도 거절하시다니!"

스칼렛은 몰래 애쉴리 쪽을 엿보았다. 멜라니의 성난 검은 눈이 지켜보고 있는 그의 얼굴에는 놀라움과 동요의 빛이 분명히 떠 있었다. 스칼렛도 멜라니의 공격이 날카로운 데 놀랐다. 왜냐하면 멜라니가 아내로서 남편을 책망한다는 것은 용서받을 수 없는 일이고, 남편의 뜻은 하느님의 뜻 다음으로 소중하게 생각했던 것을 스칼렛은 알고 있었기 때문이다.

"멜라니……." 그는 말을 꺼내다가 도무지 어쩔 수 없다는 듯이 두 팔을 벌려 보였다.

"애쉴리, 당신은 어째서 망설이고 있는 거예요? 스칼렛이 우리 때문에, 우리를 위해서 애써 준 일을 생각해 보세요! 보를 낳을 때 만약 스칼렛이 없었더라면 나는 애틀랜타에서 죽었을 거예요! 그리고 언니는…… 그래요, 언니는 북군 병사를 죽이면서까지 우리를 지켜 주었어요. 그걸 아시나요? 우리를 위해서 사람까지 죽였단 말이에요. 그리고 또 당신과 윌이 돌아올 때까지 우리를 굶기지 않으려고 노예처럼 들일까지 했어요. 언니가 밭을 갈고 목화를 따기도 한 것을 생각하면, 나는 그저……. 아, 스칼렛!" 그녀는 문득 머리를 숙여서 스칼렛의 헝클어진 머리에 진심 어린 뜨거운 키스를 했다. "그리고 이제 언니는 처음으로 우리에게 도와달라고 부탁하고 있는데……."

"스칼렛이 우리를 위해 준 일은 당신이 말하지 않아도 나도 잘 알고 있소."

"그리고 애쉴리, 생각을 좀 해 보세요! 언니를 돕는 것만이 아니라, 우리 친구들과 애틀랜타에서 지내는 것이 양키들과 함께 지내는 것보다 얼마나 즐거운 일인가 말이에요! 고모님, 헨리 삼촌, 모든 친구들도 거기 계시지 않아요? 그리고 보도 많은 친구가 생기고, 학교에도 가게 돼요. 만약 북부로 가면 저 아이를 학교에도 보낼 수 없고, 양키 아이들과 놀게 할 수도 없을 것이고, 흑인 아이들과 책상을 나란히하고 공부를 시킬 수도 없지 않겠어요! 그렇게 되면 가정교사를 두어야 할 거예요. 하지만 우리에게 도저히 그럴 만한 여유가 있을 리 없잖아요."

"멜라니!" 애쉴리가 말했다. 그 목소리는 무서울 정도로 조용했다. "당신은 정말 그렇게까지 애틀랜타로 가고 싶소? 우리가 뉴욕으로 갈 이야기를 했을 때는 그런 소린 한 마디도 하지 않았잖아. 당신은 그런 내색조차 하지 않았잖아."

"어머, 하지만, 뉴욕으로 갈 이야기를 했을 때는 애틀랜타에서 당신이 할 일은 전혀 없는 줄로 알고 있었거든요. 그리고 내가 이러니저러니 끼어들 일이 아니잖아요. 남편이 가는 곳으로 잠자코 따라가는 것이 아내의 의무니까요. 하지만 지금은, 스칼렛이 저토록 우리가 필요하다고 하고, 당신이 아니면 안 될 일이 있는걸요. 우리는 고향으로 돌아갈 수도 있잖아요! 고향으로!" 그녀의 목소리는 스칼렛을 쥐어 짤 만큼 열광적이었다. "그렇게 되면, 나는 다시 파이브 포인트나 피치트리 길을 볼 수 있어요. 그리고…… 그리고…… 아, 꽤 오래 못 보았거든요! 그리고 아마 우리의 조그만 집을 갖게 될지도 모르겠군요! 아무리 작아도, 아무리 보잘것없어도 상관없어요. 누가 뭐라 해도 내 집이라면!"

그녀의 눈은 환희와 행복에 불타고 있었다. 두 사람은 물끄러미 그녀를 바라보았다. 애쉴리는 어이가 없는 듯 야릇한 표정이었고, 스칼렛은 놀라움과 부끄러움이 뒤얽힌 기분이었다. 스칼렛은 여태껏 멜라니가 그렇게까지 애틀랜타를 떠나 있는 것을 쓸쓸하게 생각하면서 한결같이 돌아가고 싶어 하고, 자신의 집을 그리워하고 있다고는 생각해 본 일도 없었다. 타라에 완전히 만족하고 있는 것 같았으므로, 그녀가 못견디게 고향으로 돌아가고 싶어하는 것을 알자 스칼렛은 몹시 놀랐다.

"어쩌면 스칼렛, 우리를 위해서 그렇게까지 생각을 해 주다니, 언니는 정말 고마운 분이에요! 내가 얼마나 고향에 돌아가고 싶어하는지 알고 계셨군요."

아무것도 아닌 일에 그럴듯한 동기를 생각해 내는 멜라니의 버릇에 부딪치자, 늘 그렇듯이 스칼렛은 쑥스러워져서 짜증이 났다. 그리고 갑자기 애쉴리의 눈과도 멜라니의 눈과도 눈길을 마주칠 수가 없게 되었다.

"우리는 조그만 우리 집을 갖게 되는 거예요. 결혼한 지 다섯 해가 되는데, 한 번도 내 집을 가져 본 적이 없다니 그런 걸 생각이나 할 수 있는 일이에요?"

"피티 고모님 집에 함께 살면 될 거야. 거기가 멜라니의 집인걸." 스칼렛은 베개를 만지작거리면서 웅얼거렸다. 점점 형세가 유리해져 가는 것을 느끼며, 치밀어 오르는 승리감을 들키지 않도록 눈을 아래로 내리깐 채 있었다.

"네, 고마워요. 하지만 그건 안 돼요. 그러면 그 집에 너무 많은 사람이 들게 되잖아요. 우리는 따로 집을 갖겠어요. 네, 애쉴리, 좋다고 말씀해 주세요!"

"스칼렛!" 말하는 애쉴리의 목소리에 아무런 억양도 없었다. "나를 좀 보아요."

깜짝 놀라 얼굴을 든 그녀는 괴로운 듯하고 지쳐 버려 공허한 느낌이 드는 잿빛 눈과 마주쳤다.

"스칼렛, 나는 애틀랜타로 가겠소⋯⋯. 둘이서 덤비니 도무지 당하질 못하겠군."

그는 등을 돌리고 방을 나갔다. 그녀의 가슴속에 찼던 승리감도 마음을 꾸짖는 것 같은 두려움으로 흐려졌다. 그렇게 말한 그의 눈은, 만약 애틀랜타에 가게 되면 영원히 쓸모없이 돼 버린다고 말했을 때의 눈과 너무 비슷했던 것이다.

수엘렌과 윌이 결혼하고 캐린이 찰스턴 수녀원으로 가버리자, 애쉴리와 멜라니는 보를 데리고 애틀랜타로 왔다. 음식 만드는 일과 아이를 거두는 일 때문에 딜시도 함께 왔다. 프리시와 포크는 윌이 일을 거들 흑인을 구할 때까지 타라에 남기로 했다. 그 뒤에 그들도 애틀랜타로 오기로 되어 있었다.

애쉴리가 자신의 집이라고 세를 얻은 조그마한 벽돌집은 피티 고모네 집 바로 뒤인 아이비 거리에 있었다. 고모네 집과는 뒷마당이 마주 붙어 있어서, 빽빽하게 우거진 쥐똥나무 생울타리로 경계가 지어져 있을 뿐이었다. 멜라니가 이 집을 고른 것도 이 때문이었던 것이다. 그녀는 애틀랜타로 돌아온 첫날 아침, 웃었다 울었다 하고 스칼렛과 피티 고모를 부둥켜안았다 하면서, 사랑하는 사람들과 오랫동안 떨어져 있었으니까 될 수 있는 대로 가까이 있고 싶다고 말했다.

그 집은 원래는 2층집이었는데, 포위된 당시 2층은 포탄에 날아가 버렸다. 집주인은 전쟁이 끝난 뒤 시내로 돌아오기는 했으나, 돈이 없으므로 수리를 할 수가 없어서 하는 수 없이 남은 아래층에 평평한 지붕을 씌웠으므로 마치 아이들이 구두 상자로 만든 장난감 집처럼 납작하고 볼품없는 모양이 되어 버렸다. 마룻바닥은 높고 밑에는 커다란 지하실이 있어서, 집으로 통하는 길고 가파른 층계가 이 집을 어딘가 우스꽝스러운 모습으로 보이게 했다. 그러나 납작하게 짓눌린 것 같은 모양도, 이 집을 가리고 있는 두 그루의 보기 좋은 떡갈나무 고목과, 먼지를 뒤집어쓴 잎 사이로 여기저기 흰 꽃을 피우고 있는 현관 계단 옆 목련 한 그루 때문에 웬만큼 형태를 갖추고 있었다. 잔디밭은 넓어서 푸른 클로버로 두껍게 덮여 있고, 뜰 가장자리에는 좋은 향기를 풍기는 인동덩굴이 얽힌, 손질을 하지 않아 제멋대로 자란 쥐똥나무 생울타리가 있었다. 이곳저곳의 풀섶에는 짓밟힌 묵은 줄기에서 장미가 새로운 가지를 뻗고, 붉고 흰 도금양 꽃이 마치 전쟁에 짓밟힌 일도 없거니와 북군의 말에 가지를 물린 적도 없었던 것처럼 싱싱하게 피어 있었다.

스칼렛은 이렇게 보기 흉한 집을 여태까지 본 적이 없다고 생각했으나, 멜라니는 저 호화찬란한 트웰브 오크스 저택조차도 이처럼 아름답지는 않다고 생각했다. 누가 뭐라 해도 자신의 집이었고, 애쉴리와 아기와 함께 세 식구가 이제야 겨우 자기들의 지붕 밑에서 지내게 된 것이다.

1864년 이후, 하니와 함께 지내고 있던 인디어 윌크스가 메이컨 주에서 돌아와 오빠 밑에서 함께 살게 되자 조그만 집에 식구가 늘어났다. 그런데도 애쉴리와 멜라니는 반겨 그녀를 맞이했다. 시절은 바뀌고 가난해지기는 했지만, 돈이 없어서 고생하는 일가붙이나 혼자 사는 친척 여인네를 기꺼이 맞아들이는 남부 사람들의 생활습관은 조금도 변하지 않았다.

하니는 이미 결혼해 있었다. 인디어의 말에 의하면, 자기보다 지체가 낮은, 메이컨으로 옮겨 온 미시시피 태생의 거친 서부 남자와 살게 되었다는 것이었다. 그 사나이는 얼굴이 붉고 목소리가 큰 쾌활한 사람이었다. 인디어는 처음부터 그 결혼에 찬성하지 않았었다. 그래서 동생의 남편 집에 있기가 즐겁지 않았던 것이다. 때문에 그녀는 애쉴리가 자기 집을 가졌다는 소식에 진심으로 기뻐했다.

이제야 겨우 마음에 맞지 않는 고장에서 벗어나, 시시한 남자와 함께 살며 바보처럼 즐거운 듯이 지내고 있는 동생을 보면서 언짢은 생각을 할 필요가 없게 된 것이다.

다른 가족들은 킥킥 웃기만 하는 단순한 하니로서는 제법 잘한 일이라고 은근히 생각하고 있었다. 그리고 그녀가 상대야 어떻든 남자를 붙들었다는 것에 모두 놀랐다. 그녀의 남편은 신사였고 얼마간의 재산도 있는 남자였다. 그러나 조지아에서 태어나 버지니아의 전통 속에서 자라난 인디어에게 있어서는, 동해안 태생이 아닌 사람은 모두가 교양이 없고 거친 야만인으로밖에는 생각되지 않았던 것이다. 아마 하니의 남편 쪽에서도 그녀가 나가기로 결정이 되었을 때는 속이 후련했을 것이다. 왜냐하면 요즈음의 인디어는 함께 살기에 그다지 만만한 상대는 아니었기 때문이다.

그녀는 미혼 여인들이 쓰는 망토를 단정히 두르고 있었다. 나이는 스물다섯이었고, 보기에도 나이에 걸맞았으므로 이제는 새삼 아름답게 보일 필요도 없었다. 속눈썹이 없고 빛이 연한 눈은 똑바로 완고하게 세상을 바라보고 있었고, 얇은 입술은 언제나 거만할 정도로 굳게 다물어져 있었다. 그 위엄과 긍지에 찬 모습은 이상하게도 트웰브 오크스 저택의 단정한 아가씨다운 상냥함보다 그녀에게는 한층 더 잘 어울려 보였다. 지금의 그녀는 마치 과부와 같은 처지에 있었다. 스튜어트 탈레턴이 게티스버그에서 전사하지 않았으면 그녀와 결혼했으리라는 것은 누구나 다 알고 있었다. 그래서 그녀는 비록 결혼하지 않았지만 남자의 청혼을 받았던 여성으로서 존경을 받고 있었던 것이다.

아이비 거리의 조그만 집의 여섯 개의 방은, 얼마 안 가서 프랭크의 가게에서 팔고 있는 제일 값싼 소나무와 떡갈나무로 만든 얼마 안 되는 가구로 꾸며졌다. 애쉴리에게는 한 푼의 저축도 없어서 외상으로 사들이지 않으면 안 되었으므로 가장 싼 물건밖에 사려 하지 않았고, 뿐만 아니라 꼭 필요한 물건만을 샀다. 이 점은 애쉴리에게 호의를 갖고 있는 프랭크를 난처하게 했고, 스칼렛을 괴롭혔다. 그녀나 프랭크나 가게에 있는 제일 좋은 마호가니 제품이나 조각이 있는 향나무로 만든 가구를 한 푼도 받지 않고 기꺼이 제공할 작정이었으나, 윌크스네 집에서는 완강히 이를 사양했다. 그들의 집은 보기 딱할 만큼 볼품없었고, 아무것도 없었다. 스칼렛으로서는 애쉴리가 융단도 없고 커튼도 없는 방에서 살고 있는 것이 못마땅해서 견딜 수 없었다. 그러나 그는 자기 주변에 관한 것 따위는 개의치 않는 모양이었고, 또 멜라니도 결혼 뒤 처음으로 집을 갖게 되었으므로 한없이 즐거운 듯했는데, 사실 그녀는 그 집에 자부심을 느끼고 있었던 것이다. 스칼렛이었다면, 벽걸이도 융단도 방석도 없고, 의자나 찻잔이나 숟가락도 수효대로 갖추지 못한 것을 친구들에게 보이게 된다는 것에 견딜 수 없는 굴욕감을 느꼈을 것이다. 그러나 멜라니는 마치 플러시(실크나 면직물을 우단보다 털이 좀더 길게 하여 두툼하게 짠 것) 커튼도, 비단을 씌운 소파도 있는 것처럼 자기 집을 자랑하고 있었다.

이리하여 멜라니는 누가 보아도 행복한 것 같았지만, 몸은 건강하지 못했다. 아기를 낳고 건강을 해친 데다가, 산후에 타라에서 심한 노동을 했으므로 한층 더 몸이 쇠약해지고 말았다. 가냘픈 뼈가 당장에라도 하얀 피부를 뚫고 튀어나오지 않을까 생각될 정도로 여위어 보였다.

뒤뜰에서 아이를 상대로 뛰놀고 있는 그녀를 멀리서 보면 소녀처럼 보였다. 믿어지지 않을 만큼 허리가 가늘어서 성숙한 여자의 육체다운 면이 아무 데도 없었기 때문이다. 가슴도 납작했고 엉덩이도 아들인 보와 같을 만큼 작았다. 게다가 바스크의 가슴에 주름을 잡거나, 코르셋 안에 속을 넣거나 하는 허영도 없었거니와 또 그럴 만한 주변도 없었으므로 (그렇게 스칼렛은 생각하고 있었다) 야윈 몸이 더욱 두드러져 보였다. 몸과 마찬가지로 얼굴도 몹시 야위고 창백했다. 나비의 더듬이처럼 가늘게 반달형을 그린 비단실 같은 눈썹은, 핏기 없는 피부와 대조하여 지나치게 검을 정도로 또렷했다.

작은 얼굴에 자리잡은 눈은 아름답다고 하기에는 너무 컸고, 눈 밑에 있는 검은 그늘 때문에 한층 더 커다랗게 보였다.

그러나 그 눈의 표정은 아무런 고생도 모르던 소녀시절과 달라진 것이 없었다. 전쟁도, 끊임없는 고생도, 심한 노동도, 그 상냥하고 해맑은 표정 앞에서는 무력했던 것이다. 그것은 행복한 여성, 주위에 사납게 불어대는 폭풍도 그녀의 생명 속에 있는 맑디맑은 마음을 조금도 어지럽힐 수 없는 여성이 갖는 눈이었다.

어째서 저 사람은 언제나 저런 눈을 하고 있을 수 있을까 하고 스칼렛은 시새우는 마음으로 그녀를 바라보면서 생각했다. 그녀는 자기 눈이 때때로 굶주린 고양이처럼 된다는 것을 알고 있었다.

레트는 멜라니의 눈을 촛불 같다느니 어쩌니 하면서 어리석은 소리를 한 적이 있었다. 아, 그렇다. 추악한 세상을 비추는 두 개의 선행 같다고 말했었다. 그렇다, 사실 그 눈은 촛불과 같았다. 어떤 바람에도 꺼지지 않도록 보호받고 있는 촛불, 다시 고향으로 돌아와서 친구들에게 둘러싸여 행복이 빛나는 두 개의 부드러운 빛인 것이다.

조그만 집은 언제나 손님으로 붐볐다. 멜라니는 어릴 때부터 언제나 여러 사람들에게 귀염을 받았었기 때문에 사람들은 그녀가 고향으로 돌아온 것을 환영하여 모여들었다. 누구나 약간의 사기그릇이라든가, 그림이라든가, 은수저 한두 개라든가, 리넨 베갯잇, 냅킨, 값싼 깔개, 셔먼 부대에게 뺏기지 않도록 소중하게 감춰 두었던 자질구레한 물건들을 선물로 들고 찾아왔다. 그런 물건들은 지금의 자기들에게는 전혀 필요치 않다면서 두고 가는 것이었다.

그녀의 아버지와 함께 멕시코 전쟁에 나갔던 노인들은 '해밀턴 노대령의 귀여운 따님'을 만나고 싶어한다는 손님을 데리고 찾아왔다. 그녀의 어머니의 옛 친구도 주위에 많이 모여들었다. 왜냐하면 멜라니는 손위 사람들을 공손하게 존중해 왔기 때문이고, 젊은 사람들이 예의범절 등을 말끔히 잊어버리고 만 거친 세상에 살고 있는 여걸들에게 있어서는 그런 것이 무척 기뻤던 것이다. 그녀와 같은 또래의 젊은 부인이나 어머니들이나 미망인들도 그녀를 사랑했다. 그것은 그녀가 자기들과 같은 괴로움을 맛보면서도 조금도 비뚤어지지 않고, 언제나 그녀들의 이야기에 동정적으로 귀를 기울여 주었기 때문이다. 젊은 사람들은 또 젊은이대로 늘 찾아왔다. 그것은 여기에 오면 만나고 싶은 친구들과 만날 수 있었기 때문이다.

멜라니의, 남의 비위를 건드리지 않고 자기를 내세우지 않는 인품 주위에는 순식간에 애틀랜타의 전쟁 전 사회에 남아 있던 가장 좋은 점을 대표하는 남녀노소의 모임이 생겼다. 모두들 주머니는 가난했지만 가문을 자랑하면서 최후까지 버텨낸 여러 방면의 사람들이었다. 그것은 마치, 전쟁 때문에 흩어지고 파괴되고, 죽음 때문에 성글어지고, 변화 앞에 어쩔 바를 모르고 있던 애틀랜타 사회가, 그녀 속에서 불굴의 핵심을 발견하고 그것을 중심으로 다시금 그들의 사회를 만들어 내려고 하는 것 같았다.

멜라니는 나이는 비록 젊었지만, 이 전쟁에서 살아남은 사람들이 존중하는 모든 장점, 가난함과 가난함을 자랑으로 아는 마음, 불평하지 않는 용기, 쾌활, 손님에 대한 따뜻한 대접, 친절, 특히 모든 오랜 전통에 대한 충성을 갖추고 있었다. 멜라니는 자기를 변화시키려고 하지 않았다.

세상이 변했으니까 자기도 변해야 한다는 이유를 인정하는 것마저 거부했다. 그녀의 집안에는 옛 시대가 다시 돌아온 것처럼 보였다. 사람들은 기운을 되찾고, 살벌한 생활, 탐욕스러운 카펫배거라든가 신흥 재벌 공화당원들을 휩쓸고 있는 사치 생활풍조에 대하여 한층 경멸을 느끼고 있었다.

그녀의 싱싱한 표정을 물끄러미 바라보고 거기서 옛 시대에 대한 불굴의 충성을 발견하게 되면, 사람들은 짧은 순간이나마 격분과 공포와 상심의 씨를 흩뿌리고 있는, 그들과 같은 계급의 배반자들을 잊을 수가 없었다. 그런 사람들은 많았다. 훌륭한 가문의 남자들이 가난에 시달리다 못하여 적에게 무릎을 꿇고 공화당원이 되어서, 정복자에게서 지위를 얻어 그 덕분에 남의 적선에 매달려 가족을 부양하는 것을 모면하고 있었다. 몇 년이 걸리던 기어코 내 힘으로 재산을 모아 보겠다는 용기가 없는 젊은 귀환자들도 있었다. 이 청년들은 레트 버틀러를 따라 카펫배거들과 손을 잡고 옳지 못한 돈벌이를 꾀하고 있었다.

그중에서도 가장 처치곤란한 배반자들은, 애틀랜타에서도 가장 가문이 훌륭한 집안의 딸들이었다. 전쟁이 끝난 뒤 어엿한 여자구실을 할 만큼 자란 딸들은 전쟁에 대해서도 어린아이 같은 회상밖에 없었고, 어른들의 속을 끓게 하던 비통한 마음은 알지 못했다. 남편이나 애인을 잃은 일도 없었다. 과

거의 재산이나 화려함을 생각해 내는 일도 거의 없었다. 게다가 북군 장교들은 매우 미남자였고, 차림도 훌륭했으며, 그리고 무척 태평스러워 보였다.

그런데다가 그들은 퍽 호화스러운 무도회를 열고, 기막히게 좋은 말을 타고 다니면서 무조건 남부의 처녀들을 숭배했다! 그들은 처녀들을 여왕처럼 떠받들고 그녀들의 상처받기 쉬운 긍지를 다칠세라 세심하게 마음 쓰고 있었다. 그렇다면 장교들과 사귀어서 나쁜 것이 무엇이 있겠는가?

형편없는 꼴을 하고, 고지식하고, 놀 겨를도 없을 만큼 기를 쓰고 일만 하는 시의 촌스러운 청년들보다 북군 장교들은 훨씬 매력이 있었다. 그래서 북군 장교들과 눈이 맞아서 달아나는 처녀들이 많이 생겨나, 애틀랜타의 가정들에 아픔을 안겨 주고 있었다. 거리에서 누나나 누이동생과 마주쳐도 말도 하지 않는 형제들도 있었고, 딸의 이름을 절대로 입 밖에 내지 않는 어머니와 아버지도 있었다. 이러한 비극을 생각하면 '절대로 항복하지 않는다'고 표방하고 있던 사람들 혈관에는 싸늘한 공포가 지나갔다. 그런데 그 공포는 멜라니의 상냥하지만 의연한 얼굴을 보기만 해도 사라지고 마는 것이었다. 그녀는 여걸들이 말하는 것처럼 시의 젊은 처녀들의 매우 훌륭하고 매우 건전한 모범이었다. 게다가 그녀는 조금도 자기의 미덕을 자랑하지 않기 때문에 젊은 처녀들의 반감을 사는 일도 없었다.

멜라니는 자기가 새로운 사회의 지도자가 되어 가고 있는 줄은 조금도 알지 못했다. 그녀는 다만 친절한 생각에서 사람들이 만나러 와 주고, 그들의 조그마한 바느질 모임이나, 코티용^(정식 무도회에서 추는 복잡한 댄스) 클럽이나, 음악회에 초대해 주는 것이라고만 생각하고 있었다. 애틀랜타는 옛날부터 다른 남부의 여러 도시로부터, 문화가 없는 도시라는 경멸적인 평을 듣고 있었음에도 언제나 음악이 흘렀고 아름다운 음악을 사랑하고 있었다. 그래서 지금은 음악에 대한 열광적인 흥미가 되살아나고, 세상이 점점 고통스럽고 점점 험악해짐에 따라서 한층 더 강해져 갔다. 음악을 듣는 동안은 거리의 무례한 흑인도, 주둔군의 푸른 군복도 깨끗이 잊을 수 있었다.

멜라니는 자신이 어느 틈엔가 새로 생긴 '토요일 밤 악단'의 회장이 되어 버린 데 대해서 약간 당황했다. 자기가 이런 지위에 추대된 것은, 어떤 사람의 노래에도, 음치인 주제에 이중창을 하는 맥루어 자매의 노래에조차도 피아노 반주를 할 수 있다는 것 말고는 짐작되는 점이 없었다.

회장으로 추대된 진정한 이유는, 멜라니가 외교적 수완을 발휘해서 '부인 하프 악단', '신사합창단', '여자 만돌린 기타 악단'의 세 단체를 '토요일 밤 악단'과 합병시켜, 그 덕분에 애틀랜타가 훌륭한 음악을 들을 수 있게 되었기 때문이다. 사실 이 악단이 연주한 '보헤미아의 처녀'는 뉴욕이나 뉴올리언스에서 들은 전문가들의 연주보다 훨씬 뛰어나다고 많은 사람의 호평을 받았다.

그녀의 주선으로 '부인 하프 악단'이 합병되자 메리웨더 부인은 미드 부인과 화이팅 부인을 보고, 무슨 일이 있더라도 멜라니를 악단 회장으로 추대하자는 말을 꺼냈다. 그 하프 연주자들과 원만히 해나가는 이상, 멜라니는 누구하고도 잘 해 나갈 수 있을 거라고 메리웨더 부인은 주장했다. 부인 자신은 감리교회 합창대의 오르간을 타고 있었으므로, 오르간 연주자로서 하프라든가 하프 연주가에 대해서는 그다지 존경하지 않았던 것이다.

멜라니는 또 '전사자묘지 미화협회'와 '남부동맹미망인 고아구원 바느질모임'의 간사직도 맡게 됐다. 이 새로운 명예직이 그녀에게 주어진 것은, 이 두 단체의 합동집회가 열린 뒤였다. 이 집회는 처음부터 시비가 많았고, 결국은 큰 소란이 일어나서 평생을 사귀어 온 우정의 인연도 산산이 흩어지는 것은 아닐까 하고 생각될 정도였다. 문제는 남군 병사들의 묘지 가까이에 있는 북군 병사들 무덤의 잡초를 뽑아줄 것이냐 아니냐 하는 데서부터 시작됐다. 바로 옆에 풀이 무성한 살풍경한 북군 병사의 무덤이 있어 가지고는, 부인들이 아무리 우리 편 전사자의 무덤을 단장하려 해도 헛일이라는 것이다. 그녀들의 꼭 낀 바스크 속에서 은근히 타고 있던 불은 금방 활활 타오르고 두 단체는 적과 우리 편의 두 파로 갈라져서 맞섰다. '바느질모임' 쪽은 잡초를 뽑는 데 찬성하고, '미화협회'의 부인들은 정면으로 이에 반대했다.

미드 부인이 다음과 같이 말한 것은 후자의 견해를 나타낸 것이었다.

"북군 병사 무덤의 풀을 뽑아 준다고요? 나 같으면 2센트만 받고도, 북군 병사의 무덤을 모조리 파다가 그놈들의 뼈를 시의 쓰레기터에다 내던져 버리겠어요!"

이 늠름한 목소리를 듣자, 두 단체는 한꺼번에 일어서서 저마다 의견을 말했으나 누구 한 사람 듣는 사람은 없었다. 이 집회는 메리웨더 부인 댁 객실에서 열렸었는데, 부엌으로 쫓겨나 있던 메리웨더 할아버지가 뒤에 이야기한 것에 의하면, 그 싸움은 프랭클린(테네시 주의 도시 이름) 전투에서 포문을 연 소총의 일제 사격 같았다고 했다. 이어 할아버지는 이 부인들의 집회에 있는 것보다는 프랭클린 전투에 참가하는 편이 안전했을 것으로 생각한다고 덧붙였다.

멜라니는 어떻게 하였는지, 어쨌든 화가 나서 펄펄 뛰는 부인들의 한복판으로 나가서, 그 소란 속에 그녀의 언제나 변함없는 조용한 목소리를 울렸던 것이다. 펄펄 뛰는 부인들을 향하여 이야기하기가 너무나 무서워서 심장이 당장 목구멍으로 튀어나올 것처럼 느껴졌다. 목소리는 부들부들 떨리고 있었으나, 그래도 소란이 가라앉을 때까지 "여러분! 부탁이에요!" 하고 계속 외쳤다.

"제가 말씀드리고 싶은 것은, 훨씬 전부터 생각하고 있었던 일입니다만, 우리는 풀뽑기를 하는 것만이 아니라 꽃도 심어 주어야 한다고 생각합니다. 전 여러분께서 어떻게 생각하시든 상관없습니다만, 저는 찰스의 무덤에 꽃을 가져갈 때마다 언제나 곁에 있는 이름도 모르는 북군 병사의 무덤에도 꽃을 조금씩 바치고 옵니다. 그, 그 무덤이 몹시 쓸쓸해 보이는걸요!"

사람들은 전보다도 더 큰 소리로 떠들기 시작했으나, 이번에는 두 파가 한 통이 되어서 한 가지 말을 외쳤다.

"북군 병사의 무덤에? 어머나, 멜라니, 어쩌면 그런 짓을 했지!" "찰스를 죽인 것이 그놈들이잖아!" "당신까지도 죽을 뻔했었잖아요!" "글쎄, 보도 나와 있었다면 북군이 죽였을지도 몰라!" "그놈들은 타라를 태워 버리려고 하지 않았어?"

멜라니는 여태까지 한 번도 경험하지 못한 반대의 압력에 짓눌릴 지경이 되어 간신히 의자의 등받이를 잡고 몸을 지탱했다.

"오, 여러분!" 그녀는 호소하듯이 외쳤다. "제발, 끝까지 들어 주세요! 제가 이 문제에 대해서 말할 자격이 없는 것은 알고 있어요. 제가 사랑하는 사람 가운데 전사한 것은 찰스뿐이니까요. 그리고 고맙게도 저는 찰스가 있는 곳을 알고 있어요. 하지만 오늘, 여기 모이신 여러분 가운데 자기 아드님이나 바깥양반이나 오빠 동생 되는 분이 어디에 묻혀 있는지, 그것조차도 모르고 계시는 분이 많이 계셔요. 그리고……."

그녀는 목이 메었다. 방 안은 죽은 듯이 고요해졌다.

미드 부인의 타는 듯한 눈이 점점 어두워졌다. 부인은 전투가 끝난 뒤, 다시의 시체를 인수하려고 멀리 게티스버그까지 갔었지만 어디에 묻혔는지 아무도 알지 못했다. 적지 어디엔가 황급히 판 참호 속에라도 있을 것이다. 앨런 부인의 입언저리도 떨리고 있었다. 부인의 남편과 오빠는 모건 부대가 오하이오 주에 대하여 계획했던 저 불운한 공격에 가담해 있었다. 북군 기병대가 몰려들었을 때, 두 사람이 오하이오 강변에서 전사했다는 것이 그녀가 들은 마지막 소식이었다. 그들이 어디에 묻혔는지 끝내 알 수 없었던 것이다. 앨리슨 부인의 아들은 북부의 포로수용소에서 죽었다. 부인은 가난뱅이 중에서도 가장 가난했으므로 시체를 인수하러 갈 수조차 없었다. 그 밖에도 전사자 명부에서 '행방불명—전사 거의 확실'이란 글귀를 읽은 사람이 많았다. 그리고 이 글귀가 출정하는 것을 전송한 남자들에 대하여 알 수 있었던 마지막 통지였던 것이다.

사람들은 다음과 같이 이야기하는 눈빛으로 멜라니를 바라보았다. '어째서 당신은 그런 상처를 다시 건드리는 거지? 그것은 영원히 나을 수 없는 상처, 어디에 묻혀 있는지 알 수도 없는 상처인데 말이야.'

방 안의 고요 속에서 멜라니는 힘찬 소리로 이야기했다.

"그분들의 무덤은 어딘가 저 멀리 북쪽 땅에 있어요. 마치 북군 병사들의 무덤이 여기에 있는 것처럼. 아아, 만약 북쪽 여자들이 무덤을 파헤치겠다고 하는 소리를 들으면 얼마나 끔찍하게 생각하겠어요."

미드 부인은 가느다랗게 공포에 찬 신음 소리를 냈다.

"하지만 어느 분인가, 마음씨 고운 북쪽 여인이…… 북쪽 여자들 가운데에도 반드시 마음 착한 사람도 더러 있다고 생각해요. 남들이 뭐라고 해도 북쪽 여자는 모두 나쁠 리는 없다고 믿어요. 만약 그런 마음 착한 여자가 남군 병사 무덤의 풀을 뽑고 꽃을 놓아 준다면, 비록 적일망정 우리는 얼마나 고맙겠어요. 만약 찰스가 북쪽에서 죽었다고 하더라도 누군가가 그런 일을 해 주었다는 것을 알면 저는 얼마나 위로를 받을지 몰라요. 여러분이 어떻게 생각하시든 하는 수 없어요." 그녀의 목소리는 다시 갈라졌다. "저는 양쪽 모임에서 빠지기로 하겠습니다. 그리고 저는…… 북군 장병의 무덤도 어느 것이고 눈에 띄는 대로 풀을 뽑고 꽃을 심어 주겠어요……. 그리고…… 저는 누가 무슨 소리를 하든 이것만은 그만두지 않겠어요!"

이 마지막 반항의 소리와 함께 멜라니는 왁 울음을 터뜨리고 비틀거리며 문 쪽으로 가려고 했다.

그로부터 한 시간 뒤, 남자들의 안전한 장소인 술집 '현대 아가씨'에서 메리웨더 할아버지가 헨리 해밀턴 삼촌한테 이야기한 바에 의하면, 멜라니가 이렇게 말을 마치자 모두 울면서 그녀를 끌어안더라는 것이다. 그리고 화기애애한 가운데 모임은 끝나고, 멜라니는 양쪽 단체의 간사로 추대되었다는 것이다.

"그래서 모두 풀뽑기를 하기로 했다지. 괘씸하게도 돌리란 놈이, 할아버지는 그다지 할 일도 없으니까 기꺼이 풀뽑기를 거들어 주시겠지요, 하면서 달라붙더군. 난 북군에게 아무런 원한도 없고, 아무래도 멜라니가 말하는 것이 옳다고 생각했지. 그 살쾡이 같은 부인들이 잘못이야. 그런데 이 나이에, 더군다나 요통까지 있는데 풀뽑기를 해야 하다니!"

멜라니는 '고아의 집'의 부인 관리위원도 되었고, 새로 생긴 '청년도시협회'의 서적 수집에도 힘을 썼다. 한 달에 한 번, 소인극을 하고 있던 '연기자 극단'까지 애써 그녀를 끌어들였다. 너무나 내성적인 그녀는 석유 램프의 각광을 받으면서 앞에 나설 용기는 없었으나, 달리 알맞은 재료가 눈에 띄지 않으면 더러운 자루를 가지고서라도 옷을 만들어 주는 일쯤은 할 수 있었다. '셰익스피어 독서회'에서, 셰익스피어 작품만 읽을 것이 아니라, 디킨스나, 불워 리턴의 작품도 읽어야 한다는 결정적인 투표를 한 것도 그녀였다. 그러나 독서회 회원으로 멜라니가 은근히 어려워하고 있었던 젊은 건달 청년이 제안한 바이런 경의 시를 읽는 것에는 반대했다.

그해 여름도 다 끝나갈 무렵에는, 밤마다 그녀의 희미한 등불이 비치는 조그마한 집에는 언제나 많은 손님이 모여들었다. 모든 사람에게 돌아갈 만큼 의자가 있었던 적은 없었다. 그 때문에 부인들은 종종 현관 앞 계단에 걸터 앉고, 그 주위에 모인 남자들은 난간이나 나무궤짝이나 그 아래 잔디밭에 앉는 형편이었다. 풀 위에 앉은 손님이 윌크스 댁에서 대접할 수 있는 유일한 성찬이라고 할 수 있는 차를 마시고 있는 것을 보고 이따금 스칼렛은, 어쩌면 멜라니는 자기가 가난한 것을 저다지도 부끄러워하는 기색 없이 드러내 보이는 걸까 하고 이상하게 생각했다. 스칼렛은 피티 고모네 집을 전쟁 전과 마찬가지로 꾸미고, 고급 포도주며, 줄랩이며, 구운 햄이며, 차게 만든 사슴의 허릿살을 내놓을 만큼 되기까지는 손님을, 특히 멜라니가 맞이하고 있는 그런 명사 손님을 집으로 초대하지 않겠다고 생각하고 있었다.

조지아 주의 영웅인 존 B 고든 장군도 가끔 가족 동반으로 찾아왔다. 남부동맹의 시인 성직자인 라이안 신부님도 애틀랜타를 지날 때는 반드시 찾아왔다. 그는 그 재치로써 모인 사람들을 반하게 했고, 청하기도 전에 자작시인 '리 장군의 칼'이며 불후의 명작이라고도 할 수 있는 '정복당한 군기'를 읊어서 언제나 부인들을 울렸다. 남부동맹의 부통령이었던 알렉스 스티븐스도 시에 오면 반드시 찾아왔다. 그가 멜라니네 집에 와 있다는 이야기가 전해지면, 집 안은 금세 사람들로 꽉 들어차게 되고, 사람들은 몇 시간이고 이 병약한 사람의 낭랑한 목소리에 매혹되어 자리에서 일어나려고 하지 않았다. 대개 십여 명의 아이들이 따라와서 부모 품에 안겨 졸린 듯이 꾸벅꾸벅하면서, 평소 취침 시간보다 훨씬 늦게까지 자지 않고 있었다. 아이들이 자란 뒤에, 위대한 부통령의 키스를 받았다든가, 남부의 대의를 지도한 손과 악수한 적이 있다든가 하고 자랑할 수 있는 기회를 아이들에게 주고 싶다고 바라지 않는 부모는 한 사람도 없었다.

애틀랜타로 찾아온 명사는 누구든 반드시 윌크스 댁을 찾아와서, 가끔 하룻밤을 그 집에서 지냈다. 그 때문에 조그만 납작 지붕의 이 집은 사람들로 꽉 들어차서, 인디어는 보의 육아실인 조그만 방의 짚방석 위에서 자야만 했고, 딜시는 부랴부랴 뒤쪽 생울타리를 빠져나가, 피티 고모네 요리사한테서 아침식사에 쓸 계란을 꾸어 와야 했다. 그런데도 멜라니는 자신의 집이 마치 훌륭한 저택이라도 한 것처럼 그들을 살뜰하게 대접했다.

멜라니는 사람들이 닳아빠진 소중한 군기 주위에 모여들 듯이 자기 주위에 모여오는 것이라고는 생각지 않았다. 그래서 미드 박사가 어느 즐거운 날 밤 《멕베드》의 1절을 당당하게 낭독하고 나서 그녀의 손에 키스하고는, 일찍이 '우리의 영광된 남부의 대의'에 대하여 연설한 그 음성으로 다음과 같은 의견을 말했을 때 멜라니는 놀라기도 하고 당황하기도 했었다.

"친애하는 멜라니 씨, 당신 댁에 찾아오는 것은 언제나 우리의 특권이요 즐거움입니다. 그것은 당신이, 또 당신과 같은 부인들이 우리 모두의 중심이요, 우리에게 남겨진 모든 것의 중심이기 때문입니다. 그들은 남부 남자들로부터 정기를 빼앗고, 젊은 여성에게서 웃음을 빼앗았습니다. 그들은 우리의 건강을 파괴했고, 생활을 뿌리째 뒤엎었으며, 우리의 관습을 흔들어 놓았습니다. 그들은 우리의 번영을 파괴하고 50년이나 뒷걸음질 시켰으며, 대학에 들어가 있어야 할 청년이나 햇볕을 쬐며 쉬어야 할 노인의 어깨에 너무나 무거운 짐을 지웠던 것입니다. 그러나 우리는 또다시 일어났습니다. 왜냐하면 우리에게는 그 토대가 될 당신과 같은 중심이 있기 때문입니다. 그리고 그러한 마음이 있는 한 양키들은 손을 쓸 수 없는 겁니다!"

스칼렛은 피티 시고모의 커다란 검은 숄로 가리고서도 부른 배가 눈에 두드러져서 숨길 수 없다고 생각될 무렵까지 프랭크와 함께 뒤 생울타리를 빠져나가서 멜라니네 현관에서 열리는 여름밤의 모임에 끼었다. 스칼렛은 언제나 밝은 데서 훨씬 떨어져 앉아 있었다. 그렇게 그늘에 숨어 있으면 사람의 눈에 띄지 않을 뿐더러, 누구에게도 들키지 않고 애쉴리의 얼굴을 마음껏 바라볼 수 있었기 때문이었다.

그녀를 그 집으로 끌어당기는 것은 애쉴리뿐이었다. 사람들의 이야기는 따분하고 답답하기만 했다. 이야기의 줄거리는 언제나 뻔한 것이었다. 맨 처음에는 괴로운 생활에서 시작하여 다음은 정치 문제가 되고, 마지막에는 반드시 전쟁으로 낙착되는 것이다. 부인들은 모든 물가가 비싼 것을 한탄하고, 신사들에게 생활이 편해질 시절이 과연 돌아올 것인가 하고 물었다. 그러면 무엇이든지 잘 알고 있는 신사들은, 언제고 반드시 돌아온다, 다만 그것은 시간 문제에 불과하다, 생활난을 겪는 시절 따위는 일시적인 것이다라고 대답했다. 부인들은 신사들이 말하는 것이 거짓말임을 알고 있었고, 신사들 쪽에서도 부인들이 자기들의 거짓말을 빤히 들여다보고 있는 줄 알고 있었다. 그런데도 신사들은 여전히 기꺼이 거짓말을 했고, 부인들은 그 거짓말을 그대로 받아들이는 척했다. 누구나 괴로운 시대가 언제까지나 사라지지 않는다는 것을 알고 있었다.

괴로운 생활 이야기가 일단락되면, 부인들은 점점 심해져 가는 흑인들의 교만이나, 카펫배거들의 횡포나, 북군 병사들이 곳곳에서 빈둥거리는 것을 보아야 하는 굴욕에 대해서 이야기했다. 그리고 신사들에게 물었다. 당신들은 북부에서 어디까지나 철저하게 조지아를 '재건'하리라고 생각하시나요? 그러면 신사들은 안심시키려는 것처럼 대답했다. '재건'은 당장에라도 끝나게 된다. 즉, 민주당원이 다시 투표를 하게 되면 금방 끝이 날 줄로 생각한다는 것이다. 부인들도 눈치가 빨라서 그것이 언제쯤이냐고 묻거나 하지는 않는다. 이런 정치 이야기가 끝나면 이번에는 전쟁 이야기가 나오게 되는 것이다.

전에 남부동맹의 군인이었던 두 사람이 만나기만 하면 어디서고 화제가 되는 것은 오직 하나밖에 없었고, 많은 사람이 모이기만 하면 주고받는 이야기의 결론은, 처음부터 정신적으로 다시 한 번 싸워야 한다는 것으로 정해져 있었다. 그리고 '만약에'라는 말이 이야기 가운데 가장 중요한 역할을 하고 있었다.

"만약에 영국이 그때 남부의 입장을 인정했다면……" "만약에 대통령인 제프 데이비스가 목화를 전부 징발해서 봉쇄가 엄중해지기 전에 영국에 보냈었더라면……" "만약에 롱스트리트가 게티스버그에서 명령에 따랐었더라면……" "만약에 제프 스튜어트가 장군이 그를 필요로 했을 때, 그 공격에 가담했었더라면……" "만약에 철벽 장군 잭슨이 하지 않았더라면……" "만약에 빅스버그가 함락되지 않았더라면……" "만약에 1년만 더 버티었더라면……" 그리고 또 늘 하는 말은 "만약에 존스턴 장군을 훗 장군과 교체하지 않았더라면……"이었고, 혹은 또 "만약에 존스턴 장군이 아니라 훗 장군에게 돌턴의 지휘를 맡겼더라면……"이었다.

만약에! 만약에! 일찍이 보병·기병·포병이었던 패들이 사는 보람이 있었던 옛날을 떠올리는 이런 겨울의 쓸쓸한 저녁 무렵에, 그 몹시 뜨겁던 한여름을 떠올리면서 고요한 어스름 속에 이야기를 나누는 동안 그들은 옛날의 생기 있는 흥분을 되찾고, 낮고 느릿한 이야기 소리도 차츰 빨라져 가는 것이었다.

'모두들 다른 이야기는 전혀 하지 않는단 말이야'하고 스칼렛은 생각했다. '전쟁 이야기뿐이야. 언제나 전쟁 이야기로 정해져 있어. 앞으로도 아마 전쟁 이야기밖에 하지 않을 거야. 아니, 죽을 때까지 그럴 게 뻔해.'

그녀는 주위를 둘러보며, 어린 사내아이들이 아버지 팔에 안겨 숨을 거칠게 쉬고 눈을 반짝이면서, 한밤중에 일어난 일이며 맹렬한 기병의 돌격이며 적진의 흉벽에 군기를 꽂은 이야기들을 열심히 듣고 있는 것을 보았다. 아이들은 북소리와 나팔 소리를 듣고, 돌격의 함성을 듣고, 다리 다친 병사들이 축 늘어진 너덜너덜한 군기를 들고 빗속을 진군하는 광경을 머릿속에 그려 보았다.

'그리고 이 아이들도 역시 다른 것은 아무것도 이야기하지 않게 될 거야. 북군과 싸워서 장님이 되거나 불구자가 되어서 고향으로 돌아오는 것이…… 또는 전사하는 것이 장렬하고 명예로운 일이라고 생각하게 되겠지. 아이들은 모두 전쟁을 기억에 남기고 그 이야기를 하고 싶어 하겠지. 그러나 나는 그런 건 싫다. 전쟁 따위는 생각만 해도 싫다. 될 수 있으면 그런 일을 깨끗이 잊고 싶다. 오오, 정말 잊을 수만 있다면!'

멜라니가 타라의 이야기를 하면서 스칼렛을 여장부로 만들어, 그녀가 침입자와 맞서서 찰스의 군도를 되찾고 어떻게 해서 불을 껐는가를 자랑하는 것을 들으면, 그때마다 온몸이 근질근질했다.

스칼렛은 이 사건을 떠올릴 때마다 불쾌해지고 자부심 같은 것은 전혀 느낄 수 없었다. 그 일은 조금도 생각하고 싶지 않았던 것이다.

'아아, 왜 모두들 잊지를 못하는 것일까. 어째서 지나간 일 따위를 돌아보기만 하고 앞을 보지 못하는 것일까. 그런 전쟁을 하다니 우리는 바보였던 거야. 전쟁을 한시라도 빨리 잊어버리면 그만큼 행복해질 텐데.'

그러나 그녀 말고는 아무도 잊고 싶어하지 않는 것 같았다. 어두운 데서조차 모습을 내놓기가 부끄럽다고 거짓없이 말할 수 있었을 때는 저도 모르게 마음이 놓였다. 이 설명은 아이를 낳는 문제라면 무슨 일에든지 몹시 민감한 멜라니로서는 금세 이해할 수 있었다. 멜라니는 아이를 하나 더 갖고 싶어했지만, 미드 의사도 폰테인 의사도 이번에 아기를 낳으면 그녀는 생명을 잃게 된다고 말하고 있었다. 그래서 자기의 운명에 대하여 거의 체념해 버린 그녀는, 자기가 임신한 것도 아닌데 자신의 일처럼 기뻐하면서 거의 스칼렛에게 붙어다니는 형편이었다. 스칼렛은 지금 배 속에 있는 아이도 갖고 싶은 생각은 없었고, 게다가 출산 시기가 나쁜 나머지 짜증스럽기만 해서 멜라니의 그런 태도가 감상적인 어리석은 짓으로 생각되었다. 그러면서도 의사의 명령으로, 애쉴리와 그 아내가 진정한 부부관계를 가질 수 없게 된 데 대하여 죄의식 담긴 기쁨을 품고 있었다.

스칼렛은 지금 애쉴리와 늘 만나고는 있었으나, 그래도 단둘이 만난 적은 한 번도 없었다. 애쉴리는 매일 밤 공장에서 돌아오는 길에 들러 그날 일을 보고했지만 프랭크와 피티 고모가 언제나 그 자리에 있었고, 더 형편이 나쁠 때는 멜라니와 인디어까지 함께 있었다. 그래서 그녀는 사무적인 이야기를 듣고 자기 생각을 전하는 것이 고작이었고, 그 뒤는 다만 "일부러 오시느라고 수고가 많으셨어요. 그럼 안녕히 주무세요" 하고 말하는 것이었다.

아이를 낳는 일만 없었더라면! 하느님이 주신 절호의 기회에 매일 아침 그와 함께 마차를 타고 공장으로 갈 수가 있을 텐데. 귀찮은 사람들의 눈을 피해서 그 호젓한 숲을 빠져나가면, 전쟁 전의 평화로웠던 무렵의 시골로 돌아간 것 같은 마음이 들련만.

그러나 그녀는 단 한 마디도 그에게 사랑의 말을 시키려고는 하지 않을 것이다. 사랑 따위는 조금도 입 밖에 내지 않을 것이다. 두 번 다시 입 밖에 내지 않겠다고 그녀는 스스로 맹세했던 것이다. 그러나 다시 한 번 그와 단둘이 있게 되면, 틀림없이 애쉴리는 애틀랜타에 온 뒤로 쓰고 있던 그 점떨어지는 예의의 가면을 벗어던질지도 모른다. 혹시 어쩌면 다시 옛날의 그로, 바비큐파티가 있기 전부터 알았던 애쉴리로, 사랑의 말 같은 것을 한 마디도 두 사람 사이에 주고받지 못했을 무렵의 그로 돌아갈지도 모른다. 비록 애인 사이는 될 수 없을지라도, 다시 한 번 친구 사이가 될 순 있겠지. 그렇게 되면 그녀의 차갑고 외로운 마음도 그의 뜨거운 우정에 감싸여 따뜻해지겠지.

'이 아이를 낳고 몸이 완전히 그전처럼 되면……' 하면서 그녀는 초조하게 생각했다. '그렇게 되면, 매일 그와 함께 마차를 타고 이야기할 수가 있는 것이다……'

집에 틀어박혀서 도무지 안타까워 견디지 못하고 몸부림치고 있는 까닭은, 단순히 애쉴리와 단둘이 되고 싶은 생각 때문만은 아니었다. 공장 쪽에도 그녀가 필요했기 때문이다. 공장은 그녀가 사실상 감독을 그만두고, 휴와 애쉴리에게 관리를 맡긴 이래로 줄곧 손해만 보고 있었던 것이다.

휴는 무척 애를 쓰고 일했지만, 말할 수 없이 무능했다. 흥정도 서툴렀지만 일을 감독하는 것은 더 서툴렀다. 값을 따지는 데 있어서는 누구한테나 감쪽같이 속기만 했다. 말주변이 좋은 도급업자가 이 목재는 품질이 나빠서 정한 값을 받을 만한 물건이 못 된다고 하면, 신사인만큼 사과하고 값을 내리는 수밖에 없다고 생각해 버리는 것이었다. 천 피트의 마루 판자감 값으로 그가 받은 금액을 듣자, 그녀는 화가 치밀어서 울음을 터뜨리고 말았다. 공장에서 여태껏 제재한 것 가운데에서도 가장 좋은 마루 판자감인데, 그가 그것을 형편없는 헐값으로 팔아 버린 것이다. 그것만이 아니라 그는 노동자들을 잘 구스르지도 못했다. 흑인들은 날마다 임금을 지급하라고 요구했다. 그리고 가끔 그 임금을 모두 술로 마셔 버리고는, 취해서 다음날 아침은 공장에 나오지 않는 것이었다. 이럴 경우 휴는 하는 수 없이 새 인부를 모아야 했고, 그 때문에 공장 일이 시작되는 것도 늦어지기가 일쑤였다. 이런 어려움 때문에, 휴는 며칠이나 계속해서 시내로 재목을 팔러 가지 못했다.

휴의 손가락 사이로 이익이 줄줄 새어 나가는 것을 보고, 스칼렛은 자기의 무력함과 그의 무능에 머리가 돌 지경이었다. 해산을 하고 나서 전처럼 활동할 수 있게 되면 당장 휴를 내보내고 다른 관리인을 두리라고 생각했다. 누구를 데려오든 간에 휴보다는 나을 것 같았다. 그리고 다시는 해방 흑인에게 골탕을 먹지 않으리라 다짐했다. 걸핏하면 일을 쉬는 해방 흑인을 상대해서는 아무도 변변한 일은 할 수 없을 것이다.

"프랭크," 그녀는 말했다. 없어진 노동자 때문에 휴와 심한 말다툼을 하고 난 뒤의 일이었다. "전 죄수를 데려다가 공장에서 일을 시킬까 하고 생각하고 있어요. 일전에 토미 웰번네서 감독을 하고 있는 조니 갤러거에게, 검둥이가 일을 하지 않아서 도무지 일이 진척되지 않아 곤란하다는 이야기를 했더니, 그 사람이 어째서 죄수들을 고용하지 않느냐고 말하더군요, 과연 좋은 생각이구나 싶었어요. 마치 공짜처럼 싼 임금으로 데려올 수 있고, 식비도 무척 싸게 먹히게 된다는 거예요. 그리고 이쪽 마음대로 죄수들을 부려도 '노예 해방국'에서 호박벌들이 몰려와서 호된 꼴을 당하는 일도 없고, 자기들의 일도 아니니까 귀찮게 하러 오는 일도 없대요. 그러니까 조니 갤러거와 토미의 계약 기간이 끝나면 곧 조니를 데려다가 휴가 하는 공장을 맡기려 해요. 조니는 그 거친 아일랜드 사람들을 턱으로 부리고 있으니까, 틀림없이 죄수들도 잘 부려서 부쩍 성적을 올릴 거라고 생각해요."

죄수! 프랭크는 말도 나오지 않았다. 죄수를 데려온다는 것은 스칼렛이 여태까지 제안한 여러 가지 난폭한 계획 가운데 가장 지독한 것이었다. 술집을 세우겠다는 생각보다도 더 나빴다. 적어도 프랭크와 그가 소속된 보수파 사람들에게 있어서는 매우 나쁜 일로 생각되었다.

죄수를 고용한다는 것은 전쟁 이후 주가 가난해졌으므로 생긴 새로운 제도였다. 죄수를 먹일 수 없게 되자 주정부는 철도 건설이라든가, 테레빈 유채취림이라든가, 삼림 벌채 사업지 같은 많은 노동자가 필요한 곳에 죄수들을 빌려주고 있었던 것이다. 프랭크나 그의 얌전한 신앙심 깊은 친구들도 이 제도가 어쩔 수 없다는 것을 인정했으나 그래도 한심한 일이라고 개탄하고 있었다.

그들 대다수는 노예 제도를 좋다고 생각하므로, 이것을 지난날의 노예 제도보다 훨씬 나쁜 것이라고 생각하고 있었던 것이다.

그런데도 스칼렛은 죄수를 고용하고 싶다는 것이다. 만약 그녀가 그런 짓을 한다면 그는 두 번 다시 세상에 머리를 들 수 없게 될 것이라고 프랭크는 생각했다. 이것은 그녀가 공장을 갖고 자신이 경영하는 것보다도, 또는 지금까지 그녀가 한 어떤 일보다도 훨씬 나쁘다. 그의 여태까지의 반대는 언제나 '세상 사람들이 뭐라 하겠는가?' 하는 질문이 따르기 마련이었다. 그러나 이번만은, 이번만은 세상 사람의 의견을 두려워하는 것보다도 심각했다. 그것은 매춘이나 다름없는 인신매매다. 만약 그녀에게 이것을 허락한다면, 자기 영혼에 대해서 죄악을 범하게 되는 것이라고 느꼈다.

이러한 불굴의 신념에서 프랭크는 용기를 내어 스칼렛이 그런 일을 하는 것을 단호하게 막았다. 그의 말투가 너무나 강했으므로 그녀는 깜짝 놀라서 입을 다물어 버렸다. 마지막에는 그를 달래기 위하여 진심으로 그럴 생각은 아니었다고 온순하게 말했다. 단지 휴와 해방된 흑인들에게 너무나 골탕을 먹었기 때문에 분통이 터진 거라고 했다. 그래도 마음속으로는 그런 생각을 버리지 못하고, 해보고 싶은 생각이 꽤 강했다. 죄수를 쓰면 그녀의 가장 어려운 문제 하나가 해결되는 것이다. 그러나 프랭크가 저토록 야단을 친다면
......

그녀는 한숨을 쉬었다. 어느 한쪽 공장만이라도 이익을 본다면 참을 수도 있을 것이다. 그러나 애쉴리가 하는 공장도 휴가 하는 공장과 마찬가지로 큰 차이는 없었다.

맨 처음에 스칼렛은 애쉴리가 좀처럼 일을 터득하지 못하고, 그녀가 운영할 때의 두 곱의 이익을 올려주지 못하는 데에 대해서 놀라기도 하고 한편 실망하기도 했다. 그는 머리가 퍽 영리하고 책도 많이 읽었으니까, 굉장한 성공을 거두어서 듬뿍 이익을 올리지 못할 리가 없다고 생각하고 있었던 것이다. 그런데 성적은 휴와 별로 다를 것이 없었다.

경험이 없는데다가 실수 연발에, 장사에 대한 재치가 전혀 없는 점, 거래

를 할 경우의 양심에 얽매여 융통성이 없는 점 등은 휴와 다를 바가 없었다.

애쉴리를 사랑하고 있는 스칼렛의 마음은 곧 그를 두둔할 구실을 찾아내어 두 사람을 나란히 놓고 생각하지는 않았다. 휴는 어떻게도 해볼 수 없는 바보이지만, 애쉴리는 다만 장사에 익숙하지 못한 것뿐인 것이다. 그러면서도 애쉴리는 그녀처럼 재빠르게 머릿속에서 견적을 세워 정확한 값을 매기고 하는 일은 절대로 못하는 것이 아닐까 하고 그만 걱정이 되는 것이었다. 또 때로는 그가 마루 널빤지와 토대 널빤지를 구별할 수 있을까 하고 의심해보기도 했다. 게다가 그는 신사이고 본성이 정직했으므로 찾아오는 악당들을 모두 믿으려 들었다. 그래서 만약 그녀가 적당히 말참견을 하지 않았더라면 몇 번이나 손해를 보았을지 모르는 일이었다. 또 그는 남에게 호의를 가지면—더욱이 무턱대고 아무에게나 호의를 가지는 모양이었다—상대방이 은행에 돈을 가지고 있는지 재산이라도 있는지 알아보려고도 하지 않고, 외상으로 목재를 마구 팔아 버리는 것이었다. 그 점에서는 그는 프랭크와 마찬가지로 정말 골칫거리였다.

그러나 그도 이제는 틀림없이 장사를 터득하게 되겠지! 터득할 때까지만이라고 생각한 그녀는 그의 실수에 대해서 상냥하게 어머니처럼 굴면서 참았다. 매일 밤 그가 지치고 맥이 풀려서 들르면, 그녀는 지치지도 않고 요령 있게 도움이 되는 제안을 했다. 그러나 아무리 격려하고 기운을 복돋우어 주어도 그의 눈에는 이상하게 생기없는 표정이 깃들어 있었다. 그녀는 그것이 무엇인지 알 수가 없어서 무서운 생각이 들었다. 그는 사람이 달라져 버렸다. 전과는 딴사람처럼 변해 버린 것이다. 그와 단둘이서 만날 수만 있다면 틀림없이 그 까닭을 알 수 있었을 텐데.

이런 형편이었으므로 그녀에게는 잠을 못 이루는 밤이 많았다. 애쉴리가 마음에 걸려서 견딜 수가 없었다. 그것은 그가 행복하지 못하다는 것을 알고 있기 때문이었고, 또 행복하지 못한 점이 그를 훌륭한 목재상을 만드는 데 도움이 되지 않는다는 것을 알고 있기 때문이기도 했다. 휴나 애쉴리 정도의 장사 솜씨밖에 없는 두 사나이에게, 공장을 맡겨 두는 것도 여간 고통스런 일이 아니었다. 그녀가 여태까지 악착같이 일하여 자신이 활동하지 못할 이 몇 달 동안에 대비하여 지극히 신중하게 계획을 세워 왔었는데, 뻔히 알면서 경쟁상대들에게 가장 좋은 단골손님들을 뺏기는 것을 보면, 가슴이 터질 것만 같은 기분이었다. 아아, 다시 일을 하게만 되면! 애쉴리의 손을 잡고 차근차근 가르쳐 줄 수 있다. 그러면 그도 틀림없이 알게 될 것이다. 그리고 조니 갤러거에게 다른 쪽 공장을 맡기고, 자기가 판매 일을 맡게 되면 모든 것이 잘 돼 나갈 것이다. 만약 휴가 계속해서 그대로 일하고 싶다고 하면 운반차의 마부라도 하게 해야겠다. 그 사나이가 할 수 있는 일은 그 정도가 고작이다.

물론 갤러거는 머리는 잘 돌아가지만 부도덕한 데가 있는 것 같다. 그러나 달리 사람이 없잖은가. 머리가 좋고 정직한 다른 남자들은 왜 그렇게 완강하게 그녀를 위해서 일하길 꺼려하는 것일까. 그들 가운데 한 사람이라도 지금 휴를 대신해서 일해 준다면 그리 걱정할 것도 없으련만……

토미 웰번은 등이 불구가 되었는데도, 시내에서 가장 바쁜 도급업자로 돈을 듬뿍 벌었다는 소문이 났다.

메리웨더 부인과 르네도 장사가 잘되어서 시내에 빵가게를 차렸다. 르네는 프랑스 사람답게 무척 야무지게 가게를 잘 관리해 가고 있었다. 메리웨더 할아버지는 난로 구석에서 떠나게 되는 것이 좋아서 르네 대신 파이 마차를 타고 돌아다니고 있었다. 시몬스 형제도 무척 바빠서, 하루 세 번씩이나 교대하면서 벽돌을 굽고 있었다.

또 켈스 화이팅도 고수머리를 펴는 약으로 돈을 벌고 있었다. 그도 그럴 것이 흑인들에게 고수머리는 공화당에 투표할 수 없게 될지도 모른다고 선전하고 있었기 때문이다.

그 밖에 그녀가 아는 영리한 청년들은 의사건 변호사건 상점 주인이건 모두들 마찬가지로 잘 해나가고 있었다. 전쟁 직후 그들을 사로잡고 있었던 무관심이 깨끗이 없어져 버리고, 자기들의 재산을 만들기에 바빠서 그녀의 재산 만들기를 거들어 줄 마음이 생기지 않았던 것이다. 바쁘지 않은 남자라면 휴와 같은 타입, 또는 애쉴리와 같은 타입의 남자뿐이었다.

장사를 하면서, 게다가 아이까지 낳아야 하다니 얼마나 귀찮은 일인가!

'이제 다시는 아기 따위는 안 가질 테다.' 그녀는 굳게 결심했다. '다른 여자처럼 연년생으로 낳지는 않을 테다. 지겹다. 그러다가는 1년 가운데 여섯 달은 공장에서 떨어져 있어야 한다. 지금 깨닫고 보니, 단 하루도 공장에서 떠나 있을 수 없다는 것을 절실히 알겠구나. 이제 아이는 낳지 않겠다고 프

랭크에게 똑똑히 말해야지.'

프랭크는 아이들을 많이 두고 싶어하지만, 그 점은 어떻게 프랭크를 잘 다루어 나가면 된다. 그녀의 결심이 섰다. 이번만 낳고는 다시는 아이를 낳지 않을 테다. 공장 쪽이 더 소중하니까.

42

스칼렛의 아기는 여자아이였다. 조그맣고, 머리털이 하나도 없어서 마치 털없는 원숭이처럼 보기 싫은 데다가, 끔찍이도 프랭크를 닮았다. 아기가 귀여워서 견디지 못하는 아버지 말고는 누구의 눈에도 그 아이가 예쁘게 보이지 않았으나, 이웃 사람들은 아무리 보기 싫은 아이라도 자라나면 모두 예뻐지게 되는 법이라고 말해 주는 정도의 인정미는 가지고 있었다. 그 아이는 엘라 로레나라고 이름을 지었다. 엘라는 할머니 엘렌에서 따온 것이었다. 로레나는 마침 사내아이들의 이름에 로버트 E 리라든가, 철벽 장군 잭슨이라든가가 인기가 있고, 또 흑인의 아이들에게는 에이브러햄 링컨이라든가, 이맨시페이션(emancipation : ^{노예 해방이}_{라는 뜻})이라든가 하는 이름이 인기가 있었던 것과 마찬가지로 그 무렵의 여자아이 이름으로서 가장 유행하고 있었기 때문이다.

아이가 태어난 것은, 애틀랜타가 미칠 것 같은 흥분 속에 싸이고, 재난의 예감으로 시의 공기가 긴장되어 있던 일주일 동안의 한창 술렁거릴 무렵이었다. 백인 여자를 강간했다고 자랑스럽게 떠벌리던 한 흑인이 체포되었는데, 재판에 넘겨지기 전에 그 감옥이 KKK단의 습격을 받고, 흑인은 아무도 모르게 교살당했다. KKK단의 행위는 아직 이름이 밝혀지지 않은 피해자가 공개적으로 법정에 나가서 증언을 강요당하게 되는 것을 구하기 위해서였다. 대중 앞에 나와서 그녀의 수치를 뭇 사람 앞에 드러내야 할 바엔, 그 아버지나 형제들은 그녀를 쏘아 죽이고 말았을 것이다. 그래서 흑인을 사형(私刑)한 것은 시민들이 볼 때는 도리에 맞는 해결책이었고, 사실 유일하게 품위 있는 해결 방법이었던 것이다. 그러나 군 당국은 격노했다. 당국으로서는 그 처녀가 공개적으로 증언하길 꺼릴 이유를 인정하지 않았기 때문이다.

비록 애틀랜타 안에 있는 백인 남자들을 모조리 감옥에 집어넣는 한이 있더라도 KKK단원을 모조리 뿌리뽑겠다고 맹세하며 병사들은 닥치는 대로 시민을 체포했다. 흑인은 겁을 먹고 음울한 표정으로 복수의 방화를 저지르 겠다고 투덜거렸다. 군당국은 대규모의 교수형을 감행해서라도 범죄자 일당 을 찾아내고 말 것이라느니, 흑인이 단결해서 백인에 대하여 폭동을 일으킬 것이라느니 하는 소문들이 파다하게 돌았다. 시민들은 문에 자물쇠를 채우 고, 덧창을 내리고 집 안에 틀어박혀 있었다. 남자들은 불안해서 여자와 아 이들을 아무런 보호도 없이 집에 두고 일하러 나갈 수가 없었다.

스칼렛은 쇠약한 몸으로 침대에 누워, 애쉴리가 KKK단에 가입할 만큼 무 분별한 사람이 아니라는 것, 또 프랭크가 나이도 들고 패기가 없는 것을 힘 없이 마음속으로 하느님께 감사했다. 당장에라도 북군이 밀어닥쳐서 두 사 람을 체포라도 하게 된다면 얼마나 무서운 일인가! 어째서 또 KKK단의 미 치광이 같은 젊은 바보들은 공연한 참견을 해서 이토록 북군을 화나게 해 버 렸단 말인가? 어쩌면 그 처녀는 폭행 같은 것은 전혀 당하지 않았을지도 모 른다. 아마 바보 같은 공포심에 쫓겼을 뿐일 것이다. 그런데도 그 때문에 많 은 남자들이 생명을 잃게 될지도 모르는 것이다.

화약통을 향하여 심지가 바작바작 타들어 가는 것을 지켜보고 있는 것 같 은, 신경이 긴장될 대로 긴장된 분위기 속에서 스칼렛은 점점 체력을 회복해 갔다. 타라의 고난 시대를 겪어낸 꿋꿋한 강인함이 지금은 크게 도움이 되 어, 엘라 로레나가 태어나서 두 주일도 채 못되는데 마루 위에 일어나 앉을 수 있을 만큼 회복되어서 가만히 있기도 갑갑해 했다. 세 주일이 지나자, 일 어나서 아무래도 공장을 보러 가야겠다고 했다. 애쉴리도 휴도 가족을 온종 일 내버려 두는 것이 걱정이 되어서, 공장은 휴업 상태로 있었다.

그리고 충돌이 생겼다.

새로 아버지가 된 자부심으로 차 있는 프랭크는 용기를 내어 이런 위험한 상태 가운데 외출해서는 안 된다고 스칼렛을 말렸다. 만약 그가 스칼렛의 말 과 마차를 삯마차 집에 맡겨 놓고 자기 말고 다른 사람은 누가 오던지 내주 지 말라고 일러두지 않았더라면, 그녀는 프랭크의 명령 따위는 조금도 무서 워하지 않고, 서슴지 않고 일하러 나갔을지도 모른다. 게다가 더욱 난처한 것은 그와 마미가, 그녀가 해산하고 누워 있는 동안에 온 집 안을 샅샅이 뒤 져서 숨겨 둔 돈을 찾아내어, 프랭크가 자기 이름으로 은행에 맡겨 버린 것 이었다. 그 때문에 지금은 삯마차를 빌릴 수도 없었다.

스칼렛은 프랭크와 마미에게 격렬히 화를 냈다. 다음에는 빌붙어 사정을 해 보기도 했다. 그래도 안 되자 마지막에는 화가 나 좌절한 어린아이처럼 오전 내내 울며 지냈다. 그러나 그처럼 애를 썼는데도 그녀가 그들로부터 들은 것은 오직 다음과 같은 말뿐이었다.

"원 당신도, 마치 토라진 계집아이 같구료." "스칼렛 아씨, 그렇게 언제까지나 울음을 안 그치면 젖이 시어서 아기가 배탈이 납니다. 정말이에요."

몹시 불쾌한 스칼렛은 볼이 잔뜩 부어서 뒷마당을 빠져나가 멜라니네로 갔다. 그리고 거기서 목청껏 다음과 같은 소리를 지껄여대며 울분을 터뜨렸다.

나는 걸어서라도 공장에 나갈 테야. 애틀랜타를 두루 돌아다니면서 내 남편은 나쁜 사람이라고 떠들어댈 테야. 응석받이 철부지 아이 같은 취급을 당하는 것은 더 이상 참을 수 없어. 권총을 들고 다니면서 나를 위협하는 놈은 어떤 놈이고 쏘아 버릴 테다. 사내 하나를 죽인 일은 있으니까, 또 한 사람쯤 기꺼이 죽여줄 테야.

무서워서 현관 밖으로는 나가지도 못했던 멜라니는 그런 협박에 기가 질리고 말았다.

"아이구, 그런 위험한 짓을 해서는 안 돼요! 언니에게 만약에 사고라도 생긴다면 난 죽어 버릴 테야! 제발 부탁이에요."

"난 갈 테야! 기어코 갈 테야! 걸어서라도 가야겠어."

멜라니는 물끄러미 그녀를 바라보며, 그것이 해산 때문에 아직 몸이 쇠약해 있는 여자의 히스테리가 아니라는 것을 알았다. 스칼렛 얼굴에는 제럴드 오하라가 결심을 굳혔을 때 곧잘 그 얼굴에 나타냈던 것과 같은, 그 위험하기 짝이 없는 무모한 결의가 나타나 있었다. 그녀는 스칼렛의 허리를 꼭 끌어안았다.

"언니처럼 용기가 없어서 애쉴리를 줄곧 집에만 붙들어 두고 공장에 내보내지 않은 것은 모두가 내 잘못이었어요. 네, 스칼렛! 나는 그런 바보예요! 애쉴리에게 나는 조금도 무섭지 않다고 말하겠어요. 그리고 나는 언니네나 피티 고모네에 가 있겠어요. 그러면 애쉴리는 일하러 나가게 될 거 아니겠어요. 그리고……."

아무리 스칼렛이지만 애쉴리가 이런 상황에 혼자 해나갈 수 있을 것이라고는 생각되지 않았다. 그녀는 외쳤다. "절대로 그런 짓을 해서는 안 돼! 애쉴리가 계속 식구들 걱정만 하고 있으면 일을 한댔자 신통할 게 하나도 없잖아. 모두 몹시 미워! 피터 할아범까지 나하고 같이 가는 건 싫다는 거야! 그래도 난 상관없어! 혼자서 갈 테야. 내 발로 걸어가서 어디서든 검둥이 인부를 찾아낼 테야."

"아이구 안 돼요! 그러면 못 써요! 어떤 끔찍한 변을 당할지 모른단 말이에요. 디케이더 큰길의 샨티타운 부락에는 못된 혹인들이 꽉 들어차 있다잖아요. 그런데 언니는 바로 그 옆을 지나가지 않으면 안 되는 거예요. 내게 맡겨 주세요. 네? 오늘은 아무 일도 하지 않겠다고 약속해 주어요. 그러면 내가 어떻게 생각해 보겠어요. 바로 집으로 가서 눕겠다고 약속해 줘요. 언닌 무척 파리해 보여. 나하고 약속해요."

너무나 화를 냈으므로 맥이 탁 풀려서 아무것도 할 생각이 나지 않았다. 스칼렛은 마지못해서 멜라니와 약속하고 집으로 돌아왔으나, 집안 사람들이 화해할 눈치를 보여와도 싹 외면했다.

그날 오후, 알지 못하는 남자가 멜라니네 생울타리를 빠져나와 피티 고모네 뒤뜰로 들어왔다. 분명히 그는 마미와 딜시가 말하던 '멜라니 아씨가 거리에서 데려다가 지하실에 묵게 해 준 하층민'의 한 사람임이 틀림없었다.

멜라니의 집에는 전에 하인들의 거실과 포도주 창고로 쓰고 있던 방이 세 개 있는 지하실이 있었다. 지금은 그 방 하나를 딜시가 쓰고, 다른 두 개는 언제나 처참한 누더기를 입은 떠돌이들이 드나들면서 쓰고 있었다. 그들이 어디서 와서 어디로 가는지 멜라니 말고는 아무도 몰랐으며 그녀가 어디서 데려오는지도 몰랐다. 아마 마미나 딜시가 말하듯이 거리에서 데려오는 사람들일 것이다. 그러나 위대한 사람들이나 높은 사람들이 그녀의 조그만 객실로 끌려들듯이, 불행한 사람들도 식사와 잠자리가 주어지고 도시락까지 싸서 주는 그녀의 지하실로 기꺼이 찾아오는 것이다. 지하실에 묵는 사람은 대개가 거칠고 무식한 남군 병사 출신이거나 노숙자, 가족이 없는 사람들, 일자리를 구하려고 각지를 떠돌아다니는 이들이었다.

머리카락이 덥수룩하고 말이 없고 걸신들린 아이들을 데리고, 새까맣고 말라빠진 시골 여자가 그곳에서 하룻밤을 묵어 가는 일도 드물지 않았다.

여자들은 전쟁 때문에 과부가 되고, 밭을 잃고, 뿔뿔이 흩어져서 간 곳을 모르게 된 친척들을 찾고 있었다. 때로는 영어도 변변히 못하는, 혹은 전혀 못하는 외국 사람이 묵게 되어, 이웃 사람들을 분개하게 만드는 일도 있었다. 그런 사람들은 남쪽으로 가면 문제 없이 한밑천 거머쥘 수 있다는 그럴 듯한 이야기에 매혹되어서 찾아온 것이었다. 한 번은 공화당원이 묵어간 일도 있었다. 적어도 마미가 우기는 말에 의하면 그는 공화당원이라는 것이었다. 그녀는 말이 방울뱀을 찾아내듯이 공화당원을 구별해낼 수 있다고 했다. 그러나 마미의 말을 곧이듣는 사람은 한 사람도 없었다. 사람들은 아무리 인정 많은 멜라니라도 한계가 있을 것이라고 했다. 적어도 그렇기를 사람들은 바라고 있었다.

갓난아이를 무릎 위에 안고, 11월의 창백한 햇볕을 쬐면서 옆쪽 베란다에 앉아 있던 스칼렛은, 아, 저 사나이는 멜라니네에 있는 절름발이 가운데 하나다. 진짜 절름발이로구나 하고 생각했다.

뒤뜰을 지나 다가오는 그 사나이는 윌 벤틴과 마찬가지로 나무 의족으로 절뚝거리면서 걸어왔다.

키가 크고 마른 노인이었다. 벗겨진 대머리가 분홍색을 띠고 지저분하게 번쩍였다. 반백의 턱수염은 허리띠에 닿을 만큼 길었다. 상처 자국이 있는 험상궂은 얼굴로 보아서 나이는 예순이 넘어 보였지만, 몸에는 그런 노쇠한 티가 조금도 없었다. 비쩍 말라서 보기는 흉했지만 나무토막 의족을 달고 있으면서도 뱀처럼 날쌘 동작이었다.

그는 계단을 올라와서 그녀에게로 다가왔다. 낮은 지대에서는 보기 드문 '르' 소리를 울리는 콧소리로 말을 꺼내기도 전에, 스칼렛은 이 사나이가 산골 태생이라는 것을 알았다. 더러운 누더기를 입고 있으면서도 산골 사람들이 대부분 그러하듯이, 그에게도 어딘가 어떠한 되지 못한 수작도 용서하지 않고, 어떤 실없는 짓도 용납하지 않는 날카롭고 묵묵한 긍지가 엿보였다. 턱수염은 담뱃물이 들어 있었다. 커다란 씹는 담배를 씹느라고 얼굴이 비뚤어져 보였다. 코는 가늘면서도 울퉁불퉁했고, 눈썹은 짙어서 마치 마술쟁이의 머리카락처럼 꼬여 덥수룩했고, 숱 많은 머리카락이 귀 때문에 튀어나와 복슬복슬한 살쾡이의 귀를 떠올리게 했다.

이마 밑에는 한쪽 눈구멍이 퀭하게 패어 있고, 거기서부터 볼에 걸쳐 수염 있는 데까지 엇비스듬하게 한 줄기의 상처 자국이 패어 있었다. 다른 쪽 눈은 작고 엷은 빛깔인데, 차갑고 깜박이지도 않는 잔인한 눈매를 하고 있었다. 바지 허리띠에는 집도 씌우지 않은 큼직한 권총이 꽂혀 있고, 해진 장화 목에서 사냥칼 자루가 내밀어져 있었다.

그는 스칼렛의 눈길을 차갑게 마주 보면서 말을 꺼내기 전에 난간 가로대 너머로 침을 뱉었다. 그 외쪽 눈에는 경멸의 빛이 보였다. 그녀에 대한 경멸뿐만이 아니라 모든 여성에 대한 경멸이었다.

"윌크스 댁 아씨로부터 댁의 일을 해달라는 부탁을 받고 왔소이다."

그는 퉁명스럽게 말했다. 평소에 말이 익숙하지 못한 것처럼 녹슨 음성으로, 말하는 것이 거의 어렵다는 투로 천천히 이야기했다.

"내 이름은 아치라고 하오."

"안 됐지만 당신에게 시킬 일은 없어요, 아치 씨."

"아치라는 것은 내 이름이오."

"실례했어요. 성은 뭐라고 하지요?"

그는 또 침을 뱉었다. "그런 것은 당신이 알 바가 아니오." 그는 말했다. "아치만으로 좋소."

"당신의 성이 뭐가 되었든 상관없어요! 당신에게 부탁할 일은 아무것도 없어요."

"있을 텐데요. 윌크스 댁 아씨는 당신이 바보처럼 혼자서 돌아다니려는 것을 몹시 걱정하고 계시더군요. 그래서 내게 마부 노릇을 해드리라면서 보내셨단 말이오."

"바보 같은 소리 말아요." 스칼렛은 사나이의 무례함과 멜라니의 지나친 참견에 몹시 화가 나서 외쳤다.

그의 외눈은 싸늘한 증오를 담고 그녀의 눈을 쏘아보았다. "정말이오. 남자가 거들어 주겠다고 하는데 여자가 굳이 마다할 건 없을 것 같은데. 당신이 기어코 가야겠다면 같이 가드리지요. 나는 검둥이가 아주 싫소. 양키도 그렇고."

그는 담배 덩어리를 다른 쪽 볼로 옮기고, 권하기도 전에 계단 맨 위에 앉았다. "나는 여자들을 따라다니는 것은 좋아하지 않지만, 윌크스 댁 아씨께서 내게 고맙게 해 주시고 지하실에 재워 주시기 때문에 그 아씨의 부탁을 받고 수행하러 왔단 말이오."

"하지만," 스칼렛은 마지못해 말을 꺼내다가 돌연 입을 다물고 그를 바라보았다. 곧 그녀는 생글생글 웃기 시작했다. 이 늙은이의 불량배 같은 태도는 비위에 거슬렸지만 그가 있다면 일은 간단해진다. 그를 마부로 삼으면 시내에도 갈 수 있고, 공장에도 갈 수 있고, 단골들을 찾아다닐 수도 있다. 그를 데리고 다니면 아무도 위험하다고 생각하지 않을 것이고, 또 그의 생김새로도 나쁜 소문이 날 염려는 절대로 없을 것이다.

"그럼 당신에게 부탁하기로 하겠어요." 그녀는 말했다. "바깥양반이 승낙하면 말이에요."

프랭크는 아치와 단둘이서 이야기를 하더니 결국은 마지못해 동의하고, 삯마차 집으로 말과 마차를 돌려달라고 심부름을 보냈다. 어머니가 되면 스칼렛도 달라지겠지 생각하고 있었으나 기대가 어긋나자 불쾌하기도 했고 실망스럽기도 했다. 그러나 그녀가 기어코 그 진저리나는 공장으로 갈 작정이라면 아치야말로 하느님이 보낸 사람이었다.

맨 처음 애틀랜타 시내를 깜짝 놀라게 했던 두 사람의 콤비는 이렇게 시작되었다. 아치와 스칼렛은 기묘하게 맞추어진 한 쌍이었다. 흙받기 위로 나무 의족을 내뻗은 끔찍이도 험상궂게 생긴 지저분한 노인과 이맛살을 찡그리고 무엇인가 골똘히 생각하고 있는 예쁘고 단정한 옷차림의 젊은 부인이 짝이었다. 이 두 사람은 애틀랜타 시내와 변두리에 언제 어디서나 모습을 나타냈지만, 두 사람은 좀처럼 말을 하지 않았고, 분명히 서로가 싫어하는 눈치였다. 그러나 두 사람은 서로 필요해서, 즉 노인은 돈이 필요해서, 그녀는 호위가 필요해서 맺어졌다고 세상에서는 보고 있었다. 적어도 시내 부인들은 그 따위 버틀러 같은 사나이와 뻔뻔스럽게 마차를 타고 돌아다니는 것보다는 낫다고 수군거리고 있었다. 부인들은 요즈음은 버틀러가 어디에 있을까 하고 이상하게 여겼다. 왜냐하면 그는 석 달 전에 갑자기 시를 떠난 채 현재 어디에 있는지, 스칼렛조차도 몰랐기 때문이다.

아치는 말이 없는 사나이로서 말을 걸어오지 않으면 절대로 입을 떼지 않았고, 그 대답도 대개 입 안에서 중얼중얼할 뿐이었다. 매일 아침 멜라니네 지하실에서 나와 피터 고모네 현관 계단에 앉아서 담배를 씹거나 침을 뱉거나 하면서, 스칼렛이 나오고 피터가 마구간에서 마차를 끌어내는 것을 기다리고 있었다. 피터 할아범은 마치 그를 악마나 *KKK*단원이기라도 한 것처럼 무서워했으며, 마미까지도 말을 하지 않고 조심조심 그의 옆을 지나다녔다. 그는 흑인을 싫어했다. 그것을 아는 만큼 더욱 무서웠던 것이다. 그는 여태까지 가지고 있던 권총과 단도 말고 권총 한 자루를 더 샀다. 그의 평판은 멀리 흑인들 사이에까지 퍼져 있었다. 그는 한 번도 권총을 빼어들 필요가 없었으며, 허리띠에 손을 댈 필요마저도 없었다. 심리적인 효과만으로 충분했다. 아치 가까이에서 웃을 만큼 용기가 있는 흑인은 한 사람도 없었다.

언젠가 스칼렛은 호기심에서, 왜 흑인을 싫어하느냐고 물은 일이 있었다. 그리고 그가 그 말에 대답한 것에 깜짝 놀랐다. 대개는 어떤 일을 물어도 그런 건 당신이 알 바가 아니오 하고 대답하는 것이 보통이었기 때문이다.

"산에 사는 사람들이 모두 놈들을 싫어하듯이 나도 아주 싫어한다우. 단 한 번도 좋다고 생각한 적은 없었고, 한 놈도 고용한 적이 없소. 전쟁을 시작한 것도 그 검둥이란 놈들 탓이지요. 놈들이 싫은 것은 그런 이유도 있지요."

"하지만 당신은 전쟁에 나가지 않았던가요?"

"사내로 났으니 나가는 것이 당연하지요. 나는 양키도 아주 싫소. 검둥이보다도 싫소. 수다스러운 여자가 싫은 것만큼이나 말이오."

이런 식으로 노골적으로 버릇없는 말을 하므로 스칼렛은 화가 치밀어서 입을 다물어 버리고, 어떻게든지 이 사람을 쫓아내야겠다고 생각하는 것이었다. 그러나 이 노인이 없으면 그녀가 무엇을 할 수가 있단 말인가. 이렇게 자유롭게 돌아다닐 수 있는 것도 이 사나이가 있기 때문이 아닌가. 그는 버릇없고 추접스럽고, 때로는 고약한 냄새가 날 적도 있었으나, 그래도 맡은 일만은 꼬박꼬박 해나가고 있었다. 공장에 오가며 단골을 찾아다니는 데도 마차로 수행했고, 그녀가 장사 이야기를 하거나 지시를 하는 동안은 침을 뱉기도 하고 다른 곳을 물끄러미 바라보기도 하면서 기다리고 있었다. 그녀가 마차에서 내리면 그 뒤를 따라 내리고, 그녀가 걸어가는 한 걸음 한 걸음을 개처럼 따라왔다. 그녀가 거친 인부나 흑인이나 북군 병사 속으로 들어갈 때는 그녀의 팔꿈치에서 한 걸음도 안 되는 곳에 바싹 붙어 있었다.

이윽고 애틀랜타 사람들은 스칼렛과 그 호위가 눈에 익어 버렸다. 눈에 익어 버리자, 부인들은 자유롭게 돌아다니는 그녀가 부러워지기 시작했다.

KKK단의 사형 이후로 부인들은 사실상 완전히 집에 갇혀 있었다. 거리로 물건을 사러 나갈 때도 대여섯 사람이 모이지 않으면 나가지 못했다. 사교를 좋아하도록 태어난 그녀들은 안절부절못하게 되었다. 긍지는 주머니 속에 집어넣어 버리고 스칼렛에게 아치를 빌려 달라고 부탁하기까지 했다. 그래서 그녀도 볼일이 없을 때는 언제나 기꺼이 빌려 주어서 다른 부인들이 데리고 다니게 해주었다.

오래지 않아서 아치는 애틀랜타의 명물이 되었다. 부인들은 앞다투어 그가 틈날 때를 노렸다.

아침식사 때면 아이나 혹은 흑인 심부름꾼이 다음과 같은 편지를 가지고 오지 않는 날은 별로 없었다. '오늘 오후에 아치를 쓸 일이 없으시면 부디 좀 빌려 주십시오. 산소에 꽃을 바치러 갈까 싶어서요.' '나는 부인 모자점에 꼭 가야 해요.' '난 넬리 숙모를 마차로 산책을 시켜 드릴까 싶은데요.' '나는 피터스 거리로 누구를 찾아가야 하는데, 할아버지가 편찮으셔서 함께 갈 수가 없어요. 그러니 아치를……'

그는 처녀건 주부건 미망인이건 모두 마차에 태워 주었다. 그리고 모든 사람들에 대해서 그 고집 센 경멸의 빛을 노골적으로 드러내 보였다. 그가 흑인이나 북쪽 사람을 싫어하는 이상으로 여자를 좋아하지 않는 것은 분명했다. 다만 멜라니만은 예외였다. 부인들은 처음에는 그의 난폭한 짓이 무서워서 떨었으나, 나중에는 익숙해지고 말았다. 그리고 담배 침을 뱉는 것 말고는 한 마디도 말을 하지 않으므로, 그가 고삐를 잡고 있는 말과 마찬가지로 마음이 쓰이지 않아서 그 존재마저 잊어버리는 수가 있었다. 사실 메리웨더 부인 같은 사람은 아치가 마차 앞자리에 있는 것도 깜박 잊고 자기 조카딸의 해산하는 모습을 하나도 빼지 않고 낱낱이 이야기하여 들려 주었을 정도였다.

요즈음 같은 세상이 아니면 이런 일은 있을 수 없었다. 전쟁 전 같았으면 이 부인들은 그에게 뒷문으로 먹을 것만 주고 쫓아보내고 말았을 것이다. 그러나 지금은 누구나 그가 곁에 있어서 안전하게 지켜 주는 것을 환영했다. 난폭하고 무식하고 지저분하기는 했지만 그는 부인들과 '재건'의 공포와의 중간에 선 방어벽이 되었다. 그는 친구도 아니었고 하인도 아니었다. 고용된 호위자로서 낮에 남자들이 일하러 나간 사이, 또는 밤에 집을 비우게 될 때 여자들을 보호해 주고 있었던 것이다.

아치가 수행하게 되면서부터 프랭크는 밤만 되면 줄곧 외출하는 것처럼 스칼렛에게는 여겨졌다. 가게 장부를 대조해 보지 않으면 안 된다, 요즈음은 일이 바빠서 낮에 가게를 열고 있는 동안에는 도저히 그럴 시간이 없다, 그렇게도 말했고 또 친구가 병이 났으므로 병간호를 하러 가야 한다고도 했다. 또 매주 수요일 저녁에 모이는 민주당원의 회합에서는 투표권의 회복을 획책하고 있었는데, 프랭크는 이 회합에는 빠지지 않고 출석했다. 스칼렛은 이 회합을 고작해야 존 B 고든 장군의 공적이 리 장군을 빼고는 다른 어느 장군보다도 더 크다는 토론을 하거나, 다시 한 번 전쟁을 하자고 떠드는 정도겠지 생각하고 있었다. 사실 그녀도 투표권 회복 운운해 보았자 그런 방향으로는 조금도 진전이 없다는 것쯤은 알고 있었다. 그러나 프랭크는 분명히 이 회합을 즐겼고 그런 날 밤은 늦게까지 집을 비웠다.

애쉴리도 병난 친구를 문병하러 가기도 하고, 민주당원의 회합에 나가기도 했다. 그리고 대개 프랭크와 같은 날 저녁에 외출하곤 했다. 그런 날 밤이면 아치는 피티 고모, 스칼렛, 웨이드 그리고 어린 엘라를 엄호하며 뒷마당을 가로질러 멜라니의 집까지 데려다 주었다. 그러면 두 집 식구들은 한데 모여서 밤을 보내는 것이었다. 부인들이 바느질을 하는 동안 아치는 객실 소파에 길게 뻗고 누워서, 숨을 쉴 때마다 잿빛 수염을 떨어가면서 코를 골았다. 그러나 소파에서 자라고 권하는 사람은 아무도 없었던 것이다. 뿐만 아니라 그것은 이 집 가구 가운데에서는 제일 고급인만큼, 그가 깨끗한 깔개 위에 부츠를 척 올려놓고 소파에 앉을 적마다 부인들은 은근히 원망했다. 그러나 누구 한 사람 그것을 나무랄 만한 용기는 없었다. 특히 그가 기분 좋게 잘 수 있어 다행스럽다, 그렇지 않아도 색시닭 떼처럼 시끄럽게 지껄여 대는 여자들의 말소리를 듣노라면 미칠 것 같았다느니 어쩌고하는 말을 언급한 뒤이기 때문에 더욱 다행스러웠다.

스칼렛은 가끔 아치가 어디서 왔는지, 멜라니네 지하실에서 살게 되기 전에는 어떤 생활을 하고 있었는지 궁금하게 여겨지는 일이 있었으나 아무것도 묻지 않았다. 그의 무시무시한 외눈박이 얼굴에는 그런 호기심 따위는 대번에 달아나게 하는 것이 있었다. 그녀가 아는 것은 다만 그의 말소리에 북쪽 산악 지대의 사투리가 있다는 것과, 그가 군대에 있다가 종전 바로 전에 한쪽 눈을 잃었다는 것뿐이었다. 아치의 과거가 드러나게 된 것은 그녀가 휴 엘싱에 대해서 홧김에 해버린 말이 원인이 되었다.

어느 날 아침 노인은 그녀를 마차에 태우고 휴가 있는 공장으로 갔다. 그런데 공장은 가동되지 않고 있었다. 흑인의 모습은 보이지 않고, 휴는 나무 밑에 기운을 잃고 축 늘어져서 앉아 있었다.

그날 아침 인부들이 모이지 않아서 그는 어떻게 해야 좋을지를 몰랐던 것이다. 스칼렛은 울화통이 치밀어서 그것을 사정없이 휴에게 화풀이했다.

왜냐하면 많은 양의 목재 주문, 그것도 무척 급한 주문을 받아 온 참이었기 때문이다. 정력과 매력과 흥정 솜씨를 발휘해서 가까스로 그 주문을 받았는데, 와 보니 공장은 조용하기만 했으니 말이다.

"저쪽 공장으로 가 줘요." 그녀는 아치에게 명령했다. "그래요, 시간이 꽤 걸리는 건 알고 있어요. 점심도 못 먹게 될 거예요. 하지만 당신에게 그만한 대접은 해드리고 있잖아요. 난 윌크스 씨에게 지금 하고 있는 일을 멈추게 하고 이 목재를 아주 급하게 빼도록 해야겠어요. 아마 저쪽 인부들도 놀고 있는지도 모르죠. 정말 야단났어요. 휴 엘싱 같은 멍청이는 처음 봤어요. 조니 갤러거가 지금 하고 있는 가게의 건축이 끝나면, 당장 휴를 쫓아내 버릴 작정이에요. 갤러거가 북군에 있었다고 해도 그런 건 상관없어요. 그 사람이라면 잘 해낼 거예요. 게으른 아일랜드 사람은 여태까지 한 사람도 본 적이 없어요. 이제 해방된 흑인 따위는 딱 질색이란 말이야. 그따위 놈들은 믿을 수가 없어요. 조니 갤러거를 데려다가 죄수들을 삯 주고 부리도록 해야겠어요. 그 사람이라면 죄수를 부릴 수 있을 거예요. 그 사람이라면……"

아치는 그녀 쪽을 돌아보았다. 그의 눈에는 악의가 차 있었다. 녹슨 목소리로, 싸늘하게 노여움을 담아서 말했다.

"당신이 죄수를 고용하는 날은 내가 일을 그만두는 날이오."

스칼렛은 깜짝 놀랐다. "저런! 어째서요?"

"죄수를 고용한다는 것이 어떤 것인지 나는 알고 있소. 그것은 차라리 죄수를 잡는다고 하는 편이 나을 거요. 노새처럼 사람을 사는 일이오. 그런데 노새보다 못한 대우를 받게 되오. 때리고 굶기고 죽도록 혼내기도 하고. 도대체 누가 놈들을 보살펴 주지요? 주 정부는 신경 쓰지 않소. 다만 빌려준 삯만 받을 뿐이지. 죄수를 빌려온 사람들도 놈들을 돌보지 않소. 그들이 생각하는 것은 그저 될 수 있는 대로 값싼 밥을 먹이고 될 수 있는 대로 일을 시키는 것뿐이오. 부인, 나는 지금까지 여자라는 것을 한 번도 대단하게 생각한 일은 없지만, 이렇게 되고 보니 더욱 하찮게 생각되는군요."

"그것이 당신과 무슨 관계가 있지요?"

"있소." 아치는 짤막하게 말하고 잠시 사이를 두었다. "나는 그럭저럭 40년이나 죄수였으니까."

스칼렛은 숨을 죽이고, 한순간 좌석 뒤로 움츠러들었다. 그렇다면 이것이 아치의 수수께끼, 자기의 성과 태어난 곳과 과거의 생활을 전혀 말하려 하지 않았던 것에 대한 대답, 말을 잘하지 못하던 일이나 세상에 대한 차가운 증오에 대한 대답이었던 것이다. 40년! 꽤 젊었을 때 감옥에 들어간 것이 틀림없다. 40년! 그러면 그는 무기 징역수였음이 분명하다. 그리고 무기 징역수는……

"그럼 당신은…… 살인을 했나요?"

"그렇소." 아치는 퉁명스럽게 대답하고 고삐를 딱 하고 울렸다. "내 여편네 말이오."

너무나 무서워서 스칼렛은 눈만 깜빡깜빡할 뿐이었다.

그의 수염 밑 입언저리가 그녀의 공포를 보고 능글맞게 웃는 듯 움직이는 것 같았다. "무던히도 무서워하시는 것 같은데, 부인, 내가 당신을 죽이겠다는 건 아니오. 여자를 죽이는 이유는 꼭 한 가지밖에 없으니까."

"당신은 자기 부인을 죽였군요!"

"여편네란 것이 내 형과 함께 자고 있었거든. 형은 달아나 버렸지. 나는 여편네를 죽인 것이 안타깝다고는 생각지 않소. 소행이 좋지 못한 계집은 죽는 것이 당연하니까. 그런 일을 했다고 해서 남자를 감옥에 처넣을 권리는 법률에 없는데, 나는 처박히고 말았소."

"하지만 당신은 어떻게 나오게 됐지요? 탈주했나요? 아니면 풀려났나요?"

"말하자면 풀려난 셈이지요." 그의 짙은 잿빛 눈썹은 단어를 연결하는 것이 꽤나 어렵다는 듯이 잔뜩 찌푸려져 있었다.

"64년에 셔먼 부대가 쳐들어왔었소. 나는 40년 전과 마찬가지로 밀리지빌 형무소에 있었거든. 그때 간수장이 우리 죄수들을 모조리 모아 놓고, 북군이 쳐들어와서 집을 불사르고 사람을 죽이고 한다는 말을 하더군요. 그런데 내겐 검둥이나 여자보다도 더 몹시 싫어하는 것이 하나 있었어요. 그게 양키란 말이오."

"왜요? 전에 누군가 북쪽 사람을 알고 있었나요?"

"아니오. 하지만 놈들의 이야기는 듣고 있었소. 놈들은 자기 앞의 일도 변변히 처리하지 못한다고 듣고 있었소. 나는 제 일도 처리 못하는 그런 놈들은 아주 싫어하거든요. 놈들이 조지아 주에서 무슨 일을 했었소? 검둥이를 해방하거나 우리의 집을 불사르거나 가축을 죽이거나 하지 않았던가요? 그런데 간수가 말합디다. 군대에는 병사가 많이 필요하다, 너희 가운데 군대에 들어가는 사람은 전쟁이 끝나고 만약 살아남으면 그대로 풀어 준다고 말이오. 그런데 우리 무기징역 죄수들, 나 같은 살인범은 군대에서 원하지 않는다고 간수가 말하더군요. 우리는 어딘가 다른 형무소로 가게 되었소. 하지만 나는 간수장에게, 나는 다른 무기 징역수와는 다르다고 말했소. 나는 마누라를 죽였지만 마누라에게는 그럴 만한 이유가 있었다, 나도 북군과 싸움을 하게 해 달라고 말했소. 그랬더니 간수장은 내 말을 받아들여서 다른 죄수들과 함께 몰래 놓아 주었소."

그는 숨을 돌리고 나서 중얼중얼 말하기 시작했다.

"흥, 참 얄궂은 일도 있지. 나는 살인을 하고 감옥에 들어갔는데, 이번엔 그런 내 손에다가 총을 들려 주고 감옥에서 내보내면서, 좀더 많은 살인을 하라고 버젓하게 허가해 주었으니 말이오. 총을 들고 다시 한 번 자유로운 몸이 되었을 때에는 정말 기쁩디다. 밀리지빌에서 나온 우리는 잘 싸워서 많은 적을 무찔렀소. 우리 패에서도 많이 죽었지만 말이오. 도중에 달아난 녀석은 하나도 없었던 것 같소. 전쟁이 끝나자 우리는 풀려났소. 이 한쪽 다리하고 한쪽 눈은 잃었지만, 나는 아무렇지도 않게 생각하오."

"어쩌면!" 스칼렛은 힘없이 말했다.

그녀는 성난 물결처럼 밀려오는 셔먼 부대를 막기 위하여 그 최후의 필사적인 노력을 하고 있었을 때 밀리지빌 형무소 죄수를 풀어 주었다는 이야기를 들은 것 같아서 그것을 생각해 내려고 했다. 1864년 크리스마스 때, 프랭크가 그 이야기를 해 주었던 것이다. 프랭크가 그때 어떻게 말했더라? 그러나 그 당시 그녀의 기억은 너무나도 혼란스러웠다. 다시금 그녀는 그 무렵의 몸서리쳐지는 공포를 느끼고, 포위전의 포성을 듣고, 황톳길에 피를 뚝

뚝 흘리면서 지나가는 마차의 행렬을 보고, 나이 어린 사관 후보생과 필 미드 같은 소년들이며 헨리 아저씨와 메리웨더 할아버지 같은 노인들을 섞은 향토 방위군의 행진하는 광경이 머릿속에 떠올랐다. 그 죄수들도 남부동맹의 황혼 속에서 생명을 잃고, 테네시의 마지막 전투에서 눈과 진눈깨비 속을 살아남기 위하여 진군해 갔던 것이다.

극히 짧은 동안이긴 했지만, 40년이라는 삶을 빼앗아간 주를 위하여 싸우다니, 이 노인은 얼마나 바보인가 하고 생각했다. 조지아 주는 그에게 있어선 범죄가 아닌 범죄 때문에 그의 청춘과 장년 시절을 빼앗아 버린 것이 아닌가. 그런데 그는 한쪽 다리와 한쪽 눈을 아낌없이 조지아 주에 바친 것이다. 전쟁 시작 무렵에 레트가 이야기하던 신랄한 말이 기억에 되살아왔다. 나는 나를 버린 사회를 위해서는 절대로 싸우지 않는다. 그렇게 그는 말했다. 그러나 사태가 급박해지자 그 또한 아치처럼 그러한 사회를 위하여 싸움터로 나갔다. 남부 사나이들은 지체가 높거나 낮거나 간에 모두가 감상적인 바보들이어서 아무 뜻도 없는 말 때문에 자기 몸 같은 것은 어떻게 되든 상관없다고 생각하는 모양이었다.

그녀는 아치의 울퉁불퉁한 손과 두 자루의 권총과 단도를 바라보았다. 그러자 다시 섬뜩해졌다.

아치처럼 남부동맹의 이름으로 죄를 용서받은 살인범이나 무뢰한이나 강도 등, 그러한 범죄자들이 이 밖에도 또 많이 있는 것이 아닐까. 아니, 거리에서 만나는 낯선 놈들은 그런 살인범인지도 모른다! 만약 프랭크가 아치의 정체를 안다면 야단날 것이다. 만약 피티 고모가, 아니 고모는 너무 놀라서 죽어 버릴지도 모른다. 그리고 멜라니는…… 스칼렛은 멜라니에게 아치의 정체를 말해 주면 어떨까 하는 생각이 들었다. 이것을 알면 불량배 따위를 데려다가 친구나 친척에게 떠맡기는 일이 어떤 것인지 멜라니도 깨닫게 될 것이다.

"난…… 당신이 사실을 이야기해 주어서 기뻐요, 아치. 누구에게도 말하지 않겠어요. 윌크스 댁 아씨나 그 밖의 부인들이 알면 무척 놀랄 거라고 생각해요."

"흥, 윌크스 댁 아씨라면 이미 알고 계시는걸요. 지하실에 재워 주시던 날 밤에 죄다 말씀드렸소. 도대체 당신은 이 나를, 그렇게 다정한 아씨 댁에 묵게 해 주시는데도 아무것도 털어놓지 않을 그런 인간으로 생각하는 거요?”

"아이구 맙소사!” 스칼렛은 새파랗게 질려서 외쳤다.

멜라니는 이 사나이가 살인자, 그것도 여자를 죽였다는 것을 알고 있으면서도 집에서 내쫓으려고도 하지 않았던 것이다. 그녀는 자기 아들이나 고모나 올케나 친구들까지 이 사나이에게 맡겨 왔던 것이다. 그리고 그녀는 여자들 가운데에서도 가장 겁이 많은 주제에, 그와 단둘이 집 안에 있어도 조금도 무서워하지 않았다.

"윌크스 댁 아씨는 여자로서는 정말 이해심 많은 분이오. 내겐 조금도 잘못이 없다고 용서해 주셨소. 거짓말쟁이는 언제까지나 거짓말을 그만두지 못하고, 도둑은 언제까지나 도둑질을 그만두지 못하지만, 인간은 한 번 살인을 하면 두 번 하는 법은 없다고 인정해 주신 거요. 남부동맹을 위하여 싸운 사람은 누구나 과거의 어떠한 죄도 모두 용서받는다고 아씨는 생각하고 계시더군. 하기야 나는 여편네를 죽인만큼 나쁜 짓은 전혀 하지 않았다고 큰소리칠 수는 없지만……. 아무튼 정말 윌크스 댁 아씨는 여자로서는 세상 물정을 잘 아시는 분이오…… 그건 그렇고, 아시겠소, 당신이 죄수를 빌려 오는 날은 내가 그만두는 날이오.”

스칼렛은 아무런 대답도 하지 않고 속으로 이렇게 생각했다.

'네가 그만두는 것이 빠르면 빠를수록 나는 더 좋단 말이다. 이 살인자 놈아!'

어째서 멜라니는, 이런…… 이런…… 정말이지 이 불량배 늙은이를 재워 주고 그 사나이가 죄수라는 것을 친구들에게도 알리지 않고 있다니, 이런 짓은 정말 뭐라고 해야 좋을지 모르겠다. 그렇다면 군대에 들어가면 과거의 죄가 모조리 없어진다는 것인가! 멜라니는 이것과 세례를 혼동하고 있는 것이다! 그러나 그렇다면 멜라니는 남부동맹이나 남군의 옛 용사들이나 그들에 관한 일에 대해서는 무엇이나 어리석기 짝이 없는 생각을 하고 있는 것이다. 스칼렛은 마음속으로 북군을 저주했다. 그리고 그들에 대한 채점표에 또 하나 벌점을 더했다. 여자가 자기 몸의 안전을 위하여 살인자를 수행원으로 데리고 다녀야만 하는 세상이 된 것도 모두 북군 탓인 것이다.

쌀쌀한 해질 무렵, 아치와 함께 집을 향해 마차를 급히 몰고 오다가 스칼렛은 술집 '현대 아가씨' 앞이 안장을 얹은 말이며 이륜마차며 짐마차 따위로 혼잡을 이루고 있는 것을 보았다. 애쉴리가 긴장한 표정으로 말에 올라앉아 있고, 시몬스 형제가 마차에서 몸을 내밀고 무언가 수선스러운 몸짓을 하고 있었다. 휴 엘싱은 갈색 머리카락을 눈언저리까지 늘어뜨린 채로 팔을 휘두르고 있었다.

메리웨더 할아버지의 파이 마차가 혼잡한 그 마당 한가운데에 보였다. 스칼렛이 가까이 가보니, 토미 웰번과 헨리 해밀턴 아저씨가 할아버지와 함께 좁은 좌석에 끼어 앉아 있는 것이 보였다.

'난……' 스칼렛은 조바심을 하면서 생각했다. '헨리 아저씨가 저런 꼴사나운 마차를 타고 집으로 돌아오는 건 보기 싫어. 어떻게 저런 꼴을 남들이 보아도 부끄럽다고 생각하지 않으시는지 모르겠어. 마치 자기 말을 못 가지고 있는 것 같잖아. 아저씨가 저런 짓을 하는 것도, 다 메리웨더 할아버지와 함께 매일 밤 술집에 갈 수 있기 때문이야.'

사람들에게로 가까이 가자 둔감한 그녀에게도 무엇인가 긴장된 분위기가 느껴져서 갑자기 불안감이 솟았다. '아!' 그녀는 생각했다. '또 누군가 폭행을 당한 것이 아닐까? KKK단이 다시 한 번 흑인을 죽이면 이번에야말로 우리는 북군들에게 송두리째 당하고 만다!' 그녀는 아치에게 일렀다. "세워 주세요. 무슨 사건이 생긴 모양이에요."

"술집 앞에서 마차를 세우는 것은 좋지 않소." 아치는 말했다.

"내가 하자는 대로 세워 줘요. 여러분, 안녕하세요. 애쉴리, 헨리 아저씨, 무슨 일이 생겼나요? 여러분, 어쩐지 무척……."

사람들은 그녀 쪽을 돌아보고 모자에 손을 대고 싱긋 웃었다. 그러나 그들의 눈에는 몹시 흥분한 빛이 보였다.

"옳기도 하고 틀리기도 해." 헨리 아저씨가 고함을 쳤다. "보기 나름이야. 주 의회로서는 달리 방법이 없었겠지."

주 의회? 스칼렛은 한시름 놓으며 생각했다. 주 의회 따위는 전혀 흥미가 없었고, 의회가 무엇을 하거나 자기와는 그다지 상관없다고 생각했다.

그녀가 두려워하고 있는 것은 북군 병사가 다시 설치게 되는 것이나 아닌가 하는 예상이었다.

"여태까지 의회에서 무슨 일이 있었나요?"

"의회가 헌법 수정의 비준을 정면으로 거절했단다." 메리웨더 할아버지가 말했다. 그 목소리는 제법 의기양양한 것 같았다. "북부에 대한 반발이야."

"그 대신 이제 지옥에 떨어지는 것 같은 대가를 치르게 될걸. 난폭한 말을 해서 매우 미안하오, 스칼렛." 애쉴리가 말했다.

"어머나, 그 헌법 수정 이야긴가요?" 스칼렛은 아는 체하고 물었다.

정치에 대해서 그녀는 아무것도 몰랐다. 그런 것을 생각하느라고 시간을 보내는 일은 거의 없었다. 얼마 전에 수정 13조의 비준이 있었다.

어쩌면 수정 16조였는지도 모른다. 어쨌든 비준이란 어떤 것인지 도무지 알지 못했다. 남자들이란 언제나 그런 문제로 법석을 떨고 있는 것이다. 그녀의 얼굴에는 무엇인가 납득이 안 간다는 듯한 기색이 나타나 있었기 때문에 애쉴리는 빙그레 웃었다.

"흑인에게도 선거권을 준다는 그 수정 조항 말이오." 그는 설명했다. "그것이 의회에 제출되었는데, 그 비준을 거절했다는 거요."

"어째서 바보 같은 짓을 했을까요! 그렇게 해 보았자 결국 북부에서는 억지로라도 그것을 우리에게 강요해 올 것 아녜요!"

"내가 이제 대가를 치르리라고 한 것도 그 이야기지요." 애쉴리는 말했다.

"나는 의회나 의회의 처사나 다 훌륭하다고 생각한다!" 헨리 아저씨가 외쳤다. "제아무리 북부라도 우리가 싫다고 하면 강제로 떠맡길 수는 없어."

"떠맡길 수 있지요. 그리고 반드시 떠맡길 겁니다." 애쉴리의 목소리는 조용했으나 그 눈에는 걱정하는 빛이 나타나 있었다. "그렇게 되면 우리에게는 세상이 더 살기 어려워집니다."

"오오 애쉴리, 그럴 리 없어요! 지금보다 더 세상이 살기 어려워지다니 될 법이나 한 일인가요?"

"천만에, 지금보다 더 어려워지고말고요. 흑인 의회, 흑인 지사가 나올 것을 생각해 보시오. 지금보다도 군의 통치가 더 나빠질 것을 생각해 보아요."

어느 정도 짐작하게 되자 스칼렛의 눈은 공포 때문에 휘둥그레졌다.

"나는 여태까지 어떻게 하면 조지아 주를 위해서 가장 좋을지, 우리 모두를 위해서 가장 좋을지, 그것을 생각해 보려고 했던 겁니다." 애쉴리 얼굴은 괴로운 듯이 일그러졌다. "주 의회가 한 것처럼 이 문제로 싸워서 북부가 우리에게 노하게 하고, 북군의 힘을 휘둘러서 원하든 원하지 않든 상관할 것

없이 우리에게 흑인의 선거권을 강요하는 결과를 가져오는 것이 가장 현명한 방법인지, 그렇지 않으면 될 수 있는 한 우리의 긍지를 버리고 고분고분하게 말을 들어 일을 조용히 끝내는 것이 현명한지. 어쨌든 결과는 같겠지요. 하는 수 없습니다. 우리는 그들이 완강하게 주려고 하는 약의 분량만은 안 마실 수가 없어요. 발버둥치지 말고 마시는 편이 우리로서는 상책이 아닐까 합니다."

스칼렛은 그가 하는 이야기를 거의 듣지 않았다. 중요한 전체적 의의 따위는 그녀의 머리에서 그대로 곧장 달아나 버리고 말았던 것이다. 애쉴리는 언제나 그렇듯이 문제를 양면에서 보고 있는 것이다. 그녀에게는 단지 한쪽 면밖에는 보이지 않았다. 이 북부의 따귀를 후려친 결과가 자기에게는 어떠한 영향을 미칠 것인가 하는 오로지 그 점뿐이었다.

"급진주의자라도 되어 공화당에 투표하는 게 어떻겠나, 애쉴리?" 메리웨더 할아버지가 사정없이 빈정거렸다.

모두 금세 긴장해서 입을 다물어 버렸다. 스칼렛은 아치의 손이 재빠르게 권총 쪽으로 뻗다가 다시 멈추는 것을 보았다. 아치는 이 할아버지를 늙은 허풍쟁이로 알고 있었고, 그런 말도 가끔 하고 있었다. 그래서 그는 멜라니 아씨의 주인이 비록 바보 같은 소리를 했다 하더라도 허풍쟁이 늙은이에게 모욕당하는 것을 잠자코 보고만 있을 수 없었던 것이다. 당황한 빛이 애쉴리의 눈에서 사라지자 갑자기 맹렬한 분노가 번득였다. 그러나 그가 입을 열기 전에 헨리 아저씨가 할아버지를 몰아세웠다.

"무슨 소릴 하는 거야! 이런 망할…… 미안하다. 스칼렛…… 영감, 당신은 멍텅구리야. 그런 소리를 애쉴리에게 하는 게 아냐!"

"자네가 변호해 주지 않아도 애쉴리는 자기 일은 자기가 해낼 수 있어." 할아버지는 쌀쌀하게 말했다. "애쉴리가 하는 소리는 스캘러왜그가 하는 소리와 똑같아. 고분고분하게 말을 듣는다고? 빌어먹을! 미안하다, 스칼렛!"

"전 남북 분리가 옳다고 믿지는 않았습니다." 애쉴리는 말했다. 그 소리는 노여움에 떨리고 있었다. "그러나 조지아 주가 분리되었을 때 저도 그것에 따랐어요. 그리고 저는 전쟁을 옳다고는 믿지 않았지만 역시 싸움터에만은 나갔어요. 또 저는 이 이상 북부의 비위를 거스르는 것은 좋지 않다고 생각하고 있어요. 그러나 의회가 그것을 결정했다면 의회 편을 들겠습니다. 저는

······."

"아치" 헨리 아저씨가 느닷없이 말했다. "스칼렛 아씨를 빨리 집으로 모시고 가게. 여기는 여자가 있을 곳이 못돼. 어쨌든 정치 이야기는 부인들에겐 상관이 없어. 게다가 모두 말이 많이 거칠어지고 있어. 빨리 가게, 아치. 잘 가거라, 스칼렛."

피치트리 거리를 내려가면서 스칼렛은 공포 때문에 가슴이 두근거렸다. 의회의 이런 맹랑한 처사가 그녀의 안전에 어떠한 영향을 주는 것은 아닐까. 북부를 노발대발하게 해서 공장을 빼앗기고 마는 것은 아닐까.

"허 참," 아치는 신음했다. "토끼가 불독 낯짝에 침을 뱉는다는 이야기는 들어본 적이 있었지만, 보기는 처음이오. 의회 녀석들은 '제프 데이비스와 남부동맹 만세' 하고 외친 거나 마찬가지요. 그런 짓을 해봤자 놈들에게는…… 우리를 위해서도 아무런 이득이 없소. 검둥이를 좋아하는 양키들은 검둥이를 우리의 상전으로 만들기로 작정해 놓고 덤비는 거요. 그런데 당신네들은 의회 놈들의 배짱에 감탄하고 있단 말이오!"

"감탄하고 있다고요? 실없는 소리 말아요. 의회 사람들에 감탄하고 있다니? 그런 인간들은 쏘아 죽여 버려야 해! 그런 짓을 한 덕분에 북부 놈들이 풍뎅이를 본 거위처럼 우리에게 덤벼들 거란 말이에요. 어째서 의회 사람들은 비…… 비지 뭐랬는지는 모르지만, 무엇을 하든 간에 북부를 더 이상 건드리지 말고 비위를 맞출 수는 없는 걸까? 또 항복하고 말 게 아니냔 말이야. 이왕 항복할 바엔 나중이거나 지금이거나 마찬가지가 아니냔 말이에요."

아치는 차디찬 눈으로 찬찬히 그녀를 바라보았다.

"싸워 보지도 않고 항복한단 말이오? 여자들이란 염소만 한 오기도 없군."

스칼렛이 양쪽 공장에 다섯 사람씩 열 명의 죄수를 데려 오자, 아치는 경고했던 대로 그 길로 그녀의 일은 모두 거절했다. 멜라니가 아무리 사정하고 프랭크가 품삯을 올려준다고 해도, 두 번 다시 고삐를 잡으려고 하지 않았다. 멜라니, 피티 시고모, 인디어, 그녀들의 친구들이라면 기꺼이 시내로 수행했으나 스칼렛만은 수행하지 않았다. 늙은 무뢰한에게 이렇듯 비난을 받게 되자 그녀도 비위가 상했다. 자신의 집 식구나 친구들까지도 늙은이와 같은 생각을 가지고 있다는 것을 알자 더욱 기분이 언짢았다.

프랭크는 죄수를 쓰는 것을 반대해서 그녀에게 줄곧 부탁했다. 애쉴리는 처음에는 죄수를 쓰는 것을 거절했으나, 그녀가 울기도 하고 애원하기도 하며 경기가 좋아지면 해방 흑인을 쓰겠다고 약속하자 마지못해서 겨우 승낙하고 말았다. 이웃에서는 맹렬히 드러내 놓고 반대하고 있었으므로 프랭크도 피티 고모도 멜라니까지도 머리를 들고 다니기가 민망스러웠다. 피터와 마미까지 죄수를 쓰는 것은 운명의 버림을 받는 일이다, 앞으로 신통한 일은 없을 거라고 까놓고 말하고 있었다. 남의 비참한 일이나 불행을 이용한다는 것은 좋지 않다고 누구나 말했다.

"하지만 당신네들은 노예를 부리는 데는 조금도 반대하지 않았잖아요." 스칼렛은 분개해서 외쳤다.

그러나 그것은 문제가 다르다. 노예는 비참하지도 않았거니와 불행하지도 않았다. 흑인들은 노예였을 무렵에 현재의 자유로운 생활보다 더 행복하게 지내고 있었다. 거짓말이라고 생각되면 잠깐 주위를 둘러보면 알게 된다. 그러나 그처럼 반대를 받으면 받을수록 그것은 자기 고집대로 밀고 가는 스칼렛의 결심을 굳게 해 줄 뿐이었다. 그녀는 휴에게 공장 관리를 그만두게 하여 목재 운반차의 마부로 돌리고, 조니 갤러거를 고용하는 최종적인 상세 계약서를 만들었다.

그녀가 아는 사람 중에서 죄수를 쓰는 데에 찬성한 사람은 이 사나이뿐인 것 같았다. 그는 둥근 머리를 꾸벅 하고, 그것 참 잘된 일이라고 했다. 짧은 안짱다리로 야무지게 서 있는 기수 출신인 조그만 사나이의 냉혹한 난쟁이 같이 민첩하게 생긴 얼굴을 보면서 스칼렛은 생각했다.

'누구나 말이 어떻게 되던 간에 그에게 말을 맡긴대도 상관없다. 그렇지만 나는 내 말에는 어떤 것에도 접근하지 못하게 하겠어.'

그런데도 그녀는 아무런 걱정 없이 죄수들을 이 사나이에게 맡겼다.

"그러니까 이놈들을 어떻게 부리거나 내 마음대로란 말씀이지요?" 그는 잿빛 마노 같은 눈을 차갑게 번쩍이면서 물었다.

"맘대로예요. 다만 내가 부탁하고 싶은 것은, 당신이 공장을 마음대로 돌려서 내가 필요할 때는 언제든지 필요한 만큼의 목재를 내놓도록 해달라는 거예요."

"좋소, 당신 말씀대로 하지요." 조니 갤러거는 퉁명스러운 목소리로 말했다. "웰번 씨에게 그만둔다는 말을 하고 오지요."

많은 석공이며 목수, 벽돌 나르는 일꾼들 사이를 빠져 몸을 흔들면서 그가 멀어져가자 스칼렛은 마음이 놓이며 기운이 솟아났다. 조니를 드디어 고용하게 되었다. 저 사나이라면 튼튼하고 다부져서 서툰 짓은 하지 않을 것이다. '자기 이익만을 아는 이기주의자에 천덕스런 아일랜드 사람'이라고 프랭크는 그를 평하고 있지만, 그래서 스칼렛은 그를 높여 평가했던 것이다. 무엇인가를 하겠다고 마음을 정한 아일랜드 사람은 그 인품이야 어떻든 간에 내 편으로 끌어들이면 크게 도움이 된다는 것을 그녀는 알고 있었다. 그리고 조니가 돈의 가치를 알고 있는만큼, 그녀는 자기와 같은 계급의 많은 남자보다도 친밀감을 느끼고 있었다.

그는 공장을 인계받은 뒤 처음 일주일 동안, 그녀가 바라는 대로의 일을 해냈다. 휴가 여태까지 열 명의 흑인을 써서 하던 일을 다섯 사람의 죄수로, 그 이상의 일을 해낸 것이다. 그뿐만 아니라, 그녀가 1년 전에 애틀랜타로 온 이후 처음이라고 해도 좋을 만큼 스칼렛을 한가하게 해주었던 것이다. 그는 그녀가 공장에 오는 것을 좋아하지 않았고, 그것을 솔직하게 말했기 때문이었다.

"당신은 판매 쪽을 맡고, 제재는 내게 다 맡겨 두시오." 그는 무뚝뚝하게 말했다. "죄수들이 일하는 곳은 부인들이 나설 자리가 못되니까요. 다른 녀석들은 그런 말을 안 할지 모르지만, 이 조니 갤러거는 그렇게 말씀드립니다. 목재는 꼬박꼬박 뽑아드릴 테니까 말이오. 뭐니뭐니해도, 나는 윌크스 씨처럼 매일 붙어 있으면서 성가시게 구는 것은 질색이란 말입니다. 그분이라면 뒤를 보아 줄 필요가 있겠지만, 나는 필요치 않아요."

그래서 스칼렛은 하는 수 없이 조니의 공장에는 안 가기로 했다. 너무 귀찮게 찾아갔다가, 그가 그만두기라도 하는 날엔 그것으로 끝장이 날까 봐 겁이 났기 때문이다. 그리고 애쉴리는 뒤를 봐줄 필요가 있다고 한 그의 말이 마음에 걸려 견딜 수 없었다.

그 말은 그녀가 옳다고 생각하는 이상으로 진실을 꿰뚫은 말이었기 때문이다. 애쉴리는 그녀로서도 왜 그런지 알 수 없었지만, 죄수들을 써도 자유노동자를 썼을 때와 거의 다름없는 성적밖에 올리지 못하고 있었다. 뿐만 아니라 죄수를 쓰는 것을 부끄러워하는 눈치여서 요즈음은 그녀와 거의 말도 하지 않았다.

스칼렛은 그가 차츰 변해 가는 것이 여간 걱정되지 않았다. 머리에는 흰 머리카락이 섞이고, 어깨는 앙상하게 살이 빠져 있었다. 그리고 좀처럼 웃는 일도 없었다. 그의 모습에는 그 옛날 그녀가 가슴을 두근거리며 사랑을 품었던 우아한 애쉴리의 풍모는 이미 없어져 버렸다. 남모르게 거의 견딜 수 없는 고통에 시달리는 사람처럼 보였고, 입은 심각하게 꽉 다물고 있었다. 그것을 보면 그녀는 어떻게 해야 좋을지 몰라 슬퍼졌다. 그의 머리를 와락 끌어안고 백발이 섞인 머리카락을 어루만지며 외치고 싶은 심정이었다.

'무엇을 고민하시는지 가르쳐 주세요, 네? 제가 잘 해 드리겠어요!'

그러나 그의 딱딱하고 서먹서먹한 태도는 그녀를 적당한 거리 안으로 접근시키려고 하지 않았다.

43

12월이 되어도 햇볕이 마치 봄날씨처럼 따뜻한 날이 가끔 있는 법인데, 그러한 어느 날의 일이었다. 피티 고모네 뜰에 있는 떡갈나무에는 아직도 말라빠진 붉은 잎이 매달려 있고, 마른 풀 속에도 아직 옅은 황록색 잎이 끈질기게 남아 있었다.

아기를 팔에 안고 스칼렛은 옆 베란다로 나가 햇살이 비치는 곳에 놓인 흔들의자에 앉았다. 몇 야드인지도 알 수 없는 길고 검은 끈으로 선을 두른 새로운 초록빛 샬리 천 드레스를 입고, 피티 고모가 그녀를 위하여 만들어 준 새 레이스 실내 모자를 쓰고 있었다. 두 가지 다 썩 잘 어울렸는데, 그녀도 그것을 알고 있어서 이것을 입은 데에 커다란 기쁨을 느끼고 있었다. 오랜 세월 동안, 그처럼 처참한 꼴을 하고 지내오던 끝에, 다시 아름답게 차릴 수 있다는 것은 얼마나 신나는 일인가!

그녀가 콧노래를 부르면서 아기를 흔들고 있으려니까 옆 골목 쪽에서 말발굽 소리가 들려왔다. 베란다 위에 얽혀 있는 마른 덩굴 사이로 무슨 일인가 하고 내다보았더니 레트 버틀러가 말을 타고 다가오는 것이 보였다.

그가 애틀랜타에서 모습을 감춘 것은 몇 달 전의 일로서 제럴드가 죽은 직후였고, 엘라 로레나가 태어나기 훨씬 전이었다. 한때는 그녀도 그가 없는 것을 쓸쓸하게 느꼈지만, 지금은 어떻게든 안 만날 수만 있으면 하고 열심히 바라고 있었다. 그의 거무스름한 얼굴을 보고 있으면, 그녀는 죄의식 때문에 당황해지고 가슴이 답답해지는 것이었다. 그녀의 양심에는 애쉴리와 관련되는 한 가지 일이 남아 있었고, 그것을 레트가 따지고 드는 것이 싫었다. 그리고 그녀가 아무리 싫어해도 그가 그것을 따지지 않고 그대로 두지는 않을 것이라는 것도 그녀는 잘 알고 있었다.

그는 문간에서 말을 세우자 날렵하게 말에서 뛰어내렸다. 그녀는 초조한 마음으로 그를 바라보면서 웨이드가 자꾸만 읽어 달라면서 귀찮게 조르는 책의 삽화와 너무 닮았다고 생각했다.

'저 사람에게 필요한 것은 귀걸이와 입에 무는 해적용 단도뿐이야.' 그녀는 속으로 생각했다. '하지만 해적이건 아니건 내가 도움이 된다면 설마 오늘 내 목을 찌르려고 하지는 않겠지.'

그가 걸어오자 그녀는 될 수 있는 대로 애교 있는 미소를 띠면서 인사를 보냈다.

새 드레스를 입고 잘 어울리는 모자를 쓰고, 이렇게 아름답게 차렸을 때라 정말 다행이었다. 재빠르게 그녀를 훑어보는 그의 눈에서 그도 역시 그녀를 아름답다고 생각하고 있는 것을 알았다.

"새 아기로군요! 깜짝 놀랐소, 스칼렛!"

그는 웃으면서 몸을 구부려 엘라 로레나의 아직 예쁘지 않은 작은 얼굴에서 담요를 벗겼다.

"함부로 그러면 안 돼요." 그녀는 빨개지면서 말했다. "그런데 그간 어땠어요, 레트? 꽤 오래 오시지 않으셨어요."

"정말 그랬군요. 아기 좀 안아 봅시다. 스칼렛. 아이 안는 법쯤은 알고 있어요. 난 이래 봬도 여러 가지 별난 재주를 가지고 있거든요. 허허, 이 아기는 프랭크를 꼭 닮았군요. 단지 수염이 없을 뿐이군. 하기야 크면 똑같아질 지도 모르지만."

"그건 곤란해요, 여자앤걸요."

"여자애? 그러면 더욱 잘됐군. 사내아이란 너무 말썽을 부려서 못 써요. 이제 사내아일랑 이 이상 낳지 않는 편이 좋을 거요, 스칼렛."

사내아이고 계집아이고 이제는 절대로 아이 같은 것은 낳지 않을 작정이라고, 앙칼진 대답이 하마터면 혀끝까지 나올 뻔했으나, 그녀는 가까스로 참아 내고 미소지었다. 그리고 어떻게 해서든지 이야기가 그녀가 두려워하는 화제로 옮겨지는 불쾌한 순간을 피하고 싶어서 마음속으로 무슨 좋은 이야깃거리가 없을까 하고 부지런히 이것저것 궁리해 보았다.

"재미있는 여행이었나요, 레트? 이번에는 어딜 갔다오셨나요?"

"아, 쿠바, 뉴올리언스…… 그 밖의 여러 곳이지요. 자, 스칼렛 아기를 돌려드리지요, 침을 흘리기 시작했는데 손수건을 꺼낼 수가 없군요. 귀여운 아기임에는 틀림이 없지만, 내 와이셔츠의 가슴을 적셔 주는군요."

그녀는 아기를 무릎 위에 받아 안았다. 레트는 유유히 난간에 기대서서 은 케이스에서 시가를 빼들었다.

"당신은 걸핏하면 뉴올리언스에 가시는군요." 이렇게 말하고 그녀는 약간 토라진 듯이 입을 내밀었다. "그러면서 거기서 무얼 하고 계시는지 전혀 이야기를 안 해주시고."

"나는 부지런한 일꾼이오, 스칼렛. 그런 데를 가야 하는 것도 내 사업 때문이지요."

"부지런하다고요! 당신이!" 스칼렛은 허물없이 웃었다. "하지만 당신은 세상 밖에 나온 이후 한 번도 일한 적이 없잖아요. 기막힌 게으름뱅이예요. 당신이 하시는 일이라면 그저 도둑질 같은 짓을 하는 카펫배거들의 물주 노릇이나 해서 이익을 갈라먹거나, 양키 관리들에게 뇌물을 써서 세금 낼 사람에게서 돈을 빼앗는 계획에 끼어들거나 그런 것밖에 더 있어요."

그는 머리를 뒤로 젖히고 웃었다.

"그리고 당신은 그런 일을 하고 싶어서 관리들에게 뇌물을 쓸 만한 돈을 벌려고 얼마나 안달을 하고 있잖소."

"그런 일은 생각만 해도……." 감정이 거칠어지기 시작했다.

"그러나 당신도 머지않아 틀림없이 듬뿍 뇌물을 쓸 수 있을 만큼 돈이 생길 거요. 당신이 고용하고 있는 그 죄수들 덕분에 기막힌 부자가 될지도 모르는 일이고."

"어머나." 그녀는 조금 당황해서 말했다. "어떻게 그렇게 빨리 우리 죄수들 일을 알아냈어요?"

"어젯밤 여기에 도착하자 밤을 보내기 위해서 술집 '현대 아가씨'로 갔었소. 거기에 가면 시내 소식은 죄다 들을 수가 있거든요. 그곳은 하나의 소문어음 교환소니까요. 부인들의 바느질 모임보다도 더 굉장하죠. 당신이 죄수들을 고용해서, 그 천덕스럽고 올곧지 못한 갤러거에게 놈들을 죽도록 부려 먹게 하고 있다는 것을 모두 말해 줍디다그려."

"거짓말이에요." 그녀는 발끈해서 말했다. "갤러거는 죽도록 일을 시키거나 하지는 않아요. 그런 짓을 하면 내가 주의를 시켜요."

"당신이?"

"물론 주의시키지요! 어째서 당신은 그런 거짓말에 속아 넘어가는 거예요?"

"아니, 실례했소, 케네디 부인! 당신의 동기가 언제나 비난의 여지가 없다고 하는 것은 나도 알고 있소. 그러나 조니 갤러거라는 놈은 약자를 괴롭히는 것을 자랑으로 아는 냉혹하고 비열한 사나이요. 잘 주의시키는 편이 좋을 거요. 그렇지 않으면 공장 감독관이 순시 왔을 때 시끄러워져요."

"당신은 당신 일이나 주의하세요. 내 일은 내가 주의하겠어요." 그녀는 화를 내며 말했다. "난 이제 죄수 이야기 따위는 하고 싶지 않아요. 죄수 말만 나오면 모두 심술궂은 소리만 하는걸요. 죄수에 대한 일은 내 문제예요. 당신은 아직도 뉴올리언스에서 무엇을 하고 계시는지 얘기를 안 해 주시는군요. 당신이 너무 자주 뉴올리언스엘 가기 때문에 모두 말을……." 그녀는 얼른 입을 다물었다. 거기까지 말할 생각은 없었던 것이다.

"뭐라고 하던가요?"

"거기에 애인이 있다고요. 그리고 당신은 결혼할 작정이라면서요. 정말이에요, 레트?"

훨씬 전부터 그녀는 이 점이 궁금했었으므로 참지 못하고 노골적인 질문을 해 버렸다. 레트가 결혼한다고 생각하면, 왠지 그녀 자신도 알 수 없었으나, 야릇한 질투의 감정이 희미하게 가슴을 찔렀다.

그의 평온하던 눈이 갑자기 긴장하더니 그녀의 눈길을 잡고 그녀가 살짝 볼을 붉힐 때까지 놓지 않았다.

"당신은 그것이 그렇게도 궁금하오?"

"궁금해요. 난 당신과의 우정을 잃고 싶지 않은걸요." 그녀는 그럴듯하게 말하고, 무관심한 척하며 몸을 구부려서 엘라 로레나의 머리에 담요를 씌워 주었다.

그는 갑자기 짤막하게 웃었다. "나 좀 봐요, 스칼렛."

그녀는 마지못해서 얼굴을 들었다. 얼굴이 좀 붉어졌다.

"당신의 호기심 많은 친구분에게 전해 주시오. 만약 내가 결혼을 한다면 그건 다른 방법으로는 내가 바라는 여자를 손에 넣을 수 없었기 때문이라고 말이오. 나는 아직 결혼할 만큼 꼴사납게 여자를 갖고 싶었던 적은 없어요."

그 말을 듣자 그녀는 당황해서 어쩔 줄을 몰랐다. 왜냐하면 그녀는 포위전이 한창일 때 장소도 똑같은 이 현관에서 그가 이렇게 말한 그날 밤 일을 생각해 냈기 때문이다. "나는 결혼할 만한 남자가 아니오." 그리고 그때 문득 그녀를 자기의 정부로 삼고 싶다고 비쳤던 것이다. 그녀는 또 그가 감옥에 있었던 그 무서운 날 일이 생각났다. 그리고 그 추억에 부끄러워졌다. 그녀의 눈을 지켜보고 있는 동안에 심술궂은 미소가 점점 그의 얼굴에 번져가고 있었다.

"그러나 모처럼 그런 솔직한 질문을 해주셨으니까 나도 당신의 세속적인 호기심을 만족시켜 드리지요. 내가 뉴올리언스에 가는 것은 절대로 애인 때문이 아니오. 아이, 어린 사내아이 때문이오."

"어린 사내아이!" 너무나 뜻밖이었으므로 그녀는 쩔쩔매던 마음도 몽땅 사라져 버렸다.

"그렇소. 나는 법률상 그 아이의 보호자로 되어 있으니까 매사에 돌봐 주어야 할 책임이 있는 거요. 그 아이가 지금 뉴올리언스 학교에 다니고 있어요. 그래서 나는 이따금 만나러 가주는 거요."

"그래서 선물을 가지고 가시나요?" 웨이드가 어떤 선물을 좋아하는지 그가 잘 알고 있는 것은 그 때문이었구나 하고 그녀는 생각했다.

"그럼요." 그는 내키지 않는 것처럼 무뚝뚝하게 대답했다.

"어머나, 그랬군요! 예쁜 아인가요?"

"장래가 염려될 만큼 예쁘지요."

"순한 아인가요?"

"아니오, 형편없는 장난꾸러기요. 태어나지 않았으면 좋았을 거라고 생각될 정도요. 사내아이 놈은 정말 골칫거리란 말이오. 그건 그렇고, 그 밖에 물어보고 싶은 건 없소?"

그는 갑자기 성난 듯한 표정을 짓고 눈썹을 찌푸렸다. 마치 공연한 소리를 해 버렸다고 뉘우치고 있는 것처럼.

"아니에요, 얘기하고 싶지 않으시면 그만해 두세요." 좀더 듣고 싶으면서도 우쭐해 하면서 말했다. "하지만 난 당신이 보호자 노릇을 하는 모습이 도무지 상상되지 않아요." 그를 난처하게 만들어 주려고 그녀는 웃었다.

"물론 그러리라고 생각하오. 당신이 사물을 보는 눈은 꽤 한정되어 있으니까요."

그는 이렇게만 말하고 잠시 잠자코 시가를 피웠다. 그녀도 거기에 못지않게 따끔한 말을 해 주려고 여러모로 궁리했으나, 아무것도 머리에 떠오르지 않았다.

"내가 지금 한 이야기는 아무에게도 말하지 말아 주었으면 퍽 고맙겠소." 이윽고 그는 말했다. "물론 여자들에게 잠자코 있어 달라고 부탁하는 것은 불가능한 일을 부탁하는 것이나 다름없다고 생각하지만 말이오."

"난 비밀쯤은 지킬 수 있어요." 그녀는 자존심을 다쳤다는 듯이 말했다.

"정말이오? 친구들의 생각지도 못했던 비밀을 듣는 것은 유쾌한 일이죠. 자, 그렇게 입술을 내밀지 마시오, 스칼렛. 실례되는 말을 해서 안됐지만 당신의 캐묻는 성미에도 책임은 있어요. 자, 웃어 주시오. 별로 재미도 없는 이야기로 들어가기 전에 잠시 유쾌한 기분이 되는 게 어떻소?"

저것 보라니까! 하고 그녀는 생각했다. 기어코 애쉴리와 공장 이야기를 끄집어 낼 작정인 것이다! 그래서 그녀는 그를 기쁘게 하기 위하여 얼른 웃음을 띠고 보조개를 지어 보였다.

"그 밖에는 어디에 가 있었나요, 레트? 내내 뉴올리언스에만 있었던 건 아니겠지요, 네?"

"네, 마지막 한 달은 보스턴에 있었소. 아버지가 돌아가셨기 때문이오."

"저런, 상심되시겠어요."

"뭘요, 천만에요. 아버지도 돌아가시는 것이 그다지 싫지 않으셨던 모양이고, 나도 아버지가 돌아가신 것이 조금도 슬프거나 하지는 않소."

"레트, 무슨 그런 끔찍한 소리를 하는 거예요!"

"그렇지만, 슬프지도 않은데 슬픈 척하거나 하면 그편이 훨씬 더 끔찍하지요. 그렇잖소? 아버지와 나 사이에는 애정이란 것이 전혀 없었소. 아버지가 나에 대해서 못마땅해하지 않았던 때라곤 내 기억에 없소. 나는 아버지의 아버지, 즉 할아버지를 아주 닮았는데, 아버지는 진심으로 자기 아버지를 싫어하고 있었으니까요. 내가 자라나자 나에 대한 아버지의 불만은 오로지 미움으로 변했는데, 나는 아랑곳하지 않고 내 행동을 조금도 고치려고 하지 않았지요. 아버지가 내게 시키려고 한 것, 내게 그렇게 되어 주었으면 하고 바라던 것은 모두가 따분하기 그지 없는 것들뿐이었으니까요. 그래서 끝내 나는 돈 한 푼 없이 빈털터리로 세상에 내던져진 셈이오. 몸에 익힌 재주라고는 권총을 잘 쏜다는 것과 포커를 잘하는 정도여서, 이것만으로는 어떻게 해도 찰스턴의 신사는 될 수 없었소. 그런데 내가 굶어 죽지도 않고, 포커로 돈을 잘 벌어서 버젓이 생활을 계속해 나가는 것을 아버지는 개인적인 모욕이라도 되는 것처럼 생각하신 모양이었어요. 내가 처음 집에 돌아갔을 때는 아버지는 버틀러 집 인간이 노름꾼이 됐다면서 노발대발 격분해서, 어머니에게도 나하고 만나지 못하게 할 정도였지요. 전쟁 중에 내가 찰스턴에서 쫓겨나 있는 동안, 어머니는 핑계를 대어 몰래 나를 만나러 오시곤 했지만 말이오. 이런 형편이니 당연히 아버지에 대한 내 사랑은 조금도 커질 수가 없었던 거요."

"어머나, 난 전혀 몰랐네요!"

"아버지는 전형적인 훌륭한 구식 노신사였소. 몰지각하고 고집 세고 완고해서, 다른 구식 신사들이 생각하는 것 말고는 아무것도 생각하지 못하는 사람이었소. 그런데 아버지가 나와 의절하고 이미 죽은 인간으로 치고 있다는 것을 사람들은 무척 칭찬했소. '너의 오른쪽 눈이 만약 너에게 거역하거든 도려내 버려라' 하는 투지요. 장남인 난 말하자면 아버지의 오른쪽 눈이었소. 그러니까 아버지는 복수라도 하는 마음으로 나를 도려내 버린 거지요."

그는 흥미 있는 추억에 매서운 눈빛을 나타내면서 희미하게 미소를 띠었다.

"그런 것은 다 용서할 수 있소. 그러나 도저히 참을 수 없던 것은, 전쟁이 끝나고 나서 아버지가 어머니와 누이동생에 대해서 취한 행동이었어요. 그 무렵 우리 집안은 완전히 몰락해 있었소. 농장 저택은 불타고 논은 다시 그 전처럼 늪지가 돼 버렸소. 시내의 집도 세금 담보로 뺏겨 버렸기 때문에, 식구들은 흑인도 살지 못할 것 같은 두 개의 방에서 살고 있었소. 그래서 내가 어머니에게 돈을 보내 드렸더니, 아버지는 고스란히 그것을 되돌려 보냈더군요. 더러운 돈이라고 말이오! 그 뒤로 나는 가끔 찰스턴에 가서 몰래 누이동생에게 돈을 주었지요. 그런데 아버지는 언제나 그것을 찾아내 가지고는 불쌍한 누이동생을 못살게 들볶는 것이었소. 그러고는 돈을 내게로 돌려보낸단 말이오. 식구들이 어떻게 살아가고 있었는지 나는 알 수가 없었소……. 아니, 알고 있었지. 내 아우가 기를 쓰고 도와주고 있었소. 동생도 그다지 돈이 있는 건 아니었으니까 대단한 도움도 주지 못했겠지만 말이오. 그러면서도 동생 역시 내게서는 아무것도 받으려고 하지 않았소. 투기꾼의 돈 따위는 불길하니까요! 그리고 친구들로부터의 동정도 있었던 모양이오. 당신의 율랄리 이모님 같은 분은 무척 친절히 해 주셨소. 아시다시피 그분은 우리 어머니와 절친한 친구였으니까요. 옷이나 그 밖의 온갖 것들을 베풀어 주셨소. 아, 이 무슨 일이란 말이오! 우리 어머니가 남의 동정을 받다니!"

그가 가면을 벗은 모습을 그녀는 극히 드물게밖에는 본 적이 없었다. 아버지에 대한 진심 어린 증오와 어머니에 대한 측은한 마음으로 그의 표정은 험악했다.

"어머나, 율랄리 이모가! 세상에! 하지만 레트, 이모님이 갖고 계신 것은 대개가 제가 보내드린 것이었어요!"

"흠, 과연 그렇게 된 것이었군! 그러나 부끄러워하고 있는 내 눈 앞에서 그런 걸 자랑하다니, 당신의 무교양에 놀랐소. 나보고 그것을 변상하란 말이군요!"

"기꺼이 그러겠어요." 스칼렛은 말했다. 그리고 갑자기 생긋이 웃자 그도 끌린 것처럼 미소를 보냈다.

"아, 스칼렛, 돈 이야기만 하면 당신 눈은 이상하게 빛나거든! 당신 몸에는 아일랜드 사람의 피에 못지않게 스코틀랜드 사람이나, 아니 어쩌면 유대인 피라도 섞여 있는 게 아니오?"

"그런 망측한 소린 하는 게 아니에요! 율랄리 이모 일로 당신에게 망신을 주려는 건 아니었어요. 하지만 솔직히 이모는 내가 돈을 좀 번 줄로 알고 있는 거예요. 편지를 할 적마다 좀더 보내달라고 써오거든요. 그야 내가 돈을 꽤 가지고 있는 건 사실이지만, 찰스턴에 있는 어느 누구에게도 신세를 지지는 않았거든요. 대체 당신 아버님께서는 왜 돌아가셨나요?"

"영양실조 때문이었겠지요. 또 그렇기를 나는 바라고 있소. 그것이 아버지에게는 당연한 대가지요. 아버지는 어머니와 로즈메리까지 자기와 함께 굶겨 죽일 작정이었던 모양이오. 그러나 그 아버지도 이젠 죽어 버렸소. 그러니까 앞으로는 거리낌없이 어머니와 누이동생을 도울 수 있게 된 셈이지요. 나는 당장 두 사람을 위해서 포병대 옆에 집을 한 채 사 주었소. 시중을 들 하인들도 고용했소. 그러나 물론 그 돈이 내 손에서 나가고 있다는 것을 다른 사람들에게 알려서는 곤란하오."

"왜 곤란하지요?"

"찰스턴이 어떤 곳인지는 당신도 알고 있을 텐데! 가본 적이 있겠지요. 우리 가족은 비록 아무리 가난해도 집안 명예만큼은 더럽힐 수가 없어요. 그런데 만약 노름으로 번 돈이나 투기꾼의 돈이나, 이권으로 번 돈 따위로 지내고 있는 것을 알면 그 명예는 형편없이 깎이고 말아요. 그러니까 남에게는 아버지가 들어 있던 막대한 생명보험의 돈이 들어온 것으로 꾸미고 있소. 즉 아버지는 자기가 죽은 뒤, 그 돈으로 가족들이 편히 살 수 있도록 자진해서 거지 같은 생활을 했고 굶어 죽기까지 했다는 걸로 되어 있단 말이오. 그래서 아버지는 옛날 식으로 말하면 훌륭한 신사였다고 죽은 뒤에 더욱더 칭송받고 있소…… 말하자면 가족에 대한 순교자가 된 셈이지요. 생전에 여러 가지 고생을 했는데도 현재 어머니와 로즈메리가 내 돈으로 행복하게 지내고 있는 것을 알면, 아버지는 틀림없이 무덤 속에서 안절부절못하고 계시겠지요……. 다만 내가 가엾게 생각하는 것은 아버지가 돌아가시고 싶어 했다는 것, 죽는 것을 기뻐하고 있었다는 것뿐이오."

"왜 그렇지요?"

"리 장군이 항복했을 때, 아버지는 이미 죽은 거나 마찬가지였으니까요. 그런 사람들은 당신도 알겠지요. 아버지는 아무리 해도 새 시대에 적응하지 못하고, 줄곧 살기 좋은 옛 시절의 이야기만을 하고 있었던 거요."

"레트, 옛날 사람들이란 모두가 그런 걸까요?" 그녀는 제럴드와 윌이 리 장군에 대해서 하던 이야기들을 생각하고 있었다.

"그럴 리가 있소! 당신의 헨리 아저씨나 늙다리 살쾡이 같은 메리웨더 씨를 보시오. 그분들은 향토 방위군과 함께 출정했을 때, 인생과 새로운 흥정을 한 겁니다. 그 뒤로 두 분은 전보다 훨씬 젊고 지독한 사람이 된 걸로 나는 생각하오. 오늘 아침 나는 메리웨더 노인을 만났었는데, 노인은 르네의 파이 마차를 타고 다니면서 마치 군용 노새의 가죽 벗기는 인부처럼 말에게 고래고래 소리를 지르더군요. 그리고 지성껏 받드는 며느리 곁을 떠나서 집을 뛰쳐나가 마차를 타고 돌아다니게 된 뒤로 자기가 10년이나 젊어진 것 같은 기분이 든다고 하더군요. 또 헨리 아저씨는 재판소 안팎에서 양키와 맞서는 것이 재미있어 카펫배거들 손에서 미망인과 고아들을—틀림없이 무료라고 생각되는데—변호해 주고 있어요. 만약 전쟁이 일어나지 않았다면, 아저씨는 아마 벌써 옛날에 들어앉아서 신경통이나 치료하고 있었겠지요. 자기들이 아직도 쓸모 있는 인간이어서 세상이 필요로 하고 있다는 것을 느끼므로 그분들은 젊어진 거요. 그리고 노인들은 다시 기회를 주는 이 새 시대가 마음에 든 거지요. 그러나 우리 아버지나 당신 아버지 같은 마음을 가진 사람은 젊은 패들 속에도 많이 있소. 세상에 적응할 수도 없거니와 또 그렇게 하려고도 하지 않는 패들 말이오. 그러므로 내가 이제부터 당신하고 따지려는 것 같은 불쾌한 문제도 일어나게 되는 거요, 스칼렛."

느닷없이 형세가 바뀌었으므로 그녀는 완전히 당황해서 "무슨…… 무슨……" 하고 더듬거리면서 말했다. 그리고 마음속으로 신음했다. '아, 하느님! 이제 올 것이 왔구나. 어떻게 이 사람을 잘 구슬릴 수 없을까?'

"나는 당신이란 사람을 잘 알고 있기 때문에 진실이니, 도의심이니, 공평한 거래니, 그런 것을 당신에게 기대해서는 안 되었던 거요. 그런데 나는 어리석게도 당신을 믿고 있었단 말이오."

"난 당신이 하는 말을 정말 못 알아듣겠어요."

"알고 있는 줄로 나는 아는데. 어쨌든 당신 얼굴에 분명히 죄를 범했다고 씌어져 있소. 방금 내가 이리로 오는 길에 아이비 거리를 지나려니까 생울타리 저쪽에서 부르는 사람이 있었소. 누군가 했더니 애쉴리 윌크스 부인이었소! 그래서 물론 말을 세우고 이야기를 하고 왔지요."

"그런가요?"

"네. 유쾌하게 이야기를 나누고 왔지요. 부인은 내가 늦게나마 남부동맹을 위해서 한 팔의 힘을 보태 주었다는 것을 얼마나 용감한 일로 생각하고 있는지를 내게 늘 알려 주려 했다고 말하더군요."

"어쩌면 바보같이! 멜라니는 바보예요. 당신의 그 용감한 행위 때문에 그녀는 그날 밤 죽었을지도 모르는데."

"그녀는 아마 자기의 목숨을 훌륭한 대의를 위해 바쳤다고 생각했겠지요. 그런데 애틀랜타에서 무엇을 하고 있느냐고 물었더니 내가 아무것도 모르는데 대해서 놀랐다는 표정으로, 스칼렛이 고맙게도 윌크스 선생을 공장의 공동 경영자로 해 주었기 때문에 지금은 여기서 살고 있다고 이야기하더군요."

"그래서 그게 어떻다는 거지요?" 스칼렛은 퉁명스럽게 물었다.

"당신에게 그 공장을 살 돈을 빌려드렸을 때, 나는 당신과 약속을 했었지요. 당신도 그걸 동의했을 텐데. 애쉴리 윌크스를 돕거나 하는 일은 절대로 하지 않는다고."

"당신은 참 짓궂은 분이군요. 전 돈을 갚아 드렸잖아요. 공장은 내 거예요. 그러니까 그것을 어떻게 하든 내 마음대로가 아니겠어요?"

"내게 꾼 돈을 갚을 돈을 어떻게 만들었지요?"

"목재를 팔아서 만들었지요, 물론."

"결국 그것도 내가 빌려드린 돈으로 만든 셈이군요. 부정할 수는 없겠지요. 즉 내 돈은 지금 애쉴리를 돕기 위해 쓰여지고 있는 셈이 돼요. 당신은 정말로 신용이라곤 없는 사람이로군. 만약 당신이 아직 돈을 갚지 않았다고 한다면, 나는 지금부터 그것을 거둬 들이는 수단을 기꺼이 강구할 거요. 만약 당신이 지급할 수 없다고 하면 공장은 경매를 해버릴 텐데."

그는 가벼운 투로 말했으나, 그 눈에는 노여운 빛이 번쩍이고 있었다.

스칼렛은 재빨리 적의 영역으로 파고들어 갔다.

"당신은 어째서 애쉴리를 그렇게 미워하죠? 당신은 틀림없이 질투를 하고 있는가 보군요."

그렇게 말해 버리고 나자 그녀는 혀를 물어 끊고 싶었다. 그 말을 듣자 그가 머리를 젖히고 크게 웃음을 터뜨렸기 때문이다. 그녀는 너무나 분해서 얼굴이 빨개졌다.

"신의가 없는 데다가 자만심까지 곁들이긴가요." 그는 말했다. "당신은 여전히 자기를 이 일대에서 가장 미인이라고 생각하고 있군, 그렇죠? 자기는 꽤 예쁜 사람이기 때문에 약간의 속임수만 쓰면 모든 남자가 당신에게 빠져버린다고 늘 생각하는 모양이군."

"설마 그럴려구요." 그녀는 발끈해서 외쳤다. "하지만 난 당신이 왜 그렇게 애쉴리를 미워하는지 그것을 알 수가 없단 말이에요. 그러니까 그렇게밖엔 더 생각할 수 없잖아요?"

"좀 다르게 생각해 보시오, 매력적인 아가씨. 그건 틀린 설명이오. 내가 애쉴리를 미워한다고 하지만…… 나는 물론 애쉴리를 좋아하지는 않소. 그렇다고 미워하지도 않아요. 정직하게 말해서 그나 그 같은 인간에 대한 내 감정은 그저 가엾다는 생각뿐이오."

"가엾다고요?"

"그렇소. 그리고 얼마쯤은 경멸도 하고 있지. 자, 또 칠면조처럼 부어올라서 그가 나 같은 무뢰한의 천 배나 되는 가치가 있다는 것과 그리고 그를 가엾이 여긴다거나 경멸하거나 한다는 건 어처구니없을 만큼 주제넘은 짓이란 말이라도 그전처럼 한 번 퍼부어 주시지요. 그것이 끝나면 내 기분을 말해 드릴 테니까. 만약 듣고 싶다면 말이오."

"그러지 않겠어요."

"아무튼 할 말은 하겠소. 내가 질투라도 하고 있는 것 같은 유쾌한 망상을 당신이 언제까지나 품고 있게 해서는 견딜 수 없으니까 말이오. 내가 그를 가엾게 생각하는 것은 죽는 편이 훨씬 나을 텐데 아직도 죽지 않고 있기 때문이오. 또 그를 경멸하는 것은 그의 세계가 사라져 버린 현재 스스로를 어떻게 해야 할지 몰라 우물쭈물하고 있기 때문이란 말이오."

그의 그러한 의견 속에는 무언가 귀에 익은 것이 있었다. 여태까지도 비슷한 이야기를 분명히 들은 적이 있는 것을 그녀는 어렴풋이 기억하고 있었지만, 언제 어디서였는지 생각나지 않았다. 그리고 잔뜩 화가 나 있었으므로 깊이 생각하려고 하지도 않았다.

"하지만 당신 말대로라면 남쪽의 품위 있는 남자들은 모두 죽어야 하겠군요!"

"그들에겐 그들의 방식이 있지만, 애쉴리 같은 인간은 차라리 죽음을 택해야만 했단 말이오. 그래서 깨끗한 묘비명 위에 '남부를 위하여 생명을 바친 남군 병사 이곳에 잠들다'라든가, '조국을 위하여 죽는 것은 즐겁고 또 명예롭다'라든가, 그 밖에 뭔가 그렇게 극히 흔해빠진 비명이 씌어야겠지요."

"어째서 그런 짓을 해야만 되나요?"

"당신은 언제나 한 피트쯤 되는 큰 글자로 쓴 것을 코앞에 들이대지 않으면 아무것도 모른단 말이야. 그렇지요? 죽어 버리면 여러 가지 고통도 없어지고, 해결되지 않는 갖가지 문제에 부딪칠 일도 없어지게 될 것 아니오. 게다가 또 가족들은 두고두고 그들을 자랑으로 여길 거요. 죽은 사람은 행복하다고들 하니까요. 당신은 애쉴리 윌크스가 행복하다고 생각하고 있소?"

"왜, 물론……." 그녀는 말을 꺼냈으나, 최근의 애쉴리의 눈빛을 생각해내고 입을 다물어 버리고 말았다.

"그나 휴 엘싱이나 미드 선생 같은 사람이 과연 행복할까요? 우리 아버지나 당신 아버지보다 행복하다고 말할 수 있을까요?"

"글쎄요, 아마 그다지 행복하지 않을지도 모르지요. 어쨌든 모두 돈을 잃어 버렸으니까요."

그는 웃었다.

"돈이 아니오. 그 사람들이 잃은 것은 그들의 세계, 그들이 자라온 세계인 것이오. 그들은 마치 물에 올라온 물고기나, 날개 돋친 고양이 같은 거요. 어떤 일정한 인간이 되어 어떤 일정한 일을 하고 어떤 일정한 장소에 살도록 길러진 것이오. 그런데 그러한 일정한 인간이나 일이나 장소는 리 장군이 애퍼매틱스에서 북군에게 머리를 숙이고 말았을 때 영원히 사라지고 만 거요. 아아, 스칼렛, 그런 멍청한 얼굴을 하면 못 써요! 집은 잃고, 농장은 세금 대신 뺏기고, 훌륭한 신사들이 겨우 1센트 때문에 스무 명씩 밀려드는 요즈음 세상에 애쉴리 윌크스가 할 수 있는 일이 어떤 것이 있소? 그의 머리나 손이 과연 무엇에 소용되겠소? 그가 공장을 맡아서 돌리게 된 뒤로 당신의 이익이 몹시 줄었으리라는 것은 쉽게 짐작되는군요."

"그렇지 않아요!"

"그거 다행이군. 그렇다면 가까운 날에, 일요일 밤에라도 당신이 한가하실 때 장부를 보여 주시겠소?"

"악마한테나 가 버려요. 한가할 때니 뭐니 할 것 없이 지금 당장 가 줘요. 상관없으니."

"웬걸, 나는 전에도 한 번 악마한테 갔던 적이 있는데, 아주 재미있는 놈이더군. 아무리 당신을 위하는 일이라도 나는 두 번 다시 갈 생각이 나지 않소……. 당신은 돈이 매우 급하게 필요했을 때 내게서 빚을 내서 그걸 썼소. 그리고 그것을 어떻게 쓰느냐에 대해서는 분명히 약속되어 있는데도 당신은 그것을 위반해 버렸소. 글쎄 잘 생각해 보아요. 내게서 돈을 더 꾸고 싶을 때가 머지않아 틀림없이 찾아올 거요. 좀더 많은 공장을 세우고, 노새를 사들이고, 술집을 세우기 위해서, 터무니없이 싼 이자로 내게서 돈을 꾸려고 할 때가 말이오. 당신이란 사람은 그때가 돼야 비로소 발을 동동 구를 테니까."

"돈이 필요하면 난 은행에서 빌려 올 거예요, 미안하지만." 그녀는 쌀쌀하게 말했으나 가슴은 격한 분노로 들썩이고 있었다.

"그러시겠소? 해 보십시오. 그러나 나는 그 은행의 주식을 잔뜩 가지고 있단 말이오."

"당신이요?"

"네. 나는 정직한 사업에 대해서도 무척 흥미를 가지고 있으니까요."

"하지만 은행은 딴 데도 있어요."

"많이 있지요. 그런데 내가 마음먹기에 따라서 당신은 어느 은행에서나 단 1센트도 얻어 내지 못할 거요. 하기야 정 돈이 필요하면, 카펫배거 고리대금업자에게로 가는 길은 있지만 말이오."

"난 고리대금업자고 뭐고 상관없이 기꺼이 빌리러 갈 거예요."

"그것도 괜찮겠지요. 그러나 이자 액수를 들으면 그다지 유쾌하지는 않을 거요. 스칼렛, 장사를 하는 데 무리한 짓을 하면 여러 가지 벌을 받아야 하는 거요. 그러니까 당신은 나와 정직한 거래를 했어야만 했소."

"당신은 훌륭한 분이죠? 그처럼 부자이고 세력이 좋으신데 아직도 애쉴리나 나 같은 몰락한 사람에게서 짜내려 하시는 건가요?"

"자신을 애쉴리와 같이 취급하는 일은 안 하는 게 좋아요. 당신은 몰락한 사람이 아니오. 어떤 사람이든 당신을 무능한 사람으로 만들 수는 없소. 그러나 그는 몰락할 대로 몰락했소. 누군가 세력 있는 사람이 뒤라도 보아 주고 잘 지도하고 보호해 주지 않는 한 평생 그 꼴을 면하지 못할 거요. 나는 내 돈을 그런 인간을 위해서 쓰고 싶은 생각은 조금도 없소."

"당신이 나를 도와주려 하지 않았기 때문에 나는 몰락해 버렸단 말이에요. 그리고……."

"당신은 상당한 수완가였소, 스칼렛. 입이 딱 벌어질 정도로 수완가였소. 왜냐고요? 그건 말이오, 당신이 남자 친척에게 신세를 지며 옛날 일을 생각하고 울며 지내거나 하지 않았기 때문이오. 당신은 용감하게 세상에 나가서 싸웠소. 그리고 지금은 죽인 사나이의 지갑 속 돈과 '남부동맹'에서 훔친 돈을 밑천삼아 버젓하게 재산을 만들었소. 당신은 살인도 하고, 남의 남편을 훔치기도 하고, 간통이나 다름없는 짓을 하기도 하고, 거짓말을 하기도 하고, 폭리를 보는 거래를 하기도 하고, 그 밖에 세상이 알면 곤란할 만한 온갖 나쁜 짓을 했소. 모두가 엄청난 일뿐이오. 그것은 당신이 정력과 결단력과 돈벌이에 능하다는 것을 잘 증명해 주고 있소. 자기 힘으로 해 낼 수 있는 사람을 돕는다는 것은 기쁜 일이오. 저 메리웨더 부인 같은 사람에게라면 나는 증서 없이 1만 달러라도 빌려주겠소. 그 부인은 과자 광주리 하나로 출발했는데, 현재의 모습을 보아요! 빵가게에서 대여섯 명씩 사람을 부리고 있고, 노인은 유쾌한 듯이 마차로 배달을 하고, 그 게으름뱅이 혼혈아 르네까지도 열심히 좋아서 일하고 있지 않소⋯⋯. 또, 저 불량청년 토미 웰번은 반 사람 몫의 몸으로 두 사람 몫의 일을 훌륭하게 하고 있소. 그리고, 아니 당신을 지루하게 해봤자 재미없으니까 인제 그만둡시다."

"정말 지루해요. 머리가 멍할 만큼 지루해졌어요." 스칼렛은 쌀쌀하게 말했다. 그녀는 어떻게든지 그를 몰아세워서 불행한 애쉴리의 이야기에서 그의 마음을 돌리게 하려고 했다. 그러나 그는 짤막하게 웃을 뿐 도전에 응하려고 하지 않았다.

"그런 사람들이라면 원조할 만한 가치가 있어요. 그러나 애쉴리 윌크스쯤 되면 이건 좀 곤란해! 그런 종류의 인간은 요즈음 같은 무질서한 시대에는 아무 쓸모도 없거니와 아무런 가치도 없어요. 언제고 세상이 뒤집힐 때는 그런 종류의 인간이 맨 먼저 당하고 말아요. 그것이 또 당연하오. 그들은 싸울 생각도 없고, 어떻게 싸워야 하는지도 잘 모르니까 살아남을 만한 가치가 없는 거죠. 세상이 뒤집힌 것은 이번이 처음도 아니거니와 또 이것이 마지막도 아니오. 여태까지만 해도 몇 번이나 이런 일이 있었소. 앞으로도 또 있을 것이 틀림없소. 세상이 그렇게 되면 모두 모든 것을 잃고 모두가 평등하게 되죠. 그리고 모두가 전혀 아무것도 갖지 않고 새로 출발하는 거요. 즉 머리 돌아가는 것과 팔힘밖에는 아무것도 갖지 않고 말이오. 그러나 어떤 인간, 이를테면 애쉴리 같은 인간에게는 그러한 머리도 없거니와 힘도 없고, 설사 있다손 치더라도 우물거리기만 하고, 그것을 쓰지를 못해요. 그러니까 뒤쳐져서 바닥에 깔릴 수밖에 없지요. 그것이 자연의 법칙이고, 그런 인간 따위는 없는 편이 이 세상은 훨씬 좋아집니다. 그러나 어느 시대나 적은 수의 똑똑한 사람이 있어서 끝까지 버티고 나가기 마련이죠. 그리고 시간만 주어지면 세상이 뒤집히기 이전의, 옛날 상태로 또 한 번 제대로 돌아가는 겁니다."

"당신에게도 가난했을 때는 있었어요! 당신은 아까, 아버지한테서 빈털터리로 쫓겨났다고 말하지 않았어요?" 스칼렛은 격한 투로 말했다. "당신은 애쉴리를 이해해 주고 동정해 주지 않으면 안 돼요."

"이해는 하죠." 레트는 말했다. "그러나 동정하는 건 딱 질색이란 말이오. 전쟁이 끝난 뒤의 애쉴리 쪽이 쫓겨났을 당시의 나보다 훨씬 여러 가지 것을 가지고 있었소. 적어도 그는 나의 이스마엘 (구약성서에 나오는 사람. 사회의 미움을 받는 자, 따돌림을 받는 사람의 대명사) 같았던 처지에 비해서 따뜻하게 맞아줄 친구들이 많았소. 그러나 애쉴리 자신이 그 뒤 무슨 일을 했죠?"

"만약 당신이 자신을 애쉴리와 비교하고 있다면, 그것은 당신의 자만심이란 거예요. 왜냐하면…… 애쉴리는 당신과 같은 사람은 아니란 말이에요! 당신처럼 카펫배거나, 스캘러왜그나, 양키 따위와 작당해 돈벌이를 꾀하느라 손을 더럽힐 짓은 하지 않아요. 애쉴리는 양심적인 데다 수치란 것을 알고 있는 분이에요!"

"그러면서 여자에게 도움을 받거나 돈을 얻거나 하는 것을 사양하지도 않고 부끄러운 줄도 모르고 있군요?"

"그럼, 달리 무슨 도리가 있죠?"

"그런 것까지 내가 알게 뭐요. 나는 단지 내가 한 일을 알고 있을 뿐이오. 물론 나는 인간이 한 일도 알고 있소. 우리는 한 문명의 폐허 속에서 성공의 기회를 찾아 내어 그것을…… 어느 사람은 정직하게, 어느 사람은 남모르게 충분히 활용한 것에 불과한 거요. 지금도 역시 그것을 활용하고 있어요. 그러나 애쉴리 같은 사람은, 우리와 똑같은 기회의 혜택을 받고 있으면서 그것을 잡지 않소. 말하자면 재치가 없는 거요, 스칼렛. 그래서 재치 있는 사람들만이 살아남을 가치가 있는 거죠."

그녀는 그가 말하는 것을 거의 듣고 있지 않았다. 그것은 그가 지껄이기 이삼 분 전에, 일찍이 그녀를 초조하게 했던 추억이 또렷이 되살아났기 때문이었다. 타라의 과수원을 몰아치던 찬바람과, 물끄러미 다른 곳을 바라보면서 수북이 쌓아올린 통나무 옆에 서 있던 애쉴리의 모습을 그녀는 생각해 냈던 것이다. 그때 그가 말한 것은…… 어떤 것이었더라? 신을 모독하는 말처럼 들리는, 어딘지 이상한 외국어를 섞어 가면서, 그는 이 세상의 종말을 말한 것 같은 생각이 든다. 그때는 그가 하는 말을 잘 알 수가 없었으나, 지금은 어렴풋하게나마 알게 되었다. 그리고 그와 동시에 속이 메스꺼운 듯한 힘이 쑥 빠지는 것 같은 기분이 되었다.

"어머나, 애쉴리도 말했어요."

"뭐라고요?"

"아직 타라에 있을 무렵 애쉴리는 신들의…… 황혼이니 이 세상의 종말이니, 그 밖에 역시 그런 식의 우스꽝스러운 소리를 했어요."

"아, 괴터데머룽 말이군요?" 레트는 흥미에 이끌려서 눈을 빛냈다. "그 밖에 어떤 말을 하던가요?"

"전 똑똑히 기억하고 있지 않아요. 별로 주의해서 듣지도 않았거든요. 하지만…… 그래요, 강한 자가 찾아와서 약한 자는 추려내지고 흔들려서 떨어진다던가 뭐라고 했어요."

"아아, 그럼 그도 알고는 있군. 그렇다면 한층 더 괴로울 거요. 대부분의 사람들은 현재나 앞으로나 절대로 그런 건 모르죠. 그들을 한평생 어째서 자기들이 그런 꼴이 되었는지 이상하게만 여기고 있을 뿐이겠죠. 단지 긍지를 가지고 묵묵히 괴로워할 뿐이겠죠. 그러나 그는 알고 있는 거요. 자기가 추려내지고 말았다는 것을 알고 있는 거요."

"어머나, 그럴 리 없어요! 제가 살아 있는 동안은 그런 꼴을 당하게 하지 않을 거예요."

그는 조용히 그녀를 바라보았다. 그 거무스름한 얼굴은 부드러웠다.

"스칼렛, 당신은 도대체 어떻게 그가 애틀랜타에 와서 공장을 맡도록 승낙하게 했소? 그가 한사코 거절하지 않던가요?"

제럴드의 장례식 직후의 애쉴리와의 일을 그녀는 재빨리 생각해 냈다. 그러나 그녀는 그것을 떨쳐 버렸다.

"그런 일은 물론 없었어요." 그녀는 성난 목소리로 대답했다. "저는 그때까지 공장을 맡겨 놓았던 악당을 믿을 수 없다는 것, 프랭크가 바빠서 거들어 주지 못한다는 것, 또 제가 이 엘라 로레나를 낳게 되기 때문에 일할 수 없게 된다는 것들을 이야기하면서 어째서 애쉴리에게 도움을 받지 않으면 안 되는지 그 이유를 설명했었어요. 그랬더니 애쉴리는 도와줄 것을 쾌히 승낙했어요."

"모성을 이용한 것은 걸작인걸! 과연 그랬었군요. 그래서 당신은 소원을 이룬 셈이지만, 불쌍하게도 그는 의리와 인정에 묶여 있소. 마치 당신의 죄수들이 쇠사슬로 묶여 있는 것처럼 말이오. 당신이 어느 쪽에나 다 만족할수 있기를 바라겠소. 그러나 처음에도 말했듯이 앞으로 나는 당신의 여자답지 못한 계획을 위해서는 단 1센트도 빌려 주지 않겠소. 아시겠소, 거짓말쟁이 부인?"

그녀는 화도 났지만 동시에 실망도 느꼈다. 최근 그녀는 레트에게서 좀더 돈을 꾸어다가 상공업지대에 터를 사서 목재 창고를 지었으면 하고 생각했기 때문이다.

"당신 돈 따위는 빌리지 않고도 해 나갈 수 있어요!" 그녀는 외쳤다. "해방된 흑인을 쓰지 않게 된 뒤부터는 조니 갤러거의 공장은 돈을 듬뿍 벌어들이고 있어요. 거기에다 꾸어 준 돈에서 들어오는 이자도 있고, 흑인을 상대하는 가게 쪽도 현금이 들어오고 있으니까요."

"아, 그건 나도 들었소. 힘없는 사람이나, 과부나, 고아나, 무지한 사람들을 속이다니 당신다운 영리한 수법이오! 그러나 스칼렛, 같은 도둑질을 하더라도 어째서 당신은 가난한 사람이나 약한 자에게서가 아니라, 부자나 강한 자에게서 훔치지 않죠? 로빈 홋 이래로 오늘날까지 그것은 아주 도덕적인 것으로 되어 있어요."

"하지만" 스칼렛은 냉담하게 말했다. "같은 도둑질이라면—당신이 말하는 대로라면—가난한 사람 쪽이 훨씬 쉽고 안전하거든요."

그는 어깨를 흔들면서 소리 없이 웃었다.

"당신은 정말 정직한 악당이오, 스칼렛!"

악당이라니! 그 말은 이상하게도 그녀를 아프게 했다. 나는 악당이 아니다! 그녀는 매섭게 스스로를 타일렀다. 적어도 그녀는 그런 사람이 되고 싶은 생각은 없었다. 그녀가 되고 싶은 것은 위대한 귀부인이었다. 잠깐 그녀는 재빠르게 먼 옛날 일을 생각했다. 그리고 치마를 사르락거리면서 향주머니의 향내를 은은하게 풍기며 돌아다니던 어머니의 모습을, 조그만 손을 남을 위해서 쉴 새 없이 놀리면서, 사람들로부터 사랑을 받고, 존경을 받고, 흠모를 받던 어머니의 모습을 떠올렸다.

그러자 그녀는 갑자기 가슴이 아팠다.

"당신이 아무리 저를 들볶으려 해도." 그녀는 맥빠진 투로 말했다. "소용없는 짓이에요. 내가 요즈음 여자답게 조심하거나 하지 않는 것은 나도 알고 있어요. 나는 또 친절하지도 못하고 붙임성도 좋지 않아요. 그렇게 하도록 교육은 받아 왔지만 말이에요. 하지만 달리 도리가 없어요, 레트. 정말 도리가 없는 거예요. 달리 무슨 도리가 있겠어요? 저 양키가 타라에 왔을 때, 내가 얌전히 있었으면 나와 웨이드와 타라와 그 밖의 모두들은 도대체 어떻게 되었겠어요? 틀림없이 나는, 아니, 그런 건 생각하기도 싫어요. 또 조나스 윌커슨이 집을 뺏으려고 했을 때 내가 친절하고 얌전히 굴었더라면 어떻게 되었겠어요? 우리가 지금쯤 어디에 있을 것 같아요? 내가 상냥하고 마음이 좋아서 프랭크를 귀찮게 굴어가며 꾸어준 돈을 받아들이라고 하지 않았다면 우리는 틀림없이⋯⋯. 네, 알고 있어요. 어쩌면 나는 악당일지도 몰라요. 하지만 언제까지나 악당으로 있을 생각은 없어요, 레트. 최근 몇 년 동안, 현재도 그렇지만—내가 달리 어떤 일을 할 수 있었겠어요? 달리 어떻게 할 수가 있었겠어요? 난 어쩐지 나 자신이 폭풍우를 뚫고, 무거운 짐을 실은 배를 젓고 있는 것처럼 느꼈어요. 배를 물에 띄우고 있는 것만도 여간 힘든 일이 아니었기 때문에, 그다지 소중하지 않은 것이나 마구 내던져도 그다지 아깝지 않은 것들은, 이를테면 예의범절이라든가⋯⋯ 그 따위엔 도저히 마음을 쓰고 있을 수가 없었던 거예요. 배가 가라앉지나 않을까. 그것만이 걱정되어서 중요하지 않다고 생각되는 것은 모조리 배 밖으로 내던져 버렸던 거예요."

"긍지나 명예나 진실이나 미덕이나 친절함을 말이지요." 그는 거침없이 늘어놓았다. "그게 당연한 거죠, 스칼렛. 배가 가라앉으려 할 때는 그런 건 조금도 중요하지 않소. 그러나 당신 주위의 친구들을 보시오. 그 사람들은 소중한 짐을 싣고 안전하게 배를 강가로 젓고 있거나 아니면 많은 깃발을 휘날리면서 만족스러워 하면서 가라앉고 있어요."

"그런 사람들은 바보짓을 하는 거예요." 그녀는 짧게 말했다. "무엇을 하든지 시기가 있어요. 돈이 충분히 모이면 나도 당신 마음에 들 만한 살뜰한 여자가 될 거예요. 얌전한 체할 수도 있어요. 그때까지는 난 참아야 해요."

"당신이라면 참을 수 있소. 그러나 짐을 버린 화물선을 구조하기란 여간 어려운 게 아니오. 용케 구조되었다 하더라도 대개의 경우 손도 댈 수 없을 정도로 망가져 있죠. 배 밖으로 내던진 명예나 미덕이나 친절을 당신이 다시 낚아올릴 수 있더라도, 그것이 과연 본디 그대로 있어 줄지 어떨지, 바다에 시달린 나머지 변질되었거나 무언가 사치스러운 야릇한 것이 되어 있지 않다고는 보장할 수 없다고 생각되오⋯⋯."

그는 벌떡 일어나서 모자를 집었다.

"가시겠어요?"

"그렇소. 한시름 놓이지요? 나는 아직 남아 있을 당신의 양심에 희망을 걸어 보겠소."

그는 입을 다물고 갓난아이를 굽어보았다. 그리고 손가락을 내밀어서 아이에게 쥐여 주었다.

"프랭크는 아마 이 아이가 자랑스러워서 어쩔 줄 모르겠군요?"

"그야 물론이죠."

"벌써 이 아이의 장래에 대해서 여러 가지 계획을 세우겠지요?"

"그래요, 어리석은 사람이 자식들에게 어떻게 하는지 당신도 알잖아요."

"그럼 프랭크에게 이렇게 전하시구료." 레트는 말했으나 갑자기 말을 끊고 야릇한 표정을 지었다. "만약 이 아이를 위한 계획을 무사히 이루고 싶거든, 요즘처럼 밤에 집을 비우는 일은 그만두는 게 좋을 거라고 말이오."

"그게 무슨 뜻이지요?"

"내가 말한 대로만 전하면 되오. 집을 비우지 말라고 말이오."

"당신은 기분 나쁜 사람이에요! 프랭크에게 무슨 의심을 가지게 하려고⋯⋯."

"허, 이거 놀랐는걸!" 레트는 갑자기 큰 소리로 웃음을 터뜨렸다. "나는 프랭크가 여자들 꽁무니를 쫓아다닌다고는 하지 않았소! 프랭크가! 오, 하느님!"

그는 여전히 웃으면서 층계를 내려갔다.

44

3월의 바람 부는 어느 추운 날 오후, 스칼렛은 겨드랑이 깊숙이까지 무릎 덮개를 두르고, 조니 갤러거의 공장으로 가려고 디케이터 큰길로 마차를 몰았다. 요즈음 혼자서 마차를 달리는 것이 얼마나 위험한지는 그녀도 알고 있었다. 흑인들이 손을 댈 수 없을 정도로 난폭한 짓을 멋대로 하고 있었으므로, 위험은 지금까지보다 한결 더했다. 애쉴리가 예언한 대로 주 의회가 개정 법안을 부결시킨 뒤 사나운 복수가 닥쳐왔던 것이다. 이 단호한 부결은 성난 양키의 따귀를 올려붙인 거나 다름없었다. 그런만큼 그 보복은 당장 찾아왔다. 북부에서는 흑인의 투표권 승인을 무슨 일이 있어도 이 주에 실시토록 하려고 꾀하여, 그 때문에 조지아 주는 반란의 염려가 있다는 이유 아래 엄중한 계엄령을 선포하고 만 것이다. 이리하여 조지아는 주로서의 존재를 말살당하고, 플로리다 주와 앨라배마 주 등과 함께 '군 관할 제3구'가 되어서, 북부의 한 장군의 지배 아래 통치받게 되었던 것이다.

지금까지의 생활이 불안하다느니 무섭다느니 할 만한 것이었다면 지금은 그 불안과 공포가 두 배가 되어 있었다. 엄중한 것처럼 생각되던 작년까지의 군사 규정만 하더라도, 포프 장군이 내린 새로운 규칙에 비하면 가벼운 것이었다. 흑인의 지배에 대한 전망으로 캄캄한 데다 절망적이었고, 무거운 짐이 지워진 주는 어쩔 수 없이 쓰라리게 몸부림칠 뿐이었다. 흑인들은 자기들이 새로이 중요시되자 콧대가 매우 높아지고, 게다가 양키 군대가 뒤를 봐 준다고 해서 더욱 횡포가 심해져 갈 뿐이었다. 그들에게 걸렸다가는 누구도 안전을 보장받을 수 없었다.

이 거칠고 무시무시한 시절에는 스칼렛도 겁을 먹고 있었다. 그러나 마음을 단단히 먹고 프랭크의 권총을 마차의 방석 밑에 밀어넣고는 혼자서 공장을 둘러보러 나섰던 것이다. 그녀는 입 밖에 내서 말하지는 않았지만 자기들에게 이렇게 엄청난 불행을 가져다준 주 의회를 마음속으로 원망하고 있었다. 모두들 훌륭하다느니 용감하다느니 사내답다느니 하며 칭찬하고 있지만, 그런 저항 태도를 보여 봤자 도대체 무슨 소용이 있는가? 사태를 더욱더 악화시킬 뿐이 아닌가.

샨티타운 작은 분지로 내려가는 잎이 우거진 나무들 사이로 뚫린 길 가까이 이르자, 그녀는 소리를 질러 급히 말을 몰았다. 내버려진 군대의 천막이며, 흑인의 판잣집 따위가 지저분하게 들어서 있는 이 더러운 부락을 지나갈 때는 언제나 불안감을 느끼지 않을 수 없었다. 이곳은 애틀랜타 주변에서도 가장 악명을 떨치는 곳으로, 흑인 불량배나 흑인 매춘부들의 소굴로 되어 있었고, 그 속에 가장 하등계급에 속하는 가난한 백인이 더러 살고 있었다. 흑인이나 백인 범죄자들이 은신하는 곳도 여기였으므로, 양키 군대들도 범인을 찾을 때는 먼저 이곳부터 뒤진다는 말까지 전해지고 있을 정도였다. 총격과 칼부림 같은 사건도 이곳에서는 매번 있는 일이어서 당국에서도 골치를 앓고, 흑인끼리의 사건 해결은 대개 샨티타운 주민들에게 맡겨 버리고 마는 것이었다. 숲 깊숙한 곳에는 옥수수로 빚은 값싼 위스키 양조장이 있어서, 밤만 되면 이 분지의 흑인 판잣집 여기저기서 주정꾼의 욕지거리, 고함소리가 시끄럽게 들려왔다.

양키들마저도 여기가 꽤 골치 아픈 곳이어서 조만간 철거해야 한다는 것은 인정하고 있었지만, 아직은 손을 대지 않았다. 애틀랜타와 디케이터를 오가려면 아무래도 이 길을 지나야만 하므로 양쪽 시민들 사이에서도 차차 원성이 높아갔다. 남자들이 샨티타운을 지나갈 때는 권총집에서 권총을 빼들고 있었고, 부인들은 비록 수행하는 남자가 있더라도 이곳을 지나기를 꺼려했다. 보통 길 여기저기에 술취한 흑인들이 주저앉아서 모욕적인 말을 던지거나 추잡한 소리를 외치거나 하기 때문이었다.

아치가 곁에 있어 주던 동안에는 스칼렛은 샨티타운을 지날 때도 그다지 마음이 쓰이지 않았다. 제아무리 무례한 흑인 여자라도 아치가 한 번만 노려보면 웃을 수가 없었기 때문이다. 그러나 그녀가 혼자서 마차를 몰아야 하게 된 뒤로는 몹시 짜증나고 화나는 일이 일어났다. 흑인 여자들이 그녀가 마차를 몰고 지나갈 때마다 일부러 나타나는 듯이 보였다. 이에 대해서는 그것들을 완전히 무시해서 화가 머리끝까지 치밀게 하는 것 말고는 방법이 없었다. 더구나 그녀는 이웃 사람이나 가족들에게 그러한 고통을 털어놓고 울분을 풀 수조차 없었다. 이웃 사람들은 그것 보라는 듯이 '그야 당연하잖아요' 하고 말할 것이 뻔했고, 가족들은 그것을 이유로 들고일어나서 귀찮게 말릴 것이 뻔했기 때문이다. 그녀는 아무리 위험하더라도 절대로 이 일을 그만둘 생각은 없었다.

다행히 오늘은 길가에 누더기를 걸친 여자는 한 사람도 없었다. 그녀는 마을로 내려가 큰길로 마차를 몰면서, 오후의 기울어져 가는 쓸쓸한 햇볕을 받으면서 분지 안에 웅크리고 있는 통나무집들을 불쾌함을 담고 바라보았다. 찬바람이 갑자기 획 불어오면, 바람에 실려 장작 타는 냄새와 돼지고기 굽는 냄새와 관리하지 않는 변소의 악취가 한꺼번에 콧속으로 들어왔다. 그녀는 코를 돌리고 익숙한 솜씨로 말등을 채찍으로 한 번 때려 급히 그곳을 빠져나가서 길모퉁이로 꺾었다.

그리고 한시름 놓고 숨을 돌리려 했을 때, 그녀의 심장은 너무 놀라서 목구멍까지 튀어올라온 듯 느껴졌다. 떡갈나무 그늘에서 키가 큼직한 흑인 하나가 불쑥 나타났기 때문이다. 깜짝 놀라기는 했지만 정신을 잃을 정도는 아니었으므로, 곧 말을 멈추고 프랭크의 권총을 움켜쥐었다.

"무슨 일이지?" 그녀는 될 수 있는 대로 위엄을 갖춘 소리로 외쳤다. 그러자 뜻밖에 그 커다란 흑인은 떡갈나무 그늘에 숨어서 겁먹은 소리로 대답했다.

"스칼렛 아씨, 빅 샘을 쏘지 마세요!"

빅 샘! 순간 그녀는 그 말이 믿어지지 않았다. 타라의 검둥이 감독으로서 포위전 때 만났을 뿐인 빅 샘. 이 사나이는 도대체……

"정말로 샘인지 아닌지 거기서 나와서 모습을 보여 봐!"

그는 숨었던 곳에서 머뭇거리며 모습을 나타냈다. 올려다볼 만큼 커다란 몸에 누더기를 걸치고 맨발이었다. 그리고 두꺼운 무명 바지에 북군의 푸른 군복 윗도리를 입고 있었지만, 그 큰 몸집에는 너무 작아서 몹시 거북해 보였다. 그가 정말로 샘인 것을 알자, 그녀는 권총을 방석 밑으로 밀어넣고 기쁜 듯이 미소지었다.

"어머나, 샘! 정말 오랜만이다!"

샘도 기쁜 듯이 눈알을 굴리면서 흰 이를 드러내고 마차 곁으로 달려왔다. 그리하여 그녀가 내민 손을 햄덩이처럼 커다란 검은 두 손으로 움켜잡았다. 샘이 수박 같은 분홍빛 혀로 입술을 핥으면서 온몸을 기쁜 듯이 흔들어 대는 모습은 마치 사나운 개가 반가워서 경중거리는 것처럼 익살스러웠다.

"한집안 식구를 만난다는 건 정말 기쁜 일입니다요!" 그는 외치더니 뼈가 으스러지지나 않을까 싶을 정도로 그녀의 손을 움켜쥐었다. "왜 아씨는 그렇게 천하게 되셨습죠? 권총 따위를 가지고 다니시면서 말입니다. 네, 스칼렛 아씨?"

"요즘은 못된 인간이 너무나 많기 때문에 나도 권총을 가지고 다녀야 하게 됐어, 샘. 도대체 자네 같은 훌륭한 흑인이 왜 샨티타운 같은 더러운 곳에 있지? 왜 나를 만나러 시내로 오지 않았지?"

"웬걸입쇼, 스칼렛 아씨. 전 샨티타운 같은 데엔 살지 않습니다요. 그저 잠시 머물러 있었을 뿐인걸입쇼. 어떤 일이 있어도 이런 곳에서는 살지 않습니다요. 저는 그런 무능한 검둥이들은 한 번도 본 적이 없거든요. 그리고 저는 아씨께서 애틀랜타에 계신 줄은 전혀 몰랐습니다요. 타라에 계시는 줄로만 생각했습죠. 그래서 저는 때를 보아서 타라로 돌아갈 작정이었지요."

"자네는 그 포위전 이후로 계속 애틀랜타에 있었나?"

"웬걸입쇼, 그렇잖습니다요! 객지로 돌아다녔습죠"라고 말하고 그는 그제야 그녀의 손을 놓았다. 그녀는 아픈 듯이 손을 오므리고 뼈에 이상이 없는지 살펴보았다.

"제가 아씨를 마지막 뵈었을 때 일을 기억하고 계신가요?"

스칼렛은 포위전이 시작되기 전의 더운 날, 레트와 함께 마차를 타고 있었을 때 빅 샘을 앞세운 흑인 한 부대가 '가거라 모세여'를 부르면서 먼지투성이 길을, 참호 쪽으로 행진해 간 것을 생각해 냈다. 그녀는 고개를 끄덕였다.

"저는 참호를 파기도 하고 흙부대를 채우기도 하면서, 남군이 애틀랜타에서 물러날 때까지 개처럼 일했습죠. 그러는 동안 제가 모시던 대위님이 전사해 버려서, 아무도 빅 샘에게 무얼 하면 좋은지 지시해 주는 사람이 없어졌으므로 할 수 없이 덤불 속에 숨어 있었습죠. 어떻게 해서든지 타라로 돌아갈 생각이었습니다만, 그때 타라 근처 동네가 모두 타 버렸다는 말을 듣게 되었지요. 게다가 저는 어떻게 하면 타라로 갈 수 있는지를 몰랐습죠. 아무튼 저는 통행증을 가지지 못했으므로 경관에게 붙들려가는 것이 무서워서 말입죠. 그러노라니까 얼마 안 있다가 양키들이 들어왔는데 양키 나리가, 그 사람은 대령이었는데, 제가 퍽 마음에 들어서 말과 부츠를 관리하는 일에 저를 써 주었습죠. 정말입니다요! 저는 들일하는 하인에 지나지 않았는데, 포크 같은 집일하는 하인이 되었기 때문에 어쩐지 높아진 것 같은 생각이 들더군입쇼. 대령한테는 제가 들일하는 하인이란 걸 말하지 않았습죠. 그랬더니 그 사람은 말이죠, 스칼렛 아씨, 양키란 건 아무것도 모르는 녀석들이더군요. 그런 차이조차 눈치채지 못하니 말입죠. 그래서 저는 한동안 그 사람 밑에 있었지요. 그러다 셔먼 장군을 따라 그가 서배너에 갔을 때 저도 따라 갔죠. 스칼렛 아씨, 저는 그런 끔찍스러운 행군은 본 적이 없어요. 서배너까 지 가는 도중에는 약탈도 하고, 불도 지르고 하면서, 정말로 무시무시하더군 입쇼. 타라는 불에 탔습니까요, 스칼렛 아씨?"

"불을 질렀지만 우리가 껐어."

"그랬군입쇼. 그 소리를 들으니 저도 마음이 놓입니다요. 타라는 우리 집 이니까요. 저는 기어코 타라로 돌아갈 작정입죠. 전쟁이 끝났을 때 대령은 저보고 이렇게 말하더군요. '샘! 너도 나와 같이 북부로 가자. 급료는 충분 히 주마' 하고 말입니다. 다른 흑인들과 마찬가지로 저도 집에 돌아가기 전 에 어떻게든지 자유라는 걸 맛보고 싶어서 대령을 따라서 함께 북부로 갔습 죠. 워싱턴에서 뉴욕, 그리고 대령의 집이 있는 보스턴까지 말입니다요. 긴 여행을 했습죠! 스칼렛 아씨, 양키의 거리에는 말도 마차도 셀 수 만큼 잔 뜩 있더군요. 저는 마차에 치이지나 않을까 해서 늘 조마조마해 하면서 지냈 습죠!"

"그래서 북부가 마음에 들었어, 샘?"

샘은 그 곱슬곱슬한 머리를 긁었다.

"그렇기도 하고 아니기도 하고, 도무지 분명히 말할 수가 없구먼요. 대령 은 무척 훌륭한 분이어서 흑인에 대해서도 잘 이해해 주셨지만, 아씨는 그렇 지가 못했어요. 아씨는 처음 저를 보자 제 이름에 '씨'를 붙여서 불렀습죠. 그렇게 불리자 저는 정말로 달아나고 싶었다구요. 대령이 아씨에게 그냥 샘 이라고 하라고 말씀했기 때문에 그 뒤로 그렇게 하게 되었지만, 양키들은 모 두 처음 만났을 때는 저를 오하라 씨라고 부르면서 말입죠, 저도 모든 사람 들과 똑같은 훌륭한 사람이니까 같이 앉으라는 겁니다요. 저는 백인과 같이 앉아본 적은 한 번도 없었고, 이 나이가 되면 버릇이라는 것이 좀처럼 고쳐 지질 않는 법입죠. 그 사람들은 저를 모든 사람과 같게 백인처럼 대우해줬지 만, 스칼렛 아씨, 그래도 마음속으로는 절대로 저를 좋아하는 일은 없었어 요. 그 사람들은 흑인을 좋아하지 않아요. 그리고 제가 이렇게 몸이 커서 모 두 저를 무서워했어요. 그리고 으레 제게 사냥개에 쫓겨 본 일이 있느냐는 둥, 채찍으로 맞은 일이 있느냐는 둥, 그런 것만 묻더군입쇼, 당치도 않게.

스칼렛 아씨, 저는 채찍으로 맞은 일은 한 번도 없었잖아요! 제럴드 나리께서 저처럼 값비싼 검둥이를 채찍으로 때리실 리가 있겠습니까요. 그건 아씨께서도 잘 알고 계실 겁니다! 그래서 저는 그런 걸 설명하고 나서 엘렌 마님이 얼마나 검둥이들에게 잘해 주셨는지, 제가 폐렴에 걸렸을 때는 일주일 동안이나 꼬박 매달려서 병구완을 해 주신 것까지 들려 주었지만 모두 곧이 듣지 않더군입쇼. 그래서 스칼렛 아씨, 저는 엘렌 마님과 타라가 갑자기 그리워져서 도저히 참을 수 없게 되어 마침내 어느 날 밤 집으로 돌아갈 결심을 하고, 애틀랜타까지 화물열차를 타고 왔습죠. 그러니까 지금 만약 아씨께서 타라까지 차표만 끊어 주신다면 저는 신이 나서 집으로 돌아가겠습니다. 엘렌 마님과 제럴드 나리를 다시 뵈올 수 있다면 얼마나 반갑겠습니까요! 자유는 벌써 실컷 맛보았습죠. 앞으로는 꼬박꼬박 밥을 먹여 주시고, 무엇을 해라, 무엇은 하면 안 된다 하고 말해 주시는 분이 그리워졌어요. 그리고 병이 났을 때 친절하게 병구완해 주시는 분이 그립습니다요. 만약 제가 폐렴에라도 걸렸다면, 그 양키 부인이 제 병간호를 해 주었겠습니까요? 어림도 없습니다! 저를 오하라 씨라고 불러 주기는 해도, 간호 같은 건 절대로 해 줄 리가 없습죠. 그렇지만 엘렌 마님이라면 기꺼이 제 병구완을 해주실 것 아닙니까. 제가 병이 났을 때…… 아니, 왜 그러십니까, 스칼렛 아씨?"

"아버지도 어머니도 두 분 다 돌아가셨어, 샘."

"돌아가셨다구요? 저를 놀리시는 겁니까요, 스칼렛 아씨? 농담으로라도 놀리지는 마세요!"

"놀리는 게 아니야, 정말이야. 어머니는 셔먼 부대가 타라를 지나갔을 때 돌아가셨고, 아버지는…… 지난해 6월에 돌아가셨어. 저런, 샘, 울지 말아. 울지 말란 말이야! 샘이 울면 나까지 울고 싶어지잖아. 샘, 울지 말아! 나도 못 견디겠어. 이제 그 이야기는 그만두기로 해. 아무 때고 나중에 자세히 이야기해 줄 테니까 말야……. 수엘렌은 타라에 있어. 윌 벤틴 씨라는 아주 훌륭한 사람과 결혼했어. 그리고 캐린은, 그 애는……." 스칼렛은 말을 끊었다. 울고 있는 이 커다란 사나이에게 수녀원을 설명해 줄 만한 용기가 없었던 것이다. "그 애는 지금 찰스턴에서 살고 있어. 하지만 포크와 프리시는 여전히 타라에 있어…… 자, 샘, 코를 풀어. 자네 정말로 집에 가고 싶어?"

"그렇다마다요. 그러나 엘렌 마님이 계시지 않는다면……."

"샘, 자네, 애틀랜타에서 지내며 나를 위해 일할 생각은 없어? 난 마부가 한 사람 있었으면 하던 참이거든. 요즘처럼 이 근처에 질이 좋지 못한 사람이 많아지면 더더욱 마부가 없으면 곤란해."

"그렇고말고요. 마부 없이는 안되죠. 저도 혼자서 말을 타고 돌아다니지 마시라고 말씀드리려던 참이었습니다요, 스칼렛 아씨. 아씨는 요즈음 검둥이들 속에 얼마나 못된 놈들이 있는지 모르십니다. 특히 이 샨티타운에 사는 놈들은 다루기가 힘듭니다. 정말 위험한 일이죠. 저는 샨티타운에 온 지 이틀밖에 안 되지만 놈들이 아씨의 이야기를 하는 것을 들었습니다요. 어제 아씨께서 그 돼먹잖은 검둥이 계집들이 떠들어 대는 속을 지나가셨습죠? 그때 저는 금방 아씨라는 걸 알았지만 너무나 급히 지나가셨기 때문에 붙잡을 수가 있어야지요. 하지만 아씨께 못되게 군 그 흑인들을 실컷 두들겨 주었습죠! 그래서 오늘은 이 근처에 얼씬거리는 놈이 하나라도 있나 보십시오. 모르시겠던가요?"

"알고 있었어. 고마워, 샘. 정말 고마워. 그런데 어때, 내 마부가 되어 주지 않겠어?"

"스칼렛 아씨, 고마운 말씀이긴 합니다만, 저는 역시 타라로 가는 편이 좋을 것 같습니다요."

빅 샘은 고개를 숙이고 맨발 끝으로 길 위에다 뭐가 뭔지 모를 그림을 그려대고 있었다. 그 태도에 어딘지 모르게 불안해 하는 구석이 엿보였다.

"왜 그래? 급료는 넉넉히 줄게. 꼭 좀 나한테 와서 일해 줘, 응?"

그는 어린아이 얼굴처럼 감정을 노출시키는 멍청하고 커다란 얼굴을 들어 그녀를 보았다. 무언가를 두려워하는 듯한 얼굴빛이었다.

그는 바짝 다가오더니 마차 곁에 기대듯이 하면서 속삭였다.

"스칼렛 아씨, 전 말씀입죠, 애틀랜타에서 달아나야 합니다요. 저는 놈들에게 들키지 않게 타라에 가야 합니다요. 저는 사람을 죽이고 말았거든요."

"흑인을?"

"아닙니다요. 백인이에요. 양키 병정입니다요. 저는 쫓기고 있답니다. 제가 샨티타운에 와 있는 것도 그런 이유 때문입죠."

"어떻게 그런 일을 저질렀지?"

"그놈이 술이 취해서는 제가 참지 못할 소리를 하기에 목을 졸라 주었습죠. 죽일 생각은 없었습니다요. 스칼렛 아씨, 그런데 제 손이 워낙 억세기 때문에 저도 모르는 사이에 죽이고 말았더군요. 저는 놀라서 어떻게 하면 좋을지 몰랐답니다! 그래서 여기 와서 숨어 있었습죠. 어제 아씨께서 지나가시는 걸 보았을 때도 전 저도 모르게 소리를 질렀습죠. '이제 됐다! 스칼렛 아씨다. 저분이라면 숨겨 주실 거다. 양키에게 붙들리지 않게 해 주실 거다. 그리고 나를 타라로 보내 주실 거야' 하굽쇼."

"그러면 모두 자네를 쫓고 있다는 말이지? 그리고 자네가 했다는 것을 알고 있고?"

"그렇습죠. 제가 워낙 크기 때문에 모를 리가 없습죠. 아무튼 애틀랜타에서는 제가 제일 큰 검둥이니까요. 엊저녁엔 여기까지 찾으러 왔더랍니다. 하지만 다행히도 검둥이 색시가 숲 속 오두막에다 숨겨 주어서 말입죠. 놈들이 그냥 되돌아갔다는군입쇼."

스칼렛은 잠깐 눈썹을 찡그린 채 앉아 있었다. 샘이 사람을 죽였다는 데 대해서는 조금도 놀라지도 않았거니와 걱정도 하지 않았다. 다만 마부로 쓸 수 없는 것이 유감이었던 것이다. 샘처럼 덩치 큰 흑인이라면 아치에 못지않을 만큼 든든한 호위가 되었을 텐데 말이다. 그러나 어쨌든 무슨 수를 써서라도 무사히 타라로 달아나게 해 주어야 한다. 그러려면 물론 당국에 붙잡히지 않도록 해 주어야 한다. 샘 같은 흑인을 목매달게 하는 것은 아까운 일이다. 이처럼 뛰어난 흑인 우두머리는 타라에서도 처음이지 않았던가! 스칼렛의 머리에는 그가 자유의 몸이라는 사실 따위는 미처 떠오르지 않았다. 그역시 포크나 마미나 피터나 요리사나 프리시처럼, 자기 소유물이라고밖에는 생각되지 않았다. 그가 여전히 '가족의 하나'인 이상 그의 몸을 보호해 주어야 하는 것은 당연한 일이다.

"오늘 밤 타라로 떠나도록 해줄게." 스칼렛은 마지막으로 이렇게 말했다. "이봐 샘, 난 요 앞에까지 볼일이 좀 있어서 다녀와야겠는데, 해질 무렵까지는 돌아올 거야. 그때까지 여기서 기다리고 있어, 아무에게도 어디로 간다고 말해서는 안 돼. 그리고 모자가 있거든 갖고 오라구, 얼굴을 가리기 편할 테니."

"모자 같은 게 있어얍죠."

"그럼 여기 은화 한 닢이 있어. 이걸로 판잣집 흑인에게서 모자를 사 가지고, 여기서 나를 기다리고 있도록 해.”

“알았습니다요.” 그의 얼굴은 이래라저래라 하고 지시해 주는 사람이 다시 생겼기 때문에 마음이 놓여서 기쁨으로 빛났다.

스칼렛은 이 궁리 저 궁리 하면서 마차를 몰았다. 윌은 타라에 도움이 되는, 들일할 검둥이를 틀림없이 환영할 것이다. 포크는 지금까지도 밭에서는 아무런 도움도 되지 않았다. 앞으로도 도움이 될 가망은 거의 없다. 그 대신 샘을 보내면 포크도 애틀랜타에 와서 딜시와 함께 지낼 수 있고, 그렇게 되면 제럴드가 죽었을 때의 약속도 지키게 되는 것이다.

공장에 닿았을 때는 해가 이미 저물기 시작해서 예정하고 온 시간보다는 훨씬 늦어지고 말았다. 조니 갤러거는 이 조그만 제재소의 취사장으로 쓰이는 초라한 오두막 문어귀에 서 있었다. 널빤지를 붙이고 침실로 쓰고 있는 오두막 앞 통나무 위에는 스칼렛이 이 공장에 할당한 다섯 죄수 가운데 네 사람이 걸터앉아 있었다. 죄수복은 더럽고 땀내가 나며, 지친 걸음걸이로 돌아다닐 때마다 족쇄가 그들의 복숭아뼈 사이에서 절거덕거렸다. 그들에게선 어떤 무관심과 절망의 공기가 감돌고 있었다. 어쩌면 저다지도 여위고 파리해 보일까 하고 스칼렛은 그들을 날카로운 눈길로 바라보면서 생각했다. 바로 얼마 전, 그녀가 그들을 데려왔을 때는 그처럼 억센 사람들이었는데, 그녀가 마차에서 내려도 그들은 쳐다보려고도 하지 않았다. 그러나 조니는 모자를 벗으면서 곧 그녀에게로 다가왔다. 그 갈색 얼굴은 인사를 할 때도 호두처럼 딱딱했다.

“저 사람들의 얼굴빛이 보기 딱하군요.” 그녀는 불쑥 말했다. “혈색이 좋지 않아요. 또 한 사람은 어디에 있죠?”

“아프다면서 누워 있어요.” 조니는 짤막하게 대답했다.

“어디가 아픈가요?”

“아마 게으름이겠지요.”

“가서 봐주어야겠어요.”

“그만두십시오. 틀림없이 알몸으로 누워 있을 테니까요. 내가 가보죠. 뭐, 내일은 일하러 나올 겁니다.”

스칼렛은 망설였다. 그리고 죄수 한 사람이 느릿느릿 머리를 쳐들고, 조니에게 흘끗 증오에 찬 눈길을 주고는 다시 얼굴을 숙이는 것을 보았다.

"당신, 이 사람들을 채찍으로 몰아가며 부리는 건 아니겠죠?"

"실례지만 케네디 부인, 대체 이 공장은 누가 관리하는 겁니까? 당신은 내게 이곳의 관리를 맡긴다고 하시지 않았던가요? 내 마음대로 내가 좋을 대로 하라고 말입니다. 설마 이제 와서 내게 이러니저러니하고 불평을 하시는 건 아니겠죠? 난 당신을 위해 엘싱 씨의 두 배나 벌어 드리지 않았습니까?"

"네, 그건 그래요." 마지못해 시인은 했지만 그녀는 까닭없이 온몸에 소름이 오싹 끼치고 진저리가 쳐졌다.

꼴사나운 오두막집과 함께 이 공장에는 무언지 모르게 휴 엘싱이 맡아 보고 있었을 때는 없었던 불길한 그림자가 드리워져 있었다. 더욱이 세상으로부터 쓸쓸하게 고립되어 있는 것이다. 그것을 생각하자 그녀는 등골이 오싹했다. 이 죄수들은 모든 것으로부터 완전히 떨어져서 이제는 전적으로 조니 갤러거 한 사람의 자비에 달려 있다. 채찍으로 때리거나, 그 밖에 어떤 심한 취급을 당하거나, 그녀는 아마 아무것도 모를 것이다. 죄수들은 나중에 더 심한 벌을 받게 될 것을 두려워해서 절대로 그녀에게 불만을 호소하려고 하지 않았다.

"모두들 몹시 여윈 것 같군요. 먹는 것은 넉넉하게 주고 있겠죠? 난 이 사람들을 돼지처럼 살찌우려고 돈을 꽤 내놓은 셈인데. 지난달만 해도 밀가루와 돼지고기에만 20달러나 들었어요. 오늘 저녁밥으로는 무얼 먹일 참이죠?"

그녀는 취사장 쪽으로 걸어가서 안을 들여다보았다. 흑백 혼혈의 뚱뚱한 여자가 녹슬고 낡은 난로 앞에 웅크리고 있다가, 스칼렛을 보자 고개를 끄떡해 보이고는 삶고 있던 검정콩 냄비를 다시 저었다. 스칼렛은 조니 갤러거가 이 여자하고 함께 산다는 것을 알고 있었으나 모르는 체하는 것이 좋을 성싶어서 잠자코 있었다. 그녀는 콩과 옥수수빵 접시 말고는 아무것도 음식이 마련되어 있지 않은 것을 알았다.

"저 사람들에게 먹일 음식은 그것말고 아무것도 만들지 않았어?"

"없습니다."

"이 콩 속에는 고기가 안 들어 있는 것 같은데?"

"안 들었어요."

"삶은 베이컨이라도 콩 속에 넣지 그래? 베이컨도 넣지 않은 검정콩은 맛이 없어서 먹을 수 없어. 저 사람들에게 조금도 힘이 붙지 않을 거야. 왜 베이컨이 없지?"

"조니 씨가 고기 같은 건 안 넣어도 좋다고 했습죠."

"상관없으니까 베이컨을 넣어요. 식료품은 어디에 넣어 두었지?"

여자는 깜짝 놀라서 찬장으로 쓰고 있는 조그만 벽장 쪽을 흘끗 보았다. 스칼렛은 주저하지 않고 그 문을 열어 보았다. 바닥에 뚜껑이 열려 있는 옥수수가루 통이 하나 놓여 있고, 그 밖에는 조그만 밀가루 부대가 하나, 커피가 한 파운드, 설탕이 조금, 1갤런들이 당밀 단지 하나, 그리고 햄이 두 덩이 있었다. 선반 위에 얹혀 있는 햄 한 덩이는 요즈음 봉했는지 아직 한 조각이나 두 조각밖에 잘라 내지 않은 것이었다. 스칼렛이 화가 머리끝까지 치밀어서 조니 갤러거 쪽을 돌아보자 그도 노기를 띤 눈으로 잠자코 이쪽을 지켜보고 있었다.

"지난주, 내가 보내 준 밀가루 다섯 부대는 어디 있죠? 그리고 설탕 부대와 커피는? 햄도 다섯 덩이 보냈고 고기도 10파운드, 그리고 고구마와 감자 같은 건, 대체 얼마나 보냈는지 알아요? 자, 어디에 있죠? 저 사나이들에게 하루에 다섯 끼씩을 먹였다 해도, 도저히 일주일 동안 다 먹어치울 수 없어요. 당신이 그걸 팔아치웠군요! 그래요, 그랬을 거예요. 도둑 같으니라구! 내가 보내준 고급 식료품은 팔아서 그 돈은 주머니에 집어넣고, 이 사람들에게는 마른 콩과 옥수수빵만 먹였군요. 그러니까 이 사람들은 이 모양으로 비쩍 말라 버린 거야. 비켜요!"

그녀는 사나운 기세로 그를 밀어붙이고 문 쪽으로 갔다.

"이봐요, 그 끝에 있는 사람, 그래요, 당신이요! 이리 좀 와요!"

지적당한 사나이는 꾸물꾸물 일어나더니 족쇄를 절거덕거리면서 겁에 질려서 주춤주춤 그녀 쪽으로 걸어왔다. 그의 맨발의 복숭아뼈는 족쇄의 쇠에 쓸려서 벌겋게 벗겨져 있었다.

"요즘 햄을 먹은 게 언제예요?"

사나이는 머리를 숙이고 땅바닥을 보았다.

"말해 봐요!"

사나이는 여전히 잠자코 선 채 아래를 보고 있었다. 그리고 겨우 눈을 들어 스칼렛의 얼굴을 애원하듯 바라보았으나, 이내 또 눈을 내리깔아 버리고 말았다.

"말하기가 겁이 나요, 네? 그럼 식료실에 가서 선반에 있는 그 햄을 가져와요. 레베카, 이 사람한테 나이프를 빌려줘. 그것을 가져다가 모두들 같이 나눠 먹어요. 레베카, 사람들에게 비스킷하고 커피를 만들어 줘. 그리고 당밀도 듬뿍 내줘. 자, 곧 시작해. 제대로 내주는 걸 나는 지금 보고 싶으니까."

"그건 조니 씨만 잡수시는 밀가루와 커핀뎁쇼." 레베카는 겁에 질린 것처럼 중얼거렸다.

"조니 씨 거라구! 그럼 저것도 조니 씨만 먹는 햄이군. 흥, 상관없으니까 내가 시키는 대로 해. 얼른 하란 말야. 조니 갤러거, 나와 함께 마차 있는 데까지 갑시다."

그녀는 죄수들이 햄을 잘라내서 게걸스럽게 입에 밀어넣는 모습을 흐뭇한 마음으로 바라보면서, 어지럽게 널린 마당을 재빠르게 가로질러 마차에 올라탔다. 죄수들은 당장에라도 햄을 도로 뺏기는 게 아닌가 하고 겁을 먹고 있는 것 같았다.

"당신 같은 악당은 없을 거예요!" 그녀는 조니가 모자를 뒤로 젖히고 못마땅한 듯이 눈썹을 곤두세운 채 마차 곁에 와 서는 것을 보자, 느닷없이 이렇게 고함쳤다. "당장 식료품 판 돈을 이리 내세요. 앞으로는 한 달치 주문하는 대신 날마다 식료품을 가지고 오겠어요. 그렇게 하면 아무리 당신이라도 그렇게 속여먹지는 못할 테니까요."

"앞으로는 내가 여기 없을걸요." 조니 갤러거가 말했다.

"그럼, 그만둔다는 말이군요!"

순간 화가 치민 스칼렛은 '나가요, 정말 속 시원해요!' 외치고 싶었다. 그러나 냉정한 판단의 손길이 그것을 막았다. 만약 조니가 정말 그만둔다면, 그녀는 어떻게 한단 말인가? 이 사나이는 휴가 뽑아내던 것의 두 배나 되는 목재를 제재하고 있다. 게다가 현재 그녀는 여태까지 없었을 만큼 큰 주문을 받고 있다. 그것도 몹시 급한 주문이다. 급히 제재해서 애틀랜타까지 가져다주어야 하는 것이다. 만약 조니가 그만둬 버리면 누구에게 제재소를 맡겨야 한단 말인가!

"그렇소, 그만두겠소. 당신은 내게 이곳 관리를 맡기고, 내게 바라는 것은 될 수 있는 대로 많은 목재를 제재해 주는 것뿐이라고 말씀하셨소. 당신은 그때 일하는 방법까지 어떻게 하라고는 절대로 말하지 않았소. 지금 새삼스럽게 당신에게 그런 것까지 이러니저러니 지시받고 싶지는 않소. 어떻게 제재를 하든 당신이 알 바가 아니지 않소? 내가 장사를 잘못했다는 군소리는 있을 리가 없소. 나는 당신에게 제대로 벌어 드렸고, 내 급료와 거기에 약간 부수입을 얻었을 뿐이니까요. 그런데 당신이 와서 간섭을 하고 별의별 것을 다 캐물었기 때문에 놈들 앞에서 내 체면은 모조리 망가져 버렸소. 이런 일이 있고 나서 어떻게 내가 놈들을 계속 다스려 나갈 수 있겠소? 안 그렇소? 놈들을 가끔 때려 주었다고 해서 그게 어떻다는 거요? 게으른 인간쓰레기 따위는 좀더 혼내도 상관없어요. 놈들에게 맛있는 것을 배불리 먹이지 않았다는 것이 어떻다는 거요? 놈들에게 저 이상의 대우를 할 필요는 조금도 없어요. 서로가 남의 일에 참견하는 것은 그만두기로 합시다. 그렇지 않으면 나는 오늘 밤 당장 그만두겠소."

그의 조그맣고 까다롭게 생긴 얼굴에는 더욱더 냉혹한 표정이 떠올랐다. 스칼렛은 어찌해야 좋을지 몰라 난처해졌다. 만약 그가 오늘 밤에 당장 가버린다면 어떻게 해야 한단 말인가? 그녀가 여기에서 밤을 새워 죄수들을 감시할 수도 없잖은가!

그녀가 난처해 하는 모습을 보자 조니의 표정은 교묘하게 달라져서, 굳은 표정이 조금씩 누그러지는 것같이 보였다. 그리고 입을 열었을 때는 이미 그 목소리에 타협적인 어조마저 풍기고 있었다.

"늦으시겠소, 케네디 부인. 슬슬 댁으로 돌아가시는 편이 좋으실 거요. 이런 사소한 일로 의를 상하는 일은 그만두는 게 어때요. 다음달 내 급료에서 10달러 제하기로 하면 어떻소. 그걸로 모두 깨끗이 지워 버리기로 합시다."

자기도 모르게 스칼렛의 눈길은 햄을 물어뜯고 있는 처참한 무리 쪽으로 향했다. 그녀는 바람이 마구 새어드는 오두막집에 누워 있는 병든 사나이도 생각했다. 아무래도 조니 갤러거 따위는 쫓아내야 한다. 이런 잔인하고 도둑 같은 인간 따위는! 그녀가 없을 때 죄수들에게 어떤 짓을 할지 알 수 없는 일이다. 그러나 한편 그는 영리하다. 그리고 그녀는 영리한 사람이 필요한 것이다. 역시 이 사나이를 놓칠 수는 없다. 이 사나이는 그녀를 위해서 돈벌이를 해주는 소중한 사람이다. 그렇지만 죄수들이 앞으로 남같이 먹을 수 있도록은 해주어야 한다.

"난 당신 급료에서 20달러 공제하기로 하겠어요." 그녀는 짤막하게 말했다. "그 이상의 일에 대해서는 내일 아침에라도 다시 와서 의논하죠."

그녀는 마차의 고삐를 집어들었다. 그러나 이 이상 아무것도 의논할 것이 없다는 것은 그녀도 알고 있었다. 사건이 이것으로 일단락된 것은 알았지만, 조니도 알고 있다는 것을 그녀는 짐작하고 있었다.

디케이터 큰길을 되돌아오면서 그녀의 양심은 돈을 벌고 싶은 욕망과 맹렬하게 싸우고 있었다. 그녀는 그 조그맣고 냉혹한 사나이의 자비에 몇 사람의 목숨을 위험 속에 내버려 두어도 된다고는 생각하지 않았다. 만약 그가 그중 한 명을 죽게 하는 일이라도 있다면, 그가 잔인하다는 것을 알면서도 여전히 관리를 맡겨둔 그녀도 그와 마찬가지로 벌을 받아야만 한다고 생각했다. 그러나 다시 생각하면…… 그렇다. 뒤집어 생각하면 누구든 함부로 죄수가 될 리는 없다. 그들이 법률을 위반하고 체포된 인간이라면 그러한 취급을 받는 것이 당연하다고도 할 수 있지 않은가? 이렇게 생각하고 얼마간 양심을 달랠 수는 있었으나, 마차를 급히 몰고 있는 동안 그녀의 머릿속에는 죄수들의 음침하고 파리한 얼굴이 떠올랐다가 사라지곤 하는 것이었다.

'아아, 그러나 그 사나이들의 일은 나중에 생각하기로 하자.' 난처한 일을 당했을 때의 버릇대로, 모든 일을 나중으로 돌리기로 마음을 정하자, 그녀는 죄수들에 대한 생각은 마음속 광에다 처넣고 문을 닫아 버리고 말았다.

샨티타운 위쪽 큰길의 길모퉁이까지 왔을 때에는 해는 완전히 지고 주위의 숲은 어두컴컴했다. 해가 숨어 버리자마자 매서운 추위가 어스름녘의 세계로 내려오고, 찬바람이 어두운 숲을 지나 잎 떨어진 나뭇가지를 울리고 마른 잎을 버스럭거리게 하고 있었다. 이렇게 늦게까지 혼자서 밖에 나와 있던 적이 없었으므로 그녀는 너무 불안해서 갑자기 집이 그리워졌다.

빅 샘의 모습이 아무 데도 보이지 않았으므로, 고삐를 잔뜩 당기고 기다리는 동안에도, 혹시 양키들에게 붙잡히지나 않았는지 끊임없이 걱정이 되어서 견딜 수가 없었다. 그러나 이윽고 마을에서 올라오는 길 쪽에서 발소리가 들렸기 때문에 마음이 놓이면서 안도의 한숨이 그녀의 입술에서 새어나왔다. 그와 동시에 이처럼 기다리게 하다니 샘이란 놈 단단히 야단을 쳐 주어야겠다고 생각했다.

그러나 모퉁이에서 나타난 것은 샘이 아니었다. 그것은 누더기를 걸친 덩치 큰 백인과 어깨와 가슴이 고릴라처럼 생긴 땅딸막한 흑인 한 사람이었다. 그녀는 재빨리 말등을 고삐로 때리고는 권총을 움켜쥐었다. 말은 달려나가려 했으나 백인이 손을 쳐들자 급히 뒷걸음질치고 말았다.

"아씨!" 그가 말했다. "은화 한 닢만 주세요. 배가 너무 고파서요."

"비켜요!" 될 수 있는 대로 또렷한 음성으로 그녀는 대답했다. "돈은 한 푼도 없어요. 자, 가자, 이랴."

갑자기 사나이의 손이 날쌔게 재갈을 잡았다.

"계집을 잡아라!" 사나이가 흑인을 향하여 소리쳤다. "돈은 틀림없이 품속에 지녔을 거다!"

다음 순간에 일어난 일은 스칼렛으로서는 악몽과도 같은 것이었다. 모든 일이 눈 깜짝할 사이에 일어났다. 그녀는 얼른 권총을 꺼냈으나, 말을 쏠 염려가 있어 백인에게 발사해서는 안 된다고 직감했다. 검은 얼굴을 능글맞은 웃음으로 일그러뜨리면서 흑인이 마차를 향하여 돌진해 왔을 때, 그녀는 다짜고짜 그에게 발사했다. 명중했는지 안 했는지 그녀가 미처 깨닫기도 전에 그녀의 손목은 거의 부러질 듯 비틀려지고 손에 쥐었던 권총은 어이없이 뺏기고 말았다. 정신을 차리자 흑인이 그녀 곁에 바짝 다가서 있었다. 너무나 가까웠다. 그는 느닷없이 손을 뻗쳐 그녀를 마차에서 끌어내리려고 했다. 흑인 특유의 고약한 체취가 그녀의 코를 찔렀다. 자유로운 쪽 손으로 죽을힘을 다해 그의 얼굴을 할퀴면서 저항했으나, 이윽고 그의 커다란 손이 그녀의 목줄기에 닿는가 싶더니, 그녀의 바스크가 부욱 소리를 내며 목에서 허리께까지 쭉 찢기고 말았다. 그리고 시커먼 손이 그녀의 앞가슴 사이를 마구 더듬었다. 그녀는 일찍이 느껴보지 못했던 공포와 혐오감에 쫓겨서 미친 듯이 비명을 질렀다.

"계집을 소리치지 못하게 해! 마차에서 끌어내려!" 백인 사나이가 소리치자 시커먼 손이 스칼렛의 얼굴을 훑으면서 입 쪽으로 다가왔다. 그녀는 그 손을 있는 힘을 다해서 물어뜯고 다시 소리를 질렀다. 그 고함 소리 속에서 그녀는 백인 사나이의 욕지거리를 듣고, 어두운 길에 세 번째 사나이가 나타난 것을 알았다. 그 순간 그녀의 입에서 검은 손이 물러갔다. 흑인은 빅 샘의 습격을 받고 허둥지둥 그녀에게서 물러났던 것이다.

"빨리 도망가십쇼, 스칼렛 아씨!" 흑인과 맞붙어 있는 샘이 소리를 질렀기 때문에, 떨면서 소리지르던 스칼렛은 재빨리 고삐와 채찍을 잡고 정신없이 말등을 때렸다. 말이 갑자기 내달았다. 이때 그녀는 차바퀴가 무엇인가 물컹한 것을 타넘은 듯이 느껴졌다. 그것은 샘이 길바닥에 때려눕힌 백인의 몸뚱이였다.

미칠 듯한 공포로 그녀는 정신없이 말을 계속 채찍질했다. 마차는 구르는 것처럼 달려갔다. 그리고 그러는 동안에도, 등 뒤로 다가오는 발소리를 듣고 한층 더 정신없이 말을 몰았다. 만약에 다시 그 검은 원숭이에게 붙잡힐 바에는 그 전에 죽는 편이 나았다.

외치는 소리가 등 뒤에서 들렸다. "스칼렛 아씨, 기다려요!"

속력을 늦추지 않은 채 흔들리는 어깨너머로 뒤를 돌아보니, 빅 샘이 긴 양다리를 피스톤처럼 맹렬하게 놀리면서 뒤쫓아오는 것이었다. 고삐를 늦추자 그는 곧 뒤따라와서 마차에 껑충 뛰어올랐다. 그 서슬에 그녀는 마차 한쪽으로 밀려났다. 헐떡거리는 샘의 얼굴에서 땀과 피가 흐르고 있었다.

"다치지나 않으셨어요? 놈들이 상처나 내지 않았어요?"

그녀는 말을 할 수가 없었다. 그러나 그의 눈이 자기 가슴에서 얼른 피하는 것을 보자, 그녀는 바스크가 허리께까지 찢어지고, 헤쳐진 가슴과 코르셋 끝이 드러나 보이는 것을 깨달았다. 떨리는 손으로 양쪽 끝을 여미며 그녀는 머리를 숙이고 심하게 흐느껴 울기 시작했다.

"고삐를 이리 주세요." 샘은 말하고는 그녀의 손에서 낚아채듯이 고삐를 빼앗았다.

"자, 가자!"

채찍이 울리자 깜짝 놀란 말은, 마차를 도랑 속에 처박을 듯한 기세로 쏜살같이 내달았다. "그 검은 원숭이 놈을 기어이 쳐죽이려고 했습니다만, 찾을 틈이 없었어요." 샘은 헐떡거렸다. "그렇지만 만약 놈이 아씨께 상처라도 입혔다면, 스칼렛 아씨, 제가 지금이라도 되돌아가서 때려죽이고 오겠습니다요."

"아아…… 아니…… 어서 가줘." 그녀는 마구 흐느낄 따름이었다.

45

그날 밤 프랭크가 그녀와 피티 고모와 아이들을 멜라니네에다 맡겨 놓고, 애쉴리와 함께 마차를 타고 외출해 버렸을 때에는 스칼렛은 노여움과 상심으로 가슴이 터질 것만 같았다. 이런 날 밤에 어떻게 그는 태연히 정치적 모임 따위에 나갈 수가 있을까? 정치적 모임이라니! 그녀가 습격을 당하고 무슨 일을 당했을지도 모를 만큼 혼이 나고 온 밤이 아닌가! 결국 프랭크의 냉정함과 이기심 탓인 것이다. 샘이 윗옷을 허리께까지 찢기고 흐느껴 우는 그녀를 집으로 데리고 오자, 그는 짜증이 날 정도로 냉정하게 차근차근 사건의 자초지종을 들었다. 그녀가 흐느끼면서 말을 하고 있을 때도 그는 단 한 번도 그 수염을 쥐어뜯으려고 하지 않았다. 그리고 다만 상냥하게 물었을 뿐이었다. "여보, 다치기라도 하지 않았소? 그렇지 않으면 그저 놀라기만 한 건가?"

노여움이 눈물에 섞여서 그녀는 대답할 수도 없었다. 그래서 샘이 대신 그저 몹시 놀랐을 뿐이라고 대답했다.

"놈들이 그 이상 못된 짓을 하기 전에 제가 달려갔습죠."

"자네는 좋은 사람이야, 샘. 자네가 한 일에 대해서는 결코 잊지 않겠네. 무엇이든 내가 도움이 되는 일이 있다면……."

"네, 될 수 있는 대로 빨리 저를 타라로 보내 주시면 더 고마울 데가 없겠어요. 전 양키에게 쫓기고 있으니까요."

프랭크는 이 이야기도 냉정히 들었을 뿐 아무것도 물으려고 하지 않았다. 그의 태도는 토니가 느닷없이 찾아와서 그들의 집 문을 두들긴 그날 밤의 그것과 매우 비슷했다. 이것은 어디까지나 사나이들의 일이므로 될 수 있는 대로 말없이, 감정적으로 흐르는 일 없이 처리해야 할 일이라는 그런 태도였다.

"가서 마차를 타고 있게. 오늘 밤 안으로 피터를 시켜서 러프 앤 레디까지 데려다 주라고 할 테니, 거기서 아침까지 숲 속에 숨어 있다가 존즈버러로 가는 기차를 타면 돼. 그러는 편이 안전해……. 자, 스칼렛, 울지 말아요. 이미 지난 일이야. 다치지 않아서 정말 다행이야. 피티 아주머니, 아주머니의 정신 나는 약을 좀 주실 수 없겠어요? 그리고 마미, 스칼렛 아씨에게 포도주를 한 잔 갖다드려."

스칼렛은 다시 울음을 터뜨렸다. 이번에는 분노의 눈물이었다. 그녀는 믿음직한 위로와 분개와 복수를 다짐하는 말을 듣고 싶던 것이다. 그녀는 차라리 그가 세상에 이런 일도 있을 수가 있나, 그러기에 그처럼 주의를 해 두지 않았더냐면서 꾸짖어 주는 편이 고마울 것 같다고 생각했다. 그러는 편이 이렇게 모든 것을 냉담하게 취급하거나 그녀의 위험을 대단치 않은 일처럼 취급하는 것보다는 훨씬 나았다. 그는 원래 상냥하고 친절했다. 그러나 오늘 밤의 그는 더 중대한 일이 마음에 걸려 있어서 마음이 여기에 없는 것처럼 보였다. 더구나 그 중대한 일이라는 것이 알고 보면 시시한 정치적 집회인 것이다.

그가 옷을 갈아입고 오늘 밤엔 멜라니네에서 지내라고 말했을 때는, 그녀는 자기의 귀를 의심했다. 그도 그녀가 얼마나 끔찍한 경험을 했는지 알 만한 일이 아니겠는가. 멜라니네에서 밤을 보내는 것보다는, 따뜻한 침대에서 담요를 덮고 휴식을 취하면서 그녀의 지친 몸과 흥분한 신경을 달래 주며, 더운 벽돌로 그녀의 발을 녹여 주고 따뜻한 야자술로 그녀의 두려움을 가라앉혀 주길 얼마나 바라는지 그것쯤은 알만도 하지 않은가. 만약 그가 참으로 그녀를 사랑한다면, 비록 어떠한 일이 있을지라도 오늘 같은 날 밤에 그녀의 곁을 떠날 수는 없다. 집에서 그녀의 손을 잡아 주면서, 그녀에게 만약 무슨 일이라도 생긴다면 자기도 살아갈 수 없다는 그런 말을 되풀이하여 들려주는 것이, 사랑하는 사람이 마땅히 해야할 일이 아닌가. 오늘 밤 그가 돌아온 다음 단둘이 있게 되면 그런 말로 톡톡히 나무래 주리라고 그녀는 마음속으로 별렀다.

멜라니네의 조그만 객실은 프랭크와 애쉴리가 외출한 다음, 여자들이 바느질감을 가지고 모이는 여느 날 밤과 다름없이 평화로워 보였다. 방은 난롯불로 따뜻하고 쾌적했다. 탁자의 램프는 바느질감 위에 구부리고 있는 부드러운 네 여자의 머리 위에 고요하게 노란빛을 던졌다. 네 여자의 치마가 부드럽게 물결치고 여덟 개의 조그만 발이 낮은 발판 위에 단정하게 얹혀 있었다. 웨이드와 엘라와 보의 조용한 숨결이 열려 있는 아이들 방문 쪽에서 들려왔다. 아치는 난롯가 의자에서 불 쪽으로 등을 돌리고 앉아서 볼을 담배로 불룩하게 하고는 부지런히 작은 나뭇조각을 깎았다. 추레한 텁석부리 노인과 네 사람의 말쑥한 부인들과의 대조는, 마치 흰 털 섞인 늙고 사나운 집지기 개와 네 마리의 새끼 고양이처럼 동떨어져 보였다.

멜라니는 조금 분노한 기색의 부드러운 목소리로, 최근 부인 하프 악단이 멜라니를 찾아와서 신경질적으로 화내며 떠들다가 갔다고 말했다. 그녀들은 다음 발표회 프로그램에 관해 신사합창단과 뜻이 맞지 않았다. 그래서 오후에 멜라니를 찾아와 악단에서 완전히 빠지겠다고 알리러 온 것이었다. 그것을 멜라니는 힘 닿는 데까지 열심히 달래서 겨우 그녀들의 결정을 늦출 수 있었다고 했다.

신경이 날카로워져 있던 스칼렛은 '저주받을 부인하프악단 따위!' 외치고 싶을 정도였다. 그녀는 자신의 무시무시했던 경험을 말하고 싶었다. 자세하게 여러 사람에게 들려 주고 싶어서 근질근질했던 것이다. 남들을 깜짝 놀라게 해주면 어쩐지 자신도 얼마쯤 위로가 될 것 같았던 것이다. 게다가 자기가 얼마나 용감했던가를, 자기 입으로 하는 말에 의해서 확인하고 싶었던 것이다. 그런데 화제를 그리로 끌고가려고 하면, 꼭 멜라니가 교묘하게 다른 시시한 이야기 쪽으로 화제를 돌려 버리고 마는 것이었다. 이것이 스칼렛을 견딜 수 없을 만큼 짜증스럽게 만들었다. 모두가 프랭크처럼 굴었다.

그녀가 그런 끔찍한 운명을 빠져나온 참인데도, 모두들 어쩌면 이다지도 냉정하고 태연할 수 있단 말인가? 이 사람들은 그녀에게 그 이야기를 하게 함으로써 그녀가 마음을 가라앉히는 것을 어째서 막는 것인지, 그 까닭을 말해 줄 호의마저도 없는 것이다.

그날 오후의 사건은 자신이 생각하고 있는 것 이상으로 그녀를 겁먹게 했다. 땅거미 지는 숲 속 큰길에서 그녀를 엿보고 있었던 사납고 검은 얼굴이 생각날 때마다, 그녀의 온몸은 부들부들 떨렸다. 만약에 빅 샘이 나타나지 않았더라면, 그녀의 가슴을 움켜쥔 그 시커먼 손이 어떤 짓을 했을까 하고 생각하자 그녀는 머리를 폭 숙이고 눈을 꼭 감아 버리고 말았다. 평화로운 방 안에 잠자코 앉아서 멜라니의 목소리를 들으면서 바느질을 하려고 하면 할수록 그녀의 신경은 더욱더 날카롭게 긴장되어 오는 것이었다. 밴조의 줄이 끊어지듯이 팽 소리를 내면서 당장에라도 신경이 끊어지는 것이 아닌가 싶을 지경이었다.

아치가 나무를 깎는 소리가 이상하게 귀에 거슬려서 그녀는 얼굴을 찡그리고 그를 바라보았다. 그러자 갑자기 그가 거기에 앉아서 나무토막을 만지고 있는 것이 이상하게 생각되었다. 그가 집을 지킬 때는 언제나, 밤새도록 소파 위에 쭉 뻗고 누워 잠이 들어서 가느다란 수염이 숨을 쉴 때마다 공중으로 날아오를 만큼 요란하게 코를 고는 것이 보통이었다. 멜라니나 인디어나 그에게 나무부스러기가 떨어지니 마룻바닥에 종이라도 펴면 어떠냐고 주의를 주지 않는 것도 이상한 일이었다. 그가 난로 앞 깔개 위를 벌써 부스러기투성이로 만들었는데도 두 사람은 그것을 그다지 마음에 두지 않는 모양이었다.

그녀가 지켜보고 있으려니까, 아치는 갑자기 불 쪽을 돌아보고 담배 침을 퉤 하고 불 속에다 뱉었다. 그 소리가 너무나 요란했으므로 인디어와 멜라니와 피티는 폭탄이라도 터진 것처럼 기겁하며 벌떡 일어났다.

"침을 그렇게 요란한 소리를 내가면서 뱉을 필요가 있나요?" 놀라서 신경이 곤두선 인디어가 목쉰 소리로 대들었다. 여느 때는 무척 자제력 강한 인디어가 그러는 만큼, 스칼렛은 놀라서 그녀를 보았다.

아치는 그녀를 마주 흘겨보았다. "필요가 있는 것 같소." 냉담하게 대답하고는 다시 퉤 하고 침을 뱉었다. 멜라니는 눈썹을 약간 찌푸리고 인디어의 얼굴을 보았다.

"나는 아버지가 담배 같은 걸 씹지 않아서 항상 고맙게 여겼단다." 피티 고모가 말을 시작하자 멜라니는 이마의 주름을 더욱 깊게 하면서 윽박지르듯이, 스칼렛마저도 들어본 적이 없을 만큼 매섭게 말을 던졌다.

"원, 참, 잠자코 계세요, 고모님! 정말 눈치도 없으세요."

"아니!" 피티 고모는 바느질감을 무릎 위에 놓고는 감정이 매우 상해서 입술을 내밀었다. "정말 오늘 밤에는 모두 무슨 일로 그러는지 모르지만, 너나 인디어나 몹시 신경질을 부리는구나."

아무도 그 말에 대답하는 사람은 없었다. 멜라니는 자기의 언짢은 행동에 사과하려고 하지도 않고, 거친 손길로 바느질을 계속했다.

"어머나, 네 바느질 땀이 왜 그렇게 뜨냐. 한 치는 되겠구나." 피티는 다소 우쭐해서 말했다. "모조리 뜯어야겠다. 도대체 어떻게 된 거냐?"

그러나 멜라니는 여전히 대꾸하지 않았다. 이 사람들 정말 왜 이럴까 하고 스칼렛은 생각했다. 그녀는 자신의 공포에만 마음을 빼앗겨서 여태까지 눈치채지 못했더란 말인가? 그렇다, 멜라니는 기를 쓰고 지금까지 몇 번이나 여럿이 함께 지냈던 밤과 다르지 않게 꾸미려고 애를 쓰고 있는 것이다. 그럼에도 불구하고 확실히 무엇인가 달라진 분위기가 엿보였다. 그것은 그날 오후의 사건에 놀랐기 때문만이라고는 할 수 없는 초조함이었다. 스칼렛은 가만히 사람들의 눈치를 살펴보다가 문득 인디어와 눈길이 마주쳤다. 그녀가 증오보다도 더 강하고, 경멸보다 더 모욕적인 기분을 느끼게 하는 차갑고 깊은 눈길로 무엇을 알아내려는 듯 바라보았으므로 스칼렛은 몹시 기분이 상하고 말았다.

'이 애는 마치 내 탓이기라도 한 것 같은 얼굴을 하고 있어.' 스칼렛은 괘씸하게 생각했다.

인디어는 그러고 나서 아치에게로 눈을 옮겼으나 이미 그녀의 얼굴에서는 그에 대한 불만의 표정은 말끔히 사라져 버리고, 뭔가 묻고 싶어하는 빛을 띠고 있었다. 그러나 그는 인디어와는 눈길을 마주치지 않았다. 그 대신 그는 스칼렛 쪽을 인디어가 하던 것처럼 차갑고 험한 표정으로 바라보기 시작했다.

멜라니가 다시 이야기를 계속하려고 하지 않았으므로 방 안은 음울한 침묵에 잠기고 말았다. 그 침묵 속에서 스칼렛은 문 밖의 바람소리가 차츰 사나워져 가는 것을 듣고 있었다. 그러는 동안, 갑자기 이 밤이 더없이 불쾌한 밤으로 여겨지기 시작했다. 그녀는 비로소 긴장된 분위기를 느꼈다. 그리고 그녀 자신이 너무나 이성을 잃고 있었으므로 미처 눈치채지 못했지만, 오늘 밤은 처음부터 이런 공기가 감돌고 있었던 것이 아닌가 하고 생각해 보았다. 그것을 알지 못할 만큼 그녀는 당황했었던 것이었다. 그러고 보니 아치의 얼굴에도 무엇인가를 기다리고 있는 듯한 표정이 똑똑히 나타나 있어서, 그 텁석부리 귀를 살쾡이처럼 쫑긋 세우고 있었다. 멜라니와 인디어도 불안한 마음을 애써 누르고 있는 듯이 보였고, 큰길에서 말발굽 소리가 들리거나, 지나가는 바람에 잎 떨어진 나뭇가지가 울음소리를 내거나, 잔디밭 위를 바스락거리며 구르는 마른 잎 소리가 날 때마다 으레 바느질감에서 머리를 들고 귀 기울이는 것이었다. 난로에서 타고 있는 통나무가 탁탁 튀기만 해도, 그들은 소리 없이 다가오는 발소리를 들은 것처럼 움찔하고 일어서는 것이었다.

대체 무슨 일이 있는 것일까, 스칼렛은 생각했다. 무슨 일인지 일어나려

하고 있는 모양이다. 그러나 그녀는 그것을 알아낼 수 없었다. 토라진 것처럼 입을 일그러뜨리고 있는 피티 고모의 살찌고 천진스러운 얼굴을 보면, 이 노처녀도 그녀와 마찬가지로 아무것도 모르고 있는 것이 분명했다. 그러나 아치와 멜라니와 인디어는 알고 있었다. 침묵 속에서 그녀는 우리 안의 다람쥐처럼 미친 듯이 뛰어다니고 있는 인디어와 멜라니의 심정을 거의 느낄 수 있을 것 같았다. 여느 때와 다름없이 꾸미려고는 하지만 그들은 무엇인가를 알고 있는 것이다. 무엇인가를 기다리고 있는 것이다. 그리고 두 사람의 마음속 불안은 그대로 스칼렛의 마음에도 반영되어, 그녀를 전보다도 더 초조하게 만들었다. 건성으로 바늘을 놀리고 있었으므로, 그녀는 바늘로 엄지손가락을 쿡 찌르고 말았다. 그리고 아픈 나머지 저도 모르게 나직하게 소리를 지르자, 그 때문에 모두들 소스라치게 놀랐다. 그녀는 새빨간 핏방울이 나올 때까지 손가락을 계속해서 눌러짰다.

"난 도무지 짜증이 나서 바느질을 할 수가 없어요." 마침내 그녀는 바느질거리를 마룻바닥에 내팽개치면서 말했다. "짜증이 나서 커다란 소리로 고함을 지르고 싶을 지경이야. 집에 가서 눕고 싶어. 프랭크도 나가지 말았어야 한다는 건 잘 알고 있을 거야. 그이는 줄곧 흑인이나 카펫배거한테서 여자들을 보호해야 한다고 말한 주제에 막상 보호가 필요하게 된 때에 어디로 간 거죠? 집에서 나를 돌봐 주는 게 당연하잖아? 그런데 그이는 다른 남자들과 놀러 돌아다니고 잡담이나 하는 것 말고는 아무것도 하려고 하지 않아요. 그리고……."

그녀의 물어뜯을 것 같은 눈이 인디어의 얼굴에 이르자, 그녀는 저도 모르게 입을 다물어 버렸다. 인디어는 숨을 거칠게 몰아쉬면서 창백하고 속눈썹 없는 눈으로 소름이 끼칠 만큼 냉랭하게 스칼렛을 노려보고 있는 것이었다.

"인디어, 폐가 되지 않는다면," 그녀는 참다 못해서 마침내 가시 돋친 말을 쏘아붙였다. "왜 저녁 내내 내 얼굴만 할금할금 보고 있는 건지 말해 주면 좋겠어. 내 얼굴이 핼쑥해, 아니면 어떻게 됐어?"

"폐될 건 조금도 없어요. 얼마든지 말해 줄 게요." 이렇게 대답한 인디어의 눈은 번쩍번쩍 빛나고 있었다. "난 말이에요, 스칼렛이 케네디 씨 같은 훌륭한 분을 우습게 아는 게 싫어. 특히 만약……."

"인디어!" 이때 멜라니가 타이르듯이 말참견을 했다. 멜라니의 손은 하던 바느질감을 꼭 움켜잡고 있었다.

"내 남편 일이라면 인디어보다는 내가 잘 알고 있을 거야." 스칼렛은 마침내 싸울 듯이 대들었다. 인디어와 다른 사람들 앞에서 싸우는 것은 이것이 처음이었다. 그리고 이쯤 되자 스칼렛은 기운이 솟구쳐서 짜증스럽던 기분 따위는 금방 달아나고 말았다. 멜라니의 눈길이 나무라자 인디어는 마지못해 입을 다물었지만 금세 증오에 찬 차디찬 음성으로 말을 시작했다.

"스칼렛 오하라, 당신이 보호를 바란다느니 어쩌고 하는 소리를 들으면 나는 속이 뒤집힐 것만 같아! 당신은 보호를 받는 것 따위는 문제삼지도 않았잖아? 만약 문제삼고 있었다면 요즈음처럼 태연하게 나다니지는 못했을 거야. 나보란 듯이 거리를 싸돌아다니면서 알지도 못하는 남자들에게 자신을 내보이고, 와글와글 떠들어 대게 하지는 않았을 것 아냐! 오늘 일만 하더라도 당신으로서는 당연한 보복이야. 솔직히 말하면 좀더 심한 꼴을 당했어야 해."

"인디어, 제발 잠자코 있어요!" 멜라니가 외쳤다.

"더 말하게 내버려둬." 스칼렛은 외쳤다. "무척 재미있군 그래. 당신이 날 미워한다는 건 처음부터 알고 있었어. 그런데도 위선자이기 때문에 여태까지 시치미를 떼고 있었던 거야. 당신은 자기를 떠받들어 주는 사람만 있다면, 아침부터 저녁까지 발가벗고 거리를 나다니는 것쯤 예사로 알고 할 걸."

인디어는 벌떡 일어서서 모욕을 참지 못해서 여윈 몸을 부들부들 떨었다.

"나는 처음부터 당신이 싫었어." 그녀는 떨리는 목소리로 또렷이 말했다. "하지만 그 말을 하지 않은 것은 위선자였기 때문이 아니야. 도무지 남들처럼 몸을 삼갈 줄도 모르고, 남들 같은 교양도 없는 당신 따위는 이해할 수 없기 때문이었어. 우리가 단결해서 서로의 조그마한 미움 같은 건 내버리고 맞서지 않으면 도저히 양키에게 대항할 수 없다는 것을 알고 있었기 때문이야. 그렇지만 당신은, 당신이라는 사람은, 교양 있는 사람들의 체면이 상할 짓을 하거나, 훌륭한 남편에게 망신시키는 일을 시작하거나, 양키와 천민들에게 우리까지 비웃음 사게 하고, 우리의 품위를 의심받게 하는 짓을 해 왔단 말이야. 양키는 당신이 우리와는 전혀 다른 사람이라는 것을 모르니까, 품위라고는 전혀 없는 사람이 당신뿐이라는 걸 판별할 힘이 그들에게는 없어. 그러니까 당신이 습격해 오라고 주문하는 것처럼 마차를 타고 숲 속을 돌아다닌다는 것은 흑인이나 못된 백인들의 마음을 충동질해서 시내에 있는 조심성 깊은 부인들까지를 위험 속으로 끌고 들어가는 거나 마찬가지야. 게다가 당신은 우리 집안 남자들의 생명까지 위험하게 만들어 버렸어. 그들은 벌써……."

"어머나, 인디어!" 멜라니가 어쩔 줄 몰라하며 외치는 소리를 듣자, 분노에 불타던 스칼렛도 엉겁결에 소스라치게 놀랐다. "잠자코 있어요! 언니는 아무것도 모른단 말야. 그리고 언니는……. 자, 아무 말도 말아야 해! 약속했잖아."

"아이구 얘들아!" 피티 고모가 애원하는 듯한 소리를 냈다. 입술이 바들바들 떨리고 있었다.

"내가 뭘 모른다는 거지?" 스칼렛은 일어서더니 차갑게 불타오르는 표정의 인디어와 중간에서 한사코 말리고 있는 멜라니에게 정면으로 대들었다.

"시끄러운 암탉들이군!" 이때 갑자기 아치가 멸시하는 듯한 투로 말했다. 그리고 그 말에 항의할 겨를도 주지 않고, 그는 센 머리를 흔들면서 재빨리 일어섰다. "누가 안으로 들어왔소. 윌크스 씨는 아닌 모양인데. 그만들 떠드시오."

그 소리에는 위압적인 늠름함이 있었다. 여자들은 우두커니 선 채 갑자기 입을 다물어 버렸다. 그리고 그가 방을 가로질러 문 쪽으로 가려 했을 때는 그녀들의 얼굴에서도 노여운 기색이 사라져 있었다.

"누구시오?" 찾아온 사람이 노크도 하기 전에 그는 소리쳤다.

"버틀러요. 문 좀 열어 주시오."

멜라니는 치마의 후프가 기울어져서 팬털렛이 무릎까지 보일 만큼 맹렬한 기세로 와락 달려가더니 아치의 손이 손잡이를 잡기도 전에 재빨리 문을 열었다. 레트 버틀러가 검은 소프트 모자를 깊숙이 눌러 쓰고, 세찬 바람에 망토를 펄럭이면서 문 앞에 서 있었다. 오늘 밤만은 그전처럼 깍듯한 태도도 잃고 있었다. 그는 모자를 벗으려고도 하지 않고, 멜라니 말고는 거들떠보지도 않고, 인사도 하지 않은 채 퉁명스럽게 말을 건넸다.

"그 사람들 어디로 갔습니까? 빨리 가르쳐 주십시오. 생사가 달린 일입니다."

스칼렛과 피티는 깜짝 놀라서 도대체 무슨 일인가 하고 서로 얼굴을 마주

보았다. 인디어는 호리호리한 나이 든 고양이처럼 방을 가로질러 멜라니 곁으로 달려갔다.

"이 사람에게 아무 말도 해서는 안 돼요." 인디어는 재빠르게 외쳤다. "이 사람은 스파이야! 스캘러왜그야!"

레트는 그녀를 거들떠보려고도 하지 않았다.

"빨리, 윌크스 부인! 아직 시간이 있을지도 모릅니다!"

멜라니는 공포 때문에 멍하니 그저 그의 얼굴을 바라볼 뿐이었다.

"아니, 도대체……." 스칼렛이 의아해서 말을 꺼냈다.

"가만 계시오." 아치가 간단히 말을 막아 버리고 말았다. "아씨도 말이오, 멜라니 아씨. 이 스캘러왜그는 썩 나가 달래야겠소!"

"안 돼요, 아치, 안 돼요!" 외친 멜라니는 떨리는 손으로 아치에게서 보호하듯이 레트의 팔을 잡았다. "무슨 일이 생겼나요? 당신은 어떻게 아셨지요?"

레트의 거무스름한 얼굴에서는 초조함과 정중함이 다투고 있었다.

"윌크스 부인, 그 사람들은 처음부터 주목받고 있었습니다. 다만, 워낙 교묘하게 굴었기 때문에 오늘 밤까지 겨우 어떻게 무사했던 겁니다! 어떻게 내가 알 수 있었겠소. 나는 오늘 밤 술취한 양키 대위들과 포커를 하는 동안 무심코 놈들이 지껄이는 말을 듣고서야 비로소 안 겁니다. 양키들은 오늘 밤에 사건이 일어날 것을 알고, 미리 준비하고 기다리고 있는 거요. 그러니까 그 사람들은 마치 덫을 향해 걸어간 것이나 다름없습니다."

순간 멜라니는 호되게 한 대 맞은 것처럼 비틀비틀 넘어지려 했으나, 레트의 팔이 재빨리 그녀의 허리를 받쳤다.

"말하면 안 돼요! 이 사람이야말로 언니를 덫에 걸리게 하려는 거야!" 인디어는 레트를 흘겨보면서 외쳤다. "이 사람은 자기가 오늘 밤 양키 장교와 함께 있었다고 말하고 있잖아?"

그래도 여전히 레트는 그녀를 보려고 하지 않았다. 그의 재촉하는 듯한 눈은 멜라니의 창백한 얼굴 위에 못박혀 있었다.

"말해 주시오. 그 사람들은 어디로 갔소? 모이는 장소가 있겠지요?"

두려움과 수수께끼에 싸여 있으면서도 스칼렛은 이때의 레트의 얼굴처럼 창백하고 무표정한 얼굴은 본 적이 없다고 생각했다. 그러나 멜라니는 분명히 다른 무엇인가를, 그를 믿을 수 있게 하는 무엇인가를 발견한 것이 틀림 없었다. 왜냐하면 그녀는 자기를 부축하고 있던 레트의 팔에서 몸을 떼고 똑 바로 선 뒤 약간 떨리는 목소리로 조용히 말했기 때문이다.

"샨티타운 근처의 디케이터 큰길을 벗어난 곳이에요. 설리반 댁 집터 지 하실에 모여 있어요. 그 반쯤 타버린 지하실……."

"고맙소, 급히 달려가야겠소. 양키가 이리로 찾아오더라도 모두 아무것도 모른다고 잡아떼야 합니다."

그는 눈 깜짝할 사이에 몸을 날려 검은 망토와 함께 밤의 어둠 속으로 빨려 들어가고 말았다. 바람과 같은 그 행동에 사람들은 자갈을 걷어차면서 전 속력으로 달려가는 말발굽 소리를 들을 때까지 그가 방금 거기에 있었다는 사실마저 거짓말처럼 생각되었다.

"양키가 여길 온다구?" 이렇게 외치며 피티 고모는 너무나 놀라서 눈물도 나오지 않고, 겨우 그 작은 발을 돌려서 소파 위에 주저앉아 버리고 말았다.

"도대체 이게 어떻게 된 일이지? 그 사람이 무슨 말을 한 거지? 말해 주 지 않으면 난 미치고 말 거야!" 스칼렛은 양손을 멜라니의 어깨에 얹고, 그 대답을 흔들어 튀어나오게 하는 것처럼 세게 흔들었다.

"무슨 일이냐고? 그건 당신 때문에 어쩌면 애쉴리도 케네디 씨도 죽게 됐 다는 거야!" 공포의 절정에서 떨고 있었음에도 인디어의 말소리에는 승리를 자랑하는 듯한 기색이 있었다. "그리고 그만 흔들어요. 멜라니가 까무러치 겠어."

"괜찮아, 염려 없어." 멜라니는 의자의 등받이를 꽉 잡고 중얼거렸다.

"제발, 제발! 나는 까닭을 모르겠어! 애쉴리가 죽을지도 모른다니? 부탁 이니 누구든지 이야기 좀 해줘요……."

녹슨 경첩 같은 아치의 목소리가 스칼렛의 말을 가로막았다.

"앉으시오." 그는 짧게 명령하듯이 말했다. "다시 바느질감을 들고 아무 일도 없었던 것처럼 바느질을 하고 계시란 말이오. 저녁때부터 양키가 이 집 을 감시하고 있는지도 몰라요. 앉으라니까요, 그리고 바느질을 하란 말이 오."

떨면서도 모두 그 말에 따랐다. 피티 고모까지도 양말을 주워 들더니 떨리 는 손가락에 그것을 쥐고, 겁먹은 아이처럼 휘둥그런 눈으로 좌중을 둘러보면서 설명을 듣고 싶어하는 눈치였다.

"애쉴리는 어디에 있지? 그이가 어떻게 했다는 거지, 멜라니?" 스칼렛은 외쳤다.

"그보다도 당신 남편은 어디에 있지? 그분 걱정은 안 되나?" 집고 있던 떨어진 수건을 구겼다 폈다 하면서 인디어의 연푸른 눈은 미칠 듯한 악의에 타고 있었다.

"인디어, 제발!" 멜라니의 음성은 차분했다. 그러나 그 창백하게 떨고 있는 얼굴과 고뇌에 시달리는 눈은 그녀의 괴로운 안간힘을 여실히 말해 주고 있었다. "스칼렛, 언니에게도 이야기했어야 옳았을지 모르지만, 하지만, 언니는 오늘 오후에 그런 변을 당했기 때문에, 우리, 아니 프랭크의 의견에 따라서……. 그리고 언니는 늘 KKK단에 대해서는 그토록 노골적으로 반대하고 있었으니까……."

"KKK단……."

처음에 스칼렛은 들은 일도 없거니와 어떤 뜻인지도 모른다는 태도로 무의미하게 그 말을 입 밖에 내어 말해 보았다. 그러나 그녀는 이어 "KKK단!" 하고 절규하는 듯한 소리를 질렀다. "설마 애쉴리가 KKK단에 들어 있는 건 아니겠지! 설마 프랭크가! 그이는 나하고 약속했었는데!"

"물론 케네디 씨도 KKK단에 들어 있어요. 그리고 애쉴리도 말이에요. 우리가 아는 남자들은 모두 들어 있어!" 인디어가 외쳤다. "그들은 남자야. 게다가 백인이고, 그뿐 아니라 남부 사람이거든. 당신은 프랭크를 자랑스러워해야 하는데도, 그분은 당신 때문에 무슨 부끄러운 일이라도 하는 것처럼 몰래 빠져나가지 않으면 안 되었단 말야. 그리고……."

"당신네들은 처음부터 죄다 알고 있었는데, 나는 아무것도 몰랐어."

"언니를 놀라게 해서는 안 된다고 생각했기 때문이에요." 멜라니는 슬픈 듯이 그렇게 말했다.

"그럼 그이들은 정치적인 모임이니 뭐니 하면서 사실은 그런 데엘 가고 있었군? 어쩌면 그이는 나와 그토록 굳게 약속을 하고서도! 이제 양키들이 와서 우리 공장도 가게도 모두 몰수하고 그이를 감옥에 처넣어 버린단 말야. 오, 레트 버틀러가 뭐라고 한 거지?"

인디어의 눈과 멜라니의 눈은 심한 공포로 가득 차 서로를 마주 보았다.

스칼렛은 바느질감을 집어던지고 일어섰다.

"말해 주지 않으면 거리에 나가서 알아볼 테야. 알게 될 때까지 닥치는 대로 아무한테라도 물어볼 테야."

"앉아요." 아치는 그녀를 쏘아보면서 말했다. "내가 말해 드리리다. 당신이 오늘 오후에 싸돌아다니면서 멋대로 소동을 일으켰기 때문에, 윌크스 씨와 케네디 씨와 그 밖의 여러분들이 그 검둥이와 백인을 찾아내는 대로 쳐죽이고 샨티타운 부락을 송두리째 뽑아 버린다고 떠나신 거요. 그리고 만약에 그 스캘러왜그인 버틀러의 말이 사실이라면, 양키 놈들은 어디선가 냄새를 맡고 그분들을 체포하기 위해서 군대를 풀어 놓았다는 거요. 그러니까 그분들은 마치 함정에 빠진 거나 마찬가지란 말이오. 또 이를테면 그 버틀러가 말한 것이 거짓이라면 놈은 스파이로, 그분들을 양키에게 밀고할 테니까 역시 그분들은 죽고 말 거요. 놈이 만약 그분들을 밀고한다면 내가 목숨을 걸고라도 놈을 죽이고 말 거요. 만약 그분들이 무사하다고 하더라도 모두들 여기서 텍사스에라도 달아나 숨어 있어야 할 테니까, 평생 돌아올 수 없을 거요. 그 모든 것이 당신 때문이란 말이오. 당신의 그 손에는 피가 묻어 있소."

스칼렛의 얼굴에 조금씩 까닭을 알겠다는 듯한 표정이 나타나더니 이윽고 그것이 갑자기 놀라움으로 바뀌는 것을 보자, 멜라니의 얼굴에는 공포가 사라지고 노여움이 떠올랐다. 그녀는 일어서더니 스칼렛의 어깨에 손을 얹었다.

"이 이상 그런 말을 하려거든 이 집에서 나가줘야겠어요, 아치." 멜라니는 엄숙한 소리로 말했다. "언니 때문이 아니에요. 언니는 그저 자기가 해야 되겠다고 생각되는 일을 했을 뿐이에요. 그리고 그분들도 자기들이 해야 한다고 생각되는 것을 했을 뿐이에요. 사람들에게는 저마다 해야 할 일이 있는 거예요. 우리는 모두가 똑같은 생각을 하거나, 똑같이 행동하거나 하는 건 아니에요. 그러니까 자기 자신의 마음으로 남을 헤아린다는 건 잘못된 짓이에요. 당신이나 인디어는 어쩜 그렇게 잔인한 소리를 하죠? 언니의 남편과 마찬가지로 내 남편이 만약, 만약에……."

"들어 보시오." 아치가 조용히 말을 가로막았다. "앉아요, 부인. 말이 왔어요."

멜라니는 의자에 앉아 애쉴리의 와이셔츠를 집어들고, 고개를 숙이고는 무의식중에 선 두른 것을 찾아내어 가느다란 리본을 만들기 시작했다.

집을 향하여 달려오는 말발굽 소리가 점점 높아졌다. 그리고 재갈소리며 가죽끈이 당겨지는 소리며 사람의 목소리가 들려왔다. 이윽고 현관 앞에서 말발굽 소리가 멎자 한 사람이 높은 소리로 무엇인가를 명령하고 있었다. 그러자 발소리가 옆뜰을 지나서 뒤 현관 쪽으로 가는 것이 들렸다. 적의에 찬 무수한 눈이 차일을 내리지 않은 앞쪽 창문으로 들여다보는 것 같아서 네 여자들은 가슴을 털덜 떨면서도 머리를 숙이고 부지런히 바늘을 놀리고 있었다. 스칼렛은 마음속으로 '내가 애쉴리를 죽였다! 내가 그이를 죽인 것이다!' 하고 계속 외쳐 대고 있었다. 그러나 이 미칠 것 같은 순간에도 그녀는 자기가 프랭크도 죽였다고는 손톱만큼도 생각하지 않았다. 그녀의 마음에는 아름다운 머리카락에 피가 밴 채, 양키 기병대의 발밑에 쓰러져 있는 애쉴리의 모습밖에는 넣을 여지가 없었던 것이다.

문에서 성급하고 사나운 노크 소리가 났다. 그녀는 무의식중에 멜라니를 보았다. 그리고 멜라니의 긴장된 조그만 얼굴에 새로운 표정이 떠오르는 것을 보았다. 그것은 아까 레트 버틀러의 얼굴에 떠올랐던 것과 같은 공허한 표정이었다. 포커에서 듀스 두 장으로 허세를 부리는 사람들의 무표정하고 단조로운 표정이었다.

"아치, 문을 열어요." 그녀는 조용히 말했다.

단도를 장화 끝에 밀어넣고 권총을 찬 바지의 허리띠를 늦추더니, 아치는 문 쪽으로 가서 선뜻 문을 열었다. 문어귀에 한 양키 대위와 푸른 군복을 입은 병사들이 모여 서 있는 것을 보자, 피티 고모는 덫에 치인 쥐와도 같이 작은 비명을 질렀다. 그러나 다른 사람은 아무 말도 하지 않았다. 스칼렛은 그 장교를 알고 있었으므로 조금 마음이 놓였다. 톰 제퍼리라는 대위로서 레트 친구의 한 사람이었다. 그가 집을 지을 때 목재를 판 일이 있으므로 그가 신사라는 것도 알고 있었다. 그녀는 신사인 이상 자기들을 끌고 나가서 감옥에 처넣지는 않겠지 하고 생각했다. 그쪽에서도 곧 그녀를 알아보고 모자를 벗더니 다소 난처한 듯이 머리를 숙였다.

"안녕하십니까, 케네디 부인. 윌크스 부인은 어느 분이신가요?"

"제가 윌크스의 안사람이에요." 멜라니가 일어서면서 대답했다. 조그만 그녀의 몸이 이상하게도 주위를 압도하는 것처럼 보였다. "도대체 무슨 일로 이렇게 몰려오셨지요?"

대위는 눈을 두리번거리면서 방 안을 둘러 보았다. 그리고 한 사람 한 사람의 얼굴을 찬찬히 보고 나서 재빨리 탁자 위부터 모자걸로 시선을 굴리며, 남자가 있는 기미는 없는지 찾는 것 같았다.

"윌크스 씨와 케네디 씨에게 드려야 할 말씀이 있는데요."

"두 분 다 여기엔 안 계셔요." 멜라니가 말했다. 그 부드러운 목소리엔 쌀쌀함이 섞여 있었다.

"틀림없나요?"

"부인의 말씀을 의심한다는 건 잘못이오."

아치가 수염을 곤두세우면서 말했다.

"용서하십시오, 윌크스 부인. 실례되는 말씀을 드리고 싶지는 않습니다. 부인의 말씀이 틀림없다면 가택 수색은 하지 않기로 하겠습니다."

"틀림없어요. 하지만 원하신다면 수색하셔도 상관없어요. 두 분은 시내 케네디 씨 가게로 모임이 있어서 가셨으니까요."

"가게에는 안 계십니다. 오늘 밤엔 모임이 없었습니다." 대위는 냉랭한 소리로 대답했다. "아무튼 돌아오실 때까지 밖에서 기다리겠습니다."

그는 가볍게 머리를 숙이더니 문을 닫고 나갔다. 이윽고 바람에 섞여서 날카롭게 명령하는 소리가 들려 왔다.

"집을 에워싸고, 모든 문과 창에 한 사람씩 감시를 서라."

뒤이어 집 밖을 돌아다니는 발소리가 들려 왔다. 창으로 수염을 기른 얼굴이 그녀들 쪽을 들여다보고 있는 것이 희미하게 보였으므로, 스칼렛은 무서웠다는 이야기를 꺼내려 하다가 얼른 그만두어 버렸다. 멜라니는 자리에 앉아 탁자 위에 놓여 있는 한 권의 책에 침착하게 손을 뻗었다. 그것은 남군 병사들이 즐겨 읽던 걸레처럼 너덜너덜한 《레 미제라블》(빅토르 위고의 장편 소설. '가엾은 사람들'이란 뜻.)이었다. 남군 병사들은 야영하는 화톳불 빛 아래서 이것을 읽고는, 리 장군을 꼬집어 우스갯소리로 '리즈 미제라블(리의 가엾은 부하들'이란 뜻)'이니 하면서 자포자기하여 웃곤 했던 것이다. 그녀는 그 책의 중간쯤을 펼치더니 또렷하고 억양이 없는 소리로 읽기 시작했다.

"바느질을 하시오." 아치가 쉰 목소리로 명령했으므로 세 여자는 멜라니의 차분한 목소리에 기운을 얻어, 바느질감을 집어들고 저마다 그 위에 고개를 수그렸다.

집을 에워싸고 가만히 지켜보고 있는 양키의 감시 밑에서, 멜라니가 얼마나 읽어 내려갔는지 도무지 알 수가 없었으나 스칼렛에게는 그것이 무척 길고 긴 시간처럼 여겨졌다. 멜라니의 낭독 따위는 단 한 마디도 듣고 있지 않았으나, 그 무렵에야 겨우 애쉴리 생각과 함께 프랭크 생각도 하게 되었다. 프랭크가 오늘 밤 유난히 냉정하게 군 것도 이런 까닭이 있었기 때문이었구나! 절대로 KKK단에는 관계하지 않겠다고 그처럼 약속했었는데, 그녀가 걱정했던 것은 바로 이런 일이 일어나지는 않을까 해서였는데! 이 1년 동안의 고생이 모조리 물거품으로 돌아가고 만다. 비나 추위에 속에서 무서움도 잊고 그녀가 애써 싸워온 것도, 이제 완전히 헛일이 되고 말았다. 그러나 그 무기력하고 늙은 프랭크가 열광적인 KKK단에 몸을 던졌으리라고는! 이미 그는 죽었을지도 모른다. 죽지 않았더라도 양키 손에 붙잡히면 교수형 당해 죽고 만다. 애쉴리까지도!

그녀는 손톱이 손바닥에 박혀서 새빨간 반달 모양 자국이 네 개가 생길 만큼 손을 꼭 움켜쥐고 있었다. 애쉴리가 교수형을 당할 위험한 처지에 놓여 있는데 어떻게 멜라니는 이다지도 침착하게 낭독 따위를 할 수 있을까? 어쩌면 이미 죽었을 지도 모른다는데? 그러나 장발장(^{레 미제라블}의 주인공)의 비극을 낭독하는 차분하고 평온한 목소리를 듣고 있노라면, 당장에라도 벌떡 일어나 고함을 치고 싶은 그녀의 초조감도 웬일인지 가라앉는 것이었다.

그녀의 마음은 토니 폰테인이 양키에게 쫓겨서 돈도 없이 지칠 대로 지쳐 그들을 찾아왔던 날 밤으로 날아갔다. 만약 그때 토니가 자기 집까지 찾아오지 못하고, 그래서 돈도 튼튼한 말도 얻을 수 없었다면, 그는 훨씬 이전에 교수형 받았을 것이 뻔했다. 프랭크나 애쉴리도 이 순간 설혹 죽지 않았다 하더라도, 그날 밤의 토니와 똑같은 처지에 놓여 있는 셈이다. 아니, 좀더 불리한 처지에 있다. 왜냐하면 집 둘레를 병사들이 에워싸고 있으니 붙잡힐 것이 뻔하니까 돈이나 옷을 가지러 올 수도 없지 않은가. 그리고 아마도 거리 위쪽에서 아래쪽까지, 어느 집이나 여기와 마찬가지로 양키 병사가 감시하고 있을 테니 친구들에게 도움을 청할 수도 없을 것이 뻔하다. 어쩌면 지금쯤 그들은 텍사스를 향하여 밤길에 말을 몰고 있을지도 모른다.

그러나 레트가, 아마도 레트가 용케 시간에 맞춰 가주었을 것이다. 레트는 늘 주머니에 많은 현금을 가지고 있다. 그러니까 그가 달아날 수 있을 만큼 돈을 빌려주겠지. 그러나 이상한 일이다. 왜 레트는 애쉴리의 안전을 위해서 마음을 쓰고 있는 것일까. 그는 애쉴리를 싫어했을 텐데. 애쉴리를 경멸한다고 공언했을 정도인걸. 그렇다면 왜…… 그러나 이 의문은 애쉴리나 프랭크의 신변을 염려하는 새로운 불안의 엄습으로 곧 사라지고 말았다.

'아, 모두 내가 잘못한 거야!' 그녀는 마음속으로 통곡했다. '인디어나 아치가 말한 게 옳아. 모두 내 탓이야. 하지만 나는 그 두 사람이 KKK단에 가담할 만큼 어리석다고는 꿈에도 생각하지 않았어. 그리고 나 자신에게 이런 일이 닥치리라고도 생각조차 못했었어. 하지만 나로서는 달리 방법이 없었던 거야. 멜라니가 한 말도 옳아. 인간은 저마다 해야만 할 일을 할 수밖에 다른 도리가 없는 거야. 그리고 나는 공장을 하지 않을 수 없었던 거야. 돈을 벌어야만 했거든. 그러나 이젠 그것을 송두리째 잃게 되었어. 그것도 아마 모두가 내 죄일지도 모르지.'

시간이 꽤 지난 뒤 멜라니의 목소리가 흔들렸다. 소리가 목에 걸린 듯하더니 이윽고 아주 끊기고 말았다. 그녀는 머리를 들고, 양키 병사가 유리창 밖에서 동정을 살피고 있다는 것 따위는 아예 무시해 버리는 태도로 물끄러미 창쪽을 노려보았다. 거기에 끌려서 다른 사람들도 머리를 들고 귀를 기울이고 있는 그녀를 따라서 역시 귀를 기울였다.

꽉 닫아 건 창문과 문에 막히고, 사납게 불어대는 바람에 방해되면서도, 말발굽 소리와 노랫소리를 분간해 들을 수가 있었다. 그것은 노래 중에서도 고르고 골라서 가장 듣기 싫은 셔면부대의 '조지아 침입의 노래'로서 레트 버틀러가 부르는 것이었다.

그가 첫 구절을 다 불렀을까 말까 했을 때, 다른 두 사람의 술취한 목소리가 우스꽝스러운 가락으로 높다랗게 뭐가 뭔지 종잡을 수 없는 소리를 고래고래 질러 대며 레트의 노랫소리를 지워 버리고 말았다. 이때, 제퍼리 대위의 명령소리가 앞 현관에서 울리자 급히 달려가는 병사들의 발소리가 들렸다. 그러나 그 발소리를 듣기 전에 이미 여자들은 소스라치게 놀라 서로 얼굴을 마주 보고 있었다. 왜냐하면 레트에게 훈계하는 두 주정뱅이의 음성은 분명히 애쉴리와 휴 엘싱의 것이었기 때문이다.

제퍼리 대위가 무엇인가 질문하는 퉁명스러운 목소리, 휴의 쨍쨍 울리는 듯한 바보 같은 웃음소리, 레트의 나지막한 우악스러운 목소리, 애쉬리의 "도대체 뭐야! 도대체 뭐냐고!" 되풀이하는 괴상하고 비현실적인 고함소리, 그러한 소리들이 점점 커지면서 현관 앞 자갈길로 다가오고 있었다.

'저건 애쉬리가 아니야!' 스칼렛은 강하게 부인했다. '그이가 취할 리가 없어! 그리고 레트도. 레트는 취하면 취할수록 차분해지는 성격이거든. 저렇게 고래고래 소리 지를 리 없어!'

멜라니가 일어서자 아치도 함께 몸을 일으켰다. "이 두 사람을 체포해라!" 하고 고함 치는 대위의 날카로운 음성이 들렸다. 아치의 손은 재빠르게 권총 자루를 잡았다.

"안 돼요!" 멜라니가 엄숙한 투로 속삭였다. "안 돼요, 내게 맡겨 두어요."

그녀의 얼굴에 그 옛날 타라의 계단 위에 우뚝 서서 무거운 군도를 쥔 팔을 축 늘어뜨리고 양키의 시체를 내려다보고 있었을 때 나타났던, 그와 똑같은 표정이 떠오르는 것을 스칼렛은 보았다. 그것은 상냥하고 내성적인 영혼이 때와 경우에 따라서는 놀랍도록 뒤바뀔 수 있다는 것을 이야기하고 있었다. 그녀는 현관문을 열었다.

"그 사람을 데려다 주세요, 버틀러 선장님." 그녀는 악의를 노골적으로 드러낸 또렷한 어조로 외쳤다. "당신은 또 제 남편을 취하게 만들었군요. 어서 데리고 들어오세요."

그러자 마당 안 어두운 자갈길에서 양키 대위의 소리가 났다. "안됐습니다만, 윌크스 부인, 당신 남편과 엘싱 씨를 체포하겠습니다."

"체포? 무엇 때문에요? 취했기 때문인가요? 애틀랜타 사람이 누구나 술취했대서 체포된다면, 양키 주둔군은 모조리 줄곧 감옥에 들어가 있어야 되겠군요. 자, 그이를 데리고 들어와 주세요, 버틀러 선장님, 괜찮겠어요? 혼자서도 걸을 수 있는 거죠?"

스칼렛의 머리는 기민하게 돌지 못해서 한동안 뭐가 뭔지 도무지 까닭을 알 수가 없었다. 그녀는 레트나 애쉬리가 취하지도 않았고, 멜라니도 두 사람이 취하지 않았다는 것을 알고 있음을 알았다. 그런데도 언제나 그토록 얌전하고 교양 있는 멜라니가, 더구나 양키 면전에서 막된 계집처럼 애쉬리들에게 술이 취해서 걷지 못하느니 어쩌니 하고 고함을 치고 있는 것이다.

뭐라고 한참 동안 투덜투덜하며 욕지거리를 하는 것 같은 말다툼 소리가 들리더니 이윽고 비틀거리는 발소리가 돌계단을 올라오고, 창백한 얼굴을 한 애쉴리가 문어귀에 나타났다. 그는 고개를 축 늘어 뜨리고 아름다운 머리카락이 마구 흐트러지고 후리후리한 몸을 목에서 무릎까지 레트의 검은 망토로 싸고 있었다. 휴 엘싱과 레트가 역시 비틀거리는 발걸음으로 양쪽에서 그를 부축하고 있었다. 두 사람이 부축하지 않으면 애쉴리는 당장에라도 마룻바닥에 쓰러질 것만 같았다. 그 뒤에서 양키 대위가 의심과 흥미가 뒤섞인 야릇한 얼굴을 하고 올라왔다. 열어젖힌 채로 있는 문간에 버티고 서 있는 대위의 어깨너머로 병사들이 신기한 것처럼 그들을 들여다보고 있었다. 찬바람이 집 안으로 불어들어왔다.

스칼렛은 반은 놀라고 반은 어이가 없어서 멜라니를 보았다. 그리고 나서 축 늘어져 있는 애쉴리에게로 눈을 옮겼다. 순간 어느 정도 내막을 알아차릴 수 있었다. 그녀는 너무나 놀라서 무심결에 '이이가 취하다니, 그럴 리가 없어요!' 하고 소리칠 뻔했으나 겨우 그 말을 삼켜 버렸다. 이것은 연극이다. 목숨을 건, 죽느냐 사느냐 하는 연극을 보여 주고 있다는 것을 겨우 눈치챌 수 있었기 때문이다. 그녀와 피티 고모를 빼놓은 그 밖의 사람들은 마치 몇 번씩이나 연습한 연극을 하는 배우들처럼 서로 알맞은 대사를 주고 받고 하는 것이었다. 아직 충분히 납득이 가지는 않았지만 자기가 잠자코 있어야 한다는 것쯤은 그녀도 이해할 수 있었다.

"그이를 의자에 앉혀 주세요." 멜라니는 화난 것처럼 외쳤다. "그리고 버틀러 선장님, 당신은 당장 돌아가줘요! 이이를 또 이렇게 취하게 하고서도, 당신은 어쩌면 그렇게 뻔뻔스럽게 여기에 올 수가 있어요!"

휴와 레트는 흔들의자에 애쉴리를 내려놓았다. 그리고 나서 레트는 의자 등을 잡고 휘청거리는 자기 몸을 버티면서 대위 쪽을 향하여 불쾌한 듯이 말했다.

"대단한 인사를 받게 됐군 그래. 경관에게 잡힐까 봐서 고함을 지르고 할 퀴고 하는 녀석을 모처럼 집까지 데려다 주었는데도 말이야!"

"그리고 휴 엘싱, 당신도 정말이지, 어쩌면 그렇게도 채신머리가 없어요! 불쌍하게도 당신 어머님이 아시면 뭐라고 하시겠어요? 곤드레가 되어 버틀러 선장 같은 양키 앞잡이 스캘러왜그와 함께 어울려 다니다니! 어쩌면 정말, 애쉴리, 당신도 그래요. 어떻게 이럴 수가 있어요?"

"멜라니, 난 그렇게 취하지 않았어." 투덜거리면서 애쉴리는 탁자 위에 엎드려서 두 팔로 머리를 감쌌다.

"아치, 이이를 방으로 모시고 가서 눕혀 주세요. 평상시처럼요." 멜라니가 명령했다. "그리고 피티 고모님, 미안하지만 방에 가셔서 잠자리를 좀 봐주세요. 아……." 갑자기 그녀는 눈물을 흘렸다. "어쩌면 정말 이럴 수가 있어요? 그처럼 약속을 하시고선!"

아치가 애쉴리의 어깨 밑으로 손을 돌리고, 피티 고모가 깜짝 놀라서 영문을 모르면서 일어났을 때 대위가 입을 열었다.

"그 사람을 건드리지 마시오. 체포하겠소. 어이, 상사!"

상사가 총을 들고 방 안으로 들어섰을 때, 레트가 자기 몸을 똑바로 가누려고 애쓰면서 대위의 팔을 잡고 간신히 그 눈을 한군데로 모았다.

"톰, 왜 그를 체포하는 거지? 그다지 많이 취하지는 않았어. 더 취했을 때도 있었단 말야."

"취했다는 사실 따위는 문제삼지 않겠네." 대위는 외쳤다. "시궁창에 자빠져 있었대도 상관없어. 나는 경관이 아냐. 이분과 엘싱 씨는 오늘 밤 샨티타운을 습격한 KKK단의 한패로 체포하겠어. 검둥이 한 사람과 백인 한 사람이 피살되었단 말야. 윌크스 씨는 그 주모자야."

"오늘 밤이라구?" 레트는 웃음을 터뜨렸다. 그리고 소파에 주저앉아서, 두 손으로 머리를 끌어안듯이 하고는 정신없이 웃어댔다. "그런 바보 같은 얘기가 어디 있어, 톰." 겨우 말을 할 수 있게 되었을 때 그는 말했다. "이 두 사람은 오늘 밤 나하고 함께 있었단 말야. 모임에 가기로 되어 있었던 8시부터 주욱 말이야."

"자네하고 같이 있었다고, 레트? 하지만……." 이마에 주름을 짓고 대위는 반신반의 하는 태도로 코를 골고 있는 애쉴리와 울고 있는 그의 아내를 바라보았다. "하지만…… 자네들은 어디에 있었단 말인가?"

"그건 말하고 싶지 않은걸." 레트는 술취한 교활한 눈을 흘끗 멜라니 쪽으로 던졌다.

"말하는 편이 좋을걸!"

"그럼 현관으로 나가세. 거기서라면 우리가 어디에 있었는지 말함세."

"여기서 말하게."

"부인네들 앞에서 말을 하라니 잔인한데. 그럼 부인들께서 방을 나가 주신다면……."

"전 나가지 않겠어요." 화난 듯이 손수건으로 눈을 누르면서 멜라니가 소리쳤다. "제게는 들을 권리가 있어요. 제 남편이 어디에 있었죠?"

"실은…… 벨 와틀링의 유곽에 있었어요." 레트는 더듬거리면서 말했다. "이 사람도 휴 엘싱도 프랭크 케네디도 미드 선생도, 그리고…… 그리고 모두 모여 있었어요. 파티를 벌였거든요, 성대한 파티 말이오. 샴페인에 여인들……."

"뭐라고요, 벨 와틀링 집이라고요?" 멜라니의 음성이 너무나 비통하고 앙칼졌기 때문에 모두들 깜짝 놀라서 그녀 쪽을 바라보았다. 그녀는 손으로 가슴을 움켜잡고, 아치가 부축할 겨를도 없이 기절하고 말았다. 야단법석이 일어났다. 아치는 그녀를 안아 일으키고, 인디어는 물을 가지러 부엌으로 달려가고, 피티 고모와 스칼렛은 부채질을 하기도 하고 손목을 두드리기도 했다. 그러는 동안 휴 엘싱은 되풀이해 가며 떠들어 대고 있었다. "거봐! 일을 저질렀구먼. 일을 저질렀어!"

"자, 덕분에 이 일은 온 시중에 파다하게 소문이 날 걸세." 레트가 무서운 눈초리로 대위를 보며 쏘아붙였다. "이만하면 자네도 만족했겠군 그래, 톰. 내일만 되어 보게! 애틀랜타에서 그녀의 남편하고 이야기할 부인은 한 사람도 없을 테니."

"레트, 나는 그럴 셈은 아니었어." 차가운 바람이 열린 문을 통해 등에 불어닥치는데도 대위는 땀을 흘리면서 말했다. "여보게! 자네는 분명히 그들의, 그…… 그…… 벨의 집에 있었다고 맹세할 수 있겠나?"

"맹세하고말고!" 레트가 큰소리쳤다. "나를 믿지 못하겠으면 가서 그 여자에게 직접 물어 보게나. 자, 내가 윌크스 부인을 방으로 모셔가지. 내게 맡기란 말야, 아치. 아무렴, 문제 없어, 모시고 갈 수 있어. 피티 아주머니, 램프를 들고 앞장서 주세요."

그는 아치의 팔에서 멜라니의 가냘픈 몸을 가뿐하게 받아 들었다.

"자네는 윌크스 씨를 뉘어 드리게, 아치. 오늘 밤 이후로 나는 그 친구 따위는 보기도 건드리기도 싫으니."

피티 시고모는 손이 몹시 떨려서 금방이라도 램프를 떨어뜨릴 것 같았으나, 간신히 그것을 들고 앞장서서 어두운 침실 쪽으로 갔다. 아치는 무어라고 투덜거리면서 애쉴리의 몸 밑으로 팔을 넣어 그를 일으켰다.

"하지만 나는 아무래도 이 두 사람을 연행해야 되겠어!"

레트는 어두컴컴한 복도에서 뒤를 돌아보았다.

"그렇다면 날이 밝거들 데려가게나. 이꼴을 해가지고는 달아나지 못할 테니까 말일세. 그리고 유곽에서 술에 취해서는 안 된다는 말은 들은 적이 없는걸. 이봐 톰, 이 두 사람이 벨의 집에 있었다는 것을 증명할 사람은 얼마든지 있어."

"남부 사람 중에는 언제고 있지도 않았던 곳에 있었다고 증명하는 사람이 얼마든지 있지." 대위는 몹시 불쾌한 듯이 말했다. "당신은 나하고 같이 갑시다, 엘싱 씨. 윌크스 씨는 맹세한다면 놓아 주어도 좋지만."

"저는 윌크스 씨의 여동생이에요. 제가 맹세하고 출두시키겠어요." 인디어가 냉랭하게 대답했다. "그럼, 어서 돌아가 주세요. 오늘 밤은 이만큼 법석을 떨었으니 이젠 됐잖아요."

"대단히 죄송합니다." 대위는 어색하게 머리를 숙였다. "다만 두 분이 그, 아가씨…… 아니, 와틀링 부인네에 있었다는 것만 증명되면 됩니다. 오빠 되시는 분에게 내일 아침 꼭 헌병 사령관에게 출두하시도록 전해 주시겠습니까?"

인디어는 쌀쌀하게 머리를 끄덕이며, 문의 손잡이를 잡고 제발 빨리 나가 달라는 듯한 몸짓을 했다. 대위에 이어 상사와 휴 엘싱이 나가자 그녀는 그들의 등 뒤에서 문을 쾅 닫아 버렸다. 그리고 스칼렛이 있는 쪽은 보지도 않고 재빠르게 창문 쪽으로 가서 차일을 모두 내려 버렸다. 스칼렛은 무릎이 떨려서 애쉴리가 여태까지 앉아 있던 의자를 붙들고 몸을 기대고 있었다. 문득 눈길을 아래로 떨어뜨리자 의자 등받이 쿠션 위에 그녀의 손보다 크고 검게 젖은 얼룩이 있는 것이 눈에 띄었다. 무엇일까 하고 손을 대보았더니 손바닥에 끈적끈적한 빨간 물이 들었으므로 그녀는 깜짝 놀랐다.

"인디어!" 그녀는 속삭였다. "인디어, 애쉴리는…… 그이는 부상당했어."

"멍청하긴! 오빠가 정말로 취한 줄 알았어요?"

인디어는 마지막 차일을 끌어내리더니 날듯이 침실로 달려갔다. 스칼렛도 숨이 막힐 것 같은 마음으로, 곧 그녀의 뒤를 따랐다. 레트의 커다란 몸이 문간을 가로막고 서 있었으나, 그 어깨너머로 스칼렛은 애쉴리가 창백한 얼굴로 가만히 침대에 누워 있는 것을 보았다. 멜라니는 금방 기절했던 사람 치고는 이상할 만큼 날쌔게, 그의 피로 물든 와이셔츠를 자수 가위로 재빠르게 잘라내고 있었다. 아치는 램프를 침대 곁으로 들이대고 멜라니의 손께를 비춰 주고 있었다. 그리고 마디 굵은 억센 한쪽 손으로 애쉴리의 손목을 꽉 잡고 있었다.

"죽었어?" 두 여자가 동시에 외쳤다.

"아니, 출혈 때문에 정신을 잃었을 뿐이오. 어깨를 관통했소." 레트가 말했다. "왜 이리로 데리고 왔죠, 바보같이?" 인디어가 외쳤다. "오빠 곁에 가게 해줘요! 비켜 줘요! 붙잡힐 것이 뻔한데 왜 이리로 데리고 왔지요?"

"너무 쇠약해서 멀리 달릴 수가 없었기 때문이오. 그렇다고 이 근처에는 아무 데도 떠메고 들어갈 데도 없고 말이오, 아가씨. 그리고 당신은 이 사람을 토니 폰테인처럼 망명자로 만들 생각인가요? 당신은 친척 가운데 누군가가 세상을 피해서 텍사스 같은 데서 남은 생애를 보내기 원하시나요? 모든 사람을 구해낼 기회는 있는 겁니다, 벨조차도……."

"들어가게 해달라니까요!"

"안 돼요, 아가씨. 당신이 해야 할 일은 따로 있어요. 우선 의사를 불러와야겠소. 미드 선생은 안 되오. 그분도 여기에 관련되어 있으니까 지금쯤은 양키에게 심문을 받고 있을 겁니다. 누군가 다른 의사를 불러다주시오. 밤중에 혼자 나가시기가 무서운가요?"

"아뇨." 인디어는 연푸른 눈을 반짝이며 말했다. "무섭지는 않아요."

그리고 복도의 모자걸이에 걸려 있는 멜라니의 모자가 달린 외투를 집어 들었다. "딘 선생님을 모셔 오겠어요." 그녀는 애써 태연하려고 하면서 침착을 되찾은 목소리로 말했다. "당신을 스파이니 바보 같으니 하고 말한 것을 용서하세요. 저는 몰랐어요. 당신이 애쉴리를 위해서 해 주신 일을 전 진심으로 감사해요. 하지만 역시 당신을 계속 경멸할 거예요."

"나는 솔직한 것을 좋아합니다. 솔직하게 말해 주셔서 고맙군요." 레트는 머리를 숙이고 입술을 아래로 일그러뜨리며 재미있다는 듯이 미소지었다.

"그럼 얼른 뒷문으로 나가시오. 그리고 돌아오실 때 혹시 집 근처에 병사들이 있는 것 같으면 들어오셔선 안 됩니다."

인디어는 또 한 번 애쉴리 쪽을 걱정스럽게 바라보더니 외투를 두르고, 복도를 빠져나가 뒷문 쪽으로 살그머니 달려가 조용히 어둠 속으로 자취를 감추었다.

스칼렛은 레트의 어깨너머로 잠자코 애쉴리를 지켜보고 있었다. 그리고 그가 눈을 떴을 때 자기의 심장이 다시 무섭게 뛰기 시작하는 것을 느꼈다. 멜라니가 세면대의 선반에서 접어 둔 수건을 집어서 피가 흐르는 어깨에 대자 그는 그녀의 얼굴을 올려다보고 마음을 놓은 듯한 약하디약한 미소를 지었다. 스칼렛은 레트의 날카롭고 쏘는 듯한 눈이 자기에게 곧바로 쏠리고 있는 것을 느끼고 자신의 심정이 얼굴에 뚜렷이 나타나 있구나 하고 생각했으나, 그런 것에 마음을 쓰고 있을 여유는 없었다. 애쉴리는 지금 피를 흘리고, 어쩌면 죽을지도 모르는 것이다. 이다지도 그를 사랑하고 있는 그녀가 그의 어깨에 저런 구멍을 내고 만 것이다. 그녀는 침대 곁으로 달려가서 무릎을 꿇고 그를 끌어안고 싶었으나 다리가 떨려서 방으로 들어갈 수도 없었다. 그녀는 손으로 입을 누르고, 멜라니가 새 수건을 그의 어깨에 대고 흘러나오는 피를 몸속으로 밀어넣으려고 하는 것처럼 기를 쓰며 누르고 있는 것을 가만히 지켜보고 있었다. 그러나 수건은 요술이라도 부리는 것처럼 금방 벌겋게 물들었다.

저렇게 피를 많이 흘리고도 아직 살아 있을 수 있는 것일까? 그러나 다행히도 그의 입술은 피거품을 품고 있지 않았다. 아아, 그 죽음의 징조인 피거품. 그녀는 피치트리 강의 전투에서 상처 입은 병사가 피티 시고모네 잔디밭에서 입으로 피를 토하고 죽던 그날부터 그것을 잘 알고 있었던 것이다.

"기운 차리시오." 레트는 말했다. 그 목소리에는 딱딱하고 어딘가 비웃는 듯한 투가 어려 있었다. "저 사람은 죽지 않소. 자, 안으로 들어와서 윌크스 부인에게 램프를 들어 드리시오. 아치는 심부름을 가야 할 테니까요."

아치는 램프 너머로 레트를 바라보았다. "나는 당신 명령 같은 건 듣지 않겠소." 씹는 담배 뭉치를 입 안에서 우물거리면서 그는 통명스럽게 말했다.

"그분이 시키는 대로 해야 해요." 멜라니가 엄숙하게 말했다. "빨리 해줘요. 버틀러 선장님이 이르시는 말씀은 무슨 말씀이든지 들어야 돼요. 스칼렛, 램프를 들어 줘요."

스칼렛은 안으로 들어가서 램프를 받아들고 떨어뜨리지 않도록 두 손으로 받쳤다. 애쉴리의 눈은 다시 감겨 있었다. 그의 드러난 가슴이 천천히 부풀어 올라왔는가 하면 또 갑자기 낮아지면서, 그때마다 피가 멜라니의 흥분한 가냘픈 손가락 사이로 스며나왔다. 그녀는 아치가 방을 가로질러 레트 쪽으로 가는 발소리를 멍하니 듣고 있었다. 이윽고 재빠르게 말하는 레트의 나직한 목소리가 들렸다. 그러나 애쉴리에게만 마음이 쏠려 있었기 때문에, 거의 속삭이듯이 하는 레트의 말 중에서 다만 '내 말을 타고…… 밖에 매어 놓고 …… 미친 듯이 가야 하오' 하는 것밖에는 들을 수가 없었다.

아치가 무어라고 소곤소곤 물었다. 레트가 그에 대답하는 말이 약간 또렷하게 들렸다.

"설리반네 집터요. 제일 큰 굴뚝에 옷을 밀어 넣어 두었소. 그것을 태워 버리는 거요."

"으음!" 아치가 신음소리를 냈다. "그리고 지하실에 아직 두 사람, 사람이 둘 남아 있으니 그들을 될 수 있는 대로 단단히 말에 붙들어매서 벨네 뒤쪽 빈터로 끌고가는 거요. 집과 철로 사이의 빈터요. 조심해야 하오. 만약 남에게 들키는 날엔 영감도 우리와 같이 목이 달아나는 거요. 두 사람을 그 빈터에 들여놓고, 그 곁에, 아니 두 사람 손에 권총을 쥐어 두는 거요. 자, 내 것을 가져 가시오."

스칼렛이 방 건너로 보고 있으려니까 레트는 윗도리 아래를 더듬어 권총 두 자루를 꺼냈다. 아치는 그것을 받아들더니 자기 허리띠에다 찔러 넣었다.

"양쪽에서 한 발씩 발사하는 거요. 흔히 있는 총부림처럼 보여야 하오. 아시겠소?"

아치는 잘 알았다는 듯이 고개를 끄덕였다. 그 차가운 눈 속에 본의는 아니라도 레트에 대한 존경의 빛이 어려 있었다. 그러나 스칼렛으로서는 아무것도 알 수가 없었다. 그 30분쯤 되는 동안 끔찍스러운 악몽 같아서 이것을 다시 뚜렷하게 알게 되리라고는 생각되지 않았다. 그렇긴 하지만 아무튼 레트가 이 혼란을 수습하기 위하여 빈틈없는 지시를 한 것 같아서 다소 마음이 놓였다.

아치는 나가려다가 갑자기 돌아보더니 궁금한 듯이 외눈으로 레트의 얼굴을 바라보았다.

"그 사람이오?"

"그렇소."

아치는 신음 소리를 내고는 마룻바닥에 침을 뱉었다. 그리고 "야단났군" 하고 말하고는 복도를 터벅터벅 걸어서 뒷문 쪽으로 갔다.

이 나직하게 주고받은 마지막 말이 무슨 까닭인지 스칼렛의 가슴에 새로운 공포와 의혹을 점점 커져 가는 거품처럼 부풀어 오르게 했다. 그리고 그 거품이 터졌을 때……

"프랭크는 어디에 있지요?" 그녀는 외쳤다. 레트는 재빨리 방을 가로질러 침대 곁으로 다가왔다. 그의 커다란 몸이 고양이처럼 날렵하게 소리도 없이 다가왔던 것이다.

그는 "이제 곧 알게 돼요"라고 말하고 약간 웃었다. "램프를 잘 들어요, 스칼렛. 윌크스 씨를 태우면 큰일 아니오. 멜라니 씨……"

멜라니는 명령을 기다리는 충실한 병사처럼 그를 올려다보았다. 그리고 너무 긴장된 그 자리의 분위기 때문에, 가족의 옛 친구들만이 쓰는 이름을 처음으로 레트가 정답게 부른 것도 깨닫지 못했다.

"미안합니다. 윌크스 부인이라고 말씀드린다는 것이 그만……"

"어머, 버틀러 선장님, 사과를 하시다니 전 싫어요. '씨' 따위는 붙이지 마시고 '멜라니'라고 불러주셔도 저는 영광으로 생각해요. 저는 당신이 마치 저의 친형제나 사촌 같다는 생각이 들어요. 당신은 정말 친절하고 정말 총명하신 분이에요! 어떻게 하면 당신에게 충분한 보답을 할 수 있을지 모르겠어요."

"고맙습니다." 레트는 말했으나 순간 몹시 미안해하는 태도였다. "하지만 난 그렇게까지 나서지 말았어야 했을지도 모릅니다. 그러나 멜라니 씨." 그의 목소리에는 사과하는 것 같은 기색이 섞여 있었다. "윌크스 씨가 벨 와틀링네에 있었던 것처럼 꾸며 대서 정말 미안하게 생각합니다. 이 사람뿐 아니라 그 밖의 여러 사람들까지 함께 그런…… 그런……. 하지만 나는 여기서 말을 몰고 가는 도중에 갑작스럽게 생각해야 했기 때문에, 그것 말고는 다른 계획은 생각이 나지 않았던 겁니다. 나는 양키 장교들 중에도 친구가 많으니까 내 말이라면 믿어 주리라고 생각했죠. 영광인지 뭔지 모르겠지만,

놈들은 나를 같은 패의 한 사람쯤으로 생각하고 있어요. 어쨌든 내가 시내 사람들에게는—'악평'이라고나 할까요—평이 나쁜 것을 알고 있으니까요. 그런데 나는 마침 오늘 밤은 일찍부터 벨의 술집에서 포커를 하고 있었지요. 그러니까 그것을 증언해 줄 양키는 얼마든지 있죠. 그리고 벨이나, 그곳 여자들도 기꺼이 윌크스 씨나 그 밖의 사람들이 저녁때부터 주욱 2층에 있었다고 증언해 줄 겁니다. 양키들도 그녀들의 말이라면 틀림없이 믿거든요. 양키는 그 점에 있어서는 참 이상한 놈들입니다. 그들은 그런 직업의 여자가 열렬한 충성심이나 애국심을 가지고 있으리라고는 생각할 수도 없는 모양입니다. 양키는 애틀랜타의 한 점잖은 숙녀가 모임에 가 있었을 남자들의 행방에 대해서 증언을 한다면 믿어 주지 않지만, 매춘부들 말이라면 그대로 믿어 버리고 말거든요. 그래서 나는 스캘러왜그 하나와 많은 창녀들의 증언 속에 그 사람들이 빠져나갈 길이 있다고 생각했던 거요."

마지막 말을 했을 때의 그의 얼굴에는 자조적인 웃음이 어려 있었다. 하지만 멜라니가 감사에 빛나는 얼굴을 돌렸을 때, 그것은 자취도 없이 금방 사라져 버렸다.

"버틀러 선장님, 당신은 정말 현명하세요! 그것으로 구해낼 수 있다면, 저는 그들이 오늘 밤 정말로 지옥에 있었다고 하셔도 상관없어요. 제 남편이 그런 끔찍한 곳에 절대로 발을 들여놓지 않았다는 것은 저나 남들이 모두 너무나 잘 알고 있으니까요!"

"그런데," 레트는 난처하다는 표정으로 말했다. "실은 그는 오늘 밤 정말로 벨네 집에 계셨어요."

멜라니는 새침해서 몸을 뒤로 뺐다.

"그런 거짓말을 저에게 믿도록 하시려고 해도 소용없어요!"

"멜라니 씨! 까닭을 말씀드릴 테니 들어주시오! 오늘 밤, 내가 설리반네 집터로 가보았더니 윌크스 씨는 부상을 당해 있었고, 휴 엘싱과 미드 선생과 메리웨더 노인도 함께 있었어요."

"설마 그런 노인이!" 스칼렛이 외쳤다.

"남자란 것은 나이를 암만 먹어도 바보 같은 짓을 한답니다. 그리고 헨리 아저씨도……."

"어머나, 어찌 된 일이지요?" 피티 고모가 외쳤다.

"그 밖의 사람들은 군대하고 약간 툭탁거리다가 뿔뿔이 흩어져 달아나 버렸어요. 그리고 함께 있던 패들이 옷을 굴뚝에다 감추기도 하고, 윌크스 씨의 부상이 어느 정도인지 알아보기 위해서 설리반네 집터로 와 있었던 거요. 그러나 만약 이 사람이 부상하지 않았더라면 모두들 지금쯤 텍사스를 향하고 있었을 겁니다. 모두가 함께 말이오. 그러나 이 사람이 먼 데까지 말을 몰 수는 없겠고, 다른 사람들도 이 사람을 남겨 두고 가려고는 하지 않았던 거지요. 그래서 다른 장소에 가 있었다고 증명할 필요가 생겼던 거요. 그래서 나는 그들을 뒷길로 해서 벨 와틀링네 집으로 안내했던 겁니다."

"어머나, 알겠어요. 저의 버릇없음을 용서하세요, 버틀러 선장님. 모두를 그리로 데리고 가신 까닭을 이제야 알겠어요. 하지만…… 버틀러 선장님. 하지만 당신들이 들어가는 것을 다른 사람들이 보았을 것 아니에요?"

"다행히 아무에게도 눈에 띄지는 않았습니다. 철도 선로 쪽으로 나 있는 은밀한 뒷문을 거쳐서 갔으니까요. 뒷문은 언제나 어둡고 자물쇠가 채워져 있죠."

"그럼 어떻게?"

"열쇠를 가지고 있어요, 내가." 레트는 짧게 대답했다. 그리고 조용한 눈빛으로 멜라니의 얼굴을 보았다. 갑자기 그 말이 지닌 뜻을 깨달은 멜라니는 몹시 당황하고 말았다. 붕대가 상처에서 완전히 벗겨져 있는 것도 깨닫지 못할 정도였다.

"전 쓸데없는 일까지 여쭤 볼 생각은 없었는데……." 그녀는 기어들어가는 듯한 소리로 말하고는 창백한 얼굴을 붉히면서 허둥지둥 수건을 상처에 갖다댔다.

"천만에, 이런 말씀을 숙녀 앞에서 하게 돼서 유감스럽습니다."

'역시 사실이었구나!' 그렇게 생각하며 스칼렛은 가슴에 이상한 고통을 느꼈다. '그럼, 역시 레트는 그 천한 와틀링과 함께 살고 있구나! 그 여자의 집을 소유하고 있는 거야!'

"난 벨을 만나서 사정 이야기를 했죠. 그리고 오늘 밤에 모였던 사람들의 명단을 주고 왔으니까 그녀나 그곳에 있는 여자들도 입을 모아 증언해 줄 겁니다. 그리고 나올 때는 더 요란스럽게 했지요. 그녀는 가게에 두고 있는 두 폭력배를 불러내 우리를 아래층으로 끌어내리게 했습니다. 그리고 소란을 피우며 복도를 거쳐, 가게를 시끄럽게 하는 형편없는 주정꾼들이라면서 길거리로 쫓아내게 했죠."

그는 그때를 돌이켜 생각하고 싱그레 웃었다.

"미드 선생님은 도무지 주정꾼 흉내가 서툴러서 말이죠. 그분은 그런 데에 있는 것마저도 자존심이 상하는 모양이더군요. 하지만 헨리 아저씨나 메리웨더 노인의 연기는 정말 훌륭했어요. 그분들이 연극을 하지 않았다는 것은 우리 연극계가 유명한 배우를 두 사람 잃은 거나 다름없어요. 그분들은 무척 재미있어 하더군요. 메리웨더 씨는 연기에 너무 열중해서 그만 헨리 아저씨의 눈에 시퍼런 멍이 들게 한 모양입니다. 그분은……."

뒤쪽 문이 열리면서 인디어가 딘 의사를 데리고 들어왔다. 의사의 기다란 흰머리는 흐트러지고, 닳아빠진 가죽 가방이 외투 밑으로 불룩했다. 의사는 방 안의 사람들에게 말없이 가볍게 끄덕이더니 급히 애쉴리의 어깨에서 붕대를 떼었다.

"폐에서 훨씬 윗부분이로군" 하고 그는 말했다. "어깨뼈를 뚫고 가지 않았다면 그리 대단한 상처는 아닐 거요. 수건을 아주 많이 주시오, 부인들. 그리고 혹시 있다면 솜과 브랜디도 약간."

레트는 스칼렛에게서 램프를 받아들자 멜라니와 인디어가 의사의 명령에 따라서 이리저리 뛰어다니는 동안, 그것을 탁자 위에 놓았다.

"당신은 여기서 아무것도 할 일이 없어요. 객실 불 옆으로 갑시다." 그는 그녀의 팔을 잡아 방에서 데리고 나왔다. 그의 손길에도 말소리에도 그답지 않은 상냥함이 담겨 있었다. "오늘은 참 혼났겠군요."

그녀는 이끄는 대로 거실로 들어갔다. 난로 앞 불 가까이 있는 깔개 위에 서 있는데도 그녀는 달달 떨기 시작했다. 그녀 가슴속에서 의혹의 거품은 더욱더 커다랗게 부풀어 올랐다. 그것은 이미 의혹 따위가 아니었다. 거의 확신이라 해도 좋았다. 무서운 확신이었다. 그녀는 레트의 굳어진 얼굴을 올려다보면서 잠깐 말을 할 수가 없었다. 이윽고…….

"프랭크도 벨 와틀링네 집에 있었나요?"

"아니오." 레트의 목소리는 무미건조했다. "지금쯤은 아치가 벨네 집 근처 빈터로 그를 옮기고 있을 거요. 그는 죽었소. 머리를 관통당했더군요."

46

그날 밤, 시 북쪽 끝에 사는 가족들 중에는 KKK단이 변을 당했다는 소식 때문에 잠을 잔 사람이 거의 없었다. 그리고 인디어 윌크스의 그림자가 발소리도 없이 뒤뜰로 숨어 들어와서 부엌문에서 급히 무언가를 소곤거리고는 다시 바람이 불어대는 어둠 속으로 사라질 때마다, 레트의 계책도 재빨리 다음에서 다음으로 퍼져나갔다. 이리하여 인디어가 지나간 뒤에는 공포와 한 가닥의 희망이 남겨졌다.

밖에서 보면 집집마다 어둡고 고요하기만 해서 잠에 싸여 있는 것 같았으나, 안에서는 날이 샐 무렵까지 열띤 속삭임이 끊이지 않았다. 그날 밤 습격에 가담했던 사람만이 아니라, KKK단 단원은 한 사람도 빠지지 않고 달아날 채비를 하고 있었다. 피치트리 거리에 닿아 있는 집집마다의 마구간에는, 거의 빠짐없이 어둠 속에 안장을 얹은 말이 서 있었고, 안장 총집에는 권총이, 안장 자루에는 식량이 채워져 있었다. 이러한 대규모 탈출을 저지한 것은 인디어가 소곤거리고 간 메시지였다.

"버틀러 선장이 도망치지 말라고 했어요. 길거리는 엄중하게 경비될 거예요. 그가 와틀링과 다 짜두었어요." 어두운 방 안에서 남자들은 속삭였다. "그렇지만 그 빌어먹을 스캘러왜그 버틀러 따위를 신용할 수 있나. 틀림없이 함정일 거야!" 그러면 여자의 목소리가 애원했다. "가지 말아요! 그가 애쉴리와 휴를 도와주었다면 다른 사람들도 구해 줄 거예요. 인디어나 멜라니가 그 사람을 믿고 있다면." 그래서 그들은 달리 방도도 없었으므로 반신반의하면서 머물러 있기로 했던 것이다.

아직 밤이 오기 전에 병사들은 십여 채의 문을 두드려서, 그날 저녁 어디에 있었던가를 묻고 돌아다녔고, 있던 곳을 대지 못하거나 말하기를 거부한 사람들은 모조리 끌어갔다. 그날 하룻밤을 감옥에서 보낸 사람들 중에는 르네 피칼과 메리웨더 부인의 조카 한 사람, 시몬스네 형제, 앤디 보넬도 있었다. 그들은 불운한 그날 밤 습격에 가담했다가 총질을 한 뒤에 다른 사람과 떨어지게 되었던 사람들이었다. 급히 집으로 달려 돌아왔다가 레트의 계획을 미처 알 겨를도 없이 체포되고 말았던 것이다. 다행히 그들은 누구나 다 그날 밤 어디에 있었느냐는 심문에 대해서는, 그런 것은 우리의 자유이므로 양키들이 관여할 일이 아니라고 대답하고 입을 열지 않았다. 그래서 상세한 취조는 다음날 아침에 하기로 되어 모두 그날 밤엔 감금되고 말았던 것이다. 메리웨더 노인과 헨리 해밀턴 아저씨는 유들거리면서 벨 와틀링의 유곽에 있었다고 대답했다. 제퍼리 대위가, 그런 나쁜 곳에 드나들 나이도 아닐 텐데 하고 비웃으면 두 사람은 대위에게 맞붙어 싸우기라도 할 기세였다.

제퍼리 대위의 호출을 받아서 출두한 벨 와틀링은 묻기도 전에 느닷없이, 오늘 밤은 가게를 닫아 버렸어요, 하고 악을 썼다. 싸움질 잘하는 주정뱅이 한 떼가 초저녁부터 밀려와서 싸움을 시작하더니 가게를 엉망진창으로 만들어 놓고, 더욱이 내 가장 소중한 거울을 산산이 부숴 놓고 젊은 계집애들도 완전히 겁에 질려 버려서 오늘 밤은 장사를 그만둬 버렸어요. 하지만 제퍼리 대위님이 혹시 한잔 하시겠다면 술집 쪽은 아직 열려 있습니다만…….

제퍼리 대위는 부하 병사들이 이 말을 듣고 싱긋 웃고 있다는 것을 날카롭게 의식했다. 그리고 안개와 싸우고 있는 것 같은 안타까움을 느끼며 화난 듯이 계집도 술도 소용없다고 말하고, 벨에게 그 난폭한 짓을 한 손님의 이름을 알고 있느냐고 물었다. 네, 알다 뿐이겠어요 하고 벨은 대답했다. 모두 우리 집 단골이에요. 수요일 밤마다 찾아와서, 무슨 뜻인지 나 같은 사람은 알지도 못하고 알고 싶지도 않지만, 모두들 수요 민주당이라나 뭐라나 하더군요. 어찌 됐든 만약에 2층 복도의 거울값을 물어내지 않으면 저는 고소할 작정이에요. 저는 아시다시피 점잖은 가게를 경영하고 있기 때문에……. 아아, 그 사람들의 이름 말씀인가요? 이렇게 말하고 벨은 거침없이 혐의를 받고 있는 열두 명의 이름을 주욱 늘어놓았다. 제퍼리 대위는 쓸쓸하게 웃었다.

"흥, 이 빌어먹을 반역자들은 우리의 비밀 정보부만큼이나 교묘한 조직을 가지고 있군." 그는 말했다. "당신과 당신 가게의 여자들은 내일 헌병 사령관 앞으로 출두하도록."

"헌병 사령관이 그 사람들에게 우리 거울값을 물도록 해 주실까요?"

"당신 거울 따위 알 게 뭐야! 레트 버틀러에게라도 치르게 하면 될 것 아니냐. 그 녀석이 당신 가게 주인이지, 그렇지?"

밤이 새기 전에 시내에 있는 남군측 가족들은 한 사람도 남김없이 모조리 알고 말았다. 그들 집에 있는 흑인들도 아무 말도 일러 주지 않았는데, 백인들로선 도저히 불가능한 포도덩굴식 통신법으로 모조리 알고 있었다. 습격의 자초지종에 대해서도, 프랭크 케네디와 절름발이 토미 웰번이 피살된 것도, 애쉴리가 프랭크의 시체를 운반하려다가 부상당한 것도, 모르는 사람이 한 사람도 없었다. 스칼렛이 이 비극의 원인을 만들었다고 해서 여자들의 마음에 타오른 맹렬한 증오도 남편인 프랭크가 죽었다는 사실에 의해서 얼마간 누그러졌다. 그녀 자신도 그것을 알고 있었다. 그러나 그녀는 도무지 남편의 죽음을 믿을 수가 없었다. 그의 시체를 보기 전에는, 하고 덧없는 희망에 겨우 마음을 달래고 있었던 것이다. 날이 밝아 시체가 발견되고, 당국에서 통지가 올 때까지 그녀는 아무것도 모르는 것처럼 해야 했다. 프랭크와 토미는 싸늘한 손에 권총을 쥐고, 빈터 마른 풀 속에 누운 채 굳어 있었다. 양키에게 두 사람이 벨네 집 한 여자를 둘러싸고, 흔히 볼 수 있듯이 술김에 서로 총질을 하다가 죽은 것으로 보이려는 것이었다. 토미의 아내, 최근 아기를 갓 낳은 패니에 대해서 사람들의 동정이 높아졌다. 그러나 양키 한 떼가 집 둘레를 에워싸고, 토미가 돌아오기를 기다리고 있으므로 누구 한 사람 어둠을 뚫고 나가서 그녀를 위로하러 찾아갈 수는 없었다. 피티 고모네 집 주위에도 양키 한 무리가 프랭크가 돌아오기를 기다리고 있었다.

날이 밝기도 전에 군사재판이 그날 안으로 열린다는 소문이 퍼져나갔다. 수면부족과 근심으로 눈이 무거워진 시내 사람들은, 가장 유력한 시민 가운데 어떤 이들의 안전이 다음 세 가지에 걸려 있다는 것을 알았다. 애쉴리 윌크스가 일어나서, 숙취의 두통 말고는 아무 일도 없는 듯한 얼굴로 군사 재판소에 출두할 수 있느냐 하는 것, 벨 와틀링이 그들이 전날 밤에 죽 그녀의 집에 있었다고 증언해 주느냐 하는 것, 마지막으로 레트 버틀러가 그들과 함께 있었다고 증언하는 것, 이 세 가지였다. 시민들은 마지막 두 가지에 대해서 적잖이 불안해 했다. 벨 와틀링! 착한 시민이 그녀에게 생명을 구원받지 않으면 안 되다니! 견딜 수 없는 노릇이었다. 벨이 오는 것을 보면 일부러 길을 피했던 여자들은 그녀가 그 일을 기억하고 있지는 않을까 하고 염려되었고 또 기억하고 있으리라는 데에 공포를 느꼈다. 남자들은 벨에게 생명을 구원받는다는 것을 여자들이 생각하는 것만큼 부끄러운 일이라고는 생각하지 않았다. 남자들의 대부분은 속으로 은근히 그녀에게 호의를 가지고 있기 때문이었다. 그러나 투기꾼이며 스캘러왜그인 레트 버틀러의 손에 그들의 생명과 자유가 쥐어져 있다는 것을 생각하면 남자들도 견딜 수 없을 만큼 고통스러웠다. 벨과 레트, 시내에서 누구 한 사람 모르는 이 없는 창녀와 시내에서 가장 싫어하는 사람. 그들은 이제 이 두 사람의 동정을 받지 않을 수 없는 것이다.

또 한 가지 그들을 은근히 분노케 한 것은, 틀림없이 양키와 카펫배거들이 비웃을 것이라는 생각이었다. 아아, 놈들이 얼마나 비웃을 것인가! 어쨌거나 시의 12명의 유력한 시민들이 벨 와틀링의 단골이었다는 것을 폭로한 것이다! 더구나 그 가운데 두 사람은 하찮은 계집아이 때문에 싸움을 해서 죽었고, 어떤 사람은 곤드레만드레가 되어 벨에게 수모를 당하면서 끌려나왔고, 또 어떤 사람은 그들이 그 집에 있었다는 것을 모르는 사람이 없는데도 시침을 떼다가 구속되는 추태를 부렸던 것이다.

애틀랜타 사람들의 이러한 근심은 불행하게도 적중했다. 양키들은 여태까지 오랫동안 남부 사람들의 냉담과 모욕 때문에 고심해 오고 있었던 만큼 이 추문을 알게 되자 환성을 올리며 좋아 날뛰었다. 장교들은 동료를 두드려 깨워서 자세한 일의 경위를 이야기했다. 남편들은 새벽에 아내를 깨워서 여자들에게 들려 주어도 무관할 범위 안에서 될 수 있는 대로 자세히 아슬아슬한 대목까지 얘기해 주었다. 이것을 들은 여자들은 서둘러서 옷을 갈아입고는 이웃 누구누구를 찾아다니며 이야기를 퍼뜨리고 다녔다. 양키 부인들은 이 이야기가 몹시 마음에 들었던지 눈물이 나올 만큼 웃어 댔다. 글쎄 보라고요. 이것이 남부 사람들이 자랑하는 기사도인지 신사도인지 하는 거란 말이에요! 고개를 바짝 쳐들고 우리 호의를 경멸하던 저 '귀부인'들도 이제 그렇게 거만하게 굴지 못하겠죠. 그 여자들의 남편들이 정치적인 모임이라고 핑계 대고 어디서 시간을 보냈는지 모두가 알게 되었으니 말이에요. 정치적 모임이라고요! 흥, 정말 꼴사납지 뭐예요!

그들은 이렇게 서로 비웃고 있었으나 스칼렛에게만은 동정을 보였다. 스칼렛은 아무튼 숙녀였고, 양키에게 호의를 보이는 애틀랜타의 얼마 안 되는 부인 가운데 한 사람이었다. 그녀의 남편이 제대로 하지 못하는 건지 그렇지 않으면 일부러 안 하는 건지 알 수가 없었지만, 어쨌든 그녀를 충분히 부양하지 않았으므로 그녀가 몸소 일해야 한다는 사실은 이미 양키 부인들의 동정을 사고 있었던 것이다. 더욱이 비록 아무리 무능한 남편일지라도 그 남편이 그녀에 대해서 충실하지 못했다는 것을 알게 되다니 얼마나 딱한 일인가.

또 그녀는 남편의 부정을 아는 동시에 그의 죽음을 맞이해야만 했던 것이다. 정말이지 이중으로 불행한 사건이다. 아무리 못된 남편이라도 없는 것보다는 나은 법이다. 그래서 양키 부인들은 스칼렛에게만은 특별히 친절하게 대하기로 했다. 그러나 그 밖의 미드 부인이나 메리웨더 부인, 엘싱 부인, 토미 웰번의 미망인, 특히 애쉴리 윌크스 부인 등에 대해서는 만날 때마다 비웃어 주기로 했다. 그러면 그녀들도 조금쯤은 예의라는 것을 깨닫게 될 것이었다.

그날 밤 시 북쪽에 있는 집집마다 어두운 방에서 서로 속삭이는 대화의 대부분은 거의 이 같은 문제에 대해서였다. 애틀랜타의 부인들은 저마다 그 남편에 대해서 양키가 뭐라고 하든 조금도 개의치 않겠다고 열심히 말하고 있었다. 그러나 속으로는 양키에게 비웃음거리가 되면서도 남편의 결백을 입밖에 내서 말하지 못하는 고통을 맛볼 바에는 차라리 인디언에게 매를 맞는 형벌을 받는 편이 훨씬 낫겠다고 생각했다. 미드 의사는 레트의 계교에 따라서 다른 시민들과 마찬가지로 위엄이 깎이는 처지에 놓인 것을 몹시 분개하여, 부인에게 만약 다른 사람들을 끌고 들어가지 않을 수만 있다면 벨네 집에 있었다는 말을 듣는 것보다는, 자수해서 교수형을 당하는 편이 훨씬 낫겠다면서 노발대발하고 있었다.

"이것은 미드 부인인 당신에 대한 모욕이란 말이오." 그는 화가 날 대로 나 있었다.

"하지만 다들 알고 있어요. 당신이 그 집에 가신 건 뭐, 그, 그……."

"양키가 알 턱이 없잖소. 만약 우리가 살아남으면 놈들은 정말로 우리가 그 집에서 논 줄로 생각할 거야. 그리고 웃음거리로 삼을 것이 뻔해. 그런 걸 믿고 비웃는 놈이 한 명이라고 있다는 것이 나로서는 참을 수가 없단 말이야. 그리고 그건 당신에 대한 모욕인 거야. 나는 여태껏 당신을 배신한 일은 한 번도 없었으니까 말이오."

"그건 알고 있어요." 어둠 속에서 미드 부인은 미소를 지었다. 그리고 가느다란 손을 내밀어 노의사의 손을 잡았다. "하지만 설사 그것이 사실이라 하더라도 나는 그것이 당신의 머리카락 하나라도 위험에 빠뜨리기보다는 훨씬 나아요."

"당신은 자신이 하는 말의 뜻을 알고 있는 거요?"

의사는 자기 아내의 뜻하지 않은 현실주의에 어이가 없다는 듯이 외쳤다.

"그럼요, 알고 있어요. 저는 다시를 잃고, 필을 잃어버리고 지금은 당신만이 저의 전부인걸요. 그러니까 당신을 잃기보다는 차라리 영원히 벨네 집에 머물러 계신대도 참겠어요."

"이젠 제정신이 아니군 그래! 당신은 자기가 말하는 뜻을 모르고 있단 말이오."

"당신은 바보예요."

미드 부인은 상냥하게 말하고 머리를 남편의 소매에 기댔다. 미드 의사는 화를 내면서도 잠자코 잠깐 늙은 아내의 머리를 쓰다듬고 있었으나, 이윽고 다시 무섭게 노여움을 터뜨렸다.

"버틀러 같은 놈의 동정을 받다니! 목을 매다는 편이 훨씬 낫겠단 말야. 아니 비록 그 녀석 덕에 목숨을 건진다 하더라도, 나는 그런 놈에게 절대로 머리를 숙이지는 않겠어. 놈의 거만한 꼴이란 정말 말도 못해. 게다가 놈이 파렴치하게 부당한 이득을 긁어먹은 걸 생각하면 가슴이 부글부글 끓는 것 같단 말야. 군대에 한 번도 가담한 일 없는 놈에게 목숨을 구원받다니……."

"멜라니가 그러는데, 그 남자는 애틀랜타가 무너진 뒤 군대에 들어가 일한 적이 있었다던데요."

"거짓말이야. 멜라니는 구변 좋은 악당들을 금방 믿어 버리는 버릇이 있어서 말이야. 그런데 내가 도무지 이해가 안 가는 것은, 놈이 어째서 이번 소동에 이토록 열성을 보이게 되었느냐 하는 점이야. 이런 소리는 하고 싶지 않지만, 그놈과 케네디 부인하고는 언제나 화젯거리가 되어 있었으니까 말이야. 올해만 하더라도 나는 그 두 사람이 함께 말을 타고 멀리 나갔다가 돌아오는 것을 가끔 보았거든. 그 녀석은 틀림없이 그 여자를 위해서 그러는 거야."

"스칼렛 때문이라면 그 남자는 손 하나도 꼼짝하지 않았을 거예요. 프랭크 케네디의 목을 매다는 편이 그 사내를 위해서는 좋을 것 아니겠어요. 저는 오히려 멜라니를 위해서가 아닌가 생각하는데요."

"당신은 그놈하고 멜라니 사이에 무슨 일이라도 있었다는 말인가. 바보 같은 소리! 실없는 소리라도 그런 소리를 하는 게 아니야!"

"어머나, 바보 같은 소리 하지 마세요! 하지만 멜라니는 전쟁 중에 그 남자가 애쉴리 때문에 여러 가지로 수고를 해 준 뒤로는 이상할 만큼 레트의 편을 들고 있단 말이에요. 그리고 그 남자도 그 애하고 같이 있을 때는 그 천덕스러운 웃음을 절대로 웃지 않는단 말이에요. 정말 고분고분하고 친절해서 마치 딴사람이 된 것같이 느껴지거든요. 그러니까 멜라니에 대한 태도로 보아 주지 않으면 안 되는 거예요. 그러려고만 하면 그 사나이도 얼마든지 점잖게 행동할 수 있단 말이에요. 그런데 제 생각에 왜 그가 그렇게 열성을 부리느냐 하면……." 그녀는 잠시 입을 다물었다. "하지만 당신은 제 생각이 못마땅할 것이 뻔해요."

"내게는 이번 일은 뭣이나 다 못마땅해!"

"그러시겠죠. 전 말이에요. 그 사나이가 그런 일을 한 이유의 일부분은 멜라니 때문이지만, 대부분은 우리 모두를 마음껏 웃음거리로 삼으려고 그런 것이 아닐까 생각해요. 우리는 여태까지 그를 무척 싫어했고 그것을 노골적으로 나타냈거든요. 그러니까 그 보복으로 그는 와틀링이란 여자의 집에 있었다고 말을 해서, 당신들 자신은 물론 부인들까지 양키 앞에서 수치를 당하든가 아니면 사실을 자백하고 목을 달리든가, 둘 가운데 하나의 궁지로 우리를 몰아 넣은 거예요. 그리고 우리가 그 사나이와 그 사나이 정부의 동정에 매달릴 것이 틀림없으리란 것도 알고 있고, 또한 우리가 두 사람의 동정에 매달릴 바에는 목을 달리는 편이 낫다고 생각하리란 것까지 빤히 들여다보고 있는 거예요. 분명히 그 남자는 장난삼아 그런 짓을 했을 거예요."

의사는 앓는 소리를 냈다. "그 말을 듣고 보니, 우리를 그 집 2층으로 안내했을 때 그 사람의 태도는 정말 재미있어 하는 모양이었어."

"여보," 하고 말하고 미드 부인은 잠시 망설였다. "도대체 어떤 곳이에요?"

"무슨 소리를 하고 있는 거요?"

"그 여자네 집 말이에요. 어떤 곳이에요? 컷글라스 샹들리에가 있다는데 정말이던가요? 그리고 빨간 벨벳 커튼이 쳐져 있고, 금칠로 테를 두른 키만큼 큰 거울이 많이 있다면서요? 그리고 여자들은…… 여자들은 옷을 벗었다면서요?"

"뭐라고!" 의사는 깜짝 놀라 외쳤다. 정숙한 여자가 정숙하지 못한 여자에 대해서 이토록 강렬한 호기심을 품고 있다는 것은 의사에게는 너무나 뜻밖의 일이었다. "어째서 그런 망측한 걸 묻는 거요? 당신 오늘 밤 어떻게 된 모양이군. 진정제라도 만들어 주어야겠어."

"진정제 같은 건 필요없어요. 전 알고 싶은 걸요. 네, 여보, 그런 집이 어떤 곳인지 알 기회가 없잖아요. 그런데도 들려 주지 않으시겠다니 당신 정말 심술궂어요!"

"난 아무것도 보지 못했어. 사실은 나는 내가 그런 데 있다고 생각하는 것만으로 이미 무척 당황해 버려서 주위의 모습 같은 건 자세히 보고 있을 여유가 없었단 말이오."

의사는 거북스럽게 이렇게 말했다. 그는 전날 밤 사건에 놀란 이상으로 마누라의 뜻밖의 성격을 발견한 데에 놀랐다.

"별일 없으면 난 좀 자야겠어."

"그럼 주무세요." 그녀의 목소리에 실망한 듯한 기색이 있었다. 이윽고 의사가 부츠를 벗으려고 몸을 구부렸을 때, 다시 명랑해진 그녀의 목소리가 어둠 속에서 들려왔다.

"틀림없이 돌리가 메리웨더 씨에게서 모조리 알아냈을 거예요. 그리고 내게도 들려 줄 거예요."

"놀라게 하지 마! 그럼 정말로 점잖은 귀부인들이 모여 앉아서 그런 것을 이야기한단 말이오?"

"글쎄, 당신은 주무시라니까요." 미드 부인은 말했다.

다음 날은 아침부터 진눈깨비가 내렸으나, 저녁 무렵이 되자 그것은 그치고 겨울다운 차가운 바람이 불었다. 멜라니는 외투를 두르고 낯선 흑인 마부의 뒤를 따라 미심쩍은 듯이 현관 앞 자갈길을 걸어나갔다. 이 마부는 그녀를 불러내서 집 앞에 기다리고 있는 유개마차까지 와달라는 이상한 말을 전했던 것이다. 그녀가 마차 옆까지 가자 문이 열리더니 어두침침한 가운데 앉아 있는 한 여자가 보였다.

마차 옆으로 바짝 다가선 채 안을 들여다보면서 멜라니는 물었다.

"누구신가요? 집으로 좀 들어오시지요. 몹시 추운……."

"어서 이리로 들어오셔서 잠깐 저와 함께 앉아 주세요, 윌크스 부인."

어렴풋이 들어 본 기억이 나는 목소리가 마차 안에서 당황한 듯이 말했다.

"어머나, 당신, 와틀링 씨가 아니세요! 당신을 무척 뵙고 싶었어요! 집으로 들어오시면 안 될까요?" 멜라니는 외쳤다.

"원 천만에요, 부인." 벨 와틀링은 부끄러워하는 것 같은 소리로 말했다. "제발 이리 좀 들어오셔서 잠깐만 앉으세요."

멜라니가 마차 안으로 들어가자 마부가 문을 닫았다. 그녀는 벨과 나란히 앉자 손을 잡고 말했다.

"당신이 오늘 해 주신 일에 대해서 전 무어라고 인사를 드려야 좋을지 모르겠어요! 정말이지 저희는 아무리 감사를 드려도 모자랄 거예요!"

"부인, 오늘 아침에 그런 편지를 보내시다니, 안 돼요. 아뇨, 편지를 받는 것이 반갑지 않다는 것이 아니에요. 단지 양키의 손에라도 들어간다면 어떻게 하시겠어요? 그리고 부인께선 인사를 하러 제게 오시겠다는 말씀을 하셨는데…… 부인, 그건 정신나간 이야기예요! 공연한 소리가 아닌 걸요! 그래서 전, 어둡기를 기다려 그런 일을 하시지 않도록 주의 말씀을 드리려고 온 거예요. 글쎄, 전…… 글쎄, 부인 정말 그러시면 안 돼요."

"제 남편의 목숨을 건져 주신 고마운 분을 찾아가서 인사를 드리는 것이 안 된단 말씀인가요?"

"어머나, 그런 건 아니지만, 부인! 하지만 제가 드린 말씀이 뭔지 아실 거예요!"

멜라니는 그 암시하는 말뜻을 알아듣자 당황해서 잠시 말을 못하고 있었다. 어두침침한 마차 안에 앉아 있는 이 아름답고 차분한 차림을 한 여자는 그녀가 나쁜 여자, 유곽 마담으로 생각하고 있었던 것과는 태도나 말씨가 전혀 달랐다. 그 말투에는 약간 품위가 없는 시골티가 있기는 했지만 상냥하고 따뜻한 마음씨가 엿보였다.

"오늘 헌병 사령관 앞에 나오셨을 때의 당신의 태도는 참으로 훌륭했어요, 와틀링 씨! 당신과 그리고 당신 댁의 젊은 아가씨들이 그 남자 분들의 목숨을 구해 주신 거예요."

"윌크스 씨야말로 정말 훌륭하셨어요. 그분이 어떻게 일어나서 말씀하실 수 있었을까 하고 생각했어요. 더구나 그처럼 침착한 모습으로 말이에요. 어젯밤 제가 보았을 때에는 돼지처럼 피를 흘리고 계셨는데, 그 뒤로 기운을 좀 차리셨나요, 부인?"

"네, 고마워요. 의사는 출혈은 좀 심했지만 비교적 가벼운 상처라고 하시더군요. 오늘 아침 그이는, 사실 브랜디로 기운을 차리고 가셨던 거예요. 그러지 않았으면 그처럼 용케 해치울 힘이 없었을 거예요. 하지만 모든 사람을 건져 준 건 와틀링 씨 당신이었어요. 당신이 깨뜨린 거울 이야기를 정신없이 하셨기 때문에, 완전히, 완전히 납득이 갔던 거예요."

"고마워요, 부인. 하지만 전, 전 버틀러 선장님도 참 훌륭했다고 생각해요."

이렇게 말 하는 벨의 목소리에는 약간 쑥스러운 듯한 자부심이 들어 있었다

"네, 그분은 참 훌륭하셨어요!" 멜라니는 열을 내어서 외쳤다. "양키들도 그분의 증언을 안 믿을 수는 없었거든요. 그분은 처음부터 끝까지 아주 현명하게 처리해 주셨어요. 그분에게 뭐라고 감사를 드려야 할지 모르겠어요. 당신께도 그래요. 얼마나 친절하고 좋으신 분들인지 몰라요."

"고맙습니다. 윌크스 부인. 그저 그렇게 하는 것이 기뻤던 거예요. 제가, 제가, 윌크스 씨가 저의 집 단골이니 뭐니 한 것을 너무 언짢게 생각하지 말아 주세요. 그분에 한해서만은 절대로……"

"네, 잘 알고 있어요. 전 언짢기는커녕 진심으로 당신에게 감사하고 있어요."

"하지만 다른 부인들은 고마워하지 않아요." 벨은 갑자기 원망스러운 듯이 말했다. "그분들은 버틀러 선장에게도 고마워하지 않을 거예요. 도리어 그이를 한층 더 미워하게 되겠죠. 제게 고맙단 말씀이라도 하시는 분은 당신한 분뿐이에요. 그분들은 거리에서 저를 만나도 얼굴을 쳐다보려고도 하지 않을 것이 뻔해요. 하지만 상관하지 않아요. 그분들의 바깥양반들이 모두 사형을 받는대도 그런 건 전 아무렇지도 않았어요. 하지만 윌크스 씨만은 잠자코 보고 있을 수가 없었어요. 전 전쟁중, 병원에 기부할 돈 때문에 부인께서 얼마나 친절하게 해 주셨는지 잊을 수가 없어요. 부인처럼 제게 친절하게 해 주신 부인은 이 시에서는 한 분도 없었어요. 그 친절은 정말로 잊지 않겠어요. 전 만약에 윌크스 씨가 사형이라도 받게 된다면 부인께서 어린 아드님과 함께 과부로 남게 된다는 것을 생각했어요……. 아드님은 정말 좋은 아이더군요, 부인. 제게도 사내아이가 있기 때문에 전……"

"어머나 당신도 있으세요? 아드님은 지금…… 함께……."

"아니요, 천만에요! 이 애틀랜타에는 없어요. 여기에는 한 번도 온 일이 없어요. 학교에 다니고 있지요, 먼 곳의. 어렸을 때 만났을 뿐이에요. 전……. 그건 그렇고, 버틀러 선장으로부터 그 사람들을 위해서 거짓말을 해달라고 부탁받았을 때 어떤 사람들이냐고 묻고, 그 속에 윌크스 씨의 이름이 있었기 때문에, 전 대번에 승낙해 버렸어요. 전 우리 집 여자들에게도 말했어요. '너희, 특히 윌크스 씨와는 밤새도록 함께 주욱 있었다고 똑똑히 말하지 않으면 살려 두지 않겠다' 하고 말이에요."

"어머나!"

멜라니는 벨이 '여자들'에게 일러 뒀다는 꾸밈없는 말투에 당황해 버렸다. "어쩌면, 정말…… 고마우셔라. 당신에게, 그리고 아가씨들에게도 감사를 드리겠어요."

"당신을 위해서라면 이따위 일쯤 아무것도 아니에요." 벨은 진심으로 말했다. "그러나 다른 사람들을 위해서라면 전 사양하겠어요. 만약에 케네디 부인의 남편이었다면 버틀러 선장이 뭐라고 하든지 저는 정말 손가락 하나 까딱하지 않았을 거예요."

"어째서요?"

"부인, 저 같은 장사를 하고 있는 사람은 여러 가지 일을 다 알고 있답니다. 우리가 얼마나 훌륭한 부인들의 일을 알고 있는지 조금이라도 아시게 되면, 여러분은 깜짝 놀라실 거예요. 그 부인은 좋은 분이 아니에요, 부인. 그분은 자기 남편과 웰번 씬가 누군가를 제 손으로 쏘아죽인 거나 마찬가지예요. 그분이 애틀랜타를 싸돌아 다니면서, 검둥이나 쓰레기들의 못된 마음을 들뜨게 해서 이런 일을 벌어지게 만든 거예요. 우리 집 여자들 중에도 그런……."

"제 올케를 그렇게 심하게 말씀하시지 말아 주세요."

멜라니는 쌀쌀하게 말했다. 벨은 용서를 비는 것처럼 멜라니의 팔에 자기 손을 얹었으나 얼른 다시 그 손을 움츠렸다.

"제게 역정을 내지 말아 주세요, 부인. 그렇게 친절하고 상냥하게 대해 주신 뒤에 그러시면 견딜 수가 없어요. 부인께서 그분을 아주 좋아하고 계신다는 걸 깜빡 잊고 있었어요. 그런 말씀을 드리다니 정말 미안해요. 그리고 케네디 씨가 돌아가신 데 대해서는 저도 무척 안됐다고 생각하고 있어요. 케네디 씨는 좋은 분이었어요. 저희 집에서도 그분에게 물건을 좀 사고 있었지만 언제나 친절하게 해 주셨어요. 하지만 케네디 씨 부인은…… 그분은 부인과 같은 지체의 분은 아녜요, 부인. 그분은 무척 냉혹한 분이에요. 저는 아무래도 그렇게밖에 생각되지 않기 때문에 어쩔 수가 없군요……. 그런데 케네디 씨의 장례는 언제 치르시나요?"

"내일 아침이에요. 당신은 케네디 부인에 대해서 잘못 생각하고 계세요. 지금도 그분은 슬픔에 잠겨 있어요."

"그야 그럴지도 모르지요." 벨은 믿어지지 않는 모양이었다. "그럼 전 그만 가 보아야겠어요. 여기 너무 오래 있다가 이 마차로 제가 왔다는 걸 남이 알면 안 돼요. 부인께 누를 끼치게 될 테니까요. 그리고 부인, 혹시 거리에서 저를 만나시는 일이 있더라도 일부러 말을 걸어 주지 않으셔도 괜찮아요. 저는 아무렇지도 않으니까요."

"전 당신과 이야기하는 것을 영광으로 생각해요. 당신에게서 은혜를 입은 것을 영광으로 생각하고 있어요. 또 언제고 다시 뵙고 싶어요."

"안 돼요." 벨은 말했다. "그건 안 돼요. 그럼 안녕히 계세요."

47

스칼렛은 침실에서 마미가 가져온 저녁식사 접시를 깨작거리며 어두운 창밖에서 마구 불어대는 바람소리를 듣고 있었다. 집 안은 무서울 정도로 고요했다. 겨우 몇 시간 전까지도 객실에 프랭크의 시체가 안치되어 있었는데, 그때보다도 더 고즈넉했다. 아까까지는 발끝으로 걸어다니는 발소리며, 나직한 이야기 소리며, 현관문을 조심스럽게 두드리는 소리며, 이웃 사람들이 옷 스치는 소리를 내면서 들어와서 나직한 목소리로 조문하는 소리며, 장례에 참석하러 존즈버러에서 온 프랭크 여동생의 가끔 생각난 듯이 흐느끼는 소리가 들려왔었다.

그러나 지금은 완전히 정적에 싸여 있었다. 방문은 열려 있지만, 아래층에서는 아무 소리도 들리지 않았다. 웨이드와 갓난아이는 프랭크의 시체가 집으로 옮겨진 이후 멜라니네 집에 맡겨 두었으므로 웨이드의 발소리도 엘라의 소리도 들리지 않았다. 적적했다. 부엌도 휴전 상태로 들어갔는지 피터나마미나 요리사의 다투는 소리도 여기까지는 흘러오지 않았다. 아래층 서재에 있는 피티 고모마저도 스칼렛의 슬픔에 동정을 표하여 흔들의자를 삐걱거리지도 않았다.

슬픔을 안고 혼자 가만히 있고 싶어 하려니 하는 동정심에서, 누구 한 사람 그녀를 방해하려는 사람이 없었다. 그러나 스칼렛은 혼자 있는 것이 조금도 좋지 않았다. 자기와 무릎을 맞대고 있는 것이 단지 슬픔뿐이라면 여태까지 갖은 슬픔을 견디어 왔듯이 얼마든지 참고 견딜 수 있었을 것이다. 그러나 지금은 프랭크를 잃어버린 충격에 공포와 회한과 갑자기 눈뜨기 시작한 양심의 가책과 맞닥뜨리고 있는 것이다.

그녀는 생전 처음으로 자기가 한 일에 대해서 뉘우치고 있었다. 그러나 뉘우치는 동시에 격렬한 미신적인 공포에 사로잡혀서, 자기도 모르게 여태까지 프랭크와 함께 누워 있던 침대를 바라볼 수밖에 없었다. 그녀가 프랭크를 죽인 것이다. 그녀의 손가락으로 방아쇠를 당겨서 그를 죽인 것이나 다름없다. 그가 혼자서 돌아다니는 것만은 제발 그만두어 달라고 그토록 부탁했는데도 그녀는 듣지 않았다. 프랭크는 그녀의 고집 때문에 죽고 만 것이다. 하느님은 결코 그 죄를 용서하지 않으실 것이다. 그러나 그녀의 양심에는 그의 죽음의 원인이 되었던 것보다도 더 괴롭고 더 무서운 또 하나의 일이 짓누르고 있었다. 그것은 관에 담긴 그의 얼굴을 보기까지는 한 번도 그녀를 괴롭힌 적이 없었던 일이었다. 그의 조용한 얼굴에 감돌고 있던 구원받기 어려운 비애의 빛이 그녀의 가슴을 날카롭게 찔렀던 것이다. 진심으로 동생 수엘렌을 사랑하고 있었던 남자와 결혼해 버린 그녀를 하느님은 반드시 벌하실 것이다. 그녀는 하느님의 심판대 앞에 웅크리고 양키의 병영에서 프랭크의 마차로 돌아오는 길에 그에게 한 그 거짓말을 문초당할 것이 틀림없다.

너무나 많은 사람의 운명이 그녀 한 사람의 어깨에 걸려 있었으므로 프랭크나 수엘렌의 권리도 행복도 생각할 겨를 없이, 그를 함정에 떨어뜨렸다는, 목적을 위해서는 수단을 가리지 않는다는 변명도 지금에 이르러서는 아무런 소용이 없었다. 진실이 엄연히 그녀 앞에 가로막고 서 있었다. 그녀는 그것으로부터 몸을 웅크리고 달아나는 수밖에 도리가 없는 것이다. 그녀는 냉혹하게 그와 결혼했고 냉혹하게 그를 이용했다. 그리고 마음먹기에 따라서는 얼마든지 행복하게 해 줄 수 있었던 마지막 여섯 달마저도 그녀는 그를 불행한 일만 겪게 하고 말았던 것이다. 하느님께선 그에게 좀더 살뜰하게 굴지 않은 데 대해서도 반드시 벌하실 것이다. 남편인 그에게 한껏 방자하게 굴었고, 걸핏하면 화를 내며 고함을 질렀고, 그의 충고를 무시했고, 그의 친구들을 멀리하고, 마침내는 제재소를 경영하고, 술집을 세우고, 죄수를 부려서 그를 망신시키고 말았다. 그 죄를 반드시 벌하실 것이다.

여태까지 자신이 남편을 불행하게 만들고 있었다는 것은 그녀도 알고 있었다. 그러나 프랭크는 모든 것을 신사답게 참고 있었던 것이다. 만약 그녀가 그에게 참다운 행복을 준 것이 있다면, 그것은 엘라를 그에게 낳아 준 것뿐이었다. 그녀가 아기 낳기를 피할 생각이었다면 결코 엘라도 태어나지는 않았을 것이다.

그녀는 공포에 몸을 떨었다. 프랭크가 살아 있어 준다면 앞으로 얼마든지 다정하게 해 줄 수 있을 텐데. 마음껏 다정하게 해줌으로써 모든 것을 보상할 수도 있으련만. 오, 하느님, 제발 그렇게 끈덕지게 두고두고 화내지 말아 주십시오! 아아, 왜 이다지도 시간이 더디 갈까! 왜 이다지도 집 안이 조용할까! 어째서 사람들은 나만 혼자 남겨 두는 것일까!

멜라니가 함께 있어 주기만 한다면 이 공포를 가라앉혀 줄 텐데. 그러나 멜라니는 애쉴리의 병구완 때문에 자기 집에 있었다. 한순간 스칼렛은 피티 고모를 불러서 자기와 자기의 양심 사이에 막아 서 달라고 부탁할까 하고도 생각했으나, 그것은 망설여졌다. 아마 피티 고모는 프랭크의 죽음을 슬퍼하고 있을 테니 사태를 더욱 악화시키고 말 것이다. 같은 나이 또래였던만큼, 피티는 진심으로 프랭크를 경애하고 있었던 것이다. 그 역시 '한 집안의 기둥'으로서 피티가 필요로 하는 것은 무엇이고 충분히 채워 주었었다. 사소한 선물을 가져다주기도 하고, 허물없는 뜬소문이나 우스갯소리를 하기도 하고, 밤에는 그녀가 그의 양말을 깁고 있는 곁에서 신문을 읽어 주기도 하고 그날 문제되었던 사건을 설명해 주기도 했던 것이다. 피티 고모도 그의 일이라면 야단법석을 떨면서 특별한 음식을 생각해 내거나 걸핏하면 걸리는 그의 감기에 대해서도 진심으로 살뜰히 그의 응석을 받아 주곤 했다. 그래서 그의 죽음을 남달리 슬퍼하며 빨갛게 부어오른 눈을 누르면서 "KKK단 같은 것들과 같이 나가지만 않았던들!" 되풀이하면서 넋두리를 하는 것도 무리는 아니었다. 어째서 이다지도 갖가지 공포가 그녀의 가슴을 슬프게 하고 차가운 질병 같은 느낌이 들게 하는지, 그것을 분명하게 설명해서 그녀의 공포를 가라앉혀 주고, 그녀의 마음을 위로해 줄 사람은 정말 없는 것일까? 만약 애쉴리만, 하고 생각을 하다가 그녀는 얼른 뒷걸음질을 치고 말았다. 프랭크를 죽인거나 마찬가지로, 그녀는 애쉴리까지도 하마터면 죽일 뻔하지 않았던가. 더욱이 그녀가 어떤 거짓말을 해서 프랭크를 차지했는가 하는 것과 그녀가 프랭크에 대해서 얼마나 못할 짓을 해왔는가 하는 사실을 만약 애쉴리가 정말로 알게 된다면, 그는 다시는 그녀를 사랑할 수 없게 돼버릴 것이 뻔하지 않은가, 애쉴리는 명예를 중시하고, 진실하고 친절하여 매사를 올바르게 똑바로 보는 사람이다. 그러니까 진상을 알았다 해도 좀더 이해해 줄 것이다. 보나마나 지나칠 정도로 이해해 줄 것이다! 그 대신 그는 이젠 절대로 그녀를 사랑하지 않을 것이다. 그렇다면 그에게 사실을 알려서는 안 된다. 그한테서 언제까지나 계속해서 사랑을 받아야 하기 때문이다. 남이 알지 못하는 그의 사랑이라는 힘의 원천 없이 어떻게 그녀가 살아갈 수 있단 말인가. 그러나 그의 어깨에 머리를 기대고 마음껏 울면서 죄 많은 마음을 참회할 수 있다면 얼마나 위로가 되겠는가!

죽음의 그림자가 깃든 고즈넉한 집 안의 공기는 그녀의 고독한 마음을 무겁게 짓눌러서, 무슨 도움 없이는 이젠 단 1초도 견딜 수 없는 지경이 되었다. 그녀는 조심스럽게 일어나서 방문을 반쯤 살그머니 닫고, 장롱 맨 밑의 서랍을 열어서 속옷들을 뒤지기 시작했다. 그리고 그곳에 숨겨 둔 피티 고모의 '정신 나는 약'인 브랜디 병을 꺼내어 램프에 비춰 보았다. 거의 절반이나 비어 있었다. 설마 엊저녁부터 이렇게 마셔 댔으리라고는 생각되지 않았다. 그녀는 물컵에 가득히 부어서 단숨에 주욱 들이켰다. 아침까지는 병 주둥이께까지 물을 채워서 술병 선반에 도로 갖다놓아야 한다. 장례식 전에 관을 지키는 사람들이 한잔 마시고 싶다고 했을 때, 마미가 열심히 이것을 찾아다니던 일이 그녀는 생각났다. 부엌 공기는 이 술병을 둘러싼 의심 때문에, 마미와 요리사와 피터 사이는 서로 험악하게 되어 있었던 것이다.

브랜디는 기분 좋게 온몸에 타올랐다. 취하고 싶을 때에는 이게 그만이다. 브랜디는 정말 언제 마셔도 싱거운 포도주 따위보다 훨씬 맛이 좋았다. 도대체 무엇 때문에 여자는 포도주만 마시게 하고, 다른 술 같은 것을 마셔서는 안 된다는 말인가? 메리웨더 부인과 미드 부인은 장례식 때, 그녀의 숨결에서 나는 냄새를 분명히 맡고 의기양양한 얼굴을 서로 마주 보았다! 늙은 고양이 같은 것들!

그녀는 또 한 잔 마셨다. 오늘 밤은 조금쯤 취해도 상관없다고 생각했던 것이다. 이제 곧 잘 테고, 마미가 옷을 갈아입는 것을 거들러 올라오기 전에 향수로 양치질을 해 두면 들킬 염려는 없다. 재판날만 되면 언제나 꼭 취하곤 하던 아버지 제럴드처럼 그녀도 앞뒤 가리지 못할 정도로 취하고 싶었다. 그렇게 하면 그녀 때문에 한평생을 망치고, 목숨까지 빼앗긴 것을 원망하는 듯한 프랭크의 절망적인 얼굴도 잊을 수가 있겠지.

시 사람들 모두 그녀가 프랭크를 죽였다고 생각하고 있는 것일까. 장례식에 온 사람들은 누구나 그녀에게 냉담했다. 동정어린 말을 하고 조금이나마 따뜻한 마음을 보여 준 것은 그녀와 거래가 있던 양키 장교의 부인들뿐이었다. 흥, 그까짓 시 사람들이 무슨 말을 하든 상관없지. 하느님의 심판 아래서 무엇이라고 변명해야 할 것인가 하는 걱정에 비하면 그것은 아무것도 아니잖은가.

그녀는 이런 생각을 하다가 다시 무서워져서 얼른 브랜디를 또 한 잔 들이켰다. 뜨거운 액체가 목구멍을 지나갔다. 몸은 더웠지만, 역시 프랭크 생각을 마음속에서 쫓아낼 수는 없었다. 술이면 모든 것을 잊을 수가 있다고들 남자들은 곧잘 말하지만 참 바보들이다. 인사불성이 될 때까지 마시지 않으면 소용없는 것이다. 그렇게라도 하지 않고서는, 혼자서 마차를 타고 돌아다니지 말아 달라고 쭈뼛거리며 나무라듯 하면서 사과하듯이 마지막으로 부탁하던 때의 프랭크의 얼굴이 눈앞에서 사라질 것 같지가 않았다.

현관문을 두드리는 둔탁한 소리가 고요한 집 안 공기를 흔들더니, 이윽고 피티 고모가 비틀거리면서 홀을 지나가 문을 여는 소리가 들렸다. 잠깐 인사하는 소리며 무슨 말인지 분간할 수 없는 두런거리는 소리가 들려 왔다. 이웃 사람들이 장례식 이야기를 하러 어쩌면 블라망주라도 가지고 온 거겠지. 피티 고모는 그런 것을 좋아했다. 조객과 이야기하는 일에 중요성을 부여하고 감상적인 즐거움을 느끼고 있는 것이다.

누굴까? 별로 깊이 파고들 생각도 없었지만, 잘 울리는 남자의 목소리가 피티 고모의 슬픔에 잠긴 속삭임 소리를 뚫고 들려왔을 때, 그녀는 그것이 누구인가를 알았다. 기쁨과 안도감이 와락 밀어닥쳤다. 레트였다. 프랭크가 죽었다는 기별을 받은 뒤로 한 번도 만나지 못했지만, 그때는 곧 마음속 깊은 곳에서 그가 오늘 밤의 그녀를 구해 줄 수 있는 오직 한 사람이라는 것을 깨달았다.

"그분이 꼭 만나 주시리라고 생각하는데요."

레트의 목소리가 그녀에게까지 들려 왔다.

"하지만 그 애는 이미 자리에 들었어요, 버틀러 선장님. 아마 아무하고도 만나지 않을 거예요. 불쌍하게도 그 애는 아주 쇠약해졌어요."

"아니, 만나 주실 겁니다. 부디, 제가 내일 여행을 떠나기 때문에 얼마 동안 떠나 있게 된다고 전해 주십시오. 중대한 용건입니다."

"하지만……." 피티 고모는 여전히 망설이고 있었다.

스칼렛은 복도로 달려나갔다. 다리가 휘청거리는 것을 깨닫고는 약간 놀랐으나, 상반신을 난간 밖으로 내밀었다.

"곧 내려가겠어요, 레트." 그녀는 소리쳤다.

그녀는 피티 고모가 살찐 얼굴을 돌리고 놀라움과 비난으로 눈이 올빼미처럼 된 것을 언뜻 보았다. 스칼렛은 급히 방으로 돌아와서 머리를 매만지면서, 자, 이 일로 또 내가 남편의 장례식 날 형편없이 얌전치 못한 행동을 했다는 소문이 온 시내에 파다하게 퍼지게 될 것이라고 생각했다. 그리고 검은 바스크 단추를 턱밑까지 잠그고, 피티 고모의 상복에 다는 브로치를 깃에 달았다. 거울 속을 들여다보면서, 그다지 예쁘게 보이지 않는 몹시 창백하고 겁먹은 듯한 얼굴이구나 하고 속으로 중얼거렸다. 순간 볼연지를 감추어 둔 조그만 상자에 손을 뻗으려다가 끝내 그것만은 단념했다. 만약 그녀가 장밋빛 도는 화사한 얼굴을 하고 내려간다면, 가엾은 피티 고모는 깜짝 놀라서 기절해 버릴지도 모른다. 그녀는 향수병을 들어 한 입 가득히 머금고, 정성 들여서 양치질을 한 다음 그것을 물 버리는 항아리에 뱉어냈다.

그녀는 옷을 사르락거리면서 계단을 내려가자 아직 현관 복도에 우두커니 서 있는 두 사람 쪽으로 걸음을 옮겼다. 피티 고모는 스칼렛의 행동에 잔뜩 기가 질려서 레트에게 앉으라고 하는 것마저 잊고 있었던 것이다. 그는 예의 바르게 검은 상복을 차려 입었고 주름 장식이 있는 리넨 와이셔츠는 빳빳하게 풀을 먹인 것이었다. 그 태도는 절친한 사람을 잃은 사람을 위로하기 위해서 찾아온 오랜 친구로서 어디 한 군데도 흠잡을 곳이 없었다. 사실 너무나 빈틈없이 차렸으므로, 피티 고모는 물론 깨닫지 못했지만, 다소 우스꽝스럽게 보이지 않는 것도 아니었다. 그는 형식대로 스칼렛을 번거롭게 한 데 대한 변명을 하고, 시를 떠나기 전에 서둘러서 장사일을 끝맺어야 했기 때문에 장례식에도 참석할 수 없었노라고 사과했다.

'도대체 무엇 때문에 찾아왔을까?' 스칼렛은 이상하게 생각했다. '이 사람은 멀쩡한 거짓말을 늘어놓고 있다.'

"이런 시간에 번거롭게 해드리고 싶지는 않았습니다만 거래상 의논할 것이 있는데, 그것을 미룰 수가 없어서요. 실은 케네디 씨와 제가 계획하던 일입니다만……."

"당신하고 케네디 씨가 거래를 했었다는 건 난 처음 듣는 일인데요."

피티 고모는 특히 프랭크에 관한 일로서 자기가 모르는 일이 있었다니 분하다는 말투였다.

"케네디 씨는 사업을 광범위하게 벌이고 계셨으니까요." 레트는 공손하게 말했다. "객실로 들어가실까요?"

"아니에요!"

스칼렛은 꽉 닫혀 있는 문 쪽을 보면서 외쳤다. 어쩐지 아직도 그 방에 관이 있는 것만 같아서 두 번 다시 그 안으로 들어가고 싶지 않았던 것이다. 피티 시고모는 결코 친절심에서 그런 것은 아니었지만 비로소 눈치 있게 굴었다.

"서재를 쓰세요. 나는…… 나는 2층에 올라가서 기울 것을 가져와야 하니까요. 지난 주일에는 너무 게으름을 피워서 말이에요. 정말……."

그녀는 약간 비난하는 빛을 띠고 뒤를 돌아보면서 계단을 올라갔는데, 그 표정은 스칼렛도 레트도 눈치채지 못했다. 그는 스칼렛이 자기 앞을 지나서 서재로 들어갈 수 있도록 몸을 비켜섰다.

"당신하고 프랭크 사이에 어떤 거래가 있었던가요?"

그녀는 퉁명스럽게 물었다. 그는 옆으로 다가와서 속삭였다. "전혀 없어요. 그저 피티 아주머니가 자리를 비켜 주기를 바랐을 뿐이지요." 그러고 나서 그녀에게 몸을 수그리며 "도무지 효과가 없군요, 스칼렛" 하고 말했다.

"뭐가요?"

"향수가."

"어머나, 무슨 말씀을 하시는 건지 나는 조금도 못 알아듣겠군요."

"아실 텐데요. 꽤 마신 모양이군요."

"마셨다면 그게 어쨌다는 거죠? 당신이 관여할 일이 아니잖아요?"

"아무리 슬픔에 잠겼다 하더라도 예의는 분간해야 하오. 혼자서 마시면 안 돼요. 스칼렛. 반드시 드러나고 말아요. 남이 알게 되면 아주 평판이 나빠지고 말아요. 혼자서 마시다니 좋지 못한 취미요. 뭐 때문에 그러는 거요?" 그가 권하는 대로 그녀는 자단목 소파에 잠자코 앉았다. "문을 닫을까요?"

문을 닫고 단둘이서 이야기하고 있는 것을 마미가 보게 되면 사정없이 나무라고 나서, 틀림없이 며칠씩이나 끈덕지게 설교를 되풀이하며 잔소리를 늘어놓을 것이라는 것을 알고 있었으나, 이렇게 술을 마셨다는 둥 하는 이야기를 혹시 엿듣게 되는 날에는 그야말로 브랜디 병이 없어졌을 때의 소동에 비추어 보더라도 더 귀찮게 될 것이 분명했다. 그래서 그녀는 잠자코 고개를 끄덕였다. 레트는 열린 문을 두 쪽 다 닫아 버렸다. 그리고 되돌아와서 그녀의 곁에 앉자, 그 검은 눈으로 날쌔게 그녀의 얼굴을 살펴보았다. 죽음의 그림자는 그가 발산하는 왕성한 생명력 앞에 자취를 감추고 방 안은 다시 아늑한 안정을 되찾아 램프의 빛도 따뜻하게 보였다.

"도대체 무슨 일이오, 귀여운 아가씨?"

이 세상에 비록 농담일지라도, 애정을 표현하는 데 이렇게 어이없는 말을 쓰는 사람은 아마 레트밖에는 없을 것이다. 뿐만 아니라 그는 지금 결코 농담을 하고 있는 표정은 아니었다. 그녀는 괴로움이 가득 찬 눈을 들어 그의 얼굴을 보았다. 그리고 그의 아무런 감정도 나타내지 않고 있는 얼굴 속에서 무엇인가 위안을 찾아냈던 것이다. 그가 믿을 수 없는 냉혹한 인간이라는 것을 알고 있는만큼, 어째서 그렇게 따뜻한 것을 느끼게 되는 것인지 그녀는 알 수가 없었다. 아마도 그가 가끔 말했듯이 두 사람이 서로 몹시 닮은 구석이 있기 때문이라고도 할까. 그녀는 여태까지 사귀어온 사람들이 레트 말고는 모두가 전혀 생소한 남인 것처럼 생각되었다.

"나한테 말할 수 없소?" 그는 우스울 만큼 상냥하게 그녀의 손을 잡았다. "프랭크가 죽었기 때문만은 아니겠지요? 돈이 필요한가요?"

"돈? 그런 건 아니에요! 아, 레트, 난 너무 무서워요."

"바보 같은 소린 말아요, 스칼렛. 당신은 세상 밖에 나온 뒤로 무섭다고 생각한 일이 없을 텐데요.”

“어머나 레트, 난 무섭단 말이에요!”

이야기를 한다기보다 말이 자꾸자꾸 꼬리를 물고 솟아올랐다. 그에게라면 말할 수 있었다. 레트라면 무슨 말이고 다 할 수가 있는 것이다. 그 자신이 그런 악당인만큼 그녀를 비판할 수는 없을 테니까 말이다. 세상 사람들이 너 나없이 영혼의 순결을 위해서 거짓말을 하지 않고, 명예롭지 못한 일을 할 바에는 차라리 굶어 죽는 편이 낫다고 생각하고 있을 때 아무라도 좋다, 자기와 마찬가지로 악당이고, 비열하고, 사기꾼이고, 거짓말쟁이인 동료가 있다는 것을 알게 되는 것은, 그것만으로도 얼마나 좋은 일인지 모른다.

“나는 죽는 게 무서워요. 그리고 지옥으로 가는 게 무서운 거예요.”

만약 그가 웃었다면 그녀는 그 자리에서 죽어버렸을지도 모른다. 그러나 그는 웃지 않았다.

“당신은 퍽 건강해 보이고 지옥이란 것은 아마 없을 거요.”

“어머나, 그렇지만 있는걸요, 레트! 당신도 있다는 건 알고 있을 거예요!”

“있다는 건 알고 있소. 그러나 그건 이 세상에 있는 거지, 죽은 뒤에 있는 건 아니오. 죽어 버리면 아무것도 없어요, 스칼렛. 당신이 현재 빠져 있는 고뇌의 세계, 그것이 지옥이오.”

“어머나, 레트, 그건 모독이에요!”

“그러나 이상하게 마음은 가라앉는 법이오. 이야기해 보아요. 어째서 당신은 지옥에 간다고 생각하는 거죠?”

벌써 놀리기 시작한 것이다. 그의 눈속에 여느 때의 광채가 보이기 시작했다. 그러나 그녀는 상관하지 않았다. 그의 손은 무척 따뜻하고 억세어서, 거기에 매달려 있으면 마음이 이상하게 가라앉는 것처럼 느껴지는 것이었다.

“레트, 나는 프랭크와 결혼하는 게 아니었어요. 잘못되었던 거예요. 그이는 수엘렌의 애인이었고, 그 애만을 사랑하고 있었던 거예요. 나를 사랑했던 게 아니었어요. 그런데 나는 수엘렌은 토니 폰테인하고 결혼한다는 둥 거짓말을 해 버렸던 거예요. 정말이지 내가 어떻게 그런 짓을 할 수 있었을까요?”

“아하, 그런 사연이 있었군! 나도 이상하다고는 생각하고 있었지.”

"그리고 그 뒤로 나는 프랭크를 아주 형편없이 처참한 꼴을 당하게 해 버렸어요. 돈을 지급할 능력이 없는 사람에게 억지로 돈을 내게 하려는 것처럼, 나는 그이가 싫어하는 여러 가지 일을 하게 했어요. 게다가 제재소를 한다든지, 술집을 꾸민다, 죄수를 사용한다면서 그이의 마음을 여간 상하게 한 것이 아니었어요. 그이는 너무 창피해서 거리로 나다니지도 못할 지경이었거든요. 레트, 내가 그이를 죽인 거예요. 그래요, 죽이고 말았어요. 나는 그가 KKK단에 들어 있는 줄을 몰랐어요. 그만한 재간이 있었으리라고는 꿈에도 하지 못했던 거예요. 하지만 몰랐던 내가 바보였기 때문이에요. 그래서 나는 그이를 죽이고 만 거예요."

"'넵튠의 바닷물을 모조리 기울여도 손을 깨끗하게는 하지 못하리라.'"

(셰익스피어의 《맥베드》 속의 한 구절. 맥베드가
국왕을 죽인 뒤 자기의 피묻은 손을 보고 한 말)

"뭐라고요?"

"아무것도 아니오. 계속하시오."

"계속하라시지만 그것뿐이에요. 그것으로 충분하잖아요. 나는 그이와 결혼해서 그이를 불행하게 하고, 그리고 죽이고 만 거예요. 오오, 하느님! 어떻게 그럴 수가 있었는지 저도 모르겠어요. 나는 거짓말을 해서 그이와 결혼했어요. 그때는 그것이 아주 옳은 일처럼 생각되었던 거예요. 하지만 지금은 그것이 얼마나 잘못된 일이었던가 알았어요. 레트, 내가 그런 일을 했다는 것이 지금은 사실이었다고 생각되지 않을 정도예요. 나는 그이에 대해서는 무척 비열했어요. 하지만 내가 처음부터 비열한 건 아니에요. 난 결코 그렇게 자라나지는 않았어요. 어머니는……."

그녀는 아차 하고 말을 삼켜 버렸다. 온종일 엘렌의 생각을 하지 않으려 했지만 이미 그 모습을 지워 버릴 수 없게 되었다.

"난 말이오, 가끔 당신 어머님이란 어떤 분이었을까 하고 생각하죠. 내 생각엔 당신이 아버님을 많이 닮은 것 같군요."

"어머닌 말이에요. 레트, 난 지금 처음으로 어머니께서 돌아가시길 참 잘했다고 생각했어요. 덕분에 어머니께서는 이렇게 돼 버리고 만 나를 안 보시게 되신 거예요. 어머니는 나를 비열한 인간으로 기르시지 않았으니까요. 어머니는 누구에게나 아주 친절하시고 퍽 좋은 분이었어요. 어머니는 이런 짓을 할 바엔 내가 굶어 죽는 편이 낫다고 생각하셨을 게 틀림없어요. 나는 모든 점에서 어머니 같은 여자가 되기를 바랐는데, 조금도 어머니를 닮지 않았어요. 난 그런 걸 생각하지도 않았지만……. 그야 내게는 그 밖에 여러 가지 생각해야 할 일들이 많았거든요. 그렇지만 어머니처럼 되고 싶다고 생각은 하고 있었어요. 아버지를 닮고 싶다고는 생각하지 않았어요. 아버지는 좋은 분이기는 했지만, 아버지는…… 무척…… 경솔하셨거든요, 레트. 나는 가끔 되도록 사람들에게 상냥하게 대하자, 프랭크에게도 살뜰히 굴자 하고 노력한 적도 있어요. 하지만 그렇게 하면 으레 또 무서운 꿈을 꾸고 시달리기 때문에, 당장 뛰어나가서 내 것이건 아니건 간에, 남에게서 닥치는 대로 돈을 움켜쥐고 싶은 기분이 들곤 해요."

눈물이 사정없이 그녀의 볼을 흘렀다. 그녀는 살에 손톱이 박힐 만큼 그의 손을 꽉 쥐었다.

"어떤 악몽인가요?" 그의 목소리는 조용하고 상냥했다.

"어머나, 당신은 모르셨군요. 그래요, 내가 사람들에게 친절하게 하거나, 나 자신에게도 돈이 전부는 아니라고 깨우쳐 주거나 하면 꼭 꿈을 꾸게 돼요. 그것은 어머님께서 갓 돌아가시고, 양키가 쳐들어온 직후의 타라의 꿈이에요. 레트, 당신은 꿈도 꾸지 못하시겠지만 나는 그것을 생각하면 온몸이 싸늘해 오곤 해요. 모든 것이 다 타버려서 쥐 죽은 듯이 조용하고, 먹을 것이라곤 아무것도 없는 광경이 또렷하게 보이는 거예요. 레트, 그 꿈속에서 나는 여전히 굶주리고 있는 거예요."

"계속하시오."

"나도 배고프지만, 다른 사람들도, 아버지께서도, 동생들도, 흑인들도, 굶어 죽을 지경이 되어서, 되풀이해서 '우리는 배가 고파' 하고 말을 계속하고 있는 거예요. 나는 배고픈 걸 뼈저리게 느끼고 공포에 떨면서, 마음속으로 '만약 이것을 이겨나갈 수 있다면 어떤 일이 있더라도 두 번 다시 배고픈 꼴을 당하지 않으리라'고 거듭 되뇌는 거예요. 그러면 꿈이 변해서 잿빛 안개 속에 싸여 버리고, 내가 그 안개 속을 마구 달려서 심장이 터질 지경이 되도록 달려나가면, 무언가가 내 뒤를 쫓아오는 거예요. 나는 숨도 쉬지 못할 지경이에요. 그래도 저쪽으로 가 닿기만 하면 살아날 수 있다고 계속 생각하곤 하지요. 하지만 어디로 가려는 것인지 그건 모른단 말이에요. 그리고 잠을 깨면 무서움 때문에 소름이 쫙 끼치고, 내가 다시 굶는다는 것만이 걱정되어서 견딜 수가 없어요. 난 그 꿈에서 깨어나면, 내가 다시 굶을까 봐 걱정하지 않게 되려면 온 세계의 돈을 모조리 긁어 모아도 모자랄 것 같은 기분이 들어요. 그러고는 프랭크가 배짱이 없고 아둔한 것만 같아서 대번에 화가 치밀어 울화통을 터뜨리고 싶어지곤 했어요. 그이도 내 마음을 몰랐을 것이고, 나도 그이에게 내색할 수는 없었던 거죠. 어느 때고 그렇게 굶주릴 걱정을 하지 않아도 좋을 만큼 돈을 벌게 되면 그이에게도 여태까지의 보상을 해줘야겠다고 늘 생각하고 있었지만, 그이는 죽어 버렸으니 그것도 이제는 늦었어요. 그때는 정말로 옳은 일이라고 생각했지만, 사실은 모든 것이 잘못되었던 거예요. 다시 한 번 처음부터 하게 된다면 전혀 다른 방법으로 하겠어요."

"울지 말아요." 그는 미친 듯이 꽉 움켜쥐고 있는 그녀의 손을 풀고, 주머니에서 깨끗한 손수건을 꺼냈다. "얼굴을 닦아요. 그렇게 자기 자신을 학대하는 것은 어리석은 것이오."

그녀는 손수건을 받아서 눈물로 얼룩진 얼굴을 닦았다. 자기가 지고 있는 무거운 짐의 일부를 그의 튼튼한 어깨에 옮겨 놓기라도 한 것 같은 홀가분한 마음이, 살그머니 마음속으로 스며들었다. 그는 믿음직스럽고 침착했다. 그가 입언저리를 조금 일그러뜨리고 있는 것마저 그녀의 괴로움이나 번민이 당치않다는 것을 증명하고 있는 것처럼 생각되어서, 그녀의 마음은 위로가 되는 것이었다.

"이제 기분이 좀 나아졌나요? 그럼 이 문제를 철저히 따지기로 합시다. 당신은, 만약 처음부터 다시 하게 된다면 좀더 다른 방법으로 하게 되리라고 했소. 그러나 과연 그럴까요? 자, 잘 생각해 보아요. 정말 그렇게 할 것 같소?"

"그야⋯⋯."

"아니, 당신은 또 같은 일을 하게 될 거요. 달리 방법이 있었다고 생각하오?"

"아뇨."

"그럼 무엇을 뉘우치고 있는 거죠?"

"하지만 내가 그런 비열한 짓을 했기 때문에 그이는 죽어 버린 걸요."

"그럼, 만약 그가 죽지 않았다면 당신은 여전히 그 비열한 짓을 계속할 것이 틀림없소. 내가 잘못 본 게 아니라면 당신은 프랭크하고 결혼한 것, 그를 괴롭힌 것, 우연히 그가 죽은 원인이 된 것 따위를 결코 진심으로 뉘우치고 있지는 않다고 생각해요. 다만 지옥으로 갈 것이 걱정되어 후회될 뿐인 거요. 그렇지 않소?"

"글쎄요, 뭐가 뭔지 종잡지 못하겠어요."

"당신의 윤리라는 것도 상당히 뒤죽박죽이오. 당신은, 현행범으로 잡힌 도둑이 훔친 것은 후회하지 않으면서 감옥으로 가야 하는 것이 분해서 견딜 수 없다고 한탄하고 있는 것과 같구료."

"도둑……."

"뭐, 그렇게 말을 곧이곧대로 듣지는 마시오. 다시 말하면, 만약에 당신이 지옥의 불꽃에 태워질 것이라는 그런 어리석은 생각만 갖지 않아도 된다면, 당신은 성가신 프랭크를 용케 떼버렸다고 시원스레 생각하겠지요."

"어쩌면, 레트!"

"자, 자! 어차피 실토할 바에는 그럴 듯한 거짓말보다는 차라리 진실한 말을 하는 편이 나아요. 당신은 그…… 말하자면…… 생명보다 소중한 그 보석을 3백 달러의 돈 때문에 내놓아야 했을 때, 마음이 몹시 아프던가요?"

브랜디가 머릿속을 빙글빙글 돌아서 현기증이 날 것만 같았다. 약간 당돌한 마음이 되어 있기도 했다. 그에게 거짓말을 해봐야 무슨 소용이랴? 그는 언제나 그녀의 마음속을 환히 들여다보고 있지 않은가.

"난, 그때는 정말이지 하느님이나 지옥 따위는 별로 생각하지도 않았어요. 조금은 생각해 본 적도 있었지만. 그래요, 난 하느님도 틀림없이 알아주시리라고 생각하고 있었어요."

"그런데도 프랭크하고 결혼한 데 대해서는 하느님이 이해해 주실 수 없다는 건가요?"

"레트, 당신은 왜 그렇게 하느님 하느님 하죠? 자신은 하느님 같은 건 문제삼지도 않으면서."

"그러나 당신은 노하는 하느님을 믿고 있잖소. 그것만이 지금 중대한 것 아니겠소. 왜 하느님이 이해해 주지 않으리라는 거요? 당신은 타라가 아직도 당신의 것이고 카펫배거의 것이 되지 않은 것을 뉘우치고 있소? 굶지도 않고 누더기도 걸치지 않은 것을 후회하는 건가요?"

"어머나, 그럴 리가 있겠어요!"

"그럼, 프랭크하고 결혼하는 것 말고 무슨 좋은 방법이 있었다는 건가요?"

"없었죠."

"그 사나이 쪽에서 당신과 결혼하지 말았어야 옳았던 거겠죠? 남자란 행동의 자유를 가지는 법이오. 그도 당신한테 시달리는 것이 싫으면, 자기가 원치 않는 것을 하지 않았으면 되었을 것 아니오?"

"그야 그렇지만……."

"스칼렛, 왜 그런 걸 걱정하시오? 가령 말이오, 이를테면 당신이 다시 한 번 처음부터 새 출발을 한다고 하더라도 당신은 틀림없이 또 거짓말을 해서 그 남자가 당신에게 결혼을 신청하도록 만들 거요. 그리고 역시 당신은 자진해서 위험 속으로 뛰어들어감으로써 그 사나이로 하여금 당신의 원수를 갚지 않을 수 없도록 만들 게 뻔하오. 또 만약 그 사람이 동생인 수엘렌과 결혼했다고 가정합시다. 수엘렌 씨는 그 사람이 죽음의 원인이 될 만한 일은 안 했을지도 모르오. 그러나 그녀는 당신의 두 배나 그를 불행하게 했을지도 모를 일이오. 아무리 해도 그렇게밖에는 될 수가 없었소."

"하지만 난 좀더 그이에게 살뜰하게 굴 수가 있었어요."

"당신이 말이오? 딴 사람이라면 또 몰라도, 당신이 그렇게 할 수 있다는 말이오? 당신은 누군가를 들볶지 않고는 못 견디는 성미요. 이 세상은 강한 인간은 학대하도록, 약한 인간은 학대받도록 되어 있소. 애당초 당신을 말채찍으로 후려갈기지 않은 것이 프랭크의 잘못이었소……. 난 말이오, 스칼렛, 이제 와서 양심의 싹이 트기 시작한 당신에 대해 사실 놀라고 있어요. 당신 같은 기회주의자는 양심 따위를 가져서는 안 되는 거요."

"뭐라고요, 기…… 뭐라고 하셨죠?"

"기회를 교묘하게 이용하는 사람 말이오."

"그건 나쁜 건가요?"

"우선 악평을 피할 수는 없죠. 특히 똑같이 기회가 있었는데도 그것을 이용할 줄 몰랐던 인간에게서 말이오."

"어쩌면 레트, 당신은 날 위로해 주는 줄로 알았는데 날 비웃고 계시는군요!"

"난 나 자신을 위로하고 있는 거요. 스칼렛, 당신은 취했소. 모든 것이 그 탓이오."

"그만둬요."

"좋소, 그만두지요. 당신은 속된 말로 울보 주정뱅이요. 그러니까 이번에는 화제를 돌려서 당신이 기뻐할 만한 소식을 전해 주고 기운을 돋우어 드려야겠소. 사실 떠나기 전에 이 소식을 전하고 싶어서 일부러 오늘 밤 찾아온 거요."

"어디로 가시는데요?"

"영국으로. 아마 몇 달 동안 돌아오지 못하게 될 거요. 자, 양심 따위는 잊으시오, 스칼렛. 나는 이제 더 이상 당신 영혼의 행복 따위를 논할 마음은 없소. 내 소식이 듣고 싶지 않소?"

"하지만……." 그녀는 힘없이 말을 꺼내다가 입을 다물어 버렸다. 본디 너무 엉성한 후회였다. 그것이 브랜디로 부드러워지고 레트의 농담으로 위로를 받았기 때문에, 어느덧 프랭크의 창백한 유령의 그림자도 차츰 희미해지고 말았다. 레트가 말하는 게 맞을지도 모른다. 아마 하느님은 알아주시겠지. 그녀는 자기 머리에서 언짢은 생각을 밀어내고, 모든 것은 내일 생각하기로 하자고 결심할 수 있을 만큼 기운을 차릴 수 있었다.

"당신의 소식이란 게 뭐죠?"

그의 손수건으로 코를 풀기도 하고 흐트러진 머리카락을 뒤로 쓸어넘기기도 하면서 그녀는 겨우 물었다.

"소식이란 건 말이오."

그는 빙글빙글 웃으면서 그녀 얼굴을 들여다보며 대답했다.

"내가 아직도 당신을 여태까지 보아온 어떤 여자보다도 탐내고 있다는 얘기요. 이제 프랭크도 죽어 버렸으니 당신도 이 이야기에 흥미가 있으리라고 생각돼서 말이오."

스칼렛은 그가 잡고 있는 손을 뿌리치고 벌떡 일어났다.

"난 당신만큼 비열한 남자는 처음 봤어요. 하필이면 이런 때에 그런 추잡한 이야기를 하러 오다니……. 역시 당신은 조금도 달라지지 않았군요. 더구나 프랭크의 몸이 채 식기도 전에 말이에요! 조금이라도 예의란 걸 알고 있거든 제발 여기서 나가 줘요!"

"조용히 해요. 떠들면 피티 아주머니가 내려온단 말이오." 그는 앉은 채 손을 뻗어 그녀의 두 손을 감싸쥐었다. "당신은 아직 내 이야기의 요점을 모르는 모양이군."

"이야기의 요점을 모른다고요? 나는 죄다 알고 있어요." 그녀는 그의 손을 떨쳐내려 했다. "나를 내버려 두고 여기서 나가 달란 말이에요. 난 그런 천한 소리는 들어 본 적이 없어요. 난……."

"조용히 하래두." 그는 말했다. "나는 당신에게 결혼해 달라고 하고 있는 거요. 무릎을 꿇으면 진심으로 받아 주시겠소?"

그녀는 "어머나!" 부르짖었을 뿐 숨도 쉬지 못하고 털썩 소파에 주저앉았다. 그리고 입을 벌린 채 멍하니 그를 지켜보고 있었다. '난 결혼을 할 만한 사람이 아니오' 하고 비웃던 때의 그를 무의미하게 떠올리면서, 브랜디 때문에 머리가 이상해진 것이 아닐까 하고 의심해보았다. 이쪽이 취한 것이 아니라면 그의 머리가 이상해졌을 것이다. 그러나 그는 별로 정신이 이상해 보이지 않았다. 그는 마치 날씨 이야기라도 하고 있는 것처럼 태연했고, 그의 느릿한 말투도 특별히 강조하려고도 하지 않고 담담했다.

"스칼렛, 나는 트웰브 오크스 저택에서 처음 당신을 만났을 때, 용감하게 꽃병을 내던지면서 당신이 숙녀가 아니라는 것을 스스로 증명하는 현장을 보았을 때부터 줄곧 당신을 내 것으로 만들리라 생각했었소. 사실 어떻게 하든 당신을 차지하려고 생각했었단 말이오. 그러나 당신과 프랭크가 돈을 좀 번 뒤로는 이제 절대로 두 번 다시 내게 빚을 달라거나 담보물을 제공하거나 하는 그런 유쾌한 일이 없을 것으로 생각했었소. 그래서 이번에는 내 쪽에서 자진해서 청혼하게 된 거요."

"레트 버틀러 씨, 이것도 역시 당신의 비열한 농담인가요?"

"이토록 내 영혼을 모조리 까보였는데도 아직도 의심하는 거요! 아니, 스칼렛, 이것은 진실로 정직한 고백이오. 이런 때 찾아온 건 다소 취미가 좋지 못한 점은 인정하지만, 내 버릇없는 점에 대해서는 매우 그럴싸한 핑계가 있단 말이오. 나는 내일 출발해서 오랜 여행을 떠나게 되었소. 그런데 돌아올 때까지 기다리면, 당신은 얼마 되지도 않는 돈 때문에 누군가 또 다른 남자하고 결혼해 버릴지도 몰라요. 그래서 나는 생각했소. 나와 내가 갖고 있는 돈 가지고는 안 될까 하고 말이오. 사실 스칼렛, 아무리 나라도 당신이 계속 결혼하는 동안 당신을 기다리기만 하다가 한평생을 헛되게 보낼 수도 없는 일 아니겠소."

정말로 그럴 작정이구나. 의심할 여지가 없다. 그녀는 이 깨달음을 완전히 이해하자 입이 말랐다. 침을 삼키고 나서 무슨 단서라도 잡으려고 그의 눈을 들여다보았다. 거기에는 웃음이 가득 담겨 있기는 했으나, 그 속에는 그것과는 다른, 그녀가 여태까지 본 적이 없는 분석하기 힘든 빛이 번득이고 있었다. 그는 여유 있게 아무렇지도 않은 척하고 앉아 있었지만 쥐구멍을 노리는 고양이처럼 방심하지 않고 그녀를 지켜보고 있는 것을 느꼈다. 그 태연함 속에 그녀를 꼼짝 못하도록 얽어매는 힘이 느껴지고, 그것이 그녀를 주춤하게 하고 얼마간 불안하게 했다.

그는 정말로 결혼해 달라고 하고 있는 것이다. 믿어지지 않는 일을 정말하고 있는 것이다. 언젠가 그녀는 그가 결혼을 신청해 오는 일이 있으면, 어떻게 그를 괴롭혀 줄 것인가 하고 궁리한 적이 있었다. 일단 그가 그런 말을 입 밖에 내기만 하면 마음껏 깎아내려서, 그녀의 힘을 깨닫게 해 줌으로써 악의적인 쾌감을 맛보리라고 생각했던 적도 있었다. 그런데 그가 그 말을 꺼내고 있는 지금, 그런 계획 따위는 떠오르지 않았다. 왜냐하면 여태까지의 그와는 달리, 지금의 그는 그녀의 힘으로 감당할 수 없는 것처럼 생각되었기 때문이다. 그뿐 아니라 그가 완전히 그 자리의 분위기를 압도하고 있으므로, 그녀는 마치 처음으로 결혼 신청을 받은 숫처녀처럼 당황해 버려서 그저 얼굴을 붉힌 채 말을 못하고 우물거릴 뿐이었다.

"난, 난 다시는 결혼 같은 건 하지 않을래요."

"천만에, 합니다. 당신은 결혼하도록 되어 있으니까. 어째서 나하고는 안 된다는 거요?"

"하지만, 레트 난, 난 당신을 사랑하고 있지 않는걸요."

"그런 건 장애가 될 수 없어요. 당신이 벌인 두 번의 모험도 사랑이 특히 중요한 것이었다고는 볼 수 없으니까요."

"어머나, 어떻게 그런 말을! 내가 프랭크를 사랑하고 있었다는 것은 당신도 알잖아요!"

그는 아무 대답도 하지 않았다.

"사랑하고 있었어요! 사랑했었단 말이에요!"

"아니, 그 이야기는 그만두기로 합시다. 내가 없는 동안 내 청혼을 충분히 생각해 두시겠지요?"

"레트, 난 매사를 오래 끄는 것을 싫어해요. 그보다도 지금 말씀드리겠어요. 난 곧 타라로 돌아가겠어요. 여기서는 인디어가 피티 고모님과 함께 살게 될 거예요. 난 앞으로 죽 타라에서 살 생각이에요. 그리고 난…… 난 두 번 다시 결혼하고픈 생각은 없어요."

"우스운 노릇이군. 어째서죠?"

"어머, 그런 건 어째서든 상관없잖아요. 난 그저 결혼이란 것이 싫어졌어요."

"그러나 가엾게도 당신은 진정한 결혼이 어떤 것인지 전혀 모르는 거요. 알 까닭이 없지. 확실히 운이 나빴어. 한 번은 홧김에서였고, 한 번은 돈 때문이었으니 말이오. 당신은 결혼이라는 것을 재미삼아 한다는 걸 생각해 본 적이 있나요?"

"재미삼아서! 바보 같은 소리 말아요. 결혼하는 데 재미삼아 하는 게 어디 있어요."

"없다? 어째서요?"

어느 정도 차분해지고 그와 동시에 브랜디가 그녀의 지나치게 솔직해서 무뚝뚝해 보이는 타고난 성격을 표면으로 밀어냈다.

"남자들은 장난삼아 해요. 왜 그런지는 모르지만 난 도무지 이해할 수 없었어요. 그러나 여자가 결혼 생활에서 얻는 것이라곤, 얻어먹고 일에 쫓기고 남자들의 바보스러움을 참아 내고, 그리고 해마다 아이를 낳는 것밖에 더 있나요?"

그는 조용한 온 집 안에 울릴 만큼 커다랗게 웃었다. 스칼렛은 부엌문이 열리는 것을 들었다.

"조용히 해요! 마미는 살쾡이 같은 귀를 가지고 있어요. 그렇게 큰 소리로 웃다니 너무나 조심성이 없군요. 아직 겨우…… 웃지 말아요. 그게 정말이란 건 당신도 알고 있을 거예요. 재미삼아서라니! 참 기가 막히는군요!"

"나는 당신이 불운했다고 했소. 지금 당신이 한 말이 분명히 그것을 증명하고 있소. 당신이 결혼한 것은 처음에는 애송이였고, 다음엔 늙은이였소. 게다가 틀림없이 당신 어머니는, 여자는 모성의 기쁨을 누리는 대신 그런 짓을 하지 않으면 안 된다고 들려 주었을 것이 뻔하오. 그런데 그건 크게 잘못된 거요. 왜 여자에 대해 지식을 갖추고 있다는 이유로 평판이 좋지 않은, 그런 훌륭한 청년과 결혼해 보려고 하지 않는 거죠? 재미있을 겁니다."

"당신은 상스럽고 무척 잘난 체하는군요. 그런 이야기는 너무 도를 넘는 것 같아요. 정말 추잡스러워요."

"그리고 제법 재미도 있지 않을까요? 아마 당신은 여태까지 남자들과 찰스나 프랭크하고도 부부관계에 대해서 서로 이야기해 본 일이 한 번도 없을 걸요."

그녀는 잠자코 그를 흘겨보았다. 레트는 너무나 많은 것을 알고 있다. 도대체 어디서 그는 여자에 대해 그처럼 배웠을까 하고 그녀는 신기하게 생각했다. 아무튼 그다지 점잖은 일은 못된다.

"얼굴을 찡그리지는 말아요. 날짜를 정해 주오, 스칼렛. 나도 당신의 명예를 위해서 당장 결혼하자고는 하지 않습니다. 꽤 오랫동안 기다리기로 하리다. 그건 그렇고, 꽤 오랜 기간이라는 것은 얼마쯤일까요?"

"난 당신하고 결혼한다고 하지 않았어요. 그런 이야기를 이런 때 하다니, 너무나 조심성이 없는 짓이에요."

"왜 이런 이야기를 하는지는 설명을 했을 텐데요. 난 내일 출발한단 말이오. 그리고 나는 더 이상 정열을 억누를 수 없는 열렬한 구애자란 말이오. 이 결혼 신청이 느닷없기는 하지만 말이오."

말을 마치기가 무섭게 그는 갑자기 소파에서 미끄러져 내려와서 무릎을 꿇고, 한쪽 손으로 공손히 자기 가슴에 얹더니 빠른 말로 이야기했다.

"나의 격렬한 감정으로 당신을 놀라게 한 것을 용서해 주기 바라오. 친애하는 스칼렛, 아니, 친애하는 케네디 부인. 내 마음에 싹튼 당신에 대한 우정은 언제부터인지, 한층 더 깊은 감정, 보다 아름답고 보다 순수하며 성스러운 감정으로까지 성숙했다는 것은 이미 당신의 눈에도 분명하리라. 그러나 굳이 말한다면, 아! 이토록 나를 대담하게 만든 것은 바로 사랑이라오!"

"일어나세요." 그녀는 애원했다. "정말 바보처럼 보여요. 마미가 들어와서 이걸 보면 어떡하시겠어요?"

"틀림없이 처음 보는 나의 우아한 태도에 놀라서 자기 눈을 의심하겠지요"라고 하면서 레트는 가볍게 일어났다. "자, 스칼렛, 당신은 어린애도 아니거니와 여학생도 아니오. 체통이 어떻고 뭐가 어떻고 하면서 우스꽝스러운 핑계로 이야기를 피하지만 말고, 내가 돌아오면 결혼하겠다고 얼른 말해 버려요. 그렇지 않으면 나는 여기서 떠나지 않겠소. 그리고 이 근처를 빙빙 돌며 매일 밤 당신의 창문 아래서 기타를 치면서, 될 수 있는대로 커다란 목소리로 사랑의 노래를 불러 당신이 명예 때문에라도, 도저히 나하고 결혼하지 않고는 못배기도록 해보일 테요."

"레트, 분별 있게 행동하세요. 난 누구하고도 결혼하고 싶지 않아요."

"하고 싶지 않다? 당신은 진정한 이유를 말해 주지 않는군. 설마 처녀처럼 수줍은 탓은 아니겠지요? 어떻게 된 거요?"

갑자기 그녀는 애쉴리를 생각했다. 그러자 레트와는 전혀 다른, 빛나는 머리카락과 생각에 잠긴 듯한 눈을 가진, 보기에도 의젓한 그의 모습이 마치 그녀 곁에 서 있는 것처럼 뚜렷이 느껴졌다. 그 사람이야말로 그녀가 두 번 다시 결혼하고 싶지 않은 진정한 이유였다. 그렇다고 레트에 대해 그다지 불만이 있는 것은 아니었다. 때에 따라선 진심으로 좋아질 때도 있었던 것이다. 그러나 그녀는 영원히 애쉴리의 사람인 것이다. 결코 찰스나 프랭크의 것이 아니었듯이 진정으로 레트의 것이 될 수도 없는 것이다. 그녀의 모든 것은 애쉴리의 것이다. 그녀가 여태까지 애쓰고 바둥거리며 이뤄 놓은 모든 것이, 그리고 차지한 모든 것이 애쉴리의 것이다. 그를 사랑하므로 그녀는 여태까지 싸워 온 것이다. 애쉴리와 타라! 그녀는 이 두 가지 것에 속해 있었다. 그녀가 찰스나 프랭크에게 준 미소도, 웃음도, 키스도 모조리 애쉴리의 것이었다. 그런데도 애쉴리는 지금까지 단 한 번도 그런 것들을 자기 것으로서 요구한 적도 없었거니와 앞으로도 아마 영원히 요구하지 않을 것이다. 그것을 알고 있으면서도, 그녀의 마음속 깊숙한 곳에는 그를 위해 자기를 남겨 두고 싶다는 욕망이 숨쉬고 있는 것이었다.

그녀는 자기 얼굴에 변화가 생긴 것을 깨닫지 못했다. 그러나 이 몽상에 의해 그녀의 얼굴에는 여태껏 레트가 한 번도 본 적이 없는 상냥함이 나타나 있었다. 그 커다랗고 눈초리가 올라간 녹색 눈이며, 입술의 상냥한 곡선을 보자, 그는 일순간 숨이 막힐 것 같았다. 그래서 한쪽 입가를 사납게 일그러뜨리고 격정을 견뎌내지 못하는 것처럼 외쳤다.

"스칼렛 오하라, 당신은 바보야!"

아득히 먼 데를 헤매고 있던 그녀의 상념이 미처 돌아올 겨를도 없이 그의 팔은, 예전에 타라로 가는 어두운 큰길에서와 마찬가지로 단단히 그녀를 끌어안고 있었다. 그녀는 다시 그때처럼 무기력해지고, 솟아오르는 따뜻한 물결 속으로 힘없이 잠겨드는 것처럼 느껴졌다. 그리고 애쉴리 윌크스의 조용한 얼굴은 점점 희미해지다가, 어느덧 공허함 속으로 빠져 버리고 말았다. 그는 자기의 팔 위에 그녀의 얼굴을 젖히고, 처음에는 부드럽게, 이어 재빨리 힘을 더하면서 키스했다. 그녀는 현기증이 날 것 같은 흔들리는 세계에서 오직 하나 든든히 손에 잡을 수 있는 것으로서, 그에게 매달려 있었다. 그의 집요한 혀는 그녀의 떨리는 입술을 비집고 격렬한 떨림을 그녀의 신경으로 보내어, 그녀가 느낄 수 있는 한도 내에서 단 한 번도 느껴보지 못한 감각을 환기시켰다. 그리고 핑핑 도는 것 같은 현기증으로 온몸이 흔들리기 전에, 그녀는 자기도 마주 키스하고 있는 것을 알았다.

"그만…… 제발, 기절할 것 같아요!" 그녀는 머리를 힘없이 그에게서 돌리려고 하면서 소곤거렸다. 그는 그녀의 머리를 자기 어깨에 꽉 누르고 있었다. 그녀는 그의 얼굴을 어질어질한 눈으로 쳐다보았다. 그의 눈은 커다랗게 뜨이고 이상한 빛을 발하고 있었다. 그 두 팔의 떨림이 그녀를 겁먹게 했다.

"나는 당신을 기절하게 만들고 싶소. 기절시켜 주겠소. 당신은 몇 년 동안이나 이걸 기다리고 있었던 거요. 당신이 알고 있었던 바보들은 누구 한 사람, 이런 키스는 하지 못 했소. 그렇지? 당신의 소중한 찰스도, 프랭크도, 아니 그 못난 애쉴리만 해도……."

"제발."

"못난 애쉴리라고 말했소. 신사지, 모두. 그러나 그들이 여자에 대해 무엇을 알고 있겠소? 당신에 대한 일만 해도 그들이 무엇을 알고 있었소? 당신을 알고 있는 것은 나뿐이오."

그의 입술이 다시 그녀의 입술에 포개졌다. 그녀는 몸부림도 치지 않고 몸을 내맡겼다. 머리를 돌리려 해도, 아니 그렇게 생각하는 것마저도 할 수 없을 만큼 힘이 빠지고 말았다. 심장이 요란하게 고동치며 몸을 흔들고, 그의 힘의 무서움과 신경이 마비된 듯한 무기력한 느낌이 그녀의 몸을 뚫고 흘렀다. 그는 어쩌자는 것일까? 여기서 그만두지 않는다면 그녀는 실신하고 말 것이다. 그만두어 주었으면, 아니 절대로 그가 그만두지 말아 주었으면.

"결혼하겠다고 말해요!" 그의 입술이 금방이라도 밀고 들어올 듯 그녀의 입술 위에서 자리 잡았다. 그의 눈이 온 세계에 가득히, 커다랗게 보일 만큼 가까이 있었다. "그렇게 하겠다고 말해요, 아니면……."

그녀는 자신도 모르는 사이에 "네" 하고 속삭이고 있었다. 그것은 거의 그가 바라고 있는 말을, 그녀는 그저 암시받는 대로 중얼거린 데에 불과한 것 같았다. 그러나 그것을 입 밖에 내서 말한 것만으로, 그녀는 갑자기 자기의 마음이 가라앉는 것을 깨달았다. 그리고 핑핑 돌던 현기증이 멎고 브랜디의 취기마저도 가시는 것 같았다. 그녀는 약속할 마음도 없었는데 결혼할 것을 약속해 버린 것이다. 어떻게 그렇게 되고 말았는지 자신도 알 수 없었으나 후회하는 마음은 없었다. 승낙하는 대답을 한 것이 지극히 자연스러운 일처럼 생각되었던 것이다. 그녀의 의지를 초월한 하나의 억센 손이 신성한 중개자로서, 그녀를 위해 문제를 처리해 준 것처럼 여겨졌다.

그녀가 대답하자 그는 갑자기 숨을 들이마시고 다시 키스하려는 것처럼 몸을 숙였다. 그녀는 눈을 사르르 감고 머리를 뒤로 젖혔다. 그러나 그는 그냥 몸을 일으키고 말았다. 그녀는 마음속에 희미한 실망을 느꼈다. 이렇게 키스를 받는다는 것이 그녀에게는 참으로 야릇한 느낌을 주었다. 그리고 무엇인가 마음을 설레게 하는 것이기도 했다.

그는 자기 어깨에 그녀의 머리를 끌어안은 채 잠깐 가만히 앉아 있었다. 억지로 그렇게 했는지 그의 팔도 이미 떨리고 있지 않았다. 그는 약간 물러앉으면서 그녀의 얼굴을 빤히 들여다보았다. 그녀는 눈을 뜨고 그의 얼굴에서 그 사나운 격정이 이미 사라진 것을 알았다. 그러나 도무지 그의 눈길을 감당할 수가 없어서 흥분어린 혼란이 밀려드는 것을 느끼며 얼른 눈을 감아 버렸다.

그가 입을 열었을 때 말은 매우 부드러웠다.

"정말이오? 지금 한 말을 취소하고 싶다고는 생각하지 않겠지?"

"그러지 않아요."

"그저 내가…… 어떻게 말하면 좋을까? 내 정열로 당신의 발을 걸어서 당신을 쓰러뜨렸기 때문은 아니오?"

그녀는 뭐라고 말을 해야 할지 몰랐으므로 대답할 수도 없는 데다 그의 눈을 똑바로 바라볼 수도 없었다. 그러자 그는 그녀의 턱밑에 손을 대고 얼굴을 젖혔다.

"나는 거짓말만 제외한다면 당신의 어떠한 행위도 참을 수 있다고 말한 적이 있었소. 자, 바른말을 해주오. 왜 결혼하겠다고 말했지?"

여전히 말은 나오지 않았으나 겨우 마음의 평정을 되찾고서 그녀는 다소 곳이 눈을 내리깐 채 입언저리에 가벼운 미소를 띠었다.

"나를 똑바로 보아요. 내 돈 때문인가요?"

"어머나, 레트! 무슨 말을 하는 거죠?"

"얼굴을 들어요. 내게 그럴 듯한 말을 해 보았자 소용없어요. 나는 찰스나 프랭크나 그 밖의 시골 청년들과는 다르니까, 당신이 눈을 깜박깜박하는 정도에 속지는 않소. 내가 가진 돈 때문이었소?"

"글쎄요……. 그것도 약간은."

"약간?"

불쾌해진 기색은 없었다. 다만 그는 갑자기 숨을 들이쉬며 눈 속의 열망을 겨우 씻어 버렸다. 그녀가 한 말 때문이었으나 그녀는 당황하고 있었으므로 그것을 깨닫지 못했다.

"하지만," 그녀는 쩔쩔맬 뿐이었다. "돈은 필요하거든요. 안 그래요, 레트? 그리고 사실을 말한다면 프랭크는 돈을 그다지 남겨 놓지는 못한 모양이에요. 하지만 또…… 레트, 우리 둘은 마음이 잘 맞아요. 그리고 여태까지 내가 만난 사람들 가운데 당신만은 여자의 진실을 알고도 태연할 수 있는 분이에요. 그리고 나를 무식한 바보 취급하지 않고, 내게 거짓말하지 않기를 바라는 남편을 갖는다는 것은 좋은 일이 아니겠어요. 그리고…… 그래요, 난 당신을 좋아하고 있어요."

"나를 좋아하고 있다고?"

"음," 그녀는 초조한 듯이 말했다. "내가 만약 당신을 죽도록 사랑한다느니 어쩌고 하면 거짓말을 하는 것이 될 텐데, 당신은 그것을 다 알고 있잖아요."

"가끔 당신은 너무 바른말을 하거든. 비록 거짓말일지라도 '나는 당신을 사랑하고 있어요, 레트' 하는 입에 발린 말이라도 해 주는 편이 좋다고 생각하지 않소?"

그녀는 그가 말하는 뜻을 알 수가 없어서, 더욱더 허둥거리고 말았다. 그는 몹시 기묘하고, 뭔가를 바라는 듯했으며, 상처입은 듯하고 비웃는 것 같은 얼굴을 하고 있었다. 그녀에게서 손을 떼자 두 손을 바지 주머니 깊숙이 찔러넣었다. 속에서 주먹을 부르쥐고 있는 모양이었다.

'비록 이 말 때문에 레트를 잃는 한이 있더라도, 나는 바른말을 해 주리라.' 그녀는 심술궂게 생각했다. 그러자 언제나 그가 약올릴 때처럼 흥분되었다.

"레트, 글쎄 그런 소리를 해봤자 거짓말이란 게 뻔하잖아요. 그리고 그런 바보스러운 소리를 한들 어떻게 끝까지 믿을 수가 있겠어요? 난 지금도 말했듯이 당신을 좋아하고 있어요. 어떻게 좋은지는 당신도 알고 있어요. 당신이 언젠가 나한테 한 말이 있지요. 나를 사랑하고 있지는 않지만 두 사람은 서로 아주 통하는 데가 있다고요. 둘 다 악당이라고……."

"오, 이런!" 그는 얼굴을 돌리면서 재빨리 중얼거렸다. "내가 놓은 덫에 내가 치이다니."

"뭐라고 했죠?"

"아무것도 아니오." 그는 그녀 쪽을 보고 웃었다. 그러나 결코 유쾌한 웃음은 아니었다. "날짜를 정해 주오" 하고 말하고는 다시 웃더니 몸을 구부리고 그녀의 손에 입맞췄다. 그의 기분이 풀린 것을 보자 마음이 놓여서 그녀도 미소를 지었다.

그는 잠시 그녀의 손을 어루만지더니 이윽고 싱그레 웃으며 그녀를 바라보았다.

"당신은 소설에서, 쌀쌀맞은 아내가 남편을 차츰 사랑하게 되는 이야기를 읽은 적이 없소?"

"내가 소설 같은 건 읽지 않는다는 걸 아시잖아요?" 그녀는 그의 농담에 장단을 맞추려고 애쓰면서 말을 계속했다. "그리고 당신은 언젠가 남편과 아내가 서로 사랑하는 부부는 가장 안 좋은 형태라고 말한 적이 있었어요."

"내가 빌어먹을 소리를 많이 했군 그래." 퉁명스럽게 말하면서 그는 일어섰다.

"벌받을 말은 하지 마세요."

"당신은 벌받을 일에 익숙해져야만 한단 말이오. 그것이 나를 좋아하게 되고, 내 돈에 당신의 그 아름다운 손을 대는 데 대한 대가의 일부란 말이오.”

“그렇게 말을 딴 데로 돌리지 않아도 돼요. 아무튼 난 거짓말을 해서 당신을 자만하게 만들려고 했던 건 아니었으니까요. 당신도 나를 사랑하지는 않죠? 그런데 왜 내가 당신을 사랑해야 되겠어요?”

“옳은 말이오. 나는 당신을 사랑하지 않소. 당신이 나를 사랑하지 않는 것과 마찬가지로 말이오. 설령 사랑한다 하더라도 당신에게 그런 말을 털어놓지는 않소. 당신을 진정으로 사랑하고 있는 남자를, 하느님이시여 도와주옵소서. 당신은 아마 틀림없이 그 사나이의 가슴을 찢어발기고 말 거요. 이 잔인한 새끼 고양이는 매사에 경솔하고 뻔뻔스럽기 때문에 자기 손톱을 감추려고도 하지 않지.”

그는 그녀를 잡아끌듯이 일으켜 세우고 또다시 키스했다. 그런데 이번에는 그의 입술이 어쩐지 달라진 것처럼 느껴졌다. 마치 그녀의 감정 따위는 아랑곳하지 않는다는 듯이 되는 대로 아무렇게나 해 버리는 키스였다. 아니, 그보다도 그녀의 마음을 상하게 하고, 그녀를 모욕하고 싶어 하는 것처럼 보이기조차 했다. 그는 그녀의 목덜미에 그리고 마지막에는 태피터를 입은 그녀의 가슴 위로 내려와서, 숨결이 살을 불태우는 것처럼 느껴질 정도로 강하게 오랫동안 머물러 있었다. 그녀는 너무나 점잖지 못한 태도에 정신없이 두 손으로 그를 밀어 젖혔다.

“안 돼요, 이게 무슨 짓이에요!”

“당신 가슴은 토끼처럼 팔딱거리고 있군 그래.” 그는 놀리는 것처럼 말했다. “아무래도 단순히 좋아한다고 하기에는 고동이 좀 빠르다고 생각하면 내가 우겨대는 것이 될까, 흥분을 가라앉혀요. 당신은 처녀 같은 척 연기하고 있을 뿐이오. 그런데 영국에서는 무엇을 가져다주리까? 반지? 어떤 반지가 좋겠소?”

그녀는 그의 마지막 말에 흥미가 끌렸으나, 노여움과 격분으로 인해 이 상황을 좀더 오래 끌게 하려는 여자다운 욕망 때문에 잠시 망설였다.

“어머, 다이아몬드 반지예요. 네, 레트, 아주 큼직한 걸 사다 줘요.”

“그러니까 당신은 가난에 쪼들린 친구들 앞에 그것을 내보이면서 ‘자, 봐요, 내 전리품을!’ 하고 말하겠다는 거군. 좋소, 큰 놈을 사다 주리다. 엄청나게 커서, 당신보다 운 없는 친구들이 서로 수군거리면서, 저렇게 커다란 보석을 끼고 다니다니 정말 천덕스러워서 어쩌고 하며 좋아할 만한 놈을 말이오."

그는 갑자기 방을 가로질러 닫혀 있는 문 쪽으로 걸어가기 시작했다. 그녀는 어리둥절해서 그의 뒤를 쫓았다.

"왜 그러시죠? 어디 가시는 거예요?"

"이제부터 내 숙소에 돌아가서 짐을 꾸려야겠소."

"어머나, 하지만……."

"하지만 뭐요?"

"아무것도 아니에요. 즐거운 여행 하세요."

"고맙소."

그는 문을 열고 복도 쪽으로 나갔다. 스칼렛은 뜻밖에 싱거워진 결말에 무언가 아쉬운 듯한 희미한 실망을 느끼면서 그의 뒤를 따라갔다. 그는 외투를 입고 장갑과 모자를 집어들었다.

"편지를 드리리다. 만약 마음이 변하거든 알려 주시오."

"저……."

"뭐요?" 그는 돌아가기를 무척 서두르는 눈치였다.

"작별 키스는 하지 않으세요?" 그녀는 집 안 사람들이 들을까 봐서 소곤거렸다.

"당신은 그러고도 아직 오늘 밤 키스가 모자란다는 거요?" 그는 싱글싱글 웃으면서 그녀를 굽어보며 응수했다. "체통이란 걸 생각하시오. 교양 있는 아가씨. 아, 내가 재미있는 거라고 한 말의 뜻을 겨우 알게 된 모양이군요."

"당신은 구제불능이에요!" 그녀는 마미에게 들리지 않을까 하는 염려도 잊고 무심결에 악을 썼다. "당신 따위는 영원히 돌아오지 않아도 상관없어요."

그리고 홱 돌아서서 그의 따뜻한 손이 자기 어깨를 잡고 말리려니 기대하며 계단 쪽으로 걸어갔다. 그러나 그는 단지 현관문을 열었을 뿐이었다. 찬바람이 문에서 불어왔다.

"그렇지만 난 돌아올 거요." 말하고 그는 나가버렸다. 그녀는 맨 아랫계단에 우두커니 선 채 닫혀진 문을 바라보고 있었다.

레트가 영국에서 가져다준 반지는 아닌게 아니라 너무 커서, 스칼렛도 차마 그것을 끼기가 좀 거북할 정도였다. 그녀는 화려하고 값비싼 보석류를 좋아했지만, 남들이 이 반지를 천하다고 말할 것을 생각하면, 그것이 사실인만큼 약간 마음이 뒤숭숭해서 편안하지가 않았다. 4캐럿짜리 다이아몬드를 여러 개의 에메랄드가 둘러싸고 있었다. 뿐만 아니라 그것이 손가락 마디까지 닿아서 그 무게 때문에 손이 처져 있는 것처럼 보이는 것이었다. 스칼렛은 레트가 이 반지를 구입하는 데에 얼마나 주었을까 하고 생각했다. 겉보기에만 화려하도록 인색한 주문을 한 것이 아닐까.

레트가 애틀랜타로 돌아오고, 그녀의 손가락에 다이아몬드 반지가 끼여질 때까지 그녀는 아무에게도, 식구들에게까지 자기의 의향 같은 것은 조금도 드러내지 않았다. 그런 만큼 일단 레트와의 약혼이 발표되자 엄청난 소문이 폭풍처럼 일어났다. KKK 사건 이후로 레트와 스칼렛은 양키와 카펫배거들을 빼놓고는 마을에서 가장 평판이 나쁜 시민이었다. 예전에 스칼렛이 찰스 해밀턴을 위한 상복을 벗어 던진 이후, 그녀의 이야기를 좋게 말하는 사람은 한 사람도 없었다. 여자답지 못하게 제재소에 관계하기도 하고, 임신하고도 조심성 없이 나돌아다니기도 하고, 그 밖의 여러 일로 더욱 악화되고 있었던 것이다. 게다가 프랭크와 토미의 죽음을 가져오게 하고, 10여 명의 남자들의 목숨을 위태롭게 해서 이런 혐오의 감정은 더욱 강하게 타올라 시민들의 공공연한 비난의 대상이 되고 말았다.

레트 쪽은 전쟁 때 투기를 한 것으로 시민들의 증오를 감수해야 했고, 또 그 무렵부터는 공화당과 결탁하고 있었다 해서 더욱 평이 좋지 못했었다. 그러나 특히 이상한 것은, 그가 애틀랜타에서 가장 유명한 사람들의 목숨을 건졌다는 것이 애틀랜타의 숙녀들에게 무엇보다도 격심한 증오를 품게 했다는 사실이었다.

그렇긴 했지만 숙녀들도 레트가 그녀들의 남편이나 오빠 동생들의 목숨을 건지게 한 것을 뉘우치는 것은 아니었다. 다만 레트 따위의 사나이에 의해서 그들의 목숨이 살아나고, 또 그런 해괴한 계략을 썼다는 것을 원망스럽게 생각하고 있었던 것이다. 그 계략 때문에 숙녀들은 몇 달 동안이나 양키들의 조소와 모욕을 견디어내야만 했다. 그러니까 숙녀들은 레트가 만약에 진심으로 KKK단에 호의를 가졌었다면 좀더 체면이 서는 방법으로 해결해 주었을 것이라고 생각했고, 그렇게 이야기들을 하고 있었던 것이다. 그리고 레트가 아마 벨 와틀링을 시켜서 일부러 시의 훌륭한 분들을 명예롭지 못한 곤경 속에 빠지게 한 것이 틀림없다는 결론을 내렸던 것이다. 따라서 아무리 사람들의 목숨을 구해 주었다고 해도 레트 따위에게는 고마워할 필요가 없거니와, 그로 인해 그의 지난날의 죄를 용서할 수도 없다는 것이 그녀들의 일치된 의견이었다.

이러한 부인들은 친절한 마음에는 대번에 감동하고 슬픔에는 동정하여 압박받는 시대에도 어지간히 참을성 있게 견디어 온 터이지만, 그녀들의 불문율 중에서 아무리 사소한 일이라도 이것을 깨뜨리는 사람이 있으면, 그러한 배신자에 대해서는 참으로 끈덕진 분노를 품었다. 그 불문율이란 것은 매우 간단했다. 남부동맹을 존중하고, 선각자를 존경하며, 옛 전통에 대해서 충실하고, 가난에도 긍지를 가지며, 친구들에겐 관대하고, 양키에 대해서 불멸의 증오를 품는 일이었다. 그런데도 스칼렛과 레트는 이 불문율의 어느 항목이나 태연하게 무시하고 있었던 것이다.

레트에 의해서 목숨을 건진 남자들은 한편으로는 예의상, 또 한편으로는 감사하는 마음에서 이러한 여자들의 입을 막으려고 애썼으나, 그것은 그다지 효과를 거두지 못했다. 두 사람의 결혼이 발표되기 전까지는 아무리 평판이 나쁘다지만, 사람들은 두 사람에 대해서 형식적으로나마 실례될 만한 짓은 하지 않았다. 그것이 지금에 이르러서는 겉으로만 지키는 예의마저도 날아가 버리고 말았다. 두 사람의 약혼 소식이 전해지자 온 시가 발칵 뒤집힐 듯이 시끄러웠고, 누구보다도 상냥하고 점잖은 부인들까지도 떠들썩하게 서로 토론하고 있었다. 프랭크가 죽은 지 채 1년도 되기 전에 재혼을 하다니! 그리고 프랭크는 그녀가 죽인 것이나 다름없는 것이다! 더구나 상대는 갈보집을 경영하고, 양키나 카펫배거들의 못된 음모에 끼어들고 있는 버틀러가 아닌가! 두 사람이 남남일 때는 그런대로 참을 수 있었다. 그러나 스칼렛과 레트가 뻔뻔스럽게도 결혼을 하다니, 정말 말도 되지 않는 것이다. 둘 다 똑같이 천하고 비열하다! 이 한쌍은 시에서 추방해야만 한다!

만약에 이 약혼 소식이 레트의 친구인 카펫배거나 스캘러왜그들 따위가 존경할 시민들 눈에 여태까지보다 더 더러운 것으로 비쳤을 때 전해지지 않았더라면 애틀랜타도 두 사람에 대해서 좀더 관대했을지도 모른다. 그런데 때마침 시민들이 이 약혼에 대해서 알게 된 것이 북부의 지배자들에 대한 조지아 주의 저항의 마지막 보루가 무너진 직후여서, 북부 및 북부에 가담한 모든 사람에 대한 인심이 미친 듯이 뒤끓고 있었을 때였던 것이다. 4년 전, 돌턴 지역에서 셔먼이 남진을 개시했을 때에 시작된 장기간에 걸친 남부 공략전은 마침내 종국에 이르렀고, 여기에 조지아 주의 굴복이 완결된 것이다.

3년 동안의 재건 시대는 지나갔다. 공포 정치의 3년이었다. 사람들은 그것이 겪을 수 있는 최악의 상태일 것이라고 생각하고 있었다. 그러나 지금 조지아 주는 '재건'의 최악의 시기가 갓 시작되었을 뿐임을 알게 되었던 것이다.

3년 동안 북부의 연방정부는 조지아 주에 북부의 사상, 북부의 법률 제도를 강요하려 하고, 그 명령을 강제로 시행하기 위해서 군대의 힘을 사용했다. 그리고 그러한 노력은 꽤 성공했다. 그러나 새로운 정치 체제를 지탱하고 있는 것은 군대의 힘뿐이었다. 주는 북부의 지배 아래 있었지만 주민은 이것을 지지하고 있지 않았다. 조지아 주의 지도자들은 그들 자신의 의견에 의해서, 주 정치를 행하는 주권(州權)의 회복을 위해서 줄곧 싸워왔다. 그들은 북부에게 양보시키고 그들만의 주법(州法)을 실시할 것을 워싱턴 정부에 승인시키려고 갖은 노력을 다해 왔던 것이다.

조지아 주의 주정부는 정식으로는 아직 항복한 것이 아니었다. 그러나 그것은 무익한 투쟁이었고, 언제나 지는 싸움이었고, 이길 가능성이 없는 싸움이었다. 하지만 적어도 피할 수 없는 운명을 늦추는 데에는 도움이 되었다. 이미 남부의 다른 주에서는 배운 것 없는 흑인이 높은 공직에 앉기도 하고, 흑인이나 북부의 카펫배거들이 주 의회를 지배하고 있는 곳도 많았다. 그러나 조지아 주만은 그 완강한 저항 정신의 덕택으로 아직까지는 이 마지막 수모를 모면하고 있었던 것이다. 주 의회 의사당은 3년 동안 대부분의 기간을 백인의, 그리고 민주당 지배 아래 남겨져 있었다. 북군 장병들이 곳곳에 있기 때문에 주 관리들도 그다지 대단한 일은 할 수 없었으나, 그래도 항의와 저항은 계속해 왔다. 그리하여 비록 유명무실하기는 했지만, 아무튼 적어도 주정부를 조지아 사람의 손아귀에 쥐어 둘 수만은 있었던 것이다. 그러나 그 마지막 보루가 이제는 허물어지고 만 것이다.

4년 전 존스턴 장군과 그 휘하 부대가 돌턴에서 애틀랜타까지 한 걸음 한 걸음 퇴각해 왔듯이, 조지아의 민주당원은 1868년 이후 조금씩 물러날 수밖에 없었다. 주 행정과 시민 생활을 지배하는 북부 정부의 압력은 서서히 커져 갔다. 압력 위에 다시 압력이 더해지고, 군 명령의 횟수가 늘어감에 따라서 문관의 권력은 차츰 무력화했다. 그리고 마침내 군 관리 구역으로서의 조지아는 주법이 인정하거나 인정하지 않거나 흑인에게 투표소를 개방할 것을 어거지로 단행시키고 말았던 것이다.

스칼렛과 레트가 약혼을 발표하기 일주일 전 지사 선거가 실시되었다. 남부의 민주당원은 조지아에서 가장 사랑받고 가장 존경받고 있는 시민의 한 사람인 존 B 고든 장군을 후보자로 내세우고 있었다. 여기에 맞서서 옹립된 것이 블럭이라는 공화당원이었다. 선거는 하루가 아니라 사흘에 걸쳐서 행해졌다. 기차에 가득 실린 흑인들이 거리로 밀어닥쳐, 도중의 모든 선거구에서 투표하며 다녔다. 물론 블럭이 승리를 거둔 것은 말할 것도 없다.

셔먼에 의하여 조지아 주가 점령된 것이 고통의 원인이었다면 카펫배거나 북부 사람이나 흑인들에 의해서 주 의회 의사당이 점거된 것은 주가 일찍이 겪은 적이 없는 최악의 고통의 원인이었다. 애틀랜타와 조지아는 발칵 뒤집히고 격분했다.

그리고 레트 버틀러는 가증스러운 블럭의 친구인 것이다!

스칼렛은 무슨 일이나 코앞에 닥친 일이 아니면 관심을 갖지 않는 평소의 버릇대로, 선거가 있었다는 것조차 거의 알지 못했다. 레트도 별로 선거에는 관계하지 않았고, 양키와의 관계도 종전 그대로여서 아무것도 달라진 것은 없었다. 그러나 레트는 스캘러왜그였고, 블럭의 친구라는 사실이 남아 있었다. 그러니까 레트와 결혼하게 되면, 스칼렛도 스캘러왜그가 되는 셈이다. 애틀랜타 사람들은 누구나 적 진영에 있는 사람에 대해서 너그럽거나 동정적일 수 있는 마음의 상태가 아니었다. 그러므로 두 사람의 약혼 소문이 전해지자, 사람들은 두 사람의 좋은 점은 조금도 생각해 내지 않고 갖은 나쁜 점만을 생각해 냈던 것이다.

스칼렛도 시민들이 떠들어 대고 있는 것을 알고 있었으나, 메리웨더 부인이 교회 친구들의 충동을 받아 스칼렛을 위하여 설교하러 찾아왔을 때까지는 일반 사람들의 감정이 그처럼 격화되어 있는 줄은 몰랐다.

"네 어머니는 돌아가셨고 피티 씨는 기혼 부인이 아니니까, 이런 문제에 대해서 네게 이야기하기에는 적당치 않다고 생각되어서, 나는 내가 네게 충고해야만 한다고 생각했다, 스칼렛. 버틀러 선장은 양갓집 부인과 결혼해도 괜찮은 그런 인간이 아니야. 그 사람은……."

"하지만 메리웨더 할아버지나 그리고 아주머니 조카도 그의 덕으로 목숨을 건지신 거예요."

메리웨더 부인은 볼이 부었다. 바로 한 시간쯤 전에 부인은 할아버지와 몹시 화가 나는 이야기를 하고 온 참이었다. 노인은 비록 그가 스캘러왜그요 악당이라 할지라도, 만약 당신이 레트 버틀러에 대해서 조금이라도 감사하는 마음을 갖지 않는다면, 당신은 내 목숨 같은 것은 그다지 소중히 여기지 않는 것이 틀림없다고 윽박질렀던 것이다.

"그 사나이는 양키 앞에서 우리에게 창피를 주기 위해서 야비한 계략을 썼을 뿐이야, 스칼렛." 메리웨더 부인은 말을 계속했다. "너도 우리와 마찬가지로 그가 협잡꾼이란 것을 알고 있잖아. 여태까지 늘 그랬었고, 특히 요즘에 와서는 정말 이루 말할 수가 없구나. 그 사나이는 점잖은 사람들이 교제할 수 있는 종류의 인간은 아니란 말이다."

"그럴까요? 하지만 이상하군요, 메리웨더 부인. 전쟁 중에는 꽤 자주 댁의 객실에 드나들었어요. 그리고 메이벨의 흰 새던 웨딩드레스를 선물한 것도 그 사람이 아니었던 가요? 혹시 제가 착각한 걸까요?"

"전쟁 중엔 여러 가지로 사정이 달랐기 때문에 점잖은 사람들도, 그다지 점잖지 못한 사람들과 교제했던 거야. 하지만 모두가 남부의 대의를 위해서였고, 다 적절한 일이었어. 설마 너는 군대에도 나가지 않고, 더군다나 군대에 참가한 사람들을 비웃던 그런 남자하고 정말로 결혼할 작정은 아니겠지?"

"어머나, 그 사람도 군대에 갔었어요. 여덟 달 동안이나 군대에 있었어요. 마지막 전투에 참가해서 프랭클린에서 싸웠고, 종전될 때는 존스턴 장군 부대에 있었거든요."

"그건 처음 듣는 소린걸." 메리웨더 부인은 말했다. 도무지 곧이들리지 않는 모양이었다. "하지만 부상은 당하지 않았더구나" 하고 그래도 우길 테냐는 듯이 덧붙였다.

"부상당하지 않은 사람은 그 사람 말고도 많이 있어요."

"천만에, 누구네 누구라고 할 만한 사람들은 모두 부상당했다. 변변한 사내로서 다치지 않은 사람을 나는 본 적이 없단다."

스칼렛은 부아가 치밀어올랐다.

"그럼 아주머니께서 알고 계시는 분들은 모두 날아오는 것이 탄환의 비인지 아니면 하늘에서 내려오는 비인지 그것도 가리지 못하는 저능한 인간들뿐인 모양이군요. 하지만 이 말 한 마디만은 해 두겠어요, 메리웨더 부인. 돌아가시거든 아주머니의 남 일에 참견 잘하는 친구분들께 말씀해 주세요. 저는 버틀러 선장과 결혼하겠어요. 그가 비록 북부측에 가담한 인간이라 하더라도 그런 건 상관없어요."

이 존경할 만한 부인이 화가 나서 보닛을 푹 눌러쓰고 집에서 나갔을 때, 스칼렛은 뒷구멍으로 자기를 비난하고 있던 친구들이 이제는 노골적으로 적이 되었다는 것을 알았다. 그러나 그녀는 태연했다. 메리웨더 부인이 이야기하고 행할 만한 일은 어느 하나도 그녀에게 상처를 입힐 수 없었다. 그녀는 마미를 빼고 누가 무슨 소리를 하거나 신경쓰지 않았다.

피티가 이 소식을 듣고 기절해도 태연할 수 있었고 그녀의 행복을 축하해 준 애쉴리가 갑자기 늙어 보이고 그녀의 눈길을 피하는 것을 보고도 마음을 독하게 먹고 있었다. 찰스턴의 폴린 이모나 율랄리 이모가 이 소식에 펄쩍 뛰면서, 이 결혼은 스칼렛의 사회적 지위를 손상시킬 뿐만 아니라 자기들의 지위마저도 위태롭게 하는 일이니까 절대로 하지 말아 달라고 편지를 보내왔을 때도 일소에 붙이고 속으로만 분개하고 있었다. 멜라니가 걱정스럽게 미간을 찌푸리고, 진심을 다하여 다음과 같이 말했을 때조차 웃을 수 있었다.

"물론 버틀러 선장은 많은 사람이 생각하고 있는 것보다는 훨씬 훌륭한 분이고, 애쉴리를 구해 주셨을 때의 방법만 하더라도 매우 친절하고 총명했어요. 그리고 뭐니뭐니해도 그분도 결국 남군을 위해서 싸웠거든요. 하지만 스칼렛, 그렇게 성급하게 결정짓지 않는 편이 좋다고 생각되지 않아요?"

그녀는 마미 말고는 누구의 말도 전혀 개의치 않고 있었다. 그러나 마미가 한 말만은 그녀를 매우 화나게 했고, 그녀의 마음을 무척이나 아프게 했다.

"엘렌 마님께서 아시게 된다면, 틀림없이 한탄하시리라고 생각되는 일을 아씨께선 여태까지도 꽤 많이 해 왔습죠. 저도 거기 대해서는 얼마나 가슴이 아팠는지 모르와요. 하지만 이번 일은 가장 나빠요. 인간쓰레기하고 결혼하신다니요! 그렇구 말굽쇼, 쓰레깁죠. 어엿한 집안 출신이란 말은 하지도 마시와요. 그렇더라도 조금도 다를 게 없습죠. 쓰레기는 높은 데서나 낮은 데서나 똑같이 나옵죠. 어느 쪽이 되었든 그건 쓰레기입니다요! 스칼렛 아씨, 저는 아씨께서 사랑도 아무것도 느끼지 않으시면서도 하니 아씨에게서 찰스님을 가로챈 것도 알고 있굽쇼. 그리고 아씨의 동생인 수엘렌 아씨에게서 프랭크 나리를 가로채신 것도 알굽쇼. 게다가 나쁜 목재를 좋은 것이라고 속여 팔기도 하고, 다른 재목상을 골리기도 하고, 해방 노예들의 앞을 까불까불하고 혼자서 마차를 타고 돌아다니다가 프랭크 나리가 총 맞을 원인을 만드시기도 하고, 불쌍한 죄수들에게 몸에다가 영혼을 붙잡아 둘 정도의 음식도 먹이지 않는 둥 갖은 짓을 다 하시는 것을 저는 여태까지 잠자코 보고 있었습니다요. 저는 엘렌 마님께서 천국에서 '마미야, 마미야! 너는 내 딸이 올바른 짓을 하도록 마음을 써 주지 않는구나' 하고 말씀하시는 것을 들어도, 잠자코 아무 말씀도 드리지 않았사와요. 저는 그것도 참아 왔습니다요. 그러나 이번만은 참을 수가 없습니다요. 스칼렛 아씨, 인간쓰레기하고 결혼하시는 것은 안 됩니다요. 제 몸에 숨이 붙어 있는 한 참을 수가 없사와요."

"나는 내가 좋다고 생각되는 사람하고 결혼하는 거야." 스칼렛은 쌀쌀맞게 말했다. "할멈은 자기 분수를 잊고 있는 것 같애, 마미."

"게다가 매우 좋지 않습니다요! 제가 이런 말을 하지 않으면 누가 말할 사람이 있겠습니까요."

"난 여러 가지로 생각해 보았지만 말이야, 마미, 할멈은 타라로 돌아가는 게 가장 좋을 것 같아. 할멈에게 돈을 줄게, 그리고⋯⋯."

마미는 있는 대로 위엄을 차리며 몸을 쭉 폈다.

"저는 자유로운 신분입죠, 스칼렛 아씨. 아무리 아씨라고 해도 제가 가고 싶지 않은 데는 아무 데도 보낼 수 없사와요. 제가 타라에 갈 때는 아씨께서 저와 함께 가실 때입죠. 저는 엘렌 마님의 아이들 곁에서 떠날 수는 없사와요. 무슨 짓을 하셔도 저를 보내실 수는 없습니다요. 그리고 저는 엘렌 마님의 손자한테서도 떨어질 수 없사와요. 엘렌 마님의 손자를, 쓰레기 같은 의붓아비 따위에게 키우게 하고 싶지는 않으니깝쇼. 저는 여기서 한 발짝도 움직이지 않겠습니다요!"

"난 할멈을 이 집에 두어 버틀러 선장에게 실례되는 짓을 하게 내버려 두지는 않겠어. 나는 뭐라고 한대도 그 사람하고 결혼할 테니까 이젠 더 아무 말도 할 필요 없어요!"

"아직도 할 말은 많습니다요."

마미는 태연하고 침착하게 반박했다. 그녀의 흐릿하고 늙은 눈에 투지 어린 불이 켜졌다.

"저는 엘렌 마님의 핏줄을 이은 분에게 이런 말을 하고 싶지는 않았지만 스칼렛 아씨, 잘 들으시와요. 아씨는 마구를 갖춘 노새에 지나지 않습니다요. 노새라도 다리를 단련시키고, 털에 윤이 나게 하고, 놋쇠 마구를 두르고 좋은 마차를 끌게 할 수는 있습죠. 하지만 노새는 역시 노새입죠. 누구의 눈도 속일 수는 없사와요. 아씨도 그것과 똑같다굽쇼. 아씨는 비단옷이 있고, 제재소도 가게도 돈도 가지고 계십죠. 그리고 아씨 자신은 훌륭한 말인 것처럼 우쭐하고 계시지만 역시 노새입죠. 누구의 눈도 속일 수는 없습죠. 그리고 그 버틀러라는 사나이도, 좋은 집안에 태어나서 경주하는 말처럼 재치 빠른 인간이기는 하지만 역시 아씨와 마찬가지로 마구를 갖춘 노새에 불과하굽쇼."

마미는 찌를 듯한 눈길을 여주인에게 쏟았다. 스칼렛은 말도 못하고 이 모욕에 치를 떨었다.

"아씨께서 그 남자하고 결혼하시겠다고 하시는 이상 반드시 결혼하실 것이 틀림없습죠. 아버님하고 똑같아서 아씨도 고집이 세시니까요. 하지만 스칼렛 아씨, 이것만은 잊지 말아 주시와요. 저는 아씨 곁을 떠나지 않는다는 걸 말입니다요. 저는 여기 있으면서 일이 되어 가는 모습을 끝까지 볼 겁니다요."

그리고 대답도 기다리지 않고 마미는 몸을 돌려 스칼렛 앞에서 나가 버렸다. 만약 이때 마미가 '필리파이에서 다시 만나세(셰익스피어의 《줄리어스 시저》 속에 나오는 구절. 암살당한 시저의 망령이 부루터스에서 하는 말. 여기서는 '두고 보아라', 앙갚음을 하겠다는 뜻)'라고 말했다 하더라도 이같이 불길하게는 들리지 않았을 것이다.

두 사람이 뉴올리언스로 신혼여행을 갔을 때, 스칼렛은 레트에게 마미가 한 이야기를 했다. 놀랍고 분하게도 레트는 마구를 갖춘 노새라고 평한 마미의 말을 재미있어하면서 웃었다.

"나는 여태까지 이처럼 간결하게 표현된 심오한 진리를 들은 적이 없소." 그는 말했다. "마미는 무척 재빠르고 영특한 할멈이오. 내가 존경받고 싶고, 그 호의를 사고 싶은 몇 사람 되지 않는 사람들 가운데 한 사람이오. 그러나 나까지 노새라고 한다면, 아무래도 존경도 호의도 두 가지 다 가망이 없겠는 걸. 나는 결혼식 뒤에 새신랑 같은 흥분 상태에서 할멈에게 금화 10달러를 주려고 했지만 그것마저 거절당하고 말았소. 현금을 보고 마음이 누그러지지 않는 사람을 나는 별로 본 적이 없어. 그런데 그녀는 내 눈을 보면서 고맙다고 하면서 자기는 해방 노예가 아니니까 내 돈 따위는 필요 없다더군."

"왜 그 할멈은 그렇게 야단일까요? 왜 사람들은 내 일이라면 마치 암탉이 모인 것처럼 시끄럽게 떠들어 댈까요? 누구하고 결혼하든, 몇 번을 결혼하든, 그것은 내 문제 아니에요? 나는 언제나 내 일밖에는 생각하지 않아요. 왜 남들은 자기 자신의 일만 생각하려고 하지 않을까요?"

"스칼렛, 세상이라는 것은 사실 자기 일밖에 생각하지 않는 사람을 가만두지 않는 법이오. 그런데 당신은 왜 불에 덴 고양이처럼 그런 걸 자꾸 말하는 거지. 남이 뭐라고 말하든지 상관하지 않는다고 당신은 그처럼 여러 번 말하지 않았소. 왜 그 말대로 하지 않는 거요. 당신은 지금까지만 해도 보잘것없는 일로 자주 당신 자신을 세상의 비난 앞에 드러내 왔다는 것을 잘 알고 있지 않소. 이런 커다란 문제로 세상의 소문을 듣지 않으려고 하는 것은 무리요. 나 같은 악당하고 결혼하면, 무슨 평을 들을 것이라는 것쯤은 각오했을 게 아니겠소. 만약 내가 좀더 무식하고 초라하고, 인색한 악당이었다면 남들도 이처럼 기를 쓰지는 않을 거요. 그런데 돈 많고 만만찮은 악당이거든. 남들이 너그러워질 수 없는 것은 바로 그것 때문이란 말이오."

"난 때로 당신이 진지했으면 해요!"

"난 진지해요. 신을 공경하는 사람에게는 신을 공경하지 않는 사람이 푸른 월계수처럼 번영하고 있다는 사실이 언제나 배가 아픈 법이오. 스칼렛, 기운을 내요. 당신은 언젠가 듬뿍 돈을 벌고 싶은 것이 모든 사람에게 지옥으로 가라고 말해 주고 싶은 것이 근본 이유라고 말하지 않았었소? 자, 이제야말로 그 기회가 온 거요."

"하지만 지옥으로 가라고 말해 주고 싶었던 첫 번째 사람은 바로 당신이었는걸요." 스칼렛은 웃었다.

"당신은 지금도 내게 지옥으로 가라고 말하고 싶소?"

"글쎄요, 하지만 전처럼 자주 생각하지는 않게 되었어요."

"그것으로 당신이 행복해진다면 언제든지 마음내킬 때 말하는 게 좋을 거요."

"말한댔자 그다지 행복해지지도 않을걸요."

스칼렛은 이렇게 말하고 몸을 구부려서 가볍게 그에게 키스했다. 그의 검은 눈은 재빠르게 그녀의 얼굴 위를 달려서 그녀의 눈에서 무엇인가를 찾으려 했으나 찾아낼 수 없었는지 그는 짧게 웃었다.

"애틀랜타의 일을 잊어요. 늙다리 고양이들 생각은 잊어버리는 것이 상책이오. 난 당신에게 즐거움을 맛보여 주려고 뉴올리언스로 데리고 온 거요. 즐겁게 만들어 주겠소."

제5부

48

그녀는 전쟁 전 봄 뒤로는 한 번도 맛본 적 없는 재미에 어쩔 줄을 몰랐다. 뉴올리언스는 이상한 매력을 가진 고장이었다. 스칼렛은 마치 종신형에서 풀려난 것처럼 참을 수 없는 기쁨을 안고, 이 고장의 매력을 마음껏 즐겼다. 이곳 역시 카펫배거들이 시의 부정한 이득을 취하고, 진실한 사람들은 대부분 자기 집에서 쫓겨나 길거리에서 헤매고 있었다. 그리고 흑인이 부지사 자리에 앉아 있었다. 그러나 레트가 보여 준 뉴올리언스는 그녀가 지금까지 한 번도 본 일이 없는 화려한 고장이었다. 그녀가 만난 사람들은 얼마든지 돈을 가지고 있었고, 걱정이라고는 조금도 없는 것 같은 표정이었다. 레트는 많은 부인을 소개했다. 그녀들은 누구나 화려한 옷을 입은 아름다운 부인들로, 힘든 노동의 흔적이라곤 조금도 없는 부드러운 손을 가지고, 무슨 일에나 잘 웃고, 부질없는 답답한 이야기나 괴로운 세상 이야기 같은 건 전혀 하지 않았다. 또 그녀가 만난 남자들도 어쩌면 그렇게 멋있는 남자들인지! 애틀랜타의 남자들과는 어쩌면 그렇게 딴판일까. 그들은 앞다투어 그녀와 춤을 추었고, 마치 사교계의 인기 있는 아가씨라도 대하듯 덮어놓고 그녀의 비위를 맞추려고 했다. 이 남자들도 레트와 마찬가지로 과격하고 거리낌 없는 표정들을 하고 있었다. 그들의 눈은 너무 오랫동안 위험한 생활을 해와서 무엇에 대해서나 끊임없는 경계를 보내는 인간들처럼 늘 틈이 없었다. 그들에게는 과거도 미래도 없는 것 같았다. 스칼렛이, 그들이 뉴올리언스로 오기 전에는 무엇을 하고 있었는가, 어디에 있었는가, 그런 쪽으로 이야기를 돌리면 그들은 언제나 천연덕스럽게 화제를 바꾸어 버렸다. 이러한 점만으로도 이 고장 사람들은 좀 별난 데가 있었다.

왜냐하면 애틀랜타에 새로 온 많은 사람은 누구나 자기 가정이며 집안에 대해서 자랑하거나, 남부 전역에 걸친 친척 관계의 까다로운 연줄을 꼬치꼬치 찾아내어 한시라도 빨리 자기 신분을 인증하려 하기 일쑤였기 때문이다.

그러나 이 남자들은 말이 없고 하는 말 한 마디 한 마디에도 신중한 주의를 기울였다. 가끔 레트만이 이 사람들과 같이 있고 스칼렛은 다른 방에 있거나 할 때면 그녀는 웃음소리와 무언지 똑똑히 알 수 없는 대화의 단편과 말의 토막이나 영문 모를 이름들을 들을 수 있었다. 그것은 쿠바라든가 봉쇄 시대의 나소라든가, 골드 러시라든가, 토지 횡령이라든가, 무기의 밀매라든가, 불법 침입이라든가, 니카라과라든가, 윌리엄 워커(당시의 폭도 두목)라든가, 그가 트루히요(도미니카 공화국의 한 지방)에서 비명에 죽은 이야기라든가, 그런 이야기들이었다. 한 번은 그녀가 불쑥 들어가자, 퀸트릴(남군의 게릴라 대장)의 게릴라 부대에서 대원들 사이에 있었던 이야기를 하다가 뚝 그치고 만 적이 있었는데, 그때 그녀는 프랭크와 제시 제임스 형제(군인들로서 종전 뒤 항복을 인정하지 않고 게릴라 부대로 항전)라는 이름을 들었다.

그러나 그들의 태도는 모두 훌륭했고 멋있는 맞춤옷들을 입고 있었다. 그리고 분명히 그녀를 찬미하고 있었으므로 스칼렛은 그들이 기회주의적인 생활을 하고 있는 것도 그다지 마음에 걸리지 않았다. 그들이 레트의 친구이고, 큰 저택과 좋은 마차를 가지고 있고, 가끔 그녀와 레트를 마차에 태워 산책에 데리고 가고, 만찬에 초대도 하여 두 사람을 주빈으로 연회를 열어 주는 것만으로도 충분했다. 그래서 스칼렛은 그들이 무척 마음에 들었다. 그런 말을 레트에게 했더니 그는 재미있어 했다.

"그럴 줄 알았소." 그는 웃었다.

"어머, 어떻게요?" 그가 웃으면 그녀는 언제나 마음이 긴장되었다.

"놈들은 모두 좋지 못한 인종들이야. 따돌림을 당하고 있는 악당들이지. 놈들은 모두 사기꾼이거나 카펫배거 귀족들이오. 말하자면 당신이 사랑하는 남편과 마찬가지로, 식료품 투기라든가 정부의 엉터리 청부라든가, 남이 알까 무서운 엉큼한 수단으로 돈을 번 놈들뿐이야."

"설마 그럴라구요. 당신은 날 놀리시는 거죠. 모두 정말 훌륭한 사람들인데……."

"이 도시에서 정말 훌륭한 사람들은 모두 굶고 있소." 레트는 말했다. "그리고 다 쓰러져가는 집에서 조심스레 지내고 있지. 그런 쓰러져 가는 집에 나 같은 사람이 영접을 받을 수 있나. 알겠소? 스칼렛, 나는 전쟁 중 내내 이 고장에서 못된 일만 꾸미고 있었으니까. 그리고 그 사람들은 기막히게 기억력이 좋아. 스칼렛, 당신은 언제나 나를 유쾌하게 해 주는군. 당신이 고르는 것은 으레 나쁜 사람이거나 아니면 나쁜 일이니까 말이야.”

“하지만 그 사람들은 당신의 친구가 아닌가요!”

“그래, 한데 나는 그런 악당이 좋단 말이야. 나는 젊었을 때, 배 위에서 노름을 하며 지내 봤기 때문에 그런 패들을 이해할 수 있어. 게다가 나는 놈들이 어떤 인간들이란 것을 꿰뚫어보고 있지. 그런데 당신은,” 말을 꺼내다가 그는 또 웃었다. “당신은 인간을 보는 직관이 없어. 가치 없는 인간과 훌륭한 인간을 전혀 구별하지 못해. 가끔 나는 생각할 때가 있는데, 당신이 지금까지 상종해 온 사람들 중에 훌륭한 부인이 있다면 당신 어머니와 멜라니 씨뿐일 거요. 당신은 그 둘 가운데 누구에게서도 아무런 영향을 받지 않았어.”

“멜라니라고요? 어머, 그 애는 오래된 신발을 신고 옷은 초라한 데다, 자기 혼자는 재치 있는 말 한마디도 못하는 평범하기 짝이 없는 사람이라고요!”

“질투는 삼가 주시지요, 부인. 여자란 아름다워서 귀한 것도 아니요, 화려해서 위대한 것도 아니로다!”

“정말 그럴까요! 어디 두고 보세요, 레트 버틀러. 이제 내가 보여 줄 테니까. 이제 내게는, 우리에게는 돈이 있으니까. 난 지금까지 당신이 한 번도 본 적이 없을 만큼 훌륭한 숙녀가 돼 보이겠어요!”

“그럼 즐겁게 기다리기로 하겠습니다, 부인.” 그는 말했다.

특히 만났던 어떤 사람들보다 더 그녀의 가슴을 설레게 한 것은, 레트가 손수 빛깔이며 옷감과 모양을 골라서 사준 갖가지 옷들이었다. 벌써 후프는 유행이 지나갔다. 최신 유행형은 치마를 앞에서 뒤쪽으로 당겨 조르고는 버슬(엉덩이나 등 쪽에서 치마를 부풀리기 위한 받침) 위에 주름을 잡아 그 위에 화환이나 나비 모양의 리본 레이스의 물결 따위를 장식한 아주 매력적인 것이었다. 전시에 입던 얌전한 후프를 생각하면, 아랫배의 윤곽이 뚜렷이 나타나는 이 신형 치마는 어쩐지 약간 어색한 것 같이 보였다. 그리고 귀여운 보닛은 더 이상 보닛이라고 할 수 없는 열매니, 꽃이니, 가벼운 깃털이 하늘하늘하는 리본 같은 것을 꾸민, 납작하고 조그만 것을 한쪽 눈 위까지 눌러쓰는 것이었다. ‘이 작은 모자 뒤로 검고 곧은 머리 매듭을 보이게 하려고 그녀가 산 인디언 머리 같은 생머리가발을 레트가 태워 버렸지만, 그가 그런 공연한 짓만 하지 않았더라면 정말 좋았을 텐데!' 그리고 수녀원에서 만든 우아한 속옷들! 그 예쁜 속옷을 그녀는 몇 벌이나 가지고 있었던 것이다. 놀랄 만큼 우아한 자수와 잔주름으로 가장자리를 두른 고급 리넨 슈미즈와 잠옷과 페티코트. 그리고 레트가 사준 새틴 실내화! 그 실내화는 뒤축의 높이가 3인치나 되고, 번쩍번쩍 빛나는 커다란 인조 보석 버클이 붙어 있었다. 그 밖에 비단 양말이 몇 다스나 되었는데, 그것도 발끝이 무명으로 된 것은 한 켤레도 없었다. 이 무슨 호사일까!

그녀는 닥치는 대로 가족들에게 줄 선물을 사들였다. 웨이드를 위해서는 그가 언제나 갖고 싶어하던 털이 복슬복슬한 세인트 버나드 종 강아지, 보에게는 페르시아 새끼 고양이, 어린 엘라에게는 산호 팔찌, 피티 고모에게는 월장석이 달려 있는 묵직한 목걸이, 멜라니와 애쉴리에게는 셰익스피어 전집, 피터 할아범한테는 솔까지 달린 값비싼 비단 마부 모자와 멋있는 제복, 딜시와 요리사에게는 드레스 옷감, 그 밖에 타라 사람들도 한 사람 빼지 않고 모조리 값비싼 선물을 준비했다.

"마미를 위해선 무엇을 샀소?" 그들의 호텔방 침대에 산더미처럼 쌓아놓은 선물을 바라보며 강아지와 고양이를 화장실로 옮겨 놓던 레트가 물었다.

"아무것도 안 샀어요. 얄미워 죽겠는걸. 우리를 노새니 뭐니 한 사람한테 선물 같은 거 가져다줄 필요 있어요?"

"어째서 당신은 그렇게 바른말만 들으면 화 내지 않고 못 배기지. 마미한테도 선물을 사가야만 해요. 그러지 않으면 그녀는 심장이 터지고 말 거야. 그녀의 마음처럼 가치 있는 것을 터뜨리는 것은 아까운 일이거든."

"아무것도 사다 줄 필요 없어요. 그까짓 할멈 내버려 두는 게 좋아요."

"그럼 내가 하나 사다 주지. 나는 지금도 기억하고 있는데, 우리집 할멈은 입버릇처럼 이렇게 말했소. '천국에 갈 때에는 태피터로 만든 페티코트를 입었으면 좋겠어, 아주 깨끗, 하느님이 천사의 날개 소리인가 생각하실 정도로 옷 스치는 소리가 요란한 걸 입었으면 좋겠어' 하고 말이야. 그러니 나는 마미한테 빨간 태피터를 사다 줘서 고상한 페티코트를 만들도록 해야겠어."

"그 할멈은 당신한테 그런 거 받지도 않아요. 당신이 준 것을 입느니 차라리 죽는 편이 낫다고 할 게 뻔해요."

"아마 그럴지도 모르지. 하지만 나는 할 수 있는 데까지는 해 볼 거요."

뉴올리언스의 상점들에는 물건이 너무 많아서 가슴이 다 울렁거리는 것 같았다. 레트와 같이 물건을 사는 것은 뭔가 모험이라도 하는 것처럼 자극적이었다. 그와 함께 식사를 하는 것 역시 그랬다. 아니, 식사는 물건 사는 것보다 더 유쾌했다. 그는 주문할 것을 훤히 알고 있었고, 그 요리 비결까지 알고 있었기 때문이다. 뉴올리언스의 포도주와 리큐르와 샴페인을 그녀는 처음으로 마셔 보았는데 정말 좋았다. 그녀는 지금까지 집에서 만든 검정 딸기 술이나 백포도주나, 피티 고모의 각성제인 브랜디 맛밖에 몰랐던 것이다. 게다가 레트가 주문하는 식사는 어쩌면 그렇게 훌륭한 요리들뿐인지! 뉴올리언스에서 제일가는 것은 무엇보다 요리였다. 타라의 괴로웠던 시절의 배고픔과 보다 최근의 가난을 생각하면 스칼렛은 이런 사치스런 요리를 아무리 먹어도 모자랄 것 같았다. 검보 요리, 크레올식 새우 요리, 포도주 소스를 끼얹은 비둘기 찜, 크림 소스를 듬뿍 친 연한 굴 파이, 버섯 요리, 송아지의 지라, 칠면조 간, 기름종이와 라임을 써서 정교하게 구운 생선. 그녀의 식욕은 끝이 없었다. 타라에 있을 때의 그 영원히 이어질 것만 같던 땅콩이나 말린 완두콩이나 고구마를 생각할 때마다, 그녀는 또 새삼 크레올식 요리에 달려들지 않고는 못 배길 기분이 되었다.

"당신은 이것이 최후의 식사나 되는 것처럼 먹는군." 레트가 말했다. "접시를 닥닥 긁지 말아요, 스칼렛. 부엌에 얼마든지 있으니 웨이터한테 명령만 하면 되는 거야. 함부로 그렇게 많이 먹으면 쿠바 여자처럼 뚱뚱해진단 말이오. 그렇게 되면 이혼이오."

그러나 그녀는 혀를 날름 내보였을 뿐, 초콜릿과 머랭을 듬뿍 씌운 케이크를 주문했다.

궁상맞게 잔돈을 계산할 것도 없거니와, 세금을 치르기 위해, 또는 노새를 사기 위해 애써 남겨둘 필요도 없이, 마음대로 실컷 돈을 쓸 수 있다는 것은 얼마나 유쾌한 일인가. 청빈을 달게 여기고 있는 애틀랜타의 고상한 체하는 가난뱅이들과 달리, 쾌활하고 돈 많은 사람들과 같이 지낸다는 것은 얼마나 즐거운 일인가. 허리 곡선을 두드러지게 드러내고, 목과 팔과 가슴 언저리까지 대담하게 나온 비단옷을 사락사락 끌면서 남자들의 찬미에 둘러싸여 있는 것은 얼마나 멋진 일인가. 그리고 헐뜯기 좋아하는 사람들에게 숙녀답지 못하다고 욕먹지도 않고 마음 내키는 대로 요리를 먹을 수 있다는 것은 얼마나 즐거운 일인가. 얼마든지 원하는 대로 샴페인을 마실 수 있다는 것은 얼마나 유쾌한 일인가. 처음 과음한 이튿날 아침에는 잠이 깨자 머리가 깨질 듯 아팠다. 무개마차로 뉴올리언스 시내를 통해 호텔로 돌아오는 도중 '아름다운 푸른 깃발'을 계속 불러 대던 무서운 날 밤의 기억에 그녀는 완전히 나가떨어지고 말았다. 그녀는 지금까지 거나할 정도로 취한 여자를 본 일도 없었다. 지금까지 꼭 한 번, 곤드레가 된 여자를 본 것은 애틀랜타가 함락되던 날 그 와틀링이란 여자뿐이었다. 스칼렛은 부끄러워 레트를 마주할 수 없다고 생각하고 있었는데, 이 만취 사건은 도리어 그를 재미있게 한 것 같았다. 마치 그녀가 재롱부리는 새끼 고양이라도 되는 것처럼 무엇이고 그녀가 하는 일은 그를 즐겁게 해 주는 것 같았다.

그가 호남자라는 것도 같이 돌아다니는 그녀에게는 가슴 뛰는 것 같은 설렘을 느끼게 했다. 어찌된 일인지 그녀는 지금까지 그의 용모에 대해서 한 번도 생각해 본 적이 없었다. 그리고 애틀랜타에서는 모두 그의 결점만을 읊어 댈 뿐 그의 외모에 대해서는 말하는 일이 없었다. 그러나 이 뉴올리언스에서는 다른 여자들의 눈이 줄곧 그를 뒤쫓고 있다는 것도, 그가 몸을 구부려 여자들의 손에 입을 맞추면 그녀들이 몹시 가슴 설레어 한다는 것도 똑똑히 알 수 있었다. 다른 여자들이 자기 남편에게 이끌리면서도 틀림없이 자신을 부러워할 것이라고 생각하자, 그녀는 갑자기 그의 옆에 있는 것이 무척 자랑스럽게 느껴졌다. '우리는 멋진 미남과 미녀 한 쌍이야' 하고 생각하면 스칼렛은 기쁨을 누를 수가 없었다. 그렇다. 레트가 예언한 것처럼 결혼에는 정말로 여러 가지 재미있는 것이 있다. 재미만 있는 것이 아니라 참으로 여러 가지 배울 것이 있다. 인생에서 이제 더는 아무것도 배울 것이 없다고 생각하고 있었던만큼, 스칼렛에겐 이것만으로도 신기했다. 그녀는 마치 어린 아이처럼 매일 뭔가 새로운 것을 발견하며 가슴을 두근거렸다.

맨 먼저 레트와의 결혼은 찰스와 프랭크와의 결혼과 아주 다르다는 것을 알았다. 먼젓번 두 사람은 그녀를 존중하면서도 그녀의 신경질을 무서워했다. 두 사람은 동정을 빌고 있는 것 같았고, 그녀 쪽에서도 마음이 내키면 동정을 베풀어 주는 격이었다. 그런데 레트는 그녀를 조금도 두려워하지 않았다. 그뿐만이 아니라 그녀를 그다지 존중하지 않는 것처럼 생각되는 때가 가끔 있었다. 그는 자기 멋대로 했다. 그것이 그녀의 마음에 들지 않는 일일 지라도, 그는 그저 그녀의 얼굴을 보고 웃을 뿐이었다. 그녀는 그에게 사랑은 느끼지 않았지만, 같이 사는 데는 확실히 재미있는 상대라 느끼고 있었다. 특히 가장 재미있고 자극적으로 느껴지는 것은 그가 정열을 폭발할 때로서 약간 잔인하게 굴든가, 가끔은 애를 먹이고 기뻐하면서도 늘 자신을 억누르고, 자기 감정에는 재갈을 물려 부리고 있는 것처럼 생각되는 점이었다.

그녀는 '틀림없이 나를 진심으로 사랑하지 않는 탓이야' 생각하면서도, 그러한 상태에 충분히 만족했다.

'하지만 그가 어떻게든 완전히 너무 제멋대로 굴면 나는 틀림없이 그가 싫어질 거야.' 그런데 그렇게 될 것 같다고 생각하면서도 이상하게 가슴이 뛰고 호기심이 일어나는 것을 어쩔 수 없었다.

지금까지 그녀는 레트를 아주 잘 알고 있다고 생각했었는데, 같이 살면서 여러 가지 새로운 것을 알았다. 그의 말소리는 잠깐 마치 고양이 털처럼 부드럽고 매끄럽다가도 다음 순간에는 갑자기 돌변해 짓궂은 독설을 사정없이 마구 내뱉었다. 언뜻 보면 제법 진지하고 의젓한 표정으로 용기니 명예니 미덕이니 하고 떠들다가도 지금까지 살아온 다른 고장에서의 연애 이야기를 하는가 하면, 바로 뒤이어 아주 싸늘하게 비꼬는 천박한 이야기를 했다. 그녀는 보통 남자들은 아내에게 그런 이야기를 하지 않을 것이라고 생각하면서도, 그 이야기가 너무 재미있어서 자신의 어딘가에 숨어 있는 저속함이 그런 이야기를 기꺼이 맞아들이는 것을 알았다. 열정적이고 다정한 연인인가 하면, 어느 사이에 입버릇이 고약한 심술꾸러기로 변해, 그녀의 화약 같은 성질의 뚜껑을 사정없이 열어젖히고 불을 당겨 그 폭발을 보고 기뻐하는 그런 식이었다. 그의 아첨에는 반드시 양면이 있다는 것, 그의 어떤 상냥한 말에도 모두 다 방심할 수 없다는 것도 깨달았다. 사실 뉴올리언스에서 보낸 두 주일 동안, 그에 대해 여러 가지를 알게 되었으나 그의 정체만은 도저히 파악할 수가 없었다.

어느 날 아침엔 하녀를 물러가게 하고 자기가 아침상을 들고 들어와, 마치 어린아이에게 먹이듯 그녀의 입에 먹을 것을 넣어 주기도 하고, 그녀의 손에서 빗을 뺏어 길고 검은 머리를 바작바작 불꽃 튀는 소리가 나도록 빗겨 주기도 했다. 또 어느 날 아침에는 아직 깊은 잠에 곯아떨어져 있는 그녀를 두들겨 깨우고는 이불을 홀렁 벗겨 버린 다음 발을 간지르기도 했다. 또 때로는 진지한 관심을 가지고 그녀의 장사에 대해 자세한 것을 묻고, 그녀의 총명함에 감탄한 듯 고개를 끄덕여 보이는가 하면, 때로는 조금이라도 떳떳지 못한 거래일 경우에는 넝마주이라느니, 노상강도라느니, 협잡꾼이니 하고 욕설을 퍼부었다. 그런가 하면 그녀에게 도박을 시키고 아마 하느님은 이런 오락을 받아들이지 않을 거라고 속삭이며 그녀를 짜증나게 하고, 또는 교회로 데리고 가서 나지막한 소리로 갖가지 익살맞고 추잡한 이야기를 들려 주고는 그녀가 재미있어 웃기라도 하면 금방 그것을 비난하는 것이었다. 그는 늘 그녀에게 자기가 생각한 대로 어려워하지 말고 말하며, 당당하고 대담하게 행동하라고 권했다. 그녀는 레트가 말한 풍자나 빈정대는 말을 귀담아 두었다가 그것을 다른 사람에게 써서 시험해 보는 것을 배웠다. 그러나 그녀에게는 그가 하듯 심술궂은 것을 눙치는 유머감각도 없거니와, 남을 비웃을 때도 자기 자신을 조소하는 것처럼 보이는 독특한 미소도 없었다.

그는 스칼렛에게 카드놀이를 시켰다. 그녀는 그 방법마저 거의 잊고 있었다. 그만큼 그녀의 지금까지 생활은 진지했고 격렬했던 것이다. 그는 카드놀이 솜씨가 익숙했다. 그래서 같이 하고 있노라면 자꾸만 끌려들어가 열중해 버리는 것이다. 그리고 그의 솜씨에는 조금도 어린애 같은 티가 없었다. 어디까지나 어른다웠다. 그가 하는 짓, 하는 일, 하나하나가 그녀에게는 잊을 수 없는 것들뿐이었다. 흔히 여자들이 어른이면서 마음 밑바닥에 묘하게 어린애 같은 데가 있는 사나이들을 미소를 띠고 바라보듯 여자다운 우월감을 가지고 미소를 짓고 그를 바라볼 수 없었다.

이런 것을 생각할 때마다 언제나 그녀는 조금 초조감을 느꼈다. 레트에 대해 우월감을 가질 수 있다면 얼마나 유쾌할까. 지금까지 그녀가 안 남자들은 모두가 "어머, 당신은 꼭 어린애 같애!" 반바보 취급을 하여 처리할 수가 있었다. 아버지 제럴드만 해도 그랬다. 남을 곯리기를 좋아하고 심술궂으며 장난이 심한 탈레턴 댁 쌍둥이 형제도, 털보에다 어린애처럼 화를 잘 내는 폰테인 댁 형제들도, 찰스나 또는 프랭크도, 전쟁 중 그녀를 따르던 남자들은 모두, 사실 애쉴리를 빼놓고는 남김없이 다 그랬다. 그런데 애쉴리와 레트만은 이해가 되지 않고 그녀가 생각하는 대로 되지 않았다. 두 사람 다 어른이라 아이다운 요소라곤 찾아 볼 수 없었기 때문이었다.

그녀는 레트라는 인물을 이해할 수가 없었다. 또 굳이 이해하려고도 하지 않았다. 그러므로 때때로 어리둥절해지는 경우가 적지 않았다. 그녀가 눈치 채지 못하는 것 같으면 그는 가끔 묵묵히 그녀를 지켜보았다. 그런 때 갑자기 그를 향해 고개를 돌리면 그녀는 언제나 기민하고 열정적이며, 가만히 기다리고 있는 것 같은 눈길과 마주치게 되었다.

"왜 그런 눈으로 나를 보세요!" 언젠가 그녀는 화가 나서 이렇게 물은 일이 있었다. "쥐구멍을 노리는 고양이처럼!"

그러나 그는 재빨리 표정을 바꾸고 웃을 뿐이었다. 얼마 안 가 그녀 쪽에서도 그 일을 잊어버리고, 더 이상 그 일에 대해서나 또 레트에 관한 그 밖의 일에 대해서나 골치를 썩이려고 하지 않았다. 그와 같은 인간은 전혀 종잡을 수가 없어서 하나하나 신경을 쓰려 들면 한이 없었다. 그리고 인생은 애쉴리를 생각할 때 말고는 너무나 유쾌하고 즐거웠던 것이다.

레트 때문에 그녀는 애쉴리도 별로 생각하지 않았다. 낮에는 거의 애쉴리를 생각할 틈도 없었지만 밤이 되어 춤에 지치거나, 샴페인을 지나치게 마셔 머리가 핑핑 도는 것 같은 때는 문득 애쉴리의 모습이 떠오르곤 했다. 달빛이 새어드는 침대 위에 누워 레트의 팔에 안겨 잠이 들려고 할 때 곧잘 그녀는 이렇게 힘껏 안아 주는 것이 만약에 애쉴리의 팔이었다면, 그리고 내 검은 머리에 얼굴에서 목까지 파묻혀 있는 이 남자가 만약 애쉴리였다면 인생이 얼마나 즐겁고 만족스러울까 생각했다. 한 번은 그녀가 이런 생각을 하고 한숨을 지으며 머리를 창 쪽으로 돌리자, 아차 하는 사이 그녀의 목 밑에 있던 억센 팔이 쇠처럼 단단히 죄어드는 것을 느꼈다. 그리고 정적 속에서 레트의 목소리가 들려왔다.

"야비한 거짓투성이 영혼이여, 영원히 지옥으로 떨어져라!"

그리고 그는 벌떡 일어나 옷을 갈아입더니, 그녀가 놀라 변명하듯 까닭을 묻는 것도 들은 체 만 체 방에서 휙 나가 버렸다. 그러고는 다음날 아침, 그녀가 방에서 아침을 먹고 있으려니까 머리를 흐트러뜨리고 흠뻑 술에 취해, 그 가장 다루기 힘든 조소 띤 표정으로 돌아와 사과도 하지 않고 외박하고 온 변명도 하지 않았다.

스칼렛은 자존심 상한 아내처럼 아무것도 묻지 않고 될 수 있는 대로 냉담한 태도를 취했다. 그리고 식사를 마치자, 그가 핏발 선 눈으로 노려보고 있는 앞에서 옷을 갈아입고 물건을 사러 나섰다. 그녀가 돌아왔을 때는 그의 모습은 없었고 저녁식사 때가 되어서야 모습을 나타냈다. 두 사람은 아무 말도 하지 않고 식사를 했다. 스칼렛은 이것이 뉴올리언스에서의 마지막 만찬이었고, 또 가재를 실컷 먹고 싶었기 때문에 기를 쓰고 화를 참았다. 그러나 그에게 눈총을 받아가면서는 만찬도 맛이 없었다. 그러면서도 그녀는 가재를 엄청나게 큰 걸로 먹고, 샴페인을 적잖이 마셨다. 아마 이 두 가지가 겹친 탓이기도 했겠지만, 그날 밤 그녀는 옛날의 무서운 꿈에 쫓겨 식은땀을 흠뻑 흘리고 몹시 흐느껴 울며 잠에서 깼다. 그녀가 타라에 돌아가 보니 타라는 황폐해지고 어머니는 이미 죽고 없었다. 그리고 어머니와 함께 이 세상의 모든 힘도 지혜도 완전히 사라져, 어디를 찾아보아도 의지할 사람 하나 없었다. 게다가 뭔가 무서운 것이 뒤에서 쫓아오고 있었다. 그녀는 기를 쓰고 뛰어 달아났다. 가슴이 터질 것 같았다. 그녀는 소리쳐 울면서 현기증이 나는 것 같은 짙은 안개 속을 달리며, 바로 그 안개 속 어딘가에 있는 이름도 모르는 피난처를 찾고 있었다.

눈을 떠보니 레트가 들여다보고 있었는데, 그는 아무 말도 하지 않고 어린 애처럼 그녀를 안아올렸다. 그리고 그녀가 그 억센 팔에 마음을 놓고, 그 소리 없는 속삭임에 마음을 가라앉혀 흐느낌을 그칠 때까지 꼭 껴안고 있어 주었다.

"아, 레트, 나 몹시 춥고 몹시 배고프고 몹시 피로했어요. 그리고 도무지 찾아낼 수가 없었어요. 안개 속을 기를 쓰고 뛰어다녀도 찾을 수가 없었어요."

"뭘 찾고 있었는데, 여보?"

"뭔지 몰라요. 그것을 알았으면 좋았을 텐데."

"그 옛날 꿈 말인가?"

"응, 그래요!"

그는 살그머니 그녀를 침대 위에 내려놓고 어둠 속을 더듬어 촛불을 켰다. 불빛 속에 핏발선 눈을 하고, 깊은 주름이 진 그의 얼굴은 돌처럼 무표정해서 아무것도 찾아낼 수가 없었다. 와이셔츠가 허리까지 풀어헤쳐져 있어, 검은 털로 뒤덮인 갈색 가슴이 보였다. 여전히 공포에 떠는 스칼렛에게 그 가슴은 무척 억세고 믿음직하게 보였다. 그녀는 속삭였다.

"나 안아 줘요, 레트."

"우리 귀염둥이!" 그렇게 말하고 그는 후딱 그녀를 안고 커다란 의자에 앉아 그녀의 몸을 흔들기 시작했다.

"아, 레트, 배고프다는 건 정말 견딜 수 없는 거예요."

"그런 엄청난 가재에다 일곱 접시나 되는 정식을 먹고서도, 굶어 죽을 것 같은 꿈만 꾸다니! 정말 우스운 노릇이군." 그는 웃었지만 그의 눈은 무척 부드러웠다.

"레트, 나 열심히 뛰어다니며 찾았어요. 그런데도 내가 찾고 있는 게 무엇인지 도저히 알 수가 없었어요. 아무리 가보아도 안개 속에 숨어 있는 걸요. 만일 그것을 찾아내기만 하면 나는 영원히 안전해져서 두 번 다시 추운 꼴이나 배고픈 꼴을 당하지 않는다는 것만은 알고 있었어요."

"당신이 찾은 건 사람이오 아니면 물건이오?"

"몰라요. 그런 건 생각해 보지도 않았어요. 레트, 당신은 내가 꿈속에서 그 안전한 곳에 도착할 수가 있었을 것 같아요?"

"아니," 그는 흩어진 그녀의 머리를 쓰다듬으며 말했다. "그렇게 생각 안 해. 꿈이란 그런 게 아냐. 당신이 그날그날의 생활에서 언제나 마음 편히, 따뜻하고 배불리 지낼 수 있으면 그런 꿈을 꾸지 않게 될 거야. 그러니까 스칼렛, 이제부터 내가 당신을 마음 편히 살 수 있게 해 줄게."

"레트, 당신은 참 좋은 사람이에요."

"당신 식탁 위 빵부스러기에 고마울 지경인걸, 부잣집 마님. 스칼렛, 난 당신이 매일 아침 일어나서 이렇게 말했으면 좋겠소. '레트가 옆에 있고, 합중국 정부가 있는 한, 나는 두 번 다시 배고픈 생각은 하지 않을 것이고, 어떤 놈도 내게 손가락 하나 대지 못할 것이다'고 말이야."

"합중국 정부라고요?" 그녀는 뺨에 눈물 자국을 남긴 채 깜짝 놀라 벌떡 일어났다.

"그전 남부동맹의 돈이 지금은 떳떳한 돈이 되었단 말이오. 나는 그 대부분을 합중국 공채로 돌렸지."

"신의 잠옷이여!" 스칼렛은 그때까지의 공포를 잊고, 그의 무릎 위에 똑바로 일어나 앉았다. "그럼 당신은 당신 돈을 양키에게 빌려 주었단 말이에요?"

"꽤 많은 이자를 받기로 하고."

"설사 10할의 이자가 붙는대도 그런 건 문제가 아니에요! 당장 도로 찾지 않으면 안 돼요. 중요한 건 북부 놈들에게 당신 돈을 쓰게 한다는 것, 그것이 문제예요."

"그럼 그 돈을 어떻게 하라는 거요?"

그는 그녀의 눈에서 이미 공포가 사라진 것을 보고 웃으며 물었다.

"그건…… 그건 파이브 포인트의 땅이라도 사놓으면 되잖아요. 당신이 가지고 있는 돈이면, 아마 파이브 포인트 전부라도 사들일 수 있을 거예요."

"고맙소. 하지만 파이브 포인트는 마음이 내키지 않아. 카펫배거들로 형성된 정부가 조지아 주의 실권을 쥐고 있는 한, 어떤 일이 일어날지 모르거든. 동서남북에서 조지아를 덮쳐드는 독수리 떼들 앞에 나는 아무것도 놓아둘 생각은 없소. 당신도 알다시피 나는 어디까지나 충실한 북부 가담자로 그들과 같이 일하고 있지만 결코 그들을 믿고 있지는 않아. 그리고 나는 부동산에 투자할 생각은 없어. 공채가 낫지. 공채라면 감출 수도 있지만 부동산은 그리 간단히 감출 수는 없거든."

"그럼 당신은……."

그녀는 제재소와 가게를 생각하고 파랗게 질려서 말했다.

"뭔지 모르지만 그렇게 깜짝 놀라는 얼굴은 하지 말아요, 스칼렛. 우리의 존경하옵는 새 지사는 내 친구야. 지금은 워낙 변화가 많은 시대여서 내 돈을 함부로 부동산에 투자하고 싶지 않다는 것뿐이야."

그는 그녀를 다른 쪽 무릎으로 옮겨 앉히고, 뒤로 몸을 젖혀 시가를 꺼내 불을 붙였다. 그녀는 걸터앉은 채 벗은 발을 흔들흔들하면서 그의 갈색 가슴의 근육이 움직이는 것을 바라보며 공포를 완전히 잊었다.

"그런데 부동산 이야기가 나온 김에 말해 두는데 말이야, 스칼렛." 그는 말했다. "나는 집을 지을 작정이오. 프랭크라면 당신 호통에 못이겨 피티 씨 집에 같이 살지도 모르지만 나는 달라. 나는 그녀의 거드름을 하루에 세 번도 견딜 수 없을 거야. 그리고 피터 할아범은 아마 나를 신성한 해밀턴 집 지붕 밑에 살게 하기 전에 암살해 버리고 말 거야. 피티 씨가 인디어 윌크스 양보고 같이 와 살라고 하면 집에 붙어 있던 부기맨이라도 달아나 버릴 걸? 우리는 애틀랜타로 돌아가거든 집이 다 지어질 때까지 내셔널 호텔 신혼방에서 묵기로 합시다. 나는 애틀랜타를 떠나기 전에 피치트리 거리의 그 넓은 빈터를 사들일 생각으로 흥정해두었어. 레이든 집 근처의 빈터 말이야. 당신도 알지?"

"어머, 레트, 멋져요! 난 내 집이 갖고 싶어 못견디겠어요, 아주 큰 집이."

"그럼, 어떤 점에서는 우린 결국 의견의 일치를 본 셈이군. 이 근처 크레올식 집처럼 흰 회벽에다 연철 장식을 하면 어떨까?"

"으응, 싫어요, 레트. 이 뉴올리언스 주택처럼 구식은 절대로 안 돼요. 난 다 생각한 게 있어요. 아주 최신식이에요. 그 그림을, 그렇지, 내가 보던 '하퍼스 위클리'에 나와 있었어요. 스위스의 샬레를 본딴 거예요."

"스위스의 뭐라고?"

"샬레 '시골집'"

"어떻게 쓰지?"

그녀는 써보였다.

"그래." 그는 수염을 쓰다듬었다.

"근사했어요. 꼭대기에는 살창이 있는 높은 이중 경사 지붕이 있고 양끝에는 예쁜 장식을 붙인 나무탑이 하나씩 서 있었어요. 그리고 탑에는 빨강과 파랑 유리를 끼운 창이 달려 있어요. 아주 멋진 집이에요."

"그리고 현관 난간은 아주 가늘게 톱으로 다듬었지?"

"그래요."

"현관 지붕에는 나무로 만든 소용돌이 장식이 하나씩 늘어져 있지?"

"그래요, 당신 그런 집 보셨군요."

"보았지, 하지만 스위스서 본 게 아니오. 스위스 사람은 무척 총명한 인종들이라서 건축미가 살아 있길 바라지. 당신은 정말 그런 집이 소원인 거요?"

"물론이죠!"

"나하고 같이 살게 되면 당신 취미가 나아질지도 모른다고 기대하고 있었는데 말이야. 왜 크레올식 주택이나 여섯 개의 흰 둥근 기둥이 있는 식민지 시대풍 주택이면 안 되는 거지?"

"난 좀스런 구식 물건은 모두 싫어요. 그러니까 방 안은 빨간 벽지로 바르고, 덧창 위에도 모조리 새빨간 벨벳 커튼을 쳐요, 네? 아, 그리고 값비싼 호두나무 목재로 된 가구랑 묵직하고 두꺼운 융단을 많이 사고, 그리고, 또 뭐더라? 아, 레트, 우리 집을 보고 모두 부러워서 얼굴이 파래질 거예요!"

"그렇게 남들이 부러워하는 게 보고 싶소? 그럼 좋아, 당신이 그렇게 하고 싶으면 사람들을 파랗게 질리게 하는 것도 좋겠지. 하지만 스칼렛, 사람들이 다들 곤란을 겪고 있는 때, 집에 그런 사치스런 장식을 잔뜩 차려 놓는 것이 좋은 취미가 아니라고 생각해 본 적은 없소?"

"하지만 나는 그렇게 하고 싶은걸요." 그녀는 고집을 부렸다. "지금까지 내게 잘못한 사람들에게 앙갚음하고 싶어요. 그리고 큰 연회를 열어 시내 사람들에게 그런 심한 소리를 하지 말걸 그랬다 하고 뉘우치게 만들고 싶어요."

"하지만 우리 연회에 누가 와줄까?"

"물론 모두 올 테죠."

"그럴까? 그건 알 수 없는 일이야. 보수파는 죽어도 굴복하지 않는다오."

"아이, 레트. 사람을 놀리고, 너무해요! 돈만 있으면 세상 사람은 다 좋아하게 마련이에요."

"남부 사람들은 그렇지 않을걸. 투기꾼의 돈을 가지고 양갓집 객실에 들어가는 것은 낙타가 바늘 구멍에 들어가기보다 더 어려워요. 그리고 스캘러왜그로 말하면, 당신과 나를 두고 하는 말인데, 그들이 침을 뱉지 않는 것만도 운이 좋은 거야. 그러나 당신이 해보고 싶다면 나는 후원하겠소. 그리고 당신의 맹렬한 운동을 열심히 구경하겠소. 그리고 돈 문제가 나온 김에, 이것만은 당신에게 확실히 해두고 싶은데 말이오. 집을 위해서나 장신구를 위해서 필요한 돈이라면 나는 얼마든지 내 주겠소. 보석이 갖고 싶으면 사도 좋아. 그러나 고르는 것만은 내가 해야 돼, 당신의 취향이란 정말 형편없으니까 말이오. 그리고 웨이드나 엘라를 위해서 필요한 것이 있으면 뭐든지 사주도록 해요. 만일 윌 벤틴이 목화로 재미를 못 볼 경우에도 나는 기꺼이 돈을 대 주어서 당신이 그토록 아까워하는 클레이턴 군의 그 귀찮기 이를 데 없는 일을 어떻게든 해낼 수 있도록 힘을 빌려 주겠어. 그러면 모자랄 거 없겠지?"

"그럼요, 당신은 정말 친절해요."

"그러나 잘 들어 두어요. 당신 가게나 그 불쏘시개 같은 공장을 위해서는 단돈 한 푼도 못 내놓겠어!"

"어머나." 스칼렛은 고개를 떨어뜨리고 말았다. 이 신혼여행을 하는 동안 그녀는 목재를 쌓아두는 곳을 50피트 더 넓히기 위해 땅을 확보할 돈을 어떻게 달라고 할까 줄곧 그것만을 생각하고 있었던 것이다.

"당신은 배짱이 좋아서 내가 사업하는 것을 세상에서 뭐라고 하든 개의치 않고 언제나 자랑으로 여기는 줄 알았더니, 역시 다른 남자들과 조금도 다를 것이 없군요. 내가 집안 살림을 맡고 있다고 세상 사람들이 말할까 봐 무척 겁이 나는 모양이군요."

"버틀러 집안에서는 누가 살림을 맡고 있는지 그런 걸 이상하게 생각할 놈은 한 놈도 없어."

레트는 느린 투로 말했다. "난 바보 녀석들의 이야기 따윈 전혀 염두에도 두지 않소. 사실 나는 빈틈없는 아내를 가졌음을 자랑스러워할 만큼 교양 없는 놈이라서 말이야. 가게나 공장이나 계속해 나가길 바라오. 어느 것이나 당신 자식과 같은 것이니까 말이오. 웨이드가 자라면 의붓아비에게 얹혀 있는 것을 달갑게 여기지 않을 거야. 그럴 경우에는 그 애가 사업을 물려받을 수도 있는 거지. 그러나 내 돈은 어느 장사에건 1센트도 대 주지 않을 테야."

"왜 그러죠?"

"애쉴리 윌크스를 돕기 위해 힘을 빌려 주고 싶지 않아서지."

"당신, 또 그런 얘기 시작할 작정이에요?"

"아니야, 당신이 이유를 물으니까 한 소리지. 그리고 또 하나 있소. 당신이 엉터리 장부를 내게 보이고, 옷값이나 살림에 쓴 돈을 속여 노새를 더 산다든가 애쉴리에게 또 다른 제재소를 사 줄 생각은 하지 말아요. 나는 당신의 지출에 대해 자세히 살펴서 충분히 따져 볼 생각이야. 나는 물건값을 잘 알고 있으니까 말야. 뭐, 골낼 건 없소. 당신은 하고도 남을 테니까. 멋대로 하도록 내버려 두고 싶지는 않아. 타라나 애쉴리에 관한 한 무엇이고 당신 멋대로 해서는 안 돼요. 타라는 또 모르지만, 애쉴리에겐 확실히 경계선을 그어두지 않으면 안 되겠어. 나는 고삐를 늦추고 당신을 타고 돌아다니지만, 굴레와 박차가 있다는 것을 잊지 말아 달라는 거요."

49

엘싱 부인은 복도 쪽에서 귀를 기울였다. 멜라니의 발소리가 마실 것을 준비하고 있는 듯 접시와 은그릇 부딪는 소리가 나는 부엌으로 사라진 것을 확인하자, 무릎에 바느질 상자를 두고 둥글게 앉아 있는 객실의 부인들 쪽을 돌아보며 나직한 소리로 말했다.

"나는 이제 절대로 스칼렛을 찾아가지 않겠어요."

쌀쌀한 얼굴이 평소보다 한층 차갑게 보였다.

'남부동맹미망인 고아구원 바느질모임'의 회원들은 기다렸다는 듯 바늘을 놓고 저마다 흔들의자를 끌어당겼다. 부인들은 누구나 스칼렛과 레트의 이야기를 너무나 꺼내고 싶었지만 멜라니가 있어 그럴 수 없었던 것이다. 바로 어제 스칼렛과 레트는 뉴올리언스에서 돌아와 내셔널 호텔 신혼방에 들어갔다.

"휴는 버틀러 선장이 목숨을 구해 줬으니까 예의상 내가 방문을 해야 한다는 거예요."

엘싱 부인은 말을 계속했다.

"그리고 패니까지도 휴의 편을 들어 자기도 방문하겠다는 거예요. 나는 딸애에게 일렀죠. '패니야, 만일 스칼렛이 그런 짓만 하지 않았다면 토미는 멀쩡히 살아 있을 거다. 찾아가고 어쩌고 하는 것은 그에 대한 추억을 욕되게 하는 거예요' 하고 말이에요. 그랬더니 패니란 것도 철이 없어서 글쎄 이렇게 말하잖아요. '어머니, 나는 스칼렛을 찾아가는 게 아니에요. 버틀러 선장을 찾아가는 거예요. 그분은 토미를 구해 주려고 할 수 있는 모든 노력을 기울였어요. 구해 내지 못했다고 해서 그것이 그 사람의 잘못은 아니잖아요.'"

"젊은 것들은 정말 할 수 없군요." 메리웨더 부인이 말했다.

"찾아가다니? 바보같이!" 부인의 커다란 가슴은 레트와의 결혼에 대해 충고하러 갔을 때의 스칼렛의 건방진 태도가 생각나서 노여움에 물결치고 있었다. "우리 메이벨도 댁의 패니와 마찬가지 생각이라 큰일이에요. 버틀러 선장이 르네가 사형당할 걸 구해 주었으니까, 르네와 같이 찾아간다고 하지 않겠어요. 그래서 나는 타일렀죠. 스칼렛만 그런 짓을 하지 않았다면 르네도 결코 위험한 변은 당하지 않았을 거라고 말이에요. 게다가 우리 집 할아버지까지 찾아갈 생각인가 봐요. 말하는 게 아주 노망이 든 것 같아요. 내가 어떻게 생각하든 자기는 버틀러 선장에게 감사하고 있다나요, 그런 악당에게 말이에요. 아무래도 할아버진 그 와틀링이란 년 집에 갔다온 뒤로는 태도가 영 글러먹었어요. 찾아가다니, 정말 어처구니가 없어서. 나야 절대로 찾아갈 리가 없죠. 스칼렛은 그런 사내와 결혼해서 망나니가 돼버린 거예요. 그자는 전쟁 중에 투기를 해서 우리가 굶주리고 있는 틈에 돈을 번데다가 이번엔 카펫배거들이나 스캘러왜그들과 한통속이 되었잖아요. 게다가 또 그 밉살스럽고 뻔뻔한 블럭 지사와 친구거든요. 찾아가다니, 정말 기가 막혀서!"

보넬 부인이 한숨을 쉬었다. 그녀는 쾌활한 얼굴을 가진 뚱뚱한 다갈색의 굴뚝새 같은 여자였다.

"그분들도 예의상 한 번밖에 안 찾아가시겠지요, 돌리. 나는 그렇게 덮어놓고 나무랄 수만은 없다고 생각해요. 그날 밤 나갔던 남자들은 다 찾아갈 예정이라고 들었는데, 그것이 당연하다고 생각해요. 왠지 나는 스칼렛이 그 어머니의 딸이라고는 생각되지 않아요. 나는 서배너에서 스칼렛의 어머니인 엘렌 로빌라드와 같이 학교에 다녔지만 말이에요. 그런 귀여운 처녀는 또 없었어요. 더구나 내게는 무척 친절하게 해 주었거든요. 그녀의 아버지가 사촌인 필립 로빌라드와 결혼하는 걸 반대하지만 않았어도! 그 청년에게는 나쁜 점이라고는 정말 조금도 없었는데 말이에요. 젊은 혈기의 실수라는 건 세상 어디에나 흔히 있는 일 아니에요? 그런데 엘렌은 그곳에서 견뎌내지를 못하고 달아나고 늙은 오하라 씨와 결혼해서 스칼렛 같은 딸을 갖게 된 거예요. 하지만 사실 나는 엘렌에 대한 추억 때문에 한 번쯤은 꼭 찾아가 주어야겠다고 생각하고 있어요."

"부질없는 감상이에요!" 메리웨더 부인이 콧방귀를 뀌며 힘차게 말했다. "키티 보넬, 당신은 남편이 죽은 지 1년도 안 돼 결혼한 그런 여자를 찾아갈 셈이에요? 여자란……."

"게다가 스칼렛은 케네디 씨를 죽인거나 마찬가지예요." 인디어가 사이에 끼어들었다. 냉정한 목소리였으나 심술이 섞여 있었다. 그녀는 스칼렛을 생각할 때마다 반드시 스튜어트 탈레턴과의 일이 생각나 그만 이성을 잃고 마는 것이었다. "그리고 내 생각에는 아무래도 그녀와 버틀러란 사내 사이에는 케네디 씨가 죽기 전부터, 세상에서 상상하고 있는 이상으로 관계가 있었던 것 같아요."

부인들은 인디어 같은 미혼 처녀가 이런 소리를 꺼냈으므로 몹시 놀랐다. 아직 그 놀라움이 채 가시기 전에 멜라니가 문 쪽에 나타났다. 이야기에 너무 열중해 멜라니의 가벼운 발소리를 듣지 못한 것이다. 이렇게 이 집의 안주인과 얼굴을 마주치자 부인들은 귓속말을 하다가 선생에게 들킨 여학생들처럼 어쩔 줄 몰라 했다. 멜라니의 얼굴빛이 달라진 것을 보자 놀라움은 한층 심한 경악으로 변했다.

그녀는 분노로 얼굴이 상기되어 그 부드러운 눈에 불꽃이 튀고 콧구멍은 바르르 떨리고 있었다. 누구 한 사람 지금까지 멜라니의 성난 모습을 본 사람은 없었다. 그곳에 모여 있는 부인들 가운데 어느 한 사람도 멜라니가 성낼 줄 안다고 생각하는 사람은 없었다. 그녀들은 모두 멜라니를 사랑하고 있었다. 그러나 누구나 그녀를 누구보다도 상냥하고 온순하며 윗사람에 대해 겸손해서 자기 자신의 의견 같은 건 아무것도 갖고 있지 않은 여자로만 생각하고 있었다.

"무슨 소리를 하고 있는 거죠, 인디어?"

멜라니는 나지막이 떨리는 목소리로 힐문했다.

"아가씨는 질투로 어디까지 끌려다닐 작정이에요? 부끄러운 줄 아세요!"

인디어는 얼굴이 새파래졌지만 고개는 여전히 꼿꼿이 들고 있었다.

"난 틀린 얘기는 하지 않았어요."

그녀는 불쑥 내뱉었지만 마음속은 편안하지 못했다. '내가 질투하고 있는 걸까?' 그녀는 생각했다. 스튜어트 탈레턴이나 하나나 찰스의 기억이 있는 한 스칼렛을 시기해도 될 어엿한 이유가 있는 게 아닐까. 더구나 스칼렛이 애쉴리까지도 그녀의 그물에 잡아둔 것 같이 생각되는 요즈음, 그녀를 미워하는 게 어째서 나쁘단 말인가. '네가 역성들고 있는 스칼렛과 애쉴리 사이에 네게 말해 주고 싶은 것이 얼마든지 있어.' 그녀는 생각했다. 인디어는 이때 아무 말도 하지 않아 애쉴리를 두둔해 주고 싶은 마음과 자기의 의심을 멜라니와 세상 사람들에게 밝혀, 스칼렛의 그물에 걸려든 그를 구해 주고 싶은 두 가지 생각에 망설였다. 그렇게 하면 설사 스칼렛이 어떤 방법으로 애쉴리를 움켜잡고 있더라도 마지못해 손을 떼지 않을 수 없을 것이다. 그러나 지금은 그 시기가 아니다. 의혹만을 품고 있을 뿐 확실한 것은 아무것도 잡고 있지 못했기 때문이다.

"난 아무것도 취소할 게 없어요."

그녀는 다시 한 번 되풀이했다.

"그렇다면 아가씨하고는 이제 한 지붕 밑에 살고 싶지 않아요." 멜라니는 말했다. 그 목소리는 냉랭했다.

인디어는 벌떡 일어났다. 혈색 나쁜 얼굴이 확 붉어졌다.

"멜라니, 언니는 내 올케인데 설마 그 타락한 여자 때문에 나와 싸우려는 건 아니겠죠?"

"스칼렛 역시 내 올케예요." 멜라니는 인디어의 눈을 남을 보듯 차갑게 쏘아보며 말했다. "그리고 친형제보다도 내게는 더 가까운 사람이에요. 아가씨는 내가 그 언니의 신세를 여러 번 진 것을 다 잊어 버렸는지 모르지만, 나는 잊을 수 없어요. 그 언니는 포위전 때 피티 고모님까지 메이컨으로 피란갔는데도 자기 집으로 돌아가려 하지 않고 나와 같이 있어 주었어요. 북군이 거의 이 애틀랜타까지 와 있다고 하는 데도 언니는 아기를 받아내 주고, 나를 그대로 병원에 버려 두어도 아무 상관 없는데도 줄곧 나와 보라는 무거운 짐을 지고 무서운 여행을 계속해 타라까지 데리고 가주었어요. 덕택에 나는 북군에게 잡히지 않고 지냈어요. 그리고 그 언니는 자기가 아무리 지치고 배가 고파도 나를 간호해 주고 식사를 하게 해 주었어요. 내가 병으로 몸이 약하다고 언니는 타라에서 제일 좋은 이불을 깔게 해 주었어요. 내가 걸어다닐 수 있게 되었을 때도 제대로 짝이 맞는 신발을 신고 있는 건 나뿐이었어요. 아가씨는 그 언니가 내게 정성껏 해 준 이런 모든 것들을 잊을 수 있을지 모르지만, 인디어, 나는 도저히 그럴 수 없어요. 애쉴리가 허약한 상태로 용기를 잃고, 살 집도 없고, 주머니에 1센트의 돈도 없이 돌아왔을 때, 그 언니는 마치 누나처럼 정답게 받아들여 주었지요. 그리고 우리가 북부로 가야만 해서 조지아를 떠나는 것이 가슴이 찢어지듯 아플 때, 스칼렛은 구원의 손을 뻗쳐 애쉴리에게 제재소의 경영을 맡도록 해 주었어요. 그리고 버틀러 선장 역시 친절하게도 애쉴리의 생명을 구해 주었어요. 애쉴리는 그분에게 그런 구원을 받을 만한 일은 조금도 하지 않았는데 말이에요! 나는 참으로, 참으로 스칼렛과 버틀러 선장에게 감사하고 있어요. 그런데 인디어는 어쩌면! 어떻게 스칼렛이 나와 애쉴리에게 베풀어 준 친절을 잊을 수가 있죠?

어떻게 아가씨는 생명의 은인인 사람을 비방할 만큼 오빠의 생명을 값싸게 취급하고 있나요? 아가씨 같으면 버틀러 선장이나 스칼렛 앞에 무릎을 꿇고도 오히려 부족할 정도예요."

"아니, 멜라니." 아까부터 냉정을 되찾고 있던 메리웨더 부인이 세차게 말을 꺼냈다. "인디어에게 그런 식으로 말하는 게 아니야."

"저는 아주머니가 스칼렛에 대해 하는 말도 다 들었어요." 멜라니는 마치 결투하는 사람이 쓰러뜨린 한 사람의 적에게서 칼을 뽑아들고 돌아서서 또 한 사람의 적에게 사납게 맞서듯 억척스런 노부인을 향해 소리쳤다.

"그리고 아주머니가 하신 말씀도요, 엘싱 부인. 아주머니가 그 좁은 속으로 그녀를 어떻게 생각하든 상관없어요. 아주머니 마음대로니까요. 하지만 제 집에서, 제가 듣는 건 말씀하시는 데는 잠자코 있을 수 없어요. 그런데 아주머니들은 어째서 그런 끔찍한 생각들을 하고 계시죠? 더구나 입 밖에 내서까지 말씀하시다니! 살아 있는 것보다 죽는 편이 낫다고 생각할 만큼 아주머니들 댁 남자분들의 생명은 아주머니들에게 값싼 것인가요? 아주머니들은 아주머니네 남자분들을 구해 준 분에게, 더구나 자기 목숨을 걸고 구해 준 분에게 감사한 마음이 들지 않으세요? 만일 진상이 모두 폭로되었다면 북부 사람들은 그분까지 KKK단의 일원이라고 간단히 인정하고 말았을 것이 틀림없어요. 그러면 그분은 사형을 받았을지도 몰라요. 그런데도 그분은 아주머니네 남자분들을 살리기 위해서 자기 목숨을 걸었던 거예요. 아주머니의 시아버님을 위해서였어요, 메리웨더 부인. 그리고 아주머니의 사위님과 두 조카님들을 위해서이기도 했어요. 보넬 부인 댁에서는 아주머니 네 형제들을 위해서, 엘싱 부인 댁은 아주머니네 아드님과 아주머니네 사위님을 위해서. 배은망덕이란 아주머니네 같은 분들을 두고 한 말이에요! 전 여러분께서 사과해 주시기를 바라요."

엘싱 부인은 입을 꽉 다물고 바느질감을 바느질 상자에 쑤셔넣으며 일어났다.

"다른 사람에게서 네가 그런 교양 없는 말을 할 수 있다고 들었다면, 멜라니……. 아니야, 난 사과 못해. 인디어가 한 말이 사실이야. 스칼렛은 경박하고 단정하지 못한 말괄량이야. 나는 전쟁 중 그 애의 행동을 잊을 수 없어. 그리고 쥐꼬리만큼 돈을 벌었다고 그 애가 하는 짓은 정말 형편없는 백인 쓰레기와 마찬가지 아니야? 잊으려 해도 잊힐 리가 없지."

"잊히지 않는다는 말씀은," 멜라니는 작은 주먹을 양쪽에서 움켜쥐며 부인의 말을 가로막았다. "그 언니가 제재소를 제대로 경영하지 못한 휴를 다른 일자리로 돌린 것을 말씀하시는 건가요?"

"멜라니!"

모두 입을 모아 외쳤다.

엘싱 부인은 머리를 확 젖히더니 문을 향해 걸어갔다. 현관문 손잡이에 손을 댄 채 그녀는 멈춰서서 뒤를 돌아보았다.

"멜라니." 그 목소리는 누그러져 있었다. "난 가슴이 찢어지는 것 같구나. 난 네 어머니의 친구이고, 미드 선생을 도와 너를 받아냈어. 그리고 너를 내 딸처럼 사랑하고 있었어. 만약 이것이 뭔가 다른 일이었다면 네게서 이런 소리를 들어도 이토록 가슴이 아프지는 않았을 게다. 그러나 우리 차례 바로 다음에는, 네게까지 못된 짓을 하지 않으리라고 장담할 수 없는 스칼렛 오하라 같은 여자의 일로……."

엘싱 부인의 첫마디 말을 들을 때는 눈물을 글썽이던 멜라니는 노부인이 말을 마치자 험악한 얼굴이 되었다.

"이것만은 말해 두겠어요." 멜라니는 말했다. "스칼렛을 찾아 주시지 않는 분은 어느 분이고 결코, 결코 제 집에도 찾아오실 수 없어요."

큰 소리로 와글와글 떠들어 대며 부인들은 일어섰다. 엘싱 부인이 바느질 상자를 바닥에 떨어뜨리더니 황급히 방으로 되돌아왔다. 앞머리 가발이 옆으로 툭 비어져 나왔다.

"난 그럴 수 없어!" 그녀는 소리쳤다. "그런 법이 어디 있니! 너 아무래도 이상하구나! 멜라니, 너 정말 제정신이냐. 앞으로도 너는 우리 친구고 나는 네 친구다. 이런 일로 의를 상하기는 싫단 말이다."

그녀는 울고 있었다. 어느 사이엔가 그녀의 팔에 안겨 있는 멜라니도 울고 있었는데, 흐느껴 우는 사이에 자기가 한 말은 모두 진심이었다고 잘라 말했다. 다른 부인들도 울고 있었다. 메리웨더 부인은 큰 소리를 내서 손수건으로 코를 풀더니 엘싱 부인과 멜라니를 끌어안았다. 그냥 놀라 멍하니 자초지종을 지켜보고 있던 피티 고모는 여태까지 몇 번 볼 수 없었던 진짜 발작을 일으켜 갑자기 마룻바닥에 맥없이 쓰러지고 말았다. 눈물과 혼란과 키스, 각

성제와 브랜디를 가지러 이리 뛰고 저리 뛰고 하는 가운데 오직 한 사람 냉정한 얼굴과 메마른 눈을 하고 있는 사람이 있었다. 인디어 윌크스는 아무도 모르는 사이에 가만히 나가 버리고 말았다.

메리웨더 할아버지는 헨리 해밀턴 아저씨와 그로부터 몇 시간 뒤에 술집 '현대 아가씨'에서 만나, 메리웨더 부인에게서 들은 그날 아침에 일어났던 일을 이야기해 주었다. 노인은 자기의 무서운 며느리를 윽박지를 만큼 용기 있는 사람이 과연 있었던가 하고, 그것이 견딜 수 없이 유쾌해 무척 재미있고 우습게 이야기를 들려 주었다. 사실 이 노인은 한 번도 용기 내어 며느리를 윽박질러 본 적이 없었던 것이다.

"그래서 그 바보 같은 것들은 결국 어떻게 결정을 내렸지?" 헨리 아저씨가 성급하게 물었다.

"자세히는 모르지만." 할아버지는 말했다. "멜라니가 어떻게 겨우 그들을 진정시킨 모양이야. 모두 적어도 한 번은 찾아갈 거야. 모두 자네 조카딸한테는 한두 수씩 꺾이는 형편이니까, 헨리."

"멜라니는 바보야. 부인들이 옳아. 스칼렛은 겉만 번지르르한 여자야. 어째서 찰스가 그런 여자와 결혼했는지 난 도무지 이해가 안 가." 헨리 아저씨는 우울한 표정으로 말했다. "하지만 어느 정도는 멜라니의 말에도 일리가 있어. 버틀러 선장의 도움을 받은 사람의 가족들이 찾아가야만 한다는 건 예의상 당연한 일이지. 이 점에 대해서는 나도 별로 버틀러에게 반감을 갖고 있지는 않아. 우리 목숨을 구해 준 그날 밤 같은 땐, 그자는 제법 훌륭했어. 도꼬마리(열매에 가시가 있는 1년생 잡초)처럼 내 뒤꽁무니를 따끔따끔 찌르는 것이 스칼렛이야. 그 애는 제 이익에 대해서는 지나칠 정도로 영리한 여자니까 말이야. 어쨌든 뭐, 나도 찾아가야 되겠는걸. 스칼러왜그든 아니든 스칼렛은 내 조카 며느리니까. 나는 오늘 오후에라도 찾아갈까 생각하고 있네."

"나도 자네와 같이 가겠네, 헨리. 돌리란 놈, 내가 갔다는 소릴 들으면 막 화를 내겠지. 가만 있게, 한 잔 더 들고 갈 테니까."

"아니야, 버틀러 선장한테 가면 얼마든지 마실 수 있어. 그 사낸 기특하게도 언제나 고급 술을 준비해 두고 있으니까 말이야."

레트는 '보수파'는 절대로 굴복하지 않는다고 했는데, 과연 그대로였다.

그는 몇 안 되는 사람들이 찾아왔다고 해 보았자 그것이 거의 아무런 의미도 갖지 못한다는 것을 알고 있었고, 그들이 찾아온 이유도 알고 있었다. KKK 단의 불행한 습격에 가담해 있던 사람들의 가족들이 먼저 찾아왔으나, 그 뒤에는 누구도 좀처럼 찾아오지 않을 것임을 그는 똑똑히 알고 있었다. 그리고 그들은 절대로 레트 버틀러 부부를 자기들 집에 초대하지 않았다. 레트는 멜라니의 노여움에 자극받지 않았던들 그들도 찾아오지 않았을 것이라고 했다. 그가 어째서 그렇게 생각하게 됐는지 알 수 없었지만, 스칼렛은 도저히 믿을 수 없어 묵살하고 말았다. 멜라니가 어떻게 엘싱 부인이나 메리웨더 부인 같은 사람을 상대로 그런 힘을 휘두를 수 있단 말인가? 더욱이 그 사람들이 두 번 다시 찾아 주지 않는 것도 그녀에게는 전혀 고통스럽지 않았다. 사실 그들이 모습을 나타내지 않아도 그녀는 마음 쓰일 것이 거의 없었다. 왜냐하면 그녀의 방은 언제나 다른 타입의 손님들로 가득 차 있었기 때문이다. 전부터 애틀랜타에 살고 있던 사람들은 그런 패들을 '새 시민'이라 부르고 있었는데 그것은 아주 정중히 부르는 이름이었다.

내셔널 호텔에는 레트와 스칼렛처럼 자기들 집이 완성되기를 기다리고 있는 '새 시민'들이 많이 묵고 있었다. 그들은 쾌활하고 돈이 많아 레트의 뉴올리언스 친구들과 비슷했는데, 멋있는 옷차림에 돈도 잘 썼으나, 조상에 대해서는 확실히 모르는 사람이 많았다. 남자들은 모두 공화당원으로, 누구나 '주정부와 사업상 거래가 있어 애틀랜타에 와 있다'는 것이었다. 그것이 어떤 거래인지 스칼렛은 알지 못했고 또 알려고도 하지 않았다. 레트라면 그 거래가 어떤 것인지 그녀에게 분명히 설명해 줄 수 있었으리라. 즉 다 죽어 가는 동물에게 독수리가 모여드는 것과 같은 장삿속이 목적이었던 것이다. 먼 데서 죽음의 냄새를 맡고, 먹이를 향해 똑바로 달려들어 그것을 마구 뜯어먹는 것이다. 기존 시민들의 손으로 세웠던 조지아 주 정부는 망해 버리고 주는 무력해져, 거기에 이권을 노리는 패들이 꾸역꾸역 몰려들어 왔던 것이다. 레트의 친구들인 스캘러왜그와 카펫배거들의 부인들이 끊임없이 찾아왔고, 그녀가 건축용 목재를 팔 때 만난 적이 있는 '새 시민'들도 자꾸만 찾아왔다. 전에 거래가 있었던 이상 접대하는 것이 당연하다고 레트가 말했으므로 그녀는 그들 부인들을 손님으로 초대했다. 그리고 사귀어 보니 유쾌한 상대라는 것을 알게 되었다. 모두 아름다운 옷을 입고, 전쟁이나 생활고 같은 이야기는 절대로 꺼내지 않았으며, 유행에 대한 이야기나 추문에 대한 이야기만을 했고, 트럼프의 휘스트 게임에 열중했다. 스칼렛은 지금까지 한 번도 트럼프를 한 적이 없었지만 휘스트에는 즐겨 끼어들었고 금방 솜씨를 보였다. 그녀가 호텔에 있을 때는 그녀의 방에는 언제나 휘스트하는 패들이 있었다. 그런데 요즘은 방 안에 있는 일도 그리 많지 않았다. 새집 짓기에 바빠 손님들에게 매달려 있을 수가 없었던 것이다. 요즘은 손님이 있건 없건 그녀는 전혀 아랑곳하지 않았다. 사교 활동은 자기가 애틀랜타 제일의 호화로운 저택 부인이 되고, 거리에서 제일 사치스런 연회의 여주인공으로 모습을 나타내게 되는 날까지 미루어 두기로 마음먹고 있었기 때문이었다.

따뜻한 날이 이어질 무렵, 하루 종일 그녀는 붉은 석조와 잿빛 지붕이 피치트리 거리의 어느 집보다도 높이 치올라가는 것을 지칠 줄 모르고 지켜보았다. 가게 일이고 상점 일이고 다 잊어버리고, 목수와 따지고, 석공과 시비를 하고, 도급업자를 독촉해 가며 자기 집터에서 지내고 있었다. 벽이 순식간에 되어감에 따라 이것이 완성되면, 거리의 어느 집보다도 크고 훌륭하게 보일 것이 틀림없다고 만족스럽게 여겼다. 최근 블럭 지사가 관저로 사들인 근처의 제임스 저택보다도 더 당당할 것이 틀림없었다.

지사 관저의 난간과 처마에 해붙인 세공 장식은 과연 훌륭하기는 했지만, 스칼렛 집의 복잡한 소용돌이 무늬의 세공에 비하면 관저는 아무것도 아니었다. 관저에도 무도실이 있기는 했지만, 스칼렛 집의 3층 전부를 차지하고 있는 넓은 무도실에 비하면 마치 당구대 같은 것이었다. 사실 둥근 지붕이며 크고 작은 탑, 발코니며 피뢰침, 색유리를 끼운 창 같은 것이 많기로는, 지사 관저는 물론 시내 어느 집에 비교해도 손색이 없었다.

집을 완전히 둘러싸고 있는 베란다에는 건물 사방에 4단씩의 계단이 딸려 있었다. 정원은 넓고 푸르렀으며 여기저기 전원풍의 철제 벤치가 놓였고, 시쳇말로 '전망대'라고 불리는 쇠로 만든 정자가 하나 있었다. 이것을 스칼렛은 순수한 고딕식 설계라고 믿었다. 그리고 커다란 철제 조각상이 둘 있었다. 하나는 수사슴이었고, 하나는 셰틀랜드 포니 종의 망아지만한 맹견이었다. 화려하면서도 유행에 따라 어두침침하게 지은 새집의 크기에 약간 어지러움을 느끼는 웨이드와 엘라도 이 두 마리의 철제 동물에게만은 기쁜 듯한 눈길을 보냈다.

집 내부는 스칼렛이 오랫동안 희망한 대로 장식되었다. 바닥 전면에 두꺼운 붉은 융단을 쫙 깔고, 붉은 벨벳 커튼을 드리우고, 바니시로 번쩍번쩍 윤을 낸 새 검은 호두나무 가구들을 늘어놓았다. 이들 가구에는 1인치의 빈틈도 없이 조각이 되어 있었다. 의자 덮개는 매끈매끈한 말총으로 되어 부인들은 여기에 앉으려면 미끄러지지 않도록 무척 조심해야만 했다. 벽이란 벽에는 전부 금테를 두른 거울과 긴 기둥 거울이 걸려 있었다. 벨 와틀링의 집처럼 꽤나 거울이 많군, 하고 레트가 실없는 소리를 했을 정도였다. 곳곳에 묵직한 틀에 넣은 동판화가 있었다. 그중에는 스칼렛이 일부러 뉴욕에서 주문해 온 길이가 8피트나 되는 것도 있었다. 벽은 아주 검은 벽지로 발리고, 천장은 높고, 창에는 살구빛 벨벳 커튼이 드리워져 햇빛을 거의 가리고 있었으므로 집 안은 언제나 어두침침했다.

말하자면 그것은 사람의 기를 꺾기에 충분한 저택이었다. 스칼렛은 부드러운 융단을 밟아 보기도 하고 폭신한 깃털 이불이 덮인 침대 속에 파묻혀 보기도 하며, 타라의 그 차디찬 마룻바닥과 밀짚을 넣은 침대를 떠올리고 다시없는 만족감에 잠겼다. 이렇게 아름답고, 이렇게 우아한 가구며 장식으로 꾸민 집은 지금까지 본 일이 없었다. 그러나 레트는 악몽 같은 집이라고 말했다. 그녀는 누가 뭐라고 하건 자기를 행복하게 해 주는 것이면 기꺼이 받아들였다.

"우리에 대한 아무런 예비 지식도 없고 악평을 들은 일도 없는 사람이라도 이 집을 보면 못된 돈으로 세웠다는 걸 한눈에 알게 되겠군." 그는 말했다. "여보, 스칼렛. 못된 돈은 절대로 좋은 열매를 못 맺는다더니, 이 집이 바로 그 격언의 증거로군. 이거야말로 간상배들이나 세울 집이야."

그러나 스칼렛은 자부심과 행복감에 넘친 데다 완전한 자리가 잡히면 이 집에서 열려고 생각하고 있던 연회 계획으로 꽉 차 있었으므로 장난으로 그의 귀를 잡아당기며 "당치도 않아요! 무슨 그런 소릴 해요!" 하고 받아넘겼을 뿐이었다.

그녀도 이제는 레트가 그녀의 거만한 코를 꺾기를 좋아한다는 것과, 그의 조롱에 귀를 기울이고 있으면 언제나 즐거움이고 뭐고 다 뒤죽박죽이 된다는 것을 잘 알고 있었다. 그가 하는 말을 무심코 진심으로 받아들이면 그와 한바탕 싸움을 하게 되는데, 언제나 지기 마련이었으므로 싸울 생각이 나지 않았다. 그래서 그가 뭐라고 하든 거의 귀를 기울이지 않기로 했다. 그리고 들어야만 할 경우에는 농담으로 넘겨 버리려고 했다. 적어도 당분간은 그렇게 하려고 노력하고 있었던 것이다.

신혼여행 동안과 내셔널 호텔에 묵고 있던 동안의 대부분은 두 사람 사이가 지극히 원만했다. 그러나 새집으로 옮겨와서 스칼렛이 자기 주위에 새 친구를 모으기 시작하자마자 갑자기 두 사람 사이에 무서운 싸움이 일어났다. 그러나 오래 끄는 싸움은 아니었다. 그녀가 아무리 사나운 말을 퍼부어도 태연히 버티고 앉았다가 틈을 보아 한꺼번에 그녀를 찌르고 마는 레트와 싸움이 계속된다는 것은 있을 수 없는 이야기였기 때문이다. 그녀 쪽에서는 진심으로 싸움을 하고 있는데도 레트는 아예 상대를 하지 않는 것이다. 그는 다만 그녀에 대해서, 그녀의 행동에 대해서, 그녀의 집에 대해서, 그녀의 새 친구에 대해서, 명확한 의견을 말할 뿐이었다. 그러나 그 의견 가운데는 그녀가 도저히 무시해 버리거나 농담으로 가볍게 넘겨 버릴 수 없는 것이 포함돼 있었다.

예를 들면, 그녀는 '케네디 잡화점'의 이름을 좀더 효과적인 것으로 바꾸기로 결심하고 '엠포리엄(른상점)'이란 이름을 넣어 무언가 좋은 이름이 없겠느냐고 레트와 상의했다. 그러자 레트는 라틴어의 '케비엣 엠프토리엄'이란 이름이 어떠냐고 말했다. 가게에서 팔고 있는 상품과 가장 관계 있는 말이라는 것이었다. 그녀도 제법 장중한 느낌을 주는 말이라고 생각하고 간판을 쓰게 할 단계까지 이르렀는데, 애쉴리 윌크스가 보다 못해 그 참뜻은 '살 사람은 품질을 따져보고 사시오'라고 번역해 주었다. 그녀가 화가 나서 막 덤벼들자 레트는 너털웃음을 웃으며 태연했다.

또 마미에 대한 그의 태도도 좀 별스러웠다. 마미는 레트 같은 인간은 노새가 말안장을 갖춘 것과 같다는 지론을 여전히 한 걸음도 양보하지 않고 있었다. 레트에 대한 그녀의 태도는 정중하긴 했지만 차가웠다. 언제나 그를 '버틀리 선장'이라고 부르고, '버틀리 나리'라고는 절대로 하지 않았다. 레트가 붉은 페티코트를 선물로 주었을 때도 인사 한 마디 하지 않았고, 그것을 한 번도 몸에 걸치지 않았다. 웨이드도 아저씨를 따르고 레트도 이 아이를 좋아하고 있는 줄 알면서, 마미는 될 수 있는 대로 웨이드와 엘라를 레트로부터 멀리 떼어 놓으려고 했다. 그런데도 레트는 마미를 해고시키지도 않거니와 쌀쌀하게 대하지도 않고 심하게 대하지도 않으며, 오히려 최고의 경의와 스칼렛이 최근 사귄 어느 부인들에게보다도 훨씬 예의를 갖추고 마미를 대하고 있었다. 사실 스칼렛에게 하는 것보다도 더 정중했다. 웨이드를 승마에 데리고 나갈 때는 반드시 마미의 허가를 받았고, 엘라에게 인형을 사 줄 때도 반드시 사전에 그녀의 의견을 물은 다음에 했다. 그런데도 마미는 겨우 그에 대한 예의를 지키고 있는 정도일 뿐이었다. 적어도 한집의 가장으로서 레트가 마미에 대해 위엄을 지켜야 한다고 스칼렛은 생각하고 있었지만, 레트는 웃으며 마미야말로 진짜 가장이라고 말할 뿐이었다.

그는 앞으로 몇 년 지나 공화당의 지배가 조지아 주에서 물러나고, 민주당원이 다시 권력을 잡게 될 때는 스칼렛에게 무척 유감스런 일이 일어날 것이라고 냉정하게 말해 그녀를 몹시 화나게 한 적이 있었다.

"민주당이 지사 자리와 의회 자리를 차지하게 되면, 당신이 요즘 새로 사귀기 시작한 그 야비한 공화당 친구들은 모두 장기판에서 떨려나와 전날 하던 말몰이꾼이나 시궁창 청소부로 돌아가게 돼. 그러면 당신은 민주당 친구도 없고 공화당 친구도 하나 없는 막다른 골목에 나가떨어지게 되오. 하지만 뭐, 내일 일까지 생각해서 고민할 필요는 없지."

스칼렛은 웃었다. 웃는 데도 어느 정도 이유는 있었다. 왜냐하면 현재 블럭은 아무런 불안도 없이 지사 자리에 앉아 있었고 주 의회에는 몇 명의 흑인 의원이 있었으며, 게다가 조지아 주 민주당 선거인 중 수천 명이 선거권을 박탈당한 형편이었기 때문이었다.

"민주당원이 세력을 되찾다니 그럴 리 없어요. 그 사람들이 하는 짓이란 어디까지나 점점 더 양키들의 비위를 거스리는 것뿐이라서 권력을 되찾을 날을 더디게만 하고 있잖아요. 그 사람들은 입으로만 큰소리치고 밤이 돼야 겨우 KKK단이니 뭐니 하고 뛰어나와 소란을 피우고 다니잖아요."

"아니, 그들은 반드시 세력을 되찾을 거요. 난 남부인을 알고 있어. 조지아 사람들을 알고 있단 말이오. 그들처럼 끈덕지고 굳센 사람들은 없소. 세력을 회복하기 위해 또 한 번 전쟁을 해야 한다면 반드시 또 하고 말 거요. 만일 또 양키들이 한 것처럼 흑인들의 표를 매수해야 한다면 매수도 할 거야. 만일 양키들처럼 만 명의 죽은 사람에게 투표를 시켜야 한다면, 조지아 주 안에 있는 무덤 속 시체를 하나도 남기지 않고 투표장으로 데리고 오기도 할 거요. 우리 친구 루퍼스 블럭의 상냥한 규칙 밑에서 사태는 매우 험악해져 가고 있소. 조지아는 당장에라도 구역질을 해서 녀석을 토해내 버리려고 하고 있는 거요."

"레트, 그런 저속한 말은 하지 말아요!" 스칼렛은 소리쳤다. "당신 하는 말을 들으니까 마치 내가 민주당이 세력을 되찾는 걸 좋아하지 않는 것 같은 말투 같잖아요! 내가 그렇지 않다는 건 당신도 잘 알고 계시잖아요! 민주당이 세력을 되찾아 준다면 난 얼마나 기쁜지 몰라요. 북부 군인이 주위에 우글거리는 것을 내가 좋아하고 있는 줄 아세요? 내게 지긋지긋한 생각이 나게 하는 그놈들의 모습을 내가 좋아하기라도 하는 줄 아세요? 어쨌든 나도 조지아 사람이에요! 나도 민주당이 다시 일어나는 걸 보고 싶어요. 하지만 그것은 불가능해요. 영원히 글렀어요. 또 설령 다시 일어난다고 하더라도 그것이 내 친구들에게 무슨 영향을 주겠어요. 어쨌든 내 친구들은 돈을 가지고 있으니까요."

"혹시 그때까지 돈을 가지고 있다면야 그렇겠지. 하지만 그 쓰임새로 보아 5년 이상 지탱해낼 녀석은 한 놈도 없을 것 같아. 나쁜 돈은 오래 가지 못하는 법이거든. 녀석들의 돈은 조금도 도움이 되지 않을 거요. 내 돈이 조금도 당신의 도움이 되지 않는 것과 마찬가지로. 당신도 여전히 좋은 말은 되지 못하고 있잖아, 나의 귀여운 노새님."

이 마지막 말로 일어난 싸움은 며칠 계속되었다. 나흘 동안 스칼렛이 퉁퉁 부은 얼굴로 사과하라고 고집부리며 말을 하지 않자, 레트는 마미의 반대도 뿌리치고 웨이드를 데리고 뉴올리언스로 가버렸다. 그리고 스칼렛의 화가 가라앉을 때까지 그곳에서 머물렀다. 그러나 끝내 그의 무릎을 꿇게 하지 못한 고통은 언제까지나 그녀의 가슴에 남았다.

그가 뉴올리언스에서 돌아왔을 때, 그녀는 냉정한 아무렇지도 않은 얼굴로, 그 일은 좀더 뒤에 천천히 생각하기로 마음속에 밀어넣고 될 수 있는 한 노여움을 억누르고 있었다. 지금은 불쾌한 일에는 전혀 머리를 썩이고 싶지 않았다. 새집에서 처음으로 여는 파티 일로 마음이 가득 차 있었으므로 될 수 있는 한 즐거운 기분으로 있고 싶었다. 야자수를 장식하고, 오케스트라를 불러오고, 현관에는 온통 캔버스를 둘러쳐서 호화로운 대야회(大夜會)로 만들 작정이었다. 그리고 생각만 해도 침이 도는 맛있는 밤참도 내놓을 작정이었다. 이 대야회에는 옛날 친구는 물론 신혼여행에서 돌아온 뒤 알게 된 재미있는 친구까지 애틀랜타에 있는 아는 사람이란 사람은 모조리 초대할 작정이었다. 이 파티 준비에 바빠 레트에게 당한 것도 거의 잊어버리고 그녀는 그저 즐겁기만 했다. 연회 계획을 짜고 있노라면 최근 몇 해 동안 젖어 보지 못한 행복한 기분에 잠기는 것이었다.

아, 부자가 된다는 것은 얼마나 유쾌한 일인가! 돈을 아끼지 않는 큰 파티도 열 수 있고 더할 수 없이 값비싼 가구와 의복과 음식을 사들여도 계산서에 신경을 쓸 필요가 없다! 찰스턴의 폴라인 이모나 율랄리 이모, 그리고 타라의 윌한테도 꽤 많은 액수의 수표를 보낼 수 있다는 것은 얼마나 멋진 일인가. 돈이 전부가 아니라는 말은 샘 많은 바보가 하는 소리다! 돈이 내게 조금도 도움이 되지 않다니, 레트는 무슨 비뚤어진 소리를 하고 있는 건가.

스칼렛은 초대장을 친구들과 아는 사람들 전부에게, 옛날 사람이나 새 사람이나, 그녀가 그다지 좋아하지 않는 사람들에게까지도 보냈다. 내셔널 호텔로 그녀를 찾아왔을 때, 형편없는 실례의 말을 한 메리웨더 부인도, 냉랭할 정도로 서먹서먹했던 엘싱 부인도 빼놓지 않았다. 자기를 싫어한다는 걸 알고 있는 미드 부인과 화이팅 부인까지 초대했다. 그리고 이들은 이런 성대한 연회에 입고 나올 정식 의상이 없었으므로 틀림없이 당황할 것이라고 생각했다. 스칼렛의 새집 낙성식은 반은 연회 반은 무도회인, 유행어로 말한다면 '크러쉬'(혼잡한연회)라 부르는 것으로, 애틀랜타가 생겨난 이래 가장 멋들어진 대축하연이었다. 그날 밤은 집 안에서 캔버스를 둘러친 현관까지, 스칼렛이 대접하는 샴페인 펀치를 마시거나, 파이와 크림으로 졸인 굴을 먹거나, 야자수와 고무나무로 솜씨 있게 둘러친 오케스트라의 음악에 맞춰 춤을 추는 손님들로 꽉 차 있었다. 그러나 레트가 '보수파'라고 부른 사람들 중에서는 멜라니, 애쉴리, 피티 고모, 헨리 아저씨, 미드 의사 부부, 메리웨더 할아버지를 제외하고는 아무도 참석하지 않았다.

'보수파' 대부분의 사람들은 마지못해 '크러쉬'에 참석하려고 했었다. 어떤 사람은 멜라니의 위치를 생각해서 초대를 받아들였고 또 어떤 사람은 자기들과 자기 친척들의 생명을 건져 준 레트에 대한 은혜를 생각해서 참석하려

하고 있었다. 그런데 파티 이틀 전에 문제의 블럭 지사도 초대되었다는 소문이 애틀랜타 전역에 퍼졌다. '보수파'들은 유감스럽지만 스칼렛의 친절한 초대에 응할 수 없다면서, 한 다발의 초대장에 그들의 비난을 담아 되돌려보냈다. 또 출석한 몇몇의 옛 친구들도 지사가 스칼렛 집에 들어오는 것을 보자 즉시 난처한 표정이 되더니 단호히 돌아가고 말았다.

스칼렛은 이러한 경멸 때문에 모처럼의 연회가 엉망이 돼 버린 것에 몹시 당황하는 한편 화가 나서 어쩔 줄을 몰랐다. 모처럼의 호화로운 '크러쉬'! 그것을 위해 기막힌 온갖 멋을 다 부렸는데, 그 기막힌 것을 보아 줄 친구들은 겨우 몇 명밖에 와 주지 않았고, 숙적들은 한 사람도 오지 않은 것이다. 밝을 무렵이 되어 마지막 손님이 돌아가 버리자 그녀는 엉엉 울어 버리고 싶었다. 큰 소리로 고함이라도 지르고 싶었다. 그러나 레트가 웃을까 걱정이 됐다. 입 밖에 내서 말은 하지 않더라도 그 검은 눈을 굴리며 '내가 말한 대로 아냐' 할 표정이 싫었다. 그래서 그녀는 분을 참고 아무렇지도 않은 것처럼 하고 있었다. 그러나 다음날 아침 멜라니에게만은 실컷 화풀이를 했다.

"멜라니는 날 모욕했어! 그리고 애슐리와 다른 사람들까지도 나를 모욕하게 만들었다고! 멜라니가 끌고가지만 않았다면 그 사람들은 결코 그렇게 허둥지둥 돌아가지는 않았을 거야. 그런 건 멜라니도 알고 있을 텐데. 그래, 난 다 보았어! 내가 블럭 지사를 멜라니에게 소개시키려고 지사를 부르러 갔더니 멜라니는 토끼처럼 뛰어 달아나 버렸어!"

"나는 설마 하고 생각했어요. 그가 정말로 참석하리라고는 믿지 않았어요." 멜라니는 침울하게 대답했다. "모두 그런 말을 하긴 했지만."

"모두? 그럼 모두 나를 놓고 이러쿵저러쿵 떠들었단 말이야?" 스칼렛은 화를 내며 소리쳤다. "그럼 멜라니도 지사가 오는 줄 알았더라면 역시 오지 않았을 거란 말이군?"

"그래요, 스칼렛. 오지 않았을 거예요." 멜라니는 마룻바닥을 내려다보며 낮은 소리로 말했다.

"너무하잖아! 멜라니까지도 다른 사람들과 마찬가지로 나를 모욕할 작정이었군!"

"어머, 그렇지 않아요."

멜라니는 진심으로 안타까운 듯이 외쳤다.

"난 언니의 마음을 아프게 할 생각은 조금도 없었어요. 언니는 내 올케잖아요. 나와 피를 나눈 찰스 오빠의 미망인이고, 나는……."

그녀는 조심조심 스칼렛의 팔에 손을 얹었다. 그러나 스칼렛은 제럴드가 화났을 때면 언제나 그랬듯이 목청껏 소리 내어 무섭게 호통치고 싶은 충동을 느끼며 그 손을 힘껏 뿌리쳐 버렸다. 그러나 멜라니는 그녀의 분노에 단호히 맞섰다. 그리고 스칼렛의 분노로 불타는 녹색 눈을 빤히 바라보았다. 멜라니가 가느다란 어깨를 딱 펴고 서자, 그 어린애 같은 얼굴과 몸에 어울리지 않는 이상스런 위엄의 장막이 그 전체를 덮는 것이었다.

"언니의 마음을 아프게 하는 건 미안하게 생각하지만, 난 블럭 지사나 공화당원이나 스캘러왜그들과는 만날 수 없어요. 언니의 집에서든, 그 밖에 누구의 집에서든 그들과는 만나지 않을 작정이에요. 그래요, 설령 내가 만약에……만약에……" 멜라니는 뭔가 가장 나쁜 것을 생각해 내려고 말을 찾았다. "설사 내가 실례를 저지르게 되는 한이 있더라도."

"멜라니는 내 친구를 비난하는 거야?"

"아니에요. 하지만 그들은 언니의 친구이긴 해도 내 친구는 아니에요."

"그럼 멜라니는 내 집에 지사를 초대한 것이 애당초 잘못이라는 거군?"

추궁을 당해도 멜라니는 여전히 눈도 깜짝하지 않고 스칼렛의 눈을 들여다보았다.

"보세요, 스칼렛. 언니는 무엇을 하든 거기에 그럴 만한 이유가 있어서 하시잖아요? 그리고 나는 언니를 사랑하고 있어요. 신뢰하고 있어요. 내가 비난한다는 건 당치도 않은 이야기예요. 누구든 내가 듣는 데서 언니를 비난하는 일이 있으면 난 절대로 가만두지 않을 작정이에요. 하지만, 스칼렛 언니!" 문득 격한 말이 입에서 흘러나왔다. 그 나직한 목소리에는 굽힐 줄 모르는 증오심이 깃들어 있었다. "언니는 그들이 한 일을 잊을 수 있어요? 언니는 찰스가 죽고, 애쉴리의 건강이 나빠지고, 트웰브 오크스 저택이 불타버린 것을 잊을 수 있어요? 아, 스칼렛, 언니는 어머님의 반짇고리를 빼앗으려 해서 언니가 쏘아 죽인 그 무서운 사나이를 잊진 않았을 거예요. 잊을 수 없을 거예요! 셔먼 군대가 타라로 밀어닥쳐 우리 속옷까지 훔쳐가던 것을 잊진 않았을 거예요! 그들은 그곳을 불지르고 우리 아버지 칼까지 뺏으려고 했어요! 그런데 스칼렛, 언니가 연회에 초대한 사람들이야말로 우리에게서 약탈을 하고, 우리를 괴롭히고, 우리를 굶어 죽게 내버려 둔 사람들과 같은 사람들이 아닌가요! 그 사람들이야말로 흑인을 시켜 우리를 지배하게 하고, 우리 물건을 훔치게 하고, 우리 남자들에게서 선거권을 뺏은 사람들이 아닌 가요! 나는 잊을 수 없어요. 잊혀질 리 있어요? 우리 보도 잊지는 못할 거 예요. 내 손자들에게도 그들을 미워하도록 가르쳐 주겠어요. 내 손자의 손자 에게도! 만일 하느님이 그때까지 나를 살려 두신다면요. 스칼렛, 언니는 어 떻게 이런 것들을 잊을 수 있죠?"

멜라니는 숨을 돌렸다. 스칼렛은 멜라니가 떨리는 목소리로 몰아세우는 이 격한 말에 기가 꺾여 노여움도 잊고 멍하니 그녀의 얼굴을 바라보고 있었 다.

"멜라니는 나를 바보로 알아?" 그녀는 초조한 듯 되물었다. "물론 나도 잊진 못해! 하지만 그런 건 모두 지나간 일이야, 멜라니. 지금은 될 수 있 는 대로 모든 걸 잘 이용할 시기라고. 나는 그렇게 힘쓰고 있는 거야. 블럭 지사나 공화당원 속에도 친절한 사람들은, 어떻게 대하느냐에 따라서 얼마 든지 우리에게 도움이 될 수 있어."

"친절한 공화당원이라니 그런 건 있지 않아요." 멜라니는 딱 잘라 말했다. "그리고 난 그런 사람들의 힘을 빌리고 싶지도 않아요. 될 수 있는 대로 잘 이용할 생각도 없어요. 북부 것이라면 어떤 뭐든지."

"어머 멜라니, 어쩌면 그렇게 비틀린 소리만 하지!"

"아!" 멜라니는 뉘우치는 빛을 띠며 외쳤다. "내가 너무 떠들어 댔군요! 스칼렛, 난 언니의 기분을 상하게 하거나 비난할 마음은 조금도 없어요. 저 마다 생각이 다른 법이고, 또 누구나 자기 의견을 가질 권리는 있으니까요. 난 언니를 사랑하고 있어요. 언니도 그걸 알고 있을 거예요. 언니가 무슨 일 을 하든 내 마음은 조금도 변하지 않아요. 그리고 언니도 나를 사랑하고 계 시죠? 이런 일로 나를 싫어하거나 하지는 않겠죠? 스칼렛, 만일 우리 사이 에 뭔가 섭섭한 일이 생긴다면 난 도저히 견딜 수 없어요. 우린 여기까지 애 써서 서로 돕고 참아 왔는데! 안 그래요? 아무렇지도 않다고 말해 주세 요!"

"당치도 않아, 멜라니도 참. 하찮은 걸 가지고 뭘 그렇게 야단스럽게 떠들 어 대지." 스칼렛은 마지못해 말했다. 하지만 자기 허리에 살짝 감긴 멜라니의 팔을 뿌리치려고는 하지 않았다.

"그럼 이제 우린 화해한 거죠?" 멜라니는 기쁜 듯 말했으나 그 다음에 살짝 덧붙였다. "우린 여태까지와 마찬가지로 서로 찾아다니고 싶어요. 그러니까 공화당원이나 스캘러왜그들이 찾아오는 날을 내게 알려 줘요. 그럼 그 날은 집에 있기로 하겠어요."

"멜라니가 찾아오든 말든 나는 아무 상관없어." 스칼렛은 말한 다음 보닛을 쓰고 벌떡 일어나 나갔다. 그녀는 멜라니의 괴로워하는 얼굴빛을 보고, 짓밟힌 자신의 자존심이 약간 위로를 받은 듯 만족을 느꼈다.

첫 파티가 있은 뒤 몇 주일 동안은 제아무리 스칼렛이지만 세상 소문에 대해서 아주 무관심한 척하고 있기는 어려웠다. 멜라니와 피티 고모, 그리고 헨리 아저씨와 애쉴리 말고는 옛 친구라고는 한 사람도 찾아와 주지 않은 데다 또 그들의 소박한 대접을 받을 수 있는 초대장도 오지 않는 것을 보고, 그녀는 솔직히 말해서 얼떨떨하고 속이 상했다. 지금까지만 해도 그녀는 일부러 세상 평판이나 험담에 대해서 불쾌하지 않은 것처럼 보이고, 될 수 있으면 옛날의 악평을 없애려고 노력해 오고 있었다. 그러니까 세상에서도 그녀가 사람들 이상으로 블럭 지사를 좋아하는 것이 결코 아니며, 지사에게 정답게 구는 것은 그렇게 하는 편이 유리하기 때문이라는 것쯤 알아 줄 만도 했다. 얼마나 바보 같은 인간들인가! 만일 모두가 공화당 패들에게 좋게만 대해 준다면 조지아는 빠르게 현재의 곤경에서 벗어날 수 있을 텐데.

당시의 그녀는 단지 한 번 힘껏 잡아당긴 것 때문에, 그녀와 옛 생활, 그리고 옛 친구들 사이에 이어져 있던 약한 줄이 영원히 끊어지고 말았다는 것에 생각이 미치지 못했다. 그 약한 줄이 끊어져 버린 이상 아무리 멜라니가 힘을 써도 이을 수 없었다. 게다가 멜라니는 어떻게 해야 좋을지 방법을 몰라 가슴을 졸이면서도 여전히 옛 남부, 옛 친구에 충실하지 않으면서까지 그것을 이으려고는 하지 않았다. 설사 스칼렛이 옛날로 돌아가고, 옛 친구들에게로 돌아가려 해도, 이제는 돌아갈 방법이 없었다. 그녀를 향한 사람들의 얼굴은 화강암처럼 차디찼다. 블럭 정권에 대한 증오가 그녀에게로 돌려진 것이다. 타는 듯한 격렬함은 없었으나 도저히 누그러뜨릴 수 없는 싸늘함을 다분히 지닌 증오였다. 스칼렛은 이제 적인 북부 사람과 운명을 같이할 수밖에 없게 된 것이다. 그리고 그녀의 출생이나 친척이 어떻든 지금에 와서는 변절자, 흑인 옹호자, 반역자, 공화당원, 스캘러왜그라는 범주에 들어가 버린 것이다.

잠깐은 비참한 심정이었지만, 이윽고 표면적인 스칼렛의 태연함은 차츰 진짜가 되어 갔다. 그녀는 인간의 변덕스러운 행동을 두고두고 걱정해 본 적이 한 번도 없었고, 자기가 한 일이 하나쯤 실패했다고 해도 언제까지나 조바심 치며 낙심하지는 않았다. 오래지 않아 그녀는 메리웨더 댁 사람들과 엘싱 댁, 화이팅 댁, 보넬 댁, 미드 댁 가족들과 그 밖의 사람들이 자기를 어떻게 생각하고 있든 그런 건 전혀 염두에 두지 않게 되었다.

적어도 멜라니만은 애쉴리를 데리고 가끔 찾아와 주었다. 그녀는 애쉴리만 와 주면 다른 사람들은 아무래도 좋았다. 뿐더러 애틀랜타에는 그들이 아니라도 그녀의 파티에 기꺼이 참석해 주는 사람들이 많이 있었다. 편협한 늙은 암탉들보다는 그 사람들 쪽이 훨씬 기분도 좋았다. 그녀는 언제고 원하는 대로 자기 집을 손님으로 가득 채울 수 있었다. 그리고 그 손님들은 그녀를 비난하는 그 까다롭고 완고하고 어리석은 늙은이들보다 훨씬 유쾌하고 옷차림도 훌륭했다. 이들은 애틀랜타로 밀려들어온 신출내기들이었다. 그중에는 레트의 친구도 있었고 또 레트의 말을 빌린다면 '단순한 거래 관계'라고 하는 종잡을 수 없는 용건으로 교제하고 있는 사람도 있었다. 그중에는 스칼렛이 내셔널 호텔에 묵고 있는 동안 알게 된 부부도 있었고, 불럭 지사에게 소개받은 사람도 끼어 있었다.

그녀가 현재 교제하고 있는 사람들은 가지각색이었다. 예를 들면 10여 개 주를 드나들며 사기를 일삼아 어느 주에서도 배겨나지 못해 들통이 날까 겁이 나 도망쳐 온 겔러트 부부, 어딘가 먼 주의 노예 해방 사무국과 결탁해서 보호해주어야 할 흑인을 희생시켜 큰돈을 벌고 있는 코닝톤 부부, 남부동맹 정부에 '마분지'로 만든 구두를 팔아먹다가 마지막에는 전쟁이 끝나던 해를 유럽에 도망가 지내야만 했던 딜 부부, 많은 도시에서 전과를 가지고 있으면서 주의 입찰은 매번 감쪽같이 자기 손에 낙찰시키고 있는 훈던 부부, 도박장 경영에서 출발해 지금은 정부의 돈으로 유령 철도 건설이라는 큰 도박을 하고 있는 카라한 부부, 1861년에 1파운드당 1센트 하는 소금을 매점해서 1863년에 50센트로 오르자 이것을 팔아서 한 밑천을 만든 플래허티 부부,

전쟁 중 북부의 어느 도시에서 큰 갈보집을 경영해 지금은 카펫배거 사회에서 거물의 한 사람이 된 바트 부부 따위.

이런 패들이 지금은 스칼렛의 친한 친구가 된 것이다. 그러나 그녀의 대연회에 참석한 사람들 중에는 매우 교양 있고 점잖은 사람들도 있었고, 명문집 사람들도 많이 섞여 있었다. 카펫배거들 말고, 현재 부흥과 확장기에 있는 애틀랜타의 끊임없이 번성하는 사업에 마음이 이끌려 진실한 양키들이 많이 들어와 있었던 것이다. 부유한 양키 가정에서 새로운 토지를 개척하기 위해 남부로 보내진 아들도 있었고, 또 애틀랜타 공략전에 많은 공로를 쌓은 북군 장교들 중에도 제대한 뒤 여기를 영주지로 정하려는 사람이 있었다. 그러한 사람들은 처음에는 딴 고장의 도시에 온 타향사람으로서, 부유하고 친절한 버틀러 부인의 사치스러운 연회에 즐겨 참석했으나 이윽고 그녀들 패에서 차츰 빠져나가 버렸다. 착한 사람들인 만큼, 카펫배거들이나 카펫배거의 관습을 접하게 되면 금방 싫증이 나서 조지아 토박이들과 마찬가지로 화를 내고 마는 것이다. 그리고 그 대부분은 민주당원이 되어 남부 사람들보다도 더 남부 사람답게 되어 갔다.

그 밖에 스칼렛 패들과 어울리지 못하는 사람들은, 어디를 가도 환영을 받지 못한다는 그 이유만으로 하는 수 없이 그녀들 패에 남아 있었다. 그들은 보수파의 조용한 객실 쪽이 훨씬 마음에 들었지만, 보수파 쪽에서 이런 사람들을 전혀 가까이하지 않았다. 그런 사람들 가운데는 흑인을 향상시키고 싶은 일념에서 남부로 찾아온 북부 여교사들도 있었고, 그리고 원래는 선량한 민주당파였는데, 종전 뒤 공화당으로 전향한 스캘러왜그들도 있었다. 실제로 여교사들과 스캘러왜그들 가운데 어느 쪽이 더 토박이 시민들에게 진심으로 따돌림을 당하고 있는지 한 번에 말하기는 어려운 문제였지만 저울에 달아 보면 아마 후자 쪽이 더 무거웠을 것이다. 여교사들이라면 '검둥이를 동정하는 양키들한테 무엇을 기대할 수 있겠는가. 그것들이 검둥이를 자기들과 똑같이 훌륭하다고 생각하고 있는 것은 이미 다 아는 사실인걸!' 하며 무시해 버릴 수도 있었다. 그러나 개인적인 이득을 목적으로 공화당으로 전향한 조지아 사람에게는 아무런 변명의 여지가 없었던 것이다.

'굶주림에 대한 고통은 우리도 충분히 뼈저리게 느끼고 있다. 그러니까 너희 역시 마찬가지로 뼈저리게 당해야 한다'는 생각을 '보수파'들은 품고 있었다. 전에 남군 병사였던 대부분의 사람들은 가족들이 가난에 시달리는 것을 직접 눈으로 보아야 하는, 남자로서 미칠 것 같은 불안을 맛보고 있는 만큼 처자를 굶기지 않기 위해 정치색을 바꾼 옛날 전우에 대해서는 다른 사람들보다 훨씬 관대했다. 그러나 보수파 여자들은 그럴 수 없었다. 세상 인심을 좌우하는 집요하고 끈덕진 실권을 쥐고 있는 것은 이러한 여자들이었다. 패전으로 끝난 남부의 대의는 아직도 그녀들의 마음속에서 그 영광의 절정에 있던 전쟁 때보다도 한결 강하고 귀한 것으로 남아 있었다. 그것은 지금은 일종의 신성한 우상이었다. 그것에 속한 모든 것이 신성했다. 대의를 위해 전사한 병사의 무덤, 싸움터, 찢어진 군기, 집 복도에 엇갈려 장식된 군도, 일선에서 온 잉크가 바랜 편지, 살아남은 용사. 이 부인들은 옛 적에 대해 아무런 도움도 위로도 동정도 주려고 하지 않았다. 스칼렛은 이제 바로 그런 적 편의 한 사람으로 꼽히게 된 것이다.

극도로 험악한 정치적 정세 때문에 모든 것이 뒤죽박죽된 이런 혼란한 사회에서 오직 하나 공통된 것이 있었다. 돈만이 만능의 힘을 가지고 있는 것이었다. 대개 전쟁 전에는 태어난 뒤 한 번도 한꺼번에 25달러 이상의 돈을 못 쥐어 본 패들인만큼 지금 애틀랜타가 생긴 이래 처음 보는 어처구니없는 낭비를 발휘하기 시작했던 것이다. 정치적 권력에 편승한 공화당파 사람들에 선동되어 애틀랜타는 점잖은 듯 가면을 쓰고 있지만, 한꺼풀만 벗기면 곧 악덕과 저속함이 고개를 내미는 낭비와 허식의 시대로 들어갔다. 부자와 가난한 사람과의 차이가 이렇게까지 뚜렷한 시대는 일찍이 없었다. 높은 지위에 앉아 있는 사람들은 흑인에 대해서는 그렇지 않았지만 불행한 사람들은 전혀 거들떠보지 않았다. 그들은 무엇이고 제일 좋고 아름다운 것이 아니면 직성이 풀리지 않았다. 학교, 주택, 의복, 오락, 무엇이고 최선이 아니면 마음이 놓이지 않았다. 그것은 정치상의 실권을 쥐고, 그리고 흑인의 표를 모조리 자기 것으로 만들 수가 있었기 때문이다. 그런 반면 몰락하여 가난해진 애틀랜타 사람들은 신흥 재벌인 공화당 패들이야 무슨 짓을 하든, 언제 어느 때 굶주림에 쓰러지게 될지 모르는 완전히 뒤바뀐 상태로 떨어지고 있었다. 이런 저속한 물결의 정점에 스칼렛은 자랑스레 올라가 있었다. 그녀는 신혼의 신부로서 날아갈 듯 아름다운 옷을 차려 입고, 레트의 재물을 의연히 등 뒤에 쌓아 두고 있었던 것이다. 경박하고, 천덕스럽고, 나보란듯이 멋을 부리는 여자, 지나치게 치장한 주택, 보석, 말, 음식, 위스키 등 무엇이나 어이없을 만큼 범람해 있는 이 시대처럼 그녀에게 꼭 맞는 시대는 없었다.

어쩌다 차분히 가라앉아 생각을 해볼 때 엘렌의 엄격한 규범으로 보아 그녀가 새로 사귄 사람들 중에는 누구 한 사람 숙녀라고 부를 수 있는 부인이 없는 것에 생각이 미칠 때가 있었다. 그러나 그녀는 타라의 객실에 서서 레트의 정부가 되겠다고 생각한 그날부터 엘렌의 규범을 깨뜨린 일이 너무나 많았으므로 지금은 양심의 고통을 느끼는 일 같은 것도 별로 없었다. 이런 새 친구들은 엄밀히 말해 숙녀나 신사는 아니었지만, 그러나 레트의 뉴올리언스 친구들과 마찬가지로 어울려 놀기에는 아주 재미있는 무리들이었다. 옛날 애틀랜타 친구들, 얌전하고 교회에 나가기를 좋아하고 셰익스피어를 애독하는 팬들보다 훨씬 재미있었다. 게다가 그때까지 오랫동안 그녀는 짧은 신혼여행 때를 제외하고는 재미있는 일을 전혀 맛보지 못했다. 또한 생활의 안정감을 맛본 일도 없었다. 생활의 불안이 없어진 지금, 그녀는 댄스를 하기도 하고 카드놀이를 하기도 하고, 터무니없이 소란을 피워 보기도 하고, 성찬이나 고급 포도주를 실컷 먹어 보기도 하고, 새틴, 실크를 차려 입어도 보고, 부드러운 깃털 이불이나 좋은 이불에 몸을 묻어도 보고, 아무튼 닥치는 대로 온갖 것을 해 보고 싶어 견딜 수가 없었다. 그리하여 그 욕망대로 이런 것들을 하나 남김없이 실행했다. 레트가 재미있어 하며 너그럽게 해 주는데 이끌려, 어린시절부터의 속박에서 풀려나, 지금까지의 궁핍에 대한 공포를 잊고 지금까지 수없이 꿈속에서 그려 오던 온갖 사치를 다해 보았다. 자기가 하고 싶은 대로 하며, 그것이 마음에 안 드는 자는 지옥에 빠지라는 듯한 기세였다.

그녀는 도박꾼이라든가 사기꾼, 점잔을 빼는 여자 투기꾼이라든가, 어쨌든 천성적으로 임기응변에 능한 성공한 패들, 정상적인 사회에 나가면 틀림없이 배척당하고 말 생활을 하고 있는 패들의 특유한 그 쾌락에 열중하고 말았다. 그녀가 하는 말과 행동은 제멋대로였고 그 교만이 어디까지 이를지 종잡을 수 없는 형편이었다.

새로 사귄 친구인 공화당원이나 스캘러왜그에 대해서도 거리낌없이 건방지게 굴었지만, 특히 북부 주둔군 장교들이나 그 가족들에 대해 취한 태도는 무례하고 오만불손하기 이를 데 없었다. 애틀랜타로 흘러들어온 온갖 잡다

한 인간 가운데 군인들에 한해서만은 그녀는 초대하지 않았으며, 또 초대해도 결코 너그럽게 대하지 않았다. 그녀는 자진해서 일부러 그들에게 무례한 태도를 보였다. 푸른 군복이 무엇을 말하고 있는지, 그것이 잊혀지지 않는 것은 멜라니만이 아니었다. 스칼렛에게도 그 푸른 군복과 금단추는 언제나 포위전의 공포, 목숨을 건 탈출, 방화, 타라에서의 절망적인 빈곤, 살을 깎는 노동의 공포를 떠올리게 했다. 이제는 재산도 있고 지사나 많은 유력한 공화당원과도 친교가 있으므로 안심하고 눈에 띄는 푸른 군복을 하나도 빼지 않고 모조리 모욕할 수 있었다. 그래서 그녀는 함부로 모욕을 주었다. 한 번은 레트가 무심코 우리 집에 모이는 남자 손님의 대부분은 바로 얼마 전까진 푸른 군복을 입고 있던 패들이라고 지적한 일이 있었다. 그러나 그녀는 푸른 군복을 입고 있지 않는 한 양키로는 보이지 않는다고 반박했다. 이 말에 대해 레트는 "변치 않는 신념, 그대야말로 귀한 보석이로다" 하고 어깨를 으쓱했다. 북군 장교가 입고 있는 밝고 강한 푸른빛이 끔찍이도 싫었던 스칼렛은 그들에게 면박을 주고는 재미있어 했다. 그들이 어리둥절해하면 더욱 신이 나서 괴롭혔다. 주둔군 가족들이 당황스러워 하는 것도 당연했다. 왜냐하면 그 대부분은 조용하고 교양 있는 사람들이었고, 적지에 있으면서 쓸쓸해 견딜 수 없어 늘 북부로 돌아가고 싶어하는 사람들이었기 때문이다. 게다가 그들은 지지해 줘야 하는 인간들, 권력을 잡고 있는 못난 인간들에게 다소 굴욕감을 품고 있기도 했다. 어쨌든 스칼렛이 교제하는 이들보다는 훨씬 품위 있는 계급의 사람들이었다. 당연히 장교 부인들은 멋들어진 버틀러 부인이, 빨강 머리의 브리젯 플래허티 같은 천한 계집들과 사이좋게 지내면서 의식적으로 자기들을 업신여기는 것에 얼떨떨할 수밖에 없었다.

그러나 스칼렛이 특히 친하게 지내는 부인들도 그녀와 교제하기 위해서는 끈질긴 인내가 필요했다. 그런데도 그녀들은 기꺼이 참았다. 그녀들은 스칼렛을 부와 우아함을 대표할 뿐만 아니라 그녀들이 애써 관계를 갖고 싶어 하던 옛 이름, 옛 가문, 옛 전통이 있는 구사회의 관습을 대표하고 있는 것으로 생각했던 것이다. 그녀들이 동경하고 있는 옛 집안은 벌써 스칼렛을 따돌리는 판이었는데도 그런 것을 신흥 귀족 부인들은 모르고 있었다. 알고 있는 것은 다만, 스칼렛의 아버지가 많은 노예를 갖고 있던 대농장주였다는 것, 그리고 어머니는 서배너의 로빌라드 집안 출신이라는 것, 그리고 남편은 찰스턴의 레트 버틀러라는 것 정도였다. 그러나 그것만으로도 그녀들에게는 충분했다. 스칼렛이야말로 그녀들이 들어가고자 하는 오랜 사교계로 비집고 들어가기 위한 문 닫힘 방지용 쐐기였던 것이다. 그 오래된 사교계는 그녀들을 경멸하여 방문의 답례도 해 주지 않거니와, 교회에서 만나도 그저 냉랭히 고개를 끄덕이는 정도였다. 사실 스칼렛은 그녀들에게 사교계에 대한 쐐기 이상의 존재였다. 애매한 경력에서 막 세상에 떠오르게 된 그녀들이 볼 때는 스칼렛이야말로 사교계, 바로 그것이었다. 자기들이 벼락 숙녀인 만큼, 스칼렛이 자기도 모르는 사이에 부리고 있는 겉멋만이 그녀들 눈에 띄었다. 그녀들은 스칼렛에게 기막힌 경의를 표하고, 그녀의 건방짐, 방자함, 별난 동정, 신경질, 교만도 될 수 있는 대로 참고, 그녀가 가한 어떠한 노골적인 무례함에도, 또 자기들의 결점을 사정없이 폭로하는 행동에도 잘 견뎠다.

그녀들은 극히 최근에 하층계급에서 올라섰으므로 자기에 대해 전혀 자신이 없었다. 그만큼 이중으로 자기를 교양 있는 인간으로 보이려고 애를 쓰고 있었다. 자칫 신경질 내는 것을 보이거나, 밑천이 드러나는 말대답을 해 자기들이 숙녀가 아님을 보일까 봐 몹시 두려워했다. 어떤 희생을 치르고라도 숙녀로 보이고 싶었던 것이다. 그래서 무척 섬세한 신경을 지니고 있고 겸손하고 순진한 사람인 척 꾸미기에 애썼다. 그녀들의 대화만 들어서는 그녀들이 악의 세계에는 발을 들어 놓은 일도 없고, 악을 행할 힘 같은 건 날 때부터 가지고 있지 못하며, 악의 세계 따위는 꿈도 꾸지 못하는 여자들이라고 생각되지 않을 것이다. 햇빛마저 반사할 정도로 새하얀 살결에 아일랜드 사투리로 버터용 나이프로 자르는 듯한 말을 쓰는 빨강 머리의 브리젯 플래허티가 설마하니 아버지가 감춰 둔 비상금을 훔쳐 내어 미국으로 건너와 뉴욕 호텔에서 하녀 노릇을 하던 여자라고는 아무도 눈치챌 수 없었을 것이다. 또 실비어 코닝톤(이전에는 새디 벨이라 불렀다)과 메이미 바트 등의 나약하고 우울한 정신 상태를 보고 있노라면, 실비어가 뉴욕 유흥가인 바워리 거리의 아버지 술집에서 자라 가게가 붐빌 때는 접대부로 손님 자리에 나간 것이나, 메이미가 소문에 의하면 남편이 경영하고 있던 갈보집 갈보 출신이라는 과거 신분 같은 것에는 아무도 생각이 미치지 못할 것이다. 정말 놀랍게도 지금 그녀들은 바람에도 쓸어질 것 같은 연약한 여성이 되어 있는 것이다.

남자들은 돈은 벌었지만 새로운 신사도를 좀처럼 몸에 익힐 수가 없었다.

또 그렇게 열심히 몸에 익히려 하지도 않는 것 같았다. 그들은 스칼렛의 연회에 오면 으레 정신없이 취해 버렸다. 너무 취해서 연회가 끝나면 언제나 한두 사람 자고 가는 것이 예사였다. 게다가 그 취한 꼴들은 스칼렛이 소녀 시절에 본 주정꾼과는 아주 달랐다. 이들은 흠뻑 젖어서는 우둔하고 추해져 음담패설을 지껄여 댔다. 아무리 많은 침그릇을 눈에 띄는 곳에 준비해 놓아도, 다음날 아침이 되면 반드시 양탄자에는 담뱃물을 함부로 뱉은 얼룩이 나 있었다.

그녀는 이 패들을 속으로는 경멸하면서도 아주 재미있어 했다. 사귀는 것이 재미있었으므로 언제나 집에 넘칠 정도로 초대했던 것이다. 또 경멸하고 있었으므로 귀찮아서 못견디게 되면 그들을 향해 지옥으로 가 버리라고 곧잘 고함쳤던 것이다. 그래도 그들은 아주 태연했다. 그들은 레트에 대해서도 참을성이 많았다. 레트는 그들의 밑바닥까지 들여다보고 있었고, 그들도 그것을 알고 있었으므로 참는다고는 해도 그렇게 쉬운 일이 아니었다. 레트는 자기 집인데도, 언제나 전혀 변명의 여지도 주지 않는 말을 써서 사정없이 그들의 정체를 벗겨 보였다. 그리고 자신도 재산을 어떻게 만들었는지에 대해서 조금도 쑥스럽게 생각하지 않으니까 너희도 과거를 부끄러워할 필요는 없지 않느냐는 표정을 지으며 누구나 그런 것은 밝히지 않는 것이 예의라고, 암암리에 서로 양해하고 있는 그런 것까지 기회만 있으면 놓치지 않고 털어 놓아 버리는 것이었다. 펀치를 마시며 그가 정답게 이야기할 때는 무슨 말을 끄집어낼지 알 수 없었다.

"랄프, 나도 좀 더 영리했더라면 봉쇄 무역 따위를 하지 않고, 자네들처럼 과부나 고아들을 속여 금광 주식을 팔아서 돈을 버는 건데 그랬어. 그쪽이 훨씬 안전하니까 말이야."

"빌, 여보게. 자네는 새 말을 한 쌍 샀더군! 유령철도의 채권을 몇 천 팔았나? 잘 해먹는군!"

"축하하네, 에이머스. 그 주의 입찰을 낙찰시켰다며? 뇌물로 많이 들어간 건 좀 안됐지만."

부인들은 레트를 천하고 한없이 얄미운 사나이라고 생각하고 있었다. 남자들은 안 보는 데서, 그 녀석은 기분 나쁜 개자식이라고 했다. 새로운 애틀랜타 사람들도 토박이 애틀랜타 사람에게 지지 않을 만큼 레트를 싫어했다.

그도 토박이 애틀랜타 사람에게 대해서 그랬던 것처럼 새 애틀랜타 사람의 비위를 맞추려고는 하지 않았다. 여전히 레트답게 유쾌하고, 건방지고, 주위 사람들의 의견 따위에는 전혀 무관심했다. 그리고 지나칠 정도로 공손했다. 모욕당한 것으로 느끼지 않을 수 없는 정도의 공손함이었다. 스칼렛에게 그는 여전히 수수께끼였지만 그것도 요즘에는 별로 그녀의 머리를 썩이는 수수께끼는 아니었다. 여태까지 그를 기쁘게 해 준 것이 아무것도 없었던 것처럼 앞으로도 레트를 기쁘게 할 수는 없을 것이 뻔했다. 레트라는 인간은 무엇인지는 모르지만 무척 탐낸 것이 있었는데 그것이 손에 들어오지 않았기 때문인지, 아니면 갖기를 원하는 것이 아무것도 없는 때문인지, 아무튼 그 어느 쪽인가의 이유 때문에 무엇에 대해서나 전혀 무관심하다고 그녀는 믿고 있었다. 그는 그녀가 하는 일은 모조리 웃었고 그녀의 사치와 교만을 부채질해 놓고 그녀의 허영을 비웃었다. 그러고는 잠자코 계산을 해 주었다.

50

레트는 두 사람 사이가 어느 정도 부드러워졌을 때도, 냉정하고 동요하지 않는 태도를 결코 버리지 않았다. 그러나 스칼렛은 레트가 그녀의 내부를 지켜보고 있다는 옛날부터의 느낌, 어쩌다 그녀가 갑자기 얼굴을 들고 그의 눈을 보게 되면 거기서 탐색하는 듯한, 뭔가를 기다리고 있는 듯한 표정, 그녀가 이해하기 어려운 무섭도록 참을성 있는 표정을 발견하고 틀림없이 놀라게 될 것이라는 생각에서 벗어나지 못했다.

레트는 자기의 눈앞에서 일어나는 여러 가지 거짓말이나 마음에도 없는 잔꾀, 호언장담을 그대로 보아 넘기지 못하는 불행한 버릇을 가지고 있었지만, 같이 살기에 재미 없는 사나이는 결코 아니었다. 그녀가 가게 일이며, 제재소며, 술집이며, 죄수들이며, 그리고 그 죄수들 식비에 얼마나 드는가 하는 이야기를 하면, 그는 언제나 현명하고 냉철한 조언을 해주었다. 그리고 그녀가 몹시 즐기는 댄스와 연회 같은 것에서도 피로를 모르는 강인한 정력을 가지고 있었고, 모험적인 이야기를 무진장 알고 있어 가끔 둘만 있는 저녁에 식탁이 치워지고 두 사람 앞에 브랜디와 커피가 놓이게 되면 그런 이야기로 그녀를 즐겁게 해주곤 했다. 그녀가 솔직히 부탁만 하면 어떤 희망이라도 들어 주었고 어떤 질문에도 대답해 주었다. 그러나 만약 간접적인 수단이

나 암시나 여자의 잔꾀 같은 걸로 얻으려고 하면 무엇이고 거절했다. 그는 그녀의 속을 들여다보고 그녀를 당황시킨 다음 그것을 보는 것을 좋아하고 웃음을 터뜨리는 버릇을 가지고 있었다.

그가 대개 상냥하고 무관심한 태도로 담담하게 그녀를 다루고 있는 것을 보면 가끔 스칼렛은 골똘히 생각하는 건 아니지만 불현듯, 이 사나이는 왜 나와 결혼한 것일까 생각할 때가 있었다. 남자란 사랑이라든가 가정이라든가 자식이라든가 돈이라든가 그런 것 때문에 결혼하는 것인데 레트는 그 가운데 어느 하나도 해당이 되지 않았다. 그는 그녀의 아름다운 집을 도깨비집이라 했고 가정에 있기보다는 규칙적인 호텔 생활이 훨씬 낫다고 말했다. 그리고 그는 단 한 번도, 찰스나 프랭크처럼 아이를 갖고 싶다느니 하는 소리를 한 적이 없었다. 그녀가 언젠가 한 번 그에게 응석을 부리느라 어째서 자기와 결혼을 했느냐고 물은 적이 있었다. 그러자 그는 재미있다는 듯이 눈을 빛내며 당신을 노리개로 삼고 싶어서, 하는 대답을 해 그녀를 펄펄 뛰게 만들었다.

그는 보통 남자가 여자와 결혼하는 것 같은 이유에서 결혼한 것은 아니었다. 단지 그녀를 자기 것으로 만들고 싶은데 방법이 달리 없으니까 결혼이란 수단을 택한 데 불과한 것이다. 그것은 그가 결혼을 신청하던 날 밤, 그 자신도 인정한 것이었다. 벨 와틀링을 원하는 것과 같은 기분으로 그녀를 원했던 것이다. 그렇게 생각하는 것은 유쾌하지 않았다. 그것은 사실 노골적인 모욕이었다. 그러나 그녀는 불쾌한 일은 무엇이나 깊이 생각하지 않기로 하고 있었다. 그래서 이 생각도 적당히 쫓아 버리고 말았다. 결국 그들의 결혼은 하나의 거래였다. 그리고 그 거래에서 그녀는 충분히 만족하고 있었던 것이다. 그 역시 똑같이 만족해 주기를 바랐지만, 그녀는 그가 만족하든 안 하든 그런 것에는 별로 마음을 쓰지 않았다.

그러나 어느 날 오후, 속이 좋지 않아 미드 선생을 만났을 때 마침내 그녀는 간단히 떨쳐낼 수 없는 불쾌한 사실에 부딪혔다. 해가 질 무렵 그녀가 침실로 뛰어들어가 레트에게 아기가 생겼다고 말했을 때, 그녀의 눈에는 진실한 증오의 빛이 떠돌았다.

그는 비단 실내복을 입고 담배 연기가 자욱한 방 안을 왔다 갔다 하고 있었는데, 그녀의 이야기를 듣고 있는 동안 그녀의 얼굴을 날카롭게 바라보았다. 그러나 그는 아무 말도 하지 않았다. 말없이 그녀를 지켜보고 있었는데, 그녀의 다음 말을 기다리고 있는 그의 모습에는 어떤 긴박감이 역력히 엿보였다. 그러나 그것도 그녀에게는 아무런 효과가 없었다. 분노와 절망이 다른 모든 생각을 모조리 내몰아 버리고 말았던 것이다.

"당신도 알다시피 난 더 이상 아이 같은 거 갖고 싶지 않아요! 갖고 싶다고 생각한 적 한 번도 없어요. 언제든지 일이 잘되어 갈 만하면 꼭 아이를 낳게 된단 말이에요. 제발 그런 곳에 앉아 웃기만 하지 마세요! 당신도 갖고 싶지 않죠? 참, 정말 어떻게 했으면 좋을지 모르겠어요."

그녀가 뭐라고 하는지 듣고 싶어 기다리고 있었지만, 그것은 그가 바라고 있던 말은 아니었다. 그의 얼굴은 약간 험악해지고 눈은 생기를 잃었다.

"그럼 멜라니 씨라도 드리면 되잖아? 그녀는 아이를 더 갖고 싶은데 낳지 못한다고 했잖아?"

"당신 가만두지 않겠어요! 난 아이를 낳고 싶지 않단 말이에요. 똑똑히 말해 두지만 낳고 싶지 않아요!"

"낳고 싶지 않다? 계속 말해 봐."

"오, 방법이 있어요. 나라고 언제까지나 아무것도 모르는 시골뜨기는 아니니까요. 여자가 아이를 낳고 싶지 않으면 낳지 않아도 되는 것쯤 알고 있어요! 방법은 얼마든지 있어요."

그는 일어나 그녀의 손목을 잡았다. 그 얼굴에는 공포에 쫓기는 빛이 역력히 나타났다.

"스칼렛! 바보 같으니, 바른대로 말해. 설마 무슨 짓을 한 건 아니겠지?"

"네, 안 했어요. 하지만 할 작정이에요. 겨우 허리 선이 제대로 잡혀서 이제부터 실컷 즐거운 생활을 하게 될 판인데 제가 제 모습을 보기 싫게 만들 것 같아요?"

"당신은 그런 걸 어디서 알았지? 누가 그런 걸 가르쳐 주었지?"

"메이미 바트예요. 그 여자는……."

"갈보집 여편네라면 그런 재주도 알고 있겠지. 그런 여자는 두 번 다시 이 집에 발을 들여놓지 못하게 해. 알았소? 어쨌든 여기는 내 집이야. 내가 주인이란 말야. 그 여자와는 두 번 다시 말도 하지 말아."

"나는 내가 하고 싶은 대로 할 작정이에요. 말해 줘요, 도대체 왜 그렇게 신경을 쓰는 거죠?"

"나는 당신이 아이를 하나는 고사하고 스물을 낳아도 상관없지만, 만일 당신이 죽기라도 하면 그거야말로 큰일이니까."

"죽어요? 내가요?"

"그래, 죽어. 틀림없이 메이미 바트란 년은 여자가 그런 짓을 할 경우에 어떤 위험이 따른다는 말까지는 안 해 주었겠지."

"그래요." 스칼렛은 마지못해 대답했다. "그 여자는 잘될 거라고만 말했어요."

"빌어먹을, 그년을 죽여 버려야지!"

이렇게 외친 레트의 얼굴은 화가 나서 시뻘게졌다. 그는 눈물에 얼룩진 스칼렛의 얼굴을 내려다보았다. 그리고 얼마쯤 화난 빛이 누그러졌으나 얼굴은 여전히 딱딱하고 험악했다. 그는 갑자기 그녀를 안더니 마치 그녀가 자기에게서 달아날까 봐 겁이라도 나는 듯 꽉 끌어안고 의자에 앉았다.

"여보, 들어 봐? 나는 당신 자신이 자기 목숨을 뺏도록 두고 싶진 않아. 듣고 있어? 나도 아이가 싫은 건 당신이나 마찬가지야. 하지만 나는 아이를 못 기를 정도는 아니야. 다시는 당신 입에서 그런 바보 같은 소리를 듣고 싶지 않아. 만약 그런 짓을 해 봐……. 스칼렛, 나는 그런 짓을 하다가 결국 죽고만 아가씨를 알고 있는데, 그 아가씨는 단지, 아냐, 하지만 그런 짓을 하기에는 좀 지나치게 선량한 아가씨였어. 죽기 쉬운 방법도 아니었어. 나는 ……."

"어머 레트!" 그녀는 감정으로 떨고 있는 그의 목소리에 놀라, 자기의 걱정도 잊고 말았다. 그가 이렇게 흔들리는 것은 처음 보았다.

"어디서였죠, 누구예요?"

"뉴올리언스에서……아니, 뭐 벌써 몇 년 전 일이야. 나도 젊었고 흔들리기 쉬운 때였으니까……." 그는 갑자기 머리를 숙이고 그녀의 머리칼에 입술을 댔다. "아이를 꼭 낳아야 해, 스칼렛. 앞으로 아홉 달 동안 당신 팔에 수갑을 채워서 내 손목에 붙들어매는 한이 있더라도 나는 꼭 낳게 하고 말거요."

그녀는 그의 무릎에 올라앉아 신기한 듯 빤히 그의 얼굴을 지켜보았다. 그녀의 시선과 마주치자 그의 얼굴은 마치 마술에라도 걸린 듯 갑자기 조용하고 부드러운 표정으로 바뀌었다. 그는 눈썹을 올리고 입가를 일그러뜨렸다.

"당신은 내가 그렇게도 소중하세요?"

그녀는 눈을 내리깔며 물었다. 그는 이 질문에 교태가 얼마나 숨어 있는지 찾으려는 듯 조용한 표정으로 그녀를 바라보았다. 그리고 그녀의 태도의 진의를 알아내자 아무렇지도 않게 대답했다.

"응, 그래. 어쨌든 당신에게는 꽤 많은 돈을 투자했으니까, 함부로 잃고 싶지는 않아."

*

멜라니는 스칼렛의 방에서 나왔다. 너무 긴장해 있었으므로 무척 피로하긴 했지만, 스칼렛이 여자아이를 낳았으므로 기뻐서 눈에는 눈물마저 글썽거렸다. 레트는 긴장한 얼굴로 홀에 서 있었다. 주위에는 함부로 내던진 시가 꽁초로 값진 융단에 구멍이 몇 개나 뚫려 있었다.

"이제 들어가서도 괜찮아요, 버틀러 선장님." 그녀는 수줍어하며 말했다.

레트는 재빨리 그녀의 앞을 지나 방으로 들어갔다. 마미의 무릎에 안겨 있는 작은 알몸뚱이 갓난아기를 들여다보고 있는 레트의 모습이 미드 선생이 문을 닫기 전 멜라니의 눈에 힐끗 보였다. 멜라니는 푹신한 의자에 앉아 뜻밖에 그런 평화로운 광경을 목격하게 된 당황함에 얼굴이 화끈 달아올랐다.

'어머나.' 그녀는 생각했다. '어쩌면 저렇게 다정하지! 버틀러 선장은 지금까지 무척 초조해 했어. 그리고 그분은 처음부터 끝까지 한 방울의 술도 마시지 않았어! 얼마나 훌륭한 분이람. 남자들이란 자기 아이를 낳을 때는 대개 취해 버리기 마련인데. 저분도 한잔쯤 마시는 편이 좋았을지 몰라. 그렇게 말해 줄까? 하지만 그건 좀 주제넘은 짓이야.'

그녀는 기쁜 듯이 등을 의자에 묻었다. 요즘 계속 그녀의 등은 허리 근처에서 둘로 쪼개지는 듯 아팠다. 아기를 낳는 동안 내내 문 밖에서 버틀러 선장이 지키고 있다니, 스칼렛은 얼마나 행복한 사람인가! 나도 보를 낳던 그 무서운 날에 만일 애쉴리가 있어 주었으면, 고통을 반도 안 겪었을 텐데. 이 닫혀 있는 문 저쪽의 저 조그만 여자애가 만약 스칼렛의 아기가 아니고, 내 아기였으면 얼마나 좋을까! 어머, 어쩌면 나는 이렇게 못된 사람일까, 그녀는 자기를 꾸짖었다. 스칼렛은 내게 그처럼 친절히 해 주었는 데, 나는 그 아이를 탐내고 있다. 하느님 용서해 주십시오. 나는 정말로 스칼렛의 아기를 탐내는 것이 아니라……. 아냐, 나는 내 아기가 무척 갖고 싶은 거야! 그녀는 아픈 등에 작은 쿠션을 눌러 대며 자기도 여자애를 낳았으면 하고 간절히 생각했다. 그러나 미드 선생은 이 문제에 한해서만은 절대로 의견을 바꾸려고 하지 않았다. 그리고 또 그녀가 설사 아이를 갖기 위해서는 자기의 목숨쯤 위태로워도 상관없다고 한대도 애쉴리가 승낙할 리가 없었다. 딸, 애쉴리는 그 딸애를 얼마나 귀여워할까!

딸! 어머! 그녀는 깜짝 놀라 일어섰다. 나는 버틀러 선장한테 딸이라고 하는 걸 깜빡 잊었다. 그분은 물론 아들이라고 믿고 있었을 것이다. 무슨 얼빠진 소리를 했단 말인가! 여자라면 계집아이든 사내아이든 똑같이 반가운 일이지만, 남자들에게는, 특히 버틀러 선장처럼 자아가 강한 남자에게는 틀림없이 계집애는 타격이 될 것이고 남자로서 치욕이라고 생각할 것임을 멜라니는 알고 있었다. 아, 하느님이 내 하나뿐인 아이를 사내애로 주신 것은 얼마나 감사한 일인가! 그녀는 만일 자기가 무서운 버틀러 선장의 아내였다면 그의 첫아이로 계집애를 낳으니 차라리 아이를 낳다가 죽는 편이 낫다고 생각했다.

그러나 마미가 벙글벙글 웃으며 방에서 나와 그녀의 마음을 달래 주자 대관절 버틀러 선장은 정말 어떤 남자일까 이상하게 생각하지 않을 수 없었다.

"제가 지금 애기를 씻길 때," 마미는 말했다. "레트 나리에게 애기가 사내가 아니라고 잠깐 사과했습죠. 그랬더니 말입쇼, 멜라니 아씨, 그분이 뭐라고 하셨는지 아시겠습니까요? '무슨 소리야, 마미! 누가 사내애를 갖고 싶다고 했어? 사내애는 재미가 없어. 고통스러울 뿐이야. 계집애가 귀여워. 나는 사내애를 열 둘을 준대도 계집애하고 바꾸고 싶지 않아.' 이렇게 말씀했습니다요. 그리고 제 손에서 발가숭이 아이를 뺏으려 하기에 저는 그분 손목을 두드리면서 말해 주었습니다요. '점잖게 계십쇼. 레트 나리! 저는 사내애가 생길 때까지 기다렸다가, 그때 나리께서 기뻐서 큰소리 치실 때 웃으며 바치겠습니다요' 했더니 그분은 빙그레 웃으며 머리를 젓고 말씀하셨습니다요. '마미, 할멈은 바보야. 사내애는 아무짝에도 소용이 없어. 내가 그 증거가 아니야?' 멜라니 아씨, 오늘의 그분의 태도는 정말 신사였습니다요." 마미는 기쁜 듯 말을 끊었다. 레트가 취한 태도가 마침내 마미한테 그를 다시 보게 했다는 것은 멜라니에게도 기쁜 일이었다.

"저는 레트 나리를 좀 오해하고 있었는지 모르겠습니다요. 정말 오늘은 제게 무척 기쁜 날입니다요, 멜라니 아씨. 저는 로빌라드 댁 아가씨를 3대째 받았습니다만, 오늘은 정말 기쁜 날입니다요."

"응, 정말 기쁜 날이야, 마미! 아기가 태어난 날만큼 기쁜 날은 없어!"

그러나 집안에서 오직 한 사람, 이날이 기쁘지 않은 사람이 있었다. 야단만 치고 거의 돌봐 주지 않으므로 웨이드 해밀턴은 처량한 심정으로 식당 근처를 어정거리고 있었다. 그는 그날 아침 일찍 갑자기 마미에게 끌려 일어나 부랴부랴 옷을 입고 엘라와 함께 피티 할머니 집으로 아침을 먹으러 갔다. 그가 들은 말은 엄마가 아파서 그의 노는 소리가 시끄럽기 때문이라는 것뿐이었다. 피티 할머니 집에서는 스칼렛이 아프다는 소식을 듣자 할머니가 곧바로 자리에 누워 버리고 요리사는 그 간호로 정신이 없었으므로, 피터 할아범이 아이들을 위해 만들어 준 아침식사는 아주 형편없는 것이었다. 시간이 지남에 따라 공포가 점점 웨이드의 머리에 파고들었다. 엄마는 죽은 게 아닐까? 그의 친구 중에서도 엄마가 죽은 애가 몇 있었다. 그는 영구차가 집에서 나가고, 그의 어린 친구들이 흐느껴 우는 것을 본 일이 있었다. 혹시 엄마가 죽으면 어떡하나, 웨이드는 엄마가 무섭긴 했지만 엄마를 무척 사랑했다. 그 엄마가 재갈에 깃털 장식을 한 검은 말이 끄는 검은 영구차에 실려 끌려갈 것을 생각하자, 그의 작은 가슴은 거의 숨을 쉴 수 없을 정도로 아팠다.

낮이 되어 피터가 부엌에서 바삐 일하고 있는 틈을 타 웨이드는 현관으로 살짝 빠져나와 공포에 떨면서 조그만 발로 기를 쓰고 집으로 달려갔다. 레트 아저씨나 멜라니 아줌마나 마미 가운데 누구 하나가 반드시 사실대로 말해 주리라. 그러나 레트 아저씨나 멜라니 아줌마의 모습은 아무 데도 보이지 않았고 마미와 딜시는 타월과 더운 물이 담긴 대야를 들고 뒷계단을 오르내리느라 웨이드가 현관 복도에 나타난 것도 모르고 있었다. 2층에서 문이 열릴 때마다. 가끔 미드 선생님의 무뚝뚝한 말소리가 들려 왔다. 이윽고 어머니의 신음소리가 들려왔으므로 그는 마침내 흑흑 흐느껴 울기 시작하고 말았다. 엄마는 지금 틀림없이 죽어가고 있다. 마음을 진정시키기 위해 그는 현관 양지바른 창턱 위에 배를 깔고 엎드려 있는 벌꿀빛 고양이에게 손을 내밀어 보앉다. 그러자 늙은 고양이 톰은 건드리는 것을 싫어하며 꼬리를 탁 치고 가만히 야옹거렸다.

마침내 마미가 정면 계단으로 내려왔다. 마미의 에이프런은 꾸깃꾸깃 구겨져 더러워지고 머릿수건은 비뚤어져 있었는데 웨이드를 보더니 얼굴을 찡그렸다. 웨이드는 마미만을 의지하고 있었으므로 그 찡그런 얼굴을 보자 몸을 떨었다.

"도련님처럼 나쁜 아이는 본 일이 없습니다요." 그녀는 말했다. "피티 할머니 댁에 보냈는뎁쇼. 어서 빨리 돌아가 계십쇼!"

"엄마는 죽는 거야?"

"도련님처럼 애를 먹이는 아가는 처음 봤습니다요! 돌아가신다굽쇼? 무슨 엉뚱한 말입니까요? 사내아이란 정말 골치군입쇼. 어째서 하느님은 사내아이 같은 걸 식구로 점지해 주셨는지. 자, 저리로 갑쇼."

그러나 웨이드는 가지 않았다. 그는 복도의 칸막이 커튼 뒤로 물러났다. 웨이드에게는 마미의 말이 별로 믿어지지 않았다. 언제나 착한 아이가 되려고 하는 웨이드에게 사내애는 애를 먹인다는 말이 가슴 아팠다. 30분쯤 지나서 멜라니 아줌마가 창백한 얼굴로, 그러나 혼자 생글생글 웃으며 급히 계단을 내려왔다. 그리고 커튼 뒤에서 웨이드의 얼굴을 발견하자 깜짝 놀라 발길을 멈췄다. 멜라니 아줌마는 언제나 참을성 있게 웨이드를 돌봐 주는 사람이었다. 이 아줌마는 엄마가 늘 말하듯이, '날 방해하지 말아, 바쁘니까'라든가, '저리 가 있어, 웨이드. 바쁘단 말이야' 하고 말한 적이 없었다.

그러나 오늘 아침은 그녀도 다른 소리를 했다. "웨이드, 정말 말을 안 듣는구나. 어째서 피티 할머니 댁에 가지 않고 있지?"

"엄마는 죽는 거야?"

"아니, 무슨 소리야. 그렇지 않아, 웨이드! 그런 바보 같은 소리 하는 게 아니에요." 그녀는 그렇게 말했지만 곧 측은해져서 덧붙였다. "미드 선생님이 말이야, 지금 엄마한테 귀엽고 조그만 아기를 갖다주셨어. 네가 이제부터 같이 놀 수 있는 이쁘고 조그만 누이동생이야. 그러니까 아주 얌전하게 굴면 오늘 밤에 보여 줄 수도 있어. 자, 밖에 나가 놀고 있어요. 시끄럽게 하면 안 돼요."

웨이드는 조용한 식당으로 몰래 숨어들어 갔다. 그의 조그만 세계는 불안에 흔들리고 있었다. 이렇게 날씨 좋고, 어른들은 뭔가 바쁘게 일을 하고 있는데, 마음속에 걱정을 지닌 이 어린 일곱 살 소년에게는 몸붙일 곳도 없는 것일까. 그는 벽 구석에 있는 골방 창틀 위에 걸터앉아 양지쪽 궤짝에 심어 둔 가을 해당화 잎을 뜯어 씹었다. 씹고 있는 동안 매워서 어찌나 눈을 자극하는지 눈물이 쏟아져 나왔다. 이윽고 그는 정말로 울어 버리고 말았다. 어머니는 틀림없이 죽어 가고 있는 것이다. 누구도 자기 같은 건 돌봐 주지 않고, 모두 새 갓난애, 계집애를 위해 뛰어다니고 있다. 웨이드는 어린애 같은 건 별로 흥미가 없었다. 더구나 계집애 같은 것에는. 그가 잘 알고 있는 계집애는 엘라뿐이었지만, 엘라는 웨이드가 감탄할 만한 일도, 좋아할 만한 일도 하지 못했다.

한참 지나 미드 선생님과 레트 아저씨가 계단을 내려오더니 홀에 서서 무언가 낮은 소리로 이야기를 주고받았다. 문을 닫고 미드 선생님이 가버리자, 레트 아저씨는 얼른 식당으로 들어와 술병에서 술을 넘칠 듯이 따랐다. 웨이드는 또 말 안 듣는 아이니, 피티 할머니 집에 가야 한다느니 하는 말을 들을까 봐 몸을 웅크리고 있었다. 그러나 레트 아저씨는 잔소리 대신 빙긋 웃었다. 웨이드는 아저씨가 이처럼 웃는 것도 또 이렇게 행복스러워하는 것도 본 일이 없었기 때문에 기운이 나서 창틀에서 뛰어내려 그에게로 달려갔다.

"네게 누이동생이 생겼단다." 레트는 말하고 그를 안았다. "정말 그렇게 예쁜 애는 처음 봤어! 아니, 왜 울고 있니?"

"엄마가……."

"네 엄마는 지금 맛있는 걸 잔뜩 먹고 있는 중이야. 닭고기에 쌀밥에 수프에 커피까지 말이다. 이제 곧 아이스크림을 만들어 드릴 거란다. 너도 먹고 싶으면 두어 접시 먹어라. 그리고 네 누이동생도 보여 주마."

마음이 놓이고 맥이 탁 풀리면서 웨이드는 새 누이동생에게는 정답게 해 주리라 생각했지만 그렇게는 되지 않았다. 모두 계집애에게만 마음이 쏠려 있었다. 누구도 이제 웨이드 같은 건 전혀 봐 주려 하지 않는다. 멜라니 아줌마랑 레트 아저씨까지도 그렇다.

"레트 아저씨." 그는 입을 열었다. "다들 남자애보다 여자애를 좋아하나요?"

레트는 컵을 놓고 작은 얼굴을 유심히 들여다보았다. 곧 그의 눈에 모든 것을 이해한 듯한 표정이 떠올랐다.

"아니, 그렇지는 않지." 그는 매우 신중하게 생각을 가다듬듯 진지한 태도로 대답했다.

"그저 계집애는 사내애보다 더 성가시니까 누구든지 성가시지 않은 것보다 성가신 쪽을 더 걱정하는 거야."

"마미는 아까 사내애가 더 성가시다고 했어요."

"음, 마미는 정신이 없었으니까. 정말로 그렇게 말한 건 아닐거야."

"레트 아저씨, 아저씨는 계집애보다 사내애가 더 갖고 싶지 않았어요?"

웨이드는 그렇다고 대답해 주기를 바라며 물었다.

"아니."

레트는 곧바로 대답했으나 소년의 얼굴이 수그러드는 것을 보자 말을 이었다.

"벌써 사내애가 하나 있는데 누가 또 사내애를 갖고 싶어하겠니?"

"있어요?" 웨이드는 그 말에 입을 딱 벌리며 소리쳤다. "어디 있어요?"

"여기." 레트는 대답하고 소년을 안아 무릎에 바싹 끌어당겨 앉혔다. "사내애는 너 하나면 충분해요, 아들아."

잠깐 자기가 중요시되고 있다는 것이 너무나 기쁘고 안심이 되어 웨이드는 또 울음을 터뜨릴 뻔했다. 그래서 재빨리 울음을 삼키고 머리를 레트의 조끼에 기댔다.

"너는 내 아들이지, 그렇지?"

"하지만…… 그럼 난 아버지가 둘이에요?"

본 적도 없는 아버지에 대한 의리와 자기를 이렇게 잘 안아 주는 사람에 대한 애정 사이에 끼어 웨이드는 난처한 듯 물었다.

"그렇단다." 레트는 분명하게 말했다. "마치 네가 엄마의 아들도 되고 또 멜라니 아줌마의 아들도 되는 것과 마찬가지지."

웨이드는 이 설명을 잘 생각해 보았다. 그리고 납득이 갔으므로 싱긋 웃고 부끄러운 듯 레트의 팔에 매달렸다.

"아저씨는 남자애에 대해서 뭐든지 알고 계시네요, 레트 아저씨."

레트의 거무스름한 얼굴이 예의 그 딱딱한 표정을 띠며 입술이 일그러졌다.

"응" 그는 괴로운 목소리로 말했다. "나는 사내애들에 대해선 잘 알고 있단다."

잠시 동안 웨이드의 마음에는 공포가, 문득 질투가 섞인 공포가 다시 생겨났다. 레트 아저씨는 웨이드를 생각하고 있는 것이 아니라 누군가 다른 사람을 생각하고 있었다.

"아저씨는 딴 데 또 사내애가 있어요?"

레트는 그를 내려놓았다.

"난 이제부터 한잔 할 테다. 너도 하는 거다, 웨이드. 넌 생전 처음 마시는 거지? 네 새 누이동생을 위해 축배를 들자."

"아저씨에겐 딴 데 또……" 하고 말을 꺼내다가 웨이드는 레트가 클라레 (특히 프랑스 보르도산, 붉은 포도주를 가리킨다) 병으로 손을 뻗는 것을 보자 어른들의 축배에 끼어든다는 흥분에 정신을 완전히 빼앗기고 말았다.

"안 돼요, 마실 수 없어요, 레트 아저씨! 난 멜라니 아줌마하고 대학을 졸업할 때까지 술 안 마시기로 약속했어요. 만약 마시지 않으면 아줌마가 시계를 주시겠다고 했어요."

"그럼 난 시곗줄을 주지. 원한다면 지금 내가 차고 있는 이 줄도 좋아." 그렇게 말하고 레트는 다시 미소를 지었다. "멜라니 아줌마가 말씀이 옳아. 하지만 아줌마 말씀하시는 건 독한 술이지 포도주가 아니야. 너는 신사니까 포도주 정도는 마실 줄 알아야 해, 아들. 그리고 그걸 배우는 데는 지금처럼 좋은 기회가 없단다."

물을 타서 포도주가 복숭앗빛이 되도록 묽게 한 다음, 레트는 그 컵을 웨이드에게 주었다. 이때 마미가 식당으로 들어왔다. 그녀는 검정 나들이옷으로 갈아입고, 에이프런과 머릿수건도 새로 단정히 갖추고 있었다. 걸으면서 몸을 흔들자 치마에서 비단이 스치는 미묘한 소리가 들렸다. 그녀의 얼굴에서는 근심스런 빛이 완전히 사라지고 없었다. 그녀는 이가 거의 없는 잇몸을 드러내며 웃었다.

"생일 축배인갑쇼, 레트 나리!"

그녀는 말했다. 웨이드는 입으로 가져가던 컵 쥔 손을 멈췄다. 그는 마미가 이 의붓아버지를 싫어한다는 것을 알고 있었다. 그녀가 '버틀러 선장님'이라고 부르는 것밖에 듣지 못했고, 그녀의 그에 대한 태도가 정중하면서도 차갑다는 것도 알고 있었다. 그런데 지금 그녀는 벙글벙글 웃으며 다가와 그를 보고 '레트 나리'라고 부르고 있다. 얼마나 모든 것이 뒤죽박죽 된 날인가! "할멈은 포도주보다 럼주가 좋을걸." 레트는 말하고 술장 쪽으로 손을 뻗쳐 뭉툭한 병을 꺼냈다. "아기가 그만하면 무척 예쁜 편이지, 마미?"

"그러믄입쇼." 대답하자 마미는 유리컵을 혀로 입술을 핥았다.

"그 애보다 더 예쁜 애를 본 일이 있소?"

"글쎄입쇼, 스칼렛 아씨가 태어났을 때도 무척 예뻤지만 그만은 못했습죠."

"한 잔 더 하지, 마미. 그리고 마미." 그의 말투는 엄숙했으나 눈은 빛나고 있었다. "그 사락사락하는 소리는 뭐지?"

"아이구머니, 레트 나리. 이건 제 빨간 페티코트입니다요." 마미는 그 큰 몸집이 흔들릴 정도로 킬킬 웃었다.

"할멈의 페티코트라고! 정말인가. 마치 가랑잎 더미가 부스럭거리는 것 같군. 좀 보여 주게, 치마를 걷어 봐."

"레트 나리, 짓궂으십니다요! 안 됩니다요!"

마미는 나지막하게 외치곤 뒷걸음질을 치더니, 1야드쯤 떨어진 곳에서 살짝 옷자락을 몇 인치쯤 들어 붉은 태피터 페티코트의 주름 장식을 내보였다.

"할멈은 그걸 입는 데 무척 시간이 걸렸군." 레트는 볼멘소리로 말했지만 그 검은 눈은 춤추듯 웃고 있었다.

"정말입니다요, 꽤 오래 걸렸습니다요."

그러자 레트는 웨이드에게는 못 알아들을 소리를 했다.

"이젠 마구를 뒤집어쓴 노새가 아닌가?"

"레트 나리, 스칼렛 아씨가 나리께 그런 말까지 하셨습니까. 어쩜 그렇게 나쁘신 분이람. 이 늙어빠진 검둥이가 한 말 같은 거 언제까지나 마음에 꽁하고 두지맙쇼."

"아니, 꽁하고 있는 게 아니야. 그저 물어 보고 싶었을 뿐이지. 자, 한 잔 더 하지, 마미. 한 병 다 비워 버리지. 마시는 거야. 웨이드! 건배하자."

"누이동생을 위해서!" 하고 외치며 웨이드는 쭉 포도주를 들이켰다. 그와 동시에 몹시 사례가 들려 기침과 딸꾹질을 하기 시작했으므로 다른 두 사람은 웃으며 등을 두드려 주었다.

딸이 태어난 순간부터의 레트의 행동은 그를 알고 있는 모든 사람에게 무척 의외였다. 그것은 시내 사람들이나 스칼렛이나 이제와서 새삼스레 취소하고 싶지 않은 그에 대한 정평을 뒤집어엎을 만한 변화였다. 그와 같은 사나이가 이토록까지, 부끄러운 것이나 남의 평도 상관하지 않고 자식에게 빠져, 아버지가 된 것을 자랑할 줄이야 누가 꿈이나 꾸었으랴! 더구나 그의 첫아이가 사내아이가 아니고 계집아이라는 그다지 반갑지 않은 사정으로 보아 더욱 그러했다.

아버지가 된 새로운 감격은 날이 가도 전혀 줄지 않았다. 이것은 세례명을 받기 훨씬 전부터, 태어난 아이를 마치 당연한 것처럼 받아들이는 남편을 가진 부인들 사이에 숨은 질투까지 낳게 했다. 그는 거리에서 아는 사람을 만나면 그를 붙들고 기다랗게 자기 아이의 놀랄 만한 발육 상태를 자세히 들려주는 것이었다. 더구나 그의 말에는 예의상 '누구나 자기 자식이 제일 귀엽다고 생각하는 법이지만……' 하는 따위의 서두는 전혀 떼버린 채였다. 그는 자기 딸의 잘난 것은 다른 집 아이와는 비교도 안 된다고 진심으로 믿고 있는 것 같았고 또 그런 기분을 조금도 감추려고 하지 않았다. 새 유모가 갓난아이에게 돼지 비계를 빨려 그 때문에 처음으로 배탈이 났을 때 레트의 행동은 아이 기르는 데 이력이 난 부모들을 몹시 웃겼다. 그는 허둥지둥 미드 선생과 다른 두 의사를 불러들였는데, 그는 이 운 나쁜 유모에게 채찍질을 안기고 싶은 것을 겨우 참는 것 같았다. 유모는 해고를 당했지만, 그 뒤로 들어오는 사람도 일주일 이상 붙어 있는 사람이 거의 없었다. 레트가 제시하는 까다로운 요구를 만족시킬 만한 사람이 하나도 없었던 것이다.

마미도 들락날락하는 유모들에게 똑같이 만족스러워 하지 않았다. 그녀는 새로 온 흑인에게는 누구에게나 샘을 내며, 자기가 갓난아이나 웨이드나 엘라를 보살피지 못할 이유는 하나도 없다고 생각하고 있었다. 그러나 마미도 나이에는 당할 수 없어 관절염 때문에 그 무거운 발걸음이 한결 힘들어지고 있었다. 레트는, 할멈의 몸이 그래서 유모를 고용한다고 할 수는 없어, 하는 수 없이 자기쯤 되는 지위에 있으면 한 사람의 유모만으로는 되지 않는다고 말했다. 그러나 그것도 마미에게는 별로 효과가 없었다. 그래서 두 사람을 더 고용해서 힘든 일을 시키고 할멈에게는 감독을 하도록 하겠다고 말해 보았다. 이 말은 마미의 동의를 얻었다. 하인을 늘린다는 것은 레트의 신용을 늘리는 동시에 그녀의 지위에 빛을 더하는 것이었다. 그러나 그녀는 돼먹잖은 해방 노예 따위는 단 한 사람도 아기 방에 들여놓아서는 안 된다면서 단호히 들어 주지 않았다. 그래서 레트는 타라에서 프리시를 불러왔다. 이 여자의 결점은 레트도 잘 알고 있었지만, 그래도 어찌 됐든 그녀는 '우리 집 검둥이'의 한 사람인 것이다. 그리고 피터 할아범의 루라는 조카딸을 데려왔다. 그녀는 지금까지 피티 고모의 사촌 언니인 버 댁에서 일하고 있었다. 스칼렛은 일어날 수 있게 되기 전에 벌써 레트가 갓난아이에게 정신이 빠져 있다는 것을 알았다. 그리고 그가 찾아온 손님들 앞에서 딸자랑을 하는 것을 보고 약간 짜증스러워하기도 하고 얼떨떨해 하기도 했다. 남자가 자기 아이를 사랑하는 것은 물론 좋은 일이지만, 그렇게 노골적으로 애정을 나타내는 것은 그녀에게는 어쩐지 사내답지 못한 느낌이 들었던 것이다. 레트도 다른 남자들과 마찬가지로 무관심하고 냉담한 편이 낫다고 생각되었다.

"당신은 일부러 우스꽝스런 흉내를 내고 계시는군요." 그녀는 짜증스레 말했다. "왜 그러는지 모르겠지만."

"몰라? 그야 물론 당신은 잘 모르겠지. 그 이유는 말이지, 이 아이가 완전히 내 것이 된 맨 처음의 인간이기 때문이야."

"이 아이는 내 것도 되는걸요!"

"아니야, 당신에게는 다른 두 아이가 있어. 이 아이는 내 거야."

"어머, 어이없는 소릴 하시네요!" 스칼렛은 말했다. "아이를 낳은 건 내가 아닌가요! 그리고 당신, 나도 당신 거예요."

레트는 아이의 검은 머리 너머로 그녀를 보며 이상한 웃음을 띠었다.

"당신이?"

멜라니가 들어왔으므로 요즘 와서 곧잘 터지는 순간적인 격한 싸움의 하나가 중단되고 말았다. 스칼렛은 화를 누르고, 멜라니가 갓난애를 안는 것을 보고 있었다. 아이의 이름은 외제니 빅토리아라고 부르기로 결정돼 있었지만, 이날 오후 멜라니는 무의식중에, '피티팻'이라는 애칭이 사라 제인이라는 고모의 본명을 말살해 버린 것과 같은 애칭을 이 아이에게 주게 되었다.

레트가 아이를 들여다보며 이런 말을 했다. "이 아이의 눈은 차츰 피 그린(pea green : 황록색)이 되어가는군."

"그럴 리 없어요."

멜라니는 스칼렛의 눈이 거의 같은 빛깔이라는 것을 잊고 화난 듯이 외쳤다.

"오하라 씨 눈처럼 점점 푸른 눈이 돼가요. 마치 보니 블루 플랙(bonnie blue flag : ^{아름다운}_{푸른 깃발})처럼 푸른빛으로요."

"보니 블루 버틀러란 말이지." 레트는 그녀에게서 아이를 받아 안고, 그 작은 눈을 한층 가까이 들여다보았다. 이리하여 이 아이는 보니라고 불리게 되고, 두 여왕의 이름을 따서 지어진 본명은 부모조차 생각해 내지 못하게 되고 말았다.

51

그럭저럭 외출할 수 있게 되었을 때 스칼렛은 루를 시켜서 코르셋을 입고, 그 끈을 될 수 있는 대로 바짝 졸라매게 했다. 그리고 줄자로 허리를 재게 했다. 20인치! 그녀는 큰 소리로 신음했다. 아이를 몇 씩이나 낳았기 때문에 이 꼴이 되고 만 것이다! 그녀의 허리통은 피티 시고모나 마미의 허리통 같이 돼버리고 만 것이다.

"더 바싹 졸라매 줘, 루. 만약 18인치 반이 되지 못하면 난 아무 옷도 못 입게 돼."

"끈이 끊어집니다요." 루는 말했다. "허리통이 굵어지셨습니다요, 스칼렛 아씨. 이 이상은 어떻게 해볼 도리가 없습니다요."

'어쩔 수 없지는 않겠지.' 스칼렛은 필요한 만큼 폭을 늘이기 위해 드레스 솔기를 마구 뜯으며 생각했다. '이제 더는 아기를 낳지 않도록 하는 수밖에 없어.'

물론 보니는 예뻐서 그녀에게 자랑스런 아이이고 레트도 끔찍이 귀여워하고 있었지만, 그녀는 더 이상 아기를 갖고 싶지 않았다. 자, 그럼 어떻게 해야 무난히 해낼 수 있을까? 상대가 레트이니 프랭크처럼 잘 조종이 안 되므로 그녀는 어떻게 해야 좋을지 알 수가 없었다. 레트는 나를 무서워하고 있지 않다. 사내애를 낳으면 강물에 집어던지겠다느니 어쩌니 했지만, 보니가 태어나자 저렇게 바보가 된 걸 보면 내년쯤 되었을 때는 사내아이가 갖고 싶다고 할지도 모른다. 그러나 뭐 어찌 됐든 사내애고 계집애고 이제 다시 애 같은 것 낳나 봐라. 여자는 애를 셋만 낳으면 충분한 것이다.

루는 뜯은 솔기를 꿰매고 깨끗이 주름을 펴서, 스칼렛이 치장을 마치자 마차를 불렀다. 이렇게 하고 스칼렛은 제재소로 떠났다. 가는 도중 이제부터 공장에서 애쉴리를 만나 둘이서 같이 장부를 조사한다고 생각하자 기운이 생겨나 허리통 같은 건 다 잊고 말았다. 운이 좋으면 그와 단둘이 만나게 될지도 모른다. 보니가 태어나기 훨씬 전부터 그와는 만나지 못했다. 임신한 것이 남의 눈에 띄게 된 뒤로부터는 그와는 잠시도 만나기가 싫었다. 그래서 다른 사람들은 줄곧 옆에 있었지만, 그와 매일 만나지 못하는 것이 쓸쓸해 견딜 수 없었다. 들어앉아 있는 동안은 목재 장사의 중요성과 활기 같은 것도 무관심해져 버렸다. 물론 지금은 일을 할 필요는 없었다. 공장을 팔아 그 돈을 웨이드와 엘라를 위해 투자해도 문제가 없었다. 그러나 그렇게 되면 많은 사람이 함께 모이는 사교 장소를 빼고는 좀처럼 애쉴리와 만날 수 없게 되고 만다. 애쉴리 옆에서 일한다는 것이 그녀에게는 무엇보다도 큰 즐거움이었던 것이다.

공장에 닿자 그녀는 수북이 쌓인 산더미 같은 목재, 그리고 그 주위로 많은 고객이 서서 휴 엘싱과 이야기를 하고 있는 광경을 기쁜 듯이 바라보았다. 여섯 마리 노새의 짐 마차에 흑인 마부가 짐을 싣고 있었다. 여섯 마리나 되는구나 하고 그녀는 자랑스럽게 생각했다. 게다가 이것은 모두 내가 내 힘으로 해낸 것이다.

애쉴리가 작은 사무실 문에서 나왔다. 그는 오래간만에 그녀와 만나는 기쁨에 눈을 빛내며 마치 여왕이라도 맞아들이듯 그녀에게 손을 내밀어 마차에서 부축해 내린 다음 사무실로 맞아들였다. 그러나 그의 공장 장부를 조사하고 조니 갤러거의 장부와 비교해 보았을 때, 그녀의 즐겁던 기분은 다소 어두워졌다. 애쉴리는 어떻게 겨우 경비를 메워 나가는 정도였는데 조니 쪽은 놀랄 만큼 판매고를 올려 주고 있었던 것이다. 그녀는 양쪽 장부를 대조해 보면서 꾹 참고 아무 말도 하지 않았다. 그러나 애쉴리는 그녀의 얼굴에서 곧 그것을 알아차렸다.

"스칼렛, 미안하오. 다만 내가 당신에게 말할 수 있는 것은 죄수를 쓰는 것을 그만두고 해방 흑인을 고용하도록 해달라는 거요. 그러면 나도 좀더 성적을 올릴 수 있으리라 생각하오."

"흑인이라고요! 어머, 그렇게 하면 흑인에게 치르는 품삯만으로도 우리는 파산해 버려요. 죄수들은 공짜나 다름없이 싸요. 조니가 죄수를 써서 이만큼 이익을 올릴 수 있다면…….”

애쉴리의 눈은 그녀의 어깨너머로 그녀에게 보이지 않는 무언가를 지켜보고 있었다. 그때까지의 기쁜 빛은 사라지고 없었다. “나는 죄수를 조니 갤러거처럼 부릴 수는 없소. 나는 죄수를 혹사시킬 수 없단 말이오.”

“신의 잠옷이여! 조니는 그 점에 있어서는 정말 수완가예요. 애쉴리, 당신은 너무 인정이 많아요. 좀더 사정없이 그들을 부리지 않으면 안 돼요. 조니가 그러는데, 일하기 싫은 죄수가 꾀병을 부리느라 아프다고 말하면, 당신은 당장 하루 휴가를 준다면서요? 맙소사, 애쉴리! 그래 가지고는 돈이 벌릴 턱이 없어요. 두어 번 채찍으로 후려갈겨 보세요. 다리뼈라도 부러지지 않은 놈이면 어지간한 병은 낫고 말 테니까요.”

“스칼렛! 스칼렛! 그만 해요! 당신이 그런 소리를 하는 것을 들으면 나는 정말 견딜 수가 없어요.”

애쉴리는 외치며 그녀를 쏘아보았다. 그 눈은 그녀로 하여금 그대로 입을 닫게 하기에 충분했다. “당신은 그들도 인간이라는 것을 모르오? 개중에는 병자도 있고 심한 영양실조에 걸린 사람도 있고 비참한 사람도 있소. 아, 스칼렛, 그 사나이 때문에 당신이 잔인한 여자가 되어가는 것을 나는 보고 있을 수가 없소. 당신은 언제나 그토록 인정이 많았었는데…….”

“누가 나를 어쨌다는 거예요?”

“말해야겠소, 그런 말을 할 권리는 조금도 없지만. 그러나 나는 말하지 않을 수 없소. 당신의 ……레트 버틀러요. 그는 손대는 모든 것에 독을 쏟아넣고 있소. 지나치게 활발하기는 했지만, 그처럼 상냥하고 너그럽고 정숙했던 당신을 그는 제것으로 만든 다음 당신에게 독을 부어넣었소. 당신에게 손을 대어 당신을 냉혹하고 잔인한 인간으로 만들어 버렸소.”

“어머나.” 스칼렛은 한숨을 쉬었다. 애쉴리가 이렇게까지 깊이 자기를 생각해 주고, 지금도 자기를 상냥한 여자라고 생각해 준다는 기쁨이 죄의식과 마음속에서 서로 싸웠다. 고맙게도 그는 그녀가 1센트라도 인색하게 아끼고 있는 것을 레트 때문이라고 생각하고 있었다. 물론 그것은 레트와 아무 관계도 없고 그녀가 나쁜 것이 틀림없었지만, 어쨌든 레트에게 오점이 하나 더 찍힌다고 해도 어차피 별 해가 되지도 않을 것이다.

"만일, 다른 사람이라면 나는 그다지 신경을 쓰지 않을 거요. 그러나 상대는 레트 버틀러요! 그가 지금까지 당신에게 어떻게 해 왔는지 나는 알고 있소. 당신이 알지 못하는 사이에 그는 당신의 사고방식을 그 자신이 달려온 것과 같은 길로 휘어넣고 만 거요. 그렇고말고요, 이런 소리는 할 필요가 없을 거요. 그건 나도 알고 있소. 그는 내 생명도 구해 주었소. 그건 감사하고 있소. 그러나 나는 그게 그가 아니고 다른 사람이었으면 하고 하느님께 빌고 싶은 심정이오! 당신에게 이런 말을 할 권리는 없지만."

"아, 애쉴리. 애쉴리, 아니에요. 당신에겐 권리가 있어요. 만일 당신에게 권리가 없다면 도대체 누구에게 있겠어요!"

"그 사람 때문에 당신의 그 섬세함이 무너져 가는 것을 나는 도저히 보고 있을 수가 없소. 당신의 아름다움, 당신의 매력이 그 사람 손아귀에 있다고 생각하면…… 그의 손이 당신에게 닿는다고 생각하면, 나는……."

'이이는 내게 키스하려고 하고 있다!' 스칼렛은 가슴을 두근거리며 생각했다. '하지만 키스하더라도 내 탓은 아니야!' 그녀는 살며시 그를 향해 몸을 돌렸다. 그러나 그는 자기가 지나친 말을 했다는 것, 결코 할 생각이 없던 말을 했음을 깨달은 듯 움찔하며 뒤로 물러섰다.

"미안하오, 스칼렛. 나는…… 나는, 당신 남편이 신사가 아닌 것처럼 말해버렸는데, 그런 내 말이야말로 내가 신사가 아니라는 것을 증명하는군요. 누구에게도 부인을 향해 그 남편을 비판할 권리는 없소. 내게는 변명의 여지가 없소. 만일…… 만일에……."

그는 망설였다. 얼굴이 괴로운 듯이 일그러졌다. 그녀는 숨을 죽이고 기다렸다.

"내게는 전혀 변명의 여지가 없소."

집으로 돌아오는 마차 속에서 스칼렛의 마음은 설렜다. 전혀 변명의 여지가 없다. 그가 나를 사랑하고 있다는 것을 빼놓고는! 그녀가 레트의 팔에 안겨 있다고 생각하는 것이 그에게 노여움을 불러일으키리라곤 생각조차 할 수 없는 일이었다. 그러나 어찌 됐든 그 기분은 그녀도 이해할 수 있었다. 만일 그와 멜라니와의 관계가 멜라니의 건강 문제 때문에 부득이 오빠와 누이동생 관계에 머물러 있다는 것을 알지 못했다면 그녀도 밤낮으로 고민했을 것이다. 그리고 레트의 포옹이 그녀를 거칠게 만들고, 잔인하게 만들었다고 했다. 그렇다. 만일 애쉴리가 그렇게 생각하고 있다면 레트의 포옹 따위는 없어도 상관없다. 비록 두 사람이 각각 다른 사람과 결혼해 있더라도 서로 육체적 정절을 지켜간다면 얼마나 순결하고 로맨틱한 일인가. 이런 생각은 그녀에게 공상을 불러일으켰다. 그녀는 그 공상에 황홀한 기쁨을 느꼈다. 그 공상에는 실제적인 일면도 있었다. 그렇게 되면 이제 아이를 낳지 않아도 되는 것이다.

집에 돌아와 마차를 돌려보내자 애쉴리의 말로 인해 가득 차 있던 황홀감도 약간 빛이 바래 가는 것을 느꼈다. 그것은 이제부터 레트에게 침실을 따로 쓸 것과 거기에 따른 그 밖의 여러 가지를 요구해야 할 것을 생각했기 때문이었다. 쉬운 일이 아닐 것 같았다. 그것만이 아니고, 애쉴리에게 당신 소망대로 레트를 거절했다고 어떻게 말할 수 있을까? 아무리 희생을 치렀대도 그것을 아무도 알아주지 않는다면, 모처럼의 희생이 도대체 무슨 소용이 있겠는가? 겸손이니 섬세한 마음가짐이니 하는 것은 얼마나 까다로운 일인가! 만일 애쉴리에게 말할 때도 레트에게 말할 때와 마찬가지로 솔직히 말할 수 있다면! 아냐, 상관없어, 어떻게든 애쉴리가 사실을 알게끔 하리라. 그녀가 2층으로 올라가 아이들 방문을 열자, 레트는 보니의 작은 침대 옆에 걸터앉아 엘라를 무릎 위에 안고 있었다. 웨이드가 제 주머니 속을 그에게 보여 주고 있었다. 레트처럼 아이들을 소중히 여기는 사람은 본 일이 없었다. 세상에는 전남편과의 사이에 난 자식들에게 아주 쌀쌀맞게 대하는 계부도 있다고 하는데.

"당신에게 할 이야기가 있어요."

그녀는 말하고 아이들 방을 지나 침실로 들어갔다. 이제 더 이상 아이를 낳지 않겠다는 결심이 굳어 있는 동안에, 그리고 또 애쉴리의 사랑이 그녀에게 힘을 주고 있는 동안에 이 문제를 확실히 결정지어 두는 편이 좋다.

"레트." 그가 침실문을 뒤로 닫자 그녀는 바로 말했다. "나, 이제 더 이상 아이를 낳지 않기로 결심했어요."

이 뜻하지 않은 말에 그는 놀랐지만 그것을 얼굴에 나타내지는 않았다. 그는 천천히 의자 옆으로 걸어가 앉아 몸을 뒤로 젖혔다.

"나는 보니가 태어나기 전에 말했듯이 당신이 아이를 하나를 낳든 스물을 낳든 아무 상관없소."

아이가 생기느냐 않느냐 하는 것은 실제로 그때가 되어 보지 않으면 모른다는 듯이 그럴듯하게 문제를 처리해 버리는 이 사람은 얼마나 심보 사나운 사람인가.

"난 셋이면 충분하다고 생각해요. 해마다 하나씩 낳는다는 건 정말 싫어요."

"셋이라는 숫자는 어쩐지 운이 좋은 것 같군."

"여보, 잘 아시겠죠?" 그녀는 말을 꺼내고는 난처해져서 볼을 붉혔다. "내가 하려는 말 아시겠죠?"

"알고 있어. 당신도 나의 남편으로서의 권리를 거절하면 내가 당신과 이혼할 수 있다는 것을 알고 있겠지?"

"당신은 무엇이든지 금방 그런 식으로 생각하시는군요. 정말 저속해요." 그녀는 무엇이고 마음대로 되지 않는 것에 부아가 치밀어 소리쳤다. "만일 당신에게 조금이라도 여자를 생각해 주는 신사다운 마음이 있다면, 당신도, 당신도 충분히……. 애쉴리 월크스를 보세요. 멜라니는 아이를 낳을 수가 없어요. 그래서 애쉴리는……."

"정말 어린애 같은 신사야, 애쉴리는." 레트는 말했다. 눈이 이상한 광채를 띠기 시작했다. "자, 어서 부인의 의견을 말해 보시지." 스칼렛은 말문이 콱 막혔다. 그녀의 이야기는 그것뿐이라서 더 이야기할 것이 없었기 때문이었다. 그녀는 이때에야 비로소 이런 중대한 문제를 특히 레트 같은 이기적인 야비한 사나이를 상대로 조용히 결말을 내려고 한 것이 얼마나 어리석었던가를 깨달았다.

"당신 오늘 오후 제재소 사무실에 다녀오지 않았소?"

"그게 무슨 상관이 있어요?"

"당신은 개를 좋아하지, 스칼렛? 당신은 개를 개답게 제대로 개집에 놓아 두고 싶소, 아니면 심술궂게 말구유 속에 넣어 두고 싶소?"

그녀의 가슴에 분노와 실망이 끓어올랐다. 그래서 모처럼의 레트의 비유도 아무런 효과가 없었다.

그는 벌떡 일어나 그녀의 턱에 손을 걸더니 얼굴을 위로 확 젖혔다.

"당신은 어쩌면 그렇게 어린애 같지! 남자를 셋씩이나 같이 데리고 살아 보고도 아직 남자의 본성이 무엇인지 모르나? 당신은 남자라는 것을 무슨 갖은 풍상 다 겪은 늙은 부인처럼 알고 있는 모양이군."

그는 짓궂게 그녀의 턱을 꼬집고 확 손을 놓았다. 오랫동안 쌀쌀맞게 그녀를 보고 있는 동안 한쪽 검은 눈썹이 점점 위로 치켜 올라갔다.

"스칼렛, 이것만은 알아 두기를 바라오. 만일 당신과 당신의 잠자리가 아직 조금이라도 내게 매력이 있다면 당신이 아무리 자물쇠를 채우건 사정을 하건 간에 나를 멀리할 수 없다는 것을. 그리고 나는 내가 무슨 짓을 하든 조금도 부끄럽다고 생각하지 않아. 왜냐하면 나는 당신과 거래를 했기 때문이오……. 그 거래에서 나는 지금까지 충실히 약속을 지켜왔는데, 당신은 지금 그것을 깨뜨리려 하고 있어. 자, 그럼 당신 잠자리의 순결을 지켜 보시지."

"그럼 당신은," 스칼렛은 화가 나서 외쳤다. "내 말을 상관하지 않겠다는 말이에요?"

"당신은 벌써 내게 싫증이 났지? 하지만 말이오, 남자 쪽이 여자보다는 싫증을 쉽게 내는 법이야. 당신의 신성을 지키는 것이 좋아, 스칼렛. 그런 걸로 굽힐 내가 아니야. 전혀 아무렇지도 않아." 그는 눈썹을 치켜세우며 빙그레 웃었다. "다행히도 세상에는 잠자리가 얼마든지 있어. 그리고 대개의 잠자리는 여자들로 꽉 차 있지."

"설마 당신은 정말로 그런……."

"바보 같으니! 물론이지. 지금까지 내가 오랫동안 밖으로 헤매지 않은 것이 이상할 정도지. 지금껏 나는 한 번도 한 여자에게 순결을 지켜 온 일이 없었으니까."

"나는 앞으로 매일 밤 침실에 자물쇠를 걸겠어요!"

"뭐하러? 만일 내가 당신을 필요로 한다면 자물쇠 같은 걸 채우고 나를 몰아내려고 해야 그건 아무 소용없어."

그는 몸을 돌리고는 이 문제는 이걸로 끝이 났다는 듯 방을 나가 버렸다. 스칼렛은 그가 아이들 방으로 돌아가 아이들의 환영을 받는 소리를 들었다.

그녀는 털썩 주저앉았다. 그녀는 자기가 생각한 대로 했다. 그것은 자기도 바라고 애쉴리도 바라고 있는 일이다. 그러나 그녀는 행복한 기분은 되지 않았다. 레트가 이 문제를 아주 대수롭지 않게 취급하여 그녀를 도와주려 하지 않고 다른 잠자리의 여자들과 같이 그녀를 취급한 것을 생각하자 상처난 자존심 때문에 분해 견딜 수가 없었다.

그녀는 어떻게 품위 있게 자기와 레트가 이미 실질적으로 남편도 아내도 아니라는 것을 애쉴리에게 알리는 방법은 없을까 하고 생각했다. 그러나 이미 헛일이라는 것을 깨달았다. 모든 것이 엉망이 되어 버리고 만 것이다. 이럴 바엔 아무 말도 하지 않는 편이 좋았을 것을 하고 생각했다. 이렇게 되어서는 그의 시가 불빛이 어둠 속에서 빛나는 것을 보며, 레트와 잠자리 속에서 오랫동안 이야기를 즐길 수도 없게 되고 말았다. 찬 안개 속을 달리는 악몽에서 깨어나 공포에 질렸을 때, 그의 품에 안겨 위안을 받을 수도 없게 되고 말았다.

문득 그녀는 자기가 불행하게 느껴졌다. 그래서 의자 손잡이에 얼굴을 묻고 울었다.

52

보니의 첫돌이 지나고 얼마 안 된 어느 비오는 날 오후, 웨이드는 심심한 듯 거실 안을 거닐다가 가끔 창가로 가서 빗방울이 흘러내리는 창유리에 코를 대곤 했다. 그는 가냘프고 약하디약한 소년으로 여덟 살치고는 몸집이 작고 수줍을 정도로 얌전하며, 이야기를 걸어오지 않으면 결코 스스로 나서서 말을 하지 않았다. 분명히 장난거리가 없어서 지루하고 답답한 모양이었다. 왜냐하면 엘라는 한쪽 귀퉁이에서 인형놀이에 정신이 팔려 있고, 스칼렛은 책상을 향해 혼자 투덜거리며 긴 숫자의 열을 계산하고 있었고, 레트는 마룻바닥에 배를 깔고 엎드려 시곗줄을 집어 들고 보니가 손을 뻗으려고 하는 코끝에 그것을 흔들흔들 하고 있었기 때문이었다. 웨이드가 책 대여섯 권을 집어들어 탕 하고 큰 소리를 내며 떨어뜨리고 커다랗게 한숨을 쉬자, 스칼렛은 짜증을 내며 그를 돌아보았다.

"시끄럽구나, 웨이드! 냉큼 밖으로 나가 놀지 못하겠니!"

"못 나가요. 비가 오고 있는걸요."

"그래? 미처 몰랐구나. 그럼 뭐든지 하면 될 거 아냐. 네가 얼씬거리는 바람에 정신이 없어서 못견디겠다. 포크한테 가서 마차를 내달래 가지고 보네 집에라도 놀러 갔다 오렴."

"그 앤 집에 없어요." 웨이드는 한숨을 쉬었다. "라울 피칼의 생일 파티에

갔어요."

라울은 메이벨과 르네 피칼 사이에 태어난 조그만 아들인데, 사람의 자식이라기보다는 거의 원숭이에 가까운 못생긴 아이라고 스칼렛은 늘 생각하고 있었다.

"그럼 아무 데고 네가 가고 싶은 곳에 가면 되잖니. 빨리 포크한테 가서 마차를 내달라고 해."

"오늘은 집에 아무도 없어요." 웨이드는 대답했다. "모두 생일 파티에 갔단 말이에요."

'나만 빼고 모두'라고, 입 밖에 내지 않은 말이 포함되어 있었지만 장부에 정신이 팔린 스칼렛은 그것을 전혀 알아채지 못했다. 레트가 몸을 일으켜 앉았다. "아들아, 왜 너는 생일 파티에 가지 않았니?"

웨이드는 내키지 않는 얼굴로 한쪽 발을 끌며 그의 옆으로 다가갔다.

"난 초대받지 못했어요."

레트는 당장 부숴뜨릴 것 같은 보니의 손에 시계를 쥐어 주고 가볍게 일어섰다.

"그런 돼먹잖은 숫자 같은 건 집어치워요. 어째서 웨이드는 오늘 생일 파티에 초대받지 않았지?"

"제발 좀 레트, 지금 방해하지 말아 주세요. 애쉴리의 장부 정리는 정말 엉망이에요. 아, 그 생일 파티? 웨이드가 초대받지 못했대도 그런 일은 아무것도 아니에요. 또 초대받았다고 해도 난 보내지 않았을 거예요. 라울이 메리웨더 부인의 손자라는 걸 잊으셨어요? 메리웨더 부인은 우리 가족을 초대하느니 차라리 그 신성한 응접실에 해방 흑인들을 초대할 거예요."

웨이드의 얼굴을 생각에 잠긴 눈으로 물끄러미 바라보고 있던 레트는 웨이드가 움찔하는 것을 알아챘다.

"이리 온." 그는 웨이드를 가까이 끌어당겼다. "너 그 파티에 가고 싶니?"

"아뇨." 웨이드는 용기 있게 대답했지만 눈길은 그대로 내리깐 채였다.

"음, 그럼 웨이드야. 넌 조 화이팅네 파티나 프랭키 보넬네 파티, 혹은…… 그렇지, 다른 친구네 집에는 가니?"

"아뇨, 난 파티에는 별로 초대되지 않아요."

"웨이드, 너 거짓말하는구나!" 스칼렛은 돌아보며 소리쳤다. "넌 지난주에도 세 번이나 파티에 갔었잖아. 바트네 어린이파티하고, 그리고 겔러트네 파티하고, 훈던네 파티하고."

"고르고 골라서 말안장을 얹은 노새들만 모아놨군그래." 레트는 말했으나, 그의 음성은 차츰 다정하고 느릿한 투로 변했다. "그런 파티에 가서 재미있었니? 말해 봐."

"아뇨."

"왜?"

"난…… 모르겠어요. 마미가…… 마미가 그 사람들은 백인 쓰레기 같은 것들이라고 했어요."

"당장 마미의 껍질을 벗겨 버릴 테야!" 스칼렛은 벌떡 일어나며 소리쳤다. "그리고 너, 웨이드도 엄마 친구들을 그렇게 말하면……."

"얘가 말한 건 사실이야. 그리고 마미가 한 말도 그래." 레트가 말했다. "하기야 물론 당신은 진실에 부닥쳐도 그걸 깨달은 적은 한 번도 없으니까……. 염려할 것 없다, 애야. 너는 이제 가고 싶지 않은 파티 같은 데는 가지 않아도 괜찮다. 자……." 그는 주머니에서 1달러짜리 지폐를 한 장 꺼냈다. "포크한테 가서 마차 준비를 해달라고 해서 시내로 데려다 달라고 해라. 사탕이라도 사가지고 오렴. 잔뜩 말이다, 네 배 속이 신나게 아플 정도로."

웨이드는 얼굴을 활짝 펴며 지폐를 주머니에 넣고, 승낙을 구하듯 불안하게 어머니 쪽을 쳐다보았다. 그러나 그녀는 무뚝뚝하게 눈썹을 찡그리고 레트를 뚫어져라 보고 있었다. 그는 바닥에서 보니를 안아들고 보니의 작은 얼굴을 자기 볼에 대고 얼렀다. 그녀는 레트의 표정을 읽을 수 없었지만, 그의 눈에는 무언지 모르게 거의 공포에 가까운 것—공포와 자책의 빛이 서려 있었다.

웨이드는 의붓아버지의 다정한 태도에 용기를 얻어 조심조심 그에게 다가갔다.

"레트 아저씨, 나 물어 보고 싶은 게 있어요."

"오냐, 물어보렴." 보니의 머리를 끌어당기는 레트의 눈에 뭔가 염려스러운 듯한, 멍한 표정이 있었다. "뭐지 웨이드?"

"레트 아저씨, 아저씬 전쟁에 나갔었어요?"

레트의 눈은 다시 날카로워졌지만 목소리는 여전히 아무렇지 않았다.

"어째서 그런 걸 묻지?"

"저, 조 화이팅이 아저씬 전쟁에 나가지 않았대요. 그리고 프랭키 보넬도 그렇게 말했어요."

"호. 그래서 넌 걔들에게 뭐라고 했니?" 하고 레트는 말했다.

웨이드는 내키지 않는 표정이었다.

"난…… 난, 난 모른다고 했어요." 그리고 얼른 덧붙였다. "하지만 난 아무렇지도 않았어요. 그리고 그놈들을 때려 주었어요. 전쟁에 나갔어요, 레트 아저씨?"

"물론 갔고말고." 레트는 갑자기 거친 투로 말했다. "아저씨도 전쟁에 갔었지. 여덟 달 동안 군대에 있었단다. 러브조이의 싸움에서부터 프랭클린 싸움까지 죽 싸웠지. 존스턴 장군이 항복했을 때는 그분과 같이 있었단다."

웨이드는 자랑스런 듯 어쩔 줄 몰라 했다. 스칼렛은 웃음을 터뜨렸다.

"난 당신이 전쟁에 나간 것을 부끄러워하는 줄 알고 있었는데요." 그녀는 말했다. "그걸 말하지 말아 달라고 당신이 내게 부탁하지 않았어요?"

"잠자코 있어." 그는 짤막하게 말했다. "그래, 기분이 풀렸니, 웨이드?"

"네, 정말로요! 난 아저씨가 전쟁에 나갔었다는 걸 알고 있었어요. 남들이 말하는 것처럼 아저씨는 겁쟁이가 아니라는 것도 알고 있었어요. 하지만 …… 어째서 아저씬 다른 아이들 아버지하고 같이 있지 않았죠?"

"그건 말이다, 다른 아이들 아버지는 아무것도 할 줄 몰라서 보병 노릇밖에 할 수 없었기 때문이야. 아저씨는 웨스트 포인트 사관학교 출신이라서 포병이 되었었지, 그것도 정규군의 포병으로. 웨이드, 향토 방위군이 아니야. 포병대에 들어가려면 아주 여러 가지를 알고 있지 않으면 안 되는 거란다."

"그렇구나." 웨이드는 얼굴을 환히 빛내며 말했다. "부상도 입었어요, 레트 아저씨?" 레트는 망설였다.

"이질에 걸렸던 얘기라도 해 주시죠."

스칼렛이 비웃었다. 레트는 갓난아이를 가만히 바닥에 내려놓고 와이셔츠와 속셔츠를 바지 허리띠에서 끄집어냈다.

"이리로 와 봐, 웨이드. 부상입은 데를 보여 주마."

웨이드는 흥분하며 앞으로 걸어왔다. 그리고 레트가 가리키는 곳을 자세히 보았다. 한 줄기 솟아오른 칼자국이 갈색 가슴에서 근육이 묵직한 배까지 비스듬히 나 있었다. 사실 캘리포니아 금광에서 칼로 격투를 하다가 생긴 상처 자국이었지만 그런 걸 웨이드가 알 리 없었다. 그는 행복한 듯 긴 한숨을 쉬었다.

"아저씨도 우리 아버지만큼 용감하셨나봐요, 레트 아저씨!"

"그래, 비슷하긴 했지만 아주 똑같다곤 할 수 없지." 레트는 와이셔츠를 바지 속으로 밀어넣으며 말했다. "자, 가서 그 돈을 쓰고 와. 그리고 아저씨가 전쟁에 안 나갔었다고 하는 애가 있으면 모조리 두들겨 줘라."

웨이드는 신바람이 나서 포크를 부르며 뛰어나갔다. 레트는 다시 갓난아이를 안아올렸다.

"어째서 그런 거짓말을 하는 거죠, 용감한 군인 아저씨?" 스칼렛이 말했다.

"사내애란 자기 아버지를 자랑스럽게 생각하지 않으면 안 돼, 설사 그게 의붓아버지라도. 나는 다른 개구쟁이들 앞에서 그 애가 모욕당하는 것을 모른 척할 수 없소. 아이들이란 인정사정없으니까."

"당치도 않아요!"

"나는 웨이드에게 그게 어떤 뜻을 갖는지 생각해 본 일도 없었소." 레트는 천천히 말했다. "그 애가 얼마나 고통스러워하는지 생각한 일도 없었어. 보니는 그런 꼴을 당하게 해서는 안 돼."

"어떤 꼴이요?"

"당신은 내가 보니에게 아버지를 부끄럽게 생각하게 할 것 같소? 이 애가 아홉 살이나 열 살쯤 되었을 때 파티에서 따돌림을 당해도 좋다는 거요? 당신은 이 애가 웨이드와 똑같이 자기 자신 때문이 아니라, 당신이나 나 때문에 모욕당하는 것쯤 좋다고 생각하는 거요?"

"아이 참, 애들 파티 같은 걸 가지고!"

"아이들 파티가 커지면 젊은 아가씨가 사교계에 처음 등장하는 파티가 되는 거요. 자기 딸이 애틀랜타의 상류사회 사람들로부터 완전히 따돌림을 당하며 자라도 상관없단 말이오? 이 애가 애틀랜타에서, 또는 찰스턴이나 서배너에서 또 뉴올리언스에서 환영받지 못한다고 해서, 북부로 보내 학교를 다니게 하거나 교제 석상에 내보내는 것은 난 싫소. 남부의 점잖은 가정이 아무도 이 애를 맞아 주지 않는다고 해서, 또는 어머니가 바보이고 아버지가 악당이라고 해서, 억지로 양키나 외국인과 결혼시키는 것은 난 싫단 말이오."

문 있는 데까지 돌아온 웨이드는 뜻은 잘 모르면서도 재미있는 듯 열심히 두 사람의 이야기를 들었다.

"보니는 보하고 결혼할 수 있잖아요, 레트 아저씨."

레트가 웨이드 쪽을 돌아다보았을 때, 그 얼굴에는 이미 노여움이 사라져 있었다. 그리고 아이들을 상대할 때면 언제나 그렇듯 무척 진지한 표정으로 자기 말을 신중히 생각하며 말했다.

"참 그렇구나, 웨이드. 보니는 보와 결혼하면 되는구나. 하지만 너는 누구와 결혼하지?"

"아, 난 아무하고도 결혼하지 않을 거예요." 웨이드는 또렷이 말했다. 멜라니 아줌마를 빼놓고는 절대로 꾸중하거나 하지 않고 언제나 격려해 주는 단 한 사람의 어른과 당당한 남자끼리의 이야기를 할 수 있다는 데에 웨이드는 우쭐해 있었다.

"난 아버지처럼 하버드 대학에 들어가서 변호사가 될래요. 그리고 아버지한테 지지 않는 용감한 군인이 될 거예요."

"멜라니는 쓸데없는 소리를 말아 주었으면 좋겠어." 스칼렛이 소리쳤다. "웨이드, 너는 하버드 대학 같은 곳에 가선 안 돼. 거긴 양키들의 학교야. 나는 양키 학교 같은 곳에 너를 보낼 생각은 없어. 너는 조지아 대학에 가서 졸업하면 엄마를 위해 가게 일을 돌봐야 해. 그리고 네 아버지가 용감한 군인이었다는 것은……."

"잠자코 있어." 레트는 묵뚝뚝하게 말했다. 그는 웨이드가 꿈에서도 본 적 없는 아버지의 이야기를 할 때면 그 눈에 광채가 번쩍번쩍 빛나는 것을 놓치지 않았다. "빨리 커서 아버지처럼 용감한 군인이 되는 거다, 웨이드. 아버지한테 지지 않는 사람이 되는 거야. 아버지는 영웅이었으니까 말이다. 그러니까 아니라거나 하는 소리는 아무도 못하게 하거라. 아버지는 네 어머니하고 결혼했지 않니? 그것만 보아도 영웅이었던 증거는 충분하다. 그러니까 아저씨가 꼭 하버드에 들어가서 변호사가 되도록 해 주마. 자, 빨리 포크한테 뛰어가서 거리로 데려다 달라고 해라."

"내 아이는 내가 감독하도록 해 주었으면 좋겠어요." 스칼렛은 웨이드가 고분고분 방에서 달려나가자 소리쳤다.

"당신은 형편없이 모자란 감독자야. 당신은 여태까지 모처럼 엘라와 웨이드가 잡은 기회를 언제나 망쳐 왔었어. 그러나 보니에게는 그렇게 하도록 내버려두지 않겠어. 보니는 귀여운 공주님이 되는 거야. 온 세계가 다 이 애를 동경하게 만들겠어. 이 애가 못 갈 곳은 아무데도 없도록 만들겠어, 알겠소? 당신은 이 애가 자라서 지금 이 집에 우글거리고 있는 천한 것들과 사귀어도 좋다고 생각하는 거요?"

"그 사람들은 당신과 잘 어울려요⋯⋯."

"그리고 당신에게는 과분하게 보일 정도지. 하지만 보니에게는 절대로 맞지 않아. 당신이 교제하는 그 건달패 같은 녀석들과 이 애를 결혼시키다니, 어림도 없는 말이야. 욕심쟁이 아일랜드인, 양키, 백인 쓰레기, 카펫배거 벼락부자 같은 것들⋯⋯. 우리 보니는 버틀러 집안의 피를 받고, 로빌라드 집안의 혈통을 이어받아⋯⋯."

"그리고 오하라 집안의⋯⋯."

"오하라 집안은 전에는 아일랜드 왕이었던 때가 있었는지는 몰라도, 당신 아버님은 영리한 욕심쟁이 아일랜드인 말고는 아무것도 아니었어. 그리고 당신으로 말하면 그 이하야⋯⋯. 하긴 이런 말을 하는 나도 대단한 건 아냐. 나는 지옥에서 나온 박쥐 모양으로 인생을 빈둥빈둥 놀며 보내왔소. 무엇 하나 소중한 것이 없었기 때문이오. 그러나 지금은 보니가 있소. 아, 나는 얼마나 바보였을까! 우리 어머니나 당신의 율랄리 이모나 폴린 이모가 어떤 일을 하든 보니는 찰스턴에서는 환영을 받지 못할 거요. 그리고 이 애틀랜타에서도 우리가 빨리 무슨 수를 쓰지 않으면 역시 환영받지 못할 게 뻔한 일이오⋯⋯."

"어머, 레트, 당신이 그런 걸 그토록 야단스럽게 생각하다니, 참 우습군요. 우리만큼 돈이 있으면⋯⋯."

"우리 돈이 무슨 소용이야! 우리 돈을 전부 쏟아 부어도 내가 이 애에게 해주고 싶은 것은 살 수 없어. 나는 보니가 공화당 대통령 취임 축하 무도회에서 인기인이 되는 것보다는, 피칼의 초라한 집이나 엘싱 부인의 찌그러져 가는 집에서 말라빠진 빵이라도 먹으러 오라고 초대받는 편이 훨씬 낫다고 생각해. 스칼렛, 당신은 바보였어. 당신은 당신의 자식들을 위해 사교계에 나갈 수 있는 자리를 몇 년 전부터 미리 확보해 두었어야 했소……. 그런데 당신은 하지 않았소. 이제 새삼 당신이 그전처럼 되려고 해도 이미 그건 불가능한 일이오. 당신은 돈벌이에 너무 정신이 팔려 있었고, 허세를 부리는 것만 무턱대고 좋아했지."

"난 그까짓 것들, 찻주전자 속의 폭풍 정도로밖에 생각하지 않아요."

스칼렛은 쌀쌀맞게 말하고 자기에게 관한 논쟁은 끝났다는 듯 서류를 뒤적이기 시작했다.

"우리를 도와주는 사람이 있다면 지금은 윌크스 부인밖에 없소. 그런데 당신은 될 수 있는 대로 그녀를 멀리하려 하고 모욕하려 하고 있소. 그녀의 가난한 살림살이나 초라한 옷차림 같은 것에 대해선 이젠 말하지 않는 게 좋겠어. 그녀는 애틀랜타의 모든 올바른 것의 정신이고 중심이오. 그녀가 있다는 것은 바로 하느님의 은혜요. 그녀는 틀림없이 내가 하려는 일에 힘을 빌려 줄 거요."

"그러면 어떻게 하실 작정이에요?"

"어떻게 하느냐고? 나는 이 거리의 '보수파'인 그 부인 감시원들에게 닥치는 대로 접근할 생각이오. 그중에서도 특히 메리웨더 부인이나 엘싱 부인, 화이팅 부인, 미드 부인에게 말이오. 만일 나를 싫어하는 뚱뚱보 늙다리 고양이들 앞에 내가 기어서 가야 한다면 그것도 사양하지 않겠소. 그 여자들의 냉담한 태도도 꾹 참고 과거의 잘못을 뉘우쳐야 한다면 그것도 하겠소. 그녀들의 쓸모없는 자선에도 기부를 하고 그녀들의 보잘것없는 교회에도 가겠소. 남부동맹을 위해 일한 것을 인정하고 그 자랑도 하겠소. 최악의 경우엔 그 지긋지긋한 KKK단에도 가담하겠소……. 물론 자비로우신 하느님께선 그렇게까지 힘든 고행을 내 어깨에 지워 주시진 않겠지만. 그리고 또 목이 매달리는 것을 구해 준 바보들이 내게 신세를 졌다는 것을 생각나게 하는 일도 망설이지 않고 해내겠소. 그러니 부인, 당신은 내가 비위를 맞추고 있는 사람들의 저당물을 팔아 버리거나 그들에게 썩은 목재를 팔거나, 그 밖에 그들의 감정을 해치는 짓을 해서 모처럼 내가 하고 있는 일을 뒤에서 망치는 짓은 제발 삼가야 되겠소. 그리고 불럭 지사 같은 사람은 두 번 다시 이 집에 들여 놓지 말았으면 좋겠소. 듣고 있는 거요? 그리고 당신이 사귀고 있는 점잖은 체하는 도둑들도 한 사람도 이 집에 들어오지 못하게 하시오. 만일 당신이 내 부탁을 무시하고 놈들을 초대하는 날에는 당신은 집 안에 손님을 대접할 남자 주인이 없다는 따분한 궁지에 빠지게 될 걸 각오하지 않으면 안 될 거요. 놈들이 이 집에 오게 되면 난 벨 와틀링의 술집에서 시간을 보내면서 만나는 사람마다 그런 놈들과 한 지붕 밑에 살고 싶지 않다고 떠들어 댈 거요."

그의 말에 속이 상한 스칼렛은 코웃음을 쳤다.

"알겠어요, 배의 노름꾼 출신 투기꾼이 앞으로는 존경받는 인간이 되어 보겠다 이거죠! 남에게 존경받는 사람이 되고 싶거든 먼저 벨 와틀링의 집부터 파는 게 어때요?"

이것은 넘겨짚고 한 말이었다. 레트가 그 집을 가지고 있다는 확신은 전혀 없었던 것이다.

그는 그녀의 마음을 알아 차린 듯 갑자기 웃음을 터뜨렸다. "좋아, 충고는 고맙소."

레트가 아무리 노력한다 해도 사람들의 존경을 회복하는 데 이처럼 곤란한 때는 없었다. 과거에도 미래에도 '공화당원'이라든가 '스캘러왜그'라는 말이 이렇게까지 증오의 대상이 된 적은 없었던 것이다. 바야흐로 '카펫배거'가 지배하는 사회적 부패가 절정에 달해 있었기 때문이었다. 그리고 패전 이래 레트의 이름은 북부 사람이나 공화당원이나 스캘러왜그들과 뗄레야 뗄 수 없는 관계로 이어져 있었다.

1866년에 애틀랜타 사람들은 무력한 분노를 가지고, 그들에게 가해지고 있는 가혹한 군정처럼 나쁜 것은 없다고 생각했었다. 그런데 이제 블럭 지사의 정치 밑에서 최악의 것을 경험하고 있는 것이다. 흑인들의 투표 덕택에 공화당과 그 동맹자들은 굳은 기반을 마련하고, 무력한 대로 여전히 저항을 계속하고 있는 소수당 위에 떡 버티고 있었다.

'성서 속에는 두 개의 정당이 기록되어 있을 뿐이다. 즉 퍼블리컨(주인,)의 정당과 죄인의 정당이다'라는 말이 누가 했는지 흑인들 사이에 퍼지고 있었다. 죄인만으로 조직된 정당에 들어가고 싶어 하는 흑인은 한 사람도 없었다. 그래서 그들은 허둥지둥 리퍼블리컨(공화)에 가입했다. 그들의 새 주인들은 몇 번이고 투표를 시켜, 가난한 백인과 스캘러왜그를 당선시켰다. 그리고 그들을 높은 지위에 앉혀 몇 사람인가의 흑인 의원까지 선출했다. 이들 흑인들은 주 의회의 의석에 앉아서도 대개는 땅콩을 씹거나, 맨발로만 다니던 발에 익숙지 않은 구두를 벗었다 신었다 하며 시간을 보내고 있었다. 그들 가운데 몇 명만 읽고 쓸 수 있었다. 대개는 목화나 사탕수수밭에서 갓 온 처지에 그들 자신과 공화당 패들을 위해 막대한 세비(歲費)는 물론 세금이나 공채를 가결할 권한을 쥐고 있었다. 그들은 또 그들 자신에게 투표했다.

주민들은 무거운 세금에 허덕이면서 참을 길 없는 울분 속에서 세금을 치르고 있었다. 납세자들은 공공의 목적을 위해 가결된 막대한 세금이 개인의 주머니를 채우기 위해 쓰여지고 있다는 것을 알고 있었기 때문이다.

사업 발기인이라든가, 투기꾼, 도급을 얻으려는 사람, 그 밖의 터무니없는 낭비의 찌꺼기를 노리는 패들이 주 의사당을 빽빽이 둘러싸고 있었고, 많은 사람이 부끄러운 줄도 모르고 돈을 모으고 있었다. 그들은 절대로 건설될 리 없는 철도 건설과 절대로 구입될 리 없는 차량과 기관차의 구입이나, 사업가의 머릿속 말고는 절대로 존재하지 않는 공공건물의 건축을 내걸어 주의 돈을 쉽사리 착복했다.

남발된 공채는 수백만 달러라는 거액에 달하고 있었다. 대부분은 불법적이고 사기적인 것이었음에도 여전히 발행되고 있었다. 주 재무장관은 공화당원이기는 했으나, 그 역시 이 남발을 막으려고 했던 다른 사람들과 마찬가지로 현재의 흐름에는 어떻게 손을 쓸 도리가 없었다.

주 소유 철도는 이전엔 주의 재원이었지만 지금은 빚이 되고 그 적자도 백만이란 숫자에 달하고 있었다. 그것은 이미 철도가 아니었다. 탐욕스런 무리들이 닥치는 대로 먹어 대는 커다란 밑 빠진 여물통이었다. 철도관리들만 해도 대부분은 정치적 이유에 의해 임명되어 철도 경영 지식은 형편없고, 필요한 인원의 세 배나 고용되어 있었다. 공화당원은 무임 승차권으로 타고 돌아다녔고, 같은 선거를 몇 번이나 되풀이하는 흑인들은 여러 칸에 나누어 타고 무료로 주 안을 여기저기 돌아다니며 즐거운 여행을 하고 있었다.

이 주 소유 철도의 문란한 경영은 특히 납세자들의 격분을 샀다. 철도 수익의 일부는 수업료 없는 학교 경비에 충당하기로 되어 있었는데, 수익은 전혀 없고 어떤 것은 단지 부채뿐이었다. 따라서 수업료 없이 해나가는 학교는 하나도 없었다. 그런데 아이들을 수업료 내고 다니는 학교에 보낼 수 있는 여유 있는 사람은 거의 없었다. 그래서 이때의 아이들은 교육 없이 자라나 그 뒤 수년에 걸친 문맹의 씨를 뿌리는 원인을 만들었다.

그러나 낭비나 문란한 경영이나 뇌물 수수에 대한 주민의 분노보다도 더 사람들의 울분을 산 것은, 지사가 북부의 중앙정부에 주민들에 대해 나쁘게 전달한 사실이었다. 조지아 주 주민이 행정 부패에 불평하기 시작하자, 지사는 급히 북부로 가서 연방의회에 출석하여 흑인들에 대한 백인들의 포학을 연설하고, 조지아 주민이 다시금 반역을 꾀하고 있으니 이 주에는 엄중한 군장이 필요하다고 주장했던 것이다. 조지아 주 사람들은 한 사람도 흑인과의 싸움을 원치 않았고 싸움을 피하려 애쓰고 있었다. 다시 전쟁을 하고 싶다고 바라는 사람은 한 사람도 없었고, 총검의 지배를 바라는 사람도, 그것을 필요로 하는 사람도 없었다. 조지아 주민이 다같이 바라고 있는 것은, 오직 전쟁의 상처에서 빨리 회복되도록 가만히 놔두어 주었으면 하는 것뿐이었다. 그러나 지사의 '중상모략하기'라고 불리게 된 헐뜯기 공작에 의해, 북부 정부는 조지아 주를 무거운 압력을 필요로 하는 반역적인 주로밖에 보지 않았고, 이리하여 무거운 압력의 손길은 더욱 강하게 가해졌다. 이것은 조지아 주의 목덜미를 누르고 있던 악당들에게는 기막힌 횡재가 되었다. 그들은 달콤한 이권의 국물에 얼마든지 뛰어들 수 있었다. 특히 고관들의 공공연한 부정 소득에는 생각만 해도 오싹 소름이 끼치는 대담함이 있었다. 저항도 노력도 아무런 소용이 없었다. 왜냐하면 주 정부는 합중국 군대의 무력에 의해 후원과 지지를 받고 있었기 때문이었다.

애틀랜타 사람들은 블럭의 이름을 저주하고, 그 일당인 스캘러왜그들을 저주하고, 공화당을 저주하며, 그 패들과 어울린 모든 사람을 저주했다. 그런데 레트는 그런 패들과 관계가 있었던 것이다. 레트는 그들과 한패였고, 그들의 음모마다 모조리 한몫 끼어 있었다고 누구나 말하고 있었다. 그러나 이제 그는 바로 얼마 전까지의 흐름에 거슬러 오르는 방향으로 죽을힘을 다해 거슬러 올라가기 시작한 것이다.

그는 이 작전을 천천히 교묘하게 해서 애틀랜타 사람들이 표범이 하룻밤 사이에 그 얼룩점을 바꾸려 하는 광경을 보고 의혹을 품지 않도록 주의했다. 수상쩍은 패들을 멀리했으므로 그가 북군 장교나 스캘러왜그나 공화당원과 같이 있는 장면은 볼 수 없게 되었다. 민주당 대회에 참가해서 일부러 사람들 눈에 띄게 민주당에 투표했다. 판돈이 큰 트럼프 게임을 삼가고, 될 수 있는 대로 술도 마시지 않으려 했다. 이따금 벨 와틀링의 집에 가는 일이 있어도, 거리의 점잖은 사람들이 하듯이 밤에만 살짝 나가고 한낮에 그 집 앞에 자기 말을 매두어 안에 있다고 알리는 일은 하지 않았다.

그가 예배에 늦어서 웨이드의 손을 끌고 조용히 발끝걸음으로 살금살금 교회로 들어왔을 때는 성공회 신자들은 하마터면 자리에서 미끄러져 떨어질 뻔했다. 신자들은 레트가 교회에 모습을 나타낸 것에도 놀랐지만, 웨이드가 온 것에도 역시 놀랐다. 왜냐하면 소년이 가톨릭교도라고만 믿고 있었기 때문이다. 적어도 스칼렛은 가톨릭교도였다. 또는 아마 그럴지도 모른다고 생각하고 있었다. 그러나 그녀는 몇 년 동안 교회에 발을 들여놓아 본 일이 없었다. 어머니 엘렌이 가르쳐 준 많은 것과 함께 신앙의 가르침도 그녀에게서 사라지고 말았기 때문이었다. 사람들은 그녀가 자기 아들의 종교 교육 같은 것은 아예 등한시한다고 생각하고 있었다. 그래서 레트가 웨이드를 가톨릭 교회로 데리고 가지 않고 일부러 성공회 교회로 데리고 온 것에 대해서도 지금까지 내버려 두었던 아이의 종교 교육의 책임을 다하기 위한 것이라고 생각하고, 사람들은 레트의 고심이 크리라고 보았다.

레트는 입을 조심하고 그 검은 눈을 조소하듯 움직이지만 않으면 태도에 무게를 갖출 수도 있었고 사람들의 환심을 살 수도 있었다. 말버릇이 좋지 못한 것과 눈을 비웃듯이 움직이는 것은 몇 년 전부터 조심해 왔지만, 지금은 진실한 태도로 사람들의 환심을 사도록 노력했고 조끼 같은 것도 될 수 있으면 점잖은 색깔을 입었으며 태도도 한층 조심하고 있었다. 생명을 구해 준 일이 있는 남자들로부터 우정의 발판을 얻기는 그렇게 어려운 일이 아니었다. 레트가 당신들의 감사 따윈 아무것도 아니라는 태도만 취하지 않았어도 그들은 훨씬 이전에 고마움을 보여 주었을 것이다.

요즘은 휴 엘싱도, 르네도, 시몬스 형제도, 앤디 보넬도, 그 밖의 사람들도, 그가 유쾌한 사람으로 잘난 체하며 나서기를 싫어하고, 신세진 이야기를 하면 난처해 하는 사람이라고 생각하게 되었다.

"그런 건 아무것도 아닙니다." 그는 언제나 잘라 말하는 것이다. "내 입장 이었으면 당신들도 역시 같은 일을 했을 테니까요."

그는 교회의 수리를 하는 데도 기금을 후하게 내었다. 또 전사자묘지 미화협회에도 꽤 많은, 그러나 실례되진 않을 정도의 많은 기부금을 냈다. 그는 이 기부를 하기 위해 일부러 엘싱 부인의 집을 찾아가, 이렇게 하면 부인이 잠자코 있지 않고 틀림없이 소문을 퍼뜨리라는 것을 알고 있었으므로 짐짓 난처한 표정을 짓고, 이 기부금은 비밀로 해 달라고 부탁했다. 엘싱 부인은 그 돈, 투기꾼의 돈을 받는다는 것을 달갑게 여기지는 않았다. 그러나 협회는 무척 돈을 필요로 하고 있었다.

"어째서 당신 같은 분이 기부를 하시겠다는 건지 나는 알 수 없군요." 그녀는 떨떠름한 표정으로 말했다.

레트가 어디까지나 그 장소에 어울리는 진지한 태도로, 옛날 같은 군대에 자기보다 더 용감한 전우가 있었다면서 불행히도 지금은 무명 용사의 무덤에 묻혀 있을 그 전우를 생각해 기부하는 것이라고 말했을 때, 거만한 엘싱 부인도 잠시 입을 멍하니 벌린 채 다물지 못했다. 버틀러 선장이 군대에 간 일이 있다고 스칼렛이 말하더라는 이야기를 메리웨더 부인을 통해 듣기는 했지만 그녀는 곧이 듣지 않았었다. 그녀만이 아니고 참말이라고 생각한 사람은 아무도 없었다.

"당신이 군대에 계셨다고요? 어느 부대였나요, 당신의 연대는?"

레트는 설명했다.

"어머, 포병대라고요! 내가 알고 있는 사람은 모두 기병대거나 보병대였어요. 아, 그랬군요."

그녀는 그의 눈이 비웃듯 빛날 것을 두려워하여 얼른 말을 끊고 말았다. 그러나 그는 그저 아래를 내려다보며 시곗줄을 만지작거리고 있을 뿐이었다.

"저도 보병대에 들어가고 싶었습니다." 그는 그녀의 빈정대는 소리를 흘려들으며 말했다. "그런데 제가 웨스트 포인트 출신이란 것을 그들이 알고 있었기 때문에…… 젊은 놈의 변덕으로 졸업은 못했습니다만 포병대로 돌려지고 만 것입니다. 그래도 의용군으로서가 아니고 정규군 포병대였어요. 그 마지막 작전을 할 때에는 전문적 지식을 가진 사람이 필요했던 것입니다. 그때 사상자가 얼마나 많았던가는 부인도 알고 계시죠. 무척 많은 포병이 전사했습니다. 포병대는 아주 쓸쓸했어요. 아는 사람이라곤 한 사람도 만날 수 없었으니까요. 종군중 애틀랜타 출신은 아마 단 한 사람도 만나지 못했죠."

"어머나!" 엘싱 부인은 당황하고 말았다. 만일 이 사나이가 군대에 있었다면 자기는 엉뚱한 잘못을 저지른 것이 되는 것이다. 그녀는 몇 번이나 그의 비겁함을 맹렬히 비난한 일이 있었다. 그런 생각을 하자 부끄러움을 참기어려운 심정이었다. "어쩌면! 그럼 왜 당신은 지금까지 출정했던 것을 아무한테도 말씀하시지 않으셨죠? 당신의 태도는 마치 그걸 부끄러워하고 계신 것 같군요."

레트는 무표정한 얼굴로 그녀의 눈을 물끄러미 바라보았다.

"부인." 그는 열띤 어조로 말했다. "저는 지금까지 한 일, 앞으로 할 일의 그 어느 것보다도 남부동맹에 봉사한 것을 자랑으로 생각하고 있습니다. 저의 그런 심정을 믿어 주십시오. 저는……. 저는……."

"그럼, 왜 지금까지 숨기고 계셨던가요?"

"입 밖에 내는 것이 부끄러웠기 때문입니다. 저의 옛날 행동을 돌아보았을 때……."

엘싱 부인은 레트의 기부와 그와 주고받은 대화의 내용을 메리웨더 부인에게 자세히 전했다.

"그리고 말이야, 돌리, 거짓말이 아니야. 그 사람이 부끄럽다고 말했을 때, 눈에는 눈물이 괴어 있었어! 그래, 눈물이 말이야! 하마터면 나도 같이 울 뻔했어."

"말도 안 돼!" 메리웨더 부인은 곧이 듣지 않고 외쳤다. "난 그 사내의 눈에 눈물이 괴어 있었다는 건 그 사내가 군대에 들어갔다는 것과 마찬가지로 믿어지지 않아. 그럼 내가 재빨리 알아 보면 될 거야. 정말 그 포병대에 있었다면 사실을 확인할 수 있지. 그 포병대 대장을 하고 있던 칼튼 대령은 내 증조모의 딸과 결혼한 사이니까 말이야. 곧바로 편지로 물어 보아야지."

그녀는 칼튼 대령에게 편지를 보냈다. 그런데 그 답장을 보고 깜짝 놀랐다. 대령은 레트의 근무 태도를 극구 칭찬해 온 것이다. 타고난 소질을 지닌 포병, 용감한 병사, 말 없는 신사, 장교를 시켜 주겠다 해도 그 사령장조차 받으려 하지 않았던 겸손한 사나이.

"이것 좀 봐!" 메리웨더 부인은 그 편지를 엘싱 부인에게 보였다.

"이렇게 놀라 보기는 난생처음이야. 그 악당이 군인이 아니었다고 생각한 건 우리가 잘못 생각했었는지도 모르겠어. 스칼렛과 멜라니가, 애틀랜타가 무너지던 날 밤 그 사내가 입대했다고 한 말을 믿어야겠는걸. 그러나 그렇다 해도 역시 그 사내는 스캘러왜그에 악당이야. 나는 그가 싫어."

"어쨌든," 엘싱 부인이 애매한 어조로 말했다. "어쨌든 나는 그렇게 나쁜 사람이라고는 생각하지 않아, 남부동맹을 위해 싸운 사람이 아주 나쁜 사람일 수는 없으니까 말이야. 나쁜 건 스칼렛이야. 봐요, 돌리, 난 확실히 그 사람은, 그 사람은 스칼렛을 부끄러워할 거라고 생각해. 하지만 신사라 그걸 입 밖에 내지 않는 것이 아닐까."

"부끄러워하고 있다고? 흥! 그 둘은 똑같은 사람들이에요. 어떻게 그런 바보 같은 생각을 하게 됐지?"

"바보 같은 소리가 아니야."

엘싱 부인은 볼이 부어서 말했다. "어제 비가 쏟아지는 가운데 그 사람은 세 아이들을 데리고, 그 갓난아이까지 데리고 마차를 타고서 피치트리 거리를 왔다 갔다 하고 있었어. 그리고 나를 집에까지 바래다 주었어. 내가 '버틀러 선장님, 당신은 아이들을 이런 축축한 밖으로 데리고 다니시다니 머리가 어떻게 되신 거 아니에요? 왜 집으로 데리고 돌아가시지 않지요?' 하고 말했더니 그 사람은 아무 말도 없이 난처한 표정만 짓고 있었어. 그런데 마미가 옆에서 말참견을 하더군. '집에는 백인 건달들이 잔뜩 있어서 집에 있는 것보다 이러는 편이 아기들을 위해 좋습니다요' 하더라고."

"그러니까 그 사내가 뭐래?"

"뭐라고 할 수 있겠어? 그 사람은 그저 마미에게 얼굴을 찌푸려 보였을 뿐 아무 말도 하지 않았어. 스칼렛은 어제 오후에 그 천한 여자들을 초대해서 엄청난 트럼프 놀이를 했단 말이야. 그 사람은 그런 여자들이 자기 아이에게 키스하는 것이 싫었을 거야."

"어머나!" 메리웨더 부인은 어지간히 흔들리기는 했으나 여전히 고집을 부리고 있었다. 그러나 다음 주가 되자 그녀도 결국은 굽히고 말았다.

레트는 요새 은행에서 사무를 보고 있었다. 그런 자리에 앉아 그가 무엇을 하려는 건지 어안이 벙벙해진 행원들은 알 수 없었지만, 그는 은행의 대주주였기 때문에 그의 입사를 반대해 보았자 소용이 없었다. 얼마쯤 지나자 행원들은 전에 반대했던 것도 다 잊고 말았다. 그는 차분하고 예의도 깍듯했으며 은행 업무와 투자에 대해서도 실제로 엄청난 실력이 있었던 것이다. 어쨌든 그는 충실하게 온종일 책상을 마주하고 있었다. 은행에서 일하는 존경할 만한 동료 시민들과 대등한 교제를 바라고 있었기 때문이었다. 그는 열심히 일했다.

메리웨더 부인은 차츰 번창해 가는 빵 가게를 넓히려고, 집을 담보로 은행에서 2천 달러를 빌리려고 했다. 그런데 주택은 이미 두 번이나 저당잡혀 있어 거절당하고 말았다. 이 완고한 노부인이 화가 머리끝까지 치밀어 은행을 나오려는데 레트가 뒤에서 불러세웠다. 그리고 그 경위를 듣자 걱정스런 얼굴로 말했다. "하지만 틀림없이 뭔가 잘못된 걸 겁니다. 메리웨더 부인. 뭔가 당치도 않은 착오일 겁니다. 다른 사람이라면 몰라도 부인 같은 분이 담보에 대해서 걱정하실 게 뭐가 있습니까? 저 같으면 부인의 말씀만으로도 기꺼이 빌려 드리겠습니다! 세상에서 부인처럼 사업을 능란하게 하시는 분만큼 안전한 차용인은 없을 겁니다. 은행에서는 부인 같으신 분에게 기꺼이 편의를 보아드리고 싶어합니다. 자, 여기 제 의자에 앉으십시오. 제가 주선해 보겠습니다."

이윽고 살짝 미소를 띠며 돌아온 그는, 역시 자기가 생각한 대로 착오였으며 2천 달러는 필요할 때 언제나 꺼낼 수 있도록 준비해 두었다, 집 건에 대해서 여기에 서명 좀 해 주실 수 없겠느냐고 말했다.

메리웨더 부인은 분노와 모욕으로 마음이 산란해져, 자기가 싫어하고 믿지 않는 사나이에게 신세를 져야 하는 데 화가 나 고맙다는 인사를 할 경황도 없었다. 그러나 그는 그런 것은 전혀 눈치채지 못한 척했다. 문까지 부인을 배웅하면서 그는 말했다.

"메리웨더 부인, 저는 전부터 부인의 지식에 경의를 표하고 있었습니다. 그래서 말인데 좋은 수를 좀 가르쳐 주시지 않겠습니까?"

부인은 보닛의 깃털 장식이 겨우 움직였을 정도로 고개를 약간 끄덕여 보였다.

"댁의 따님 메이벨 씨가 어렸을 때 엄지손가락을 빨면 부인께선 어떻게 하셨습니까?"

"뭐라고요?"

"저의 집 보니가 엄지손가락을 자꾸 빨아 걱정이에요. 그만두게 할 수가 없답니다."

"그건 못하게 해야지요." 메리웨더 부인은 딱 잘라 말했다. "그대로 내버려 두면 입술 모양이 보기 싫게 돼 버리고 말아요."

"그래요! 그렇다니까! 더구나 그 애 입매는 퍽 예쁘답니다. 하지만 어떻게 그만두게 해야 할지 도무지 모르겠습니다."

"아니, 그런 일이야 스칼렛이 알고 있을 게 아니에요?" 메리웨더 부인은 퉁명스럽게 말했다. "그 사람한테는 다른 애가 둘이나 있으니까."

레트는 자기 발을 내려다보며 한숨을 쉬었다.

"전 그 애 손톱 사이에 비누를 넣어 봤습니다만." 그는 스칼렛에 대한 말을 흘려 버리고 말했다.

"비누라고요! 세상에! 비누 같은 거로 되나요. 난 메이벨 엄지손가락에 퀴닌(말라리아 특효약으로 쓰이는 맛이 매우 쓴 백색 가루약)을 발라 주었어요. 그랬더니 말이에요, 버틀러 선장님, 글쎄 손가락 빠는 것을 딱 그치지 않겠어요?"

"퀴닌! 아, 그렇군요. 이거 정말 뭐라고 감사를 드려야 할지 모르겠습니다. 메리웨더 부인. 실은 이 일로 전 무척 머리를 썩이고 있었답니다."

그가 너무나 기뻐하며 감사에 넘친 웃음을 띠었으므로 메리웨더 부인은 잠시 동안 아무 말도 못하고 그대로 서 있었다. 그러나 작별인사를 할 때는 그녀도 웃고 말았다. 그녀는 마지못해 엘싱 부인에게 자기가 그를 오해하고 있었다고 털어놓았다. 그녀는 정직한 사람이었다. 그러므로 자식을 귀여워하는 남자라면 틀림없이 어딘가 좋은 점이 있을 것이라는 말까지 덧붙였다. 그러나 스칼렛은 보니같이 귀여운 아이에게도 관심을 갖지 못하다니 얼마나 불쌍한 여자인가! 남자 혼자의 손으로 어린 계집애를 하나에서 열까지 돌봐야 한다니 얼마나 딱한 일인가! 레트는 그런 일이 연민을 자아내는 것을 잘 알고 있었다. 그리고 그 때문에 스칼렛의 평판이 나빠진다 해도 그는 신경쓰지 않았다.

아이가 걸을 수 있게 되자 그는 줄곧 마차에 태우든가 안장 앞에 앉혀 같이 데리고 다녔다. 오후가 되어 은행에서 돌아오면 보니의 손목을 잡고 피치트리 거리를 산책했다. 보니의 서툰 걸음걸이에 맞춰 자기의 넓은 발걸음을 가늠해 가며, 보니가 쉴 새 없이 묻는 말에도 참을성 있게 대답해 주었다. 사람들은 해질 무렵이면 언제나 앞뜰이나 현관에 나와 있었다. 보니는 새까만 곱슬머리에 밝고 푸른 눈을 한 붙임성 있는 귀여운 여자아이였으므로 대부분의 사람은 보니에게 말을 걸어 보지 않고는 못 배겼다. 레트는 이러한 대화에는 결코 끼어들지 않고, 아버지다운 긍지와 자기 딸을 귀여워해 주는 것에 대한 감사하는 마음을 나타내며 조용히 옆에 서 있었다.

애틀랜타 사람들은 지나간 일을 언제까지나 잊으려 하지 않고, 의심이 많았으며 쉽게 생각을 바꾸려 하지 않았다. 시국도 험악하여 블럭 지사나 그 일파와 조금이라도 관계가 있던 사람에 대해서는 매서운 감정을 품고 있었다. 그러나 보니는 스칼렛과 레트의 가장 좋은 매력만을 갖추고 있었던 만큼, 레트가 애틀랜타의 냉혹한 벽 속으로 뚫고 들어갈 하나의 작은 쐐기가 되었다.

보니는 무럭무럭 자라나, 날이 갈수록 점점 제럴드 오하라의 손녀라는 티를 뚜렷이 나타내기 시작했다. 짧고 다부진 다리와 아이리쉬 블루(짙은 하늘빛)의 커다란 눈을 가지고 있었고, 그 작은 네모진 턱은 무엇이고 제 생각대로 해 나가는 강한 의지를 나타내고 있었다. 제럴드의 성급한 기질을 이어받아 조그만 일에도 금방 떼를 쓰며 울어 댔고, 자기 뜻대로만 되면 금세 씻은 듯 잊고 마는 것이었다. 아버지만 옆에 있으면, 보니의 소망은 언제나 곧바로 이루어졌다. 마미와 스칼렛이 아무리 말려도, 그는 덮어놓고 딸의 응석을 받아 주었다. 단 하나만 빼고 그는 딸의 어느 점에도 진심으로 만족하고 있었기 때문이었다. 그 한 가지란 그녀가 어둠을 무서워하는 것이었다.

만 두 살이 될 때까지 보니는 웨이드나 엘라와 함께 아이들 방에서 곧 잠이 들었다. 그러나 그 뒤부터는 이렇다 할 뚜렷한 이유도 없이 마미가 램프를 들고 방을 나가면 반드시 훌쩍훌쩍 울게 되었다. 이것이 심해져서 나중에는 한밤중에 잠이 깨면 기겁하고 소리쳐 울어 다른 두 아이를 무섭게 하기도 하고 온 집안을 놀라게 하기도 했다. 한 번은 미드 의사를 청해 보였으나 나쁜 꿈이라도 꾼 모양이라고 진단했을 뿐이라 레트는 마음이 무척 개운치 않았다. 누가 물어도 보니한테서 들을 수 있는 말은 다만 어둡다는 한 마디뿐이었다.

스칼렛은 마침내 보니에게 짜증이 나서 매를 때리게 되었다. 그녀는 아이들 방에 램프를 켠 채로 둘 만큼 보니의 비위를 맞추고 싶지는 않았다. 밝게 해두면 웨이드와 엘라가 잠을 자지 못하는 것이다. 걱정이 되어 상냥하게 여러 가지 얘기를 딸에게서 들으려고 애쓰던 레트는, 매를 때려도 자신이 때릴 것이며 만일 보니를 때리면 당신도 때려 주겠다고 스칼렛에게 차갑게 일렀다.

이런 사정으로 보니는 아이들 방에서 지금은 혼자 자고 있는 레트의 침실로 옮겨졌다. 그녀의 작은 침대가 그의 큰 침대 옆에 놓이고 테이블에는 갓을 씌운 램프가 밤새도록 환히 켜져 있었다. 이 이야기가 퍼지자 동네에선 여러 가지로 뒷말들을 했다. 어쨌든 겨우 두 살밖에 안 된 아이라도 계집아이가 아버지의 침실에서 잔다는 것은 그다지 좋은 일이 아니었다. 스칼렛은 이중으로 이 뒷공론에 속을 태웠다. 첫째로 이것은 그녀와 남편이 침실을 따로 쓰고 있다는 것이 뚜렷이 드러나는 일이었다. 이것만으로도 사람들을 놀래기에 충분한 문제였다. 두 번째는 만일 아이가 혼자 자는 것을 무서워한다면 어머니와 같이 자는 것이 당연하다고 누구나 생각하고 있었던 것이다. 자기는 불을 켠 방에서 잠을 자지 못한다든가 아이가 자기와 같이 자는 것을 레트가 허락하지 않는다든가 그런 변명을 하고 싶은 마음은 없었다.

"당신은 보니가 깨서 울 때까지 절대로 잠을 안 깰 것이고 잠이 깨면 틀림없이 때릴 거야." 그는 퉁명스럽게 말했다.

스칼렛은 보니의 야경증에 대해 그가 법석을 떠는 것이 짜증 났지만, 언젠가는 틀림없이 사태가 회복되어 다시 보니를 아이들 방으로 보낼 수 있겠거니 하고 있었다. 어떤 아이나 어둠을 무서워하는 법이고 그것을 고치려면 엄격하게 다루는 수밖에 없다. 레트는 그녀의 방에서 내쫓긴 분풀이로, 그녀를 아무 쓸모없는 어미라고 세상에 알리기 위해 이 문제로 심술을 부리는 것이다. 그는 그녀가 이제 다시는 아이를 갖고 싶지 않다고 말한 그날 밤 이후 한 번도 그녀의 방에 발을 들여놓은 일이 없었고, 문의 손잡이를 덜거덕거린 일조차 없었다. 그 뒤로 보니의 야경증 때문에 집에 있게 될 때까지는 집에서 저녁을 들지 않는 일도 허다했다. 때로는 밤새도록 집을 비우는 일도 있었다. 스칼렛은 잠근 문 뒤에서 늘 눈을 뜬 채 시계가 새벽을 알리는 소리를 들으며 도대체 어디에 가 있는 것일까 골똘히 생각했다. "다른 데도 잠자리는 있으니까!" 하던 그의 말이 생각났다. 괴로운 생각에 시달리면서도 그녀는 도저히 어쩔 수가 없었다. 섣불리 말을 꺼냈다가는 틀림없이 잠궈 놓은 문에 대해 노골적인 얘기를 꺼낼 것이고, 그 일에 곁들여 애쉴리의 얘기를 꺼낼 것이 뻔하다. 그렇다. 보니를 불을 켠 방에서—불을 켠 그의 방에서—재운다는 그의 우스꽝스런 행동은 그녀에 대한 비열한 보복 방법임에 틀림없었다.

어느 날 밤 무서운 일이 일어날 때까지 그녀는 레트가 보니의 못난 버릇을 얼마나 진지하게 걱정하고 있는가, 자기 자식에 대해 얼마나 그의 모든 것을 기울이고 있는가에 생각이 미치지 못했다. 그날 밤의 일은 집안 사람 모두가 아무리 잊으려야 잊을 수 없는 사건이었다. 그날 레트는 전에 봉쇄 무역을 하던 남자와 만났다. 서로의 쌓인 이야기는 끝이 없었다. 스칼렛은 이들 두 사람이 어디로 가서 술을 마시고 이야기하는지 잘 알지 못했지만, 보나마나 벨 와틀링의 집이 틀림없으리라고 상상하고 있었다. 그날은 오후가 되어도 보니를 산책에 데리고 나가기 위해 돌아오지 않았고, 저녁식사 때도 돌아오지 않았다. 보니는 딱정벌레니 돌부스러기 같은 자질구레한 수집품을 기어코 아버지에게 보이겠다면서, 오후 내내 창문으로 밖을 내다보며 안달을 하다못해 울며 악을 쓰다가 결국은 루의 손에서 잠이 들고 말았었다.

루가 램프를 켜두는 것을 잊은 것인지 아니면 기름이 다 닳아 버린 것인지, 그날 밤 일은 아무도 자세한 것을 알 수 없었다. 레트가 마침내 집에 돌아왔을 때는 온 집 안에 소동이 벌어져 있었다. 그가 취해 있었으므로 형편이 더 나빴다. 보니의 울며 외치는 소리가 마구간에 있는 그에게까지 들려왔다. 보니는 어둠 속에서 눈을 뜨고 아버지를 불렀다. 그러나 아버지는 거기 없었다. 보니의 작은 상상의 세계에 살고 있는 이름 모를 공포가 보니를 와락 움켜잡았다. 아무리 달래도, 스칼렛과 하녀들이 밝은 램프를 가지고 와도 그녀의 기분을 가라앉힐 수 없었다. 그때 계단을 셋씩 뛰어올라온 레트의 얼굴은 마치 죽음을 본 것 같은 표정이었다.

이윽고 그가 아이를 품에 안고 흐느끼는 울음 속에서 단 한 마디 '어두워' 하는 말을 알아듣자, 그는 무섭게 화를 내며 스칼렛과 흑인들 쪽을 돌아보았다.

"불을 끈 게 누구야? 누가 이 애를 어두운 데에다 내버려 두었어? 프리시, 네 살가죽을 벗기고 말 테다! 너는……."

"오오, 레트 나리! 전 아닌뎁쇼, 루입니다요!"

"오오, 레트 나리! 전……."

"닥쳐! 넌 내 명령을 알고 있을 테지. 내가 절대로……. 나가! 돌아오지 마! 스칼렛, 이년에게 돈을 주고 내가 아래층으로 내려가기 전에 내보내. 자, 모두 나가, 모두!"

흑인들은 달아났다. 운 나쁜 루는 앞치마에 얼굴을 묻고 울부짖고 있었다. 그러나 스칼렛은 그대로 남아 있었다. 자기의 사랑하는 자식이, 자기 품 안에서는 그렇게 슬프게 울부짖더니 레트의 팔에 안기자 조용해지는 것을 보자 가슴이 아팠다. 조그만 팔이 그의 목을 껴안고 있는 것을 보고, 목이 메어서 그에게 무서워한 까닭을 이야기하는 것을 듣고 있자니 가슴이 아팠다. 그녀는 보니에게서 조리 있는 말을 하나도 알아들을 수 없었던 것이다.

"그래 네 가슴 위에 앉았단말이지?" 레트는 다정하게 말했다. "커다란 놈이든?"

"응, 그래! 아주 큰 거야. 그리고 발톱."

"허어 발톱도 있었구나. 자, 아버지가 밤새도록 지키고 있다가, 이번에 오면 꼭 쏘아죽이마."

레트의 목소리는 제법 열심히 들어 주는 것 같았다. 거기에 위안을 받아 보니의 흐느낌은 차츰 가라앉았다. 아버지만 알아듣는 말로 무서운 마귀가 왔을 때의 모양을 자세히 이야기하는 동안 보니의 목멘 음성도 차츰 누그러졌다. 레트가 뭔가 정말로 있었던 것처럼 말상대를 해 주는 것을 보자 스칼렛은 화가 났다.

"제발 좀 레트……."

그러나 그는 잠자코 있으라고 눈짓했다. 이윽고 보니가 잠이 들자 그는 침대에 누이고 이불을 덮어 주었다.

"그 검둥이의 가죽을 벗겨 버리고 말 거야." 그는 조용히 말했다. "당신도 잘못이 있어. 어째서 램프에 불이 켜 있는지 어쩐지 보러 오지 않았지?"

"바보 같은 짓 좀 작작하세요." 그녀는 낮은 목소리로 말했다. "당신이 응석을 받아 주니까 이 꼴이 되는 거예요. 아이들이란 대개 어두운 걸 무서워하는 법이에요. 하지만 스스로 그것을 이겨내게 마련이라고요. 웨이드도 무서워했지만 난 받아 주지 않았어요. 하룻밤이나 이틀 밤만 이 애가 울며 악을 써도 그냥 내버려 두면……."

"내버려 둔다고!"

순간 스칼렛은 얻어맞는 게 아닌가 생각했다.

"당신은 바보거나, 바보가 아니라면 지금까지 내가 본 적 없는 매정하고 무서운 여자야."

"난 이 애를 신경질적이고 겁쟁이로 기르고 싶진 않아요."

"겁쟁이? 무슨 소릴 하는 거야! 이 애의 몸에 겁쟁이의 뼈가 하나라도 있을 것 같소! 당신은 상상력이 너무 없어. 그러니까 괴로워하는 사람의 기분, 특히 아이들의 기분 같은 걸 전혀 모르는 거야. 만일 발톱이나 뿔을 가진 놈이 와서 당신 가슴 위에 앉으면, 당신은 그놈을 쫓아 달라고 하겠지? 당신 같으면 아마 야단이 날 거야! 부인, 지나간 일을 좀 생각해 보시지. 당신이 안개 속을 헤매기만 한 꿈만 꾸고서도, 온통 화상 입은 고양이처럼 소리 지르며 잠에서 깨던 것을 본 적이 있지. 그것도 그다지 옛날 일은 아니었지 아마!"

스칼렛은 기습을 당해 당황했다. 그 악몽은 생각하기도 싫었기 때문이었다. 그것만이 아니라 레트가 보니를 달래는 것과 똑같은 태도로 그녀를 위로해 주던 일이 생각났으므로 정말로 당황하고 말았다. 그래서 그녀는 재빨리 화제를 바꾸었다.

"당신은 정말 큰일이에요. 그 애의 어리광만 받아주고."

"난 계속 이 애의 어리광을 받아줄 작정이야. 어리광을 받아 주어도 이 애가 자라면 자연히 어둠 같은 건 무서워하지 않게 될 것이고 그런 건 다 잊게 될 거야."

"그럼." 스칼렛은 한껏 빈정거리는 투로 말했다. "만약에 유모 흉내를 내시려거든 교대할 수 있도록 밤에는 꼭꼭 집으로 돌아오시는 게 어때요? 그것도 술 안 마신 얼굴로 말이에요."

"앞으로는 일찍 돌아오겠어, 그러나 아무리 취해 오든 아니든 그건 내 자유야."

그 뒤부터 그는 보니가 자는 시간보다 훨씬 일찍 집으로 돌아오게 되었다. 보니의 곁에 앉아 잠이 들어 손을 놓을 때까지 손을 쥐여 주었다. 그러고 나서야 비로소 밝게 켠 램프를 그대로 두고, 만일 보니가 잠이 깨어 겁을 내더라도 금방 들을 수 있도록 문을 반쯤 열어 놓은 채 발끝을 세워 계단을 내려갔다. 다시는 보니에게 어둠의 공포를 맛보지 않게 할 작정이었다. 집안 사람들도 램프불에 무척 신경을 써, 스칼렛과 마미와 프리시와 포크는 불이 꺼지지 않았나 가끔 발소리를 죽이고 2층으로 살피러 갔다.

그는 차츰 술도 안 마시고 돌아오게 되었다. 그러나 그것은 스칼렛이 빈정거린 말 때문이 아니었다. 요즘 몇 달 동안 그는 결코 곤드레만드레 될 정도로 마신 일은 없었지만 꽤 마시고 있었다. 그런데 어느 날 밤의 일이었다. 그날 밤은 그의 숨결에서 유난히 위스키 냄새가 풍겼다. 그는 보니를 어깨까지 들어 올리며 말했다. "너의 애인에게 키스를 해주지 않겠니?" 하지만 보니는 그 조그만 들창코에 주름을 지으며, 아버지의 팔에서 내려오려고 발버둥거렸다.

"싫어!" 보니는 똑똑히 말했다. "냄새 나."

"어떻다고?"

"나쁜 냄새가 나. 애쉴리 아저씨는 나쁜 냄새 안 나."

"아니, 이거 한 대 먹었는걸." 그는 서글프게 말하며 그녀를 바닥에 내려놓았다. "하필이면 우리 집에 금주론자가 있을 줄은 몰랐는걸!"

그러나 그 뒤부터는 술은 식사 뒤에 포도주 한잔을 마시는 정도로서 그쳤다. 유리컵에 남은 마지막 두세 방울을 늘 얻어마시던 보니는 포도주 냄새만은 싫어하지 않았다. 그 결과 레트의 거칠었던 볼의 선은 차츰 부드러워지고, 눈언저리의 검은 빛도 그다지 검게 보이거나 두드러져 보이지 않게 되었다. 보니가 안장 앞에 타기를 좋아해서 집 밖에서 보내는 일이 많아지고, 그의 거무스름한 얼굴은 볕에 타서 한층 검게 되었다. 그는 전보다 한층 건강해 보였고 더 잘 웃게 되었으며, 전쟁 초기 애틀랜타 사람들을 흥분하게 만들던 용감한 젊은 봉쇄 돌파군 당시로 돌아간 것 같았다.

지금까지 결코 호의를 갖지 않았던 사람들도, 그가 안장 앞에 어린 딸을 태우고 지나가면 미소를 보냈다. 이 사나이에게 걸리기만 하면 어떤 여자도 무사하지 못하다고 지금까지 믿고 있던 여자들도 거리에서 만나면, 걸음을 멈추고 그에게 말을 걸고 보니를 칭찬해 주었다. 그토록 완고한 노부인들까지, 그 사나이처럼 아이의 병이며 여러 가지 일로 열심히 얘기하는 사나이는 도저히 나쁜 사람일 리가 없다고 생각하게 되었다.

53

애쉴리의 생일날이었다. 멜라니는 그날 밤 그를 위해 예고 없이 깜짝 파티를 열 계획이었다. 애쉴리만 제외하고는 누구나 그 파티 준비를 알고 있었다. 웨이드와 어린 보까지도 알고 있었다. 비밀로 하도록 입을 봉해 두었으므로 아이들은 그것이 또 못견디게 자랑스러웠다. 애틀랜타의 훌륭한 사람들은 전부 초대되어 참석할 예정이었다. 고든 장군 일가도 기꺼이 참석할 것을 승낙했고, 알렉산더 스티븐스도 건강만 허락된다면 참석하겠다고 했고, 남부동맹의 '바다 제비'라고 불리는 밥 툼스(남부동맹의 국무장관으로서 남군의 준장)도 참석하기로 돼 있었다.

오전 내내 스칼렛은 멜라니와 인디어와 피티 고모와 함께 좁은 집 안을 뛰어다니며, 흑인들이 깨끗이 빨아놓은 커튼을 달고 은그릇을 닦고 마룻바닥에 와스를 칠했으며 요리를 만들고 마실 것을 섞기도 하고 맛 보는 것을 지휘했다. 스칼렛은 멜라니가 이처럼 들떠 있고 행복해하는 것을 본 일이 없었다.

"글쎄, 애쉴리는 그 뒤로 생일 파티 같은 걸 한 일이 없었어요. 그래요, 그 트웰브 오크스 저택에서의 바비큐파티 이후로는 처음이에요. 마침 링컨 씨가 의용군을 소집했다는 뉴스가 전해진 그날이었죠. 그 뒤로 생일 파티 같은 건 한 일이 없었어요. 게다가 그분은 요즘 일이 너무 많아서 밤 늦게 집에 돌아올 때는 언제나 녹초가 돼 버려요. 그래서 오늘이 자기 생일이라는 것도 전혀 모르고 있어요. 저녁 먹고 나서 사람들이 하나 둘 모여들면 애쉴리는 틀림없이 깜짝 놀랄 거예요."

"윌크스 씨가 저녁을 드시러 돌아오셨을 때 마당의 초롱불을 못 보시게 하려면 어떻게 해야 되지요?" 아치가 무뚝뚝한 얼굴로 물었다.

그는 오전 내내 묵묵히 앉아 파티 준비를 재미있다는 듯, 그러나 못마땅한 듯 바라보고 있었다. 지금까지 큰 도시의 가정집에서 파티를 준비하는 광경을 본 일이 없었으므로 신기했던 것이다. 정말 하찮은 모임을 갖는다는 것만으로 부인들이 마치 불난 집처럼 온 집 안을 이리 뛰고 저리 뛰는 것에 서슴없이 비평을 가하고 있었지만, 어떤 야생마라도 그를 그 자리에서 끌어낼 수 없을 만큼 그는 그 광경에 정신을 빼앗기고 있었다. 엘싱 부인과 패니가 만든 색종이 초롱이 특히 그의 흥미를 끌었다. 이런 별난 것은 난생처음 보았기 때문이었다. 지하실 그의 방에다 숨겨 두었던 것인데, 그는 이모저모로 그것을 자세히 살펴보았다.

"정말! 그건 미처 생각 못했네!" 멜라니가 외쳤다. "아치, 그걸 일러 줘서 다행이에요. 글쎄, 어떻게 할까? 작은 초를 넣어 여기저기 나뭇가지에 매달아 놓았다가, 손님들이 도착할 무렵에 불을 붙일 작정이에요. 스칼렛 언니, 우리가 저녁을 먹는 동안에 포크를 시켜서 그렇게 하도록 해주시지 않겠어요?"

"윌크스 부인, 당신은 보통 부인들보다 훨씬 감각이 있으시긴 한데 무척 허둥대시는군요." 아치가 말했다. "포크 같은 그런 얼간이 검둥이가 이런 색다른 것을 다룰 수 있겠소. 금방 불을 내고 말 거요. 이건 제법 예쁜데요." 그는 정직하게 말했다. "부인과 윌크스 씨게서 식사를 하시는 동안 제가 달아드리지요."

"어머, 아치, 친절도 하셔라!" 멜라니는 감사와 믿음에 찬 어린애 같은 눈을 그에게로 돌렸다. "당신이 아니었다면 어떻게 했으면 좋을지 몰랐을 거예요. 그럼 지금 초를 넣어 주시지 않겠어요. 그러면 우리도 그만큼 손을 덜 테니까요."

"글쎄, 할 수 있겠죠." 아치는 부루퉁하게 말하고 지하실 계단 쪽으로 걸어갔다.

"고양이를 죽이는 데는 버터로 숨을 틀어막는 방법만 있는 게 아니군요." 멜라니는 구레나룻을 기른 이 노인이 지하실 계단을 내려가는 것을 바라보고 환히 웃으며 말했다. "난 처음부터 저 사람에게 초롱을 달아 달랠 작정이었어요. 그러나 워낙 그런 사람이라서 말이에요. 이쪽에서 부탁하면 결코 해줄 사람이 아니거든요. 자, 이젠 잠시 동안 훼방꾼은 떨어져 나갔어요. 흑인들은 그 사람을 겁내서 그가 옆에 있으면 얼굴도 들지 못하고 아무것도 하려들지 않거든요."

"멜라니, 나 같으면 저런 무뢰한은 집에 놔 두지 않았을 거야." 스칼렛은 밉살스런 듯 말했다. 그녀와 아치는 서로를 똑같이 미워하고 말도 별로 하지 않았다. 그 미운 스칼렛이 있어도 멜라니의 집만이 그가 머물 유일한 집이었다. 멜라니의 집에 있으면서도 그는 의혹과 차가운 경멸을 가지고 스칼렛을 보고 있었던 것이다.

"그는 뭐든지 누를 끼칠 거야. 조심하는 게 좋아요."

"이쪽에서 비위를 맞추고 믿는 눈치를 보이면 절대로 나쁜 짓을 할 사람이 아니에요." 멜라니는 말했다. "그리고 애쉴리하고 보한테는 무척 잘해 주니까 그 사람이 옆에 있으면 안심이 돼요."

"결국 그 사람은 언니한테는 무척 잘한다는 거군요." 인디어가 말했다. 늘 차기만 한 그녀의 얼굴도 올케를 정답게 바라보며 어렴풋이 따뜻한 미소를 흘렸다. "그 무뢰한이 자기 부인을…… 부인 사건 이후로 사랑한 것은 틀림없이 언니가 처음일 거예요. 그 사내는 누가 언니를 모욕하는 사람이 있으면 오히려 좋아할 거예요. 왜냐하면 그놈을 죽이면 언니에게 바치고 있는 존경을 표시할 수 있게 되니까 말이에요."

"아니, 무슨 소리를 하는 거죠, 인디어!" 멜라니는 빨개지면서 말했다. "그 사람은 나를 꽤 바보로 생각하고 있어요. 그건 아가씨도 알고 있잖아요."

"저런 냄새 나고 늙은 촌드기가 생각하는 것은 대단한 것이 못돼." 스칼렛이 불쑥 말했다. 아치가 자기에 대해 마치 재판관 같은 태도를 취하는 것이 생각만 해도 언제나 화가 치밀어 견딜 수 없었던 것이다. "그럼, 난 그만 가 보아야겠어. 점심을 마치고 가게로 가서 점원들에게 급료를 주고, 그리고 목재 저장소로 가서 마부들이랑 휴 엘싱에게 급료를 줘야 하니까."

"어머, 언니 목재 저장소로 가세요?" 멜라니가 물었다. "애쉴리도 저녁 무렵 휴를 만나러 목재 저장소로 간다고 했어요. 그럼, 스칼렛 언니, 그이를 5시까지 거기 붙들어 두지 않겠어요? 그전에 돌아오면 우리가 케이크니 뭐니 만드는 것을 들키게 될 테니까요. 그러면 조금도 놀라게 해 줄 수 없거든요."

스칼렛은 속으로 회심의 미소를 지었다. 기분이 나빴던 것도 다 풀어졌다.

"그래, 붙들어 둘게." 그녀는 말했다. 그녀가 그렇게 말했을 때 마음속까지 꿰뚫어보는 것 같은 인디어의 속눈썹 없는 엷은 눈이 스칼렛의 눈과 마주쳤다. 쟤는 내가 애쉴리 이야기만 하면 언제나 저렇게 이상한 눈빛으로 나를 보네, 스칼렛은 생각했다.

"그럼 5시 지날 때까지 될 수 있는 대로 오래 붙들어 주세요." 멜라니는 말했다. "그러면 인디어가 마차로 그이를 맞으러 갈 거예요……. 스칼렛,

오늘 밤은 꼭 일찍 오세요. 파티에 1분이라도 늦게 오면 안 돼요."

스칼렛은 마차로 집으로 돌아오며 불쾌하게 생각했다. '단 1분이라도 파티에 늦으면 안 된다고? 왜 멜라니는 내게, 인디어랑 피티 고모님과 함께 손님들을 접대해 달라고 하지 않았을까?'

보통 스칼렛은 멜라니가 벌이는 보잘것없는 파티에서 손님 접대를 하는 것 따위는 아무래도 상관없었다. 그러나 오늘 밤은 멜라니가 지금까지 연 것 중에서도 가장 큰 파티였고, 더구나 애쉴리의 생일 파티이기도 했다. 그래서 스칼렛은 애쉴리 옆에 서서 그와 함께 손님 접대를 하고 싶어 견딜 수 없었던 것이다. 그러나 어째서 자기에게 그런 역할이 주어지지 않았는지 그녀는 알고 있었다. 몰랐다 하더라도, 그 점에 대한 레트의 설명으로 충분히 알 수 있었다.

"옛날 남부 군인과 민주당 거물들이 나타나는 마당에, 남부의 배신자가 접대하게 됐소? 당신은 머리가 정말 좀 어떻게 된 거 아니오. 당신이 초대를 받은 것만 해도 오로지 멜라니 씨의 두터운 호의에서 나온 결과요."

스칼렛은 그날 오후 가게와 목재 저장소로 가는데 보통 때보다 훨씬 정성들여 차림을 했다. 빛의 반사에 따라서 어떤 때는 라일락빛으로도 보이는 어두운 초록빛 새 태피터 드레스를 입고, 암녹색 깃털 장식이 주위에 달린 담녹색 새 보닛을 썼다. 앞머리를 내리고 이마 있는 데서 그것을 곱슬곱슬하게 하도록 레트가 허락만 해준다면 보닛이 훨씬 더 잘 어울릴 텐데! 그러나 그는 앞머리를 내리기만 하면 머리를 싹 밀어 버리고 말겠다고 위협했던 것이다. 더구나 그는 요즘 정말로 그런 짓을 할 것처럼 아주 심하게 굴었다. 상쾌한 오후였다. 햇볕은 내리쬐고 있었지만 지나치게 더울 정도는 아니고, 맑은 햇빛이기는 하지만 눈이 부실 정도는 아니었다. 훈훈한 미풍이 피치트리 거리의 나무들을 살랑거리게 하고, 스칼렛의 보닛 깃털 장식을 한들거리게 했다. 그녀의 마음도 언제나 애쉴리를 만나러 갈 때면 늘 그렇듯 설레고 있었다. 마부와 휴에게 빨리 급료를 줘 버리면, 그들은 곧장 돌아가 버릴 것이다. 그리고 목재 저장소 한가운데 네모난 작은 사무실에 애쉴리와 단둘이만 남게 되겠지. 요즘은 애쉴리와 단둘이 만날 기회가 좀처럼 없었다. 게다가 오늘은 멜라니한테서 그를 붙들어 달라는 부탁을 받고 있다. 그걸 생각하면 기뻐 견딜 수가 없었다.

가게에 도착해서도 그녀의 마음은 한껏 들떠 있었다. 윌리와 다른 점원들에게도 오늘의 장사 실적 같은 건 묻지도 않고 잠자코 급료를 치러 주었다. 토요일이라 농부들이 물건을 사러 거리로 쏟아져 나오는 날이라서 가게로서는 1주일 가운데 가장 많이 팔리는 날이었지만, 그녀는 아무것도 묻지 않았다.

목재 저장소로 가는 도중에도, 멋진 옷차림을 한 카펫배거들의 부인네들과—멋지다곤 해도 자기만은 못하다고 그녀는 마음속으로 생각했다—붉은 흙먼지 속을 걸어 와 모자를 벗고 인사하는 많은 남자에게 응대해 주느라고 그녀는 몇 번이나 멈춰섰다. 아름다운 오후였고, 마음은 행복했으며, 더욱이 아름답게 차리고 있었으므로 길에서도 공주님 같은 기분이었다. 이런 일들로 시간이 걸려 목재 저장소에 닿았을 때는 의외로 늦어 휴와 마부들은 낮게 쌓아올린 목재 위에 걸터앉아 그녀가 오기를 기다리고 있는 중이었다.

"애쉴리 씨 오셨어요?"

"네, 사무실에 계세요." 휴는 대답했다. 그리고 그녀의 기쁨에 넘친 듯한 눈이 빠르게 움직이는 것을 보자 언제나의 걱정스런 표정도 사라져 버렸다. "지금 하고 계시는 중이에요. 저, 뭐더라? 장부를 조사하고 있어요."

"어머, 오늘은 그런 거 안 해도 되는데." 그녀는 말한 다음 소리를 낮추었다. "오늘 밤 파티 준비가 완전히 끝날 때까지 그분을 붙들어 두도록 멜라니한테 부탁을 받고 온 거예요."

휴는 오늘 밤 파티에 참석하기로 되어 있었으므로 그 소리를 듣자 방긋 웃었다. 그는 파티를 좋아했다. 그래서 오늘 스칼렛의 들떠 있는 모습을 보자 그녀도 역시 파티를 좋아하는구나 생각했다. 그녀는 마부와 휴에게 급료를 치르자 같이 따라오면 귀찮을 것 같다는 태도를 보이며 재빨리 그들과 헤어져 사무실 쪽으로 갔다. 애쉴리는 문까지 나와서 그녀를 맞이했다. 오후의 태양을 받아 머리칼이 반짝반짝 빛나고, 입언저리에는 엷은 미소, 미소라기보다는 놀리는 듯한 웃음을 띠고 서 있었다.

"아니, 스칼렛. 지금 이런 시각에 거리에 나와서 무얼 하시는 거요? 왜 우리 집에 가서 나를 깜짝 놀라게 할 파티 준비를 위해 멜라니를 거들어 주지 않는 거요?"

"어쩌면, 애쉴리!" 그녀는 어이가 없어 소리를 질렀다. "당신이 알고 계실 줄은 정말 몰랐어요. 하지만 당신이 깜짝 놀라지 않으면 멜라니가 무척 낙심할 텐데요."

"아니, 염려할 것 없어요. 난 애틀랜타 안에서 가장 깜짝 놀란 사람으로 보일 거요." 말하고 애쉴리는 눈으로 웃었다.

"그런데 당신에게 고자질한 그 비겁한 사나이는 누구예요?"

"사실을 말하면 멜라니가 초대한 사람 전부라고 할 수 있소. 고든 장군이 제일 먼저 알려 주었어요. 그분의 경험으로는 부인들이 느닷없이 파티를 하는 것은, 언제나 사내가 집 안에 있는 총을 닦거나 손질을 하려고 생각한 그날 밤에 있기 마련이라는 거요. 두 번째는 바로 메리웨더 할아버지가 경고를 해 주었소. 예전에 메리웨더 부인이 그 할아버지를 위해 깜짝 파티를 연 일이 있었는데, 그때 가장 놀란 게 바로 부인이었다는 거요. 왜냐하면 할아버지는 류머티즘에 약이 된다고 해서 몰래 위스키를 복용하고 있었는데, 공교롭게도 그날 밤은 너무 취해 침대에서 일어날 수도 없었다는 거예요. 그리고 또 깜짝 파티를 당한 경험이 있는 사람들이 모두 가르쳐 주었소."

"정말 얄미운 사람들이네요!"

스칼렛은 외쳤지만 그래도 웃지 않을 수 없었다. 애쉴리가 이렇게 웃고 있자 트웰브 오크스 댁에 있을 때의 옛날 애쉴리와 조금도 다름없이 보였다. 그리고 그는 요즘은 별로 웃는 일도 없었다. 공기는 무척 부드러웠고 태양은 한없이 포근했으며, 애쉴리의 얼굴은 즐거워 보였고, 그의 말도 무척 편안했으므로 그녀의 심장은 행복에 뛰놀았다. 가슴은 부풀어오르고 기뻐 괴로울 지경이었는데, 환희에 벅찬 마음은 눈으로 넘쳐흐르지 않는 눈물 때문에 몹시 안타까울 지경이었다. 문득 그녀는 열여섯 살 때의 옛날로 돌아간 듯 즐거움과 숨이 막힐 듯한 흥분을 느꼈다. 보닛을 홀랑 벗어 공중으로 내던지며 '만세!' 외치고 싶을 정도로 미칠 듯한 충동을 느꼈다. 그리고 만일 그런 짓을 한다면 애쉴리가 얼마나 놀랄까 생각하고 갑자기 웃음이 터져나와 눈물 날 정도로 웃어 댔다. 그 역시 웃는 것이 즐거운 듯 몸을 뒤로 젖히고 웃었다. 그는 그녀의 명랑함을, 멜라니의 비밀을 새게 한 사람들의 허물없는 배신을 재미있어 하고 있는 것으로 생각했던 것이다.

"들어오시오, 스칼렛. 장부를 조사하고 있던 중이었소."

그녀는 오후의 햇살이 밝게 들이비치는 조그만 방으로 들어가 뚜껑을 접는 책상 앞 의자에 앉았다. 뒤따라 들어온 애쉴리는 낡은 테이블 끝에 긴 다리를 흔들거리며 걸터앉았다.

"오늘은 장부 같은 따분한 일은 그만두세요, 애쉴리! 오늘은 귀찮은 일은 하기 싫어요. 새 보닛을 쓰고 있으면 숫자 같은 것이 모조리 머리에서 달아나 버리는 것 같아요."

"그런 아름다운 보닛을 쓰고 있으면 숫자 같은 건 아마 다 잊어버리게 될 거요." 그는 말했다. "스칼렛, 당신은 언제 보나 점점 더 아름다워지는군."

그는 테이블에서 미끄러져 내려와 웃으며 그녀의 두 손을 잡고 입은 옷이 잘 보이도록 팔을 활짝 벌렸다. "정말 아름답군! 당신이 나이를 먹고 있다고는 도저히 생각할 수 없소!"

그에게 손을 잡히자, 그것을 의식한 것은 아니지만 이야말로 은근히 바라고 있던 일이라는 것을 깨달았다. 이 행복한 오후 내내 그녀는 그의 따뜻한 손, 그의 다정한 눈, 그의 애정이 담긴 말을 바라고 있었던 것이다. 타라의 과수원에서의 그 춥던 날 이후로 완전히 둘만이 된 것은 이것이 처음이었다. 형식적인 인사 말고 두 사람이 손을 잡은 것도 이것이 처음이었다. 그리고 오랜 세월, 그녀는 좀더 가까이 접촉했으면 하고 계속 목마르게 바라고 있던 것이다. 그런데 지금은…… 그의 손이 와 닿는데도 마음이 전혀 설레지 않는 것은 무슨 기묘한 일인가! 전에는 그가 옆에 가까이 있기만 해도 몸이 떨렸다. 그런데 지금은 이상하게도 따뜻한 우정과 만족을 느낄 뿐이었다. 그의 손에서는 아무런 열정도 전해져 오지 않았다. 그의 손에 잡혀 있자 그녀의 마음은 행복한 안정 속으로 가라앉았다. 이것은 그녀를 어리둥절하게 만들었고 다소 당황하게 했다. 그는 지금도 그녀의 애쉴리고, 여전히 그녀의 자랑스런 애인이고, 생명보다도 소중하게 아끼는 사람이다. 그런데 어떻게……

그녀는 이런 생각을 마음에서 쫓아 버렸다. 그와 함께 있고, 그가 자기 손을 잡고, 긴장도 정열도 없이 다만 정답게 미소짓고 있으면 그것으로 충분한 것이다. 두 사람 사이에는 입 밖에 내서 말하지 못할 일이 잔뜩 있다고 생각하고 있었는데, 이런 일이 일어났다는 것은 기적과 같았다. 그의 눈은 그녀가 사랑하고 있던 옛날 그대로 맑게 빛나고, 미소를 띠고 묵묵히 그녀의 눈을 들여다보고 있었다. 마치 둘 사이에는 행복을 빼고는 아무것도 없었던 것처럼 미소짓고 있었다. 두 사람의 눈동자에는 무엇 하나 가려진 것이 없었고 난처한 듯한 서먹함도 없었다.

"어머, 애쉴리! 점점 나이를 먹어 늙어 가는 걸요?"

"그건 단지 겉모습일 뿐이오. 아니야, 스칼렛. 당신이 예순 살이 되어도 내게는 언제나 똑같이 보일 거요. 나는 언제나 우리의 마지막 바비큐파티 때 떡갈나무 밑에서 많은 남자에게 둘러싸여 앉아 있던 그날의 당신만을 생각하게 될 거요. 당신이 어떤 옷차림을 하고 있었는지 나는 잘 기억하고 있소. 조그마한 초록빛 꽃무늬가 있는 흰 옷을 입고, 흰 레이스 숄을 어깨에 걸치고 있었지. 검은 레이스 장식이 달린 조그만 초록빛 실내화를 신고, 기다란 초록 리본이 달린 큰 밀짚모자를 쓰고 있었어. 나는 그때의 차림을 환히 기억하고 있소. 왜냐하면 수용소에 들어가서 호된 꼴을 당하고 있을 때, 나는 이 추억을 더듬어 하나하나 세밀한 데까지 기억을 되찾아 그림이라도 뒤적이듯 그것을 몇 번이고 몇 번이고 뒤적였기 때문이오."

그는 갑자기 말을 멈췄다. 그의 얼굴에서 차츰 정열의 빛이 사라졌다. 그는 가만히 그녀의 손을 놓았다. 그녀는 다음 말을 기다렸다.

"우리는 둘 다 그날 이후 무척 먼 길을 걸어왔소, 스칼렛. 우리는 꿈에도 생각지 못한 길을 더듬어 온 거요. 당신은 똑바로 거침없이 걸어왔고, 나는 느릿느릿 마지못해서."

그는 다시 테이블에 걸터앉아 그녀를 물끄러미 바라보았다. 어렴풋한 미소가 다시 그의 얼굴에 떠올랐다. 그러나 바로 조금 전까지 그녀를 그토록 행복하게 하던 그런 미소는 아니었다. 그것은 쓸쓸한 미소였다.

"그렇소, 당신은 나를 당신의 개선마차 바퀴삼아 끌면서 거침없이 전진해 왔소. 스칼렛, 가끔 나는 당신이 없었다면 나라는 인간은 어떻게 됐을까 하고, 제삼자의 호기심으로 생각하는 때가 있소."

스칼렛은 그럴 리가 없다고 얼른 그의 말을 막으려 했다. 전에도 같은 문제에 대해서 레트가 말한 것이 생각지도 않게 문득 머리에 떠올랐으므로 더욱 당황해서 부인하려 들었다.

"하지만 전 당신을 위해서 아무것도 해드린 게 없어요, 애쉴리. 제가 없었어도 아마 마찬가지였을 거예요. 언젠가 당신은 부자가 되고, 당신이 아니면 안 될 그런 훌륭한 사람이 되셨을 거예요."

"아니, 스칼렛, 내게는 훌륭하게 될 소질 같은 건 전혀 없소. 만일 당신이 없었다면 나 같은 건 사람들로부터 잊혀지고 마는 인간이 돼 버렸을 거요. 가엾은 캐들린 켈버트나 그 밖에 일찍이 그 이름이 알려졌던 많은 명문가의 사람들과 마찬가지로."

"어머, 애쉴리, 그렇게 말씀하시면 안 돼요. 어쩐지 무척 슬퍼져요."

"아니오, 난 슬퍼하지는 않소. 인제 그런 기분은 없소. 한때는…… 한때는 슬펐었소. 지금은 나는 다만……."

그는 갑자기 말을 끊었다. 문득 그가 무슨 생각을 했는지 그녀는 알았다. 이제야 비로소 그의 눈이 그녀의 어깨너머로 맑게 가라앉아, 방심한 듯 앞을 바라보고 있을 때 애쉴리가 무엇을 생각하고 있는지 그녀도 뚜렷이 알 수 있었다. 격렬한 사랑의 정열이 그녀의 가슴을 뛰게 하면 그의 마음은 언제나 그녀를 들여놓지 않으려고 닫아 버렸다. 지금 두 사람 사이에 있는 조용한 우정에 잠겨 있으려니 그의 마음속으로 얼마쯤 들어갈 수가 있었고 얼마쯤 이해할 수가 있었다. 그는 이제 슬퍼하지는 않았다. 패전 직후는 슬퍼했다. 애틀랜타로 와달라고 부탁했을 때도 슬퍼하고 있었다. 그러나 지금은 이미 완전히 체념해 버린 것이다.

"그렇게 말씀하시는 건 정말 싫어요, 애쉴리." 그녀는 격한 투로 말했다. "어쩌면 그렇게 레트하고 똑같은 말씀을 하세요. 그분은 언제나 지금 당신이 하신 말씀이나 적자생존이라는 말만 자꾸 해서 전 어떤 때는 견딜 수 없어 소리를 지르고 싶은 때가 있어요."

애쉴리는 빙그레 웃었다.

"스칼렛, 당신은 레트와 내가 근본적으로 비슷하다고 생각해 본 적이 없소?"

"어머, 그럴 리가 있어요. 당신은 아주 교양이 있고 훌륭한 분이고, 그는 ……."

그녀는 생각에 혼란이 일어나 말을 뚝 끊었다.

"하지만 우리는 닮았소. 우리는 같은 종류의 인간에서 태어나 같은 틀로써 길러지고 같은 것을 생각하게끔 교육받아가며 자라왔소. 그리고 인생의 길목 어딘가에서 각각 다른 길로 갈라져 버린 거요. 우리는 지금도 같은 생각을 하고 있지만 다만 행동하는 방법이 틀린 거요. 예를 들어, 우리는 둘다 똑같이 전쟁을 믿지 않았소. 그런데 나는 군대에 들어갔고 싸움터에 나갔소.

그러나 그는 전쟁이 끝날 무렵까지 싸움터로 나가려 하지 않았소. 우리는 둘 다 이 싸움은 전혀 승산이 없는 것이라고 알고 있었소. 둘 다 지는 전쟁이라고 생각하고 있었소. 나는 질 것을 알면서도 스스로 전쟁에 나갔소. 그러나 그는 나가지 않았소. 때때로 나는 그가 옳았다고 생각할 때가 있소. 그러면 또……."

"아아, 애쉴리, 당신은 언제쯤에야 문제를 양쪽에서 바라보는 버릇을 고치겠어요?" 그녀는 말했다. 그러나 그 말투에는 옛날처럼 짜증스런 데는 없었다. "문제는, 양쪽에서 바라보면 결론은 절대로 나오지 않는 법이라는 거예요."

"옳은 말이오. 하지만 스칼렛, 당신은 뭘 얻고 싶소? 나는 곧잘 그런 걸 생각했소. 나는 보다시피 어디서도 원하는 걸 얻을 수 없소. 다만 나는 나 자신이고 싶을 따름이오."

내가 무엇을 얻고 싶으냐고? 이 무슨 바보 같은 질문인가. 돈, 그리고 안심할 수 있는 생활, 그거야 뻔한 얘기가 아닌가. 그러나 그녀의 마음은 아직 뭔가를 찾고 있었다. 그녀는 지금 돈도 가지고 있고 불안한 세상에서 더 바랄 수 없을 만큼 안정된 생활도 하고 있다. 그러나 그것을 생각해 보면 지금은 그것만으로는 아직 충분한 것 같지 않았다. 지금 와서 생각해 보면, 그전 같이 내일 일을 아둥바둥 애태우거나 걱정하는 일은 없었지만, 그렇게 특별히 행복해진 것같이 생각되지는 않았다. 돈과 안심할 수 있는 생활과 그리고 당신만 얻을 수 있다면 그거야말로 내가 바라고 있는 전부라고 생각하면서 그녀는 안타까운 마음으로 그를 바라보았다. 그러나 입 밖에 내서 말하지는 못했다. 지금 두 사람 사이에 있는 매혹적인 이 기분이 그로 인해 허물어지지 않을까 그의 마음이 나를 받아들이지 않으려고 닫히지 않았을까 그것이 두려웠기 때문이었다.

"그냥 자기 자신이고 싶다고요?" 그녀는 약간 뉘우치는 듯이 웃었다. "나는 어떻게든지 자기 자신이 아니려고 억척같이 노력해 왔어요. 내가 어떻게 됐으면 하는 점에서는 이미 거기에 이른 것으로 생각해요. 난 부자가 되어 편안한 생활을 하고 싶었어요, 그리고……."

"그러나 스칼렛, 부자가 되든 못되든 그런 것은 내게 아무래도 좋을 거라고 당신은 생각해 본 일이 없소?"

생각해 본 일도 없었던 일이다. 부자가 되고 싶지 않다고 생각하는 사람이 있으리라고는 한 번도 생각한 일이 없었다.

"그럼 당신은 무엇을 찾고 계세요?"

"지금은 모르겠소. 전에는 알았던 적도 있었지만 지금은 다 잊어 버렸소. 그저 혼자 지내면서 싫은 사람들로부터 괴롭힘 당하지 않고 하기 싫은 일을 억지로 하지 않았으면 하는 그런 정도일거요. 어쩌면 나는 옛날이 다시 돌아오기를 바라고 있는지도 모르지만, 그러나 그런 건 두 번 다시 돌아오지 않을 거요. 나는 그런 추억에 끌리고 눈앞에서 점점 허물어져 가는 세계에 끌리고 있는 거요."

스칼렛은 굳게 입을 다물고 있었다. 그의 말뜻을 몰라서가 아니었다. 그의 그 음성이 무엇보다도 지나간 날을 떠올리게 만들고, 그것이 또렷이 마음에 떠올라 갑자기 가슴이 죄어드는 것만 같았기 때문이다. 그녀는 트웰브 오크스 집 뒤뜰에서 안타깝고 쓸쓸한 마음으로 '이제 과거는 생각하지 말자!' 하고 맹세한 날부터 과거에는 절대 눈을 돌리지 않기로 하였던 것이다.

"나는 지금이 좋아요." 그녀가 말했다. 그러나 그렇게 말하면서도 눈은 그를 외면하여 딴 곳을 보고 있었다. "언제나 파티니 뭐니 온갖 재미있는 일이 있거든요. 모든 것이 생기가 있어요. 옛날은 무척 따분했어요." (아, 평온한 나날, 따뜻하고 조용한 황혼녘! 흑인들의 집에서 들려오는 높고 부드러운 웃음소리, 그 무렵 생활의 황금 같은 따스함, 내일의 불안이 없는 편안함! 어떻게 당신 말에 반대할 수 있겠어요?)

"지금이 좋아요." 그렇게 말한 그녀의 목소리는 떨리고 있었다. 그는 테이블에서 내려와 곧이들리지 않는다는 듯 조용히 웃었다. 그리고 그녀의 턱에 손을 대고 얼굴을 위로 들었다.

"아, 스칼렛, 당신은 어쩌면 그렇게 거짓말이 서투르오! 그렇지, 확실히 지금의 생활이 화려할지도 모르지. 그러나 그게 틀렸다는 거요. 옛날은 이처럼 화려하지는 않았지만, 매력과 아름다움과 한가로운 운치가 있었소."

그녀는 마음이 두 갈래로 갈려서 눈을 내리깔았다. 그의 음성을 듣고 그의 손이 닿자, 그녀가 영원히 닫은 줄 알았던 문이 조금씩 열렸다. 그 문 뒤에는 지난날의 아름다움이 숨겨져 있어, 그것에 대한 슬픈 동경이 그녀의 가슴에 샘물처럼 솟아났다. 그러나 문 뒤에 어떤 아름다운 것이 있어도 그것은 그대로 가만히 놓아 두지 않으면 안 된다는 것을 그녀는 알고 있었다. 괴로운 추억을 짊어지고 살아간다는 것은 아무도 해낼 수 없는 일이다. 그는 그녀의 턱에서 손을 떼고, 그녀의 한 손을 두 손으로 다정하게 싸쥐었다.

"기억하고 있소?" 그는 말했다. 그러자 그녀의 마음에 요란한 경종이 울렸다. 과거를 돌아봐서는 안 된다! 옛날을 떠올려서는 안 된다! 그러나 그녀는 곧 그 경종을 무시하고 행복의 물결에 몸을 맡겨 앞으로 밀려나갔다. 마침내 그라는 사람을 알았다. 마침내 그들의 마음은 서로 다가섰다. 이 순간이야말로 비록 다음에 어떤 고통이 오더라도 잃어서는 안 되는 귀중한 것인 것이다.

"기억하고 있소?"

그는 말했으나, 그 소리의 주문에 걸리자 이 작은 사무실의 살풍경한 벽은 사라져 버리고, 세월을 뛰어넘어 두 사람은 말을 타고 늦은 봄의 오솔길을 지나고 있었다. 그는 말하면서 그녀의 손을 꼭 쥐었다. 그의 목소리에는 반쯤 잊혀진 옛 노래의 슬픈 마력이 깃들어 있었다. 탈레턴 댁 피크닉에 가는 도중 싱싱한 어린 나무들이 우거진 길을 지날 때, 그 즐겁게 울리던 말방울 소리까지도 들려 왔다. 그녀의 구김살 없는 웃음소리도 들리고, 햇빛에 은빛으로 빛나는 그의 머리칼의 반짝임도 눈에 떠올랐고, 높다랗게 아무렇게나 말에 걸터앉은 그의 우아한 자세도 또렷하게 떠올랐다. 그의 목소리에는 음악이 있었다. 그것은 지금은 이미 없어진 그 흰 벽돌집에서 둘이 춤추던 바이올린과 밴조의 음악들을 생각나게 했다. 싸늘한 가을 달빛을 받은 어두침침한 늪지 근처에서, 주머니쥐 사냥을 하는 개 짖는 소리가 들렸다. 크리스마스에는 전나무로 꾸민 그릇 속에 담은 에그노그(맥주나 포도주 등에 달걀과 우유를 섞은 술)의 냄새가 풍기고, 흑인도 백인도 벙글벙글 웃고 있었다. 그러자 벌써 몇 년 전에 죽은 옛 친구들이 마치 아직 이 세상에 살아 있는 듯 차례로 그녀 앞으로 다가왔다. 스튜어트와 브랜트는 기다란 다리에 붉은 머리를 하고 여전히 심술궂은 장난을 좋아했다. 톰과 보이드는 망아지 새끼처럼 난폭했고, 조 폰테인은 타는 듯한 검은 눈을 하고 있었고, 캘버트네 캐이드와 레이포드는 몹시 조용하고 우아한 동작을 하고 있었다. 존 윌크스도 있고, 브랜디로 얼굴이 벌개진 제럴드도 있었다. 목소리가 상냥하고 언제나 좋은 냄새를 풍기는 어머니 엘렌도 있었다. 이 모든 사람들 위에 있는 것은 생활의 안정감, 내일도 또 오늘 같은 행복한 날이 올 것이라는 안정된 심정이었다.

그의 목소리가 끊어졌다. 두 사람은 오랫동안 조용히 서로의 눈을 지켜보았다. 둘 사이에는 아무런 근심도 없이 같이 즐기던 잃어버린 밝은 청춘이 있었다.

'당신이 어째서 행복해지지 못했는지 난 이제 비로소 알았어요.' 그녀는 슬프게 생각했다. '지금까진 전혀 깨닫지 못했어. 나 자신도 역시 어째서 완전히 행복해지지 못하는지 전에는 전혀 깨닫지 못했으니까. 하지만 어떻게 된 일일까. 우리는 마치 늙은 노인 같은 이야기를 하고 있지 않은가!' 그녀는 음울하고 놀라운 기분으로 생각했다. '마치 50년이나 지난 일을 돌이켜 보는 노인들 같다. 그러나 우리는 노인이 아니야! 다만 우리 사이에는 그런 노인들만큼이나 온갖 일들이 있었을 뿐이다. 모든 것이 완전히 변해 버렸으므로, 50년이나 지난 것처럼 생각되는 거야. 그러나 우리는 그런 노인은 아니야!' 그러나 애쉴리를 바라보면 그는 결코 젊지도 또 생기 있어 보이지도 않았다. 그는 다시 그녀의 손을 잡고 머리를 숙여 그것을 물끄러미 바라보고 있었는데 전에 그토록 밝은색이었던 그의 머리칼도 완전히 잿빛으로, 고요한 수면을 비추는 달빛처럼 은회색이 되어 있었다. 어딘지 모르게 밝은 아름다움이 4월의 오후에서 사라져 버렸듯이 그녀의 마음에서도 사라지고, 슬프고 달콤한 추억이 쓸개처럼 쓰디쓰게만 느껴졌다.

'이 사람 때문에 그만 생각이 났지만 옛날 같은 건 돌이켜 생각하지 않을걸 그랬어.' 그녀는 절망적인 심정으로 생각했다. '내가 다시는 과거를 돌이켜 생각하지 않으리라고 맹세한 건 옳은 일이었어. 옛날을 돌이켜 생각하면 너무나 가슴이 아파서 그것에 이끌리게 되고, 그리고 마지막에는 옛날을 돌이켜 생각하는 것 말고는 아무것도 할 수 없게 되고 말아. 그 점이 애쉴리의 가장 잘못된 점이야. 이 사람은 다시는 앞을 내다볼 수조차 없게 되고 말았어. 현재를 볼 수 없고, 미래를 두려워하고 있어. 그래서 옛날만을 돌아보고 있는 거야. 전에는 난 그걸 몰랐어. 아, 애쉴리, 부탁이에요. 과거 따위는 돌아보아서는 안 돼요! 그것이 무슨 소용이 있겠어요. 당신에게 끌려서 옛날 이야기를 하다니, 난 싫어요. 행복을 쫓아 과거를 돌이켜 생각하면 이런 괴로움, 이런 슬픔, 이런 불만이 솟아오를 뿐인걸요.'

그녀는 일어섰다. 그는 여전히 그녀의 손을 쥐고 있었다. 그녀는 가야만

한다. 여기서 옛일을 생각하고 지쳐서 슬픈 듯 우울한 이 사람의 얼굴을 보고 있을 수는 없다. "우리는 그때부터 꽤나 먼 길을 걸어온 셈이죠, 애쉴리?" 그녀는 목소리를 떨지 않으려고, 자칫하면 목이 메려는 것을 보이지 않으려고 기를 쓰며 말했다. "그 무렵에 우리는 멋진 생각들을 가지고 있었잖아요?" 그리고 다급하게 말했다. "하지만 애쉴리, 우리가 생각한 대로 된 건 하나도 없네요!"

"정말 그렇군." 그는 말했다. "인생은 우리가 기대하고 있는 것을 억지로라도 우리에게 주어야 할 의무가 있는 건 아니니까. 우리는 현재 있는 것을 받아들이고 그것이 그 이상 나쁘지 않은 것만을 감사해야 할 거요."

그때부터 아득하게 걸어온 긴 발자취를 더듬어 보자 그녀의 마음은 고뇌와 피로로 갑자기 힘이 빠지는 것 같았다. 그 마음속에는, 젊은 남자들을 사랑하고, 아름다운 옷을 좋아하고, 언젠가 때가 되면 어머니 엘렌처럼 훌륭한 여성이 되리라 생각하던 스칼렛 오하라의 모습이 떠올랐다. 갑자기 눈물이 넘쳐 조용히 뺨으로 흘러내렸다. 상처를 입어 어쩔 줄 모르는 어린아이처럼 묵묵히 선 채 그를 바라보았다. 그도 아무 말 없이 조용히 그녀를 끌어안아 그녀의 머리를 자기 어깨에 기대게 하고 몸을 구부려 볼을 비볐다. 그녀는 그의 어깨에 매달려 늘어진 채 그의 몸에 팔을 감았다. 안겨 있으니까 마음이 위로가 되어 갑자기 흘러내리던 눈물도 말라 버렸다. 아, 미칠 것 같은 정열도 긴장도 없이, 다만 서로 사랑하는 친구처럼 그의 팔에 안겨 있는 것은 얼마나 유쾌한 일인가. 그것은 추억과 청춘을 그녀와 함께 나눠 가지고, 그녀의 과거도 현재도 모조리 알고 있는 애쉴리만이 이해할 수 있는 심정이었다.

문 밖에서 발소리가 들렸지만 마부들이 돌아가는 것이려니 하고 그녀는 관심조차 가지지 않았다. 애쉴리의 심장이 천천히 고동치는 것을 들으며, 잠깐 그대로 가만히 있었다. 갑자기 그가 기겁하듯 난폭하게 그녀에게서 몸을 뗐다. 그녀는 깜짝 놀라 그의 얼굴을 쳐다보았다. 그러나 그는 그녀를 보고 있지 않았다. 그녀의 어깨너머로 문 쪽을 보고 있었다. 그녀가 돌아보니 거기에는 얼굴이 새파랗게 질려 가지고, 연푸른 눈을 번쩍번쩍 빛내고 있는 인디어와 앵무새처럼 심술궂은 표정을 한 애꾸눈의 아치가 서 있었다. 그리고 그 뒤에 엘싱 부인이 서 있었다.

어떻게 사무실을 나왔는지 기억이 나지 않았다. 그러나 그녀는 애쉴리의 재촉을 받고, 작은 방 안에서 심상찮은 투로 말을 주고받는 애쉴리와 아치, 밖에서 그녀에게 등을 돌리고 있는 인디어와 엘싱 부인을 그대로 둔 채 허둥지둥 나왔던 것이다. 부끄러움과 두려움으로 집으로 돌아오는 발걸음이 빨라졌다. 구약성경에서 뛰어나온 복수의 천사 같은 모습을 한, 수염을 기른 아치의 모습이 또렷이 머리에 떠올랐다.

집에는 인기척이 없고, 4월 해질 무렵의 조용한 정적에 싸여 있었다. 하인들은 모두 어느 장례식에 가 버리고 아이들은 멜라니네 집 뒤뜰에서 놀고 있었다. 멜라니…… 멜라니! 스칼렛은 계단을 올라 자기 방으로 들어가면서 멜라니를 생각하자 온몸이 싸늘해져 왔다. 멜라니의 귀에도 이 이야기는 들어가겠지. 인디어는 멜라니에게 이르겠다고 했다. 아, 인디어는 애쉴리의 얼굴에 흙칠을 하는 것도 생각하지 않고, 멜라니의 마음을 괴롭히는 것도 생각하지 않고, 스칼렛을 해칠 수만 있으면 신이 나 멜라니에게 다 일러바치겠지! 그리고 엘싱 부인도, 사실은 그때, 사무실 문간에서 인디어와 아치 뒤에 있어서 아무것도 보지 못했겠지만, 역시 지껄여 대겠지. 어쨌든 그 부인은 지껄여 댈 것이다. 저녁식사 때까지 이 소문은 온 거리에 퍼지겠지. 내일 아침식사 때까지는 누구나 흑인까지도 알고 말 것이다. 오늘 밤 파티에서는 여자들은 한쪽 구석으로 몰려 서서, 여봐란 듯 악의에 찬 기쁨을 가지고 소곤소곤 속삭여 대겠지. 스칼렛 버틀러는 마침내 그 거만한 지위에서 굴러떨어지고 말았다. 소문은 바퀴에서 바퀴를 달아 자꾸만 커져 갈 것이다. 도저히 멈추게 할 수 없겠지. 소문은 울고 있는 그녀를 애쉴리가 안고 있었다는 있는 그대로의 사실에 머물진 않을 것이다. 밤이 오기도 전에 그녀가 간통을 하다가 들켰다고 사람들은 나불거릴 것이다. 그러나 사실은 그처럼 순결하고 그처럼 아름다운 것이었는데! 스칼렛은 미칠 것 같은 심정으로 생각했다. 그가 휴가로 돌아왔던 크리스마스 때, 작별의 키스를 하는 것을 보게 되었더라면, 타라의 과수원에서 함께 달아나자고 그에게 조르고 있을 때 들켰었다면, 아, 우리가 정말 나쁜 짓을 하고 있을 때 들켰더라면, 이렇게까지 비참한 심정은 아닐텐데! 그런데 지금은! 지금은! 나는 단지 친구로서 그의 팔에 안겨 있었을 뿐인데…….

그러나 누구도 그것을 믿어 주지는 않으리라. 나를 편들어 줄 사람은 한 사람도 없으리라.

"그 여자가 그런 실수를 하리라곤 믿을 수 없어" 하고 말해 줄 사람은 한 사람도 없을 것이다. 먼 옛날에 옛 친구들의 감정을 모조리 해치고 말았으므로, 일부러 그녀를 위해 변호의 역할을 맡고 나설 사람은 한 사람도 있을 것 같지 않았다. 새로운 친구들은 평소에 그녀의 거만을 말없이 참고 있었기 때문에, 때가 왔다고 욕을 퍼부을 것이 틀림없었다. 사람들은 애쉴리 윌크스같이 훌륭한 사람이 그런 지저분한 사건에 말려든 것을 안타까워할지 모르지만 그녀의 일이라면 무엇 하나 믿어주지 않을 것이다. 그리고 언제나 그렇듯이 죄는 여자 쪽에 밀어붙이고 남자의 나쁜 점에는 어깨만 약간 으쓱하고 말 것이다. 더구나 이 경우는 사람들 쪽이 옳다. 왜냐하면 그녀 쪽에서 안겨 있었으니까. 아, 자신은 어떤 비방에도, 경멸에도, 비웃음에도, 또 어떤 거리의 소문에도 참아야 한다면 참으리라. 그러나 멜라니는 안 된다! 아, 멜라니만은 안 된다! 다른 누구보다도 특히 멜라니에게 알려지는 것이 왜 이다지도 마음에 걸리는지 그녀는 알 수 없었다. 지난날의 죄악감에 겁이 나고 그것에 압도되어 알아보려고 할 수조차 없었던 것이다. 그러나 애쉴리가 스칼렛을 어루만지고 있는 현장을 목격했다고 인디어가 일러바쳤을 때 멜라니의 눈에 어떤 표정이 나타날까 생각하자 눈물이 와락 쏟아져 나왔다. 멜라니는 이것을 알면 어떻게 할까? 애쉴리와 헤어질까! 조금이라도 자존심이 있다면 달리 무슨 수가 있을까? 그렇게 되면 애쉴리와 나는 어떻게 하면 좋을까. 그녀는 미친 듯 생각했다. 눈물이 뺨을 타고 흘러내렸다. 아, 애쉴리는 부끄러워서 죽겠지. 이런 꼴을 당하게 한 나를 미워하겠지. 문득 무서운 공포가 가슴을 스치고 갑자기 눈물이 멎었다. 레트는 어떨까? 그는 어떻게 할까?

어쩌면 그는 아무것도 모르고 말는지 모른다. 옛말에 이런 냉소적인 소리가 있지 않은가, 모르는 것은 남편뿐이라고. 어쩌면 아무도 그에게 말하지 않을는지 모른다. 이런 소문을 레트에게 말해 주기에는 커다란 용기가 필요하다. 레트는 우선 상대에게 한방 먹이고 나서 따진다는 평판을 듣고 있기 때문이다. 제발 하느님, 그에게 이 말을 할 만한 용감한 사람이 없도록 해 주소서!

그러나 그때 그녀는 문득 목재 저장소 사무실에서 본, 그 차갑고 창백하며 가차없는 애꾸눈의, 그녀를 포함해 모든 여자를 미워하는 아치의 얼굴을 생각해 냈다. 아치는 하느님조차도 두려워하지 않고 행실 나쁜 여자를 특히 미워하고 있다. 죽여도 좋다고 생각할 만큼 미워하고 있다. 그뿐 아니라 그는 레트에게 이르겠다고 했다! 애쉴리가 아무리 생각을 돌리도록 말해 보았자, 아치니까 상관하지 않고 이르고 말 것이다. 애쉴리가 그를 죽여 버리지 않는 한, 아치는 말하는 것을 그리스도교의 의무로 알고 레트에게 말해 버리고 말 것이다. 그녀는 옷을 벗어 던지고 침대에 누웠으나, 마음은 회오리바람처럼 거칠게 몰아쳤다. 방문에 자물쇠를 걸고 언제까지나 언제까지나 이 안전한 장소에 숨어서 다시는 누구와도 만나지 않을 수 있다면 좋으련만. 레트는 어쩌면 오늘 밤까지는 모를지도 모른다. 두통이 나서 멜라니네 모임에는 가고 싶지 않다고 말해 두리라. 아침까지 뭔가 그럴 듯한 구실을, 이치에 닿는 변명을 생각해 두리라. '지금은 생각하지 말자.' 그녀는 베개에 얼굴을 파묻고 절망적으로 중얼거렸다. '지금은 생각하지 말자. 나중에 마음이 가라앉았거든 생각하기로 하자.'

밤이 되어 하인들이 돌아오는 소리가 들렸다. 저녁 준비를 하고 있는 그들이 일부러 발소리를 죽이고 있는 것 같아 견딜 수 없었다. 양심의 가책 때문일까. 마미가 문 앞에까지 와서 문을 두드렸으나, 저녁은 먹고 싶지 않다고 하고 돌려 보냈다. 시간이 지나 드디어 레트가 계단을 올라오는 소리가 들렸다. 그가 2층 복도까지 왔을 때, 그녀는 긴장해서 몸을 도사리고 있는 힘을 다해 만남에 대기하고 있었지만, 그는 그대로 자기 방 쪽으로 가 버렸다. 그녀는 약간 마음이 놓였다. 레트는 아직 모르는 것이다. 다행히 그는 지금도 여전히 침실에 발을 들여놓지 말아 달라고 한 그녀의 매정한 요구를 지켜 주고 있는 것이다. 만일 지금 그를 만나게 되면 그녀의 표정만으로도 모든 것을 알고 말 것이다. 용기를 내서 몸이 몹시 불편하기 때문에 멜라니네 모임엔 갈 수 없다고 레트에게 전해야 한다. 마음을 가라앉히는 데는 아직도 충분한 시간이 있다. 아니 정말로 그럴 시간이 있을까? 오늘 오후의 그 무서운 순간부터 인생에는 시간이 없어진 것처럼 느껴졌다. 그녀는 레트가 자기 방에서 가끔 포크에게 무언가 이야기를 하며 걸어다니는 소리를 오랫동안 듣고 있었다. 아직 그녀에겐 레트에게 소리칠 용기는 나지 않았다. 그대로 어둠 속에서 떨며 침대에 누워 있을 뿐이었다.

꽤 오래 지난 다음 그가 문을 두드렸다. 그녀는 목소리를 침착하게 내려고 애쓰며 대답했다. "들어와요."

"정말로 이 거룩한 곳에 들어가도 좋단 말이지." 그는 문을 열며 말했다. 캄캄했으므로 그의 얼굴은 보이지 않았다. 그의 목소리에서도 아무것도 읽을 수 없었다. 그는 들어오자 문을 닫았다.

"파티에 갈 준비는 됐소?"

"미안하지만 저 머리가 너무 아파요." 그녀의 목소리가 제법 자연스럽게 들린 것은 얼마나 신기한 일인가! 어둠이 무엇보다 고마웠다. "도저히 갈 수 없을 것 같아요. 레트, 당신 혼자 가서 멜라니에게 내가 미안해 하더라고 전해 주세요."

그대로 긴 침묵이 이어졌지만, 이윽고 그는 어둠 속에서 천천히 날카로운 투로 말했다.

"당신은 어쩌면 그렇게 겁쟁이에 비열한 계집이지!"

그는 알고 있다! 그녀는 입도 못 열고 떨었다. 어둠 속에서 부스럭거리는 소리가 들리더니 이윽고 성냥을 그었으므로 방 안이 확 밝아졌다. 그는 침대로 다가가 그녀를 내려다보았다. 야회복을 입고 있는 그의 모습이 보였다.

"일어나시오." 그는 말했지만 그 목소리에 특별히 달라진 데는 없었다. "연회에 가야 해. 서두르지 않으면 안 돼."

"아이, 레트, 나 정말 못 가요. 글쎄 나……."

"알고 있어. 어쨌든 일어나."

"레트, 아치가 무슨 얘기했죠?"

"그래. 아치가 죄다 말해 주었소. 아치는 무척 용감한 놈이야."

"거짓말이나 해대고, 그런 사내는 죽여 버려야 해요……."

"나는 참말을 얘기하는 사람을 죽이지 않는 괴상한 버릇이 있소. 자, 지금은 이러니저러니 다툴 시간이 없어. 일어나시오."

그녀는 실내복을 여미면서 일어나 앉아 그의 얼굴을 살피듯이 바라보았다. 어둡고 무표정한 얼굴이었다.

"저, 안 가겠어요. 레트, 아무래도 이…… 오해가 풀릴 때까지는 갈 수 없어요."

"오늘 밤 당신이 얼굴을 내놓지 않으면 당신은 평생 이 거리에서 얼굴을 내놓을 수 없게 되오. 그리고 나는 행실 나쁜 여자라면 데리고 살 수 있지만 비겁한 여자와는 같이 살 수 없소. 당신은 오늘 밤 가지 않으면 안 되오. 비록 모두가, 알렉스 스티븐스까지 당신을 욕할지라도, 또 윌크스 부인이 우리보고 돌아가라고 할지라도 가지 않으면 안 돼."

"레트, 사정을 들어줘요."

"듣고 싶지 않아. 그럴 시간이 없어. 어서 옷을 입어요."

"그 사람들은 오해하고 있는 거예요……. 인디어도 엘싱 부인도, 아치도, 게다가 그 사람들은 나를 무척 미워하고 있어요. 내가 나쁜 년이 될 수만 있으면 자기 오빠에 대한 일이라도 거짓말을 예사로 해요. 당신이 내가 말하는 경위를 들어만 준다면……."

오, 성모님, 만일 그가 '바른대로 설명해 봐!' 라고 말한다면, 나는 어떻게 할까, 하고 생각하자 가슴이 답답해 왔다. 그녀가 무슨 말을 할 수 있겠는가, 뭐라고 변명할 수 있겠는가.

"그 사람들은 모두 거짓말을 하고 있어요. 나 오늘 밤은 갈 수 없어요."

"가야 해." 그는 말했다. "설사 당신의 목덜미를 잡아 끌고가는 한이 있더라도, 한 걸음 한 걸음 당신의 그 매력적인 엉덩이를 구둣발로 차면서 가는 한이 있더라도 데리고 가야겠소."

그녀를 억지를 일으켜 세웠을 때의 그의 눈은 차게 빛나고 있었다. 그는 코르셋을 집어 들어 그녀에게 던져 주었다.

"자, 그걸 입어. 내가 죄어 주지. 문제 없어. 끈을 매는 것쯤은 알고 있어. 마미를 불러서 도와달라고 할 것도 없소. 그리고 이 문에다 자물쇠를 채우고, 겁쟁이처럼 가만히 여기 숨어 있는 것 같은 흉내도 못내게 하겠어."

"난 겁쟁이는 아니에요." 공포에 쫓기며 그녀는 소리쳤다. "난……."

"북군 병사를 쏘아죽였다, 셔먼 부대와 맞섰다 하는 따위의 옛날 이야기는 이제 그만 하시지. 당신은 겁쟁이야. 누구보다도 겁쟁이야. 당신은 오늘 밤 당신을 위해 가는 게 아니야. 오늘 밤은 보니를 위해 가는 거요. 이 이상 그 애의 장래를 망쳐 놓는 일이 어디 또 있겠소? 빨리 그 코르셋을 입어요."

그녀는 급히 실내복을 벗어던지고 슈미즈 하나만 입은 채 일어섰다. 잠깐이라도 그녀 쪽으로 눈을 돌려, 슈미즈 차림을 한 그녀가 얼마나 멋있는가를 보기만 한다면 저런 무서운 표정도 곧 사라져 버리고 말텐데, 어쨌든 그녀의 슈미즈 차림을 이이는 꽤 오래 보지 못했다. 그러나 그는 거들떠보지도 않고 벽장 속으로 들어가 그녀의 옷을 부산스럽게 고르고 있었다. 잠시 부스럭거리더니, 이윽고 비취빛에 무늬가 있는 비단옷을 꺼냈다. 그것은 가슴께가 움푹 파이고, 치마는 엄청나게 큰 버슬 위로 주름을 잡아 대고, 그 버슬에는 연분홍 벨벳의 커다란 장미꽃 다발이 달려 있었다.

"그걸 입어." 그는 옷을 침대 위에 던지고 그녀에게로 다가왔다. "오늘은 수수한 부인 같이 붉은빛 도는 회색이나 라일락 빛깔은 안 돼, 당신의 깃발을 돛대 위에 못박아 놓지 않으면, 당신은 그것을 금방 내려 버리고 마니까. 그리고 볼연지도 흠뻑 발라. 바리새 사람도 간통죄로 몰린 여자도 아마 당신의 반밖에는 창백해지지 않았을 거야. 돌아 서."

그는 코르셋 끈을 잡고 갑자기 확 졸라맸다. 이런 난폭한 행동에 놀라 그녀는 굴욕감을 느끼며 당황해 자기도 모르게 외마디 소리를 질렀다.

"아파?" 그는 무뚝뚝하게 웃었지만 그의 얼굴은 볼 수 없었다. "목이 아닌 게 다행이지."

멜라니의 집은 방마다 환히 불이 켜져 있고 멀리 떨어진 길까지 음악소리가 들려 왔다. 두 사람이 밖에 마차를 대자 많은 사람의 즐겁고 흥분한 소리가 흘러나왔다. 집 안은 손님으로 빽빽해서 베란다에까지 넘쳐나 있고, 희미한 초롱불이 드리워진 마당 벤치에까지 많은 사람이 나와 걸터앉아 있었다.

'도저히 들어갈 수 없어. 안 되겠다.' 스칼렛은 마차 속에서 돌돌 만 손수건을 꼭 틀어 쥐며 생각했다. 들어갈 수 없다. 들어가고 싶지 않다. 이대로 뛰어나가 달아나자. 어디로? 그렇다. 타라로 돌아가자. 어째서 레트는 억지로 나를 데리고 온 것일까. 모두들 어떻게 할까? 멜라니는 어떻게 할까? 어떤 얼굴을 할까? 난 그녀와 얼굴을 대할 수 없다. 달아나자.

그녀의 마음을 꿰뚫어본 듯 레트는 멍이 들 정도로 세게 그녀의 팔을 잡았다. 마치 전혀 남을 대하듯 난폭하게 잡았다.

"아일랜드 사람이 비겁하다는 소리는 들은 적이 없어. 끔찍이도 자랑하던 당신의 용기는 다 어디로 가 버렸지?"

"레트, 제발 부탁이에요. 나를 집으로 돌아가게 해 주세요. 그리고 자초지종을 들어 주세요."

"변명할 시간은 앞으로도 얼마든지 있소. 원형극장에서 순교자가 되는 것은 오늘 하룻밤뿐이야. 자, 마차에서 내려 사자가 당신을 물어뜯는 장면을 내게 보여 줘. 내리란 말야!"

어쨌든 그녀는 현관까지 가는 자갈길을 걸어갔다. 돌처럼 단단히 꽉 움켜쥔 레트의 팔에서 어쩐지 용기가 전해오는 것을 느꼈다. 질 수야 있는가, 그들과 얼굴을 대하는 것뿐이다. 좋다, 얼굴을 대해 주자. 그것들은 단지 꽥꽥 소리치며 할퀴는 고양이가 아닌가. 그것들은 나를 시기하고 있는 것이다. 당당하게 나가 주자. 그것들이 어떻게 생각하든 상관없다. 다만 멜라니만은, 멜라니만은.

사람들이 현관에 나와 있었다. 레트는 모자를 벗어들고 이 사람 저 사람과 인사를 하고 있었다. 그 목소리는 침착하게 가라앉아 있고 부드러웠다. 그들이 들어갔을 때 마침 음악이 그쳤다. 그리고 혼란스러운 그녀의 마음에는, 사람들이 떼지어 성난 물결처럼 와아 하고 그녀를 향해 밀어닥쳤다가는 다시 차츰 소리를 죽이면서 멀어져 가는 듯이 느껴졌다. 모두 나를 따돌리려는 것일까. 아, 신의 잠옷이여 할테면 해보라지! 그녀는 턱을 쑥 내밀고, 눈초리에 주름을 지으며 미소지었다.

문 바로 옆에 있는 사람들을 향해 그녀가 말을 걸려고 했을 때, 사람들을 헤치며 가까이 오는 사람이 있었다. 스칼렛의 가슴을 섬뜩하게 하는 이상한 침묵이 좌중을 눌렀다. 이윽고 멜라니가 가냘픈 다리를 빠르게 놀리며 사람들 사이를 뚫고 다가왔다. 문께에서 스칼렛을 만나기 위해, 누구보다도 먼저 그녀에게 말을 걸기 위해 멜라니는 급히 왔던 것이다. 가냘픈 어깨를 펴고, 작은 턱을 성난 듯 긴장시키고 주위를 살피며, 스칼렛 말고 다른 손님의 얼굴은 눈에 띄지도 않는 듯 곧장 다가왔다. 그녀는 스칼렛 옆으로 바싹 다가오자 팔을 그녀의 허리에 돌렸다.

"어머나, 스칼렛. 옷이 어쩌면 이렇게 예뻐요." 그녀는 작고 맑은 목소리로 말했다. "마치 천사 같군요. 인디어는 오늘 밤 못 나오게 돼서 일을 봐 줄 사람이 없어요. 언니, 나하고 같이 손님 접대를 좀 해 주시지 않겠어요?"

54

자기 방으로 돌아오자 스칼렛은 맥이 탁 풀어져 버슬과 장미꽃이 달린 물결무늬 비단옷을 입은 채 그대로 침대에 쓰러졌다. 한참 동안 가만히 누워 있었지만, 멜라니와 애쉴리 사이에 서서 손님들에게 인사하고 있던 일밖에 생각나지 않았다. 얼마나 무서운 일이었던가? 그런 일을 두 번 다시 당하느니 차라리 또 한 번 셔먼 부대와 부딪치는 편이 나을 것이다. 그녀는 한참 지나자 침대에서 일어나 불안한 듯 방 안을 왔다 갔다 했다. 걸으면서 옷을 벗었다.

긴장했던 마음이 풀어지자 떨리기 시작했다. 머리핀이 손가락에서 미끄러져 방바닥에 우수수 떨어졌다. 언제나 하듯 머리를 고쳐 빗으려다 솔등으로 관자놀이를 호되게 쳤다. 몇 번이나 발끝으로 문간까지 가 아래층의 기척에 귀를 기울였다. 아래층 복도는 캄캄한 지하실처럼 조용하기만 했다.

파티가 끝나자 레트는 그녀 혼자만을 먼저 마차에 태워 돌려보냈다. 그녀는 이것으로 살았다고 하느님께 감사했다. 그는 아직 돌아오지 않았다. 이토록 부끄럽고 무섭고 떨리니까 오늘 밤은 도저히 그와 얼굴을 대할 수 없다. 그건 그렇다치고 그는 대체 어디로 간 것일까. 틀림없이 그녀 집에 가 있겠지. 스칼렛은 처음으로 벨 와틀링 같은 여자가 있다는 것을 기뻐했다. 이 집 말고, 레트의 독기 어린, 살인도 사양치 않을 것 같은 기분이 가라앉을 때까지 그를 붙들어 줄 곳이 있는 것을 기쁘게 생각했다. 남편이 매춘부 집에 있는 것을 기뻐한다는 건 잘못된 이야기지만, 그녀는 기뻐하지 않을 수 없었다. 오늘 밤 그와 얼굴을 대하지 않고 지낼 수만 있다면, 그가 죽었다고 해도 기뻐할 것 같은 심정이었다.

내일, 내일은 또 다른 날이다. 내일이 되면 뭔가 그럴 듯한 변명거리가 생각나겠지. 반대로 레트를 몰아세우고, 그가 나빴다고 스스로 인정하도록 만드는 방법이 생각날지도 모른다. 내일이 되면, 이 무서운 밤의 기억도 이렇게 떨릴 정도로 심하게 마음을 괴롭히지는 않겠지. 내일이 되면 애쉴리의 얼굴이며, 그의 상처 입은 자존심이며, 그의 굴욕적인 기억에 시달리지도 않게 되겠지. 그의 굴욕, 그것은 그녀 때문이다. 그에게는 거의 책임이 없다. 창피를 주었다고 해서 애쉴리는, 그녀의 사랑하고 존경하는 애쉴리는 그녀를 미워하고 있을까. 물론 틀림없이 미워할 것이다. 분노로 굳어 있던 가냘픈 어깨의 멜라니가 매끄러운 마룻바닥을 가로질러 와서 스칼렛과 팔짱을 끼고, 호기심과 악의에 차서 적의를 품고 가만히 노려보던 사람들과 마주 섰을 때 멜라니의 목소리에 깃들어 있던 사랑과 굳은 신뢰로 인해 둘이 함께 구원을 받은 지금은 더욱 그러했다. 이 무서운 밤, 멜라니는 줄곧 스칼렛 옆을 떠나지 않음으로써 보기 좋게 추문을 막아냈던 것이다. 사람들은 다소 싱거운 생각이 들어 공연히 당황했으나 그래도 예의바르게 행동했다.

아, 멜라니의 치마 그늘에 숨어, 나를 미워하며 온갖 뒷소리를 하고 갖은 비난을 일삼는 사람들로부터 보호받다니, 얼마나 어이없는 일인가! 멜라니의 맹목적인 믿음의 그늘에 숨다니! 하필이면 멜라니의…….

스칼렛은 그것을 생각하자 오한이 나듯 몸이 으스스 떨렸다. 술을 한잔 마시지 않으면, 아니 실컷 마시지 않으면 자려고 해도 잠이 올 것 같지 않았다. 그녀는 옷 위에 가운을 걸치고 급히 어두운 복도로 나갔다. 뒤축이 낮은 실내화 소리가 고요한 가운데 몹시 크게 울렸다. 계단을 중간쯤 내려가서 닫힌 식당문에 눈길을 돌렸을 때, 문 밑 틈새로 새어나오는 가느다란 빛이 보였다. 순간 심장이 딱 멎는 것만 같았다. 아까 집에 돌아왔을 때도 불이 켜져 있었는데 너무 정신이 없어 미처 깨닫지 못했던 것일까? 아니면 레트가 돌아와 있는 것일까? 부엌문으로 살짝 들어올 수도 있다. 레트가 돌아와 있다면 아무리 마시고 싶더라도 브랜디는 단념하고 살짝 침대로 돌아가기로 하자. 그러면 얼굴을 대하지 않아도 된다. 방으로 들어가기만 하면 자물쇠를 채울 수 있으니까 안심해도 된다.

발소리를 죽이고 급히 돌아가려고 몸을 구부려 실내화를 벗어들려고 했을 때, 갑자기 식당문이 활짝 열리며 레트의 모습이 희미한 촛불을 등지고 실루엣처럼 떠올랐다. 지금까지 본 적이 없을 만큼 크게 보였고, 얼굴 없는 몸뚱이만이 가늘게 흔들리며 무섭게 서 있었다.

"한잔 같이 합시다. 버틀러 부인."

그는 말했다. 그 목소리가 약간 이상했다.

그는 취한 데다가 그것을 감추려고도 하지 않았다. 지금까지는 아무리 취해도 절대로 취한 태도를 보인 일이 없었다. 그녀가 아무 말 없이 망설이며 서 있으려니까 그는 명령하듯 팔을 들었다.

"이리 와, 빌어먹을 당신 말이야!" 그는 거칠게 말했다.

무척 취한 모양이라고 그녀는 가슴을 두근거리며 생각했다. 평소의 그는 취하면 취할수록 태도가 공손해졌다. 익살도 날카로워지고 말도 한층 신랄해지기 마련인데, 그 태도만은 반드시 공손하게, 바보스러울 정도로 공손해지는 것이 보통이었다.

'내가 얼굴 마주치기를 두려워한다고 그가 조금이라도 생각하게 해서는 안 된다.' 이렇게 그녀는 생각하고 가운 옷깃을 여미며, 얼굴을 번쩍 쳐들고 실내화 소리를 일부러 크게 울리면서 계단을 내려갔다.

그는 옆으로 몸을 비켜 절을 하며 그녀를 지나가게 했는데, 몸이 오싹해질 정도로 남을 무시하는 태도였다. 그는 윗옷을 벗고 있었다. 크라바트가 단추를 푼 칼라 위로 늘어져 있었다. 와이셔츠 앞이 벌어져 시커먼 가슴털이 보였다. 머리는 헝클어지고, 핏발선 눈은 거슴츠레했다. 초 한 자루가 테이블 위에서 타고 있었다. 그 작은 불꽃이 천장이 높은 방 안에 하나 가득 괴물 같은 그림자를 던지고, 큰 찬장과 식기대는 소리없이 웅크리고 있는 짐승처럼 보였다. 테이블 위의 은쟁반에는 마개를 뺀 색채 무늬가 든 술병이 있고, 그 주위에 유리잔이 늘어서 있었다.

"앉아." 뒤따라 들어온 그는 퉁명스럽게 말했다. 다시 새로운 공포가 그녀를 엄습해 왔다. 그와 얼굴을 마주쳤을 때의 경계심 같은 건 어디론가 다 날아가 버릴 것 같은 공포였다. 그는 마치 생판 남 같은 표정으로 말하고 행동했다. 이런 난폭한 레트를 그녀는 지금까지 본 일이 없었다. 지금까지는 어떤 때도 그는 그저 냉담하게 구는 정도에 불과했다. 성이 나 있을 때도 바보스러울 정도로 익살스러웠으며, 위스키를 마시면 이런 성질이 한층 더 심해졌다. 처음에는 그녀도 이것이 비위에 거슬려 그 냉담함을 한번 고쳐 보려했지만 그러는 사이에 어느덧 그것이 아주 편리한 것으로 생각되기 시작했다. 최근 몇 년 동안 그는 그녀를 포함한 어떤 것에도 흥미를 잃고 인생의 모든 것을 풍자적인 반농담으로밖에는 보지 않는다고 그녀는 생각하고 있었다. 그러나 지금 테이블을 사이에 두고 그와 마주앉자, 그도 드디어 농담만으로 넘길 수 없는 뭔가를 지독히 진지하게 생각하고 있음이 속속들이 느껴졌다.

"아무리 내가 이렇게 못난 꼴을 하고 있을 만큼 교양이 없다고 하더라도 당신까지 밤술을 마셔서는 안 된다는 법은 없겠지." 그는 말했다. "한잔 따를까?"

"나는 술 마시고 싶은 게 아니에요." 말하는 그녀의 투가 어색했다. "무슨 소리가 들리길래 내려온…….”

“들렸을 리가 없지. 내가 돌아온 줄 알았으면 당신이 뭐하러 내려왔겠어. 난 여기서 당신이 2층에서 부지런히 걸어다니는 소리를 듣고 있었어. 술이 마시고 싶어 못 견뎠겠지. 마셔.”

“난 술 같은 건…….”

그는 술병을 집어들고 위태로운 솜씨로 찔끔찔끔 흘리면서 유리잔 가득 따랐다.

“마셔.” 그는 술잔을 그녀의 손에 난폭하게 밀어 주었다. “덜덜 떨고 있잖아. 그렇게 체면 차릴 거 없어. 당신이 가끔 몰래 마시는 것도, 꽤 마신다는 것도 알고 있으니까. 훨씬 전부터 나는 공연히 체면 차릴 것 없이 마시고 싶을 때는 떳떳이 마시는 것이 어떠냐고 당신에게 말할 생각이었어. 브랜디가 좋으면 그걸 마셔도 좋아.”

그녀는 입속으로 그를 저주하면서 젖은 글라스를 집어들었다. 그는 그녀의 마음속을 마치 책을 읽듯이 읽고 있는 것이다. 그는 언제나 그녀의 마음을 들여다보고 있었다. 그런데도 그녀는 세상에서 그에게만은 자기의 진정한 생각을 숨기고 싶었던 것이다.

“마시란 말이오.”

그녀는 유리잔을 집어들자 제럴드가 언제나 물 안 탄 위스키를 마실 때면 하던 것처럼, 손목은 움직이지도 않고 팔을 번쩍 들어 단숨에 들이켰다. 그것이 얼마나 익숙하고, 보기 흉한 것인지 스스로 생각하기 전에 다 마셔 버렸던 것이다. 그는 그 마시는 모양을 놓치지 않고 보다가 입을 일그러 뜨리며 빙그레 웃었다.

“앉지. 그리고 오늘 밤의 아름다운 연회에 대해서 유쾌한 가정적인 토론이라도 나누는 게 어때.”

“당신은 취했어요.” 그녀는 쌀쌀하게 말했다. “난 이제 그만 자겠어요.”

“난 무척 취했어. 오늘 밤은 아주 흠뻑 취해 볼 생각이야. 그러니까 당신은 자면 안 돼. 아직 일러. 자, 앉으라구.”

그의 목소리에는 평소의 그 침착하고 가라앉은 투가 얼마쯤 남아 있었으나, 그 뒤에는 무서운 격렬함이 머리를 쳐들려고 몸부림치고 있는 것을 그녀는 느꼈다. 그것은 채찍의 울림과도 같은 잔인한 격렬함이었다. 그녀가 결심이 서지 않아 머뭇거리자 옆으로 다가온 그가 아플 정도로 그녀의 팔을 잡았다. 게다가 그 팔을 가볍게 비틀었으므로 그녀는 아파서 가늘게 비명을 지르고 얼른 자리에 앉았다. 무서웠다. 이렇게 무서운 것은 난생처음이었다.

그가 그녀에게 몸을 굽혔을 때, 레트의 얼굴은 검붉게 충혈되고 눈은 여전히 위협하듯 번득이고 있었다. 그 눈 저쪽 밑바닥에는, 그녀에게는 보이지도 않고 이해되지도 않는 뭔가가 노여움보다도 더 깊고 고통보다도 더 강렬한, 그의 눈을 한 쌍의 석탄덩이처럼 새빨갛게 불타게 할 것만 같은 뭔가가 숨어 있었다. 그는 오랫동안 말없이 그녀를 내려다보았다. 너무 오래 내려다보고 있으므로 처음에는 지지 않을 마음으로 마주 보던 그녀도 머뭇거리면서 눈을 내리깔고 말았다. 그러자 그는 맞은쪽 의자에 털썩 주저앉아 다시 자기 유리잔에 술을 따랐다. 그녀는 방어선을 쳐 두려고 급히 이것저것 생각했다. 그러나 그가 뭔가 말을 꺼내기 전에는 어떻게 공격해올 것인지 똑똑히 알 수 없기 때문에 뭐라고 해야 좋을지 갈피가 잡히지 않았다.

그는 유리컵 너머로 그녀를 지켜보며 천천히 술을 마셨다. 그녀는 떨지 않으려고 신경을 곤두세웠다. 한참 동안 그의 얼굴에는 아무런 표정의 변화도 일어나지 않았으나, 이윽고 그녀에게서 눈길을 떼지 않은 채 갑자기 웃음을 터뜨렸다. 그 웃음소리를 듣자 그녀는 더 이상 떨리는 자신을 참을 수가 없었다.

"재미있는 희극이었어, 오늘 밤은. 안 그래?"

그녀는 아무 말도 못하고 떨리는 것을 참으려고 헐거운 실내화 속에서 발끝을 오므리고 있었다.

"배우는 갖춰 있겠다, 정말 재미있는 희극이었어. 잘못을 저지른 여자에게 돌을 던지려고 온 마을 사람이 모였지. 여편네가 서방질을 한 사내는 신사인 척 여편네를 감싸 주고, 서방이 바람을 피운 여편네는 기독교 정신으로 중간에 들어서서 한 점 나무랄 데 없이 모든 걸 잘 처리해 버렸어. 그리고 그 서방놈은······."

"제발 부탁이니······."

"부탁은 받고 싶지 않아. 오늘 밤은 재미있었거든. 그리고 그 샛서방이란 놈은 등신 같은 표정으로 차라리 죽었으면 하고 있었어. 어때, 만약 당신이 미워 견딜 수 없는 여자를 옆에다 세워 두고, 그녀의 죄를 숨겨 주려고 한다면 어떤 심정일까? 앉아."

그녀는 앉았다.

"그러면 당신 역시 그런 여자에게는 호의가 안 가겠지. 당신은 그녀가 당신과 애쉴리 사이의 사실을 완전히 알고 있는지 아닌지 반신반의하고 있을 거야. 알고 있다면 어떻게 그럴 수가 있을까, 이해가 가지 않겠지. 다만 자기 체면을 지키기 위해서 한 것일까, 그렇게도 생각하겠지. 그 덕택에 당신이 상처를 입지 않고 끝났다 하더라도 그런 행동을 하다니, 그녀가 바보라고 당신은 생각할 거야."

"그런 소리 듣고 싶지 않아요."

"아니, 당신은 들어야지. 이건 당신의 고민을 가볍게 해 주려는 생각에서 말하고 있는 거니까. 멜라니 씨는 바보야. 하지만 당신이 생각하고 있는 종류의 바보는 아니야. 누군가가 그녀에게 일러바친 것은 분명하지만, 그녀는 그것을 믿지 않은 거야. 설령 자기 눈으로 봤더라도 그녀는 믿지 않을 거야. 그녀에게는 강한 자존심이 있기 때문에 자기가 사랑하는 사람의 불명예를 인정할 수 없는 거야. 애쉴리 윌크스가 그녀에게 어떻게 거짓말했는지는 모르지만, 사실은 어떤 서툰 거짓말이라도 상관없어. 그녀는 애쉴리를 사랑하고 있고, 당신을 사랑하고 있으니까. 왜 당신을 사랑하는지 나는 전혀 알 수 없지만 어쨌든 당신을 사랑하고 있어. 이건 말하자면 당신이 짊어지고 있는 십자가 중의 하나지."

"당신이 그렇게 취해서 모욕적인 말만 하지 않는다면 자초지종을 얘기할 텐데." 스칼렛은 다소 위엄을 회복하고 말했다. "그러나 지금은……."

"당신의 변명 같은 거 흥미 없어. 나는 당신보다 진상을 더 잘 알고 있으니까. 알겠소, 그 의자에서 다시 한 번 일어나 보지 그래. 그러면……. 그리고 오늘 밤 희극보다 더 재미있게 생각되는 것은, 내가 많은 죄를 범했다고 해서 침실의 쾌락을 굳은 정조로 거절하면서, 마음속으로는 애쉴리 윌크스와 간음하고 있었다는 사실이야. 마음으로 간음한다. 좋은 글귀 아니야? 그 책에는 좋은 글귀가 잔뜩 있거든."

'어떤 책일까, 무슨 책을 말하는 걸까?' 그녀는 미칠 듯한 눈으로 방 안을 둘러보고, 묵직한 은그릇이 희미한 불빛 속에서 유난히 부옇게 번쩍이고 있다든가, 방 저쪽 구석이 무섭게 어둡다든가, 엉뚱한 일들을 얼빠진 듯 마음속으로 부지런히 생각했다.

"내 추잡한 욕구가 너무 지나쳐 점잖은 당신으로서는 다 응할 수 없다느니, 이젠 더 이상 아이를 낳고 싶지 않다느니, 그런 이유로 나는 침실에서 밀려나고 말았어. 지독하게 기분 나빴지! 나를 내치다니. 그래서 나는 밖으로 나가 쾌락의 위안을 찾으며 당신의 점잖은 몸에는 손도 대지 않고 있었어. 그런데 당신은 그 시간을 참을성 있는 윌크스를 쫓아다니는 데 쓰고 있었어. 빌어먹을 놈! 그를 괴롭히던 게 뭘까? 그는 아내에 대해 정신적으로는 충실할 수 없고, 육체적으론 배반할 수 없었지. 왜 그는 결심을 못하는 걸까. 당신은 그의 아이라면 낳기 싫다고는 하지 않을 텐데. 그리고 그것을 내 아이라고 떠맡기는 것도 말이야."

그녀는 비명을 지르며 벌떡 일어났다. 그도 그녀의 피를 얼릴 것 같은, 언제나 버릇인 낮은 웃음소리를 내며 날쌔게 의자에서 일어섰다. 그리고 크고 갈색 손으로 그녀를 의자에 도로 앉히고 그녀에게로 몸을 숙였다.

"이 손을 봐." 그는 말하고 그녀의 코앞에 손을 오므려 보였다. "나는 이 손으로 힘도 안 들이고 당신을 갈기갈기 찢어 놓을 수 있어. 만일 그것으로 당신의 마음에서 애쉴리를 끌어낼 수만 있다면 해보일 거야. 하지만 그것은 불가능해. 그래서 나는 당신의 마음에서 그놈을 이렇게 쫓아내려 하고 있어. 이렇게 말이야. 당신의 머리 양쪽에 이렇게 두 손을 대고 눌러서 당신의 두개 골을 호두처럼 부숴 버리고 마는 거야. 그러면 그놈도 사라져 없어지겠지."

그는 애무하듯 그녀의 탐스러운 머리칼 속에 손을 넣고 힘을 꽉 주어 얼굴을 위로 젖혔다. 그녀는 마치 생판 남인 것처럼 그의 얼굴을 쳐다보았다. 그것은 술에 잔뜩 취해 혀꼬부라진 소리를 하는 전혀 다른 타인의 얼굴이었다.

그녀는 아직 동물적인 용기까지는 잃지 않고 있었다. 그래서 위기에 맞닥뜨리자 그 용기가 혈관에 세차게 되살아났다. 그녀는 등을 바로세우고 날카로운 눈초리로 노려보았다.

"바보 같은 주정뱅이, 손을 놓아요!" 그녀는 말했다.

뜻밖에 쉽게 손을 놓은 그는 테이블 끝에 가 앉아 다시 자기 유리잔에 술을 따랐다.

"나는 언제나 당신의 용기에 감탄하고 있지만, 이런 막다른 골목에 몰린 지금처럼 감탄한 적은 없어."

그녀는 실내복을 단단히 여몄다. 아, 내 방으로 돌아가서 튼튼한 문에 자물쇠를 걸고 혼자 있을 수만 있다면. 어떻게든지 그의 창끝을 피해서 거꾸로 이쪽에서 궁지로 몰아넣어 항복을 하도록 만들어야겠다. 레트가 이러는 것은 아직 본 일이 없다. 그녀는 떨리는 무릎을 보일세라 천천히 일어나 가운의 허리께를 단단히 여미고 얼굴에 흐트러진 머리칼을 쓸어넘겼다.

"막다른 골목에 몰리다니 무슨 소리예요." 그녀는 비웃듯 말했다. "레트 버틀러, 당신 같은 사람에게 쫓기거나 위협받을 내가 아니에요. 당신은 한낱 주정뱅이 짐승에 불과하잖아요. 못된 계집만 상대하고 있으니까 추잡한 것밖에 이해가 되지 않는 거예요. 애쉴리나 나를 이해할 수는 없어요. 더러운 생활을 너무 오래 해왔기 때문에 더러운 것밖에는 아무것도 모르는 거예요. 당신은 이해하지 못하는 걸 질투하고 있는 거예요. 그럼 잠이나 자요."

그녀는 태연히 돌아서 문 쪽으로 걸어갔지만, 폭발하는 듯한 웃음소리에 자기도 모르게 걸음을 멈췄다. 돌아보니 그가 비틀거리며 방을 가로질러 그녀에게로 다가왔다. 제발 그 무서운 웃음만 그쳐 준다면! 이런 때 웃다니, 뭐가 그렇게 우습다는 건가. 그가 다가오는 서슬에 문 쪽으로 뒷걸음을 치다가 벽에 부딪치고 말았다. 그는 그녀에게 덥석 손을 얹어, 그 어깨를 벽에 밀어붙였다.

"웃지 마세요."

"내가 웃는 것은 당신을 무척 불쌍하게 생각하기 때문이야."

"불쌍해요, 내가? 당신이야말로 불쌍하죠."

"아니, 맹세코 나는 당신이 정말 불쌍해. 내 귀여운 바보야. 그게 귀에 거슬려? 웃는 것도, 동정을 받는 것도 견딜 수 없단 말이지."

그는 웃음을 그치고, 그녀의 어깨를 아플 정도로 무섭게 눌렀다. 그의 얼굴 표정은 변해 있었다. 더욱 바싹 다가서자 위스키 냄새가 혹 끼쳐 그녀는 얼굴을 돌렸다.

"내가 질투한다고?" 그는 말했다. "질투하면 안 되나? 그래, 애쉴리 윌크스를 질투하고 있어. 그게 잘못이란 말이야? 아아, 굳이 변명하려 할 건 없어. 당신이 육체적으로 내게 충실하다는 건 알고 있어. 당신이 말하려는 게 그거지? 그거라면 처음부터 알고 있었어. 지금까지 죽 말이야. 어떻게 내가 아느냐고? 나는 애쉴리 윌크스란 인물을 알고 있고 그의 바탕을 알고 있기 때문이야. 그가 존경할 만한 신사라는 건 잘 알고 있어. 그리고 당신이나 나를 위해서 말할 수 있는 것보다 더 알지. 그런데 우리는 신사도 아니거니와 명예심 같은 것도 전혀 가지고 있지 않아. 그래서 우리는 울창한 월계수처럼 번성하고 있는 거야."

"가게 해 줘요. 이런 곳에서 모욕당하기는 싫어요."

"모욕하는 게 아냐, 당신의 육체적인 정절을 칭찬하고 있는 거야. 이 점에 있어서는 일찍이 나를 속인 일은 한 번도 없었어. 그런데 당신은 남자를 그런 얼간이로 생각하지, 스칼렛. 당신의 지기 싫어하는 천성과 머리가 좋다는 것을 과소평가해 보았자 아무 소용도 없어. 그리고 나는 얼간이가 아니야. 당신이 내 팔에 안겨 있으면서 나를 애쉴리 윌크스라고 생각하고 있는 것쯤은 나도 훤히 알고 있었어."

그녀는 입을 딱 벌렸다. 그 얼굴에는 공포와 놀람이 역력히 나타나 있었다.

"유쾌한 이야긴데 이건. 아니 약간 괴담같기도 해. 두 사람뿐이라고 생각하는 침대에 셋이 자고 있는 셈이니까."

그는 딸꾹질을 하면서 경멸하는 듯한 엷은 웃음을 띠고 그녀의 어깨를 아주 가볍게 흔들었다.

"아니, 사실은 당신이 내게 정조를 지켜 온 것도 결국은 애쉴리가 당신을 자기 것으로 만들려고 하지 않았기 때문이야. 그러나 당신의 몸뚱이 같은 건 그에게 줘 버려도 아깝지 않아. 육체 따윈, 더구나 여자의 육체 따윈 시시한 거니까. 하지만 당신의 마음과 당신의 귀중한, 굳세고 원칙 없고 완강한 정신만은 그에게 주고 싶지 않아. 그가 바라고 있는 것은 어리석게도 당신의 정신이 아니야. 그러나 내가 바라는 것은 당신의 몸뚱이가 아니야. 여자의 몸뚱이라면 싸게 살 수 있어. 내가 바라는 것은 당신의 정신과 당신의 마음이란 말이야. 하지만 나는 그것을 절대로 손에 넣을 수 없을 거야. 당신이 애쉴리의 마음을 절대로 잡을 수 없는 것과 마찬가지로. 그러니까 당신이 불쌍하다는 거야."

공포와 어리둥절함에 싸여 있으면서도 그의 비웃음이 찌르는 듯이 아팠다.

"불쌍하다고요? 내가?"

"그래. 당신이 너무 어리기 때문에 불쌍한 거야. 스칼렛. 당신은 달을 갖고 싶어 울고 있는 어린애와 같아. 달을 얻었다고 어린애가 그걸 어떻게 하겠어. 당신이 애쉴리를 어떻게 하겠어? 정말 당신이 가엾어. 두 손으로 행복을 내던져 놓고는 결코 행복해질 수 없는 것을 바라고 손을 내밀고 있는 것을 보면 가엾은 생각이 들어. 비슷한 사람끼리 좋아하지 않고는 행복해질 수 없다는 것을 모르는 당신의 어리석음이 가엾어. 만일 내가 죽고, 멜라니 씨도 죽어서, 당신의 아끼고 존경하는 애인을 손에 넣었다면 당신이 그와 행복해질 수 있으리라고 생각하나? 절대로 아니지! 당신은 절대로 그를 이해할 수 없어. 그가 생각하고 있는 것도 절대로 몰라. 당신에게 음악이니, 시니, 책이니 그 밖에 달러나 센트 말고 다른 것은 전혀 이해가 안 가는 것처럼 그를 절대로 이해할 수 없어. 그런데 말이야, 내 사랑하는 아내여, 우리는 당신이 반만이라도 기회를 준다면 지극히 행복해질 수 있어. 우리는 비슷한 사람들이니까. 우리는 둘 다 악당이야. 스칼렛. 우리가 원해서 얻지 못할 것은 하나도 없어. 우리는 행복하게 되려고만 하면 행복해질 수도 있어. 나는 당신을 사랑하고 있고, 스칼렛, 나는 당신이라는 인간을 뼛속까지 알고 있어. 이건 애쉴리가 도저히 흉내도 못내는 거야. 만일 그가 당신의 정체를 알면 당신을 경멸하고 말 거야……. 하지만 당신은 자신이 이해하지 못하는 사나이를 한평생, 달을 갖고 싶어하듯이 쫓아다니겠지. 그리고 나는 여전히 매춘부를 뒤쫓아다니겠지. 그래도 나는 우리가 세상의 보통 부부들보다 원만히 지내리라고 감히 말하는 거야."

　그는 갑자기 손을 떼고는 헤엄치듯 술병 있는 쪽으로 돌아갔다. 잠시 동안 스칼렛은 뿌리라도 내린 듯 꼿꼿이 서 있었다. 여러 가지 생각이 마음속을 어지러울 정도로 들락거려 그 하나하나를 붙들고 살펴볼 틈도 없었다. 레트는 그녀를 사랑한다고 했다. 정말일까? 아니면 그냥 술취한 기분에 한 말일까. 아니면 늘 하는 무서운 농담 가운데 하나일까. 그리고, 애쉴리, 달, 달을 갖고 싶어 울고 있다고. 그녀는 악마에게라도 홀린 듯 재빨리 어두운 복도로 달려나왔다. 아, 빨리 내 방으로 돌아갈 수 있다면! 뒤꿈치를 잘못 밟아 실내화가 반쯤 벗겨지려 했다. 걸음을 멈추고 미친 듯 그것을 차던지려고 하는데, 레트가 인디언처럼 날쌔게 달려와서 어둠 속에 그녀와 나란히 섰다. 그의 뜨거운 숨결이 얼굴에 확 끼쳐 왔다. 그는 실내복 밑으로 거칠게 그녀의 맨살을 껴안았다.

"당신은 애슐리를 뒤쫓아다니면서 나를 거리로 내쫓았어. 맹세코 오늘 밤만은 내 침대에서 단둘이 지내는 거야."

그는 번쩍 그녀를 안아올리고는 계단을 오르기 시작했다. 그녀의 머리는 그의 가슴에 눌려 있었으므로 그의 심장의 격렬한 고동 소리가 들렸다. 아플 정도로 끌어안아 숨이 막힐 것 같았고 두려움에 자기도 모르게 비명을 질렀다. 칠흑 같은 어둠 속을 그는 한 발 한 발 계단을 올라갔다. 그녀는 무서워서 미칠 것 같았다. 그는 마치 미쳐 버린 타인 같았다. 그리고 그 어둠은 그녀에게는 방향을 알 수 없는 죽음보다도 더 어두운 암흑이었다. 그녀를 아플 정도로 끌어안고 가는 그는 죽음의 사자처럼 생각되었다. 그녀는 그의 몸에 눌려 비명을 질렀다. 그는 문득 층계참에 멈춰서더니 재빨리 품 안에 든 그녀를 고쳐 안고 몸을 구부려 거칠게 키스했다. 그녀는 자신이 빠져 들어가고 있는 암흑의 세계와 입술을 누르고 있는 그의 입술을 느낄 뿐 다른 것은 모두 마음속에서 씻겨 나가는 것을 느꼈다. 그는 강물에 흔들리기라도 하듯 흔들거리고 있었다. 그의 입술은 그녀의 입에서 차츰 내려와 벌어진 실내복 안의 부드러운 살결을 더듬어 갔다. 그는 뭔가 입속에서 중얼거렸지만 그녀는 하나도 알아듣지 못했다. 그의 입술은 지금까지 한 번도 맛보지 못한 감정을 흔들어 일깨웠다. 자신도 잊어버렸다. 그도 잊어버렸다. 현재의 이 시간 전에는 아무것도 존재하지 않았다. 지금 있는 것은 다만 어두운 세계와 포개어진 그의 입술뿐이었다. 그녀는 말을 하려다가 다시 그의 입술에 막히고 말았다. 갑자기 그녀는 일찍이 경험한 일이 없는 미칠 듯한 전율을 느꼈다. 환락, 공포, 착란, 흥분, 너무도 억센 팔, 너무도 사납게 밀어닥친 입술, 너무도 빨리 변해가는 운명에의 항복이었다. 평생 처음으로 그녀는 자기보다 강한 것, 자기가 위협해도 정복되지 않는 상대자, 자기를 정복하는 것과 대결한 것이다. 어느 틈엔가 그녀의 팔은 그의 목을 안고 있었다. 그녀의 입술은 그의 입술 밑에서 떨고 있었다. 그리하여 다시금 그들은 어둠 속으로, 부드럽고 소용돌이치는 듯한, 모든 것을 감싸 버리는 암흑 속으로 올라갔다.

이튿날 아침 그녀가 눈을 뜨자 이미 그의 모습은 보이지 않았다. 만일 옆에 구겨진 베개가 없었다면 어젯밤 일도 터무니없이 가당찮은 꿈으로밖에 생각되지 않았을 것이다. 그녀는 그것을 생각해 내자 얼굴이 새빨갛게 되어 턱밑까지 이불을 끌어올리고, 햇빛 속에 파묻혀 토막토막 끊겨진 인상들을 마음속에서 이어 보려고 했다.

두 가지 일이 커다랗게 떠올랐다. 몇 년 동안이나 레트와 같이 생활하며, 같이 자고, 같이 먹고, 서로 싸우고 그의 아이를 낳고 그러면서도 아직 그녀는 그라는 인간을 잘 몰랐다. 그녀를 안고 깜깜한 계단을 올라간 남자는, 그런 사나이가 있다는 것을 꿈속에서조차 들어 본 일이 없는 전혀 알지 못하는 남이었다. 지금은 그에 대해 증오를 불러일으키려 해도, 화를 내려고 해도 그것이 안 되었다. 그는 함부로 대하고 그녀를 다치게 하고 미칠 듯한 무서운 하룻밤 내내 그녀를 야수처럼 멋대로 했다. 그런데도 그녀는 그 속에서 환희에 한껏 빠져 있었던 것이다.

아, 얼마나 부끄러운 일인가! 그 뜨겁게 소용돌이치는 암흑을 생각만 해도 움츠러들 것만 같았다. 숙녀라면, 참다운 숙녀라면, 그런 하룻밤을 지낸 다음에는 뻔뻔스레 머리도 들 수 없을 것이다. 그러나 열광적인 쾌감의 추억, 정복당하는 황홀한 감각은 부끄러움보다도 더욱 강렬했다. 평생 처음으로 그녀는 삶을 느꼈고, 애틀랜타를 도망쳐 나온 날 밤 경험했던 그 공포와도 거의 비슷한, 처절하고 적나라한, 그리고 또 북군 병사를 쏘아 죽였을 때의 싸늘한 증오와 비슷한 현기증이 일어날 것 같은 달콤한 정열을 느꼈던 것이다.

레트는 그녀를 사랑하고 있다! 적어도 그는 자기 입으로 그렇게 말했다. 그렇다면 어떻게 그것을 의심할 수 있겠는가? 그가, 그렇게도 냉정한 생활을 함께 해 온 그 야만적인 사람이 그녀를 사랑하고 있다는 것은 정말 이상한 이해하기 힘든, 믿기 어려운 일이었다. 이 뜻밖의 사실에 대해 자기가 어떻게 느끼고 있는지 아직 스스로도 완전히 깨닫지는 못했지만 문득 한 가지 일에 생각이 미치자 그녀는 큰 소리로 웃었다. 그는 그녀를 사랑하고 있다. 그렇다면 결국 그는 그녀의 것이 된 것이다. 그녀는 훨씬 이전에, 어떻게든 수단을 써서 자기를 사랑하게끔 만들리라. 그렇게 되면 그의 거만한 검은 얼굴에 채찍을 휘둘러 굴복시킬 수도 있을 텐데 하고 생각했었으나 지금은 거의 잊고 있었다. 문득 그것을 생각하자 그녀는 커다란 만족을 느꼈다. 밤새도록 그는 그녀를 멋대로 다루었다. 그러나 그녀는 비로소 그의 갑옷 속 약점을 안 것이다. 이제부터 앞으로는 그를 마음대로 휘두를 수 있다. 오랫동안 그녀는 레트의 비웃음에 시달려 왔다. 그러나 이제야말로 그에게 명령을 내려 그녀가 생각한 대로 굴렁쇠 속을 들락날락하게 만들 수 있게 된 것이다.

대낮의 훤한 빛 속에서 그와 얼굴을 다시 마주한다고 생각하자 가슴이 울렁거리는 기쁨과 함께 초조할 정도로 쑥스러움을 느꼈다.

'나 좀 봐. 새색시처럼 흥분하고 있네.' 그녀는 생각했다. '그것도 레트의 생각으로!' 그렇게 생각하자 바보처럼 웃음이 터져나왔다.

그러나 레트는 점심때도 저녁때도 나타나지 않았다. 밤도 깊어 갔다. 긴 밤이었다. 그녀는 밤이 다 샐 때까지 잠을 못 이루고 금방이라도 열쇠 구멍에서 그의 열쇠 소리가 나지 않는가 귀를 기울였다. 그러나 그는 오지 않았다. 다음날도 그에게서 말 한 마디 전해지지 않고 지나갔다. 그녀는 실망과 불안으로 미칠 것같이 되었다. 그녀는 은행 앞을 지나가 보기도 했으나, 거기서도 그의 모습은 보이지 않았다. 가게에 나가서는 모두에게 몹시 쌀쌀하게 대했다. 문이 열리고 손님이 들어올 때마다 가슴을 두근거리며 혹시 레트가 아닌가 얼굴을 들었다. 목재 저장소에 가선 휴에게 신경질을 부렸다. 마침내 휴는 목재더미 뒤로 숨고 말았다. 그러나 여기에도 레트의 모습은 보이지 않았다.

친구들에게 머리를 숙이고, 그를 보지 못했느냐고 묻고 다니기는 싫었다. 하인들에게 물어볼 수도 없었다. 그러나 그들은 뭔가 그녀가 알지 못하는 것을 알고 있는 것이 아닐까 하는 생각이 들기도 했다. 흑인들이란 언제나 무엇이나 알고 있다. 마미는 평소와는 달리 이 이틀 동안은 전혀 입을 떼지 않았다. 한편으로는 스칼렛의 눈치를 살피면서도 아무 말도 하지 않았다. 이틀째 밤이 깊어 가자 스칼렛은 경찰에 가기로 결심했다. 혹시 무슨 사고가 있었는지도 모른다. 말에서 떨어져 어딘가 시궁창에서 꼼짝 못하고 누워 있는지도 모른다. 어쩌면 무서운 상상이지만 죽었는지도 모른다.

그 이튿날 아침, 그녀가 아침을 마치고 방에서 보닛을 쓰고 있으려니까 바쁜 걸음으로 계단을 올라오는 발소리가 들렸다. 힘없이 침대에 주저앉으며 감사해하고 있는데 레트가 들어왔다. 방금 머리를 깎고 수염을 밀고 마사지를 한 듯 말쑥하긴 했지만 술 때문에 눈에는 핏발이 서고 얼굴은 부석부석 부어 있었다. 그는 쾌활한 눈짓으로 그녀를 향해 손을 흔들고 "오, 안녕하시오!" 하고 말했다.

아무런 변명도 없이 이틀씩이나 집을 비우고도 어떻게 남자들은 태연히 말할 수 있을까. 단둘이 지낸 그날 밤의 기억에 어떻게 이렇게도 태연할 수 있을까. 어쩌면 그에게는, 무서운 생각이 그녀의 마음속에 떠올랐다. 어쩌면 그러한 밤이 그에게는 당연한 것은 아닐까. 순간 그녀는 말도 나오지 않고, 그에게 보이려고 했던 아름다운 몸짓이며 미소를 모두 잊어버리고 말았다. 그는 언제나 하는 멋있는 키스를 하기 위해 가까이 오려고 하지도 않고, 불이 붙은 시가를 손에 든 채 빙글빙글 웃으며 그녀를 보고 서 있었다.

"어디에…… 어디에 지금까지 가 계셨어요?"

"시침떼지 마! 지금은 온 시내 사람들이 다 알고 있소. 당신 말고는 다들 알고 있단 말이오. 옛 속담에도 있잖소. '모르는 것은 여편네뿐'이라고."

"무슨 말을 하는 거예요?"

"분명히 그저께 밤이었어. 경관이 벨의 집에 와서 말이야, 그 뒤로……."

"벨의 집이라니! 그, 그 여자 말이군요! 당신은 지금까지 그런 곳에…
…."

"물론이지. 달리 어디 갈 데가 없잖소. 당신은 나 같은 거 걱정도 안 할 거라고 생각했는데."

"당신은 내게서, 바로, 그…… 어쩌면!"

"이봐, 이봐, 스칼렛! 새삼 배신당한 아내처럼 굴지 마시오. 벨에 대해서는 벌써 옛날부터 알고 있었잖아."

"당신은 나하고 그런 일이 있은 다음에……."

"아, 그거." 그는 능청을 떨었다. "하마터면 인사를 잊을 뻔했군. 먼젓번 만났을 때는 실례가 많았습니다. 아시다시피 몹시 취한 데다가, 당신의 그 아름다움에 그만 정신이 혼미해져 버려서 말입니다. 그 아름다움을 하나하나 꼽아야만 할까요?"

그녀는 갑자기 울고 싶어졌다. 침대에 엎어져서 언제까지고 흐느껴 울고 싶었다. 그는 조금도 변함이 없다. 무엇 하나 변한 게 없다. 그가 그녀를 사랑하고 있다고 생각하다니, 그녀는 바보였다. 멍청하게 자기 도취에 빠져 있었던 엄청난 바보였다. 그건 모두 그의 혐오스러운 술취한 기분에 그녀를 벨의 집 계집들처럼 손아귀에 넣고 마음대로 한 것이었다. 그리고 지금 돌아와서는 그녀를 모욕하고 무시하고 손이 닿지 않는 곳에 서 있는 것이다. 그녀는 눈물을 삼키고 기운을 다시 차렸다. 이 사나이에게 그녀가 생각하고 있던 것을 무슨 일이 있어도 절대로 알려서는 안 된다. 만일 안다면 그는 얼마나 웃을 것인가. 아니, 절대로 알려서는 안 된다. 그녀는 힐끗 그를 올려다보았다. 평소의 그 수수께끼 같은 빈틈 없는 빛이 그의 눈 속에 엿보였다. 그녀의 다음 말을 기다리고 있는 것 같은, 그 말이 자기가 예상했던 것과 같은 것이기를 바라는 듯한 날카로운 열기를 띤 것이었다. 그녀가 스스로 못난 것을 하거나, 포악을 부리거나 그가 웃음을 터뜨릴 만한 말을 하기를 고대하고 있는 것일까? 누가 그런 짓을 할 줄 알고! 그녀는 앙칼진 눈썹을 싸늘하게 찌푸렸다.

"난 그저 당신과 그 여자와의 관계가 어떻게 되어 있는지 의심해 본 것뿐이에요."

"의심해 본 것뿐이라고? 왜 내게 물어 당신의 호기심을 만족시키려 하지 않았지? 물었으면 나도 대답해 주었을 텐데. 당신과 애쉴리 월크스 때문에 우리가 침대를 따로 하기로 정한 그날부터 나는 그 여자와 같이 지냈어."

"당신은 뻔뻔스럽게도 그러고 나서 아내인 내게 그런 걸 자랑하시다니."

"설교는 말아 주었으면 좋겠군. 내가 당신의 지불을 책임지고 있는 동안은, 당신은 내가 하고 있는 일에 대해 한 번도 잔소리를 한 일이 없었잖소. 요새는 당신도 알다시피 나도 별로 투자를 하지 않았지만 말야. 그리고 당신이 내 아내라는 점에 대해선데…… 당신은 보니가 태어난 뒤부터 전혀 아내답지 못했어. 그리고 투자 대상으로서도 당신은 그다지 이익이 있는 대상은 아니야, 스칼렛. 벨 쪽이 훨씬 낫지."

"투자라고요? 그럼 당신은 그 여자에게 돈을 대 주고 있군요."

"'계집에게는 장사를 시켜라' 하는 말은 거짓말이 아니거든. 벨은 영리한 여자야. 독립시켜 주려고 했었는데, 자기는 집을 한 채 가질 만한 돈만 있으면 그걸로 충분하다는 거요. 여자가 현금이 조금만 있으면 어떤 기적을 행하는지, 그건 당신도 알고 있잖소. 현재 당신 자신을 보면 돼."

"당신은 그런 여자를 나와 비교하고……"

"오, 당신들은 둘 다 빈틈없는 장사꾼이고 그리고 둘 다 성공했소. 그런데 벨 쪽이 당신보다 질이 좋아. 그 여자는 상냥하고 인간성이 좋으니까 말이오."

"이 방에서 나가지 못하겠어요?"

그는 한쪽 눈썹을 놀리듯 치켜세우고 천천히 문쪽으로 갔다. 어쩌면 자기를 이렇게도 모욕할까, 그녀는 노여움과 고통 속에 생각했다. 그는 고의로 그녀에게 상처를 주고 모욕을 주고 있다. 그런데 그녀는 그가 돌아오기를 얼마나 기다리고 있었던가. 더구나 그동안, 그는 술이 취해 갈보집에서 경관과 악다구니를 하고 있었다고 생각하자 몸부림치고 싶도록 괴로웠다.

"이 방에서 나가고 다시는 들어오지 마세요. 앞서도 그렇게 말하지 않았나요. 당신은 신사가 아니니까 몰랐겠죠. 오늘부터는 이 문에 자물쇠를 잠그겠어요."

"좋을대로."

"잠그겠어요. 그날 밤은 그렇게 취해 가지고 그따위 기분 나쁜 짓을 하고서는……."

"이런, 이런. 조금도 싫어하진 않았잖아!"

"나가 주세요."

"그렇게 걱정하지 않아도 나갈 참이야. 약속해 두지만 두 번 다시 방해는 하지 않을 테니까. 이것이 마지막이야. 그리고 나의 파렴치한 행동이 도저히 견딜 수 없으면 이혼해도 좋다고, 이 말을 당신에게 하려고 생각하고 있었어. 보니만 내게 준다면 나는 아무 말도 하지 않겠어."

"이혼 같은 걸 해서 집안을 더럽히고 싶지는 않아요."

"그래도 멜라니 씨만 죽으면 당장 더럽히고 말 거 아냐. 당신이 정신없이 이혼하고 가는 걸 생각하면 눈이 핑핑 돌 지경이야."

"나가지 못하겠어요?"

"나갈 거요. 나가겠다는 말을 하러 돌아왔으니까. 찰스턴이나 뉴올리언스로, 아니 하여간 아주 먼 데로 여행을 떠나기로 했어. 오늘 떠나."

"어머!"

"보니도 같이 데리고 가겠어. 프리시한테 일용품을 챙기라고 해. 프리시도 데리고 가겠어."

"내 자식을 이 집에서 데리고 나가지 못해요."

"하지만 내 자식이기도 한걸. 부인, 찰스턴에 있는 그 애 할머니를 뵈러

가는 것도 못마땅한가?"

"그 애의 할머니라고요? 무슨 소리를 하는 거예요? 매일 밤같이 술이 취해 벨 같은 계집의 집에도 사양 않고 데리고 갈 당신에게 어떻게 그 애를 같이 보내겠어요!"

그는 시가를 거칠게 집어던졌다. 시가가 양탄자 위에서 마구 연기를 내면서 털이 타는 냄새가 그들에게까지 풍겨 왔다. 아차 하는 순간 그는 성큼성큼 그녀 곁으로 다가왔다. 그 얼굴은 분노로 거무튀튀하게 되었다.

"당신이 남자라면, 지금 그 말 한 마디로 목을 비틀어 놓을 텐데 그렇게 할 수 없으니까 멋대로 지껄이게 내버려 두는 거요. 천벌맞을 소리는 하지 말아. 내가 그 애를, 내 딸을, 그런 곳에 데리고 갈 만큼 사랑하지 않는 줄 아나! 이 멍청아! 당신 같은 게 어머니인 척 점잔을 빼느니 차라리 고양이가 더 어머니답지! 당신이 아이를 위해서 지금까지 대체 해준 게 뭐가 있지? 웨이드나 엘라는 당신을 죽도록 무서워하고 있어. 멜라니 윌크스가 아니었다면 그 애들은 애정이라든가 육친의 정 같은 건 이슬만큼도 모르고 말았을 거야. 그런데 보니는, 나의 보니! 내가 그 애 치다꺼리를 당신 만큼도 못하는 줄 아나? 웨이드나 엘라와 마찬가지로 너 때문에 들볶여서 보니의 마음까지 비뚤어지게 놓아 둘 줄 아나? 어림도 없지! 한 시간 안으로 짐을 꾸리도록 해. 준비가 되어 있지 않으면, 이전 밤처럼 순순히 넘어가지는 못할 테니까, 그런 줄 알아. 나는 말채찍으로 후려갈기는 것이 당신에겐 가장 효과가 있다고 늘 생각하고 있었소."

그녀가 대답을 할 틈도 없이, 그는 홱 몸을 돌려 빠른 걸음으로 나가 버렸다. 그가 복도를 건너 아이들 방문을 여는 소리가 들렸다. 세 아이의 반가워하는 힘찬 목소리가 들렸다. 보니의 목소리가 엘라의 소리보다도 유난히 또렷이 들렸다.

"아빠, 어디 갔었어?"

"귀여운 보니한테 입히려고 토끼 가죽을 가지러 갔었지. 자, 키스를 실컷 해다오, 보니, 그리고 엘라도."

55

"글쎄 언니, 난 언니에게 설명해 달라고 할 생각도 없고 묻고 싶지도 않아요." 멜라니는 그 가냘픈 손으로 스칼렛의 괴로운 듯한 입을 살짝 누르고 딱 잘라 말했다. "우리 사이에 변명이 필요하다고 생각하기만 해도, 언니 자신이나 애쉴리나 나를 모욕하는 일이라고 생각해요. 글쎄, 우리 세 사람은 오랫동안 함께 지내면서 병정처럼 세상과 싸워 온 걸요. 그러니까 우리 사이에 남의 실없는 소문 따위가 들어올 틈이 있다고 언니가 생각한다면, 난 그야말로 수치라고 생각해요. 내가 그런 뜬소문을 곧이들으리라고 생각하세요? 언니와 나의 애쉴리가…… 얼마나 끔찍한 일이에요! 나야말로 이 세상의 그 누구보다도 언니를 이해하고 있다는 것을 모르시겠어요? 언니가 애쉴리나 보나 나를 위해서, 감사한 말을 이루다 할 수 없을 만큼, 자기 자신도 잊고 보살펴 주신 여러 가지 일들, 내 생명을 구해 주신 것부터 우리 한 식구가 굶어 죽지 않게 보살펴 준 것까지 그것들을 내가 잊은 줄로 생각하세요! 언니가 맨발이나 다를 바 없이 물집투성이가 된 손으로 북군의 말 때문에 그늘진 밭두렁을 걸어가던 일이 나는 지금도 또렷하게 생각나요. 그것도 갓난애와 내게 무엇이든 먹을 것을 찾아다 주려는 마음에서 그렇게 해주셨던 일이에요. 그런데 그런 끔찍한 뜬소문을 내가 믿을 줄 아세요? 언니한테서 단 한 마디라도 변명 비슷한 소리를 듣고 싶지 않아요. 스칼렛 오하라. 한 마디도 말이에요."

"하지만……." 스칼렛은 말을 꺼내다가 그만두었다.

한 시간 전 레트는 보니와 프리시를 데리고 시를 떠났다. 스칼렛의 마음에는 여태까지의 치욕과 분노에 쓸쓸함마저 더해 갔다. 애쉴리에 대한 미안한 심정과 멜라니가 감싸 준 일은 더욱 무거운 짐이 되어서 그녀로서는 이미 견딜 수 없게 되었다. 만약 멜라니가 인디어나 아치의 말을 곧이듣고 파티 석상에서 그녀를 나무라거나 적어도 냉담한 눈치라도 보였다면, 스칼렛은 꿋꿋한 태도로 자기의 무기를 모조리 동원해서라도 반격할 수 있었을 것이다. 그러나 지금 이처럼 그녀를 사회적인 파멸로부터 구해 내려고, 믿음와 투지의 광채로 눈을 빛내면서 서슬 시퍼런 칼날처럼 버티고 서서 자기를 두둔하고 있는 멜라니를 생각하면, 모든 것을 털어놓는 이상으로 성실한 것이 없으리라 생각되었다. 그렇다, 타라의 햇빛 밝은 그 현관에서의 가장 처음의 발단에서부터 모든 것을 털어놓아야 했었다.

그녀는 양심에 오랫동안 눌려 있기는 했어도 그래도 아직 마음에 되살아난 강한 가톨릭적인 양심에 쫓겼다. '죄를 참회하는 거야. 그리고 슬픔과 회한으로 속죄하는 거다.' 엘렌은 몇 번씩이나 그녀에게 들려 주었었다. 그리고 지금의 위기에 다다르자 엘렌의 종교적인 교육이 되살아 그녀의 마음을 사로잡았다. 털어놓아야지. 그렇다, 하나하나의 표정에서부터 말 끝에 이르기까지, 몇 번 되지도 않는 그 포옹까지 모든 걸 실토해야지. 그렇게 하면 하느님은 내 고통을 덜게 해주시고 틀림없이 마음의 평안을 되찾게 해주실 것이다. 그러나 속죄를 위해서는, 멜라니의 얼굴이 깊은 사랑과 믿음에서 상상도 할 수 없는 공포와 혐오로 바뀔 무서운 광경을 보지 않으면 안 된다. 아아, 그것은 너무 가혹한 속죄가 아니냐. 앞으로의 일생을, 자기 마음속에 숨기고 있는 보잘것없는 일이나 비열한 일이나 두 얼굴의 배신이나 위선도 멜라니가 다 알고 있다고 생각하면서, 매사에 멜라니의 얼굴을 생각해 가면서 살아가지 않으면 안 된다는 것은 너무나 가혹한 속죄가 아닐까 하고 그녀는 괴롭게 생각했다.

전에는 멜라니의 얼굴을 맞대고 비웃듯이 진실을 털어놓아서 그녀의 어리석은 낙원이 허물어지는 꼴을 마음속에 그려 보는 것이 그녀를 도취시켰다. 그렇게만 된다면 모든 것을 다 잃어도 아까울 게 없다고까지 생각했던 것이다. 그러나 지금은 그것이 하룻밤 사이에 완전히 달라져서 그런 생각은 꿈에도 할 수 없게 되었다. 왜 이렇게 되었는지 그녀는 알 수가 없었다. 그녀의 마음속에는 온갖 생각이 뒤얽혀서 도무지 갈피를 잡을 수가 없었다. 다만 알고 있는 것은, 일찍이 어머니가 자기 자신을 얌전하고 친절하고 순진한 딸로 생각해 주기를 바랐던 것과 마찬가지로, 지금은 멜라니가 자기에 대한 높은 평가를 떨어뜨리지 않았으면 하고 한결같이 바라고 있다는 것뿐이었다. 다만 그녀가 알고 있는 것은 세상에서 자기를 어떻게 생각하건, 또는 애쉴리나 레트가 어떻게 생각하든, 멜라니만은 여태까지의 마음으로 자기를 생각해 주었으면 하는 것뿐이었다.

그녀는 멜라니에게 진실을 털어놓는 것이 두려웠다. 그러나 신기하게도 정직한 그녀의 천성 가운데 하나가 이때 솟아올라왔다. 그것은 자기를 위하여 싸워 준 여자 앞에서는 거짓 가면을 쓰고 있을 수 없다는 마음이었다. 그래서 그녀는 그날 아침 레트가 보니를 데리고 집을 나가자 곧 멜라니에게로 달려왔던 것이다.

그러나 처음에 그녀가 더듬거리면서 "멜라니, 나 이 전날 일을 아무래도 설명하지 않고는……" 하고 말을 꺼내자, 멜라니는 대번에 그녀의 말을 막아 버리고 말았던 것이다. 스칼렛은 사랑과 노여움으로 반짝이는 멜라니의 검은 눈동자를 부끄러운 듯이 들여다보면서, 모든 것을 고백한 뒤의 편안한 마음의 안정은 그녀가 도저히 바랄 수 없는 것임을 알자 마음이 무겁게 잠겨 들어가는 것을 느꼈다. 멜라니는 최초의 한 마디로 스칼렛의 고백을 영원히 봉해 버렸던 것이다. 스칼렛은 본디 어른의 감정 같은 것은 조금밖에는 가지고 있지 않았지만, 그 얼마 안 되는 감정 속에서 괴로운 자기 마음의 무거운 짐을 풀어 놓으려는 것은 너무나 이기적이라는 것을 깨달았다. 자기의 무거운 짐을 벗어 그것을 죄 없는 믿고 있는 사람의 마음에 지워 주려 하고 있는 것이다. 그녀는 멜라니가 자기의 옹호자가 되어 준 데 대해서 은혜를 입었다. 그 은혜에 보답하려면 다만 침묵이 있을 뿐이었다. 멜라니의 남편이 아내를 배신하고, 그리고 멜라니가 사랑하는 친구가 그 상대였다는 끔찍한 일을 알려 줌으로써 멜라니의 일생을 파괴한다는 것은, 은혜에 대한 보답치고는 너무나 잔인하지 않은가!

　'그녀에게는 고백할 수 없다.' 그녀는 비참한 마음으로 생각했다. '절대로 말할 수 없다. 설사 내가 양심의 가책으로 죽을 고통을 겪는다 하더라도.' 그녀는 레트가 술김에 한 말을 엉뚱하게 생각해 냈다. '그녀는 자기가 사랑하는 사람의 명예롭지 못한 일을 인정할 수가 없는 거요……. 이것은 당신이 지지 않으면 안 되는 십자가란 말이오.'

　그렇다. 나는 죽을 때까지 내 십자가를 지고 이 괴로움을 마음속에 굳게 간직하고, 고행자가 걸치는 치욕의 털옷을 입고 앞으로 긴 세월 동안, 멜라니가 상냥한 몸짓을 보여 줄 때마다 그 털옷의 고통을 느끼면서 '그렇게 다정하게 굴지 말아 주어! 나를 위한 싸움은 하지 말아! 나는 그만한 대접을 받을 만한 값어치가 없는 여자야' 하고 외치고 싶은 충동을 영원히 참고 견디어 나가야만 하는 것이다.

　'네가 이처럼 바보가 아니었다면, 이처럼 상냥하고 남을 잘 믿는 순진한 바보만 아니었다면 이토록 괴롭지 않을 텐데.' 그녀는 절망적으로 생각했다. '나는 이제까지 무척 많은 무거운 짐을 졌었지만 이처럼 무겁고 이처럼 괴로운 짐은 앞으로도 아마 없을 거야.'

멜라니는 그녀를 마주 보고 낮은 의자에 앉아 있었다. 발을 마치 어린아이처럼 무릎이 튀어나올 정도로 높이 발판 위에 세우고 있었다. 그녀가 이렇게 꼴사나운 자세를 하는 일은 없었지만, 지금은 그런 것마저도 잊을 만큼 분개하고 있었던 것이다. 손에 뜨개질 실을 가지고 있었으나, 마치 결투에서 긴 칼을 휘두르듯이 빛나는 뜨개질 바늘을 세차게 앞뒤로 움직이고 있었다.

만약 스칼렛이 이 정도로 분개하고 있었다면 틀림없이 발을 동동 구르면서 건강했을 당시의 제럴드처럼 고래고래 소리치면서 인간의 저주받은 불성실과 부도덕의 증인이 되어 달라고 하느님께 호소하고, 피도 얼어붙을 것 같은 복수의 말을 부르짖었을 것이다. 그러나 멜라니는 다만 뜨개바늘을 빛내고 가느다란 눈썹을 찌푸릴 뿐으로 내심의 울분을 겨우 나타내는 데 불과했다. 그녀의 목소리는 조용했고, 말수도 여느 때보다도 훨씬 적었다. 그러나 그 말은 평소에 거의 자기 의견이라는 것을 내세워 본 적도 없고 모진 말을 한 번도 입 밖에 낸 적이 없는 멜라니로서는 매우 강한 것이었다. 스칼렛은 윌크스 댁 사람이나 해밀턴 댁 사람도 오하라 댁 사람과 마찬가지로, 아니 그 이상으로 화를 낼 수 있다는 것을 문득 깨달았다.

"세상 사람들이 언니에 대해서 이러니저러니 하는 소리는 이미 넌더리가 날 만큼 들었어요." 멜라니는 말했다. "그 사람들은 언니를 파멸시키는 기회란 이것밖에는 없다고 생각하고 있는 거예요. 그래서 나도 무슨 수를 쓰지 않으면 안 되겠다고 생각하고 있어요. 이런 일이 생긴 것이 모두가 언니를 시기하고 있기 때문이에요. 언니가 무척 영리하고 성공했기 때문이에요. 언니는 많은 남자들이 실패한 일을 성공했거든요. 내가 이런 말을 했다고 해서 언짢게 생각하지는 말아 줘요. 난 남들이 말하듯이, 언니가 여자답지 않다느니, 남자처럼 행동한다느니 그런 말을 한 게 아니에요. 글쎄 그런 건 언니에게는 당치도 않은걸요. 세상 사람들은 언니라는 사람을 이해하지 못하고 있어요. 여자가 똑똑하다는 것이 참을 수 없는 거예요. 하지만 언니가 아무리 똑똑하더라도, 아무리 성공했더라도 사람들이 그런 소리를 해도 좋다는 이유는 될 수 없어요. 언니하고 애쉴리가, 에이, 빌어먹을 것들!"

이 마지막 말은, 이것이 남자의 입에서 나왔다면 대수롭지 않은 욕지거리로 통할 수 있는 그다지 심한 것은 아니었겠지만, 스칼렛은 이런 생각지도 못했던 소리가 멜라니의 입에서 나왔으므로 놀라서 그녀를 바라보았다.

"그리고 아치니 인디어니 엘싱 부인이니 멋대로 그런 더러운 거짓말을 꾸며 가지고 내게로 오다니, 어쩌면 그럴 수가 있어요. 물론 엘싱 부인은 오지 않았어요. 그분에게는 그런 용기는 없었던 거죠. 하지만 그분은 언니가 패니보다 인기가 있으니까 언니를 미워하고 있었던 거예요. 그리고 언니가 휴를 공장 관리에서 밀어냈기 때문에 그것에도 화를 내고 있었던 거예요. 하지만 언니가 그를 내려앉힌 것은 당연해요. 그 사람은 실수만 저지르고 일도 시원찮고 아무 데도 쓸모없는 사람이거든요!"

그러나 휴는 그녀의 어릴 적 소꿉친구였고 처녀시절의 연인이었다. 그래서 이 점은 대강 그 정도로 해 두고, 그녀는 다음으로 넘어갔다.

"아치에 대해서는 내게 책임이 있어요. 그런 쓸모없는 늙은이를 붙들어 놓는 게 아닌데 그랬어요. 모두가 반대하는 것을 내가 듣지 않았던 거예요. 그 사람은 언니가 죄수를 쓴 것 때문에 언니를 미워하고 있었어요. 하지만 그런 말을 하는 그자는 뭐냔 말이에요. 살인범이 아닌가요. 그것도 여자를 죽이지 않았느냔 말이죠. 무던히 돌봐 주었더니 내게 와서 쓸데없는 고자질을 하다니, 애쉴리가 쏘아 죽인대도 그따위 녀석은 불쌍하다고도 생각하지 않아요. 그래서 난 몹시 뼈아픈 소리를 해 주고 쫓아내 버렸어요. 정말이에요. 이젠 이 시에는 없어요. 그리고 인디어로 말하더라도 나빠요! 난 언니와 인디어가 함께 있는 것을 처음 보았을 때부터, 아, 이 애는 언니를 질투하고 시기하고 있구나 하고 눈치를 챘어요. 그도 그럴 것이 언니 쪽이 훨씬 예쁘고, 따르는 남자들도 무척 많았거든요. 그리고 그 애는 스튜어트 탈레턴 일로 한층 더 언니를 미워하고 있는 거예요. 스튜어트에게 그 애가 무척 열을 올렸거든요. 애쉴리의 누이동생을 이렇게 말하는 것은 좋지 않지만, 그래도 그 애는 너무 외곬으로만 생각해서 머리가 어떻게 된 거나 아닌가 하는 생각이 들어요. 이렇게밖에는 그 애가 한 일을 설명할 수 없는걸요…… 난 그 애한테 다시는 이 집에 발을 들여 놓지 말라고 말해 주었어요. 만약 그 애가 이상한 험담이라도 한다면, 난…… 인디어는 거짓말쟁이라고 드러내 놓고 말해 주겠다고 그렇게 말해 두었어요."

멜라니는 입을 다물었다. 그녀의 얼굴에서 노여운 기색이 싹 가시고 짙은 슬픔이 나타났다. 멜라니는 조지아 사람들 특유의 친척들에 대한 충실성을 지니고 있었으므로 집안끼리의 싸움을 생각하면 가슴이 미어지는 것처럼 괴로웠던 것이다. 그녀는 약간 망설였다. 그러나 스칼렛이야말로 그녀에게 가장 소중한 사람이었고, 스칼렛이야말로 제일 먼저 마음에 떠오르는 사람이었다. 그러므로 멜라니는 스칼렛에 대한 신의를 지켜 말을 계속했다.

"그 애는 내가 언니를 제일 사랑한다고 늘 질투하고 있었어요. 나도 그 애를 맞아들이는 집에는 어디든지 절대로 발을 들여놓지 않을 작정이에요. 애쉴리는 내 심정을 이해해 주지만, 뭐니뭐니해도 애쉴리는 슬퍼하고 있는 것 같아요. 자기 누이동생이 그런……."

애쉴리의 이름이 나오자 지칠대로 지친 신경은 마침내 견뎌내지 못했다. 갑자기 그녀는 울음을 터뜨리고 말았다. 무슨 수를 써서라도 그의 마음이 괴롭지 않도록 하고 싶었다. 그녀가 여태까지 한결같이 생각하는 것은 그를 행복하게 하고 편안하게 하는 것뿐이었다. 그런데 사사건건 그를 괴롭혀 주고 있는 것으로밖에 생각되지 않았다. 그의 일생을 파멸시키고, 그의 긍지와 자존심을 짓밟고, 결백했으므로 여태까지 간직할 수 있었던 마음의 평화, 마음의 안정을 부숴 버리고 만 것이다. 그뿐 아니라, 이번에는 그가 그처럼 사랑하던 여동생과의 사이를 갈라 놓고 만 것이다. 스칼렛의 평판과 올케의 행복을 지키기 위해서 인디어는 희생되고 만 것이다. 여태까지는 인디어가 어떤 의심을 하더라도, 어떤 비난을 하더라도 그것은 모두 옳은 것으로 여겨졌지만, 거짓말쟁이에 반미치광이, 질투하는 노처녀가 되고 말았다. 애쉴리는 인디어의 눈을 바라볼 때마다 언제나 거기에 빛나고 있는 진실, 윌크스 집안 사람만이 가지고 있는 진실과 비난과 차디찬 모멸을 보게 될 것이다.

애쉴리가 목숨보다도 명예를 더 소중하게 생각한다는 것을 알고 있는만큼, 스칼렛은 그가 말할 수 없이 괴로워할 게 틀림없다고 생각했다. 그 또 스칼렛과 마찬가지로 멜라니의 치마 그늘에서 보호받지 않으면 안 되었던 것이다. 스칼렛은 그가 이를 감수해야 할 이유도, 그가 오해받고 있는 책임의 태반이 자기에게 있다는 것도 알고 있었지만, 애쉴리가 아치를 쏘아 죽이고 멜라니나 세상 사람들에 대해 모든 것을 털어놓는 편이 훨씬 그를 존경할 수 있을 것이라고 여자다운 생각을 해 보는 것이었다. 그녀는 나쁜 것이 자기임을 잘 알면서도 그런 짓을 자질구레 이것저것 생각하기에는 너무나 비참한 심정이었다. 레트의 가시 돋친 모욕의 말이 몇 마디 생각났다. 그리고 정말로 애쉴리는 이런 소란 속에서 남자답게 행동하고 있는 것인가 하는 의심이 생겼다. 그러자 그를 사랑하게 되었던 맨 첫날부터 그를 둘러싸고 있던 찬연한 광채가 얼마쯤, 뚜렷하게는 알 수 없었지만 조금씩 빛을 잃어 가기 시작했던 것이다. 그녀를 둘러싸고 있는 치욕과 죄악의 어두운 구름이 역시 그의 위에도 끼기 시작했다. 이러한 생각을 떨쳐 버리려고 필사적으로 노력했지만 그렇게 하면 할수록 한층 더 울음이 복받쳐 올 뿐이었다.

"울지 말아요, 울지 말아요!" 멜라니는 뜨개질감을 떨어뜨리고 허둥지둥 소파에 몸을 구부려 스칼렛의 머리를 자기 어깨에 끌어당기면서 말했다. "이런 이야기로 언니를 이렇게 괴롭혀서 미안해요. 무척 괴로웠겠지요. 이제 다시는 이런 이야기는 말도록 해요, 네? 우리끼리도 다른 사람과도요. 아무 일도 없었던 옛날처럼 말이에요. 하지만……." 그녀는 조용한 원망을 품고 말을 이었다. "인디어와 엘싱 부인은 따끔하게 혼을 좀 내줄 작정이에요. 내 남편과 올케에 대해서 거짓말을 할 수 있다고 생각하도록 하는 것은 어처구니없는 일인걸요. 난 그 두 사람을 애틀랜타에서 얼굴을 들지 못하게 해 줄 작정이에요. 그 사람들의 말을 믿거나, 그 사람들을 집으로 초대하거나 하는 사람은 모두가 내 적이에요."

스칼렛은 슬픈 심정으로 앞으로의 긴 세월을 생각해 보았다. 그러자 자기가 여러 대에 걸쳐서 이 도시와 가정을 어지럽히는 불화의 원인이 될 것만 같아서 견딜 수가 없었다.

멜라니는 그 말대로, 이 문제에 대해서는 스칼렛에 대해서도 애쉴리에 대해서도 두 번 다시 꺼내지 않았다. 그들에게만이 아니라, 누구와도 말하지 않도록 하고 있었다. 만약 누군가가 조금이라도 그런 것을 비치면 처음에는 냉담하고 무관심한 체했지만, 언제 어느 때 차게 굳어진 태도로 변할지 모르는 것이었다. 애쉴리를 놀라게 하려던 파티가 끝나고, 레트가 어찌 된 영문인지 모습을 감추어 버리고, 온 시내가 추문과 흥분과 당파 싸움에 정신을 빼앗기고 있는 몇 주일 동안, 멜라니는 스칼렛을 나쁘게 말하는 사람은 그것이 그녀의 오랜 친구이든 친척이든 가리지 않고 절대로 용서하지 않았다. 그녀는 입으로 말하는 대신 단호하게 실천했던 것이다. 그녀는 조개 관자처럼 스칼렛의 곁에 달라붙어서 떨어지지 않았다. 언제나와 같이 아침마다 스칼렛을 가게와 목재 쌓아둔 곳으로 다니게 했고, 자기도 함께 따라다녔다.

오후가 되면 스칼렛을 설득해서 마차로 산책을 시켰다. 스칼렛은 자기 모습을 거리 사람들의 호기심에 찬 눈 앞에 드러내고 싶지 않았지만, 멜라니와 함께 타고 갔다. 방문날에는 스칼렛이 두 해 이상이나 얼굴을 내놓지 않았던 집으로 데리고 가서 상냥하게 그녀를 객실로 밀어넣었다. 그리고 멜라니는 제 눈에 안경식의 열렬한 애정을 얼굴에 드러내면서 놀라서 어리둥절해 있는 그 집 부인들과 이야기를 하는 것이었다.

이런 방문날에는 그녀는 스칼렛을 일찌감치 데리고 가서 으레 다른 손님들이 돌아가버릴 때까지 남아 있곤 했다. 이리하여 모였던 부인들이 공연한 소리를 반재미삼아서 지껄여 대는 기회를 빼앗아 버렸기에 모든 사람들로부터 가벼운 분노를 불러일으키는 결과가 되었다. 이런 방문은 스칼렛에게 있어서는 특히 괴로운 일이었지만 멜라니와 함께 가는 것을 거절할 만큼의 용기는 없었다. 정말로 간통하는 현장을 들킨 것이나 아닌가 하고, 은근히 의심하고 있는 여자들 틈에 앉아 있기는 정말 싫었다. 그 사람들이 멜라니를 사랑하고 있지만 않다면, 또 멜라니의 우정을 잃을까 봐 염려하지만 않는대도, 자기와는 말도 하지 않으리라는 것을 생각하면 배겨낼 수 없는 심정이었다. 그러나 한 번이라도 자기를 손님으로 맞아들인 이상, 이제 그 사람들은 자기를 따돌리지는 못한다는 것을 스칼렛은 잘 알고 있었다.

스칼렛에 대해서 사람들이 생각하고 있는 점의 특징은, 그녀를 변호하건 그렇지 않건 간에 그녀가 결백한지 아닌지를 지금은 거의 문제삼지 않게 되었다는 점이었다. 그녀가 어쨌거나 아무래도 상관없다는 것이 일반적인 사람들의 태도가 되어 있었다. 스칼렛에게는 적이 너무나 많았으므로, 지금은 그녀 편이 되어 주는 사람은 거의 없었다. 이런 추문이 퍼져서 그녀가 상심했는지 아닌지 걱정해 주는 사람마저 전혀 없었다. 그토록 많은 사람이 그녀의 언동에 대해서 분개하고 있었던 것이다. 그런데도 멜라니, 또는 인디어의 마음을 아프게 하지 않으려는 데에는 모두들 여간 마음을 쓰는 것이 아니었다. 이리하여 문제는 오히려 스칼렛을 떠나서, 인디어가 거짓말을 했을까 하는 하나의 의문을 중심으로 소용돌이치기 시작했던 것이다.

멜라니를 편드는 사람들은, 요즘 그녀가 줄곧 스칼렛과 함께 있다는 사실을 의기양양하게 지적했다. 멜라니와 같은 고결한 신조를 갖고 있는 부인이, 죄를 범한 여자, 특히 자기 남편하고 죄를 범한 여자의 처지를 옹호할 리가 있겠는가. 아니, 그럴 수 없다! 인디어는 스칼렛을 미워한 나머지 그녀에 대해서 거짓말을 하고 아치와 엘싱 부인에게 그 거짓말을 믿도록 만든 반미치광이 노처녀인 것이다.

그러나 스칼렛에게 죄가 없다면, 버틀러 선장은 대체 어디로 가버린 것일까? 이것이 인디어를 두둔하는 사람들의 의문이었다. 왜 그는 아내 곁에 머물러서 아내 편이 되어 주지 못하는 것일까? 이것은 풀 수 없는 의문이었다. 그리고 몇 주일이 지나 스칼렛이 임신했다는 소문이 퍼짐에 따라 인디어 쪽 사람들은 만족한 듯이 끄덕거렸다. 버틀러 선장의 아이일 턱이 없다고 그들은 수군거렸다. 오래전부터 부부간에 틈이 벌어져 있다는 것은 일반 사람들에게 알려져 있었다. 오래전부터 부부가 침실을 따로 쓰고 있다는 것이 추문으로서 사람들 입에 오르내리고 있었던 것이다.

이리하여 소문은 파다하게 퍼지고, 온 거리는 물론이고 해밀턴이나 월크스, 버, 휘트먼, 윈필드 친척들까지 두 갈래로 갈라져서 대립하게 되었다. 친척 관계가 되는 사람은 누구든지 어느 한쪽으로 붙지 않으면 안 되었다. 중립 지대라는 것은 전혀 없었다. 멜라니는 침착한 위엄을 가지고, 인디어는 맹렬한 악의를 가지고 저마다 이를 주목하고 있었다. 그러나 친척들은 어느 쪽을 편들던 간에 스칼렛이 이처럼 친척들의 불화를 초래한 원인이 되었음을 원망하고 있었다. 친척들은 아무도 그녀가 그럴 만한 값어치가 있는 여자라고는 생각하지 않았다. 또 어느 편이 되었던 간에 친척들로서는 인디어 때문에 집안의 추한 싸움이 세상에까지 알려져서 애쉴리를 이처럼 추문 속에 말려들게 한 것을 진심으로 한탄했다. 그러나 일단 그녀가 입을 놀려 버린 지금에 이르러서는 멜라니를 아끼는 이들도 그녀와 스칼렛의 편에 선 사람들에 맞서서, 앞다투어 많은 사람이 인디어를 두둔하고 반스칼렛파의 입장을 취했던 것이다.

멜라니와 인디어의 친척 또는 친척이라고 주장하는 사람들은 애틀랜타 시민의 반수를 차지하고 있었다. 사촌, 육촌, 외사촌, 인사로 키스만 하는 게 전부인 먼 사촌이라고 하는 잔가지들이 마구 얽히고설켜 있으므로, 토박이 조지아 사람들 말고는 아무도 누가 어떻게 연줄이 닿아 있는지 전혀 알지 못했다. 그들은 단결심 강한 종족들이어서 일단 유사시에는 친척 개인의 의견이나 행위가 어떻든간에 늘 일심동체가 되어서 외부에 맞서 왔던 것이다. 피티 고모와 헨리 아저씨와의 불화는 여러 해 동안 친척들의 큰 웃음거리가 되어 있지만, 이것을 제외한다면 이 명랑한 친척들 사이에 공공연한 불화 같은 것은 여태까지 하나도 없었던 것이다. 그들은 모두가 침착하고 큰 소리도 내지 않는 겸손한 사람들로서 애틀랜타의 가정에 흔히 있는 애교 있는 입씨름조차 없었던 것이다. 그런데 지금은 두 쪽으로 갈라져서, 십여 촌씩 떨어진 일가붙이들이 애틀랜타 유사 이래 끔찍한 추문 속에서 맞서는 꼴을 드러냈던 것이다. 이쯤 되면 아주 난처한 일이 생기는 법이어서 일가 친척이 아닌 나머지 절반의 애틀랜타 사람들은 이모저모로 신경을 쓰지 않을 수 없게 되었다. 인디어 대 멜라니의 싸움이 나아가서는 사교 단체에까지 번져 사실상의 불화를 더 일으키는 결과가 되었기 때문이다. 희극연구회·남부동맹미망인 고아구원 바느질모임·전사자묘지 미화협회·토요음악회·부인무용협회·청년도서협회 등이 모조리 여기에 말려들었다. 네 교회도 부인 후원 전도단과 함께 이 싸움에 말려들었다. 같은 위원회에 적과 내 편을 함께 넣지 않도록 깊은 주의를 기울여야만 했다.

애틀랜타 부인들은 자기네 방문날의 4시에서 6시까지 스칼렛을 동반한 멜라니와, 인디어와 인디어 편의 친척들이 자기네 객실에서 맞부딪치지나 않을까 하고 조바심을 하고 있었다.

친척 가운데서도 가장 난처한 것은 피티 고모였다. 친척들에게서 사랑받으면서 마음 편하게 지내는 것밖에는 바랄 것이 없는 피티 고모는 이 사건에서는 팔방미인 구실을 하려고 했지만 양쪽 다 이를 용납하지 않았다.

인디어는 피티 고모와 함께 살고 있었는데, 만약 피티 고모가 은근히 속으로 바라고 있었듯이 멜라니 편에 붙는다면 인디어는 이 집을 나가 버릴 것이다. 그리고 그녀가 나가 버리면 가엾은 피티 고모는 어떻게 할 것인가. 그녀는 혼자서는 살 수 없었다. 그러니까 누구든지 다른 사람을 오게 해서 함께 살든가 아니면 집을 처분하고 스칼렛하고 함께 사는 수밖에 없는 것이다. 피티 고모는 어쩐지 버틀러 선장이 함께 살기를 꺼릴 것이라고 느껴졌다. 그렇다면 멜라니와 함께 살면서 보의 방이었던 옹색한 아이들 방에서라도 자지 않으면 안 된다.

피티 고모는 그다지 인디어를 좋아하는 편은 아니었다. 인디어의 부드럽지 못한 외고집과 남에게 양보할 줄 모르는 거센 성미에 골치를 앓고 있었기 때문이다. 그러나 인디어도 피티 고모가 마음 편한 생활을 해나가는 데에는 간섭하지 않았고, 피티 고모는 언제나 도덕적인 문제보다도 생활의 편의를 첫째로 꼽고 있었으므로 마음에 맞지도 않는 인디어와 함께 살고 있었던 것이다.

그러나 인디어가 이 집에 있다는 사실이 피티 고모로서는 마치 폭풍 한복판으로 끌려든 것이나 다름이 없었다. 스칼렛도 멜라니도 그것을 피티 고모가 인디어 편이 되어 있는 것으로 알았기 때문이다. 스칼렛은 인디어가 한 지붕 밑에 살고 있는 한은 이 이상 생활비를 원조할 수는 없다고 매정하게 거절했던 것이다. 애쉴리는 매주 인디어에게 생활비로 돈을 보내 주었는데 그것을 인디어는 아주 거만스럽게 잠자코 되돌려 보냈다. 이것은 피티 고모를 두렵게 만들고 불안하게 했다. 이 붉은 벽돌집의 살림은 만약 헨리 아저씨의 주선이 없었던들 아주 처량한 꼴이 되었을 것이 틀림없었다. 그래서 피티 고모는 속으로 내키지 않았지만 그에게서 돈을 받지 않을 수 없었던 것이다.

피티 고모는 이 세상에서 자신을 제외하고는 멜라니를 가장 사랑했다. 그런데 그 멜라니는 지금 마치 생판 남처럼 냉담하고 새침한 태도를 취하고 있었다. 그녀는 현재 피티 댁 뒤뜰에 살고 있었지만 여태까지는 울타리를 빠져 하루에도 열 번씩이나 왔다 갔다 하고 있었는데, 사건 이후로는 발걸음을 딱 끊고 말았다. 피티 고모는 그녀를 찾아가서 자기의 사랑과 믿음을 울면서 호소했지만, 멜라니는 언제나 상대하지 않고 그 방문에 대하여 답례도 하려 하지 않았다.

피티 고모는 스칼렛에게 얼마나 신세를 졌는지, 자기가 이렇게 살고 있는 것도 스칼렛의 은혜라는 것을 잘 알고 있었다. 사실 전쟁이 끝나고 피티 고모가 오빠인 헨리를 택하느냐 굶주림을 택하느냐 하는 사태에 맞닥뜨렸던 그 지긋지긋했던 때에 스칼렛은 그녀가 그녀의 집에서 계속 살게 해 주고, 입고 먹을 것을 돌봐 주고, 애틀랜타 사회에서 창피를 당하지 않고 지내도록 해 주었던 것이다. 스칼렛이 결혼해서 따로 가정을 꾸리게 된 뒤로도 여러 가지로 많은 신세를 지고 있었다. 게다가 어쩐지 무서우면서도 어딘가 사람을 이끄는 데가 있는 그 버틀러 선장, 그도 곧잘 스칼렛과 함께 찾아오곤 했는데, 두 사람이 돌아간 뒤면 피티의 책상 위에는 지폐가 꽉 찬 새 지갑이 놓여 있기 일쑤였고 금화를 싼 레이스 손수건이 어느 틈엔가 피티의 바느질

상자에 들어 있기도 했다. 그런데도 레트는 언제나 그 일에 대해서는 전혀 알지 못한다고 시치미를 뗐고, 도리어 피티가 은근히 좋아하는 사람—늘 그렇듯이 수염을 기른 메리웨더 할아버지였다—을 갖고 있음을 퍽이나 점잖지 못한 말투로 그녀를 추궁하곤 했다.

정말이지 피티 고모는 멜라니에 의해서 사랑을, 스칼렛에 의해서 생활의 보장을 받고 있었던 것이다. 그러면 인디어에게서는 무엇을 받고 있었던 것일까? 아무것도 받지 못했다. 다만 인디어가 있으므로 자기의 마음 편한 생활이 파괴되지 않고 무사한 것, 무엇을 하든 자기 의견으로 할 필요가 없다는 것 그것뿐이었다. 그러므로 이번 문제에 있어서는 피티 고모는 정말 골치가 아팠고, 게다가 문제가 입에 담기에는 너무나 추잡한 것이었으므로 태어나서 오늘날까지 한 번도 자기 스스로 의견을 정한 적이 없는 그녀는, 그저 되어가는 대로 내버려 두는 수밖에 도리가 없었던 것이다. 그러나 그 결과로 위안거리 하나 없이 낮이고 밤이고 울면서 지내는 형편이었다.

그러는 동안 마침내 일부 사람들은 스칼렛의 결백함을 진심으로 믿게 되었다. 그녀에게 결백한 증거가 나타난 것이 아니라, 멜라니가 결백한 것을 믿고 있다는 이유에서였다. 진심으로 의심이 사라진 것은 아니었지만, 스칼렛에 대해서 정중하게 되었고 개중에는 찾아가게 된 사람도 있었다. 그러나 이것도 그들이 멜라니를 사랑하고 멜라니로부터 예전처럼 사랑받고 싶어하는 심정에서였던 것이다. 인디어 편 사람들은 냉담하게 머리를 숙일 뿐이었지만, 그 가운데는 드러내 놓고 무시하는 사람도 있었다. 이 점에 있어서는 난처하기도 하고 화도 났지만, 만약 멜라니의 권위와 재빠른 행동이 없었던들 온 시내 사람들이 거들떠보지도 않고 자기는 완전히 돌림쟁이가 되고 말았을 것이라고 생각하면, 스칼렛은 참고 견디는 수밖에 없었다.

56

레트는 석 달 동안 집을 나간 채 스칼렛에게도 아무런 소식조차 없었다. 그녀에게는 그가 어디에 있는지 얼마 동안이나 집을 비워 둘 작정인지 전혀 짐작이 가지 않았다. 사실은 그가 돌아올 것인지 어쩐지도 몰랐던 것이다. 이 석 달 동안 그녀는 장사 일로 여기저기로 돌아다니기는 했지만 마음은 울적해 있었다. 건강도 그리 좋은 편은 아니었지만, 멜라니가 격려해 주는 바람에 매일 가게에도 얼굴을 비쳤고, 공장에도 겉으로는 열심인 것처럼 보이려 하고 있었다. 그러나 여태까지와는 달리, 가게 일이 재미가 없었다. 일은 작년보다 세 배나 많아지고 돈도 쏟아지듯이 들어왔지만 조금도 일에 흥미가 없어서 점원들에게도 쌀쌀맞고 불쾌하게 대할 뿐이었다. 조니 갤러거의 공장은 더욱 번창해서 목재 저장소 쪽도 그의 공장에서 나오는 목재는 모조리 나는 듯이 팔렸지만, 조니의 하는 짓, 하는 말, 그 하나하나가 그녀의 비위에 맞지 않았다. 그녀와 같은 아일랜드 사람의 피가 흐르는 조니는 마침내 그녀의 심한 잔소리에 울화통을 터뜨리고 한바탕 불평을 늘어놓고 나서 "난 손을 떼겠소. 부인, 당신 멋대로 하시오" 하며 그만두겠다고 을러댔다. 그녀는 하는 수 없이 고분고분 그를 달래야만 했다.

그녀는 애쉴리의 공장에는 절대로 얼굴을 비치지 않았다. 목재 저장소 사무실에도 그가 있을 성싶을 때는 가지 않았다. 또 그가 피하고 있는 것도 알고 있었고, 또 멜라니가 부르므로 거절할 수가 없어서 줄곧 그의 집에 가기는 했지만 그것이 그에게는 못내 고통스러운 일이라는 것도 알았다. 단둘이서 이야기를 하는 일은 전혀 없었다. 그러나 그녀는 어떻게 해서든지 그에게 묻고 싶은 말이 있었다. 그는 이제는 그녀를 미워하고 있는 것이 아닐까, 멜라니에게는 뭐라고 이야기했는지, 바로 그것이 궁금했던 것이다. 그러나 그는 절대로 그녀를 가까이하려고 하지 않았고, 입 밖에도 내지 않았지만 그의 태도는 아무 말도 말아 달라고 호소하고 있었다. 뉘우침 때문에 초췌해져서 갑자기 나이 들어 보이는 그의 얼굴을 보면, 그녀의 마음의 짐은 한층 더 무거워지는 것이었다. 그의 공장이 매주 계속해서 손해를 보고 있다는 것도 그녀의 마음을 더욱 초조하게 했지만, 그것도 입 밖에 내서 말할 수는 없었다.

현재 계속되는 적자 상태에 놓여 있으면서도 그가 도무지 어쩌지 못하는 것도 그녀의 골칫거리였다. 그가 어떻게 하면 좀더 잘할 수 있을 것인지 그녀는 알 수 없었지만, 어쨌든 그로서도 무슨 수를 써야 한다는 것만은 느끼고 있었다. 레트라면 어떻게든 방법을 강구했을 것이다. 레트는 설사 그것이 잘못된 일일지라도 무엇이건 늘 하고 있었다. 그 점에서 그녀는 본의는 아니나마 그를 존경하고 있었던 것이다.

레트와 그리고 레트가 준 모욕에 대한 처음의 노여움이 사라져 버린 지금, 그녀는 차츰 그가 없는 것이 허전해지기 시작했다. 그에게서는 아무런 기별도 없어 날이 감에 따라 더욱더 쓸쓸해져 갔다. 그가 남기고 간 환희, 분노, 실망, 상처받은 자존심 등 마음의 혼란 속에서 견딜 수 없는 우울증이 나타 나서 송장을 쪼아먹는 까마귀처럼 그녀의 어깨에 내려앉은 것이다. 그가 그 리워서 견딜 수 없게 되었다. 커다란 소리로 웃지 않고는 배길 수 없을 것 같은 여러 가지 희한한 이야기를 익살맞게 떠들어 대던 모습, 부질없는 고민 따위는 순식간에 날아가 버릴 것 같은 익살까지 그립게 생각되었다. 그중에 서도 가장 쓸쓸하게 느껴지는 것은 그에게 여러 가지 일을 이야기할 수 없다 는 것이었다. 레트는 남의 이야기를 잘 들어 주는 점에 있어서는 정말 그만 이었다. 그에게라면 허연 이를 드러내고 있는 세상 사람들을 자기가 어떻게 감쪽같이 속여 넘겼는지 부끄러운 줄도 모르고 신이 나서 이야기할 수도 있 었다. 그 점에 대해서 그는 언제나 갈채를 보내 주었던 것이다. 다른 사람에 게 만약 이런 말을 조금이라도 한다면 놀라 자빠지고 말 것이다.

레트와 보니가 없는 것이 가슴에 사무치도록 허전했다. 보니가 없는 것이 이처럼 허전하리라고는 정말 생각지도 못했다. 레트가 웨이드와 엘라에 대 해서 마지막으로 남긴 뼈아픈 말이 생각나서, 공허한 시간을 그 두 아이들로 채워 보려고 했으나 도저히 불가능했다. 레트가 아이들에게 말하고, 아이들 이 거기에 응하는 광경을 생각해 보았을 때, 그녀는 비로소 쓸개처럼 쓰디쓴 놀라운 사실을 이제 뚜렷이 알게 되었다. 어느 아이나 갓 낳았을 무렵, 마침 그녀는 돈 문제로 몹시 바빴고 무척 속을 끓이느라 마음이 거칠어져서 아무 것도 아닌 일에 대번에 짜증을 부리곤 했으므로 아이들의 믿음과 사랑을 얻 을 수 없었던 것이다. 그러나 이제는 이미 때가 늦고 말았다. 게다가 또 그 들의 숨겨진 조그마한 마음속으로 파고들어갈 만한 끈기도 지혜도 그녀에게 는 없었다.

엘라! 엘라가 머리 나쁜 아이라고 생각하는 것은 스칼렛에게 있어 고민거 리였는데, 확실히 엘라는 좀 모자랐다. 작은 새가 가지에서 가지로 바쁘게 날아다니듯이 엘라의 마음은 언제나 한 가지 일에 머물러 있지 못했다. 스칼 렛이 이야기를 들려 주고 있을 때에도 엘라의 마음은 곧 어린애답게 옆길로 새 버려서 이야기와는 아무 상관도 없는 것을 묻거나 해서 이야기를 멈추게 했다. 그리고 스칼렛이 그 대답을 해 주려고 했을 때는 벌써 자신이 무엇을 물었던가도 잊어버리고 마는 형편이었다. 그리고 웨이드 쪽은 아마도 레트의 말이 옳을 것이다. 틀림없이 웨이드는 그녀를 무서워하고 있는 것 같았다. 아무래도 이상한 일로서 그녀에게는 고통스럽게 느껴졌다. 왜 내 자식이, 그것도 단 하나밖에 없는 아들이 나를 무서워하는 것일까. 그녀가 무슨 이야기에 끌어들이려고 하면 웨이드는 찰스를 그대로 닮은 마음 여려 보이는 다갈색 눈으로 어머니를 보면서 난처한 듯이 발을 꼼지락꼼지락했다. 그러나 멜라니하고라면 그는 얼마든지 떠들어 대면서, 주머니에서 낚싯밥 지렁이에서부터 낡은 실에 이르기까지 하나도 남김없이 죄다 꺼내 보이기도 하는 것이었다.

멜라니는 아이들을 다루는 법을 터득하고 있었다. 그것으로 득을 보려는 속셈이 아니라 어디까지나 순수한 것이었다. 그녀의 아들인 보는 애틀랜타에서도 가장 얌전하고, 가장 귀여운 아이였다. 상대가 어른일지라도 조금도 낯을 가리지 않고, 부르지도 않았는데 스칼렛만 보면 얼른 무릎에 올라앉았으므로, 그녀는 자기 자식들보다도 이 아이와 함께 있는 편이 기분 좋았다. 애쉴리를 똑 닮은 얼마나 아름다운 금발의 소년인가! 웨이드가 보 같기만 해도……. 물론 멜라니가 보를 위해서 여러 가지로 해 줄 수 있는 것은, 그녀에게 아이가 하나밖에 없었고 스칼렛처럼 속을 썩이거나 일을 해야 할 필요가 없기 때문일 것이 틀림없다. 적어도 스칼렛은 자신에 대해서 이렇게 변명하려고 했지만, 솔직히 말하면 마음속으로는 멜라니가 아이들을 좋아하고 한 다스의 아이라도 기꺼이 낳을 것임을 인정하지 않을 수 없었다. 멜라니는 넘치는 사랑을 쏟을 길이 없어서 웨이드와 이웃 아이들에게까지 그것을 부어 주고 있었던 것이다.

어느 날 스칼렛이 웨이드를 데리고 돌아가려고 마차를 멜라니네 집에 대 놓고 현관 앞 좁은 길을 올라가려니까, 틀림없는 그녀의 아들이 싸움터의 함성을 그대로 흉내내어 용감하게 외치고 있는 것이 들려왔다. 웨이드는 집에서는 마치 생쥐처럼 언제나 얌전하기만 했다. 그런만큼 이때의 놀라움을 그녀는 잊을 수가 없었다. 웨이드의 함성에 이어서 보가 용감하게 외치는 소리가 들려왔다. 거실로 들어갔을 때, 두 아이는 나무칼을 휘두르며 소파를 향해서 돌격하는 참이었다. 그녀가 들어가자 두 아이는 얼굴을 붉히며 잠자코 있었다. 그와 동시에 멜라니가 머리핀과 헝클어진 머리를 손질하며 숨어 있던 소파 뒤에서 웃으면서 일어섰다.

"게티스버그 전투예요." 그녀는 설명했다. "내가 북군인데 사정없이 공격을 당하는 중이었어요. 이쪽이 리 장군" 하고 보를 가리키고 "이쪽이 피켓 장군" 하며 웨이드의 어깨에 손을 얹었다.

정말이지 멜라니는 아이들에 대해 스칼렛으로서는 도저히 짐작할 수도 없는 방법을 알고 있는 것이다.

'하지만 적어도 보니만은 나를 사랑하고 나하고 놀기를 좋아한다.' 그녀는 생각했다. 그런데도 마음속으로는, 보니가 자기보다도 레트 쪽을 비교도 안 될 만큼 좋아한다는 것을 인정하지 않을 수 없었다. 게다가 아마 두 번 다시 보니는 만나지 못하게 되는 것이 아닐까, 설마 그런 일이야 없으리라는 것을 알지만, 어쩌면 레트는 페르시아나 이집트에라도 가 버려서 거기서 영주할 작정인 것은 아닐까 하고 걱정이 되기도 했다.

미드 의사에게서 임신했다는 소리를 들었을 때, 그녀는 소스라치게 놀랐다. 화증이 심해졌다든가, 신경이 과로했다든가, 그러한 진단을 예상하고 있었기 때문이다. 그러나 그 격렬했던 하룻밤 일을 생각하자 그녀의 얼굴은 새빨개졌다. 틀림없이 그 환희의 절정에서 아이가 들어서고 만 것이리라. 그때의 황홀했던 기억은 그 뒤의 사건 때문에 이미 거의 잊어가고는 있었지만, 그래도 그녀는 처음으로 아이를 낳는다는 데에 대해서 기쁨을 느꼈다. 사내아이라면 얼마나 좋을까. 그것도 웨이드 같은 겁많은 아이가 아니라 건강한 사내아이라면 얼마나 귀여워해 줄까. 이제는 정성을 들여서 돌봐 줄 겨를도 있고 그 아이의 장래에 아무런 불안도 주지 않을 만한 돈도 있으니 얼마나 행복해질까! 그녀는 찰스턴에 있는 레트의 어머니편으로라도 그에게 편지를 해서 이 사실을 알려 주고 싶었다. 그렇다, 지금이야말로 그에게 돌아와 달라고 해야 한다. 만약 아기를 낳게 될 때까지 그가 돌아오지 않기라도 한다면! 그러나 돌아오지 않을 이유 같은 것은 생각할 수 없었다. 그러나 만약 그에게 편지를 보낸다면, 그는 아마도 자기가 돌아오기를 고대하고 있다는 것을 알고 손뼉 치며 좋아할 것이 뻔하다. 그러긴 싫다. 애타게 기다리고 있다고 생각하게 하는 것은 절대로 싫었다.

찰스턴의 폴린 이모로부터 편지를 받고 비로소 레트의 소식을 알았을 때, 그녀는 편지를 보내지 않기를 잘했다고 생각했다. 레트는 어머니를 찾아갔던 모양이었다. 폴린 이모의 편지에는 화가 났지만 그가 아직 미국에 있다는 사실을 알고 마음을 놓았다. 레트는 폴린 이모와 율랄리 이모에게 보니를 자랑하려고 데리고 갔던 것이다. 편지는 처음부터 끝까지 보니를 극구 칭찬하고 있었다.

　어쩌면 아이가 그렇게도 예쁘단 말이냐! 크면 기막힌 미인이 될 게다. 하지만 그 아이를 따라다닐 남자는 버틀러 선장하구 한바탕 싸워야 할 것 같더구나. 왜 그런고 하면 그처럼 아이에게 홀딱 빠져 있는 아버지를 나는 본 적이 없기 때문이란다. 지금이니까 바른 말을 한다마는 버틀러 선장을 만나기 전까지는 나는 너의 이번 결혼은 엄청나게 지체가 맞지 않는 천한 남자하고의 결혼일 거라고 생각했었다. 찰스턴에서는 말할 것도 없고, 그 사람에 대해서는 변변한 소문을 들은 사람도 없었고, 모두들 그의 가족을 불쌍하게 생각하고 있기 때문이란다. 사실 율랄리나 나나, 처음엔 그 사람의 방문을 받아들일 것인지 아닌지 망설였단다. 하지만 뭐니뭐니해도 그 귀여운 아기는 우리의 증손녀가 아니겠니? 그가 찾아왔을 때, 우리는 반갑고 정말 기쁜 놀라움을 느꼈단다. 그리고 쓸데없는 뜬소문을 곧이듣는다는 것이 얼마나 기독교 신자답지 못한 것인가를 깨달았단다. 그 사람은 여간 매력적인 인물이 아니었기 때문이란다. 풍채가 아주 좋고, 더구나 매우 착실하고 예의바른 사람이라고 생각되더구나. 게다가 너와 그 아이를 끔찍이 사랑하고 있지 않겠니. 그런데 우리가 들은 어떤 일에 대해서 네게 말해야 하겠구나. 율랄리나 나나 처음엔 그런 것은 믿고 싶지 않았다. 말할 것도 없다. 그것은 네가 케네디가 남긴 가게에 나가서 가끔 일을 하고 있다는 소문이다. 별별 풍문이 다 들렸지만, 물론 우리는 곧이듣지 않았다. 전쟁이 끝난 뒤의 그 무서웠던 초기에는 형편이 형편인만큼, 아마 그것도 하는 수없는 일이라고 생각하고 있었다. 하지만 버틀러 선장은 아주 유복하고 또 네가 하고 있는 장사나 재산을 너를 대신해서 관리하는 것쯤은 넉넉히 할 수 있는 사람이라고 생각되니까 이제는 네가 그런 일을 할 필요는 전혀 없을 것으로 생각되는구나. 우리는 여태까지 귀에 들어온 소문이 사실인지 거짓말인지를 확인하지 않을 수 없었다. 우리로서는 참으로 언짢은 일이었지만, 그래도 버틀러 선장에게 똑똑히 물어 보지 않을 수 없었다. 네가 매일처럼 가게에 나가서, 장부에는 아무도 손을 못대게 한다는 것을 그 사람이 마지못해 이야기해 주더라. 그리고 또 하난지 몇 갠지의 제재소(어느 쪽인지 우리는 처음 알게 된 이 소식에 어찌나 놀랐던지 굳이 물어 볼 수도 없었다)에 네가 흥미를 가지고 있다는 것도 말해 주더구나. 그리고 그 일 때문에 혼자 가든가 불량배를 데리고 가야만 한다더구나. 더구나 그 사나이는 살인범이라고 버틀러 선장은 분명하게 말하더라. 그 사람이 이런 것을 얼마나 괴로워하고 있는지 우리도 잘 알겠더구나. 그 사람은 정말 너그러운, 참으로 너무 너그러운 남편이라고 생각되더라. 스칼렛, 그런 짓은 그만둬야 한다. 네게 그만두라고 말씀하실 어머님이 이미 세상에 계시지 않으므로 내가 대신 말하는 거다. 너의 귀여운 자식들이 자라서 네가 장사를 했었다는 사실을 알면 어떻게 생각하겠니. 네가 제재소 일 따위에 종사하면서 야비한 남자들의 모욕이며, 멋대로 지껄이는 추문 속에 몸을 드러냈다는 것을 알면 자식들은 얼마나 부끄럽게 생각하겠니. 그런 여자답지 못한…….

스칼렛은 화가 치밀어서 그 다음은 읽지도 않고 편지를 내동댕이쳐 버렸다. 폴린 이모와 율랄리 이모가 포대 근처에 있는 낡은 집에서 거드름을 피우는 표정으로 자기를 재판하고 있는 광경이 떠올랐다. 두 사람 다 빈털터리나 다름없어서 스칼렛이 매달 돈을 보내 주지 않으면 당장에라도 굶는 형편인 것이다. 여자답지 못하다고? 무슨 소리를 하는 거야. 만약 내가 여자답지 못하게 굴지 않는다면 폴린 이모나 율랄리 이모나 당장 비를 막아줄 지붕마저도 없게 되지 않겠는가. 그리고 가게나 장부나 제재소에 대한 일을 이야기하다니, 레트도 레트다. 마지못해 이야기했다지만, 그럴 리가 없다. 그가 노마님들에게 착실하고 점잖고 매력적인 인물이고, 헌신적인 남편이고 훌륭한 아버지인 체하며 우쭐거리고 있는 꼴이 그녀의 눈에는 빤히 보이는 것이다. 그는 가게며 제재소며 술집에서의 그녀의 일하는 모습을 자세히 이야기해 줌으로써 이모들의 마음을 괴롭게 하는 속으로 좋아하고 있을 것이 뻔했다. 얼마나 지독한 악당이냐. 그런 심술궂은 짓을 하는 것이 어째서 그토록 재미가 나서 못견디는 것일까.

그러나 조금 지나서 이런 노여움은 아무렇지도 않게 되고 말았다. 요즈음은 강렬한 흥미가 인생에서 아주 없어져 버리고 만 것만 같았다. 애쉴리의 그 감격과 광채를 다시 한 번 되돌릴 수만 있다면, 레트가 돌아와서 웃겨 주기만 한다면 하는 생각마저도 하게 되었다.

레트와 보니는 예고도 없이 돌아왔다. 현관 마룻바닥에 내던져진 짐짝 소리와 "엄마!" 하고 외치는 보니의 목소리로 비로소 그들이 돌아온 것을 알았다.

스칼렛이 재빨리 방에서 나와 계단 턱까지 나가 보니, 보니가 계단을 오르려고 통통하게 살찐 짤막한 다리를 내뻗고 있는 참이었다. 보니의 가슴에는 한 마리의 얼룩 고양이 새끼가 체념한 듯이 매달려 있었다.

"할머니가 주신 거야." 보니는 고양이의 목덜미를 잡고 내보이면서 들뜬 소리로 외쳤다.

스칼렛은 보니를 팔에 안고 키스하면서 아이 덕분에 레트와 둘이서만 갑자기 얼굴을 대하지 않게 되어서 잘되었다고 생각했다. 보니의 머리 너머로, 아래 현관에서 그가 마부에게 마차삯을 치르는 것이 보였다. 그는 위를 올려다보고 그녀의 모습을 보자 과장된 몸짓으로 모자를 벗고 절을 했다. 그의 검은 눈과 눈길이 마주치자 그녀의 가슴은 뛰었다. 그가 어떤 사나이든 여태까지의 행동이 어떠했든 아무튼 돌아와 준 것이다. 그것이 그녀는 기뻤다.

"마미는 어디 있어?" 보니는 물으면서 스칼렛의 팔 안에서 계속 몸을 바둥거렸다. 그녀는 하는 수 없이 아이를 내려놓았다.

전혀 아무렇지도 않은 듯이 레트에게 인사를 하고, 아이가 생겼다는 것을 말하기가 생각한 것보다 어려워질 것 같았다. 계단을 올라오는 그의 얼굴을 보았다. 그것은 전과 조금도 다름없는 거무스름한, 차분하고 극히 덤덤하고 무표정한 얼굴이었다. 아니다, 그와 이야기하는 것은 좀더 뒤로 미루자. 당장에는 도저히 말할 수 없다. 그렇긴 하지만 이러한 이야기는 맨 먼저 남편에게 이야기해야 하고 그리고 남편이란 언제나 이런 이야기를 들으면 기뻐하는 법이다. 그러나 그녀에게는 레트가 기뻐하리라고는 생각되지 않았다.

그녀는 계단 층계참 난간에 기대서서 그가 자기에게 키스해 줄 것인가 하고 생각하고 있었다. 그러나 그는 키스하지 않았다. 다만 "얼굴이 핼쑥한 것 같군, 버틀러 부인. 볼 연지가 떨어졌나요?"라고 했을 뿐이었다.

비록 빈말이나마 그녀하고 떨어져 지내기가 쓸쓸했노라고 해 주지는 않았다. 하다못해 마미 앞에서라도 키스쯤은 해 주어도 좋을 법한데, 그녀는 생각했다. 때마침 마미는 잠깐 머리를 숙여 인사하고는 보니의 손을 잡고서 아이들의 방을 향해 복도를 가로지르는 참이었다. 그는 층계참에서 그녀의 곁에 나란히 서면서 거북해 하지 않는 모습으로 그녀를 훑어보았다.

"그처럼 얼굴빛이 좋지 않은 것은 내가 없어서 쓸쓸했던 탓이오?" 그는 말했다. 입가에는 미소를 띠고 있었지만 눈에는 미소의 그림자도 없었다.

여전히 그는 이런 태도를 계속할 작정일까. 그가 미운 것은 여태까지와 조금도 다를 것이 없을 것 같았다. 갑자기 그녀는 배 속에 들어 있는 아이가 여태까지 생각하고 있던 것처럼 즐거운 것이 아니라 구역질이 날 만큼 지겨운 짐처럼 생각되었다. 그리고 자기 앞에서 차양 넓은 파나마 모자를 엉덩이에 대고 천연스러운 얼굴로 서 있는 이 사나이가 자기의 가장 박정한 적이요, 자기의 모든 고생의 씨앗처럼 여겨지기 시작했다. 그녀가 대답했을 때의 눈에는 원망이 담겨 있었다. 그것은 놓칠 수 없을 만큼 뚜렷한 원한이었다. 그의 얼굴에서 미소가 사라졌다.

"내 안색이 좋지 않다면 그것은 당신 탓이에요. 하지만 당신이 없었기 때문에 쓸쓸했던 탓은 아니에요. 무척 우쭐대시는군요. 안색이 나쁜 건……." 아 이런 말투로 말할 작정은 아니었는데. 그러나 그새 격한 말이 입을 뚫고 나와 버리자 그녀는 하인들이 들은들 대수롭겠느냐는 투로 내뱉었다. "아기가 생겼기 때문이란 말이에요!"

갑자기 그는 숨을 확 들이쉬고는 재빠르게 그녀의 몸을 살폈다. 그리고 그녀의 팔에 손을 대려고 하는 것처럼 얼른 한 발을 내디뎠다. 그러나 그녀는 날쌔게 몸을 틀어 그에게서 떨어졌다. 그녀의 눈에 떠오른 증오의 빛을 알아채자 그의 표정이 굳어졌다.

"그렇군!" 그는 쌀쌀맞게 말했다. "그래서, 그 행복한 아버지가 누구지? 애쉴린가?"

그녀는 계단 기둥에 기대서, 조각된 사자의 귀를 손바닥에 박힐 만큼 꽉 움켜잡았다. 레트라는 사나이를 그처럼 잘 알고 있던 그녀로서도 이런 모욕을 당할 줄은 미처 생각하지 못했다. 물론 그는 농담으로 하는 것이겠지만, 농담에도 정도가 있다. 그녀는 자기의 날카로운 손톱으로 그의 눈알을 후벼 내어 그 기분 나쁜 빛을 없애 버리고 싶었다.

"저주받을 사람!" 그녀의 목소리는 치밀어오르는 분노로 떨고 있었다.

"당신의…… 당신의 아이가 뻔하잖아요. 당신의 아이 같은 건 난 바라지도 않는단 말이에요. 당신도 마찬가지겠죠. 어떤…… 어떤 여자라도 당신처럼 야비한 남자의 아이 따위는 낳고 싶어하지 않을 거예요! 차라리…… 차라리 당신의 아이가 아니었으면 좋겠군요!"

그의 거무스름한 얼굴이 갑자기 변했다. 노여움과 그녀에게는 이해할 수 없는 그 무엇 때문에 날카로운 아픔을 느끼기라도 하는 듯이 그 얼굴은 부들부들 떨리고 있었다.

'고소하다!' 그녀는 통쾌할 만큼 후련하다고 느끼며 생각했다. '드디어 그에게 분풀이를 했다!'

그러나 그의 얼굴은 곧 그 무감각한 가면으로 되돌아왔다. 그는 한쪽 콧수염을 쓸어 올렸다.

"그렇게 낙심할 것 없소." 그는 홱 몸을 틀어 계단을 올라가면서 말했다. "지워 버리면 될 것 아니겠소."

순간 현기증을 느끼면서 그녀는 해산이라는 것을 생각했다. 고통스러운 입덧, 견딜 수 없을 만큼 긴 임신 기간, 불룩한 배, 진통. 남자들은 절대로 알지 못하는 일이다. 그런데 그는 농담으로 얼버무리려 하고 있다. 정말로 할퀴어 주고 싶었다. 그의 거무스름한 얼굴에 피가 흐르는 것을 보는 것 말고는 마음의 고통이 가라앉을 것 같지가 않았다.

그녀는 고양이처럼 날쌔게 그에게 덤벼 들었다. 그러나 그는 약간 놀랐다는 것 같은 동작으로 팔로 그녀를 뿌리치면서 훌쩍 옆으로 물러섰다. 그녀는 양초를 갓 먹인 제일 윗계단 끝에 서 있었고, 그리고 팔에 온몸의 무게를 싣고 있다가 그의 팔에 밀렸으므로 균형을 잃었다. 정신없이 계단 기둥을 잡으려다가 헛손질을 했다. 넘어질 때 갈비뼈에 심한 통증을 느낀 채 계단에서 곤두박질쳤다. 무엇을 잡으려고 해도 그저 정신이 없어서 대굴대굴 맨 아래 계단까지 굴러떨어졌다.

스칼렛이 앓아서 눕는다는 것은 해산 때를 빼고는 이것이 처음이었다. 그러나 산고 따위는 이번에 비하면 비교도 되지 않는 것이었다. 이렇게 불안스럽지도 않았고, 이토록 무섭지도 않았다. 쇠약하지도 않았고, 고문을 당하는 것 같은 고통도 없었고, 어떻게 해야 좋을지 쩔쩔매지도 않았다.

남들이 말하는 것 이상으로 자신의 용태가 나쁘다는 것을 알았다. 그리고 죽을지도 모른다는 것을 불안스럽게 생각했다. 숨을 들이쉴 때마다 부러진 갈비뼈가 아팠다. 부딪친 얼굴이며, 머리도 아팠다. 온몸이 악마의 손에 넘겨져서 불에 단 집게로 잡아 찢기고 무딘 칼로 다져지는 듯하고, 그런가 하면 잠깐 그대로 내팽개쳐 두어서 힘이 빠져 축 늘어지는 형편이었으므로 다음 고통이 시작될 때까지 기력을 되찾는 것은 도저히 할 수 없었다. 해산도 이렇게 고통스럽지는 않았다. 웨이드 때도 엘라 때도 보니 때도, 몸을 풀고 두 시간만 지나면 마음대로 먹을 수 있었는데, 지금은 찬물 말고는 생각만 해도 구역질이 날 것 같았다.

차라리 아이를 낳는 편이 수월했다. 낳지 않고 넘긴다는 것이 이토록 고통스러운 일인가! 이상하게도 이토록 고생하면서도 이 아이를 만족스럽게 낳지 못할 것이라고 생각하면 가슴이 저려 왔다. 그리고 더 이상한 것은, 이 아이야말로 참으로 갖고 싶었는데 하고 생각하는 일이었다. 어째서 이 아이를 갖고 싶어했던가를 생각하려 했으나 마음이 너무나 지쳐 있었다. 너무나 지쳐 있었기 때문에, 죽음의 공포밖에는 아무것도 생각할 수가 없었다. 죽음은 이미 발 밑에까지 다가와 있는 것이다. 그런데도 그녀에게는 그것과 맞서 싸울 만한 힘도 없었다. 쫓아보낼 만한 힘도 없었다. 그래서 그녀는 겁이 나서 견딜 수가 없었다. 자기 곁에 서서 손을 꼭 쥐여 주고 죽음과 싸울 만한 힘이 그녀에게 되살아날 때까지 대신 죽음을 쫓아 줄 누군가 힘센 사람이 아쉬웠다.

너무나 고통스러워서 노여움도 잊고 그녀는 레트를 찾았다. 그러나 그는 거기에 없었다. 그래도 그녀는 자청해서 그에게 와 달라고 부탁할 마음은 나지 않았다.

그에 대한 그녀의 마지막 기억은 계단 맨 아래 어두운 복도에서 자기를 안아 일으켜 주었을 때의 그의 표정이었다. 새파랗게 질려 있는 얼굴이었다. 소름이 오싹 끼칠 것 같은 공포 말고는 모든 표정이 자취도 없이 사라져 버린 얼굴이었다. 쉬어 터진 목소리로 마미를 부르고 있었다. 그리고 2층으로 옮겨진 것을 어렴풋이 기억하고 있었지만 그 뒤는 이미 의식이 흐릿해져 버렸다. 이윽고 고통을 느꼈다. 고통은 시시각각으로 더해 가서 방 안에서 소곤거리는 사람들의 말소리, 피티 고모가 흐느껴 우는 소리, 미드 의사가 통명스럽게 지시하는 소리, 계단을 다급하게 올라오는 발소리, 2층 복도를 발끝으로 걸어다니는 소리 등이 들려왔다. 사나운 번갯불처럼 죽음과 공포를 느끼고 갑자기 큰 소리로 누군가의 이름을 부르려고 했으나 속삭이는 것 같은 소리밖에는 나오지 않았다.

그러나 그 힘없는 소리에 대답하는 것처럼 침대곁 어둠 속 어디선가 곧 그녀가 부른 사람의 상냥한 목소리가 마치 자장가라도 듣는 것처럼 황홀하게 들려왔다.

"여기 있어요. 난 죽 언니 곁에 있었어요."

멜라니는 그녀의 손을 잡고, 그 손을 가만히 자기의 찬 볼에 댔다. 그러자 죽음도 공포도 씻은 듯이 그림자를 감추고 말았다. 스칼렛은 고개를 돌려 멜라니의 얼굴을 보려했으나 그럴 수가 없었다. 멜라니의 해산이 임박했는데, 북군이 밀어닥치고 있다. 시내는 불바다가 되었다. 빨리! 빨리! 급히 달아나지 않으면 안 된다. 그러나 멜라니가 해산할 것 같아 달아날 수가 없다. 아이를 낳기까지 그녀하고 함께 남아서 정신을 바짝 차리고 있어야만 한다. 멜라니는 내 힘만을 믿고 있는 것이다. 멜라니는 무척 괴워하고 있다. 불에 달군 집게나 무딘 칼에 맞고 있는 것 같은 고통이다. 고통이 물결처럼 몇 번씩 밀려온다. 멜라니의 손을 잡아 주고 있어야 한다.

그래도 용케 미드 의사가 와 주었다. 정거장에 있는 병사들 치료도 해야 할 텐데, 아무튼 와주신 것이다. 그 증거로는 의사의 목소리가 들린다. "헛소리요. 버틀러 선장은 어디에 있습니까?"

깜깜한 밤이 되었다가 다시 밝아졌다. 해산하고 있는 것 같은 생각이 드는가 하면, 멜라니가 크게 고함을 치는 것처럼도 생각되었다. 그러나 이러는 동안에도 멜라니는 내내 그 방에서 침착하게 처리하고 피티 고모처럼 허둥거리면서 공연한 법석을 떨거나 울거나 하지는 않았다. 스칼렛은 눈을 뜰 적마다 "멜라니는?" 하고 말했다. 그러면 멜라니의 목소리가 언제나 그것에 대답했다. 그리고 스칼렛은 번번이 낮은 소리로 "레트…… 레트는?" 하고 그를 찾았다. 그리고 꿈에서 깨어난 것처럼 레트가 자기를 찾지 않는다는 것, 레트의 얼굴이 인디언처럼 거무스름하고 이가 비웃는 것처럼 희다는 것 따위를 생각해 내는 것이었다.

그녀는 그를 찾고 있다. 그러나 그는 그녀를 찾고 있지 않는 것이다.

한 번은 그녀가 "멜라니는?" 하고 말하자 마미의 목소리가 "접니다요, 아씨" 하고 얼굴에 찬수건을 얹어 주었다. 그리고 그녀가 안타까운 듯이 "멜라니, 멜라니!" 하고 몇 번씩 계속해서 불러도 멜라니는 좀처럼 와 주지 않았다. 그때 멜라니는 레트의 방에 있었던 것이다. 그녀는 레트의 침대 끝에 앉아 있었다. 레트는 술이 취해서 흐느끼면서 마룻바닥에 몸을 내던지고 그녀의 무릎에 머리를 묻고 울고 있었다.

멜라니는 스칼렛의 방에서 나올 때마다 언제나 침대에 앉아서 문을 열어놓고 복도를 사이에 둔 스칼렛의 방문을 지켜보고 있는 그의 모습을 보았다. 방 안은 시가 꽁초와 손도 대지 않은 식사 접시 따위로 지저분했다. 침대는 정신없이 구겨져 있고 이부자리는 개지도 않은 채 그 위에 그는 앉아 있었다. 수염도 깎지 않고, 갑자기 야윈 것 같았으며, 마구 담배만 피워 대고 있었다. 그는 멜라니 얼굴을 보고도 아무것도 묻지 않았다. 그녀는 언제나 문어귀에 잠깐 서서 "그리 좋은 편은 아니에요"라든가 "아니에요. 아직 당신을 부르지는 않아요. 헛소리를 하고 있는 거예요"라든가 "희망을 잃어서는 안 돼요, 버틀러 선장님. 뜨거운 커피나 무엇 좀 잡수실 것을 만들어 드리겠어요. 당신까지 병이 나시면 큰일이에요"라든가 말을 건넸다.

그녀는 수면 부족과 과로로, 이미 아무것도 못느낄 정도였지만 그를 보면 자꾸 불쌍한 생각이 나서 마음이 아팠다. 어째서 세상 사람들은 그를 그렇게 혹평을 하는 것일까. 스칼렛에게 무정하다든가, 악의를 갖고 있다든가, 성실하지 못하든가, 그런 말을 할 수가 있을까. 눈 앞에서 이렇게 그는 점점 야위어 가고 있고, 그 얼굴에는 고뇌의 빛이 역력히 나타나 있지 않은가. 지쳐 있기는 했지만 그녀는 병자의 용태를 알리러 올 적마다 어느 때보다도 친절하게 해 주려고 애썼다. 그는 마치 재판을 기다리고 있는 죄수 같았다. 갑자기 적들만 있는 가운데에 던져진 아이처럼 보였다. 그러나 그녀에게는 모든 사람이 아이들처럼 생각되었다.

마침내 스칼렛의 용태가 좋아졌다는 소식을 가지고 그녀가 기쁜 듯이 그의 방으로 갔다가, 거기서 생각지도 못했던 광경을 보았다. 침대 옆 테이블에는 반쯤 비어 있는 위스키 병이 있고, 술 냄새가 방 안에 가득 차 있었다. 그는 번들거리는 눈으로 그녀를 올려다보았다. 턱의 근육은 아무리 이를 악물고 있으려고 해도 부들부들 떨리고 있었다.

"죽은 거로군요?"

"천만에요, 아주 좋아졌어요."

그는 "오오, 하느님" 하고 두 손으로 머리를 감쌌다. 그의 넓은 어깨가 오한이 든 것처럼 떨고 있었다. 그녀는 측은한 마음을 금할 수 없어서 그를 바라보았다. 울고 있는 것을 알자 동정하는 심정은 존경으로 변했다. 멜라니는 여태까지 남자가, 특히 레트처럼 침착하고 남을 비웃기를 잘하고 언제나 자신에 차 있는 사나이가 우는 것을 본 적이 없었던 것이다.

그의 심한 흐느낌 소리를 듣자 그녀는 무서워지기 시작했다. 취한 것이 아닐까, 그렇게 생각하자 소름이 쫙 끼쳤다. 멜라니는 주정꾼이 무서웠다. 그러나 그가 얼굴을 들었을 때, 그의 눈을 한 번 보자 그녀는 얼른 방 안으로 들어가서 조용히 문을 닫고 다가갔다. 남자들이 우는 것은 한 번도 본 적이 없었지만, 아이들이 우는 경우라면 얼마든지 달래 준 경험이 있다. 그녀는 살그머니 그의 어깨에 손을 얹었다. 그러자 갑자기 그는 치마 위로 그녀에게 매달렸다. 어떻게 앉았는지 자기도 모르는 사이에 그녀는 침대에 걸터앉아 있었다. 그는 마룻바닥에 무릎을 꿇고 머리를 그녀의 무릎에 묻고, 아플 만큼 미친 듯이 그녀에게 매달렸다.

그녀는 그의 검은 머리를 상냥하게 어루만지면서 위로하듯이 말했다. "자, 스칼렛은 아주 좋아졌어요."

그녀의 말을 듣자 그는 한결 더 세게 매달렸다. 그리고 재빠르게 쉰 목소리로 이야기하기 시작했다. 마치 비밀이 새어 버릴 염려가 없는 무덤을 향하여 말하듯이 그는 평생 처음으로 진실을 숨김없이 멜라니에게 지껄여 댔다. 그녀는 맨 처음 무슨 영문인지도 모르고, 그저 어머니와 같은 마음으로 그것을 듣고 있을 뿐이었다. 그는 머리를 그녀의 무릎에 묻고 치마의 주름을 움켜잡으면서 띄엄띄엄 이야기했다. 그 말은 어떤 때는 목이 잠기고, 흐려지고, 또 어떤 때는 안타까울 정도로 엄숙했다. 그리고 난처하게 만드는 고백이 똑똑히 들렸다. 여자의 입에서도 들은 일이 없는, 그가 머리를 숙이고 있기 때문에 겨우 들을 수 있을 정도의 얼굴이 붉어지는 비밀 이야기까지 그는 말했다.

그녀는 보에게 곧잘 하는 것처럼 그의 머리를 쓸어 주면서 말했다. "쉿, 버틀러 선장님, 제게 그런 이야기까지 하시면 안 돼요. 좋지 않으신 것 같아요, 쉿."

그러나 그는 물이 힘차게 쏟아져 나오는 것처럼 미친 듯이 말을 계속하며 그녀의 옷을, 그것이 그의 사는 희망이기라도 한 것처럼 꽉 움켜잡고 놓지 않았다.

그는 계속 자신을 나무라고 있었지만, 무슨 소리인지 그녀는 알 수가 없었다. 벨 와틀링의 이름을 입 속에서 중얼거리는가 하면, 멜라니를 마구 흔들어 대면서 외치는 것이었다. "스칼렛을 죽인 것은 나예요. 내가 죽인 겁니다. 당신은 몰라요. 그녀는 이번 아이를 낳고 싶지 않았던 거요. 그리고……."

"그런 말씀을 하시면 안 돼요! 왜 이러세요! 아이를 낳고 싶지 않다니요? 설마 그럴 수가, 여자는 누구나……."

"아니오, 틀려요! 당신은 아기를 갖고 싶어 하지만, 스칼렛은 달라요. 내 자식 따위는……."

"그만두세요!"

"당신은 몰라요. 그녀는 아이 같은 건 바라지 않았던 겁니다. 그리고 그렇게 만든 것은 나예요. 이번의…… 이번 아이는…… 모두 내 잘못이에요. 우리들은 죽 함께 자지도 않았는데……."

"안 돼요, 버틀러 선장님, 그런 말씀을 여자 앞에서……."

"그런데 내가 술이 취해서 마치 미치광이 같았거든요. 그녀를 괴롭혀 주고 싶었던 겁니다. 그녀가 나를 괴롭혔기 때문이오. 나는 원해서…… 그렇게 했는데……. 그러나 그녀는 나를 원하지 않았소. 언제나 나 따위는 결코 원하지 않았던 거요. 나는 할 수 있는 데까지는 해 보았소. 그리고……."

"이젠 제발!"

"나는 요전에…… 그녀가 떨어지던 그날까지 이 아기에 대해서는 몰랐소. 편지를 하려고 해도 내가 있는 곳을 몰랐던 겁니다. 그러나 알고 있었다 해도 알려 오지는 않았겠죠. 틀림없이…… 틀림없이 난 곧바로 돌아왔으리라 생각해요. 만약 그런 사실을 알았다면…… 그녀가 내가 돌아오기를 바라든 안 바라든 간에……."

"그럼요, 그야 돌아오시고 말고요!"

"나는 최근 몇 주일 동안 머리가 돌았었어요. 미치광이처럼 되어서 취해 있기만 했던 겁니다. 그래서 그녀가 계단 위에서 그런 말을 했을 때 내가 어떻게 했을 것 같아요? 뭐라고 했다고 생각해요? 커다란 소리로 웃으면서 '그렇게 낙심할 건 없어. 지워 버리면 되잖아.' 그렇게 말했던 겁니다. 그러자 그녀는…….”

멜라니 얼굴이 갑자기 새파래졌다. 그리고 공포 때문에 커다랗게 뜬 눈으로 무릎 위에서 괴로운 듯이 몸부림치고 있는 검은 머리를 내려다보았다. 오후의 햇볕이 열려 있는 창으로 흘러들어 왔다. 그녀는 문득 그의 손이 몹시 크고 검고 억세며, 손등에는 시커먼 털이 잔뜩 나 있는 것을 새삼스럽게 깨닫고 무심코 그 손에서 눈을 돌렸다. 그 손은 사정없이 남의 것을 빼앗는 손, 무섭고 잔혹한 손이었다. 그런데도 치마를 움켜잡고 있는 것을 보면 힘이 빠져 움직일 힘마저 잃고 만 것처럼 보였다.

이 사람이 스칼렛과 애쉴리와의 그 터무니없는 거짓말을 곧이듣고 질투할 수 있을까? 그런 추문이 있은 뒤 그가 곧 시를 떠났던 것은 사실이지만, 아니다, 그럴 리가 없어. 버틀러 선장은 언제나 느닷없이 여행을 떠나는 것이다. 그가 그런 소문을 믿고 있을 리가 없다. 그는 훨씬 현명하다. 만약 참으로 믿고 있었다면 아마도 그는 애쉴리를 쏘아 죽이려 했을 것이 틀림없다. 아니면 적어도 해명을 요구했을 것이 틀림없다.

그렇다, 그런 일이 있을 턱이 없다. 다만 술 취해 있고, 신경을 너무 썼으므로 병이 난 것처럼 되어 정상에서 벗어난 생각에 이끌려 헛소리를 중얼대는 사람처럼 얼토당토않은 소리를 하고 있을 뿐인 것이다. 아무리 남자라도 역시 여자와 마찬가지로 신경과로에는 배겨나지 못한다. 어떤 일로 해서 정신이 어지러워져 있는 것이다. 아마 스칼렛과 사소한 말다툼 끝에 그것이 크게 벌어진 것일 것이다. 그가 어떤 무서운 소리를 한 것은 어쩌면 사실일지도 모른다. 그러나 그가 한 말이 모두 사실일 리는 없다. 특히 그 마지막 말 같은 것은 절대로 사실일 리가 없다. 그가 스칼렛을 사랑하는만큼 그 정도 애정이 있는 남자라면 아무도 여자에게 그런 말을 할 수 없는 것이다. 멜라니는 여태까지 악한 것을 본 일이 없었다. 잔혹한 것을 본 적도 없었다. 그래서 지금 처음으로 그것을 보고도 너무나 생각 밖의 일이어서 도저히 믿을 수가 없었다. 이 사람은 술이 취해서 몹시 불편한 것이다. 병든 아이는 어르고 달래 주어야 한다.

"자, 자, 이젠 됐어요. 알았어요." 그녀는 나직하게 노래라도 부르는 것 같은 투로 말했다.

그는 갑자기 머리를 들고 사납게 그녀의 손을 뿌리치면서 핏발선 눈으로 그녀를 올려다보았다.

"아니, 바보 같은 소리 말아요, 당신은 전혀 알지 못하고 있어요! 이해가 안 되는 거요! 당신은, 당신은 너무나 지나치게 착해서 이해할 수가 없는 거요. 당신은 내가 한 말을 믿지 않으시지만 모조리 사실이란 말이오. 나는 개만도 못한 놈입니다. 왜 내가 그런 말을 했는지 아시겠소? 나는 질투로 미치광이처럼 되었던 겁니다. 그녀는 나 같은 건 아무런 관심도 없었소. 그런데도 나는 관심을 갖도록 할 수 있다고 믿었던 겁니다. 그러나 그녀는 전혀 아무렇지도 않게 생각했소. 나 따위를 사랑하지 않는단 말입니다. 한 번도 사랑한 일이 없었소. 그녀가 사랑하는 것은……"

극도로 격정적인 그의 취한 눈이 그녀의 눈과 마주치는 순간, 그는 자기가 이야기하고 있는 상대가 누구인가를 비로소 깨달은 것처럼 입을 멍하게 벌린 채 말을 끊었다. 그녀의 얼굴은 하얗게 질려 있었다. 그러나 그 눈은 차분하게 가라앉아 있어서 상냥함과 연민과 불신에 차 있었다. 그 눈은 밝디밝은 빛을 담고 있었다. 그 부드러운 다갈색 눈동자 속에 있는 천진함과 마주치자, 그는 얼굴 한복판을 얻어맞은 것처럼 취기가 얼마쯤 깨고 미친 사람처럼 지껄이던 말도 중간에 끊어 버렸다. 그는 다음 말을 입 속에서 멈추고, 그녀의 눈길을 피해서 눈을 내리깔고, 급히 눈을 깜박거리고, 가까스로 정신을 차렸다.

"나는 나쁜 놈입니다." 그는 다시 머리를 힘없이 그녀의 무릎에 축 늘어뜨리면서 중얼거리듯이 말했다. "하지만 그렇게 지독한 악당은 아닙니다. 내가 무슨 소리를 한대도 당신은 믿지 않을 겁니다. 당신은 너무 착해서 내가 지껄이는 말 따위는 믿어지지 않을 겁니다. 나는 지금까지 참으로 착한 사람이란 것을 몰랐어요. 당신은 내가 하는 말 따위는 또 안 믿으시겠죠?"

"네, 믿지 않아요." 멜라니는 다시 그의 머리를 어루만지며 위로하듯 말했다. "언니는 차도가 있어요. 자, 버틀러 선장님! 우시면 안 돼요! 언니는 많이 좋아졌어요."

57

그로부터 한 달 뒤, 레트가 존즈버러 행 열차에 태운 여자는 얼굴빛이 창백하고 수척했다. 그녀와 함께 가기로 되어 있는 웨이드와 엘라는, 어머니의 조용하고 하얀 얼굴을 보자 말없이 불안해하고 있었다. 그들은 프리시에게만 매달려 있었다. 어린 마음에도 어머니와 의붓아버지 사이의 차갑고 서먹서먹한 공기 속에 무언가 무서운 것을 느끼고 있었기 때문이다.

몹시 쇠약해지기는 했지만 스칼렛은 타라로 돌아가기로 했다. 이 이상 하루라도 더 애틀랜타에 있으면서 이번 말썽에 대해서, 극도로 피로한 마음으로 공연히 개미가 쳇바퀴를 도는 것처럼 부질없는 생각만 하고 있다가는 숨이 막혀 버리고 말 뿐이라고 생각했던 것이다. 몸은 쇠약하고, 마음은 약해져서, 눈에 익은 이정표라고는 하나도 없는 낯선 악몽의 나라에서 길을 잃은 어린아이처럼 우두커니 서 있는 기분이었다.

그녀는 일찍이 북군의 침입을 앞에 두고 달아났었던 것처럼 다시 애틀랜타를 떠나려 하고 있는 것이다.

'지금은 생각지 말자. 생각하려 해도 지금은 도저히 생각할 수 없다. 내일 타라에서 생각하기로 하자. 내일은 또 다른 날이니까.'

세상에 대해서 자기의 몸을 지키는 이 주문과 함께 여러 가지 고민을 마음 한구석으로 밀어붙였다. 타라의 고요와 푸른 목화밭으로 돌아가기만 하면 이 고민도 그림자를 감추게 되고, 산산조각 난 마음을 어떻게 해서든지 살아갈 수 있는 형태로 만들어 놓을 수 있을 것만 같았다.

레트는 보이지 않게 될 때까지 기차를 전송했는데, 그 얼굴에는 조금도 유쾌하지 않은, 무언가를 깊이 생각하고 있는 괴롭고 쓸쓸한 그림자가 깃들어 있었다. 그는 깊은 한숨을 내쉬고는 마차를 돌려보내고 말에 올라타서 멜라니의 집을 향하여 아이비 거리로 말을 몰았다.

더운 아침이었다. 멜라니는 양말이 산더미처럼 쌓인 바느질거리 광주리를 곁에 놓고, 담쟁이덩굴 그늘이 진 현관에 앉아 있었다. 레트가 말에서 내려서 보도에 서 있는 무쇠처럼 검은 흑인의 팔에 고삐를 던져 주는 것을 보자, 멜라니는 몹시 당황스러웠다. 스칼렛의 용태가 극히 나쁘고, 그가 많이 취해 있었던 그 무섭던 날 이후로 그와 단둘이 만난 일은 없었다. 멜라니는 그 말을 생각하는 것조차 싫었다. 스칼렛이 회복기에 있는 동안 어쩌다가 그와 말을 할 뿐이었지만 그런 때도 그와 눈을 마주칠 수가 없었다. 그러나 그쪽에서는 언제나 변함없이 담담한 태도로, 얼굴에서나 말에서나 그런 일이 두 사람 사이에 있었다는 것을 조금도 보이지 않았다. 남자라는 것은 취했을 때한 말이나 행동은 곧잘 잊어버리는 법이라고 애쉴리가 일찍이 말한 적이 있었으므로, 멜라니는 버틀러 선장도 그때의 일을 잊어버려 주었으면 하고 마음속으로 바라고 있었다. 그가 그때 고백한 것을 기억하고 있다는 것을 알바에는 차라리 죽는 편이 낫다고까지 생각했었다. 그가 현관 길을 걸어서 다가옴에 따라 부끄럽고 당황해서 그녀는 얼굴이 달아올랐다. 그러나 아마도 그는 오늘 하루 보에게 보니의 상대가 되어 줄 수 없겠느냐고 그것을 부탁하러 왔을 뿐일 것이다. 설마 일부러 그날의 인사를 하려고 올 만큼 몰상식하진 않겠지!

언제나 그렇지만, 그가 그 커다란 몸집에 어울리지 않게, 가볍게 걸어오는 것을 놀라운 마음으로 바라보면서 그녀는 일어서서 맞이했다.

"스칼렛은 떠났나요?"

"떠났습니다. 그녀에겐 타라가 좋을 겁니다." 그는 미소를 띠며 말했다. "나는 그녀를 땅에 닿을 때마다 억세지는 거인 안타이오스(그리스 신화에 나오는 리비아 거인) 같다고 생각하는 때가 있어요. 스칼렛에게는 그녀가 좋아하는 황토 흙에서 너무 오래 떨어져 있으면 좋지 않은가봅니다. 미드 선생의 약보다 자라나는 목화가 훨씬 효험이 있나 봐요."

"앉지 않으시겠어요?" 멜라니는 손을 꼼지락거리면서 말했다. 그는 너무나 크고 남성적이었다. 너무나 남성적인 남자를 대하면 그녀는 언제나 침착함을 잃고 말았다. 그런 남자한테서는 무엇인가 강한 정력이 반사되어 자신이 본디의 자기보다도 작고 약해서 압도되어 버리는 것처럼 느껴지는 것이다. 그는 너무나 빛이 검고 무섭게 보였다. 그 흰 리넨 윗도리 밑으로 부풀어올라 있는 튼튼하고 억센 어깨의 근육을 보면, 어쩐지 그녀는 두려움을 느꼈다. 그 힘과 오만함을 자기 눈 아래로 내려다보고 있었다고는 도저히 생각할 수 없는 일이었다. 그리고 또 그 검은 머리를 그녀의 무릎 위에 묻도록 했던 것이다!

'내가 어쩌다 그런 짓을 했을까!' 그녀는 어쩔 줄 몰라 하다가 다시 얼굴을 붉혔다.

"멜라니 씨." 그는 조용히 말했다. "내가 와서 폐가 되지는 않습니까? 돌아가는 편이 좋을까요? 솔직하게 말씀해 주십시오."

'오오, 이 사람은 기억하고 있구나! 게다가 내가 지금 흔들리고 있는 것도 알고 있어!' 그녀는 생각했다. 그녀는 애원하는 것처럼 그를 올려다보았다. 그러자 갑자기 그녀의 망설임과 혼란은 사라져 버렸다. 그의 눈은 매우 상냥하고 이해에 넘쳐 있어서 어째서 그녀가 그렇게 바보처럼 혼자서 당황하고 있었던가 생각될 정도였다. 그의 얼굴은 피로한 것처럼 보였다. 놀랍게도 퍽이나 슬퍼 보였다. 어째서 그녀는 그를, 둘 다 잊고 싶다고 생각될 말을 새삼스럽게 꺼낼 정도로 교양 없는 사나이라고 생각했던 것일까.

'가엾게도 스칼렛에 대해서 저토록 걱정하고 있는 것이다.' 그녀는 생각했다. 그리고 겨우 미소를 띠면서 말했다. "앉으세요, 버틀러 선장님."

그는 털썩 걸터앉더니 바느질거리를 집어 든 그녀의 모습을 지켜보았다.

"멜라니 씨, 특별히 부탁하고 싶은 일이 있어서 찾아왔는데요." 말하고 그는 입술을 일그러뜨리며 미소지었다. "틀림없이 싫다고 하실 줄 압니다만, 사람을 속이는 데 힘을 좀 빌려 주셨으면 합니다."

"네…… 속이다니요?"

"그렇습니다. 실은 부인께 사업에 대해서 상의를 드리려고 온 겁니다."

"어머, 그런 거라면 제 남편을 만나시는 편이 좋으실 거예요. 저는 사업 같은 건 전혀 알지 못하거든요. 스칼렛처럼 영리하지는 못한걸요."

"그녀 자신을 위해서 말한다면 스칼렛은 너무 지나치게 영리한 것이 아닐까 생각됩니다." 그는 말했다. "그리고 내가 상의 말씀을 드리려는 것도 실은 그 일입니다. 아시다시피 그녀는 앓았었지요. 그러나 타라에서 돌아오면 또 가게며 공장 일을 정신없이 하려고 들 것이 뻔합니다. 그런 가게나 공장 따위는 밤중에라도 홱 날아가 없어졌으면 좋겠다고 생각해요. 나는 그녀의 건강이 걱정인 겁니다, 멜라니 씨."

"그래요, 언니는 일을 너무 많이 해요. 그런 건 선장님께서 못하게 하시고, 좀더 자기 몸에 대해서 조심하도록 해야 해요."

그는 웃었다.

"아시다시피 그녀는 고집쟁이라서요. 이야기를 하려고 해도 도무지 안 되는 겁니다. 꼭 떼쟁이 어린애 같은걸요. 내게 거들지도 못하게 한답니다. 아무도 거들지 못하게 합니다. 그녀가 갖고 있는 공장 지분을 팔게 하려고 했던 일도 있었습니다만 영 듣지 않는걸요. 그런데 멜라니 씨, 사업에 대한 이야기라는 것은 바로 이겁니다. 스칼렛은 다른 사람이라면 누구에게도 팔지 않겠지만 윌크스 씨라면, 공장 소유권을 넘겨 줄 거라고 생각해요. 그래서 나는 윌크스 씨가 사 주었으면 하는 겁니다."

"어머나, 그것 참 좋은 일이긴 하지만," 멜라니는 말을 끊고 입술을 깨물었다. 그녀는 남에게 돈 이야기 같은 것을 할 수 없었다. 애쉴리가 공장에서 돈을 벌어온다고는 하지만, 아무래도 그녀나 애쉴리나 돈이 넉넉하지는 않았다. 저축한 것이 조금밖에 없다는 것이 그녀의 걱정거리였다. 돈이 어디로 달아나 버리는 건지 알 수 없었던 것이다. 애쉴리는 살림을 꾸려 나가기에 충분한 액수를 그녀에게 건네 주는 것이었으나 임시 지출이라도 있으면 곤란할 때가 흔히 있었다. 물론 그녀 때문에 의사에게 지불되는 돈이 제법 많았고, 애쉴리가 뉴욕에서 구해 들이는 책이며 가구 값도 꽤 높은 액수에 달했다. 게다가 그들은 지하실에 묵게 하고 있는 떠돌이들의 입고 먹는 것까지 돌봐 주고 있었다. 뿐만 아니라, 애쉴리는 일찍이 남군에 있었던 사람이 돈을 빌리러 오면 누구에게나 거절하지 못했다. 그리고 또…….

"멜라니 씨, 나는 부인께 돈을 꾸어 드리고 싶습니다." 레트는 말했다.

"고마우신 말씀이지만 저희는 도저히 갚을 수가 없는걸요."

"갚아 주시지 않아도 좋습니다. 화를 내시지는 마십시오, 멜라니 씨! 제 말 끝까지 들어 주십시오. 스칼렛이 매일 공장까지 먼 길을 다니면서 쇠약할 정도로 몸을 혹사하지 않아도 된다고 생각하면 그것만으로 내겐 충분히 갚아 주는 셈이 되는 겁니다. 가게 쪽만으로도 그녀는 충분히 바쁘고 즐겁게 보낼 수가 있어요……. 아시겠지요."

"네…… 그렇겠군요……." 멜라니의 말투는 뚜렷하지 못했다.

"아드님에게 조그만 말을 사 주고 싶으시겠지요. 그리고 대학에도 보내고 싶으시고, 그것도 하버드 대학에. 유럽 여행도 시켜 주었으면 하고 생각하시겠지요?"

"네, 그야 물론이지요." 멜라니는 소리쳤다. 그녀의 얼굴은 언제나처럼 보의 이야기만 하면 빛났다. "그 애에게는 무엇이든지 해 주고 싶어요. 하지만 요즈음은 모두 너무나 가난해서요."

"윌크스 씨 같으면 언젠가는 그 공장으로 톡톡하게 돈을 벌 수 있을 겁니다." 레트가 말했다. "그러나 나로서도 부인께서 보에게 무엇이고 해 주시고 싶으신 대로 해 주시는 것을 보고 싶습니다. 똑똑한 아이니까요."

"어쩜, 버틀러 선장님도 정말 여간이 아니시네요!" 그녀는 미소를 지으면서 외쳤다. "어머니의 자존심에 호소하시다니 선장님의 마음속이 빤히 들여다보이는군요."

"그런 속셈은 아닙니다." 레트는 말했으나, 그의 눈에는 이때 처음으로 반짝 빛났다. "어쨌든 돈을 꾸어 쓰시겠습니까?"

"하지만 속이다니, 대체 어떻게 해야 되나요?"

"우리가 서로 짜고, 스칼렛과 윌크스 씨 두 사람을 속이지 않으면 안 되는 것입니다."

"어머나, 그런 짓은 할 수 없어요!"

"내가 뒤에서 무슨 일을 꾸미고 있다는 것을 스칼렛이 안다면 비록 그것이 스칼렛을 위해서 한 일일지라도…… 아시다시피 저런 성미니까요. 그리고 윌크스 씨도 내가 꾸어 주겠다고 한대도 꾸어 쓰지는 않으실 겁니다. 그러니까 두 사람에게는 돈의 출처를 알려서는 안 되는 겁니다."

"하지만 아마 제 남편은 선장님이 말씀하신 것 같은 사정을 알게 되면 거절하지 않으리라고 생각해요. 그이는 무척 스칼렛을 좋아하시니까요."

"그렇지요, 확실히 스칼렛을 좋아하지요." 레트는 조용하게 말했다. "하지만 어쨌든 거절할 겁니다. 윌크스 댁 집안 사람들은 모두 자존심이 높아서 말입니다."

"글쎄요, 난 정말, 버틀러 선장님. 남편을 속이는 짓은 못하겠어요." 멜라니는 한심하다는 듯이 외쳤다.

"스칼렛을 살리기 위해서조차도 말입니까?" 레트는 몹시 감정을 상한 것처럼 보였다. "그리고 그 사람이 부인을 그토록 사랑하고 있는데도요!"

멜라니의 눈시울에 눈물이 괴었다.

"언니를 위해서라면, 내가 어떤 일이라도 한다는 것은 선장님도 아시잖아요. 언니가 내게 해준 일을 생각하면 나는 그 반도 갚을 수가 없어요. 그건 선장님도 알고 계시겠지요."

"그렇죠, 그녀가 부인에게 해드린 일은 나도 잘 알고 있습니다." 그는 무뚝뚝하게 말했다. "돈에 대해서는 누군가 친척되시는 분이 당신에게 남겨주고 간 거라고 윌크스 씨에게 말씀하실 수 없을까요?"

"어머나, 버틀러 선장님, 제게는 단돈 1센트도 남겨 줄 만한 친척이 없는걸요."

"그럼 만약 내가 윌크스 씨에게 보낸 사람을 알 수 없도록 돈을 우편으로 보내드릴 테니, 그 돈은 꼭 공장을 사들이는데 쓰고, 옛날 남군에 있었던 가난한 병사 따위에겐 주지 못하도록 부인께서 주선해 주시겠습니까?"

그의 말 뒷부분을 듣자 마치 애쉴리에 대한 비난이 담겨 있는 것 같아서 그녀는 약간 마음을 상한 듯싶었으나, 그가 모든 것을 이해하고 있는 것 같은 미소를 띠고 있었으므로 그녀도 무심결에 마주 미소를 지었다.

"물론 그렇게 하지요."

"그럼 그렇게 정하십시다. 이것은 우리만의 비밀입니다."

"하지만 난 여태까지 남편에게 비밀을 가진 일은 한 번도 없었는걸요."

"그건 나도 알고 있습니다. 멜라니 씨."

그의 얼굴을 보면서 그녀는 자기가 늘 얼마나 그를 올바르게 보아 왔는지, 그리고 많은 사람이 얼마나 그릇된 견해를 가지고 보아 왔는지를 생각했다. 사람들은 그를 잔혹하고 냉소적이고 품행이 좋지 못하고, 정직하지 못하다고까지 말하고 있었던 것이다. 그렇지만 특히 훌륭한 사람들만은 요즈음에 와서 그에 대해 잘못 알았다는 것을 인정하게 되었다. 그렇다, 그녀는 애당초부터 이 사람이 훌륭한 인물이라는 것을 알고 있었던 것이다. 이 사람에게서 그녀가 받은 것은, 매우 상냥한 대접과 깊은 동정심과 절대적인 존경과 이해뿐이 아니었던가! 그리고 그는 얼마나 스칼렛을 사랑하고 있는가! 스칼렛이 짊어진 무거운 짐을 하나라도 덜어 주기 위해서 이렇게 까다로운 방법까지 쓰다니, 정말 얼마나 살뜰한 사람인가!

애정이 솟아나는 대로 그녀는 무심결에 말했다.

"이렇게 좋은 부군을 가졌으니 스칼렛은 정말 행복한 사람이에요!"

"그렇게 생각하십니까? 그녀가 지금 부인이 하신 말씀을 들었더라도, 아마 그녀는 그렇게 생각하지 않을걸요. 아무튼, 나는 부인께 좋은 것을 드리고 싶습니다, 멜라니 씨. 스칼렛에게 주는 것보다도 더 좋은 것을 부인께 드릴까 하고 있습니다."

"저에게요?" 그녀는 영문을 몰라 되물었다. "아, 보를 위해서 해주시겠다는 거군요?"

그는 모자를 집어들고 일어섰다. 그리고 잠깐, 넓은 이마와 순진한 검은 눈동자를 가진 멜라니의 수수한 하트형 얼굴을 내려다보았다. 조금도 속된 티가 없는, 생활에 대해서 아무런 방어도 하고 있지 않은 그런 얼굴이었다.

"아닙니다. 보에게가 아닙니다. 상상이 되시지 않습니까? 보보다도 더 좋은 것을 부인께 드리려고 하는 겁니다."

"도무지 상상이 가지 않아요." 그녀는 또 당황해서 말했다. "제게 있어서 세상에서 가장 소중한 것은 애쉴리……. 아니, 남편 말고는 보인걸요."

레트는 묵묵히 거무스름하고 조용한 얼굴로 그녀를 지켜보았다.

"저를 위해 뭔가를 해 주시겠다니, 정말 선장님은 좋은 분이에요. 버틀러 선장님, 하지만 전 무척 행복해요. 이 세상에서 여자가 갖고 싶어하는 것은 모조리 가지고 있는걸요."

"참 훌륭하십니다. 부디 그것을 지킬 수 있길 지켜보겠습니다." 레트는 갑자기 엄숙한 표정으로 말했다.

스칼렛이 타라에서 돌아왔을 때는 병약하고 창백한 얼굴빛도 사라지고 볼에는 도톰하게 살이 오르고 분홍빛 혈색이 비치고 있었다. 그 녹색 눈은 그 전처럼 생기 있게 반짝였다. 레트와 보니가 웨이드와 엘라를 거느린 그녀와 정거장에서 만났을 때, 몇 주일 만에 그녀는 커다란 소리를 내어 웃었는데, 짜증스러우면서도 재미있어서 마음속으로부터 크게 웃었다. 레트는 모자 차양에 부스스해진 칠면조의 깃털 두 개를 꽂고 있었다. 보니는 나들이 옷이기는 했지만, 가엾게도 찢어진 옷을 입고 있었으며, 볼에는 비스듬이 남색 줄이 그어져 있고 굽이치는 머리카락에는 제 키의 절반이나 되는 공작의 깃털을 꽂고 있었다. 보아하니 기차를 맞으러 가야 할 시간이 되었을 때, 마침 인디언 놀이가 한창이었던 모양이다. 그리고 레트의 얼굴에 나타나 있는 이상스럽게도 난처해 하는 표정이나, 마미가 성난 것을 참고 있는 꼴을 보면 보니가 어머니 마중을 간다고 해도 얼굴을 씻기지 못하게 한 것이 분명했다.

"어쩌면 이런 기막힌 꼴을 했니!" 스칼렛은 말하면서 아이에게 키스하고 레트의 입술에 뺨을 내밀었다.

정거장에는 많은 사람이 있었다. 그렇지 않았으면 그녀는 레트에게 키스를 요구할 마음은 조금도 나지 않았을 것이다. 보니의 모습은 참으로 민망했지만 그런데도 거기 있는 사람들이 모두 아버지와 딸의 모습을 보고 미소지었는데 그것도 조소가 아니라 진심으로 재미있어 하면서, 상냥하게 미소짓고 있는 것을 인정하지 않을 수 없었다. 누구나 스칼렛의 막내딸이 아버지를 제멋대로 휘두르고 있다는 것을 알고 있었다. 애틀랜타 사람들은 그것을 재미있어하고 좋은 일이라고 생각했다. 자식에 대한 레트의 깊은 사랑으로 말미암아 그에 대한 세상 평판은 매우 누그러져 있었던 것이다.

집으로 돌아오는 길에 스칼렛은 시골 이야기를 지껄여댔다. 날씨가 덥고 건조해서, 아마 당신도 들어서 아시겠지만, 목화는 아주 잘 자랐다. 그러나 윌의 이야기로는 금년 가을에는 목화 값이 떨어질 모양이다. 수엘렌은 또 아이가 생긴다. 그녀는 이 이야기를 아이들이 알아듣지 못하도록 말했다. 엘라가 수엘렌의 큰딸을 물어서 희한한 용맹을 떨쳤다. 그러나 스칼렛이 보는 바로는, 뭐니뭐니해도 수엘렌이 그 아이의 어미니까 나쁜 것은 그녀 쪽인 것이다. 그런데 수엘렌이 화를 냈으므로 옛날처럼 굉장한 자매 싸움을 하고 말았다. 웨이드는 저 혼자서 독사를 죽였다. 탈레턴 댁의 란다와 캐밀라는 학교 선생이 되었는데, 이런 어이없는 이야기는 없다. 탈레턴 댁 사람치고, 고양이란 글자를 제대로 쓰는 사람은 한 사람도 없었기 때문이다. 뱃시 탈레턴은 러브조이에서 온 뚱뚱한 외팔 사나이하고 결혼해서, 헤티와 짐과 함께 페어힐에서 상당한 목화 수확을 올리고 있다. 탈레턴 부인은 암말과 망아지를 한 필씩 가지고 마치 백만장자나 된 것처럼 행복해 하고 있다. 그리고 그전 캘버트 댁에는 현재 흑인들이 많이 살고 있고 그 집을 아주 저희들 것으로 삼아 버렸다. 강제 경매로 샀다는 이야기다. 그들 농장들은 보기만 해도 울고 싶어질 만큼 황폐해졌다. 캐들린과 그 변변치 못한 남편의 행방은 아무도 모른다. 알렉스는 죽은 형의 아내인 샐리와 결혼하기로 했다. 그처럼 여러 해 동안 한집에 살고 있는데 이상한 이야기다. 할머니도 어머니도 죽어 버린 다음 단둘이서 살고 있었으므로 야릇한 소문이 돌기 시작해서, 그래서 하는 수 없이 결혼하는 것이라고 사람들은 말하고 있다. 그 때문에 디머티 먼로는 여간 비관하고 있는 게 아니었다. 하지만 이것은 그녀가 조금이라도 세상 물정을 알았다면, 알렉스에게 결혼할 만한 돈이 모이기를 기다리지 말고 진작 서둘러서 다른 남자를 붙들어야 했을 것이다.

스칼렛은 유쾌한 듯이 떠들어 대고 있었다. 그러나 고향에도 가슴 아픈 여러 가지 일들이 있었지만 그것을 숨겼다. 그녀는 몇 천 에이커나 되는 기름진 땅이 목화로 시퍼렇게 덮여 있었던 시절의 일을 생각하지 않으려고 애쓰면서 윌과 함께 마차를 타고 군내를 둘러보았던 것이다. 지금은 어느 논밭이나 할 것 없이 옛날처럼 푸른 숲이나 억새풀이 뒤덮여 있던 황량한 땅으로 돌아가 버리고, 어느 틈엔가 자그마한 떡갈나무와 소나무들이 고적한 폐허나 묵은 목화밭에서 자라나고 있었다. 전에는 백 에이커 경작하고 있던 곳에 지금은 1에이커밖에는 밭이 남아 있지 않았다. 마치 죽어버린 땅을 지나가고 있는 것 같았다.

"이 근처가 다시 그전처럼 되려면 50년이 걸린대도 될까말까 하지요." 윌은 말했다. "당신에게 있어서나, 내게 있어서나, 다행스럽게도 타라가 이 지방에서는 가장 좋은 경작지지요. 스칼렛. 하지만 뭐니뭐니해도 노새 두 마리 몫의 밭에 불과해요. 큰 농장이라고는 할 수 없죠. 타라의 다음으로 좋은 것은 폰테인 댁 땅이고, 그 다음은 탈레턴 댁 땅이지요. 그 사람들도 지금은 대단한 돈은 못되지만, 그런 대로 그럭저럭 잘 해 나가고 있어요. 처세술이 있으니까요. 그러나 그 밖의 사람들이나 휴경지 대부분은……."

아니다, 스칼렛은 황폐한 군의 광경 같은 것은 생각하고 싶지도 않았다. 애틀랜타의 혼잡과 번영 속에서 생각하니 더욱 슬퍼지는 것 같았다.

"여기서는 뭐 별다른 일이 없었나요?" 그녀는 드디어 집에 닿아 앞쪽 베란다에 앉자 물었다. 집으로 오는 도중 숨막힐 것 같은 침묵 속에 잠기게 되는 것이 두려워서 그녀는 쉴 새 없이 잽싸게 지껄여 댔던 것이다. 계단에서 굴러떨어진 그날 이후로 레트와 단둘이서는 한 마디도 이야기한 일이 없었던 것이다. 그러나 지금은 그와 단둘이 있게 되는 것이 조금도 고통스럽지 않았다. 그가 자신에 대해서 어떤 마음으로 있는지 그것은 알 수 없었다.

그 비참한 회복 기간 중 그는 무척이나 친절했었다. 그러나 그것은 서먹서먹한 남남끼리의 친절이었다. 그는 언제나 그녀가 바라는 것을 미리 알고 만족스럽게 해주었고, 아이들이 귀찮게 하지 못하도록 해 주기도 했고 가게나 공장 관리도 해 주었다. 그러나 그는 한 번도 "미안했소"라고 말한 일은 없었다. 그렇다. 아마 그는 미안하다고는 생각하지 않을 것이다. 아마 지금도 생기다만 그 아이는 자기 아이가 아니라고 생각할 것이다.

저 상냥해 보이는 거무스름한 얼굴 뒤에서 과연 어떤 것을 생각하고 있는지 어떻게 안단 말인가? 그러나 그는 두 사람이 결혼한 이후 처음으로 정답게 해 주려는 마음을 보여 주고 마치 두 사람 사이에 불쾌한 일 같은 것이 한 번도 없었던 것처럼 지내고 싶어하는 눈치를 보였다. 그것은 마치 둘 사이에 아무 일도 없었던 것 같은 투였다고 스칼렛은 맥 빠지게 생각했다. 좋다, 그것이 그가 원하는 바라면 내 쪽에서도 내 자신의 할 일은 다하도록 하리라.

"모두 제대로 잘 돼 나가고 있나요?" 그녀는 다시 한 번 말했다. "가게에 새 지붕을 이어 주셨나요? 노새도 바꾸셨구요? 부탁이에요, 레트. 모자의 그 깃털만은 떼어 버려요. 바보 같아요. 깜빡 잊고 그냥 나오신 거겠지요?"

"싫어." 보니가 아버지의 모자를 지키기라도 하는 것처럼 그것을 집어들었다.

"모두 아주 잘 돼가고 있소." 레트는 대답했다. "보니나 나나 유쾌하게 지냈소. 보니는 당신이 간 뒤로는 머리를 빗겨 주지 않았던 모양이군. 보니야, 깃털을 빨면 못 쓴다. 더러울지도 모르니까. 지붕도 고쳤고, 노새도 아주 흥정이 잘 됐소. 그리고 전혀 달라진 것은 없소. 모두가 따분하기 그지없는 이야기야."

이렇게 말하고 잠시 생각하고 나서 그는 말을 덧붙였다.

"어젯밤 고귀하신 애쉴리가 찾아왔소. 당신 공장하고 당신과 그가 절반씩 갖기로 한 이익을 팔 의향이 있는지를 알고 싶어 하더군."

의자를 흔들면서 칠면조 부채를 부치고 있던 스칼렛의 손이 갑자기 멈췄다.

"팔다니, 대관절 애쉴리가 어디서 그만한 돈이 생겼을까요? 그 사람들이 한 푼도 가지고 있을 턱이 없잖아요. 애쉴리가 벌어 오는 돈은 들어오는 대로 멜라니가 써 버리고 마는걸요."

레트는 어깨를 으쓱했다. "난 멜라니 씨가 절약가인줄로 늘 생각하고 있었소. 하지만 난 당신만큼 윌크스 댁의 세밀한 살림까지는 잘 모르니까."

이 말이 레트의 여느 때 버릇인 비꼬는 소리로 생각되었으므로, 스칼렛은 짜증이 나기 시작했다.

"저리로 가 있어라." 그녀는 보니에게 말했다. "엄마는 아빠하고 할 이야기가 있으니까."

"싫어!" 보니는 분명히 말하고는 레트의 무릎을 기어올라갔다.

스칼렛이 얼굴을 찡그리자 보니도 지지않고 마주 찡그렸다. 그 얼굴이 제럴드 오하라와 영락없이 닮았으므로 스칼렛은 무심코 웃음을 터뜨릴 뻔했다.

"보니가 있으면 어떻소." 레트는 대수롭지 않게 말했다. "애쉴리의 돈의 출처에 대해서는 말이오, 록아일랜드에 있을 적에 그가 천연두를 앓는 사람을 병구완해 준 일이 있는데, 그 사람들이 보내온 것 같다더군. 그런 감사한 마음을 갖고 있는 사람이 아직도 이 세상에 있다는 것을 알고, 나는 인간에 대한 믿음을 새로이 했소."

"누굴까요, 우리가 알고 있는 사람인가요?"

"편지에 보낸 사람의 이름이 없다더군. 발신지는 워싱턴이고 애쉴리도 그런 일을 할 만한 사람은 전혀 짐작조차 안 가는 모양입니다. 그러나 애쉴리의 욕심 없는 성격이 세상 가는 곳마다 많은 선행을 남기고 오셨을 테니 도저히 하나하나 생각해 낼 수는 없겠지."

타라에 있는 동안, 애쉴리의 일로는 절대로 레트와 싸우지 않겠다고 결심했었지만, 그렇다 하더라도 만약 스칼렛이 애쉴리의 이 뜻하지 않은 행운에 어리둥절해 있지 않았다면 레트의 이 도전에 응했을 것이다. 그러나 이 문제에서 자기의 처지가 분명치 않았으므로 두 남자 사이에서 자기가 어떤 처지에 있는 것인지 확실해질 때까지는 꾐수에 빠져들 생각은 없었다.

"나한테서 사들이겠다는 거로군요?"

"그렇다니까. 그러나 물론, 스칼렛은 손을 떼지 않을 거라고 말해 두었소."

"내 일에는 참견하지 말았으면 좋겠어요."

"하지만 당신은 공장을 내놓고 싶지는 않을 거 아니겠소. 나는 이렇게 말해 두었소. '당신도 아시다시피 스칼렛은 모든 사람의 파이에 손가락을 찔러 넣어 보지 않고는 못 배기는 성질인데 만약 공장을 팔아 버리면 당신 일에 참견할 수가 없게 된다'고 말이오."

"나에 대해서 정말 그렇게 말했어요?"

"어떻소? 사실이 그렇잖소? 그도 속으로는 나와 같은 생각이었을 거라고 생각해. 단지 말할 것도 없이 그는 너무나 신사이기 때문에 그렇다고 확실하게 입 밖에 내지 않았을 뿐이야."

"그건 거짓말이에요! 그 사람에게 팔겠어요!" 하고 스칼렛은 화가 나서 말했다.

그 순간까지 그녀는 공장을 내놓을 생각 같은 것은 조금도 없었다. 공장을 쥐고 있으려는 이유는 여러 가지가 있었다. 돈벌이 따위는 가장 작은 이유였다. 여태까지만 해도 상당히 비싼 값으로 팔 수도 있었지만 그러한 제의는 모조리 물리쳐 왔던 것이다. 공장이야말로 그녀가 누구의 힘도 빌리지 않고, 큰 적을 상대로 싸워 가며 이룩해 놓은 결과에 대한 확실한 증거였다. 그래서 그녀는 그것을 자랑하고 나아가서는 자기 자신을 자랑하고 있었던 것이다. 그러나 공장을 팔고 싶지 않았던 가장 큰 이유는 그것이 애쉴리와 공공연하게 만날 수 있는 유일한 길이었기 때문이다. 만약 공장이 자기 손에서 떠나 버리면 애쉴리와도 좀처럼 만날 수 없게 되고, 아마 둘이서 만나는 일은 영영 없어지고 말 것이다. 그러나 그녀는 어쨌든 단둘이 만날 필요가 있었다. 그가 자기를 어떻게 생각하고 있을까라든가, 그 무서운 멜라니네 연회 이후로 그의 사랑은 치욕 속으로 완전히 사라져 없어진 것은 아닐까 하는 생각으로, 이대로 언제까지나 애태우며 지낼 수는 없게 된 것이다. 사업을 하고 있으면 누구에게도 의심받지 않고 그와 이야기할 기회가 많이 있다. 그리고 언젠가는 그의 가슴속에 잃어버렸던 자신의 자리를 되찾을 수도 있다고 그녀는 믿고 있었던 것이다. 그러나 만약 공장을 내놓아 버렸다면……

공장을 내놓을 생각은 없었지만, 레트가 자기의 속마음을 애쉴리에게 이토록 노골적으로 말한 것을 생각하자, 저도 모르게 발끈해서 당장 마음을 정해 버린 것이다. 애쉴리에게 팔아 버리자. 그뿐 아니라 내가 얼마나 돈 같은 것을 문제삼지 않는지 그가 깨달을 만큼 싼 값으로 팔아 버리자.

"팔아 버리겠어요!" 그녀는 화난 듯이 말했다. "당신은 어떻게 생각하시죠?"

레트는 쭈그리고 앉아서 보니의 구두끈을 매어 주고 있었는데, 그의 눈에 엷은 승리의 빛이 흘끗 떠올랐다.

"곧 뉘우치지 않을까 싶은데." 그는 말했다.

이미 그녀는 자기의 성급했던 말을 뉘우치고 있었다. 만약 이것이 레트에게 한 말이 아니었더라면 그녀는 망설이지 않고 취소했을 것이다. 어떻게 그렇게도 갑작스럽게 그런 말을 해 버렸단 말인가. 그녀가 화난 듯이 얼굴을 찌푸리며 레트를 보자, 그는 날카로운 고양이가 쥐구멍을 노리고 있는 듯한 눈초리로 그녀를 바라보았다. 그리고 그녀의 찌푸린 얼굴을 보자 흰 이를 드러내고 느닷없이 웃기 시작했다. 스칼렛은 그가 무슨 계략을 꾸며 가지고 자기를 이런 궁지로 몰아넣어 버린 것이 아닌가 하는 막연한 생각이 들었다.

"당신, 이 문제와 무슨 관련이 있는 거죠?" 그녀는 날카롭게 말했다.

"내가?" 그는 일부러 놀란 체하며 눈썹을 치켜세웠다. "당신은 나를 좀더 알고 있을 줄 알았는데. 나라는 인간은 될 수 있는 대로 착한 일 같은 것은 하지 않고 살아 가려는 사람인데 말이야."

그날 밤, 그녀는 제재소와 그 권리 모두를 애쉴리에게 팔아넘겼다. 애쉴리는 그녀가 맨 처음 요구한 싼 값을 받아들이지 않았을 뿐만 아니라 여태까지 그녀가 흥정을 받아 본 일도 없을 만큼의 비싼 값으로 사들였다. 그러므로 그녀로서는 결코 손해보는 흥정은 아니었다. 그녀가 서류에 서명을 마치고, 공장이 영원히 그녀의 손에서 떠나게 되고, 멜라니가 이 계약을 축하하기 위해서 조그만 포도주 잔을 애쉴리와 레트에게 건네는 것을 보자, 스칼렛은 마치 자기의 하나밖에 없는 자식을 팔아 버린 것 같은 허전하고 섭섭한 기분이 들었다.

공장은 그녀의 사랑의 대상이었고, 자랑이었고 여자 손 하나로 쌓아올린 노력의 결정이었다. 애틀랜타가 폐허 속에서 알몸으로 일어나려고 했던 그 어렵던 시절에 그녀도 곤궁의 밑바닥에서 조그만 제재소 하나에서 출발했던 것이다. 북군에 징발당할 염려도 있었고, 금융도 핍박해 있어서 약삭빠른 남자들마저도 어쩔 줄 모르던 시절에 그녀는 공장을 위해서 싸우고 계획하고 길러 왔던 것이다. 그리고 애틀랜타가 전쟁의 상처에서 회복되어 건물이 곳곳에 세워지고 매일처럼 이주자가 떼지어 모여들고 있는 지금 훌륭한 두 개의 제재소와 두 개의 목재 저장소와 노새 열두 마리와 값싼 임금으로 일하는 죄수 노동자들을 소유하고 있는 것이다. 그녀로서는 그런 것들과 작별한다는 것은 그녀 인생의 한쪽 문을 영원히 닫아 버리는 것이나 다름없는 일이었다. 그것은 가슴 아프고 냉혹한 일면이기는 했으나 한편 향수적인 만족을 가지고 떠올릴 수 있는 일면이기도 했다.

그녀가 이 사업을 일으켰고, 지금 그것을 팔아 버렸다. 그러자 결국 자기가 키를 잡아 주지 않으면 애쉴리가 이 사업의 전부를 잃고 마는 것이 아닐까, 자기가 고생해서 쌓아올린 것을 모조리 잃어버리는 것은 아닐는지 그것이 눈에 보이는 것만 같아서 불안했다. 애쉴리는 누구의 말이나 곧이듣고, 2인치에 4인치짜리 목재와 6인치에서 8인치짜리 목재도 전혀 구별하지 못할 만큼 아직도 목재에 대한 관념이 모자랐다. 더욱이 앞으로는 그를 위해서 도움이 될 만한 조언도 할 수 없게 되었다. 이렇게 된 것도 모두 레트가 애쉴리에게, 스칼렛은 매사를 제멋대로 하지 않고는 배기지 못하는 성질이라고 말한 것이 원인인 것이다.

'괘씸한 레트 같으니라구!' 이렇게 생각하면서 그를 지켜보고 있는 동안 이 문제의 밑바닥에 그의 손이 움직이고 있다는 확신이 커졌다. 하지만 그것이 어떤 이유에서 이루어진 것인지는 알 수 없었다. 레트는 애쉴리와 이야기를 하고 있었는데, 그의 말이 날카롭게 그녀의 주의를 끌었다.

"아마 죄수들은 곧 돌려보내시겠죠?" 하고 그는 말했던 것이다.

죄수를 돌려보낸다고? 죄수를 돌려 보내다니, 도대체 어떻게 그런 생각들을 하게 되었단 말인가. 공장에서 큰 수익을 올리는 것도 삯이 싼 죄수들의 노동 때문이라는 것은 레트도 충분히 알고 있을 게 아닌가. 그리고 레트는 어떻게 애쉴리의 향후 행동에 대해서 저토록 단호한 말을 할 수 있단 말인가. 그에 대해서 무엇인가 알고 있는 것이 아닐까.

"네, 곧 돌려보낼 작정입니다." 애쉴리는 대답하면서 스칼렛의 놀라는 시선을 피했다.

"당신, 어떻게 되신 것 아니에요?" 그녀는 외쳤다. "그렇게 하면 죄수를 빌려 오기 위해서 미리 준 임금을 모조리 손해 보지 않으면 안 돼요. 그리고 우선 대신할 노동자가 없잖아요?"

"나는 해방 노예를 쓸 작정입니다."

"해방 노예라고요! 바보 같은 소리 하지도 마세요! 그놈들의 임금이 어떤지 당신도 아시잖아요. 게다가 그런 놈들을 부리면 양키 당국에서, 하루에 세 번 닭고기를 먹이고 있느냐는 둥, 깃털이불을 덮어 주느냐는 둥, 스물네 시간 내내 감시받아야 하는 거예요. 그리고 만약 게으름 피우는 놈에게 일을 시키려고 조금이라도 때리거나 했다가는 당국에서 당장 돌턴에 보고해서 당신을 감옥에 처넣어 버릴 거예요. 거기에 비하면 죄수는 그저……."

멜라니는 눈을 내리깔고, 무릎 위에 단단히 맞잡고 있는 손을 지켜보고 있었다. 애쉴리는 서글픈 듯하지만 고집 센 표정으로 잠시 잠자코 있었다. 이윽고 레트의 눈길과 마주쳤을 때, 그는 그 속에서 이해와 격려를 본 것 같았다. 그 눈길을 스칼렛은 놓치지 않았다.

"나는 죄수는 쓰지 않겠소, 스칼렛." 그는 조용히 말했다.

"어머나!" 그녀는 깜짝 놀랐다. "어째서 쓰지 않겠다는 거죠? 나처럼 남들에게 여러 말을 듣게 되는 것이 싫어선가요?"

애쉴리는 얼굴을 들었다.

"나는 내 자신이 옳은 이상, 남의 말 같은 건 두려워하지 않아요. 그런데 나는 여태까지 죄수들을 쓰는 것이 옳다고 생각한 적은 한 번도 없습니다."

"하지만 어떻게……."

"난 남에게 강제로 노동을 시키거나 사람들을 비참하게 만들면서까지 돈을 벌 수는 없습니다."

"그렇지만 당신은 노예들을 갖고 있었잖아요!"

"그들은 비참하지 않았어요. 그리고 나는 전쟁에 의해서 해방되지 않더라도, 아버지가 돌아가시면 그들을 해방시켜 줄 생각이었습니다. 그러나 이건 다른 거예요, 스칼렛. 죄수를 세내고 빌린다는 제도는 공공연하게 그들을 학대하는 것을 허락하고 있는 겁니다. 아마 당신은 모르시겠지만, 나는 알고 있소. 조니 갤러거가 자기 숙사에서 적어도 한 사람을 죽였다는 것을 나는 분명히 알고 있소. 어쩌면 한 사람뿐이 아닐지도 모르오. 죄수 한두 사람쯤 죽었댔자 아무도 이상하게 생각하지 않소. 달아나려고 했기 때문에 죽였다고 그는 말했지만, 내가 다른 사람에게 들은 바로는 그렇지 않은 것 같소. 그리고 그는 병이 나서 일할 수 없는 사람까지 일을 시키고 있어요. 미신이라고 할지 모르지만, 나는 남에게 못할 짓을 해서 번 돈으로 행복해지리라고는 생각지 않소."

"신의 잠옷이여! 당신은, 애쉴리, 당신은 설마 윌리스 목사가 한 더러운 돈에 대한 설교를 그대로 무턱대고 믿고 계신 건 아니겠죠?"

"무턱대고 믿는 건 아니오. 나는 그 설교가 있기 훨씬 전부터 그렇게 생각하고 있었던 겁니다."

"그럼 내 돈을 전부 더럽다고 생각하시는 군요!" 스칼렛은 발끈해서 목소리가 거칠어졌다. "왜냐하면 나는 죄수를 부렸고, 술집 땅을 가졌고 그리고 ……."

그녀는 잠깐 말을 끊었다. 윌크스 부부는 난처한 얼굴을 하고 있었고, 레트는 노골적인 엷은 웃음을 띠고 있었다. 괘씸하다고 그녀는 진심으로 밉게 생각했다. 그는 또 그녀가 남의 일에 지나친 참견을 하고 있다고 생각하는 것이다. 애쉴리도 그럴 것이다. 두 사람의 머리를 마주 꽝 부딪뜨려서 깨 버렸으면 좋겠다! 그녀는 노여움을 꾹 참고 초연하게 침착한 모습을 보여 주고 싶었으나 좀처럼 생각대로 되지 않았다.

"물론 내겐 아무래도 상관없는 일이지만 말이에요." 그녀는 말했다.

"스칼렛, 내가 당신을 비난하고 있다고는 생각하지 마시오. 그런 생각에서가 아닙니다. 다만 우리의 견해가 서로 다르다는 것뿐입니다. 당신에게 좋게 생각되는 일도, 내게는 좋게 생각되지 않을 수도 있으니까 말입니다."

그녀는 갑자기 애쉴리와 단둘이 있고 싶어졌다. 레트고 멜라니고 이 세상 끝으로 사라져 버렸으면 좋겠다고 마음속으로 생각했다. 그러면 그녀는 소리칠 수가 있다. '하지만 나는 당신과 같은 견해를 갖고 싶은 거예요! 당신의 참다운 마음을 이야기해 주기만 하면 나도 알 수 있어요. 그리고 당신과 똑같이 될 수 있어요!'

그러나 멜라니가 이 자리의 어색한 공기에 몸을 떨면서 보고 있는 앞에서는, 그리고 레트가 빙글빙글 웃으면서 느긋하게 그녀를 바라보고 있는 앞에서는, 그녀는 그저 될 수 있는 대로 냉정하게, 될 수 있는 대로 얌전하게 말하는 수밖에 없었다.

"물론 그거야 당신이 하실 일이니까요, 애쉴리. 당신이 어떻게 경영하시든 나는 이제 이러니저러니 할 일이 못돼요. 하지만 꼭 이것만은 말해 두겠어요. 난 당신의 태도나 말을 이해할 수가 없네요."

'아, 만약 그와 단둘이 있다면 이런 냉담한 말이나 그를 슬프게 할 말 따위는 하지 않아도 되었을 텐데!'

"화났어요, 스칼렛? 그러나 나는 그러려고 한 게 아니었습니다. 나를 믿고 용서하십시오. 내가 한 말에는 딴 뜻은 전혀 없습니다. 다만 나는 방법에 따라서는 벌어도 행복해질 수 없는 돈이 있다고 생각한다는 것을 말했을 뿐입니다.”

“하지만 그건 당신의 잘못된 생각이에요!” 그녀는 이미 자신을 억누를 수가 없어서 큰 소리로 말했다. “나를 보세요. 내 돈이 어떻게 벌렸는지 그것은 당신도 아실 거예요. 내가 돈을 벌기 전의 일도 알고 계시죠? 그 타라의 겨울, 추위에 시달리면서 우리가 신발 대신에 융단을 잘라서 발을 싸던 일이며, 먹을 것도 넉넉하지 못해서 보나 웨이드를 장차 어떻게 교육을 시키면 좋을지 이 궁리 저 궁리 하던 일도 당신은 기억하고 계시겠죠? 그리고 또……”

“기억하고 있습니다.” 애쉴리는 지친 듯이 말했다. “그러나 나는 차라리 잊으려고 해요.”

“하지만 그 당시의 우리가 행복했다고는 말할 수 없겠죠. 그런데 지금의 우리를 보세요. 당신은 훌륭한 가정을 가지고 계시고, 밝은 장래도 있어요. 나만큼 말쑥한 집, 아름다운 의복, 좋은 말을 가지고 있는 사람이 또 있을까요? 나만큼 사치스러운 음식을 차리고 호화로운 연회를 열 사람은 달리 없어요. 그리고 우리 아이들에게는 고생을 시키지 않아요. 그렇게 할 수 있는 돈을 내가 어떻게 벌었을까요? 돈이 열리는 나무라도 갖고 있는 줄 아세요? 천만에요, 죄수와 술집 땅세와……”

“그리고 그 북군 병사를 죽인 일도 잊어서는 안 되지.” 레트가 조용히 말했다. “사실 당신은 그때부터 첫발을 내디뎠으니까 말야.”

스칼렛은 그를 홱 돌아보았다. 무엇인지 격한 말이 튀어나올 것 같았다.

“그리고 돈이란 것이 당신을 무지무지 행복하게 해 주었단 말이지, 그렇지 않소, 스칼렛?” 그는 매우 불쾌할 정도로 상냥하게 말했다.

스칼렛은 도중에 말을 멈춘 채 입을 딱 벌리고 있었다. 그리고 얼른 세 사람의 눈을 둘러보았다. 멜라니는 난처해서 곧 울음을 터뜨릴 것만 같았다. 애쉴리는 갑자기 암울하게 뒤로 물러난 모습이었다. 그리고 레트는 시가 너머로 남의 일처럼 재미있다는 듯이 바라보고 있었다. 그녀는 당장 ‘물론 돈 때문에 행복해졌어요!’ 하고 외치고 싶었다.

그러나 왠지 그 말이 나오지 않았다.

스칼렛은 앓아 눕던 뒤로 레트가 달라진 것을 깨달았다. 그러나 그 달라진 태도는 조금도 유쾌한 것이 못되었다. 그는 술을 마시지 않았고 조용했으며, 늘 무엇인가를 곰곰이 생각하는 것 같았다. 저녁식사 때 집에 있는 일도 전보다 훨씬 많아졌고 하인들에게도 친절해졌으며, 웨이드나 엘라에 대해서도 더욱 상냥해졌다. 그뿐 아니라 둘 사이의 과거에 대해서 즐거운 일이든 언짢은 일이든 말하지 않게 됐으나, 그렇게 잠자코 있으면서, 그녀 쪽에서 그런 화제를 끌어내도록 하려는 듯이 보였다. 스칼렛의 마음도 가라앉아 있었다. 가만히 내버려 두는 편이 훨씬 마음 편했기 때문이다. 따라서 겉으로는 평온한 나날이 지나갔다. 그녀의 회복기부터 시작된 그의 서먹서먹할 만큼 정중한 태도는 아직도 이어지고 있었다. 전처럼 햇솜에 바늘을 싼 것 같은 말이나 빈정거리는 말도 입 밖에 내지 않았다. 이제와서 보면, 심술궂은 소리를 해서 그녀를 화나게 하고 부지중에 발끈해서 심한 말대꾸를 하는 일이 있기는 했지만, 그것도 모두 그가 그녀의 하는 일에 신경을 쓰고 있었기 때문이라는 것을 깨달았다. 지금도 그는 그녀가 하는 일에 신경을 쓰고 있을까? 그녀에 대한 태도는 공손해졌지만, 동시에 그녀에 대한 흥미를 잃은 것처럼 보이기도 했다. 그것이 섭섭했다. 옛날처럼 심술궂어도 좋으니 흥미를 가져 주기를 바랐다. 심한 싸움을 하던 옛날이 차라리 그리웠다.

그는 그녀에게 상냥하게 굴었다. 그러나 그것은 생판 남끼리 취하는 태도에 가까웠다. 그리고 일찍이 그녀를 뒤쫓고 있던 그의 눈은 지금은 보니만을 쫓고 있었다. 그것은 흡사 그의 생명의 조류가 흐르는 방향을 바꾸어 좁은 해협으로 밀려든 것 같기도 했다. 만약 레트가 아낌없이 보니에게 기울이고 있는 염려나 애정을 절반만이라도 자기에게 기울여 준다면 생활이 달라질 것이 틀림없다고 스칼렛은 가끔 생각할 때가 있었다. 남들이 "버틀러 선장은 어쩌면 그 애를 그렇게 귀여워하죠?" 하는 소리를 들어도 웃을 수 없을 때가 있었다. 그러나 만약 그녀가 웃지 않으면 남들은 이상하게 생각할 것이고, 또 스칼렛으로서도 저렇게 어린 자식에게, 게다가 그 아이는 좋아하는 자식인데, 질투하고 있다고 생각하는 것은 스스로도 싫었다. 스칼렛은 언제나 주위 사람들이 우선 자기를 먼저 생각해 주기를 바랐다. 그러나 지금은 분명히, 레트는 보니만을 보니는 레트만을 생각하고 있는 것이었다.

레트는 밤 늦게까지 밖에 나가 있는 일이 흔히 있었지만, 그럴 때도 늘 술을 마시지 않고 돌아왔다. 그녀는 조용히 휘파람을 불면서 그녀의 꼭 닫혀진 방문 앞을 지나가는 레트의 발소리를 가끔 들었다. 또 때때로 그는 밤늦게 손님을 데리고 돌아와 식당에서 브랜디 병을 앞에 놓고 이야기할 때도 있었다. 그런데 그 사람들은 두 사람이 결혼하던 해, 그가 함께 어울려서 술이 취하곤 하던 사람들과는 달랐다. 요즈음 그가 데리고 오는 사람들은, 돈 많은 카펫배거도 아니고 스캘러왜그도 아니고 공화당원도 아니었다. 스칼렛이 발소리를 죽이고 2층 복도의 난간까지 가서 귀를 기울이면 놀랍게도 르네 피칼이나, 휴 엘싱이나, 시몬스 형제나, 앤디 보넬의 목소리가 흔히 들려오는 것이었다. 메리웨더 할아버지와 헨리 아저씨는 단골이었다. 어떤 때는 미드 의사의 목소리까지 들려온 일이 있어서 그녀를 깜짝 놀라게 했다. 그런 사람들은 모두 예전엔 레트 따위는 교수형도 너무 과분하다고 생각하고 있던 사람들이었다.

그런 사람들은 언제나 그녀의 마음에 프랭크의 죽음을 떠올리게 했다. 또 레트가 요즈음 가끔 늦는 것이 프랭크가 생명을 잃은 KKK단의 습격 직전 일들을 한층 더 생각나게 하는 것이었다. 하느님은 그토록 무거운 고형을 내게 지우지는 않으시겠지만, 사람들의 존경을 얻기 위해서 필요하다면 그 괘씸한 KKK단에라도 들어가겠다고 한, 언젠가의 무서운 레트의 말이 생각났다. 만약 레트가 프랭크처럼…….

어느 날 밤 그가 돌아오는 것이 여느 때보다도 늦었으므로 그녀는 더 이상 잠자코 걱정만 하고 있을 수가 없어서, 열쇠를 돌리는 소리가 들려오자 실내복을 걸치고 가스등이 켜져 있는 2층 복도로 나갔다. 계단 위에서 그와 얼굴을 마주쳤으나, 그때까지 무언가 골똘히 생각하고 있던 그의 표정은 거기 서 있는 그녀를 보는 순간 놀라는 표정으로 변했다.

"레트, 제발 말 좀 해 줘요. 사실을 말해 줘요. 설마 당신이…… 그 KKK단에…… 들어가 있는 것은……."

밝은 가스등 아래서 그는 시시하다는 듯이 그녀를 보고, 그리고 미소지었다.

"당신은 시대에 뒤떨어져 있구료." 그는 말했다. "이제 애틀랜타에는 KKK단 같은 것은 없소. 아마 조지아 주 안에는 아무 데도 없을걸. 당신은 당신 친구들인 스캘러왜그나 카펫배거들에게서라도 KKK단이 폭행한 이야기를 들은 모양이군."

"KKK단이 없다구요? 나를 달래려고 거짓말을 하고 있는 거지요?"

"언제 내가 당신을 달래려고 했단 말이오. 이젠 KKK단 같은 건 없소. 우리는 그런 운동이 백해무익이라고 생각하고 있었소. 북부를 도발하고, 블럭 지사 각하의 아첨 전술에 자료를 제공할 뿐이니까 말이오. 지사란 녀석은 중앙 정부나 북부 신문에다가, 조지아 주가 아직도 반란 음모 때문에 시끄럽고 KKK단원이 곳곳에 숨어 있다는 생각을 품게 하는 한 지금의 지위가 안전하다는 것을 알고 있단 말이오. 그 때문에 그는 충실한 공화당원이 엄지발가락과 손가락을 묶어서 매달렸다느니, 정직한 흑인이 강간했다는 누명을 쓰고 폭행을 당했다느니, 있지도 않은 KKK단의 잔학 행위에 대한 이야기를 필사적으로 꾸며 대고 있었던 거란 말이오. 그러나 있지도 않은 과녁을 향해서 사격하는 격이라는 사실은 그들도 잘 알고 있소. 당신이 걱정해 주는 것은 고맙지만, 내가 스캘러왜그 노릇을 깨끗이 청산하고, 충실한 민주당원이 되고 얼마 안 돼서 진짜 KKK단이란 것은 없어져 버렸단 말이오."

그녀는 KKK단이란 것은 없어졌다는 안도감에만 정신이 팔려서, 블럭 지사의 이야기 같은 것은 모두 한쪽 귀로 흘려 버렸다. 이제 레트는 프랭크처럼 살해당할 염려는 없는 것이다. 그녀도 이제 가게나 돈을 빼앗길 염려는 없는 것이다. 그러나 그의 말 가운데 한 가지 마음에 걸리는 것이 있었다. 그것은 그가 우리라고 한 말이다. 전에는 그가 보수파라고 부르던 패들과 그 자신을 한데 섞어서 태연하게 우리라고 말한 것이다.

"레트." 그녀는 느닷없이 물었다. "당신이 KKK단의 해산과 무슨 관계라도 있나요?"

그는 잠깐 그녀를 묵묵히 지켜보고 있었으나, 이윽고 그 눈은 버릇대로 놀리는 것처럼 깜박거리기 시작했다.

"그렇지, 주로 애쉴리 윌크스하고 내가 했지."

"애쉴리…… 하고 당신하고?"

"그렇소. 평범한 이야기지만, 사실 정략이라는 것은 이상한 동지를 만드는 법이거든. 애쉴리나 나나 친구로서 서로 도왔던 것은 아니었지만 애쉴리는 어떤 형식으로든 폭력에는 반대한다는 이유로 KKK단을 배척하고 있었던 거야. 그리고 나는, 이런 운동은 정말 바보 같은 짓이다, 우리가 목적하고 있는 것을 이룩하는 수단이 아니라는 이유로 역시 반대했던 거지. 그건 다만 왕국이 오기까지 양키에게 억압하는 수단을 주는 데에 불과하니까. 그래서 애쉴리하고 나하고, 그 과격한 패들을 설득시켰단 말이오. 한밤중의 테러 행위를 하기보다는 방심하지 말고 시기가 오기를 기다리면서 일하는 편이 상책이라고 말야."

"그래서 그 사람들이 당신의 의견을 진심으로 받아들였단 말인가요? 하지만 당신은……."

"하지만 당신은 협잡꾼인데, 하는 말인가? 스캘러왜그로서 북부와 내통하고 있는 놈인데, 하는 말인가? 부인, 당신은 잊으셨소? 내가 지금은 어엿한 민주당원으로서 우리의 사랑하는 주를 강탈자의 손아귀에서 되찾아 오기 위해 마지막 피 한 방울까지도 바치고 있다는 것을 말이오. 내 의견이 훌륭하니까 그들은 선뜻 받아들였지. 그 밖의 정치 문제에 대한 내 의견 역시 훌륭한 거지. 주 의회에서는 민주당이 다수를 차지하고 있잖소? 그러니까 언젠가 우리는 공화당 선생들 가운데 몇 사람을 감옥으로 맞아들이게 될 거야. 그 친구들은 워낙 욕심이 과한 데다 더구나 지나치게 공개적으로 해 먹었으니까 말야."

"그 사람들을 감옥에 처넣으려는 건가요? 하지만 그 사람들은 당신의 친구들이었잖아요! 그 철도공채 일에는 당신도 한몫 끼어서 몇 천 달러나 벌었잖아요!"

레트는 갑자기 빙그레 웃었다. 늘 웃는 비웃음이었다.

"나는 그들에게 조금도 악의를 갖고 있지 않소. 그러나 지금은 반대되는 입장에 처해 있으니 그들은 마땅히 감옥에 들어가야 하오. 그러니까 어떤 방법이건 그들을 감옥에 넣는데 도움이 된다면 나는 도울 거요. 그러면 내 신용도 더 얻을 수 있을 테니까 말야! 의회가 그들을 폭로하려고 들면 이 장사의 이면에도 상당한 이익이 있다는 것을 나는 빤히 알거든. 그리고 어쩐지 요즘 형편으로 보면 그것도 그다지 먼 장래는 아닐 것 같아. 의회는 지사도 조사할 속셈이니까, 만약 거기에 무엇인가 있기만 하다면 지사도 감옥에 처넣을 거야. 당신의 친구인 겔러트나 훈던 부부에게 여차하면 곧 시를 뜰 수 있는 채비를 해두도록 일러두는 게 좋을 걸. 지사를 체포할 수 있다면 곧바로 그들도 체포되고 말 테니까."

스칼렛은 벌써 오랜 세월 동안 공화당원이 북군의 뒷받침으로 조지아 주에서 권력을 휘두르는 것을 보아 왔으므로, 레트가 너무나 대수롭지 않게 해 버리는 말 같은 것은 곧이들을 마음이 없었다. 지사는 매우 튼튼한 방어책을 마련하고 있었다. 그러니까 의회가 그에게 손을 댄다든가, 하물며 투옥을 시킨다든가 하는 일은 있을 수 없다고 생각한 것이다.

"당신도 무던히 우쭐대시는군요." 그녀는 비꼬았다.

"설령 투옥되지는 않는다 하더라도 재선은 안 될걸. 우리는 이번 선거에는 민주당에서 지사를 뽑아 상황을 좀 바꾸기로 했소."

"그리고 당신도 거기에 무슨 관계가 있겠군요?" 그녀는 비아냥거리듯이 말했다.

"아무렴, 난 이미 지금도 관계하고 있소. 내가 매일 밤 늦어지는 것도 그 때문이란 말이오. 나는 선거 단체를 조직하기 위해서 금광으로 사람이 한창 몰리던 시절에 삽을 들고 일하던 때 이상으로 열심히 일하고 있단 말이오. 이건 기분을 상할는지 모르겠지만 말이오, 부인, 사실 나는 그 단체에 많은 자금까지 제공하고 있소. 그전에 당신이 프랭크의 가게에서 남부동맹의 돈을 내가 가지고 있는 것은 괘씸하다고 말한 것을 기억하오? 마침내 나도 당신과 의견이 같기에 이른 셈이오. 남부동맹의 돈은 남부동맹 사람들에 의해서 그전처럼 권력을 되찾기 위해서 쓰여지고 있는 거란 말이오."

"그럼 당신은 쥐구멍에다 돈을 쏟아 넣고 있군요!"

"뭐라고! 당신은 민주당을 쥐구멍이라고 하는 거요?" 그는 흘끗 비꼬듯이 그녀를 보았으나 이내 또 조용하고 무표정한 눈으로 돌아갔다. "누가 선거에 이기거나 내게는 하등 문제가 되지 않소. 문제는 내가 그 때문에 일을 했고, 그 때문에 돈을 썼다는 것을 모두에게 인정하게 하는 거란 말이오. 그렇게 해 두면 장차 보니에게 도움이 될 테니까."

"당신이 너무 기특한 소리를 하시기에 심장이라도 바꾸신 줄로 알 뻔했어요. 하지만 난 당신이 민주당 사람들에게 진정성 같은 것은 전혀 갖고 있지 않다는 것을 알아요, 매사에 그렇지만."

"심장을 바꾸다니 당치도 않는 소리요. 약간 겉모양을 바꿨을 뿐이지. 표범의 얼룩점을 지워 버릴 수는 있어도 그것이 표범인 것에는 조금도 변함이 없으니까."

보니가 복도에서 나는 말소리에 잠이 깨서, 졸린 듯하면서도 건방진 목소리로 "아빠!" 하고 불렀다. 레트는 스칼렛을 거기에 둔 채 가려고 했다.

"레트, 잠깐만. 그거 말고도 할 이야기가 있어요. 오후에 보니를 데리고 산책하실 때, 정치 모임 같은 데에는 데리고 가지 말아 주세요. 그다지 보기 좋은 일이 못돼요. 그런 장소에 어린애를 데리고 가다니, 생각 좀 해 보세요! 당신이 바보처럼 보일 거예요. 당신이 그런 장소에 데리고 갈 줄은 꿈에도 몰랐는데, 헨리 아저씨가 그런 말씀을 하시더군요. 아저씨는 내가 알고 있는 줄 아셨던지……."

그녀를 돌아보는 그의 얼굴은 굳어 있었다.

"아버지가 친구들과 이야기하는 동안에 어린 딸이 무릎에 앉아 있는 것이 어째서 나쁘다는 거요. 당신 같은 사람에겐 바보처럼 보일지 모르지만 결코 바보스러운 게 아니오. 내가 공화당원을 이 주에서 몰아내는 데 힘을 보태 주는 동안에 보니가 내 무릎 위에 앉아 있던 일을 사람들은 오랫동안 기억해 줄 거야. 모두들 언제까지나 기억하겠지." 그의 얼굴에서 갑자기 굳은 표정이 사라지고 눈이 심술궂게 빛났다.

"당신은 모를지 모르지만, 모두들 보니에게 제일 좋은 사람이 누구냐고 물으면 '아빠하고 민주당원'이라고 한단 말이오. 그리고 제일 싫은 사람은 누구냐고 물으면 '스캘러왜그' 하는 거야. 고맙게도 이런 일은 오래도록 기억해 주는 법이거든."

스칼렛은 화가 나는 듯 큰 소리를 질렀다.

"그리고 보나마나 당신은 나를 가리켜서 스캘러왜그라고 일러 주었겠지요!"

"아빠!" 이번에는 성난 듯한 보니의 목소리가 들려왔다. 레트는 여전히 웃으면서 딸의 방을 향해서 복도를 걸어갔다.

그해 10월 블럭 지사는 사직하고 조지아 주에서 달아났다. 공금 소비, 남용, 부패는 그의 재직 중 극에 달해서 마침내 고대광실도 그 무게를 감당하지 못하고 쓰러졌던 것이다. 민중들의 격분도 극에 달하여 마침내 그의 여당까지도 분열시키기에 이르렀다. 의회에서는 민주당이 다수를 차지했다. 이렇게 되면 결과는 하나밖에 없다. 자기가 조사받을 것을 짐작하고 탄핵당할 것을 두려워한 블럭은 꾸무럭거리지 않았다. 그는 빠르면서도 비밀리에 자신의 사임이 북부까지 안전하게 달아날 때까지 공표되지 않도록 손을 써 놓고 행방을 감추고 말았던 것이다.

그가 달아난 일주일 뒤 그 사실이 발표되자, 애틀랜타는 흥분과 환희로 들끓었다. 시민들은 거리에 모여서 축하의 뜻을 표하며 서로 웃고 악수했다. 부인들은 서로 키스하고 기쁨에 못 이겨 울었다. 모두 축하 파티를 열었다. 승리를 알리는 소년들의 화톳불에서 번지는 불을 끄기 위해서 소방서는 정신을 못차릴 지경이었다.

이제 위기는 벗어났다. 재건이라는 압제 정치도 끝장이 나려 하고 있는 것이다! 지사 대리 역시 공화당임에는 틀림이 없었지만 12월에는 선거가 있을 것이고, 그 결과에 대해서 의심하는 사람은 한 사람도 없었다. 이리하여 선거가 행해졌다. 그리고 공화당의 결사적인 노력에도 불구하고 조지아 주는 다시금 민주당 출신의 지사를 맞게 되었던 것이다.

기쁨이 폭발했다. 흥분이 소용돌이쳤다. 그러나 그것은 블럭이 달아났을 때 온 시내가 들끓던 것과는 그 양상이 달랐다. 좀더 진지한, 진심에서 우러나오는 기쁨이었다. 영혼의 깊은 밑바닥에서부터 감사를 바치는 심정이었다. 곳곳의 교회에서 목사들은 빽빽하게 모여 있는 군중들 앞에서, 마침내 오랜 적으로부터 주를 구해 낸 데 대해서 하느님께 감사의 기도를 드렸다. 기쁨과 즐거움에 자부심까지 섞여 있었다.

워싱턴 정부가 어떠한 정책을 펴거나 군대나 카펫배거들이나, 남부의 스캘러왜그들이나, 지방의 공화당원이 무슨 짓을 하거나 조지아 주는 다시 조지아 사람들의 손으로 돌아왔다는 자부심이었다.

일곱 차례에 걸쳐서, 국회는 조지아 주를 피점령 지역으로 남겨 두기 위해 주에 대한 탄압적인 법안을 통과시켰다. 군대는 세 차례에 걸쳐서 민법의 실시를 물리쳤다. 흑인들은 의원단 사이를 신이 나서 뛰어다녔다. 탐욕스러운 다른 지방 사람들은 주정부를 악용했다. 하부의 말단관리까지 공금을 횡령해 제 주머니를 채웠다. 조지아 주는 속수무책이었고, 시달리고, 학대받고, 박살이 났다. 그러나 이제야 그 모든 것을 이겨 내고 조지아는 다시 옛날의 조지아로 돌아갔다. 그리고 그것은 조지아 사람 스스로의 노력에 의해서 이

록된 것이다.

이 갑작스러운 공화당의 전복을 모든 사람이 다 기뻐한 것은 아니었다. 스캘러왜그나 카펫배거나 공화당 사이에는 대공황이 일어났다. 블럭의 사직이 공표되기 전에 미리 알아냈던 겔러트와 훈던네들은 곧바로 시를 떠나서 나타났을 때처럼 다시 어딘가로 자취를 감춰 버렸다. 남은 카펫배거들과 스캘러왜그들은 불안에 떨면서 의회의 조사에서 어떤 일이 드러나게 될 것인가 하고, 자기들의 개인적인 사건까지 걱정하면서 함께 모여 서로 위로하고 있었다. 그들은 이미 거드럭거리지 않았다. 기가 죽고, 갈팡질팡하며 두려움에 떨었다. 그리고 스칼렛을 찾아오는 부인들은 몇 번이고 되풀이해서 이렇게 말하는 것이었다.

"하지만 설마 이렇게 되리라곤 아무도 몰랐어요. 지사의 권력은 좀더 강력한 것인 줄만 알고 있었어요. 달아나리라고는 생각하지 못했어요. 그리고 ……."

스칼렛도 이렇게 되리라고 레트에게서 듣기는 했었으나, 이토록까지 되리라고는 생각하지 않았다. 그래서 역시 어찌할 바를 몰랐다. 그녀가 슬퍼하고 있는 것은 블럭이 달아난 것도 아니었고 민주당이 다시 세력을 되찾은 것도 아니었다. 아무도 믿지 않겠지만, 그녀 역시 양키의 지배가 마침내 떨쳐낸 데 대해서 잔인한 쾌감을 느끼고 있었던 것이다. 그녀의 마음에는 지금도 여전히 생생할 만큼 뚜렷이, 재건 시대 초기 자기의 고생이 생각났고, 군대와 카펫배거들에게 돈이나 재산을 몰수당하지 않을까 하는 공포가 새겨져 있었다. 그 무렵의 불안, 그 불안에서 오는 공포, 남부에 이처럼 굴욕적인 제도를 실시한 양키에 대한 증오를 생각해 냈다. 한시라도 그들을 미워하지 않은 적은 없었던 것이다. 그러나 무엇이건 최선으로 이용하여 충분한 생활의 안전을 얻는 수단으로서 그녀는 정복자와 손을 잡아 왔던 것이다. 그들을 몹시 미워하면서도, 스스로 옛 친구나 옛 생활과의 인연을 끊고 그들에게 둘러싸여 지내왔던 것이다. 그러나 이렇게 이제 정복자의 권력은 끝장이 났다. 그녀는 블럭 정권의 존속에 모든 것을 걸고 있었다. 그리하여 마침내 그녀는 패배를 맛보게 되었던 것이다.

1871년의 크리스마스는 최근 10년 동안에 있어 주에서는 가장 행복한 크리스마스였지만, 주위를 둘러보았을 때 그녀는 불안감을 느꼈다. 전에는 애틀랜타에서 가장 따돌림을 받던 레트가 지금은 가장 인기 있는 사람 가운데 한 사람이 되어 있는 것을 그녀는 인정해야만 했다. 그것은 그가 이단자인 공화당원이었던 것을 스스로 겸허한 태도로 취소하고 자기의 시간과 돈, 노력과 두뇌를 조지아 주의 재건을 위하여 바쳤기 때문이었다. 그가 말을 타고 미소를 지으면서, 모자를 비스듬히 쓰고 파란 옷을 입은 귀여운 보니를 안장 앞에 태우고 가면, 사람들은 모두 미소를 보내고 열의를 가지고 말을 건네면서 귀여워 하며 보니를 보는 것이었다. 그런데 그녀는, 스칼렛은……

59

보니 버틀러가 점점 손을 댈 수 없을 정도로 버릇이 없어져 갔으므로 단단히 버릇을 가르쳐야 할 필요가 있다는 것은 누가 보나 분명했지만, 그녀는 사람들로부터 무척 귀염을 받고 있었으므로 막상 내가 길을 들여 주마 하는 사람도 없었다. 그녀가 처음으로 버릇이 사나워진 것은 아버지와 함께 몇 달 동안인가의 여행을 하는 동안이었다. 레트와 뉴올리언스나 찰스턴에 있었을 무렵엔 아무리 늦게까지 자지 않아도 괜찮았고, 극장이나 식당이나, 카드놀이를 하고 있는 자리에서도 아버지에게 안겨서 잠들어 버리는 것이 예사였다. 그 뒤로는 억지로 끌고 가지 않으면 순한 엘라와 함께 침실로 가지 않게 되어 버리고 말았다. 여행 중 레트는 그녀가 좋아하는 옷만 입혔으므로 그 뒤 마미가 파란 태피터에 레이스 깃이 달린 옷이 아니라, 줄무늬 무명 드레스에 앞치마를 둘러 주려고 하면 대번에 심술을 부렸다.

보니가 집을 떠나서 여행을 하고, 그 뒤 스칼렛이 앓아 눕고 타라에 가고 하는 동안에 나빠진 밑바탕은 예전대로 고치는 방법은 전혀 없을 듯싶었다. 보니가 커감에 따라 스칼렛은 보니의 버릇을 가르치고, 너무 심한 고집이나 응석은 고쳐 주려고 했으나 거의 효과가 없었다. 보니가 아무리 터무니없는 것을 바라거나 아무리 난폭한 짓을 해도 레트는 언제나 아이 편을 들었다. 그는 자진해서 아이에게 어른스러운 말을 하게 하고, 또 어른처럼 대접하고, 제법 진지하게 그녀의 의견을 듣고, 그 의견에 따르는 척했다. 그 결과 보니는 언제나 멋대로 어른들의 이야기에 말참견을 하고, 아버지에게 대들고 반박하곤 했다. 그는 그저 웃을 뿐이었고, 스칼렛이 혼을 내주기 위해서 아이의 손을 때리려는 것까지 못하게 했다.

'만약 저 애가 저렇게 귀엽고 사랑스러운 아이가 아니었더라면 정말 망나니가 되고 말거야.' 스칼렛은 분하게 생각하면서, 보니가 자기에 못지않은 고집통이라는 것을 깨달았다. '저 애는 레트를 몹시 따르니까 레트라면 버릇을 가르칠 수 있을 텐데.'

그러나 레트는 보니를 길들일 것 같은 눈치는 전혀 보이지 않았다. 그 애가 하는 일은 무엇이고 옳은 것이다. 만약 달님이 갖고 싶다고 하더라도 가져올 수만 있다면 가져다주었을 것이다. 보니의 아름다움, 곱슬곱슬 굽이치는 머리, 그리고 보조개와 우아하고 귀여운 몸짓에 대한 그의 자랑은 끝이 없었다. 그는 보니의 건방진 태도를, 그 발랄한 행동을, 또 아버지에 대한 사랑을 나타낼 때 보이는 귀여운 몸짓을 사랑했다. 아무리 떼쓰고 고집을 부려도 보니가 귀여워서 견딜 수 없었고 보니를 억누르려는 생각은 조금도 없었다. 그는 보니의 신이었고, 보니의 조그마한 세계와 중심이었다. 그러나 그것이 그에게 너무나 귀중한 것이었으므로 꾸짖거나 벌을 주거나 해서 그것을 잃어버릴 위험을 저지를 생각은 추호도 없었던 것이다.

보니는 마치 그림자처럼 아버지에게 붙어 다니면서 떨어지지 않았다. 보니는 그가 잠이 깨기도 전에 일으키고 식탁에서도 그의 옆에 앉아서 그의 접시와 자기의 접시에서 번갈아 가며 먹었고, 그의 안장 앞쪽에 앉아 말을 탔고, 옷을 벗기는 데도 레트가 아니면 말을 듣지 않았고 아버지 침대 곁의 조그만 침대에 재우는 것도 아버지라야만 했다.

스칼렛은 자기의 어린 자식이 사정없이 아버지를 지배하는 것을 재미있게도 여겼고 감탄도 했다. 레트 같은 사나이가 이토록 진지하게 아버지 구실을 다하리라고 누군들 생각했을 것인가. 그러나 스칼렛은 겨우 네 살 난 보니가 자기보다도 훨씬 더 레트를 이해하고, 자기는 생각도 못했을 만큼 교묘하게 레트를 조종하는 것을 보면 강한 질투를 느낄 때도 있었다.

보니가 만 네 살이 되었을 때, 마미는 계집애가 아빠의 안장 앞에 걸터앉아서 옷자락이 올라간 채 말을 타는 것은 좋지 않다고 잔소리를 하기 시작했다. 레트는 계집아이를 기르는 방법에 대해서는 언제나 마미의 말을 귀담아 들었으므로 이 잔소리를 그냥 들어넘기지는 않았다. 그 결과 기다란 명주실 같은 갈기와 꼬리를 가진, 다갈색에 흰 색이 섞인 셰틀랜드 포니 종의 작은 망아지와 은테를 두른 조그만 부인용 안장을 샀다. 겉으로는, 이 망아지는 세 아이의 공용으로 되어 있었고, 레트는 웨이드에게도 안장을 사 주었다. 그러나 웨이드는 세인트버나드 개 쪽을 훨씬 더 좋아했고 엘라는 동물이라면 무엇이고 다 무서워 하며 가까이 하지 않았다. 그래서 망아지는 결국 보니 전용이 되고 '버틀러 씨'라는 이름이 붙었다. 보니는 모처럼 망아지가 생겨서 좋아했지만, 다만 한 가지 불만은 아버지처럼 걸터앉지 못하는 것이었다. 그러나 부인용 곁안장에 오르는 게 얼마나 어려운지 모른다고 아버지가 설명하자 아주 만족해서 금세 옆으로 오르는 법을 익혀 버리고 말았다. 보니의 멋진 자세, 고삐를 능숙하게 다루는 솜씨에 대한 레트의 자랑은 이만저만이 아니었다.

"저 애가 사냥을 나갈 만큼 자랄 때까지 기다려보란 말이야." 그는 자랑스러워 했다.

"어느 사냥터에 가더라도 저 애만한 사람은 없다는 소리를 듣게 될 거야. 그렇게 되면 버지니아엘 데리고 갈 생각이야. 거기에 가면 진짜 사냥 맛을 볼 수 있으니까 말이야. 그리고 켄터키에도 데리고 갈 테야. 거기라면 말 타는 솜씨가 좋은지 나쁜지 알아 주니까."

승마복을 지을 단계가 되자 여전히 보니는 제가 빛깔을 골랐고 그것도 전과 마찬가지로 파란 것을 골랐다.

"하지만 보니야! 그 파란 벨벳은 안 된다! 파란 벨벳은 나도 나들이 옷에서나 쓸 정도야." 스칼렛은 웃으면서 말했다. "여자애가 입는 건 예쁜 검정 나사가 좋은 거야."

그러나 보니의 작고 검은 눈썹이 찌푸려지는 것을 보자 이번에는 레트를 향해서 말했다.

"여보 레트, 부탁이니 파란 벨벳이 얼마나 어울리지 않는가, 그리고 얼마나 잘 더러워지는가를 일러 주세요."

"어떻소? 파란 벨벳을 입혀요. 더러워지면 또 지어 주면 될 거 아니오." 레트는 속편한 소리를 했다.

이리하여 보니는 치마가 망아지 옆구리로 늘어지는 파란색 벨벳의 승마복과 빨간 깃털이 달린 검은 모자를 만들어 가졌다. 이 빨간 깃털은 멜라니 아줌마에게서 들은 젭스튜어트의 깃털 이야기에서 그녀가 생각해 낸 것이었다. 활짝 갠 날에는 레트가 보니의 살찐 망아지 걸음에 맞추기 위해서, 자기가 탄 커다란 검정말 고삐를 당기면서 피치트리 거리로 말을 몰고 가는 모습이 가끔 눈에 띄었다. 또 때로는 교외의 한적한 길을 보니는 채찍으로 버틀러 씨를 때리며 흐트러진 긴 머리를 나부끼면서, 레트는 딸이 버틀러 씨가 경주에 이기고 있다고 생각하도록 고삐를 바싹 당겨서, 닭과 개와 아이들을 쫓아 버리면서 달려갈 때도 있었다.

레트는 그녀의 말 타는 태도나 솜씨에 아무런 불안도 없는 모습을 보고, 이제는 염려 없다고 생각하고 이번에는 버틀러 씨의 짧은 다리가 닿는 범위 안에서 나직한 뛰어넘기를 가르치려 했다. 그걸 위해서 그는 뒤뜰에 장애물을 만들고 피터 할아범의 조카 워시에게 하루 25센트씩이나 주고, 버틀러 씨에게 뛰어넘기를 가르쳤다. 가름나무는 지상 2인치에서부터 시작해서 차츰 1피트의 높이까지 올려갔다.

이 방식에 대해서는, 가장 관계가 깊은 워시도, 버틀러 씨도, 보니도, 모두 반대였다. 워시는 말이 무서웠다. 단지 엄청난 삯에 눈이 어두워서, 좀처럼 말을 듣지 않는 망아지에게 하루에 몇 번씩이고 가름나무를 뛰어넘게 하고 있었던 것이다. 버틀러 씨는 어린 여주인이 꼬리를 잡아당기고 말발굽을 끊임없이 조사하는 일을 지그시 참고는 있지만, 망아지라는 것은 통통하기 마련이라 가름나무를 뛰어넘을 수 있도록 하느님이 만드시지는 않았는데, 하고 원망스럽게 생각하고 있었다. 보니는 남이 제 망아지를 타는 것이 못마땅해서 버틀러 씨가 훈련을 받고 있는 동안 기다리기 지루한 나머지 발을 동동거리고 있었다.

이제 망아지도 어지간히 길이 들었으니까, 보니를 태워도 괜찮겠지 하고 레트가 말했을 때 보니의 흥분은 이만저만이 아니었다. 그녀는 첫 번째 뛰어넘기를 거뜬하게 해냈다. 그리고 그 뒤로는 아버지와 함께 먼 곳으로 말을 모는 일에는 조금도 재미있어 하지 않았다. 스칼렛은 이 부녀가 우쭐거리는 모습과 열심인 것을 보고 웃지 않을 수가 없었다. 그러나 신기한 것도 지나고 나면, 보니는 또 다른 일에 마음이 옮겨 가서 주위 사람들을 그다지 들볶지 않겠지 하고 생각했다. 그러나 이 스포츠는 좀처럼 그만둘 것 같지 않았다. 뒤뜰 맨 끝에 있는 정자에서 장애물이 있는 곳까지 다져진 길이 생기고 오전 내내 요란한 고함소리가 온 뜰에 울리는 것이었다. 1849년에 대륙을 횡단해서 서해안까지 여행한 일이 있는 메리웨더 할아버지는, 이 외치는 소리가 흉포한 아파치족이 용케 적의 목을 잘랐을 때의 고함소리와 똑같다고 평했다.

일주일이 지나자 보니는 가름나무를 1피트 반으로 올려 달라고 졸랐다.

"여섯 살이 되면," 레트는 말했다. "그때엔 너도 자라서 더 높은 것을 뛰어넘을 수 있게 될 테니까 좀더 큰 말을 사주지. 버틀러 씨는 다리가 짧아서 그 이상은 안 되는 거야."

"안 그래. 난 멜라니 아줌마 댁 장미덤불을 뛰어넘었는데, 그건 아주 높단 말이야!"

"아냐, 아직은 안 돼." 레트도 이번만은 단호하게 거절했다. 그러나 그녀가 끈덕지게 졸라대며 마구 생떼를 쓰는 바람에 그의 엄격한 태도도 차차 누그러지기 시작했다.

"그래 그래." 어느 날 아침 그는 웃으면서 가느다랗고 흰 가름나무를 높였다. "떨어져도 울거나 아빠를 원망하지 마라."

"엄마!" 보니는 스칼렛의 침실 쪽을 올려다보고 외쳤다. "엄마! 나 좀 봐! 아빠가 괜찮다고 했어!"

머리를 빗고 있던 스칼렛은 창 옆으로 다가와서, 정나미가 떨어질 만큼 흙투성이가 된 파란 승마복을 입고 흥분해 있는 아이 쪽을 내려다보면서 미소를 지었다.

'아닌게아니라 한 벌 더 지어 주어야겠구나.' 그녀는 생각했다. '하지만 나로서는 도저히 저 더러운 옷을 못 입게 단념시킬 수 없을 것 같아.'

"엄마 여기 봐!"

"보고 있다." 스칼렛은 미소지으며 말했다.

레트가 보니를 안아 망아지에 태웠다. 몸을 바로 세우고 머리를 자랑스럽게 쳐들고 있는 보니가 대견스러워 스칼렛은 소리쳤다.

"정말 예쁘구나, 그리고 멋있다. 보니야!"

"엄마도 그래." 보니는 애교 있게 어머니의 말을 받으면서 버틀러 씨의 허리를 차고 정자 쪽으로 달려갔다.

"엄마, 이걸 뛰어넘을 테니 보고 있어!" 그녀는 망아지에게 채찍을 휘두르며 소리쳤다.

'이것을 뛰어넘을 테니 보고 있어!'

아득한 옛날의 기억이 다급한 종소리처럼 스칼렛의 마음에 울려 퍼졌다. 이 말에는 무엇인가 불길한 것이 있다. 무엇이었던가? 왜 생각이 나지 않을까? 그녀는 달리는 망아지 위에 사뿐히 앉은 딸의 모습을 내려다보았다. 순간 그녀는 차가운 것이 섬뜩 가슴을 스친 듯이 눈썹을 찡그렸다. 보니는 굽이치는 검은 머리를 휘날리고 파란 눈을 반짝이며 힘껏 달려왔다.

'아버지 제럴드의 눈과 똑같다.' 스칼렛은 생각했다. '아일랜드의 푸른 눈이다. 저 애는 모든 것이 할아버지를 똑 닮았어.'

그리고 제럴드를 생각하게 되자 여태껏 생각해 내려 해도 도무지 생각나지 않던 기억이 갑작스럽게 여름 번갯불처럼, 심장이 멎는가 싶을 만큼 뚜렷이 되살아와서 순식간에 그 시골 풍경이 부자연스러울 만큼 환히 떠오르는 것이었다. 아일랜드 사람의 노랫소리가 들리고, 타라의 목장 언덕을 치달아 올라오는 아련한 말굽 소리가 들리고, 보니와 거의 비슷한 기운 찬 목소리가 들려왔다. "엘렌! 이걸 뛰어넘을 테니 보고 있어!"

"아, 안 돼!" 그녀는 소리를 질렀다. "안 돼! 보니야, 멈춰!"

그녀는 창에서 몸을 내밀었다. 그 순간 나무가 부러지는 끔찍한 소리가 나고, 레트의 목쉰 부르짖음이 들리고, 어지럽게 날리는 파란 벨벳과 땅 위에서 버둥거리는 말발굽이 비쳤다. 이윽고 버틀러 씨는 몸을 버르적거리며 일어서더니 빈 안장을 실은 채 달아났다.

보니가 죽은 지 사흘 째 되는 날 밤, 마미는 천천히 멜라니네 부엌 계단을 올라갔다. 그녀는 발끝이 나오도록 코를 잘라 버린 커다란 남자 구두에서부터 머리에 두른 천까지 전부 검은 것 일색이었다. 힘없는 눈은 핏발이 서 있고, 눈언저리가 빨갛게 되어 있어서, 조그만 산더미 같은 몸 전체로 울며 슬퍼하고 있는 것 같았다. 얼굴은 늙은 원숭이처럼 주름투성이이고, 슬픔 때문에 넋을 잃은 것 같았으나, 턱언저리는 무엇인가 결심한 듯한 확고한 표정이 나타나 있었다.

그녀는 딜시에게 무엇인가 두세 마디 속삭이듯이 말했다. 딜시는 옛날의 다툼도 잊어 버린 것처럼 상냥하게 고개를 끄덕이고 들고 있던 저녁식사 접시를 놓고, 식기실을 거쳐서 식당 쪽으로 조용히 걸어갔다. 곧 멜라니가 냅킨을 손에 든 채 걱정스러운 얼굴로 부엌에 나타났다.

"스칼렛 언니가 어떻게 되신 건……."

"스칼렛 아씨는 전과 다름없이 안녕하시와요." 마미는 힘겨운 듯이 말했다. "식사하시는데 찾아와서 죄송하구먼입쇼, 멜라니 아씨. 식사가 끝나실 때까지 기다렸다가 제가 생각을 말씀드리겠사와요."

"식사는 이따가 해도 상관없어." 멜라니는 말했다. "딜시, 나머지 식사를 내가요. 마미, 날 따라와요."

마미는 그녀 뒤를 따라 식당을 거쳐서 복도 쪽으로 뒤뚱거리며 걸어갔다. 식당에서는 애쉴리가 식탁 윗자리에 앉고 보가 그 옆에, 스칼렛의 두 아이들이 그 맞은편에 앉아 둘 다 수프 숟갈을 달그락거리고 있었다. 방 안은 웨이드와 엘라의 들뜬 목소리로 차 있었다. 그들에게는 멜라니 아줌마 댁에 이렇게 오래 있을 수 있다는 사실이 마치 피크닉이라도 나온 것처럼 즐거웠던 것이다. 멜라니 아줌마는 언제나 다정했지만, 이번에는 한층 더 다정하게 대해주었다. 동생의 죽음은 두 아이에게는 조금도 슬프지 않았다. 보니가 말에서 떨어지고 어머니가 언제까지나 울고 있자, 멜라니 아줌마가 아줌마 댁으로 데리고 와 주었다. 그리고 뒤뜰에서 보와 놀게 해주었고, 먹고 싶을 때는 언제나 과자를 주었다.

멜라니는 책이 즐비한 거실로 안내하고 문을 닫은 뒤 마미에게 앉으라는 몸짓을 했다.

"식사를 끝내고 곧 가 보려고 하던 참이야." 멜라니는 말했다. "버틀러 선장의 어머님이 오셨다니까 장례식은 내일 하겠지?"

"그 장례식 말씀인뎁쇼." 마미가 말했다. "멜라니 아씨, 저희는 모두 난처하기 짝이 없어서 아씨의 힘을 빌리려고 찾아왔사와요. 정말이지 괴로운 일뿐이와요, 괴로운 일뿐이와요."

"스칼렛 아씨가 몸져 누운 게 아냐?" 멜라니는 걱정스럽게 물었다. "난 보니가…… 그 모양이 된 뒤로는 변변히 만나지도 못했어……. 언닌 방에만 틀어박혀 있고, 버틀러 선장님은 밖에만 나가 계시고……."

갑자기 마미의 시커먼 얼굴에 눈물이 흐르기 시작했다. 멜라니는 마미 곁으로 가서 앉으며 그녀의 팔을 가볍게 두드렸다. 이윽고 마미는 검은 치맛자락을 끌어다가 눈물을 닦았다.

"오셔서 도와주시와요, 멜라니 아씨. 전 할 수 있는 데까지는 했습니다만,

도무지 어쩔 수가 없사와요."

"스칼렛 언니가?"

마미는 몸을 쭉 폈다.

"멜라니 아씨, 스칼렛 아씨는 염려 없사와요. 참고 견뎌나가야 할 일에는, 하느님은 그분에게 그만한 힘을 주셨습죠. 이번에 엄청난 꼴을 당하셨지만 용케 견디고 계십죠. 제가 온 것은 레트 나리 때문입니다요."

"나도 그분하고는 좀 만날 생각이었는데 언제 가보아도 거리로 나갔거나 방에 문을 잠그고 들어앉아 계시거나 해서……. 그리고 스칼렛 언니는 유령 같은 얼굴로 말도 하지 않으려고 드니……. 빨리 말해 줘, 마미. 내가 할 수 있는 데까지는 할 테니까."

마미는 손등으로 코를 문질렀다.

"방금도 말씀드렸듯이, 스칼렛 아씨는 하느님이 하시는 일이면 아무리 괴로운 일이라도 견딜 수가 있습죠. 얼마든지 고통스러운 일들을 견뎌내셨으니깝죠. 하지만 레트 나리는…… 멜라니 아씨, 그분은 자기 마음에 안 드는 일은 참지를 못합니다요. 아무것도. 제가 온 것도 그분의 일 때문이구먼입쇼."

"하지만……."

"멜라니 아씨, 오늘 밤에 저하고 함께 가 주시와요." 마미의 음성은 잠시도 지체할 수 없다는 투였다. "아씨의 말씀이라면 레트 나리께서도 들으실 줄 압니다요. 그분은 언제나 아씨의 의견을 존중하고 계셨습니깝쇼."

"어머나, 마미, 무슨 소리를 하는 거야? 무슨 말이지?"

마미는 어깨를 폈다.

"멜라니 아씨, 레트 나리께서는…… 정신이 이상해졌사와요. 아가씨를 데려갈 수 없다고 말씀하시는 겁니다요."

"정신이 이상하다니? 어머나 마미, 그럴 리가!"

"거짓말이 아닙니다요. 하느님께 맹세하고 참말입니다요. 그분은 아가씨를 묻지 못하게 하십니다요. 제가 그분 입으로 그 말을 들은 지 아직 한 시간도 안 됩니다요."

"하지만 그럴 리가, 설마…… 그분이……."

"그러니까 정신이 이상해지셨다고 말씀드리는 겁죠."

"하지만, 왜?"

"멜라니 아씨, 모든 걸 말씀드리겠어요. 이런 건 누구에게도 말해선 안 되는 일입죠만, 아씨는 친척되시는 분이시고, 이야기할 수 있는 분은 아씨밖에 없으니깐요. 모든 걸 말씀드리겠사와요. 그분이 아가씰 얼마나 귀여워하셨는가는 아씨께서도 알고 계셨죠. 백인이고 흑인이고 그처럼 자식을 귀여워하는 사람을 저는 본 적이 없습니다요. 미드 선생이 아가씨의 목이 부러졌다고 말씀했을 때는 그분은 미치광이가 되셨나 할 정도였습죠. 총을 움켜쥐고 달려나가더니 그 망아지를 쏘아 죽이셨는데, 전 나리 자신도 그 총으로 죽어 버리는 게 아닌가 생각했습죠. 전 저까지 미치는 줄 알았사와요. 스칼렛 아씨는 기절해 버리시고, 이웃 사람들은 집 안팎에 모여들고, 레트 나리는 아가씨를 꼭 부둥켜 안은 채, 제가 상처 난 아가씨의 조그만 얼굴을 씻겨 드리려고 해도 못 씻기게 하셨으니깐요. 스칼렛 아씨가 정신이 나셨을 때는, 이젠 됐다 이번에야 두 분께서 서로 위로를 하시겠지 하고 생각했습죠만······."

다시 마미는 눈물을 흘리기 시작했으나 이번에는 닦으려고도 하지 않았다.

"그런데 스칼렛 아씨께서는 정신이 드시자, 레트 나리께서 보니 아가씨를 안은 채 앉아 계신 방으로 들어가서 '당신이 죽인 아이를 내게 줘요' 하고 말씀하셨사와요."

"어머나, 그럴 리가! 설마 언니가!"

"아니와요, 그렇게 말씀하셨사와요. '당신이 그 아이를 죽인 거예요' 하고 말씀하셨사와요. 저는 레트 나리가 가엾어서 울음을 떠뜨리고 말았습죠. 그분이 마치 두들겨맞은 개와 같은 얼굴을 하고 계셨으니까 말입죠. 그래서 저는 말씀했사와요. '아가씨는 이 마미에게 주시와요. 우리 아가씨 일로 싸움 같은 것을 하시면 곤란합니다요'라고 말입죠. 그리고 저는 아가씨를 레트 나리에게서 받아 들고 방으로 모시고 와서 얼굴을 씻겨 드렸습죠. 두 분께서 말씀하시는 소리가 들려왔는데, 그걸 듣자 저는 피가 얼어붙는 것만 같았사와요. 스칼렛 아씨는 레트 나리를 보고 그런 높은 걸 뛰어넘게 하다니 살인자라고 말씀하시더군입죠. 그러자 레트 나리께서는 스칼렛 아씨를 보고, 당신은 보니를 조금도 귀여워한 일이 없지 않으냐, 다른 아이들에게도 마찬가지라고 말씀하셨사와요."

"이제 그만 마미! 그 이상 말하면 안 돼. 그런 말을 내게 하면 안 돼!"
멜라니는 외쳤다. 마미의 말로 상상되는 광경을 생각만 해도 그녀는 소름이 쫙 끼쳤다.

"저도 아씨에게 말씀드릴 일이 아닌 것쯤은 알고 있습지요만, 제 가슴은 온통 꽉 차 있어서 어느 걸 말하면 안 되는 건지 알 수 없게 되었사와요. 그러고 나서 레트 나리는 나리 자신께서 직접 아가씨를 장의사까지 안고 가셨다가 다시 안고 돌아오시자 나리 방의 아가씨 침대에 누이셨사와요. 스칼렛 아씨가 아가씨를 관에 넣어서 객실에 두겠다고 하셨을 때는, 전 스칼렛 아가씨가 레트 나리에게 매를 맞으시는 게 아닌가 했습죠. 레트 나리는 '내 방에 두어야 해!' 하고 차갑게 말씀하시고는 저를 보시고 '마미, 내가 돌아올 때까지 여기서 보니를 옮기지 못하도록 지키고 있어' 하고 말씀하셨사와요. 그러고 나서 말을 타고 나가셔서 저녁때까지 돌아오시지 않으셨사와요. 돌아오신 걸 보니 취하셨더군입쇼. 몹시 취하셨는데도 여느 때와 같이 끄떡도 하지 않으셨습죠. 레트 나리는 집 안에 뛰어들어오시자, 스칼렛 아씨에게도, 피티 마님에게도, 찾아온 부인들에게도, 아무 말씀도 안 하시고 계단을 뛰어올라가서 나리 방문을 여시고, 저를 큰 소리로 부르셨사와요. 제가 급히 달려가 보았더니 침대 옆에 서 계셨는데, 방 안은 덧창이 내려져 있어 몹시 어두워서 모습을 분간할 수 없을 정도였습죠. 그리고 저에게 사나운 목소리로 '덧창을 열어, 어둡잖아!' 하고 말씀하셨사와요. 그래서 저는 얼른 열었습죠만, 그분이 저를 무서운 눈초리로 보셨기 때문에, 멜라니 아씨, 저는 무릎이 덜덜 떨릴 지경이었습죠. 그러자 그분은 말씀하셨습죠. '등불을 가져와, 많이 가지고 오란 말야. 환히 켜두는 거야. 차양도 덧창도 내려선 안 돼. 보니가 어두운 것을 싫어했다는 것을 할멈도 알고 있잖아.'"

멜리나의 공포에 찬 눈이 마미의 눈과 마주쳤다. 마미는 무서운 듯이 끄덕였다.

"레트 나리께서는 그렇게 말씀하셨사와요. '보니는 어두운 걸 싫어한다'라굽쇼."

마미는 그렇게 말하고 몸을 떨었다.

"제가 촛불을 많이 가지고 갔더니 이번에는 저더러 '나가!' 하시더군입쇼. 그리고 문에 쇠를 채우고는 아가씨와 단둘이 있으면서 아무리 스칼렛 아씨께서 문을 두들기고 소리를 지르시고 해도 문을 열어 주지 않으셨사와요. 이이틀 동안은 이런 형편이었습죠. 레트 나리께선 장례식 이야기는 한 마디도 하지 않으시고, 아침이면 방문을 잠근 다음, 말을 타고 거리로 나가셔서 저녁때 취해서 돌아오시면 또 방 안에 틀어박히셔서 아무것도 잡수시지 않고, 잠도 주무시지 않습니다요. 어머님이신 버틀러 노마님께서 장례식 때문에 찰스턴에서 오시고, 타라에서도 수엘렌 아씨와 윌 나리가 오셨는데도 레트 나리는 그분들과 말도 하려고 하지 않으시와요. 아, 멜라니 아씨, 얼마나 끔찍한 일입니까요! 더 나쁜 일이 생길 겁니다. 벌써 세상 사람들은 무언지 이상한 뒷공론들을 하고 있는 모양이니깝쇼. 그리고 오늘 저녁 무렵에 스칼렛 아씨가 레트 나리께서 돌아오시는 것을 2층 복도에서 붙들고 함께 방으로 들어가서 말씀하셨습죠. '장례는 내일 아침에 지내기로 결정했어요'라굽쇼. 그랬더니 레트 나리께서는 '지낼 테면 지내 봐. 널 죽여 버릴 테다.' 이렇게 말씀하시는 것이었사와요."

"어쩜, 그분이 정신이 이상해지신 게 틀림없어!"

"그렇다니깝쇼. 그리고 두 분께서 무언가 조그맣게 말씀하셨는데 무슨 말씀을 하셨는지 다는 들리지 않았습죠만, 단지 레트 나리께서 보니 아가씨에 대해서 어두운 곳을 무서워했었고 무덤은 지독히 어두우니까, 하고 말씀하시는 소리가 들렸사와요. 잠시 뒤 스칼렛 아씨가 '당신은 자기의 자부심을 위해서 그 애를 죽이고서도, 그런 갸륵한 말씀만 하시니 참으로 훌륭하시군요' 하고 말씀하셨사와요. 그리고 레트 나리께서 '당신에게 나를 가엾다고 생각하는 마음은 없소?' 하고 말씀하시자 스칼렛 아씨는 이렇게 말씀하셨사와요. '천만에요. 아이에게도 가엾은 생각은 없어요. 그리고 보니를 잃고부터는 당신하는 일이 아주 지긋지긋해졌어요. 당신은 온 거리에 소문이 났어요. 언제나 곤드레가 돼 있잖아요. 만약 당신이 어디에 가 있는지 내가 모르는 줄 아신다면 당신은 바보 천치예요. 당신이 그 계집한테, 벨 와틀링한테 가 있다는 것쯤은 다 알고 있어요.'"

"어머, 마미, 그럴 리가!"

"아니와요, 정말 그렇게 말씀하셨사와요. 그리고 멜라니 아씨, 스칼렛 아씨가 하신 말씀은 사실이와요. 검둥이들은 백인들보다 무엇에고 눈치가 빨라서, 저도 그분께서 어디에 가시는지 알고 있었습죠만 아무 말도 안 했습죠. 레트 나리께서는 그건 거짓말이라고 하시지 않고 '그렇소, 난 거기에 가 있었소. 그런데 새삼스럽게 성낼 것도 없잖소, 여태까지 조금도 마음에 두지 않았던 주제에. 그런 천한 집이라도, 이 지옥 같은 집에서 빠져나가면 마치 천국이나 다름없단 말이오. 그리고 벨은 아주 상냥한 여자거든. 나더러 내 자식을 죽였다느니 하고 포달을 안 부리니까' 하고 말씀하시더군입쇼."

"어쩌면?" 멜라니는 정말로 놀라서 외쳤다.

마냥 즐거운 생활 속에서 세상의 거친 물결도 모르고, 사랑하는 사람들에게 둘러싸여서 정다운 마음에 차 있는 그녀는 마미의 말을 도무지 이해할 수도 믿을 수도 없었다. 그뿐만 아니라 그녀의 마음에는 하나의 기억, 얼른 마음에서 몰아 버리려 해도 쫓아 버릴 수 없는 장면, 남의 적나라한 고백을 듣게 된 그 일이 숨어들었다. 레트는 멜라니의 무릎에 얼굴을 묻고 울던 날, 벨 와틀링에 대해서 고백했던 것이다. 그러나 그는 스칼렛을 사랑하고 있다. 그날 분명히 멜라니는 그걸 알았던 것이다. 그리고 물론 스칼렛도 그를 사랑하고 있다. 둘 사이에 무슨 일이 일어났을까? 어떻게 부부 사이에 날카로운 칼날로 서로 저며 대는 것 같은 끔찍한 소리를 주고받을 수가 있는 것일까?

마미는 답답한 듯이 이야기를 이어 갔다. "잠시 뒤 스칼렛 아씨가 새파랗게 질린, 하지만 무언가 결심하신 것 같은 얼굴로 나오시다가 제가 거기 서 있는 것을 보시자 '마미, 장례는 내일 치러' 하고 말씀하시더군입쇼. 그리고 유령처럼 저편으로 가버렸사와요. 저는 숫제 정신이 달아나 버렸습죠. 글쎄, 스칼렛 아씨는 입 밖에 낸 말은 기어코 하시는 걸입쇼. 그리고 또 레트 나리께서도 말씀하신 건 틀림없이 하시거든입쇼. 레트 나리께서는 만약 스칼렛 아씨가 내일 장례를 치르시면 죽여 버린다고 하셨사와요. 멜라니 아씨, 저는 이젠 미치는 게 아닌가 했사와요. 왜냐하면 자꾸 양심에 가책이 되어서 괴로워 견딜 수가 없사와요. 멜라니 아씨, 보니 아가씨가 어두운 곳을 무서워하게 된 건 저 때문이었사와요."

"어머나, 하지만 마미, 그런 건 아무것도 아니야. 이제 새삼스럽게⋯⋯."

"아니와요, 그렇지 않사와요. 이것이 모든 잘못의 원인이었습죠. 저는 제 양심이 허락하지 않아서 비록 맞아죽는 한이 있더라도 이 사실을 레트 나리께 말씀드려야 한다고 생각했사와요. 그래서 문을 잠그기 전에 하려고, 재빨리 방으로 들어가 말씀드렸습죠. '레트 나리, 꼭 들어주셔야만 할 일이 있어서 들어왔사와요.' 그러자 그분은 저 있는 쪽을 돌아보시고 미치광이 같은 눈으로 저를 보시더니 '나갓!' 하시는 것이었사와요. 저는 그처럼 무서웠던 적은 없었사와요! 하지만 저는 말씀드렸습죠. '제발, 레트 나리, 들어주시와요. 저는 맞아 죽을 만한 일을 저질렀사와요. 아가씨께서 어두운 곳을 무서워하시게 된 것은 저 때문이었사와요.' 그렇게 말씀드리고 멜라니 아씨, 저는 머리를 숙이고 때리시기를 기다리고 있었사와요. 그분은 아무 말씀도 하지 않으시더군입쇼. 그래서 저는 말씀드렸습죠. '저는 조금도 나쁜 생각으로 한 것은 아니었사와요. 하지만 레트 나리, 아가씨는 저희가 하는 말 따위는 듣지 않으시고 아무것도 무서워하지 않았사와요. 그리고 모두 잠든 뒤에는 침대에서 뛰쳐나와 가지고는 온 집 안을 맨발로 뛰어 돌아다니셨어요. 저는 그러다가 만약에 다치시기라도 할까 봐 걱정이 되어서 어두운 곳에는 유령이니 도깨비니 하는 것이 있다고 말씀드렸던 것입니다요.' 그러자, 멜라니 아씨, 그분께서 어떻게 하셨을 것 같사와요? 그분께서는 무척 상냥한 얼굴로 제게로 다가오셔서 저의 팔에 손을 대셨사와요. 그런 일은 처음이었사와요. 그리고 '그 애는 조금도 겁쟁이가 아니었지! 어두운 곳 말고는 아무것도 무서워하지 않았지'라고 말씀하시더니, 제가 갑자기 울음을 터뜨리니까 '이봐, 마미' 하고 저를 토닥거려 주시면서 '이봐, 마미, 그렇게 울지 마. 할멈이 말해 주어서 나는 기쁜걸. 할멈이 보니를 귀여워했던 것은 나도 잘 알아. 그 애를 귀여워했으니까 그런 건 아무것도 아니야. 이런 건 마음의 문제니까' 하고 말씀하시더군입쇼. 저는 친절히 대해 주시는 데에 기운을 얻어서 크게 마음을 다잡고 말씀을 드려 보았습죠. '레트 나리, 장례는 어떻게 할깝쇼.' 그랬더니 그분께선 미친 사람처럼 눈을 번득거리시면서 저를 향해 말씀하셨사와요. '다른 사람은 다 몰라 줘도 할멈만은 알아줄 줄 알았어. 할멈은 그 애가 그처럼 무서워하던 어두운 곳에다 내가 그 애를 묻을 것 같은가? 지금도 나에겐 그 애가 어둠 속에서 눈을 뜨고 늘 울던 그 목소리가 들린단 말야. 나는 그 애가 무서워 할 일은 하고 싶지 않아.' 멜라니 아씨, 이걸로 저는 그분의 정신이 이상해지셨다는 것을 알게 됐사와요. 그분께서는 술이 취하셔서 잠도 주무시지 않고 잡수시는 것도 없기는 하죠만, 그뿐이 아니와요. 틀림없이 미치신 겁니다요. 그분께선 저를 방에서 밀어내시고는 말하시더군입쇼. '아무 데로나 꺼져 버려!' 하굽쇼. 저는 아래층으로 내려왔습죠만 생각해 보면, 레트 나리께선 장례 같은 건 치르지 않겠다고 말씀하시고, 스칼렛 아씨는 내일 아침 치르겠다고 하시고, 게다가 레트 나리께선 장례식을 치르는 날에는 아씨를 쏘아 죽이겠다고 말씀하시니 친척되시는 분이나 이웃 사람들이 모여서 색시닭처럼 지껄여 대는 겁니다요. 그래서 저는 멜라니 아씨 생각이 났던 것입죠. 부디 오셔서 힘을 빌려 주시와요."

"어머나, 마미, 난 그런 데까지 참견할 수 없어!"

"아씨께서 하실 수 없으시면 아무도 하실 분이 안 계시와요."

"하지만 날더러 어떻게 하라는 거지, 마미?"

"멜라니 아씨, 그건 저도 모르겠사와요. 하지만 아씨라면 어떻게 될 것 같 사와요. 아씨께서 말씀하시면 레트 나리께서 아마 들으실 겁니다요. 그분께 선 아씨를 무척 믿고 계시니깝쇼. 멜라니 아씨, 아씨께서는 모르실는지 모르 지만, 그렇습니다요. 그분이 아씨를 자기가 알고 있는 오직 한 분뿐인 훌륭 한 부인이라고 말씀하시는 걸 저는 몇 번이나 들은 적이 있사와요."

"하지만……."

멜라니는 레트와 얼굴을 대할 것을 생각하면 심장이 오그라드는 것 같아 서 난처한 표정으로 일어났다. 마미가 지금 말한 것같이 슬퍼서 미쳐 있는 사나이를 설득시키지 않으면 안 된다고 생각하기만 해도 그녀는 몸이 싸늘 해지는 것을 느꼈다. 자기가 그토록 사랑하던 귀여운 아이가 죽어서 누워 있 는 환하게 불이 켜져 있는 방으로 들어갈 일을 생각하니 심장이 죄어드는 것 같았다. 그녀가 무슨 말을 할 수 있겠는가. 어떤 말로 레트의 슬픔을 덜어 주고, 그의 이성을 되찾게 할 수 있을까? 잠시 그냥 서서 망설이고 있는데, 닫힌 문 저쪽에서 그녀의 사랑하는 아들의 드높은 웃음소리가 들려왔다. 차 가운 칼날에 심장을 찔린 듯이 만약 저 애가 죽는다면, 하는 생각이 떠올랐 다. 보가, 그 귀여운 몸이 싸늘하게 굳고 그 즐거운 웃음소리도 내지 못하고 2층에 누워 있다고 한다면 어떨까.

"아아!" 그녀는 공포에 사로잡혀 외치면서 마음속으로 사랑하는 아들을 단 단히 부둥켜안았다. 레트의 심정을 이해할 수 있었다. 만약에 보가 죽는다면 바람이나 비나 어둠 속에 내가 어떻게 저 애를 혼자 놓아둘 수 있단 말인가.

"아아, 가엾은 버틀러 선장님!" 그녀는 외쳤다. "내가 곧 갈게!"

그녀는 급히 식당으로 되돌아가자, 작은 소리로 애쉴리에게 두세 마디 하고 나서, 보가 깜짝 놀랄 만큼 꼭 껴안고 자기 아들의 금발에 뜨거운 키스를 했 다. 그러고는 모자도 쓰지 않고 냅킨을 손에 든 채 집을 나서자 마미의 늙은 걸음으로는 도저히 따라갈 수 없을 정도로 재빠르게 걸음을 서둘렀다. 스칼렛의 집 현관에 들어서서는 서재에 모여 있는 사람들과 겁에 질린 피티 고모, 당당한 버틀러 노부인과 윌과 수엘렌에게 가볍게 머리를 숙였다. 그리고 뒤에서 헐떡거리며 따라온 마미와 함께 급히 2층으로 올라갔다. 잠시 스칼렛의 방 앞에 멈춰서려니까 마미가 "그만두시와요" 하고 소곤거리며 말했다.

멜라니는 조금씩 걸음을 늦추면서 복도를 지나 레트의 방 앞에서 멈췄다. 살짝 이대로 달아나 버릴까 하고 생각하기라도 하는 듯 잠시 망설이고 있었다. 그러나 이윽고 싸움터로 나가는 병사처럼 용기를 내어 문을 두드리면서 조용히 말을 꺼냈다.

"문 좀 열어 주세요, 버틀러 선장님. 저 멜라니예요. 보니가 보고 싶어서 왔어요."

문은 곧 열렸다. 복도의 어둠 속에 물러서 있던 마미의 눈에, 환한 촛불빛을 등진 레트의 모습이 커다랗고 시꺼멓게 비쳤다. 그는 비틀거리는 다리로 버티고 서 있었다. 숨결에 풍기는 위스키 냄새가 마미 있는 데까지 풍겨왔다. 그는 잠시 멜라니를 지켜보고 있었으나 이윽고 그녀의 팔을 잡아 방안으로 끌어들이고는 문을 닫아 버렸다.

마미는 살그머니 문 옆의 의자로 다가가서 힘없이 몸을 묻었다. 그녀의 커다란 덩치가 의자에서 넘쳐날 것 같았다. 그녀는 가만히 앉은 채 소리 죽여 울면서 기도를 드렸다. 이따금 옷자락을 끌어 올려서 그것으로 눈을 비볐다. 열심히 귀를 기울였지만 방 안에서는 무엇인가 두런거리는 낮은 목소리만 띄엄띄엄 들릴 뿐 무슨 이야기를 하는 건지 전혀 알아들을 수가 없었다. 시간이 꽤 지났다고 생각될 무렵, 문이 빠끔히 열리고 멜라니의 창백하게 긴장된 얼굴이 나타났다.

"얼른 커피포트를 갖다줘. 그리고 샌드위치도."

악마에게 쫓긴다면 이럴까 싶을 만큼 마미는 날쌘 열예닐곱 살짜리 흑인 소녀처럼 급히 달려갔다. 레트의 방에 들어갈 수 있다는 호기심이 더 한층 거기에 박차를 가했다. 그러나 그 희망도, 멜라니가 문을 조금만 열고 접시를 받아 버렸으므로 실망으로 바뀌었다. 오랫동안 마미는 귀를 기울이고 있었으나 사기그릇과 은그릇이 부딪치는 소리와 멜라니의 조용한, 잘 알아들을 수 없는 목소리만 들릴 뿐이었다. 이윽고 묵직한 몸이 실린 것처럼 침대가 삐걱거리는 소리가 들리고, 이어서 장화가 마룻바닥에 떨어지는 소리가 들려왔다. 잠시 후 멜라니가 문어귀에 모습을 나타냈다. 마미는 재빠르게 방 안을 들여다보려고 했지만 멜라니에게 가려서 볼 수가 없었다. 멜라니의 얼굴은 지친 듯했고, 속눈썹에는 눈물이 반짝이고 있었으나, 곧 다시 침착한 얼굴이 되었다.

"버틀러 선장님이 내일 아침 장례를 치르겠다고 시원스럽게 승낙하셨다고 스칼렛 아씨께 말씀드려." 그녀는 조그만 소리로 말했다.

"고맙기도 하시와요!" 마미는 느닷없이 커다란 소리로 말했다. "하지만, 대체 어떻게⋯⋯."

"마미, 그렇게 커다란 소리를 내지 말아요. 그분께서 주무시니까 말이야. 그리고 마미, 스칼렛 아씨에게 내가 오늘 밤 죽 여기 있겠다고 그렇게 말씀 드려 줘. 그리고 내게 커피를 갖다 줘. 이 방으로 말야."

"이 방으로 말씀입니까요?"

"그래, 난 버틀러 선장님께, 만약 주무시면 내가 밤새도록 그 애 곁에 있어 주겠노라고 약속했어. 아, 이젠 아무것도 걱정하지 말도록 스칼렛 아씨에게 전해 줘."

마미는 겨우 마음이 놓여 커다란 몸으로 마룻바닥을 흔들면서 속으로 '할렐루야, 할렐루야' 노래를 부르면서 복도로 멀어져 갔다. 스칼렛의 방 앞에까지 오자, 감사와 호기심에 싸여 멈춰서서 생각했다.

'멜라니 아씨께서 어떻게 하셨는지 난 모르겠어. 아마 천사님이 그분의 편을 들어 주셨을 거야. 스칼렛 아씨께는 장례를 내일 치르게 된 것만을 말씀드리고 멜라니 아씨께서 아가씨 옆에서 밤을 지새우시겠다는 말은 숨겨 두는 편이 좋겠어. 스칼렛 아씨께선 보나마나 싫어하실 테니까.'

60

뭔가 이 세상과 융화되지 않는 느낌이었다. 한 치 앞도 보이지 않는 깊은 안개처럼 모든 것을 덮어 버린, 음산하고 무서운, 무언가 어울리지 않는 것이 남모르게 스칼렛을 둘러싸고 있는 것이다. 이런 느낌은 보니의 죽음보다도 더 심각했다. 지금은 이미 처음의 견딜 수 없던 고뇌가 잃어버린 자기 것을 체념하고 달게 받아들이는 심정 속에 사라져 버렸기 때문이었다. 그런데도 무언가 재난이 일어날 듯한 언짢은 예감은 지워지지 않았다. 그것은 마치 검은 옷차림을 하고 두건을 쓴 것이 바로 어깨 옆에 서 있는 것 같은 느낌이었다. 그리고 걸으려고 하면 발 밑의 땅이 모두 모래로 변하는 것 같은 불안한 느낌이었다. 그녀는 이런 종류의 두려움을 지금까지 경험한 적이 없었다. 여태까지의 생활에서 그녀의 발은 상식 위에 든든하게 서 있었기 때문이다. 그리고 지금까지 두려워했던 것이라면 다친다든가, 굶주린다든가, 가난이라든가, 애쉴리의 사랑을 잃는 일이라든가, 어쨌든 그녀로서는 실체를 잡을 수 있는 것이었다. 사물을 분석적으로 생각할 줄은 몰랐지만 그녀는 그것을 여러 가지로 해석해 보려고 애썼다. 그러나 조금도 효과가 없었다. 가장 사랑하는 자식을 잃기는 했지만, 그 슬픔에도 여태까지 갖은 심한 타격을 받았을 때와 마찬가지로 겨우 견딜 수가 었었다. 건강했고 주체를 못할 만큼 돈도 있었다. 요즘은 점점 만날 기회가 없어졌다고는 해도 아직 애쉴리도 있었다. 멜라니의 그 불운한 파티 날 이후 둘 사이에 있었던 어색한 마음도 시간이 지나면 없어지리라는 확신이 있었으므로 그것도 마음에 걸리지는 않았다. 그러니까 그녀의 공포는 고통이라든가, 굶주림이라든가, 실연이라든가 그런 것은 아닌 것이다. 그러한 공포는 현재의 무언가 감당해 낼 수 없는 마음만큼 그녀를 무겁게 짓누르지는 않았던 것이다. 이 어두운 그림자와도 같은 공포는 어딘가에 숨겨져 있는 피난처를 찾느라 허둥거리는 어린애처럼 깊은 안개 속을 헤엄치듯이 하면서 가슴이 터질 듯이 줄달음치던 그 옛날의 악몽과 이상하게도 거의 비슷했다.

그녀는 레트가 늘 자기를 잘 웃겨 주어서 공포 같은 것을 날려 버려 주던 것을 생각했다. 그의 넓은 갈색 가슴이나 건강한 팔에 얼마나 위안을 받았는가를 생각해 냈다. 이런 마음으로 그녀는 레트를 바라보았다. 이 몇 주일 동안 그를 제대로 본 것은 이것이 처음이었다. 그리고 너무나 심하게 달라진 모습에 놀랐다. 이 남자는 이젠 도무지 웃으려고도 하지 않거니와 그녀를 위로하려고도 하지 않았다.

보니가 죽고 나서 얼마간 그녀는 레트에 대해서 몹시 노여워하고 있었고, 자신의 슬픔에만 마음이 가 있었으므로 하인들 앞에서 심한 말을 쓰지 않도록 힘껏 노력하는 것이 전부였다. 집 안을 뛰어다니던 보니의 발소리와 간지러운 듯한 웃음소리를 떠올리는 일만으로도 머리가 꽉 차서, 레트 역시 자기와 같은 추억에 사로잡혀 있고, 자기보다 훨씬 심한 고통에 시달리고 있다는 것은 생각해 볼 수도 없었다. 최근 몇 주일 동안 그들은 서로 얼굴을 마주 대하거나, 이야기를 하거나, 마치 호텔 안에서 만난 남남처럼 서먹서먹하고 정중했고, 한 지붕 밑에 살고 식탁을 함께 마주하면서도 서로 마음만은 결코 함께하지 않았다.

지금 이렇게 공포와 고독에 시달리고 있자니 할 수만 있다면 이 장벽을 허물어 버리고 싶은 심정을 가눌 수가 없었다. 그래도 그는 표면 이상으로 오가는 말은 주고받기 싫다는 듯이 늘 그녀를 어느 간격 이상으로는 접근시키지 않았다. 한때의 노여움도 사라져버린 이제, 보니의 죽음이 레트의 탓이라고 생각하지 않는다고 그에게 말하고 싶었다. 그의 팔에 안겨서 울고 싶었다. 자신도 역시 그 애의 능숙한 승마 솜씨가 못 견딜 만큼 자랑스러웠고, 그 애의 응석을 지나치게 사랑하고 있었다고 말하고 싶었다. 지금 같으면 자기는 기꺼이 겸허한 마음으로, 내가 그런 소리를 해서 당신을 책망한 것도 자신이 너무나 괴로웠기 때문이다, 당신을 괴롭힘으로써 내 괴로움을 조금이라도 덜고 싶었기 때문이었노라고 솔직하게 말할 수 있을 것 같았다. 그러나 적당한 기회는 전혀 있을 것 같지 않았다. 그의 검고, 퀭한 눈을 보게 되면 언제나 말을 꺼내지 못하고 마는 것이었다. 뿐더러 한 번 기회를 놓친 사과의 말은 시간이 지날수록 더욱 말하기 어려워지고 끝내는 영영 말을 꺼내지 못하고 마는 법이다.

그녀는 어쩌다가 이렇게 되어 버렸을까, 생각했다. 레트는 그녀의 남편이다. 두 사람 사이는 침실을 함께하고, 귀여운 자식까지 낳았고, 그리고 너무나 빨리 그 자식을 어두운 무덤으로 보낸 두 사람의 인간으로서 끊으려야 끊을 수 없는 끈으로 맺어져 있는 것이다. 그 아이의 아버지 품에 안기는 것으로서만 그녀는 위로를 받을 수 있는 것이다. 그와 함께 여러 가지 회상과 슬픔을 주고받는 동안, 처음엔 괴로울지 모르지만 이윽고 그것에 의해서 고통이 차츰 사라지는 것이다. 그러나 현재와 같은 둘 사이의 상태로는 차라리 낯모르는 남의 팔에 안기는 편이 낫겠다고까지 느껴졌다.

그는 거의 집에 있지 않았다. 함께 저녁 식탁에 마주 앉을 때도 그는 대부분 취해 있었다. 그리고 그것은 전처럼 취기가 도는 데 따라서 지나치게 공손해지고, 익살맞아서 그녀가 아무리 웃지 않으려 해도 웃지 않고 배길 수 없을 재미있는 이야기나 심술궂은 소리를 하는 취태가 아니었다. 지금의 그는 취했어도 말이 없고 시무룩해 있었다. 그리고 밤이 깊어감에 따라서야 형편없이 곤드레가 되어서 나가떨어지는 것이다. 때로는 새벽녘이 되어 그가 뒤뜰로 말을 타고 들어와서 하인들이 거처하는 집의 문을 두들겨 포크를 깨우고 그의 부축을 받으면서 뒷계단으로 올라와 잠자리에 들어가는 소리를 듣게 되는 일도 있었다. 그가 남의 부축을 받아서 잠자리에 들다니! 언제나 상대방을 곯아떨어지게 해 놓고, 자기는 머리카락 하나도 까딱하지 않고 태연하게 상대를 잠자리로 데려다주던 레트였는데.

게다가 전에는 그처럼 몸가짐이 깔끔했었는데 요즈음은 몹시 게으르고 추레했다. 저녁식사 전에 와이셔츠를 갈아입히는데도 포크가 잔소리를 늘어놓지 않으면 안 될 지경이었다. 위스키의 여독이 얼굴에도 나타나기 시작해서 날카로운 턱의 뚜렷한 선도 충혈된 눈 밑에 부어오른 병든 것 같은 부기 때문에 볼품없게 되어가고 있었다. 단단한 근육이 울퉁불퉁 솟아 있던 몸도 맥없이 물컹하게 늘어진 것처럼 되어서 허리께가 통통하게 살이 찌기 시작했다.

외박하는 일도 드물지 않았다. 못 들어가겠다는 전갈도 없이 밖에서 지내다 오는 것이다. 물론 취해서 어느 술집 2층에서라도 코를 골고 있는 것이리라. 그러나 스칼렛은, 이런 때는 틀림없이 벨 와틀링한테 가 있을 거라고 늘 생각하고 있었다. 언젠가 그녀는 벨을 어느 가게에서 본 일이 있었다. 옛날의 미모도 거의 사라져 버리고 한창때를 지난 천한 계집이 되어 있었다. 그러나 그 짙은 화장이며 화려한 옷차림에도 불구하고, 사뭇 상냥한 것 같은 마치 어머니 같은 태도가 엿보였다. 그런 장사를 하는 여자들이 숙녀와 얼굴을 마주 대했을 때 흔히 하듯이 눈을 내리깔지도 않고 밉살스럽게 눈을 번쩍이지도 않으며, 벨은 어려워하는 기색도 없이 마치 동정하는 표정으로 열심히 그녀의 얼굴을 더듬듯 지켜 보고 있었으므로 스칼렛은 무심코 얼굴을 붉히고 말았다.

그렇지만 그녀는 보니의 갑작스러운 죽음으로 그를 탓한 것을 사과하려고 생각하면서도 도무지 그럴 수 없었던 것 이상으로 이제는 그를 탓할 수가 없게 되었다. 화를 낼 수도 행실을 고치도록 타이를 수도, 창피를 줄 수도 없었다. 정체를 알 수 없는 무감각, 어떻게도 이해할 수 없는 비참한 심정에 빠져 버렸던 것이다. 일찍이 겪은 적도 없는, 깊은 곳에 뿌리를 박은 불행에 사로잡혀 있는 것 같은 심정이었다. 그녀는 외로웠다. 지금껏 이처럼 외로웠던 적은 한 번도 없었던 것 같은 마음이었다.

아마 여태까지는 못 견디게 외로울 만한 마음의 여유는 한 번도 없었던 것일 게다. 아무튼 쓸쓸했다. 무서웠다. 지금은 멜라니 말고는 어느 한 사람도 의지할 사람이 없었다. 누구보다도 의지가 되어 주던 마미까지도 지금은 타라에 가버리고 말았다. 마미는 타라로 돌아가는 데 대해서 아무런 설명도 하려고 하지 않았다. 돌아가는 기차삯을 얻으러 왔을 때, 그녀는 늙고 지친 눈으로 슬픈 듯이 잠자코 스칼렛을 지켜보았다. 스칼렛이 울면서 여기에 있어 달라고 부탁해도 마미는 이렇게 대답했을 뿐이었다.

"엘렌 마님께서 '마미야 돌아오너라. 네가 할 일은 끝난 거다'라고 말씀하시는 것처럼 생각이 들어서, 그래서 저는 돌아가는 것입니다."

이 말을 듣고 있던 레트는 마미에게 돈을 주면서 그녀의 팔을 가볍게 두드렸다.

"할멈의 말이 옳아, 마미. 엘렌 마님께서 말씀하신 그대로야. 할멈이 할 일은 끝난 거야. 잘 돌아가요. 무엇이든 필요한 것이 있으면 내게 말해 줘." 그리고 스칼렛이 거친 목소리로 마미를 설득하자 "조용히 해, 당신은 바보야! 그녀를 가게 해. 이런 집에 누가 있고 싶어하겠어, 이 마당에" 하고 그녀의 말을 막았다.

그렇게 말했을 때의 그의 눈은 번쩍하고 무섭게 빛났다. 스칼렛이 놀라서 뒤로 걸음을 물러설 정도였다.

"미드 선생님, 그의 정신이 이상해진 게 아닐까요?" 그 뒤 그녀는 답답해져서 의사한테 가서 이렇게 호소했다.

"아니, 그렇지는 않아." 미드 의사는 말했다. "그러나 그는 무턱대고 술만 마시고 있지. 이러다가는 얼마 안 가서 몸을 망치게 돼. 그는 아이를 무척 귀여워하고 있었지, 스칼렛. 그러니까 아이에 대한 생각을 잊으려고 취하는 것이겠지. 될 수 있는 대로 빨리 또 아기를 하나 낳아 주는 거야. 이것이 내 충고야."

스칼렛은 병원을 나오면서 안타까운 마음으로 생각했다. 아아, 그러나 그것은 말로는 쉽지만 실천은 어렵다. 만약 아이를 낳아서 레트의 눈에서 그 무서운 표정이 사라지고, 괴롭고 텅 빈 듯한 내 마음이 채워질 수만 있다면 나는 기꺼이 또 하나, 아니 몇이라도 아이를 낳으리라. 레트의 거무스름하고 잘생긴 얼굴과 똑 닮은 사내아이와 그리고 계집아이를 하나 더. 엘라 같은 저능아가 아니라 귀엽고 명랑한, 응석받이에다가 언제나 방긋방긋 웃는 그런 계집아이를 하나만 더. 아아, 하느님께선 무슨 일이 있어도 내 세 아이들 가운데 하나를 꼭 데려가셔야 하셨다면 왜 엘라를 부르시지 않으셨단 말인가. 보니가 죽어 버린 지금 엘라는 아무런 위로도 되지 못했다. 그러나 레트는 이젠 아이를 갖고 싶어 하는 것 같아 보이지도 않았다. 적어도 그녀의 침실에는 한 번도 오지 않았다. 요즘은 문에 자물쇠를 채우지도 않고, 마음을 끌어보려고 일부러 언제나 조금 열어 두었는데도, 그는 아무렇게도 생각하지 않는 모양이었다. 위스키와 그 행실 나쁜 붉은 머리의 계집 말고는 조금도 마음이 없는 것 같았다.

전 같으면 유쾌한 듯이 빈정거렸을 만한 일에도 지금은 이상하게 쌀쌀했다. 전 같으면 신랄한 유머로 부드럽게 느껴졌을 일인데도 지금은 냉혹한 태도로 느껴졌다. 보니가 죽어 버린 뒤로는, 귀여운 자식에 대한 그의 살뜰한 태도에 완전히 매혹되어 버린 이웃 부인들이 다투어서 그에게 친절을 보여 주었다. 그녀들은 거리에서 그를 불러세우고는 동정을 표했고, 또 울타리 너머로 그에게 말을 걸어서 당신의 심정을 이해하겠어요, 어쩌고 하는 것이었다. 그러나 그의 살뜰한 태도의 근원이었던 보니가 죽어 버린 지금, 그 같은 태도는 이미 그에게 없었다. 그는 부인들에게도 그 호의에 찬 위로의 말에 대해서도, 인사도 하지 않고 지나가 버리고 마는 것이었다.

그러나 이상하게도 부인들은 조금도 언짢아하지 않았다. 그녀들은 이해하고 있었던 것이다. 또는 적어도 이해할 줄 알았던 것이다. 저녁 무렵 그가 안장에서 떨어질 만큼 술이 취해서 말을 건네는 사람들에게 시무룩한 표정을 보이면서 말을 타고 돌아오는 것을 보면 부인들은 "가엾어라!" 하면서 한층 더 친절하고 상냥하게 대하려고 애쓰는 것이었다. 그녀들은 슬픔으로 상처를 입고, 스칼렛 말고는 아무런 위안도 없는 집으로 돌아가는 것을 몹시 가엾게 여기고 있었다.

스칼렛이 얼마나 냉혹하고 무정한지는 누구나 다 알고 있었다. 보니를 잃은 슬픔에서 그녀가 무척 쉽게 회복되는 것을 보고 사람들은 놀랐다. 표면으로 회복된 것처럼 보이는 이면에 얼만큼의 노력이 있었는지에 대해서는 조금도 주의하지 않았다. 또는 주의하려고도 하지 않았다. 레트는 온 시민의 동정을 한몸에 모으고 있었다. 그러나 그는 그것을 알지도 못했고 마음에 두려고도 하지 않았다. 스칼렛은 온 시민의 혐오의 대상이었다. 하지만 이번만은 그녀도 옛 친구들로부터 동정을 받고 싶었던 것이다.

지금은 피티 고모와 멜라니, 애쉴리 세 사람밖에는 옛 친구로서 찾아 주는 사람이 하나도 없었다. 새 친구들만이 으리으리한 마차를 타고 와서 다투어 그녀에게 동정을 표하고, 그녀가 조금도 흥미를 갖지 않는 다른 새 친구들의 이야기를 해서 그녀의 마음을 딴곳으로 돌리려 했다. 이들 신출내기들은 한 사람도 빠짐없이 모두 생판 남인 것이다. 그들은 그녀를 알지 못했다. 조금도 알려고들 하지 않았다. 피치트리 거리의 저택에 살면서, 아무런 고생도 없이 호사스러운 생활을 하게 되기 이전의 그녀의 생활이 어떤 것이었는지 그들은 전혀 몰랐다. 그리고 그들도 또 자기들이 현재와 같이 호화로운 비단옷이며, 여러 필의 말이 끄는 훌륭한 마차를 갖기 이전의 생활에 대해서는 무엇 하나 이야기하려고 하지 않았다. 이 굉장한 저택이며, 아름다운 의상이며, 은그릇이며, 연회를 마땅히 가질 만한 값어치가 있는 그녀의 지난날의 괴로운 투쟁이나 궁핍이나 그 밖의 모든 것을 그들은 알지 못했다. 그들은 아무것도 모르는 것이다. 알려고도 하지 않는 것이다. 더욱이 어디서 왔는지 아무도 모르는 사람들이었고, 언제나 사물의 겉만으로 살아가는 사람들이었고, 전쟁과 기아와 투쟁을 함께 해 온 공통된 추억도 갖지 않았고, 그녀와 함께 그 황토에 뿌리를 박아서는 안 될 사람들인 것이다.

못 견디게 쓸쓸한 지금의 그녀에게는, 메이벨이나 패니나 엘싱 부인이나 화이팅 부인이나, 그 무서운 늙은 여걸 메리웨더 부인하고라도 오후 시간을 보냈으면 싶어지는 것이었다. 또는 보넬 부인, 그리고…… 그리고 옛 친구들이나 이웃 사람이면 누구하고라도 좋았다. 그녀들은 알고 있기 때문이다. 그녀들이라면 전쟁도 알고 있었고 공포도 알고 있었다. 전쟁의 불꽃도 알고 있고 덧없이 죽어간 사랑하는 사람들의 죽음도 보아 왔던 것이다. 굶주림에 쫓기고, 누더기를 걸치고, 그 굶주림과 싸워온 것이다. 그리고 폐허 속에서 운명을 다시 세워 온 사람들인 것이다.

메이벨과 함께 앉아서 셔먼 군을 앞에 두고, 메이벨이 정신없이 달아나던 도중에 죽은 갓난아기를 묻었을 때의 추억담이라도 나눈다면 틀림없이 위로

가 될 것이다. 패니와 함께 둘 다 그 무서운 계엄령이 선포되었을 무렵에 남편을 잃었던 일을 떠올린다면 얼마나 위로가 될까. 엘싱 부인과 함께 그 노부인이 애틀랜타가 무너지던 날 병참부대에서 빼앗아온 물건이 마차에서 퉁겨져서 떨어질 만큼 말에게 채찍질을 하면서, 파이브 포인트를 질주해 갔을 때의 얼굴을 회상하고 마주 웃는다면 틀림없이 알알한 재미가 있을 것이다. 요즘은 빵가게의 수입으로 평안한 생활을 하고 있는 메리웨더 부인과 "전쟁이 끝난 직후의 그 참상을 기억하고 계세요? 이 다음엔 어디서 구두를 마련해야 할지 엄두가 나지 않던 일을 기억하고 계세요? 그런데 지금은 어때요!" 하는 이야기들을 나누기라도 한다면 무척 즐거울 것이다.

확실히 즐거운 일임에 틀림없다. 지금에야 그녀는 어째서 옛날 남부동맹 사람들이 둘만 모이면 반드시 전쟁 이야기를 흥미 있고 자랑스럽게, 그리고 그리운 듯이 주고 받았는지 알 수 있었다. 그 무렵은 그들의 참다운 시련기였던 것이다. 그리고 그들은 훌륭하게 그 시련을 견뎌 나간 것이다. 그들은 역전의 용사였다. 그녀도 역시 그 가운데 한 사람이기는 했다. 그러나 그녀에게는 지금 과거의 고투를 함께 이야기할 만한 친한 친구는 한 사람도 없는 것이다. 아아, 나와 같은 사람들, 나와 같은 일을 여러 모로 겪어 왔고, 괴로운 꼴을 당하고 그리고 그런 것들이 자기 몸의 한 부분이 되어 버린 것 같은 그런 사람들과 다시 만날 수 있다면!

그러나 어느 사이엔가 그들은 가버리고 말았다. 그녀는 그것이 자기 탓이라는 것을 깨달았다. 그녀는 지금에 이르기까지, 보니가 죽고, 외롭고, 견딜 수 없이 무섭고, 거기에다가 으리으리한 만찬 식탁 맞은편에 곤드레가 되어서 금방 쓰러질 듯이 앉아 있는 거무스름한, 남 같은 레트를 보게 되기까지 그들에 대해서는 돌아보려고조차 하지 않았던 것이다.

61

레트로부터 급한 전보를 받은 것은 스칼렛이 마리에타에 있을 때였다. 10분 뒤에 떠나는 애틀랜타행 기차가 있었으므로 손가방 말고는 짐도 가지지 않고, 웨이드와 엘라를 프리시와 함께 호텔에 남겨둔 채 그녀는 그 기차를 탔다.

애틀랜타까지는 겨우 20마일밖에 안 되었지만, 기차는 가는 곳마다 정거하여 손님을 태우면서 비오는 첫가을의 오후를 느릿느릿 언제 닿을지도 모르게 굴러갔다. 레트로부터의 기별에 공황 상태가 되어 애타게 서두르고 있던 스칼렛은 기차가 멈출 때마다 소리를 지르고 싶었다. 기차는 희미하고 시름겹게 단풍 든 숲을 느릿느릿 겨우 빠져나가서, 지금도 여전히 뱀처럼 구불구불한 흉벽 터가 무참하게 남아 있는 황토의 산허리며, 옛날의 포병진지며, 지금은 잡초가 우거져 있는 포탄 구멍 옆 따위를 지나서 존스턴 군이 한 걸음 한 걸음 처참하게 싸우면서 퇴각했던 길을 지나갔다. 정거장에 정차하고 건널목을 지나고 할 때마다 차장은 과거의 격전지며, 작은 전투가 있었던 장소의 이름을 불렀다. 첫날엔 스칼렛도 그 이름을 들으면 무서운 기억을 불러일으키곤 했었으나, 지금은 그런 것을 생각할 여유조차 없었다.

레트의 전보는 다음과 같은 것이었다.

'멜라니 와병, 즉시 귀가.'

기차가 애틀랜타에 닿았을 때는 벌써 해는 완전히 넘어가고 안개 같은 가을비로 거리의 모습도 희미해져 있었다. 가로등의 가스빛은 안개 속에서 누런 공처럼 뿌옇게 빛나고 있었다. 레트는 마차를 타고 정거장에서 기다리고 있었다. 그의 얼굴을 본 그녀는 전보를 보았을 때보다 더욱 놀랐다. 이처럼 무표정한 그의 얼굴을 본 것은 이것이 처음이었기 때문이다.

"멜라니가 혹시⋯⋯." 그녀는 저도 모르게 외쳤다.

"아니, 아직 살아 있소." 레트는 그녀를 마차로 부축해 올렸다. "윌크스 부인 댁으로, 될 수 있는 대로 빨리!" 그는 마부에게 명령했다.

"멜라니가 어떻게 된 거죠? 병이라니 전혀 몰랐어요. 지난 주에는 그렇게 건강해 보였는데. 다치기라도 했나요? 아, 레트, 그렇게 심각한 건 아니⋯⋯."

"죽어가고 있소." 말한 레트의 목소리는 얼굴과 마찬가지로 무표정했다. "당신을 만나고 싶어해."

"멜라니가! 그럴 리가 없어요! 아, 그럴 리가! 도대체 어떻게 된 거예요?"

"유산했다는군."

"유, 유⋯⋯ 하지만, 레트, 멜라니는⋯⋯."

스칼렛은 더듬거렸다. 이 말을 듣자 너무나 무서워서 그녀는 숨도 쉴 수가 없었다.

"그녀에게 아기가 생긴 것을 당신은 모르고 있었군 그래."

그녀는 고개를 끄떡일 수조차 없었다.

"역시 그럴 거라고 생각했지. 아무에게도 말을 안 한 모양이니까. 그녀는 별안간 모든 사람을 놀라게 해 줄 생각이었던 거야. 그러나 난 전부터 알고 있었어."

"당신이요? 하지만 당신에게도 말은 안 했겠지요."

"특별히 내게만 말해야 할 이유는 없잖소. 그러나 나는 알았단 말이오. 그녀는 최근 두 달 동안 무척 행복한 것 같았어. 그래서 나는 틀림없이 그럴 것이라고 생각했었던 거지."

"하지만, 레트, 멜라닌 이번에 아이가 생기면 죽는다고 미드 선생님이 말씀하셨잖아요?"

"그러니까 이런 일이 생긴 거지." 레트는 말하고 마부에게 소리쳤다. "여봐 좀더 빨리 달릴 수 없을까?"

"하지만 레트, 그녀는 죽지 않을 거예요! 나는, 나도 죽지 않았고, 그리고 난……."

"그녀에게는 당신만한 체력이 없어. 체력이라고는 전혀 없었으니까 말야. 그녀에게는 마음말고는 아무것도 없었단 말야."

마차는 납작한 조그만 집 현관 앞에 멈췄다. 레트는 그녀를 부축해서 마차에서 내려 주었다. 몸을 떨어 가며 겁에 질려 있는 그녀는 문득 고독감에 사로잡혀서 레트의 팔을 잡았다.

"당신도 함께 들어가겠어요, 레트?"

"아니." 그는 다시 마차에 올라탔다.

그녀는 현관 계단을 나는 듯이 뛰어 올라가서 베란다를 가로질러 가 홱 문을 열었다. 램프의 누런 불빛 속에 애쉴리와 피티 고모와 인디어가 있었다. 스칼렛은 생각했다. '인디어는 무엇하러 왔을까. 이 집에는 두 번 다시 발을 들여놓지 못하게 한다고 멜라니가 말했을 텐데.' 세 사람은 그녀를 보자 일제히 일어섰다. 피티 고모는 떨리는 입술을 진정시키려고 악물고 있었다. 인디어는 슬픔에 잠겨서 옛날의 미움도 잊어버린 듯이 묵묵히 스칼렛을 지켜보고 있었다. 애쉴리는 몽유병 환자처럼 멍청한 표정으로 그녀에게로 다가 와서 팔에 손을 얹고 몽유병자 같은 소리로 말했다.

"저 사람이 당신을 만나고 싶어해요. 만나고 싶어 하고 있어요."

"지금 만날 수 있을까요?" 그녀는 말하고, 굳게 닫힌 멜라니의 방문 쪽을 돌아보았다.

"아뇨, 지금 미드 선생님께서 와 계십니다. 당신이 와 주셔서 참으로 다행이오, 스칼렛."

"전 될 수 있는 대로 서둘러 달려왔어요." 스칼렛은 보닛과 외투를 벗었다. "기차가…… 멜라닌, 설마 정말로…… 저, 좋아졌지요, 애쉴리? 말해 줘요. 그런 표정을 하지 말고요! 멜라닌 정말로……."

"그 사람은 당신의 이름만 계속해서 부르고 있소." 애쉴리는 말하고 그녀의 눈을 물끄러미 들여다보았다. 그 눈을 보자 그녀는 모든 것을 다 짐작할 수 있을 것 같았다. 순간 심장이 멎는 것 같은 느낌이었다. 그리고 다음 순간에는 불안 따위보다도 더 강하고, 슬픔보다도 더 강한 어떤 야릇한 공포로 그녀의 가슴은 두근거리기 시작했다. 그런 일은 있을 수 없다고, 그녀는 그 공포를 쫓아 버리려고 애썼다. 의사의 진단 같은 것은 믿을 것이 못된다. 어떻게 옳다고 생각할 수 있겠는가. 꼭 그렇다고는 생각할 수 없지 않은가. 그렇다면 나는 울부짖고 말거야. 무언가 다른 것을 생각하지 않으면 안 된다.

"난 그런 건 믿지 않아요!" 그녀는 누가 무슨 소리를 하든 듣지 않겠다는 것처럼 세 사람의 슬픔에 잠겨서 축 늘어진 얼굴을 보며 거친 목소리로 외쳤다. "그런데 멜라니는 어째서 나한테 말해 주지 않았을까요? 알았으면 난 마리에타 같은 델 절대로 가지 않았을 텐데!"

애쉴리의 눈은 겨우 몽유병에서 깨어난 것처럼 보였다. 참으로 괴로워 보이는 눈이었다.

"저 사람은 아무한테도 이야기하지 않았소, 스칼렛. 특히 당신에게는 말이오. 당신이 알게 되면 꾸중을 듣지나 않을까 그것이 걱정이었던 거요. 저 사람은 석 달이 되도록, 자신도 확실히 안전하다고 생각될 때까지 잠자코 숨겨 두었다가 당신을 깜짝 놀라게 하고, 의사의 말 따위는 믿을 것이 못된다면서 함께 웃으려고 했었던 거요. 그러니까 저 사람은 무척 행복했던 거죠. 당신도 아시다시피 저 사람은 아기라면 정신을 못 차렸소. 여자아이를 무던히도 갖고 싶어했으니까. 그리고 모든 일이 순조롭게 되어 가고 있었는데……. 끝내는 이렇다 할 아무런 원인도 없이……."

멜라니의 방문이 조용히 열리면서 미드 의사가 복도에 모습을 나타내고는 다시 조용히 문을 닫았다. 의사는 흰 수염을 가슴에 묻는 것처럼 하고 잠시 멈춰선 채 갑자기 얼어붙은 듯이 서 있는 네 사람을 바라보았다. 마지막으로 의사의 눈길은 스칼렛에게로 쏠렸다. 그녀에게로 다가오는 의사의 눈에는 슬픔과 함께 혐오와 경멸이 깃들어 있었다. 그것을 눈치챈 그녀의 겁먹은 마음은 죄책감으로 가득 찼다.

"이제야 왔군." 의사는 말했다.

그녀가 미처 대답하기도 전에 애쉴리가 문 쪽으로 다가갔다.

"당신은 아직 안 돼." 의사는 말했다. "부인은 스칼렛과 이야기하고 싶어 해."

"선생님." 인디어가 의사의 소매에 손을 얹고 말했다. 그 음성에는 아무런 억양도 없었지만, 여러 말을 늘어놓는 것 이상으로 호소력이 있었다. "잠시라도 좋으니까 만나게 해 주세요. 전 아침부터 여기에 와서 기다리고 있었어요. 하지만 언니는…… 잠깐만 만나게 해 주세요. 말할 게 있어요. 꼭 해야만 할 말이 있어요. 제가 나빴다고…… 어떤 일에 대해서."

그녀는 그렇게 말하면서도 애쉴리와 스칼렛 쪽은 보지 않았다. 그러나 미드 의사는 스칼렛에게 흘끗 차가운 눈길을 보냈다.

"잘 알겠소, 인디어." 의사는 무뚝뚝하게 말했다. "그러나 그것을 나한테 이야기한 이상 내가 나빴느니 어쩌고 해서. 더 이상 그녀를 지치게 하지 말아 주오. 그녀는 당신이 나빴다는 것을 알고 있소. 그러니까 당신이 사과해 보았자 그것은 다만 그녀를 괴롭힐 뿐이오."

피티가 겁에 질려서 조심조심 입을 열었다. "제발 미드 선생님."

"피티 씨, 당신은 만나서도 울거나 기절을 할 뿐이잖겠소."

피티는 뚱뚱하고 작달막한 몸을 곧추세우고 똑바로 의사를 마주 보았다. 피티의 눈에는 눈물은 없었고, 위엄이 온몸에 넘치는 듯하였다.

"그럼, 좋아요. 그러나 좀더 나중에." 의사는 훨씬 상냥한 목소리로 그렇게 말하더니 "자아, 스칼렛"하고 그녀를 재촉했다. 그들은 발소리가 나지 않도록 복도를 걸어 가서 닫힌 문 앞으로 갔다. 그러자 의사는 문득 스칼렛의 어깨에 손을 얹고 단단히 잡았다.

"자, 스칼렛." 의사는 나직한 소리로 짧게 말했다. "울거나 소리치거나 해서는 못써요. 스칼렛 쪽에서 마지막 고백 같은 걸 해서는 안 돼요. 그런 짓을 하면 내가 스칼렛의 목을 비틀어 버릴 테니까. 그런 천진스러운 눈길로 나를 보지 말아요. 내가 한 말 알아듣겠지. 멜라니는 당장에라도 죽을지 모른단 말이야. 그러니까 스칼렛은 애쉴리에 대한 이야기 따위를 꺼내서 자신만 양심의 위안을 받으려 해서는 안 되는 거야. 난 여태까지 부인들에 대해서 난폭한 짓을 한 적은 없지만, 만약 스칼렛이 무슨 말만 하면 그냥 두지 않을 거야!"

그는 그녀의 대답도 기다리지 않고 문을 열어 방 안으로 그녀를 밀어넣고 닫았다. 검은 호두나무로 만든 값싼 가구들이 있는 작은 방은 램프에 신문지로 갓을 해 씌웠으므로 어둠침침했다. 마치 여학생 방처럼 아담한 방으로서, 좁고 작은 키낮은 침대, 졸라맨 무늬 없는 레이스 커튼, 마룻바닥에 깔려 있는 정결하고 빛 바랜 깔개 따위는 스칼렛 침실의 당당한 조각이 있는 가구며, 분홍색 비단 커튼이며, 장미 무늬 융단 따위의 호화스런 것과는 전혀 색다른 광경이었다.

멜라니는 그 작은 침대에 누워 있었는데, 이불을 덮은 그 모습이 마치 어린아이처럼 조그맣고 납작하게 푹 꺼져 있었다. 많은 검은 머리를 얼굴 양쪽에 늘어뜨리고, 감은 눈은 검푸른 테두리 속에 움푹 들어가 있었다. 그 모습을 보자 스칼렛은 문에 기댄 채 우두커니 서버리고 말았다. 어둠침침한 방인데도 멜라니의 얼굴이 밀랍처럼 누렇게 떠 있는 것이 똑똑히 보였다. 이미 생기는 없어지고 코언저리에는 임종의 표정이 나타나 있었다. 이 순간까지 스칼렛은 미드 선생님의 진단이 잘못된 것이기를 빌고 있었다. 그러나 이미 그녀 자신도 확실하게 알 수 있었다. 전쟁 동안 병원에서, 이젠 도저히 죽음을 피할 수 없는 징조라고 생각하지 않을 수 없을 만큼 뚜렷이 이러한 임종의 표정이 나타난 얼굴을 그녀는 지긋지긋할 만큼 많이 보아 알고 있었던 것이다.

멜라니는 죽어 가고 있는 것이었다. 그러나 잠깐 스칼렛의 마음은 그 사실을 받아들이려 하지 않았다. 멜라니가 죽다니, 그런 일은 있을 수가 없다. 스칼렛이 이처럼 그녀를 의지하고 있는 이때, 하느님께서 그녀를 죽게 하실 리가 없다. 멜라니를 의지한다는 생각은 여태까지 해본 적이 없었다. 그러나 지금에야 사실은 커다란 파도처럼 그녀의 영혼 깊숙이 밀어닥쳐 왔다. 멜라니한테 그녀는 지금까지 의지하여 왔던 것이다. 그녀가 자신에게 의지하고 있을 때조차도 멜라니한테 기대고 있었던 것이다. 그런데도 지금까지는 그것을 전혀 느끼지 못하고 있었다. 멜라니가 죽어 가고 있는 지금, 비로소 스칼렛은 그녀 없이는 살아갈 수 없다는 것을 알았다. 지금 죽음을 앞두고 몸을 조금도 움직이지 않고 있는 멜라니 쪽으로 발소리를 죽이고 다가가면서, 그녀는 미칠 듯한 심정으로 멜라니야말로 자신의 칼이요, 방패요, 위로요, 힘이었다는 사실을 깨달았다.

'멜라니를 놓쳐서는 안 된다! 멜라니를 죽게 할 수 없다!'라고 생각했다. 그리고 치마를 사르락거리면서 침대 옆에 무릎을 꿇었다. 이불 위에 얹혀 있는 그녀의 약하디약한 손을 얼른 잡으면서 그것이 너무나 차가운 데 더욱 놀랐다.

"나야 멜라니." 그녀는 말했다.

멜라니는 눈을 가늘게 뜨고 정말로 스칼렛인 것을 알자 만족한 듯이 다시 감았다. 조금 뒤 멜라니는 숨을 들이마시고 소곤거리는 것처럼 나직한 소리로 말했다.

"내 부탁을 들어 주시겠어요?"

"그럼, 무엇이든지!"

"보를…… 돌봐 줘요."

온갖 감정이 목구멍으로 치밀어올라와서 스칼렛은 그저 끄덕이는 수밖에 없었다. 그리고 승낙한다는 것을 보이기 위해서 참고 있던 손에 지그시 힘을 주었다.

"그 애를 언니에게 드리겠어요." 보이지 않을 정도로 희미한 미소가 떠올랐다. "난 그 앨 이미 언니한테 드렸었지요. 벌써 훨씬 전에……. 생각나세요? 그 애가 태어나기도 전에……."

생각나느냐구? 어떻게 그때 일을 잊을 수가 있으랴. 마치 그 무서웠던 날이 다시 되돌아온 것처럼 뚜렷이 그 9월 한낮의 숨막힐 듯한 더위가 느껴졌다. 그 북군의 무서움, 퇴각하는 군대의 발소리, 만약 자기가 죽거든 갓난아기를 부탁한다던 멜라니의 목소리……. 그리고 그때 멜라니를 얼마나 미워했던가, 얼마나 그녀가 죽기를 바랐던가 하는 것까지 또렷하게 기억에 되살아왔다.

'내가 멜라니를 죽인 거다.' 그녀는 미신적인 공포에 사로잡히면서 생각했다. '내가 그처럼 줄곧 멜라니가 죽기를 바라고 있었으므로 하느님은 내 소원을 들어 주시고, 나를 벌하고 계신 거다.'

"어머나 멜라니도, 그런 소리 하면 못써! 꼭 나을 거야."

"아니, 이미 글렀어요. 부탁해요. 들어 줘요, 꼭……."

스칼렛은 꿀꺽 침을 삼켰다.

"염려 말아요. 내 자식들과 똑같이 기를 테야."

"대학까지?" 멜라니는 희미하고 생기 없는 소리로 물었다.

"그럼 그럼, 대학이건 하버드건 유럽이건 무엇이든지 그 애가 원하는 대로. 그리고…… 그리고…… 망아지도…… 그리고 음악 공부도……. 오, 제발, 멜라니. 정신 차려! 기운을 내란 말이야!"

다시 침묵에 잠겼다. 멜라니의 얼굴에는 다시 무언가를 계속 말하려고 애쓰는 모습이 역력히 나타나 있었다.

"애쉴리," 그녀는 말을 꺼냈다. "애쉴리하고 언니……" 그녀는 머뭇거리다가 다시 입을 다물고 말았다.

애쉴리의 이름이 나오자 스칼렛의 심장은 돌처럼 싸늘하게 굳어 버렸다. 멜라니는 처음부터 알고 있었던 것이다. 스칼렛은 이불 위에 얼굴을 묻었다. 울려고 해도 목소리가 꽉 잠겨 사정없이 목을 조른다. 멜라니는 알고 있었던 것이다. 스칼렛은 이미 부끄러워할 수조차 없었다. 아무런 감정도 없었다. 그저 이 상냥한 사람을 오랜 세월 동안 괴롭혀 온 데 대해서 미칠 것만 같은 회한을 느낄 뿐이었다. 멜라니는 알고 있었던 것이다. 그런데도 여전히 그녀의 성실한 친구로서 함께 있어줬던 것이다. 아아, 만약 멜라니가 앞으로 몇 년이고 살아 있어만 준다면! 나는 애쉴리와는 눈길도 마주치지 않도록 하련만.

'오, 하느님,' 그녀는 기도했다. '부디 멜라니가 죽지 않도록 해 주십시오! 저는 멜라니에게 잘 해 주겠습니다. 아주 친절하게 하겠습니다. 멜라니의 병을 낫게만 해주시면 저는 살아 있는 한, 애쉴리와는 두 번 다시 말도 하지 않겠습니다!'

"애쉴리." 멜라니는 희미하게 말하고는 손을 뻗어 스칼렛의 수그린 머리를 더듬었다. 스칼렛의 머리를 잡아당기는 그녀의 엄지손가락과 집게손가락에는 이미 갓난아기만한 힘밖에는 없었다. 스칼렛은 그것이 무슨 뜻인가를 알

앉다. 멜라니는 스칼렛의 얼굴을 쳐들게 하려 하고 있는 것이다. 하지만 어떻게 얼굴을 들 수가 있단 말인가. 멜라니의 눈을 보고 그 속에 담겨 있는 뜻을 어떻게 헤아릴 수 있겠는가.

"애쉴리." 멜라니는 또 속삭였다. 스칼렛은 스스로 자기 몸을 움켜쥐었다. 마지막 심판 날 하느님 앞에 나가서 하느님 눈에서 자신의 선고를 알아차렸다 하더라도 이처럼 괴롭게 느껴지지는 않을 것이다. 그녀의 영혼은 움츠러들기만 했다. 그러나 그녀는 얼굴을 들었다.

거기에서 본 것은 다만, 다가오는 죽음 때문에 푹 꺼지고 힘을 잃었지만 정답고 까만 눈과 숨을 쉬기도 괴로운 듯한 상냥한 입뿐이었다. 거기에는 비난도 없거니와 죄를 탓하는 빛도 공포도 없었다. 다만 말을 하고 싶은데 말할 힘마저 없는 것에 초조해하는 모습이 있었다.

잠깐 스칼렛은 정신이 아물아물해지는 것 같았으나, 후 하고 숨을 내쉴 수도 없었다. 이윽고 멜라니의 손을 꼭 쥐고 있는 동안, 하느님에 대한 따뜻한 감사의 말씀이 솟아올라서 어렸을 때 이후 처음으로 겸허하고 사심없는 기도를 했다.

'하느님 감사합니다. 제가 그만한 가치도 없는 인간이란 것도 알고 있습니다. 그러나 그녀에게 알리지 않으신 데 대해서 감사드립니다.'

"애쉴리가 어쨌다는 거지, 멜라니?"

"언니한테…… 그이를 부탁해요."

"알았어, 아무 걱정 말아요."

"그이는 감기에 걸려요…… 자주."

잠시 침묵이 이어졌다.

"그이의 사업도…… 부탁해요…… 이해하시죠?"

"응, 알았어, 걱정 말아."

멜라니는 안간힘을 쓰고 있었다.

"애쉴리는 사업에 대한 수완이 없어요."

죽음에 이르렀으므로, 멜라니의 입에서 남편에 대한 이 같은 불신도 새어 나왔으리라.

"그이를 부탁해요. 스칼렛……. 하지만…… 그이에겐 아무것도 말하지 말아요."

"알았어, 그이에 대해서나 일에 대해서나 아무 걱정 말아요. 그리고 애쉴리한테는 아무것도 알리지 않을게, 알지 못하게 잘 할게."

멜라니는 억지로 미소를 지어 보였다. 그러나 그녀의 눈이 다시금 스칼렛의 눈과 마주쳤을 때, 그 미소는 승리를 자랑하고 있는 것처럼 보였다. 각박한 세파에 대한 애쉴리 윌크스 보호의 임무가 한 사람의 부인으로부터 다른 한 사람의 부인에게로 넘겨진 약속의 표시로서 두 사람은 눈길을 주고받았다. 만약 이것을 안다면 애쉴리의 남성으로서의 긍지는 결코 그것을 허락하지 않았을 것이다.

스칼렛이 부탁을 들어 주었으므로 마음을 놓는지 멜라니의 극도로 지쳐 버린 얼굴에서는 고통스러운 듯한 빛이 사라졌다.

"언니는 무척 영리하고…… 무척 용감하고 …… 언제나 내게 다정하게 해 주셨어요……."

이 말을 듣자 스칼렛의 목에 걸려 있던 오열은 일시에 둑이 터진 것처럼 흘러나왔다. 그녀는 무의식중에 자기 입을 눌렀다. 그녀는 어린아이처럼 커다란 소리로 막 울부짖을 것만 같았다.

'나는 악마였어! 멜라니한테 못할 짓만 했던 거야! 멜라니를 위해서 해준 일은 하나도 없었어! 모두가 애쉴리 때문이었던 거야!'

그녀는 문득 일어서서 마음을 가라앉히려고 엄지손가락을 꽉 깨물었다. 레트가 하던 말이 다시 생각났다. '그녀는 당신을 사랑하고 있어. 그것은 당신이 져야 할 십자가란 말이오.' 그렇다. 그 십자가가 지금은 한층 더 무게를 더해 온 것이다. 갖은 수단을 다해서 이 사람에게서 애쉴리를 빼앗으려고 한 것만도 못 견딜 만큼 고통스러운 일인데, 지금 그 생애를 통하여 나를 맹목적으로 믿어 온 멜라니가 죽음의 순간까지도 여전히 변함없이 사랑과 믿음을 바치고 있다고 생각하면 더욱더 괴로웠다. 이미 그녀는 말도 할 수 없었다.

'정신 차려요!' 하고 한 번 더 말할 수는 도저히 없었다. 멜라니를 편안하게 괴로움도 없고, 눈물도 없고, 슬픔도 없이 죽게 해 주어야 한다.

문이 조금 열리며 미드 의사가 문어귀에 서서 명령하는 것처럼 그녀를 손짓해 불렀다. 스칼렛은 눈물을 삼키고 침대 위에 구부리고, 멜라니의 손을 잡아 자기 볼에 눌렀다.

"잘자요." 그녀는 말했으나, 그 목소리는 자기도 의외로 생각할 만큼 침착했다.

"약속해 줘요……." 멜라니가 이미 알아들을 수 없을 만큼 낮은 목소리로 말했다.

"그럼, 무엇이든지."

"버틀러 선장님…… 그분에게 정답게 해드려요. 그분은…… 언니를 무척 사랑하고 계세요."

'레트가?' 스칼렛은 어리둥절하면서 생각했다. 그러나 멜라니의 말은 그녀에게 있어서는 아무런 뜻도 없었다.

"응, 그럴게." 그녀는 기계적으로 대답했다. 그리고 멜라니의 손에 가볍게 키스하고 그 손을 살그머니 침대에 놓았다.

"부인들에게 곧 오라고 말해 주시오." 그녀가 방을 빠져나올 때, 의사가 작은 소리로 속삭였다.

인디어와 피티가 소리가 나지 않도록 치마를 누르면서 의사의 뒤를 따라 방으로 들어가는 것을 그녀는 멍하게 흐린 눈으로 바라보았다. 그녀들이 들어가자 문이 닫히고 집 안은 고요해졌다. 애쉴리의 모습은 아무 데도 보이지 않았다. 스칼렛은 장난을 하다가 벌을 받은 아이처럼 벽에 머리를 기대고 아픈 목을 문질렀다.

문 저쪽에서는 멜라니가, 그리고 바로 그녀와 함께 스칼렛이 오랜 세월 동안 알지 못하는 사이에 의지하고 있었던 그 힘이 세상을 떠나려 하고 있는 것이다. 왜 그녀는 여태껏 자신이 얼마나 멜라니를 사랑했고, 얼마나 의지하고 있었는가는 모르고 있었단 말인가. 그러나 멜라니처럼 조그맣고 수수한 여자에게 그처럼 커다란 힘이 있었다고 누가 생각할 수 있었겠는가. 낯선 사람 앞에서는 부끄러워서 눈물도 흘리지 못하던 멜라니, 자기 의견을 말할 때도 쭈뼛거리면서 조심조심 큰 소리도 내지 못하고, 나이 먹은 부인들의 반대를 두려워하던 멜라니, 거위를 보고도 우 소리를 지를 용기도 없었던 멜라니에게. 그리고…….

스칼렛의 마음은, 푸른 군복을 입은 북군 병사의 머리 위로 잿빛 연기가 피어오르고, 멜라니가 찰스의 군도를 들고 계단 위에 서 있던 그 타라의 쥐 죽은 듯이 조용하고 무더웠던 날을 생각해 냈다. 스칼렛은 그때 '어쩌면 바보스럽긴! 멜라니는 그 군도를 들어올릴 수도 없는 주제에!' 하고 생각했던 일을 떠올렸다. 그러나 지금 생각해 보면, 여차하면 그때 멜라니는 계단을 뛰어 내려와서 북군 병사를 죽이든가 또는 자기가 살해되든가 했을 것이 틀림없다고 깨달았다.

그렇다. 멜라니는 그날 가냘픈 손에 군도를 쥐고 그녀를 위해서 싸우려 했던 것이다. 그리고 지금 스칼렛이 슬프게도 과거를 되돌아 보니 멜라니는 언제나 칼을 잡고 그녀 곁에 그림자처럼 소리 없이 붙어다니면서, 그녀를 사랑하고 맹목적인 성실성으로써 그녀를 위하여 양키와 전화, 기아, 궁핍, 세상 소문, 그리고 자신이 사랑하는 육친과도 싸워 주었다는 것을 똑똑하게 알았던 것이다.

스칼렛은 그녀와 세상과의 사이에서 번쩍이고 있었던 칼이 이제 영원히 칼집 속으로 들어가 버렸다고 생각하자 용기도 자신감도 한꺼번에 빠져버린 것처럼 느껴졌다.

'멜라니는 내게 있어서는 오직 하나밖에 없는 친구였어.' 그녀는 쓸쓸하게 생각했다. '나를 진정으로 사랑해 주신 어머니를 빼면, 나를 사랑해 준 것은 멜라니뿐이다. 그녀는 어머니나 다름없다. 그녀를 아는 사람은 모두 그녀의 치맛자락에 매달려 있었던 것이다.'

갑자기 그 닫혀진 문 저편에서 어머니 엘렌이 다시 한 번 죽음의 자리에서 이 세상을 떠나려 하고 있는 것같이 여겨졌다. 연약하고 상냥하고 따뜻한 마음을 가진 사람의 엄청난 힘이 없이는 도저히 인생과 마주 서서 살아 나갈 수 없다는 것을 깨닫자, 황량한 마음에 사로잡혀서 느닷없이 자기 주변의 사람과 함께 자신이 다시 타라에 되돌아가 있는 듯한 심정이 들기 시작했다.

그녀는 어떻게 해야 할지를 몰라 겁에 질려서 복도에 서 있었다. 거실 난로의 불빛이 주위의 벽에 커다란 어두운 그림자를 던지고 있었다. 온 집 안이 쥐죽은 듯이 고즈넉했다. 그리고 고요함이 차가운 안개비처럼 그녀의 마음에 배어들어 왔다. 애쉴리! 애쉴리는 어디 있는 것일까. 그녀는 추위에 떠는 짐승이 불을 찾듯이 그를 찾아서 거실로 가보았다. 그러나 그는 없었다. 그녀는 무슨 일이 있어도 그를 만나고 싶었다. 방금 그녀는 멜라니의 힘과 자신이 그것에 의지해 왔다는 사실을 깨달았다. 그리고 깨달은 순간 그것이 사라지려 하고 있는 것이다. 그러나 아직 애쉴리가 남아 있다. 힘있고 슬기롭고 그녀를 위로해 줄 애쉴리가 있다. 지금은 오직 애쉴리와 그의 사랑 속에만 힘이 있는 것이다. 그녀의 약점을 덮어 줄 힘이 있고 그녀의 공포를 감당해 줄 용기가 있으며, 그녀의 슬픔을 낮게 해줄 위로가 그에게 있었다.

틀림없이 그의 방에 있을 것이라고 생각하고, 발소리를 죽이면서 복도를 지나가 조용히 문을 두들겼다. 대답이 없었으므로 살짝 문을 열어보았다. 애쉴리는 화장대 앞에 서서 헝겊으로 기운 멜라니의 장갑을 보고 있었다. 맨 처음 한 짝을 집어들고, 마치 처음 보는 것처럼 열심히 그것을 들여다보았다. 그러고는 마치 유리 세공품을 다루는 것처럼 살그머니 그것을 놓고는 다른 한 짝을 집어들었다.

그녀가 "애쉴리" 하고 떨리는 목소리로 부르자, 그는 천천히 고개를 돌려 그녀를 바라보았다. 그 잿빛 눈에서는 잠자는 듯한 초연한 빛이 사라지고 없었다. 커다랗게 뜬 채로 감정을 감추려고도 하지 않았다. 그 눈에는 그녀 못지않은 공포, 그녀보다도 무력한 연약함, 그녀가 한 번도 본 적이 없을 만큼 깊은 혼란에 빠져 있음이 나타나 있었다. 그 얼굴을 보자 그녀는 복도에서 느꼈던 공포가 한층 더 깊어가는 것을 느꼈다. 그녀는 다가갔다.

"나 무서워요." 그녀는 말했다. "아아, 애쉴리, 나를 안아 줘요. 난 너무나 무서워요!"

그는 꼼짝도 하지 않고, 두 손으로 장갑을 움켜쥔 채 그녀를 지켜보았다. 그녀는 그의 팔에 손을 얹으면서 "왜 그래요?" 하고 속삭였다.

그는 무언가 찾고 있으면서도 찾아낼 수 없는 것을 찾듯이 뚫어져라 열심히 그녀를 바라보고 있었다. 가까스로 입을 열었으나 그 목소리는 평소 그의 음성과는 전혀 딴판이었다.

"나는 당신을 만나고 싶었소." 그는 말했다. "나는 하마터면 뛰어다니면서 당신을 찾을 뻔했소. 위로받고 싶은 어린아이들처럼 뛰어다니면서……. 그런데 당신은 나보다도 더 겁을 먹고 내게로 달려온 어린아이가 아니오?"

"어머나 당신이…… 당신이 무서워하다니!" 그녀는 외쳤다. "당신은 지금까지 무서워한 적이 없잖아요. 그런데, 난…… 당신이 지금까지도 늘 굳세고……."

"만약 내가 굳세다면 그것은 저 사람이 내 뒤에 있어 주었기 때문이오." 그는 힘없는 목소리로 말했다. 그리고 장갑을 들여다보면서 그 손가락을 어루만졌다.

"그러니까…… 그러니까…… 내가 가지고 있었던 힘은 저 사람과 더불어 이미 없어져 버린 거요."

그의 나직한 목소리에는 커다란 절망이 깃들어 있었다. 그녀는 그의 팔에서 손을 떼고 뒤로 물러섰다. 그리고 두 사람 사이에 흐르는 무거운 침묵 속에서 그녀는 난생처음으로 그라는 인간을 정말로 안 것처럼 생각됐다.

"아니," 하고 그녀는 천천히 말했다. "아니, 애쉴리, 당신은 그녀를 사랑하는 거죠?"

그는 괴로운 듯이 겨우 말했다.

"그녀는 내가 가지고 있던 유일한 꿈이오. 현실임에도 불구하고 살아 있고 호흡하고 죽는 일이 없었던 꿈이오."

'꿈!' 그녀는 언제나처럼 짜증스러움을 느끼면서 생각했다. '늘 꿈만 꾸는 사람! 상식이 전혀 없는 사람!' 답답하고 왠지 견딜 수 없는 심정으로 그녀는 말했다.

"당신은 어지간히 바보였군요, 애쉴리. 그녀가 나 같은 것의 백만 배나 훌륭한 사람이라는 것을 왜 당신은 몰랐었죠?"

"스칼렛, 이제 더는 말하지 말아 줘요! 내가 미드 선생님의 주의를 받은 뒤로 얼마나 참고 견뎌 왔는지, 그것을 알아만 준다면……."

"얼마나 참고 견뎌 왔는지라고요! 생각해보세요, 나도……. 오, 애쉴리, 당신은, 더 훨씬 전에, 당신이 정말로 사랑하는 것은 그녀지, 내가 아니라는 것을 깨달았어야 옳았어요! 어째서 그것을 몰랐을까요? 그랬다면 모든 것이 완전히 달라졌을 텐데……. 아, 진작 깨닫고, 명예니 희생이니 그따위 말을 해서 나를 묶어 놓지 않았더라면 좋았을 거예요! 좀더 빨리 그런 말씀을 해 주셨으면 나도……. 죽는 것만큼이나 고통스러웠을지도 모르지만, 그래도 어떻게든 견뎌 냈으리라고 생각해요. 그런데 당신은 여태까지, 멜라니가 이렇게 될 때까지 그것을 모르고 있었다니. 이젠 무슨 짓을 해도 소용없어요. 아아, 애쉴리, 그런 것은 남자들이 알아야 하는 거예요, 여자가 아니란 말이에요! 당신이 사랑한 것은 언제나 그녀였지, 나에 대해선…… 레트가 와틀링 같은 여자를 요구하는 것처럼 나를 바라고 있었다는 것을 진작 깨달았어야 해요!"

그는 이 말에 주춤했다. 그래도 여전히 침묵과 위로를 애원하는 것처럼 그녀의 눈을 물끄러미 바라보고 있었다. 그의 얼굴은 구석구석까지 그녀의 말이 진실이라는 것을 나타내고 있었다. 어깨를 축 늘어뜨리고 있는 것만 보아도 그녀가 탓할 것도 없이 그의 자책이 얼마나 가혹한 것인가를 알 수 있었다. 그는 장갑을, 그것이 마치 자기를 이해해 주는 사람의 손이기라도 한듯이 꽉 움켜잡고 그녀 앞에 서 있었다. 그리고 그녀는 자기 말 뒤로 이어진 침묵에 빠져 있는 동안 노여움이 차츰 사라져 버리자, 경멸 어린 연민의 정이 새로이 솟아나는 것을 느꼈다. 마음이 아파서 견딜 수가 없었다. 그녀는 두들겨 맞으면서도 전혀 막을 재간이 없는 사나이를 채찍으로 때리고 있는 것이었다. 그런데 방금 멜라니에게, 그에 대해서는 걱정하지 말라고 약속하지 않았던가.

'멜라니와 약속하자마자 벌써 나는 이처럼 비열한, 그를 괴롭히는 말을 하고 말았어. 나는, 아니 나만이 아니야. 누구라도 이런 말을 할 필요는 없는 거야. 이 사람은 스스로 잘 알고 있는 거야. 그게 그를 괴롭히는 거야.' 그녀는 비참한 마음으로 생각했다. '이 사람은 아직도 어른이 아냐. 나와 마찬가지로 어린아이야. 멜라니를 잃을 공포 때문에 마음이 약해져 있는 거야. 그리고 멜라니는 이렇게 되리라는 것을 알고 있었어. 멜라니는 이 사람을 나보다 훨씬 더 잘 알고 있었던 거야. 그러니까 그녀는 애쉴리와 보를 부탁한다고, 이 사람과 아들을 함께 말한 거야. 어떻게 애쉴리가 이것을 견뎌낼 수 있겠는가? 나는 견뎌낼 수 있어, 나는 무슨 일이든 견뎌낼 수 있어! 지금껏 나는 얼마든지 견뎌내야 할 일들이 많았으니까. 하지만 이 사람에게는 그것이 불가능해. 이 사람은 멜라니 없이는 아무것도 견뎌내지 못할 거야.'

"미안해요." 그녀는 두 손을 내밀면서 상냥하게 말했다. "당신이 얼마나 괴로워하고 계시는지 나도 알아요. 하지만 애쉴리, 멜라니는 아무것도 몰라요. 의심해 본 적도 없어요. 이건 오직 하느님 덕분이에요."

그는 갑자기 그녀에게로 다가와 정신없이 끌어안았다. 그녀는 발돋움을 하고 자기의 따뜻한 볼을 위로하듯이 그의 볼에 눌러 붙이고, 한쪽 손으로 그의 머리를 쓸었다.

"울면 안 돼요. 멜라니는 당신이 꿋꿋하기를 바라고 있어요. 아마 곧 당신을 만나고 싶다고 할 거예요. 그러니까 꿋꿋하고 침착해야 해요. 우는 꼴을 보여서는 안 돼요. 멜라니가 걱정할 거예요.”

그는 숨도 쉬지 못할 만큼 그녀를 꼭 끌어안았다. 그리고 그녀의 귓가에 대고 쉰 목소리로 말했다.

“나는 어떻게 하면 좋단 말이오? 나는 그녀 없이 살아갈 수 없소!”

‘나도 마찬가지예요.’ 그녀는 멜라니가 없는 앞으로의 긴 세월이 머릿속에 떠오르자 몸서리를 치면서 그렇게 생각했다. 그러나 그녀는 이를 악물었다. 애쉴리가 나를 의지하고 있다. 멜라니도 나를 의지하고 있다. 전에도 한 번 타라의 달빛 속에서 술에 취하고 기진맥진해서 생각한 일이 있었다.

‘무거운 짐은 그것을 질 만한 힘이 있는 어깨에 지워지는 것이다.’

그렇다, 그녀의 어깨는 튼튼했고, 애쉴리의 어깨는 약했다. 그녀는 짐을 지려는 것처럼 어깨를 펴고 억지로 자신의 마음을 가라앉힌 뒤, 정열도 동경도 욕망도 없이 다만 냉정하고 상냥하게 그의 젖은 볼에 키스했다.

“우리는 어떻게든지 해 나갈 수 있으리라고 생각해요.” 그녀는 말했다. 문이 별안간 거칠게 열리고 미드 의사가 날카롭고 급박하게 불렀다.

“애쉴리! 빨리!”

‘아아, 그녀는 죽고 말았구나!’ 스칼렛은 생각했다. ‘그리고 애쉴리는 작별 인사를 할 틈도 없었구나! 하지만 어쩌면……’

“빨리!” 그녀는 그가 얼빠진 것처럼 가만히 그녀를 지켜보고 우두커니 서 있는 것을 보자 그를 밀면서 외쳤다. “서둘러요!”

그녀는 문을 열고 그를 밀어냈다. 그녀의 말에 감전이라도 된 듯이 그는 아직도 장갑을 꼭 움켜쥔 채 복도를 달려갔다. 잠깐 동안 그의 다급한 발소리가 들리고 이윽고 문 닫히는 소리가 났다.

“아아!”

그녀는 또 한 번 한숨을 내쉬고, 천천히 침대 쪽으로 다가가서 그 위에 걸터앉아 두 손으로 머리를 감싸안았다. 갑자기 피로가 밀어닥쳤다. 난생처음 느끼는 것 같은 심한 피로였다. 문 닫히는 소리와 함께 지치게 하던 긴장이, 여태까지 힘이 돼 주고 있던 긴장이 한꺼번에 확 풀어지고 말았다. 몸은 지칠 대로 지치고, 아무런 감정조차 느낄 수 없게 되어 버렸다. 슬픔도, 회한도, 공포도 놀라움도 지금은 느껴지지 않았다. 오직 피로해 있을 뿐이었다. 그리고 생각은 벽난로 선반의 시계처럼 그저 귀찮은 듯이 기계적으로 움직이고 있는 데 불과했다.

이 권태로움 속에서 한 가지 생각이 떠올랐다. 애쉴리는 그녀를 사랑하지 않는다. 실제로 사랑한 적도 없었던 것이다. 그러나 그런 줄 알았는데도 조금도 괴롭지 않았다. 괴로워야 했다. 외로워지고, 절망하고, 운명을 향하여 울부짖고 싶어져야 했다. 그토록 오랫동안 그의 사랑에 의지해 온 그녀가 아니었던가. 그의 사랑에 의지했었으므로 몇 번이고 어두움을 뚫고 지나올 수 있었던 것이 아니었던가. 그런데 사실은 어떤가. 그는 그녀를 사랑하고 있지 않다. 그리고 그 점에 대해서 그녀는 아무렇지도 않게 생각하고 있다. 그녀 또한 그를 사랑하고 있지 않기 때문에 태연한 것이다. 그녀는 그를 사랑하지 않는다. 그래서 그가 무엇을 하거나 무슨 말을 하거나 괴롭지 않은 것이다.

그녀는 너무나 지쳐서 베개에 머리를 얹었다. 자신의 생각을 쫓아 버리려고 싸워도 보았다. 자신에게 타일러 보기도 했다. '하지만 나는 그를 사랑하고 있는 것이다. 오랫동안 사랑하고 있었던 것이다. 사랑이라는 것은 그렇게 갑자기 식는 것은 아니다' 하고 타일러도 보았으나 헛일이었다.

사랑은 식는 수도 있는 것이다. 그리고 사실 식어 버린 것이다.

'애쉴리라는 사람은 실제로 있었던 것이 아니라 다만 내 환상 속에 살고 있었을 뿐이다.' 그녀는 권태롭게 생각했다. '나는 무언가 내가 만들어 낸 것을 사랑하고 있었던 것이다. 지금 멜라니가 죽어 있듯이, 죽어 있는 것에 불과한 것을 사랑하고 있었던 것이다. 나는 스스로 아름다운 옷을 짓고, 그것과 사랑에 빠져 있었던 거야. 애쉴리가 타라에 말을 타고 찾아왔을 때, 너무 멋지고 너무 색달라서 그 의상이 그에게 어울리는지 어떤지도 확인하지 않고 나는 그에게 입혀 버리고 말았던 것이다. 그리고 그가 사실은 어떤 사람인가를 보려고도 하지 않았던 거야. 내가 여태까지 줄곧 사랑해 온 것은 그 아름다운 의상이었던 거야……. 애쉴리 자신은 아니었던 거야.'

지금 그녀는 옛날 일을 돌이켜보면 초록빛 꽃무늬 드레스를 입고 타라의 햇빛 속에 서서, 은투구처럼 금발을 빛내던 말탄 청년에게 가슴을 설레던 자신을 뚜렷이 떠올릴 수 있었다. 지금 생각해 보면, 그는 어린아이 같은 공상의 대상에 불과했고, 아버지 제럴드에게 아쿠아마린 귀걸이를 조르던 응석받이의 욕망과 조금도 다른 데가 없었다는 것을 깨달았다. 일단 그 귀걸이를 내 것으로 만들면 이미 그것은 아무런 가치도 없어지고 마는 것이다. 돈을 뺀 모든 것들은 일단 자기 것이 되어 버리면 그 가치를 잃고 마는 것이다. 그러니까 이와 마찬가지로 애당초 그가 청혼하고 그리고 그것을 거절하는 만족을 맛보았더라면 애쉴리도 값싸게 보였을 것이다. 만약 그녀가 애쉴리를 자기 마음대로 움직이고, 다른 남자들과 마찬가지로 그가 정열적이었거나, 질투를 했거나, 볼이 부어 있거나, 슬픈 호소를 하거나 했었다면 그녀가 아무리 그에게 홀딱 반해 있었다 하더라도 다른 새로운 남자를 만나면, 그 정열은 태양이나 산들바람 앞의 안개처럼 홀홀 어처구니없이 날려가 버리고 말았을 것이 틀림없었다.

'나는 얼마나 바보였단 말인가.' 그녀는 안타까운 듯이 생각했다. '그래서 지금 그 대가를 받게 된 것이다. 지금이야말로 내가 그처럼 바라던 대로 되고 만 것이다. 나는 멜라니가 죽어 준다면 애쉴리는 내 것이 될 것이라고 바라고 있었다. 그리고 지금 멜라니는 죽어서 나는 애쉴리를 차지하게 되었다. 그런데도 나는 그를 차지하고 싶지 않은 것이다. 그는 그 우스꽝스러운 체면을 중시하려고, 나에게 레트하고 이혼하고 자기와 정식으로 결혼하겠느냐고 물을 것이다. 그와 결혼을 한다고? 어떤 일이 있어도 절대로 그하고는 같이 살지 않을 테다! 하지만 그렇다 하더라도 역시 나는 앞으로 평생 그의 의지가 되어 주어야 하는 것이다. 살아 있는 한 그의 뒷바라지를 해주고, 굶주리지 않도록, 남들에게 천대받지 않도록 보아 주지 않으면 안 된다. 내 치맛자락에 매달리는 어린아이가 하나 더 생긴 셈이다. 나는 연인을 잃고 그 대신 아이가 하나 더 생긴 것이다. 만약 멜라니에게 약속하지 않았더라면, 나는, 나는 이제 더 이상 그를 못 만난다 해도 조금도 괴롭지 않으련만.'

62

방 밖에서 소곤거리는 소리가 들려 왔기에 문 쪽으로 가보았더니, 겁에 질린 흑인들이 뒷문 복도에 서 있었다. 딜시는 잠들어 있는 보를 두 팔을 앞으로 축 늘어뜨린 채 무거운 듯이 안고 있고, 피터 할아범은 울고 있었으며, 요리사는 눈물에 젖은 커다란 얼굴을 앞치마로 닦고 있었다. 세 사람 다, 도대체 자기들은 어떻게 하면 좋겠느냐고 묻고 싶은 듯이 입을 꾹 다물고 그녀를 바라보았다. 그녀가 복도에서 거실 쪽으로 눈길을 보내자, 인디어와 피티 고모가 손을 서로 맞잡고 말도 못하고 우두커니 서 있는 모습이 보였다. 이번만은 인디어도 고집스러운 표정은 짓고 있지 않았다. 흑인들과 마찬가지로 이 두 사람도 지시를 기다리고 있는 것처럼 애원이라도 하는 듯이 그녀를 바라보고 있었다. 그녀가 거실로 들어가자 두 사람이 곧 옆으로 다가왔다.

"오오, 스칼렛, 어떻게……."

피티 고모는 뚱뚱한 아이처럼 입을 떨면서 말을 꺼내기 시작했다.

"제게 말 걸지 말아 주세요. 아니면 소리를 지를지도 몰라요." 스칼렛은 말했다. 신경이 너무 긴장되어 있었으므로 목소리가 날카로워지고, 주먹을 쥐고 양 허리를 짚고 있었다. 지금 멜라니의 이야기를 하거나, 죽은 뒤의 처리 문제를 생각하거나 하면 목이 다시 졸리는 것 같았다.

"두 분한테서 아무것도 듣고 싶지 않아요!"

그녀의 위압적인 목소리를 듣자 두 사람은 무력하고 가슴 아픈 표정을 지으며 물러갔다. '이 사람들 앞에서 울어서는 안 된다.' 그녀는 생각했다. '여기서 이성을 잃고 허둥거리면 이 사람들도 울음을 터뜨리고 만다. 그렇게 되면 흑인들까지 커다란 소리로 울음을 터뜨리고, 우리는 모두 미친 사람처럼 되어 버린다. 마음을 가라앉혀야 한다. 해야할 일이 많다. 장의사를 찾아가서 장례 준비를 해야 하고, 집 안을 깨끗이 청소시켜야 하고, 여기 있으면서, 내 목에 매달려서 울음을 터뜨릴 사람들에게 잔소리도 해야 한다. 이런 일은 애쉴리는 못하는 일이야. 피티 고모나 인디어도 이런 일은 하지 못한다. 아아, 얼마나 지겨운 짐이란 말인가? 언제나 나는 지겨운 짐만 지게 된다. 그것도 언제나 남의 짐뿐이란 말이야.'

그녀는 인디어와 피티 고모의 망연자실하고 가슴 아파하는 얼굴을 보자 진심으로 뉘우치기 시작했다. 멜라니는 그녀가 사랑하는 사람들에게 스칼렛이 이렇게 통명스럽게 대하는 것을 본다면 결코 좋아하지 않을 것이다.

"화를 내서 미안해요." 그녀는 간신히 말했다. "다만 전……. 고모님, 화를 내서 미안해요. 잠깐만 베란다에 나갔다 오겠어요. 혼자 있고 싶어요. 돌아오거든 우리 함께……."

그녀는 피티 고모의 어깨를 가볍게 두드리고, 더 이상 잠시라도 이 방에 있다가는 견뎌 내지 못할 것 같아서 급히 고모의 곁을 빠져 나와 현관문 쪽으로 갔다. 어쨌든 혼자 있고 싶었던 것이다. 그리고 커다란 소리로 울고 싶었다. 그렇게라도 하지 않으면 가슴이 터질 것만 같았던 것이다.

어두운 현관에 한 걸음 발을 내딛고 문을 닫자, 촉촉한 밤기운이 얼굴에 서늘하게 부딪혔다. 비는 멎어서 가끔 처마끝에서 떨어지는 빗방울 소리 말고는 아무런 소리도 들리지 않았다. 세상을 온통 휩싸고 있는 안개에는 저물어가는 한 해의 냄새가 녹아들어 있어 어렴풋한 한기가 느껴졌다. 길가의 집들은 어둠에 싸이고 오직 한 집의 밝은 창에서 한길로 쏟아지는 램프 빛이 희미하게 안개와 섞여서 고운 금가루 같은 안개가 그 광선 속에 감돌고 있었다. 온 세상이 꼼짝하지 않는 잿빛 연기의 막으로 둘러싸여 버린 것처럼 깊은 적막 속에 빠져 있었다.

머리를 현관 기둥에 기대고 울려고 했으나 눈물이 나오지 않았다. 이것은 울려고 해도 울 수 없을 만큼 심각한 재앙이었다. 그녀는 진저리를 쳤다. 그녀의 생활을 밝혀 주고 있던 두 개의 단단한 성채가 허물어지는 소리가 귀가 멍해질 만큼 여전히 마음속에서 되풀이해서 메아리치고 있었다. 그녀는 잠시 우두커니 서서 언제나처럼 '내일 좀더 마음이 가라앉은 다음에 생각하기로 하자' 하는 주문을 외려 했으나, 그 주문도 이미 그 마력을 잃어버리고 있었다. 그녀는 지금 두 가지 일, 멜라니에 대해서는 자기가 얼마나 그녀를 사랑하고 있었던가, 얼마나 그녀에게 기대고 있었던가 하는 것, 그리고 애쉴리에 대해서는 그의 참모습을 보려고 하지 않았던 자신의 고집스러운 어리석음, 이 두 가지에 대해서 생각하지 않을 수 없었다. 그리고 내일이 되더라도, 아니 언제까지라도 이 일을 생각하면 지금과 같은 괴로운 생각을 할 것이 틀림없을 것이라고 생각했다.

'지금은 도저히 그 방으로 돌아가서 그 사람들과 말할 수 없어.' 그녀는 생각했다. '오늘 밤엔 애쉴리를 만나서 그를 위로할 수가 없어. 오늘 밤엔 도저히 못하겠어. 내일 아침 일찍 와서 준비를 하리라. 위로도 해 주리라. 하지만 오늘 밤엔 안 되겠다. 할 수가 없단 말야. 이대로 집으로 돌아가야겠어.'

집은 불과 다섯 블록밖에 떨어져 있지 않았다. 흐느껴 우는 피터 할아범에게 마차 준비를 시키는 것도, 미드 의사가 마차로 바래다 주는 것도 기다리고 있을 수가 없었다. 피터 할아범의 눈물이나 미드 의사의 비난 섞인 침묵에 도저히 견뎌낼 것 같지도 않았다. 그녀는 코트도 입지 않고 모자도 안 쓴 채 급히 어두운 현관 계단을 내려가서 안개 자욱한 밤 속으로 나아갔다. 거리 모퉁이를 돌아서 조용하고 촉촉하게 젖은 거리를, 피치트리 거리 쪽으로 긴 언덕을 오르기 시작했다. 꿈속을 걷고 있는 것처럼 발소리조차 나지 않았다.

언덕을 오르면서 가슴은 나오지 않는 눈물로 죄어드는 것 같았다. 너무나 비현실적인 느낌이 스멀스멀 찾아들었다. 전에 그녀가 이것과 똑같이 어둑하고 오싹한 장소에서 같은 상태로 겪어 본 적 있는 느낌, 한 번도 아니고 여러 번이나 겪어 본 적이 있는 것이었다. 어리석은 일이라고 그녀는 걸음을 서두르면서 불안스럽게 생각했다. 아마 신경 탓이리라고 생각했다. 그러나 그 느낌은 어느 틈엔가 그녀의 마음 전체를 싸고 끈덕지게 떨어지려 하지 않았다. 주위를 살그머니 살펴보았다. 그러자 으스스한, 그러나 분명히 겪었던 기억이 있는 감정이 더해져 왔다. 그녀는 위험을 알아챈 야수처럼 번쩍 고개를 들었다. 너무 지쳐 있을 뿐이라고 마음을 가라앉히려고 했다. 오늘 밤은 너무나 기묘하고, 안개가 몹시 짙다. 이런 짙은 안개는 여태까지 본 일이 없다. 그때말고는…… 그때!

생각이 나자 가슴이 죄어드는 것 같은 무서움을 느꼈다. 이제야 알았다. 며칠 밤이라고 말할 수도 없는 악몽 속에서 아무런 이정표도 없는 차갑고 짙은 안개에 싸여 당장에라도 달려들 것만 같은 유령이나 요괴들이 사는 나라에서 이와 같은 안개를 벗어나려고 안간힘을 쓴 적이 있었던 것이다. 지금도 역시 그 꿈을 꾸고 있는 것일까. 아니면 꿈이 현실이 되어 나타난 것일까.

갑자기 현실 세계가 사라지고 그녀는 자기 자신을 잃고 말았다. 오래전 악몽을 꾸었을 때의 감정이 전보다도 한층 더 강하게 밀어닥쳐 와서 가슴은 터질 것처럼 빠르게 고동치기 시작했다. 일찍이 그 타라 시절과 같이 또 죽음과 정적 속에 있는 것이었다. 이 세상 모든 것이 사라져 버리고 인생은 폐허 속에 팽개쳐지고, 공포가 차가운 바람처럼 가슴속에 거칠게 불어 댔다. 공포가 안개 속으로 숨고, 그 안개가 그녀를 잡으려고 다가온다. 그녀는 달리기 시작했다. 꿈속에서 몇 번이고 수없이 달렸듯이 말할 수 없는 공포에 떨면서 잿빛 안개 속을 어딘가 안전한 피난처는 없을까 하고, 그저 목표도 없이 무작정 달렸다.

몽롱한 거리를 달렸다. 머리를 숙이고, 가슴은 무섭게 고동치고, 입술은 밤공기에 젖고, 머리 위의 나무들은 위협하듯이 가지를 늘어뜨리고 있었다. 어딘가에, 안개 자욱하고 조용한 이 무서운 곳 어딘가에 피난처가 있을 것이다. 기다란 언덕을 헐떡거리면서 뛰어올랐다. 젖은 치마가 차갑게 발꿈치에 휘감기고 숨이 차서, 단단히 조여맨 코르셋이 갈비뼈를 옥죄어서 심장을 찍어 누르는 것 같았다.

눈 앞에 등불이 희미하게 보였다. 한 줄로 늘어선 등불이 희미하게 깜박이고 있었다. 희미하기는 했지만 현실이었다. 악몽 속에서는 등불 같은 것은 하나도 본 적이 없었고, 다만 잿빛 안개뿐이었다. 그녀의 마음은 그 등불에 매달렸다. 등불이 있는 이상 이제 불안은 없고, 사람이, 현실 세계가 있을 것이다. 문득 그녀는 멈춰서서 손을 움켜쥐고 공포로부터 마음을 가라앉히려고 늘어선 가스등을 바라보았다. 이곳은 피치트리 거리다. 애틀랜타다. 잠과 유령의 잿빛 세계는 아니라는 생각이 머리를 스쳤다.

손에서 스르르 미끄러져 떨어지는 밧줄처럼 그녀는 기력을 잃지 않으려고, 기를 쓰고 헐떡이면서 노둣돌에 털썩 주저앉았다.

'나는 뛰었어…… 미친 사람처럼 뛰었단 말야.' 그녀는 생각했다. 몸은 떨리고 있었으나 공포는 조금씩 사라졌다. 심한 고동 때문에 토할 것만 같았다. '그런데 도대체 어디를 어떻게 뛰었을까?' 숨쉬기가 점점 쉬워졌기 때문에 허리를 누르면서 피치트리 거리를 바라보았다. 그 언덕 위에 그녀의 집이 있었다. 모든 창마다 등불이 켜져 있고, 그 밝은 빛으로 어두운 안개를 쫓아 버리고 있는 것처럼 보였다. 내 집! 이것은 현실이다. 그녀는 훨씬 저편에 희미하게 보이는 집을 고마워하며 그리운 듯이 바라보았다. 그러자 어쩐지 마음이 차분히 가라앉는 것이었다.

집! 여기야말로 그녀가 오고 싶어했던 곳이다. 계속해서 달리고 달리면서 찾고 있었던 것은 이것이었던 것이다. 레트가 있는 집! 여기에 생각이 미치자, 그때까지 그녀를 묶어 두고 있던 쇠사슬이 풀려 떨어지고, 그와 함께 비틀거리면서 타라에 와서, 결국 이 세상이 끝났다는 것을 알았던 그날 밤 이후로, 꿈속에까지 달라붙어 다니던 불안이 사라져 버렸다. 타라에 와서 비로소 그녀는 모든 보장, 모든 힘, 모든 지혜, 모든 것을 사랑하는 살뜰함, 모든 이해가 사라져 버린 것을 알았다. 엘렌 속에 체현되고, 소녀 시절을 지켜주던 모든 것이 사라져 버린 것을 알았던 것이다. 그리고 그날 밤 이후 물질적으로는 아무런 불안도 없는 생활을 얻었으나, 꿈속에서는 아직도 잃어버린 세계의 잃어버린 안식처를 찾아 헤매는 겁에 질려 있는 어린아이에 불과했던 것이다.

이제야말로 그녀는 꿈속에서 찾고 있던 피난처, 언제나 안개 속에서는 숨겨져서 보이지 않았던 따뜻한 안식처를 찾아낸 것이다. 그것은 애쉴리가 아니었다. 아아, 절대로 애쉴리는 아니었던 것이다. 그에게는 늪의 빛만한 온기도 없었고 유사(流砂)보다도 미덥지가 못했다. 그것은 레트였다. 억센 팔로 받쳐 주고, 건장한 가슴에 지친 머리를 기대게 해 주고, 조롱 어린 웃음으로 모든 일을 똑똑히 내다볼 수 있도록 해 준 레트였던 것이다. 더구나 그는 그녀와 마찬가지로 진실을 진실로 보고, 명예라든가, 희생이라든가, 인간성에 대한 높은 신념이니 하는, 실제로는 아무 도움도 되지 않는 부질없는 생각에 구애되는 일도 없이 완전히 모든 것을 이해해 주었던 것이다. 그는 그녀를 사랑하고 있다. 그 독설로서는 도무지 사랑하는 것처럼 보이지는 않지만. 그가 그녀를 사랑하고 있다는 것을 왜 깨닫지 못했더란 말인가. 멜라니는 그것을 꿰뚫어보고 있었다. 그러기에 임종의 괴로운 숨을 가누면서 "그분에게 다정하게 해 드려요" 하고 말했던 것이다.

　'아, 어리석은 것은 애쉴리만이 아니다. 나도 알아야 했었어.' 그녀는 생각했다.

　오랜 세월을 두고 그녀는 레트의 사랑을 고집스럽게 거들떠보지도 않고, 자신의 힘이 스스로 혼자서 얻은 것처럼 우쭐거리면서 멜라니의 사랑과 마찬가지로 당연한 것처럼 생각하고 있었다. 지난번 그녀가 병상에서 고통과 싸우고 있었던 그날 밤, 멜라니가 곁에 있어 준다는 것을 깨달은 것과 같이 지금 그녀는 자신의 뒤에 레트가 묵묵히 그녀를 사랑하고 그녀를 이해하면서 언제든지 도와줄 준비를 하고 서 있다는 것을 깨달았다. 바자에서는 춤을 추고 싶어서 근질거려 하는 그녀의 눈치를 알아차리고 릴에 끌어내 주기도 하였고, 상복의 속박에서도 구해내 주었고, 불길과 폭발 속을 호송해 주었고, 그녀가 사업을 시작할 돈도 빌려 주었고, 그녀가 밤중에 가위에 눌려서 울음을 터뜨렸을 때는 위로도 해주었고……. 그렇다. 여자를 진정으로 사랑하고 있지 않다면 누가 그런 일을 해주겠는가!

　나무에서 물방울이 떨어졌지만, 그녀는 그것마저도 느끼지 못했다. 안개가 그녀의 주위에 소용돌이치고 있었지만 마음에도 두지 않았다. 거무스름한 얼굴, 반짝이는 치아, 날카로운 검은 눈을 가진 레트를 생각하자 몸이 후들후들 떨리기 시작했다.

'나는 그이를 사랑하고 있는 거야.' 생각했다. 그리고 언제나 그렇듯이 선물을 받은 어린아이처럼 이상한 생각도 품지 않고, 그 사실을 선뜻 인정했다. '언제부터 사랑하고 있었는지 모르지만, 그게 사실인 거야. 만약 애쉴리가 없었다면 나는 훨씬 전에 그것을 깨달았을 거야. 애쉴리가 방해하고 있었기 때문에 나는 세상이라는 것을 전혀 볼 수가 없었던 거야.'

그녀는 악당이니 천한 놈이니 하는 소리를 듣던 레트를, 망설임 없이 명예, 적어도 애쉴리가 말하는 것과 같은 명예 따위에 상관없이 사랑했다.

'애쉴리가 말하는 명예 따위가 무엇이란 말인가!' 그녀는 생각했다. '애쉴리가 말하는 명예가 언제나 나를 골탕먹였던 것이다. 그렇다, 그는 그의 가족들이 멜라니와 결혼하기를 바란다는 것을 알고 있었으면서도, 나를 만나러 왔을 처음부터 그랬던 거야. 레트는 나를 골탕먹인 적은 절대로 없었어. 그 멜라니의 파티가 있었던 무서운 밤, 당연히 내 목이 비틀릴 것이라고 생각했었던 때조차도 그랬다. 애틀랜타가 무너지던 날 밤 나를 길바닥에 내버린 것도 그래도 염려 없다는 것을 알고 있었기 때문이었다. 어떻게든지 내가 해낼 수 있다는 것을 알고 있었기 때문이었어. 북군 감옥에서 돈을 빌리기 위해서 대가를 요구하는 척했을 때도 역시 마찬가지였던 거야. 나를 속일 생각은 없었고, 다만 나를 시험해 보고 있었던 거야. 그이는 나를 내내 사랑해 오고 있었는데 나는 천박한 짓만 해 왔던 것이다. 몇 번이나 나는 그이의 마음을 아프게 했지만, 그이의 강한 긍지가 그것을 얼굴에 나타내는 것을 허락하지 않았던 것이다. 그리고 보니가 죽었을 때는……. 아아, 어떻게 나는 그런 짓을 할 수가 있었던 것일까!'

그녀는 벌떡 일어서서 언덕 위의 집을 바라보았다. 반 시간 전에는 돈 이외의 모든 것, 인생에 사는 보람을 있게 하는 모든 것, 엘렌, 제럴드, 보니, 마미, 멜라니, 애쉴리, 그런 모든 것을 이 세상에서 잃어버린 줄로 생각했었다. 그러나 그것들을 잃은 대가로서 그녀는 지금 자신이 레트를 사랑하고 있다는 것, 그가 자신과 마찬가지로, 굳세고 무모하고 정열적이고 저속하므로 그를 사랑하고 있다는 것을 깨달은 것이다.

'그에게 모든 것을 털어놓아야겠다.' 그녀는 생각했다. '그이는 알아 줄 거야. 언제나 알아 주었는걸. 내가 얼마나 바보였던가, 그리고 지금은 얼마나 그이를 사랑하고 있는가를 이야기하자. 그리고 그이의 마음을 되찾아야지.'

갑자기 그녀는 강해지고 행복해진 듯한 마음이 들었다. 어둠도 안개도 이젠 무섭지 않았다. 그리고 이제 다시는 그런 것을 무서워하지 않게 되리라는 것을 생각하자 가슴속이 노래라도 부르고 싶을 만큼 유쾌해졌다. 앞으로는 아무리 안개가 자신의 주위에 소용돌이치더라도 피난처를 알고 있는 것이다.

그녀는 집을 향하여 빠른 걸음으로 걷기 시작했다. 아주 먼길처럼 느껴졌다. 견디다 못해 치마를 무릎까지 걷어올리고 가볍게 뛰기 시작했다. 그러나 이번에는 공포에 쫓겨서 뛰고 있는 것은 아니었다. 거리 끝에 레트의 팔이 있기 때문에 뛰고 있는 것이다.

63

현관문이 조금 열려 있었으므로 그녀는 숨을 헐떡거리면서 복도로 뛰어들어 무지갯빛 프리즘 모양의 샹들리에 밑에서 잠시 멈춰섰다. 등불은 휘황한데도 집 안은 조용했다. 그것도 아늑한 잠의 고요가 아니라 경계하는 듯하면서도 어렴풋한 불길함에 지친 듯한 정적이었다. 한눈에 객실에도 서재에도 레트가 없다는 것을 알자 그녀는 맥이 탁 풀렸다. 벨의 집이든가 또는 어딘지 모르지만 저녁식사 때가 되어도 나타나지 않고 매일 밤마다 놀러가는 데에 가 있는 것일까. 그가 없으리라는 것은 예상하지 못했던 것이다.

식당문도 닫혀 있었으므로 그를 찾기 위하여 계단을 올라가려 했다. 닫혀 있는 식당문을 보자 어쩐지 부끄러워져서 심장이 오그라드는 것만 같았다. 레트가 식당에 혼자 앉아서 곤드레가 되도록 취하여, 포크에게 재촉을 받으면서 침실로 들어갔던 지난여름의 며칠 밤인가의 일이 생각났기 때문이다. 그런 일도 결국은 그녀가 나빴기 때문이다. 앞으로는 깨끗이 고쳐야지. 오늘부터 무엇이든지 다 새로 시작하는 거다. 하지만, 하느님, 제발 오늘 밤만은 그가 너무 취해 있지 않도록 해 주십시오. 취해 있으면 내가 하는 말 따위는 믿지 않고 나를 웃음거리로 삼을 겁니다. 그렇게 되면 나는 실망하고 말 거예요.

살짝 식당문을 열고 틈 사이로 들여다보았다. 그가 식탁을 앞에 놓고 고꾸라질 듯한 자세로 의자에 앉아 있었다. 술이 가득 들어 있는 술병이 마개가 뽑힌 채 앞에 놓여 있었으나 유리잔을 쓴 흔적은 없었다. 아아, 다행이었다. 취하지는 않았다. 그에게로 달려가고 싶은 것을 참고, 문을 활짝 열었다. 그러나 얼굴을 들고 그녀를 바라보는 그의 눈을 보자 그녀는 저도 모르게 멈춰선 채 나오려던 말도 들어가 버리고 말았다.

그는 피로해서 흐릿해진 검은 눈으로 물끄러미 그녀를 바라보고 있었으나, 그 눈에는 생기 있는 빛이라곤 조금도 없었다. 그는 그녀의 머리카락이 어깨까지 흐트러져 내리고 가슴은 괴로운 듯이 들먹거리고 치마에는 무릎까지 진흙이 튀어 있는 데도, 놀라지도 않고 안색이 변하지도 않았으며 의아해하지도 않고 비웃는 것처럼 입술을 일그러뜨리지도 않았다. 의자에 깊숙이 몸을 묻고 옷은 굵은 허리에 눌려서 수세미처럼 되어 있었다. 그의 어디를 보아도 당당하던 육체의 쇠약이 뚜렷이 나타나 있었고, 탄력 있던 얼굴은 거칠어져 있었다. 술과 방탕이, 화폐에 새겨진 초상 같은 그 얼굴에 작용해서 지금은 이미 그것은 새 금화에 새겨진 이교도 젊은 왕자의 얼굴이 아니라, 오랫동안 써서 닳아 버린 구리 동전에 새겨진 퇴폐적이고 지쳐 빠진 시저의 얼굴이었다. 그는 가슴에 손을 얹고 문어귀에 우두커니 서 있는 스칼렛을 조용하게라기보다는 상냥하기까지 한 눈길로 쳐다보았다. 그녀는 도리어 무서워졌다.

"자, 들어와서 여기 앉아요. 그녀는 죽었소?" 그는 말했다.

그녀는 고개를 끄덕였다. 그리고 일찍이 본 적이 없는 그의 얼굴 표정에 어쩐지 불안한 생각이 들어서 조심조심 다가갔다. 그는 일어서지도 않고, 한쪽 발로 의자를 밀어 주었다. 그녀는 그 의자에 털썩 주저앉았다. 멜라니에 대한 말을 그렇게 서두르지 말아 주었으면 싶었다. 지금 멜라니의 이야기를 함으로써 아까 맛보았던 괴로움을 다시 한 번 맛보고 싶지는 않았다. 멜라니의 이야기를 할 기회는 앞으로 일생 동안 얼마든지 있다. 그러나 '나는 당신을 사랑하고 있어요' 하고 외치고 싶은 심한 욕구에 쫓기고 있는 지금의 그녀에게는 자신의 마음을 레트에게 털어놓기에 오늘 밤 이 시간밖에는 없을 것 같았다. 그러나 그의 얼굴을 보면 어쩐지 그럴 수가 없었고, 그리고 또 갑자기, 멜라니가 조금 전에 죽었는데 사랑에 대한 이야기를 꺼내는 것이 부끄러웠다.

"그래. 하느님, 그녀를 편히 잠들게 하옵소서." 그는 침통하게 말했다. "그녀는 내가 알고 있는 단 하나뿐인 상냥한 사람이었어."

"아, 레트!" 그의 말로 멜라니가 자신에게 베풀어 준 갖가지 친절이 너무나 또렷하게 생각나서 그녀는 슬픈 듯이 외쳤다. "어째서 당신은 같이 와 주시지 않았어요? 무서웠어요. 당신이 곁에 계셔 주셨으면 했어요."

"난 정말 견딜 수 없었소." 그는 그 말만을 하고 잠시 잠자코 있었다. 그러더니 이윽고 겨우 입을 열어 "참 훌륭한 부인이었어" 하고 조용히 말했다.

그는 우울한 눈길로 그녀를 바라보았다. 그런 그의 눈에는 애틀랜타가 함락되던 날 밤, 패퇴하는 군대에 참가하겠다고 그가 말했을 때, 타오르는 불빛 속에서 그녀가 본 것과 같은 빛이 떠올라 있었다. 그것은 자신에 대해 모두 알고 있으면서도 자기 속에 생각지도 않았던 성실한 마음이나 감정이 숨어 있다는 것을 발견하고, 그 발견에 희미한 자조를 느끼고 있는 사나이의 놀라움이었다.

그의 시무룩한 눈은, 마치 멜라니가 조용히 방을 지나서 문 쪽으로 가는 것을 보고 있기나 하는 것처럼 스칼렛의 어깨너머로 움직였다. 작별을 고하고 있는 그 얼굴 표정에는 슬픔도 고통도 없었다. 단지 한 번 더 '참 훌륭한 부인이었어' 하고 말했을 때, 자신의 불가해한 마음에 대해서 곰곰이 생각하며, 소년시절 이후 잃어버렸던 격렬한 감동에 흥분하고 있는 표정이 보였을 뿐이었다.

스칼렛은 몸서리를 쳤다. 그와 동시에, 나는 듯이 집으로 돌아온 기쁨도, 환한 따뜻함도, 즐거움도 그녀의 가슴에서 사라져 버렸다. 그가 이 세상에서 존경하고 있었던 오직 한 사람의 부인에 대해서 애석해 하는 말을 했을 때, 그녀는 레트의 마음을 절반쯤 이해했다. 그리고 그녀는 다시금 사랑하는 것을 잃었다는 무서운 느낌을 받아 너무나 외로워졌다. 그 손실은 이미 단순한 한 개인의 것만은 아니었다. 레트가 무엇을 느끼고 있는지 모두 다 이해할 수 없고 살펴볼 수도 없었지만, 그러나 그녀도 역시 레트와 마찬가지로 멜라니가 자기 곁을 사락사락 치맛자락 스치는 소리를 내면서 지나가며, 마지막 애무로서 가볍게 스치고 가준 것처럼 느꼈던 것이다. 그녀는 레트의 눈을 통하여 가는 사람의 모습을 보았다. 그것은 단순히 한 사람의 여성을 잃었다는 것이 아니라, 하나의 귀중한 전설, 남부가 전시 중에 그 사람을 중심으로 단결하고, 패전 뒤에는 그 사람의 긍지와 사랑의 팔을 따라 모여들었던, 상냥하고 자기 희생적이며 불굴의 영혼을 가진 여성을 잃은 것이다.

그의 눈길이 그녀에게로 돌아왔다. 그의 목소리는 가볍고 차갑게 바뀌어 있었다.

"이로써 그녀도 이 세상을 떠나 버렸군. 당신에게는 참으로 잘 된 일 아니오?"

"어머나, 무슨 소릴 하는 거예요?" 그녀는 놀라서 벌써 눈물을 글썽거리면서 외쳤다. "내가 얼마나 그녀를 사랑하고 있었는지 알고 계셨으면서!"

"아니, 알고 있었다고는 말할 수 없지. 당신이 그 백인 쓰레기 같은 친구들에게 정신 못 차리고 있었던 것을 생각하면 마지막에 가서 그녀의 가치를 인식했다는 것도, 매우 믿기 어려운 일이지만, 그렇다면 아무튼 예상치 못했던 일인걸."

"어떻게 그런 말씀을 하실 수가 있어요? 물론 나는 그녀의 가치를 알았어요. 당신은 몰라요. 나만큼 그녀를 알지 못해요. 당신이 그녀를 알 리 없어요. 그녀가 얼마나 좋은 사람이었는가를……."

"정말인가? 그럴 리가 없을 텐데."

"그녀는 자신을 버리고 남의 일만 생각하고 있었어요……. 그리고 그녀가 임종 때 한 말도 당신에 관한 말이었어요."

그가 돌아보았을 때, 그 눈에는 진심 어린 감정이 빛나고 있었다.

"뭐라고 했는데?"

"아아, 레트, 지금은 말할 수 없어요."

"말해 줘."

목소리는 냉정했으나 그녀의 손목을 쥔 그의 손에는 아플 만큼 힘이 들어가 있었다. 그녀는 말하고 싶지 않았다. 자신의 사랑에 대한 이야기를 이런 식으로 끌고갈 작정은 아니었던 것이다. 그러나 움켜쥐고 있는 그 손아귀 힘으로 보더라도 그는 넘어가 줄 것 같지 않았다.

"그녀는……. 그녀는 이렇게 말했어요. '버틀러 선장님에게 정답게 해드려요. 그분은 무척 언니를 사랑하고 계셔요.'"

그는 잠자코 그녀를 지켜보더니 이윽고 손목을 놓았다. 얼굴이 창백해진 채 눈을 감았다. 그러더니 갑자기 벌떡 일어나 창가로 가서 커튼을 젖혔다. 창밖은 안개뿐인데도 마치 볼 것이라도 있는 것처럼 열심히 창밖을 내다보고 있었다.

"그 밖에 뭐라고 했소?" 그는 저쪽을 향한 채 물었다.

"보를 부탁한다고 했어요. 그래서 난 내 자식처럼 기르겠다고 약속했어요."

"그 밖엔?"

"그녀는…… 애쉴리…… 애쉴리도 부탁한다고 말했어요."

그는 잠시 잠자코 있었으나 이윽고 낮게 웃었다.

"전처의 승낙을 얻었다니 잘됐군."

"그게 무슨 뜻이죠?"

그가 돌아보았다. 그녀는 혼란스러운 와중에도 레트의 얼굴에 조금도 비웃는 빛이 없는 것을 알고 놀랐다. 그리고 그는 아무런 재미도 없는 희극의 마지막 장면을 보고 있는 사나이의 얼굴보다도 더 감흥이 없어 보이는 얼굴을 하고 있었다.

"내가 말한 뜻은 분명하다고 생각되는데. 멜라니 씨는 죽었어. 당신이 내게 이혼을 요구할만한 충분한 조건이지. 이혼했다고 해서 손상될 만한 명예는 당신에겐 이미 남아 있지 않고, 당신은 신앙도 없으니까 교회도 문제되지 않을 거야. 그렇다면 이제 애쉴리와 당신의 꿈이 멜라니 씨의 축복에 의해서 실현되기에 이르렀지 않소."

"이혼이라고요?" 그녀는 외쳤다. "싫어요! 싫어요!" 순간 그녀는 머릿속이 뒤죽박죽이 되어 갑자기 뛰어 일어나 달려가서 그의 팔에 매달렸다. "아아 당신은 오해하고 계세요! 끔찍한 오해예요! 이혼하고 싶다니 그런 생각은 내게 없어요. 난……." 그녀는 말이 막혀서 그 이상 한 마디도 할 수가 없었다.

그는 그녀의 턱에 손을 대고, 조용히 얼굴을 불빛 쪽으로 젖히며 가만히 그녀의 눈을 쏘아보았다. 그녀는 자신의 마음을 눈에 드러내고 그를 올려다보았다. 말을 하려고 해도 입술이 바들바들 떨렸다. 무엇을 어떻게 말해야 좋을지 알 수 없었다. 그의 얼굴에서 자기의 요구에 응해줄 만한 감정, 희망과 환희를 끌어내 줄 빛을 찾아내려고 애쓰고 있었기 때문이다. 아마 지금이야말로 알아 주었을 것이 틀림없다. 그러나 미친 듯이 찾아낸 것은, 언제나 그녀를 당황하게 만드는 그 조용하고 무표정한 거무스름한 얼굴에 지나지 않았다. 그는 턱에서 손을 떼고 돌아서서 자기 의자로 돌아가자 털썩 주저앉

앉다. 턱을 가슴에 묻고, 검은 눈썹 밑으로 아무 상관없이 헤아려 보는 듯한 표정으로 그녀 쪽을 올려다보고 있었다.

그녀는 그 의자에까지 따라가서 두 손을 비틀면서 그의 앞에 섰다.

"당신은 오해하고 계시는 거예요." 그녀는 말을 찾으면서 다시 말하기 시작했다. "레트, 오늘 밤에야 난 겨우 알았어요. 그래서 당신에게 이야기하려고 집에까지 줄곧 뛰어 온 거예요. 아, 난……."

"당신은 지쳤어." 그는 여전히 그녀를 지켜보면서 말했다. "자는 것이 좋겠어."

"하지만 난 무슨 일이 있더라도 당신에게 이야기해야 되겠어요."

"스칼렛." 그는 귀찮은 듯이 말했다. "난 듣고 싶지 않아. 아무것도."

"하지만 내가 무얼 말하려는지 당신은 모르잖아요!"

"그건 당신 얼굴에 빤히 씌어 있어. 윌크스란 친구가 소돔의 사과 (사해 부근에서 난다는 사과. 겉모양은 아름답지만 손에 쥐면 금세 연기가 나며 재로 변한다고 함) 처럼 한입에 먹기에는 너무 커서 당신도 못 먹을, 그런 인물이라는 것을 누군가가 당신에게 일러준 모양이군. 그리고 마찬가지로 갑자기 내 매력을 새로이 다시 보게 해 주었겠지." 그는 가볍게 한숨을 쉬었다. "그러나 새삼스럽게 그런 말을 해보았자 아무 소용도 없단 말이오."

그녀는 움찔 놀라서 숨을 삼켰다. 물론 그는 여태까지도 언제나 손쉽게 그녀의 마음을 알아내고 있었다. 그리고 그녀는 언제나 그것을 불쾌하게 생각하고 있었다. 그러나 지금은 자기 마음을 꿰뚫어본 데 대해서, 처음엔 놀랐으나, 이윽고 기쁨과 안도를 느끼기 시작했다. 그는 알고 있는 것이다. 그는 알 수 있었던 것이다. 그렇다면 일은 뜻밖에 수월하게 된 셈이다. 이젠 말할 필요도 없다! 물론 레트는 그녀가 오랫동안 상대해 주지 않은 것을 원망하고 있다. 그녀의 갑작스러운 변심을 의아하게 생각할 것이다. 살뜰한 마음으로 그에게 사랑을 구하지 않으면 안 된다. 넘칠 만큼 사랑을 기울여서 그를 납득시켜야 한다. 그것은 얼마나 즐거운 일이겠는가.

"여보, 당신한테 나 모든 걸 이야기하겠어요." 그녀는 그의 의자 팔걸이에 손을 얹고 그에게로 몸을 굽히면서 말했다. "난 정말 나빴었다고 생각해요. 정말 바보였어요."

"스칼렛, 그런 이야긴 하지 말아줘. 내 앞에서 비굴한 짓은 말아 달란 말이오. 난 견딜 수 없소. 더는 바랄 수 없다 하더라도 우리 결혼에 대한 추억을 위해 어느 정도의 품위와 얼마간의 이야기는 남겨둡시다. 이 결말은 짓지 말고 놓아 둡시다."

그녀는 갑자기 몸을 일으켰다. 결말을 짓지 않는다니? '이 결말'이란 무엇을 말하는 것일까? 결말? 지금이야말로 우리의 출발인데. 시작인데.

"그렇지만 난 할 말은 하겠어요." 그녀는 그가 손으로 입을 막지나 않을까 하고 겁이 나는 것처럼 재빠르게 이야기하기 시작했다. "아아, 레트, 난 당신을 무척 사랑하고 있어요. 벌써 훨씬 전부터 사랑하고 있었던 것이 틀림없는데, 난 바보였기 때문에 그것을 깨닫지 못했던 거예요. 레트, 내가 하는 말을 믿어 줘요!"

그는 자기 앞에 서 있는 그녀를 차분히 바라보았다. 그녀는 자기의 마음속까지 꿰뚫어볼 만큼 오래오래 그가 자기를 바라보는 것같이 느껴졌다. 그의 눈이 그녀를 믿고 있다는 것은 알 수 있었으나, 그다지 흥미는 떠올라 있지 않았다. 아아, 하필이면 이런 소중한 때, 그는 무언가 언짢은 일을 하려는 것일까. 나를 괴롭히기 위해서 앙갚음이라도 할 작정인가.

"음, 믿고는 있어. 하지만 애쉴리 윌크스는 어떡하려고?" 그는 겨우 입을 열었다.

"애쉴리!" 그녀는 말하고 나서 짜증스러운 듯한 몸짓을 했다.

"내가…… 내가 전부터 그 사람을 생각하고 있었다는 건 정말 당치도 않은 일이에요. 그것은…… 그래요, 어릴 때부터 몸에 밴 습관 같은 거예요. 레트, 참다운 그를 알기만 했다면 나는 그에 대해서 신경 쓰려고 생각지도 않았을 거예요. 그는 무력하고 심약한 인간이에요. 입으로는 진실이니 명예니……."

"아냐." 레트는 말했다. "진정한 그를 보려거든 그를 똑바로 보지 않으면 안 돼. 그는 그저 자기가 살아서는 안 될 세계에 갇혀서, 벌써 과거가 되어 버린 세계의 기준으로 불쌍하게도 최선의 노력을 다해 온 신사인 거야."

"아아, 레트, 그의 이야기는 말아요. 이 마당에 그와 무슨 관계가 있다는 거예요. 당신은 기쁘지 않으세요…… 내 말은, 이제 나는……."

그의 지친 듯한 눈과 마주치자, 그녀는 첫사랑의 애인을 만난 소녀처럼 계면쩍어져서 어찌 할 바를 모르게 됐다. 그의 편에서 좀더 쉽게 말할 수 있도록 해 준다면! 그가 두 손을 내밀어만 준다면 기꺼이 그의 무릎에 안겨서 가슴에 머리를 묻을 수 있을 텐데! 쓸데없는 말을 늘어놓는 것보다 입을 맞추는 편이 훨씬 더 내 마음을 전할 수 있을 텐데. 그러나 그를 보면, 그가 손을 내밀어 주지 않는 것은 단순히 심술 때문이 아니라는 것을 알 수 있었다. 그는 진이 빠진 듯한 눈으로 그녀의 말 같은 것은 아무래도 좋다는 표정을 하고 있었다.

"기쁘냐고?" 그는 말했다. "이전에 당신에게서 그런 말을 들었다면 단식이라도 하면서 하느님께 감사드렸을 거야. 그러나 지금은 전혀 의미가 없는 걸."

"의미가 없다구요? 무슨 말씀을 하시는 거예요? 물론 의미는 있어요. 레트, 당신은 나를 좋아하시죠? 보나마나 그럴 거예요. 멜라니가 그렇게 말했는걸요."

"글쎄, 그녀가 알고 있는 한에서 그녀는 옳았소. 그러나 스칼렛, 어떤 영원한 사랑이라도 식을 때가 있다고 당신은 생각해 본 적이 없소?"

그녀는 입을 멍하니 벌린 채 말도 못하고 그를 보고 있었다.

"내 사랑은 식어 버렸단 말이오." 그는 말을 이었다. "애쉴리 윌크스와, 자기가 탐나는 것이면 불독처럼 물고 늘어지는 당신의 미치광이 같은 집념 덕택에 말아……. 내 사랑은 식어 버린 거요."

"하지만 사랑이란 것은 절대로 식는 것이 아니에요!"

"애쉴리에 대한 당신의 사랑도 식었어."

"하지만 난 애쉴리를 진정으로 사랑하고 있던 게 아니었어요."

"그럼 당신은 용케 사랑하는 척하고 있었던 게로군, 줄곧 오늘 밤까지. 스칼렛, 나는 당신을 책망하거나 꾸짖거나 비난하거나 하는 게 아니야. 이미 그런 때는 지나갔어. 그러니까 아무런 변명이나 설명도 듣고 싶지 않소. 당신이 잠깐 말참견을 하지 않고 내가 말하는 것을 들어 주기만 한다면 내가 말한 뜻을 설명할 수 있을 것 같소. 그러나 다행히 설명 같은 건 필요도 없을 것 같군. 사실은 매우 명확한 것이니까 말이오."

그녀는 앉았다. 가스등 불빛이 사정없이 그녀의 어리둥절하고 창백한 얼굴을 비치고 있었다. 그녀는 잘 알고 있는—조금밖에 알고 있지 않은—그의 눈을 지켜보고 있었다. 그리고 그의 조용한 목소리에 귀를 기울이고 있었다. 그 말은 처음엔 무의미하게 생각되기까지 했다. 이러한 태도로 그가 이야기하는 것은 이것이 처음이었다. 그것은 한 사람의 인간이 한 사람의 인간에게 이야기하는 것 같은 태도, 필요 이상의 군소리도 비웃음도 수수께끼도 없는, 다만 보통 세상 사람들이 이야기하는 것 같은 태도였다.

"당신은, 남자가 여자를 사랑할 수 있는 최대의 정열을 가지고, 내가 당신을 사랑했다는 것을 생각해 본 적이 있소? 마침내 당신과 결혼할 때까지 오랫동안 당신을 사랑하고 있었다는 것을 말이오. 전시중, 그럴 마음만 가질 수 있었다면 당신에게서 떨어져서 잊어버릴 수도 있었을 테지만, 나는 그럴 수가 없었소. 그래서 늘 돌아오지 않고는 못 배겼던 거요. 전쟁이 끝나고 나서도 당신이 보고 싶었기 때문에 돌아왔다가 체포되는 위험마저도 무릅썼소. 프랭크 케네디가 죽었을 때도 그가 살아 있었으면 쏘아 죽였을지도 모른다고 생각했을 정도였어. 나는 당신을 사랑했었던 거요. 그러나 그것을 당신에게 알릴 도리가 없었소. 당신은 당신을 사랑하는 인간에 대해서는 참으로 매정했으니까 말야, 스칼렛. 당신은 그 사랑을 빼앗고 채찍처럼 그것을 그 사람의 머리 위에서 휘두르는 여자요."

모든 것을 떠나 유일한 사실은 그가 그녀를 사랑했다는 것뿐이었다. 그의 목소리에서 희미하게 정열의 메아리를 듣자 기쁨과 흥분이 다시금 그녀에게로 돌아왔다. 그녀는 숨을 죽이고 꼼짝하지 않고 앉은 채 귀를 기울이고 기다렸다.

"결혼했을 때도 당신이 나를 사랑하지 않는 것을 알고 있었소. 당신도 알다시피 난 애쉴리에 대한 것을 알고 있었으니까. 그러나 나는 어리석게도 머지않아 나를 사랑하도록 만들 수 있다고 생각하고 있었단 말이오. 웃을 테면 웃어요. 그러나 나는 당신의 힘이 되어 주고, 귀여워해 주고, 원하는 것은 무엇이든 다 해주고 싶었던 거요. 나는 결혼해서 당신을 지키고, 당신을 행복하게 할 수 있는 일이라면 무슨 일이든 하고 싶은 대로 해주고 싶었단 말이오. 마치 보니에게 해 주었던 것처럼 말이오. 당신은 한창 고된 싸움을 하는 중이었으니까, 스칼렛. 당신이 얼마나 고생하고 있었는지, 그것은 누구보다도 내가 잘 알고 있었소. 그래서 나는 당신이 직접 싸우는 것을 그만두게 하고, 내가 대신 싸워 주고 싶었단 말이오. 나는 당신을 어린아이처럼 놀게 하고 싶었소. 당신은 어린아이였으니까. 지금도 당신은 아직 어린아이라고 생각하오. 어린아이가 아니라면 그렇게 고집스럽게 무신경한 짓을 할 리가 없단 말이오."

그의 목소리는 차분하고 권태로운 것 같았으나 무언가 그 음성에는 스칼렛의 마음에 과거의 기억을 어렴풋이 생각하게 하는 것이 있었다. 분명히 전에도 한 번, 그것도 역시 그녀가 다급했을 때 들은 적이 있었다. 어디서였을까? 그것은 감정도, 주저함도, 희망도 없이 자기 자신과 자기의 세계에 맞닥뜨려 있는 사나이의 목소리였다.

그래, 그렇다. 애쉴리였다. 찬바람이 몰아치는 타라의 과수원에서, 이보다 더한 고통은 없을 것이라고 생각될 정도의 절망을 목소리에 담은, 시름겹도록 평온하게 인생이니 그림자놀음이니 하고 이야기하던 애쉴리가 아니었던가. 그때 애쉴리의 목소리는 그녀로서는 이해할 수도 없는 여러 가지 공포로 그녀를 몸서리치게 했었는데, 마치 그것과 너무 비슷하게, 지금 또 레트의 목소리가 그녀의 마음을 겁에 질리게 하고 있는 것이다. 그의 말의 의미보다도 그 목소리가, 그 태도가 그녀를 어리둥절하게 만들고, 조금 전에 즐거웠던 흥분이 너무 빨랐다는 것을 깨닫게 해 주었다. 무언가가 잘못되어 있는 것이다. 끔찍이도 잘못되어 있는 것이다. 그것이 무엇인지 그녀로서는 알 수 없었다. 그러나 그녀는 그의 거무스름한 얼굴을 지켜보고, 자신의 공포를 쫓아줄 수 있는 말을 들을 수가 있지 않을까 하고 바라면서 열심히 귀를 기울였다.

"우리가 서로 걸맞은 사람들이라는 건 분명했소. 너무나 뚜렷할 만큼 확실했기 때문에, 진정한 당신이라는 인간, 나와 똑같이 고집스럽고 탐욕스럽고 무모한 인간이라는 것을 알고 나서는 당신의 친구들 가운데 나만이 여전히 당신을 사랑할 수가 있었던 거요. 나는 당신을 사랑하고 있었소. 그래서 운명에 맡기고 해보았던 거요. 애쉴리에 대한 것은 오래지 않아 당신의 마음에서 사라져 버릴 거라고 생각했소. 그런데……" 그렇게 말한 그는 어깨를 으쓱했다. "내가 할 수 있는 데까지 해보았지만, 아무런 효과도 없었소. 그래도 나는 당신을 무척 사랑하고 있었소. 스칼렛, 만약 당신이 그럴 생각만 있었다면 나도 한 남자가 한 여자를 사랑하듯이 신사적이고 상냥하게 당신을 사랑해 줄 수 었었단 말이오. 그러나 이것을 당신에게 알리고 싶은 마음은 없었소. 당신이 나를 약한 줄 알고, 도리어 내 사랑을 이용해서 나를 불리하게 할 것을 알고 있었기 때문이었소. 그리고 언제나…… 언제나…… 애쉴리가 당신에게 붙어다녔소. 그 때문에 나는 미칠 것 같았단 말이오. 매일 저녁 식탁에서 당신이, 저기에 나 대신 애쉴리가 앉아 있었으면, 하고 바라고 있는 것을 알면서 당신과 마주 앉아 있을 생각은 없었단 말이오. 그래서 밤이 되어도 당신을 안고 싶은 생각이 없었소. 왜냐고…… 아니, 그런 건 이제 아무래도 상관없지. 지금 생각하면 어째서 그런 일로 괴로워 했었는지 이상해. 그래서 나는 벨에게 갔던 거요. 나를 더할 나위 없이 사랑해 주는, 출중한 신사로서 존경해 주는 여자와 함께 있는 것은 비록 그 여자가 무식한 창부라 할지라도 돼지 같은 위안은 있는 법이오. 내 허영심을 기쁘게 해 주었던 거지, 당신은 한 번도 그런 만족을 주지 않았으니까 말이오.”

“어머나, 레트…….”

그녀는 벨의 이름을 들은 것만으로도 비참한 생각이 들어서 말을 꺼냈으나 그는 그것을 막으면서 말을 이었다.

“그리고 당신을 안고 2층으로 올라갔던 날 밤, 나는 생각했소. 나는 내가 한 일이 오해받을 것만 같아서, 그리고 당신이 싫어하지는 않을까 하는 생각에서, 그 이튿날 아침엔 당신하고 얼굴을 대하는 것이 겁이 나서 견딜 수가 없었소. 당신한테 비웃음을 당하는 것이 무서워서 거리로 나가 취해 버렸던 거요. 그리고 집에 돌아와서도 무서워서 떨고 있었을 정도였소. 그러니까 만약 그때, 당신이 하다못해 도중까지라도 마중을 나와서 무언가 조금이라도 내가 한 일을 용서해 주는 시늉이라도 보여 주었다면 나는 당신의 발에 키스라도 했을 거요. 그러나 당신은 아무것도 해주지 않았소.”

“아아, 하지만 레트, 그때 난 무척 당신이 그리웠어요. 그랬는데 당신은 가혹한 말만 하고! 정말로 당신이 그리웠어요! 그때…… 그래요, 그때 처음으로 당신 생각을 하고 있는 것을 알았어요. 애쉴리는…… 난 그뒤로는 애쉴리를 생각해도 조금도 행복하지 않았어요. 그런데 당신이 그런 가혹한 말을 했기 때문에 난…….”

“그랬군, 그러고 보면 우리는 서로 엇갈리고만 있었군 그래. 그러나 그런 건 이 마당에 아무래도 상관없어. 당신이 더 이상 궁금해하지 않도록 이야기해 두겠소. 당신이 앓게 된 것도, 그건 모두 내가 나빴었지만, 그때 나는 당신의 방문 앞에 서 있으면서 당신이 불러 줄 것을 한결같이 기다리고 있었소. 그러나 당신은 불러 주지 않았소. 그래서 비로소 나는, 내가 얼마나 바보였던가를, 그리고 이것으로 모든 것이 끝났다는 것을 깨달았던 거요."

그는 말을 끊고, 그녀의 마음속을 비춰보듯이 바라보며, 그리고 애쉴리가 흔히 하던 것과 너무 비슷하게 그녀에게는 보이지 않는 무엇인가를 보는 눈초리로 그녀를 지나쳐 허공을 물끄러미 바라보았다. 그녀는 말도 못하고 골똘히 생각에 잠겨 있는 그의 얼굴을 바라보고 있을 수밖에 없었다.

"그러나 그 무렵엔 보니가 있었소. 그래서 모든 것이 끝난 것은 아니라고 생각했던 거요. 나는 보니를 당신이라고, 전쟁과 가난으로 상처입기 전의 소녀로 되돌아간 당신이라고 생각하고 싶었소. 그 애는 당신을 똑 닮았었소. 무척 고집 세고, 용기가 있고, 쾌활하고 무척 발랄했었소. 그래서 나는 그 애를 귀여워하고 응석도 받아 줄 수 있었소. 사실 당신을 그렇게 귀여워해 주고 싶었던 거요. 그런데 그 애는 당신과는 달리 나를 사랑해 주었소. 당신이 받으려고 하지 않았던 그런 사랑을 그 애에게 줄 수 있었던 것은 축복이었소……. 그 애의 죽음과 함께 나는 모든 것을 잃고 말았소."

문득 그녀는 자기의 슬픔이나 그의 말 속에 담겨진 무서운 의미 따위는 잊어버릴 만큼 진심으로 그가 가여워졌다. 그녀가 아무런 경멸도 느끼지 않고 남을 가엾게 생각한 것은 이것이 처음이었다. 왜냐하면 남의 마음을 이해한 건 이것이 처음이었기 때문이다. 그녀의 성격과 비슷한 그의 외고집인 비뚤어진 성격, 거절당하는 것이 두려워 솔직하게 자신의 애정을 나타내지 못하는 그의 고집스러운 자존심을 그녀는 이해할 수 있었다.

"여보." 그녀는 그가 손을 내밀어서 무릎에다 끌어당겨 줄 것을 기대하고 가까이 가면서 말했다. "여보, 미안해요, 나 앞으로 고치겠어요. 이제 사실을 알았으니까 우리는 무척 행복해질 거예요. 그리고…… 레트…… 나를 좀 보세요. 레트! 난 또, 또 아기를 낳을 수도 있잖아요……. 보니 같은 아이가 아니라……."

"고맙소, 그러나 그만두겠소." 레트는 마치 빵이라도 사양하는 것 같은 말투로 말했다. "세 번씩이나 내 마음을 위험 속에 드러내 놓고 싶지는 않으니까 말이오."

"레트, 그런 소리 하지 말아요! 아아, 어떻게 말하면 당신이 이해해 주실 수 있을는지 모르겠군요. 지금도 말했듯이 얼마나 당신에게 미안하게 생각하고 있는지……."

"스칼렛, 그러니까 어린아이라는 거요. 당신은 '미안해요' 하고 말하기만 하면, 오랫동안의 잘못이나 상처가 나아 마음에서 사라지고 오랜 상처의 독기가 빠질 것이라고 알고 있는 모양이니까 말이야……. 내 손수건을 써요, 스칼렛. 당신은 아무리 절박한 때도 손수건을 손에 든 적이 없지."

그녀는 손수건을 들어서 코를 풀고 앉았다. 그가 안아 주지 않을 것은 분명했다. 그가 자기를 사랑해 주었다는 이야기는 아무런 의미도 갖고 있지 않다는 것이 점점 분명해져 갔다. 그러한 것은 아득한 옛날의 이야기였던 것이다. 그리고 그는 그 이야기를 마치 남의 일처럼 생각하고 있는 것이다. 그것이 무서웠다. 그는 무엇인가 골똘히 생각하고 있는 눈매로 정답게 그녀를 지켜보았다.

"당신 몇 살이나 됐지? 내게는 영 가르쳐 주지 않았었지."

"스물여덟이에요."

그녀는 손수건을 입에 대고 목소리를 죽이는 것처럼 하면서 힘없이 말했다.

"그렇게 많은 나이도 아니군그래. '사람이 만일 온 천하를 얻고도 제 목숨을 잃으면 무엇이 유익하리오'(《마가복음》 8장 36절)라고 하는 걸까? 뭐 그렇게 겁먹지 않아도 돼. 애쉴리하고의 일을 가지고 지옥의 불을 증거로 꺼내려는 것은 아니니까 말이오. 그저 비유해서 한 이야기요. 내가 알고 난 뒤부터의 당신은 두 가지 것을 원해 왔소. 애쉴리와 세상에 무서운 게 없을 만큼 부자가 되는 일. 과연 당신은 부자가 되어서 세상에 대해서 멋대로 심한 말을 해왔소. 그리고 지금은 욕심만 낸다면 애쉴리를 차지할 수도 있소. 그러나 이제는 아무래도 그것만으로는 만족할 수 없는 모양이로군."

그녀는 무서웠다. 그러나 그것은 지옥을 생각했기 때문이 아니었다. 그녀는 생각하고 있었다. '하지만 레트야말로 내 영혼인 거야. 그런데 나는 이 사람을 잃어가고 있다. 만약 이 사람을 잃는다면 다른 것은 아무 소용도 없어! 친구도, 돈도, 무엇이든. 이 사람이 내 것이 되기만 한다면 다시 가난해진대도 상관없다. 그렇다, 다시 추운 생각이나 배고픈 생각을 할지라도 상관없다. 하지만 그는…… 아아 그는.'

그녀는 눈물을 닦고 필사적으로 말했다.

"레트, 만약 그렇게도 나를 사랑했었다면 무언가 조금쯤은 남아 있을 거예요!"

"남아 있는 거라곤 두 가지뿐이오. 그것도 당신이 가장 싫어하는 두 가지 말이오. 연민과 묘한 친절 비슷한 감정이지."

연민! 친절! '아아, 이 무슨 일이든 말인가!' 그녀는 절망적으로 생각했다. 다른 것이라면 무엇이라도 좋다. 그러나 연민과 친절뿐이라니! 그녀가 누군가에게 이 두 가지 기분을 느끼게 될 때는 언제나 경멸이 따랐었다. 그렇다면 레트 역시 자기를 경멸하고 있다는 말인가. 경멸을 받을 바에는 차라리 다른 어떤 것이라도 당하는 편이 낫다. 전시처럼 차갑게 빈정거리거나 나를 안고 2층으로 올라갔던 밤처럼, 취해서 미친 사람 같은 짓을 당하거나 몸에 멍이 들 정도로 꽉 잡히거나 신랄한 말로 은근히 들볶인대도 상관없다. 그러나 그 신랄한 말 깊숙이 안타까운 사랑이 숨겨져 있었던 것을 그녀는 지금에야 알았던 것이다. 지금 그의 얼굴에 분명히 나타나 있는 남남 사이처럼 서먹서먹한 친절만 아니라면 무엇이든 상관없는 것이다.

"그러면…… 그러면, 당신은 내가 모든 것을 망쳐 버렸단 말씀인가요? ……이제 당신은 나를 사랑하지 않는다는 말씀인가요?"

"바로 그렇소."

"하지만," 그녀는 조르기만 하면 바라는 것이 손에 들어온다고 생각하는 어린아이처럼 끈덕지게 말했다. "하지만 난 당신을 사랑하고 있단 말이에요."

"그건 당신의 불행이오."

그녀는 이 말 속에도 비웃음이 들어 있지는 않나 하고 흘끗 그를 올려다보았으나 그런 빛은 조금도 없었다. 그는 단순히 사실을 이야기하고 있을 뿐이다. 그러나 그것은 그녀가 아직도 믿으려 하지 않는, 믿을 수도 없는 사실이었다. 그녀는 필사적으로 끈질기게 불타는 눈으로 그를 똑바로 보았다. 그녀의 부드러운 볼에서 내민 억센 턱선은 제럴드와 너무 비슷했다.

"바보 같은 소리 하지 마세요, 레트! 나는……."

그는 일부러 그러는 것처럼 놀란 듯이 손을 흔들며 놀리는 것처럼 검은 눈썹을 초승달 모양으로 치올려 보았다.

"그렇게 심각한 표정일랑 마오, 스칼렛. 무섭잖소. 당신은 폭풍 같은 애정을 애쉴리에게서 내게로 옮기려는 거겠지. 그러나 나는 내 마음의 자유와 평화를 어지럽히고 싶지 않단 말이오. 스칼렛, 나는 저 불운한 애쉴리처럼 쫓겨다니고 싶지는 않단 말이오. 그리고 나는 떠날 작정이오."

그녀는 이를 꽉 악물려고 했으나 턱이 덜덜 떨리기 시작했다. 떠나 버리다니? 그것만은 안 돼! 그가 없어진다면 어떻게 살아간단 말인가. 모두가 내게서 떠나가 버렸다. 레트 말고는 아무도 그녀를 상대해 주지 않는다. 놓쳐서는 안 된다. 그러나 어떻게 하면 붙들어 둘 수 있단 말인가. 그의 싸늘한 마음이나 냉담한 말에 대해서 그녀는 어떻게도 할 도리가 없었던 것이다.

"나는 떠나려고 생각하고 있소. 당신이 마리에타에서 돌아오면 말하려고 했었소."

"나를 버리고?"

"소박맞은 아내라, 그런 연극은 그만두는 것이 좋아, 스칼렛. 어울리지 않아요. 그럼 당신은 이혼도 별거도 원하지 않는단 말이오? 그럼, 소문이 나지 않도록 이따금 돌아오기로 하지."

"소문이라니, 그 따위……." 그녀는 격한 투로 말했다. "내가 바라는 것은 당신이란 말이에요. 같이 데려가 줘요!"

"안 돼!"

그는 딱 잘라 말했다. 그 순간 그녀는 어린아이처럼 체면 불구하고 확 울음을 터뜨리고 싶어졌다. 마룻바닥에 몸을 내던지고, 욕설을 퍼붓고 울부짖고 발을 동동 구르고 싶었지만, 아직 자존심과 상식이 얼마쯤 남아 있어서 그럴 수도 없었다. 비록 그런 것을 해보았자 그는 웃는가, 그저 바라보고만 있을 것이라고 생각되었다. 고함을 지르거나 해서는 안 된다. 동정을 구걸해도 안 된다. 부질없이 경멸당할 일을 해서는 안 된다. 비록, 비록 사랑하지는 않는다 하더라도 존중은 하고 있을 것이 틀림없다.

그녀는 번쩍 턱을 쳐들고 애써 조용하게 물었다.

"어디로 가시지요?"

레트는 그 눈에 희미하게 감탄의 빛을 띠고 대답했다.

"글쎄, 아마 영국이나…… 또는 파리겠지. 어쩌면 고향 친구들과 화해를 하러 찰스턴으로 갈지도 모르지."

"하지만 당신은 그 사람들을 몹시 싫어했잖아요! 당신은 곧잘 그들을 비웃고……."

그는 어깨를 으쓱했다.

"지금도 비웃고 있지. 하지만 나도 방랑 생활은 이쯤으로 그만둘까 해, 스칼렛. 나도 벌써 마흔다섯이야. 젊었을 때는 무시해 버리고 염두에도 두지 않았던 친척들과 사귀기도 하고, 명예를 찾기도 하고, 몸의 안전을 꾀하기도 하며, 튼튼하게 깊은 곳에다 뿌리를 내리는 것이 중요하다고 차츰 생각하게 될 나이란 말이오. 아니, 난 나 자신의 주장을 취소하는 것은 아니오. 여태까지 해온 것을 뉘우치고 있는 건 아니오. 나는 여태까지 정말 유쾌하게 지내 왔소. 너무나 유쾌해서 차츰 흥미가 없어지기 시작해 무언가 다를 것을 찾고 있는 거요. 아니, 나는 내 알맹이까지 바꾸려고 하는 것은 아니고, 다만 내가 흔히 지금까지 보아온 것의 거죽만이라도 좋으니까 그것을 찾고 있는 거요. 따분하기 이를 데 없는 점잔—내 것이 아닌 다른 사람의 점잔 말이오—평온한 사람들의 차분하고 안정된 생활, 그런 것이 있고서야 비로소 그 잃어버린 유쾌하고 평화로운 생활이 돌아오게 되는 거요. 나는 그 무렵, 그런 세계에 살고 있으면서 그 한갓진 매력을 깨닫지 못했던 거야……."

다시금 스칼렛은 바람이 휘몰아치는 타라의 과수원을 생각했다. 그날 애쉴리의 눈에 떠 있었던 것과 똑같은 표정이 지금 레트의 눈에도 떠 있었다. 애쉴리의 말이 지금도, 레트가 아니라 애쉴리 본인이 말하고 있는 것처럼 그녀의 귀에는 또렷이 들려왔다. 그 말이 토막토막 떠올라서 그녀는 앵무새처럼 그것을 흉내내어 말했다.

"그 환상적인 매력, 그리스 예술처럼 완전함과 균형."

레트는 날카로운 어조로 말했다.

"어떻게 그런 말을 하는 거요? 나도 그와 똑같은 생각을 하고 있었소."

"이건 저, 애쉴리가 지나간 옛날에 대해 이야기할 때 했던 말이에요."

그는 어깨를 으쓱했다. 그 눈에서는 빛이 사라져 있었다.

"언제나 애쉴리로군." 그렇게 말하고 그는 잠시 입을 다물었다. "스칼렛, 당신도 마흔다섯 살이 되면 아마 내가 이야기한 것을 알게 될 거요. 그리고 역시 거짓 점잔이나, 겉치레만의 예의나, 값싼 감정 같은 것에 싫증이 날지도 모르오. 그러나 나는 그것도 의문으로 생각해. 당신은 언제나 순금보다도 도금한 쪽으로 끌릴 거라고 생각되니까. 아무튼 그것을 내 눈으로 확인할 때까지 기다리고 있을 순 없소. 또 기다리고 싶은 생각도 없소. 그런 것에는 흥미가 없소. 나는 옛 모습이 남아 있는 옛 거리며, 옛 나라를 찾아다니는 거요. 그런 감상적인 심정이 되어 있는 거요. 애틀랜타는 내게 있어서는 너무나 생생하오. 지나치게 새롭단 말이오."

"그만둬요." 그녀는 별안간 말했다. 그가 하는 말은 거의 듣고 있지 않았던 것이다. 그녀의 마음은 그러한 것을 받아들이려고 하지 않았다. 사랑의 부서진 조각마저도 없는 그의 음성을 듣는다는 것은 참으려 해도 이젠 더 이상 참을 수 없다고 생각했던 것이다. 그는 말을 멈추고 놀리는 것 같은 얼굴로 그녀를 보았다.

"그럼, 내가 한 말을 알아들었다는 말이지?"

그는 일어서면서 말했다. 그녀는 그에게 손바닥을 젖힌 두 손을 내밀었다. 옛날부터 호소할 때 하는 태도로서 그 얼굴에 그녀의 마음속이 역력히 보이고 있었다.

"아뇨." 그녀는 외쳤다. "알아들은 것은 당신이 나를 사랑하고 있지 않다는 것, 어딘가로 떠나버리려고 한다는 것뿐이에요! 아아, 여보, 당신이 가버리면 나는 어쩌면 좋단 말이에요."

순간 그는 친절한 마음에서 거짓말을 하는 것과 사실을 말하는 것, 결국은 어느 쪽이 친절한 것인가를 결정짓기 어려운 것처럼 망설이고 있었다. 이윽고 그는 어깨를 추스르며 말했다.

"스칼렛, 난 부서진 조각들을 참을성 있게 주워 모아서, 그것을 풀로 붙이고, 붙여 버리고 나면 새것과 마찬가지라고 생각하는 그런 사람은 아니오. 부서진 것은 어디까지나 부서진 거란 말이오. 나는 그것을 주워 붙이는 것보다는 차라리 새것이었을 적의 일을 추억하며 살고 싶소. 그리고 평생 그 부서진 것을 바라보며 살고 싶소. 만약 내가 좀더 젊었다면 아마……." 그는 한숨을 쉬었다.

"그러나 나는 이제 너무 나이가 들어서 모든 것을 잊어버릴 만큼 감상에 몸을 맡기거나, 처음부터 다시 시작한다는 그런 일은 도저히 할 수 없소. 끊임없이 거짓말을 하면서 겉만 번드르르한 그런 환멸 속에서 생활하는 것 같은 무거운 짐은 나이로 보아 이미 견뎌낼 수 없소. 당신에게 거짓말을 하면서까지 당신과 함께 살 수는 없었소. 내 자신에 대해서도 거짓말을 할 수가 없었지. 지금도 그렇소. 당신이 해야 할 일과, 가야 할 곳을 생각해 주었으면 좋겠지만 나는 이미 그럴 수가 없구료."

그는 잠시 숨을 돌리고 나서, 대수롭지 않게, 그러나 상냥하게 말했다.
"여보, 당신을 원망하진 않아."

*

당장에라도 목이 졸리는 듯한 괴로움에 숨이 막혀 버리는 것이 아닌가 생각하면서, 그녀는 2층으로 올라가는 그를 잠자코 바라보았다. 2층 복도로 사라져 가는 그의 발소리와 함께 이 세상에 마지막으로 남겨진 소중한 것이 사라져 가는 것이다. 이제는 감정에 호소해 보아도, 이성에 호소해 보아도, 저 싸늘한 마음을 그 결심에서 돌이킬 수 없다는 것을 뚜렷이 알았다. 그가 말한 한 마디 한 마디에는 무심한 것 같은 말조차도 의미가 있었다는 것을 지금에야 비로소 깨달았다. 그의 속에 무엇인가 억세고 굽힐 줄 모르는 집요한 것, 애쉴리에게서 찾으려다가 끝내 찾아내지 못했던 모든 성질이 있다는 것을 알았기 때문에 그녀는 뚜렷이 깨달았던 것이다.

그녀는 사랑하는 두 남자를, 둘 다 이해하지 못했던 것이다. 그리고 그 때문에 둘 다 잃었다. 만약 애쉴리를 이해했더라면 그를 사랑하지 않았을 것이고, 만약 레트를 이해했더라면 그를 잃지 않았을 것이다. 그러한 사실을 어렴풋하게나마 깨닫게 되었던 것이다. 대체 내가 누구든간에 남을 진정으로 올바르게 이해했던 적이 있었을까, 하고 생각하면 마음이 쓸쓸했다. 이윽고 지금의 고통에서 구해 주기라도 하는 것처럼 생각이 둔해졌다. 그러나 그것도 마치 외과의사의 수술칼의 충격을 받은 조직이 그 고통이 시작되기 전에 잠시 무감각해질 때가 있는 것과 마찬가지로 이윽고 날카로운 고통으로 바뀔 둔감이라는 것을 오랜 경험에 의해서 알고 있었다.

'지금은 생각하지 말자.' 그녀는 늘 말하는 대로 주문을 외면서 어두운 심정이 되었다. '지금 그를 잃어버릴 것을 생각하면 미쳐 버리고 만다. 내일 생각하기로 하자.'

'그러나,' 그녀의 마음은 그 주문을 밀어젖히며 괴로워서 외쳤다. '그를 놓칠 수는 없어! 틀림없이 아직도 무슨 방법이 있을 거야!'

"지금 생각하는 것은 그만두자." 그녀는 비참한 심정이 되려는 것을 누르면서 치밀어 오르는 고통을 막을 방법을 어떻게든 찾아보려고 큰 소리로 외쳤다. '아아, 그렇다. 내일 타라로 돌아가자.' 그렇게 생각하자 얼마쯤 기운이 났다.

일찍이 그녀는 공포와 패배 속에 타라로 돌아갔던 적이 있었다. 그리고 그 방어벽 속에서 승리를 바라보며 힘차게 무장하고 나왔던 것이다. 한 번 했던 일이라면 어떻게든…… 제발 하느님, 다시 한 번 할 수 있도록 해 주옵소서! 어떻게 하면 좋을지 알 수가 없었다. 지금 그런 것은 생각하고 싶지 않았다. 다만 찾는 것은 고통에 대비해 숨 돌릴 수 있는 장소, 그 상처를 치료할 수 있는 조용한 장소, 다음 싸움을 위해서 생각을 가다듬을 수 있는 은신처뿐이었다. 타라를 생각하면, 다정하고 시원한 손이 마음을 고이 어루만져 주는 것 같았다. 반가이 맞아 줄 새하얀 집이, 단풍든 가을 나무의 빛 사이로 빛나고 있는 것이 보이는 것 같았다. 축복을 보내 주기라도 하는 것처럼 전원의 황혼빛을 감도는 고즈넉한 고요, 점점이 별을 아로새긴 것처럼 폭신한 하얀 꽃이 피어 있는 드넓은 초록빛 덤불 위에 내린 이슬이 느껴지는 것 같았다. 붉은 대지의 생생한 빛, 높고 낮은 언덕에 난 소나무의 어두운 아름다움이 눈에 떠오르는 것 같았다.

그런 경치를 생각하면 희미하나마 위로가 되고 힘이 생겼다. 그리고 괴로움도, 미칠 듯한 회한도 얼마간 마음의 표면에서만이라도 사라져가는 것을 느꼈다. 그녀는 잠시 그곳에 우두커니 서서, 자질구레한 정경, 타라의 집으로 통하는 어두운 삼나무 가로수, 흰 벽에 몇 줄씩 늘어선 선명한 초록빛 재스민 덤불, 펄렁거리는 새하얀 커튼 따위를 떠올렸다. 그리고 거기에는 마미가 있었다. 갑자기 그녀는 마미가 어렸을 때처럼 못 견디게 그리워졌다. 머리를 기대게 해주는 넓은 가슴이며, 머리를 쓸어 주는 마디 굵은 검은 손이 그리워졌다. 마미야말로 그녀와 그리운 옛날을 이어 주는 마지막 고리인 것이다.

비록 패배에 맞닥뜨렸을지라도 패배를 인정하지 않는 조상의 피를 이어받은 그녀는 얼굴을 번쩍 들었다. 레트를 되찾을 수 있다. 반드시 그럴 수 있다. 한번 마음 먹으면 내 것이 되지 않은 남자란 지금까지 절대로 없지 않았던가.

'모두 내일 타라에서 생각하기로 하자. 그러면 견딜 수 있을 거야. 내일 그를 되찾는 방법을 생각하기로 하자. 어쨌든 내일은 또 다른 날이니까.'

마거릿 미첼과 《바람과 함께 사라지다》

세계를 뒤흔든 회오리바람

여자의 생애를 그려 세계문학사에 오른 소설은 19세기에 비교적 많이 쓰였다. 샬롯 브론테 《제인 에어》(1847) 그녀의 여동생 에밀리 브론테 《폭풍의 언덕》(1847)을 비롯, 플로베르 《보바리 부인》(1857) 톨스토이 《안나 카레니나》(1877) 헨리 제임스 《어떤 귀부인의 초상》(1881) 모파상 《여자의 일생》(1883) 토마스 하디 《테스》(1891) 등을 들 수 있다.

20세기 들어와서 1936년 마거릿 미첼의 《바람과 함께 사라지다 *Gone with the Wind*》가 나오기 이전에도 드라이저 《시스터 캐리》(1900)에 이어 윌라 캐더 《나의 안토니아》(1918) D.H. 로렌스 《사랑하는 여인들》(1920) 앙드레 지드 《좁은 문》(1909) 시몬 드 보부아르 《처녀시절》(1958) 같은 명작들이 나왔다. 그러나 여자를 주인공으로 한 모든 작품 중에서 여류 작가에 의해서 쓰여진 것은 《제인 에어》《폭풍의 언덕》《바람과 함께 사라지다》《처녀시절》 4편을 들 수 있다.

그중에서도 《폭풍의 언덕》과 《바람과 함께 사라지다》는 에밀리 브론테와 마거릿 미첼의 유일한 작품이라는 면에서 공통된다. 그런데 《폭풍의 언덕》은 작가가 죽은 뒤에야 비로소 세상에 인정을 받게 되었지만 《바람과 함께 사라지다》는 출판되기가 무섭게 질풍과도 같이 온 세계를 휩쓸었다. 1927년에 C.A. 린드버그가 역사상 처음으로 대서양을 무착륙 단독 비행한 뒤로 20년 동안 프랭클린 D. 루스벨트 대통령을 빼놓고는 어느 누구도 마거릿 미첼만큼 미국 국민의 관심을 모은 사람은 없었다고 할 정도이다. 테네시 윌리엄스의 대표작의 하나인 《유리 동물원》(1944)에서 아만다 윙필드라는 등장인물의 대사 가운데 이런 구절이 나온다.

"……《바람과 함께 사라지다》가 온 세상을 휩쓴 것을 기억하시죠? 그걸 읽지 않고는 밖에 나갈 수조차 없잖아요? 모두가 스칼렛 오하라 얘기만 했으니까요……."

이것만 보더라도 출판 당시 《바람과 함께 사라지다》의 폭발적인 인기를 가히 짐작할 수 있다. 그 당시 이 작품은 하루에 7만 부 이상 팔렸고, 출판된 뒤 13년 동안 미국에서만 380만 부가 팔려 미국 출판계에서 최고 기록이라는 대성공을 거두었다. 또 바로 29개 국어로 번역 출판되어 해외에서 팔린 것만도 수백만 부에 다다랐다. 출판되던 해에 퓰리처상을 받았고, 그 밖에 여러 종류의 작품상을 받았으며, 그녀의 모교인 스미스 대학에서는 1939년에 그녀에게 명예 석사 학위를 수여했다. 그리고 영국 여배우 비비안 리를 주연으로 한 천연색 영화가 MGM사에 의해 만들어져, 상연 기록 역시 영화 사상 전례 없는 대성공을 거뒀다. 이후로도 계속 재상영되고 있어 여전히 잊히지 않는 고전 영화의 하나로 손꼽히고 있다. 애틀랜타에서 영화가 상영된 뒤로는 독자와 관중의 열광 때문에 마거릿 미첼은 성화에 못 견뎌 마침내 몸을 숨겨야 했다. 그러자 그녀를 가장한 여러 명의 여자 사기꾼들이 미국의 곳곳에서 발견되는 등 웃지 못할 촌극이 벌어지기도 했다. 미첼 여사 자신은 그러한 열광이 가라앉고 평화로운 생활로 돌아가서 다시금 작품을 쓸 수 있기를 바랐으나 그렇게 되지는 않았다.

《바람과 함께 사라지다》의 탄생

마거릿 미첼(Margaret Mitchell, 1900~1949)은 1900년 11월 8일, 미국 남부 조지아 주의 애틀랜타 시에서 태어났다. 아버지 유진 미첼은 변호사이자 애틀랜타 역사학회 회장이었고, 어머니와, 역시 변호사였던 오빠도 그 지방 역사에 조예가 깊었다. 그러한 환경 속에 그녀는 어려서부터 그 지방을 휩쓸고 간 남북전쟁(1861~1865)에 관해 싫증이 날 정도로 많은 이야기를 들었으며, 어린 마음에도 그들이 속한 남부가 전쟁에 패한 사실에 충격을 느꼈다. 그녀의 오빠 스티븐스 미첼은 오래전부터 남북전쟁 당시의 애틀랜타에 대한 역사적 자료를 수집하여 일찍이 〈애틀랜타 역사 공보〉에 〈남북전쟁 당시 애틀랜타의 산업〉이라는 긴 논문을 발표하기도 했다. 스티븐스는 나중에 부친의 뒤를 이어 애틀랜타 변호사협회와 역사학회의 회장으로 추대되었다. 이러한 부모와 오빠의 영향 아래 마거릿이 남부의 역사에 남다른 흥미를 가지게 된 것은 당연하다고 하겠다. 그녀는 처음부터 작가가 되려고 한 것은 아니었다. 워싱턴 신학교를 졸업하자 그녀는 의사가 되려는 생각으로 매사추세츠 주 스미스 대학 의과에 들어갔다. 그러나 그해 말 어머니가 세상을 떠나자 그녀는 학업을 중단하고 고향으로 돌아가 아버지와 오빠를 돌보아야 했다. 그리하여 그녀는 애틀랜타 사교계에 첫발을 들여 놓게 된 것이다. 그러나 그녀는 단지 가정과 사교계에 머무는 것만으로 만족하지 않았다. 1922년 9월 베린 K. 업쇼와 결혼했으나 곧 별거(나중에 결국 이혼), 12월 〈애틀랜타 저널〉 사에 페기 미첼이라는 이름으로 일요판 기자로서 입사하였다. 그러나

마거릿 미첼(1900~1949)
남편의 권유를 받아 완성한 남북전쟁과 전후 재건 시대의 이야기 《바람과 함께 사라지다》는 온 세계 베스트셀러가 되고 퓰리처상을 수상했다.

1926년에 어릴 때 낙마하여 다쳤던 다리가 관절염을 일으켜 회복이 늦어지자 일을 그만두었다. 이보다 일 년 앞서 그녀는 조지아 전력회사 선전부장 로버트 마쉬와 재혼했다.

그녀가 《바람과 함께 사라지다》를 쓴 것은 1926년에서 1936년에 걸친 십 년간이었다. 그 소설은 결말 부분을 먼저 쓰는 등, 그야말로 앞뒤없이 타이프를 쳐서 초고를 쌓아 올린 것이었다. 그녀는 어렸을 때부터 듣고 또 들어 머릿속에 가득 찬 남북전쟁 전후의 수많은 이야기를 써 내려감으로써 마음의 부담을 덜어 버리려 하였다.

1935년 이 작품에 마지막 손질을 하고 있을 무렵, 그 소식을 들은 당시

맥밀란 출판사의 편집 책임자였던 H.S. 레이삼이 그녀를 찾아왔다. 그녀는 자신의 작품에 대해서 겸손해 하였으나, 그는 그 원고를 살펴보고 크게 감명을 받아 다음해에 출판할 수 있도록 준비하겠다고 약속했다.

20세기 최고의 인기 소설

《바람과 함께 사라지다》가 독자들로부터 그렇듯 열광적인 환영을 받은 이유는 어디에 있을까? 첫째, 미국 역사상 미국 독립 이래 최대 사건이었으며 미국인에게는 아직도 생생하게 느껴지는 남북전쟁을 딱딱한 역사책이 아니라 감미로운 러브 로맨스를 통해 회고하는 것이 일반인의 입맛에 맞아떨어졌을 것이다. 둘째, 전쟁소설을 전례 없이 남성이 아닌 여성이 썼다는 사실과 더불어 남북전쟁이 여성의 눈에 어떻게 비쳤을까에 대한 호기심이 한몫했을 것이다. 셋째, 남녀의 사랑 이야기는 누구에게나 매력적이지만, 바로 가까이에 자기에게 가장 어울리는 짝이 있는 것을 모르고 지내다가, 그것을 깨달았을 때는 이미 늦었다는 아이러니컬한 이 소설의 주제가 모든 독자에게 어필하기에 충분했던 것이다.

그러나 그보다도, 이 작품의 줄거리가 처음부터 끝까지 흥미롭고 드라마틱한 데다, 특히 스칼렛 오하라가 활달하고 적극적이며 자신의 운명을 개척해 나가려는 현대 여성의 원형이기에, 독자들이 그녀의 생활 태도에 더욱 갈채를 보냈던 것으로 보인다. 이것은 미국인의 전통적인 낙천성, 여성 우위 의식과도 일치하는 것이다. 《보바리 부인》의 생애가 아직도 우리가 공감할 수 있는 요소를 많이 가지고 있는 것은 사실이지만, 그처럼 운명의 압력에 눌려서 곧장 파국으로 끌려가는 여성의 생활 태도에는 현대 여성으로서는 그대로 받아들일 수 없는 무엇이 있다. 우리가 살고 있는 현대가 엠마 보바리나 안나 카레니나가 살던 세계에 비해 생활이 결코 더 쉬운 것은 아니다. 오히려 훨씬 가혹하다고 할 수 있다. 오늘을 살기 위해서는 다만 착하고 성실한 것만으로는 통하지 않고 어떤 현대적인 야성이 필요하다고 느껴질 때가 많다. 그래서 소설의 인물에도 그러한 여성상이 요구되는 것이라 하겠다.

《바람과 함께 사라지다》의 여주인공 스칼렛 오하라는 19세기 후반에 산 여자로 되어 있지만 그녀는 어느 모로 보나 현대 여성의 특징을 갖추고 있다. 적극적이고 가히 동물적이라 할 만큼 생명력이 넘쳐흐르며 격렬하게 즐기고 격렬하게 슬퍼하며, 불행에 위축되지 않고 집요하고 성실하게 살아 나가는 끈기를 가지고 있다. 그녀가 얌전한 여성으로 그려지지 않고, 여성 특유의 이기주의와 야성을 여자다운 환상과 더불어 강하게 발휘하는 것은, 이 작가가 여성이었던 사실과 아울러 생각할 때 과연 놀랄 만하다. 이 작품은 사실(史實)을 세밀히 조사한 역사소설이다. 시대 배경은 미국 남북전쟁이며, 19세기 사건이지만 이 전쟁이 현대 전쟁이 갖는 모든 특색을 나타내도록 배려한 것에는 감탄하지 않을 수 없다. 전쟁 미망인의 무리들, 물자의 궁핍, 부상병으로 가득 찬 야전병원 등등……. 더

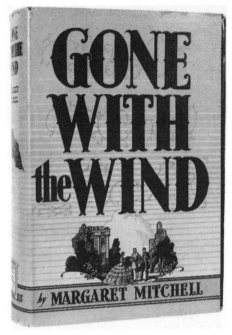

《바람과 함께 사라지다》 초판본(1936)
'스칼렛 오하라는 미인이 아니었다'는 문장으로 시작되어 '내일은 또 다른 날이다'는 희망 어린 한 마디로 이 작품은 끝난다.

욱이 이러한 큰 전쟁에 의해 세상과 인정, 사람들의 생활 태도나 도덕 관념도 변한다는 것을 작가는 힘 주어 묘사하였다. 전쟁 중의 혼란은 그런 것을 변하게 만들었지만, 전쟁이 끝나고 질서가 회복된 뒤에도 그것들이 옛날로 되돌아가지는 않는다. 이러한 변화에 순응하여 살아 갈 수 있는 인간과 변화하지 못하고 낙오하는 인간과의 대조도 엿볼 수 있다. 이러한 상황은 남북전쟁에 비교할 수 있는 6·25전쟁을 겪은 우리에게도 충분히 수긍이 간다. 따라서 이 작품이 언뜻 흥미 본위인 것 같으면서도 오늘의 심각한 문제를 다루고 있음을 깨닫게 된다.

비록 마거릿 미첼은 "나는 좋은 작품을 알고 있고 좋은 문체를 알고 있다. 그러나 내 것은 둘 다 좋은 것이 못된다"라고 겸손하게 말한다. 하지만 문예 비평가 해리슨 스미스가 "미첼 여사의 이 유일한 작품은 이 세대와 아마 다음 세대까지도 세계 최고 인기 소설로 일컬어지게 될 것이다"라고 예언했

고, 또 다른 비평가 J. 도널드 애덤스는 "《바람과 함께 사라지다》는 대부분의 역사소설이 꾸며서 뜯어 맞춘 것과는 달리, 작가가 그 전쟁을 생생하게 바로 가까이 느끼며 살아 왔고, 그 이야기가 그녀에게 너무나 중요했으므로 실화소설에 가까운 것이다. 그런 면에서도 뭇 소설을 능가한다"고 말했다.

남북전쟁 속으로

이 작품의 배경이 되어 있는 남북전쟁을 회고해 보는 것은 작품을 이해하는데 참고가 될 것이다. 이 전쟁은 일반적으로 노예제도의 폐지를 주장하는 북부와, 이것을 거부하는 남부와의 전쟁이었던 것으로 알려져 있지만 문제는 그렇게 간단한 것이 아니었다. 물론 종교적, 인도적 입장에서 흑인의 해방을 주장하는 사람도 적지 않았지만 한편으로는 남부 대농장주들의 경제적, 정치적 세력의 증대를 두려워하는 북부 산업자본가들의 움직임을 놓쳐서는 안 된다. 당시 노예제도 폐지론자인 북부 자본가들의 사업은 남부라는 원료 공급지 및 시장을 필요로 했다. 하지만 남부는 선악의 개념을 떠나 노예제에 매우 의존적인 상황이었다. 따라서 노예제도 하나뿐만 아니라 여러 군데서 이권 다툼이 끊이지 않아 그만큼 감정적 대립도 심했다.

1828년 북부 출신의 대통령 존 퀸시 애덤스는 북부 상공업자의 요청에 의하여 유럽으로부터의 수입품에 높은 보호관세를 부과하였다. 농업을 주로 하고 자유무역을 하는 편이 유리한 남부로서는 이것이 큰 타격이었으므로 맹렬히 반대하였다. 그리고 남캐롤라이나 주 의회는 법률의 최종적 결정권은 각 주에 있으며 각 주가 연방정부와 견해를 달리할 경우에는 연방을 탈퇴하여 별개의 정부를 조직할 권리가 있다고 주장했다. 이리하여 건국 이래 대립해 온 북부 국권주의와 남부의 주권주의는 여기서 또다시 정면 충돌을 하게 되었다.

1860년 공화당의 링컨이 제16대 대통령으로 당선되자, 전부터 강경한 노예제 폐지론자로 알려진 그의 당선을 남부 여러 주에서는 노예제도 폐지에의 제일보로 보았다. 그래서 남캐롤라이나, 미시시피, 플로리다, 앨라배마, 조지아, 루이지애나, 텍사스, 버지니아, 아칸소, 테네시, 북캐롤라이나의 11개 주는 속속 연방을 탈퇴하고 1861년 남부동맹 정부를 수립하였다. 그리하여 수도를 버지니아 주 리치먼드에 정하고 제퍼슨 데이비스를 대통령으로

남북전쟁 발발 1861년 4월 12일 남캐롤라이나 주 찰스턴 항구 섬터 요새가 공격당했다. 링컨 대통령은 지원병을 모으고 7월 4일 의회를 소집했다. 이로부터 4년에 걸친 남북전쟁이 시작됐다.

추대하였다. 분리를 결행하고 새로운 정부를 수립한 남부 여러 주에서는 그들의 주 내에 연방정부의 군대가 주둔하는 것이 부당하다고 주장하여 그 군대의 철수를 강경히 요구하였다. 링컨 대통령이 그러한 요구에 응할 리가 없었다. 이리하여 일어난 것이 섬터 요새 사건이다. 1861년 4월 12일 남군은, 남캐롤라이나 주 찰스턴 항구에 있는 섬터 요새의 연방 수비대 대장 앤더슨 소령 이하 75명을 공격하고 이곳을 점령하였다. 이 사건이 마침내 남북전쟁의 발단이 된 것이다. 《바람과 함께 사라지다》는 이 섬터 요새 사건 며칠 전부터 패전한 뒤인 1872년까지 12년간을 그려낸 작품이다.

개전 초기에는 남군이 매우 우세하였고 북군에 비하여 군기도 훨씬 더 엄격하였다. 남부 사령관 로버트 E. 리 장군은 1861년 7월 불런 전투에서 북군을 격파하고 여러 차례 전투에서 승리를 거듭하여 펜실베이니아 주의 게티스버그까지 진출하는 기세를 보였다.

이 전쟁은 북부 23개 주(자유주 19개와 경계 지역의 노예주 4개)와 남부 11개 주의 대결이었다. 북부는 인구 2000만, 공업이 발달하고 철도망도 정비되어 있었으므로 군수 물자의 생산과 수송면에서 유리하였다. 이에 반하여 남부는 인구 1000만, 그중에서 노예가 약 350만이었으므로 백인의 수만 따지면 북부의 삼분의 일에 지나지 않았다. 공업시설은 거의 없었고 군수품을 생산하는 공장도 새로 만들어야 했으며, 무기는 유럽으로부터 들여오는 밀수품에 의존하지 않으면 안 되었다.

리 장군의 군기 엄정한 군대와는 달리 북군의, 특히 셔먼 장군의 군대는 조지아 주와 남북 캐롤라이나 주에서 약탈과 폭행 등 온갖 행패를 부렸다. 리 장군의 남군이 동부에서 우세한 데 반하여 서부에서는 율리시즈 S. 그랜트 장군 휘하의 북군이 순조롭게 승리를 거듭하여 미시시피 강 유역 거의 전부를 제압하고, 측면과 배후에서 리 장군의 군단을 포위하였다. 보급선이 끊겨 고립된 남군은 낡고 해진 군복에 주린 배를 안고 맨발로 싸웠다. 1865년 4월 남부동맹이 그 수도 리치먼드를 포기했을 때 리 장군은 불과 3만 2천, 그랜트 장군은 12만의 병력을 가지고 있었다.

이 전쟁은 4년간 양측 군대의 교전이 2200회가 넘고 소규모 전투는 6800회 이상, 북군 전사자 약 36만 명, 남군 전사자 약 26만 명, 둘 다 합쳐서 100만 명에 이르는 사상자를 낸 참사였다.

그랜트 장군은 항복을 권하는 편지를 보내어 "남군이 지금 무기를 놓으면 수만의 생명과 아직 파괴되지 않은 수천만의 재산을 구할 수 있을 것이오"라고 했다. 두 장군 사이에 항복 조건에 관한 몇 차례 편지 왕래가 있은 뒤 애퍼매틱스 마을에서 회견이 진행되었다.

그랜트 장군이 제의한 항복 조건은 관대한 것이었다. 남부군의 장병은 합중국 정부에 대해서 반항하지 않겠다는 것을 선서한 다음 해산하여 고향으로 돌아갈 것이 허락되었다.

무기는 북군에 인도하기로 되었으나 장교의 대검만은 그대로 차게 했으며, 개인 지참물과 말을 가지고 돌아갈 수 있게 해 주었다. "밭을 갈려면 말이 필요할 테니까" 하고 그랜트는 중얼거렸다는 것이다.

항복 문서에 서명한 리 장군은 2만5천 명분의 양식 방출을 요구하여 굶주린 부하들에게 나누어 주었다.

1865년 4월 10일, 리 장군은 휘하 군대에 내린 고시 가운데 이렇게 썼다.

"4년간에 걸친 숱한 고난과 불요불굴의 전투 끝에 아군은 압도적으로 우세한 북군 앞에 항복하지 않을 수 없게 되었다. 내가 이것을 수락한 것은 최후까지 있는 힘을 다해 싸운 여러분들을 믿지 않아서가 아니라 더 이상 전투를 계속하면 그에 따르는 손실의 대가로서 지불될 여러분들의 용기와 헌신이 너무나 귀중한 것이기에 무익한 희생을 피하기 위해서이다. 의무를 충실히 다한 사람의 자부심을 가지고 고향에 돌아가기를 바라며 신의 가호가 있기를 기원한다. 여러분들이 지금까지 나에게 보여 준 두터운 정에 감사한다."

이리하여 이 대전쟁은 두 장군의 인정어린 일화로 막을 내린 것이다. 하지만 전쟁이 끝났다고 모든 고난이 막을 내린 것은 아니었다. 1867년 7월 '재건법'이 공포되면서 군정이 실시된 남부 주들은 전후 반세기에 걸쳐 북부의 식민지 노릇을 해야만 했다.

격전이 한창 중인 1862년 9월, 링컨 대통령은 노예해방령 예비선언문을 발표한다. 그리고 전후인 1865년 말 '헌법수정 제13조'로 인해 모든 흑인노예가 해방되었다. 하지만 남부 여러 주의회는 재건기에 '흑인단속법'으로 노예해방을 사실상 묵살하고자 시도했으며, 이에 대해 북부연방회의는 '시민권법', '해방흑인국법', '관직보유법', 흑인의 시민권 옹호 및 남부의 전면재편성을 목표로 한 '헌법수정 제14조' 등을 잇달아 법률로 제정 한 치의 양보없는 다툼을 계속했다. 정비되지 않아 혼란스러운 와중에 남부에서는 매점매석 등을 통해 폭리를 취하는 상인들이나 북부에 제대로 된 보고를 하지 않고 남부의 이득만을 빼앗는 정치가, 점령군에게 아첨하며 고향 사람들의 아픔을 모른 척하는 변절자들이 제멋대로 행동하였다. 북부의 압제와 더불어 자신들이 착취하던 흑인들의 오만방자한 태도에 화가 난 남부 사람들의 흑인박해 비밀결사 '쿠 클럭스 클랜(KKK)' 활동은 전후 혼란을 가중시켰다.

전쟁 발발 이전의 상황에서 볼 수 있듯이 북부가 천명한 '노예제 폐지론'은 흑인들의 권익 신장을 위한 것은 아니었다. 이러한 모습은 작품 속에서도 볼 수 있다. 피티팻 고모의 하인인 피터 할아범과 함께 마차를 타고 마을을 돌아다니던 스칼렛에게 북부의 부인들은 아이들을 돌볼 유모를 구하려면 어떻게 해야 하는지 묻는다. 남부 사람인 스칼렛은 조금도 망설이지 않고 노예해방 사상에 물들지 않은 순수한 흑인을 구하면 될 것이라고 말한다. 그러자 북부 부인들은 '흑인을 어떻게 믿고 아이를 맡기냐'고 말한다. 그러면서 피터 할아범의 면전에서 그를 무시하고 모욕한다. 이 일화는 흑인들의 권리를 앞세우며 남부를 유린한 북부 사람들의 모순을 꼬집고 있는 것이다.

영화 〈바람과 함께 사라지다〉에서 빅터 플레밍 감독, 비비안 리 주연(1939)

이로써 마거릿 미첼은 등장인물의 모습과 그들의 생활상에서 남부 및 북부 사람들의 이중적인 모습을 고발함으로써 인간의 여러 문제를 새로이 보여 주고 있다. 그러므로 《바람과 함께 사라지다》가 남북전쟁에 대해 쓴 최고의 역사소설이 된 것은 어쩌면 당연한 것이다.

스칼렛 오하라의 삶과 사랑

이 남북전쟁(영어로는 '내란'의 뜻으로 The Civil War라고 한다)을 배경으로 한 방대한 소설 《바람과 함께 사라지다》(맥밀란 출판사 발행 원서 4·6배판, 1957)의 줄거리를 살펴보면 대략 다음과 같다.

스칼렛 오하라는 미인은 아니지만 남자를 사로잡는 매력을 지닌 16세의 처녀이다. 조지아 주 타라의 부유한 농장주의 장녀인 그녀는 능동적인 매력으로 주위의 뭇 젊은이들로 하여금 그녀 앞에 무릎을 꿇게 한다. 귀족적인 어머니로부터 섬세한 눈매와 코를, 그리고 아일랜드 사람인 아버지로부터 야성적인 핏줄을 이어받은 그녀는 우아함과 야성을 한 몸에 지니고 있었으

영화 〈바람과 함께 사라지다〉에서 셔먼 장군이 애틀랜타를 점령할 당시 남군은 탄약고를 파괴하고 퇴각했으며, 스칼렛이 멜라니와 그 아기를 데리고 레트의 도움을 받아 화염을 뚫고 마을을 탈출한다.

므로 생명력도 그만큼 더 넘쳐흘렀다. 가냘픈 허리, 정열이 이글거리는 푸른 눈, 목련꽃같이 새하얀 피부, 자그마한 손발의 소유자이기도 했다. 그녀는 한 남자를 사랑하고 있었다. 그것은 2년 전 멋진 말을 타고 유럽으로부터 귀국 인사차 찾아왔고 그 후에도 그녀의 집에 이따금 찾아온, 이웃 농장 윌크스 집안의 교양 있고 잘 생긴 청년 애쉴리였다. 그러나 뜻밖에도 그는 자신의 사촌 동생인 멜라니와 약혼해 버린다.

스칼렛은 용감하게 애쉴리에게 사랑을 고백하고 자기와 결혼해 줄 것을 간청한다. 애쉴리는 스칼렛을 사랑하고 있기는 하지만, 결혼 상대로는 자기와 성격이 비슷한 여자를 택하려고 한다. 애쉴리의 애정에는 합리적인 지혜가 깃들어 있지만 스칼렛에게는 애정이 전부였다. 그 애정은 상대편을 완전히 자기 것으로 만들지 않고는 못 배기는 세찬 물줄기처럼 격렬한 것이었다. 애쉴리가 "당신을 사랑하지만, 당신의 마음과 영혼까지 바라고 있지는 않다"고 말하자 스칼렛은 그의 뺨을 때린다.

애쉴리에 대한 대항 의식에서 그녀는 멜라니의 오빠 찰스의 구혼에 응하여 애쉴리와 멜라니보다 한 걸음 앞서 결혼해 버린다. 이어 남북전쟁이 일어나고 남부의 청년들은 속속 입대하여 전선에 나간다. 스칼렛의 남편 찰스도 입대했으나 얼마 안 가서 전장에서 병사하여 그녀는 전쟁 미망인으로서 상복을 입고 다니는 신세가 된다. 그 뒤 스칼렛은 애틀랜타 시에 사는 죽은 남편의 고모 집으로 가서 애쉴리의 아내 멜라니와 한집에서 같이 산다. 젊은 전쟁 미망인 스칼렛은 불행한 빛을 보이기는커녕 전쟁 초기의 흥분에 휩싸여 오히려 더 활기를 띤다. 그녀는 바자에 참가하고 부상병을 간호하기에 바쁘다. 하지만 그녀에게는 전쟁보다도 더 중요한 관심사가 있었다. 그것은 종군 중에 있는 애쉴리가 그의 아내 멜라니에 대해 어떻게 생각하고 있는가 하는 궁금증이었다. 그녀는 그가 멜라니를 사랑하지 않기를 바랐던 것이다.

애쉴리가 휴가를 얻어 돌아왔을 때, 그녀는 그를 설득하여 자신에 대한 그 사랑을 상기시키고 열정을 부활시키려 했으나, 그는 멜라니를 잘 부탁한다는 말만을 남기고 전선으로 돌아가 버린다.

비참한 전쟁은 계속되었다. 이제는 남부의 여러 주가 북군에 포위되어 버렸다. 기근에 가까운 상태가 계속되었다. 의류도 결핍되고 모두 옥수수빵으로 연명한다. 일찍이 그녀에게 사랑을 호소한 이웃 청년들도 거의 다 전사하고 말았다. 애쉴리도 행방불명이 되었다. 애틀랜타 시에도 위험이 다가왔으므로 임신 중인 멜라니의 안전을 위하여 그곳에 머물던 스칼렛은 전쟁의 막바지에 그녀의 고향인 타라의 농장으로 피란한다.

이 위험스러운 피란을 도와 준 것은 레트 버틀러라는 기이한 사나이였다. 레트는 이 소설의 첫머리에서 끝까지 스칼렛의 주위에 그림자처럼 나타났다 사라졌다 하는 사나이다. 그는 스칼렛이 애쉴리에게 사랑을 거절당하는 현장을 본 남자로서 그녀가 몹시 싫어하는 모험적인 선장이었다. 철저한 현실주의자이며 남부의 양갓집 출신이면서도 입대하지 않고 주로 투기를 하면서 돈벌이에만 관심을 기울이는 사람이었다. 그에 의하면 전쟁은 애국심이 아니라 돈 때문에 한다는 것이었다. 그의 말과 행동은 거만했으나 무서운 통찰력을 가지고 있었고 야성 가운데에도 부드러운 감수성이 자리잡고 있었다. 그는 스칼렛과 여러 차례 만나고 말다툼도 한다. 바자에서 상복을 입은 그녀와 춤을 추어 그녀를 소문거리로 만든 일도 있는 그는, 그녀를 타라 근처까지 데려다 주고 그녀에게 뜨거운 키스를 한 다음 말을 타고 가 버린다.

타라에 돌아와 보니 어머니는 이미 죽었고, 아버지는 정신착란을 일으키고 있었다. 흑인은 거의 다 달아나 버리고 없었으므로 무참히 짓밟히고 황폐해진 고향의 논밭에서, 그녀는 가족들의 생계를 유지하기 위해 목화를 따고 채소를 가꾸는 등 심한 노동을 해야 했다. 그때 애쉴리가 패잔병으로 돌아온다. 그리고 함께 타라에서 일하게 된다.

스칼렛은 과중한 노동과 무거운 세금에서 벗어나고자 다시금 그에게 열렬하게 사랑을 호소하고 같이 도망갈 것을 애원한다. 멜라니와 아기를 버리고 떠날 수 없다고 단언하는

마거릿 미첼의 무덤
애틀랜타의 오클랜드 묘지 서북쪽에 있는 미첼의 대리석 묘비.

애쉴리도 좀처럼 울지 않는 그녀의 눈에서 눈물을 보고는 마음이 흔들려 그녀를 끌어안지만 곧 그는 그녀를 밀쳐내 버린다.

전쟁은 남부의 패배로 끝났다. 그러나 전쟁보다도 더 무서운 재건 시대가 왔다. 노예제도가 폐지되고 노예제도 위에 구축되었던 남부 사회의 질서는 완전히 붕괴되고 말았다. 무거운 세금 때문에 농장을 팔지 않으면 안될 궁지에 빠져서 궁여지책으로 스칼렛은 레트 버틀러에게 자기 자신을 담보로 돈을 빌릴 생각으로 애틀랜타 시로 간다. 그러나 공교롭게도 그는 감옥에 갇혀 있었으므로, 그녀는 그 대신 그녀의 여동생 수엘렌의 애인이었던 프랭크 케네디라는 돈 있는 목재상을 유혹하여 그와 재혼하고, 타라를 구해 낼 돈을 만드는 데 성공한다. 그녀는 자기 손으로 제재소를 경영하고 술집을 차리고 사업을 확장하는 등, 남자 이상의 수완을 발휘한다. 그러나 그때 남편 케네디가 비밀 폭력 결사 KKK단에 관계하며 아내가 겪은 일에 복수를 하다가 비명에 죽는다. 스칼렛이 여동생의 애정을 거짓말로 속여 그를 낚아채고 그

가 하지 말라고 한 일들만 했으므로 남편이 죽었다는 자책감에 빠져 있을 때 그녀 앞에 다시금 레트가 나타난다. 그는 그녀 앞에 무릎을 꿇고 구혼한다.

그녀는 레트 버틀러와 세 번째 결혼을 한다.

3년간의 재건 시대가 지나는 동안 조지아 주는 북부인과 흑인에 의해 주의회마저 점령된다. 그 사이 레트와 스칼렛 사이에는 딸이 태어나고 레트는 그 딸을 몹시 사랑한다. 스칼렛은 여전히 애쉴리에 대한 미련이 남아 있었고, 레트도 그 사실을 알고 있었다. 그녀의 미련은 애쉴리의 생일 파티날 사람들의 입방아에 오르내리는 사건을 만든다. 네 살난 딸이 말에서 떨어져 죽자, 그 슬픔은 끝내 두 사람 사이를 벌려 놓았다. 아이를 끔찍이 사랑하던 레트는 점차 추레해지고 술에 절어 아무 희망도 없는 사람이 되어 갔다. 이기적이고 유별난 이 부부를 사랑하고 두둔해 오던 멜라니가 유산을 하고 죽는 날, 스칼렛은 애쉴리가 지금까지 의지해 오던 아내의 죽음으로 말미암아 완전히 무력해진 것을 보고, 그렇게도 오랫동안 사랑해 오던 그에 대해 환멸을 느끼는 동시에, 버틀러에 대한 사랑을 불현듯 깨닫게 된다. 그러나 때는 이미 늦었다. 멜라니가 죽었으니 이제 스칼렛이 거침없이 애쉴리에게로 돌아갈 것으로 생각한 버틀러는 그녀가 이제 애쉴리를 사랑하지 않는다고 확언했음에도 불구하고, 보답받지 못한 사랑에 지쳐 그녀 곁을 떠나겠다고 한다. 필사적으로 말리는 스칼렛의 노력도 아무 소용이 없었다. 그러나 그녀는 낙심하지 않는다.

"내일은 내일의 태양이 뜬다"

이상하게도 이 여주인공의 탄력성 있는 생명력은 지칠 줄을 모른다.

이 긴 이야기에서 스칼렛이 궁지에 몰릴 때마다 입버릇처럼 혼자 중얼거리는 말이 그러한 탄력성을 단적으로 나타내고 있다.

"지금 이렇게 어려운 것은 생각하지 말자. 생각하면 미칠 것 같다. 내일 생각하기로 하자."

길지만 결코 지리하지 않은 이 소설의 마지막 구절 또한 그러하다.

"비록 패배에 맞닥뜨렸을지라도 패배를 인정하려고 하지 않는 조상의 피를 이어받은 그녀는 얼굴을 번쩍 들었다. 레트를 되찾을 수 있다. 반드시 그럴 수 있다. 한번 마음 먹으면 내 것이 되지 않은 남자란 여태까지 절대로 없지 않았던가?

'모두 내일 타라에서 생각하기로 하자. 그러면 견딜 수 있을 거야. 내일 그를 되찾는 방법을 생각하기로 하자. 내일은 또 다른 날이니까.'"

《바람과 함께 사라지다》의 제목은 19세기 영국 시인 어니스트 다우슨의 시 〈시나라〉의 1절 'I have forgot much, Cynara! /Gone with the wind'에서 가져온 것인데, 이 작품은 이 시의 내용과는 관계가 없는, 전쟁의 폭풍에 사라진 남부 문화에 대한 애정이 암시되어 있다.

《바람과 함께 사라지다》가 출판된 뒤 60년 뒤, 마거릿 미첼이 1개월 남짓하여 쓴 단편 《사라진 섬 레이즌*Lost Laysen*》(1996)이 발

마거릿 미첼 사후에 출판된 《사라진 섬 레이즌》(1996)

견되어 세상에 나왔다. 이 작품은 마거릿 미첼이 16세 때 쓴 것으로서, 그녀가 당시 연인이었던 헨리 러브 앤젤에게 선물하였다. 한순간에 사라져 버린 남태평양 위의 활화산에서 일어나는 사랑과 명예에 관한 밝은 모험 이야기이다. 내용으로 보아 《바람과 함께 사라지다》의 씨앗을 이미 품고 있었다고 할만도 하다. 이 대작 소설이 출간된 지 거의 80년에 가까운 세월이 흘렀다. 그리고 소설 출간 당시와 지금 세상은 너무도 많이 달라져 공통점이 아무것도 없는 듯하다. 하지만 지금도 많은 사람들이 이 작품을 20세기 최고의 소설로 꼽는다. 시대가 달라져도 잊히지 않고 사랑받는다는 사실은 이 위대한 작품 속에 그만큼 사람들의 심성을 뒤흔드는 그 무언가가 있음을 보여 주는 것이다. 꿈을 좇을 뿐 새로운 상황에 적응하지 못한 유약한 지식인 애쉴리, 고상하고 우아한 심성으로 누구에게나 친절하지만 명예를 소중히 하는 멜라니, 지나치게 강한 개성으로 야성적인 남성상을 보여 주는 레트, 인간의 뿌리가 되는 땅을 사랑하고 삶을 사랑하지만 너무나 현실적이고 이기적인 스칼렛. 이렇게 개성 뚜렷한 인물들이 역사의 흐름에 이렇게 저렇게 부딪혀 만들어 내는 이야기 속에 시대를 초월한 인간 본연의 모습과 생활양식이 담겨 있어 지금의 우리들에게도 가슴 두근거리고 설레게 하는 감동을 전해 주고 있는 것이 아닐까.

마거릿 미첼 연보

1900   11월 8일 미국 남부 조지아 주 애틀랜타 시 케인 거리 296번지
        에서 태어나다(어릴 때 이름은 마거릿 마나린). 아버지 유진
        뮤즈 미첼은 애틀랜타 시의 변호사로 변호사협회 회장과 애틀
        랜타 역사학회 회장을 겸임하고 있었으며 그때 나이 34세로 애
        틀랜타 역사와 조지아 역사의 권위자로 알려져 있었다. 어머니
        메이벨 스티븐스는 남북전쟁 당시 제9조지아 보병대원으로 잭
        슨 장군의 병참감실 소속 대위로 근무한 존 스티븐스의 딸로
        당시 26세였다. 그리고 러셀(일찍 죽음)과 스티븐스 두 오빠가
        있었다. 스티븐스는 마거릿보다 다섯 살 위였는데 아버지와 같
        이 변호사이며 애틀랜타 역사학회보의 편집자로 애틀랜타 변호
        사 협회장, 변호사 클럽 회장을 역임한 일이 있다(마거릿 미첼
        이 죽은 뒤 미첼 저작권의 소유자). 미첼 집안은 애틀랜타 시
        가 창설되기 전부터 애틀랜타에 살고 있었는데, 어머니 쪽은
        아일랜드와 에스파냐 바스크 지방 출신으로 스코틀랜드, 아일
        랜드, 프랑스 등의 피가 섞여 있었다. 따라서 독립전쟁(1775~
        1783) 당시부터 남부 캐롤라이나 또는 조지아 주에 살아, 애틀
        랜타 시에는 백 년 이상이나 살아온 집안이었으므로 미첼은 늘
        그녀의 집안이 이 시에 살게 된 지 5대째나 되었다는 것을 자
        랑으로 생각했다.

1902(2세)   가족과 함께 애틀랜타 시의 잭슨 거리와 하일랜드 거리 사이의
           모퉁이 집으로 옮기다.

1903(3세)   이때인지 이듬해 겨울인지 확실치 않으나 객실 난로 옆에 앉아
           있다가 옷에 불이 옮겨 붙는 바람에 큰 소동이 일어났는데, 그
           때부터 초등학교에 입학할 때까지 쭉 남자처럼 바지를 입었다.

이 무렵 자전거와 롤러스케이트를 즐겨 탔다. 아버지는 마거릿과 오빠 스티븐스를 위해 말을 사 주었다.

1905(5세) 벌써 말타기를 배워 말을 타고 거리를 산책하다가 뛰어넘기도 조금씩 하게 된다. 그림, 안데르센 등의 동화집을 즐겨 읽다. 또 연필을 손에 쥘 수 있게 되자 뭔가를 즐겨 썼는데, 어머니는 적극 이를 도와 주었다.

1907(7세) 초등학교에 입학하다.

1909(9세) 이 무렵 아버지가 좀더 큰 말을 사 주었다.

1911(11세) 어느 날 말을 타다가 말이 옆으로 구르는 바람에 왼쪽 발에 커다란 상처를 입고 얼굴을 많이 다치다.

1912(12세) 9월 피치트리 거리에 새로 지은 식민 시대풍 하얀 집으로 옮기다. 그 후부터 텐스 스트리트 스쿨에 다님. 초급 중학 과정을 끝내자 1년간 우드베리 스쿨에 다니고 워싱턴 학원에서 고등학교 과정에 들어가다. 소녀 시절 주로 카네기 도서관에서 책을 많이 빌려다 보았다. 그 무렵 집에는 하람의 《미들 에이지》, 링가트의 《잉글랜드》, 그외 바이런, 번스, 스코트, 디킨스 등의 저서, 리 장군, 워싱턴, 벤 힐, 알렉산더 스티븐스, 제퍼슨 데이비스의 전기며 서간집이 있었다. 또 셰익스피어의 희곡과 디킨스, 리튼 경의 소설을 보급판으로 사다 열심히 읽었다. 어렸을 때부터 작가적 재능을 나타냈는데, 소녀 시절에는 소인극(素人劇)을 써서 근처의 아이들과 같이 공연하기도 했다. 피치트리 거리의 집 아래층 전부를 비워 놓고 여기서 연극을 상연했다. 그 무렵 여름이 되면 어머니와 함께 윌밍턴 해안이며 젠슨빌 해안으로 가서 휴가를 보냈다. 또 아버지에게 이끌려 서배너에서 기선을 타고 뉴욕이며 보스턴을 처음으로 구경하기도 했다.

1918(18세) 워싱턴 학원 졸업, 의학을 지망하여 북부 매사추세츠 주 스미스 대학에 입학하다.

1919(19세) 1월 어머니 돌아가시다. 아버지의 간청으로 학업을 중단하고 애틀랜타로 돌아와 집안일을 돌보다.

1920(20세)   애틀랜타 사교계에 데뷔. 같은 해 애틀랜타 공식 사교클럽이
            모두 없어졌으므로 정기적인 댄스 파티가 열리지 않았지만, 아
            버지와 오빠의 주최로 미첼 개인을 위해 캐피털 시티 클럽에서
            여러 번 파티를 가졌다. 이 해에도 또 말에서 떨어져 열한 살
            때와 똑같이 다리를 다치다.

1922(22세)   9월 2일, 전부터 사랑해 오던 베린 K. 업쇼와 결혼. 그러나 결
            혼 생활은 불행하였고 두 사람은 곧 별거한다. 뒤에 끝내 이혼
            하다. 같은 해 12월 〈애틀랜타 저널〉에 입사하여 일요판의 편
            집일을 보다. 퇴사할 때까지 페기 미첼이라는 필명으로 인터뷰
            기사며 그외 특별기사 백수십 건을 다루다. 여기서 인물의 성
            격 묘사에 뛰어나다는 평을 받다. 이 무렵 사회 각 방면에 걸쳐
            휘두른 필력이 후에 대작을 쓰는 데 많은 도움이 되다.

1924(24세)   10월 16일 업쇼와의 이혼이 정식으로 인정되다.

1925(25세)   7월 4일 오빠 스티븐스의 권고로 존 로버트 마쉬와 재혼. 남편
            마쉬는 전에 〈애틀랜타 저널〉에 있을 때 동료였으나, 뒤에 조
            지아 전기회사로 옮겨 그곳 홍보부장이 되다.

1926(26세)   두 번의 낙마로 왼쪽 다리가 관절염을 일으켜 5월에 직장에서
            퇴사하다. 이 무렵부터 미친 듯 독서에 열중하다. 독서의 범위
            도 넓어 문학, 역사, 의학, 고고학, 탐정소설 등 뭐든지 읽어
            내고 또 읽는 속도도 무척 빨라 어떤 날은 하루에 여덟 권씩이
            나 읽어 남편은 매일 한 아름씩 책을 안고 도서관엘 드나들어
            야 했다고 한다. 같은 해 남편의 권고에 따라 《바람과 함께 사
            라지다》를 쓰기 시작하다. 주제는 어머니의 이야기가 동기가
            되었다. 소녀 시절 공부를 별로 좋아하지 않는 그녀를 어머니
            는 남북전쟁으로 폐허가 떤 애틀랜타 교외로 데리고 나가곤 했
            다고 한다. 전쟁이 끝난 지 꽤 오래되었지만 아직도 그 근처에
            는 전쟁의 상흔이 많이 남아 있었다. 어머니는 여기저기 건물
            을 가리키며 이 집은 전쟁과 부흥의 고난을 겪고도 훌륭히 일
            어서고, 저 집은 그렇지 못하고 몰락했다고 일일이 설명하여
            그녀의 마음에 삶에 대한 의욕과 학업의 의욕을 북돋아 주었

다. 그때 일은 그 훨씬 뒤까지도 오래 잊지 못했다고 한다. 그들 중에는 성공하기 위해 힘껏 싸운 사람, 당당하게 싸우다 실패한 사람, 겨우겨우 살아 남은 사람 등 온갖 인간상이 있었고, 이것을 주제로 한 소설을 쓰려고 생각한 것이 이 필생의 대작을 낳은 동기가 되었다.

1933(33세) 7년에 걸쳐 쓴 《바람과 함께 사라지다》 드디어 탈고하다.

1935(35세) 4월 맥밀란 출판사의 편집 책임자 H.S. 레이삼이 새로운 원고를 찾으러 여행 도중 애틀랜타에 오다. 그때 〈애틀랜타 저널〉 사의 선배며 친구들, 그리고 전부터 알고 있던 맥밀란 애틀랜타 지사 사람들의 얘기로 레이삼은 미첼이 대작의 초고를 감추고 있다는 사실을 알고 꼭 좀 보여 달라고 간청하다. 미첼은 마음이 내키지 않았지만 남편의 권고도 있고 하여 원고를 레이삼에게 보이다. 맥밀란 출판사가 이것을 간행하기로 결정한 것은 그해 여름이었다.

1936(36세) 6월 30일 《바람과 함께 사라지다》가 뉴욕 맥밀란 출판사에서 출판되고, 동시에 캐나다 지사에서 판매가 시작되다. 대단한 성공을 거두어 하루에 7만 부, 많은 날은 10만 부까지 팔리고, 그해 크리스마스까지 100만 부 돌파. 일 년 후에는 150만 부를 팔다. 몇 년 내에 프랑스, 독일 등 29개 국어로 번역되고 맹인용 점자책, 레코드에까지 취입되었다. 그해 퓰리처상을 받다. 7월 3일 파커슨 부인(〈애틀랜타 저널〉 일요판 편집장)과의 대담이 WSB 방송국을 통해 전 미국에 방송되다. 7월 30일 헐리우드의 셀즈닉 프로덕션이 《바람과 함께 사라지다》의 영화판권을 사다.

1938(38세) 플로리다 도서협회로부터 '남부 여러 주에 있어서 최초로 가장 뚜렷한 문학적 공적에 보답하기 위해' 칼 포넨포커 기념상과 금패가 수여되다. 같은 해, 뉴욕 서전 소사이어티에서도 '남부 여러 주의 역사와 전통을 빛낸 공으로' 금패가 수여되다.

1939(39세) 7월 스미스 대학에서 명예석사 학위를 받다. 셀즈닉 프로덕션에서 《바람과 함께 사라지다》가 빅터 플레밍 감독 아래 컬러로

영화화되다. 주연 배우는 비비안 리(스칼렛), 클라크 게이블 (레트 버틀러), 올리비아 드 하빌랜드(멜라니), 레슬리 하워드 (애쉴리) 등으로 장장 네 시간에 걸친 장편영화이다. 그해 아카데미상 10개 부분을 받다. 12월 애틀랜타 시에서 사흘간에 걸쳐 영화 상연 기념회가 열리다. 시 주최 축전으로 애틀랜타 시가 생긴 이래 가장 큰 축제행사였다고 한다.

1949(49세) 닷새 전 8월 11일 밤 남편과 함께 애틀랜타 극장에 가는 도중, 피치트리 거리를 건너려 할 때 달려온 음주운전 자동차에 치여 많은 출혈과 함께 졸도, 글라디 메모리얼 병원으로 옮겨지다. 8월 16일, 자동차 사고가 원인이 되어 세상을 떠나다. 이튿날 미국의 모든 신문이 그녀의 죽음을 애도하다. 이 소식이 알려지자, 온 세계 독자들로부터 미첼의 남편 앞으로 애도의 뜻을 담은 편지 등이 날아오다. 미첼은 일생 동안 《바람과 함께 사라지다》 단 한 편의 작품만을 썼다.

옮긴이 장왕록(張旺祿)

서울대학교 영문학과 및 동 대학원 졸업. 미국 아이오와대학교 대학원 졸업. 서울대학교
문학박사. 서울대학교 교수 및 한림대학교 교수 역임. 한국영어영문학회장 역임. 한국문학
번역상(코리아타임즈), 한국번역문학상(국제펜클럽), 세계미국문학번역공로상(미국 컬럼비
아대학) 수상. 지은책「영문학개론」「미국문학사」「헨리 제임스의 소설기법」. 옮긴책 멀건「영
문학사」, 스필러「미국문학사」, 불핀치「그리스 로마 신화」, 멜빌「백경」, C. 브론테「제인에
어」, 펄벅「대지」, 서머셋 몸「인간의 굴레」「달과 6펜스」, 김은국「순교자」등.

세계문학전집091
Margaret Mitchell
GONE WITH THE WIND
바람과 함께 사라지다 II
마거릿 미첼/장왕록 옮김
동서문화창업60주년특별출판
1판 1쇄 발행/2017. 3. 20
발행인 고정일
발행처 동서문화사
창업 1956. 12. 12. 등록 16-3799
서울 중구 다산로 12길 6(신당동 4층)
☎ 546-0331~6 Fax. 545-0331
www.dongsuhbook.com
*

사업자등록번호 211-87-75330
ISBN 978-89-497-1556-8 04800
ISBN 978-89-497-1515-5 (세트)